프랑스식 전쟁술

*L'Art français de la guerre*

Alexis Jenni

Copyright © 2011 Éditions Gallimard
Korean Translation Copyright © 2017 by Moonji Publishing Co., Ltd.
All Rights Reserved.

This Korean edition was published by arrangement with Éditions Gallimard
through Sibylle Books Literary Agency, Seoul.

이 책의 한국어판 저작권은 시빌에이전시를 통해 프랑스 Gallimard사와
독점 계약한 ㈜문학과지성사에 있습니다.
저작권법에 의해 보호받는 저작물이므로 무단 전재 및 복제를 금합니다.

# L'Art français de la guerre

# 프랑스식 전쟁술

## Alexis Jenni

알렉시 제니
장편소설

·

유치정 옮김

문학과지성사

**프랑스식 전쟁술**

지은이 알렉시 제니
옮긴이 유치정
펴낸이 이광호
펴낸곳 ㈜문학과지성사
등록번호 제1993-000098호
주소 04034 서울 마포구 잔다리로7길 18(서교동 377-20)
전화 02) 338-7224
팩스 02) 323-4180(편집) 02) 338-7221(영업)
전자우편 moonji@moonji.com
홈페이지 www.moonji.com

제1판 제1쇄 2017년 9월 29일

ISBN 978-89-320-3044-9 03860

이 도서의 국립중앙도서관 출판예정도서목록(CIP)은 서지정보유통지원시스템 홈페이지(http://seoji.nl.go.kr)와
국가자료공동목록시스템(http://www.nl.go.kr/kolisnet)에서 이용하실 수 있습니다.
(CIP제어번호: CIP2017024467)

영웅이란 무엇인가? 산 자도 아니고 죽은 자도 아니고 [……]
다른 세상을 뚫고 들어가고 그 세상에서 돌아온 한 사람이다.
— 파스칼 키냐르


그렇게도 어리석었다. 우리가 사람들을 망쳤다.
— 브리지트 프리앙


사물의 가장 좋은 질서는, 내 견해로는, 내가 속해 있었어야 했던
질서이다. 만약 내가 거기에 속해 있지 않다면 세상들 가운데
가장 완전한 세상 따위가 뭐 대단하겠는가?
— 드니 디드로

# 차례

**일러두기**

1. 이 책은 Alexis Jenni의 *L'Art français de la guerre*(Paris: Éditions Gallimard, 2011)
   를 우리말로 옮긴 것이다.
2. 본문의 주는 모두 옮긴이의 것이다.
3. 강조하기 위해 원서에서 이탤릭체와 대문자로 표기한 것을 본문에서는 고딕체로 표기
   했다.

# 걸프로 출발하는
# 발랑스 출신 기병들

1991년 초반은 걸프전 준비와 내 전적인 무책임이 심화된 흔적이 짙게 남아 있다. 눈이 모든 것을 덮어버려 기찻길이 막히고 사방의 소리가 작아졌다. 다행스럽게도 걸프의 기온은 내려갔다. 군인들은 윗옷을 벗고 선글라스를 쓴 채 물을 마셔야 했던 여름보다 덜 탔다. 오, 그 여름의 멋진 군인들, 그들 중 거의 아무도 죽지 않았다! 그들은 가지고 있던 물병을 통째로 머리 위에 들이부었는데, 물은 살갗을 따라 흐르다 이내 말라버리고, 그들의 건장한 체격 주위에 무지갯빛이 감도는 기체가 후광을 이루는 가운데 땅에 닿기도 전에 증발되어버리고 말았다. 16리터! 그 여름의 군인들은 매일매일 물을 마셔야 했다, 16리터! 그림자가 존재하지 않는 세상의 한 귀퉁이에서 무장한 군인들은 그렇게나 땀을 흘렸다. 16리터! 텔레비전은 숫자를 퍼뜨렸고, 숫자들이라면 으레 그렇듯이, '정확하게' 결정되었다. 우리가 공략에 들어가기에에 앞서 되풀이해 말해지는 숫자가 소문으로 퍼졌다. 사실 그렇게 되면 세계에서 네번째 규모의 군대인 이라크군에 맞선 이 공략, 무적의 서양 군대가 위태로워질 것이었는데, 이라크 군인들은 촘촘하게 짜여 둥글게 말린 가시철조망 뒤, 낡은 발파 갱도와 도로 뒤, 처치 곤란할 정도여서 언제나 마지막 순간에 불태워버릴 석유로 가득 찬 참호 뒤에 숨었다. 텔레비전에선 언제나 정확하고 세세한 소식을 전했고, 사람들은 무작위로 기록 보관소를 수색했다. 텔레비전에서 미리 확보한 이미지들, 그것은 아무것에도 속하지 않은 중성적 이미지들이었다. 이라크 군대에 대해선 전혀 알지 못했다. 그들의 군사력도 그들의 위치도 전혀 파악하지 못한 채 단지 이라크 군대가 세계에서 네번째 규모라는 사실만을 알았는데, 그것은 사람들이 다 그렇다고 말했기 때문에 그렇게 알고 있었던 것이다. 숫자는 명료하기 때문에, 한번 새겨지면 사람들은 그것을 기억하고 믿는다. 그렇게 지속되고, 지속되는 것이다. 사람들은 더 이상 이 모든 준비가 어떻게 끝날지 알아차리지 못했다.

　1991년 초 나는 거의 일을 하지 않았다. 더 이상 내 결근을 정당화할 수 없을 때에야 겨우 일하러 갔다. 그 때문에 의사들을 자주 찾아다녔는데, 그 사람들은 내 말을 듣지도 않고 마약류로 인한 마비 증세라고 진단하고는 서명했고, 나는 가짜로 굼뜨게 일하면서 여전히 그 증세들을 연장시키려고 애썼다. 저녁마다 등불 아래서 헤드폰을 쓴 채 음악을 들으며 숫자들을 다시 쓰면, 우주가 둥근 램프로 바뀌고, 두 귀 사이로 들어와 내게 자유 시간을 부여해주기 위해 느리게 움직이는 파란 펜촉으로 바뀌었다. 나는 초안을 따라 연습했고, 그런 다음 아주 단호하게 의사들이 남겨놓은 서명을 변형시켰다. 그렇게 하면 직장에서 멀리 떨어져 따뜻한 곳에서 편히 지낼 수 있는 날들의 수가 두세 배로 증가했다. 현실을 바꾸기 위해 서명을 바꾸는 것으로 충분한지, 모든 것을 회피하기 위해 볼펜을 가지고 숫자들을 덧쓰는 것으로 충분한지를 전혀 몰랐고, 의사의 원래 처방과 다른 이유를 기입할 수 있는지를 결코 생각해보지 않았지만, 아무래도 상관없었다. 내가 다녔던 직장은 조직이 너무 엉성해 이따금 내가 출근하지 않은 날에도 사람들은 그 사실을 알지 못했다. 다음 날 직장에 나가 보면, 내가 결근했을 때와 마찬가지로 사람들은 나를 주목하지 않았다. 마치 결근이 아무 일 아닌 것처럼 그랬다. 나는 결근했고, 아무도 내 결근을 눈치채지 못했다. 그래서 침대에 머물러 지냈다.

1991년 초 어느 월요일, 라디오에서 '리옹'이 눈 때문에 봉쇄되었다는 말을 들었다. 밤새 내린 폭설로 인해 통신이 끊겼고, 기차들이 역에 정차해 있고, 사람들은 바깥이 하얀 눈송이 이불로 덮인 것을 보고 깜짝 놀랐다. 실내에 있던 사람들은 겁먹지 않으려고 애썼다.

여기 에스코 강 연안 지역에는 눈이 조금 내렸을 뿐이지만, 저쪽에서는 느리게 움직이는 차량 행렬이 뒤따르는 커다란 제설 차량을 제외하고는, 더 이상 아무것도 움직이지 않았다. 헬리콥터들이 고립된 작은 마을들에 구호물자를 실어 날랐다. 나는 월요일이 된 것이 기뻤다. 이곳에 눈이 어느 정도 내렸는지 그들은 몰랐기 때문에, 텔레비전이 내보내는 화면만을 믿고 산악 지방과 파악하기 힘든 재난에 대해 걱정했을 것이기 때문이다. 나는 그저 3백 미터 정도 떨어져 있는 직장에 전화를 걸어 마치 8백 킬로미터는 떨어진 곳, 텔레비전에서 보여준 눈 덮인 산악 지대에 있는 것처럼 핑계를 댔다. 나는 론 강, 알프스 지대에서 돌아가는 거였다. 직장 동료들도 그렇게 알고 있었는데, 그들은 이따금 내가 주말에 그곳에 갔다 오는 것을 알고 있었다. 그러나 사람들은 산악 지방 상태가 어떤지 정확하게 알지 못했다. 그곳에는 눈이 내리지 않았고, 그러므로 다른 모든 사람처럼 내가 발이 묶일 이유는 없었다.

그런 다음 역 맞은편에 사는 여자 친구 집으로 갔다.

그녀는 놀라지 않고 나를 맞았다. 그녀 역시 창을 통해 눈, 눈송이 들을 보았고, 텔레비전을 통해 프랑스 전 지역으로 방영되는 돌풍을 보았다. 그녀는 직장에 전화를 걸어 제대로 아픈 목소리를 꾸며 말했다. 아프다고, 프랑스 전역을 휩쓰는 아주 심한 독감에 걸렸다고 했는데, 그런 사실은 텔레비전에서 보도되기도 한다. 그녀는 오늘 직장에 갈 수 없는 것이다. 내가 갔을 때 그녀는 여전히 잠옷 바람으로 문을 열어주었다. 우리는 옷을 벗고 침대에서 사랑을 나누었다. 우리가 프랑스 전역을 휩쓰는 돌풍과 질병에 휩쓸리지 않고 그럴 수 있었던 것에는, 어떤 이유도, 정말이지 아무 이유도 없었다. 우리는 다른 모든 사람처럼 희생자였다. 바깥에서는 눈이 조금씩 계속 내리면서 공중을 떠다니고, 땅에 떨어지고, 송이송이 서둘지 않고 내렸다.

여자 친구는 방 한 칸과 알코브*가 있는 작은 아파트에 살고 있었는데, 알코브는 온통 침대가 자리를 차지하고 있었다. 우리가 욕망을 달래고, 깃털 이불에 감싸인 채 그녀 곁에 누워, 시간이 느껴지지 않는 하루의 평온한 열기 속에 있을 때, 아무도 우리가 어디에 있는지를 알지 못했다. 훔치듯 슬며시 파고들어 간 알코브에서 아늑함을 느꼈다. 내 곁에 있는 그녀의 눈은 온갖 색깔을 담고 있었다. 나는 갈색 종이 위에 초록색과 푸른색 연필로 그녀의 눈을 그리고 싶었다. 그녀의 눈을 그리고 싶었지만 나는 너무나 그림을 못 그렸다. 신비한 광채를 지닌 그녀의 눈은 그림으로만 표현할 수 있었을 것이다. 그녀 눈의 숭고한 빛깔은 흔적도 없이 말(語)을 빠져나가버렸다. 그래서 보여주어야 했다. 그러나 무언가를 그려서 보여주는 것은 갑자기 되는 일이 아니었고, 그것은 1991년

___

* 벽을 파서 침대를 들여놓은 공간.

겨울에 현실을 제대로 보여주지 못하는 바보 같은 텔레비전들이 날이면 날마다 증명해 보였던 사실이기도 하다. 텔레비전 수상기가 침대 가장자리에 걸쳐 있어 우리는 고개를 들어야 화면을 볼 수 있었다. 정액이 마르면서 다리의 털이 당겼지만, 나는 전혀 샤워를 하고 싶지 않았다. 욕실 구석은 추웠고, 그녀 곁에서 편안했다. 우리는 사랑을 나눌 욕망이 다시 찾아오기를 기다리면서 텔레비전을 보았다.

텔레비전에서 말하는 중대 사건은 **사막의 폭풍**\*이었는데, 그것은 영화 「스타워즈」에서 나왔던 군사작전명으로 전문 작업실의 작가들이 고안해낸 것이었다. 옆에서는 다게가 깡충거리고 있었는데, '다게'는 프랑스의 군사작전과 작은 전투들을 일컫는 이름이었다. 다게, 조금 자란 수사슴으로, 막 사춘기에 접어든 밤비처럼 뿔이 솟아오르기 시작했다. 깡충깡충 뛰어다니면서도, 결코 제 부모 곁에서 멀리 떨어지지 않는다. 군인들은 그들의 이름을 구하러 어디로 갈까? 다게, 누가 이 단어를 알까? 그 단어를 내놓은 사람은 틀림없이 고위 장교일 텐데, 그는 가족 소유의 토지에서 말을 타고 사냥을 하는 사람일 것이다. **사막의 폭풍**, 지구이 끝에서 저 끝까지 세상 사람 모두가 이해하고 있는 것, 입술을 달싹거리고 심장이 터질 듯하는 것, 그것은 비디오게임의 제목이다. '다게'라는 말은 우아하고, 그 뜻을 이해한 사람들은 묘한 미소를 짓는다. 군대는 고유한 언어를 지니는데, 그것은 일반적으로 쓰이는 언어가 아니고 대단히 자극적이다. 프랑스에서 군인들은 거의 말을 하지 않는데, 자기들끼리도 그렇다. 사람들은 그들을 조롱하고, 말할 필요가 없는 심각한 어리석음을 그들 탓으로 돌리기도 한다. 그들이 우리에게 어떻게 했

---

\* Desert Storm: 1991년 걸프전 당시 미군을 중심으로 한 연합군의 바그다드에 대한 공습 작전명을 말한다.

기에 우리가 그들을 이렇게 업신여기는 것일까? 우리가 어떻게 했기에 군인들은 자기들끼리 그렇게 사는 것일까?

프랑스에서 군대는 짜증나게 만드는 이야깃거리다. 우리는 그런 부류의 사람들에 대해 어떻게 생각할지를 모르고, 특히 어떻게 대해야 할지를 모른다. 그들은 베레모를 흔들어대며 우리를 불편하게 만들고, 전혀 알고 싶지 않을 군대식 전통과 세금을 축내는 값비싼 무기들로 우리를 불편하게 한다. 프랑스에서 군대는 말이 없고, 군 통수권자에게 노골적으로 복종하는데, 이 선택받은 민간인인 통수권자는 아무것도 모른 채 모든 것에 관여하고, 군이 원하는 것을 하게 내버려둔다. 프랑스에서는 군인들에 대해 어떻게 생각해야 좋을지를 모르고, 그들이 **우리의 군대**라는 생각을 하게끔 소유대명사를 쓰려고조차 하지 않는다. 우리는 그들을 모르고, 그들을 두려워하고, 조롱한다. 우리는 그들이 왜 그런 일들을 하는지 의아해하는데, 이 불순한 직업은 피와 죽음에 너무 근접해 있다. 우리는 그들에 대해 음모, 불건전한 감정들, 지적으로 명백한 한계 등의 혐의를 둔다. 우리는 군인들과 떨어져 있는 쪽을 더 선호한다. 그들에게는 남프랑스라는 견고한 토대가 있는데, 제국의 빵 부스러기를 감시하기 위해 세계를 누비고 다니거나, 햇빛에 빛나는 아주 깨끗하고 커다란 선박 위에서 금장식이 들어간 하얀 옷을 입고 마치 예전에도 그랬다는 듯이 해외로 옮겨 다녔다. 우리는 그들이 멀리 있거나, 아예 안 보이거나 우리와 아무 관계가 없기를 기대한다. 우리는 그들이 폭력을 다른 곳에서 행사하기를 기대하는데, 이를테면 우리와 닮은 구석이 너무 없어 거의 사람같이 여겨지지 않는 사람들이 살고 있는 머나먼 땅에서 말이다.

이것이 바로 내가 군대에 대해서 생각하는 전부다. 다시 말해 아무것도 아니다. 그런데 이런 내 생각은 다른 사람들과 같고, 내가 아는 모든 사람이 그렇게 생각했다. 그 생각은 텔레비전을 보겠다고 깃털 이불 밖으로 코와 눈을 내밀고 있던 1991년 아침까지 이어졌다. 나를 안고 있던 여자 친구는 부드럽게 내 배를 어루만졌고, 우리는 침대 끝에 걸쳐 있는 텔레비전에 보이는 화염에서 제3차 세계대전의 시작을 보고 있었다.

우리는 오르가슴을 체험한 뒤의 만족스런 평온함 속에서 텔레비전이라는 창에 부드럽게 팔꿈치를 댄 채 사람들로 가득한 세상의 거리를 바라보았다. 그런 상태에서는 어떤 악의나 이렇다 할 생각 없이 모든 것을 볼 수 있고, 방송이라는 실이 풀려나가는 동안은 무심한 미소를 띤 채 텔레비전을 볼 수 있다. 관계를 나눈 뒤에 무엇을 할까? 텔레비전 보기. 뉴스 보기, 가벼운 시간을 만들어내는 무게도 없고 특성도 없는 스티롤 수지*로 만든 매혹적인 기계를 보기, 남은 시간을 가장 잘 채워줄 종합의 시간.

걸프전을 준비하는 동안, 끝난 뒤, 그것이 전개될 때 나는 이상한 일들을 보았고, 세계 전체가 이상한 일들을 보았다. 우리는 느무르** 지방의 듀폰사에서 나온 기적의 섬유, 홀로필 솜으로 만든 이불 속에서 웅크리고 있었다. 우리가 덮은 이불을 가득 채우고 있는 이 폴리에스테르 섬유는 꺼지지도 않고 열을 아주 잘 유지해 어지간한 깃털 이불이나 담요보다 훨씬 좋았고, 덕분에 거기 파묻혀 많은 것을 보았다. 정말로 기술의 진보라고 할 수 있는 이 새로운 솜이불 덕분에 침대에 오래 머무르면서 밖으로 나오지 않게 된 것이다. 계절은 겨울이었고 나는 직장 생활에 완전히 무책임해, 여자 친구 곁에 누워 우리 욕망이 되살아나기를 기

* 스타이렌 수지라고도 한다. 플라스틱 중에서 가장 가공하기 쉽고, 가정용 전기기기에 사용된다.
** 프랑스 일드프랑스에 있는 도시.

다리면서 텔레비전을 시청하는 것 이외에는 달리 할 일이 없었다. 땀으로 이불이 축축해지면 이불 커버를 바꿨고, 내가 한껏 쏟아낸—그야말로 '함부로' 쏟아냈다고 말해야 한다—정액의 자국은 마르면서 천을 뻣뻣하게 만들었다.

　나는 텔레비전이라는 창에 기대어 얼굴에 방독마스크를 쓰고 콘서트에 참석한 이스라엘 사람들을 보았는데, 바이올린 연주자 한 사람만이 방독마스크를 쓰지 않고 연주를 계속했다. 그리고 바그다드 상공을 가로지르는 포탄들의 발레를 보았다. 요정나라의 불꽃 같은 초록빛 포탄을 보며 현대의 전쟁은 스크린의 불빛 속에서 펼쳐지는 것이라는 사실을 알았다. 또 거의 윤곽이 드러나지 않은 건물의 회색빛 실루엣이 깜박거리며 다가오다가 폭발해서 안에 있는 사람들 전부가 죽고 건물의 내부가 완전히 파괴되는 것을 보았다. 애리조나 사막에서 모습을 드러낸 앨버트로스의 날개를 지닌 거대한 B52가 엄청 무겁고, 특별한 용도에 따라 제작된 폭탄을 싣고, 다시 이륙하는 것을 보았다. 미사일들이 메소포타미아 사막의 표면을 스치듯 날아가, 도플러 효과*로 인해 변질된 모터의 긴 굉음과 함께 과녁을 찾아가는 것을 보았다. 나는 이 모든 것을 조금 조잡한 공상과학영화처럼 텔레비전을 통해 보았다. 1991년 초에 나를 가장 놀라게 했던 영상은 아주 단순했다. 누구도 더 이상 거기에 대해 기억하지 못하는데, 그 영상은 1991년이라는 해를 20세기의 마지막 해로 만들었다. 내가 텔레비전에서 그 장면을 본 것은 걸프를 향해 출발하는 발랑스 출신 기병들의 모습을 통해서였다.

　서른이 채 안 된 젊은 사내들과 그들을 따라 나온 젊은 아내들의 모

---

* 파동을 발생시키는 파원과 관측자 간의 움직임으로 인해 파동의 주파수가 변하는 것. 멀어져 갈 때는 파동의 주파수가 길고 낮게 관측되며, 다가올 때는 짧고 높게 관측된다. 예) 사이렌 소리.

습이었다. 아직 말도 할 줄 모르는 어린아이들을 안고 온 아내들이 카메라 앞에서 남편들을 부둥켜 안았다. 근육질의 젊은 사내들과 아름다운 젊은 부인들이 서로를 다정하게 껴안았고, 발랑스 출신 기병들은 모래 빛깔 트럭, VAB*, 타이어를 장착한 판하르**에 올랐다. 우리는 그때 그들 중 얼마가 살아 돌아올지 몰랐고, 그 전쟁으로 서구 쪽에 어느 정도 사망자가 발생할지 알지 못했다. 우리 중 거의 대부분은, 무수히 많은 다른 사람이 죽음에 대한 책임을 감당하게 되리라는 것을 알지 못했다. 오염 물질의 결과처럼, 사막의 확장처럼, 채무의 지불처럼 더운 나라에 사는 이름 없는 다른 사람들이 그 책임을 감당하게 되리라는 것을 알지 못했다. 감상적인 해설을 담은 내레이션이 들려오는 동안 우리는 다 함께 우리 청년들에게 먼 곳에서 벌어진 전쟁에 참전하라고 부추겼다.

그 영상들은 진부한 것이고, 우리는 늘 미국이나 영국의 텔레비전에서 그런 장면들을 보는데, 군인들이 자기 아내와 아이들을 꼭 껴안은 뒤 떠나는 모습을 프랑스에서 본 것은 1991년이 처음이었다. 프랑스 군인들이 고통을 공유할 수 없는 사람들처럼 우리에게 드러난 것은 1914년 이래 처음이었고, 우리는 그들을 그리워하게 될 것이다.

세계가 갑자기 휙 돌았고, 나는 소스라치게 놀랐다.

몸을 일으켜 세워, 깃털 이불 안에서 코만 내밀고 있던 상태에서 몸을 더 바깥으로 내밀었다. 입을 내밀고, 어깨, 상반신을 내밀었다. 내가 일어나 앉아야만 했던 것은, 헤르츠 전파라는 사슬에 묶인 채 이해되지는 않으나 공공연하게 드러난, 공적인 화해를 목격했기 때문이다. 나는 다리를 다시 세우고 팔로 감은 채 무릎에 턱을 대고 이 결정적인 장면을

---

* Véhicle de lávant blindé: 프랑스군의 주력 병력 수송 장갑차.
** Panhard: 판하르 사에서 만든 프랑스의 군용 차량.

계속 바라보았다. 발랑스 출신 기병들의 걸프를 향한 출발. 그중 몇 명은 모래 빛깔로 도색한 트럭에 올라타기 전에 눈물을 닦았다.

1991년 초에는 아무 일도 일어나지 않았다. 그저 걸프전을 준비했다고 할까. 아무것도 모르는 채 말을 해야 하는 벌에 처해진 것처럼 텔레비전 채널에서는 수다를 떨었다. 텔레비전에서는 공허한 이미지들을 다량으로 송출했다. 급하게 예측을 늘어놓는 전문가들에게 질문을 했다. 그리고 자료들, 남아 있는 자료들, 배포가 금지되지 않은 자료들을 방송에 내보냈고, 해설이 숫자들을 인용하는 동안에 결국 사막에 고정된 화면으로 끝났다. 사람들은 새로운 얘기를 만들어냈다. 소설을 써댔다. 똑같은 사실들을 되풀이해 말했고, 흥미를 잃지 않은 채 똑같은 사실을 반복하기 위해서 새로운 각도를 추구했다. 지루한 반복이었다.

나는 그 모든 것을 따라갔다. 넘실대는 이미지들을 보았고, 그 이미지들을 꿰뚫고, 그 윤곽을 따라갔다. 그것은 우연히 유출되었지만 어떤 경향을 따르고 있었다. 1991년 초에 나는 아무것에도 매이지 않았다. 삶에도 마음이 떠나 있었기 때문에 그저 보고 느끼는 것 이외에는 달리 할 일이 없었다. 내 욕망의 반동과 주기적인 충족을 따르는 리듬에 맞춰 비스듬히 기울어진 시간을 보냈다. 떠나갔던 그들과 그 모든 것을 보았던 나를 제외하고는, 아마 그 누구도 발랑스 출신 기병들이 걸프를 향해 떠난 것을 기억하지 못할 것이다. 1991년 겨울에는 아무 일도 일어나지 않았기 때문이다. 사람들은 공허를 언급했고, 그 공허를 바람으로 가득 채웠고, 기다렸다. 다음의 일을 빼고는 아무 일도 일어나지 않았다. 군대가 다시 사회라는 몸체로 돌아왔다.

그동안 줄곧 군대가 어디에 있었는지 궁금할 것이다.

여자 친구는 아직 일어나지도 않은 전쟁에 대한 내 갑작스런 관심에 놀랐다. 나는 대개 가벼운 권태를 드러내는 쪽이었다. 지나치게 소모적인 현실의 무게보다 훨씬 유쾌하고, 더 확실하고, 더 느긋하다고 생각하는 냉소적인 초연함, 가벼운 정신의 떨림에 대한 취향이 있었다. 그녀는 내게 무엇을 그렇게 쳐다보고 있느냐고 물었다.

"나는 이 거대한 기계들을 운전하는 것을 좋아했을 것 같아. 톱니바퀴가 달린 이 모래 빛깔 기계들 말이야."

"하지만 그것은 어린애들을 위한 거야. 자기는 더 이상 어린 소년이 아니잖아. 전혀 아니지." 그녀는 손을 내 거기에 올려놓은 채 답했다. 바로 음경 위였는데, 그것은 그 자체로 살아가면서, 그 자체를 위한 심장을 갖추고, 고유한 감정, 생각, 움직임을 지녔다.

나는 아무런 대답도 하지 않았다. 아무런 확신도 없이 그저 한 번 더 그녀와 관계를 가졌다. 우리는 공식적으로 아프고 눈 때문에 고립된 거였기에 안전한 곳에서 온종일 우리를 위한 시간을 가졌고, 다음 날 밤에도 또 그다음 날도, 기진맥진하여 녹초가 될 때까지 그랬다.

그해에 나는 비정상적으로 결근했다. 다른 사람들이 열을 지어 나아가는 동안 나는 어두운 구석에서 밤낮으로 변명하고, 빠져나갈 궁리, 꾀병을 부리고 숨을 궁리만 했다. 몇 달 동안 나는 내가 소유할 수 있었던 모든 것, 사회적 야심, 직업적인 책임감, 내 위치에 대한 주의 같은 것들을 파괴했다. 가을부터는 추위와 습기 같은 자연현상, 그래서 반박의 여지가 없는 것들을 변명거리로 활용했다. 가래 끓는 목소리는 정당하게 휴가를 얻어내기에 충분했다. 나는 결근하고 내 일에 게을렀지만, 언제나 여자 친구를 보러 간 것은 아니었다.

나는 무엇을 했는가? 거리를 쏘다니고, 카페에서 시간을 보내고, 공공 도서관에서 과학책이나 역사책을 읽고, 도시에서 귀가에 무심한 남자가 혼자 할 수 있는 모든 것을 했다. 대개는 아무것도 하지 않았다.

나는 그 겨울에 대해 정리된 무엇, 말할 만한 무엇, 추억이 없다. 그러나 라디오에서 프랑스 앵포*를 통해 뉴스 속보의 시그널 뮤직을 들을 때, 내가 그것밖에는 할 일이 없다는 것을 깨닫고 일종의 멜랑콜리에 빠져들었다. 라디오에서 세계 뉴스를 기다리는 일. 그것은 15분 간격으로 울리는 커다란 괘종시계 같았다. 그 무렵 그토록 느리게 뛰던 내 심장의 괘종시계, 주저함 없이 가장 비참한 상태로 향하는 세계의 괘종시계.

사무실의 경영진이 바뀌었다. 전임 상사는 딱 한 가지만 생각했다. 떠나는 것. 그는 마침내 목표를 달성했다. 그는 다른 일을 발견했고, 사직했다. 다른 사람이 왔는데, 그는 계속 회사에 남고 싶어 했고, 질서를 잡아갔다.

나는 전임자의 미심쩍은 능력과 도피 욕구 때문에 보호받았던 셈이었다. 이제 신임 상사의 야심과 업무 전산화 때문에 가망이 없어졌다. 회사를 사직한 음흉한 인간은 내게는 한마디도 하지 않았지만 내 결근 사실을 전부 적어둔 것이다. 여러 장의 카드에 출석, 지각, 수익을 기록해두었다. 모든 것이 평가될 수 있었고, 그는 그것을 가지고 있었다. 회사를 빠져나갈 궁리를 하는 동안 그는 그 일로 소일을 했지만, 거기에 대해서는 한마디도 하지 않았다. 이 강박증 환자는 자신의 서류함을 남겨두었다. 후임으로 온 야심가는 비용 절감의 명수로 경력을 쌓아왔다. 모든 정보가 요긴할 수 있었다. 그는 자료를 독점했고, 나를 해고했다.

평가 프로그램은 곡선의 그래프 형태로 회사에 대한 나의 기여도를 보여주었다. 대부분은 가로축에 닿을 듯 머물렀다. 붉은색으로 된 하나가 걸프전 준비 이래로 톱니 꼴로 솟아 허공에 머물렀다. 그러나 훨씬 낮은 쪽에 역시 붉은색 점선으로 드러나는 수평선이 표준을 가리켰다.

---

* France Info: 프랑스의 24시간 뉴스 채널.

그는 지우개 달린 잘 깎은 검은색 연필을 가지고 화면을 톡톡 두드렸는데, 그 연필은 글씨 쓰는 데에는 결코 사용하는 법이 없고 화면을 두드리면서 어떤 지점을 강조하고 가리키기 위해서만 사용했다. 화면을 톡톡 두드리며 가리키는 연필, 면밀한 기록이 담긴 파일, 반박의 여지가 없는 그래프 곡선에 비하면, 내가 의사의 사인을 위조할 때 사용하는 볼펜 따위는 비교도 안되었다. 내가 얼마나 보잘것없는 기여자인지 눈에 훤히 보였다.

"이 화면 좀 보세요. 당신 실적이 나빠 당신을 해고해야 할 겁니다."

심사숙고하는 것처럼 보이는 그는 고무가 달린 쪽으로 그래프를 계속 톡톡 쳤는데, 그 소리가 마치 그릇 안에 담긴 고무공 소리 같았다.

"그러나 방법이 있을 수도 있지요."

나는 잠시 숨죽였다. 낙담했다가 희망을 가졌다. 우리는 설령 직장을 비웃을지언정 거기에서 쫓겨나기를 바라지는 않는다.

"전쟁 때문에 경기가 악화되었어요. 우리는 직원 몇을 내보내야 합니다. 절차를 따라서 그렇게 할 것이고, 당신은 내보내는 쪽에 속하게 될 겁니다."

동의했다. 내가 무슨 대답을 할 수 있었겠는가? 화면에 적힌 숫자들을 바라보았다. 그래프로 표현된 숫자들은 신임 상사가 보여주려고 하는 것을 잘 드러냈다. 내 경제적인 무능함을 보았고, 그것은 반박의 여지가 없었다. 숫자는 언어의 존재를 깨닫지도 못한 채 언어를 뚫고 지나간다. 숫자는 우리를 침묵하게 만들고, 수학적인 영역이라는 희박한 공기 속에서 산소를 찾아 입을 벌리고 숨을 헉헉거리게 만든다. 나는 짧게 동의했고, 그가 나를 함부로 다루지 않고 규정에 따라 해고시킨 것에 만족했다. 그는 미소를 지었고, 손을 벌리는 몸짓을 했다. 그는 마치 "아, 이것은 아무것도 아닙니다…… 나는 내가 왜 이래야 하는지 모르겠어요. 내 생각이 바뀌기 전에 빨리 떠나세요"라고 말하는 것처럼 보였다.

나는 뒷걸음질을 치며 나와서 떠났다. 잠시 후에 나는 그가 해고한 모든 사람에게 이처럼 숫자를 제시한 것을 알았다. 그는 사람들 각자에게 사직이 합의되면 그들의 잘못을 덮겠다고 제안했다. 사람들은 항의를 하기보다는 고마워했다. 노사관계 정책 따위는 전혀 문제가 되지 않았다. 제3자의 위치에서 개입한 인사부 직원은 자리에서 일어나 고맙다고 말하고 떠나버렸다. 이것이 전부였다.

사람들은 이런 식의 중재를 전쟁 탓으로 돌렸는데, 전쟁으로 인한 비극적인 결과였다. 다들 속수무책이었고, 그것이 전쟁이다. 현실을 막을 수가 없다.

그날 저녁 나는 슈퍼에서 가져온 종이상자에 내 물건들을 모아 담았고, 고향으로 돌아가기로 결심했다. 내 인생은 난처한 상황에 처했지만, 당시 나는 어디에서든 삶을 살아갈 수 있었다. 다른 삶을 원할 수도 있었지만 나는 화자이다. 화자가 모든 것을 할 수는 없다. 이미 이야기를 하고 있기 때문이다. 이야기하는 것 외에 사는 일까지 해야 했다면 나는 감당하지 못했을 것이다. 왜 그토록 많은 작가가 자신의 어린 시절에 대해 말하겠는가? 그것은 그들이 다른 삶을 살지 않기 때문이다. 어린 시절의 삶 외에는 오직 글을 쓰는 데 삶을 전부 보내기 때문이다. 글을 쓰면서부터는 그 일이 삶의 전부를 차지하는데, 글을 쓰는 일은 수를 놓는 데 실이 필요하듯이 시간을 필요로 하기 때문이다. 그 실이라는 것을 한 종류만 가질 뿐이다.

내 삶은 난처한 지경이고 나는 이야기를 한다. 내가 하고 싶은 것은 드러내는 것이다. 그렇게 하기 위해서는 그려야 한다. 내가 원한 것은 바로 이렇다. 손이 바빠 움직이는 것, 우리가 본 것을 위해서는 그것으로 충분하다. 그러나 그림 그리는 것은 기량, 훈련, 기술이 필요한 일이고, 반면에 이야기를 하는 것은 인간적인 일의 하나이다. 입을 벌리고 숨을 내쉬면 충분한 일이다. 내가 숨을 쉬어야 하듯, 말하는 것은 그와 같은 일이다. 그런데 말을 하면 현실이 사라져버린다. 숨결로 지은 감옥은 아주 견고한 것은 아니다.

바로 곁에 있는 여자 친구의 눈이 아름다워 감탄했다. 여자 친구는 내 곁에 너무나 가까이 있었고, 나는 그녀의 눈을 그리려고 노력했다. '그린다'는 것은 서술에 적합한 말이면서 화가로서의 내 무능함을 드러내는 말이다. 나는 그녀를 그렸지만 서툴기 그지없었다. 나는 그녀에게 내가 진한 색연필로 종이 위에 빠르게 그녀를 그리는 동안 나를 바라봐달라고 요구했는데, 그녀는 시선을 돌렸다. 그렇게 아름다운 그녀의 눈이 흐릿해지더니 눈물을 흘렸던 것 같다. 그녀는 자신은 바라볼 가치가 없을 거라고 말했다. 그녀를 그리고, 묘사하고 표현하는 일 같은 것은 더구나 가치가 없을 거라고 했다. 그녀는 자기 언니에 대해 말했다. 언니가 자기보다 훨씬 아름답고, 신비로운 눈과 환상적인 가슴, 옛날 사람들이 뱃머리에 새겨 넣었던 여신들의 가슴을 지녔다고 했다. 반면 그녀는…… 나는 그림을 그리던 연필을 내려놓아야 했다. 그녀를 팔에 안아 달래고 눈물을 닦아주고, 그녀를 만나고, 그녀와 함께 있고, 그녀를 볼 때 내가 느끼는 전부를 되풀이해 말하며 그녀의 가슴을 어루만졌다. 완성되지 않은 그림 위에 놓인 연필들은 더 이상 움직이지 않았다. 내가 원했던 바는 묘사하는 것이었는데, 나는 말을 하고 또 했다. 나는 그저 그녀가 어떤지 그려서 보여주기를 바랐을 뿐인데, 모든 사람을 위로해주기 위해서 이야기를 하고 또 하는 형벌에 처해졌다. 나는 결코 그녀의 눈을 그리는 데 성공하지 못했다. 그러나 나는 그 일을 하고 싶은 내 욕망을 기억하는데, 그것은 그림을 향한 욕망이다.

내 삶은 난처한 상황에 처했지만 쉽게 이동할 수 있었다. 나는 어떤 구속도 받지 않고 마치 중력처럼 작용하는 습관의 힘에 굴복했다. 내가 알았던 론 강은 결국 내가 알지 못했던 에스코 강보다 내게 더 적합했다. 결국, 마침내, 최종적으로. 나는 끝내기 위해서 리옹으로 돌아갈 것이다.

**사막의 폭풍** 작전은 나를 문밖으로 내몰았다. 나는 사람들이 보지는 못한 채 텔레비전의 텅 빈 영상들을 통해서 소리만 들었던 폭발의 간접적인 피해자였다. 나는 삶에 너무나 매인 것이 없어 먼 곳의 한숨 소리만으로도 거기에서 떨어져나갔다. 미국 공군부대의 나비들이 쇠로 된 날개를 펄럭이면, 지구의 다른 쪽 끝에 있는 내 영혼은 토네이도를 일으키고 시동 장치를 작동시켰다. 나는 결국 고향으로 돌아왔다. 이 전쟁은 그때까지 내 삶의 마지막 사건이었고, 내가 자란 20세기의 종말이었다. 걸프전은 현실을 변화시켰는데, 현실이 갑작스럽게 멈춰버렸다.

전쟁이 일어났다. 그러나 무슨 소용인가? 전쟁은 우리에게 발명품과 같은 것일 수 있고, 우리는 화면을 통해 전쟁의 추이를 지켜보았다. 그러나 전쟁은 거의 알려지지 않은 어떤 지역에서 현실을 바꾸었다. 전쟁은 경제 체제를 바꾸었고, 나를 합의하에 사직하게 만들었으며, 내가 빠져나온 것을 향해 돌아가게 만든 원인이었다. 열사의 나라에서 돌아온 군인들은 결코 제 영혼을 온전히 되찾지 못한다고들 했다. 그들은 원인 모르게 아팠고, 불면에 시달렸고, 불안에 사로잡혔으며, 간, 허파, 피부의 내부가 허물어지면서 죽어갔다.

그렇기에 전쟁은 관심을 가질 만한 가치가 있었다.

전쟁이 일어났고, 우리는 거기에 대해 아는 바가 없었다. 차라리 그

편이 낫다. 우리가 알게 되었던 전쟁에 대한 세부 사항은, 그것을 다 모아보면, 결국 비밀로 해두는 편이 더 나은 현실이 있다는 사실을 말해줬다. 사막의 폭풍이 불었고, 그 뒤에서 깡충거리는 가벼운 다게. 사람들은 상상하기 힘든 다량의 폭탄 투하로 이라크 국민들을 궤멸시켰는데, 이라크 사람 한 명 앞에 폭탄 한 개가 할당될 정도였다. 폭탄 가운데 어떤 것들은 벽을 뚫고 들어가 집 안에서 폭발했고, 어떤 것은 건물의 계단들을 연이어 파괴한 뒤에 사람들이 숨어 있는 지하실 안에서 폭발했고, 어떤 것은 누전 사고를 일으키는 흑연 입자를 분출시켜 전기 설비를 파괴했고, 어떤 것은 거대한 원형 건축물의 산소를 전부 없애버렸고, 어떤 것은 마치 킁킁거리며 냄새를 맡고, 바닥에 코를 대고 달리는 사냥개처럼 여전히 표적을 쫓아 목표물을 발견하자마자 폭발했다. 이어서 사람들은 은신처에서 나오는 수많은 이라크 사람을 향해 일제사격을 가했다. 어쩌면 그들은 장전한 상태일 수도 있었고, 어쩌면 항복하려던 것일 수도 있었다. 그러나 우리는 진실을 알 수 없었다. 그들은 죽었고, 아무것도 남지 않았기 때문이다. 그들은 그 전날에야 탄환을 받았다. 불신에 찬 바트 당*이 유능한 장교들을 모두 숙청시키고, 그 부대들이 반항할까봐 두려워 탄환을 주지 않았기 때문이다. 이 초라한 군인들은 나무총으로도 장비를 갖출 수 있었을 것이다. 제때 빠져나오지 못한 사람들은—그들 앞에 흙을 밀어놓았다가 다시 그 흙을 가지고 참호를 메우는—일렬로 늘어선 불도저들에 의해서 은신처에 매장되었다. 그런 일은 며칠 동안 지속될 것이고, 이 이상한 전쟁은 파괴의 현장과 비슷했다. 이라크의 소련제 전차들은 쿠르스크 시와 같은 평평한 땅 위에서 대규모 전투를 감행했고, 프로펠러 비행기의 간단한 돌파로 갈기갈기 찢겼다. 느리

---

* Baas, 영어로는 Ba'ath: 아랍 사회주의 부흥당.

게 움직이며 지표를 공격하는 비행기들이 열화 우라늄탄들을 가지고 전차에 구멍을 숭숭 뚫어놓았다. 열화 우라늄탄은 새로운 금속으로 전쟁의 파리한 색을 띠는데, 납보다 더 무게가 나갔고, 그런 이유로 한층 더 평형을 유지하면서 강철을 뚫고 지나갔다. 사람들은 골조가 드러난 전차를 그대로 두었다. 그것들을 파괴한 검은 새들이 지나가고 난 뒤에 연기가 피어오르는 전차의 내부를 보러 오는 사람은 아무도 없었다. 그게 무엇과 비슷할 수 있었을까? 속이 터진 라비올리* 상자를 불에 던져버린 것? 이미지는 중요하지 않고, 골조가 드러난 전차는 수백 킬로미터 동떨어진 사막에 남겨졌다.

세계에서 네번째 규모를 자랑하던 이라크 군대는 해체되어 쿠웨이트 시 북쪽의 고속도로로 무질서하게 퇴각했다. 수천 대의 차량, 트럭, 자동차, 버스 들이 전리품을 가득 싣고 서행하면서 꼬리에 꼬리를 문 채 무질서하게 줄을 지었다. 이 탈주 행렬에 불을 지핀 것은 비행기들, 사실은 헬리콥터들인데, 땅을 스치듯 남쪽에서 날아와 전자 폭탄들을 투하하고 그다지 신중하지 않게 임무를 수행한 것이었다. 전쟁용 기계, 민간용 기계, 사람들, 사람들이 석유의 도시에서 훔친 전리품과 같은 것들이 모두 불탔다. 강물에는 고무, 금속, 시체와 플라스틱, 모든 것이 뒤엉겨 있었다. 그러다가 전쟁이 멈추었다. 모래 빛깔 전차도 사막 한복판에서 멈춰 서고, 엔진의 작동이 멈추고, 정적이 흘렀다. 하늘은 캄캄했고, 불구덩이에서 솟구친 그을음으로 가득했다. 사방에서 사람의 시체와 고무 타는 냄새가 섞인 역겨운 냄새가 났다.

---

* 속을 채운 뒤 납작하게 빚어내는 파스타이다. 지역에 따라 둥근 모양, 네모난 모양, 세모난 모양 등 다양한 모양으로 만들며 속에 들어가는 재료도 가지각색이다.

걸프전은 일어나지 않았던 것이다. 사람들은 우리 정신에서 이 전쟁이 부재하는 것을 말하며 이렇게 썼다. 우리가 정확한 숫자도 이름도 모르는, 그 모든 죽은 사람을 위해서 전쟁은 일어나지 않았던 편이 더 나았을 것이다. 이 전쟁에서 우리는 마치 이라크인들이 우리를 귀찮게 하는 개미들인 양, 낮잠을 자는데 등을 깨문 개미들인 양 그들의 엉덩이를 걷어차듯 진압했다. 서방의 사망자들은 별로 많지 않았고, 우리는 그 사망자를 모두 파악하고 있었다. 그리고 우리는 그들이 죽은 상황도 알았는데, 대부분은 사고이거나 오발 사고였다. 우리는 이라크의 사망자 수는 결코 알지 못했고, 각자 어떻게 죽었는지도 몰랐다. 어떻게 우리가 그것을 알겠는가? 가난한 나라이고, 그들은 사람마다 고유한 죽음을 누리지 못한 채 집단으로 살해당했다. 그들은 다 함께 불타 죽었고, 마피아의 난투극에서처럼 한꺼번에 수장당했고, 참호의 모래 더미에서 진압당했고, 벙커의 콘크리트 가루에 섞였고, 불이 나서 녹아버린 그들 기계의 강철 더미 속에서 타 죽었다. 그들은 집단으로 죽었고, 우리는 거기에 대해 아무것도 알지 못했다. 그들은 이름조차 없었다. 이 전쟁에서 비가 내리듯 죽었고, '그'라는 말은 사물의 상태, 우리가 아무것도 할 수 없는 **자연**의 절차였다. 그는 역시 죽었다. 이 집단 살해의 당사자 모두 자신이 누구를 죽였는지, 어떻게 그를 죽였는지를 보지 못했다. 시체들은 멀리 있었다. 미사일의 궤도 끝에, 이미 떠나버린 비행기 날개의 저쪽 아래에 있었다. 그것은 살인자의 손에 어떤 얼룩도 남기지 않은 깨끗한 전쟁이었다. 정말로 잔혹한 것은 없었고, 단지 수색과 산업 발전으로 인해 완성도가 높아진 전쟁이라는 커다란 불행이 있었다.

우리는 거기에서 아무것도 보지 못하고 아무것도 이해하지 못할 수 있다. 비가 내리듯 자연스레 전쟁을 하고, 그것은 그냥 운명이라고 말할 수 있다. 말은 무력하고, 사람들은 이 전쟁에 대해 말하는 법을 전혀 모른다. 관습적인 묘사를 하는 소설들은 이 전쟁에 대해 암시적이고, 서툴고, 악의적인 재구성을 한 채 머물렀다. 1991년에 일어났던 것, 즉 여러 달 동안 텔레비전을 독점했던 것은 일관성이 없다. 그러나 무슨 일인가가 일어났다. 우리는 이야기의 고전적인 방식으로는 그것을 말할 수 없지만, 숫자와 이름을 가지고는 말할 수 있다. 나는 그것을 나중에야 영화를 보고 이해했다. 그래서 나는 영화를 정말 좋아한다.

나는 언제나 전쟁영화들을 보았다. 어두운 곳에 앉아 대포 소리와 기관총의 파열음이 들리는 가운데 헬리콥터들이 나오는 영화를 보는 걸 좋아한다. 그것은 마리네티*처럼 멋지고 미래주의적이고, 내가 머물러 있는 어린 소년, 어린, 소년을 자극한다. 팡! 팡! 팡! 그것은 아르 브뤼트**처럼 멋지고, 1920년대의 다이나모키네틱*** 작품처럼 멋지다. 하지만 너무 큰 소리가 엉기고, 이미지들을 자극하고, 음향효과에 눌려 의자에 들러붙어 있는 관객들의 넋을 빼앗는다. 나는 전쟁영화들을 좋아했다. 하지만 여러 해가 지난 뒤에야 그 이름들과 숫자들 때문에 내 등을 얼어붙게 만든 전쟁에 관한 영화를 보았다.

오, 영화는 얼마나 많은 것을 보여주는가! 보라! 보라, 영화의 두 시간이 여러 날 동안 텔레비전에서 보여주는 것보다 훨씬 잘 보여준다는 것을! 이미지에 맞선 이미지. 텔레비전에서 상영하는 영상들은 부정하게 손에 넣은 것을 토해내는 것이다. 벽에 돌출된 고정된 상자는 어두

---

* Emilio Filippo Tommaso Marinetti(1876~1944): 이탈리아의 소설가·시인. 1909년 『미래파 선언』을 발표, 과거 전통에서 벗어나 모든 해방을 목표로 하는 미래주의 운동을 창시했다. 미래파는 새로움과 젊음, 기계와 운동, 힘과 속도를 예찬했다.
** art brut: 다듬지 않은 거친 형태의 미술이라는 뜻으로 1945년 프랑스의 화가 장 뒤뷔페Jean Dubuffet가 만들어낸 용어이다.
*** 전류를 지속적으로 발생시켜 작품이 움직이는 것. 미래주의와 다다에서 파생된 것이다.

운 방에서 불면증에 걸린 사람처럼 깜박거리지 않고 열려 있는 사람들의 눈에 느림, 탐색, 놀라운 응시의 효과를 통해서 현실을 드러나게 한다. 보라! 나는 벽으로 향하고 그것들을 본다. 나의 왕비들, 그가 말했다. 글쓰기를 멈춘 사람, 언제나 청춘의 성적인 체험을 하는 사람. 그는 영화를 사랑했을 것이다.

우리는 등받이에 쿠션을 댄 의자에 앉아 있다. 빛은 약하고, 의자는 목덜미까지 올라와 우리가 무엇을 하는지 보이지 않고, 우리는 몸짓으로 생각한다. 우리 앞에 열린 창을 통해—가끔 영상을 비추기 전에 커튼을 올리기도 한다—, 우리는 이 창을 통해 세상을 본다. 그리고 나는 어둠 속에서 천천히, 아주 부드러운 내 손으로 같이 간 여자 친구의 굴곡진 몸으로 파고든다. 결국 나는 내가 보는 스크린을 통해 이해한다.

나는 그때 나와 같이 있었던 여자의 이름을 더 이상 알지 못한다. 같이 잠을 잔 사람에 대해 그토록 모른다는 것은 이상한 일이다. 그러나 나는 이름들을 기억하지 못하고, 대개는 눈을 감고 사랑을 나눈다. 나는 적어도 그렇다. 그리고 더 이상 이름을 기억하지 못한다. 그것이 후회스럽다. 나는 억지를 부리거나 지어낼 수 있다. 그렇다 해도 아무도 전혀 알아채지 못할 것이다. 진짜로 여겨질 법한 흔한 이름을 하나 택할 수도 있고, 걸작을 탄생시키듯 희귀한 이름을 택할 수도 있을 것이다. 나는 망설인다. 그러나 그런다고 이름을 지어낸다는 사실이 달라지는 건 결코 아닐 것이다. 그것은 부재에 대한 근본적인 공포, 부재의 부재에 대한 공포를 전혀 바꾸지 못할 것이다. 정말로 가장 끔찍한 대재앙은, 가장 파괴적인 것은 바로 이 사실이다. 우리가 주목하지 않는 부재.

영화에서 본 것이 나를 두렵게 만들었다. 유명 감독의 영화로 극장에서 상영되고, DVD로 편집되어 모두가 본 영화의 장면은 소말리아에서 일어났던 일이다. 소말리아, 어디에도 없는 곳처럼 여겨지는 나라 말이다. 미국 특수부대들이 모가디슈*를 통과했고, 한 사내를 잡아 돌아왔다. 그러나 소말리아 사람들이 저항했다. 미군들을 향해 총이 발사되었고, 서로 맞서 총을 쐈다. 많은 미군들이 죽었다. 미군 하나하나의 죽음은 사건이 벌어지기 전에도, 진행 중에도, 나중에도 부각되었다. 그들은 서서히 죽어갔다. 그들의 죽음은 개별적이었고, 저마다 죽어가는 순간에는 약간의 시간이 할당되었다. 반면 소말리아 사람들은 사격연습의 표적이 된 것처럼 한꺼번에 집단으로 죽었고, 그 수를 정확히 세지 않았다. 미군이 퇴각할 때 그들 중 하나가 포로로 붙잡혀 결원이 생기자 헬리콥터 한 대가 모가디슈 상공으로 올라가 그의 이름을 부르고, 배경음이 깔리는 가운데 너를 잊지 않았다고 말한다. 마지막엔 죽은 미군 19명의 이름과 숫자가 자막에 나왔고, 적어도 1천 명의 소말리아인이 살해당했다고 알렸다. 이 영화는 누구에게도 충격을 주지 않았다. 물론 우리는 거기에 익숙하다. 서구가 한 축을 담당해 참여했던 불균형한 전쟁들에서 비율은 언제나 같다. 자그마치 10:1의 비율이다. 영화는 실화를 바탕으로 만들어졌는데, 언제나 그런 식으로 보여준다. 우리는 그 사실을 안다. 제국주의 전쟁에서 우리는 적들의 사망자 수를 세지 않는다. 그들은 죽은 것이 아니고, 적수도 아니기 때문이다. 그들은 뾰족한 돌이나 나무 뿌리, 심지어 모기처럼 우리가 피하는 땅의 장애물과 같은 존재이다. 그들은 고려의 대상이 아니기 때문에 우리는 그들의 수를 헤아리지 않는다.

세계에서 네번째 규모였던 군대가 파괴된 이후에 언론은 거의 모든 사람이 살아 돌아온 것을 보고 안도하면서 채널에서 바보 같은 말을 되

---

* Mogadicio: 아프리카 소말리아의 수도.

풀이했다. 우리는 마치 전쟁이 일어나지 않았던 것처럼 죽은 사람들을 전부 잊었다. 서구의 사망자들은 사고로 인한 것이었고, 죽은 사람이 누구인지도 알고 그들을 계속 기억할 것이다. 다른 사람들은 헤아리지 않는다. 나는 영화를 보고서야 그 사실을 알았다. 기계로 사람의 신체를 파괴하는 일에는 우리가 알아차리지 못하는 영혼의 소거가 따르게 마련이다. 흔적 없는 살인이 행해지면 살인 자체가 사라진다. 유령들의 수가 축적되고, 우리는 그들을 알아보지 못한다.

여기, 정확히 여기에서 나는 입상을 세우기를 원한다. 이를테면 청동 입상, 왜냐하면 그것은 견고하고 얼굴의 윤곽을 알아볼 수 있기 때문이다. 우리는 그것을 작은 받침대 위에 놓고, 거기에 접근할 수 있도록 너무 높지 않게 둘 수 있다. 그리고 모두가 앉을 수 있도록 접근이 허용된 잔디를 깔아둔다. 우리는 그 입상을 사람들이 지나가고 서로 교차하고 다시 떠나는, 출입이 빈번한 장소의 한가운데에 둘 수 있다.

이 입상은 신체적인 매력이 없는 작은 남자로 유행에 뒤처진 옷을 입고, 얼굴을 왜곡시킬 정도로 너무 큰 안경을 쓸 것이다. 우리는 종이와 만년필을 들고 행동할 수 있다. 거리의 여론 조사원들이나 청원서를 채우려는 군인들처럼 우리는 사람들이 종이 위에 서명할 수 있도록 만년필을 내민다.

나는 볼품없는 외모이지만 행동은 겸손한 폴 테트젠*의 입상을 세우고 싶다.

외견상 그에게는 아무것도 인상 깊은 구석이 없다. 그는 허약하고

---

* Paul Teitgen(1919~1991): 제2차 세계대전 중 레지스탕스 활동가였고, 알제리 전쟁 동안 알제리의 프랑스 경찰국장이었다.

근시였다. 그가 알제의 경찰 임무 수행차 도착했을 때, 다른 사람들과 함께 방기하고 임의로 버려두고 인종적이고 사적인 폭력에 맡겨두었던 북아프리카 지역의 도(道)를 다시 관리하기 위해 왔을 때, 그가 도착했을 때 그는 비행기 문에 서서 열기에 휘청거렸다. 대사들을 접견하기 위해 생제르맹 거리의 가게에서 산 열대풍 옷을 입고 있었는데도 한순간 땀에 흠뻑 젖었다. 그는 커다란 손수건으로 이마를 닦고, 김 서린 안경을 벗어 닦았다. 아무것도 보이지 않았다. 단지 눈부신 활주로와 그림자들, 그를 맞으러 온 사람들의 어두운 색 옷만 보였다. 그는 되돌아갈까, 다시 떠날까 망설였고, 안경을 다시 쓰고는 트랩을 내려왔다. 옷은 온통 등에 달라붙고 그는 거의 아무것도 보이지 않는 가운데, 열기로 흔들리는 시멘트 바닥 위에 있었다.

그는 자신의 임무에 착수했는데, 그것은 상상 그 이상이었다.

1957년, 낙하산 특공대가 모든 권력을 장악하고 있었다. 알제라는 도시에서는 하루에도 여러 번 폭탄이 터졌다. 그는 폭탄 투척을 중지하라고 명령했다. 다음 절차를 지시하지는 않았다. 그들은 인도차이나에서 돌아왔다. 그래서 그들은 숲을 달리고, 숨고, 싸우고, 온갖 방식으로 살해하는 것을 알고 있었다. 그들에게 더 이상 폭탄을 터뜨리지 말라고 명령했다. 그들이 열을 지어 알제 거리를 행진하면, 모여 있던 유럽인들이 환호를 보냈다.

그들은 사람들을, 아랍인들을, 거의 전부를 체포하기 시작했다. 체포한 사람들에게 폭탄을 제조할 수 있는지를 물었다. 혹은 폭탄 제조자들을 알고 있는지를 물었다. 아니면 폭탄 제조자들과 알고 지내는 사람을 아는지 등등을 물었다. 많은 사람에게 강압적으로 묻는다면 그들은 결국 발견하게 될 것이다. 만약 모든 사람에게 강압적으로 물으면, 마침내 폭탄 제조자를 잡게 될 것이다.

그들에게 내려진 명령을 따르기 위해서 그들은 살인 기계를 하나 만들었다. 알제에서 아랍인들을 없애는 도구였다. 집집마다 숫자를 적어두고 사람마다 개별적인 파일을 만들어 벽에 붙였다. 그들은 아랍인 거주 지역인 카스바*에 감시를 위한 은신용 나무를 다시 마련한 셈이었다. 그들은 정보를 다루었다. 살아남은 사람에게는 피 묻은 구겨진 파일이 남았는데, 그것들은 그렇게 다루어져서는 안 되었기에 파기되었다.

폴 테트젠은 알제의 도(道) 소속 경찰청, 경찰 사무국장이었다. 그는 낙하산 부대의 민간인 총괄 부관이었다. 그는 말없는 그림자였고, 사람들은 그에게 단지 승인하는 일을 요구했다. 심지어 승인도 하지 말고 아무것도 하지 말라고 요구했다. 그러나 그, 그는 질문했다.

그, 폴 테트젠은 낙하산 부대원들에게 그들이 체포했던 사람들 각자에게 거주지를 지정하기 위한 서명을 같이하자는 약속을 받아냈고, 이것은 그의 입상을 세워줄 만한 일이었다. 그는 그렇게 했다, 만년필로 말이다! 그는 낙하산 부대원들이 내미는 모든 소환장에 서명했고, 매일 엄청난 분량의 뭉치, 모든 것에 서명했다. 공백으로 둔 것, 심문한 것, 심문을 위해 군대의 재량에 맡긴 것, 모든 것에 서명했다.

그는 서명했고, 서명한 것의 복사본을 갖고 있었다. 서류에는 각각 이름이 기재되어 있었다. 대령이 와서 그에게 회계 보고를 했다. 그가 석방자, 감금자, 탈옥자 들의 수를 상세하게 설명했다. 폴 테트젠은 대령이 말한 숫자들과 동시에 자신이 열람한 명부 사이에 차이가 있는 것을 지적했다. "뭐죠?" 그가 말했다. 그는 숫자 하나와 이름들을 제시했다. 그런 것을 좋아하지 않는 대령은 어깨를 으쓱하면서 매일 그에게 대

---

* Casbah: 북아프리카와 에스파냐에서 볼 수 있는, 중세 및 근세에 만들어진 수장(首長)의 성채. 넓은 뜻으로는 성채뿐만 아니라 주변에 있는 시가지, 즉 성곽도시 전체를 가리키는 경우도 있으며, 알제의 카스바가 그 예이다.

답했다. "아, 그 사람들, 그 사람들은 사라졌지요, 그게 다입니다." 그는 회의를 끝냈다.

폴 테트젠은 어둠 속에서 사망자 수를 셌다.

결국 그는 얼마인지 알아냈다. 집에서 거칠게 끌고 나온 사람들과 거리에서 체포한 사람들, 질풍처럼 달려 모퉁이를 도는 지프차에 던져진 사람들, 아니면 어디로 가는지 알 수 없는 덮개 씌운 트럭에 던져진 사람들. 우리는 그 수를 너무나 확실히 알았다. 알제의 아랍인 15만 명 중 카스바 거주자가 7만 명이었는데, 그중 끌려간 사람들은 모두 2만 명이었고, 이들 가운데 3,024명이 실종되었다. 사람들은 그들이 산으로 가서 다른 세력들과 합류했다고 주장했다. 바다에 던져진 시신 몇 구는 해안가에서 발견되었다. 시신들은 이미 부풀어 오르고 염분으로 훼손된 상태로, 물고기에게, 게에게, 새우에게 물린 것으로 보이는 상처들이 있었다.

폴 테트젠은 실종자마다 손수 그들의 이름을 쓰고 신상 명세 카드를 하나씩 만들었다. 중요하지 않다, 사라진 사람들에 대한 관심은 의미 없다고 여러분은 말한다. 그들이 살아서 돌아오지는 않을 것이기에 이름 적힌 쓸모없는 종이 따위 중요하지 않다. 사람들이 낙하산 부대의 민간인 총괄 부관의 서명을 읽을 수 있는, 아래에 그들의 이름이 적힌 종이 따위는 그들에게 중요하지 않다. 그것이 지상에서 그들의 운명을 바꾸지 못했기 때문에 중요하지 않다. 마찬가지로 카디시*는 죽은 자들의 운명을 개선하지 못한다. 그들은 돌아오지 못할 것이다. 하지만 이 기도는 너무나 강력해 기도하는 사람에게 미덕을 부여한다. 그리고 이러한 미덕은 실종되어 죽은 사람과 동행하고, 살아 있는 사람들 사이에

---

* kaddish: 사망한 근친을 위해 드리는 기도.

남은 상처는 치유될 것이고, 덜 나쁘게, 덜 오래갈 것이다.

　폴 테트젠은 사망자 수를 셌다. 살육이 맹목적인 것이 되지 않도록, 이어서 얼마나 많은 사람이 죽었는지, 그들의 이름이 뭐였는지를 알기 위해 행정적인 간단한 청원에 서명했다.

　그 덕분에 소득이 있었다! 무력하고, 겁을 먹었던 그는, 죽은 사람들의 수를 세고 이름을 부르면서 막연한 공포를 극복했다. 사람들이 사라졌던 막연한 공포 속에서, 짧은 불꽃 다발 속에서, 각자 자신의 운명을 얼굴의 생김새에 의탁했던, 트럭에 실려 떠나면 돌아오지 못할 수 있다는 막연한 공포 속에서, 트럭들은 여전히 살아서 고통스러워하는 사람들을 싣고 데려가서 죽였다. 제랄다* 구석에서 여전히 신음 소리를 내는 사람들을 끝내 칼로 찔러 죽였고, 쓰레기처럼 바다에 던졌다. 그는 자신이 할 수 있는 단 하나의 행동을 했다. 왜냐하면 취임 첫날 이곳을 떠나지 않았기 때문이다. 그는 불꽃, 날카로운 폭발음, 단검, 폭행, 방에서 하는 물고문, 전기 고문의 폭풍우 속에서 유일하게 인간적인 행동을 했다. 그는 죽은 사람들을 하나씩 조사했고, 그들의 이름을 깊이 새겼다. 그는 그들의 부재를 알아냈고, 자신에게 보고하러 오는 대령에게 설명을 요구했다. 난처하고 짜증 난 대령은 그에게 그들이 실종되었다고 대답했다. 좋다, 그들은 사라졌다, 과연 그렇다, 테트젠은 계속 말했다. 그는 그들의 숫자와 이름을 적었다.

　알제 전투라는 죽음의 장치 속에서는 믿고 의지할 사람이 극히 드물다. 그런데 이 가운데도 사람이란 그 수가 헤아려져야 하고 이름을 가진 존재라고 생각한 사람들이 있었고, 그들은 자신들의 영혼을 구제했다. 그리고 그 사실을 이해한 사람들의 영혼을 구제했고, 그들이 관심을

---

* Zéralda: 알제 교외의 해안가.

가졌던 사람들의 영혼을 구제했다. 고통받고 훼손된 시신들이 사라져버리면, 그들의 영혼은 떠나지 못하고 유령조차 되지 못한다.

이제 나는 그가 한 행동의 의미를 아는데, 텔레비전에서 사막의 폭풍을 계속 시청할 때는 그 의미를 몰랐다. 이제는 그 의미를 영화에서 배웠다. 그리고 빅토리앵 살라눙을 만났기 때문이다. 나의 스승 빅토리앵은, 부를 이름이 있었고 숫자를 헤아렸던 죽은 자들은 실종된 게 아니라는 사실을 내게 알려줬다.

빅토리앵 살라눙, 그가 나를 가르쳤고, 내 삶의 공동(空洞)에서 그와의 만남은 나를 밝혀주었다. 그가 내게 **역사**를 관통하는 기호를 인지하게 해주었다. 거의 알려지지 않았지만 가시적인 수학 기호, 그것은 언제나 거기에 있고, 하나의 비율이고, 하나의 분수, 다음과 같이 표현되는 기호이다. 10분의 1. 이 비율이 식민지 학살의 지하에 감춰진 기호이다.

나는 돌아와서 리옹의 서민 구역에 거처를 정했다. 가구 딸린 방을 내 보잘것없는 종이상자들로 가득 채웠다. 나는 혼자였고 불편하지 않았다. 나는 우리가 혼자일 때 생각하듯 누군가를 만나려고 계획하지 않았다. 나는 이해심 깊은 여인을 찾지 않았다. 나는 그것을 비웃었다. 내 영혼은 형제도 자매도 없는 영원한 외동딸이었고, 어떤 관계도 내 영혼을 이런 고립에서 빠져나오게 하지 못할 것이었다. 그리고 나는 작은 아파트에 사는, 혼자 사는 또래 여자들을 사랑했다. 그녀들은 내가 올 때면 촛불을 켜주고 팔로 무릎을 감싼 채 소파에서 똬리를 틀고 있었다. 그 여자들은 거기에서 나오기를 기다렸다. 내가 그 여자들의 팔을 풀어주기를, 그 팔로 자신의 무릎이 아닌 다른 것을 껴안아주기를 기다렸다. 그러나 그 여자들과 함께 사는 일은 흔들리는 불꽃 같은 마법을 파괴하는 일일 수 있었을 것이다. 불꽃은 여자들만을 비추는 것이었고, 움켜쥔

팔의 마법은 결국 나를 향해 열릴 것이었다. 그런데 일단 그 여자들의 팔이 열리고 나면, 나는 머물지 않는 쪽을 선호했다.

다행히 나는 아무것도 부족하지 않았다. 이러니저러니 해도, 그것들이 어떻게 되든지 간에 우리나라 복지과의 우수성과 연결된, 내 계획이기도 했던 인적 자원의 불투명한 관리는 내게 평안한 한 해를 열어주었다. 나는 한 해의 혜택을 누렸다. 그것으로 많은 것을 했다. 대단한 일은 하지 않았다. 나는 머뭇거리고 있었다.

수입원이 줄어들면서 나는 광고용 신문 배달부가 되었다. 아침마다 챙 없는 모자를 쓰고 우편함에 무가지를 넣기 위해 갔다. 조금 초라하지만 벨을 누르고 신문지 잡기에 적합한, 손끝 노출 손뜨개 장갑을 꼈다. 배포해야 하는 광고용 신문들로 가득 찬 가정용 수레를 끌고 있었는데, 종이가 어찌나 무거운지 수레는 아주 무거웠고, 우편함마다 한 부씩만 넣도록 노력해야 했다. 그렇지만 그런 노력은 처음 1백 미터에서만 강요되었고, 그것을 흩뿌리기보다 전부 한꺼번에 던졌다. 나는 쓰레기통을 채우고, 버려진 상자들을 가득 채우고, 자주 내 자신을 속이고, 한 상자에 하나씩 넣기보다는 둘, 다섯, 열씩 한 움큼을 놓아두려고 했다. 그러나 불평들이 생길 수 있고, 감독이 내 뒤를 밟으면 내게 한 부당 1상팀을 주고 킬로그램당 40상팀을 가져다주는, 아침마다 해온 이 일을 놓칠 수 있을 것이다. 입김이 뿜어져 나오는 새벽부터 아주 무거운 손수레를 뒤에 끌면서 도시를 돌아다녔다. 나는 골목길로 다녔고, 마주치는 사람들을 똑바로 보지는 않으면서 겸손하게 인사했다. 잘 차려입고 깨끗한 합법적인 거주자들은 직장을 향해 가려고 내려왔다. 그들은 사회 전쟁을 치르며 형성된 아주 확고한 시선으로 내 외투, 내 모자, 내 장갑을 보고 판단했고, 어딘지 주저하며 말하고는 가버렸고, 나를 그대로 내버려두었다. 나는 재빨리 어깨에 힘을 빼고, 거의 눈에 보이지 않게 우편함에 한 부씩 넣고 떠났다. 정해진 순서에 따라 구역을 돌아다녔고, 다음 날이면 덤프차로 던져질 광고로 그 구역을 조심스럽게 오염시켰다. 이렇게 주파하다가 마지막에는 언제나 리옹과 보라시외레브르댕을 나눈 대로의 카페에서 멈췄다. 정오 무렵 순한 백포도주를 마셨다. 1시에는 짐을 다시 실으러 떠났다. 정해진 시간에 다음 날 일이 배분되었고, 나는 거기에 있어야 했고, 늑장을 부려서는 안 되었다.

나는 아침마다 일했는데, 이후에는 모든 것이 닫혔기 때문이다. 아무도 문을 닫기 위해 오지 않는다. 문들이 그 자체로 언제 열리고 닫힐 것인지를 결정한다. 문들에는 우편배달부에게, 청소부에게, 상품 배달인에게 필요한 시간을 산정하는 시계가 달려 있고, 정오가 되면 문은 열쇠나 코드를 소유하고 있는 사람들만 들어갈 수 있도록 닫힌다.

그래서 나는 아침마다 머리에 챙 없는 모자를 쓰고 성가신 일을 하는데, 종이 때문에 무거운 손수레를 끌고, 문이 다시 닫히기 전에 내 광고 알을 놓고 오기 위해 사람들의 둥지로 들어간다. 그 상황을 고려하면서 문이 닫히고 열리는 것 같은 중요한 행동이 사물에 의해서만 결정된다고 생각하면 음울한 일이다. 하지만 물리적인 것이든 정신적인 것이든 힘든 일을 모두 기계에 떠맡기고 싶은 것은 아니라고 해도, 사람은 아무도 그 일을 하려 하지 않을 것이다. 광고는 기생적인 성격의 일이고, 나는 둥지로 들어간 다음 최대한 빨리 조악하게 채색된 어이없는 광고용 신문지 뭉치를 놓고 온다. 나는 가능한 한 방해받지 않고 놓고 오기 위해 건물의 측면을 따라간다. 이러는 사이 문들은 침묵 속에서 얼마나 오래 개방을 하고 있을지를 자세하게 계산하는 것이다. 정오가 되면 메커니즘이 작동된다. 나는 바깥에 있고, 더 이상 아무것도 할 수 없다. 그래서 나는 짧은 하루, 매일 조금씩 다른 하루, 하루 일과가 끝난 것을 자축하기 위해 카운터에서 백포도주 몇 잔을 마시러 간다.

토요일이면 나는 훨씬 빨리 걸었다. 뛰듯이 걸어서 광고지를 마구 뿌리고 일을 끝내려고 분리수거 쓰레기통에 그것을 버린다. 그리고 여정의 끝에는 같은 카페로 갔다. 다른 사람들도 나처럼 왔다. 그들은 다양한 임시직을 갖고 있거나 연금으로 살아가는 사람들이다. 우리는 보라시외레브르댕의 바로 앞에 있는 리옹의 변두리 카페에 모였다. 모두가 일을 끝냈거나 끝내는 중에 있었고, 토요일이면 다른 날보다 세 배는 사람이 많았다. 나는 단골들과 같이 술을 마셨고, 토요일이면 좀더 오래 머물 수 있었다. 나는 재빨리 카페 테이블의 일부가 되었다. 그들보다 젊고, 훨씬 눈에 띄게 취했기 때문에 그들을 웃게 만들었다.

내가 빅토리앵 살라뇽을 처음 만났던 것도 이 카페였다. 어느 토요일, 현실을 훨씬 모호하고 훨씬 가깝게 만들어주는 낮 12시의 포도주라는 두꺼운 노란 렌즈를 통해서 그를 보았다. 술을 마시면 현실은 결국 유동적이지만 포착 불가능해지고, 이것이 그 당시의 나와 잘 어울렸다.

그는 리옹의 도시에서는 거의 볼 수 없는 지저분하고 낡은 나무 테이블에 떨어져서 앉아 있었다. 그는 맡겨두었던 백포도주 반병을 혼자 마셨고, 지역신문을 활짝 펼쳐 읽고 있었다. 지역신문은 커다란 종이 위에 인쇄되어, 그가 그렇게 펼쳐놓고 있으면 네 좌석이나 차지하기 때문에 아무도 와서 그와 함께 앉으려 하지 않았다. 그는 정오 무렵 붐비는 카페에서 홀의 빈 테이블을 무심하게 혼자서 차지하고 있었다. 다른 사람들은 카운터에서 서로서로 바짝 붙어 있었지만, 누구도 와서 그를 귀찮게 하지는 않았다. 그것이 예의였고, 그는 결코 고개를 들지 않은 채 주변부 지역 사건들에 관한 사소한 뉴스들을 계속 읽었다.

누군가가 어느 날 내게 이 상황에 대해 약간의 설명이 될 만한 이야기를 해줬다. 카운터에서 옆 사람이 내게 몸을 기울이고는 손가락으로 살라뇽을 가리키면서 모든 사람이 들을 수 있을 만큼 큰 소리로 내 귀에 대고 말했다. "자네도 보고 있지, 신문 읽는 사람이 자리를 독차지하고 있어. 그는 인도차이나에서 온 노인이야. 그는 저쪽에서 그것을 했지. 그 일들 말이야."

그는 눈을 찡긋거리며 말을 끝냈고, 은밀한 이야기들을 자세히 알고 있다는 사실을 드러내면서 많은 것을 설명했다. 그는 다시 일어서서 백포도주 한 잔을 들이켰다.

인도차이나! 우리는 이 단어를 더 이상 결코 들을 수 없었다. 옛날 군대, 더 이상 존재하지 않는 지역을 규정짓기 위해서나 쓰는 모욕으로서가 아니라면 말이다. 그 단어는 박물관 진열장에 있었고, 그것을 발음하는 것은 나쁜 일이었다. 좌파 아이의 단어집에 있는 이 드문 단어는 불쑥 드러나면─식민지와 관련된 모든 것이 그렇듯이─공포나 경멸의 뉘앙스를 동반했다. 오래된 술집의 암이나 경화증에 걸린 채 경쟁에 몰두한 사람들 사이에서 이제 막 사라져가는 것이 발견될 뿐이었다. 기원의 음악 속에서 다시 그 단어가 발음되는 것을 듣자고, 세상 끝에, 그의 지하실에 있어야 했던 것이다.

그가 해주는 이야기는 연극적이었고, 나도 같은 어조로 대답해야 했다. "오! 인도차이나!" 내가 대답했다. "그러니까 거기는 베트남 같은 곳이었지요, 안 그래요? 프랑스식이고 가난하고 영악하지요! 헬리콥터가 없을 때 사람들은 비행기에서 낙하하고, 그리고 낙하산이 펼쳐지면 그들은 걸어서 가요."

살라뇽이 내 말을 들었다. 그는 고개를 들어 동의의 미소를 보냈다. 그가 다소 차가운 파란 눈으로 나를 쳐다보았는데, 뭐라고 표현할 수는 없지만 단순히 나를 바라보는 것 같았다. "그것도 사실이죠, 특히 별 방법이 없는 가난은요." 그는 펼친 신문을 계속 읽었고, 페이지 수가 많은 신문을 하나씩 넘겼다. 마지막 페이지까지, 단 한 페이지도 잊지 않고 그랬다. 화제가 다른 쪽으로 넘어갔다. 카운터의 분위기는 계속 변하기 때문이다. 아페리티프에서 백포도주로 관심이 넘어갔다. 속도, 진지함의 결여, 사라진 무기력, 물리적 특성에 따른 모두의 선택. 그것은 현실 세계의 법칙은 아니다. 우리를 괴롭히고 우리를 속이는 관심. 나란히 늘어선 마콩산 포도주가 담긴 잔의 노란 공깃돌을 통해 우리는 세계를 더 가깝게 보는데, 이것은 우리의 허약한 역량에 더 적합하다. 빈 수레를 가지고 돌아갈 시간이 되었고, 아침 내내 마셨던 전부를 낮잠을 자면서 발효시키기 위해 내 방으로 돌아왔다. 이 직업은 간에 치명적이어서 나는 언제나 잠들기 전에 바로 다른 일을 해야겠다고 다짐하지만, 언제나 다른 것을 찾기 전에 잠이 들곤 했다.

그 사람의 눈길이 내게 남았다. 빙하의 색, 그 시선에는 어떤 감정도 깊이도 없었다. 하지만 그의 눈길에서는 평정, 그를 둘러싼 모든 것이 그에게 다가오도록 내버려두는 투명한 주의력이 발산되었다. 그의 관찰로, 우리 사이를 방해하는 것이나 눈에 띄는 것을 막고, 그 방식을 변화시키는 게 전혀 없이 우리는 그에게 가까워졌다고 느낄 수 있었다. 어쩌면 나는 그의 이상한 청보랏빛 눈동자 색과 검은 강물 위를 떠다니는 얼음과 비슷한 공허로 말미암아 기만당해 착각하는 것일 수 있었다. 그러나 잠시 동안 언뜻 본 그의 시선은 내 안에 머물렀다. 그리고 그다음 주에 나는 인도차이나에 대한 꿈을 꾸었고, 아침마다 중단된 꿈은 낮 동안 내내 나를 따라다녔다. 예전에는 그 문제에 대해서 결코 생각해본 적이 없는데, 인도차이나, 나는 명료하지만 완전한 상상 속에서 그곳에 대한 꿈을 꾸었다.

꿈속에 커다란 집이 나왔다. 우리는 안에 있었는데, 그 경계가 어디인지 바깥이 어디인지를 알 수 없었다. 그리고 '우리'라고 하는 것이 구체적으로 누구인지를 알지 못했다. 완만한 경사를 이루며 나선형을 이루는 삐걱거리는 넓은 나무 계단을 따라 위층으로 올라갔는데, 각 층의 층계참에는 문들이 있는 복도가 이어졌다. 우리는 짐을 가득 채운 가방을 등에 지고 줄을 지어 무거운 걸음으로 올라갔다. 무기들은 기억나지 않는다. 이음 고리는 펠트로 푹신하게 만들고 금속 테두리를 두른 회갈색의 낡은 캔버스 천 가방이 기억난다. 우리는 군복을 입은 채 끝없이 이어진 계단을 올라갔고, 아무 말 없이 줄지어 아주 긴 복도를 따라갔다. 아무것도 제대로 보이지 않았다. 내장재들이 빛을 흡수하고, 밖으로 난 창은 없었으며 내부의 창들은 닫혀 있었기 때문이다.

반쯤 열린 몇 개의 문 뒤에서는 식탁 주변에 앉아 말없이 먹고 있는 사람들이 보였는데, 그들은 침대 안쪽에서 커다란 쿠션을 안은 채 바둑무늬 이불을 덮고 잠들어 있었다. 우리는 많이 걸었고, 층계참에 가방을 산더미처럼 쌓아올렸다. 우리를 이끄는 장교가 우리가 머물 곳을 가리켰다. 피로에 지친 우리는 가방 뒤에서 잠들었는데, 그 사람 혼자만 서 있었다. 비쩍 마르고 다리가 휜 그는 주먹을 허리에 대고, 언제나 소매를 걷어 올린 상태였다. 그의 단순한 균형감이 우리의 방위를 확고하게 했다. 우리는 계단에 바리케이드를 치고 가방으로 방어벽을 만들었지만, 적은 그 벽 안에 있었다. 그 사실을 안 것은 내가 여러 차례 적이 되어 그의 눈으로 보았기 때문이다. 나는 천장 틈을 통해 아래를 내려다보았다. 결코 그를 본 적이 없었기 때문에 이 적에게는 이름이 없었다. 나는 그를 통해 보았다. 처음부터 나는 이 답답한 전쟁이 인도차이나 전쟁이라는 사실을 알고 있었다. 우리는 공격을 받았다. 끊임없는 공격을 받고, 적은 벽지를 찢고 칸막이벽들이 돌연 나타나고, 천장에서 낙하를 했다. 무기나 폭발 같은 것은 기억나지 않고, 단지 파열, 갑작스런 출현, 우리를 가둬두고 있던 방의 천장과 벽들의 바깥에서 위험이 들이닥친 것을 기억한다. 우리는 포위당했고, 용맹했고, 층계참의 좁은 구역, 쌓아올린 가방 뒤에서 고립된 채 있었다. 지휘 장교는 늘 그렇듯이 주먹을 허리에 댄 채 서 있었는데, 공격의 단계가 바뀔 때마다 우리에게 턱으로 지시했다.

나는 꿈을 꾸는 동안 몸부림을 쳤고, 마치 김빠진 포도주에서 나는 것 같은 땀 냄새로 범벅이 된 채 깨어났다. 잠에서 깬 나는 하루 종일, 닫힌 집과 비쩍 마른 채 항상 서 있던 거만한 장교가 떠오르는 질식할 것 같은 꿈의 영상들에서 벗어날 수가 없었다.

폭력적인 꿈의 잔상이 사라졌을 때 내게 남은 것은 이야기 속의 '우리'라는 것이었다. 꿈꾸는 내내 나타났던 불분명한 '우리'로 인해 내가 만들고 묘사하는 이야기는 부득이하게 총체적인 관점을 취하게 되었고, 꿈에서 겪은 일들 역시 그런 관점을 따랐다. 사실 우리는 꿈을 체험한다. 꿈에서 겪는 일들의 관점은 총체적인 것이다. 나는 등에 가방을 지고 행군하는 군인들 사이에 있었고, 보호막으로 쌓아 올린 가방 뒤에서 잠든 군인들이기도 했으나 동시에 벽의 안쪽에서 은밀한 시선으로 그들을 감시하기도 했는데, 덕분에 전체의 호흡 속에서 이야기를 만들 수 있었다. 내가 될 수 없고, 이 '우리' 안에 포함되지 않았던 유일한 사람은 무기도 없이 언제나 혼자 서 있던 비쩍 마른 장교였다. '그'라는 3인칭을 유지했는데, 그의 빛나는 눈은 모든 것을 읽을 수 있었고, 그의 명령은 우리를 구원했다. 우리를 구원한 것이다.

'우리(Nous)'는 수행적*인 대명사로 '우리'라는 발음만이 하나의 집

---

* performatif: 수행적 발화. 영국 철학자 존 랭쇼 오스틴John Langshow Austin이 규정한 개념으로 발화 자체가 발화되는 문장이 표상하는 어떤 행위를 수반하는 발화.

단을 만들어낸다. '우리'는 말하는 사람을 포함하는 인칭의 일반성을 가리키고, 말하는 사람은 '우리'라는 이름으로 말할 수 있으며, 그들의 관계는 너무나 긴밀해 말하는 사람이 전부를 위해 대신 말을 할 수 있을 정도이다. 자유롭게 꾼 꿈의 무의식적인 수준에서 나는 어떻게 '우리'라는 말을 사용할 수 있었는가? 나는 어떻게 내가 겪어보지 않은 것, 심지어 알지도 못하는 것을 이야기로 만들어 체험할 수 있는가? 그 전쟁에서 끔찍한 일들이 저질러졌다는 것을 잘 아는 내가 도덕적으로 어떻게 '우리'라는 말을 사용할 수 있는가? 그렇지만 그 '우리'는 행동했고, 알고 있었고, 나는 그것을 다르게는 말할 수 없었다.

나는 술에 취한 듯한 낮잠에서 깨어나 책을 읽고 영화를 보았다. 꼭대기 층의 내 방에서 저녁까지 나는 자유로웠다. 나는 그 오지의 나라에 관한 모든 것을 배우고 싶었다. 그 나라는 이름으로만 남아 있고, 대문자로 된 단 하나의 단어, 부드럽고 병적인 느낌의 떨림을 지닌 채 언어의 본질 속에 보존되어 있다. 나는 남겨진 이미지가 거의 없는 전쟁에 관해 배울 수 있는 것을 배웠다. 영상은 거의 만들어진 것이 없었고 많은 것이 소실되었다. 남은 자료들의 대다수에서는 정작, 그렇게 알아차리기 쉬운데도, 그것이 미국의 전쟁이라는 사실이 영상 뒤에 감춰졌다.

낡은 회갈색 천 가방을 등에 진 채 숲속에서 줄지어 걷고 있는 사람들을 어떻게 불러야 할까, 내 조상들이 안고 있다가 내게 넘겨준 아이이기 때문에 나도 마찬가지로 아이를 넘겨주어야 할까? 그들을 프랑스인들이라고 불러야 하는가? 그러면 나는 누구일까? 그들을 '우리'라고 불러야 할까? 그러면 다른 프랑스인들이 하는 어떤 행동과 관련 있어야 프랑스인으로 존재하기에 충분할까? 그것은 무익하고 문법적인 질문으로, 가방을 멘 채 숲속을 행군하는 사람들을 어떤 대명사로 지칭하는가를 아는 데 있다. 나는 내가 누구와 함께 살고 있는지를 알고 싶다. 나와 같은 언어를 쓰고 있는 사람들은 바로 우리가 사랑을 나누는 사람들이다. 우리가 같은 장소를 쓰고 있는 사람들과 더불어 우리는 같은 거리를 걸었고, 함께 학교를 다녔고, 같은 이야기를 들었으며, 다른 사람들은 먹지 않는 어떤 음식을 함께 먹었고, 그런 것들을 좋다고 생각했다. 우리는 다 함께 관련된 하나의 언어를 말했는데, 생각하기도 전에 이해하는 그런 언어이다. 우리는 언어의 어루만짐에 따라 하나를 이룬 커다란 신체의 기관들이다. 이 커다란 신체가 어디까지 확장될지 누가 알겠는가? 오른손이 애무에 전념하고 있을 때 왼손이 무엇을 하는지 누가 알겠는가? 언어의 어루만짐을 통해 주의가 집중될 때 나머지 모든 것은 무엇을 하는가? 나는 나를 향해 팔을 뻗은 여인의 굴곡진 몸을 어루만지면서 생각했다. 그 여인의 이름은 잊었다. 함께 잔 사람을 거의 알지 못한다는 것은 이상한 일이다. 타인을 향해 팔을 뻗은 채 대부분의 시간 동안 눈을 감고 있었다는 것도 이상한 일이다. 우연히 눈을 떴을 때, 우리는 너무 가까이 있어 얼굴을 제대로 알아볼 수 없었다. 우리는 누가 '우리'인지를 알지 못하고, 누가 문법을 결정지을지를 모르고, 말할 수 없는 것이 있을 때 침묵한다. 그리고 숲속을 걷는 사람들, 우리는 자기에게 기대어 누워 있는 여인의 이름에 대해 말하지 않듯이 그 사람들에 대해서도 말하지 않을 것이고, 잊게 될 것이다.

우리는 곁에 있는 사람을 너무나 모른다. 끔찍한 일이다. 알려고 노력하는 것은 중요하다.

나는 신문을 펼쳐 든 그 사람을 여러 번 보았다. 그의 이름도 모르지만 이런 한적한 카페에서 그런 사실은 중요하지 않았다. 단골들은 저마다 되풀이되는 후렴구와 똑같았고, 저마다 되풀이되는 세부적인 행동들로 존재했다. 세부적인 행동이 다시 나타나고 언제나 똑같이 되풀이되면서, 웃고 있는 다른 사람들과 한잔 걸치고 있는 모든 사람에게 인지될 수 있었다. 술은 그런 기계들이 작동하기 위한 완벽한 연료였다. 그것은 폭발하고 저장고는 금세 비어버린다. 거친 출발, 어떤 자율성도 없이 사람들은 다시 장전한다. 혼잡한 시간에 신문을 펼쳤던 그는 인도차이나 출신의 노인이었고, 아무도 그를 방해하지 않았다. 나는 할머니들이 가지고 다니는 손수레 없이는 움직이지 못하는, 위험한 길 위에 있는 청년이었고, 매일 낮 1시에 그것을 가득 채우기 위해 가야 했다. 우리는 지치지도 않고 그것을 두고 이중적 의미를 지닌 농담을 했다.

그것은 오래 지속될 수 있었다. 그것은 지칠 때까지 지속될 수 있었다. 그것은 그가 늙어 죽을 때까지 지속될 수 있었는데, 그가 나보다 훨씬 나이가 많았기 때문이다. 그것은 내가 더 이상 돈이 없고 힘도 없고, 더구나 내 자리를 유지할 만한 화술도 없어 임시적인 신분으로 강등될 때까지, 그 끝을 기다리면서 우리가 가지런히 열을 지어 있는 선반에서 다른 사람들과 같이 앉아 있을 힘이 없을 때까지 지속될 수 있었다. 그것은 오래 지속될 수 있었는데, 그런 종류의 삶은 변화하지 않는 쪽으로 조직되기 때문이다. 술에 찌든 사람의 마지막 자세를 짐작할 수 있는데, 그것은 자연사 박물관의 저장용 용기에 보존한 시체들을 보면 잘 알 수 있다.

그러나 일요일이 우리를 구원했다.

어떤 사람들은 일요일을 지루해하며 회피하려고 하지만, 이처럼 비어 있는 날이 바로 움직임의 조건인 것이다. 그것은 변화가 일어나기 좋게 보존된 공간이다. 일요일에 나는 그를 만나 이름을 알게 되었고, 내삶은 새로운 전기를 맞았다.

그의 이름을 알게 된 일요일에 나는 손 강가에 있는 화가들의 장터를 걸고 있었다. 책의 표제를 보고 웃었다. 그것은 문제되고 있는 것을 잘 요약하고 있는 제목으로, 예술적 실천의 장터였다.

나는 거기서 무엇을 했는가? 더할 나위 없이 좋은 날들을 보냈다. 언젠가 설명하겠지만 나는 교양이 있고 취향이 있으며 예술을 사랑했고, 조금은 그것을 알고 있었다. 나는 환멸을 느끼지만 신물이 난 것은 아니고, "예술가의 스캔들조차 예술에 속한다"라는 뒤샹*의 아포리즘을 최대한 깊게 이해한다. 그것이 내게는 결정적인 것으로 보인다. 그것은 농담처럼 들리지만 그림 애호가와 그림을 보러 온 사람들을 완벽하게 묘사한다.

**화가들의 장터**에서 아주 값진 것은 하나도 찾지 못하지만, 무엇인가 아주 아름다운 것을 발견한다. 플라타너스 나무 아래를 느릿느릿 걸으면서 전시된 작품을 천천히 바라보고, 작품 전시 테이블 뒤에 있는 화가들은 미끄러지듯 빠져나가는 구경꾼들을 훑어보다가 그 사람들이 아무것도 사지 않는 것을 알고 점점 더 비웃는 표정이 된다.

나는 갤러리의 폐쇄된 세계보다 이런 곳을 좋아한다. 전시된 것은 명백히 예술에 속하고, 캔버스 위에 그려진 그림은 잘 알려진 양식에 따라 표현된 것이기 때문이다. 우리는 우리가 알고 있는 것을 인지하고, 주체를 비워낼 수 있고, 논박의 여지가 없는 화폭 뒤에서 화가들의 타는 듯한 시선을 본다. 그림을 내놓은 화가들은 자기 자신을 드러내는 것이다. 그들은 자신의 영혼을 구원하기 위해 온다. 그들은 구경꾼이 아니고 화가이기 때문이다. 구경 나온 사람들은 화가들을 보러 오면서 자신들의 영혼을 구원한다. 그림 그리는 사람은 그들이 자신의 그림을 사 갈

---

* 마르셀 뒤샹Marcel Duchamp(1887~1968): 프랑스의 미술가. 현대 미술계에 큰 영향을 끼친 인물로 다다이즘에서 초현실주의로 이행하는 데 큰 영향을 주었으며, 팝아트에서 개념 미술에 이르는 다양한 현대미술 사조에 영감을 제공했다

때 자신의 영혼을 구원한다. 그의 그림을 산다는 것은 관용을 얻고, 일상의 형벌을 견딜 천국의 몇 시간을 얻는 것이다.

나는 그 장터에 가서 예술가들이 자신의 작품을 닮는다는 사실을 거듭거듭 즐겨 확인했다. 우리는 안일하게도 그와 반대로 믿고 있다. 그것은 조악한 생트뵈브주의*로 예술가들은 작품에 자신을 표현하고 형식을 부여하며, 따라서 작품은 예술가를 반영한다는 견해이다. 가보자! 플라타너스 나무 아래 있는 화가들의 장터를 한 바퀴만 돌아보면 모든 것이 드러난다! 화가들은 자신을 표현하는 것이 아니다. 사실 그가 무슨 말을 하겠는가? 그는 자신을 정립하는 것이다. 그가 드러내고 있는 것은 바로 그 자신이다. 그림 전시대 뒤에서 그는 자신이 선망하면서 경멸하는 구경꾼들의 관점에 따라 자신을 드러낸다. 선망과 경멸은 그가 그들에게 되돌려보내는 감정이기도 한데, 다르게 보면 이와 같이 해서 모든 사람이 만족을 하게 된다. 화가는 자신의 작품을 제작하고, 그와 반대로 작품은 그에게 삶을 부여한다. 예술가는 작품을 제작하고, 그 대신 작품은 그를 살게 만든다.

아크릴 물감을 묻힌 커다란 붓질을 통해 끔찍한 초상화들을 제작하는 비쩍 마르고 키 큰 사내를 보라. 그 하나하나는 서로 다른 각도에서 조명된 그 자신이다. 그 초상화들을 모두 모으면 그가 존재하고자 원하는 그대로의 모습을 드러낸다. 그가 원하는 그대로 존재하는 것이다.

너무나 생생하고 너무나 명료하게, 세심하게 수채화를 그린 사람을 보라. 그림의 색깔은 소리를 지르는 듯하고 화면은 아주 분명하게 구성

---

* 생트·뵈브의 방법론. 생트·뵈브Charles Auguste Sainte-Beuve(1804~1869)는 프랑스 근대비평가로, 인상주의, 과학적 비평을 융합했다. 그러나 생트-뵈브의 비평 방법은 20세기에 여러 가지 점에서 비판을 받게 된다. 특히 작품을 작가의 전기적 사실에 바탕을 두고 해석하는 관점이 비판의 대상이다.

되어 있다. 그는 귀가 멀어 구경꾼들이 하는 말을 거의 듣지 못하는데, 그가 그린 세계는 그가 들은 그대로의 세계이다.

아름다운 여인의 초상만을 그리는 아주 예쁜 여인을 보라. 초상화의 모든 여인이 그녀와 닮았고, 세월이 흐르면서 그녀는 점점 더 옷을 갖춰 입고, 생기를 잃어가고, 그림에 있는 여인들의 아름다움은 점점 더 요란스러워진다. 예측된 방식으로 그녀는 '도리언'*이라는 이름을 서명한 셈이다.

극단적인 폭력, 심오하게 환각을 일으키는 붓질에 따라 클로즈업한 얼굴을 그린 내성적인 중국 사람을 보라. 그는 자신의 커다란 손을 어디에 둘지 모른 채 매혹적인 미소로 양해를 구한다.

밀랍을 칠한 목판에 세밀화를 그리는 사람을 보라. 그는 원고지의 여백에서나 볼 수 있는 바가지 머리 모양을 뽐내고 있고, 밀랍 빛 피부를 지닌 그의 풍부한 몸짓들은 점차 중세의 조각 같은 느낌을 남긴다.

검은색 머리로 염색한 키 큰 여인을 보라. 그녀는 한참 좋은 시절을 보냈고, 이제 시들었지만 여전히 꼿꼿하고 빛나는 눈을 지녔다. 그녀는 중국의 먹을 이용해 부드러운 선을 지닌 뒤얽힌 육체들을 그리는데, 품격을 잃지 않으면서도 무한하고 확고한 에로티시즘의 표현이다.

장식용 그림들 가운데 앉아 있는 중국 여인을 보라. 그녀의 머리카락은 검은 비단 커튼처럼 어깨를 휘감고 있는데, 그것은 마치 그녀의 빛나는 붉은 입술을 보석인 양 담고 있는 상자 같았다. 그녀의 요란한 그림은 그다지 흥미를 주지 않았지만, 그녀가 그 그림들 사이에 앉아 있을 때 그녀의 짙은 자줏빛 입술과 완벽하게 어울리는 배경이 되었다.

---

* 도리언 그레이는 오스카 와일드의 『도리언 그레이의 초상』을 암시하는 듯하다. 초상화가 도플갱어(분신) 역을 대신하는 것으로 보인다. 그림에 그려진 모습이 화가의 다른 영혼이라는 의미를 담고 있다.

나는 그 장터에 갔고, 거기서 그를 알았고, 그의 완고함과 대인의 풍모를 알아챘다. 그는 창끝에 달려 있는 것처럼 비쩍 마른 사람으로 잘생긴 얼굴을 흔들어댔다. 나는 멀리서 그의 세련된 옆모습, 짧게 자른 백발, 곧게 뻗은 날카로운 코를 보았다. 코에서 드러나는 열정 때문에 생기 없는 눈은 느리고 머뭇거리는 것처럼 보였다. 골격은 활동적인 느낌이었지만, 눈은 사색적이었다.

우리는 카페 카운터를 벗어난 바깥에서 우리의 말과 행동이 어디까지 나아가야 할지 모른 채 고갯짓으로 인사를 나누었다. 우리는 어찌 보면 민간인과 같았다. 주머니에 손을 찔러 넣은 채 서서 절도 있게 말하며, 평소와 다르게 무얼 마시지도 않고 손에 잔을 들지도 않은 상태였다. 그는 나를 뚫어지게 바라보았다. 그의 맑은 눈에서 투명함만을 읽었고, 내가 그의 심장까지 다다른 것 같았다. 나는 어떻게 말해야 할지 몰랐다. 그래서 나는 그 앞에 놓인 수채화 그림들을 보았다.

"당신은 당신의 그림과 전혀 닮지 않았군요." 내가 무의식적으로 말했다.

"내게 없는 것은 수염이지요. 아니면 내 기술이 부족하거나."

"아주 멋져요. 아주 멋집니다." 나는 그림을 한 장 한 장 넘기면서 정중하게 말했고, 내가 진실을 말하고 있음을 깨달았다. 마침내 나는 보았다. 내가 본 그림이 수채화였다고 믿었는데, 그것들은 전부 먹으로 그린 것이었다. 기술적으로는 단색의 수묵화라고 할 수 있는데, 중국의 먹으로 농담(濃淡)의 차이를 이용해 그린 것이었다. 순수한 먹의 심오한 검은색에서 그는 그토록 미묘한 차이를 지닌 다양한 빛깔을 끌어냈다. 너무나 다채롭고 너무나 투명하고 너무나 환한 회색 빛깔들, 모든 것이 거기에 있었는데, 복합적인 색깔과 심지어 현존하지 않는 색깔까지도 있었다. 그는 검은 먹으로 빛을 만들어냈는데, 그 빛에서 여백이 생겼다.

나는 고개를 들어 그 사실을 깨닫고 감탄했다.

그의 그림이 전시된 곳으로 다가가면서 나는 좀더 그림에 전념하기 위해 늦게야 그림을 그리기 시작하는 사람들을 예상했다. 풍경과 규칙적인 정확성을 지닌 초상화들, 꽃, 짐승, 우리가 회화적이라고 여기는 모든 것을 기대했고, 수없이 많은 아마추어 화가는 언제나 정확성을 더하고 흥미를 덜어낸 그림들을 고집스럽게 그려냈다. 이어서 나는 그가 먹으로 그린 커다란 그림들에 손을 대어 그 그림들을 손가락 사이에 하나씩 끼워 넣었고, 그림의 무게와 촉감을 느끼면서 내 시선 아래 그림들을 두었는데, 손가락이 점점 더 미묘하고 확고한 감각을 지니게 되면서 마치 애무하는 느낌이었다. 나는 거의 숨도 못 쉰 채 회색의 폭발, 투명한 연기, 잘 보존된 백색의 광활한 해변, 그 어둠의 무게로 전체 그림을 지배하는 절대적인 검은색 덩어리들을 느꼈다.

그는 정리되지 않은 채 잘 닫히지도 않고, 터무니없는 헐값을 붙여 놓은 그림들로 가득한 상자를 내놓았다. 그림의 날짜들은 지난 반세기를 거슬러 올라간 것들이었고, 더할 나위 없이 다양한 종이들을 이용해 그린 수묵화와 소묘들이 있었다. 포장 종이들, 온갖 미묘한 차이를 지닌 갈색과 백색의 종이들, 훼손되고 낡은 질감의 종이들과 이제 막 화가들을 위해 가게에 내놓은 최신의 질감을 지닌 종이들을 이용했다.

그는 사실주의적인 그림을 그렸다. 주제는 그저 '먹'이라는 소재를 활용하기 위한 것들이었을 뿐이지만, 자신의 눈으로 본 것들을 그렸다. 돌산들, 열대의 나무들, 진기한 과일들, 몸을 구부린 채 논에서 일하는 여인들의 모습, 품이 넉넉한 모자 달린 외투를 입은 사내들, 산으로 둘러싸인 마을들, 뾰족한 언덕 위에 서린 안개, 숲으로 둘러싸인 강들. 그리고 군복 입은 사내들은 대개 용맹하고 비쩍 말랐고, 그들 가운데 누워 있는 몇몇은 명백히 죽은 사람들이었다.

"오래전부터 그림을 그리셨나요?"

"60년쯤 되었습니다."

"그것들을 전부 파셨나요?"

"이 모든 것이 내게는 그저 거추장스럽지요. 그래서 지붕밑 방을 치우고 일요일마다 바람을 쐽니다. 내 나이에 중요한 두 가지 행동인데요. 그러면서 부수적으로 잊고 있던 그림들을 발견했고, 그것들을 언제 그렸는지를 기억하려고 애써보기도 하고, 지나가는 사람들과 그림 이야기를 하기도 합니다. 그러나 대부분의 사람은 어리석은 말을 할 뿐이지요. 그러니 지금은 아무 말도 하지 마십시오."

나는 아무 말 없이 계속 그림을 넘겼고 그의 충고를 따랐는데, 그에게 너무나 말을 하고 싶었지만 무슨 말을 할지 몰랐다.

"당신은 정말로 인도차이나에 계셨던가요?"

"보세요. 저는 아무것도 꾸며내지 않았어요. 더구나 유감스러운 점은 내가 더 많은 그림을 그릴 수도 있었다는 것이지요."

"어느 시기에 거기에 계셨던 겁니까?"

"그러니까 당신이 궁금한 것은 전쟁의 시기에 있었냐는 것이지요? 예, 프랑스 극동 원정대가 거기 있었습니다."

"당신은 군 소속 화가였나요?"

"천만에요. 낙하산 부대 장교였습니다. 내가 낙하산 부대원들 가운데 유일하게 그림을 그린 사람이었을 겁니다. 사람들은 이런 기벽 때문에 나를 좀 비웃었습니다. 그러나 내가 지나친 것은 아니었습니다. 사실 식민지 주둔 군대가 이런 식의 신중함을 가지고 있지 않았더라면, 우리는 거기에서 뭐든 찾아냈겠지요. 그래서 난 나를 비웃는 사람들의 초상화를 그렸어요. 사진보다도 더 세밀하게요. 비웃던 사람들도 그 초상화들을 좋아해 내게 와서 그것을 달라고 요구했습니다. 나는 항상 종이와 먹을 가지고 다니면서 어디에서든 그림을 그렸지요."

나는 마치 보석을 발견한 것처럼 열정적으로 그림을 넘겼다. 종이 상자를 연달아 열어보고 거기에서 그림을 꺼내면서 나는 내 안에서 그의 붓의 흔적을 따라갔는데, 내 손가락과 팔, 어깨, 배 속을 통해 붓의 여정과 욕망을 따라갔다. 그림 한 장 한 장이 길을 따라 굽어 펼쳐지는 풍경처럼 내 앞에서 열렸다. 내 손은 소용돌이를 따라 위로 솟아올랐고, 내 몸 전체가 그 모든 흔적을 따라가는 여정으로 인한 피로를 느꼈다. 어떤 것들은 크로키에 지나지 않고, 어떤 그림들은 공을 많이 들인 대형 작품들이었다. 하지만 모든 그림이 육체를 뚫고 지나는 분명한 빛에 잠겨 있었는데, 그 빛으로 인해 한순간 그들이 지녔었던 현존이 종이 위에 드러났다. 오른쪽 아래에는 빅토리앵 살라뇽이라는 이름의 서명이 명료하게 보였다. 서명 바로 옆에는 연필로 날짜를 써넣었는데, 그중 어떤 것은 날짜를 명확히 밝혔고, 이따금은 시간까지도, 어떤 것들은 아주 모호하게 대략 그림이 제작된 연도만 밝히기도 했다.

"나는 분류를 하지요. 기억하려고 애쓴답니다. 그래서 종이 상자들, 커다란 가방들, 물건이 꽉 들어찬 장롱들을 갖고 있지요."

"당신은 그림을 많이 그리셨나요?"

"예, 나는 그림을 빨리 그립니다. 시간이 날 때면 하루에도 여러 장을 그리죠. 그렇지만 또 많이 잃어버리기도 했고, 잘못 두기도 했고, 잊기도 했고, 버리기도 하고 그랬습니다. 군대에 있을 때는 퇴각하면서 많은 수색을 벌였죠. 그때는 짐을 꾸릴 여력이 없었고, 짐을 다 가져가지 못해 버리기도 했지요."

나는 그의 수묵화에 찬탄했다. 그는 조금 경직된 모습으로 내 앞에 서 있었고, 움직이지 않았다. 나보다 더 키가 큰 그는 나를 위에서 내려다봤고, 시선은 아주 똑바르고 조금 비웃는 듯했는데, 여읜 얼굴의 그가 투명한 눈으로 나를 보았을 때 거기에는 어떤 장애물도 없는 것처럼 여겨졌다. 마치 애정이 깃든 것 같았다. 예술과 삶에 대한 나의 유쾌한 이론은 더 이상 흥미롭지 않았다. 그때까지 계속 들고 있던 그림을 내려놓고 그를 바라보았다.

"살라뇽 선생님, 제게 그림 그리는 법을 가르쳐주실 수 있는지요?"

저녁 무렵 눈이 내리기 시작했다. 굵은 눈송이들이 낮은 곳을 향해 맴돌다 조금 머뭇거리고는 땅 위에 내려앉았다. 처음에는 회색빛 하늘에서 눈송이들을 볼 수 없었지만, 곧 저녁이 되어 잿빛 하늘로 변하자 하얗게 보이기 시작했다. 마침내 우리 눈에 눈송이들만 보였고, 검은 하늘에서 빛나며 공중을 떠도는 눈송이들, 우리들 눈에는 어두운 하늘에서 빛나며 공중을 떠도는 눈송이들과 축축하게 젖은 천으로 뒤덮인 대지의 하얀 막만이 보였다. 작은 빌라는 12월 밤의 보랏빛 섬광 속에서 눈에 덮여 질식할 듯했다.

나는 편안히 앉아 있었지만 살라뇽은 바깥을 바라보고 있었다. 그는 창문 앞에 서서 뒷짐을 진 채 정원이 있는 자신의 빌라에, 보라시외 레브르댕에 있는 그의 집에, 마을 외곽에 눈이 내리는 것을 바라보고 있었다. 마을 외곽에는 부드럽게 펼쳐지는 이제르 평야가 찰랑거리고 있었다.

"눈은 그 하얀 외투로 모든 것을 뒤덮는군요. 이것이 사람들이 말하는 것이겠지요. 그렇지 않나요? 그렇기 때문에 학교에서 눈에 대해 그렇게 말하는 것이겠고요. 수의처럼 하얗게 뒤덮인 눈. 그러고선 눈을 보지는 못했어요. 더구나 수의들은 못 봤지요. 시신 위에 십자가를 놓고 재빨리 땅을 덮어버리지 않은 경우라면, 기껏해야 그저 거적때기 같은 것만 있었어요. 심지어 그냥 땅에 버려두기도 했습니다. 그러나 그런 것은 아주 드문 일이었고, 우리는 시신을 팽개치지 않고 같이 돌아오고, 그 수를 헤아리고, 추모하는 마음을 간직하려고 애썼습니다."

"나는 눈을 무척 좋아해요. 이제는 눈이 너무 조금 내리지만, 창가에 서서 마치 사건을 목격하듯 눈 내리는 것을 봅니다. 나는 극도의 혼란과 소란 속에서 삶의 가장 비참한 시기를 보냈습니다. 그래서 나에게 눈은 바로 침묵, 고요, 실존을 위해 흘린 땀을 잊게 만드는 생기를 되찾아주는 차가움을 뜻하지요. 20년 동안 말릴 틈도 없이 땀에 젖어 살았기 때문에 땀이라면 끔찍합니다. 그러니까 내게 눈은 안전한 상태에 있는 건조한 육체의 인간적인 열기와 같아요. 나는 허접한 옷을 입고 러시아에서 살아본 사람들과 얼어 죽을 것 같은 두려움을 겪어본 사람들은 눈에 대해서 같은 취향을 가질 수 없다고 생각해요. 나이 든 독일 사람들은 모두 첫 추위가 닥치자마자 더 이상 견디지 못하고 남부 지역을 향해 떠났어요. 그러나 나는 종려나무 같은 것에 질려 있었고, 전쟁이 있었던 20년 동안 눈을 본 적이 없었어요. 그래서 눈을 즐겼지요. 나는 눈 속에서 죽을 겁니다. 내가 20년 동안 살았던 열대 지방에선 바다 건너 일이었다고 할까요. 내게 눈은 프랑스였어요. 썰매, 크리스마스에 내리는 눈송이, 노르딕 문양의 옷, 끝이 좁은 운동복 바지, 방한화, 내가 피해왔으면서도 나도 모르게 돌아가곤 했던, 무익하고 평온한 모든 것이었어요. 전쟁이 끝난 뒤에 모든 것이 바뀌었지만 손상되지 않고 되찾을 수 있었던 유일한 즐거움이 바로 눈이 주는 즐거움이었어요."

"선생님께서 말씀하시는 이 전쟁은 뭐죠?"

"당신은 20년 동안의 전쟁이란 말로 알아차리지 못하셨나요? 끝없는 전쟁, 잘못 시작되어 잘못 끝난 전쟁을 말합니다. 머뭇거리듯 진행되는 전쟁은 여전히 계속되고 있지요. 전쟁은 영속적인 것이고 우리의 모든 행동에 스며들어 있는데, 누구도 그것을 알아차리지 못합니다. 시작은 단정 짓기 좀 모호한데, 1940년인가 1942년경이라고 할 수 있지요. 그러나 끝은 분명합니다. 1962년, 단 1년도 더하지 않았지요. 사람들은 금세 아무 일도 없었던 것처럼 꾸며댔지요. 그것을 모르십니까?"

"저는 그 이후에 태어났습니다."

"전쟁 이후의 침묵은 여전한 전쟁을 뜻하지요. 우리는 사람들이 애써 잊으려고 하던 것을 잊을 수가 없어요. 마치 코끼리에 대해 생각하지 말라고 요구했던 것과 같았지요. 전쟁이 끝난 이후에 태어났다고 해도 그 징후들이 남아 있는 동안 성장한 것이잖아요. 보세요, 나는 당신이 별 이유도 모르는 채 군대를 혐오했을 거라고 확신합니다. 그것이 바로 내가 말하는 징후이지요. 그것이 어디에서 연유한 것인지도 모르는 채 은밀한 혐오가 퍼져 있어요."

"그것은 기본적인 문제이죠. 정치적 선택이기도 하고요."

"선택이라고요? 믿을 수 없는 일이 벌어져도요? 완전히 무관한 일이라고요? 믿을 수 없는 결과를 야기하는 선택들은 징후에 불과해요. 군대 자체가 그 징후 중 하나이고요. 당신은 그것이 지나치다는 생각을 안 해봤나요? 그 전쟁이 아무짝에도 쓸모 없고, 당혹스럽고, 너무나 짜증스러운 전쟁인 데 비해 군대 규모가 너무 엄청났다는 의문을 전혀 가져보지 않았나요? 사람들도 그 전쟁에 대해 말하지 않고, 당신도 그 전쟁에 대해 들은 바가 없는데, 전쟁이 너무나 은밀하게 치러졌다는 의문은요? 한번 생각해봐요. 도대체 어떤 적이 있기에 그런 장치로 모든 사람이 1년 아니면 그 이상의 시간을 쏟아붓는 일을 정당화할 수 있을까요? 어떤 적이라서요?"

"러시아요?"

"허튼소리지요. 왜 러시아가 그런대로 잘 나아가고 있고, 자기들에게 부족한 모든 것을 제공해주는 세계의 일부를 파괴하려고 했을까요?

보세요! 우리에겐 적이 없었어요. 만약 1962년 이후에 우리에게 군대가 있었다면 그것은 그저 시간이 흐르기를 기다리기 위한 것이었어요. 전쟁은 끝났지만 전사들은 여전히 남아 있었으니까요. 우리는 그들이 은둔하고, 늙어가고, 죽기를 기다렸지요. 시간은 죽음이라는 결말에 이르러 모든 문제를 치유하지요. 사람들은 자신이 빠져나온 것을 피하기 위해서, 그리고 자신들이 배웠던 것을 함부로 이용하는 걸 막기 위해 죽음의 문제들을 덮어두었습니다. 미국 사람들은 이 주제에 관해 이상한 영화를 만들었는데, 그 영화에서는 전쟁에 나설 준비가 된 한 사내가 시골을 떠돌아다녀요. 그 사람은 달랑 침낭 하나와 단도, 그리고 그의 영혼과 정신에 새겨진 살인에 관한 온갖 기술 목록을 갖고 있지요. 이제 더 이상 그 이름도 기억이 안 나는군요."

"람보요?"

"아 그래요, 람보. 그걸 가지고 정말 웃기는 시리즈를 만들었던데요. 하지만 난 그 시리즈의 첫번째 것을 말하는 겁니다. 그 영화에는 내가 이해할 수 있는 한 사내가 나와요. 그는 평화와 침묵을 원했지만 사람들이 그에게 자리를 내주지 않으면서 한 작은 도시를 방화와 살육으로 혼란에 빠뜨리는데, 사실 다른 무엇을 할지 알지도 못하지요. 우리가 전쟁에서 배우는 것이 바로 그런 것들이고, 그것을 잊을 수 없는 겁니다. 사람들은 그 사람이 멀리 미국에 있는 인물이라고 생각하지만 나는 프랑스에서도 그와 비슷한 경우를 수백 가지 보았어요. 그리고 내가 알지 못하는 경우들까지 모두 헤아린다면 수천 가지가 되겠지요. 우리가 군대를 유지했던 이유는 그 사람들을 기다리게 하기 위한 겁니다. 그들은 드러나지 않지요. 이런 것들이 알려지지 않는 이유는 그들이 시시한 이야기들을 꾸며내지 않기 때문이지요. 유럽에서 일어나고 있는 모든 것은 사회집단과 관련 있고, 그것은 침묵 속에서 다뤄집니다. 건강하다는 것이 기관들의 침묵으로 드러나는 것이지요."

이 늙은 사내는 나를 보지도 않고 말했는데, 그는 창밖으로 눈 내리는 것을 바라보고 있었고, 나를 돌아보면서 그처럼 부드럽게 말했다. 나는 그가 말하는 것을 이해하지는 못했지만, 그가 내가 알지 못하는 이야기를 알고 있다는 것은 예상했다. 그는 이야기 속 인물이었고, 나는 우연히 가장 후미진 이곳, 어디라고도 할 수 없는 곳, 이제르 평야의 끈끈한 진흙 더미에서 사라져가는 도시 외곽에 있는 작은 빌라에서 그와 함께 있었던 것이다. 내가 살고 있던 도시에서, 내가 끝을 내기 위해 돌아온 도시에서, 잊힌 방, 처음에는 알지도 못하고 지나쳤던 어두운 방을 발견했다. 그 방 문을 밀어보니 빛이 들어오지 않고 오랫동안 닫혀 있었던 다락방이 내 앞에 펼쳐졌는데, 그 바닥에는 사람의 발자국이라고는 전혀 없이 먼지만 수북이 쌓여 있었다. 그리고 나무 상자가 하나 있었는데, 그 상자 안에 뭐가 있는지는 알 수 없었다.

그것을 그 자리에 둔 이후로 아무도 더 이상 열지 않았다.

"선생님께서는 그 이야기 속에서 어떤 일을 하신 것이지요?"

"나요? 전부죠. 자유 프랑스*, 인도차이나, 북아프리카 산악지대. 약간의 감옥살이, 그러고는 아무 일도 없었고요."

"감옥살이요?"

"그렇게 오래는 아닙니다. 아시다시피 그런 일은 나쁘게 끝나는 법이니까요. 학살, 포기, 유기. 당신 나이로 보건대, 부모님은 당신을 위기 속에서 가지셨을 겁니다. 화산이 활동하고 폭발할 듯, 온 나라를 날려버릴 듯 위협했지요. 당신 부모님은 판단 마비였거나 근거 없는 낙관주의, 그것도 아니면 경솔한 면이 있으셨을 겁니다. 그 무렵의 사람들은 아무

---

* 드골이 비시정권에 맞서 "대독항전"을 호소하기 위해 1941년 런던에 세운 망명정권.

것도 알고 싶어 하지 않고 듣고 싶어 하지도 않았고, 화산 폭발을 두려워하느니 차라리 아무 걱정 없이 살고 싶어 했지요. 그런 게 아니라면, 다시 잠들었지요. 침묵, 신랄함과 시간은 폭발의 힘을 이겨내게 했습니다. 이제 유황 냄새가 나는 것도 그런 이유 때문이지요. 그것은 바로 마그마인데, 여전히 뜨거운 상태로 남아 있으면서 갈라진 틈 사이를 메우고 있지요. 그것이 폭발하지 않고 있는 화산 아래서 아주 서서히 솟아오르고 있습니다."

"후회스러우신가요?"

"무엇이요? 내 인생이요? 그것을 에워싼 침묵이요? 전혀 아닙니다. 그게 내 인생이지요. 어떤 일이 있었던 간에 난 내 인생을 소중히 여기고, 다른 것이 아닌 내 인생을 살았을 뿐입니다. 그러한 인생, 사람들을 죽인 사람들은 그 때문에 죽었어요. 근데 나는 죽을 생각이 없어요."

"그것이 바로 내가 그이를 알게 된 후부터 그이가 계속 말한 것이에요." 등 뒤에서 아주 커다란 목소리, 여성스럽고 조화로운 목소리가 방안 가득 울렸다. "나는 그이가 틀리다고 말했지만, 이제 와서는 그이가 옳다는 것을 인정해야 해요."

나는 소스라치게 놀라 벌떡 일어났다. 말한 사람을 보기도 전에 나는 말하는 방식, 외국식 억양, 목소리에 깃든 비애를 사랑했다. 한 여자가 곧장 흔들림 없는 발걸음으로 우리를 향해 왔는데, 구겨진 비단처럼 온몸이 미세한 주름투성이었다. 그녀는 살라뇽과 나이가 같았고 나를 향해 서서 악수를 청했다. 나는 부동의 자세가 되어 아무 말도 하지 못하고, 눈길을 고정한 채 입을 벌리고 있었다. 우리는 악수를 했는데, 그녀가 손을 뻗어 내 손을 잡았기 때문이다. 손길이 어찌나 부드럽고 거침없고 매력적인지, 어떻게 악수를 하는지 모르는 대개의 여자들과 달라서 깜짝 놀랐다. 그녀는 힘이 넘쳤다. 아주 편안해 보이면서 적절한 힘이 느껴졌는데, 그것은 남성성에서 빌려온 힘이 아니라 완전한 여성성을 지닌 힘이었다.

"내 부인, 밥엘우에드 출신의 유대계 그리스인, 에우리디케 칼로야니스를 소개할게요. 지금은 내 성(姓)을 쓰고 있지만, 나는 우리가 만났을 때 이 사람이 쓰고 있던 성으로 부르지요. 나는 그 이름을 너무나 많이 썼어요. 감미로운 탄식과 함께 편지 봉투 위에 그 이름을 썼지요, 그것과 다른 이름으로 이 사람을 생각할 수는 없습니다. 바로 그 이름을 부르며 이 사람을 향한 갈망을 품었으니까요. 그리고 나는 자기 이름을 잃어버린 여인들을 좋아하지 않습니다. 특히나 조상의 혈통을 표시하지 않는 것을요. 그리고 이런저런 갈등에도 불구하고 나는 이 사람의 아버지를 아주 존경합니다. 더구나 에우리디케 살라농이라니요, 듣기 거북하지 않습니까? 사람들은 야채 이름이라고 생각할 거 같아요, 그것은 그녀의 아름다움에 대한 존중이 아니지요."

그렇다, 아름다웠다. 바로 그랬다. 에우리디케, 그녀는 아름다웠다. 그녀가 내게 아무런 말도 하지 않았지만 나는 곧 그것을 알아챘다. 그 손에 내 손이 있고, 그녀의 눈에 내 눈이 비치고, 나는 무언가 할 말을 찾았으나 꼼짝 못하고 바보같이 아무 말도 하지 못했다. 나이 차이가 지각 작용을 혼란스럽게 했다. 우리는 같은 나이도 아니고 멀리 떨어져 있는 것처럼 보이지만, 사실 너무나 가까이 있다. 존재는 똑같은 것이다. 시간은 흐르고 결코 같은 물에 두 번 들어갈 수 없으며, 물결을 따라 흔들리는 작은 배처럼 우리의 몸은 시간의 흐름에 따라 움직인다. 물은 같은 물이 아니다. 결코 같은 물이 아니지만, 작은 배들은 서로가 똑같다는 사실을 알지 못한 채 그렇게 멀어져갔다. 그저 움직이면서. 나이 차이로 인해 우리는 더 이상 아름다움을 판단하지 못하는데, 아름다움이 마치 하나의 기획처럼 느껴지기 때문이다. 내가 안고 싶은 욕망을 지닐 수 있는 아름다운 여인이어야 하는 것처럼 말이다. 에우리디케는 살라 농과 같은 나이였고, 피부 역시 세월의 축적이 느껴졌고, 머리도 그 나 이대로 보였고, 눈, 입술, 손도 역시 그랬다. '미모의 흔적'이라는 표현 보다 더 혐오스러운 것은 없고, 자기 나이에 '걸맞지 않다는' 사실을 확 인하게 마련인 거짓된 겸허로 꾸민 냉소 역시 그렇다. 에우리디케는 자 기 나이에 걸맞았고 삶 자체였다. 그녀의 강렬한 삶 전체가 그녀의 몸짓 하나하나에서 드러났다. 인생 전체가 몸의 자태에서, 목소리의 어조에 서 드러났고, 그녀를 충만하게 만든 삶은 찬탄의 대상이 되어 전염성을 지녔다.

"에우리디케는 강해요. 이 사람은 너무나 강해 내가 이 사람을 지 하 세계에서 데려올 때조차 잘 따라오고 있는지 확인하기 위해 뒤돌아 볼 필요가 없었어요. 이 사람이 거기 있으리라는 것을 알고 있었거든요. 이 사람은 잊을 수 없는 여자이고, 우리 뒤에 있을 때조차 그 존재를 느 끼게 되지요."

그는 팔을 뻗어 그녀의 어깨를 감싸 안고, 그녀를 향해 몸을 구부려 안았다. 내가 생각하고 있던 것을 그가 말했다. 나는 그들을 향해 미소 를 지었고, 이제 분명히 알았으니 정신을 차릴 수 있었고, 내 시선도 더 는 흔들리지 않을 수 있었다.


빅토리앵 살라농은 내게 그림 그리는 법을 가르쳐주었다. 내게 늑대 털로 만든 붓을 주었다. 생생한 붓질이 가능한 중국의 붓은 본래의 힘을 조금도 잃지 않고 화선지 위로 튀어 올랐다. "이것들은 화방에서 구할 수 없을 겁니다. 염소 털로 만든 붓들은 붓글씨에 적합한데, 어떤 특성 이 드러나지 않고 단조롭게 면을 채우지요."

그는 마치 달걀을 쥐듯 붓 쥐는 법을 가르쳐주었는데, 호흡을 가다

들어 불안하지 않게 쥐는 방법이었다. "그러니까 호흡을 가다듬는 것으로 충분합니다." 이어서 먹 감별법, 음영 구분법, 그것들을 사용하기 전에 명도와 입체감을 판단하는 법을 가르쳐주었다. 그리고 하얀 화선지들의 미묘한 색의 차이, 명도만큼이나 소중한 것이 훼손되지 않은 펼쳐짐이라는 것과. 그리고 가득함은 더 이상 움직일 수 없기 때문에 비어 있음이 가득함보다 더 좋은 것임을 가르쳐주었는데, 가득함은 실존이고, 그것이 결국 비어 있음을 무너뜨리게 된다는 것을 가르쳐주었다.

그러나 그는 내 앞에서 아무것도 하지 않았다. 내게 설명하고, 내가 하는 것을 바라보는 것만으로 만족했다. 그리고 도구 사용법을 가르쳐주는 것에 그쳤다. 그다음에는 도구 관리법을 가르쳐주었다. 내가 그리고 싶어 하는 것은 내게 달린 문제이기 때문에 그럴 것이다. 혼자 그림을 그리고 내가 보여주고 싶을 때 그에게 그림을 보여주는 것이다. 내가 붓질할 때 어떻게 붓을 쥐는지, 아니면 어떻게 선을 그어나가는지를 보는 것으로 충분했다. 그로서는 그림을 그리고 있는 나를 보는 것으로 충분했다.

나는 종종 그림을 그리러 갔다. 그가 나를 바라보는 가운데 그림을 그리면서 배웠다. 그는 더 이상 그림을 그리지 않았다. 그는 자기가 한가한 틈을 이용해 내게 그림을 가르쳤고, 노트에 회상록을 쓰기 시작했다.

우리는 서로 잘 맞았다. 전쟁을 겪은 사람들은 종종 문학을 안다고 자부한다. 그들은 모든 것을 척척 해내고 싶어 하고, 특별하게 행동하고 말하는 법을 안다고 생각한다. 다른 한편으로는, 그들 문학 애호가들은 전략, 전술, 포위 공격술을 안다고 자부하는데, 현실에서는 흔히 형편없는 방식으로, 또 흔히 회한에 젖은 방식으로, 그러나 책보다는 훨씬 강렬한 방식으로 모든 규칙들이 전개된다. 그렇다고 인정해야 한다.

그는 내게 지나가는 말로 회상록에 대해 여러 번 말했고, 어느 날인가는 느닷없이 자신의 노트를 찾으러 갔다. 학교에서 배운 뛰어난 필체로 줄이 그어진 파란 노트 위에 글을 썼다. 그는 크게 숨을 쉬더니 내게 읽어주었다. 그것은 이렇게 시작했다. "나는 1926년 리옹에서 작은 소매업을 하는 집안의 외아들로 태어났다."

그러다가 읽기를 멈추고 노트를 내려놓더니 나를 바라보았다.

"지루하게 들리죠? 내겐 첫 문장부터 지루합니다. 그것을 읽고 나면 나는 빨리 끝을 내고 싶어 안달이 납니다. 그러고는 더 이상 다시 시작하지 않게 되지요. 여전히 더 많은 페이지가 남아 있지만, 그만 멈추게 됩니다."

"첫 문장을 없애보세요. 두번째 문장이나 다른 문장으로 시작해보세요."

"그것이 시작인걸요. 처음부터 출발해야 합니다. 그렇지 않으면 갈피를 잡을 수 없게 되지요. 이것은 회상록이지 소설이 아니니까요."

"정말로 선생님께서 맨 처음에 대해 기억하시는 게 뭐죠?"

"안개, 눅눅한 추위, 그리고 땀에 대한 증오심 같은 겁니다."

"그러면 거기에서 시작하는 것이지요."

"먼저 내가 태어난 다음의 일들입니다."

"기억이라는 것은 시작이 따로 없습니다."

"그렇게 생각해요?"

"저는 그렇게 알고 있어요. 기억은 총체적으로 아무렇게나 우리에게 다가오는 것이고, 죽은 사람들에 대한 약력 소개에서나 시작이 있는 것이지요. 그런데 선생님께서는 죽을 생각이 없으시잖아요."

"나는 그저 분명한 것을 원하는 겁니다. 태어남이란 것은 시작에 적합한 일이죠."

"선생님께 그 기억이 없다면 그것은 아무것도 아닌 겁니다. 기억 속에는 많은 시작이 있지요. 선생님께서 보시기에 적당한 것을 고르세요. 선생님께서 원하는 때에 태어난 것으로 하실 수 있습니다. 책에서는 어느 시대에든 태어날 수 있어요."

당황한 그가 노트를 다시 펼쳤다. 그는 아무 말 없이 첫 페이지를 훑어보고, 이어 다른 페이지들을 보았다. 종이는 이미 누렇게 변해 있었다. 그는 세부 묘사들, 상황, 자신이 겪었던 우여곡절들, 잊어서는 안 되는 것처럼 보이는 것들의 변천을 기록했다. 잘 정리되어 있었다. 그가 의미하고자 하는 바를 말한 것은 아니었다. 그는 노트를 덮고 내게 그것을 내밀었다.

"나는 그 일들을 어떻게 할지 모릅니다. 당신이 시작하세요."

그가 글 쓰는 것에 대해 내 조언을 구하자 나는 몹시 난처했다. 그러나 나는 화자이다. 나는 말을 해야 하는 것이다. 비록 내가 원하는 일이 아니고 내가 열망하던 일도 아니지만, 내가 보여주고자 원했기 때문일 것이다. 그런 이유로 나는 빅토리앵 살라뇽의 집에 있었는데, 그 결과, 그는 내가 펜을 잡고 그것을 표현할 수 있는 것보다 더 붓을 잘 쥘 수 있게 가르쳐주었다. 그러나 내 손은 펜을 쥐기에 적합하게 만들어진 손이었다고 해야 할 것이다. 그리고 나는 이런저런 방식으로 그에게 비용을 지불해야 했는데, 그가 나를 위해서 하는 수고와 균형을 이뤄 내가 해야 할 일이 무엇일까 자문했다. 돈이 일을 쉽게 만들 수 있을 텐데 나는 돈도 없고, 그 역시 그것을 원하지 않았다. 그래서 나는 그의 노트를 가지고 와서 읽기 시작했다.

나는 전부 읽었다. 그의 말대로 그것은 지루했다. 그것은 자비 부담으로 출판한 전쟁의 회고록 수준을 뛰어넘지 못했다. 이런 책에서 불완전하게 대충 묘사된 인물들을 읽으면, 그런 식으로 말한다면 한 번뿐인 삶에 대단한 일이 일어나지 않는다고 생각한다. 그런데 단 한 번의 생생한 순간이 책 전체 내용에서 묘사하는 것보다 더 많은 것을 담게 된다. 하나의 사건에는 그의 이야기로 풀지 못한 무언가가 있다. 사건들은 이야기하는 것으로는 대답하지 못할 무한한 문제를 제기한다.

나는 그가 내 어떤 능력을 인정한 것인지 모른다. 그토록 명료한 시선으로, 단지 가까이 있다는 것을 믿을 수 있는 투명함뿐, 내가 알지 못하는 감정을 담은 시선으로 나를 지켜보면서 그가 무엇을 신뢰했는지도 모른다. 그러나 나는 화자이고, 그러므로 이야기를 하는 것이다.

# 쥐들의 일생

빅토리앵 살라뇽은 처음부터 신뢰를 받았다. 태어나면서부터 그는 근력, 호흡, 묵직한 주먹을 지녔고, 그의 연한 빛깔의 눈은 얼음처럼 투명한 빛을 내쏘았다. 그래서 그는 세상의 모든 문제를 두 가지 범주로 정리했다. 그가 단번에 풀 수 있는 문제들, 그러면 그는 바로 돌진했다. 그리고 그가 어떻게 할 수 없는 문제들이 있다. 그가 단번에 풀 수 없는 문제들은 무시하듯이 다루었는데, 마치 보지 않은 것처럼 지나가거나 회피하는 것이다.

빅토리앵 살라뇽은 성공에 필요한 모든 것을 지녔다. 육체적인 감각, 도덕적인 정직함, 결단의 기술. 그는 자신의 특성을 알고 있었고, 그걸 아는 것은 열일곱 살의 나이에 사람이 지닐 수 있는 가장 큰 보물과 같다. 그러나 1943년 겨울에는 타고난 풍요로움조차 아무 소용없었다. 프랑스 상황에 비춰볼 때 그해는 온 세계가 비참해 보였는데, 내재적인 문제였다.

그 시기는 어렵다고 할 수도 없고, 쉽다고 할 수도 없었다. 하지만 힘이 필요했다. 그러나 1943년 프랑스의 젊은 세력들, 젊은 근육들, 젊은 두뇌들, 불타는 불알들은 객실 청소부나 해외 노동자, 있지도 않은 정복자들을 위한 껍데기 인간, 지역의 그저 그런 스포츠 선수, 그것도 아니면 삽을 마치 무기처럼 들고 반바지를 입은 채 줄을 지어 걷는 커다란 바보들 노릇만 할 수 있었다. 사람들이 무기에 대해서 잘 알고 있는데도 세계 전체가 진짜 무기를 지니고 있었다. 세상 어느 곳에서나 사람들은 서로 싸웠고, 빅토리앵 살라뇽은 학교에 갔다.

그는 길 가장자리에 이르자 몸을 숙이고, 그랑드앵스티튀시옹 아래로 리옹이라는 도시가 공중에 떠다니는 것을 보았다. 테라스에서 안개가 걷히며 드러내는 것을 보았다. 도시의 집들, 손 강의 가장자리들, 그러고는 아무것도 없었다. 떠다니는 집들은 서로 비슷하지 않았는데, 크기도 높이도 방위도 달랐다. 나무 색 집들은 손 강의 굽이로 무질서하게 떨어져 내리면서 부드럽게 충돌하고, 너무나 미미한 흐름 때문에 그대로 머물러 있었다. 위에서 내려다보면 리옹이란 도시는 가장 무질서한 모습을 보였다. 안개가 자욱해 거리를 볼 수 없고, 어떤 논리로도 집들의 배치를 알아볼 수 있는 설계도를 드러낼 수 없었다. 아무것도 통행 구역을 보여주지 않았다. 이 도시는 아주 오래된 도시여서 건설되었다기보다는 원래 거기에 놓여 있는 것 같았고, 붕괴 후에 지상에 남은 것 같았다. 도시가 매달려 있는 것 같은 언덕은 결코 아주 견고한 토대를 제공하지 않았다. 이따금 물이 흘러넘치면서 쌓인 퇴적물들은 더 이상 버티지 못하고 무너져 내린다. 그러나 오늘날은 아니다. 빅토리앵 살라뇽이 응시했던 무질서는 단지 정신의 관점에서 그럴 뿐이었다. 그가 살았던 오래된 도시가 반듯하게 지어진 것이 아니긴 했지만, 1943년 겨울 아침에 그 도시가 지니고 있던 불분명하고 가변적인 외양은 오직 기상학적인 이유 때문이었다. 확실히 그랬다.

그는 그런 사실을 납득하기 위해 그림 하나를 그려보았다. 왜냐하면 그림은 눈으로는 발견하지 못하는 질서를 찾아내기 때문이다. 집에서 그는 안개를 보았다. 창문을 통해 보면 모든 것이 형태들로 귀착되었는데, 그것들은 표면이 오톨도톨한 종이 위에 그려진 목탄 자국과 닮았다. 그는 낱장이 거칠거칠한 노트와 심이 무른 연필을 가지고 와서 그것들을 허리춤에 밀어 넣고 천 끈으로 수업에 필요한 소지품들을 묶었다. 포켓형 노트는 없었다. 그는 학교 물건들과 자기 소지품들을 섞는 것을 좋아하지 않았고, 그것들을 손에 쥐고 자신의 재능을 뽐내는 것도 좋아하지 않았다. 그는 이런 불편함을 감수했다. 그것은 오히려 사람들이 짐작하는 쪽으로 자신이 가고 있는 것이 아니라 다른 목표를 향해 가고 있다는 사실을 환기시켰다.

그는 대단한 것을 그리지 않았다. 창을 통해 본 안개의 양상을 그림으로 그렸기 때문에, 창이 틀을 제공하고 그만큼의 거리를 유지하게 만들었다. 거리에서 이미지는 사라졌다. 혼잡하고, 확산되면서 생기 없는, 무엇이라고 표현하기 무척 어려운 현존만이 남아 있을 뿐이었다. 이미지 구축을 위해서는 안에 머무르지 말아야 한다. 그는 노트를 꺼내지 않고, 눅눅한 공기가 파고들지 않도록 짧은 외투를 감싸 쥐고 그저 학교에 갔다.

그는 아무것도 하지 않은 채 그랑드앵스티튀시옹에 도착했다. 그는 테라스의 가장자리에서 미로와 같은 집들에 대해 이해해보려고 애썼다. 대강의 윤곽을 그려보았으나 습기 때문에 부풀려진 종이는 찢어지고 말 것이다. 그것은 아무것도 닮지 않고, 단지 지저분한 종이와 비슷했다. 그는 노트를 덮어 허리춤에 다시 집어넣었고, 여느 때처럼 했다. 괘종시계 아래로 가 종이 울리기를 기다리면서 발을 동동 구르며 추위를 달랬다.

리옹의 겨울은 혹독하다. 온도 자체보다는 겨울이 드러나는 방식 때문이다. 이 도시의 주된 재료는 진흙이다. 리옹은 침적물을 기반으로 이뤄진 도시인데, 도시를 가로지르는 강의 침적물에 기반을 둔 집들이 밀집되어 있다. 그런데 엉겨 붙은 진흙을 침적물이라고 하는 것은 점잖은 표현일 뿐이다. 리옹의 겨울에는 모든 것이 진흙으로 바뀌고, 토양이 약화되고 눈이 녹아내려서 벽들이 무너져 내린다. 심지어 공기조차 무겁고 눅눅하고 차갑게 느껴지면서 옷에 작은 물방울과 투명한 진흙 얼룩이 스며든다. 모든 것이 무거워지고 몸은 축 늘어지고, 예방할 어떤 방법도 없다. 밤낮으로 불을 지핀 난로를 껴안고 방에 있거나 하루에도 몇 번씩 숯불을 이용해 따뜻하게 덥힌 침대보가 깔려 있는 침대에서 자거나 하는 수밖에 없다. 그런데 1943년 겨울에 누가 여전히 숯불과 석탄이 있는 방을 사용할 수 있었겠는가?

다름 아닌 1943년이기에 불평은 적당치 않은 것이고, 거기에 추위는 더욱 가혹한 것이다. 이를테면 러시아, 싸우고 있는 것이 **우리의 군대**인지 **그들의 군대**인지, 어떻게 말해야 하는지를 더 이상 알지 못한다. 러시아에서 추위는 하나의 위기, 지나가면서 파괴를 일삼는 느린 폭발처럼 작용한다. 그런 곳에서 시체는 잘못 들면 부서지는 유리조각과 같다고 하고, 장갑 하나를 잃어버리면 피가 얼어붙고 손이 찢겨나가게 만들기 때문에 죽음과 마찬가지라고들 한다. 혹은 서서 죽은 사람들이 겨우내 나무들처럼 그렇게 있다가 봄이 오면 용해되어 사라지는 숫자가 화장실에 갔다 엉덩이가 얼어 죽은 사람의 수와 같다고 한다. 사람들은 그런 추위의 효과가 그로테스크한 공포의 집합체와 같다고 말하는데, 사실 그것은 그곳에서 살지 않으면서 과장해서 말하는 여행객들의 농담과 비슷하다. 약간의 진실이 뒤섞인 채 돌아다니는 허풍 같은 것인데, 프랑스에서는 수준이 제일 떨어지는 사람이라고 해도 최소한 그런 것을 선별할 만한 지적이고 도덕적인 엄밀함은 있지 않을까?

안개는 거리와 복도, 계단, 심지어 침실까지 관통하면서 차가운 옷을 펼친다. 눅눅한 천이 되어 지나가는 사람들에게 들러붙고, 걸어가는 사람의 뺨 위에 드리우다가 슬그머니 비집고 들어와 차가워진 분노의 눈물처럼, 가라앉은 화의 물방울처럼, 다시 만나기를 갈망하는 죽어가는 사람들의 다정한 입맞춤처럼 목을 핥고 지나간다. 아무것도 느끼지 않으려면 더 이상 움직이지 말아야 한다.

그랑드앵스티튀시옹의 시계 아래에 있는 어린 청년들은 거의 움직이지 않으면서 버틴다. 단지 조금 추위에 맞설 뿐이지만 안개가 스며들기 때문에 더 이상은 그러지 못할 것이다. 그들은 광장을 맴돌면서 손을 감싸고 등을 구부린 채 바닥을 향해 얼굴을 숙인다. 모자를 눌러쓰고 자신들을 부르는 종이 울리기를 기다리면서 외투를 여민다. 어깨를 둥글게 처리한 검정 외투를 입고 있는 그 어린 청년들은 모두 비슷한데, 고전적인 건축물 위에 크고 작은 무리를 이루며 부각되어 먹으로 그림을 그리면 멋지리라. 하지만 살라뇽에게는 그림을 그릴 재료가 없었고, 손에는 장갑을 끼고 있던 데다 기다림으로 인해 짜증이 솟구쳤다. 그도 다른 사람들처럼 종소리가 울리기를 기다렸다. 그리고 약간의 희열 속에서 딱딱한 노트가 그를 자극하는 것을 느꼈다.

종이 울리자 개구쟁이들은 교실로 달려갔다. 학생들은 킥킥거리며 서로를 밀치고, 침묵하는 척하면서 소음을 증대시켰다. 팔꿈치로 서로를 찌르고, 찡그리고 웃고 하면서 당시에 아주 유행하던 군인 같은 근엄한 태도를 지어내면서 가장 무표정한 모습으로 문을 지키고 있는 두 명의 감독 앞을 지나쳐 들어갔다. 그랑드앵스티튀시옹의 학생들, 그들을 어떻게 불러야 할까? 대개 열다섯 살에서 열여덟 살이지만, 1943년의 프랑스에서 나이는 아무 의미가 없다. 젊은이들? 그것은 그들의 현실에 비해 너무나 영광스러운 호칭이다. 젊은 사내들? 그것은 그들이 살아갈 것에 비해 너무나 전도유망해 보인다. 미소를 감춘 채 감독관 앞을 지나가는 그들을 개구쟁이가 아니면 무엇이라고 부르겠는가? 그들은 폭풍우를 피하고 있는 개구쟁이들이고, 차갑고 깨끗한 석조 건물에서 거주하고, 어린 강아지들처럼 몰려다닌다. 삶이 지나가기를 기다리고, 소리치지 않는다는 신호를 보내면서 소리 지르고, 아무것도 하지 않는다는 것을 드러내 보이면서 무언가를 한다. 그들은 안전하게 있다.

종이 울리자 개구쟁이들이 서로 모여들었다. 너무나 습한 리옹의 공기, 1943년의 공기는 상태가 너무 좋지 않아 청동색 노트들이 날아가 흩어지지 않았고, 눅눅해진 판지의 둔탁한 소리를 내며 떨어져 마당까지 미끄러지듯 흘러들어와 찢긴 낙엽들, 남아 있는 눈, 더러운 물과 뒤섞이고 모든 것을 덮고 있는 진흙과 뒤섞이면서 조금씩 조금씩 리옹을 가득 채웠다.

학생들은 줄지어 지독하게 차가운 돌로 된 커다란 복도를 따라서 교실로 갔다. 장식 없는 벽 위로 나무 구두 밑창이 바닥에 부딪히는 소리가 울렸으나 개구쟁이들의 외투 스치는 소리와 수다 때문에 묻혀버렸다. 개구쟁이들이란 입을 다물고는 있지만 침묵하는 법을 모른다. 살라농의 귀에는 이런 것들이 자신이 혐오하는 불협화음으로 들렸고, 마치 고약한 냄새가 나는 방을 지나갈 때 코를 막는 것처럼 완고한 표정을 지으면서 지나갔다. 살라농이 싫어한 것은 그런 환경이었다. 장소가 추운 것은 오히려 즐겼고, 학교의 우스운 질서는 견딜 수 있었다. 고립될 수 있는 불행한 상황이라면, 적어도 침묵할 수 있어야 했다. 그는 복도에서 일어나는 야단법석이 모욕적이었다. 더 이상 듣지 않고, 마음으로 소리를 차단하고, 자기 고유의 침묵 속으로 들어가려고 애썼지만, 온몸으로 자신을 에워싼 웅성거림을 감지했다. 그러면서 자신이 어디에 있는지를 알았고, 그 사실을 잊을 수가 없었다. 거기는 바로 개구쟁이들의 교실, 모든 행동이 부산스런 소음을 동반하고, 그 소음이 메아리로 돌아오고, 흐르는 땀처럼 웅성거림에 둘러싸인 곳. 빅토리앵 살라뇽은 땀을 경멸한다. 땀이란 옷을 너무 껴입고 분주히 움직이는 불안한 인간이 만들어낸 찌꺼기 같은 것이라고 여기기 때문이다. 그와 같이 움직이지 않는 사람은 땀을 흘리지 않고 달린다. 그는 옷을 걸치지 않고 뛰고, 땀은 적절하게 증발하고, 아무것도 돌아오지 않는다. 땀에 젖지도 않고 몸을 마른 상태로 유지한다. 노예는 등을 구부리고 갱도 안에서 땀을 흘린다. 어린아이는 엄마가 감싸준 두꺼운 양모 이불 안에서 흠뻑 젖도록 땀을 흘린다. 살라뇽은 땀에 대해 극도의 혐오감을 느꼈다. 그는 돌처럼 단단한 몸, 아무것도 흐느적거리지 않는 몸을 꿈꿨다.

포부르동 선생은 검은 칠판 앞에서 학생들을 기다렸다. 완벽한 침묵이 흐를 때까지 학생들은 각자 자기 자리에 서 있었다. 옷 스치는 소리가 난다거나 나무 삐걱거리는 소리가 나면 계속 그렇게 부동자세로 있게 된다. 그렇게 완벽한 침묵이 이뤄질 때까지 지속되는 것이다. 마침내 포부르동 선생이 그들에게 앉으라고 지시하면 잠깐 의자를 끌어낸 뒤 재빨리 멈췄다. 그러면 그가 뒤를 돌아 칠판 위에 반듯하고 뛰어난 필체로 『갈리아 전기 번역본』을 썼다. 학생들도 쓰기 시작했다. 반드시 필요한 것이 아니면 한마디도 하지 않고, 글쓰기에 집중하기 위해 일체의 잡담이 금지되는 것, 그것이 포부르동 선생의 방식이었다. 태도. 이를테면 내적 규율을 가르쳤는데, 그것은 유일한 실천의 기술이었고, 행동과 같은 가치를 지닌 것이다. 그는 자신을 로마인으로 상상하고, 잘린 돌덩이 위에 글귀를 새겼다. 포부르동 선생은 이따금 짧은 주석을 내놓았는데, 그것은 작은 사건들에서 끌어낸 도덕적 교훈, 항상 똑같지만 학교생활에서 듣게 되는 것이다. 사실 그는 가르치는 일을 아주 높이 평가하면서도 학교생활을 경멸했다. 그는 자기가 일반적인 연단보다 더 좋은 교단에 자리했다고 평가했는데, 왜냐하면 연단에서는 비난을 하기 위해서 말을 사용하지만, 교단에서는 가르치고, 지시하고, 행동하기 때문이다. 그러면서 가치가 있는 삶의 유일한 양상이 드러나는데, 그것은 도덕적 양상으로서 가시적인 세계의 어리석음이 없다. 그리고 언어는 비로소 문제를 드러내기에 적합한 것이 된다.

학생들은 적을 능숙하게 포위하고 완전히 섬멸하는 전투 이야기를 번역해야 했다. 믿을 수 없게 피상적으로 다루는 멋 부림, 이야기를 장식하는 수채화의 세련된 기법처럼 언어로 인해 그럴싸한 효과가 난다고 살라눙은 생각했다. 그러나 켈트족의 갈리아 전투에서는 어떤 말도 없이, 어떤 비유를 생각할 필요도 없이 가장 비열한 방식으로 전투를 했다. 날카롭게 벼려진 검의 도움으로 사람들은 적의 시체에서 피가 뚝뚝 떨어지는 조직들을 떼어내 땅에 구르게 했고, 또 다른 적의 사지를 절단내기 위해 그 위를 짓밟고 지나갔는데, 마지막 하나 남은 적까지 그렇게 해치우거나 자기가 죽거나 하는 것이다.

모험가인 카이사르는 갈리아 지방에 들어와서 그곳을 살육으로 몰아갔다.* 그는 자신의 힘이 강력해지기를 바랐다. 부족국가들을 무너뜨리고 제국을 건설한 뒤 통치하기를 바랐다. 그는 세상을 자기 손아귀에 넣기를 바라고, 또 바랐다. 그는 위대해지고 싶었는데, 그것은 그리 늦은 일도 아니었다.

---

* 갈리아 지역(골 지방)은 현재 북부 이탈리아, 프랑스, 벨기에, 라인 강 서쪽의 독일을 포함하는 지역으로 켈트족이 살고 있었다. 카이사르의 갈리아 정복은 총 7년이라는 짧은 기간에 이루어졌다. 켈트족은 자신들의 문화를 잃어버리고 급속도로 로마에 동화되었다.

카이사르는 자신의 정복 과정에 대해, 집단 학살에 대해 잘 다듬어진 이야기를 써서 그것을 로마에 보내 원로원을 설득했다. 그는 전투들을 마치 남성적 용기, 로마의 미덕이 승리를 거둔 규방의 장면처럼 묘사했고, 철검을 마치 의기양양한 **남성**처럼 다뤘다. 그는 능숙한 이야기를 통해 로마에 남아 있던 사람들에게 전쟁의 희열을 대리로 느끼게 했다. 그는 로마인들의 신뢰에 대해 대가를 지불했다. 로마인들을 현혹시켜 그들의 돈을 얻어냈고, 거기에 대해 이야기로 보답했다. 그러면 원로원 의원들은 사람들, 후원금, 격려를 보냈다. 그러면 그것은 다시 금으로 가득한 손수레들, 잊을 수 없는 일화들의 형태로 그들에게 되돌아왔는데, 이를테면 적의 절단된 손들이 산더미를 이룬 것처럼 말이다.

카이사르는 이야기를 통해 갈리아의 허구를 만들어냈는데, 그는 같은 문장, 같은 몸짓으로 정복해나갔을 것이다. 카이사르는 자기들에게 가장 좋아 보이는 현실을 선별해서 묘사하는 역사가들이 거짓을 범하는 것처럼 거짓말을 했다. 그 결과 소설, 영웅의 거짓말은 실제 행동보다 훨씬 좋은 현실을 만들었고, 새빨간 거짓말이 행위에 근거를 제공하고, 여러 행동의 감춰진 토대가 되는 동시에 보호해주는 지붕 구실을 했다. 행위와 말은 모두 세상의 윤곽을 드러내고 형태를 부여해준다. 군사 영웅은 소설가, 새빨간 거짓말쟁이, 말을 지어내는 사람이 되어야 한다.

권력은 이미지를 좋아하고 그것을 먹고 자라난다. 카이사르는 모든 면에서 천재였고, 같은 방식으로 군사, 정치, 문학을 다루었다. 그는 다양한 양상을 드러내지만 같은 성격의 임무에 관여한 것인데, 부하들을 이끌고 갈리아를 정복하고, 그것을 이야기로 만드는 각각의 양상이 다른 양상을 강화시키면서, 무한한 소용돌이를 이루면서 자신을 영광의 정점으로 이끄는 것, 날개를 달고 날아야만 하는 천상의 일부가 되도록 이끄는 것이다.

현실이 이미지를 환기시키고, 이미지가 현실을 편집한다. 모든 정치적인 천재는 문학적 천재이다. 총사령관*은 이러한 임무에 만족할 수 없었다. 그가 굴욕감에 말을 잃은 프랑스 군중에게 내보인 소설은 하나가 아니다. 하급생들의 독본인 『두 어린이의 프랑스 일주』라는 책은 불쾌한 부분을 없애고, 언어를 통해 채워나간 무의미한 착색들로 가득했다. 총사령관은 원로로서 말했는데, 그의 명민함은 그다지 오래 지속되지 않았고, 목소리는 떨렸다. 민족 혁명이라는 유치한 목표는 아무도 믿을 수 없었다. 사람들은 덤덤하게 복종하고 다른 것을 생각했다. 잠이 든다는 것, 자신의 일에 열중을 한다는 것이거나 어둠 속에서 서로를 죽이는 것이다.

살라뇽은 번역을 잘했지만 속도가 느렸다. 그는 짧은 라틴어 문장들을 놓고 몽상에 잠겼다. 그 문장들이 말하고 있지 않은 것들로 의미를 확장시켜나갔고, 거기에 다시 생명을 불어넣어주었다. 여백에는 전투 장면을 그려 넣었다. 이쪽에는 초원이 있고, 저쪽에는 초원을 둘러싼 경사진 가장자리가 있다. 이쪽은 갑자기 솟아오른 형태의 비탈이 있고, 저쪽은 나란히 열을 지은 로마 군대가 있는데, 그들은 각자 곁의 사람을 잘 알고 있는데 거기에는 어떤 변화도 없다. 앞에는 무질서하고 반라 상태인 켈트족이 있었는데, 우리의 조상인 골족으로서 열정적이고 어리석은 데다 전쟁의 희열을 위해서라면 언제나 싸울 준비가 된 상태로, 오직 희열이 중요했지 결말은 거의 의미가 없었다. 살라뇽은 손가락 위에 보랏빛 물감을 조금 묻혀 침을 바르고, 윤곽을 따라 투명한 음영을 넣었

---

* 앙리 필리프 페탱을 말한다. 베르됭 전투(1916년 2월)의 성과로 영웅이 되어 '프랑스의 원수(元帥)'라는 칭호와 함께 군인으로서 최대 영예를 누렸다. 이후 제2차 세계대전 중 프랑스가 독일에 점령당했을 때 독일에 협력하여 비시Vichy에 정부를 세우고 수상의 자리에 올랐다. 전쟁이 끝난 뒤에 반역죄로 사형을 선고받았다.

다. 그가 부드럽게 문지르자 진했던 선들이 연해지고, 공간이 깊어지고, 밝은 부분이 드러났다. 그림은 경이로운 행위이다.

"학생은 배치에 확신이 있나요?" 포부르동 선생이 물었다.

살라뇽은 깜짝 놀라 얼굴이 붉어지고, 팔로 모든 것을 감추려고 하다가 포기했다. 포부르동 선생은 살라뇽의 귀를 살짝 잡아당기다가 관뒀다. 그의 학생들은 열일곱 살이었다. 살라뇽과 포부르동 선생은 조금 어색하게 서로 맞섰다.

"나는 학생이 여백에 낙서나 하면서 놀 것이 아니라 번역에 더 충실했으면 좋겠는데요."

살라뇽은 그에게 이미 해놓은 번역을 보여주었는데, 포부르동 선생은 거기에서 어떤 실수도 발견하지 못했다.

"학생은 번역도 잘했고 지형도도 정확해요. 하지만 학생의 서툰 그림을 사상의 명예인 라틴어와 섞는 것은 좋지 않아 보이네요. 학생은 고대인들이 자주 읽었던 정전(正典)에 다가서기 위해 학생 정신을 함양할 만한 온갖 원천이 필요해요. 그러니 장난은 그만해요. 학생 정신을 함양하세요, 그것이 학생이 소유할 수 있는 유일한 자산입니다. 아이들에게 돌아갈 것은 아이들에게 주고, 카이사르의 것은 카이사르에게 주세요."

만족한 그는 멀어져갔고, 산들바람 같은 중얼거림이 열을 따라 퍼져나갔다. 그는 교단에 갔다가 돌아섰다. 침묵이 흘렀다.

"계속하세요."

학생들은 라틴어로 갈리아 전쟁을 계속 읽어나갔다.

"너 제법 잘 빠져나가더라."

샤사뇨가 중학생다운 능숙한 솜씨로 입술을 들썩거리지 않고 말했다. 살라뇽이 어깨를 으쓱했다.

"선생님은 엄한 분이셔. 그렇지만 다른 곳에서보다 여기에서 우리는 더 차분하지. 그렇지 않니?"

살라뇽이 이를 드러내며 웃었다. 그러고는 책상 아래에서 샤사뇨 허벅지의 살이 많은 부분을 잡고 꼬집었다.

"나는 차분함을 좋아하지 않아." 그가 숨을 내쉬었다.

샤사뇨는 끙끙거리다가 이상한 소리를 질렀다. 살라뇽은 글쓰기를 멈추지 않은 채 계속 웃으면서 꼬집었다. 탈이 나게 마련이다. 샤사뇨가 억눌린 소리를 낑낑거리듯 내뱉자 반 전체가 웃음을 터뜨렸고, 교실의 침묵 속에 던져진 조약돌처럼 웃음의 물결이 퍼져나갔다. 포부르동 선생은 학생들에게 조용히 하라고 몸짓했다.

"무슨 일이죠? 샤사뇨, 일어나요, 소리를 낸 게 학생인가요?"

"예, 선생님."

"왜죠?"

"경련 때문입니다, 선생님."

"어리석네요. 스파르타의 젊은이들은 침묵을 깨지 않으려고 한마디도 하지 않고 개복을 했는데요. 학생은 일주일 동안 칠판 청소를 하세요. 이번 의무의 예시적 측면에 집중해보세요. 침묵은 정신의 청결입니다. 나는 학생의 정신이 칠판을 청소하듯 청결을 회복하길 바랍니다."

여기저기서 웃음이 터져 나왔지만, 그는 아주 건조한 목소리로 "그만하세요" 하며 중단시켰다. 모두가 다시 책을 펼쳤다. 샤사뇨는 조심스럽게 허벅지를 만졌다. 볼이 통통하고 아주 반듯하게 가르마를 갈라 머리를 빗은 그는 울 준비가 되어 있는 어린 소년과 닮았다. 살라뇽은 여러 번 접은 쪽지를 그에게 건넸다. "멋져. 너는 비밀을 지켰구나. 내 우정을 받아줘." 다른 학생이 그것을 읽었고, 그 학생이 비밀을 알아챈 끈적한 시선을 건네자 살라뇽은 몹시 불쾌해졌다. 온몸이 뻣뻣해지고 떨리다가 토할 뻔했다. 그래서 그는 잉크에 펜을 담갔다가 이미 해두었던 번역을 다시 베끼기 시작했다. 그는 이제 펜을 따라 흐르는 잉크의 흔적에만 주의를 기울이고 펜 끝만 생각했다. 그의 몸이 다시 진정되었다. 호흡을 따라 활력을 얻은 글자들은 보랏빛 곡선, 생기 가득한 곡선을 그렸고, 느린 리듬을 따라 진정이 된 살라농은 검술에서 한번 찌를 때처럼 시원스럽고 정확한 선을 마무리했다. 고전적인 붓글씨는 폭력적인 사람들과 흥분한 사람들에게 필요한 차분함을 선사해준다.

중국 사람들은 전사에게서 서도(書道)를 본다고 말한다. 글을 쓰는 자세는 몸 전체의 자세를 축소한 것이고, 어쩌면 존재 전체의 자세이기도 하다. 자세와 결단의 정신은 어떤 단계이든지 같은 것이다. 살라농은 그것을 어디에서 읽은 것인지 기억하지 못하면서도 이 견해에 동의했다. 중국에 대해서는 세부적인 것들, 소문들, 거의 아무것도 몰랐지만, 상상 속에서 다소 흐릿하지만 현존하는 머나먼 중국이라는 영토를 건설하기에는 충분했다. 그는 일그러진 돌로 만든 미소를 짓고 있는 커다란 불상들, 그렇게 예쁘지는 않은 푸른빛으로 만든 대형 도자기들, 중국산이지만 영어 번역으로는 인도에서 왔다고 잘못 설명한 벼루를 장식하고 있는 용들에 대해 생각했다. 중국에 대한 살라농의 취향은 먼저 거기에서 비롯되었다. 한마디 말, 벼루에 새겨진 한마디 말이었다. 그는 먹을 토대로 나라 전체가 건설된 것이라고 볼 정도로 검은 먹을 아꼈다. 몽상가들과 무지한 사람들은 이따금 현실의 특성에 대해 아주 심오한 직관을 지닌다.

노선생의 한 시간 철학 강의를 듣고 보니 살라농 자신이 알고 있던 중국에 대한 지식이 본질적인 것으로 느껴졌다. 그가 기억하기에 선생은 느리게 말했다. 반복해서 말했고, 대중의 관심을 약화시키는 길고 진부한 이야기를 무척 좋아했다.

사제인 포부르동 선생은 일생을 중국에서 보낸 아주 나이 든 예수교도를 학급에 초대했다. 그는 의화단 사건을 피해서 왔다. 여름의 궁궐 약탈을 목격했고, 사건 와중에 귀족들의 투쟁으로 인해 야기된 위험으로 가득 찬 상황에서 살아남았다. 그는 비록 황폐해진 상태이긴 했어도 제국을 사랑했다. 국민당이란 이름을 내세워 건립된 공화국에도 적응했는데, 일본군이 침략했다. 중국은 총체적인 혼란에 빠져들었는데, 그 혼란은 오래 지속될 것 같았다. 그런데 그는 나이가 너무 많아 혼란이 끝나는 것을 볼 수 없을 듯했다. 그래서 유럽으로 돌아왔다.

그 노인은 거친 숨을 몰아쉬면서 구부정하게 걸었는데, 기댈 수 있는 모든 것에 기댔다. 그 노인이 서 있는 학생들 앞을 지나 교실을 가로지르는 데는 무한정 시간이 걸렸고, 포부르동 선생은 결코 사용하는 일이 없던 교실 의자에 주저앉았다. 한 시간 동안—시작종과 끝종의 사이는 정확히 한 시간이었는데—그는 생기 없는 목소리로 사람들이 신문에서 읽을 수 있는 것과 같은 일반적인 이야기들을 길게 늘어놓았다. 전쟁 전의 상황들, 평범해 보이는 일반론들이었다. 그러나 숨 가쁜 그의 목소리, 아무것도 환기시키지 않는 나른한 목소리는, 다른 어느 곳에서도 발견할 수 없는 이상한 책과 같은 느낌을 주었다.

그는 노자의 구절들을 읽었는데, 그것을 들으면 세상이 아주 명료하고 구체적이면서 불가해한 것으로 변했다. 그리고 『주역』의 단편들을 읽었는데, 그 의미는 한 움큼의 패들만큼이나 다양하게 보였다. 그리고 마침내 『손자병법』을 읽었다. 그것은 전투 대형(隊形)으로 있는 사람은 누구나 훈련할 수 있다는 것을 밝혀주었다. 군대의 명령에 복종하는 것은 인류의 속성이고, 명령을 따르지 않는 것이 인류학적으로 예외이거나 실수라는 사실을 밝혀주었다.

"'제게 훈련받지 못한 농부들을 누구라도 보내주신다면, 제가 그들을 폐하의 친위부대원처럼 만들어놓겠습니다.' 손자가 황제에게 말했다.

'병법의 원리들에 따르면, 전쟁에서 그런 것처럼 온 세상을 조종할 수 있습니다.' ―'내 후궁들까지도? 경박한 별궁을 말이지?' 황제가 물었다.'―'예, 바로 그렇습니다.' ―'전혀 못 믿겠는데.' ―'제게 완전한 자유를 허락해주시면 그들을 폐하의 가장 뛰어난 병사들처럼 다룰 수 있습니다.' 황제는 재미있어 하면서 의견을 받아들였고, 손자는 후궁들을 훈련시켰다. 후궁들은 장난삼아 복종하면서 웃었고, 무질서하게 걸으면서 전혀 좋은 결과를 보여주지 않았다. 황제가 웃으면서 말했다. '저 후궁들을 데리고선 전혀 좋은 결과를 기대할 수 없겠는데.' ―'만약 명령이 제대로 이해되지 못한다면 그것은 명령이 명확하지 않기 때문이지요.' 손자가 답했다. '그러면 그것은 명령을 내리는 장군의 잘못이고, 장군은 더 명료하게 설명해야 합니다.'"

　　그는 다시 더욱 명료하게 설명했는데, 후궁들은 다시 동작을 취하면서 여전히 웃었다. 그녀들은 비단 소매로 얼굴을 가리면서 흩어졌다. '그런데 만약 명령이 언제나 이해되지 않는다면, 그것은 병사의 잘못입니다.' 그러고는 황제가 총애하는 후궁의 목을 잘라달라고 요구했는데, 그 후궁은 언제나 먼저 웃음을 터뜨렸다. 황제는 반박했지만 손자는 정중하게 주장을 이어갔다. 황제는 이미 그에게 모든 자유를 주겠다고 허락한 터였다. 만약 황제가 자신의 계획이 실현되는 것을 보고자 한다면, 임무를 맡겼던 손자가 원하는 대로 하도록 해야 했다. 황제는 얼마간 후회하면서 마지못해 동의했고, 젊은 후궁의 목이 베어졌다. 엄청난 슬픔이 모의 전쟁을 하고 있던 궁의 뜰 위로 드리웠고, 새들도 지저귀지 않고 꽃들도 향기를 뿜지 않고 나비들도 더 이상 날지 않았다. 어여쁜 후궁들이 가장 뛰어난 군사들처럼 침묵 속에서 훈련을 받았다. 그녀들은 모두 함께 머물렀고, 살아남은 자들의 공모 의식과 두려움의 향기가 내뿜는 흥분으로 인해 서로 밀착되어 결합했다.

그러나 두려움이란 복종을 하기 위한 구실에 지나지 않는다. 대개 사람들은 복종하기를 좋아한다. 사람들은 함께 있기 위해서, 무리의 향기 속에 잠기기 위해서, 혼자라는 끔찍한 불안을 쫓아내고 안심하기 위한 흥분을 즐기기 위해서 뭐든지 할 것이다.

개미들은 향기로 말을 한다. 개미들은 전투할 때의 향기, 도망갈 때의 향기, 유혹할 때의 향기를 각각 지니고 있다. 개미들은 언제나 그 향기를 따른다. 우리들, 사람들은 향기처럼 정신적이고 휘발성이 있는 체액을 지니는데, 우리가 정말로 좋아하는 일은 그것을 공유하는 것이다. 우리가 같이 있을 때, 그와 같이 일치된 상태일 때, 우리는 오직 달리고 죽이고 1 대 100으로 싸우는 일만 생각할 수 있다. 우리는 단지 비슷한 모습인 것에 그치지 않고, 우리 본래의 모습에 가장 가깝게 존재한다.

궁궐의 뜰 위로 저녁 무렵의 어스름한 햇빛이 돌사자 상을 물들이면, 후궁들은 슬픔에 잠긴 황제 앞에서 종종걸음을 하며 훈련을 한다. 저녁이 되면 빛은 군사 훈련을 하고 있는 복장을 엷게 물들이고, 손자의 짧은 외침에 후궁들은 하나가 된 채 나막신 소리가 만드는 리듬에 맞춰서, 이제 더 이상 누구도 고운 빛깔에 감탄하지 않는, 눈부신 비단 저고리가 바스락거리며 가볍게 날아오르는 것에 맞춰서 계속 걷는다. 한 사람 한 사람의 육체는 사라지고, 손자의 명령을 따르는 움직임만이 있다.

가게는 혐오스럽다. 가게는 언제나 더러웠고, 이제는 수치스럽다. 수업을 마치고 돌아가는 저녁, 겨울날 저녁의 그런 시간은 밤이나 마찬가지다.

집으로 돌아가는 길은 빅토리앵이 싫어하는 시간이다. 어둠 속 대지에서 심한 추위가 올라오고, 마치 물속을 걷는 것처럼 여겨진다. 겨울의 그런 시간에 집으로 돌아가는 일은 호수에 빠져버리는 일과 같고, 익사,

마비되어 얼어버린 것과 같은 잠으로 빠져드는 일이다. 집으로 돌아가는 일은 떠나기를 거부하는 것과 같고, 그날을 삶의 출발로 만드는 것을 거부하는 일이다. 집으로 돌아가는 일은 망쳐버린 그림처럼 하루를 구겨서 던져버리는 것과 같다.

저녁마다 돌아가는 일은 낮을 내던지는 일과 같다. 빅토리앵 살라농은 오래된 도시의 거리를 걸으면서 축축하고 조악한 거리가 아주 드문드문 간격을 두고 벽에 달려 있는 희미한 가로등보다 더 빛을 낸다고 생각한다. 리옹의 낡은 거리에서는 빛이 계속 비추리라고 믿는 것은 불가능하다.

그리고 그는 다름 아닌 자기 집을 혐오했다. 집은 가게였고, 정면에는 나무 진열장과 뒤에는 아버지가 팔 물건을 쌓아둔 창고, 2층에는 어머니, 아버지, 그, 가족이 지내는 천장 낮은 방이 있었다. 그는 가게가 끔찍스러웠으므로 집을 증오했다. 저녁마다 집에 돌아간다는 것은 그것이 바로 자신의 집, 인간적 온정의 원천이라고 생각할 여지가 있으나, 반면에 그저 신발을 벗어둘 수 있는 장소일 뿐이라는 의미이기도 하다. 그러나 그는 매일 집으로 돌아간다. 가게는 끔찍하다. 그렇게 되풀이해 말하면서 들어간다. 작은 종소리가 울리면 금세 긴장이 높아진다. 빅토리앵의 어머니가 문을 닫고 들어가려는 그를 부른다.

"이제 왔구나! 빨리 가서 아버지를 도와드려라. 아버지 혼자 바쁘시단다."

다시 종이 울리고, 냉기를 안고 손님이 들어왔다. 빅토리앵의 어머니는 놀랄 만한 반사 신경으로 돌아서서 미소를 지었다. 그녀에게는 이런 신사들이 그녀를 매력적인 외모의 처녀라고 믿게 만드는 민첩함이 있다. 어떤 생각보다도 앞선 움직임, 종이 울리면 휙 돌아가는 목. 그녀의 미소는 완벽하게 꾸며낸 것이다. "예, 손님." 그녀는 우아한 자태를 지닌 아름다운 부인이었고, 누구나 매력적이라고 생각할 만한 태도로 손님을 살폈다. 사람들은 그녀에게서 무언가를 사는 걸 좋아할 것이다.

빅토리앵은 서둘러 창고로 갔는데, 거기서 아버지는 발판 위에 있었다. 그는 종이 더미를 가지고 낑낑거리다가 한숨을 내쉬었다.

"아, 너구나 너."

발판 위쪽에 있는 아버지는 안경을 코에 걸치고 빅토리앵에게 서식과 청구서 같은 서류 더미를 건넸다. 대부분의 서류는 구겨져 있었는데, 1943년의 서류는 아버지의 조바심, 일이 실패로 돌아가 화가 났을 때의 격한 동작들, 짜증이 날 때 손에 흐르는 땀을 견뎌내지 못했기 때문이다.

"무언가가 빠졌어. 아무것도 일치하지 않네. 나는 뭐가 뭔지 모르겠다. 너는 셈을 할 줄 아니까 다시 계산해봐."

빅토리앵은 종이 더미들을 받아 발판의 아랫단에 내려놓았다. 쌓인 먼지가 떨어지지 않은 채 떠다녔다. 촉수가 낮은 등불로는 충분하지 못했는데도, 불빛은 안개 사이로 작은 태양들처럼 빛났다. 아주 잘 보이지는 않았지만 그것은 그다지 중요하지 않았다. 숫자를 확인해야 한다면 읽고 셈하는 것으로 충분하지만, 아버지가 그에게 요구한 것은 단지 수를 셈하는 일이 아니다. 살라뇽 상점에는 여러 개의 회계 장부가 있었는데, 그것들은 시기에 따라서 바뀐다. 전쟁이라는 시기의 법칙은 미로를 형성한다. 그때에는 신세를 망치지 않고 다치지 않고 제자리로 돌아가야 한다. 팔아도 되는 것과 그저 묵인하는 것, 할당된 것, 불법적이지만 아주 심각하지 않은 것, 불법적일뿐더러 사형에 처해지는 것을 주의 깊게 구별해야 하고, 그 위에 규칙을 정해야 한다는 것을 잊지 않았다. 살라뇽 상점의 회계는 모든 전시 경제 규모에 통합된다. 우리는 거기에서 진실, 감추어진 것, 암호화된 것, 발명된 것, 심지어 정확한 자료를 제시해도 흔들리지 않을 그럴듯한 평계, 이름이 드러나지 않게 할 입증 불가능성을 본다. 비밀리에 정리했고, 오직 아버지와 아들만이 알고 있기 때문에 한도는 물론 아주 불분명했다.

"나는 이득을 보지는 못할 거야. 빅토리앵, 우리는 조사를 받게 될 거다. 아주 투명하지는 않아도 우리 재고가 회계장부의 기록과 규정에 일치해야만 해. 아니면 죽음이지. 나도 그렇고 너 역시 그래. 누군가가 나를 밀고했어. 바보 같은 놈! 그놈이 하도 은밀하게 고발해서 나는 어디에서 주먹이 날아오는지도 모르겠어."

"평소대로 수습하세요."

"수습이야 했지. 나는 함정에 빠진 것은 아니다. 그들은 그저 조사를 하러 오는 거야. 분위기를 보려는 거지. 그것은 일종의 특혜야. 그들은 사무실에서 행정 업무를 바꾸었어. 그들은 질서를 세우고 싶어 하지만, 나는 더 이상 누구와 합의를 해야 하는지 모르겠다. 지금으로서는 이 장부들에 흠이 없게 해야 해."

"어떻게 제가 가닥을 잡기를 원하세요? 모든 것이 거짓이고, 설령 진실이라고 해도 전 더 이상 몰라요."

아버지는 입을 다문 채 그를 가만 바라보았다. 그가 발판 위쪽에 있었기 때문에 위에서 내려다보는 것이었다. 아버지는 한 마디 한 마디를 끊어서 뚜렷이 말씀하셨다.

"말해봐라, 빅토리앵. 네가 일하는 대신에 공부를 하는 게 무슨 소용인지? 네가 사실처럼 보이는 회계장부를 만들 수 없다면 그게 무슨 소용인지?"

아버지 말씀이 틀린 것은 아니다. 보이지 않는 것과 추상적인 것을 이해시키지 못한다면 학업이 무슨 소용이겠는가? 배후에서 세상을 지배하는 모든 것을 들어 올리고, 분석하고, 바로잡지 못한다면 무슨 소용이겠는가? 빅토리앵은 머뭇거리면서 한숨을 내쉬었는데, 그가 하고자 한 일이 바로 그런 것이었기 때문이다. 그는 구겨진 종이 서류들을 들고 일어나 천으로 제본된 커다란 노트를 택했다.

"제가 할 수 있는 것을 찾아볼게요." 빅토리앵이 말을 하자마자 "서둘러라"라는 말이 들려왔다.

그는 당황하여 자료들로 넘쳐나는 현관 입구에 멈춰 섰다.

"서둘러라." 아버지가 다시 말했다. "조사는 오늘 밤이든 내일이든 예상치 못한 날에 할 수 있다. 거기에는 독일 사람도 있을 것이야. 그 사람들이 거기에 합세한 것은 우리가 자신들의 전리품을 횡령할까 봐 걱정되기 때문이지. 그들은 프랑스 사람들이 자신들을 등지고 자기들끼리 의가 통할 거라고 의심해."

"그것도 틀린 건 아니잖아요. 그렇지만 게임의 규칙이란 게 있어요. 그렇지 않나요? 자기가 얻은 것은 자기가 가져가는 것이오."

"그들이 가장 강한 자들이니까 게임의 규칙이란 것은 없어. 우리는 약삭빠르고 은밀하게 구는 것밖에는 다른 생존 수단이 없단다. 쥐새끼처럼 사는 거지. 보이지는 않지만 엄연히 현존하고, 약하지만 꾀바르고, 밤이면 주인이 잠들었을 때 바로 코앞에서 그들의 식량을 갉아 먹는 거야."

그는 자신이 만들어낸 이미지가 그리 불만스럽지는 않았고, 힐끔 주위를 둘러보았다. 빅토리앵은 입술을 말아 올리고 "이렇게요?" 하고 물었다. 그는 앞니를 드러내고, 교활하고 불안정하게 눈을 굴리고는 짧고 작은 소리로 찍찍거렸다. 아버지의 미소가 사라졌다. 잘 흉내 낸 쥐의 모습에 역겨워진 것이다. 그는 자신이 만들어낸 이미지가 후회스러웠다. 빅토리앵은 원래 표정으로 돌아가 이번엔 미소를 지었다.

"이를 드러내야 한다면 저는 생쥐의 이가 아닌 사자의 이를 드러내 보이겠어요. 아니면 늑대의 이라도요. 그게 더 납득이 되고 더 멋진 일이지요. 보세요, 저는 늑대의 이를 드러내고 싶은 거라고요."

"물론 그렇지, 애야. 나도 그렇단다. 하지만 우리는 본성을 선택할 수는 없어. 타고난 성향을 따라가야만 하고, 이번에 우리는 쥐로 태어난 거야. 쥐로 산다고 세상이 끝나는 것은 아니란다. 쥐는 나름의 희생을 치르면서 사람만큼 번식을 한단다. 비록 햇빛을 피해 살아야 하지만 늑대보다 훨씬 잘 사는 것이지."

햇빛을 피해야 한다는 것, 우리는 바로 그렇게 사는 것이다, 라고 빅토리앵은 생각했다. 이미 오래된 도시, 집들이 빽빽하게 들어선 거리, 어두운 벽, 도시 자체를 감춰버리는 안개가 많은 기후. 게다가 우리는 전등의 불빛을 약하게 하고, 창을 파랗게 칠하고, 낮에도 밤처럼 커튼을 드리운다.

하기야 더 이상 낮은 없다. 쥐와 같은 우리의 행태에 딱 맞는 어둠만 있을 뿐이다. 우리는 밤이 계속 이어지는 겨울의 에스키모처럼 살고, 어두운 밤과 희미한 빛 속에서 사는 북극 쥐처럼 산다. 봐라, 나는 거기로 갈 것이다. 전쟁이 끝나면 어느 쪽이 승리를 거두든지 나는 그린란드 같은 극지방에 가서 거주할 것이다. 그곳은 어둡고 춥겠지만, 바깥은 온통 하얀 세상이다. 여기는 누렇다. 혐오스런 누런빛이다. 너무나 희미한 빛, 흙을 바른 벽, 종이 포장지, 가게의 먼지들, 모든 것이 누렇다. 납으로 빚은 듯한 얼굴에는 어떤 피도 흐르지 않는다. 나는 피를 보기를 꿈꾼다. 여기는 사람들이 너무나 방어적이어서 피가 흐르지 않는다. 땅으로도 흐르지 않고 정맥으로도 흐르지 않는다. 우리는 피가 어디에 있는지 더 이상 알지 못한다. 나는 하얀 눈 위로 붉게 뿌려진 핏자국, 대조의 선명함, 삶이 아직 존재한다는 증거를 보고 싶다. 그러나 여기에서는 모든 것이 누렇고 어두운데, 그것이 바로 전쟁이고, 나는 어디로 가야 할지를 모른다.

그는 비틀거려 넘어질 뻔했다. 마침맞게 종이 더미들을 움켜쥐고 중얼거리면서 다리를 끌며 걸었는데, 바로 이런 걸음걸이가 집안의 젊은 사람들의 걸음으로, 나아가면서 동시에 물러서고, 그러다가 갑자기 멈춰버리는 것이다. 바깥에서는 너무나 활력 넘치던 그가 집에 오면 거동이 불편해지는 것이다. 그에게 어울리지 않는 행동이었으나 그도 어쩔 수가 없었다. 그는 벽 사이에서 간신히 지탱하고 있었고, 어떤 누런 불편함, 희미한 조명 아래 보이는 빛 바랜 그림 같은 간경화증을 느꼈다.

가게 문 닫을 시간이 되자 살라뇽 부인이 아파트로 사용하고 있는 가게 뒤쪽으로 돌아왔다. 빅토리앵은 어머니의 뒷모습을 보았다. 어깨의 곡선과 집안일을 하면서 입는 앞치마의 굵은 매듭이 도드라진 등을 보았다. 어머니는 개수대 위로 몸을 굽히고 있었다. 여자들은 매사를 축축하게 만드는 데 시간을 많이 보낸다. "이것은 사내아이에게는 맞는 장소도 아니고 맞는 자세도 아니야" 하며 한숨을 내쉬었다. 어머니는 자주 한숨을 쉬었는데, 그 한숨은 때로는 체념으로 때로는 저항으로 바뀌었지만, 언제나 이상한 만족감이 깃들었다.

"넌 일찍 내려가거라." 어머니가 돌아보지도 않고 말했다. "아버지는 오늘 여기서 저녁 식사를 하실 거야."

"난 일해야 돼." 아버지가 어머니의 등 뒤에서 장부를 보이면서 말했다.

부모님은 이런 식으로 말했다. 서로를 보지 않으면서 몸짓으로 말이다. 빅토리앵은 가벼운 걸음으로 다락방에 올라갔는데, 거기서 지내는 삼촌을 좋아했기 때문이다.

삼촌의 방은 딱 삼촌 키 높이였다. 삼촌이 일어서면 천장에 머리가 닿았다. 침대 한 개와 책상 한 개면 방이 꽉 찼다. "이 방은 벽장으로 사용할 수 있었을지도 몰라. 네가 떠나고 나면 벽장으로 쓸 거야." 아버지가 희미하게 웃으면서 말했었다. 아세틸렌 램프가 테이블 위로 펼쳐진 노트만 한 크기의 생생한 불빛을 비췄다. 그것으로 충분했다. 나머지는 조명이 필요 없었다. 그는 불을 켜고 앉아 그 일이 끝나는 것을 막을 수 있는 어떤 일이 일어나기를 희망했다. 아세틸렌 램프 타들어가는 소리가 더욱 깊은 밤으로 만드는 귀뚜라미 소리처럼 이어졌다. 이 둥근 불빛 앞에 온전히 혼자였다. 그는 두 손을 움직이지 않고 내려놓은 채 바라보았다. 빅토리앵 살라뇽은 튼튼한 팔에 커다란 손을 타고났다. 그 손으로 큰 주먹을 쥐고 테이블 위를 두드렸다. 그는 아주 시력이 좋았기에 정확하게 두드렸다.

이러한 신체적 특성은 다른 상황에서라면 그를 능동적인 사람으로 만들었을 것이다. 그러나 1943년의 프랑스에서는 자신의 힘을 자유롭게 쓸 기회가 없었다. 사람들은 동요하고 경직된 모습을 보이고 자발적이라는 환상을 품고 행동할 것을 말하지만, 그런 것들은 구실에 지나지 않았다. 각자가 가능한 한 역사의 바람에 휩쓸리지 않기 위해 적응하는 것에 그쳤다. 겨울 시골집처럼 폐쇄적이던 1943년의 프랑스에서는 사람들은 문을 닫고 겉창도 걸어 잠갔다. 역사의 바람은 틈새로만 들어왔고, 그 정도의 공기 흐름으로는 돛을 부풀게 할 수 없었다. 바로 그런 이유로 인해 사람들은 자기 방에서 홀로 감기에 걸리고 폐렴으로 죽었다.

빅토리앵 살라뇽에게는 원치 않았던 재능이 하나 있었다. 다른 상황이라면 그것을 감지하지 못했을 텐데, 방을 지켜야 하는 의무로 인해 그는 자신의 손에 주목하게 되었다. 그의 손은 마치 눈[目]처럼 볼 수 있었다. 그리고 그의 눈은 손처럼 촉각을 느낄 수 있었다. 그는 자기가 본 것을 먹과 붓, 연필로 다시 되살려낼 수 있었고, 그것은 하얀 종이 위에 검게 다시 나타났다. 그의 손은 마치 하나의 신경으로 연결되어 있는 듯 시선을 따라갔다. 마치 그를 임신할 때부터 실수로 직접적인 선이 연결된 것처럼. 그는 자신이 본 것을 그릴 줄 알았고, 그의 그림을 본 사람들은 자신들이 풍경, 얼굴 앞에서 느꼈던 것을 미처 그 의미를 파악하기도 전에 발견하게 되었다.

빅토리앵 살라농은 미묘한 차이에 신경 쓰지 않고 거침없이 가려고 했지만, 그에게는 그걸 포착하는 재능이 있었다. 그는 그런 재능이 어디에서 생겨났는지 알지 못했는데, 그것이 그를 기분 좋게 만드는 동시에 절망하게 했다. 이 재능은 운동 감각으로 드러났다. 어떤 사람들은 이명이 있고, 어떤 사람들은 눈에 빛나는 반점이 있고, 어떤 사람들은 다리가 저린데, 그는 자신의 손가락 사이로 붓의 양감, 먹물의 점성, 종이 결의 강도를 느꼈다. 맹목적으로 그는 이러한 효과들을 먹의 속성으로 여겼는데, 먹은 무척 짙은 검정이라서 수많은 어두운 그림을 포함하는 것처럼 보였다.

그는 유리상자 안에 커다란 먹물통을 넣어두었다. 그는 이 기적 같은 액체를 결코 옮기는 일 없이 테이블 한가운데에 그대로 두었다. 이토록 짙은 색의 사물은 폭탄조차 견디어낼 것이 분명했다. 폭탄이 표적을 맞힌 경우에도, 널브러진 사람들 시신 가운데서 그것은 훼손되지 않은 상태 그대로 발견될 수 있을 것이다. 내용물도 그대로이고, 다른 희생자의 행적을 부각시켜줄 끈적끈적한 검정을 칠할 모든 준비를 마친 상태에서 말이다.

먹에 대한 감각이 그의 심장을 조였다. 1943년의 분위기에 희생되어 길고 암울한 시간을 보내야 했던 그는 아무것도 하지 않는다면 그가 가질 수 없었을지도 모를 이 재능을 개발했다. 그는 한 페이지 크기의 유일한 공간에서 자신의 손이 움직이도록 내버려두었다. 손의 움직임은 신체의 나머지 부분을 무기력하게 만들었다. 그는 자신의 재능을 예술적으로 변형시키려고 조용히 노력했지만, 그 욕망은 방에만 머물렀고,

펼쳐진 노트와 같은 크기인 램프의 둥근 원을 벗어나지 못했다.

먹에 대한 감각이 그에게서 빠져나갔고, 그는 어떻게 그것을 추구해야 하는지 알지 못했다. 가장 좋은 순간은 붓을 쥐기 바로 직전에 욕망이 깃드는 때였다.

그는 덮개를 들어 올렸다. 사각 유리 용기 속에서 어두운 용적은 변화가 없었다. 중국의 먹은 움직임도 빛도 방출하지 않았고, 그 완벽한 검은색은 공허의 속성을 지니고 있었다. 다른 불투명한 액체와 반대로 술이나 흙탕물처럼 먹은 빛에 저항하고, 아무것도 투과시키지 않았다. 먹은 일종의 부재였고, 그 크기를 헤아리기 어렵다. 붓이 빨아들이는 것은 아마 먹 한 방울이거나 그 방울 속에서 사라진 심연일 수 있다. 먹은 빛을 피해 사라진다.

빅토리앵은 청구서를 한 장씩 넘기고 노트를 펼쳤다. 그는 한 무더기의 라틴어 초안을 꺼냈다. 뒷면에 재빨리 얼굴을 그려 넣었다. 멍하니 입을 벌리고 있었다. 그는 회계 부정에 관여하고 싶지 않았다. 하지만 모든 것이 정말로 사실인 듯 판명되도록 변형시켜야만 한다는 것을 잘 알고 있었다. 그는 눈을 둥그렇게 그리고 각각의 눈에 점을 그리는 것으로 마무리했다. 그는 청구서 안에 거짓된 부분이 있다는 사실을 기억하는 것으로 충분했다. 전부는 아니었다. 그런 일을 한 사람은 바로 그였다. 그는 얼굴 옆으로 튀어나온 머리 뒤쪽에 음영을 넣었다. 입체감이 생겼다. 그 일은 마치 서로 길항하는 두 개의 근육을 동시에 쓰는 것처럼 피곤하면서도 역동적이었는데, 거기에는 어떤 움직임도 없었다. 그것은 기다림을 요구했다.

갑자기 사이렌이 울리고, 이어서 다른 사이렌이 울렸다. 밤이 마치 찢어진 천 조각 같았고, 온갖 소리가 함께 새어 나왔다. 사람들은 건물 안에서 우왕좌왕했다. 문들이 삐걱거리고 외침 소리가 계단을 타고 내려가는데, 어머니의 너무나 날카로운 목소리가 멀어지며 들렸다. "빅토리앵을 불러야 해요." "그 애도 들었어." 아버지의 목소리가 아주 약하게 들려오다 사라졌다.

빅토리앵은 천에 붓을 닦았다. 만약 붓에 먹물이 달라붙지 않았다면, 씻어내는 물에 헹구면 붓은 다시 깨끗해지고 마르면서 아주 딱딱해진다. 먹은 진정한 재료이다. 이어서 그는 불을 끄고 건물의 계단으로 올라갔다. 더듬거리며 갔는데 한 사람도 만나지 못했고, 연달아 이어지는 사이렌 소리 말고는 아무 소리도 듣지 못했다. 계단 꼭대기에 이르자 사이렌 소리가 그쳤다. 그는 천장을 향해 난 창문을 열었는데, 바깥은 불이 꺼져 있었다. 그는 자기 어깨 넓이에 불과한 출구를 힘겹게 통과해 지붕 위로 올라가 발로 지붕의 기와 강도를 살펴본 뒤, 다리를 구부리고 조심스럽게 지붕 위를 걸었다. 지붕 가장자리에 이르자 그는 다리를 쭉 뻗고 앉았다. 그는 엉덩이로 쏠리는 몸무게와 바지를 통해 들어오는 단단한 바닥의 얼음 같은 습기 외에는 아무것도 느끼지 못했다. 눈앞에는 7층 높이의 심연이 펼쳐져 있지만, 그는 그것을 보지 못했다. 안개가 그를 에워싸고 있었다. 어렴풋한 빛이 있었지만 그는 아무것도 볼 수 없었고, 자신이 눈을 감고 있는 것이 아니라는 사실을 알 수 있을 정도의 빛만 보였을 뿐이다. 그는 '무(無)' 속에 앉아 있었다. 실재하지 않는 그 공간은 형태도 없고 거리도 없었다. 폭탄을 장착한 비행기가 도착하고, 그는 심연을 생각하며 위아래로 떠다녔다. 만약 그가 약간의 추위마저 느끼지 않았다면 그는 더 이상 자신이 거기 존재하지 않는다고 믿었을 것이다.

시작도 모를, 하늘 저 아득한 곳에서 손가락으로 하늘을 문지르는 듯 낮게 으르렁거리는 소리가 들렸다. 갑자기 공간을 더듬듯이, 커다랗고 억센 갈대가 흔들리듯이 여기저기서 빛이 불쑥 솟아올랐다. 꼭대기에는 오렌지 빛이 나타나고, 점점이 선들이 이어지고, 조금 뒤에 둔한 폭발음과 탁탁거리는 소리가 들렸다. 비로소 그는 발아래서 지붕의 선들과 어두운 심연을 보았다. 사람들이 그가 아직까지 보지 못했던 폭탄을 가득 실은 비행기들을 향해 발포했다.

누군가가 그의 어깨 위로 손을 올렸다. 그는 깜짝 놀라 미끄러졌는데, 억센 손이 그를 붙잡았다.

"너 미쳤어?" 삼촌이 그의 귀에 대고 중얼거렸다. "모두가 피신 중이야."

"저는 그저 구덩이 같은 곳에서 죽기 싫었어요. 삼촌은 폭탄이 과녁을 맞히는 것을 상상해봤어요? 건물은 무너져 내리고 사람들은 모두 은신용 굴에서 죽지요. 사람들은 내 시체와 어머니 시체, 아버지 시체, 아버지가 따로 쟁여둔 파테 상자를 구별하지 못할 것이고, 우리들은 모두 함께 묻혀버리겠지요."

삼촌은 어깨를 붙잡은 채 대답하지 않았다. 그는 종종 아무 말도 하지 않은 채 상대가 제 풀에 꺾이기를 기다렸다.

"게다가 저는 불꽃 구경이 좋아요."

"바보 같은 놈."

비행기 소리가 약해지면서 남쪽을 향해 방향을 바꾸고, 소리도 더 이상 들리지 않았다. 빛의 분출도 단번에 사라졌다.

경계 상황이 끝나자 어깨를 잡고 있던 삼촌 손의 힘도 더 약해졌다.

"자, 내려가자. 미끄러지지 않게 조심해. 진짜 위험한 일은 지붕에서 떨어지는 거야. 그러면 사람들이 아래에서 네 시체를 수습해 정체불명의 희생자들을 묻는 구덩이에 던져 넣겠지. 아무도 네 개별성을 알 수 없을 거야. 이리 와."

다시 불이 들어온 계단에서 그들은 잠옷 바람의 가족들을 만났다.

이웃들은 바구니 안에 미처 다 먹지 못한 저녁 식사를 올려 보내면서 서로를 불러댔다. 아이들은 여전히 놀고 있었고, 집으로 돌아가야 하는 것에 불평했으며, 두들겨 맞고서야 침대로 갔다.

빅토리앵은 삼촌을 따라갔다. 그는 그저 거기에 있는 것으로 충분했고, 무엇이 달라졌는지 아무 말 하지 않아도 좋았다. 삼촌이 그를 다시 아무 말이 없는 그의 부모님에게 데려왔을 때, 그들은 식탁으로 갔다. 빅토리앵의 어머니는 예쁜 옷을 입고 입술엔 붉은색 립스틱을 발랐다. 어머니의 입술은 떨리고 있었고, 미소를 지으며 말했다. 그의 아버지는 삼촌을 힐끔 보면서 적포도주 병에 붙은 라벨의 제조 연도를 강조해 읽었다.

"이 포도주들은 남아 있지 않을 거야." 아버지는 확신하듯 말했다. "프랑스 사람들은 더 이상 손에 넣지 못해. 영국 사람들은 전쟁 전에 그것을 마셨고 이제 독일 사람들이 차지했지. 나는 그 사람들에게 다른 것을 떠넘길 수 있어, 그 사람들은 포도주에 대해 아무것도 모르니까. 이 견본품 몇 개 가지고 있자."

아버지는 삼촌 잔에 넉넉하게 포도주를 따랐고, 그러고는 자기 자신, 이어 빅토리앵과 어머니에게는 조금 따랐다. 삼촌은 거의 말없이 무심하게 식사를 했는데, 부모님들은 고집스런 그의 주변에서 동요했다. 그들은 거짓으로 꾸며낸 열정을 가지고 대화를 이어가고 북돋웠다. 주거니 받거니 일화들을 만들고 재치를 발휘했는데, 그것을 본 삼촌의 입가에 희미한 미소가 피어났다. 그들은 점점 경박해졌고, 종잡을 수 없이 공허하게 굴었으며, 방에는 그들의 수다로 입에서 빠져나온 공기가 가득했다. 삼촌의 묵직한 모습은 언제나 주위의 중력을 변화시켰다. 사람들은 그가 무슨 생각을 하는지, 생각이란 것을 하는지조차 알지 못했다. 그는 그저 거기에 있는 것으로 만족했는데, 그것이 공간을 변형시켰다.

사람들은 그 주변의 대지가 기운 것을 느꼈고, 그의 주변에서는 더 이상 반듯이 서 있지 못한 채 미끄러지고, 균형을 잡기 위해서는 조금 우스운 모습으로 흔들려야 했다. 빅토리앵은 그런 점에 매료되었는데, 이런 현존의 신비를 이해하고 싶었을 것이다. 그의 삼촌을 모르는 사람에게 그런 주변 환경의 변형을 어떻게 설명할 것인가? 그는 이따금 그런 노력을 했다. 가령 삼촌의 신체적인 특성을 묘사했다. 그러나 삼촌은 크지도 뚱뚱하지도 힘이 세지도 않고, 특별한 게 아무것도 없는 사람이었기 때문에 이런 식의 묘사는 금세 멈추고 말았다. 그는 어떻게 이어갈지 몰랐고, 더 이상 삼촌에 대해 말하지 않았다. 그림을 그려야만 했을 것이다. 삼촌이 아니라 삼촌을 둘러싼 주변 분위기. 그림에는 그런 힘이 있었고, 무수한 말을 덜어내고 표현하는 지름길과 같았다.

그의 아버지는 지치지도 않고 전시의 미묘한 상거래에 대해 말했다. 점령 지역 사람이 점령군을 속이는 경우처럼, 강조를 해야 하는 순간에는 자신도 모르게 팔꿈치로 찌르고 눈짓을 해가면서 사이를 두었다. 독일인이 아무것도 알아채지 못하는 것을 묘사하면서는 큰 소리로 웃기 시작했다. 빅토리앵도 대화에 끼어들었다. 그는 지붕 위에서 있었던 사건에 대해서는 생각하지 않은 채 골족의 전쟁에 대해 상세히 이야기했다. 흥분을 한 채 세밀한 장면들, 무기 부딪치는 소리, 기병대의 질주, 철제 무기들이 서로 부딪치는 소리들을 꾸며내서 이야기했다. 이어 로마의 질서, 켈트족 군대, 무기의 동등함, 정신력의 차이, 조직의 역할, 공포의 효율. 삼촌은 애정 어린 미소를 지으며 이야기를 들었다. 마침내 그가 빅토리앵의 팔 위에 손을 얹자 이야기를 멈췄다.

"그것은 2천 년 전 이야기야, 빅토리앵."

"거기엔 낡지 않은 교훈이 가득하네요."

"1943년에는 전쟁에 대해 말하지 않는 거야."

빅토리앵은 얼굴이 빨개졌고, 이야기할 때 바쁘게 따라 움직이던 손을 테이블 위에 놓았다.

"빅토리앵, 너는 용기가 있고 열정이 넘치지. 하지만 물과 기름은 서로 분리되어야 해. 용기는 어린애 같은 유치한 짓과 분리될 때 비로소 표면에 드러나지, 그때 나를 보러 오면 같이 이야기를 하자."

"삼촌은 어디에 계실 거예요? 그리고 무슨 이야기를 할 건데요?"

"네가 그것을 이해할 수 있을 때쯤. 기억하렴. 물과 기름이 분리되기를 기다려야 해."

빅토리앵의 어머니는 묵묵히 그들의 대화를 들으면서 두 사람을 번갈아 쳐다보았는데, 그녀의 태도는 삼촌의 말을 모두 듣고 그대로 하기를 명령하는 것처럼 보였다. 아버지는 큰 소리로 웃기 시작했고, 다시 잔에 포도주를 따랐다.

누군가가 문을 두드렸고, 모두 깜짝 놀랐다. 아버지는 잔 위에 병을 기울인 채 그대로 있었는데, 아직 술을 따른 것은 아니었다. 누군가가 다시 문을 두드렸다. "어서 문 열어!" 아버지는 아직도 망설이고 있었는데, 그는 포도주 병을, 냅킨을 어떻게 처리해야 할지 몰랐다. 어떤 순서로 그것들을 치울지를 몰라 가만히 있었던 것이다. 밖에서는 문을 더욱 세차게 두드렸다. 빠르게 문 두드리는 그 소리는 일종의 명령과 같았고, 의심에 찬 초조함의 표현이었다. 아버지가 문을 열자 열린 틈으로 작고 뾰족한 얼굴의 구역 담당 경관이 재빨리 들어왔다. 그는 방을 한 바퀴 휙 둘러보더니 미소를 지었는데, 그의 이는 입에 비해 너무 컸다.

"뜸을 들이셨네요. 저는 지하실에서 올라왔어요. 경계 상황 이후에 모든 것이 잘 진행되고 있는지 보러 온 것이지요. 한 바퀴 돌아보고 있습니다. 지금은 모든 사람이 여기에 있지요. 다행히 오늘 저녁은 우리 때문에 생긴 일이 아닌데, 어떤 사람들은 피신을 할 수 없었어요."

그는 말하면서 어머니에게 고개를 까딱하며 인사했다. 커다란 이를 보이며 미소를 짓고 빅토리앵을 오랫동안 살펴보았는데, 삼촌을 보자 미소가 싹 사라졌다. 그는 사실 처음부터 삼촌을 쳐다보았는데, 짐짓 모르는 척할 줄 알았던 것이다. 삼촌을 응시하는 그의 모습에는 가벼운 불편함이 서려 있었다.

"선생님? 당신은 누구시죠?"

"우리 형제예요." 어머니가 지나치게 재빨리 끼어들며 말했다. "잠시 체류 중이지요."

"이 집에서 지내나요?"

"예, 우리가 2인용 소파를 침대로 만들어줬어요."

그는 빅토리앵의 어머니에게 입 다물라는 몸짓을 했다. 그녀의 설명이 변명 투인 걸 알아챘던 것이다. 다른 사람들이 그에게 이런 투로 말하는 것은 그가 가진 권력을 말해주는 듯했다. 그는 사람들이 조금 더 그러길 바랐다. 그가 알지 못하는 이 사내가 눈을 내리깔고 목소리의 어조를 높이기를 바랐다. 하지만 그에게 말하지 못했다.

"당신은 신고를 했나요?"

"아니요."

문장의 기세가 그의 기대가 끝났다는 사실을 말해주었다. 강철처럼 느껴지는 말은 모래에 박힌 채 더 이상 멀리 나가지 못할 것이다. 자신이 단 한 번 쳐다보기만 해도 수다스런 말들이 새어 나오는 것에 익숙했던 경관은 균형을 잃을 뻔했다. 그의 눈이 흔들렸고, 어떻게 계속 이어갈지를 몰랐다. 그가 우월한 지위를 차지하는 이 놀이에서 사람들은 각자 협조해야 했다. 빅토리앵의 삼촌은 제 역할을 하지 못했다.

빅토리앵의 아버지는 유쾌한 웃음을 터뜨리면서 어색한 분위기를 깼다. 그는 잔을 쥐고 포도주를 가득 따라 경찰에게 건넸다. 어머니는 의자에 무릎을 부딪치면서 그의 뒤로 의자를 가져다 놓았고, 거기에 앉으라고 거듭 요구했다. 그는 눈을 내리깐 채 체면을 세울 수 있었고, 흡족한 미소를 지었다. 그러고는 입을 삐죽이 내밀어 맛을 보았다. 그 틈에 사람들은 화제를 다른 데로 돌릴 수 있었다. 그는 포도주의 품질이 아주 뛰어난 것을 알아챘다. 아버지는 겸손한 미소를 짓고, 큰 소리로 병 위의 라벨을 다시 읽었다.

"확실하네요. 그해의 포도주가 남은 게 있나요?"

"두 개인데 그중 하나가 이겁니다. 당신이 바로 그 맛을 제대로 아시니까 다른 한 병은 당신에게 드릴게요. 저희 집 일로 고생하셨으니 그 정도 보람은 있으셔야죠."

그는 마시던 것과 똑같은 병을 하나 꺼내 그것을 경찰의 품에 찔러 넣어주었다. 경찰이 당황한 척했다.

"자 받으세요, 제 성의입니다. 그것을 마시면서 살라뇽 상점은 언제나 제일 좋은 것을 드린다는 사실을 기억해주세요."

경찰은 혀끝으로 소리를 내며 맛을 보았다. 그는 삼촌 쪽으로는 눈길을 주지 않으려고 각별히 신경 썼다.

"대체 당신이 하는 일이 정확히 뭡니까?" 그때 삼촌이 순진한 목소리로 물었다.

경찰은 그를 돌아보려고 했지만, 불안정한 눈길은 삼촌을 응시하는 것이 힘들어 보였다.

"저는 공공질서 유지에 신경을 쓰지요. 사람들이 저마다 자기 집에서 거주하며 모든 것이 제대로 돌아가는지를요. 일반 경찰은 다른 임무가 있고, 거기서 그치지는 않을 거고요. 성실한 시민들이라면 그를 도울 테죠."

"당신은 고귀하고도 성과 없는 일을 하시네요. 질서는 필요한 것이

긴 하죠, 그렇지 않습니까? 그것은 독일 사람들이 우리보다 먼저 이해했던 사실이고요. 결국 우리도 그런 사실을 이해하게 되었죠. 그런데 우리가 잃어버린 것이 바로 질서의 부족 상태입니다. 아무도 복종을 원하지 않는데, 자신의 본분을 다하고 의무를 다하는 것. 우리가 잃어버린 것은 유희의 정신입니다. 더구나 하층계급 사람들은 어리석고 방임적인 법에 자극받아서 더 그렇지요. 그 사람들은 예정된 죽음의 확실성보다 안일한 삶의 신기루를 더 편하게 여깁니다. 우리를 현실로 이끄는 당신 같은 분들이 있는 것은 다행이죠. 당신을 경외합니다, 선생님."

그는 잔을 들어 올려 마셨다. 경찰은 지나치게 그럴싸한 이 말 속에 몇 가지 함정이 들어 있다는 감정을 떨치지 못했지만, 건배하는 수밖에 없었다. 그렇지만 삼촌은 분명히 겸손한 태도였고, 빅토리앵은 그의 속내를 알지 못했다. "진심으로 말씀하신 거예요?" 속삭이듯 물었다. 삼촌은 온화하고 순진한 미소를 지었는데, 그것이 식탁 주변의 사람들을 묘하게 불편하게 만들었다. 경찰은 병뚜껑을 닫고 일어섰다.

"순찰을 끝내야 합니다. 당신, 당신은 내일이면 보이지 않겠지요. 그러면 나는 아무것도 못 본 게 될 겁니다."

"걱정 마세요. 저는 아무 문제도 일으키지 않을 겁니다."

그 어조, 단지 그 어조 때문에 경찰은 서둘러 나갔다. 아버지는 문을 닫았고, 문에 귀를 대고 멀어져가는 소리를 듣는 시늉을 했다. 그리고 사자 걸음걸이를 흉내 내면서 식탁 쪽으로 돌아왔다.

"유감이군, 우리에겐 귀한 포도주가 두 병 있었는데, 불행한 전쟁 때문에 이제 한 병밖에 없네." 아버지가 웃으며 말했다.

"그것이 문제네요."

삼촌은 거의 말을 하지 않아서 주위를 불편하게 만들었다. 그는 말을 더하는 법이 없었다. 빅토리앵은 언젠가 자신이 삼촌이나 그와 비슷한 인물의 뒤를 따르리라는 것을 알았다. 그들이 어디로 가든 그들이 가는 곳까지. 그는 자신들이 말하는 그대로 실천하는 사람들의 뒤를 따를 것이다. 그 사람들로 인해서 문이 열리고 바람이 멈추고 산이 옮겨지는 일들이 이뤄진다. 빅토리앵이 목표를 모른 채 가지고 있는 힘은 전부 그와 같은 사람들에게 의탁될 것이다.

"굳이 포도주를 주지 않아도 되었어요. 그는 그냥 떠났을 테니까요."

"그래도 그렇게 하는 게 더 확실하지. 그 사람은 빚을 진 거야. 사람을 끌어들이는 법을 알아야지."

어머니는 더 이상 말하지 않았다. 그저 그날 저녁 붉게 칠한 아름다운 그녀의 입술 위에 조금 빈정거리는 듯한, 조금 체념한 듯한 미소가 감돌았다. 전쟁이 계속되는 동안 그녀는 적어도 자신의 자리를 지켰는데, 그것은 그녀가 그것을 바꾸는 법을 알지 못했기 때문이다. 그녀에게 적은 바로 남편이었다.


그랑드앵스티튀시옹 뒤에는 벽으로 둘러싸인 공원에 나무들이 심어져 있었다. 공원은 무척 넓어 그 안에서는 끝이 보이지 않았고, 사람들은 나무 아래로 사라진 산책로들이 나뭇가지들의 위쪽에 맴도는 푸르스름한 꼭대기까지 이어진다고 생각하기도 했다. 만약 누군가가 공원을 가로지를 생각으로 산책로를 따라가면 그 사람은 아주 오랫동안 낮게 드리운 가지 아래 가지치기를 하지 않은 덤불 사이를 걷다가 고사리류의 덤불들로 길이 사라진 곳이나 움푹 파인 웅덩이들이 있는, 사람들이 다니지 않은 길들을 가로지르게 될 것이다. 좀더 멀리 가면 텅 빈 연못들, 이끼가 덮인 채 말라 있는 분수들, 창문은 열려 있어도 쇠줄로 출입이 금지되어 있는 작은 정자들이 있다. 그렇게 길을 따라가다 보면 그사이 마침내 나뭇가지들을 피하고 수북한 나뭇잎들에 발이 빠지면서 잊고 있었던 벽에 도달하게 된다. 벽은 끝이 없고 대단히 높은 데다 사람들이 빠져나갈 수 있을 거라고 생각하기 어려운 작은 문들만이 나 있었다. 그런데 문의 녹슨 자물쇠들은 더 이상 열릴 것 같지 않았다. 아무도 그렇게 멀리는 가지 않았다.

그랑드앵스티튀시옹은 스카우트 단원들이 그 정원을 사용하는 것에 동의했다. 그것은 숲과 관계가 있는 일이었지만, 더 확실한 것은 이 자연의 공간, 체력 단련의 신앙을 실천하는 공간에서 사람들은 모두 그들이 할 수 있었던 것을 무시했고, 그 결과 거기에서 나오지 못했다.

관리인의 집에서 순찰대가 모집되었고 사람들이 교회의 의자들을 옮겨왔다. 더 이상 관리인이 할 일이 없어 관리인의 집은 황폐화되었고 해가 갈수록 냉기가 쌓여갔다. 짧은 반바지 차림의 어린 스카우트 단원들이 입김을 내불며 추위에 떨었다. 그들은 손으로 무릎을 비비며 경기 신호가 떨어지기를 기다렸는데, 경기를 하면서 몸을 움직여야 체온이 상승할 수 있기 때문이다. 그러나 그들은 기다려야 했고, 가느다란 수염을 기른 젊은 사제의 말을 들어야 했는데, 그는 그들이 같이 축구를 하기 위해 앵스티튀시옹의 운동장에서 찾아낸 인물이었다.

그는 언제나 말을 먼저 했는데 그의 말은 너무나 길었다. 그는 단원들에게 체력 단련의 장점에 대해 설교했다. 맨무릎을 하고 있는 어린 단원들에게 '체력 단련'이라는 말의 의미는 그저 '스포츠'라는 말의 현학적인 동의어에 지나지 않았다. 계속 참을성 있게 운동을 하면 곧 몸이 따뜻해질 거라는 기대를 품고 추위에 떨던 단원들의 인내심이 사라지기 시작했다. 빅토리앵만이 끈기 있게 젊은 사제가 애착을 가지고 있는 듯한 '체력 단련'이라는 말에 주목했다. 그의 말에 잠시 틈이 생길 때마다 빅토리앵은 고개를 끄덕이며 동의를 표했고, 마치 누군가가 창을 열었는데 그 한순간 마침 햇빛이 반짝이듯, 젊은 사제의 눈이 짧은 섬광처럼 빛났다. 사람들은 그를 보지 않았고 알아차리기에는 너무나 짧은 순간이었다. 그것이 어디에서 온 것인지는 몰라도 그 눈부심은 느껴졌다.

무심한 어린 스카우트 단원들은 설교가 끝나기를 기다렸다. 보잘것없는 차림으로 나선 그들은 마치 발가벗고 있는 것처럼 추웠다. 그런 겨울 오후에 추위를 느끼지 않으려면 움직이고, 달리고, 바쁘게 왔다 갔다 하는 것 말고는 아무 소용이 없었다. 운동만이 얼어붙을 듯한 추위에서 그들을 보호해줄 수 있는데, 그 사제의 설교가 운동을 방해하고 있었다.

마침내 젊은 사제가 설교를 끝내자 어린 단원들은 일제히 일어섰다. 그들은 교육이 끝나기를 기다렸고, 마지막 지점에 이른 목소리는 아주 잘 이해되었다. 설교라는 음악에 단련된 어린 단원들은 마치 한 사람인 것처럼 일어섰다. 젊은 사제는─상처받기 쉬운 어린 나이에 피어나지만 애석하게도 지속되지는 않는─꽃과 같은 그들의 활기에 감동했다. 그는 '잡아라-찾아라' 경기의 시작을 알렸다.

경기 규칙은 간단했다. 단원들이 두 그룹으로 나뉘어 숲에서 서로 쫓고 쫓는 것이다. 한 그룹이 다른 그룹을 붙잡아야 한다. 한 편은 상대를 치면서 붙잡고, 다른 편은 찾는 것으로 붙잡는다. 한 편은 잡히면 죽고, 다른 편은 발각되면 죽는다.

젊은 사제는 그룹을 지정해주었다. 문학적 소양이 풍부한 그는, 한 편은 '미노스'이고 다른 편은 '메두사'라고 지칭했다. 그러나 어린 소년들은 '만지는 사람들'과 '보는 사람들'이라고 칭했는데, 아이들의 언어가 더 직접적이었기 때문이다. 그리고 다른 관심거리들.

빅토리앵 살라뇽은 만지는 사람들의 우두머리, 미노스 왕이었다. 그는 자기 무리를 이끌고 공원의 잡목림 사이로 사라졌다. 가장자리를 넘는 순간부터 그는 자기편 사람들에게 보조를 맞추게 했다. 이어 삼삼오

오 짝을 이루어 길게 줄지어 가도록 했다. 사람들은 처음부터 계속 그의 뒤를 따라왔기 때문에 그의 말대로 했다. 숲속 빈터에 오자 그는 자기편 사람들을 줄 세우고 다시 세 그룹으로 나눴는데, 그 소그룹 구성원들은 언제나 모두 함께해야 한다. "그들이 우리를 보기만 해도 우리는 지는 거야. 그리고 우리는 손에 닿는 거리까지 접근해야 해. 그들의 무기는 우리 것보다 훨씬 범위가 큰 셈이야. 그리고 조직도 마찬가지지. 그들은 자기들이 이길 것이라고 믿기 때문에 자신감에 넘쳐 있지. 그런데 그들의 확신이 그들의 약점이 될 거다. 우리는 약하기 때문에 머리를 써야 해. 바로 이것이 우리의 무기지. 조직에 대한 복종. 여러분은 다 함께 생각해야 하고, 기회가 오는 바로 그 순간에 아주 정확하게, 다 함께 행동해야 한다. 기회는 다시 오지 않을 것이므로 망설여서는 안 된다."

그는 단원들이 보폭을 맞춰 숲속의 빈터 주위를 걷게 했다. 그런 다음 같은 동작을 반복하게 했다. 신호를 보내면, 말없이 땅에 엎드린다. 이어서 다음 신호를 보내면 껑충 뛰어 일어나서 모두 같은 방향으로 달린다. 단원들은 처음에는 훈련을 재미있어 했고, 그다음에는 불평을 늘어놓았다. 빅토리앵 살라농은 그런 사실을 알았다. 체격이 가장 큰 단원 중 한 명이 항의를 주도했다. 그의 잘생긴 얼굴에는 수염이 조금 났고, 머리는 가르마를 선명하게 타 단정했다.

"또요?" 빅토리앵이 그들에게 한 번 더 땅에 엎드리라는 신호를 보내자 그가 말했다.

"그래, 다시."

상대는 그대로 서 있었다. 소년 단원들은 그룹을 지어 엎드려 있었지만 고개를 든 상태였다. 무릎이 노출된 채 축축한 나뭇잎에 닿으면서 그들은 추워지기 시작했다.

"언제까지요?"

"완벽해질 때까지."

"그만하겠습니다. 이것은 게임과 전혀 무관해요."

빅토리앵은 아무 감정도 드러내지 않았다. 그는 상대를 바라보았고, 상대는 그의 시선을 감당하려고 노력했다. 엎드려 있던 단원들은 동요했다. 그는 지시를 따르지 않고 저항하는 단원과 거의 비슷한 체격의 소년 둘을 가리켰다.

"뷔예르모와 질레, 이 단원을 데려가."

그들이 일어나 머뭇거리며 그의 팔을 잡았다가, 그가 발버둥을 치자 단단히 붙잡았다. 그가 저항했기 때문에 그들은 승리의 미소를 지으면서 세게 잡았다. 구덩이에 가시덤불을 던졌다. 빅토리앵은 붙잡힌 단원에게 다가가서 벨트를 풀게 하고 바지를 벗겼다.

"그를 저 안에 던져버려!"

"넌 그럴 권리가 없다고!"

상대는 바지를 벗은 채 달아나려고 했지만 가시덤불로 내동댕이쳐졌다. 그는 가시덤불을 빠져나오지 못했고, 작은 구슬 같은 피가 살갗으로 드러났다. 그가 울음을 터뜨렸다. 아무도 그를 도우러 오지 않았다. 소년 단원 중 하나가 그의 반지를 주워 가시덤불로 던졌다. 그가 발버둥칠수록 바지가 덤불 가지에 걸려들었다. 웃음이 터졌다.

"만약 여러분이 승리를 원한다면, 우리 팀은 하나의 기계가 되어야 한다. 여러분은 기계의 부품들이 그런 것처럼 복종해야 한다. 만약 여러분이 기계가 되지 않겠다고 주장한다면, 감정 상태에 흔들리고자 한다면 유감스런 일이다. 그러면 지게 될 것이다. 기필코 이겨야 한다."

각 세 명 단위로 서열을 정했다. 우두머리 역할을 할 사람을 정해 그의 지시에 따라 손가락을 움직여 지시를 전달하게 했다. 다리 역할을 하는 소년들은 뒤를 따르며 달려야 했고, 상대를 붙잡기 위해서 팔의 역할을 해야 했다. 그는 세 명씩 두 그룹을 모았고, 그의 하수인이 되어 복종할 준비 태세를 마친 두 명의 덩치 큰 소년에게 각각의 그룹을 맡겼다.

"그리고 너, 너는 네 자리로 돌아가라. 나는 더 이상 네 말을 듣지 않을 거다." 빅토리앵은 가시덤불에서 나와 코를 훌쩍거리며 바지를 다시 입은 그의 표적에게 말했다.

훈련이 이어졌고 단결을 이루었다. 우두머리 역할을 하는 소년들은 열정을 겨루었다. 준비를 마쳤을 때 빅토리앵은 그들의 위치를 정했다. 그들을 커다란 나무 뒤 덤불에 숨게 했다. 나무는 관리인의 집에서 시작되어 숲 깊숙한 곳으로 이어지는 길 가장자리에 있었다. 그들은 기다렸다.

그들은 고사릿과 식물들 아래 융단처럼 깔린 나뭇잎으로 위장한 채 말없이 기다렸고, 상대편이 오게 될 숲속의 빈터를 향해 시선을 고정시키고 있었다. 그리고 기다렸다. 습기가 땅에서 올라와 그들의 옷으로 스며들었고, 등유에 적신 램프의 심지처럼 추위를 느끼고 있는 그들의 살갗에 스며들었다. 짚더미를 뚫고 들어온 마른 나뭇가지들이 배와 엉덩이를 찔렀다. 그들은 나뭇가지들을 피하기 위해서 아주 조용히 움직였고, 그다음엔 별수 없이 접촉을 견디었다. 그들의 얼굴 앞에는 솜털 덮인 잎들이 달린 덤불들, 봄을 알리는 최초의 신호에 즉각 솟아날 준비가 된, 촘촘히 난 소용돌이 모양의 어린 싹들이 싹트고 있었다. 그들은 축축한 버섯의 희미한 냄새와 뚜렷하게 구분되는 강렬한 초록 향기를 맡을 수 있었다. 그들의 숨소리가 가라앉자 이제 안에서 울리는 소리를 듣게 되었다. 그들의 대동맥이 울렸다. 각각의 동맥이 원주 형태의 관 모양을 이루었고, 그 진동막은 심장이었다. 나무들이 서서히 서로 부딪쳤고 불규칙하게 흔들렸다. 종이가 찢어지는 소리를 내며 물방울이 여기저기 그들 위로 떨어졌다. 떨어진 물방울을 닦아내기 위해서 아주 느리고, 아주 조용하게 움직일 결심을 해야 했다.

다른 사람들이 올 예정이었다.

가지가 나무의 몸통에 부딪치면서 아주 선명하게 나무 소리가 울렸다. 보는 사람들이 첫번째 그룹 앞을 지나갔다. 그들은 메마른 나무의 몸체를 두드렸다.

보는 사람들은 흠칫 놀랐고, 계속 자신들의 길을 갔다. 숲은 원래 지닌 소리가 있어서 거기에 주의를 빼앗기면 안 된다. 다른 단원들도 역시 감시해야 했지만 그들이 누구인지를 알지 못했다. 그들은 네 명이었고, 저마다 길 가장자리를 향해 돌아선 채 서로 어깨를 맞대고 느리게 걸었다. 만지는 사람들이 다가서면 발각되게 마련이었다. 그들은 콧구멍을 씰룩거리면서 한 걸음씩 앞으로 나갔다. 그것이 대단히 쓸모가 있는 일은 아니었지만 매복 장소에 머물면 감각 기관들은 전부 예민해진다. 그들은 전혀 움직이지 않고 있는 빅토리앵 앞을 지나갔다. 아무도 움직이지 않았다. 그들은 네 명씩 지나갔다. 그러자 빅토리앵이 소리 질렀다. "둘!" 아주 가까이에 있던 두번째 그룹이 보는 사람들과 맞딱뜨리자 일어나서 뛰었다. 보는 사람들은 부서진 나뭇가지들의 소리에 직면했고 승리자의 기쁨에 차서 소리를 질렀다. "보았다! 보았다!" 규칙에 따라서 만지는 사람들은 움직이지 않았고 손을 들었다. 보는 사람들은 신중함을 망각하고 자신들의 포로들을 체포하기 위해서 다가섰다. 그들은 그렇게 쉽게 승리를 거둔 것에 몹시 기뻐하며 웃었지만, 그들의 무기는 훨씬 더 강력했다. 그들은 규칙에서 요구하는 대로 포로들의 이름을 묻기 위해서 갔지만 너무 활짝 웃느라고 말을 하지 못했다. 그들은 시간을 허비했다. "셋!" 살라뇽이 외치자 세번째 그룹이 덤불에서 솟아 나왔고, 껑충 뛰어서 몇 걸음을 달아나 보는 사람들과 거리를 벌렸다. 만지는 사람들은 보는 사람들이 돌아가기 전에 등을 붙잡았다. 한 사람을 놓쳤는데, 그는 전력질주해 오면서 발견했던 최초의 길을 따라갔다. "넷!" 살라뇽이 양손을 메가폰처럼 만들어 외쳤다. 헐떡거리며 도망치던 단원은, 약간 가려진 첫번째 길에서 멈춰 기력을 되찾으려고 나무에 기댔다가 이미 거기에 숨었던 그룹에게 체포되었다. 그가 기대어 기운을 차려야겠다고 믿었던 그 나무 뒤에 만지는 사람들도 숨어 있었다.

관리인의 집을 향해 외치는 소리들이 울려 퍼졌다. 첫번째 그룹이 도착했고, 그들은 마지막 보는 사람들의 어깨를 잡았다. 보는 사람들은 당황했고, 소란스럽게 뛰어가다가 뒤에서 기습적으로 체포되었다. 소란을 피워서는 안 된다. 그들은 순식간에 많은 수의 포로를 잡을 수 있다고 확신이 들면 대책 없이 달려야 했다. 멀리에 시선이 유일한 무기인 단원들이 안전하게 있었다. 천만에. 그들은 모두 잡혔다.

"잡았다." 빅토리앵이 말했다.

"우리는 너희들을 봤어." 상대편에서 항의했다.

"너희는 이름을 부르지 않았어. 이름을 말하지 않으면 지는 거야. 진 사람들은 어떤 권리도 없어. 그들은 말이 없지. 돌아가자."

젊은 사제는 나뭇가지로 불을 지핀 난로가 있는 순찰대 천막에 머물고 있었다. 그들이 들어가자 그는 깜짝 놀라 그때까지 겨우 한 페이지를 읽고 있던 책을 떨어뜨리면서 벌떡 일어났다. 그는 책을 주워 책 제목을 읽을 수 없도록 하려고 뒤집어놓았다.

"우리가 이겼어요, 신부님."

"벌써? 경기는 적어도 두 시간은 계속되어야 하는데."

만지는 그룹 쪽 단원들은 경기에 진 보는 그룹 쪽 단원들을 들어오게 했는데, 둘로 나뉜 그룹의 각각은 대단히 심각했다. 가시덤불을 지나온 쪽은 자신의 포로들을 데려오는 데 열심이었고, 그들을 약간 밀쳤다. 그들을 안내하기 위해 필요 이상으로 좀더 세게 밀친 것이다.

"아, 그렇군. 축하해요, 빅토리앵 살라뇽. 학생은 위대한 지도자입니다."

"모두 장난인걸요, 신부님. 이것은 아이들 놀이예요."

"놀이가 성년을 준비시키지."

"프랑스에 더 이상 성년은 없어요, 신부님, 적어도 남자들은 말이죠. 우리나라에는 여자들과 아이들만 살고 있고, 노인들뿐이잖아요."

당황한 사제가 대답하기를 망설였다. 주제가 자극적이었고, 빅토리앵의 어조는 어딘가 선동적이었다. 그의 차갑고 푸른 눈은 빅토리앵의 눈을 꿰뚫듯 바라보았다. 스카우트 단원들이 서둘러 난로 곁으로 모여들었다. 난롯불은 잔 나뭇가지들로 겨우 덮혀지고 있었다.

"좋아. 경기가 끝났으니 잠깐 쉬자. 포로로 잡힌 사람들은 가서 나무를 해 오거라. 그것이 패배의 대가다. 불을 되살리고, 다시 난로 주위로 모여라. 몇 가지 이야기를 나눌 것이다. 지휘자였던 빅토리앵의 활약에 대한 이야기를 하기로 하자. 그가 세운 명예에 대해 운을 맞춰 시를 짓고 서사적인 이야기로 확장시켜보는 거야. 우리는 그것을 단보에 실을 것이고, 빅토리앵이 직접 정열이 넘치는 솜씨로 이번 전투의 삽화들을 그리라고 하자. 영웅은 승리를 거둔 것만큼이나 자신의 승리에 대해 말할 줄 아는 법이니까."

"예, 신부님께서 그렇게 생각하신다면요." 빅토리앵은 조금 빈정거리듯 신랄한 말투였는데, 그는 자기가 그런 줄 알지 못했다. 그는 임무를 수행하러 다시 떠났고, 자기 그룹 단원들에게 일을 할당했고, 할 일을 지휘했다. 곧 불이 타올랐다.

바깥에서는 햇빛이 점점 강렬해지고 있었다. 빛의 밀도가 높아지는 현상은 도시의 다른 어느 곳보다 공원에서 더 빨리 일어났다. 난롯불이 타올랐고, 난로 입구의 열린 틈 사이로 별 표면처럼 빛나는 장작의 타오르는 모습, 타다 남은 나뭇가지들이 반짝거리는 것을 보았다. 스카우트 단원들은 땅에 붙어 앉아 자기들 가운데 몇 명이 나서서 하는 이야기를 들었다. 어깨와 어깨를 맞대고 다리를 서로 밀착시킨 채 앉아, 그들은 특히 모두 함께 뿜어내는 아늑한 온기를 즐겼다. 아이들은 함께 있다는 것, 휴식을 취하고 있다는 것, 온기를 나눈다는 것 등과 연결된 기본적인 감각의 충족이라는 단순한 소망을 무심결에 실현하고 있었다. 빅토리앵은 지루했지만 이 어린 친구들이 좋았다. 어둠 속에서 타오르는 불빛이 그들의 커다랗게 뜬 눈, 둥근 뺨, 큰 아이들다운 도톰한 입술을 비추며 드러나게 했다. 그는 스카우트 활동이 놀랄 만한 제도라고 생각했다. 열일곱살이란 그런 놀이를 하기에는 미묘한 나이다. 그는 좀더 나이가 들면 스카우트 지도자인 사제가 되어 아이들을 돌보고, 자기 세대의 운명을 벗어날 수 있을 다음 세대를 위해 헌신할 수 있을 것이다. 아이들 중 가장 체격이 큰 그는, 사제복을 입고 팔로 무릎을 감싸 안은 채 스카우트 단원들 사이에 앉아 주위의 천사들에게 미소를 짓고 있는 이 사람처럼 될 수도 있을 것이다. 그러나 이따금 빅토리앵이 그의 눈에서 감지하는 번쩍임이 그런 기대를 단념하게 했다. 그는 저 사람과 같은 자리를 부러워하지 않았다. 과연 1943년의 프랑스에서 어떤 자리를 차지해야 하는가?

그는 사람들이 요구하는 일을 했다. 가령 스카우트 단보에 실릴 그림을 그렸다. 그는 그 일이 만족스러웠고, 사람들은 그의 재능을 칭찬했다. 그랬다, 그것은 바로 그림이다. 자기 자신에게 전념하고 기쁨을 느낄 수 있는 자리, 자기 자신의 성격을 규정하는 자리, 온몸으로 몰두하는 자리. 게다가 칭찬까지 들을 수 있었다. 그러나 그는 한 사람이 자신의 전 생애를 한갓 화폭에 온전히 묶어둘 수 있는지 확신이 없었다.

조사가 이뤄졌다. 저녁마다 네 사람이 마치 손님처럼 왔다. 무심한 표정의 장교가 앞장섰는데, 그것은 그가 다른 사람들보다 보폭이 컸기 때문이다. 그 사람 외에 외투를 걸치고 목도리를 두르고 모자를 낮게 내려쓴 채 부드러운 가죽 서류 가방을 든 지역 공무원, 어깨에 총을 메고 규칙적인 걸음으로 그 사람들의 뒤를 따르는 두 명의 군인이 있었다.

장교는 구두 뒷굽 소리를 내면서 인사했지만 모자를 벗지는 않았다. 그는 임무 수행 중이었고, 그 점에 대해 양해를 구했다. 공무원은 빅토리앵의 아버지 살라농과 좀 지나치게 오래 악수했고, 편한 자세를 취했다. 그는 외투를 벗고 목도리는 그대로 두른 채 책상 위에서 가방을 열었다. 우리는 그에게 회계 장부들을 가져다주었다. 군인 한 명은 어깨에 총을 멘 채 문 앞에 서 있고, 다른 한 명은 창고에 가서 선반을 조사했다.

나무 의자 위에 올라가 보니 거무스름한 먼지가 수북이 덮여 있었다. 그는 라벨을 읽고 독일어로 숫자를 읽었다. 공무원은 자신의 만년필을 가지고 회계 장부의 열을 따라가면서 정확한 질문을 던졌고, 장교는 거친 독일어로 통역했다. 그러면 창고 깊숙한 곳에 있는 군인이 대답했고, 장교는 그 말을 다시 자신의 뒤에 앉아 있어 얼굴을 볼 수 없는 공무원을 위해 감미로운 프랑스어로 옮겼다. 키가 크고 호리호리한 장교는 한 손을 주머니에 넣고 있어 상의의 아래쪽이 올라가 있었는데, 마치 떠날 준비를 하는 새처럼 책상에 한쪽 엉덩이만 걸치고 앉아 있었다. 어깨선이 명확했고, 모자는 과감하게 기울여 쓰고, 줄을 세운 바지는 군화 속에 집어넣었다. 그는 서른 살이 채 안 되어 보였는데, 그 이상 정확하게 말할 수는 없는 것이 그의 모든 특성이 청춘과 노숙함 사이를 오갔기 때문이다. 자색 흉터가 관자놀이, 뺨을 따라 목으로 이어지다가 검은 상의의 깃에 가려졌다. 나치 친위대 일원인 그는 해골 모양의 수가 놓아진 모자를 썼는데, 아무도 그의 계급을 기억하지 못했다. 능란한 맹금같이, 열의 없는 운동선수같이 앉아 있는 그는 전 유럽에서 냉담하게 생사를 결정하는 나치 친위부대를 선전하는 당당한 선전지의 하나와 비슷했다.

빅토리앵은 장교 뒤에 앉아 공무원과 마주 보면서 라틴어 번역문을 쓰고 있었다. 그는 초고를 적는 노트의 여백에 그 장면을 그렸다. 움직이지 않는 군인, 등을 구부리고 있는 공무원, 감독 임무가 끝나기를 아주 품위 있고 권태롭게 기다리고 있는 장교, 그리고 아버지. 미소를 지은 채 솔직하고, 개방적이고, 모든 요구에 응답하고, 비굴하지는 않게 규율을 따르고, 끈적이지는 않게 열의를 보이고, 명령을 따르고, 패배자에게 딱 알맞은 정도의 조심성을 보였다. 뛰어난 기술이다.

마침내 공무원은 장부를 덮고 의자를 뒤로하고는 숨을 내쉬었다.

"살라뇽 씨, 당신은 법을 지키고 계시는군요. 전시 경제의 법을 준수하고 계신다 이 말입니다. 우리가 그 사실을 의심했다고 생각하지 마세요, 시대가 워낙 힘든 때이니만큼 모든 것을 검증해야만 합니다."

독일인 장교 뒤에서 그는 강한 눈짓을 보내며 말을 끝냈고, 아버지 살라뇽은 그에게 똑같은 눈짓을 보내며 장교를 돌아봤다.

"안심입니다. 지금은 모든 것이 너무나 복잡한 때라서요⋯⋯" 그의 입술은 미소를 감추려는 듯 떨렸다. "실수는 언제나 할 수 있지만 전시에는 그 결과가 너무나 엄청나니까요. 제가 드리는 최고급 코냑 한잔 드시겠습니까?"

"우리는 아무것도 받지 않고 철수할 겁니다. 우리가 여기에 식사 초대를 받고 온 것은 아니니까요. 우리는 당신을 조사하러 온 사람들입니다."

공무원은 다시 가방을 닫고 불안해서 한마디도 할 수 없었던 아버지 살라뇽의 도움을 받아 외투를 입었다. 제공하려고 한 것을 받지 않으려는 독일인은 그를 얼마나 불안하게 만들었는지.

창고에서 나온 군인은 먼지를 털어내고 조심스럽게 군모 끈을 다시 묶었다. 장교는 일행이 다시 옷 입기를 기다리면서 뒷짐 진 채 무심코 몇 걸음 걸었다. 그는 빅토리앵 뒤에 멈춰 서서 그의 어깨너머로 몸을 구부리고 장갑 낀 손가락으로 노트의 한 줄을 가리켰다.

"이 동사는 여격이 아니라 대격을 써야 하는데요, 청년. 격의 사용에 주의해야 합니다. 당신들 프랑스 사람들은 자주 착각하지요. 당신들이 격변화를 잘 모르는 것은, 우리와 같은 격변화를 사용하지 않아서 그렇습니다."

그는 자신의 조언에 리듬을 붙이듯 손가락으로 짚고 있는 줄을 탁탁 쳤는데, 그 때문에 페이지가 넘어갔다. 그리고 그 노트의 여백에서 살라뇽의 그림을 보았다. 날갯짓하는 것 같은 새처럼 그려진 장교의 뒷모습, 장부를 보며 고개 숙인 공무원, 안경을 걸치고 있지만 안경 너머로 사람을 보는 시선, 그에게 눈길을 주며 미소를 짓고 있는 아버지가 그려져 있었다. 빅토리앵은 얼굴을 붉혔고, 이미 너무 늦은 터라 그림을 감추기 위한 어떤 행동도 하지 않았다. 장교는 빅토리앵의 어깨에 손을 얹고 꽉 쥐었다.

"주의 깊게 번역하게, 청년. 어려운 시대라네. 학업에 몰두해야지."

그는 손을 올려 다시 자세를 바로 하고, 메마른 어조의 독일어로 명령하고, 그들 모두 함께 떠났다. 그가 앞에 가고 두 명의 군인이 규칙적인 발걸음을 맞추며 따라갔다. 현관에서 장교는 다시 빅토리앵을 돌아보았다. 미소는 짓지 않고 그를 응시하더니 어둠 속으로 사라졌다. 아버지는 문을 닫고 침묵 속에서 잠시 가만있다가 기쁨에 겨워 발을 굴렀다.

"우리가 해냈어. 그 사람들은 전혀 몰랐어. 빅토리앵, 너 정말 재주 있다, 네 작품은 완벽해."

"어떻게 우리가 전투 후에도 살아남는지 아는가? 가장 드물게는 용 맹스러움 덕분이고, 흔히는 무심함 덕분이다. 적에 대한 무심함은 기분 내키는 대로 상대를 때려눕히는 것보다 나은 일이고, 운명에 대한 무심 함은 우리를 잊게 만든다."

"너 뭐라고 말하는 거니?"

"제가 번역하는 책 내용이에요."

"그 라틴어 시구들은 바보 같은 말들이다. 가장 영악한 사람들이 살 아남을 뿐이지. 약간의 운, 감언이설이면 좋은 자리를 차지하지. 네가 읽는 로마 사람들은 무덤으로 보내고 가서 더 유용한 일을 해라. 예를 들면 회계 같은 것 말이지."

빅토리앵은 감히 더 이상 아버지를 쳐다보려고도 하지 않은 채 하 던 일을 계속했다. 그런 눈길은 그에게는 전쟁의 기억 가운데 가장 나쁜 것으로 남을 것이다.

삼촌이 돌아왔다. 그는 저녁을 먹고 잠을 자고 아침에 다시 떠났다. 우리는 감히 조사에 관해서 삼촌에게 말하지 못했다. 우리가 삼촌에게 모든 것이 잘되었다고 말한들 기뻐하지도 않을 테고, 어쩌면 그의 경멸 아니면 화까지 불러일으킬 수 있다고 짐작했다. 삼촌은 거친 느낌을 주 었고, 시대가 그에게 그것을 요구했다. 시대는 더 이상 상냥한 사람들의 것이 아니었다. 세계 전체가 15년 전부터 사태의 심각성이 점차 증가하 고 있는 것을 알고 있었다. 1940년대가 되면서 이 물리적인 요인은 인 류가 더 이상 견디기 어려운 밀도에 도달했다. 상냥한 사람들은 그런 문 제로 더욱 고통받았다. 그들은 점점 허약해지고 힘이 없어지면서 자신 들의 한계를 상실하고 끈끈해져 퇴비가 되어 사라졌는데, 똑같은 상황이 더 빠르게 더 폭력적으로 살아가는 다른 사람들에게는 이상적인 영양 죽이 되어 권세를 누리는 기회가 된다.

삼촌은 프랑스가 참여했던 전쟁에 두 달 동안 나갔다. 그는 총을 한 자루 받았고 매일 저녁 총을 관리하고 기름을 칠했지만, 마지노선 뒤에서 총을 쏘는 사격장의 폐쇄된 울타리 바깥에서는 어떤 경우에도 총을 쏘지 않았다. 그는 화기를 비치하고 있는 토치카에서 그해의 4분의 3을 보냈다. 총을 어깨에 메고 너무나 잘 정돈된 보루를 지켰지만 그 요새들은 결코 점령되지 않았다. 프랑스는 점령당했지만 보방*의 이름에 값하는 그의 성벽들은 점령당하지 않았고, 조금의 충격도 받지 않고 감춰진 채 견고하고 당당한 건조물 위에 남겨져 있었다.

내부는 평온했다. 사람들은 모든 것을 예상했다. 전쟁이 진행되는 동안 초기에는 즉석에서 해야 하는 일들 때문에 너무나 고통스러웠다. 참호는 진흙 더미로 엉망이었고 무질서의 극치였고 다른 편에 비하면 너무나 형편이 없었다. 적군의 참호를 점령하고 나면 그 상태가 너무나 깨끗하고 너무나 견고하고 너무나 물이 잘 빠지는 것에 감탄하고, 그 차이를 따라잡아야 한다고 결심했다. 앞서 일어났던 전쟁이 제기했던 모든 문제는 체계적으로 해결되었다. 1939년의 프랑스는 뛰어난 조건 속에서 1915년의 전투들을 과감히 직시할 준비가 되어 있었다. 갑자기 삼촌은 몇 달 동안 지하에 있는 내무반에서 생활했는데, 거기는 오히려 깨끗하고 쥐도 없고, 그의 아버지가 곰팡이 슬게 버려두었던 진흙 오두막보다 덜 축축했다. 발가락 사이의 무좀들은 실제로 곰팡이가 핀 것이다. 그들은 민첩하게 교대했고, 자외선 때문에 검은 선글라스를 쓰고 들어

---

* Vauban(1633~1707): 프랑스 군인. 루이 14세 시대 전술가. 비범한 축성술을 응용해 국가 차원에서 요새의 전략적 역할을 파악했다.

가야 하는 동굴에서 사격 연습과 일광욕을 했다. 군의관은 군대원들이 지니고 있는 보호 장비를 검토해보고, 그 사람들에게는 적의 총알보다 구루병이 더 치명적일 것이라고 평가했다.

5월 초에 군부대는 요새화가 덜 진행된 숲 지역으로 옮겼다. 시기가 목재 작업을 하기에 적당했다. 땅이 말라 있어 구덩이를 파기에도 좋았다. 부대원들은 통나무로 덮은 구덩이들 안에 대포의 발사관을 감추고 주변에 은거했다. 5월 중순, 동기들끼리 나누는 수다 이외에는 아무런 소리도 들리지 않았고, 새들이 지저귀고 나뭇잎들이 바람에 살랑이고 있었다. 그러던 중 그들은 포위된 것을 깨달았다. 독일 군인들이 엔진과 포탄의 요란한 소리를 내며 진군하고 있었는데, 그들은 조금도 알아채지 못한 채 나무 아래서 낮잠을 자려고 누워 있었다. 그들의 장교는 암시적으로 그들에게 이틀 안에 떠나라고 충고했고, 군대는 사라졌다.

그들은 크고 작은 그룹으로 나뉘어 시골길을 따라 걸었다. 시간이 흐를수록 점점 더 그룹과 그룹 사이에 거리가 생겼고, 마침내 단짝들 몇 명만 남았고 그 밖에 아무도 만나지 못하면서 남서쪽을 향해 걸어갔다. 이따금 길가에 고장 나 멈춰 선 자동차를 보거나 사람들이 흙바닥인 안마당에 동물들을 풀어놓은 채 며칠 전에 떠나버린 버려진 농장을 보기는 했다.

프랑스는 침묵 상태였다. 여름 하늘 아래 바람도 불지 않고 차도 없고, 자갈길을 걷는 것은 그들뿐이었다. 그들은 나무들이 경계를 이룬 길을 거추장스럽게 무기를 메고 군복을 입은 채 걸어가고 있었다. 1940년의 5월은 끔찍하게 더웠다. 그들은 규정에 따라 커다란 군용 외투를 입고 불편해했다. 다리에는 타박상을 입어 각반을 감고, 두꺼운 천으로 만든 군모 때문에 흐르는 땀을 닦을 사이도 없이 흔들거리는 긴 총을 메고, 힘겹게 지팡이를 짚으며 걷고 있었다. 그러다가 도랑에 이르자 모든 것을 던지고, 각반을 풀고 바지만 입은 채 상의와 군모를 벗고 걸었다. 심지어 무기조차 내려놓았는데, 그것을 가지고 무엇을 할 수 있었겠는가? 적의 소대라도 만나게 되면 그들은 모두 몰살당했을 것이다. 그중 몇 명은 고립된 군인들을 향해 얼마든지 총을 겨눌 것이나, 상대 조직을 고려해보면 작은 즐거움을 위해 값비싼 대가를 치르는 것일 수도 있다. 가장 허세가 심한 사람들조차 군인다움의 유지란 것이 단지 말에 불과하고, 체면을 잃지 않으려는 방식일 뿐이란 것을 잘 알고 있었다. 체면이라면, 이미 그들이 상실한 것이었다. 그들은 무기가 아무 소용이 없다는 것을 자각하고 던져버린 뒤 더욱 가볍게 걸어갔다. 빈집 앞을 지나면서 벽장 안을 뒤져 민간인 옷으로 바꿔 입었다. 그들은 점점 더 군인의 특성이 사라졌다. 그들의 열기는 새벽의 찬 기운과 뒤섞였고, 그들이 집으로 돌아갔을 때는 피로에 지친 한 무리의 젊은이들로 보였을 뿐이다. 잘라낸 나무막대를 짚은 사람들, 팔에 옷을 걸치고 있는 모습들이 5월의 화창한 햇살 아래 로렌 지방 시골의 외진 길로 도보 여행을 나온 것 같았다.

독일 군인들을 만날 때까지 줄곧 그런 모습들이었다. 더 넓은 길 위에는 나무들 아래 회색빛 전차들이 일렬로 늘어서 있었다. 윗옷을 벗은 전차병들은 전차에 기대 일광욕을 즐기면서 담배를 피우고 웃으면서 뭔가를 먹고 있었는데, 흠 없는 그들의 멋진 몸은 완전히 구릿빛이었다. 다른 방향에서는 나이 든 예비역 군인들이 낚싯대처럼 총을 들고 한 무리의 프랑스 포로들을 데려오고 있었다. 발을 건들거리며 전차에 앉아 있는 군인들은 서로를 부르고 농담을 던지며 사진을 찍고 있었다. 포로들은 더 늙고 보기 흉하고 볼품없어 보였고, 먼지 속에서 나아가기 위해 발을 끌며 걸었다. 그들은 수영복 차림의 젊고 건장한 사람들의 조롱을 받으면서 고개 숙인 채 걷는 가엾은 어른들이었다. 삼촌 일행은 실제로 손가락 소리 때문에 붙잡혔다. 간수들 중 배 나온 사람 하나가 자신 있게 방향을 지시하면서 손가락 소리를 내고, 그들에게 일렬종대로 서 있는 사람들을 가리켰다. 그들에게 어떤 명령도 내리지 않고, 심지어 몇 명인지 수를 세지도 않고 그들을 통합시켰다. 일렬종대를 형성한 인원은 날마다 늘어갔고, 그들은 북동쪽을 향해 계속 걸어갔다.

인원이 너무 많아졌다고 여겨졌을 때 삼촌은 빠져나왔다. 많은 사람이 빠져나왔다. 거기에는 위험이 따랐지만 어려운 일은 아니었다. 그저 적은 수의 간수들을 이용할 줄 아는 것으로 충분했다. 매번 몇 사람이 도망칠 때마다 간수들의 게으름과 변덕스러움, 길가의 수풀을 이용했다. 어떤 사람들은 다시 붙잡히고 그 자리에서 죽고 참호에 남겨졌다. 그렇지만 몇 사람은 도망쳤다. "내가 놀란 것은, 언제나 나를 놀라게 하는 것은 달아난 사람 수가 그토록 적다는 사실이야. 모든 사람이 복종했어"라고 삼촌이 말했다. 복종의 역량은 끝도 없는데, 그것이야말로 사람들이 가장 많이 공유하고 있는 인간의 특성이다. 우리는 언제나 복종을 기대할 수 있다. 세계 제1의 군대는 해산을 받아들였고, 이어서 포로수용소에서 항복했다. 폭탄으로 획득할 수 없는 것을 복종의 정신을 이용해 얻어냈다. 그것은 손가락 소리만으로 충분했다. 사람들은 그토록 관습에 젖었다. 우리가 더 이상 무엇을 할지 모를 때면, 우리는 남들이 말하는 대로 한다. 그는 자신이 해야 할 바를 너무나 확실하게 아는 것처럼 보였고, 바로 이런 종류의 사람이 손가락 소리를 내는 것이다. 복종은 우리가 그렇다는 것을 알지 못할 때조차 우리의 가장 작은 행동 속으로 너무나 깊게 스며든다. 우리는 뒤따라간다. 삼촌은 자신이 이런 식으로 복종하는 것을 결코 허용하지 않았다. 결코.

빅토리앵은 삼촌이 말한 것이 무슨 의미인지 이해하지 못했다. 그는 복종하는 자신을 상상하지 못했다. 그는 번역을 했고, 옛날 책들을 읽으면서 라틴어를 배웠지만, 그것은 교육의 문제였지 복종의 문제는 아니었다. 그리고 그림을 그렸다. 그것을 그에게 요구한 사람은 아무도 없었다. 그래서 그는 삼촌의 이야기들을 먼 곳의 이야기처럼 들었다. 그러다가 그는 학업을 이어가기를 기대하면서 떠났다.

그는 이따금 학교 친구들과 무리를 지어 나갔다. 리옹에서 외출이란 말은 시내 중심가를 걸어 다니는 것을 의미한다. 그것은 무리를 지어 다니는 일인데, 사내애들은 사내애들끼리, 여자애들은 여자애들끼리 다니면서 망토를 입은 채 정신없이 킥킥거리고 눈짓을 주고받고 웃음을 터뜨렸다. 가끔은 칭찬에 우쭐해져 단순한 용기를 보였다가 이내 젊은 애들 특유의 혼잡한 부산스러움에 빠져들었다. 이런 부산스러움, 그 아이들은 리옹의 레퓌블리크 거리를 왔다갔다 돌아다니면서 그것을 소진했다. 모든 사람이 그렇게 돌아다니다가 광장이 보이는 천 차양을 드리운 카페에서 술을 마셨는데, 커다랗고 텅 빈 광장이 시내 중심에 있었다. 리옹에 사는 열일곱 살 사내애로서는 그런 일 말고 다른 것은 생각할 수가 없었을 것이다.

그와 함께 거리와 카페를 자주 드나들던—자주 드나들었다, 이것은 약간 과장된 말이다—동료들 가운데 하나가 그에게 데생 아카데미를 권유했다. "와서 누드 데생 수업을 들어봐, 너는 재능이 있어." 그가 잔을 들면서 냉소적으로 말했고, 빅토리앵은 얼굴을 붉힌 채 어떻게 답할지 몰라 자기 잔에 코를 박듯 하고 있었다. 다른 일행은 좀더 나이가 든 흐트러진 차림새의 화가였는데, 그렇게 해서는 누드 데생 수업에 들어갈 수 없을 거라고, 웃음보다는 조롱에 가까운 투로 말했다.

"제 친구는 재능이 있어요." 그가 빅토리앵이 아버지의 저장고에서 몰래 빼온 포도주 두 병을 교수에게 슬며시 내밀면서 말했다. 턱수염을 기른 신사는 양팔에 술을 한 병씩 들고 있었고, 빅토리앵은 자기 친구—친구라니, 좀 과장된 말이다—곁에 있었는데 그 앞에는 작업대 위에 압정으로 고정시킨 하얀 종이가 있었다. 그것은 공정하게 치러진 일이었고, 데생을 가르치는 교수는 어깨를 으쓱하면서 어떤 일이 일어났는지 관심을 보이지 않고 비웃는 듯한 미소를 지었다. 빅토리앵은 손에 연필을 쥔 채 아주 진지하게 소년들 한가운데 있는 젊은 여성을 관찰하기 시작했다. 그 여성은 누드 상태로 포즈를 취하고 있었는데, 빅토리앵은 어떻게 해야 그런 포즈를 취할 수 있는지 몰랐다.

그는 마침내 누드 상태의 여성을 제대로 본 것에 몹시 흥분했다. 그의 친구—친구라는 건 사실 좀 과장된 표현이다—가 그 장면을 그린 것을 그에게 보여주면서 히죽히죽 웃었다. 젊은 여성의 은밀한 생체 구조, 소년들의 튀어나올 것 같은 시선, 그리고 늙은 데생 교수의 마비된 듯한 시선, 그의 수염은 벌거벗은 젊은 여성이 자세를 바꿀 때마다 떨렸다. 교수가 덧붙였다. "여기 들어오려면 입장권을 사야만 한다. 당연하지! 너는 어떻게 생각하니?"

그러나 그렇지 않았다. 그는 누드 상태의 아가씨를 보기 위해서 온갖 것을 무릅썼지만, 전혀 그럴 일이 아니었다. 거기에서 보게 된 벌거벗은 여성의 젖가슴은 조각상이나 가끔씩 보았던 잡지의 화보들에서 본 것과 전혀 달랐다. 현실로 보는 젖가슴은 우리가 상상하는 것보다 더 무게감이 있었고, 신체의 부분들은 생각보다 더 비대칭이었다. 무게와 쏠림이 있었다. 그것은 기하학에 부합하지 않는 특별한 형태를 지니고 있었다. 눈으로 봐서는 다 알 수 없었다. 더 잘 알 수 있으려면 손으로 만져봐야 했다. 그리고 허리 부위는 조각에는 없는 주름과 튀어나온 살들이 있었다. 피부에도 조각에는 없는 세세한 흔적들, 잔털들, 점들이 있었다. 물론, 조각은 피부가 없다. 아틀리에가 추웠기 때문에 젊은 여성의 피부는 잔털이 곤두섰고, 작은 소름들이 돋은 채 떨고 있었다.

그는 에로틱한 요정극을 기대하고 있었다. 폭발적이고 퍼져가는, 경탄스러운 것, 최소한 떨리는 그 무엇을 상상했는데, 전혀 그렇지 않았다. 누드모델 앞에서, 그저 그런 몸매의 이 조각 앞에서, 그는 무엇을 느껴야 할지 몰랐고 어디를 봐야 할지 몰랐다. 손에 연필을 쥐고서야 침착함을 찾았다. 그는 선을 그리면서 선을 따라가고 음영을 넣었는데, 그림이 완성되어가면서 점진적으로 허리, 입술, 엉덩이 등에 현실적인 질량감이 생겼다. 그리고 점차 그가 기대했던 감정들이 살아났는데, 그렇지만 형태가 아주 달랐다. 그는 자신의 품 안에 그녀를 안고, 그녀 몸 구석구석에서 열기와 떨림을 느끼고, 그녀를 들어 안고 다른 곳으로 이끌고 싶었다. 그림의 선이 점점 더 유려해지고 정해진 시간이 끝날 무렵, 마침내 몇 개의 멋진 소묘가 완성되었고, 그것을 단단하게 말아 자기 방에 숨겨두었다.

빅토리앵이 미술학교 학생들과 자주 어울리는 일은 그리 오래가지 않았다. 어느 날 삼촌이 그들이 어울려 다니던 카페에서 나오는 그의 친구를 붙잡았다. 삼촌은 벽에 어깨를 기대고 팔짱을 낀 채 인도에 서서 기다렸다.

소년들 한 무리가 웃으면서 바깥으로 나오자 그는 곧장 가장 덩치 큰 학생을 향해 가서는 뺨을 두 번 때렸다. 다른 학생은 술을 마신 데다 따귀 때리는 장면에 놀라 그 자리에 털썩 주저앉았다. 이 갑작스런 폭행에 놀라 얼이 빠진 빅토리앵을 제외하고 모든 소년이 흩어져서 골목으로 사라졌다. 그의 친구—좀 과장된 말이다—는 땅에 엎드린 채 다시 일어서지 못하고, 그 자리에 서서 주머니에 손을 넣고 그를 바라보고 있는 삼촌의 발아래서 피를 흘리고 있었다. 그렇지만 빅토리앵은 바로 15분 전까지만 해도 나무랄 데 없고, 너무나 명석하고, 너무나 영악스럽던 청년이 주저앉아 있다는 사실보다, 그 순간 뺨을 맞고 발아래 주저앉아 있는 청년의 위쪽에 무심한 표정으로 서 있는 삼촌의 얼굴이 그의 누나와 닮은 것에 놀랐다. 그는 어떻게 그들이 서로 닮을 수 있는지 이해할 수 없었기 때문에 놀랐지만, 그들이 서로 닮은 것은 사실이었다.

삼촌은 한마디도 하지 않은 채 빅토리앵을 가게까지 데리고 갔다. 그는 빅토리앵에게 문을 열어주고는 완전히 캄캄한 실내를 가리켰다. 빅토리앵이 의문의 눈초리를 던졌다. "그려봐. 네가 원하는 것을 그려라. 그렇지만 그런 환경과 아이들은 집어치워. 그런 녀석들은 그만 만나, 그런 녀석들은 자칭 예술가라고 말하지만 뺨 한두 대만 맞아도 자기 소명을 버리지. 그 녀석은 다시 일어나 내게 주먹을 날렸어야 했어. 적어도 그러려고 흉내라도 냈어야지. 아니면 내게 욕하거나, 단 한마디라도 말이야. 그런데 그 녀석은 아무것도 하지 않았어. 그저 울기만 했지. 그러니 그런 놈은 보내버려."

그는 빅토리앵을 가게 안으로 밀어 넣고 문을 다시 닫았다. 실내는 어두웠다. 빅토리앵은 더듬거리며 가게를 가로질러 자기 방으로 돌아왔다. 그는 잠을 이루지 못했다. 방의 어둠 속에서, 다시 눈을 감은 어둠 속에서 잠이 드는 일은 그에게 나약함의 의미로 여겨졌다. 피로가 그를 아래로, 잠의 체념 속으로 끌고 갔지만, 마음의 동요가 그를 비상, 위를 향해 이끌었고, 그러다가 너무 낮은 천장에 부딪혔다. 이 두 개의 상반된 움직임은 그의 몸을 이러지도 저러지도 못하는 내전으로 몰아갔다. 그는 아침에 기진맥진하고 숨이 막히고 쓰라린 심정으로 눈을 떴다.

빅토리앵 살라눙은 어리석은 생활을 했고 그 사실이 수치스러웠다. 그때까지 그의 생활을 차지하고 있던 책의 번역을 끝내려고 결심하니 어디로 가야 할지를 몰랐다. 그는 회계를 배울 수도 있고 아버지 일을 물려받을 수도 있었겠지만, 가게 일은 혐오스러웠다. 가게는 언제나 조금 더러웠지만 전쟁의 시기에는 치욕스러운 곳이 되었다. 그는 공부를 할 수도 있고, 학위를 받을 수도 있고, 독일에 점령된 프랑스 정부를 위해 일을 할 수도 있고, 독일의 전쟁 동원에 협력하는 회사를 위해 일을 할 수도 있을 것이다. 1943년의 유럽은 독일 자체였고, **국수주의적** völkisch이었고, 수용소의 가건물에 있는 것처럼 각자 자기 민족에 갇혀 있었다. 빅토리앵 살라뇽은 언제나 이류의 인생으로 남을 것이고 싸울 기회도 얻지 못한 채 패배자가 될 것인데, 그것은 그가 그렇게 태어났기 때문이다. 독일에 점령당한 유럽에서 프랑스 이름을 지닌 사람들은— 그는 자기 이름을 감출 수 없다—독일 이름을 가진 사람들에게 술과 우아한 여인들을 주게 될 것이다. 나치에게 점령당한 유럽에서 그는 농노와 같은 처지가 될 뿐인데, 그것이 그의 이름에 내포된 의미이고 언제나 그럴 것이다.

독일인들에게 원한을 품은 것은 아니었지만, 상황이 그렇게 지속된다면 어디서 태어났는지가 인생 전체를 결정하게 되고, 결코 저 너머를 향해 갈 수 없을 것이다. 고개를 숙이고 불평을 하기보다는 하나의 행동, 항의, 무언가 맞서 싸우는 일을 해야 할 때였다. 그는 이러한 생각을 샤사뇨에게 말했고 그들은 결정했다. 다시 말해본다면, 비타협적인 말들을 벽에 쓰자는 빅토리앵의 제안을 샤사뇨가 유보 없이 받아들였다.

그것은 시작에 불과했고 그 이상의 일이 재빨리 행해졌다. 그런 행동은 프랑스인들에게 점령군이 가장 견고하게 자리 잡은 도시 한가운데서 저항의 운동이 행해지고 있다는 것을 보여줄 것이다. 프랑스인은 패배했고 순종하지만 속지 않는다. 바로 그것이 모두가 보는 앞에서 벽에 쓰인 글이 전하는 것이었다.

그들은 페인트와 커다란 붓 두 개를 손에 넣었다. 살라뇽의 가게에는 공급업자가 많아서 진하고, 밑바탕이 안 보이고, 물에 지워지지 않는 금속용 페인트를 한 통 가득 쉽게 얻었다. 아들에게 물건을 공급한 사람은 그것을 아버지에게 제공하는 것이라고 믿으며 그 점을 분명히 했다. 그것은 하얀색이 아니라 검붉은 색이었다. 1943년에 페인트를 구한다는 것은 이미 상당한 일이었다. 게다가 색을 고를 수 있다는 희망은 버려야 한다. 일이 그랬다. 그들은 저녁에 일을 하기로 결정했다. 작은 종잇장들 위에 쓸 문구를 준비했고, 벽의 위치를 탐지하기 위해 여러 번의 일요일에 걸쳐 조사했다. 그것은 하나의 문장을 형성할 수 있을 만큼 길어야 했고, 읽는 사람들을 불편하게 만들지 않을 만큼 매끄러워야 했다. 사람들이 그것을 아침에 읽을 수 있으려면 너무 외진 곳이 아니어야 했고, 그렇다고 사람들이 너무 많이 오가는 곳도 아니어야 순찰대가 그들을 귀찮게 하지 않을 것이다. 게다가 붉은색이 눈에 띄게 하려면 더 밝은색이어야 한다. 진흙, 석탄 찌끼의 작은 돌들과 조약돌 같은 것을 모두 제거했다. 그 구역에 남아 있는 공장들의 창고 주변에는 길고 멋없는 벽들이 있었는데, 그 창고는 노동자들이 아침에 출근하기 위해서 걸어가는 길목에 있었다. 밤에는 근처 거리들이 텅 비었다.

밤이 다가오자 그들은 출발했다. 달빛이 비치고 있었고, 그들은 론 강을 가로지르는 길을 따라서 동쪽을 향해 똑바로 걸어갔다. 그들의 발걸음 소리가 거리에 울렸다. 날은 점점 더 추워졌으며, 그들은 출발 전에 외운 거리들의 이름을 따라서 나아갔다. 소매에 감춘 붓 때문에 불편했다. 페인트를 담은 통 때문에 팔이 당겨 자주 팔을 바꿔줘야 했고, 주머니 속으로 재빨리 붓을 집어넣기도 했다. 그들이 그림을 그리려고 한 벽에 이르렀을 때 달은 하늘 저편에 가 있었다. 그들은 거리의 모퉁이에서마다 순찰대의 규칙적인 발걸음이나 군용 트럭의 요란한 소리에 동정을 살피면서 숨었다. 벽 앞에서는 아무도 만나지 않았고 아무것도 없었다. 달빛 아래 비친 벽은 마치 두루마리 모양으로 말아놓은 하얀 종이 같았다. 노동자들이 아침에 그들이 써놓은 문구를 읽게 되리라. 빅토리앵은 노동자들이 서로 연대하고, 고집스럽고, 공산주의자와 같은 사고를 한다는 것 말고는 그들이 어떤 사람들인지를 정확하게 알지 못했다. 그러나 국가 공동체는 계급의 차이를 상쇄시킬 것이다. 그들은 프랑스인들이었고 빅토리앵과 마찬가지로 정복당한 사람들인 것이다. 그들이 아침에 읽게 될 문구가 독일이 점령해버린 유럽에서 어떤 자리도 갖지 못했던 부분을 타오르게 만들 것이다. 정복당한 사람들은 저항해야만 하고, 만약 그들이 국민으로서 복종한다면 그들은 결코 아무것도 얻지 못할 것이기 때문이다. 물론 문구는 간결한 말들로 써야 할 것이다.

그들은 페인트 통을 열어야 했는데, 그 일에 시간이 걸렸다. 뚜껑이 꽉 닫혀 있었다. 드라이버를 가져온다는 것을 깜박 잊은 것이다. 그래서 붓의 손잡이를 지렛대처럼 사용했는데, 너무 굵어서 미끄러졌다. 그러다 그만 다치고 말아 혈관에서 나온 피가 손가락으로 뚝뚝 떨어졌다. 그들은 페인트 통을 어떻게 열어야 할지 몰라 걱정으로 진땀을 흘렸다. 뚜껑의 손잡이 아래로 납작한 조약돌을 끼워 넣고 낮은 목소리로 투덜거리면서 뚜껑을 열기 위해 진력을 다했다. 마침내 뚜껑이 열렸고, 페인트가 땅으로 쏟아져 나오면서 그들의 손과 붓 손잡이에 흘렀다. 땀을 흘리면서 "휴우" 부드럽게 안도의 숨을 내쉬었다. 뚜껑이 열린 페인트 통에서는 용제의 독한 냄새가 퍼졌고, 다시 침묵이 찾아온 가운데 빅토리앵은 자신의 심장 소리를 들었다. 그는 정말로 그 소리를 들었는데, 마치 자신의 몸 바깥에서 듣는 것 같았다. 그러고는 곧 너무나 오줌이 마려웠다.

공장 지대의 길은 아주 넓었는데, 그는 그 길을 가로질러 벽의 모퉁이에 섰다. 달빛이 비치지 않는 곳에서 그는 시멘트 기둥으로 된 바닥에 오줌을 누었다. 그러고 나니까 한없이 긴장이 풀렸고, 거기에다 흥분도 되어 벽에 문구를 쓸 수 있을 것 같아서 갔다. 차가운 하늘에 떠 있는 별을 보고 있었는데, 어디선가 "정지Halt!" 하는 독일어가 들려 깜짝 놀랐다. 그는 상대가 총 쏘는 것을 막기 위해서 손을 들어야만 했다. "정지!" 이 말은 반항의 공처럼 튀어 올랐다. 그 말 자체가 하나의 행동이고, 모든 유럽 사람을 이해시켜야 하는 말이었다. 아슈H라는 철자가 마치 로켓 추진기의 연료 같았고, 생경한 느낌을 주는 테t라는 철자는 과녁에 부딪히는 것 같았다. **정지!**

미처 오줌을 다 누지 못했던 빅토리앵은 조심스럽게 고개를 돌렸다. 독일인 다섯 명이 달리고 있었다. 달빛이 그들 장비의 금속 부분, 철모, 무기 들을 빛나게 했다. 페인트가 담긴 양철통은 여전히 벽 아래쪽에 뚜껑이 열린 채 놓여 있었고, 벽에는 대문자 N이 이미 씌어져 있었는데 거기서 나는 용제의 냄새가 빅토리앵이 서 있는 어둠 속의 한 귀퉁이까지 전해졌다. 샤사뇨는 달렸고, 벽에 부딪혀 울리는 그의 뜀박질 소리가 멀리서 날카로운 소리로 변했다. 독일 군인 하나가 총을 들어 당겼고, 짧게 쾅 하는 소리가 나더니 달리던 것이 멈추었다. 군인 두 명이 샤사뇨의 다리를 붙잡고 끌며 돌아왔다. 빅토리앵은 무슨 일이 벌어졌는지를 몰랐고, 오줌을 계속 누었고, 달아났고, 손을 들었다. 그는 사람이 붙잡힐 때는 손을 들어야 한다는 것을 알았고, 아마 그런 행동이 그를 구해주었을 것이다. 그는 자신이 보이는지조차 알지 못했고, 숨지도 않았다. 어둠만이 그를 숨겨주었다. 그는 움직이지 않았다. 독일 군인들은 끌고 온 시체를 N자가 쓰인 벽 아래에 두고 양철통을 다시 닫았다. 몇 마디 말을 주고받았는데 그 목소리의 울림이 공포로 물렁해진 빅토리앵의 뇌에 영원히 새겨졌고 불편하게 만들었다. 그들은 아무것도 보지 못했다. 그들은 시체를 바닥에 둔 채 양동이와 붓을 가지고 아주 질서 있게 줄을 맞춰 다시 떠났다.

빅토리앵은 떨었다. 모퉁이에서 옷을 벗고 있는 자신을 느꼈고, 아무것도 그를 가려주는 것이 없었다. 그들은 그를 보지 못했다. 어둠이 그를 가렸고, 아무것도 없다는 것이 벽이 있는 것보다 더 보호해줬다. 그가 다시 옷매무새를 갖추었을 때, 끈적거리는 게 느껴졌다. 너무나 떨린 나머지 자기 성기에 페인트를 묻힌 것이다. 그는 샤사뇨를 보러 갔다. 총알이 머리 한가운데를 맞혔다. 샤사뇨가 누운 아래에서 피가 도로로 번졌다. 그는 돌아갔다. 자신의 집이 있는 서쪽을 향한 거리를 따라 걸었는데 더 이상 주의를 하지 않았다. 안개가 피어나서 보는 것도 보이는 것도 방해했다. 만약 순찰대를 만난다고 해도 도망치지 않을 것이고, 체포될 것이다. 페인트 얼룩이 묻어 있던 그는 결국 감옥에 가게 될 것이다. 그러나 성기에 묻은 페인트를 산업용 용제로 닦아내고 나서 걷는 새벽에 그는 아무도 만나지 않았고, 침대로 들어가 잠을 조금 잤다.

차가 와서 시신을 가져갔지만 아무도 글자를 지우지 않았고, 바닥에 흘린 피를 그대로 두었다. 프로파간다 부대 사람들은 그들의 견해를 말해야 했다. 반항의 징표를 그대로 두는 일은 즉각적인 진압의 효과를 낳을 것이다. 아무도 벽을 지우고 피를 씻어내기 위해서 사람을 보낼 생각을 하지 않았다.

바닥에 등을 대고 누워 있는 로베르 샤사뇨의 몸은 두 명의 프랑스 경찰이 지키는 가운데 벨쿠르 광장에 전시되었다. 피는 검게 변했고, 머리는 어깨 쪽으로 기울고 눈은 감고 입은 벌리고 있었다. 알림 표지판은 열일곱 살의 로베르 샤사뇨가 통행금지를 위반했다는 사실을 알리고 있었다. 그는 순찰대가 다가오자 도망가다가 쓰러졌다. 그는 전략적으로 중요한 공장의 벽 위에 적대적인 문구를 남기고 있었다. 통행금지령의 규칙이 되살아난 것이었다.

사람들은 광장에 누워 있는 시신 앞으로 지나갔다. 시신을 지키고 있는 등이 구부정한 경찰 두 명은 아무하고도 눈을 마주치지 않으려고 애썼다. 시신을 감시하는 일이 그들을 짓눌렀고, 어떻게 사람들의 시선을 감당할지를 알지 못했다. 그 광장은 너무나 컸고 침묵에 잠겨 있었으며, 겨울 내내 불안과 안개에 뒤덮여 있었고, 사람들은 더 이상 꾸물거릴 틈이 없었다. 사람들은 고개를 숙인 채 지나가고, 손을 주머니에 찔러 넣고 최대한 빨리 거리의 방공호로 갔다. 그런데 이 죽은 청년을 둘러싸고 장바구니를 든 주부들과 나이 든 남자들이 모여 작은 무리를 지었다. 그들은 말없이 인쇄된 선전지를 보았고, 피가 엉겨 붙은 머리와 입을 벌리고 있는 얼굴을 보았다. 나이 든 남자들은 중얼거리면서 다시 떠났고, 여자들 몇 명은 경찰에게 수치를 알라고 하면서 호통을 치듯 말했다. 경찰은 결코 답하지 않았고, 고개도 들지 않은 채 마치 화가 나 혀를 차듯이 간신히 들릴 정도로만 웅얼거리며 "가시오, 가시오!"만 반복했다.

시신에서 악취가 나기 시작하자 그의 부모에게 시신을 넘겼다. 그리고 최대한 빠르게 매장했다. 그날 샤사뇨와 같은 반 학생들은 포부르동 선생이 아무 말도 하지 않았는데도 모두 검은색 상장 리본을 달았다. 저녁 종이 울렸을 때 그들은 아무도 일어나지 않았다. 그들은 포부르동 선생을 마주 보면서 침묵 속에 그대로 있었다. 2~3분 남짓 아무도 움직이지 않았다. "여러분, 내일은 다른 날이 올 것입니다." 마침내 그가 입을 열었다. 그때야 비로소 학생들은 의자를 뒤로 밀지도 않고 그대로 일어나 떠났다.

다른 모든 학생처럼 빅토리앵도 죽음의 상황에 대해 문의했다. 소문이 돌았고, 극단적인 이야기들이 많은 사람에게 사실인 것처럼 여겨졌다. 그는 매번 고개를 끄덕이며 이야기를 듣고, 그들에게 직접 다른 세세한 이야기를 덧붙여 전해주었다.

샤사뇨의 죽음은 본보기가 된 것이 분명하다. 빅토리앵은 샤사뇨가 죽기 전날에 쓴 편지를 만들어냈다. 그것은 부모님께 보내는 사과의 편지, 모두에게 전하는 작별의 편지, 비극적인 결단의 편지였다. 그는 조심스럽게 친구의 말투를 흉내 냈고, 조금 피곤한 듯한 말투로 생명력을 불어넣었다. 그는 이 편지가 돌아다니게 만들었고, 샤사뇨의 부모님께 전했다. 그들은 편지를 받고는 오랫동안 질문을 던지면서 많이 울었다. 그는 최선을 다해 대답했고, 자신이 알지 못하는 것은 언제나 더 좋은 쪽으로 꾸며서 말했더니, 그만큼 더 그의 말을 믿었다. 샤사뇨의 부모는 그에게 고맙다고 인사하고 아주 정중하게 그를 문까지 배웅했으며, 붉어진 눈을 닦으면서 작별 인사를 나누었다. 빅토리앵은 거리를 달려 그곳을 떠났다. 이마는 붉어지고 손에는 땀이 흥건했다.

여러 주 동안 그는 그림에 전념했다. 대가들의 그림을 모방하면서 기술을 향상시켰고, 보자르 미술관의 그림들 앞에 서 있거나 도서관의 펼쳐진 책 더미 앞에 앉아 시간을 보냈다. 그는 인체의 다양한 포즈를 그렸다. 먼저는 고대의 누드화들을 그렸는데 금세 지루해졌다. 그리고 벌거벗은 예수, 수십 명의 사람, 그가 보았던 모든 사람을 그렸고, 다음에는 상상을 하며 그렸다. 그는 벗은 몸, 그의 고통, 그의 체념을 추구했다. 옷, 휘장, 나뭇잎과 같은 장치가 성기를 감추고 있으면, 그리지 않았다. 아무것도 그리지 않은 채 그 부분을 남겨두었는데, 그것은 그가 어떻게 성기를 그려야 할지 몰랐기 때문이다.

어느 날 그는 어머니가 화장할 때 쓰는 작은 거울을 슬쩍 했다. 그는 식구들이 모두 잠들기를 기다렸다가 옷을 벗었다. 그리고 다리 사이에 거울을 두고 오그라든 성기를 그렸는데, 이 기관은 조각상에는 없었다. 그는 이와 같은 방식으로 자신의 그림을 완성했다. 그가 모방해 그렸던 여자들의 몸은 성기를 지우면 될 뿐, 더할 것이 없었다.

그 일은 거의 밤새도록 계속되었다. 그림을 그리느라고 잠을 이루지 못했다.

다른 곳에서는 어떻게 지냈는가? 서로 다른 곳에서 같은 나이, 같은 키, 같은 체격, 심지어 사람들이 조용히 내버려두면 같은 관심사에 빠져들 청년들이 잠들지 않기를 바라면서 눈 속에 서 있고, 무엇보다 그들의 기관총이 얼지 않기를 기대했다. 그런데 한편으로는 사막 한가운데서, 우리가 몰랐을 때는 생각할 수도 없었던 태양 아래서 참호를 보강하기 위해 모래주머니로 메우는 일을 하거나, 표적이 되는 것을 피하기 위해 머리를 너무 높이 들지 않고 고장이 날 수도 있는 무기를 머리 위로 들어 올린 채 열대의 더러운 진흙을 기어가는 것이다. 어떤 사람들은 불길이 넘실거리는 토치카에서 손을 들고 나오다가 생을 끝마쳤고, 때로는 쐐기풀을 잘라내는 것처럼 사람들을 줄을 세워 쓰러뜨렸다. 어떤 사람들은 단 한 번의 섬광 속에서, 쾅 하는 굉음 소리와 함께 일제히 쏘아 올린 로켓탄의 획획 소리가 이어지고 허공을 가로지르고 일제히 떨어지는 가운데 아무것도 남겨두지 않은 채 죽었다. 또 어떤 사람들은 목을 겨눈 칼에 찔려 동맥이 파열되어 마지막 순간까지 피를 뿜으며 죽었다. 어떤 사람들은 강철판을 뚫고 폭발하는 충격을 계속 살피면서 바다 깊숙한 곳에서 일어나는 분쇄 현상에서 자신들을 보호했다. 어떤 사람들은 낮은 곳을 향하는 조준 장치 속에서 주거지를 향해 폭탄이 투하되는 지점을 살폈다. 어떤 사람들은 결코 벗어날 수 없었던 철조망이 둘러쳐진 나무로 된 가건물 안에서 마지막을 기다렸다. 삶과 죽음이 멀리서 서로 얽혔고, 그들은 그랑드앵스티튀시옹의 보호 아래 머물렀다.

물론 날은 따뜻하지 않았다! 전쟁에 대비해 선박, 전차, 비행기에 쓰기 위해서 연료를 비축했고, 그로 인해 교실은 난방을 할 수 없었다. 그들은 책상을 앞에 두고 의자에 앉아 있었는데, 상당한 두께의 외벽이 있어서 이렇게 앉아 있는 자세를 유지할 수 있었다. 따뜻한 것은 아니었지만, 그 정도는 아니어도 평온하기는 했다.

그랑드앵스티튀시옹은 그럭저럭 생활을 해나갔고, 염소와 양배추를 조심스럽게 돌봤다. 거기에선 결코 '전쟁'이란 말을 꺼내지 않았고, 오직 시험만이 관심사였다.

포부르동 선생은 오직 자신의 의무가 지니는 도덕적 의미에만 관심이 있었다. 외출을 금지시켰고, 자신이 말하는 것 이상을 암시해주는 박학한 여담을 들려주었다. 결국 우리는 그 의미를 모색하고, 받아들여야 했다. 그가 화가 나서 입을 다물어버리기 전에 우리가 그에게 모색 끝에 찾아낸 의미를 언급했다면 그는 놀라는 척했을 것이다.

매해 겨울 그는 눈 내리는 것을 보았는데, 눈송이는 가볍게 날리다가 땅 위에 닿자마자 곧바로 사라졌다. 그러면 그는 갑자기 모두를 깜짝 놀라게 할 만큼 우렁찬 목소리로 "공부해라! 공부해! 너희가 할 것은 그뿐이다"라고 외쳤다. 그러고는 라틴어 공부에 몰두하고 있는 어린 학생들 사이를 성큼성큼 걸어 다녔다. 학생들은 고개를 숙인 채 웃었는데, 이 비밀스런 미소는 가벼운 찰랑거림, 차가운 교실 공기를 뚫고 던져진 갑작스런 문장 같았고, 이내 학습에 몰두한 변함없는 평정 상태가 찾아왔다. 종이 구겨지는 소리, 펜의 마찰음, 작게 코를 훌쩍거리는 소리, 그리고 이따금 기침하다가 참는 소리.

그러면 그가 말했다. "이런 학습이 너희가 할 수 있는 전부일 것이다." 혹은 "지금의 상황이 끝나면, 이 야만적인 유럽에서 너희들은 해방된 노예가 될 것이다. 자신들의 주인이 하는 일에 아무 말도 하지 않고 그저 관리하는 사람들 말이다."

그는 결코 부연 설명을 하지 않았다. 먼저 했던 말을 계속 이어가는 법이 없었고, 반복하지도 않았다. 사람들은 포부르동 선생이 말하는 방식, 선생으로서 지닌 강박을 익히 알고 있다. 학생들은 그의 말을 이해하지도 못한 채 따라서 말했고, 웃자고 한 그의 말들을 수집했지만, 결국 그 말을 떠올리면서는 감탄했다.

그들은 로마에서는 공부가 아무것도 아니라는 사실을 배웠다. 자유 시민들이 권력투쟁을 하며 전쟁을 치르는 동안 지식과 기술은 노예와 해방 노예의 몫으로 남겨졌다. 해방 노예는 자유로운 상태가 되어도 자신의 비천한 태생에서 벗어나지 못했고, 그의 행동은 언제나 그 태생을 드러냈다. 그는 공부했고, 전문가적인 식견을 지녔다.

그들은 중세 초기에 게르만의 침입에 맞서 전면전을 치르면서 모든 것이 붕괴하는 시기에, 마치 섬과 같았던 수도원들이 문서 사용권을 지니고, 수행의 과정인 위대한 묵상을 통해 따로 떨어져서 기억을 간직했다는 것도 배웠다. 그들은 배웠다.

봄이 되자 검은 군복 입은 사내가 그들의 교실에 와서 장차 일어날 일에 대한 이야기를 했는데, 그것은 놀라운 침입처럼 여겨졌다. 그는 특이한 검은 군복 차림이었는데, 실존하는 군대의 복장이 아니었다. 그는 자신이 나라의 근간을 이루는 새로운 조직들 중 하나에 소속된 사람이라고 소개했다. 그가 신은 부츠는 독일인들의 것보다는 훨씬 멋있고 공사 현장에서 신는 신발과 비슷한 모양이었다. 프랑스 기병 장교의 단정하고 빛나는 부츠를 신고 있는 모습 덕분에 그는 단번에 우아한 국가적 전통에 속한 것처럼 보였다.

"유럽의 전선은 이제 볼가 강까지 왔습니다." 그는 단호한 어조로 말하기 시작했다. 뒷짐을 지고 활짝 편 어깨에 한껏 힘을 주고 말했다. 포부르동 선생은 목덜미를 긁적이면서 벽에 붙인 지도 앞에 와서 섰다.

그는 자신의 넓은 어깨로 지도를 가렸다.

"이 전선에서는 눈이 내리고 있고, 영하 30도의 기온에 얼음으로 덮인 땅은 여름이 오기 전에는 죽은 사람들을 묻을 수도 없을 정도로 단단합니다. 바로 이 전선에서 우리 군대가 붉은 식인귀 군대들에 맞서 싸우고 있습니다. 내가 **우리** 부대라고 한 것은, 그들이 우리와 같은 편이고, 유럽의 군대들이고, 10개국의 젊은이들이 동료가 되어 볼셰비키의 폭발에서 문화를 지켜내기 위해 맞서 싸우고 있기 때문입니다. 볼셰비키는 아시아 사람, 사내들이 이루어낸 현대적인 형태이고, 아시아인들에게 유럽은 언제나 당하는 처지였습니다. 우리가 우리 스스로를 방어해야 비로소 이런 현실이 바뀝니다. 지금은 새로운 질서의 구축 과정에서 훨씬 앞선 독일이 다른 국가들의 봉기를 이끌고 있습니다. 늙은 유럽은 이제 독일을 믿고 따라야 합니다. 프랑스는 병들었고 추방되었다가 원래의 재능을 되찾았습니다. 프랑스는 국가적 혁명을 체험했고, 새로운 유럽 속에서 자신의 위상을 지니게 될 것입니다. 이러한 위상을 얻는 길은 전쟁만이 유일한 수단입니다. 만약 우리가 정복자 유럽 속에서 위상을 지니기를 원한다면, 우리는 정복자들과 함께 있어야만 합니다. 여러분, 여러분은 전선에서 싸우고 있는 우리 군대에 합류해야 합니다. 여러분은 샹티에드죄네스*에서 소집 통지서를 받고 필수적인 교육을 받을 것입니다. 이 세상에서 우리의 위치를 확고하게 해줄 새로운 형태의 군대에 소

---

* Chantiers de Jeunesse: 정식 명칭은Chantiers de la jeunesse française(CJF)이다. 흔히 샹티에드죄네스라고 불린다. 1940~1944년에 존재했던 프랑스 군대식 단체로 1940년 7월 30일 창단되었다. 샹티에드죄네스에서는 20세의 청년들을 소집해 훈련시키고 지도했는데, 청년들은 보이스카우트처럼 야영 캠프 생활을 했지만 군대식 환경 속에서 지원병 복무와 삼림개발에도 참여했다. 샹티에드죄네스에서는 비시 정부(친독 정부)가 주장하는 국가 혁명의 가치를 주입시키고, 페탱 장군을 우상화했다. 이후 샹티에드죄네스 출신의 다수의 청년들은 레지스탕스에 합류하게 된다.

속되는 셈이지요. 우리는 피로써 다시 태어나는 것입니다."

교실의 우리들은 아연실색한 채 조용히 듣고 있었다. 곧이어 입을 벌린 채 있던 한 학생이 질문을 한다는 생각도 없이 탄식하듯 중얼거렸다.

"우리 공부는요."

"캠프에서 돌아온 학생들은 계속 학업을 이어가게 됩니다. 만약 그 학생들이 그때에도 여전히 학업이 필수적인 것이라고 생각한다면요. 캠프에 참가한 청년들은 새로운 유럽에 필요한 것은 허약한 힘을 지닌 지성인이 아니라 군인들, 강인한 사내들이라는 것을 잘 알게 될 겁니다."

포부르동 선생은 지도 앞에서 좌우로 왔다 갔다 했다. 누구도 감히 말을 하려고 들지 않았지만 다들 동요했고, 그 동요는 공포를 불러일으키는 웅성거림으로 커져갔다. 그는 교실 전체를 둘러보았다. 이 혼란스러움을 멈춰야 했다. 그는 다른 학생들 사이에서 오른쪽으로 머리를 내밀고 있는 한 학생을 가리켰다.

"빅토리앵. 너는 할 말이 있는 모양이구나. 말해보거라, 하지만 간결하게 해라."

"그렇다면 저희들은 바칼로레아 시험을 치를 수가 없습니다."

"아니다, 시험 기간이 유예될 것이다. 그것은 학교에서 승인받은 일이다."

"우리는 그런 사실을 전혀 몰랐습니다."

군인처럼 보이는 그 사람은 무력함을 가장하듯 팔을 벌렸는데, 그런 행동은 교실의 소란스러움을 가중시켰다. 이런 상태를 접한 그는 잘 알고 있다는 듯한 미소를 지었고, 혼란은 점점 더 커졌다.

"언제나 이런 식이었어. 이제 다들 입 다물어." 포부르동 선생은 거칠게 말하면서 소리쳤다.

이내 침묵이 찾아왔다. 모두 포부르동 선생을 보고 있었는데, 그는 박식하고 멋진 예문들을 말하기를 망설였다.

"언제나 이런 식이었어. 너희가 그 사실을 전혀 몰랐다면, 그것은 바로 너희가 제대로 듣지 않았기 때문이다."

모두가 떨었다. 교실의 냉기는 다른 때보다 더욱 고통스럽게 여겨졌다. 그들은 발가벗고 있는 것처럼 느꼈다. 회복할 수 없는 상태의 벌거 벗음.

1944년 봄의 사건은 며칠 사이에 일어났다. 그해 3월 손 강 기슭에 있는 공원들에서 포탄이 터졌고 강가를 따라 노란 포탄들이 폭발했고, 하늘에서 생생한 불꽃이 연달아 떨어졌다. 3월에는 길게 이어지는 생생한 불꽃처럼 노란 개나리들이 환하게 피어났는데, 마치 북쪽을 향해 솟아오른 노란 선 같았다.

어느 날 저녁 삼촌이 와서 문을 두드렸다. 삼촌은 선뜻 들어오지 못하고 문턱 위에 망설이듯 서 있었다. 새옷 차림의 삼촌은 반팔 셔츠, 굵은 벨트를 찬 헐렁한 반바지에 무릎까지 오는 양말과 행군용 군화를 신고 있었다. 삼촌은 보일 듯 말 듯한 미소를 짓고 있었다. 삼촌은 언제나 그랬다! 그는 사람들이 자신의 차림에 주목할 것이라는 사실을 잘 알고 있었다. 삼촌의 옷차림은 그날 저녁의 기온에는 조금 쌀쌀함을 느낄 만큼 가벼웠다. 하지만 그런 차림새는 다가올 여름, 일상에서 지속되는 훈련, 야외의 생활을 알리는 것으로, 그 모든 것을 보란 듯이 순진하게 드러내는 것이었다. 그는 모자를 구겨 손에 쥔 채 뒷짐을 지고 있었는데, 그 모자는 타르트 접시처럼 가장자리를 휘장으로 장식한 것으로 귀에 걸치듯 기울여 쓰는 것이었다.

"아, 어서 들어와!" 빅토리앵의 아버지가 말했다. "네가 얼마나 멋진지 보여줘야지. 도대체 그 옷은 어디서 난 거냐?"

"샹티에드죄네스요. 제가 거기 장교입니다." 삼촌이 중얼거리듯 말했다.

"네가? 그 바보 같은 머리로? 샹티에라는 곳에서 도대체 뭘 할 건데?"

"제 할 일을 하는 것이지요. 그저 제 의무를 다하는 겁니다."

삼촌은 움직이지도 않고 더 이상 말을 하지도 않은 채 바로 앞만 주시했다. 아버지는 그 말투를 따라 할까 하다가 이내 관두었다. 그의 말에는 우리가 어디로 가게 될지 결코 알 수 없다는 암시가 담겨 있었다. 때로는 모르는 편이 나을 때도 있다. 잠이 든 것처럼 하고 모른 척하자. 그렇지 않은가?

"어서 들어와. 어서 와서 한잔해라, 함께 축하해야지."

아버지는 분주하게 움직이면서 포도주를 한 병 꺼내 와 조금 느리고 조심스럽게 병뚜껑을 제거하고 마개를 열었다. 그런 행동을 연달아 하면서 평정을 되찾았다. 세계는 동요하고 있었지만, 그로서는 이 동요의 상당 부분을 이해하지 못했다. 그것은 정말 지독한 소란이었고 누구도 서로를 믿을 수가 없었다. 하지만 그는 계속 살아가야 했고 배가 침몰하지 않고 나아가도록 끌고 가야 했다. 살아가야 한다. 계획은 그것으로 충분하다. 잔을 채우고 축하의 말을 하기 위해 잠시 뜸을 들였다.

"맛을 봐라. 샹티에에 가면 250밀리미터 알루미늄 잔에 담긴, 물을 섞어 만든 시큼한 포도주밖에 없을 것이다. 지금 즐기라고."

삼촌은 사람들이 목이 마를 때 물을 마시듯 들이켰다. 들었던 잔을 똑같은 몸짓으로 다시 갖다 놓았다.

"사실 일이 잘되어간다고 알았어요." 그가 작게 말했다.

"그렇지. 사람들이 엄청 애쓴다면 말이야"

"로젠탈은 여전히 문을 닫았나요? 셔터가 그대로 내려져 있던데요. 망했나요?"

"그 사람들은 마치 바캉스라도 가는 것처럼 아침에 떠났어. 저마다 트렁크 하나씩 들고 말이지. 나는 어디로 가는지 몰랐어. 로젠탈을 만나면 여느 때랑 같은 인사를 나눴지. 아침에는 가게 문을 열면서, 저녁이면 가게를 닫으면서 서로 보았으니까. 그가 어느 날 내게 폴란드에 대해서 말했는데, 그 사람 말투가 이해하기 쉬운 것은 아니야. 그 사람들은 폴란드로 가야 한다고 했어."

"형은 지금도 사람들이 폴란드로 여행을 갔다고 생각해요?"

"나야 모르지. 내겐 일이 있어. 더구나 그 사람들이 가게 문을 닫은 뒤로는 일이 더 많아. 아침에 그 사람들은 떠났고, 어디로 갔는지 나는 몰라. 아는 게 전혀 없는데 로젠탈가(家) 사람들을 찾겠다고 갖은 애를 쓰지는 않을 거야."

말을 해놓고 그는 웃었다.

"그런데 빅토리앵, 너는 그 집 아들을 아니?"

"저보다 더 어려요. 같은 학년이 아닌걸요."

삼촌은 한숨을 내쉬었다.

"너는 그저 이름만 아는 아이가 떠나고 그 집 문이 닫혀 있어도 슬퍼하지 않는구나. 자, 너도 한잔해라.

사람들은 서로에 대해 아무 관심이 없어요. 프랑스는 사라지고 개인적인 문제들의 집합체가 될 뿐이지요. 우리는 함께 있지 않아 죽을 지경이에요. 우리에게 필요한 것은 바로 함께라는 사실에 대한 자부심입니다."

"프랑스라! 멋지지, 프랑스! 그러나 나를 먹여 살리는 것이 프랑스는 아니야. 그리고 로젠탈이 프랑스 사람인 것도 아니고."

"하지만 그 사람들도 형처럼 프랑스어를 말하고, 아이들도 프랑스에서 태어났고, 자식들도 형 자식과 같은 학교를 다녔어요."

"그는 프랑스 사람이 아니야. 그 사람 신분증명서가 말해주지, 그것은 분명해."

"증명서 따위로 나를 웃게 만드는군요, 형. 형네 식구들 증명서는요, 그것을 형에게 만들어준 것은 바로 형 아들이에요. 진짜보다 더 진짜처럼요."

살라뇽 부자는 동시에 얼굴이 붉어졌다.

"자, 우리끼리 다투지 말자. 한잔해. 아무튼 나는 로젠탈과 전혀 상관없어. 나, 나는 일해야지. 만약 세상 사람들이 나처럼 일한다면 네가 말하는 문제들은 더 이상 남아 있지 않을 거야. 사람들은 거기에 대해 생각할 시간조차 없을 테니까."

"형 말이 맞아요. 일해요. 나는 떠납니다. 한잔 같이 마셔요. 아마 이게 마지막일 듯한데요."

밤이 되자 빅토리앵은 얼근히 취한 삼촌을 데려다주었는데, 삼촌이 순찰 중인 경찰과 충돌하는 일을 피하기 위해서였다. 삼촌은 그들과 부딪치는 것을 피할 수 없을지도 모르고 어쩌면 도발하기조차 할 텐데, 술을 마시면 바로 그런 종류의 사람이 되는 것이다. 그는 자신이 마시는 것에 아무런 주의도 기울이지 않고 술을 마시면서 거듭 더 요구했고, 다음 날 같이 샹티에드죄네스로 떠날 사람들과 함께 자기 거처로 돌아가고자 했다. "삼촌을 모셔다 드려, 빅토리앵." 어머니가 지시했다. 빅토리앵은 삼촌이 길가에서 비틀거리는 것을 막기 위해서 삼촌의 팔꿈치를 붙잡았다.

그들은 손 강가에서 헤어졌는데, 강은 차가운 바람이 가로지르는 기다란 검은 구덩이 같았다. 술이 깬 삼촌은 자세를 바로 했고, 이제 완전히 혼자서 몸을 가눌 수 있었다. 그는 조카의 손을 꽉 쥐었다. 다리를 건너기 시작하면서 빅토리앵이 그를 불렀다. 뛰어가 그를 따라잡았고, 그랑드앵스티튀시옹의 계획에 대해 털어놓았다. 셔츠와 바지 속으로 바람이 뚫고 들어와도 삼촌은 끝까지 귀를 기울였다. 빅토리앵이 이야기를 끝냈을 때 그는 덜덜 떨었고, 서로 침묵했다.

"내가 곧 너에게 우리 캠프에 올 수 있는 허가증을 보낼게." 마침내 삼촌이 입을 열었다.

"그게 가능해요?"

"가짜로 만드는 거야, 빅토리앵. 위조하는 거지. 너는 익숙하지 않니? 이 나라에서는 진짜보다 가짜 문서들이 더 많이 만들어져. 그것이야말로 진짜 산업이지. 가짜와 진짜가 그렇게 비슷한 것은, 바로 똑같은 사람들이 가짜와 진짜를 만들기 때문이야. 그러니 걱정하지 마. 문서가 있으면 증명력이 생겨. 나는 이제 가야겠다. 폐렴으로 죽고 싶지는 않거든. 우리가 사는 시대에 비춰보면 그것은 너무 바보 같은 일이 될 거야. 나는 회복되지 못한 채 폐렴으로 죽게 될 거야. 나는 진짜 회복되지 못할 거라니까." 그는 술주정뱅이처럼 웃으며 되풀이해 말했다.

그는 어색하고도 열렬하게 빅토리앵을 껴안은 뒤에 갔다. 불빛이 사라진 도시의 다리 한가운데 있던 그림자가 사라졌다. 빅토리앵은 주머니 깊숙이 손을 찔러 넣고 옷깃을 세우고 집으로 돌아갔지만, 추위에 떨지는 않았다. 그는 추위를 두려워하지 않았다.

# 좋았던 시절들이 있었는데
# 그 시절들을 흘려보냈다

나는 이제 옥상에 있는 누추한 집에 산다. 고대의 판화에서 리옹에 있는 많은 누추한 집을 보았는데, 집들은 거의 똑같은 모양이었다. 벽돌과 목골 연와조로 지은 집들은 벽에는 흙을 바르고 단면 지붕인데, 벽 전체가 동쪽을 향해 난 창으로 이뤄졌고, 거기에 작은 창문들이 있었다. 다른 창은 조금도 필요하지 않았다. 구시가지는 언덕 아래에 지어졌는데, 그 언덕이 절벽과 같아 오후의 태양을 가렸다. 창문의 틈새가 벌어진 탓에 나는 매일 아침 새롭게 떠오르는 태양에 눈이 부셨다. 앞도, 주위도, 뒤도 아무것도 보이지 않았고, 하늘에서 곧바로 내려온 햇빛 속에서 지붕 위를 떠다니는 것 같았다. 거기에 있기 전에 이미 꿈을 꾸었다. 나는 이제 바로 꿈꾸던 곳에 있다. 보통 사람들은 발전을 하고 욕망하고 더 크고 더 편리한 집을 원하는데, 그 내부에는 그만큼 더 많은 사람이 머문다. 사람들은 서로 더 잘 연결된다. 내가 있는 곳은 다른 사람과 함께 지내기 어려운 곳으로 나를 보러 찾아오는 사람도 거의 없고, 나는 혼자이고, 그 사실이 만족스럽다. 아무것도 아닌 존재라는 행복감에 만족스러운 것.

나는 한창 때의 나이였고 집도 있었다. 그리고 애인도 있었다. 이제 나는 높은 곳에 있는 작은 집에 산다. 내가 사는 곳은 우습고, 지붕들이 무질서하게 겹쳐 있는 곳에 튀어나온 혹 같다. 이런 도시에서 사람들은 아무것도 파괴하지 않고, 아무것도 바꾸지 않고, 축적하고 쌓아올릴 뿐이다. 나는 마치 강가에 퇴적물이 축적되면서 단단해지고 토양이 형성된 것처럼 여러 세기에 걸쳐 손 강가에 쌓아올린 집들 위에 얹힌 작은 집, 큰 트렁크 같은 곳에서 산다.

나는 옥상의 다락방에 사는 것이 좋다. 전부터 그것을 원했다. 아래에서 공중에 떠 있는 것 같은 임시 거처들, 사람들이 지은 것이 아니라 스스로 뚫고 나온 도시의 새싹들 같은 거처를 바라보았다. 나는 멍하니 고개를 든 채 그 방들을 원했지만, 어떻게 거기에 들어갈 수 있는지를 몰랐다. 어떤 계단으로도 거기에 가지는 못할 것이라고, 아니면 첫번째 통로를 지나면 막다른 골목에 이르는 좁다란 오솔길이 있을 것이라고 짐작했다. 나는 창을 마주하기를, '무(無)'를 마주하기를 꿈꾸었다. 그리고 무질서한 이 도시에는 가다 보면 어디로도 닿지 않는 장소들이 있다는 것을 잘 알았다. 그게 바로 꿈의 조각들이었다. 나는 거기에 있다.

그곳의 생활은 단순하다. 어디에든 앉으면 내가 가진 전부가 보인다. 열기를 원할 때는 하늘을 똑바로 쳐다보는데, 겨울에는 더운 공기는 사라져버리고 우리는 추위에 떤다. 여름에는 태양이 너무나 가까이 짓눌러서 숨이 막힌다. 나는 전부터 그런 사실을 알고 있었고 그 후로 내내 겪었지만, 그러나 나는 정말로 살고 싶었던 작은 집들 중 하나에 사는 것이다. 내가 거기에 사는 사실에 싫증이 나지 않는다. 방이 곧 집인 그런 곳에 사는 것. 창을 내다보면 기와들이 펼쳐진 모습과 내부의 발코니들, 좁고 긴 복도 끝의 난간들과 계단의 굴곡이 보이는데, 그 모든 것이 어우러져 아주 낮고 혼란스런 지평선을 이루고, 그 나머지는 전부 하늘이다. 그 하늘 앞에 앉아 있을 때 내 뒤에는 다른 아무것도 없다. 침대 하나, 장롱 하나, 펼쳐진 책처럼 커다란 테이블 하나, 모든 일을 다 하는 부엌 개수대, 무엇보다 벽이 있을 뿐이다.

나는 하늘이 닿을 듯 가까이 있는 것을 즐긴다. 보통 사람들이 회피하게 마련이고, 생활이 향상되면 떠나기 위해서 무엇이든 할 법한 누추한 거처에 살게 된 것이 기쁘다. 나는 발전하지 않는다. 그 사실이 기쁘다.


나는 직장과 집, 애인이 있었고, 이 셋은 독자적인 현실의 세 가지 얼굴, 똑같은 승리의 세 가지 양상, 사회에서 치르는 전쟁의 전리품이다. 우리는 여전히 스키티아의 기사들*이다. 직장은 전쟁터이고, 거기서 하는 일은 폭력의 수행, 집은 작은 보루, 여자는 힘으로 빼앗아 말 위에 걸쳐놓은 전리품이다.

이런 사실은 자기 선택에 따라 살고 있다고 믿는 사람들만 놀라게 할 뿐이다. 우리의 삶은 통계에 속하는데, 통계는 우리가 할 수 있는 그 어떤 이야기들보다 삶을 더 잘 드러낸다. 우리는 스키티아의 기사들이고, 삶은 정복 자체다. 나는 세계에 대한 비전을 제시하지 않고, 숫자로 드러나는 진실을 발화한다. 모든 것이 무너져 내리는 것을 보아라, 어떤 질서 속에서 그것이 무너져 내리는지를 보아라. 남자가 직장을 잃어버

---

* 러시아 남부에 나라를 세웠던 기마 유목민족인 스키타이인이 거주하던 지역. 그리스 역사가 헤로도투스가 스키티아라고 명명했다.

리고 다시 복귀하지 못하면, 그는 집을 잃어버리고 애인은 그를 떠난다. 어떻게 그것이 무너져 내리는지를 보아라. 아내는 정복의 결과물이다. 실업 상태에 놓이면 아내는 더 이상 자신을 독점할 힘이 없는 패배자가 되어버린 남편을 떠날 것이다. 그녀는 더 이상 그런 남편과 함께 살 수 없고, 남편의 존재는 혐오감을 줄 것이다. 직장에서 집으로 지친 몸을 끌고 오는 그녀는, 수염도 제대로 깎지 않고 옷도 제대로 입지 않고 종일 텔레비전을 보면서 점점 더 굼뜨게 행동하는 못난이가 되어버린 남편을 견디지 못한다. 남편은 실업 상태를 벗어나려고 하지만 번번이 실패하고, 수없이 시도하고, 동요하고, 아무 대책 없는 우울 속에서 그의 시선, 그의 육체, 그의 성을 무기력하게 만드는 터무니없는 상황에 빠져버린 패배자가 되어버리고, 그녀는 그런 남편을 질색한다. 여자들은 땅에 떨어진 스키티아 기사들, 진흙에 떨어져 더럽혀진 기사들에게 등을 돌린다. 그것은 통계가 말해주는 현실이고, 어떤 이야기도 바꿀 수 없는 것이다. 이야기들은 모두 진실한 것이지만 숫자 앞에서는 어떤 영향력도 발휘하지 못한다.

나는 이미 시작했었다. 좌파가 정권을 잡은 제1공화국의 시기에 우리는 유연한 리바이어던*의 통치를 받았다. 크기와 나이를 가늠할 수 없고, 경직되어 죽어가느라 정신없어서 아이를 잡아먹지 못하는 리바이어던. 번지르르한 말을 늘어놓는 리바이어던은 좌파인 제1공화국의 정권에서 모든 사람에게 하나의 자리를 제공했다. 그 괴물은 모든 것에 관여하고 모두에게 관심을 기울였다. 나는 국가기구에서 일했다. 제법 괜찮은 상황이었고, 멋진 아파트에서 오세안이라고 불렀던 대단히 아름다운

---

* Leviathan: 『구약성서』 「욥기」 41장에 나오는 바다 괴물의 이름으로, 인간의 힘을 넘어서는 매우 강한 동물을 뜻한다. 홉스Thomas Hobbes는 1651년 국가를 이 동물에 비유한 작품을 썼다.

여인과 살았다. 나는 아무런 의미가 없는 이름을 무척 좋아했는데, 그것은 아무런 기억이 없다는 것이기도 했다. 사람들은 아이가 태어나면 운이 좋기를 기원하면서 요정의 선물인 것처럼 미신을 따라 이름을 부여한다. 나는 사회의 엘리베이터에 자리가 하나 있었다. 그것은 상승한다. 내려갈 수 있다는 사실은 배제되었는데, 그랬다면 그것은 엘리베이터라는 용어에 모순이 될 것이기 때문이다. 우리는 언어가 말하지 않은 것을 받아들일 수는 없다.

그 시절은 얼마나 영웅적인 시기였는가, 제1공화국의 초기! 아주 오래전부터 기다려온 것이었다. 그것이 얼마나 지속될 것이었나? 14년? 여름의 석 달? 그저 그가 선출되었던 일요일 저녁나절? 다음 날부터, 아마 그렇다, 하늘에서 마지막 눈이 내리고 있을 때 이미 땅에 내려앉은 눈이 그런 것처럼 강등되었다. 엘리베이터가 내려오기 시작했다. 게다가 나는 뛰어올랐던 터이다. 추락은 쾌락의 한 형태이다. 우리는 꿈에서 그 사실을 잘 경험한다. 우리가 떨어질 때 그것은 배 부분에 가벼운 해방감을 야기한다. 마치 헬륨 가스가 들어 있는 풍선이 하늘 가운데를 떠다니는 것 같다. 그것은, 그 흔들림은, 마치 섹스가 자극적이라는 사실을 알기 전에 느끼는 성적인 흥분과 비슷하다. 추락은 성적 쾌락의 아주 고풍스런 형태의 하나이다.

나는 거의 도착했다. 나는 구시가지에 사는데, 그곳이 개보수를 하지 않는 까닭은 사람들이 거기로 가는 계단을 찾지 못하기 때문이다. 나는 지붕 위쪽에 산다. 어느 집인지 알 수 없는 지붕들 너머로 집들을 보는데, 지붕이 너무나 무질서하게 펼쳐져서 길의 윤곽을 짐작할 수 없다. 전기 설비가 설치된 시기는 전기가 발명된 때로 거슬러 올라가고, 돌려서 쓰는 차단기와 면 피복을 입힌 전선들이 있다. 겉칠한 페인트는 벗겨지고 램프의 불빛으로 살아가는 해초로 덮여 있었다. 점토로 구워 만든 보도블록으로 덮여 있는 바닥은 쪼개지고 깨지고 부서져 발굴 현장에서는 깨진 그릇 조각의 점토에서 나는 냄새를 풍겼다.

밖으로 나오면 나는 그를 본다! 그는 주차 금지 표지판 아래에 누워 있는데, 침낭 속에서 더러운 머리끝만 살짝 내비친 상태로 누워 있다. 문 앞에 동네 거지가 모습을 드러내지 않은 채 누워 있다. 그는 잠을 자고 있고 어렴풋하게 사람 형태를 드러낼 뿐인데, 군대에서 전사자를 정리할 때 쓰는 검은 플라스틱으로 된 **시체 운반용 용기** 속에 감춰진 형태와 똑같다.

길이 좁아서 그를 피해가려면 그를 뛰어넘어야 한다. 그는 주차 금지 표지판 주변에 접혀진 채로 있다. 그는 흡사 거미집에 떨어진 먹이와 비슷하다. 산 채로 보존되어 거미줄에 매달린 그는, 거미에게 먹히기를 기다리고 있는 것 같다. 추락의 끝에 이르렀지만 땅 위에서 죽기까지는 아주 오랜 시간이 걸린다.

내가 추락에 끌리는 것에 대해 사람들이 놀라리라는 것을 이해한다. 더 간단하게 할 수도 있을 것이다. 창으로 뛰어내리는 것. 아니면 가방을 들고 거리로 가는 것이다. 하지만 거리에서 무엇을 할 것인가? 죽는 편이 낫다. 그것은 내가 원하는 게 아니다. 나는 스스로 떨어지기를 원하는 것이지 내동댕이쳐지기를 바라지는 않는다. 서서히 떨어지기를, 추락하는 순간 나의 높이를 내게 말해주기를 바란다. 이런 이끌림은 가진 자들의 권태처럼 모욕적이지 않은가? 추락하고 싶지 않았지만 정말로 추락한 사람들에 대한 모욕이 아닌가? 진짜 고통은 침묵을 강요하지 않는가? 그렇다. 진짜 고통은 침묵을 강요받는다.

고통받는 사람들은 결코 침묵을 요구하지 않는다. 반대로 고통받지 않는 사람들은 고통을 통해 더 많은 것을 이끌어낸다. 고통은 권력의 각축장에 가해진 타격이고, 드러난 위협, 침묵하도록 선동하는 것이다. 문제가 있다면 거리로 나가라! 만족하지 못한다면, 밖으로! 그것이 당신에게 유익을 주지 않는다면, 문을 열고 나가라! 당신 뒤에서 기다리고 있는 사람들이 있다. 그들은 당신의 자리를 차지한 것에 대단히 만족할 것이다. 그저 괜찮은 단 하나의 자리, 그들은 거기에 만족할 것이다. 누군가가 그들에게 그저 괜찮은 자리를 제공한다면 그들은 침묵할 것이다. 그 자리를 차지한 것에 상당히 만족하면서. 사람들은 자리를 하향 조정하자고 교섭할 것이고, 사회의 등급을 축소하자고 협상할 것이다. 사회의 엘리베이터가 하강하는 것에도 협상할 것이다. 움직여야 하고, 침묵해야 한다. 축소되어야 한다. 덜 요구해야 한다. 침묵해야 한다. 부랑자들은 전쟁으로 장악한 영토의 입구에 있는 말뚝에 박힌 머리 같은 존재들이다. 그들은 위협하고, 침묵을 강요한다.

나는 내 자신을 초기화한다. 나는 모든 일을 다 하는 방 하나짜리 집에 살고 있다. 나는 정작 거의 아무런 일도 하지 않는다. 여행 가방 두 개에 담을 수 있는 모든 것을 챙긴다. 그 가방을 양손에 하나씩 들고, 동시에 가지고 다닐 수 있다. 그러나 빈손이 없다면 여전히 지나치게 가진 것이고, 나는 계속 추락해야 한다. 나는 내가 신체적인 외관으로 축소되기를 원하는데, 그것은 분명한 마음을 갖기를 원하기 때문이다. 분명한 무엇, 마음인가? 나는 모른다. 하지만 알게 될 것이다.

인내를, 마음이여! 곧 적나라한 진실이 닥칠 것이다. 그러면 알게 될 것이다.


좋았던 시절들이 있었는데, 그 시절들을 흘려보냈다.

애인과 함께하는 모든 것이 소리 없이 나빠졌는데, 아무것도 폭발하지는 않았다. 우리가 감지한 삐걱거림, 우리는 그것을 성적인 무지 탓으로 여기거나, 혹은 사람들이 책에 그렇게 써놓았기에 일상에 지친 탓으로 여기거나, 혹은 다른 책들에는 또 그렇게 써놓았기에 삶의 우여곡절 탓으로 여겼는데, 알다시피 삶이란 게 쉬운 일이 아니다. 우리 귀가 우리를 속인 것이고, 이 삐걱거림은 긁는 소리였는데, 바로 우리 발아래서 계속 갱도를 뚫는 소리를 들었다. 갱도는 어느 토요일, 때 맞춰 폭발했다. 주말은 붕괴하기에 적합한 때였다. 우리는 서로 더 많이 만나고 빡빡하게 시간을 사용하지만 그래도 놀아야 한다. 일을 하지 않는 이틀 사이에는 언제나 채워야 할 약간의 공백이 남는다. 이 얼마나 고약한 일인가!

그것은 보통 때처럼 아주 정확한 프로그램으로 시작되었다. 자유 시간이 자유로울 것이라고 믿지 말라. 그것은 단지 다르게 구성될 뿐이다. 토요일 아침이면 달리기. 오후에는 쇼핑. 전혀 다른 일이기 때문에 구성하는 단어들이 다르다. 하나가 의무라면 다른 하나는 쾌락이다. 하나가 실용적인 속박이라면 다른 하나는 우리가 추구하는 여유이다.

저녁이면 친구들이 우리 집에 온다. 다른 커플들과 함께 저녁 식사를 한다. 일요일 아침에는 늦잠을 자는데, 그것이 원칙이다. 그럴듯한 관능의 순간, 약간의 운동, 느슨한 옷차림, 약간의 브런치, 그리고 오후는 더 이상 기억나지 않는다. 왜냐하면 그날 우리는 오후까지 가지 않았기 때문이다. 그날 우리는 아무것도 하지 않았고, 오후 내내 그녀가 울었다. 그녀는 아무 말도 하지 않는 내 앞에서 울기만 했다. 그리고 나는 떠났다.

커플을 이뤘을 때 우리는 특히 쇼핑을 함께했다. 쇼핑은 커플의 토대를 이룬다. 성적으로 평등하지만, 성은 우리를 개별적인 존재로 등록할 뿐이고, 쇼핑은 우리를 사회적 단위, 직업이나 섹스로 채우지 못하는 시간을 소비하는, 경제적으로 유능한 당사자로 등록한다. 우리는 쇼핑에 대해서 이야기를 하고 구매 행위를 한다. 친구들 사이에서도 우리는 쇼핑에 대해 이야기를 하는데, 우리가 했던 쇼핑, 해야 하는 쇼핑, 하고 싶은 쇼핑에 대해서 이야기를 한다. 집, 옷, 자동차, 가전제품, 정기 구독, 음악, 여행, 진기한 물건들. 거기에 몰두한다. 우리는 비슷한 사람들 사이에서 끝없이 욕망의 대상을 묘사한다. 욕망은 그것이 제품으로 만들어지기 때문에 구입할 수 있다. 언어가 그런 사실을 말하고 있고, 언어가 그렇게 말하는 것은 확실하다. 그렇기 때문에 우리가 말조차 할 수 없는 것은 끝없는 절망을 야기한다.

모든 것이 폭발해버린 토요일에 우리는 커다란 슈퍼마켓에 갔다. 우리는 잘 차려입은 다른 커플들이 혼잡한 무리를 이룬 곳에서 카트를 밀었다. 그들도 우리처럼 짝을 지어 왔고, 어떤 사람들은 카트의 의자에 어린아이를 앉혀 데리고 다녔다. 그리고 심지어 어떤 사람들은 갓난아이를 유모차에 태워 데리고 다녔다. 아이들은 등을 기대고 눈을 뜬 채 그림 카드가 달려 있는 가짜 천장을 보았고, 이해하지도 못하는 혼잡함과 소음에 둘러싸여 소리를 들었다. 다른 사람들은 보지도 않는 불빛이었지만 아이는 등을 기대고 눈을 뜬 채 있었기 때문에 눈이 부셨다. 그러다가 울음을 터뜨리면 멈추지 않고 울부짖었다. 부모는 그 즉시 서로 질책했다. 그 남자는 언제나 짜증이 났다. 상황이 너무 느리게 전개되었기 때문이다. 그 여자는 모든 것을 보고자 했다. 공공연히 망설임을 드러냈고, 유능하게 선택의 순간을 골랐는데, 그러면서 지체되었다. 그 남자는 마치 가족 단위로 여기에 오는 일이 지겹다는 것처럼 늑장을 부리고 아무거나 서둘러 샀는데, 그 여자는 그런 그에게 언제나 짜증을 냈다. 그 남자는 지친 표정을 짓고 다른 곳을 보는 척했다. 언쟁이 벌어졌는데, 그들이 입을 열기도 전에 이미 굳어진 말들, 모든 사람이 하는 늘 똑같은 말을 하면서 다툰다. 커플들의 언쟁은 마치 인도의 상징적인 춤처럼 코드화되어 있다. 같은 자세, 같은 몸짓, 같은 말들이 드러난다. 모든 것이 상투적인 표현으로 귀결되고, 그럴 필요도 없이 모든 것을 말한다. 그것은 그렇게 전개되는 법이고, 우리라고 예외는 아니었다. 단지 우리의 싸움은 폭발적이지 않고 그저 땀처럼 배어나오는 형태였는데, 그것은 우리 사이에 태어날 아이가 없었기 때문이다.

깊게 파인 갱도가 폭발한 토요일에 우리는 함께 슈퍼마켓에 가서 카트를 밀었다. 나는 냉동 고기 판매 구역으로 가 불빛 비치는 진열장 안에 늘어서 있는 고기 통 앞에 바보처럼 서 있었다. 몸을 기울인 채 가만히 서 있었는데, 아래에서 불빛이 비추고 있었기에 얼굴은 그늘지고 턱은 늘어져 보이고 시선은 고정된 상태라서, 내 모습은 분명 무시무시했을 것이다. 더구나 입김이 뿌연 안개처럼 뿜어져 나왔다. 나는 한 손으로 정육면체 모양으로 자른 고기가 가득 들어 있는 플라스틱 통을 붙잡아 천천히 다른 손으로 옮겨 들었고, 그것을 내려놓았다. 이어서 다른 것을 집었고, 다음엔 그렇게 빠르지는 않게 또 다른 것을 집는 식이었다. 나는 고기가 담긴 통을 내 앞에서 움직이고 있는 컨베이어 벨트에 내려놓았다. 그것은 시작도 끝도 없이 순환하는 움직임 속에 있었는데, 그 움직임은 냉기로 인해 흐름이 저해되고 있었다. 내가 개입되지 않은 몸짓이 어울리는 상황이었다. 나는 선택해야 했지만, 어떻게 할지를 몰랐다. 그렇게 가득 찬 진열대 앞에서 어떻게 망설이지 않겠는가? 이런 풍요로움 속에서는 그저 손을 내미는 것으로 충분할 테고, 우연에 맡기고 움켜쥐면 충분할 것이다. 나는 그날 저녁의 식단 문제를 해결해야 했다. 그런데 그날은 먹는 것이 중요한 일이 아니었다. 나로선 중단시킬 수 없는 컨베이어 벨트의 움직임에 시선을 고정시키고, 정육면체 모양으로 자른 고기에 손을 대고 집어 올렸다가 다시 내려놓기를 되풀이하면서 고기를 돌아가게 했다. 단지 중단시킬 수가 없어서, 벗어날 방법이 없어서, 원하지 않는 대리인이 되어, 정말 아닌데! 원하지 않는데! 더 이상 흐르지 않는 시간에 대한 풍자. 나는 어디로 가야 할지를 몰랐다.

나는 겁나게 하는 모습이었을 게 분명하다. 아래에서 조명이 비추고, 입에서 뿜어 나온 안개 같은 입김이 주위에 가득하고, 시선은 고기통 위에 고정되고, 손만 겨우 움직이고, 계속 같은 동작만 반복하고 있었다. 사람들이 아무런 혐오감 없이 가장 합리적이고 가장 기술적인 방식으로 잘라놓아 그것은 살아 있는 동물의 육체가 아니라 먹을 수 있는 고기라고 생각되는데, 결정을 못 내린 채 고기를 만지작거렸다. 나를 본 사람들은 슬금슬금 피했다.

나는 아무것도 느끼지 못했기에 어디로 가야 할지 몰랐다. 내가 보고 있는 것들이 내게 아무런 말도 해주지 않았기에 선택할 수도 없었다. 고기는 말하는 법이 없고 부착된 라벨이 말해주었는데, 고기는 그저 진한 분홍빛을 띠고 폴리우레탄으로 만든 투명 플라스틱 용기에 담긴 정육면체, 순수한 형태일 뿐이었다. 그렇게 형태로만 존재하는 것들 중 결정을 하기 위해서는 논리적 이성을 사용해야 하는데, 그 논리적 이성이 아무것도 결정할 수 없도록 만든다.

고기는 상태 보존 냉동 용기에 담겨 모든 것에 균질한 빛을 부여하는 네온사인의 그림자 없는 조명 아래 수북이 쌓여 있었다. 나는 어디로 가야 할지 몰랐다. 시간이 무엇을 향해 흐르고 있는지조차 더 이상 밝혀낼 수 없는 지경이 되었다. 그때 나는 고기를 들어 들여다보고 다시 내려놓는 동작을 계속 반복하고 있었다. 아마 내가 추위로 얼어 죽을 때까지 그렇게 반복할 수 있었을 것이다. 얼린 상태로 냉동 용기에 담긴 고기들이 모두 녹아버릴 때까지, 너무나 이상하게 절단된, 너무나 유기적으로, 너무나 대충 잘린 형태의 고기들, 미리 잘라놓은 고기들이 질서정연하게 쌓여 있는 위에서 계속 머무를 수 있었을 것이다.

오세안의 목소리가 아니었다면 나는 얼어 죽거나 슈퍼마켓의 야간 경비원에게 끌려 나갈 때까지 그대로 있었을 것이다. 그녀의 목소리는 언제나 나를 일깨우는데, 언제나 과장된 형태로 결단을 강요하기 때문에 언제나 좀 지나치다 싶게 높은 억양이다.

"이봐. 무슨 생각을 하는 거야?" 그녀가 말했다.

그러고는 그녀는 붉은 정육면체들이 가득 담긴 검은색 용기를, 마치 그것들을 느끼게 만들겠다는 듯이 내 코밑에 들이밀었는데, 나는 아무것도 느끼지 못했다.

"당근을 넣어 맛있는 부르기뇽*을 만들어야지. 그리고 앙트레로는 샐러드를 약간 먹어야지. 나는 샐러드 두 봉지랑 모듬 치즈 하나를 샀어, 가야지. 네가 포도주를 살래?"

그녀가 기계적인 동작으로 승인을, 열렬한 찬성의 표지를 기대하면서 내 눈앞에 고기를 건넸다. 나는 제시된 것이 무엇이든지 그것을 보면 동의했고 그녀는 정말로 좋은 생각을 했다는 듯이 굴었지만, 나는 그저 고기의 기하학적 모양에 찬탄한 것일 수 있다. 각을 이룬 정육면체들은 폴리스틸렌으로 만든 검은색 용기와 멋진 대비를 이루었다. 바닥에 깔린 작은 천이 피를 흡수했다. 그 용기를 덮은 얇은 막이 바깥 공기와 사람들의 손놀림을 완전히 차단했다. 절단면은 분명했고 피가 나는 것은 피할 수 없었다.

"이것은 정육면체야. 이런 형태를 지닌 동물은 존재하지 않아."

"어떤 동물?"

"절단된 고기를 만들기 위해서 죽이는 동물."

"그만. 너 정말 심술궂다. 어때? 오늘 저녁 메뉴는?"

---

* Bourguignon: 적포도주(특히 부르고뉴 와인)에 양파, 당근, 버섯 등을 넣어 만든 프랑스 요리이다.

나는 다시 카트를 잡았는데, 그런 행동이 남성다운 승인의 형태로 여겨졌고, 정말 싫었지만 사람들이 동의하는 방식의 행동이었기 때문이다. 시선을 천장으로 향한 채 그녀는 그물망으로 이루어진 카트 안에 용기를 담았다. 그녀는 선별하여 손질한 절단 채소들로 만든 샐러드 봉지 위에 고기가 담긴 용기를 툭 놓았는데, 그 옆에는 성에가 낀 냉동 당근 자루가 놓여 있었다.

카트를 밀면서 우리는 개방된 상태의 냉장 코너를 따라갔다. 유리로 된 커다란 공간은 마켓의 정육 코너였다. 단색 조명이 바둑판무늬 타일로 된 벽에 비쳤는데, 그 조명은 전혀 그림자를 남기지 않고 잘라진 형태의 모든 부분을 자세하게 보여주었다. 잘라놓은 고깃덩어리는 천장에 고정된 레일에 걸려 있었는데, 어떤 것들은 그 공간의 중심에 있었고, 어떤 것들은 플라스틱으로 만든 커튼 뒤에 대기 중인 것처럼 걸려 있었다. 커다란 포유류에 속한 것들이었다. 나는 그 형태를, 다 드러난 뼈와 부위별로 절단된 상태를 보았는데, 우리들 인간도 같은 형태이다. 마스크를 쓴 남자들 몇 명이 커다란 칼을 들고 왔다. 그들은 붉은색 얼룩이 흘러내리는 비닐 장화를 신고 있었는데, 작업복 위에 헐렁한 하얀색 가운을 입고 사람들이 샤워할 때처럼 머리에 부인용 캡을 쓰고 있었다. 천 마스크들이 그들의 코와 입을 가려 우리는 그들의 얼굴을 알아볼 수 없고 그저 그들이 안경을 썼는지의 여부를 보았을 뿐이다. 어떤 사람들은 왼쪽 손에 철고리로 고정시킨 장갑을 끼고, 다른 손에는 커다란 칼을 들고 있었다. 장갑 낀 손으로는 매달린 고깃덩어리들에 조명을 비추기 위해 밀었고 다른 손에서는 칼이 번쩍였다. 다른 사람들은 그릇이 가득 담긴 카트를 밀었는데, 그릇 안에는 하얀 반점이 있는 붉은 조각들이 떠다녔다. 그중 젊은 사람들은 구석에서 바닥에 물을 뿌렸고, 비품들 아래를 청소기로 닦아냈다. 모든 것이 완벽한 청결함으로 빛났고, 모든 것이 공허로 빛났으며, 모든 것이 투명함 자체였다. 그들은 마치 면도기를 다루듯이 위험한 도구들을 다루었고, 고무호스에서 뿜어져 나오는 물로 바닥을 계속 청소했다. 아무도 누군가의 존재를 알아채지 못했다.

왜 우리는 더 이상 육체를 견디지 못하는가? 우리는 무엇을 했는가? 우리는 우리가 알지 못하는 것으로 무엇을 했는가? 누가 살을 다루는 일에 관여하는지를 잊었는가?

그들은 각 부위를 갈고리로 찔러 매달아놓은 식용 소를 밀었다. 나는 걸려 있는 크기를 보고 소 한 마리를 그려보았지만 확신을 가질 수 없었는데, 이미 가죽과 머리, 그 진짜 실체를 인지할 수 있는 모든 것을 제거했기 때문이다. 이제 남은 것은 붉은 살로 덮여 있는 뼈들과 근육 끝에 붙어 있는 하얀 힘줄, 우족의 검푸른 관절, 지방 때문에 생긴 하얀 거품이 떠다니는 피가 가득 찬 살덩이뿐이었다. 마스크 쓴 한 사내가 고깃덩어리에 전기톱을 댔다. 톱날 아래서 고깃덩어리가 부르르 떨렸는데, 고기는 톱날 아래서 진동하고 흔들거리다가 단번에 떨어졌고, 사내는 그렇게 커다란 덩어리를 떼어냈다. 그리고 재빨리 그것을 낚아채 철제 테이블 위에 던졌는데, 거기에서는 마스크를 쓰고 고무장갑을 긴 다른 사내들이 칼을 쥐고 작업하고 있었다. 나는 소리를 들을 수 없었다. 귀를 자극하는 톱날 소리, 뼈를 가는 소리, 떨어져나가는 고기에 가해지는 소리, 쓱싹쓱싹 가벼운 칼질 소리, 장갑이 가볍게 부딪치는 소리, 바닥 구석구석을 끝없이 씻어내서 작업 테이블 아래 피 얼룩을 남겨놓지 않는, 물이 뿜어 나오는 소리. 나는 단지 영상을 보았다. 너무나 세세하고 너무나 완벽한, 너무나 선명하고 너무나 깨끗한 영상. 나는 잔인한 영화를 보는 듯한 인상을 받았는데, 소리, 향기, 촉각, 고기의 말랑한 감촉이 결여되어 있었기 때문이다. 칼 아래 던져진 고기, 거기서 나는 맛없는 냄새, 딱딱한 테이블 표면에 물컹한 살이 부딪치는 소리, 가죽이

벗겨진 몸뚱이의 연약한 부드러움. 내 현존을 확신할 수 있는 모든 것이 결여되었다. 남은 것은 정육면체로 잘라진 살의 절단 장면을 보면서 든 잔인한 생각들 뿐이었고, 그것이 구토를 일으켰다. 단지 그 전부를 본다는 것이 아니라 다른 것을 느끼지 못한 채 그것을 보는 것이었다. 그 장면만이 둥둥 떠다녔고, 목 깊은 쪽이 불쾌하게 따끔거렸다.

나는 눈을 내리뜨고 사람들이 도살장의 청결을 확인하는 커다란 진열장에서 고개를 돌린 채 부위별로 나누어져 정렬된 고기들이 있는 냉장 코너를 따라갔다. 허드레 고기, 소고기, 양고기. 짐승들, 돼지고기, 어린것들, 송아지.

'짐승들', 나는 머릿속으로 그려본다. 그것은 훼손된 문장이다. 사람들이 짐승이라고 말하는 것은 고기를 뜻한다. 그런데 '어린것들'이란 말. 돼지고기나 소고기를 말하면서. 나는 비난받을 두려움에 사로잡혀 멀리서 고기가 담긴 용기들을 살펴보았다. 팽팽하게 당겨진 비닐 막 아래서 고기는 고급스러운 분홍빛으로 보였다. 그것은 이름에 걸맞았다. 고기, 어린것들. 나는 오세안에게 희미하게 떨리는 미소를 지어 보이면서 라벨을 보여주었다. 그녀는 언제나 모든 것을 이해했고, 만약 그녀가 내게 신호를 주었다면 난 활짝 웃을 준비가 된 상태였다. 그녀는 어깨를 으쓱하면서 내키지 않는다는 듯이 머리를 흔들고 이 어린것들을 거부했다. 우리는 다시 긴 통로를 따라 떠났다. 우리는 계속 쇼핑했다. 그녀는 큰 소리로 적어온 구매 목록을 물었으며, 카트를 미는 나, 나는 아무런 목표 없이 고기의 성질과 그 용도를 생각했다.

우리는 손 강변의 교통 혼잡 때문에 지체되어 늦게 집으로 돌아왔다. 시장을 따라 두 줄로 늘어선 트럭들이 교차로에서 맞물렸다. 신호등은 오랫동안 빨간불 상태였고, 우리는 예상했던 것보다 훨씬 더 기다렸다. 빽빽하게 밀린 차들은 강둑을 따라 이따금씩 겨우 앞으로 나아가고 있었다. 자동차 매연이 뿜어져 나오고 있었는데 다행히도 강바람이 조금씩 불어 매연을 밀어냈다. 나는 자동차 핸들을 가볍게 두드렸다. 오세안이 메뉴를 공들여 준비했다.

"후식으로 뭐 새로운 게 있을까? 자기는 뭘 원해?"

내가 무엇을 원하냐고? 나는 다시 눈길을 가다듬고 그녀를 뚫어져라 바라보았다. 내가 무엇을 원하냐고? 나는 분명 불안한 눈빛을 하고 있었을 텐데 아무런 대답도 하지 않았고, 그녀는 짜증스러워했다. 내가 무엇을 원하냐고? 나는 차 문을 열고 밖으로 나왔다. 자동차가 공회전을 하고 있었고, 우리는 자동차들이 줄지어 있는 상태에서 초록색 불이 들어오기만을 기다리고 있었다.

"가서 무엇을 찾을 수 있는지 볼게." 내가 시장을 가리키면서 말했다.

나는 차 문을 닫고 멈춰 있는 차들 사이로 빠져나갔다. 신호등 불이 초록색으로 바뀌었고, 자동차들이 다시 움직이기 시작해서 당황했다. 나는 손짓을 하면서 양해를 구하고 약간씩 뛰면서 자동차들을 피했는데, 사람들은 클랙슨을 울리고 차를 부르릉거렸다. 나는 오세안이 주행을 포기한 채 내 뒤를 따라오지 않고, 차들의 진로를 막지 않기 위해 운전대를 잡고 있으리라고 생각했다. 내던져진 채소들을 피해 눅눅한 종이 상자 위에 섰는데, 우지끈 소리가 나면서 작은 바구니가 뭉개졌고, 그렇게 시장에 도착했다.

나는 상품 진열대 사이를 아주 느리게 따라가는 장바구니를 든 사람들 사이로 끼어들었다. 중국 사람들을 찾았다. 그 사람들을 냄새로 찾았다. 중국 사람들이 먹는 음식의 미묘한 냄새를 따라갔는데, 그 냄새는 처음에 우리가 알지 못할 때는 너무나 특이하지만 일단 알게 되면 너무나 쉽게 알아차릴 수 있어서 더 이상 잊지 못한다. 중국 음식은 몇 가지 재료를 반복적으로 사용하고 요리 방식도 비슷비슷하기 때문에 언제나 같은 냄새인데, 나는 멀리서 냄새로 그 위치를 찾아낼 수 있다.

그렇게 요리를 해서 먹기 때문에 중국 사람들에게서 그런 냄새가 나는 것일까? 나는 그 사람들이 냄새를 지니고 다닌다고, 그 사람들 자체에, 그들의 입에, 그들의 땀, 그들의 신체, 그들의 성행위와 관련되어 생겨난 냄새라고 말하고 싶다. 그 사실을 알기 위해서는 아름다운 중국 여인을, 아니면 좀 못한 여인이라도 상관없다, 오래 껴안아봐야 한다. 진상을 명확하게 파악하려면 그녀의 몸 구석구석을 계속 혀로 핥아보아야 한다. 인류의 차이가 요리의 차이와 관련 있는지, 사용하는 요리법의 차이가 피부에, 존재 전체에, 말과 생각에까지 스며드는지를 알기 위해서는 육체를 정밀하게 탐구해야 한다.

그들의 주변을 에워싼 냄새 덕분에 나는 중국 정육점을 빨리 찾았다. 천으로 만든 차양 아래에 번들번들한 동물의 내장들이 줄지어 매달려 있었다. 나는 이 고기 부위의 이름을 알지 못하고, 심지어는 프랑스어 이름이 있는지, 다른 유럽어 이름이 있는지조차 모른다. 내장, 장기 전체가 문제인데, 붉은빛을 띤 내장들, 기관을 꿰뚫은 철 갈고리들이 매달린 모습은 절대 잊을 수 없다. 해부학에 대해서 조금 알고 있기 때문에 그것이 어떤 기관인지를 막연하게 알지만 그 동물의 정확한 이름을 알지는 못하고, 그저 한 마리 조류가 아닌지 생각해본다. 기껏해야 가금류이다.

중국 사람들이 그것을 가지고 무엇을 만드는지는 모른다. 프랑스에서 나온 중국 요리 책들은 결코 아무것도 말해주지 않기 때문이다. 그 요리 책들에는 그저 제한된 도살 방식에 따라 고기의 본래 결대로 칼로 자른 고급 부위에 대해서만 언급할 뿐이다. 끔찍한 허드레 고기는 먹기는 해도 보여주지 않는다. 이것은 사람들을 소름 끼치게 만드는 리얼리즘에 속하며, 사람들이 그것을 추출하는 방식을 생각하면 나는 여전히 떨린다. 내 생각으로는 가죽, 살, 뼈를 녹여 없애는 것은 불가능하며, 자연 상태에서 처분할 때 내장을 건드리지 않고 두는 방법뿐이다. 그렇다면 짐승이 살아 있을 때, 여전히 숨을 쉬면서 부풀어 있는 상태의 장기를 얻기 위해서 짐승의 목구멍으로 손을 밀어 넣어야 한다. 아니면 다른 견고한 부위나 대동맥의 결절을 잡아서 돌려 뽑아내야 하고, 그것을 나오게 만들자면 잡아당겨야 한다. 그런 다음에 여전히 김이 나고 헐떡거리는 모든 내장이 손에 놓인다. 그러면 그것들을 원래 형태 그대로 굳어지게 만들기 위해서 붉은색 캐러멜 속에 재빨리 담근다. 아무런 조작도 하지 않은 채 그것들을 보여주는 것이다. 그러나 누가 그런 기관들을 만들어내겠는가? 어떻게 내장을 만들어내겠는가? 누가 몸의 내부에 있는 것을 가장 깊은 곳에 자리 잡은 몸의 일부를, 살아 펄떡거리는, 죽어가는, 축 늘어진 살을 만들어내겠는가? 사람이 어떻게 진짜 장기를 만들어낼 수 있겠는가? 사람은 그저 그것을 획득하거나 보여주는 것으로 만족할 뿐이다.

　나는 붉은색으로 옻칠을 하는 내장을 감탄하듯 바라보며 중국 정육점의 천 차양 아래 서 있었다. 오, 중국인 천재여. 자신의 동작과 고기에 전념하고 있구나! 나는 사람들이 어떻게 색칠한 내장을 먹는지 모르고, 어떻게 그것을 조리하는지도 모른다. 상상조차도 하지 못한다. 하지만 이곳을 지나갈 때마다 그것들이 매달려 있는 것을 본다. 너무나 사실적이고 너무나 생생하고 너무나 붉은. 나는 걸음을 멈추고 공상에 빠진다. 그것을 보니 약간의 침이 고이지만, 나는 감히 침을 삼키려고도 하지 않는다. 마침내 한 뭉치를 사기로 결정했다. 하얀 옷을 입은 정육점 주인이 이해하기 어려운 프랑스어로 말했다. 그의 고객 대부분과 그는 중국어로 말할 뿐이었다. 나는 질문하지 않기로 결정했는데, 설명은 오히려 지루할 것이고, 실망스러울 것이 뻔했다. 그러자 상상력이 나를 자극했다. 나는 확신에 가득 차서 잘 알고 있다는 태도로 내장을 가리켰고, 그는 방수 비닐에 그것을 싸서 내게 건넸다.

나는 다시 사람들이 붐비는 거리로 돌아갔고, 소란스러움, 장사꾼들의 외침, 끊임없는 수다, 소비되는 모든 것의 냄새가 퍼진 사이를 가로질렀다. 나는 말할 수 없는 행복감에 젖어 제법 무거운 비닐봉지를 들고 있었다.

그러나 이것만으로는 우리 손님들을 대접하기에 충분하지 않았다. 나는 콧구멍을 벌름거리면서 다른 것을 찾았다. 김이 뿜어져 나오는 것을 보고 멈췄다. 굉장히 풍부한 향내가 나는, 끈적끈적하고 과일 맛이 나는 김, 그 김은 가스 삼발이의 불꽃 위에 놓인 불룩 튀어나온 솥에서 나오는 것이었다. 앞치마를 두른 뚱뚱한 남자가 발을 질질 끌면서 걸어와 솥을 휘저어 내용물을 섞었다. 솥은 그의 허리 높이쯤에 왔고, 나무 국자에는 몽둥이 모양의 손잡이가 달려 있었다. 나는 한 손으로 그것을 잡기가 어려울 텐데 그는 그 국자가 커피 젓는 스푼이라도 되는 양 힘든 기색 없이 솥을 젓고 있었다. 그가 휘저어 섞고 있는 것은 거의 검은색에 가까운 붉은색이었는데, 한가운데는 끓고 위쪽으로는 허브와 양파 조각들이 원을 이루며 떠다니고 있었다. "순대요." 그가 외쳤다. "순대요! 순대 진짜 순대!" 그는 진짜라는 말을 강조했다. "보세요, 눈곱만큼도 속임수 없는 진짜 돼지 순대입니다!"

순대 냄새가 심하게 났다. 그리고 아주 맛있는 냄새를 풍기며 끓기 시작했는데, 끔찍하지만 아주 재미있는 것을 만들면서 커다란 웃음을 짓는 것처럼 작은 소리를 내면서 끓어올랐다. 귀가 크고 콧수염이 있는 경박한 젊은이가 양동이들을 가지고 왔는데, 그 무게 때문에 휘청거렸다. 양동이들 안에는 피가 담겨 있었다. 피는 아주 붉은빛이었고, 양동이 가장자리에는 거품이 일어서 속이 안 보였다. 그가 간신히 들고 온 짐을 내려놓자 정육점 주인은 한 손으로 그것을 붙잡았다. 털이 많이 나고 붉은빛이 감도는 손이었다. 그리고 단 한 번에 양동이에 담긴 것을 솥에 부었다. 진한 피가 담긴 양동이를 전부 솥에 부었는데, 그렇게 단 한 번에 목이 졸려 죽은 돼지 피를 전부 솥에 쏟아부었고, 솥에는 다시 거품이 일었다. 몽둥이 모양의 손잡이가 달린 국자로 돼지 피를 부은 솥을 휘저었다. 그리고 삶아낸 음식으로 창자를 가득 채우고 그것들을 떼어냈다. 그는 좋은 냄새가 나고 김이 무럭무럭 나는 곳에서 일했다. 나는 그에게서 검은 순대를 5~6미터 정도 샀다. 나는 그에게 순대를 자르지 말고 길게 이어진 그대로 달라고 요구했다. 그는 놀라면서도 아무것도 묻지 않고 조심스럽게 순대를 둥글게 말았다. 그는 순대 무게로 인해 비닐이 찢어지지 않게 두 겹으로 싼 뒤 커다란 봉지를 건네면서 내게 눈을 껌벅였다. 비닐 봉투는 먼저 샀던 것이 들어 있는 것과 균형을 이루었고, 나를 엄청 기분 좋게 했다.

나름 좋았지만 충분하지는 않았다. 내장이 전부가 아니었다. 그날 잔치를 최고조에 이르게 하려면 다른 부위도 얻어야 했다.

아프리카 사람 하나가 내게 영감을 주었다. 그는 낮지만 아주 커다란 목소리로 말했다. 그는 사람들을 선생님이라고 부르면서 말을 걸며 웃었다. 여자들을 향해서는 윙크를 하면서 인사를 건넸는데, 저마다에게 어울릴 만한 칭찬을 늘어놓으면 여자들은 미소를 띤 채 가던 길을 갔다. 사각거리는 잘 익은 망고, 작은 바나나들, 향료가 가미된 뾰족한 과일 더미들, 강렬한 빛깔의 과일들, 썰어놓은 가금류들. 털을 뽑은 고깃덩어리, 잘린 날개들, 여전히 발톱이 붙어 있는 발, 나는 그에게서 지나치게 붉은빛을 띤 닭 볏을 샀는데, 그것은 마치 수소 처리가 되어 부푼 것 같았고, 금방이라도 불타오르거나 날아오를 준비가 되어 있는 것 같았다. 그는 내게 공모자다운 조언을 정성껏 건네면서 그것을 포장해주었는데, 조언들은 충분한 가치가 있었다. 그가 내게 미소를 지으면서 그것을 내밀었을 때 나는 기쁨으로 가득 찼다.

내가 정말 정신이 나갔군, 스스로도 그렇게 생각했다. 머리, 그것이 핵심이지 않은가, 말이 그렇듯이? 나는 그것을 카빌리아 사람* 가게에서 구했다. 늙은 정육점 주인이 회색 상의를 입고 나무 도마 위에서 식칼로 양고기의 뼈를 발라내고 있었는데, 소매를 팔꿈치까지 걷어 올리고 있어 마치 이어진 끈처럼 두드러지는 근육과 인대가 보였다. 그의 뒤로 다른 종류의 고기들이 보였다. 고기구이용 오븐에는 짐승의 머리를 가지런히 놓고 굽고 있었다. 그렇게 깨끗하지는 않은 오븐의 유리를 통해 머리가 익혀지는 과정을 보았다. 머리는 조금씩 움직이면서 돌아가고 있었는데, 나란히 정돈되어 있고, 캐러멜을 발라 약한 불에 익히고 있었다. 고정되어 있던 눈이 튀어나왔고, 혀가 한쪽으로 내밀어져 있었다. 후두 위치에서 잘려 나란히 놓인 양의 머리들은 갈색 빛을 띤 채 지글지글 타오르며 식욕을 자극했는데, 하나하나가 구별된 모습으로 닫힌 오븐 속에서 몇 시간째 회전하고 있었다. 나는 양 머리를 세 개 샀다. 주인은 신문지에 그것들을 싼 뒤 전부 비닐 봉투에 담아 의미심장하게 머리를 끄덕이며 내게 건넸다. 그것은 보통 늙은 아랍의 식도락가나 죽음을 기다릴 뿐인 사람들이나 좋아할 만한 것이었다. 그 점이 역시 나를 들뜨게 했다.

냄새가 나는 꾸러미들을 들고 돌아왔다. 나는 그것들을 테이블 위에 내려놓았는데, 뭔가 뭉개지는 소리가 났다. 비닐 봉투를 열자 냄새가 풍

---

* 북아프리카 원주민.

졌다. 냄새는 휘발성이 있는 입자들이라서 물질적 형태를 지니고 새어나가면 우리가 감지할 수 있는 이미지가 되어 공기를 채운다. 내가 구해온 음식들은 물리적인 냄새가 되어 퍼져나갔다. 나는 비닐 봉투에서 빠져나온 푸르스름한 증기, 바닥을 흐르고 벽에 달라붙고 온 방에 넘쳐나는 무거운 기체를 보았다.

오세안 역시 그것을 보았는데, 그녀는 눈을 크게 뜨고 꼼짝하지 않았다. 나는 그녀가 소리를 지를지 구토를 할지 몰랐다. 그녀 역시 어떻게 할 줄 몰랐다. 갑자기 그녀는 아무 말도 하지 않았다. 그녀 앞의 테이블에도 냄새가 가라앉았다. 냄새만이 움직이고 있었다. 나는 사 온 고기들을 꺼내놓았고, 내가 그것들을 다 꺼내놓자 그녀는 딸꾹질을 하다가 멈추었다.

"자기는 이것을 시장에서 구한 거야? 야외 장터에서? 구역질 나!"

"뭐가? 야외에서 사서?"

"아니, 봐! 이것들은 판매가 금지된 거 아냐?"

"나는 전혀 몰랐어. 색을 봐. 빨강, 황금색. 광채, 갈색, 다 살이 지닌 색들이야. 내버려둬."

나는 커다란 앞치마를 두른 뒤에 그녀의 어깨를 밀어 부엌 밖으로 내보냈다.

"내가 다 알아서 할게. 자기는 잠깐 쉬어. 할 수 있으면 화장이라도 해."

내 안에 솟구치는 흥분은 우리가 논의할 감정이 아니었다. 나는 그녀의 등 뒤에서 문을 닫았다. 그리고 백포도주를 한 잔 따랐다. 포도주 잔을 가로지르는 빛이 신선한 갈색이었다. 그 빛의 향기는 석회질로 된 조약돌 위에 내리쬐는 태양의 향기였다. 나는 내 안을 그 빛으로 물들게 하기 위해서 잔을 비웠고, 이어 한 잔을 더 따랐다. 조리 도구들을 꺼내서 내 손에 맞는 손잡이가 달린 칼을 골랐다. 영감이 솟아났다. 사 온 허드레 고기들을 테이블 위에 늘어놓았다. 나는 그것들을 마치 사냥한 짐승의 일부인 것처럼 다 구별할 수 있었다. 그것들을 알아보면서 심장이 두근거렸는데, 그것들이 원래대로 있는 것에 대해 감사를 느꼈다. 백지 앞에서 느끼는 망설임 같은 잠깐의 망설임 끝에 나는 고기에 칼을 댔다.

오렌지, 알코올, 피 냄새가 섞인 증기가 차 있는 가운데 나는 화학적인 조리를 수행했다. 갓 잡은 허드레 고기들을 다른 음식들과 마찬가지로 상징적인 색깔들, 바람직한 구조, 식별 가능한 향기로 바꾸었다.

부엌문을 다시 열면서 주저했고, 내가 만진 모든 것이 손에서 미끄러져 빠져나갔고, 그 위에 불그스름한 자국이 남았다. 그리고 나는 또한 그것이 움직이면서 밝게 빛나는 가늘고 긴 자국, 사라지기까지 시간이 걸리는 후광을 남긴 것을 보았다.

오세안이 내 앞에 나타났는데, 흠잡을 데 없었다. 하얀 드레스 차림의 단아한 모습이 빛나고 있었다. 하이힐을 신고 진열대 위에 노출된 그녀의 몸은 두드러진 곡선을 보여주었다. 엉덩이, 넓적다리, 가슴, 관능적인 배, 어깨. 그녀가 한 번 움직일 때마다 비단 천 위에 새로운 빛이 드리우며 반짝거렸다. 손톱을 칠한 그녀의 손은 서슴없이 더 완벽한 자리를 찾으면서 새의 가벼운 움직임처럼, 바람의 어루만짐처럼, 사물의 가벼운 스쳐감처럼 움직였다. 그녀는 차려놓은 테이블 주위를 천천히 거닐었는데, 그녀가 느리게 움직이는 것이 나를 자극했다. 공들여 손질한 머리는 밀랍을 칠한 참나무처럼 반짝거렸는데, 목덜미가 두드러졌고, 동그란 모양의 귀에는 장식한 보석이 반짝거렸다. 마스카라를 한 그녀의 속눈썹이 느릿한 나비의 날개처럼 떨렸고, 그렇게 눈썹이 떨릴 때마다 그녀 주변의 공간 전체가 향기를 담고 흔들렸다. 그녀는 빈틈없이 테이블을 차렸다. 접시들을 정확한 간격으로 놓고 식기를 한 벌씩 정확한 각을 따라 정렬했으며, 잔을 세 개씩 한 줄 위에 놓았다. 테이블 한 가운데에는 하얀 자수가 수놓인 러너 위에 촛불이 켜져 금속 식기, 잔과 도자기 위에 부드러운 음영을 드리웠다. 작은 불꽃이 마치 어루만지는 것처럼 미묘하고 덧없는 터치로 그녀의 옷에 어른거렸다.

내가 피 묻은 앞치마를 입고 왔을 때 내 손은 손톱 밑까지 거무스름했고, 입가에도 이상한 자국이 있어 흔들리는 촛불 아래 끔찍한 대비를 이루었다. 그녀는 놀라서 눈이 휘둥그레지고 입을 다물지 못했는데, 벨이 울렸다. 체념의 움직임처럼 그녀는 문을 향해 갔다.

"다 준비했어. 들어와서 앉으라고 해." 내가 말했다.

나는 서둘러 부엌으로 다시 들어가 문을 닫았다. 사람들은 흠잡을데 없는 그녀에게 어떤 비난도 할 수 없을 것이다. 그녀는 친구들을 완벽하게 맞이했는데 이제 그 친구들의 이름은 잊어버렸다. 그녀는 능숙하게 대화를 이끌 것이고, 공평하고 경쾌한 기질대로 행동할 것이고, 내가 돌아올 때까지 재치 있게 나의 부재를 채워줄 것이다. 그녀는 완벽할 것이다. 그녀는 언제나 그렇게 존재하고자 노력한다. 언제나 해낸다. 생각해보면, 그것은 엄청난 기적이다.

준비한 음식들에서 나는 냄새들이 문을 빠져나가, 문의 경첩을 밀고 나가고, 얇은 나무판자를 헤치고 나가, 온갖 곳으로 퍼져나가기 위해서 바닥의 틈 사이로 스며들었다. 내가 밖으로 나와 "모두 식사해!"라고 엄청 큰 소리로 외치려고 했을 때, 그들은 아무것도 짐작하지 못하는 것처럼 보였다. 그들은 나지막한 소리로 대화를 나누면서 아주 적절한 무관심을 보이며 느슨하게 소파에 앉아 샴페인을 마시고 있었다.

병째 마신 백포도주의 기운이 오르면서 흥분이 혈관을 타고 맹렬히 퍼져갔다. 내가 너무 크게 소리를 내질러 특색 없는 배경음, 오세안이 능숙하게 배치시켰던 수다와 음악이 중단되었다. 나는 앞치마를 벗으려고 하지도, 입을 닦지도 않았다. 나는 거실의 빛이 부드럽게 새어드는 곳으로 갑자기 나타난 것인데, 분위기가 너무 무겁고 너무 경직되어 어떻게 깨야 할지 힘이 들었다. 그렇지만 알코올의 힘이었을까 아니면 내 무모한 열정 탓이었을까. 나는 그들이 지켜보는 가운데 앞으로 비틀비틀 걸어가고, 저기압 상태의 분위기 속에서 그들이 이해할 수 있는 몇 마디 말을 하려는데 숨을 쉬기가 힘이 들었다.

"이리 오세요." 내가 낮은 톤으로 말했다. "와서 앉으세요. 준비되었습니다."

오세안이 미소를 지으면서 손님들에게 자리를 안내했다. 나는 엄청 큰 쟁반들을 가지고 왔다. 손님들 앞에 냄새가 지독하고 피가 흐르는 잡다한 고기들을 내놓았다.

중국 정육점에서 사 온 내장을 보여주기 위해 인류가 나왔다고 하는 신화 속의 배추를 재현했는데, 그 생식용 채소는 정원에서 구하지 못한다. 초록빛 배추 잎사귀 덕분에 나는 새집을 다시 만들었고, 가운데에는 아주 촘촘하게 그것이 짐승의 안에 있을 때와 마찬가지의 상태로 만든 붉은 창자를 배치했다. 그것을 잘라 보관했는데, 자르지 않은 형태는 소금에 완전히 절어 있었기 때문이다.

닭 볏을 아주 살짝 튀기자 다시 부풀어 오르고 붉은색이 도드라졌다. 나는 이런 식으로 요리한 것을 닭 볏의 붉은색과 끔찍한 대비를 이루는 검은 쟁반 위에 놓았다. 매끈매끈한 쟁반 위에서 닭 볏이 미끄러지고 흔들리고 계속 움직였다.

"젓가락을 사용해 이것들을 드세요." 나는 젓가락을 가지러 가면서 말했다. "그것들을 노란 소스에 찍어 드세요. 그러나 주의해야 합니다. 그 노란 소스는 캡사이신과 고추가 잔뜩 들어 있고, 강황 가루로 물들인 겁니다. 만약 여러분 입맛에 더 잘 맞는 게 있다면 다른 것을 고르실 수도 있습니다. 초록색 소스인데, 부드럽지만 동시에 강렬한 느낌을 주는 색이지요. 내가 거기에 양파, 마늘, 아시아산 무를 가득 넣었어요. 노란 소스는 입을 얼얼하게 하고 초록 소스는 코를 얼얼하게 만들지요. 고르세요. 하지만 맛을 본 다음에는 후회해도 소용없습니다."

기름에 푹 담그지 않고 튀겨낸 닭 볏은 검은 쟁반 위에서 정말로 지나치게 미끄러지듯 움직였는데, 그것을 놓는 순간 갑작스런 움직임 때문에 닭 볏 하나가 마치 발판 위에서 솟아오르듯 미끄러져 손님의 손에 부딪혔다. 그는 신음을 내뱉으며 재빨리 손을 뒤로 뺐지만 아무 말도 하지 않았다. 나는 하던 일을 계속했다.

나는 순대를 자르지도, 아주 바짝 익히지도 않았다. 그것을 반달 모양의 커다란 쟁반에 나선형으로 말아놓았고 그저 노란 카레가루와 생강가루를 군데군데 뿌렸는데, 덕분에 열을 가했더니 코를 찌르는 냄새는 제거되었다.

마침내 나는 한가운데에 잘린 머리, 양상추를 겹겹이 깔아 올린 쟁반 위에 손질하지 않은 양머리를 그대로 두었다. 제각기 다른 방향을 바라보면서 눈은 허공에 두고 혀를 내민 상태의 양머리들은 마치 보지도 못하고 듣지도 못하며 아무 말도 하지 않는 세 명의 머저리 같았다. 이 천치들.

"여기 있습니다." 내가 말했다.

침묵이 흐르고 냄새가 방 안 전체를 뒤덮었다. 만약 그들 모두가 동시에 이런 비현실적인 감정을 느끼지 않았다면 손님들은 불쾌해졌을 것이다.

"아니, 이건 구역질이 나는데요." 손님 중 한 사람이 날카로운 목소리로 말했다. 나는 이제 그가 누구인지 모른다. 더 이상 그 사람들을 만나지 않았고 전부 잊어버렸을뿐더러, 길에서 그 사람들을 보게 될까 봐 다른 곳으로 가서 살기조차 했기 때문이다. 그러나 나는 그 사람이 자신의 역겨움을 드러내기 위해서 말했던 단어의 정확한 억양을 기억한다. 역겨운dégueulasse의 d-는 마치 딸꾹질 소리 같고, -a는 길게, -sse는 마치 동체가 착륙하는 소리처럼 발음했다. 그 단어의 억양이 그의 얼굴보다 훨씬 더 잘 기억나는데, 그가 1950년대 영화의 대사처럼 말한 '역겨운'이란 단어는 그 당시 우리가 공적으로 말할 수 있는 가장 폭력적인 단어였다. 그 멋진 분위기의 거실에서 흠잡을 데 없는 오세안이 있는데도, 그가 말할 수 있었던 건 그 단어가 전부였다. 손님들은 나를 비난하는 말을 했지만, 나는 술기운과 미칠 듯한 행복감으로 무감각해져 오직 내 자신에만 집중한 채 아무것도 듣지 못했다. 그들은 내게 분명히 말했어야 하거나 말이란 것을 없앴어야 한다. 우리의 생활권에서는 말이란 것이 너무나 가치가 떨어져 아무짝에도 소용이 없기 때문이다. 그들은 나를 비난하기 위해서 내게 시선을 고정시켰다. 이런 태도는 보통 때라면 크게 호통을 치는 느낌을 주기에 충분하다. 그러나 그들은 전부 내게서 시선을 돌렸고, 더 이상 비난하려 들지 않았다. 나는 그 이유를 모른다. 하지만 그들이 내 눈에서 본 무엇이, 그 상황에 말려들어가서 상처 입고 침몰당하지 않으려고, 내 얼굴에서 시선을 거두게 한 것이 분명했다.

"제가 음식을 담아 드릴게요." 내가 그들이 받아들이지 않을 친절을 베풀며 말했다.

내 손으로 그들에게 음식을 덜어주었는데, 손, 그것도 맨손이 아니고서는 어떤 도구도 적합하지 않았기 때문이다. 손가락으로 날 배추를 벌려 번쩍이는 내장을 꺼내 쥐었고, 심장, 비장을 가르고, 간을 나누고, 붉어진 엄지손가락으로 기관지, 후두, 결장을 열어 손님들에게 익힌 정도를 확인시켰다. 고기의 그런 부위는 약한 불이 적합하다. 불꽃은 어루만짐 같아야 하고, 색을 입힌 부드러운 터치 같아야 하고, 그 내부에는 여전히 피가 흘러야 한다. 요리하는 불은 도예가의 불과 같은 불일 수가 없는 법이다. 도예가는 불꽃의 심장으로 가서 작품을 다량으로 만들어 낸다. 요리하는 불은 단지 형태를 고정시키고 자연스런 섬세함 위에 색을 고정시키는 것으로, 취향을 변질시켜서도 안 된다. 동물의 원래 기능에 대한 취향, 이제는 정지된 움직임에 대한 취향, 드러나는 부동성 아래서 유동적이고 휘발적인 상태로 머물러야 하는 삶에 대한 취향을 변질시켜서는 안 된다. 착색된 얇은 표면 아래서 피는 그대로 있어야 한다. 음미하라. 그것은 피의 맛이고, 우리는 거기에서 더 이상 멀리 있지 않다. 그래서 사람들은 피 맛을 본 개들은 살인에 목마른 괴물이 되기 전에 죽여야 한다고 한다. 그러나 사람은 다르다. 사람도 피에 대한 취향이 있지만, 그것을 제어한다. 저마다 비밀스럽게 그 취향을 간직하거나 내면의 불 위에서 안고 살아가지만, 결코 그것을 드러내지 않는다. 인간이 피에 대한 취향을 지닌다면 그는 자신이 개와 다를 바 없다는 사실을 잊지 말아야 한다. 개는 거세된 늑대이고, 개가 늑대의 본성을 드러내면 잡아야 한다. 반면 사람은 피 맛을 본 뒤에야 비로소 완전한 존재가 된다.

나는 손님 각자에게 닭 볏을 나눠주었는데, 여자들보다 남자들에게 조금 더 주면서 이 차이를 설명하며 어떤 미소를 지었다. 그러나 양의 머리는 남자들에게만 나눠주었다. 강한 눈짓을 보내며 그들이 영문을 몰라도 거절할 수 없게 만들었다. 남자들의 접시에 양머리를 놓았다. 희미한 하얀 눈동자, 쑥 내민 혀가 정말로 희극적인 분위기를 연출했다. 나는 돌아서 여자들을 보았다. 나 혼자만 웃음을 터뜨렸다. 나는 계속 눈짓을 하고 팔꿈치를 툭툭 치고 잘 안다는 듯한 미소를 지었지만, 질겁한 분위기는 그대로였다. 그들은 영문을 통 몰랐다. 그들은 의심했지만 전혀 이해하지 못했다.

내가 철 쟁반에 놓인 순대를 조금 맹렬하게 먹기 시작하자 검은 피가 불쑥 솟아오르더니 쟁반으로 떨어졌고 또 냅킨, 접시 위로 떨어지더니 포도주 잔에 두 방울이 분간할 수 없게 섞이고, 오세안의 드레스 왼쪽 가슴 아래에도 아주 작은 한 방울이 튀었다. 그녀는 아주 예리한 비수로 가슴을 찔린 것처럼 쓰러졌다. 다른 사람들은 아무 말도 하지 않은 채 일어나 냅킨을 다시 접고 외투걸이 쪽으로 걸어갔다. 그들은 말 한마디도 하지 않고 단지 눈짓으로만 정중한 동의를 표시하면서 서로 도와가며 옷을 다시 입었다. 오세안은 등을 쭉 펴고 차분하게 숨을 쉬었다. 식탁 위에는 계속 촛불이 타오르고 있었다. 촛불의 작은 흔들림은 마치 숨결처럼 그녀의 몸을 완벽하게 감싸고 있는 드레스 위에 그림자를 드리웠다. 그것은 밀려오는 파도의 흔들리는 물처럼, 저녁의 미풍처럼, 해질 무렵의 산들바람처럼 빛을 발했는데, 그녀의 몸 전체가 흔들리는 것 같았고, 그녀의 심장 위 가슴의 굴곡 아래 튄 검은 핏자국은 단 하나의 고정된 점이 되었다.

사람들은 고개를 끄덕이며 작별 인사를 했고 마침내 우리만 남겨졌다. 나는 오세안을 들어 침대로 데려갔다. 그녀는 바로 눈을 뜨고 울기 시작했다. 그녀는 애끊는 소리를 내다 숨을 참다가 소리를 지르며 울었는데, 눈물 콧물로 숨이 막혀 한마디도 제대로 하지 못했다. 뺨을 타고 흐르는 눈물은 검은색이었고, 옷을 망쳤다. 그녀는 울음을 멈추지 않았고, 계속 몸을 뒤척이면서 베개에 얼굴을 파묻고 숨이 막히도록 울었다. 그녀가 울수록 하얀 베갯잇은 점점 더러워졌고, 소금기 있는 물, 눈물로 지워진 화장 때문에 빨간색, 갈색, 검은색, 회색으로 얼룩졌고, 네모난 천이 흑판으로 변했다. 나는 그녀 곁에서 내가 생각해도 바보 같은 미소를 지은 채 있었다. 그녀를 위로하려는 노력을 하지 않았고, 말조차 건네지 않았다. 전보다 훨씬 더 그녀 곁에 가까이 있는 자신을 느꼈다. 그 순간이 지속되기를 꿈꾸었지만, 그녀의 눈물이 마르면 모든 것이 사라지리라는 것을 알았다.

마침내 그녀가 침묵하고 눈을 닦자 나는 우리 사이에 모든 것이 끝났다는 사실을 알았다. 전에 일어났던 모든 것과 이후 일어날 수 있었던 모든 것. 우리는 서로 아무런 접촉 없이 나란히 잠이 들었다. 그녀는 세수하고 머리를 빗고 침대보를 덮고 자고, 나는 옷을 그대로 입은 채 침대보 위에서 잤다.

일요일 아침 그녀는 잠에서 깨어나 다시 울었고 콘크리트처럼 딱딱하게 굳었다. 일요일 오후에 나는 떠났다.

월요일 아침에 나는 다른 삶을 시작했다.

나는 결코 그녀를 다시 보지 않았고, 우리가 같이 만났던 친구들 그 누구도 다시 보지 않았다. 나는 얼마 동안 그 지방의 다른 끝, 훨씬 가난한 북쪽 끝에서 보잘것없는 자리를 얻어 지냈는데, 그것은 내 여자를 버리고 오면서 두고 온 자리보다 훨씬 보잘것없는 것이었다.

나는 마치 사람들이 프로그램을 삭제하듯 내 자신을 지웠고, 타율적으로 행동하지 않으려고 행동 자체를 하지 않으면서 나를 살아 움직이게 했던 생각을 하나씩 제거했다. 나는 내 마지막 행동이 사람들이 죽기 전에 하는 행동이 되기를 희망했다. 기다리는 일.

빅토리앵 살라뇽은—그를 알지 못했을 때도—내가 준비해왔던 이 기다림에 적합한 사람이었다.

소설 II

# 4월에 관목지대에
# 오르다

4월에 관목지대에 오르는 일은 얼마나 행복한 일인가! 격렬한 전쟁의 시기가 아닌 때, 적이 다른 곳에 있을 때, 사냥개들이 뒤쫓지 않을 때, 사람들이 아직 무기를 사용하지 않을 때, 그때 관목지대에 오르는 일은 몹시 열망하는 일이다.

4월은 밀어내고, 4월은 열리고, 4월은 날아오른다. 4월은 빛을 향해 몰려들고 나뭇잎들은 하늘에 닿기 위해 서로 떼민다. 4월에 관목지대에 오르는 일은 얼마나 행복한 일인가! 우리는 언제나 '오르다monter'라는 말을 쓰는데 관목지대에 가기 위해서는 올라가야 하기 때문이다. 우리가 숨은 비밀의 숲은 경사가 가파른 곳에 있다. 관목지대는 구름 저편에 있는, 이 지역의 다른 쪽 절반을 차지하고 있다.

한 줄로 늘어선 청년들이 덤불로 가득한 관목지대로 올라갔다. 물이 오른 나무의 나뭇잎들이 흔들리고 있었고, 숲 한가운데에는 겨울에 통행을 가로막았던 작은 막대들이 튀어 올랐다. 조금만 열심히 귀를 기울이면 나무에 물이 오르는 소리를 들을 수 있었고, 손을 나무 몸체에 올려놓으면 그 떨림을 느낄 수 있었다.

한 줄로 늘어선 청년들은 아주 **빽빽**하게 수목이 우거진 곳으로 올라갔고, 저마다 자기 앞에서 걸어가는 사람 셋만 볼 수 있었다. 뒤를 돌아봐도 뒤에서 걷고 있는 셋만 보였다. 저마다 숲을 걷고 있는 인원이 일곱 명이라고 생각할 수 있었다. 경사가 가팔라 선두에 서서 앞을 보고 있는 사람이 내딛는 발은 뒤따르고 있는 사람들의 눈길 위쪽에 있었다. 시류가 원했던 것처럼 군인의 외관을 띤 40명가량은 상티에드죄네스의 낡은 단복을 입고 있었다. 그리고 프랑스 정신의 표시인 듯 커다란 모자를 비스듬히 쓰고 있었다. 그들은 머리에 쓴 모자로 군대와 구별되었다. 그들의 모습은 분방했으며, 필요상 색깔을 넣지 않고 만들어진 옷을 입은 채 국가의 상징다운 모습을 지니고 있었다.

그들은 올라갔다. 나무들은 떨고 있었다. 청년들은 잘 맞지 않는 두꺼운 가죽 신발 때문에 발이 아팠다. 군화 가죽은 부드럽지 않았고, 덫의 물림 장치처럼 일단 구두끈을 조이면 발이 신발에 적응해야 했다.

그들은 등에 천 가방을 메고 있었는데, 그것 때문에 어깨가 아팠다. 쇠로 만든 가방의 틀이 몸의 약한 부위와 마찰했고, 무게감이 느껴지면서 힘이 들었다. 눈으로 땀이 흐르기 시작했으며 겨드랑이와 목덜미가 끈적거렸다. 그들은 한창 나이였지만 가파른 경사 때문에 힘들었고, 한 주 내내 상티에드죄네스에서의 야외 훈련도 괴로웠다. 훈련하고, 무기는 소지하지 않고 군사 학교에서 행군을 했던 것이다! 사격 훈련을 하지 않으면 행군했고, 자갈을 가져다 깔고 포복법을 배우고, 구덩이에 들어가는 법, 관목 뒤에 은신하는 법을 배웠으며, 특히 기다리는 법을 배웠다. 그들은 기다림을 배웠는데 전쟁술이란 것은 무엇보다 움직이지 않고 기다리는 것이기 때문이다.

빅토리앵 살라눙은 이 분야에 능했고, 그런 기술들을 싫은 내색 없이 익혔지만, 다음의 일을 희망했다. 이를테면 너무 좁은 집단 내부에서 맴도는 것보다는 차라리 피가 뿌려질 수 있는 다음을 기대한 것이다.

"땀을 흘리면 피 흘릴 일이 줄어든다." 그들은 반복해 말했다. 샹티 에드죄네스의 좌우명은 숲의 야영장 입구에 걸린 커다란 천에 쓰어 있었다. 빅토리앵은 그 좌우명이 상당히 멋지다고 생각했지만, 그는 피보다 땀을 더 많이 흘리고 있었다. 그가 언제나 간직하고 있었던 피, 그것은 마르지 않고 그의 혈관을 휘저었지만, 피를 흘리는 일은 하나의 이미지로 머물 뿐이었다. 반면에 땀은 끈적이는 풀과 같은 성질을 지니고 있었다. 여름이 시작되자 침대 시트와 셔츠가 끈적였는데, 끈적이는 땀은 결코 떨쳐버릴 수 없게 계속 그를 따라다니며 괴롭혔고, 입가에 흐르는 원치 않는 침처럼 비위를 상하게 하면서 숨 막히게 했다. 날이 서늘해지기를 기다리는 것, 멍하니 시간이 흐르기를 기다리는 일 말고는 아무것도 할 수 없었고, 이것이 그를 짜증나게 만들었다. 그것이 더욱 그를 숨막히게 했다. 좌우명이 체질에 맞지 않아 그랬던 것도 아니고, 패배당한 군대의 제복을 입어서도 아니고, 무기가 없다는 사실 때문도 아니고, 행동, 말, 심지어 침묵을 이끄는 이중적인 성격 탓도 아니었다.

그가 위조 여행 허가증을 가지고 샹티에드죄네스에 도착했을 때 사람들은 그가 늦게 도착한 것에 놀랐다. 그는 사과문과 스탬프가 찍힌 허가증을 제시했다. 사람들은 그것을 읽지 않고 그저 스탬프가 가득 찍힌 읽을 수 없는 서명들을 복사한 뒤에 그를 선두로 보냈다. 늦어진 사유는 중요하지 않았기 때문이다. 모든 사람에게 나름의 이유가 있고, 저마다 각별한 사연이 있다. 중요한 것은 사람들이 그 이유들을 지지할 수 있는지를 아는 것이다. 사람들은 서류를 분류해 커다란 파란색 텐트 안에 있는 캠프 침대에 그것을 두었다. 도착한 첫날 밤에는 잠들기가 힘들었다. 야외 훈련에 지친 다른 사람들은 뒤척이면서 잠을 잤다. 그는 벌레들이 이불 위로 기어 다니는 것을 보았다. 어둠이 약해지면서 눅눅한 땅과 풀 냄새가 더 심해져 심장을 조일 정도가 되었고, 특히 그가 겪은 최초의 모험이 불편하게 만들었다. 그를 불편하게 만든 것은 함께 섞여 지내는 일에 대한 두려움이라기보다는 사람들이 그의 위조 서류를 아무런 질문도 없이 받아들인 사실이었다. 물론 전체적으로 보면 성공이라고 말할 수 있지만, 그것은 가짜였다. 계획은 잘 돌아갔지만 자부심을 가질 만한 것이 전혀 없었다. 그러나 자부심을 가질 필요가 있었다. 그는 이러한 사소한 일들에 짜증이 났고 부조리함에 갈피를 못 잡았다. 되돌아가거나 다른 출구를 찾고 싶었지만, 발견할 수 없었다. 그러다 잠이 들었다.

다음 날 그는 삼림관리부에 배치받았다. 젊은 청년들은 나무 아래서 도끼를 들고 일했다. 그들은 상의를 벗고 버티고 서 있는 커다란 너도밤나무들을 찍었다. 한 번씩 도끼질할 때마다 둔탁한 소리를 냈고, 도끼질 소리가 메아리로 울릴 때면 도끼의 손잡이가 그들의 손에서 부르르 떨렸다. 도끼질할 때마다 새 노트의 속지처럼 밝은 느낌의 아주 깨끗하고 신선한 나무에서 커다란 나무 지저깨비들이 떨어져 나왔다. 도끼질로 홈이 생긴 자리에서 수분이 솟아 나와 튀었다. 그들은 피로 가득 찬 존재를 쓰러뜨린다고 생각할 수 있었다. 마침내 나무가 흔들렸고 함께 떨어지는 잔가지들과 나뭇잎 구겨지는 소리와 함께 나무 중심이 우지끈 부러지는 소리를 내면서 쓰러졌다.

그들은 도끼 자루에 몸을 기댄 채 이마의 땀을 닦았고, 눈을 들어 나뭇잎에 가려져 있던 자리를 보았다. 새파란 하늘을 보았고, 새들은 다시 지저귀기 시작했다. 뱀처럼 유연하지만 위험한, 맞잡는 큰 톱으로 나무를 둘로 잘랐다. 대장으로 불린 스물다섯 살 먹은 사람에게 배운 톱질 노래를 부르며 거기에 몸짓을 맞췄다. 그 일이 그들에게는 마치 모든 현자의 체험처럼 여겨졌다. 그렇지만 현대를 사는 현자 말이다. 반바지 차림에 쓸데없는 말은 한마디도 하지 않고 미소를 짓고 있는 모습.

자른 나무들을 가지고 그들은 여러 스테르*를 만들었고, 차가 다닐 수 있는 길을 따라서 줄지어두었다. 나중에 트럭이 와서 그것들을 실어갔다. 빅토리앵은 아주 반듯하고 눈금이 새겨진 막대기를 하나 받았는데, 그는 나무를 자를 때 자처럼 이용했다. 일을 시작하기 전에 대장이 그의 어깨를 쳤다. "와서 봐." 그는 장작 쌓아둔 곳으로 살라뇽을 데리고 갔다. "보고 있는가?" "무엇을요?" 대장이 통나무 장작을 하나 집어서 내밀었다. 15센티미터 길이였고, 잘 잘린 정육면체 가운데 둥근 구멍이 나 있었다. "손을 넣어봐." 손을 넣어보자 안은 비어 있었다. 대장은 병마개를 교체하는 것처럼 속이 빈 가짜 통나무를 바꿔놓았다.

"이해하겠지, 일은 부피로 측정이 된다고, 무게가 아니야. 그렇게 여기에서 우리는 요구되는 기준을 넘어서야 해. 그러면 덜 피곤하지. 너는 속빈 장작들을 만들기 위해서 적절하게 잘라야 해. 규정을 봐. 기준 수치가 명시되어 있어."

빅토리앵은 규정을 보고, 이어 대장을 보고, 장작더미들을 보았다.

"하지만 사람들이 그것을 가지러 오면요? 사람들은 그것들이 속이 빈 것을 알아차릴 텐데요?"

"걱정하지 마. 우리는 부피 단위로 일을 해. 기준치를 넘어서면 되는 거야. 트럭으로 오는 사람들은 돌을 가지고 절반만 무게를 달아. 다른 곳에서도 항상 똑같지. 채탄하는 사람들에 대해 말하자면 그들은 채탄 무게의 절반이 연기로 사라지는 것을 설명할 줄 알지. 실제로 그게

---

\* 장작의 계량 단위, 세제곱 미터.

다 가스화 장치를 위해서, 자동차를 굴러가게 하기 위해서 목탄을 만드는 거야. 그들의 기준도 역시 넘어서는 거지. 우리는 전쟁의 보급품을 위해서 일하는 거야. 이 결과는 완전히 우리 것은 아니지." 그가 눈을 찡긋하며 말을 끝냈고 대답을 하지 못하는 빅토리앵에게 말했다. "무엇보다 한마디도 하면 안 돼."

빅토리앵은 어깨를 으쓱했고 사람들이 그에게 말했던 대로 일했다.

그는 장작을 찾으러 갔다. 숲속 빈터에서 대장들은 사라졌다. 청년들은 자신들의 톱을 내려놓았고, 여럿이 누워 잠을 잤다. 두 명은 나무 아래 앉아 향기 나는 풀들을 만지작거리면서 제재공의 노래를 했다. 다른 한 명은 손을 목 뒤로 교차하고, 등을 대고 누워 입술을 비틀면서 톱질 소리를 완벽하게 흉내 냈다. 손 하나에 장작을 하나씩 들고 빅토리앵은 영문을 모른 채 그들을 바라보았다.

"대장들은 떠났어." 누워서 잠든 것처럼 보였던 한 명이 말했다. "장작은 던져버려. 우리는 전쟁에 기울이는 노력을 잠깐 멈추고 슬며시 제동을 걸었어." 그는 한쪽 눈만 뜬 채 말하고, 두 눈을 다시 감기 전에 깜박였다.

그들은 계속 일하는 소리를 흉내 냈다. 살라눙은 팔을 흔들면서 얼굴을 붉혔다. 그들이 전부 웃음을 터뜨렸을 때 그는 놀랐다. 그리고 이어서 그들이 장난을 치면서 웃었다는 사실을 이해했다.

샹티에드죄네스에서 그는 사람들이 자신에게 말한 것을 행했다. 그는 더 이상은 아무것도 찾지 않았다. 그는 감히 어떤 차원의 명령인지까지는 묻지 않았다. 사람들은 빈 장작들을 만들어내는 일이 산림개발이라는 것을 알았다. 그는 이 비밀이 어디까지 퍼졌는지 몰랐다. 그는 대장들을 관찰했다. 어떤 대장들은 오직 군화 광택 내는 일에만 관심이 있었다. 그들은 먼지를 추격했고 가혹하게 벌했다. 사람들은 그런 사람들을 불신했다. 왜냐하면 세세한 부분에 집착하는 사람들은 위험하고, 그들은 자신의 처지를 비웃으면서도 질서를 원했기 때문이다. 다른 대장들은 주의 깊게 물리적인 행동을 조직했다. 걷기, 짐 나르기, 펌프질하기. 그 사람들은 신뢰를 불러일으켰다. 그들은 무엇인가 자신들이 말할 수는 없는, 다른 것을 준비하는 것처럼 보였기 때문이다. 하지만 그들에게 질문하지는 않았는데, 왜냐하면 여기가 동부전선처럼 은닉처일 수 있었기 때문이다. 군사적인 행동에만 관심 있는 사람들은 완벽한 경례, 흠 없는 언어 사용에 신경 썼고, 아무것도 생각하지 않았다. 단지 시간을 보내기 위해서 정확한 규칙을 적용했다.

샹티에드죄네스의 청년들은 자신들을 가리켜 막연하게 '사람들'이라고 했는데, '사람들on'이라는 이 불분명한 대명사는 실상 '우리들 nous'을 대신하고 있었다. 그것은 그 숫자도 견해도 정확하게 규정할 수 없는, 집단의 막연한 형상을 가리켰다. 우리는 기다렸고, 아무것도 모르는 채 시간을 보냈고, 기다리면서 프랑스를 향해 마음을 기울이게 되었다. 젊고 아름다운, 그러나 완전히 벌거벗은 프랑스. 왜냐하면 어떻게 옷을 입힐지 우리가 모르기 때문이다. 기다리는 동안 우리는 프랑스가 벗은 상태라는 것을 환기시키지 않으려고 노력했다. 마치 아무 일도 없었던 듯 우리는 아무것도 보지 않았다. 4월이었다.

삼촌이 한 무리의 청년을 데리고 왔다. 그는 조카에게 와서 인사하지 않았고, 그들은 서로 모르는 척했다. 하지만 각자 언제나 상대가 어디에 있는지를 알고 있었다. 빅토리앵은 삼촌의 존재에 안도했다. 샹티에드죄네스에는 그저 기다림만이 있었다. 국가 혁명에 대한 토론이란 것도 흉내에 불과했다. 아니 그래야 했다. 어떻게 아는가? 깃발은 아무것도 말해주지 않았다. 삼색의 깃발이 올라가면 매일 아침 모두가 줄지어서 경례하고, 각자 깃발 펄럭이는 모습을 보면서 전부 다르지만 희망찬 얼굴을 보았다. 우리가 그토록 확신이 없었던 것에 대해 우리는 감히 말하려고 하지 않았다. 직관에 대해, 너무 내밀한 몽상에 대해 놀림을 받을까 봐 두려워 감히 말하지 않는 것처럼 말이다. 그것은 죽음에 대한 두려움이었고, 거기에 있었다.

그들은 전혀 제대로 먹지 못했다. 그들은 더럽고 맛없는 채소를 거칠게 뜯어내 주물로 된 화덕에서 아주 오래 끓였다. 샘물을 끌어 온 차가운 물을 가지고 돌로 된 물통에서 설거지를 했다. 어느 날 저녁 설거지 당번이 되어 빅토리앵과 엔캉이 그릇을 씻는 척했다. 배 속에도 붙어 있는 보잘것없는 퓌레가 알루미늄 바닥에 사납게 들러붙어 있었다. 철저한 성격인 데다 체격이 컸던 엔캉은 철 수세미를 가지고 닦았다. 그는 냄비를 마구 비벼대 모든 흔적을 없애려고 했고, 그것 때문에 푸르스름한 잿물이 나왔다. 채소의 푸른색과 알루미늄의 회색, 그것을 깨끗한 물에 말끔히 씻어냈다.

"대패로 밀면 한 번이면 될 거야." 엔캉이 웃었다. "이런 식이면 바닥까지 가는 데만 여섯 달이 걸려."

그는 휘파람을 불기 시작하면서 더 세게 문질렀다. 차가운 물 때문에 손이 붉어졌고, 힘을 주어 어깨가 불룩 튀어나왔다. 그는 노래를 흥얼거리듯 휘파람을 불렀고, 잘 알려진 노래들, 조금 덜 유명한 노래들, 음란한 노래들을 부르다가 결국 아주 큰 소리로 몇 번이나 「신이여 왕을 구하소서」를 불렀다. 음악을 거의 모르는 살라뇽도 작은 수세미를 가지고 문지르며 저음부를 불렀다. 그것이 그의 동료를 북돋아 더욱 크게, 더욱 분명하게, 심지어 콧노래를 부를 정도로 휘파람을 불게 만들었다. 가사는 아니고 그저 짧은 부분이었는데, 왜냐하면 그는 제목만 알았을 뿐 영어 가사를 몰랐기 때문이다. 그들은 더욱 세게, 리듬을 붙여 문질러서 눈에 띄게 때가 긴 자국들이 사라졌다. 철 수세미의 문지름, 샘물의 달콤한 소리, 설거지통의 자국들이 선명하게 드러났다. 그때 그들이 보기에는 부모들이나 선생들처럼 질서의 세부적인 부분에 너무나 집착하는 듯한 대장이 한 명 급히 왔다.

"여기에서는 그렇게 노래하지 않는다!" 그는 화가 난 것 같았다.

"륄리? 륄리*가 금지되었다고요? 몰랐습니다, 대장."

"어떤 륄리? 나는 네가 부른 것에 대해서 말하는 거야."

"그게 바로 륄리입니다. 그는 체제 전복자도 아니고, 고인입니다."

"날 놀리나?"

"전혀 아닙니다, 대장."

엔캥은 다시 휘파람을 불었다. 이번에는 장식음을 넣어 불었는데, 그것은 완전히 **위대한 세기**처럼 들렸다.

"이것이 네가 흥얼거린 거라고? 나는 다른 것이라고 여겼는데."

"뭐 말입니까? 대장."

대장은 투덜거리며 발길을 돌렸다. 그가 보이지 않자 엔캥이 웃었다.

"너는 뻥을 쳤어." 빅토리앵이 말했다. "네 말이 정말이야?"

"음악적으로야 정확해. 나는 음계마다 논거를 제시할 수 있어. 구두 광택제에 집착하는 그 인간은 내가 금지곡을 흥얼거렸다는 것을 입증해 보일 수가 없었을 거야."

"누군가를 죽이는 데 증명이 필요한 것은 아냐."

그들은 펄쩍 뛰면서 함께 돌아섰다. 한 손에는 철 수세미를 들고 다

---

* 장 바티스트 륄리Jean-Baptiste Lully: 이탈리아 출신의 작곡가. 프랑스로 와서 루이 14세를 위해 봉사했다. 그의 음악은 대단히 화려하고 장식적인 스타일을 지향했다. 륄리는 17~18세기 프랑스 오페라에 커다란 영향을 끼쳤다.

른 손에는 커다란 그릇을 들고. 삼촌이 거기에 있었다. 그는 뒷짐을 지고 천천히 걸으면서 식당을 검사하고 있는 것 같았다.

"어떤 상황에서는 논란을 종식시키려면 머리에 총 한 번 쏘는 것으로 충분하지."

"하지만 뤼리였어요……"

"나를 상대로 바보짓은 하지 마. 다른 곳이라면, 약간의 망설임, 그저 토론을 시도해보려는 것, 한마디 말조차 '네, 알겠습니다'가 아닌 게 될 거야. 심지어 조용히 눈을 내리깔지 않고 간단한 몸짓이라도 할라 치면 바로 처형될 수도 있어. 신경을 거슬리게 하는 동물들을 제거하는 것처럼 말이야. 네가 한 것 같은 사소한 바보짓에 대해서도, 명령을 내리는 위치의 사람이라면 권총 케이스를 열고 주저 없이 무기를 겨누거나 심지어 너를 다른 곳으로 데려가지도 않고 그 자리에서 죽일 수 있어. 아랑곳하지 않지."

"하지만 사람들을 그런 식으로 죽이지는 않아요."

"지금은 그래."

"모든 사람을 죽일 수는 없어요, 그러면 시체들이 넘쳐날 텐데요! 어떻게 그 많은 시체들을 치워요?"

"시체들, 그건 아무것도 아니야. 사람의 몸은 살아 있을 때나 견고하게 보일 뿐이지. 사람의 몸은 공기가 들어가 부풀기 때문에 양감이 있는 것인데, 바람이 몸 안을 돌아다녀서 그래. 죽으면 공기가 빠지고 몸은 오그라들어. 사람들이 숨을 쉬지 않을 때 우리가 얼마나 많은 시체를 구덩이 하나에 넣을 수 있는지 네가 안다면! 그것은 녹고, 파묻히지. 그것은 흙과 아주 잘 섞이지, 아니면 불태우거나. 아무것도 남지 않아."

"왜 그런 말씀을 하세요? 전부 지어내신 거지요."

삼촌은 자기 손목을 올려 보였다. 마치 쥐들이 손을 떼어내려고 갉아

먹은 것같이 피부가 울퉁불퉁했고, 둥근 흉터가 손목을 감싸고 있었다.

"나는 그것을 보았어. 감옥에 있었거든. 탈옥했지. 나는 정말로 그것을 보았단다. 너희들이 그런 것을 상상조차 할 필요 없기를 바란다."

얼굴이 붉어진 엔캥은 발이 휘청거렸다.

"너희들은 다시 설거지를 시작할 수 있어. 시금치를 마르게 해서는 안 된다. 그러면 달라붙으니깐. 내 경험을 믿어라." 삼촌이 말했다.

두 명의 청년은 침묵 속에서 다시 일을 시작했다. 고개를 숙인 채 서로를 쳐다보기가 너무 민망했다. 그들이 고개를 다시 들었을 때 삼촌은 가버린 뒤였다.

모든 것이 아침을 시작하는 순간에 움직였다. 대장들은 분주히 움직였다. 주의를 기울이고, 물건들을 챙기고, 떠날 채비를 했다. 몇 명은 사라졌다. 트럭들이 줄을 지어 도착했고, 캠프에 가져온 것을 내려놓았다. 사람들은 텐트를 해체했고 자재를 실었다. 손 강 계곡에 있는 기차까지 싣고 내려가야만 했다. 사람들은 전쟁의 노고를 독려하기 위해 그들을 보냈다.

소년들은 대장들 사이에 이상한 토론이 벌어진 것을 보았다. 트럭에 실을 물건들과 부대 위치를 지정하는 문제였다. 앞쪽인지 뒤쪽인지가 그들에게 중요한 것처럼 보였고 격렬한 토론이 벌어졌다. 그러다가 갑자기 소리를 지르고 화가 난 듯한 행동을 했다. 하지만 왜 다른 자리는 안 되고 그 자리를 원하는지에 대해서는 전부 알 수 없었다. 다른 논쟁을 하지는 않고 그저 고집했다. 길을 따라서 늘어선 소년들은 발아래에 가득 찬 가방을 두고 기다리면서, 길옆에 주차된 채 힘없이 털털거리는 트럭에 부여한 우선권의 의미가 너무 많은 것과 너무나 치사스러운 이유에 웃었다.

삼촌은 긴장했고, 그가 별도로 집결시키고 지정한 무리를 데리고 마지막 트럭에 오를 것을 고집했다. 다른 장교들이 불평했는데, 특히 삼촌과 사이가 좋지 않은 장교들이 그랬다. 다른 장교 역시 마지막 트럭에 타고 싶어 했다. 맨 뒷자리라고, 그가 말했고 너무나 확신에 찬 어조로 강조하면서 단어를 되풀이해 말했다. 그것이 그에게 마치 충분한 논쟁, 결정을 강요하는 군사적인 단어로 정말 중요한 것처럼 여겨지게 했다. 그는 삼촌에게 맨 앞쪽 트럭에 타라고 가리켰다.

빅토리앵은 기다렸다. 삼촌은 그의 곁으로 바짝 붙어 지나가면서, 그를 스칠 듯 지나가다가 어금니 사이로 살짝 말했다. "나랑 같이 있어. 내가 말하면 그때 그 트럭을 타."

협상은 이루어졌고 다른 장교가 졌다. 그는 화가 나 앞쪽 트럭에 탔다. 그가 지나치게 힘이 들어간 목소리로 첫번째 트럭에서 외쳤다. "시선을 똑바로 유지해." 차 문에서 반쯤 가슴을 내밀고 탱크처럼 똑바로 서 있었다. 빅토리앵은 그대로 있었다. 마지막 순간에 엔캥이 그와 합류하러 왔다. 그는 빅토리앵 곁에 자리를 잡고 웃으면서 앉았다.

"다들 미쳤어. 이것은 산테오도로스* 군대야. 3백 명의 장군과 다섯 명의 하사. 너는 그들에게 장교 모자를 주고 그들은 뾰로통하게 입을 내밀고 거드름을 피우지. 사람들은 문 앞에서 잘난 척을 하는 것이야. 첫번째로 지나가지 않으려는 예의를 갖추려고."

트럭 칸에 어둠이 내렸을 때 삼촌은 엔캥의 존재를 감지했다. 그가 가볍게 손짓을 하고 입을 열었으나 부대는 떠났다. 트럭은 일시적으로 정지했다가 요란한 엔진 소리를 내면서 소란한 가운데 앞으로 나아갔

---

* 산테오도로스San Theodoros: 『땡땡의 모험』에 등장하는 가상의 공화국. 남아메리카에 위치한다. 여기에서 군대는 비정상적이고 폭력적인 권위의 상징이다.

다. 그들은 트럭이 요동치는 바람에 짐칸의 가로장에 매달렸다. 그들은 마콩의 여정에 합류하기 위해 숲을 가로지르고 있었다.

트럭의 바퀴 자국을 따라 홈이 팬 길 위에 돌과 나뭇가지가 뒤덮여 트럭은 빨리 가지 못했다. 트럭들 사이의 간격은 더욱 커졌고, 숲을 빠져나가기 전에 선두에 가던 트럭들은 보이지 않았다. 뒤쪽에 있던 트럭 세 대는 능선을 따라 오르는 좁은 오솔길 위에서 기울어져 비스듬히 돌아가야 했다.

그들은 전부 매달린 상태로 차가 가는 대로 따라가고 있었다. 엔캉은 불안했다. 그는 휘둥그레진 눈으로 이곳저곳을 살폈고 얼굴에는 최소한의 놀라움도 보이지 않았다. 그는 일어나 유리창을 두드렸다. 운전병은 계속 운전했다. 삼촌이 무심하게 뒤를 돌아보면서 그를 쳐다보았다. 엔캉은 공포에 사로잡혀 뛰어내리려고 했고, 사람들이 그를 잡았다. 사람들은 그의 팔, 목덜미, 어깨를 잡아 강제로 다시 앉혔다. 빅토리앵은 엔캉이 아무것도 몰랐다는 것을 깨달았지만, 상황이 너무나 명백해 다른 사람들과 같이 행동했다. 그는 몸부림을 치면서 우는 엔캉을 붙잡았다. 사람들은 영문을 알 수 없었다. 그가 약간 침을 흘리고 있었기 때문이다.

삼촌은 유리창을 두드렸고 그의 눈에 붕대를 두르라고 몸짓으로 지시했다. 사람들이 동의했고, 스카우트단의 스카프를 가지고 그렇게 했다. 엔캉이 가장 듣기 괴롭게 중얼거렸다. "눈은 안 돼요, 눈은 가리지 마세요. 아무 말도 하지 않을게요. 가게 내버려두세요. 나는 단지 트럭을 잘못 탄 것뿐이에요. 트럭을 잘못 탄 것은 심각한 문제가 아니잖아요. 아무 말도 하지 않겠습니다. 하지만 눈을 가리지는 마세요, 너무 무서워요, 볼 수 있게 해주세요. 아무 말도 하지 않을게요."

그는 진땀을 흘리고, 울고, 악취를 풍겼다. 사람들이 가까이 다가가지는 않고 그의 팔 끝을 잡았다. 그는 점점 더 힘없이 몸부림을 쳤고 탄식만 이어갔다. 트럭이 멈추었다. 삼촌이 뒤로 올라탔다.

"저를 가게 해주세요." 엔캥이 아주 부드럽게 말했다. "안대를 치워주세요. 너무 무서워요."

"너는 예상을 못 했구나."

"아무 말도 하지 않을게요. 눈가리개를 치워주세요."

"너는 위험에 처했다는 것을 알아야 해. 독일 경찰은 사람들 몸을 호두처럼 산산조각 내지. 사람들이 품고 있는 비밀을 끌어내려고 말이지, 너는 아무것도 보아서는 안 돼. 너 자신을 위해서야."

엔캥은 질겁해 오줌을 쌌다. 냄새가 어찌나 지독한지 끈을 금방 풀수 없도록 단단하게 결박한 채 그를 길가에 두고 갔다. 트럭은 다시 떠났고 사람들은 쫓겨난 자가 남긴 축축한 자리를 피해서 앉았다. 트럭은 도로와 오솔길이 이어지는 지점에 그들을 내려놓았는데, 오솔길은 나무들 사이로 가야 하는 오르막길이었다. 트럭들은, 설명하기에는 너무 길지만, 그 시기에는 타당하다고 할 만한, 행정적인 책략에 따라 보호를 받으며 빈 상태로 다시 내려왔다.

그들은 숲을 가로질러 똑바로 가서 잡목숲까지 올라갔다. 오랫동안 올라갔고 마침내 나무들 사이로 하늘이 보였다. 언덕의 경사가 점점 완만해졌고, 걷는 것도 덜 힘들고 평평했다. 그들은 작은 숲들이 에워싼 고지의 긴 초원에 도달했다. 밋밋한 땅이 그들의 발아래에 펼쳐져 있고, 풀 아래 있는 바위에는 커다란 돌이끼가 끼어 있고, 목초지에서 자라는 내내 형태가 뒤틀린, 작달막하고 단단한 너도밤나무들이 서로 얽혀 있었다.

그들은 땀을 식히며 쉬었다. 큰 가방을 내려놓고, 한숨과 탄식 소리를 울리며 풀에 털썩 쓰러져 누웠다. 초원 한가운데서 작달막하고 단단한 체격의 한 사람이 지팡이에 의지한 채 그들을 기다리고 있었다. 목에 북아프리카 병사용 두건을 감고 있는 그는, 머리에는 하늘색 모자를 쓰고 앞쪽에 부착된 가죽 주머니에는 권총을 휴대하고 있었다. 이런 모습은 권총이 규정에 어긋난다는 인상을 주었고 무기는 살상용이라는 사실을 확인시켜주었다. 사람들은 그를 대령이라고 불렀다. 청년들의 대부분에게 그는, 그들이 그동안 보았던 것처럼 근위병 같지도, 지방 장관 같지도, 스카우트 단장 같지도 않은 최초의 프랑스 군인이었다. 그는 거리에 바리케이드를 친 사람들, 독일 점령군 사령부를 지키는 완벽한 군인들, 무한궤도 트럭을 타고 거리를 질주하는 사람들에 비교될 수 있었다. 마치 독일 사람들 같고 현대적인 전사였던 그는, 용기를 북돋워주는 프랑스식 화려한 면모를 함께 지니고 있었다. 그는 혼자 고지의 목장에서 살았다. 소년들은 침묵의 열정으로 가득 차 숨이 막힐 지경이었다. 그가 다가오자 한 사람씩 일어나 미소를 지었다.

유연한 걸음으로 그들에게 온 그는 그들의 대장을 나이에 따라 대위나 중위라고 부르면서 인사했다. 모든 소년에게는 시선이나 짧은 고갯짓으로 인사했다. 그는 환영 인사를 했고 자세한 것은 아무것도 기억나지 않지만 다음과 같이 말했다. "여러분은 여기에 있다. 이 순간 말이다. 이 순간이 분명한 것은 여러분이 바로 여기에 있어서이다." 그는 안심을 시켜주면서도 몽상의 여지를 남겼다. 그는 교육자이면서 모험가였고, 사람들은 그와 함께 지금이 진지한 것이라고 느꼈다. 하지만 지루하지 않았다.

그들은 거기 머물렀다. 총사령부의 임시 거주지로 이용했다. 부서진 곳은 다시 복원했고, 지붕에는 가느다란 돌을 조심스럽게 덮어씌웠다. 숲에서 구한 통나무들과 초록색 천으로 된 덮개들로 텐트를 쳤다. 날씨는 좋고, 신선하고, 모든 것이 건강에 좋고 즐거웠다. 사람들은 창고, 부억, 우물, 동료들끼리 오랫동안 먹고 살 것을 챙겼다.

여기저기 커다란 돌들과 아름드리나무들, 풀들이 눈에 띄게 자라나 있었다. 서서히 우리가 깨뜨린 알처럼 느리게, 시큼한 냄새를 풍기며 풀들이 자랐다. 수많은 노란 꽃이 태양 아래 빛나고 있었다. 여기는 어떤 각도로 보아도 태양을 되비치는 금빛 반사판과 같았다. 첫번째 날 저녁에는 불을 피우고, 많이 웃고, 여기저기에서 잠이 들었다.

다음 날에는 비가 내렸다. 태양이 겨우 고개를 내밀었다가 하늘의 어느 부분인지 알 수 없는, 구름 덮개 뒤에 너무나 오래 숨어 있었다. 청년들의 열정은 허약한 것이어서 습기에 저항하지 못했다. 피로하고 위축되고 제대로 쉴 수 없는 야영지로 인해 그들은 머뭇거렸다. 침묵이 흐르는 가운데 텐트에서 떨어지는 물방울을 보았다. 고지의 평원에 안개가 퍼지고 점점 더 잠겨들고 있었다.

대령은 꼬인 회양목 지팡이를 짚고 캠프를 순회했다. 비가 와도 그는 젖지 않았고 물방울은 빛처럼 또르르 굴렀다. 대령은 더욱 빛이 났다. 뼈를 따라 두드러진 그의 얼굴 윤곽은, 주름의 흔적이 바위의 구조를 적나라하게 드러내는 하천이 있는 지도를 그리고 있었다. 그에게는 모든 것이 필수불가결했다. 아무렇게나 묶은 사하라 사막 주민 스타일 두건, 뒤로 젖혀 쓴 파란 모자, 앞에 부착한 합법적인 무기, 그는 지팡이로 나뭇가지를 쳐내며 균형을 유지하면서 캠프를 돌아다녔다. 뒤에서 폭우가 쏟아져도 그는 젖지 않았다. 비 내리는 시기에 그의 치우침 없는 엄격함은 아주 유용했다. 그는 소년들을 지붕만 대충 수리해 사용하는 커다란 폐가로 소집했다. 바닥에는 마른 짚을 깔았다. 취사병으로 불리는 덩치 큰 사내가 여덟 명이 나눠 먹어야 하는 빵 한 덩어리와 둘이 나눠 먹어야 하는 정어리 한 깡통을 들고 와서 나누었다(그것은 빅토리앵이 개봉했던 수없이 많은 정어리 깡통들의 첫번째 시리즈였다). 그리고 저마다 김이 나는 진짜 커피를 4분의 1잔씩 받았다. 그들은 행복감에 얼이 빠져 커피를 마셨다. 왜냐하면 멀건 수프나 대용품이 아닌 진짜, 향기 나고 뜨거운 아프리카산 커피였기 때문이다. 그들은 도착을 축하하는 잔치를 하기 위해 다 함께 마셨고, 단 한 번의 반전으로 비의 우울한 효과를 내쫓았다.

사람들은 전쟁의 구체적인 목표를 설정했다. 독일 탈주 장교 한 명이 그들에게 무기 사용법을 가르쳤다. 군복은 언제나 단추를 채웠고, 아주 짧게 깎은 수염, 밀리미터 단위로 깎은 머리카락, 그는 2년 전부터 숲에 숨어 살았던 흔적을 전혀 드러내지 않았다. 그가 걷는 방식, 나뭇가지 꺾는 소리와 바스락거리는 소리를 내지 않으려고 땅에 부딪치지 않고 걷는 방식은 예외였다.

그가 수업을 하면 소년들은 주변 수풀에 앉아 눈을 빛냈다. 그는 녹색 나무 상자를 가지고 와 둥글게 앉은 한가운데에 그것을 놓고, 천천히 열어 무기들을 꺼냈다.

처음 그것을 보았을 때 소년들은 실망했다. 그 형태가 별로 대단하지 않았던 것이다. "자동소총 24/29. 그것은 기관총이야. 프랑스 군대의 경기관총이지." 소년들의 눈에 별이 나타났다가 사라졌다. '총'이라는 말이 기분을 상하게 했고, '가볍다'는 말도 그렇고, '프랑스'라는 말은 그들의 불신을 야기했다. 서툴러서 그런 것처럼 비뚤게 끼워 넣은 탄창이 하나 있는 이 무기는 약해 보였다. 이 무기는 길모퉁이에서 보았던 독일제 무기들에 비해 대단할 것이 없었다. 독일제 무기들은 앞으로 튀어나온 부분에 구멍이 뚫려 요란한 소리를 낼 준비가 되어 있었고, 닳지 않는 고무로 된 띠, 인체공학적 철 손잡이가 달렸다. 권총을 웃음거리로 만드는 프랑스제 나무 권총과는 전혀 무관하다. 전혀. 그리고 그것이야말로 기관총 사수의 역할 아닌가, 계속 사격하는 것?

"오해하지 말라." 장교가 미소 지으며 말했다. 아무도 별다른 말을 하지 않았지만 그는 시선에서 그들의 마음을 읽을 줄 알았다. "이 무기는 우리가 추진할 전쟁의 무기야. 우리는 걸어서 그것을 가지고 가서 어깨에 얹고, 둘이서 그것을 사용해. 하나는 표적을 찾고 탄창을 넣는 사람이고 다른 사람은 발사를 하는 거야. 너희는 총신 아래에서 작은 쇠스랑을 보는데, 그것이 무기를 조준해서 겨누게 해주지, 아주 멀리, 정확하게 우리가 원하는 곳에, 커다란 과녁에 총알을 관통시켜주지. 탄창에는 스물다섯 발의 실탄이 들어 있고 우리는 하나씩 하나씩 쏘거나 연달아 쏠 수가 있어. 작은 탄창이 보이나? 우리는 그것을 10초 만에 비울 수 있어. 하지만 10초는 우리가 총을 쏠 때는 아주 긴 시간이야. 10초 만에 우리는 소대에 타격을 가하고 도망을 쳐. 우리는 결코 같은 장소에 오래 머물지 않아. 그것은 반격을 야기하지, 적에게 정신 차릴 기회를 주는 거야. 우리는 10초 만에 소대를 궤멸하고 도망치지. 이 경기관총은 나타나고 사라지게 만드는 데 완벽한 무기야. 예리하고 능숙한 보병, 가볍게 걸어야 하는 보병에게 완벽한 무기이지. 건장한 체격의 사람이 그것을 어깨로 가져가고, 다른 사람들은 탄창을 나누어 가진다. 커다란 무기들이 전부가 아니다, 여러분. 그리고 그 무기들은 독일 군인들이 갖고 있다. 우리는 사람이라는 다른 자산이 있다. 우리는 보병으로서 전쟁을 수행하고자 한다. 독일군들은 나라를 계속 점령하는가? 우리는 그들이 점령할 수 없는 비와 개울이 될 것이다. 우리는 절벽에 부딪히는 파도를 이용하는 물결이 될 것이다. 절벽은 움직일 수 없기 때문에 절벽으로서도 어쩔 도리가 없다. 이어서 절벽은 무너진다."

그는 손을 내밀어 올리고 자신을 향하는 모든 시선을 모았다. 그는 여러 차례 손을 쥐었다 폈다 했다.

"여러분은 단결된 집단, 손처럼 경쾌한 집단이 될 것이다. 저마다 하나의 손가락이 될 것이다, 독립적이지만 분리 불가능한 존재. 손들은 어디나 부드럽게 미끄러져 들어간다. 손을 쥐면 강타할 수 있는 주먹이 된다. 이어서 손을 다시 펴면 빠져나가고 사라지면서 가볍게 된다. 우리는 우리의 주먹을 가지고 투쟁해야 한다."

그는 도취한 소년들 앞에서 자신의 말대로 동작을 취했고, 강력한 그의 손을 작은 망치처럼 쥐었다가 위험하지 않은 봉헌물처럼 펼쳤다. 그는 주의를 끌어냈고, 야영지의 늙은 군인이라는 희화화 없이 분명한 가르침을 주었다. 숲에서 보낸 2년간 그의 몸은 지방이 없어지고 동작은 섬세해졌고, 그는 말을 할 때 사람들이 혹할 만한 구체적인 이미지들을 활용했다.

그는 또한 그들이 받았던 여러 개의 상자와 많은 탄환과 더불어 개런드식 반자동총을 보여주었다. 사용하기에 위험한 유탄들이었는데, 조약돌을 던질 때 그런 것처럼 총을 발사하면 파편들이 훨씬 더 먼 거리를 가기 때문에 그렇다. 어린 소년들이 알고 있던 단순한 동작들은 다시 배워야 한다. 그는 그들에게 플라스틱 폭탄, 손가락으로 아주 부드럽게 만든 반죽을 엇갈리게 하면 폭발하는 것을 보여주었다. 그들은 관과 빗장으로 구성된, 자극을 주는 것은 무엇이든지 조준하는 스텐 경기관총을 조립하고 해체하는 법을 배웠다. 그들은 소리를 흡수하는 무성한 잡초들이 있는 작은 골짜기에서, 이미 완전히 훼손된 짚으로 만든 과녁을 향해서 조준하는 사격을 배웠다.

살라뇽은 자신이 사격에 능하다는 것을 알았다. 낙엽에 누워 뺨에 권총을 대고 조준하는 정렬선 앞에서 멀리 있는 과녁을 겨눈 상태에서, 그는 과녁을 무너지게 하기 위해 과녁에 이르는 선을 생각하기만 하면 되었다. 이것은 언제나 원하는 결과를 가져다주었다. 배를 잠깐 수

축시키면서 과녁까지 직선으로 날아가는 것을 생각하면 과녁이 무너졌다. 모든 것이 같은 순간에 이루어진다. 그는 자신이 이토록 총을 잘 다룬다는 사실에 만족했고, 활짝 웃으면서 무기를 돌려줬다. "아주 정확하게 발사했다. 그렇지만 이런 식으로 싸우는 게 아니야." 교관이 말했다. 그는 더 이상 그에게 주의를 기울이지 않고 다음 사람에게 총을 넘겼다. 빅토리앵은 이 말을 이해하는 데 시간이 걸렸다. 전투에서는 눕고, 과녁을 겨누고, 발사할 시간이 없다. 그리고 과녁 또한 숨어서 당신을 겨누고 총을 발사한다. 가능한 한 바로 총을 쏴야 한다. 우연, 행운, 공포가 가장 큰 역할을 한다. 이것이 그에게 그림을 그리고 싶은 마음을 들게 했다. 그의 집에서 영혼이 동요하면, 손가락이 근질거렸다. 봄이고, 사람들이 전쟁을 꿈꾸는 잡목 숲의 환경은 그의 손가락을 목적도 없이 동요하게 만들었다. 그는 주변을 더듬었다. 종이를 발견했다. 밤마다 사람들이 보내주는 탄약 상자와 폭약 상자가 있었다. 비행기들이 그들이 있는 상공을 통과하면 그들은 어둠 속에서 한 줄기 불빛을 쏘아 올렸다. 비행기 소리가 멀어져가는 동안 하얀 꽃부리가 어두운 밤하늘에서 피어났다. 나무에 걸린 상자들을 찾아야 했고 상자들을 매달고 있는 낙하산들을 풀었다가 다시 접었다. 복원된 폐가에서 상자들을 정돈하고 불을 끄면 안도의 한숨이 나오고, 다시 풀숲에 숨어 있는 귀뚜라미들 소리를 들어야 한다.

빅토리앵은 탄약 상자를 열면서 갈색 종이를 보고 그 자리에 멈추었다. 손가락이 떨렸고 입은 분비된 침으로 가득했다. 총알들은 회색 종이 상자들 안에 정렬되어 있었고, 상자들은 새로 생긴 피부처럼 부드러운 종이로 포장되어 있었다. 포장지를 조금도 찢지 않고 펼쳤다. 낱장을 펼쳐 매끄럽게 만들었고 종이의 접힌 부분을 펴 두 손을 벌린 크기—이것이 적합한 크기이다—의 작은 종이 뭉치를 구했다. 같은 임무를 수행하고 있던 로즈발과 브리우드가 이 대단한 정성을 지켜보았다. 그들은 아무런 주의를 기울이지 않고 탄환을 보관하기 위해 썼던 종이를 찢으면서 상자들을 풀었다.

"지금 네 행동의 의미를 알 수 있을까?" 마침내 브리우드가 물었다.

"노트야. 그림을 그리려고."

그들이 웃었다.

"지금이 그림을 그릴 때야, 친구? 나는 연필과 책은 학교에 두고 왔지. 나는 심지어 그것이 무엇인지 더 이상 알고 싶지도 않아. 끝난 일이지. 뭘 그리고 싶은데?"

"너희들."

"우리?" 그들이 더욱 웃었다. 그러다 멈추었다. "우리라고?"

빅토리앵은 힘들게 일을 해나갔다. 그는 철제 상자 안에 단단한 데생용 연필 여러 자루를 가지고 있었다. 마침내 그것들을 꺼내 칼로 깎았다. 그는 연필심을 뾰족하게 만들기 위해서 필요할 때만 심을 깎았다. 로즈발과 브리우드는 포즈를 취했다. 그들은 상반신과 손을 허리에 올린 모습으로 단호하게 표현되었다. 브리우드는 로즈발의 어깨에 팔꿈치를 기대고, 로즈발은 체중이 한쪽 다리에 실리는 자세로 다리를 내밀었다. 빅토리앵은 그들을 스케치했고, 행복감에 젖어 작업했다. 데생 연필들은 두꺼운 종이 위에 부드러운 선을 남겼다. 그가 그림을 마무리 짓고 보여주자 그들은 감탄해 마지않았다. 종이라는 부드러운 점토에서 두 개의 청회색 조상이 솟아 나왔다. 그림에 그려진 그들의 모습에서는 그들이 풍자적으로 꾸며낸 영웅주의에서 우스꽝스러움을 배제했다. 이를테면 그들은 우애심이 깊은 두 명의 영웅이었다. 웃지도, 웃게 만들지도 않으면서, 전진하고 미래를 건설하고자 했다.

"이걸로 두번째 그림도 그려줘. 각자 하나씩." 브리우드가 부탁했다.

그들은 종이를 훼손시키지 않고 상자의 짐들을 풀었다. 빅토리앵은 미국에서 보내준 1일분 식량을 담은 상자의 포장지인, 단단한 종이를 꿰매 묶어 노트로 만들었고, 나머지는 나눠주기 위해서 낱장으로 두었다.

초원의 풀과 나무 들이 절정에 달한 것은 5월 말이었다. 햇볕에 활짝 피어난 식물들은 최대한의 넓이를 차지했다. 초록빛은 점점 통일된 느낌을 주었고, 초록의 무한한 차이들이 점차 줄어들고 더 진하고, 바랜 듯하고 총체적인 느낌의 에메랄드 색으로 수렴되었다. 4월과 5월의 초록의 뒤를 이어 마침내 영속이라는 세월의 힘을 지닌 깊은 물의 담담한 빛이 뒤를 이었다.

전투 부대가 구성되었고 구성원들은 서로 잘 알았다. 누구를 믿을 수 있을지 누가 앞에 가야 할지, 누가 탄약을 들고 갈지 누가 착지를 하고 달리라는 명령을 내릴지를 말이다. 그들은 간격을 두지 않고 일렬로 행군하는 법을 알았고, 손짓을 하면 길에 만든 구덩이에, 바위 뒤에, 나무 뒤에 숨는 법을 알았다. 그들은 집단으로 살아가는 법을 터득했다. 대령이 모든 것을 신경 썼고, 캠프의 유지를 위해 군사 교육을 담당했다. 그는 단 한 번의 눈짓으로 이미 독일에 저항하는 부대이기도 했던 야영지를 질서 있게 유지하도록 만들었다. 그들은 스스로 성장하는 것을, 유연해지는 것을, 강해지는 것을 느꼈다.

빅토리앵은 계속 그림을 그렸다. 그 사실이 알려졌고 사람들이 그에게 초상화를 그려달라고 부탁했다. 대령은 그것을 빅토리앵의 임무 가운데 하나로 지정하기로 결정했다. 오후의 낮잠 시간에 사람들이 그 앞에 와서 포즈를 취했다. 그는 묶지 않고 두었던 종이들로 만든 스케치북에 그림을 그렸다. 무기를 들고, 모자를 기울여 쓰게 만들고, 셔츠를 열어둔 채 포즈를 취한 청년들의 영웅적인 초상화를 그렸다. 자기 확신에 차 있던 그들은 미소를 짓고, 자신들의 외모와 약간 긴 머리카락, 감추고 싶지 않았던 부푼 젊은 근육에 자부심을 느꼈다.

사람들은 더 이상 포장지를 찢지 않았고, 조심스럽게 다뤄 살라눙에게 가져다주면 그가 구기지 않고 종이를 펼쳐 최대한의 넓이로 만들었다.

그는 또한 야영지의 생활들, 잠든 청년들, 나무 더미, 냄비 닦는 것, 무기의 조작, 저녁마다 갖는 모닥불 주변의 모임을 그렸다. 대령은 사령부 지휘소로 쓰이는 임시 거처의 벽에 여러 장의 그림을 붙였다. 그는 공중에서 투하한 상자들로 만든 작은 책상에 앉거나 서서, 몽상에 잠겨 비틀린 지팡이에 기댄 채 조용히 자주 그림들을 보았다. 데생으로 간결하게 표현된 청년들의 모습은 그의 가슴을 부풀게 했다. 그는 빅토리앵을 높이 평가했다. 종이와 연필들이 마음을 부풀게 했다.

그는 빅토리앵에게 파버 카스텔 완벽한 한 세트, 서로 다른 48색의 색연필이 들어 있는 철제 상자를 주었다. 그것은 철제 상자에 담겼던 서류들과 함께 도청에서 훔친 독일 장교의 서류 가방에서 나왔다. 마구잡이로 여러 명의 용의자가 체포되었고 모두가 고문당했다. 훔친 죄로 고발당하고 처형되었다. 런던으로 보내진 서류들은 수송 차량들이 교체되는 순간에 도로 교통 요충지들을 폭발하는 데 사용되었다. 빅토리앵은 그런 사실을 모른 채 피 묻은 연필들을 사용했다. 그는 음영에 깊이를 더했고 색들을 이용했다. 풍경과 나무들과 그들의 발아래 놓인 이끼에 덮인 큰 바위들을 그렸다.

잉크가 부족하면 무기에 쓰는 기름과 기름 검댕을 이용했다. 이 조잡한 재료들을 가지고 나무 주걱으로 바르면, 어떤 장면과 얼굴 들에 놀라운 외관이 생겼다. 빛나는 검은색. 야영지에서 청년들은 서로 다르게 바라보았다. 빅토리앵 살라뇽은 함께 살아가는 기쁨을 느끼는 데 기여했다.

6월 초 어느 날 저녁 하늘이 아주 오랫동안 진한 파란색이었다. 별들이 나타나기 어려웠고, 별빛을 발하지 않았는데, 전조등을 소용없게 만드는 은은하고 총체적인 찬란함이 있었다. 부드러운 푸른빛 때문에 청년들은 잠을 청할 수가 없었다. 바위에 등을 기대고 어둠 속에 누워 오후에 훔친 적포도주로 과음했다. 대령은 그들이 붙잡히지 않고, 수없이 반복된 규칙을 준수하고, 그들 뒤에 누구도 남겨두지 않는다는 조건 하에 모험을 허락했다.

양동이, 송곳, 나무 볼트 들을 가지고 그들은 손 강가의 역으로 갔다. 그들은 기차를 바꿔 연결하는 곳에서 정차 중인 기차들 사이로 몰래 기어들어갔다. 그들은 기차의 목적지임이 분명한 독일어 명사가 적힌 탱크형 차량을 찍었다. 나무로 만든 저수용 탱크는 봉인되어 송곳으로 구멍을 뚫었고, 콸콸 소리가 나면서 포도주가 그들의 양동이 안으로 솟아나왔는데, 그 소리는 그들을 웃게 만들었다. 볼트들은 구멍을 다시 막는 데 사용되었고, 그들은 아무에게도 발각되지 않고 다시 올라왔다. 강렬한 태양 때문에 땀을 흘리고, 포도주를 약간 뒤집어쓰고, 역에서 멀어질수록 웃음소리가 커졌다. 그들은 아무도 잃어버리지 않았다. 전부 함께 돌아왔고, 대령은 아무 말도 되풀이할 게 없었다. 그는 포도주를 시원하게 만들려고 우물에 넣었고, 그들에게 마시려면 조금 기다리라고 명령했다.

좀처럼 어두워지지 않는 밤에 그들은 주저 없이 과음했다. 몇 가지 농담과 낮의 원정을 여러 차례 되풀이해 이야기하면서 미화시켜 왜곡하며 웃었다. 별들은 나타나지 않았고, 시간은 흐르지 않았다. 여정의 끝에 도달해 시계추가 멈춘 것처럼 시간의 흐름이 차단되었다. 다시 떠나기 직전의 부동 상태였다.

사령부 사무실로 쓰이는 임시 거처에서는 석유 램프의 노란 불빛이 문틈으로 여과되었다. 각 무리의 대장들로 구성된 참신한 참모를 집결시켰고, 청년들은 막 성인이 된 그들을 큰형들처럼, 젊은 교수들처럼 신뢰했는데, 그들은 몇 시간 전부터 비공개 토론 중이었다.

빅토리앵은 상당히 취해 양동이 곁에 등을 기대고 누워 있었다. 그가 풀을 문지르자 수액과 이슬이 묻은 축축한 풀이 느껴졌고, 그의 손가락들이 풀뿌리 사이로 파고들었고, 그는 땅에서 올라온 신선한 향기를 느꼈다. 손가락 끝에서 자기 아래로부터 올라온 밤을 느꼈다. 밤이 땅에서 올라와 마지막 순간까지 남아 있던 빛의 마지막 원천을 몰아내고 점차 하늘을 차지하는데, 밤이 내려온다고 말한다는 것은 얼마나 대단한 생각인가! 빅토리앵은 자기 위 하늘에 매달린 단 하나의 별에 시선을 고정시켰다. 하늘의 깊이를 느꼈고, 등 아래서 느껴지는 **땅**이 하나의 구(球)처럼 자신이 등을 대고 있는 구에 맞선 엄청난 크기의 구처럼 느껴졌다. 이 구는 공간을 선회했고, 그의 위쪽에서 움직이지 않고 있는 별과 똑같은 리듬을 가지고, 모든 것을 담고 있는 검푸른빛의 광대함 속으로 무한히 떨어졌다. 그것들은 다함께 그것들이 매달려 있는 커다란 구에 달라붙어 돌진했고, 그의 손가락들은 풀뿌리 깊숙이 파고들었다. 그의 등 아래에서 느껴지는 **대지**의 현존이 그의 내부에 깊은 기쁨을 새겼다. 그는 머리를 젖혔다. 나무들은 맑은 밤에 저마다의 무한한 무게를 지니고 검은색으로 부각되었고, 움직이지 않는 바위들이 나무 아래서 가볍게 빛나고 있었는데, 그것들은 그 무게로 땅을 변형시켰고, 천과 같이 펼쳐진 공간 전체가 풀밭에 누운 소년들, 우거진 나무들과 이끼 긴 바위들, 모든 현존의 무게로 늘어졌다. 그것이 빅토리앵 살라뇽의 내부에 지속되는 심오한 기쁨을 가져다주었다.

그는 자신과 더불어 같은 양동이의 포도주를 마시고 주위의 풀밭에 누워 있는 모두를 향해서 무한하고 영원한 호의를 느꼈다. 임시 거처에 모인 사람들과 낙타 탄 사람들이 쓰는 연푸른색 모자를 벗는 일이 결코 없는 대령을 향해서도 신뢰가 담긴 희망으로 물든 같은 종류의 호의를 느꼈다. 몇 시간 전부터 그들은 임시 거처에 켜둔 단 하나의 램프 주위에 모여 문을 닫고 토론 중이었다. 바깥에서는 열린 문틈으로 빛이 보였는데, 바깥의 모든 것이 파란색 아니면 검은색이었던 데 비해 그 빛은 노란색이었다.

석유 램프의 불이 꺼졌다. 무리의 대장들이 와서 그들과 합류했고, 밤이 정말로 어둠에 물들 때까지, 풀이 차가운 이슬에 흠뻑 젖어들 때까지 마셨다.

다음 날 대령은 모두가 정렬하고, 가늘고 긴 막대 끝에 게양된 깃발 앞에서 프랑스의 전투가 시작되었음을 엄숙하게 알렸다. 이제 내려가야 하고 싸워야 했다.

# 야간 약국에서
# 진통제 처방

그것은 어느 날 밤거리에서 일어났다. 나는 걷고 있었고, 아팠다. 바이러스의 습격으로 목에 난리가 나서 침조차 삼킬 수가, 전혀 삼킬 수가 없었다. 침을 없애려면 말을 해야만 했고, 익사하지 않기 위해서는 쉬지 않고 욕을 해대야 했다. 나는 입을 벌린 채 여름밤 거리를 걸었고, 결코 내게 실체를 드러내지 않았던 현실을 얼핏 보았다. 현실은 내게 모습을 숨겼고 나는 오래전부터 그 안을 맴돌았지만, 결코 알아보지 못했다. 그러나 그날 밤 나는 바이러스의 급습으로 목이 찢어진 것같이 아팠고 침을 증발시키기 위해 입을 벌린 채 걸어야 했는데, 아무것도 삼킬 수가 없었다. 야간 약국에서 약을 구하기 위해 리옹 거리를 걸으며 그저 혼잣말을 했다.

우리는 폭동을 사랑한다. 우리는 폭동의 전율을 사랑한다. 우리는 즐기기 위해 내란을 꿈꾼다. 그런데 이 유희는 사람들을 죽게 만들고,

그 사실은 유희를 흥미롭게 만들 뿐이다. 다정한 프랑스, 내 어린 시절의 나라는 오래전부터 끔찍한 폭력으로 인해 황폐해졌다. 마치 나를 이토록 괴롭게 만든 바이러스로 상처가 난 목 상태와 같았다. 나는 아무것도 삼킬 수가 없다. 그래서 나는 입을 벌린 채 걷고 말했다.

내가 감히 어떻게 내 나라에 대해 말할 수 있겠는가?

나는 그저 내 목에 대해 말할 뿐이다. 프랑스는 프랑스어를 사용하는 공간을 뜻하고, 황폐해진 내 목은 가장 실질적이고 가장 현실적이면서 가장 실감이 나는 한 부분이고, 그날 밤 나는 내 목을 돌보기 위해, 야간 약국에서 약을 구하기 위해 길을 걷고 있었다. 6월이었고, 밤은 아늑했고, 감기에 걸릴 까닭이 조금도 없었다. 나는 시위에서 내뿜은 가스와 거기에서 소리를 지른 탓에 아프게 된 것이 분명했다.

프랑스에서 우리는 멋진 시위를 구성할 줄 안다. 세상의 누구도 그렇게 근사하게 시위를 구성하지 못하는데, 그 이유는 우리에게 시위가 시민으로서 의무를 즐기는 일이었기 때문이다. 우리는 거리의 연극, 내전, 노래와 같은 구호들, 거리의 민중을 꿈꾼다. 포석이 날아다니고 타일이 투척되고 볼트가 날아다니는 것, 단 하룻밤 사이에 건립되는 신비로운 바리케이드, 아침이면 영웅적으로 달아나는 것을 꿈꾼다. 거리의 민중, 사람들은 화가 난 상태이다. 자 어서! 내려가자, 밖으로 가자! 가서 프랑스 민주주의에서 최상이라고 할 행동을 즐겨보자. 다른 언어로는 '민주'라는 번역이 '민중의 권력'을 뜻하는 반면에, 프랑스어로 번역하면 내 입에서 덜컥대는 언어적 재능에 의해서 하나의 명령이 된다. "민중에게 권력을!" 그것은 물리력의 행사로 거리에서 행해지는 것이다. 거리의 연극이라는 고전적인 힘에 의해서.

오래전부터 우리 정부는 토론을 하지 않는다. 정부는 명령하고 통치하고 모든 것에 관여한다. 결코 토론을 하지 않는다. 그리고 민중은 결코 토론을 원하지 않는다. 정부는 폭력적이다. 정부는 관대하다. 각자 그 관대함을 누릴 수 있지만, 토론은 하지 않는다. 민중도 역시 토론을 하지 않는다. 바리케이드는 민중의 이익을 지켜주고 군대화된 경찰은 바리케이드를 탈취하려고 한다. 누구도 귀 기울이고 싶어 하지 않는다. 우리는 투쟁을 원한다. 긍정한다는 것은 굴복하는 것이리라. 다른 사람을 이해한다는 것은 우리의 입으로 그가 하는 말을 받아들이게 되는 것을 뜻하는데, 그것은 내 입을 타인의 힘으로 가득 찬 상태로 두는 것을 뜻한다고 할 수 있고, 그가 말하는 동안 입을 다무는 것을 뜻한다. 그것은 굴욕이고 혐오스러운 일이다. 다른 사람이 입을 다물어야 한다. 그가 애원해야 한다. 그를 굴복하게 만들고, 궁지로 몰아야 하고, 말하는 그의 목을 베어야 한다. 그를 울창한 숲으로, 새들이나 과일을 갉아먹는 쥐를 제외하고는 아무도 그의 말을 듣지 않을 섬으로 쫓아내야 한다. 그와 맞서는 것만이 고상하고, 그에 맞서 굴복시켜야 한다. 그러면 마침내 그가 침묵한다.

정부는 결코 토론하지 않는다. 사회체는 침묵한다. 그것이 제대로 굴러가지 않을 때 동요한다. 언어를 박탈당한 사회체는 침묵으로 훼손당한다. 사회체는 중얼거리고 한탄하지만 결코 말을 하지 않는다. 사회체는 격렬한 고통을 느끼고 분열되고 폭력으로 고통을 드러내게 될 것이다. 마침내 폭발하고 유리창을 깨고 추문을 일으킨 뒤에 동요 속의 침묵으로 돌아간다.

선출된 사람은 모든 권력을 획득했다는 만족감을 드러낸다. 그는 토론에 시간을 빼앗기지 않고 통치를, 결국 통치할 수 있게 될 것이라고 말한다. 사람들은, 즉각적으로 총파업이 일어나고, 나라가 마비되고, 사람들이 거리로 나오게 될 것이라고 대답한다. 결국 그랬다. 민중은 지긋지긋해졌고, 지겨움과 노동에 질려서 결집한다. 우리는 극장에 간다.

앵글로색슨족이 항의하는 것은 우리가 보기에 우스운 일이다. 그들은 하나씩 하나씩 종이로 만든 플래카드를 들고 나오는데, 그들이 개별적으로 손잡이를 들고 나온 플래카드는 그들이 직접 썼고, 그것을 이해하기 위해서 읽어야만 하는 내용이 적혀 있다. 앵글로색슨 사람들은 줄지어 행진하고 텔레비전의 카메라를 향해 주의 깊고 유머 있게 다듬은 플래카드를 내보인다. 그들은 평상시 옷차림을 하고 있는 너그러운 경찰에 둘러싸여 있다. 그들의 경찰은 거리의 상황을 끝내기 위해 방패도, 다리 보호대도, 긴 곤봉도, 살수차도 필요하지 않은 것이라고 생각할 수 있다. 그들의 시위는 예의와 권태를 이끌어낸다. 우리는 세상에서 가장 멋진 시위를 하고, 그 시위는 폭발이고 기쁨이다.

우리는 거리로 나간다. 거리의 사람들, 그것은 매일의 현실이다. 거리의 사람들, 그것은 우리를 하나로 묶는 꿈, 민중의 소요에 대한 프랑스의 꿈이다. 나는 빨리 뛸 수 있는 신발을 신고, 나를 잡으려고 쫓아오는 사람에게 덜미를 잡히지 않게 몸에 착 달라붙는 티셔츠를 입고 거리로 나선다. 나는 아무도 알지 못하지만 대열에 합류하고, 커다란 플래카드 뒤에 서서 다 함께 외치는 구호를 반복한다. 우리는 여럿이서 커다란 글씨로 간결한 문장을 쓴 플래카드를 든다. 플래카드에는 바람의 저항을 줄일 수 있도록 커다란 구멍을 냈다. 그것을 들고 가자면 여럿이 필요하다. 몇 미터에 걸친 말들, 그 말들은 물결치고, 읽기 어렵다. 그러나 그것을 읽을 필요는 없고 글자들은 그저 크고 붉은빛이어야 하는데, 그 위에 쓴 것을 우리가 함께 외치는 것이다. 시위할 때 우리는 외치고 달린다. 오! 내전의 기쁨! 완전무장한 경찰들이 그들의 방패 뒤에, 정강이받이를 하고 보호용 헬멧과 모자를 쓰고 그들을 모두 같아 보이게 만드는 얼굴을 가린 보호대를 쓴 채 열을 지어 거리를 가로막는다. 그들이 곤봉으로 방패를 두드리면 굉음이 이어지고, 이것은 물론 사태를 악화시킨다. 우리는 바로 그러자고 왔다.

자갈이 날아오고 그에 응답하듯 연막탄이 터지고, 자욱한 연기가 피어올라 거리로 퍼졌다. "더 잘됐지, 우리는 어둠 속에서 싸우는 거야!" 우리 가운데 누군가가 웃음을 터뜨렸다. 사람들은 모자를 쓰고 복면한 채 막대기와 쇠총으로 무장했는데, 유리창을 부수기 시작했다. 가스와 외침으로 우리의 목은 이미 타오르고 있었다. 쇠총으로 쏘아댄 볼트가 날아다니고 파편이 번쩍거리는 가운데 유리창들이 투명한 결정체로 쏟아져 내렸다.

낡은 무기들로 중무장한 경찰들은 군대식 질서를 유지하면서 거리를 나아가고, 작은 돌들이 그들의 방패 위로 빗발치듯 쏟아졌다. 최루탄이 힘없는 소리를 내며 연달아 발사되고, 찌르는 듯한 가스가 공기를 가득 채우면, 시위 진압 부대가 군중 속으로 돌진해 몇몇 시위자를 체포하고, 참을 수 없는 곤봉의 굉음을 내며 나아가고 있는 방패 벽 뒤로 그들을 데리고 갔다. 대단한 소동이다! 플래카드가 떨어지고, 나는 그것을 주워 다른 사람과 함께 내 위로 들어 올렸다. 우리는 행렬의 선두에 있고, 이어서 그것을 내던지고 달렸다. 오! 내전의 기쁨! 연극의 기쁨! 우리는 우리가 지나가면 깨져 내리는 진열장을 따라 달렸다. 우리는 천으로 얼굴을 가린 젊은이들이 강인한 인상의 다른 젊은이들과 맞닥뜨려, 그들 역시 달아나기 전에 은신처로 이용했던 부서진 가게들을 따라 달렸다. 강인한 인상의 젊은이들은 훨씬 빨리 달렸다. 오렌지색 완장을 차고 있었는데, 그들은 가리개를 하고 있던 한 젊은이를 땅에 밀어붙이고 주머니에서 수갑을 꺼냈다. 나는 달렸다. 그것을 위해 나는 나왔다. 필사의 질주가 없는 시위는 망친 시위이고, 나는 옆길로 새어 빠져나왔다.

하늘은 장밋빛으로 바뀌어 저녁이 되었고, 차가운 바람이 불어 가스의 악취를 휩쓸어갔다. 땀이 등을 따라 흐르고, 목이 아팠다. 시위가 일어났던 구역에서는 자동차 행렬이 보조를 맞춰 흘러가고, 강인한 인상의 사내 넷이 차를 탄 채 각자 서로 다른 창을 통해 보고 있었다. 차는 유리 파편을 밟고 굴러가고 있었다. 타는 냄새가 나고, 땅에는 옷과 신발들, 오토바이 헬멧, 핏자국들이 널려 있었다.

나, 나는 아팠다. 끔찍하게 아팠다.

너무 앞질러 나갔던 정부는 후퇴했다. 정부는 공황 상태에서 대응책을 마련해 황급하게 앞서 취했던 조치를 완화시켰다. 사회 전체는 평소처럼 균형을 이뤘다. 토론을 거치지 않은 중재안은 효과가 없었고, 성가신 것이었다. 프랑스의 재능은 도시를 건설하듯이 법을 만드는 것이다. 나폴레옹 법전이라는 대로가 도시의 중심을 놀랍게 차지하고, 그 주변에는 되는대로 지은 대형 건물들이, 원형 교차로와 서로 반대 방향을 향해 뒤얽힌 미로 속에서 연결되어 있다. 즉흥적으로, 규칙을 따르기보다는 힘의 갈등 양상을 따라서 지어졌고, 개별적인 경우들이 쌓여감에 따라 무질서가 증대되었다. 사람들은 모든 것을 유지한다. 이행하는 것은 성가시고, 취소하는 것은 체면을 손상하기 때문이다.

오, 나는 정말로 아프다!

그렇지만 6월이었다. 나는 감기로 아팠고, 내 목은 나를 고통스럽게 만들었다. 신체 기관인 목, 표적인 목, 목이 공격을 당했다. 주머니 속에 처방전을 넣어둔 채 나는 야간 약국에서 약을 구하기 위해 리옹 거리를 걸었다. 나는 침을 마르게 하기 위해서 입을 벌린 채 한밤에 도시를 가로질렀다. 나는 아무것도 삼킬 수가 없었는데, 심지어 내 몸에서 분비된 것조차 그랬다. 입의 자연스런 기능이 고통으로 인해 차단당했다. 그래서 나는 사라지지 않는 분비물이 너무 가득 넘쳐, 익사당하지 않도록 침을 사라지게 하기 위해 입을 벌린 채 걸었다.

나는 유령들이 떠도는 밤의 도로를 걸었다. 나는 떠다니는 나무들,

착 달라붙은 연인들, 떠도는 고독한 영혼들, 동요하는 무리들과 부딪치지 않기 위해서 피했다. 나는 내 고통에 빠져 그들을 보지 않고 스쳐갔다. 이어 빨간색과 파란색 줄로 장식을 하고 저속 주행하는 하얀 자동차들과 마주쳤다. 차 안에는 작업복을 입은 채 차창 너머 바깥을 내다보고 있는 사람들이 가득했다. 이 차 위에는 **경찰**이라는 단어가 대문자로 씌어져 있었고, 도로가에 주차된 작은 트럭에도 똑같이 경찰이라는 단어가 씌어 있었다. 차에는 같은 방식으로 빨간색과 파란색이 칠해져 있었고, 또한 창밖을 내다보면서 유령들을 감시하고 있는 젊은 사람들로 가득했다.

오, 다정한 프랑스*여! 생기 가득한 내 어린 시절의 조국이여! 그토록 차분하고 그토록 문명화된 나의 다정한 프랑스는 건장한 젊은이들이 가득 타고 있는 자동차가 되어 밤의 수족관을 느리게 지나간다. 프랑스는 아무 소리도 내지 않고 내가 있는 곳까지 다가와 나를 바라보고 다시 떠난다. 여름밤은 무겁고 위험하고, 도심의 거리들은 반듯하게 구획되어 있고, 차들은 밤새도록 순환한다. 포스터를 붙인 경찰의 존재 덕분에 평화가 회복된다. 그렇다, **평화의 회복**이다! 우리는 프랑스 도시들의 중심에서, 권위의 핵심에서 **평화**를 유지시키는데, 적은 도처에 있기 때문이다. 우리는 상대편이라는 존재는 알지 못하고 그저 적을 알 뿐인데, 상대편은 끝없는 말을 야기하게 될 것이기 때문에 그 존재를 원치 않고 단지 모방 불가능한 존재를 원하는데, 힘으로 그것을 다루는 법을 알기 때문이다. 우리는 적을 상대로 말을 하지 않는다. 우리는 적과 투쟁한다. 우리는 적을 죽이고 적은 우리를 죽인다. 우리는 말하기를 원하지 않고

---

* 프랑스인들이 조국을 부르는 애칭으로 샤를 트레네의 상송으로도 유명하다. 중세 프랑스의 무훈시 「롤랑의 노래」에서 죽어가던 롤랑이 프랑스에 대한 그리움을 담아 말한 것에서 유래했다고 전해진다.

싸움을 원한다. 살아가는 기쁨이 있는 나라에서, 예술의 한 분야인 듯 대화가 있는 나라에서, 우리는 더 이상 함께 살기를 원치 않는 것이다.

나, 나는 그 사실을 조롱한다. 나는 아프고 걷고 말을 한다. 나는 침을 사라지게 하기 위해서 말을 하는데, 그러지 않으면 내가 익사하게 될 것이기 때문이다. 비록 내가 내 나라에 대해 생각한다고 해도 그것은 내 스스로 말을 하기 위한 것인데, 왜냐하면 나는 리옹의 거리를 가로지르는 여정 동안 멈추어서는 안 되기 때문이다. 숨이 막혀 죽지 않으려면 나는 침을 흘려야 하기 때문이다.

나는 프랑스에 대해서 생각한다. 그러나 프랑스에 대해서 생각하는 것을 누가 웃지 않고 말할 수 있을 것이며, 누가 다른 사람을 웃게 만들지 않으면서 말할 수 있을 것인가? 만약 자신들의 기억에서만 그러한 위인들이 아니라면 말이다. 그렇다. 드골이 아니라면, 도대체 누가 자신이 프랑스에 대해서 생각하는 것을 웃지 않고 말할 수 있을 것인가? 나, 나는 그저 아플 뿐이고, 나를 구해줄 수 있는 야간 약국에 도달하기까지 걸으면서 말을 해야 한다. 그래서 나는 드골이 프랑스에 대해 말했던 것처럼 흔적을 없애기 위해 문법을 혼동한 채 인물들을 섞으며, 시대를 섞으면서 프랑스에 대해 말을 한다. 드골은 시대를 통틀어 가장 위대한 거짓말쟁이인데, 그는 마치 소설가들이 거짓말을 할 때처럼 거짓말을 했다. 그는 힘으로 하나씩 하나씩 자신의 언어를 만들어냈는데, 그의 언어는 우리가 20세기에 거주하기 위해서 필요한 모든 것이다. 그가 거짓말들을 만들어냈기 때문에 그는 우리에게 모두 함께 살아갈 이유와 우리 자신에 대한 자부심을 부여했다. 우리는 그가 만들어낸 폐허에서, 그가 쓴 소설의 찢긴 페이지 안에서 살아가면서 그것을 백과사전처럼 여기고, 그저 하나의 발명품에 불과한 것을 두고 현실의 명료한 이미지로 간주했다. 그 발명품은 믿기에 달콤한 것이었다.

언어의 활용은 그에게 익숙한 일이다. 프랑스는 책을 숭배한다. 우리는 드골 장군의 『비망록』 페이지 사이에서 그가 직접 쓴 종이를 배경으로 살아갔다.

밤에, 나는 거리를 걷고, 목은 예리한 통증으로 고통스럽고, 언제나 나를 따라다니는 무언의 폭력이 마찬가지로 나를 따라다녔다. 폭력은 아래쪽으로, 내 발아래로, 도로 아래로 갔다. 프랑스적인 폭력이라는 야만적인 두더지는 내 발아래서 눈에 띄지 않게 기어갔다. 이따금 야만의 두더지는 숨을 쉬기 위해서 나오고, 공기를 들이마신 후 먹이를 문다. 그런데 그 두더지는 언제나 거기에 있고, 심지어 우리가 그것을 보지 못할 때조차 그렇다. 우리는 두더지가 긁는 소리를 듣는다. 땅은 불안정하고, 언제나 파헤쳐질 수 있고, 두더지는 밖으로 나올 수 있다.

정지! 모두 정지! 그러나 나는 아무것도 삼킬 수가 없다. 내 침은 바깥으로 뱉어져야 하고, 떠들어대는 말로 사라지고, 나는 내 고통을 말의 흐름으로 바꿔놓는데, 나에게서 쏟아져 나온 흐름은 내가 내 분비물에 익사당하는 것을 막아준다. 나는 프랑스의 재능에 사로잡혔고, 내 고통에 대해 언어를 해결책으로 발견했는데, 이와 같이 말을 함으로써 나는 여름의 몇 달 동안 걸렸던 감기라는 질병에서 살아남았다.

나는 마침내 야간 약국에 도착했다. 나는 차라리 입을 다문 편이 나았을 것이다. 공적으로는 나는 줄을 지어 서서 고통을 참았다.

늘어선 줄이 사람들을 겨우 그 정도만 수용할 수 있는 꽉 닫힌 약국 안에서 활처럼 이어져 있었다. 우리는 서로 눈을 마주치지 않도록 주의했고, 우리가 생각하는 것은 우리 자신을 위해 간직하고 있었다. 의심이 문제였다. 야간 약국에 찾아오는 사람은 언제가 낮인지를 더 이상 알지 못하는 낙오자가 아니던가? 아니면 의학 전공생보다 더 잘 알고 있는 약의 성분을 구하러 온 중독자가 아닌가? 아니면 다음 날이 되도록 기다릴 수 없는 환자, 위급 환자, 손에 닿는 모든 것을 감염시키는 커다란 염증을 지닌 환자가 아니던가? 이런 의심은 지속되고, 언제나 지나치다 싶게 지속되고, 사람들은 간신히, 느린 동작으로, 겨우 존재하는 움직임으로, 더 이상은 존재하지 않는 움직임으로 야간 약국에 가는데, 불안이 커지고, 불안이 작은 공간 안에 너무 많은 수의 사람이 줄을 지어 있는, 문이 닫힌 약국 전체를 차지한다.

아프리카식 이름을 지닌 약국 조수가 결코 목소리를 높이거나 동작을 크게 하는 법 없이 고객을 상대했다. 그의 검고 둥근 얼굴은 조바심 내는 시선을 전혀 놓치지 않았다. 우리는 전염될까 봐 서로를 쳐다보지 않고 그를 바라보았다. 그가 약을 주는데, 일이 충분히 빠르게 진행되지 않았다. 그는 처방전을 주의 깊게 읽고 여러 차례 확인했으며, 말은 전혀 하지 않은 채 의심스런 태도를 보이며 고개를 절레절레 흔들었다. 그는 한숨을 쉬면서 질문했고, 고객의 외관을 보면서 판단했다. 이어 그는 약국 뒷방의 선반으로 가서 긴급히 약을 가지고 왔다. 아파서 말을 할 수 없는 상태의 환자가 다리를 흔들면서, 말없이, 화가 끓어오른 채 기다리고 있었기 때문이다.

밤 10시 30분에 유리 달린 문 뒤에서는 건장한 젊은이들이 무리 지어 오갔다. 서로를 부르면서, 전화에 대고 소리를 지르거나 손뼉을 치며 웃음을 터뜨렸다. 그들은 밤마다 왔고, 도로 위를 걷거나 벽에 붙어 있거나 서로 웃으면서 떼밀거나 지나가는 사람들을 내려다보면서 노닥거렸다. 그들은 밤마다 바로 여기, 야간 약국 앞에, 밤 10시 30분부터 창이 달리고 굳게 닫힌 두툼한 문이 윤곽을 뚜렷이 드러내는, 빛이 사각형 모양으로 비추는 이곳에 왔다. 그들은 밤이면 날아드는 나방처럼 와서 닫힌 문 뒤를 서성였는데, 그들은 처방전이 없었기 때문이다. 그들은 피로라는 것을 알지 못했다. 매번 주위에 시선을 던지면서 지나갔고, 소리 지르고 웃으면서 손뼉을 쳤다. 밀려드는 희생자들이 그들을 자극했고, 돈의 흐름이, 약국에서 나오는 약의 흐름이 그들을 자극했다. 그들은 높은 데서 지나가는 사람들을 쳐다보았고, 한마디 말이 없어도 모든 사람은 이해했다. 소란을 피우는 사람들 사이로 지나가야 하는 환자들의 걱정하는 모습이 그들을 웃게 만들었는데, 약국의 고객들은 고개 숙인 채 처방전을 손에 들고 아무것도 보지 않으려고 애썼고, 약국 문의 벨을 울리기 위해서는 그들 무리가 있는 곳을 가로질러야 했다. 그리고 야간 약국의 문이 열리는 것 이외에는 아무런 희망이 없다는 듯한 태도로 문을 열어줄 것을 간청하기 위해 기다려야 했다.

약국 안에서 한 여인이, 줄을 지어 기다리고 있던 한 여인이 말했다. "나는 그들이 무엇을 가지고 있는지 알지 못해요. 하지만 나는 그 사람들이 요새 아주 흥분한 상태라고 생각해요." 줄을 서서 기다리는 사람들 사이에 수긍하는 듯한 일렁임이 퍼졌다. 서로 바라보지 않아도, 눈을 들지 않아도, 명확한 설명을 하지 않아도 모든 사람이 상황을 이해했다. 그러나 아무도 거기에 관해서 말하고 싶어 하지 않았다. 왜냐하면 그것은 말해지지 않는 것이고, 표현이 되는 것은 그렇게 생각한다는 뜻이기 때문이다.

여름의 초입에 긴장이 높아졌다. 짧고도 훈훈한 밤에 긴장이 높아졌다. 건장한 젊은이들은 윗옷을 벗은 채 거리로 나왔다. 아프리카식 이름의 약국 조수는 처방전이 유효한지를 확인한 뒤 신분증을 요구했고, 지불이 확실한지를 확인했다. 그는 곁눈질하면서 도로 위에 빛이 네모난 모양으로 반사된 것을 지켜봤는데, 어깨를 거들먹거리며 걷는 젊은 사람들이 계속 거리를 가로질렀다.

한 고객이 약국에서 볼일이 끝나면 그가 커다란 열쇠 꾸러미를 가지고 고객을 위해 방탄용 문을 열었다. 그는 문을 조금 열어 사람을 지나가게 한 뒤 공기조차 새어 나가지 못하게 고무를 덧붙인 문을 다시 닫는데, 열쇠 꾸러미의 열쇠들이 서로 부딪치면서 소리가 났다. 이제 약국의 고객은 녹색 십자 표시가 된 하얀 종이봉투를 복부에 꽉 쥐고 혼자 도로 위에 서 있었는데, 마치 바깥에 갇힌 것과 같았다. 그의 모습에 도로를 오가던 젊은이들이 자극을 받았는데, 그들 사이에서 마치 모였다가 다시 흩어지는 모기떼들의 웅성거림 같은 동요가 일어났다. 멈추지도 않고 보이지도 않은 채 작은 윙윙거림 같은 웃음소리가 들렸다. 한밤에 완전히 혼자가 된 고객은 건장한 청년들의 무리를 가로질러 가야 했다. 그는 그를 낫게 해줄 것이 분명한 귀한 유효 성분으로 가득 찬 작은 봉투를 쥐고 청년들 사이를 지나가야 하고, 그들이 지나가는 곳을 피해야 하고 그들의 시선을 피해야 했지만, 사실 결코 아무 일도 일어나지는 않았다. 단지 불안할 뿐이었다.

약국의 조수는 자신이 보기에 환자로 여겨지는 모습인 사람들, 벨을 울리고 처방전을 보여주는 사람들만 들어오게 했다. 문은 그의 동의 여부에 따라 열리거나 열리지 않거나 했다. 그는 그 외에는 아무 말도 하지 않았다. 그는 처방전을 읽고, 작은 상자에 붙은 라벨을 확인하고, 지불 수단을 확인했다. 더 이상은 아무것도 하지 않았다. 그는 장사에 적합한 몸짓을 효과적으로 수행하고, 그저 하나의 기계로서 거기에 있으면서 유효한 성분이 담긴 상자들을 나눠주었다. 야간 약국에는 심하게 아픈 사람들이 가득한데, 서로를 보지 않은 채 줄을 서 있는 가운데 긴장감이 고조되었다. 둥글고 검은 그의 얼굴, 계산대의 화면을 내려다보고 있던 눈, 그는 어떤 미동도 보이지 않았다.

비쩍 마른 작은 여인 하나가 자기 차례라고 믿으면서 앞으로 나왔다. 머리카락이 멋지게 이마를 덮고 매력적인 코와 강렬한 눈빛의 잘난 사내가 끼어들었다. 그는 키가 크고 우아한 자신을 의식하면서 의기양양했다. "당신은 내가 당신 앞이라는 것을 모르셨나요?" 그녀는 얼굴을 붉히지도 않은 채 중얼거렸는데, 그녀의 피부는 너무나 메마른 상태라서 붉어질 수도 없었다. 그녀는 발발 떨었다. 이어 심한 자책 섞인 변명과 함께 순서를 양보했다. 그는 우아하게 구겨진 마 소재 옷을 입고 있었는데, 지적이고 의기양양해 보였다. 그녀는 작고 비쩍 마르고, 온몸에서 허약함이 드러났는데, 나는 그녀가 무슨 옷을 입었는지는 기억나지 않는다. 그는 사납고 그녀를 때릴 기세였으며, 그녀는 불안스러운 상태였다.

완전히 시커먼 거대한 양의 액체가 야간 약국의 측면을 덮었다. 주변에서 예상하지 못한 카니발이 열렸다. 떠도는 유령들이 거리로 나왔는데, 그들은 사람과 닮았지만 그러나 유령이었다. 떠도는 유령들이 나와 네모난 형태의 빛 속에서, 닫힌 문 앞에서 잠깐 모습을 보였다. 그들의 이가 한순간 빛나고 그들의 눈이 어두운 얼굴 가운데 빛이 났으며, 우리는 닫힌 약국 안에서 서로 바짝 붙어 있었다. 차례를 기다리며, 차례가 오지 않는 것에 화가 난 채 차례가 오지 않을까 두려워하면서. 누군가가 우리에게 진통제를 나눠주었다.

자기 차례라고 확신한 사내가 계산대를 두드리면서 처방전을 놓았다. 그것을 펼치고, 그것은 있을 수 없는 일이라고, 정말로 그럴 수 없다고, 그런데도 항상 그렇다고 불평했다. 그는 여러 차례 검지로 처방전을 툭툭 치면서 한 줄을 가리켰다.

"나는 단지 이것만을 원한다고요."

"그러면 나머지는요? 의사는 당신에게 전체를 동시에 처방한 겁니다."

"보세요, 의사는 제 친구입니다. 그 사람은 내가 필요한 것을 안다고요. 나머지는 그 사람이 알아서 환불 조치해줄 겁니다. 나는 내가 하는 것을 알아요. 나는 내가 복용하는 것을 안다고요. 달라는 대로 주세요."

그는 문장마다 끊어 끝나는 부분을 힘주어 말했으며, 결정권자에 대해서 잘 알고 있다는 듯 말했다. 거기에 대해서 의사만큼 알고 야간 약국을 운영하는 아프리카인 조수보다는 더 많이 알고 있다는 어조였다. 그는 싸우고 싶은 것처럼 보였다. 피로에 지친 작은 여인은 몇 걸음 물러났다. 그녀는 공격을 피하려는 듯 유순한 태도를 보였는데, 다른 사람 하나가 뼈만 남은 그녀의 연약한 어깨 위로 사나운 눈길을 던졌다. 우리는 모두 침묵 속에서 줄 서 있었고 누가 우리에게 말하는 것을 원치 않았는데, 우리는 정상이 아니거나 일탈 상태, 아니면 아팠기 때문이다. 우리는 아무것도 알고 싶지 않았다. 알기 위해서는 접촉해야 했겠지만, 접촉은 위험하고, 짜증스럽고, 전염의 위험이 있으며 상처를 입힐 수 있기 때문이다. 우리는 우리의 고통을 진정시켜줄 약을 원했다.

피로에 지친 작은 여인, 그녀는 별 생각 없이 한 걸음 앞으로 나아갔다. 그녀는 아마 자신이 물러섰던 공간보다 훨씬 더 많이 차례를 놓칠까 봐 두려웠던 것일 수 있다. 그런데 그녀가 비어 있던 자리로 한 걸음 내디딘 것이, 긴장 상태로 마치 갱도에 설치된 발파 장치처럼 신경이 날카롭게 곤두선 사내 곁으로 다가선 게 되었다. 그녀가 그 공간에 살짝 들어서면 처방전을 읽을 수 있었을 것인데, 사내가 손을 들어 따귀를 때리면서 그녀를 부서뜨릴 것처럼 노려보았고, 그녀는 뒷걸음질 치며 물러났다.

"아니 이럴 수는 없지!" 그가 소리를 질렀다. "언제나 이렇지! 사람들이 제자리를 지키는 법이라곤 절대 없어! 언제나 새치기야! 등에도 눈이 달려 있어야 한다니까!"

그는 여러 차례 처방전을 흔들어댔다. 이어 당당한 태도로 머리카락을 쓸어 올렸다. 부드러운 리넨 옷이 그의 움직임을 따랐다.

"이봐, 난 이걸 원해요." 그가 할 수 있는 최대한의 위협을 드러내면서 말했다.

약국의 조수는 아무런 감정도 드러내지 않았다. 둥근 얼굴은 미동도 없었고, 그의 검은 피부도 아무것도 드러내지 않았다. 화가 난 사내는 계속 멋진 머리카락을 쓸어 올렸다. 그의 눈은 번뜩이고 얼굴빛이 붉게 변하고 손은 계산대 위에서 떨었는데, 그는 계속 두드리고 싶었을 것이다. 계산대를 두드리고 처방전을 휘두르고, 이 무관심을 벗어나도록 하려고 또 다른 것을 두드리고 싶었을 것이다.

"그러니 그것을 달라고, 약을!" 그는 아무런 동요도 없는 조수 얼굴에 대고 소리쳤다.

내 앞에 선 뚱뚱한 남자, 키가 크고 수염을 기르고 배가 나와 셔츠의 단추가 밀려 나와 있는 사내가 거칠게 숨을 쉬기 시작했다. 두꺼운 유리를 통해 우리는, 일 없는 젊은 애들이 왔다 갔다 하면서 발걸음을 옮길 때마다 닫힌 공간에 있는 우리를 향해 시선을 던지는 것을 보았는데, 그 시선이 우리를 자극했다. 사태가 악화되었다. 그러나 나는 아무 말도 하지 못했는데, 아팠기 때문이다.

리넨 옷차림의 거만하고 잘생긴 사내는 자신이 야간 약국 안에서 한 무리의 환자들과 비슷한 존재로 다뤄지는 것에 격분한 나머지 몸을 부르르 떨었다. 그리고 그의 뒤에 있는 작은 여인은 이제 가능한 한 멀리 떨어져 여전히 떨고 있었다. 어쩌면 그는 뒤돌아서 그녀를 때릴 수도 있는데, 그건 마치 우리가 성가신 아이를 때릴 때처럼 단지 화를 가라앉히고 누가 상황을 지배하는지 보여주기 위해서 그럴 것이다. 그리고 그녀, 그녀는 뺨을 맞고 날카로운 소리를 지르며 울거나 온몸을 떨면서 땅을 뒹굴 수도 있었을 것이다. 아니면 다시 고개를 들고, 여자들이 울면서 흔히 그러듯 작은 주먹으로 그를 때릴 수도 있었을 것이다. 그러나 그녀는 아무 말도 하지 않을 것이다. 그녀는 등이 휘어지도록 뺨을 맞은 채 견뎠다. 침묵 속에서 흐느끼면서 고개를 더 떨어뜨리고, 더 물러서고, 더 지친 모습이 되어도 말이다.

그리고 다른 사내, 배가 나오고 체격이 큰 콧수염을 기른 사내, 그는 쓰러지는 작은 여인 앞에서, 날카로운 소리를 내며 우는 작은 여인 앞에서, 지표에서 지워진 작은 여인 앞에서 무엇을 할 수 있었겠는가? 그가 무엇을 할 수 있었겠는가? 그는 더 크게 숨을 쉬었는데, 그의 숨소리는 최대 출력으로 돌아가는 환풍기와 맞먹었을 것이다. 어쩌면 그는 몸 전체를 내밀어 앞으로 나아가 비열한 인간의 뺨을 때릴 수도 있었을 것이다. 고상한 척하던 인간은 항의의 외침을 지르면서 넘어져 코피를 흘릴 수도 있었을 것이고, 넘어지면서 다이어트 약이 놓인 선반을 끌어내릴 수 있었을지도 모른다. 수염 기른 키 큰 사내는 주먹을 쥐고, 엔진이 정지된 오토바이처럼 숨을 더욱 헐떡거리며 쉬고, 셔츠 단추 사이로 불룩 나온 배가 흔들리고 있었을 것이다. 다른 사내는 다시 일어서지 못한 채 손과 무릎으로 기면서 법으로 처리하겠다고 협박하고 욕을 퍼부을 것이다. 아프리카인 조수는 다른 사람들을 보고 있었기 때문에 태연하고, 상태를 진정시키려고 애썼을 것이다. "보세요, 여러분. 진정하세요." 그렇게 말할 수 있었을 것이다. 작은 여인은 아주 거칠게 숨을 쉬는 수염 난 사내가 일으킨 소동을 준엄하게 꾸짖는 시선을 던지면서, 피 흘리는 거만한 인간을 돕기 위해 움직일 수 있었을 것이다. 그는 심장 폐색, 기관지 폐색, 좁은 동맥, 너무 좁아지고 수축되어 어떤 폭력을 감당하기에는 너무 약한 동맥으로 흐르는 모든 것이 막히는 위험을 감수했을 것이다.

조수는 손가락으로 가볍게 화면을 톡톡 두드리면서 전기계산기로 계속 재고 관리를 할 것이다. 그리고 계속 단호한 어조로 조용히 하라고 할 것이다. "자자, 선생님들! 보세요, 부인!" 머릿속으로는 계속 계산대 아래 서랍에 들어 있는, 모든 사람에게 뿌릴 수 있게 충분한 양의 최루탄을 생각할 것이다. 하지만 그러면 환기를 시켜야 하고 도로로 향한 약국의 유일한 문을 열어야 하는데, 그렇게 되면 바깥에 있어야 할 도로 위의 사람들을 불러들이게 되므로 문을 열 수 없었다. 그래서 그는 모든 사람을 총으로 쏘아버리기를 꿈꾸면서, 소란이 끝나도록 조용히 하라고 소리쳤다.

이처럼 프랑스적인 폭력이 폭발하는 곳에서 나는 무엇을 할 수 있었을까? 나는 아팠다. 바이러스가 목을 황폐하게 만들었고, 진통제가, 내 고통을 더 이상 모르도록 억누르는 그 무엇이 필요했다. 그래서 나는 아무 말도 하지 않았다. 내 차례를 기다렸다. 내게 줄 것을 기다렸다.

물론 아무 일도 일어나지 않았다. 당신은 방탄유리로 만든 문을 닫아 건 이 폐쇄된 공간에서 무슨 일이 일어나기를 바라는가? 질식이 아니라면 무엇을?

계속해서 거래가 이루어졌다. 조수는 한숨을 쉬면서 다른 사람이 요구하는 것을 주었다. 그는 손을 씻었다. 다른 사람은 자신이 요구하던 것을 얻었고, 기진맥진해서 "어쨌거나"라고 말한 다음에 줄 서 있는 사람들을 전부 쏘아보면서 성큼성큼 밖으로 나갔다. 조수는 그를 위해 문을 열어주고 계산대로 돌아왔다. "다음은 누구시죠?" 그렇게 아무 사고 없이 밤이 흘러갔다. 줄은 줄어들었다. 키 작은 여인은 여러 번 사용했던 구겨진 처방전을 내밀었다. 그녀는 떨리는 손으로 처방전을 가리키면서 약을 요구했고, 조수는 어깨를 으쓱하면서 수긍했다. 그는 향정신성 약품들을 나눠주고, 의사를 안다는 사람에게는 그가 원하는 것을 주고, 다른 사람들에게는 처방전에 씌어 있는 것을 주고, 어떤 사람들에게는 추가분을 주었다. 합법성이 흔들렸고 폭력이 합법성을 굴절시켰으며, 약을 나눠주는 호의가 충돌을 완화시켰다.

나는 마침내 약을 가지고 나왔다. 그가 내게 문을 열어주고 다시 문을 닫았는데, 나는 도로 위에 있는 흥분 상태의 패거리를 가로질렀지만 아무 일도 일어나지 않았다.

밤에는 유령들이 돌아다녔다. 가령 밤에 사람들은 모두 혼잣말을 했지만 사람들이 미친 것인지 전화기라도 감추고 있었던 것인지는 더 이상 알 수 없다. 낮의 열기가 돌을 뚫고 나왔고 무거운 긴장이 공기 속에 맴돌았다. 젊은 사람들이 가득 탄 두 대의 경찰차가 저속으로 엇갈려 지나갔는데, 전조등으로 비밀스런 신호를 주고받으면서 아무런 동요도 없이 계속 주행했다. 경찰차는 폭력의 근원지를 찾았는데, 그것을 찾았을 때 그들은 이미 도망갈 준비를 하고 있었을 것이다.

오, 모든 것이 악화되었다! 나는 아무것도 삼킬 수가 없다. 나는 숨이 막혀 익사하지 않기 위해서 침을 뱉어내고 말해야만 하는 고통을 겪는 질병에 대해서 생각한다. 무슨 질병일까? 외부의 사막에서 유래한 바이러스의 습격인가? 내 목을 공격하는 바이러스에 맞서 나 스스로 방어해야 하는 것일까? 내 면역 체계는 파괴에 맞서 내 고유한 세포를 정화하고, 진정시키고, 근절한다. 바이러스는 바로 말이고, 땀, 침, 정자 같은 것으로 운반되는 약간의 정보인데, 말은 이렇게 내 세포로 주입되어 내 자신의 말과 섞이고, 이어 내 몸은 바이러스의 언어로 말한다. 그러면 면역 체계는 내 심장 한가운데서 중얼거리기를 원하는 타자의 언어를 가지고 세포를 정화시키기 위해서 내 자신의 세포를 하나씩 하나씩 살해한다.

사람들은 도처에서 거리를 밝히고 있지만 거리는 언제나 두려움을 자아낸다. 사람들은 가로등 아래서 읽을 수 있을 정도로 거리를 밝히지만 아무도 거기 머물지 않기 때문에 아무도 무언가를 읽지 않는다. 거리에 머무는 것은 허용되지 않는다. 사람들은 도처에서 훤히 조명을 밝히고 공기 자체가 빛이 나는 것 같지만, 이 밝음은 하나의 속임수이다. 등불은 빛보다 어둠을 더 많이 만들어낸다. 거기에 조명이 지닌 문제가 있다. 조명은 그것이 즉각적으로 밝히지 못한 것을 온갖 어둠으로 강화한다. 달빛이 흐르는 황량한 벌판처럼 가장 작은 장애물, 가장 사소한 울퉁불퉁함조차 우리가 구멍과 구별할 수 없는 심오한 어둠을 만들어낸다. 그래서 정말로 구멍이 문제가 될 때 우리는 조명이 밝혀진 밤에 어둠을 피한다.

우리는 바깥에 머물지 않고, 줄을 서고, 자동차는 걸어 다니는 사람들의 속도에 맞춰 거리를 따라 서행하는데, 그들은 자신들의 눈을 전부 동원해 어두운 창 너머를 뚫어지게 바라보고, 더 멀리 가고, 거리를 따라 미끄러지듯 움직이고, 폭력의 원천을 찾는다.

사회는 병들었다. 병들어 누워서 공포에 떤다. 사회는 아무것도 들으려고 하지를 않는다. 사회는 커튼을 내린 채 침대를 지키고 있다. 사회는 총체적인 자신의 모습을 더 이상 알고 싶어 하지 않는다. 나는 사회와 관련된 조직적인 비유는 파시스트적인 비유라는 것을 잘 안다. 그러나 우리의 문제는 파시스트적인 방식으로 표현할 수 있다. 우리는 질서, 혈연, 지역의 문제를 지니고 있고, 폭력의 문제, 역량의 문제, 힘의 사용과 관련된 문제를 지닌다. 그 의미가 무엇이든 간에 머리에는 이 단어들이 떠오른다.

나는 미친 유령처럼 말하는 유령, 길을 걷는 다변증 환자가 되어 밤거리를 걸었다. 마침내 나는 집에 도착했고, 내가 사는 거리에는 젊은이들이 가로등 아래서 소동을 일으켰다. 그들은 도로에 세워두었던 스쿠터 주변으로 돌아왔다. 그들 중 한 명이 상의를 벗고 헬멧을 썼는데,

턱에 거는 끈이 풀려져 어깨로 흘러내린 상태였다.

인적이 없는 거리에서, 불 꺼진 창 너머 멀리서 무슨 말인지 구별할 수 없는 목소리가 간간이 들려왔다. 그들의 빠른 말들은 내가 알아야 할 것이 무엇인지를 드러냈다. 그들은 거기에서 왔다. 나는 멀리서 리듬을 통해, 우리의 세습적인 사회계층이 어디에서 유래했는지를 알게 되었다. 헬멧을 쓰고 스쿠터의 안장에 앉은 한 명을 빼고는 아무도 앉지 않았다. 그들은 벽에 기대어 있었고, 도로를 활보하거나 농구 선수의 몸짓을 하면서 공기를 쓸어내듯 했다. 그들은 아주 사소한 것이라도 모험을 찾아 거리를 돌아다녔다. 그들은 커다란 소다수 병을 돌려 열고는 머리를 한껏 뒤로 젖혀 몸을 쭉 편 채 차례로 마셨다.

나는 그들 사이를 가로질렀고, 그들은 피했다. 그들은 조롱 섞인 미소를 지으며 내 주변에서 춤을 추었다. 하지만 나는 그냥 지나왔고 무섭지 않았다. 나는 아팠고, 숨 막히지 않게 하느라 너무 정신이 없었기 때문에 최소한의 두려운 기색도 드러나지 않았다. 나는 밤이 시작되면서 중얼거렸던 것처럼 누구도 이해하지 못한 채 사라지는 말들을 계속 중얼거리면서 그들 곁을 가로질렀다. 그들은 그런 내 모습을 보고 비웃었다. "이봐요, 당신이 밤에 그렇게 말하고 다니면 당신이 저지른 죄가 터져 나올 거요."

나는 아팠다. 인후염, 목을 조이는 프랑스 독감, 목 안에 염증이 생기는 질병, 말하는 데 중요한 기관을 공격하는 질병으로 고통스러웠는데, 그것은 말의 줄기를 솟아오르게 만들었다. 언어야말로 프랑스라는 나라의 진정한 피와 같다. 언어는 우리의 피고, 내 안에 흘렀다.

나는 대답도 않고 그 패거리를 지나쳤다. 아픈 상태에 너무 빠져 그들이 언급하는 기술적인 것들을 이해하지 못했다. 그들이 하는 말의 리듬은 내 것과 완전히 달랐다. 그들은 움직이지 않으면서도 동요했는데, 불 위에 올려놓은 냄비 같은 이 젊은이들, 그들의 표면은 내부에서 올라온 기포로 일렁거렸다. 나는 그들을 아랑곳하지 않고 집을 향해 갔다. 나는 외부에는 아랑곳하지 않았다. 나는 그저 아팠을 뿐이고, 내가 걸을 때마다 점점 더 구겨지는 약봉지를 손에 쥔 상태였다. 종이에, 작은 약봉지에는 나를 보살펴줄 것이 담겨 있었다.

빨간색과 파란색을 두른 잠항 중인 자동차 한 대가 거리를 따라 미끄러지듯 움직였다. 자동차는 젊은이들이 있는 곳에서 멈췄다. 짝을 이룬 젊은 사내 네 명이 함께 나왔다. 그들은 스트레칭을 하고, 몸에 지닌 무기로 덜그럭거리는 벨트를 다시 추켜올렸다. 젊고 강인한 네 사람은 용수철 같은 탄력을 지녔는데, 단 한 명도 다른 사람들보다 나이가 많지 않았다. 단 한 명도 더 나이가 들거나 더 느리지 않고, 단 한 명도 세상을 좀더 살아본 사람들 같은 초연한 태도를 보이지 않고, 단 한 명도 즉각적인 반응을 보이지 않고, 단 한 명도 총격의 실행을 지체하지 않았다. 동갑내기 네 명은 강인한 턱과 무기를 지니고 아주 젊었는데, 누구도 그들을 제어할 수 없었다. 더 나이 든 사람들은 6월의 밤에 순찰하는 걸 원치 않았다. 거리에는 안전핀을 뽑은 수류탄이 굴러다니고 있었고, 긴장 상태의 젊은이들은 밤거리를 더듬으면서 그들을 피해 달아나는 다른 긴장한 젊은이들을 찾아 나선다.

수수한 파란색 옷차림의 젊은이들은 헐렁한 옷차림의 젊은 사람들, 심지어 상의를 벗고 있는 한 사람의 곁으로도 다가섰다. 그들은 가벼운 몸짓으로 인사하고 모든 사람에게 신분증과 스쿠터의 등록증을 요구했다. 그들은 적힌 내용을 상세히 조사하면서 코팅한 종이를 자세히 살펴보고, 느리게 움직였다. 그리고 몸을 굽히지 않은 채 검지로 땅에 있는 담배꽁초를 가리켰다. 그들은 본보기로 그것을 줍게 했다. 그들의 동작은 더욱 느리고 신중해졌다. 젊은이들은 각자 자신의 주머니를 비워야 했고, 파란 옷을 입은 사람이 손으로 뒤졌다. 그사이 다른 사람은 무기를 찬 벨트 위에 손을 올려놓은 채 동작을 감시했다. 그렇게 계속되었다. 그들은 계속 찾았는데, 오랫동안 탐색하면 언제나 뭔가를 발견하게 마련이다. 여전히 지연된 동작들은 부동 상태에 접근했다. 그러나 지속할 수 없었다. 부동 상태는 오래 지속될 수 없다. 육체는 일종의 용수철로 부동성에 저항한다. 동요가 일어나고, 외치는 소리가 들리고, 스쿠터가 넘어졌다. 젊은이들이 어둠 속으로 달아나고 상의 탈의한 사내만 땅에 널브러진 채 남았는데 푸른 옷을 입은 건장한 사내 두 명이 제압했고 그의 모자가 조금 떨어진 곳에 굴러다니고 있었다. 그는 수갑이 채워져 차 안으로 끌려갔다. 밤거리에 침묵이 흐르는 가운데 나는 그들이 무전기로 말하는 것을 똑똑히 들었다. 거리의 건물 창문에 불이 켜졌고, 커튼이 들쳐진 자리로 몇몇 얼굴이 나타났다. 체포 사유를 말하는 것을 들었다. "질서 유지 방해. 경찰에게 저항. 뺑소니 범죄." 완벽하게 들었다. 나도 거리에 있었지만 사람들은 내게 아무것도 묻지 않았다. 내 생리 현상에 빠져 난 아무것도 두렵지 않았다. 오직 내 자신에게 갇혀, 나는 내 고통을 사라지게 하는 것 외에는 다른 어떤 것도 하지 않았다. 창문의 불빛이 하나씩 꺼지고, 경찰차가 통행인을 한 명 더 태우고 다시 떠나고, 스쿠터는 도로에 쓰러진 채로 있고, 모자는 여전히 거리에 난 홈에서 뒹굴고 있었다.

사람들이 체포에 저항하기 위해 멈추었는데, 체포 이유는 놀랄 만큼 되풀이되었다. 흠결 없는 법의 논리였지만, 되풀이되는 것이었다. 이유는 그것이 드러나면 바로 합리적인 것이 된다. 그러나 그것은 어떻게 나타나는가?

그날 저녁 내가 있던 거리에서는 아무 일도 일어나지 않았던 것이 분명하다. 그러나 상황이 어찌나 긴장되었는지 아주 작은 충격으로도 경련이 일어날 정도였고, 진짜 병에 걸렸을 때처럼 전 사회체에 거친 방어 반응이 일어났다. 조금도 적대적이지 않은 경우를 제외하고, 자신의 어떤 부분이 아니라면 그렇다.

사회체가 몹쓸 병에 걸려 떨고 있다. 잠들지 못하고, 병에 걸렸다. 사회체는 자신의 이성에 대해, 자신의 통합에 대해 걱정한다. 열이 나서 흔들린다. 사회체는 너무 뜨거워진 자신의 침대에서 잠들 수 없다. 예상치 못한 소리는 일종의 공격으로 간주된다. 환자들은 사람들이 크게 말하는 것을 견디지 못하는데, 그것은 때리는 것과 같은 고통을 준다. 지나치게 뜨거워진 방의 열기 속에서 환자들은 관념과 현실, 걱정과 결과, 말소리와 타격을 혼동한다. 나는 등 뒤의 문을 닫고 불을 켜지도 않았는데, 바깥의 불빛은 상당히 고통스러웠다. 수도꼭지를 틀어 물을 한 잔 채웠고, 의사가 처방해준 약을 삼키고는 잠이 들었다.

정신은 선 하나로 유지된다. 자신의 사유를 가득 담은 정신은 어린아이가 쥔 헬륨 풍선과 같다. 아이는 풍선을 쥐고 있다는 사실에 만족하고, 풍선을 놓칠까 봐 두려워하면서 그 줄을 꼭 쥔다. 약국에서 팔리는 향정신성 약들은 걱정에서 해방시켜주고, 약들의 효과로 손을 펴게 된다. 풍선은 날아가버린다. 약국에서 구입한 향정신성 약들은 현실적인 세상에서 놓여난 잠을 쉽게 자도록 해주는데, 그때 경솔한 생각들이 진실한 것처럼 나타난다.

어떻게 그것들은 밤 속에서 알아보기에 이르는가?

경험적인 문법은 이론적인 문법과는 다르다. 내가 하나의 대명사를 사용할 때 그것은 텅 빈 상자와 같은데, 내가 책에서 읽은 문법을 내게 암시한다. 무엇이 문제가 되고 있는지는 전혀, 정말로 전혀 말해주지 않는다. 대명사는 하나의 상자인데, 아무것도 그 내용물을 말해주지 않고 전후 맥락만이 그것을 밝혀준다. 모든 사람이 그 내용을 안다. 대명사는 닫힌 상자이고, 그것을 열 필요가 없는 모든 사람은 그 상자가 담고 있는 것을 안다. 사람들은 나를 이해한다.

사람들은 어떻게 그것들을 알아보게 만드는가? 긴장은 감각을 예민하게 한다. 프랑스의 상황은 초긴장 상태이다. 차표가 나뒹굴고, 역은 약탈당하고 불길에 내던져졌다. 내가 과장하는가? 그렇지 않다. 나는 더 나쁘고 전적으로 사실인 공포를 늘어놓을 수도 있다. 프랑스는 긴장 상황이다. 역 바닥에 던져진 지하철 표는 질서 유지라는 조직화된 대응을 촉발했다.

하나의 불씨와 불타버린 모든 것. 만약 숲이 타올랐다면 그것은 숲이 메마르고 덤불로 가득하기 때문이다. 우리는 불씨를 추격해 위반자를 체포하고자 한다. 우리는 그, 불씨를 일으킨 자를 파악하고, 그를 붙잡고, 그를 부르고, 그의 죄를 알리고, 그를 교수형에 처하고 싶어 한다. 그러나 불씨는 중단 없이 산출된다. 숲은 건조하다.

어느 날 역무원이 한 청년에게 티켓을 보여달라고 요구했다. 그는 막 표를 버린 참이었다. 그가 다시 돌아가 표를 찾아오겠다고 말했다. 역무원은 범죄 여부를 확인할 테니 따로 서 있으라고 요구했다. 청년이 항의했다. 역무원은 사납게 고집했고, 법을 두고 협상해서는 안 된다고 했다. 지켜보던 사람들도 전부 설명할 수 없는 결말에 이르렀다. 폭력 행위가 시작될 때까지 곁에 있던 사람들은 서로 반박했다. 갑자기 양자물리학적 도약과 같은 행위가 나타나고 사건이 새로운 양상을 보였는데, 그것은 익히 예상된 일이기도 했다. 그런 행동은 일어나지 않을 수도 있었지만 일어났고, 그렇기에 설명할 수 없었다. 그저 사건에 대해 말할 수 있을 뿐이다.

사건은 쇄도하는 논리 속에서 이어진다. 가령 전부 덮치듯 일어났는데, 모든 것이 불안정했고, 모든 것이 준비되어 있었다. 역무원은 규칙 위반자를 따로 두려고 노력했다. 그리고 그는 항의했다. 청년들이 모여 들었다. 경찰이 도착했다. 청년들은 터무니없이 고함을 질렀다. 무장 경찰들이 역의 평정을 되찾기 위해 공격했다. 청년들은 달아나며 작은 물건들을 집어던졌는데, 이어 여럿이 큰 것을 떼어냈다. 경찰이 규칙에 따라 배치되었다. 무장한 사람들이 자신들의 방패 뒤로 줄을 지어 정렬했다. 그들은 연막탄을 던지고, 공격하고 검문했다. 연막탄 가스가 역에 가득했다. 지하철에서는 다시 청년들이 쏟아져 나왔다. 그 상황을 묘사하는 일은 조금도 어려운 일이 아니었다. 사람들이 아무런 설명을 하지 않아도 그들은 자신의 진영을 선택했다. 모든 것이 너무나 불안정했다. 준비된 대결이다.

연막탄 가스로 가득하고 황폐한 역 바닥에 유리 조각이 가득했다. 사람들이 서로 어깨를 붙잡고 눈물을 흘리면서 등을 구부리고 빠져나갔다. 차창에 창살을 두른 파란색 차들이 역 주위에 주차했다. 주위의 교통이 차단되고 거리 한가운데에 금속 차단 장치가 세워졌으며, 제복 입은 경찰과 찍찍거리는 무전기를 들고 있는 사복 차림의 건장한 남자 감시인들이 통과시키는 사람들만 지나갔다.

아스팔트의 짙은 연기가 창을 뒤덮고 하늘을 향해 수직으로 올라갔다. 역이 불탔다. 소방수들이 경찰들의 방패 호위를 받으며 지원하러 왔다. 작은 물건들이 그들 주위의 방패 위로, 아스팔트 위로 비 오듯 쏟아졌다. 그들은 드라이아이스를 이용해 만든 물을 역에 뿌렸다.

이것이 부조리하다고 생각할 수 있다. 평가할 수도 없다. 표 하나로 역 하나가 이렇게 되다니. 그러나 무질서가 문제는 아니다. 대결했던 사람들은 이미 자신들의 역할을 알고 있었다. 아무것도 준비되지 않았는데, 실상은 모든 것이 준비되어 있었다. 만약 표가 폭동을 유발했다고

한다면 그것은 마치 트럭에 시동을 거는 열쇠와 같은 것이다. 트럭이 거기에 있었고, 열쇠를 넣자마자 움직이는 것으로 충분했다. 누구도 열쇠와 트럭이라는 불균형에 화를 내지 않는데, 트럭을 움직이도록 하는 것은 바로 트럭의 고유한 구조이기 때문이다. 열쇠가 문제가 아니고, 문제라고 해도 사소한 부분이다.

우리는 도심의 멋진 역은 질서를 의미한다고, 폭동은 무질서라고 상상한다. 그것은 오해다. 우리는 역들을 충분히 주의를 기울여보지 않고 그저 스쳐 지날 뿐이다. 그러나 우리가 시간을 가지고 관찰한다면, 앉거나 머물러서 부동의 자아로 움직이는 다른 사람들을 본다면, 기차, 지하철, 버스, 택시, 보행자 들이 교차하는 다양한 양상의 도심보다 더 혼잡한 장소가 없다는 것이 드러난다. 저마다 자기만의 사정을 따르는 논리를 따라 움직이고, 다른 사람과 충돌하지 않고 자신의 길을 따라가려고 노력한다. 저마다 소나무 잎으로 된 커다란 개미집 표면 위를 지나는 개미들처럼 끊어진 길을 따라 달린다. 한 번의 충격으로 충분하다. 우툴두툴한 표면에서 비틀거리는 것, 유동하는 환경의 불순물을 접하는 것이면 충분하다. 그러면 평화 시에는 볼 수 없던 질서가 금세 다시 나타난다. 역을 가득 채운 바쁜 사람들의 흐름이 집단을 이루고, 선들이 만들어지고, 형상이 이루어진다. 사람들은 짝을 이루고, 집단을 구성하고, 두리번거리는 시선들도 어떤 방향을 찾고, 텅 빈 공간들은 바로 그때 모든 것이 가득 찬 것으로 드러나고, 직선으로 그은 파란 선들은 바로 그때 다양하게 채색된 부드러움이 될 뿐이고, 대상들은 특별한 방향을 향해 사라진다.

질서 유지를 위한 기동대는 질서를 유지하지 못하고 질서를 만들어낸다. 전쟁보다 더 질서를 요구하는 것이 없기 때문에 기동대는 그것을 창조한다. 충돌이 일어나면 어떤 설명이 없어도 저마다 자신의 자리를 안다. 조직의 원리면 충분하다. 저마다 알고 행한다. 전쟁 동안 각자 자신의 역할을 알고 자신의 자리에 머문다. 그것을 알지 못하는 사람들은 울면서 자리를 떠난다. 자신의 자리를 알지 못하는 사람들은 아무것도 이해하지 못한 척하고 세상이 미친 것이라고 믿고 탄식하고, 자기들 뒤에서 역이 불타는 것을 바라본다. 그들은 이 부조리함을 이해하지 못하고 질서의 붕괴라고 믿는다. 그들은 우연히 죽거나 죽지 않을 뿐이다.

기차표가 버려져 역이 불탔다. 맞대결하는 사람들, 도망치는 사람들이 있었다. 사람들이 조직되었다. 조직의 원리는 인종이었다.

버린 표 때문에 제재를 당한 청년은 흑인이었다. 역이 불탔다.

인종은 존재하지 않는다. 그러나 인종은 역이 불타오르기 위해서, 아무런 공통점을 지니지 않는 수백 명의 사람이 피부색으로 조직되기 위해서는 부족함 없이 존재한다. 흑인들, 갈색 피부의 사람들, 백인들, 푸르스름한 사람들. 역에서 일어난 충격적인 사건 이후에 피부색을 따라 구성된 집단은 동질적이었다. 공포에 젖은 기차의 객차들 안에서 경찰들의 소요가 일어났다. 경찰들이 무기 휴대 벨트 위에 손을 얹은 채 앉아 있는 승객들을 뚫어지게 쳐다보면서 중앙의 통로를 느리게 걸어갔다. 그들은 돌격 부대의 무기를 휴대했고, 군인 같은 복장을 한 채 민첩하고 단호했다. 그들은 일자바지, 굽 없는 신발, 짧은 외투와 군모 등과 같은 오래된 헌병 복장이 아니었다. 이제는 뛰기에 좋게 발목까지 내려오는 몸에 붙는 바지, 위쪽에서 끈을 묶는 편한 구두, 품이 넉넉한 점퍼, 머리에 딱 맞는 모자 차림이었다. 벨트에는 그들의 영향력을 보여주고 통제하는 데 필요한 도구가 달려 있었다. 그들의 복장이 바뀌었다. 낙하산 부대의 전투복에서 영감을 받은 것이다.

그들은 조용한 걸음으로 잡다한 기차 안을 지나며 사람들 신분을 확인했다. 그들은 되는 대로 검사하지는 않았는데, 그것은 권한 밖의 일이기 때문이다. 그들은 모든 사람이 알고 있는 색깔 코드를 사용한다. 그것은 알려진 사실이다. 그것은 유사성을 감지하는 인간적 역량의 일부이다. 기차가 멈추는 역들에서 우리는 스피커를 통해 나오는 콧소리 섞인 잡음을 듣는다. 도심 지역에 수반되게 마련인 오래된 소리를 듣는다. "프랑스에 충성하는 주민 여러분, 경찰이 여러분의 안전을 지킵니다. 경찰은 범법 행위자들을 추적합니다. 통제를 받아들이고 경계를 살피고 지시를 따르세요. 프랑스에 충성하는 주민 여러분, 경찰이 여러분을 지킵니다. 경찰의 활동을 도우세요. 여러분의 안전에 대해서도 마찬가지입니다."

안전. 우리는 거기에 정통하다.


나는 향정신성 약에 몸을 내맡기고 잠이 들었다.

바깥에서 무슨 일이 일어나도, 그 무엇도 죽음과 같은 잠을 깨울 수 없을 것이다. 내 몸은 움직이지 않는다. 내 몸은 침대보나 염포에 쓰일 법한 리넨 제품에 감겨 있는데, 나는 그렇게 밤을 가로지르거나 죽은 자들의 강으로 보내지거나 할 것이다. 몸에서 벗어난 정신은 공기보다 가벼운 기체가 된다. 헬륨과 관련 있고 풍선과 관련 있다. 그것을 놓아버리면 안 된다. 신경화학의 반응으로 잠이 든 상태에서 정신은 줄 하나로 지탱되는 헬륨 풍선과 같다.

번잡한 사유는 여전히 지속되고, 말은 영원히 흘러간다. 이 흐름이 **인간**이다. **인간**은 수다스런 마네킹이고, 끈으로 조종되는 꼭두각시이다. 더 이상 고통받지 않을 때까지 다량의 약을 먹고 감각적인 몸에서 해방되어, 나는 헬륨 풍선이 날아가게 했다. 언어는 홀로 가고, 사유하는 것을 합리화한다. 언어는 그 자신의 흐름 말고 다른 것은 아무것도 생각하지 않는다.

나는 누구와 함께 말할 수 있는가? 나는 누구의 후손인가? 나는 내가 파악한 것을 누구에게 말할 수 있는가?

내게 인종이 필요하다.

인종은 아주 비이성적인 단순함을 지니고 비이성을 공유하는 일은 간단한데, 왜냐하면 그러한 비이성은 더 이상 아무것도 이끌어주지 않을 때 톱니바퀴가 내는 소리와 같기 때문이다. 생각을 멋대로 버려두면, 생각은 인종의 문제를 산출한다. 왜냐하면 사유는 기계적으로 분류하기 때문이다. 인종은 내게 내 존재에 관하여 말할 줄 안다. 인종은 가장 단순한 내 생각과 흡사하다. 나는 얼굴을 보고 인종을 판단하고 내가 어떤 인종인지를 더듬어 탐구한다. 인종은 존재들을 분류한다.

나는 누구에게 말할 것인가? 누가 내게 말할 것인가? 누가 나를 사랑할 것인가? 누가 시간을 들여 내가 말하는 걸 들을 것인가?

인종이 내게 응답한다.

인종은 광적이고 무질서한 방식으로 존재에 대해서 말을 하지만, 그 자체로 이미 존재에 관해 말을 하고 있다. 아무것도 그렇게 간단한 방식으로 내 존재에 대해 내게 말해주지 않는다.

누가 내게 아무것도 묻지 않고 나를 맞아줄 것인가?

인종은 내 심장을 휘게 만드는 너무 무거운 질문들에 응답한다. 인종은 착란적인 대답으로 무거운 질문들을 가볍게 만들 줄 안다. 나는 나와 같은 인종들 사이에서 살아가기를 원한다. 그런데 외모가 아니라면 어떻게 그들을 알아볼 것인가? 나와 닮은 그들의 얼굴이 아니라면 어떻게? 유사성이 그들이 어디에서 유래했는지를 내게 보여주고, 나를 둘러싼 사람들, 그들이 나에 대해 생각하는 것, 그들이 원하는 것을 보여준다. 유사성, 우리는 그것을 따져보지 않는다. 그것은 알려진다.

사유가 공회전을 할 때, 그것은 분류를 한다. 뇌가 아무것도 생각하지 않을 때조차 그것은 분류를 한다. 인종은 유사성에 기초를 둔 분류법이다. 모든 사람이 유사성을 이해한다. 우리도 그것을 이해하고 유사성은 우리를 이해한다. 우리는 어떤 사람들과 닮았고, 다른 사람들은 덜 닮았다. 우리는 모든 사람의 얼굴에서 유사성을 읽는다. 우리가 그것을 찾는 법을 알기 전에 이미, 우리가 그것을 발견하는 법을 생각하기도 전에 이미 눈이 유사성을 찾아내고, 뇌가 그것을 발견해낸다. 유사성은 살아가도록 돕는다.

인종은 온갖 반박을 동반한다. 왜냐하면 인종은 우리의 이성을 따르는 것에 앞선 사유의 습관의 결과이기 때문이다. 인종은 존재하지 않지만 현실은 결코 그것이 틀렸다고 하지 않는다. 우리의 정신은 끊임없이 인종을 암시한다. 그런 생각은 예외 없이 되돌아온다. 그런 관념은 인류의 가장 견고한 부분을 이루고, 점차 쇠약해지고 사라질 육체보다 훨씬 견고한 것이다. 관념은 언어의 구조 속에서 은폐된 채 그 자체와 동일시되어 전해진다.

뇌는 그 과정을 따라간다. 뇌는 차이를 찾아내고 그것을 발견한다. 뇌는 형상을 창조한다. 뇌는 그 생존에 유익한 범주를 만든다. 뇌는 기계적으로 분류하고 행위를 예상하고자 하며, 주위를 둘러싸고 있는 사람들이 할 일을 미리 알아내고자 한다. 인종은 어리석고도 영원하다. 우리가 분류하는 것을 알 필요는 조금도 없고, 분류하는 것으로 충분하다. 인종에 관한 생각은 경멸이나 증오를 필요로 하지 않는다. 인종은 단지 파리의 날개, 다리, 몸뚱이 같은 것을 상세하게 분류한 서로 다른 상자 안에 정렬하고, 정신병적인 흥분 상태의 세심함을 지니고 단순하게 적용한다.

나는 어디에서 왔는가? 나는 자문한다.

헬륨 풍선이 바람을 따라 날아갔다. 언어라는 줄은 더 이상 아무것도 묶어두지 않았다. 사람들은 내 안에서 어떤 인종을 인지할까?

나는 조상이 있지만, 별것 아니다. 만약 내가 내 안에 흐르는 피의 원천을 따라간다고 해도 나는 기껏 할아버지 이상 올라가지 못한다. 그는 원천이 솟아오르는 산이고 시야를 가리는 존재이다. 나는 그 너머를 보지 못한다. 그는 너무 가까이에 있는 지평선이다. 그 자신도 조상에 관한 질문을 스스로 제기했다. 그렇지만 거기에 답을 하지는 못했다. 그는 세대에 대해 지치지 않고 말했다. 그는 모든 것에 관해서 말했고 많은 말을 했으며 모든 것에 관해서 아주 고정된 생각을 지녔지만, 다른 어떤 주제에 대해서도, 계보에 관한 주제에 대해서만큼 수다스럽거나 단호하지 않았다. 어떤 생각이 스치면 바로 흥분했다. "보세요" 하면서, 그는 손을 들어 말했다. 오른손의 집게손가락으로 팽팽하게 당겨진 왼손 가운뎃손가락 마디를 셌다. 그는 손가락 관절, 손목, 팔꿈치를 가리켰다. 각각의 마디는 혈족 관계의 촌수를 가리켰다. "켈트족은 결합 금지가 여기까지 올라갔지요" 하면서 자신의 팔꿈치를 가리켰다. "게르만족은 주먹까지 결합을 허용했어요. 이제 우리는 여기까지 왔어요" 하고 그는 자신의 집게손가락으로 팽팽하게 세운 왼손 가운뎃손가락의 마디를 오르면서 말했다. "이것은 느리게 진행된 퇴폐입니다." 그는 집게손가락으로 팔꿈치에서 손가락까지, 잡거(雜居)에 대한 준엄한 진보를 드러내듯 자신의 팔을 따라 움직이면서 혐오감을 가지고 말했다. 그는 시대와 민족의 기준을 따르면서 금지의 장소를 자신의 몸으로 한정했다. 억양 없는 그의 말 속에는 너무나 많은 확신이 담겨 있었다. 계보의 영역에 보편적인 교양을 소유했다. 재산, 신체, 이름의 양도에 관한 모든 것을 알았다. 그가 나를 다소 두렵게 만드는 목소리로 말했다. 그는 이제는 오래된 영화나 지지직거리는 무전기에 대고 잘 말하려고 애쓸 때가 아니면 더 이상 들을 수 없는, 연극적이고 비음 섞인 목소리로 말했다. 그의 목소리는 과거라는 금속음으로 울렸고, 나는 내 몸에 딱 맞는 의자 위, 할아버지보다 훨씬 낮은 자리에 앉아 있었는데, 그 상황이 나를 좀 두렵게 했다.

할아버지는 칼 아래 앉아 말씀하셨다. 그는 거실 구석에 놓인 파란색 벨벳 소파에 앉아 계셨다. 거실의 다른 쪽 구석 벽에는 칼집에 들어 있는 칼이 매달려 있었다. 칼은 이따금 아무런 소리도 내지 않은 채 공기의 흐름을 따라 흔들거렸다. 그가 내 앞에서 그것을 분리시키고 닳아 빠진 가죽으로 된 칼집에서 검을 꺼냈다. 칼날 위에는 붉은색으로 도드라진 부분이 있었는데, 녹일 수도 있고 피일 수도 있다. 할아버지는 궁금증을 풀어주지 않고 나를 놀리듯 웃었다. 그러다 어느 날 그것이 영양의 피일 수 있다고 암시를 주더니 더 많이 웃었다. 다른 쪽 벽에는 사각 액자에 넣은 큰 그림이 걸려 있었는데, 거기에는 결코 정확하게 어디라고 할 수 없는 도시가 그려져 있었다. 집들은 곡선을 이루고, 지나가는 사람들은 모호하고, 거리는 천으로 된 차양들로 가득했다. 형태가 뒤섞여 있었다. 무슨 냄새처럼 기억하고 있는 그림의 도시는 결코 어느 대륙에 있는지를 알 수 없었다.

할아버지는 그런 이야기를 하기 위해서 파란색의 커다란 벨벳 소파에 앉아 계셨는데, 거기에는 할아버지 말고는 다른 누구도 앉을 수 없었다. 할아버지는 무릎 부분이 튀어나오는 것을 방지하기 위해 앉기 전에 바지를 걷어 올렸다. 둥근 등받이가 그의 어깨 뒤로 솟아올라 있었고, 장식 징이 박힌 둥그런 후광이 그의 머리 둘레에 놓였다. 등을 꼿꼿이 세운 채 팔걸이에 팔을 올려놓았고, 결코 다리를 꼬고 앉는 법이 없었다. 단정하게 앉아 우리에게 말씀하셨다. "우리 집안 성씨의 유래를 아는 일은 중요하다. 우리 집안은 국경에서 살았지만 나는 우리 집 성씨의 흔적을 프랑스 중심에서 되찾았다. 우리 성씨는 아주 오래된 것이고, 땅을 경작하는 것, 정착의 의미를 지닌다. 성씨란 것은 식물처럼 특정한 장소들에서 생겨나 씨앗으로 퍼진단다. 성씨는 기원을 말해주는 것이다."

나는 내 몸에 맞는 보조의자에 앉아 할아버지 말씀을 들었다. 할아버지는 계보의 문제에 대해서 엄청난 교양을 지녔다. 그는 철자를 통해 과거를 설명할 줄 안다. 발음상의 왜곡을 살펴봄으로써 특정 장소의 이름이 한 씨족의 이름으로 이행하는 것을 추적할 줄 안다.

나중에, 훨씬 나중에 내가 목소리를 회복했을 때, 나는 어떤 책에서도, 내가 나누었던 어떤 대화에서도 할아버지가 말씀하신 모든 것의 흔적을 결코 되찾지 못했다. 내 생각엔 할아버지가 지어낸 이야기도 있었다. 풍문에서 이야깃거리를 찾아내 미화시키고, 가장 작은 일치를 찾아내 극단까지 밀어붙였다. 할아버지는 설명에 대한 자신의 욕망을 진지한 것으로 여겼지만, 그분이 말씀하신 사실들은 이야기가 지속되는 동안 할아버지의 파란 소파 아래에서나 존재했을 뿐이다. 할아버지가 말씀하신 것은 그분의 말 속에서만 존재했을 뿐인데, 할아버지 말씀은 그 이야기가 말해주는 과거의 비읍 섞인 소리를 통해 매혹적으로 들렸다. 계보에 관해 말씀하실 때 할아버지의 통상적인 욕망은 진정될 수 없었고, 알고자 하는 갈망은 해소될 수 없었다. 백과사전도 결코 그와 같은 욕구의 심연을 메워줄 수 없었을 것이고, 그래서 할아버지는 존재하기를 소망하는 모든 것을 지어냈다.

말년에 할아버지는 유전학에 탐닉했다. 할아버지는 대중 잡지들에서 유전학의 원칙들을 배워나갔다. 마침내 유전학에서 할아버지가 언제나 듣고 싶어 했던 것에 대한 명료한 답을 구했다. 혈액을 판독하게 했다. 나는 혈액 판독법을 배우기 위해 20년을 투자했고 공부했다. 할아버지는 백혈구에 고정된 불변의 분자들을 구분하는 실험실에 갔다. 분자들은 결코 소멸하지 않고, 마치 단어들처럼 전달된다. 우리가 문장이라면 분자들은 그 문장을 구성하는 단어들이다. 말하는 가운데 나타나는 단어의 빈도를 세면서 우리는 사람들 가슴속에 숨겨진 생각을 알 수 있다.

할아버지는 실험실에서 자신과 관련된 모든 혈액형을 분석하도록 했다. 할아버지는 당신이 찾고 있는 것을 우리에게 설명했다. 나는 단어들을 착각해 혈액형들에 관해 말했다. 그것은 웃음거리였지만, 할아버지 눈은 관심을 드러내는 광채가 번쩍였다. "피는 중요한 요소다. 우리는 피를 물려받고, 피를 나누고, 외부에서 피를 본다. 너희들이 몸에 지닌 피가 너희에게 색과 형태를 부여하는데, 그것은 피가 너희를 만들어내는 환경이기 때문이다. 인간의 눈은 피의 차이를 볼 줄 안다."

할아버지는 자신의 피와 할머니의 피를 추출하게 했다. 작은 병에 자신들의 이름을 적고 잘 밀봉했다. 그는 그 병들을 실험실로 보냈다. 자신의 소량의 핏속에서 계보의 신비를 읽어내도록 했다. 여러분 주변의 동요하는 세계를 봐라. 그 세계에 질서를 부여해주는 것이 무엇인지 밝혀진다. 유사성이 중요한데, 그것은 '인종'이라고 발음될 수 있다.

결과가 마치 공식적인 자료를 담는 봉투처럼 두꺼운 봉투에 담겨왔고, 할아버지는 떨리는 심정으로 그것을 개봉했다. 대단히 현대적인 실험실의 로고 아래서 그들은 할아버지가 요구했던 측정 결과를 알렸다. 할아버지는 켈트족이었고, 할머니는 헝가리 후예였다. 할아버지는 우리 모두 모여서 식사를 하던 어느 겨울에 그 사실을 알렸다. 할아버지는 켈트, 할머니는 헝가리. 나는 할아버지가 어떻게 할머니에게 피를 추출하자고 설득할 수 있었는지 궁금하다. 실험실 쪽에서는 할아버지가 우리에게 세부적인 것은 설명하지 않는 절차를 거쳐 피를 분석했고, 할아버지는 거기에는 아랑곳하지 않았다. 할아버지는 세부적인 것에 개의치 않았던 것이다. 봉투에 담겨 자신에게 도달한 결과, 그것만이 중요했다. 할머니는 헝가리, 할아버지는 켈트.

그는 생명과학에 대해서 부차적인 측면만을 새기고 있었는데, 그런 것은 학술 잡지들에는 없고 읽기 쉬운 잡지들에 나오는 것들로, 사람들이 정말로 읽는 유일한 것들은 그런 잡지들이다. 그는 이론에는 관심이 없고 답을 원했는데, 자신이 원하는 답들을 사실이라고 불렀다. 그는 20세기 과학이 오래전부터 사로잡혀 있던 공상적인 생각을 간직하고 있었다. 우리는 그런 생각을 근절코자 했고 대학의 개론 과정에서도 그런 생각을 반박하지만, 그런 생각은 풍문으로, 암묵적인 발화로, 이해하고자 하는 욕구로 언제나 되살아났다. 사람들은 이해하기를 몹시 갈망하고 약간은 해석도 하기 때문에 분자적인 분석은 피에 대한 생각을 되찾도록 만든다. 암시, 분자에 대한 것과 그것의 전달에 대한 생각은 인종에 대한 관념을 확인하는 것처럼 보인다. 우리는 거기에 대해 믿지 않지만, 그것을 욕망하고 추구한다. 인종에 대한 관념은 유사성에 대한 혼란스런 신비를 정돈하고자 하는 우리의 욕망을 너무나 강렬하게 되살린다.

그러니 할머니는 헝가리 출신이고 할아버지는 켈트 출신이다. 할머니 쪽은 찢어진 눈의 냉혈한 기사, 할아버지 쪽은 파란색 문신을 하고 벌거벗은 거구. 할머니 쪽은 말들이 일으킨 먼지 속에서 초원을 달리면서 약탈할 마을, 납치해서 잡아먹을 아이들을 찾고, 공간 전체를 초원과 맨땅으로 돌려놓기 위해 파괴할 마을을 찾는다. 할아버지 쪽은 술에 취해 냄새가 나고, 둥그렇고 꽉 막힌 오두막에 틀어박혀 음악에 맞춰 행해지는, 몸의 접촉이 없지 않은 불건전한 의식을 수행한다.

그들의 결합은 어떻게 이루어졌을까? 그들의 결합. 실제로 그들은 짝을 지었고, 우리 조부모들이 그렇다. 어떻게 그들은 결합했는가? 할머니는 헝가리, 할아버지는 켈트. 구 유럽의 야만적인 민족들, 그들이 서로에게 다가서기 위해 어떻게 했을까? 서로 다가서다. 같은 장소에 계속 있기 위해 그들은 어떻게 했는가, 같은 리듬을 따라 유럽을 누비고 다니지 않은 그들이 말이다. 어떤 위협 아래 그랬을까? 톱니 모양 칼날의 위협, 청동 검의 위협. 이중의 곡선으로 된 활시위에 놓인, 가볍게 흔들리는 화살의 위협? 그들 중 하나가 완전히 자신의 피를 비우기도 전에, 서로 충분히 오랫동안 머물기 위해서 그들은 어떻게 한 것일까?

추위, 고대 민족들이 누비고 다녔던 구 유럽의 얼어붙을 것 같은 추위로부터 자신들을 어떻게 보호했을까? 서로 상처 입힐 수 있을 만큼 충분히 가까워지자마자 서로를 치는 칼날에서 어떻게 자신들을 보호했을까? 그들은 썩는 냄새가 나는 가죽옷이나 짐승의 털로 만든 모피, 징을 촘촘히 박고 가죽을 삶아서 굳힌 갑옷을 입었고, 붉은색 표지로 테두리를 하고 콧구멍에서 피가 흐르는 커다란 황소의 머리를 그려 넣은 방패들을 들고 있었다. 그들은 자신들을 보호할 수 있었던 것일까?

그럼에도 불구하고 그들은 짝짓기를 했고, 그 결과 내가 여기 있는 것인데, 도대체 이런 일이 어디에서 일어날 수 있었던 것일까? 전투를 하는 초원을 제외하고서는 그들이 함께 잠자리를 할 만한 어떤 장소도 공유하지 않았는데, 도대체 어디에서 서로를 껴안았을까? 사실 한쪽 사람들은 밤낮으로 땀을 흘리는 말 등에 올랐고, 다른 쪽 사람들은 끝이 부러진 말뚝으로 만든 울타리 안에 해골이 널린 커다란 영지에 집결했는데 말이다.

연기가 피어오르는 폐허들과 무기들이 부러진 채 널려 있는 짓밟힌 초원 위가 아니라면 어디에서 그런 일이 일어날 수 있었는가? 전쟁의 폐허 속이 아니라면, 결탁의 표시로 땅에 꽂은 커다란 깃발의 흔들리는 그림자 속이 아니라면, 공통의 척도가 없는 두 민족에게 어떻게 그런 일이 일어날 수 있었겠는가? 그렇지 않으면 거대한 나무들이 우거진 숲의 이끼 긴 땅 위, 아니면 통돌로 지은 성의 돌바닥 위? 어떻게?

나는 그들의 결합에 대해 완전히 무지하다. 그저 '켈트'와 '헝가리'라는 두 개의 단어만 이해한다. 나는 할아버지가 다른 사람들에게 그러듯이 내게 혈액 테스트의 결과를 말하면서 무엇을 암시하려고 하는 것인지 모른다. 할아버지는 겨울 거실의 따뜻한 공기 속에서 '켈트' '헝가리'라는 단어들을 말했고, 그 단어들이 말해진 다음에는 침묵이 흘렀다. 단어들은 부풀었다. 할아버지는 자신의 피를 판독시켰고, 나는 그가 무엇을 알고 싶어 했는지 모른다. 나는 할아버지가 왜 그런 말을 우리에게 했는지 모른다. 겨울의 한나절, 우리는 할아버지 주변에 모두 모여 있었고, 나는 내 체격에 딱 맞는 의자 위에 앉아 있었다. 할아버지는 '켈트' '헝가리'라고 말했다. 마치 우리가 두 마리의 커다란 몰로스 개의 입마개를 제거할 때처럼 두 단어를 말했고, 우리에게 그 말들이 전해지도록 했다. 할아버지는 우리에게 한 방울의 피에서 읽을 수 있는 것을 밝혀냈다. 자기 주변에 모인 우리들에게 그러한 사실을 말했다. 피가 우리를 서로 연결해준다. 할아버지는 왜 어린아이인 내 앞에서 그런 말씀을 했을까? 할아버지는 왜 우회적으로 피의 원천인 결합을 그려 보이기를 원했을까?

할아버지는 겨울의 거실에 우리를 모이게 하고, 우리가 어떤 민족의 후예인지를 모두가 알 수 있도록, 자신의 피를 분석하도록 한 사실을 환기시켰을 것이다. 사실 우리들 하나하나는 고대의 어떤 민족의 후예인 것이 분명하다. 그리하여 우리는 우리가 누구인지를 이해하고, 마침내 모두 모이자마자 우리를 자극했던 지독한 긴장의 이유를 설명하게 될 것이다. 우리가 할아버지 주변에 모인 테이블은 저마다 자신의 무기들과 깃발을 갖춘 채 고대의 조상들이 편력했던 대륙일 수 있는데, 다른 사람들의 눈에는 너무나 낯설게 보일 것이다.

할아버지의 주장에는 응답이 없었다. 나는 할아버지의 주장이 무서웠다. 나는 내 체격에 맞는 의자에 앉아 다른 사람들보다 더 낮은 자리에 있었고, 그 낮은 곳에서 그들의 불편함을 감지했다. 아무도 대답하지 않았다. 긍정의 답도 부정의 답도 하지 않은 것이다. 그저 할아버지가 말씀하시도록 가만있었다. 어떤 응답도 없이, 우리들 가운데 할아버지가 풀어놓은 '켈트'와 '헝가리'라는 두 마리 몰로스 개가 땅을 핥고, 우리를 보고 침 흘리면서, 우리를 물을 것처럼 위협하면서 돌아다니도록 내버려두었다.

왜 할아버지는 우리를 모두 모이게 한 가운데, 야만적인 민족과 씨족 가운데 오래된 유럽을 재창조하고 싶어 했을까? 우리는 할아버지의 주변에 모여 있었다. 벽에 걸린 채 아무런 소리도 없이 움직이고 있는 칼 아래, 장식용 징이 둥그런 후광처럼 박힌 파란색 벨벳 소파에 앉은 할아버지의 주변에 같은 가족이 앉아 있었다. 할아버지는 우리가 우리들의 피를 읽어내기를 원했고, 우리가 이 피에서 마주한 인물들의 이야기, 우리들의 신체로 발현되는 환원 불가능한 차이들을 읽어내기를 원했다. 할아버지는 왜 자기 주변에 모여 있는 우리들을 분리시키고자 했던 것일까? 왜 할아버지는 우리 서로가 아무런 관계없는 것처럼 보기를 원했던 것일까? 우리는 최대치의 가능성을 지니고, 같은 피를 지니고 있었는데 말이다.

나는 사람들이 내 피 한 방울에서 무엇을 읽어낼 수 있을지를 전혀 알고 싶지 않다. 나는 그들의 피로 인해 손상되었고, 그것으로 충분할 뿐 거기에 대해서 더 이상 말하고 싶지 않다. 나는 우리 사이에 공유된 피에 대해 전혀 알고 싶지 않고, 우리 안에 흐르는 피에 대해서도 전혀 알고 싶지 않은데, 그러나 할아버지는 계속 우리, 우리 안에서 읽어낼 수 있는 인종에 대해 말씀을 하시는데, 아무런 논리가 없었다.

할아버지는 계속했다. 그는 계보를 형성하는 강을 읽어내는 법을 알아야 한다고 주장했다. 그는 우리가 당신의 예를 따르기를, 우리가 당신처럼 이 독법에 흥분하기를, 인간의 시대를 구성하는 강물에 우리가 다 함께 몸을 담그기를 권했다. 그는 우리가 당신과 함께 다 같이 피의 강물에 몸을 담그기를 권했는데, 그것이 우리의 관계일 것이다.

할아버지는 흡족해했다. 그는 실험실의 결과에 대해, 사실 아무것도 말해진 바가 없는데 모든 암시를 읽어내고, 우회적으로 장식을 더했다. 인종에 관한 이야기는 망상과 흡사하다. 누구도 감히 그의 말에 대해 언급하려고 하지 않았고, 전부 다른 곳을 보고 있었다. 나, 나는 언제나처럼 몸에 딱 맞는 의자에 앉아 말없이 낮은 곳에서 다른 곳을 보고 있었다. 겨울 거실의 무거운 공기 속에서 할아버지는 강한 어조로 인종에 관한 자신의 연극을 펼치고 있었고, 우리를 하나하나 뚫어지게 쳐다보면서 시선을 고정시킨 채 끝없이 고대의 인물들을 직면하게 했다.

나는 내가 어떤 민족의 후예인지 모른다. 그러나 중요하지 않다. 그렇지 않은가?

사실 인종이 문제가 아니다. 그렇지 않은가?

인종은 서로 싸우는 모습으로 존재하는 것이 아니다.

우리의 삶은 훨씬 더 평온한 것이다. 그렇지 않은가?

우리는 정말로 모두 같은 사람들이다. 그렇지 않은가?

우리는 함께 살아가는 것이 아닌가?

그렇지 않은가?

내게 대답해주시라.


내가 살고 있던 동네에 경찰이 오는 일은 없다. 와도 아주 드문 일이다. 경찰이 올 때면, 그들은 몇몇이 적게 무리를 지어 서두르지 않고 수다를 떨거나, 뒷짐을 지고 걷거나 진열장 앞에 멈춰 서는 식이다. 그들은 파란색 차를 길가에 주차하고, 모든 사람이 그러듯 팔짱을 낀 채 젊은 여자들이 지나가는 것을 바라보면서 기다렸다. 건장한 그들은 무기를 지녔지만 전원 감시인처럼 굴었다. 나는 우리 동네가 평온하다고 믿어도 좋았다. 경찰은 나를 보지 않는다. 나도 그들을 거의 보지 않는다. 그럼에도 나는 검문에 걸렸다.

나는 마치 구경거리나 되는 양 말하지만, 내가 사는 동네에서 검문은 아주 드문 일이다. 우리는 도심에 살고, 도시와 외곽을 가르는 거리로 인해 검문에서 자유롭다. 우리는 걸코 강가로 가는 일이 없고, 자동차를 타고 슈퍼마켓을 향해 간다. 우리는 차창을 내리지 않고 차 문도 잘 잠근다.

거리에서는 누구도 내게 신분을 확인하자고 요구하지 않는다. 왜 그들이 내게 그것을 요구하겠는가? 내가 누구인지 내가 모르겠는가? 만약 사람들이 내 이름을 물으면 나는 이름을 말할 것이다. 다른 무엇이 있는가? 작은 신분증에는 내 이름이 적혀 있고, 도심에 사는 많은 주민처럼 나는 그것을 가지고 다니지 않는다. 나는 내 이름을 너무나 확실히 알고 있었기 때문에 내게 그것을 떠오르게 해줄 비망록이 필요하지 않다. 만약 사람들이 내게 정중하게 이름을 묻는다면 나는 길 잃은 사람에게 정보를 주듯 그것을 말할 것이다. 길에서 누구도 내게 신분증을 제출하라고 요구하지 않는다. 프랑스 국기가 그려진 작은 카드에는 내 이름, 내 사진, 내 주소와 도지사의 서명이 담겨 있다. 내가 그것을 가져 뭣하겠는가? 나는 이미 거기 적힌 전부를 안다.

물론 문제는 다른 곳에 있다. 국가가 발급한 신분증은 단순한 비망록의 용도가 아니다. 이 작은 신분증은, 프랑스 국기의 색과 읽을 수 없는 도지사의 서명이 담긴 파란색 카드는, 무가치한 것일 수 있다. 중요한 것은 몸짓이다. 모든 아이가 그 사실을 안다. 어린 여자애들이 시장 놀이를 할 때 그들이 상상의 돈을 주는 몸짓은 놀이의 기반이다. 신분을 확인하는 경찰은 신분증에 담긴 내용을 아랑곳하지 않은 채 글씨를 판독하고 이름을 읽는다. 신분을 확인하는 일은 언제나 똑같은 일련의 몸짓으로 구성된다. 곧바로 다가오고, 인사는 교묘하게 생략하고, 언제나 단호하게 요구한다. 신분증을 찾아 내밀어야 한다. 신분증은 그것을 제시해야 한다고 생각하는 사람들의 주머니 가까운 어디에 있다. 제시된 신분증을 이리저리 돌리면서 오래 들여다본다. 고작 몇 개의 단어를 담고 있는데, 그것을 보는 데 필요한 시간보다 훨씬 오래 본다. 마치 아쉽다는 듯이 머뭇거리며 반환이 이뤄지고, 조사가 뒤따를 수 있고, 시간이 정지되는데, 그 일은 시간이 걸릴 수 있다. 이런 검문을 받는 사람은 인내심을 가지고 침묵을 지켜야 한다. 사람은 각자 자신의 역할을 안다. 유일하게 중요한 것은 일련의 몸짓이다. 그들은 결코 나를 검문하지 않는데, 내 얼굴은 의문의 여지가 없기 때문이다. 나는 지니지 않는 이 신분증을 제시하라고 요구받는 사람들은 얼굴을 통해 무엇인가 분간되는 것이고, 그런 일은 따져보지 않아도 안다. 신분을 확인하는 일에는 논리적 순환이 따른다. 신분증을 확인하면서 사람들의 신분을 확인한다. 신분증 검사는 신분을 확인받는 사람들이 신분을 확인하는 사람들과 마찬가지라는 사실을 확인하는 것이다. 검문은 하나의 몸짓으로, 어깨에 손을 올리고 질서를 물리적으로 환기시키는 것이다. 개 줄을 당기면 개는 비로소 자신의 목끈의 존재를 떠올린다. 사람들이 나를 결코 검문하지 않는 것은 내 얼굴이 신뢰를 주기 때문이다.

그래서 나는 신분증 검사를 가까이서 목격했지만 사람들은 내게 아무것도 묻지 않았고, 검사도 하지 않았다. 나는 내 이름을 완벽하게 알고 있었고, 프랑스 국적을 증명하는 작은 푸른색 카드를 지니고 다니지 않았다. 나는 우산을 가지고 있었다. 폭풍우가 친 덕분에 신분증 검사를 받게 되었다. 내가 다리를 건널 때 커다란 구름이 풀어지고 폭풍을 동반한 폭우가 한꺼번에 쏟아졌다. 손 강의 구릿빛 물이 수많은 동그라미가 얽힌 것처럼 덮치면서 퍼부었다. 다리 위에는 피할 수 있는 대피소가 하나도 없었고 다른 강기슭까지 아무것도 없었지만, 나는 우산을 펼치고 주저하지 않고 다리를 건너고 있었다. 사람들은 폭우 아래서 뛰어갔고, 상의를 벗어 머리를 가리거나 아니면 가방, 아니면 물에 쉽게 찢어지는 신문, 심지어 자신들의 손, 무엇이든지 자신을 지키는 표시를 하면서 뛰었다. 사람들은 비를 피했고, 자신을 보호하는 모습을 드러내면서 달렸다. 나는 뛰지 않아도 되는 여유를 부리면서 다리를 가로질렀다. 나는 빗방울로부터 보호해주는 우산을 단단히 쥐고 있었는데, 빗방울은 북 치는 소리를 내며 쏟아졌고, 주변의 땅으로 부서지듯 떨어졌다. 흠뻑 젖은 남자가 내 팔을 붙잡았다. 그는 아주 명랑한 태도로 내게 바짝 붙었고, 우리는 함께 걸었다. "다리 끝까지 우산을 씌워줄래요?" 그가 아주 활짝 웃으면서 말했다. 그는 흠뻑 젖었지만 쾌활한 모습으로 내게 바짝 다가섰다. 그는 아무런 거리낌이 없었고 좋은 냄새가 났다. 유쾌한 대담함으로 웃을 준비가 된 상태였다. 우리는 팔짱을 끼고 같이 걸었고, 다리 끝까지 가로질렀다. 나는 내 몸의 절반만 우산을 쓰고 한쪽은 완전히 젖었다. 그는 비를 향해 욕설을 퍼붓고, 끊임없이 내게 말했다. 우리는 비를 피하려고 머리 위로 여러 가지 몸짓을 하며 달려가는 사람들을 보고 웃었다. 나는 그의 활력을 보고 미소를 지었고 그의 각별한 대담함은 나를 웃게 만들었는데, 이 사내는 가만히 있지를 않았다.

　우리가 다리를 건넜을 때 폭풍우는 잦아들었다. 내릴 비는 거의 다 왔고, 이제 거리로 흘러갔다. 깨끗해진 대기 속에 조금씩 내리는 이슬비만 남았다. 그는 주위의 모든 것을 물들인 활력을 지니고 내게 감사 인사를 했다. 내 어깨를 툭툭 치고 마지막 이슬비가 내리는 가운데 뛰면서 떠났다. 그는 다리 끝에 주차하고 있던 파란색 차 앞을 너무 빨리 지나갔다. 조각처럼 건장한 사람들이 가게의 처마 아래서 팔짱을 낀 채 거리를 감시하고 있었다. 그가 그렇게 아주 빨리 지나가면서 그 사람들을 보았는데, 이것이 국면의 전환을 야기했다. 그들 중 하나가 앞으로 나와 다소 활기차게 인사했고, 그에게 말을 걸었다. 그는 달려가던 방향을 잠깐 놓쳤다가 빨리 갔다. 그는 즉각 사태를 알아차리지 못했다. 그들은 모두 그의 뒤를 따라 뛰었다. 그는 반사 신경과 운동 보존의 법칙으로 인해 멈추지 않았다. 사람들이 그를 붙잡았다.

나는 머리 위로 검은 우산을 쓰고 같은 걸음걸이로 계속 나아갔다. 나는 도로 위에 웅크리고 있는 그 사람들 앞에 있었다. 파란색 상하복을 입은 젊은이들이 내가 함께 다리를 건넜던 젊은 사내를 땅으로 밀쳤다. 나는 살짝 걸음을 늦추었지만 멈추지는 않았다. 단지 걸음을 늦추고, 어쩌면 몇 마디 말을 했을 수도 있다. 정확하게 무엇을 했는지 모른다.

"돌아서 가세요"

"이 젊은이가 무슨 일을 했나요?"

"우리는 우리가 할 일을 알고 있습니다. 돌아서 가주세요."

엎드린 채 손을 등 뒤로 하고 있는 그는 무릎에 치여 입술이 터져 있었다. 그의 눈길이 주위를 따라 흔들리다가 나를 올려보았다. 나는 그의 알 수 없는 시선에서 실망감을 읽었다. 그것은 바로 내가 그의 시선에서 읽고자 한 것이었다. 나는 돌아갔고, 그들은 그를 일으켜 세워 수갑을 채웠다.

그들은 나에게는 아무런 요구도 하지 않았다. 그 사람에게는 몸짓으로 신분증을 요구했다. 내가 뭔가 말해야 했을까? 우리는 질서를 유지하는 건장한 사람들에게 맞서는 걸 주저한다. 그들은 용수철처럼 긴장 상태이고, 무기를 지니고 있다. 토론이란 것은 결코 하지 않는다. 행동하고 감독하고 통제한다. 그들은 행동한다. 나는 그들이 내 뒤에서 불심검문의 이유를 무전기로 말하는 것을 들었다. "명령 거부. 도주죄. 신분증 불지참." 나는 그와 멀어지면서 팔을 등 뒤로 한 채 차 안에 앉아 있는 그를 슬며시 보았다. 더 이상 아무 말도 하지 않은 채 그는 자신의 운명이 전개되는 것을 지켜보았다. 나는 이 젊은이의 운명이 어떤지 알지 못했다. 그의 일은 그의 흐름을 따라갔다. 우리의 길은 서로 갈라져 있었다. 아마 그들은 자신들이 하는 일을 알았을 테고, 파란색 옷차림의 사람들, 사회질서를 지키는 소방수들, 그들은 내가 알지 못하는 것을 알았을 것이다. 나는 그들 사이에 하나의 사건이 있다는 인상을 받았는데, 거기에 내 자리는 없었다.

하루 종일 나를 따라다닌 것은 바로 그런 문제였다. 부당함도 아니고, 내 비겁함도 아니고, 내가 관련된 폭력의 광경도 아니다. 구역질이 나도록 나를 따라다닌 것은 바로 저절로 떠올랐던, 조화를 이룬 두 개의 단어이다. "그들 사이." 이 이야기에서 가장 끔찍한 것은 언어의 재료 자체에 흔적을 남겼다. 이 두 단어가 함께 떠올랐는데, 가장 끔찍한 것은 그들의 관계로, 그것은 내가 내 안에 지니고 있었는지 모르는 것일 수 있다. "그들 사이." 오래전부터, 전부터. 거기처럼 여기에도.

일반적인 불편함 속에, 일반적인 긴장 속에, 일반적인 폭력 속에 우리가 정의할 수 없는 유령이 와서 떠돈다. 언제나 현존하는, 결코 멀리 있지 않은 유령은 우리가 모든 것을 설명할 수 있다고 믿도록 만드는 데 아주 유용하다. 프랑스에서 인종은 실체는 있지만 정의는 없고, 우리는 그것에 대해 아무 것도 말할 수 없지만 그것은 명백하다. 모든 사람이 그것을 알고 있다. 인종이란 현실적인 행동을 개시하게 하는 데 효과적인 정체성이다. 하지만 우리는 모든 것을 설명할 수 있는 그들의 현존에 어떤 이름을 부여할지 모른다. 거기에 부여하는 이름은 전부 적합하지 않지만, 우리는 인종을 빗대 어떤 이름을 붙여도 즉각 알아차리는데, 그게 바로 이름을 붙인 자들이 원하는 것이다.

인종은 존재하지 않는다. 하지만 그것은 효과적인 정체성이다. 계급 없는 사회에서, 만인에 대한 만인의 투쟁, 동요에 노출된 분자사회에서, 인종은 통치를 허용하는 가시화된 관념이다. 정체성과 혼동되는 유사성이 질서유지를 허용한다. 거기에서처럼 여기에서도. 거기에서 우리는 완벽한 통제에 초점을 맞춘다. 내가 "우리"라고 말할 수 있는 이유는 그것이 프랑스적 재능과 관련된 문제이기 때문이다. 다른 곳, 평화로운 세계에서 우리는 기계를 제작하기 위해서 폰 노이만의 추상적인 이론을 발전시켰다. IBM은 파일 체계라는 효과적인 생각을 발명했다. IBM은 엄청난 미래가 보장되어 있는데, 우리가 농담으로 뜨개질바늘이라고 부르는 길고 뾰족한 금속 침으로 파일에 구멍을 뚫어 논리적인 조작을 실험했다. 이 시기에 알제의 도시에서 우리는 이런 생각을 인간에게 적용시켰다.

이 대목에서 프랑스적인 재능을 찬양해야 한다. 내 자신의 사유이기도 한 이 프랑스의 집단적인 사유는 가장 추상적이고 가장 완벽한 체계 구축법을 아는 동시에 그 체계를 인간에게 적용하는 것도 안다. 프랑스적인 재능은 정보화 이론의 원리를 가장 구체적인 방식으로 적용시킴으로써 근동의 도시들을 통제하는 법을 알았다. 다른 곳에서는 그러한 이론으로 계산기를 만든다. 거기에서 우리는 그것을 인간에게 적용시킨다.

알제의 모든 집 위에 우리는 페인트로 번호를 남겼다. 우리는 개개인을 위한 파일을 작성했다. 우리는 도시 알제의 연락망을 완벽하게 구축했다. 사람들 하나하나가 소재로 주어졌고, 우리는 계산했다. 깃발이 움직이지 않으면 누구도 움직일 수 없었다. 습관과 관련된 동요가 의심이라는 바이트를 구성한다. 정체성의 동요는 그 지역 출신자들을 결코 잠드는 일 없이 깨어 있는 고지대의 마을까지 올려 보냈다. 얼굴에 불신이 가득한 사내 네 명이 지프차에 올라탔다. 그들은 한 손은 차 위쪽을 잡고 다른 손에는 소형 기관총을 들고 거리를 거침없이 질주했다. 갑자기 건물 아래쪽에 멈추자마자 뛰어내렸고, 달리면서 거리를 돌파했고, 강렬한 에너지로 전율했다. 침대에서 또는 계단에서 또는 거리에서 닥치는 대로 용의자를 체포했다. 그들은 잠옷 차림의 용의자를 지프차에 태워, 결코 속도를 늦추는 법 없이 고지대까지 올라갔다. 그들은 언제나 용의자를 찾아냈는데, 각각의 사람이 하나의 파일에 담겼고, 각각의 집이 표시되어 있었다. 파일의 군사적인 승리였다. 그들은 언제나 누군가를 데려갔고, 무기를 휴대한 건장한 사내 네 명은 결코 속도를 늦추는 법 없이 지프차를 타고 달렸다.

다른 곳에서는 파일을 건지기 위해서 뜨개질바늘을 사용하는데, 알제에서는 인간을 낚시하기 위해 사용했다. 인간에게 기다란 침으로 구멍을 낸 덕분에 우리는 다른 사람을 낚시했다. 우리는 뜨개질바늘을 인간에게 사용했는데, IBM은 그것을 파일에 적용시킬 뿐이었다. 우리는 사람에게 침을 심었고, 그것으로 구멍을 내 그 구멍들을 뒤지고, 한 사람을 통해 다른 사람들을 낚았다. 하나의 파일을 관통한 구멍에서 출발해 기다란 침 덕분에 우리는 다른 파일들을 포착했다. 그것은 상당한 성공을 거두었다. 움직이는 모든 것이 멈췄다. 모든 것이 멈추었다. 일단 사용된 파일들은 더 이상 사용할 수 없었다. 이런 상태의 파일들은 더 이상 사용될 수 없었고, 파기되었다. 그것이 바다에서, 운하에서 다시 발견되었는데, 상당수에 이르렀다. 사람들이 마치 쓰레기통에 버려지듯 사라졌다.

적은 물속의 물고기와 같은 것인가? 그러면 물을 비워내야 하는 것인가! 더 좋은 방책을 강구하기 위해서 날카로운 것들로 대지를 덮고, 전기를 흐르게 만들었다. 물고기들은 죽고 전투는 승리를 거두고, 우리는 폐허의 영역을 획득했다. 그리고 다른 모든 것은 상실했다. 우리는 정보 이론을 체계적으로 활용해 승리를 거두었다. 우리는 황폐한 도시의 주인으로 남았지만, 말을 걸 인간도 사라지고 감전된 유령들만 출몰하는 도시, 도시에는 이제 증오, 가혹한 고통, 두려움만이 만연했다. 우리가 찾아냈던 해결책이 프랑스적인 재능의 아주 익숙한 양상을 드러냈다. 살랑과 마쉬 장군은 부바르와 페퀴셰*의 대단하고 어리석은 원칙들을 문자 그대로 적용시켰다. 예컨대 명단을 작성하고, 전부 논거를 제시하고, 재앙을 야기한다.

우리는 계속 함께 살아가는 일에 어려움을 겪게 될 것이었다.

오, 다시 시작되었군!

다시 시작되었어! 그는 다시 그렇게 말했고, 나는 그가 그렇게 말하는 것을 들었다. 그는 같은 용어들 내부에서, 같은 단어들을 사용해서 같은 어조로 그렇게 말했다. 오! 다시 시작되었어! 식민지의 부패한 상황은 우리를 감염시키고 우리를 갉아먹었으며, 다시 표면으로 올라왔다. 오래전부터 그것은 슬그머니 우리를 따라다녔고, 하수구가 도로의 설계도를 따라가듯이 언제나 감춰진 채 언제나 현존하면서, 우리가 그것을 보지 못하는 가운데 순환했다. 심하게 열기가 치솟으면 우리는 이 악취가 어디에서 유래한 것인지를 자문한다.

그는 같은 용어들을 사용해서 말했고, 나는 그가 그렇게 말하는 것

---

* 플로베르의 소설 제목이자 두 주인공의 이름. 부제가 '인간의 어리석음에 관한 백과사전'이듯, 섣부른 확언과 도식화 등 근대 학문에 대한 맹목적인 추종을 비판하고, 이에 대한 환멸을 뛰어나게 그려냈다.

을 들었다.

　나는 신문을 샀다. 신문 판매인은 비열한 인간이었다. 나는 그것을 증명하지는 못하지만 모든 감각이 즉각적으로 받은 인상을 통해서 그 사실을 안다. 그에게선 애프터 셰이브 향이 섞인 좋은 담배 냄새가 났다. 나는 그가 쇠 힘줄 채찍이 감춰진 계산대 뒤에서 무기력하게 있거나 탈모를 드러내며 작은 여송연을 태우고 있었으면 차라리 더 좋았을 것이다. 그러나 이 담뱃가게 주인은 짧게 깎은 머리로 탈모를 가렸고, 고급일 게 뻔한 긴 시가를 피우고 있었다. 그는 습도 조절이 가능한 포도주 지하 저장고를 갖고 있다고 알려주었는데, 그는 분명 포도주 애호가이고, 포도주에 정통하고 맛 보는 법도 알았을 것이다. 그는 셔츠가 부러울 만큼 잘 차려입고 있었다. 내 나이 또래인 그는 살찐 편은 아니고, 그저 잘 안 착해 살 만큼 원기왕성했다. 그리고 솔직한 태도, 좋은 피부, 차분한 안정감을 보였다. 그의 부인은 회계를 맡고 있었는데 상업적이긴 해도 관능적인 매력으로 빛났다. 그는 시가를 물고 거만하게 말했다.

　"그들이 나를 웃게 만드네."

　그는 신문을 펼쳐 든 채 시사 문제에 대해 평했다. 그는 전혀 대중적이지 않은 권위지를 읽고 있었다. 우리는 더 이상 사람들로부터 자신을 보호하기 위해 풍자화에 의지할 수 없었다. 30년 동안 일간지의 광고는 하나하나가 전부 본래의 뜻을 가장 잘 표현했고, 우리는 더 이상 그보다 쉽게 우리가 생각하는 것을 표현하지 못한다. 우리와 관계 있는 사람들을 알기 위해 우리는 작은 표시들을 찾아야 한다. 아니면 적어도 들어야 한다. 모든 것이 음악으로 소통되고, 모든 것이 언어의 구조 속에서 말해진다.

　"그들이 나를 웃기네. 자, 여기 그들의 익명의 **이력서**들이 있네."

　사실 최근에 우리는 고용 신청서를 쓸 때 더 이상 이름을 적지 말자고 생각을 모았다. 우리는 **이력서**에 이름을 언급하는 것을 금지하자고 제안했다. 그리고 결코 이름을 말하지 말고 편견 없이 토론을 하자고 제시했다. 고용 조건을 합리적으로 하자는 목적이었는데, 이름에 대한 언급은 사람들의 판단을 어지럽힐 수 있었기 때문이다. 판단이 흔들리면 이성이 정당하게 발휘되지 않은 결정을 하게 된다. 언어라는 요소가 지나치게 많은 의미를 전달하면, 우리는 침묵을 원한다. 우리가 이런 증발 과정을 통해 원하는 것은 더 이상 폭력이 말해지지 않는 것이다. 우리는 점진적으로 더 이상 말하지 않기를 원한다. 아니면 숫자 정도에 불과한 단어들로 말을 하는 것. 아니면 영어, 우리에게 중요한 것은 아무것도 말해주지 않는 언어로 말을 하는 것.

"익명의 **이력서**라! 나를 웃게 만드네! 여전히 연막을 치는군! 문제가 마치 거기에 있는 것처럼 말이지."

나는 동의했을 것이다. 왜냐하면 우리는 언제나 막연하게 계산대 아래 쇠 힘줄 채찍을 가지고 있는 담뱃가게 주인에게 동의를 하게 마련이기 때문이다. 우리는 결코 다시 보지 않을 것이고, 거기 다시 오지도 않을 것이기 때문에 아무런 상관이 없다. 나는 동의했고, 나 역시 문제가 거기에 있지 않다는 것을 깨달았다.

"먼저 행동을 했어야 해요."

나는 애매하게 있었다. 신문과 거스름 동전을 받고, 나는 함정이 있다는 것을 눈치챘다. 사실 그가 너무 반듯하게 시가를 입에 물고 짓고 있는 미소는 함정을 감추고 있는 게 아닌가? 그가 흥미를 보이며 나를 주의 깊게 살폈다. 그는 나란 인간을 알고 있었다.

"10년 전에 아직 늦지 않았을 때, 우리는 저항하는 사람들을 내리쳤어야 했어요. 그러면 지금은 평화를 누렸을 겁니다."

나는 거스름 동전을 모으려고 여러 번 시도했지만 동전이 빠져나갔다. 물건이란 것은 언제나 우리가 그것을 최대한 빨리 벗어나려고 하면 저항한다. 그는 여전히 나를 붙잡고 있었다. 그는 대처하는 법을 알았다.

"10년 전에는 그들이 아직 얌전히 있을 때였잖아요. 몇몇이 동요했지요. 바로 그때 단호하게 대처했어야 합니다. 아주 단호하게. 고개를 내미는 인간들을 아주 세게 쳤어야 했다고요."

나는 떠나려고 애썼고, 뒷걸음질 치며 멀어지고 있었는데, 그는 그런 때 할 바를 알고 있었다. 그는 내게 눈을 떼지 않고 단도직입적으로 말을 건넸으며, 유쾌하게 내 동의를 기다렸다. 그는 나란 인간을 알고 있었다.

"온갖 바보짓을 해대더니 여기 그 결과가 있어요. 바로 지금 우리가 처한 상황 말입니다. 그들이 지배를 하고, 더 이상 아무도 두려워하지 않고 자기들 세상인 양 믿네요. 우리는 회사를 제외하고는 더 이상 아무것도 통제하지 못합니다. **익명**의 이력서라니, 그것은 우리가 그나마 조금은 그 사람들을 통제하던 곳으로 아무 고생 없이 들어오게 만드는 방법이지요. 그들에게 문을 연 겁니다. 그들은 아무도 모르게 마지막 보호 구역으로 들어온 것이라고요."

나는 떠나려고 애썼다. 한 손으로 문을 반쯤 열고 다른 손으로는 신문을 들고 있었는데, 그는 나를 보내주지 않았다. 그는 요령이 있는 인물이었다. 내 눈에 시선을 고정시키고 만족스럽게 시가를 문 채 인간관계라는 최면 상태를 이용하면서 끊임없이 내게 말했다. 말을 자르고 나왔어야 했다. 그러자면 그가 말하고 있는 중에 등을 돌려야 했는데, 그것은 모욕을 주는 일이어서 나로선 피하고 싶었다. 우리는 언제나 우리를 보면서 말하는 사람들의 말을 듣게 마련이다. 그것은 인류의 반사적인 행동이다. 나는 그런 비열한 논쟁에 뛰어들고 싶지 않았다. 나는 혐오감을 드러내지 않고 말이 끝나기를 바랐다. 그는 웃었고, 나란 인간을 알고 있었다.

　그는 아무것도 정확하게 표명하지 않았지만 나는 그가 말한 것을 이해했고, 이런 경우에 이해는 이미 승인과 같은 거였다. 그는 그 사실을 알고 있었다. 우리는 언어로 결합되었고, 그는 결코 아무것도 명확히 드러내지 않은 채 대명사들로 언어의 유희를 즐겼다. 그는 자신과 싸울 생각이 아니라면 내가 아무 말도 하지 않을 것을 알고, 확고하게 내 반응을 기다렸다. 그와 싸울 생각이 들었다면 나는 그에게 내가 이해하고 있던 것을 밝혀야 했고, 내가 그와 같은 언어를 소유하고 있다는 것을 고백해야 했다. 그는 단언했고, 나는 모르는 척했다. 현실과 최선의 일치를 열망하는 사람을 수용하는 것, 그는 이미 우위를 점하고 있었다.

　나는 감히 움직여서 빠져나올 엄두를 내지 못하고 문가에 머물렀다. 그는 내 입을 벌려 간이 터질 때까지 먹이는 하얀 거위처럼 나를 억지로 먹였다. 한창 나이인 그의 부인은 완벽한 금발을 과시하고 있었다. 그녀는 손톱을 빨갛게 칠한 손으로 무심하게 우아한 몸짓을 보이며, 착용한 보석이 부딪치는 소리가 나는 가운데 보기 좋게 쌓아올린 잡지들을 정리하고 있었다. 그는 나란 인간을 알고 있었고, 그것을 이용했다. 그는 내 안에 말하는 것도 보는 것도 거부하는, 제1공화국 좌파의 아이가 살고 있음을 알았다. 그는 내 안에 이력서의 익명성을 기뻐하는 아이, 폭력을 두려워해 어떤 단어들을 사용하지 않는 아이, 모욕을 두려워해 더 이상 말하고 싶지 않은 아이, 그 결과 자기 방어를 하지 않는 아이가 있다는 것을 알았다. 나는 그가 말한 것을 이해했다는 사실을 인정하지 않고서는 그를 반박할 수 없었다. 그러면 내 첫마디부터 그처럼 사고한다는 것을 드러내는 것이다. 그는 커다랗고 긴 시가를 여유롭게 피워 문 채 자신이 친 덫에 흥이 난 상태였다. 그는 나를 걸려들게 만들었다.

"제때 행동을 취했다면 우리는 지금의 일을 겪지 않았을 겁니다. 불과 몇몇이 동요하기 시작했던 바로 그 순간에 책상을 주먹으로 내리쳤다면, 고개를 쳐들고 대들던 인간들을 우리가 아주 세게 쳤다면, 정말로 아주 세게 쳤다면 지금 우리는 평화를 누리고 있었을 거라고요. 적어도 10년은 평화를 누렸겠지요."

아, 다시 시작하네! 식민지의 타락은 똑같은 단어들로 되살아난다. "10년 동안의 평화"라고 그가 내 앞에서 말했다. 거기에서처럼 여기에서도. 그리고 그가 말한 "그 사람들"이란! 모든 프랑스 사람이 공모하듯 그 말을 사용한다. 여기서 은밀한 공모가 프랑스인들을 결합시키는데, 프랑스인들이라면 "그 사람들"이 누구를 가리키는 것인지 정확하게 규정하지 않아도 이해한다. 사람들은 그것을 정확하게 말하지 않는다. 그것을 이해한다는 것은 그것을 이해하는 사람들의 집단에 들어가는 일과 같다. "그 사람들"이 누구인지를 이해하는 것이 공범이 되게 한다. 어떤 사람들은 그것을 말하지 않는 척하고, 심지어 그것을 이해하지 못한 척한다. 그러나 소용없는 일이다. 우리는 언어가 의미하는 것을 이해할 수밖에 없다. 언어는 우리를 둘러싸고 있고 우리는 모두 언어를 이해한다. 언어가 우리를 이해한다. 우리가 누구인지를 말해주는 것이 바로 언어이다.

단호하면 평온하다는 사실은 어디에서 연유한 것일까? 따귀를 때리면 우리에게 평화가 온다는 사실은 어디에서 연유한 것일까? 이 단순한 생각, 너무 단순해서 본능적인 생각처럼 여겨지는 이것이 저기에 속한 것이 아니라면 어디에서 연유한 것일까? "거기"라는 말은 정확하게 규정할 필요가 조금도 없다. 프랑스 사람이면 누구나 거기가 어디인지를 잘 안다.

뺨을 때리면 평화를 복원한다. 이 생각은 너무나 단순해서 가족들 사이에서도 사용된다. 우리는 아이를 진정시키기 위해서 아이의 뺨을 때리고 목소리를 높이고 눈을 부라리는데, 이것은 약간의 효과가 있는 것처럼 여겨진다. 사람들은 계속한다. 가족이라는 닫힌 세계에서는 거의 영향이 없는데, 흔히 문제가 되는 것은 비명과 결코 억제되지 않은 협박과 거친 손짓이 동반된 가면극 때문이지만, 이것을 어른들의 자유로운 세계로 옮기면 언제나 잔인한 폭력이 된다. 뺨을 때리면 평화가 복원된다는 생각, 우리가 그것을 소망하는 것, 이런 생각은 어디에서 연유한 것일까? 거기가 아니라면, 식민지의 위법 행위들, 식민지의 유치한 행위들이 아니라면?

뺨을 때리는 일이 미덕이라는 믿음, 이것은 어디에서 연유한 것일까? "그들이 동요한 것"이라는 생각은 어디에서 연유한 것인가? 그리고 그들이 진정하려면 "그들에게 보여줘야 한다"는 것은? 피에누아르*의 밤에 출몰하는 것은 공격 본능이었다. 미개인들이 누비고 다닌 처녀지를 개척한 사람들이라는 그들의 아메리칸 드림이었다. 그들은 힘을 꿈꾸었다. 그들의 힘이 그들에게는 가장 단순한 해결처럼 여겨졌고, 사실 힘은 언제나 가장 단순한 해결책이다. 모든 사람이 그것을 상상할 수 있는 것은 모든 사람이 어린아이였기 때문이다. 거대한 어른들은 상상도 하지 못할 자신들의 힘으로 우리를 꼼짝 못하게 만든다. 그들은 손을 들고 우리는 그들을 두려워한다. 우리는 질서란 힘에서 유래하는 것이라고 믿으면서 복종한다. 침몰한 이 세계는 여전히 존속하고, 부유하는 형태들이 언어의 구조 속을 떠돈다. 우리는 그것을 그들에게 묻지 않고도, 우리가 알고 있다는 것도 모르는 단어 몇 개를 결합시킬 생각을 떠올린다.

나는 마침내 등을 돌리기에 이르렀다. 나는 문을 통과해 달아났다.

---

* pieds-noirs: 알제리 출신의 프랑스인들을 가리킨다.

나는 시가를 음미하는 비열한 녀석을 피했고, 그 녀석이 입에 물고 있던 시가, 자기 자리를 보존하기 위해서라면 무엇이든 할 준비가 되어 있는 자의 조롱 섞인 미소를 피했다. 나는 아무런 대답도 하지 않고 달아났고, 그는 내게 어떤 질문도 하지 않았다. 토론할 수도 있었지만 필요성을 느끼지 못했다. 프랑스에서는 토론하지 않는다. 우리는 우리의 불안의 크기에 따라 온 힘을 다해 집단적 정체성을 표명한다. 프랑스는 해체되고 파편들이 서로를 멀어지게 하는데, 그토록 다양한 집단들은 더 이상 함께 살기를 원치 않는다.

나는 거리로 달아났다. 아무도 보지 않기 위해서 눈을 희미하게 뜨고, 대기를 더 잘 뚫고 들어가기 위해 어깨를 구부린 채 누구도 만나지 않기 위해 걸음을 재촉했다. 나는 정확하게 말도 하지 않고 항의도 하지 않은 상태에서 내게 공포를 들이마시게 한 비열한 인간으로부터 멀리 몸을 숨겼다. 나는 악취를 내뿜으며 거리를 달렸는데, 그 악취는 잠깐 반쯤 열린 사이에 뿜어져 나온 언어의 하수구의 악취였다.

나는 그가 한 말의 근원지를 아주 잘 기억하고, 언제 그 말이 나왔고 누가 그 말을 했는지를 기억한다. "내가 여러분에게 10년 동안의 평화를 주겠다." 1945년 뒤발* 장군이 한 말이다. 카빌리아 해안의 마을들은 해군에게 폭격당했고, 내륙에 사는 사람들은 비행기로 포격당했다. 폭동이 일어나 정확하게 102명의 유럽인이 세티프에서 죽임을 당했다.** 죽임을 당했다는 것은 말 그대로의 의미이지 비유가 아니다. 그들이 내

---

* 레몽 뒤발Raymond Duval(1894~1955): 프랑스 장군으로 양차 세계대전에 참여했고, 1945년 5월 있었던 세티프 봉기를 진압했다.
** 세티프Sétif 봉기: 1945년 5월 독일의 항복을 축하하는 행사에서 알제리 북동부 상업 도시 세티프 시민들의 시위가 프랑스 정착민들에 대한 공격으로 이어지고, 이들을 다시 프랑스 군경이 진압했다.

내 비명을 지르는 동안 예리한 도구로 배를 갈랐고, 여전히 펄떡거리는 내장이 대기 중에 노출되어 땅바닥에 던져졌다. 우리는 복수를 원하는 자들에게 무기를 주었다. 경찰, 군인, 무장한 민병대—누구든 상관없었다—가 시골로 치고 들어갔다. 닥치는 대로, 누구든 눈에 보이는 대로 학살했다. 그들에게 힘을 보여주어야 했다. 거리, 마을, 알제리의 초원들은 피로 물들었다. 우연히 만난 사람들도 목숨이 붙어 있으면 죽임을 당했다. "우리는 10년 동안 평화를 유지한다."

우리가 1945년 행한 것도 대단한 학살이었다. 피로 더럽혀진 손 덕분에 우리는 승리자의 캠프에 합류했다. 우리는 그럴 수 있는 힘을 지녔다. 우리는 프랑스적인 재능의 양태를 따라서 최후의 순간에 만연한 학살을 감행했다. 우리는 열정적으로 참여했고, 제어가 안 되었고 다소 저속했으며, 무엇보다 무차별적이었다. 학살은 혼란이었고, 분명히 취기가 섞여 있었고, **프랑스인의 분노**가 완전히 착색되어 있었다. 세계대전을 정산하려는 순간에 우리는 참가국들에게 **역사**의 한 자리를 부여해주는 총체적인 학살에 가담했다. 우리는 프랑스적인 재능을 가지고 그 일을 했고, 이것은 독일이 했던 것과는 아무런 공통점이 없었다. 그들은 살해 계획을 세울 줄 알고 전체적인 것이든 파편적인 것이든 시신을 셀 줄 알았다. 앵글로색슨이 한 것과도 공통점이 없었다. 그들은 높은 곳에서 투하하는 엄청난 규모의 폭탄을 신봉했고, 기술을 이용해 죽음의 모든 흔적에서 분리되었는데, 시신들은 번쩍이는 섬광 속에서 증발해버려 어떤 시신도 보지 못했다. 그리고 러시아인들이 행한 것과도 아무런 공통점이 없었다. 그들은 대량학살을 위해 광활한 자연의 끔찍한 추위에 의지했다. 세르비아인들과도 아무런 공통점이 없었다. 그들은 시골 사람 같은 건장한 활력이 있었고, 잡아먹기 위해 키우던 돼지를 죽일 때처럼 이웃들을 칼로 찔러 죽였다. 일본인들이 한 짓과도 아무 공통점이 없었다.

그들은 극적인 비명을 내지르면서 펜싱 동작을 취해 총검으로 찔렀다. 학살은 프랑스의 방식이었고, 우리는 최후의 순간에 손에 피를 묻힘으로써 승리자들의 캠프에 합류했다. 우리는 힘을 지녔다. "10년의 평화." 뒤발 장군이 공언했다. 장군, 그가 틀린 것은 아니었다. 6개월가량 우리는 10년의 평화를 누렸다. 이어서 모든 것을 잃어버렸다. 모든 것. 그들과 우리. 거기. 그리고 여기.

　나는 길을 걸으면서 여전히 프랑스에 대해서 말을 한다. 만약 프랑스의 정체성이 하나의 말하는 방식에 있는 것이 아니라면 이런 행위는 우스운 것일 수 있다. 프랑스는 프랑스어의 사용을 의미한다. 언어는 우리가 자라는 자연환경과 같다. 언어는 우리가 공유한 피와 같고, 우리를 먹여 살린다. 우리는 언어에 잠겨 사는데, 누군가가 그 안에 똥을 눈다. 우리는 그 똥 덩어리를 먹게 될까 봐 두려워 감히 입을 벌리지 못한다. 우리는 침묵한다. 우리는 더 이상 살지 못한다. 언어는 피처럼 순수한 움직임을 지닌다. 언어는 움직이지 않으면 응고되어 목에 걸리는 작고 검은 덩어리들이 된다. 우리를 숨 막히게 만든다. 침묵을 택하면 우리는 더 이상 살지 못한다. 우리는 차라리 우리와 아무 상관이 없는 영어 사용을 꿈꾼다.

　우리는 울혈로 죽거나, 폐색으로 죽거나, 꾸르륵 소리와 억눌린 분노가 우글거리는 소란스런 침묵으로 죽는다. 너무나 걸쭉해진 이 피는 더 이상 움직이지 않는다. 프랑스가 그런 방식으로 죽어가고 있다.

소설 III
# 알제리 보병 행렬의
# 시의적절한 도착

알제리 보병들이 때맞춰 도착했다. 그것은 연장되어서는 안 될 일이었다. 자동소총으로는 한계를 겪었다. 프랑스 군대가 보낸 총알들은 전차의 방탄 벽 위에서 개암나무 열매처럼 튀어 올랐다. 한 사람이 총으로 쏜 것으로는 11센티미터 두께의 강철을 뚫을 수 없었다. 술책을 쓸 필요가 있었을 것이다. 도로를 관통하는 전차를 방해하는 구멍을 파고 쇠말뚝으로 바닥을 보강한다. 또는 낮 동안에 그들에게 기름을 가져다주는 행렬을 불태우고 기름이 떨어진 모터가 임종할 때처럼 헐떡이는 소리를 기다린다.

조각들을 가득 이어 붙인 부엌의 육각 타일 바닥 위, 초원 쪽을 향한 벽의 구멍 바로 곁에 누운 빅토리앵 살라농은 무질서하게 떠오르는 계획들을 꿈꿨다. 전차의 포탑은 산울타리 사이를 미끄러지듯 지나가고, 전혀 힘들이지 않고 그것들을 짓밟으면서 지나갔다. 구근 모양으로 끝나는 기다란 포신—그는 이것이 어디에 쓰이는지를 몰랐다—이 무언가를 찾고 있는 개의 주둥이처럼 돌아가고 있었고, 발사했다. 그 여파로 고개를 숙여야 했고, 벽과 지붕이 무너져 내리는 소리, 집이 무너져 내리면서 내장 재료들이 파열하는 소리를 들었다. 그는 알고 있던 젊은 이들 가운데 누가 거기에서 피난처를 발견했었는지를 알지 못했다.

멈추어야 할 시간이었다. 알제리 보병들은 때맞춰 도착했다.

무너져 내린 집들은 시간차를 두고 다시 찾아드는 짙은 먼지를 일으키고, 전차들은 중유를 사용하는 모터로 인해 진한 검은 연기를 남겨두고 나아갔다. 빅토리앵 살라뇽은 여전히 문의 커다란 수직 기둥 뒤에서 더욱 웅크렸다. 부서진 벽의 가장 견고한 돌조각, 거기서 부서져 나온 작은 돌조각들이 땅을 뒤덮었고, 벽이 흔들리면서 돌조각들이 다시 떨어져 나오려고 했다. 이제 그는 무의식적으로 자기 주변의 흙을 약간 치웠다. 그리고 육각형 바닥 타일들을 치웠다. 이어 찬장에서 떨어진 접시 조각들을 모았다. 파란색 꽃 장식이 있어 그 모양을 따라 다시 모을 수 있었다. 과녁이 적중해 부엌은 폐허가 되었다. 그는 눈으로 서로 짝이 맞는 조각들을 찾았다. 그는 자신의 뒤에 서 있는 그림자들에 눈을 돌리지 않기 위해 하얀 조각들을 되찾는 데 전념했다. 시신들이 테이블 잔해와 뒤집어진 의자들 사이에 각양각색으로 널브러져 있었다. 쓰고 있던 중절모를 잃어버린 노인, 찢기고 그을린 식탁보 아래 몸이 반쯤 소실된 여인, 같은 체격의 소녀가 두 명 나란히 누워 있었고, 나이를 짐작할 수 없는 어린 소녀가 두 명 있었다. 과녁을 맞히는 데 얼마나 시간이 걸렸을까? 한순간 섬광이 번쩍이고 모든 것이 무너져 내렸는데, 여전히 느리게 전개되는 것처럼 보인다. 그뿐이다.

스텐 경기관총은 아주 강력해 그는 여러 차례 총알 수를 다시 세었다. 그는 초원에서 마을로 접근하는 호랑이 전차의 포탑들을 감시했다.

정말 연장되어서는 안 될 일이었다.

　이 잔해들 한가운데서 배에 부상을 입은 로즈발은 숨을 잘 쉬지 못했다. 한 번씩 숨을 쉴 때마다 여기저기서 꾸르륵 소리가 났는데 마치 빈 상자에서 나는 소리 같았다. 빅토리앵 살라뇽은 가능한 한 그를 보지 않으려고 했고, 그에게서 나는 소리로 그가 살아 있다는 것을 알았다. 그는 자기 주변에 있는 접시 파편을 만지작거렸고, 서서히 달궈지는 무기의 금속 자루를 쥐었다. 그는 마치 완벽한 긴장 상태인 것처럼 회색 전차의 돌출부가 자기를 보호해줄 수 있는지를 살폈다.

　그리고 그가 그토록 강렬하게 바랐던 일이 일어났다. 전차가 다시 떠났다. 그는 전차에서 시선을 떼지 않고, 전차들이 회전하는 것과 산울타리로 구획이 나뉜 초원 뒤로 사라지는 것을 보았다. 그는 감히 그것을 믿을 수 없었다. 이어서 그는 단거리 포들을 갖춘, 알제리 보병들의 초록 전차들이 상당수 나타나는 것을 보았다. 셔먼 전차들이라는 것을 나중에 알게 되었는데, 그가 그 전차들을 본 첫날에는 대단한 안도감을 주었다. 더 이상 들키거나 파괴당할 수 있다는 두려움 없이 그는 마침내 눈을 감고 깊은 숨을 쉬었다. 쓰러진 로즈발은 그의 곁에서 그리 멀리 있지 않았는데 아무것도 감지하지 못했다. 그는 자신의 고통을 제외하고는 아무것도 느끼지 못했고, 짧은 간격으로 신음 소리를 내면서 끝없이 죽어가고 있었다.


　그것은 막 시작된 일이었다. 그러나 알제리 보병들은 딱 때맞춰 도착했다. 그들의 전차들이 울타리 사이에, 반쯤 파괴된 마을 집들 사이, 나무 아래 멈췄을 때, 그들은 초록색 몸체에 프랑스어로 쓴 단어들을 읽을 수 있었다. 그들은 때맞춰 도착했다.

　그것은 막 시작된 일이었다. 6월은 그들에게 생기를 다시 불어넣어주었다. 그들은 군대에서 몇 주를 자유롭게 보냈고, 칙칙하고 길었던 겨울에서 벗어났다는 사실이 그들을 위로했다. 다름 아닌 총사령관이 그들에게 허세 가득한 용기를 심어주었고, 그들은 만용을 부렸다. 6월 7일 그의 연설은 프랑스 전역으로 송출되고 게시되었다. 제독은 줄지어 서 있던 그들에게 큰소리로 그것을 읽어주었는데, 그들은 스카우트 바지를 입고 무장한 항독 지하운동가들이었다. 왁스로 낡은 구두를 닦고 양말을 잘 올려 신은 그들은 프랑스적인 재능을 보여주기 위해 베레모를 귀에 비스듬히 걸쳐 당당하게 쓰고 있었다.

프랑스 국민 여러분, 비극적인 복수에 의지해 위험을 일으키는 행위들로 우리의 불행을 악화시키지 마십시오. 그로 인한 결과를 감수해야 하는 사람들은 바로 죄 없는 프랑스 민중일 것입니다. 프랑스는 가장 엄격한 규칙들을 준수함으로써만 구원받을 수 있습니다. 그러니 정부의 명령에 따르세요. 저마다 자신의 의무를 직시해야 합니다. 전투 상황은 독일 군대가 전투 지역에서 특별한 조치를 취하도록 이끌 수 있습니다. 이 필요성을 인정하세요.

연설이 끝날 즈음 그들은 환호하며 소리 질렀다. 한 손에는 옆구리에 경기관총을 끼고, 다른 손으로는 공중에 자신들의 베레모를 날렸다. "만세! 자, 가자!" 그들이 외쳤다. 연설을 대신 읽어준 결과 흥분한 무질서가 넘실거렸고, 저마다 던졌던 모자를 찾아 줍고 비스듬히 다시 썼다. 다들 무기를 옆구리에 차고 있어서 다른 사람들의 무기와 서로 부딪쳤다. "당신도 그가 말하는 것을 들었지요, 포르말린 처리한 인간의 말을? 그는 우리에게 창 뒤로 가라고 표시했어요. 어항 속 물고기들의 표시 말이에요! 하지만 우리는 아무것도 듣지 않았어요! 그 사람이 입안 가득히 포르말린을 담고 있기 때문입니다. 낙오자!"

6월의 태양으로 인해 풀은 빛났고, 미풍은 너도밤나무의 새잎들을 살랑살랑 흔들어놓았다. 그들이 허장성세를 겨루며 웃었다. "그가 우리에게 뭐라고 말을 한 거요? 죽은 척하라고요? 살아 있지 않은 것처럼? 우리는 죽은 것인가요? 그가 뭐라고 말했지요, 어항 속에서 뻣뻣하게 굳어 있는 주제에? 아무것도 없는 것처럼 하라는 거요? 우리나라에서 이방인들끼리 싸우게 내버려두고, 총알을 피하자고 고개를 숙이라고, 독일에게 '예 선생님'이라고 말하라고요? 그는 우리에게 우리나라에서 스위스 사람들처럼 굴라고 명령하네요, 우리는 우리 앞마당에서 싸우고 있는 것인데요! 힘냅시다! 죽은 사람 흉내를 낼 시간은 나중에 충분히 있습니다. 우리들 모두 그렇게 된다면요."

분위기가 전환되었다.

그들은 숲길을 따라 줄을 서서 도로로 내려왔다. 이제 막 어른이 되었고, 군대의 폭력을 전혀 경험한 바 없지만 압력으로 인해 증기가 되는 것처럼 그들에게는 싸우겠다는 의지가 철철 넘쳐났다. 오후에는 비가 내렸는데, 빗방울이 굵은, 여름의 시원한 비였다. 그들은 비에 젖지는 않아도 서늘함을 느꼈고 곧 나무와 고사리 풀들이 비를 흡수했다. 이 고마운 비는 그들 주변을 사향, 송진, 불에 지핀 나무 향기로 가득 채웠다. 마치 후광처럼, 마치 우리가 향을 피운 것처럼, 마치 우리가 그들을 전쟁으로 내몬 것처럼.

빅토리앵 살라뇽은 어깨 측면에 자동소총을 소지하고 있었고, 로즈발은 그의 뒤에서 마대 자루에 탄창을 담았다. 브리우드는 앞서 걸었고 그의 뒤에는 20명의 부대원이 심호흡을 하며 따라갔다. 그들이 숲을 벗어나자 구름이 걷히고 세상의 푸른 바닥이 보였다. 그들은 길 위쪽의 덤불 안에서 줄지어 서 있었다. 이제 빗방울들이 식물의 잎에 둥글게 맺혔고, 그들의 목에 떨어졌다가 등을 따라 굴렀는데, 배 아래는 마른 건초 더미라 더웠다.

두 대의 트럭 뒤에 회색 큐벨바겐*이 나타났을 때 그들은 즉시 사격을 개시했다. 계속 검지를 당겨 쏘느라 살라뇽의 탄창이 비었고, 탄창을 바꾸면 사격은 몇 초간 더 지속되었다. 살라뇽은 탄창을 바꾸면서 계속 총을 쐈다. 살라뇽을 보조하기 위해 곁에 엎드려 있는 탄약 운반병은 한 손을 살라뇽의 어깨에 얹은 채 다른 손으로는 가득 찬 탄창을 그에게 건넸다. 살라뇽이 계속 총을 쐈기 때문에 엄청난 소음이 났고, 몸에 총을 딱 붙였기 때문에 가열이 되고 흔들렸다. 시선을 따라 직선 축에 있는 좀 떨어진 곳에서 무엇인가가 분해되고 보이지 않는 충격으로 인해 구부러졌다가 내부에서 거세게 빨아들인 것처럼 무너졌다. 살라뇽은 방아쇠를 당기면서 대단한 행복을 느꼈고 그의 의지는 시선으로 표출되었는데, 직접 접촉하지 않고도 도끼로 장작 패듯 차와 트럭을 절단시켰다. 차들은 구부러지고, 철판은 뒤틀리고, 유리창은 눈송이처럼 쏟아지고, 불꽃이 보이기 시작했다. 시선을 따라가면서, 내면 깊숙이 있던 단순한 의지가 이 모든 일들을 해내고 있었다.

발사를 멈추자 아무 소리도 나지 않았다. 망가진 자동차는 아래쪽 기슭으로 기울고, 바퀴가 망가진 트럭은 길 위로 굴러떨어져 있고, 다른 하나는 나무에 부딪혀 불타고 있었다. 항독 지하운동가들은 덤불에서 덤불로 미끄러져 움직이다가 도로 위로 갔다. 불꽃을 제외하고는 아무것도 움직이지 않았고, 연기 한 줄기가 느릿하게 피어올랐다. 총상을 입은 운전사들은 죽어 불편한 자세로 핸들에 기대 있었는데, 그중 하나는 몸에 불이 붙어 끔찍한 냄새가 났다. 트럭은 군복 차림의 두 사람이

---

* 제2차 세계대전 초기에 사용된 독일군의 대표적인 기동 차량.

운전했다. 50대와 20대인 운전사들은 몸이 뒤로 젖혀진 상태로, 목덜미는 의자에 기대고 입은 벌린 채 눈을 감고 있었다. 그들은 길가에 주차된 차 안에서 휴식을 취하고 있던 아버지와 아들일 수도 있다. "여기에 있는 군대는 가장 뛰어난 군대는 아닙니다." 브리우드가 그들을 보면서 중얼거렸다. "그들은 노인들이거나 너무 어리지요." 살라뇽은 수긍하면서 중얼거렸고, 그들의 발아래서 뭔지는 몰라도 중요한 것을 찾는 척하면서 죽은 자들을 살피며 태연한 척했다. 젊은 사내는 옆구리에 총알이 하나 박혔을 뿐인데, 그로 인해 작고 붉은 구멍이 났고 잠든 것처럼 보였다. 핸들에 기댄 상태였던 성인 남자는 가슴이 갈라져 있었는데, 상의는 이빨로 사납게 물어뜯은 듯 보였고 붉어진 살에서는 가지런한 하얀 뼈들이 드러났다. 살라뇽은 자동차 왼쪽 구석에 끈질기게 달라붙어 있던 것을 기억하려고 애썼다. 알아낼 수 없었지만, 중요한 것은 아니었다. 그들은 비통하게 숲으로 올라갔다.

밤마다 무기가 투하되었다. 보이지 않는 비행기 소리가 그들의 머리 위로 지나갔다. 그들은 드넓은 초원 위에 기름으로 불을 피웠는데, 검은 하늘에 갑자기 하얀 꽃부리들이 열렸다. 불이 꺼지고, 비행기 소리가 사라지면 그들은 초원으로 떨어진 금속 포신을 회수하기 위해 뛰어다녔다. 그들은 이슬 때문에 명주실이 눅눅해진 낙하산을 조심스럽게 접었다. 그들은 컨테이너 속에서 장비 상자와 탄약 상자, 경기관총들과 탄창, 영국제 기관총, 수류탄과 휴대용 무전기를 발견했다.
그리고 공기 뺀 꽃부리 한가운데서 서 있는 사람들이 나타나는 것이 보였는데, 그들은 침착한 몸짓으로 자신들의 도구 일습을 챙기고 있었다. 그 사람들을 더 잘 보려고 다가가자 서툰 프랑스어로 하는 인사를 들었다. 그들을 사령부로 사용하고 있는 창고로 데려갔다. 기름등잔의 흔들리는 불꽃 아래서 본 그들은 아주 젊고, 금발이거나 적갈색 머리인 여섯 명의 영국 특공대원이었다. 젊은 프랑스인들은 눈을 반짝반짝 빛내며 그들 주위로 몰려들었고, 시끄럽게 서로 욕하고, 그들의 활기와 시끄러운 외침이 야기하는 효과를 살피면서 긍정적인 웃음을 지었다. 젊은 영국인들은 무심하게 연대장에게 자신들의 임무가 지닌 목표를 설명했다. 빛바랜 군복은 완벽하게 잘 어울렸고, 닳은 천은 그들의 몸짓을 따랐다. 그들은 너무나 오래전부터 그렇게 입고 살아서 그런지 옷이 마치 피부 같았다. 동안의 얼굴에 눈은 거의 움직이지 않았는데, 아주 낯선 광채가 돌았다. 그들은 이미 다른 일을 겪고 살아남았으며, 프랑스인들에게 프랑스 밖에서 공들여 만든, 아주 새로운 살인 기술을 가르쳐주러 왔다. 최근 몇 달간 숲에 숨어 지냈는데, 다른 곳에서는 서로 전투를 하고 있었다. 그들은 이 모든 것을 잘 알아서 설명했다. 그들은 단어 선택을 하느라 고심하면서 단순한 프랑스어를 사용했다. 하지만 충분히 이해할 수 있을 만큼 느리게 들렸고, 설명이 진행되면서부터는 정말로 무엇이 문제인지를 생각할 수 있을 정도였다.

그들은 둥글게 앉아 영국 사람의 수업을 듣고 있었다. 아주 약한 산들바람에도 흩날리는 머리카락의 젊은 영국인이 목덜미에 칼 겨누는 법을 설명했고, 그들은 상자를 하나씩 받았다. 여러 개의 날이 있는, 일명 주머니칼이라고 해야 할 것이다. 소풍 갈 때 사용하는 칼로 날을 펼치면 사용 가능한데, 깡통 따개, 줄, 작은 톱 등 숲에서 생활할 때 쓰기에 아주 유용한 도구들이었다. 그리고 손가락처럼 아주 견고하고 긴 송곳을 소매에서 꺼낼 수 있다. 송곳은 목을 부러뜨리는 데 사용되었다. 다시 말해 금발의 젊은이가 아주 느린 몇 마디 말로 보여주는 것처럼 우리가 죽이고자 하는 사람 곁에 다가가 비명을 막기 위해 손으로 입을 틀어막고, 오른손으로는 칼을 단단히 쥔 다음에 단호하게 두개골 아래쪽에 있는 구멍에 도구를 밀어 넣는데, 그 위치는 뇌를 지지하고 있는 근육들 사이에 있다. 이 구멍은——우리는 이것을 손가락으로 더듬어 두개골의 뒤쪽에서 찾을 수 있는데——벌집 뚜껑처럼 생겨 구멍을 뚫기에는 안성맞춤처럼 여겨진다. 즉사하고, 숨결은 바람의 문으로 새어 나가고, 사람은 침묵 속에서 쓰러져 완전히 흐물흐물해진다.

살라뇽은 너무나 단순한 이 물건에 혼란스러웠다. 그는 손에 접이식 칼을 쥐고 있었는데, 이 완벽한 형태는 산업 발달을 보여주는 실용감각을 드러냈다. 엔지니어가 옆모양을 그렸을 텐데, 그럼으로써 사용에 적합한 길이를 결정했을 것이고, 아마 그는 찾아낸 방법을 테스트하기 위해 제도대 위에 두개골을 두고 작업했을 것이다. 그는 자신 이외에는 누구도 이용하지 못하게 한, 관리가 잘된 정밀 계측 기구의 도움을 받아 그것을 옮겼을 게 분명하다. 제도를 반복하면서 연필 끝이 무뎌지면, 그는 조심스럽게 그것을 깎았다. 그리고 사람들은 설계도에 그려진 규격에 따라 요크셔나 펜실베이니아의 공장에서 공작 기계를 조정했다. 목을 부러뜨릴 칼은 알루미늄 컵과 같은 방식으로 대량생산되었다. 살라뇽은 서로 다른 방식으로 그를 에워싸고 있는 모든 사람을 보았다. 두개골 뒤의 작은 문, 닫혀 있지만 열릴 수 있는 작은 문, 그것은 숨결을 내쉬게 했고 바람을 들어오게 했다. 모든 사람은 한순간 그의 손에 의해 죽을 수 있었다.

다른 특공대원은 영국 만화에 나오는 인물처럼 적갈색 머리였는데, 특공대용 단검에 대해 설명했다. 던질 수 있는 단검은 언제나 칼끝 쪽으로 떨어졌다. 강철을 입혀 깊이 박혔다. 자르기도 했다. 만약 우리가 그것을 놓치지 않고 사용하려면 타잔이 악어를 만났을 때처럼 사용해서는 안 되고 칼날을 엄지손가락으로 향하게 사용해야 하는데, 고기 썰 때 쓰는 법과 크게 다르지 않다. 기능은 같지 않은가, 자르기? 몸짓이 서로 비슷하다.

느리게 설명하는 그들의 프랑스어는 유창하지는 않았지만 이해되게 설명하고자 하는 그들의 의지가 상상을 불러일으켰다. 막연한 불안감이 감돌았다. 아무도 더 이상 허세를 부리거나 농담을 하지 않았다. 그들은 이 단순한 도구를 약간 불편해하면서 다루었다. 그들은 칼날에 손대지 않도록 주의했다. 그들은 안도감과 더불어 폭발물에 관한 공부를 했다. 모양을 만들기에 충분히 부드러운 점토를 그 용도와 상관없이 부드럽게 만졌다. 그리고 선으로 이루어진 추상을 시도했다. 그들은 연결에 집중했는데 그것은 확실했다. 다행히 우리는 모든 것을 생각하는데, 늘 그렇지는 않다. 기술적인 세부 사항에 주의를 기울이는 것은 바람직한 일이다.

그들이 손 강 계곡에서 올라온 트럭들을 공격했을 때는 더 심각했다. 그것은 더욱 전투와 비슷했다. 보병을 태운 트럭 서른 대가 그들 머리 위쪽의 언덕길 위, 울타리와 그루터기 뒤에 감춰진 기관총들의 불꽃 아래서 점령당했다. 트럭에서 뛰어내려 계곡에 잠긴 훈련병들은 반격했고, 떼밀린 채 역습을 꾀했다. 불타오르는 건물의 골조 사이에 있는 잡초와 아스팔트 사이에 시체들이 널렸다. 탄창이 떨어지면 공격이 멈추었다. 부대는 다소 무질서하게 후퇴했다. 항독 지하운동가들은 내버려두고 쌍안경으로 피해를 헤아리면서 철수했다. 몇 분 뒤 저공비행하는 비행기 두 대가 비탈길에 일제히 사격을 가했다. 그들의 큰 총탄은 덤불을 손상시키고 땅을 파 엎고, 팔처럼 자란 커다란 줄기들이 잘게 찢기고 떨어졌다. 수액이 묻어 축축한 굵은 가시가 쿠르티요의 엉덩이에 박혔는데, 팔처럼 길고 칼날처럼 뾰족한 것이었다. 비행기는 연기가 피어오르는 도로 위쪽으로 몇 번이나 다시 날아왔다가 다시 떠났다. 항독 지하운동가들은 전투 초반에 부상당한 자를 데리고 숲으로 올라갔다.

상시를 탈환했다. 그것은 쉬운 일이었다. 총알을 피하려면 앞으로 나아가면서 고개를 숙이는 것만으로 충분했다. 기관총의 총알은 대로의 축을 따라갔다. 총알은 완만한 경사로 인해 방해를 받았지만 높이 날아갔고, 그들은 눈부신 조명 속에서 모래주머니로 만든 은신처와 독일제 기관총의 구멍 뚫린 돌출부, 사정거리를 벗어난 곳에 올라와 있는 둥근 헬멧을 알아봤다. 총알은 찢어질 듯한 진동과 함께 더운 공기를 뚫고 갔으며, 긴 파열음이 이어지다 돌바닥에 부딪치면서 둔탁한 소리를 냈다. 그들은 머리를 숙였는데, 그 위에서는 하얀 돌들이 회백색 먼지구름을 일으켰고, 작열하는 태양 아래 곡괭이로 부순 것 같은 석회질 냄새를 풍겼다.

상시가 탈환된 것은 그 도시가 탈환되어야 했기 때문이다. 연대장은 지도에 진격 표시를 할 것을 고집했다. 도시 점령은 군사 행위의 원칙이고, 비록 휴식을 취하고 있는 돌로 쌓아올린 작은 마을이라고 해도 그렇다. 그들은 아주 높은 곳에서 발사한 기관총의 총알을 피하려고 고개를 숙이면서 진격했다. 그들은 문 모퉁이에서 줄을 지어 숨었다. 벽 아래에서 기어오르고 그곳을 통과하지 못하도록 경계석 뒤에 숨었지만, 대로를 만나면 더 이상 멀리 갈 수 없었다.

브리우드는 다리를 구부리고 등을 납작 낮추고 왼쪽 손가락들로 땅을 짚은 채 깡총 걸음으로 나아갔다. 오른손에는 스텐 기관총을 잡고 있었는데, 너무 꽉 쥐어 손가락 뼈마디가 하얘졌다. 이 무기는 여전히 거의 사용되지 않았던 것이다. 뒤에서 로즈발 역시 몸을 숙인 채 걷고 있었고, 이어서 살라뇽이, 그리고 다른 사람들이 장애물 뒤에서, 돌 벤치 뒤에서, 문의 모서리 뒤에서, 줄지은 채 늘어선 건물을 따라서 연이어 나타났다. 상시의 거리들은 조약돌과 밝은 돌벽들로 이뤄졌고, 모든 것이 눈부신 빛을 반사했다. 사람들은 대기의 파장처럼 열기를 보았고, 등도 이마도 팔도 손에도 역시 땀을 흘리면서 눈살을 찌푸렸다. 그러나 사람들은 무기 손잡이에 땀이 흘러 미끌미끌할까 봐 자신들의 반바지로 무기를 닦았다.

마을의 문과 덧창은 닫혀 있었고, 그들은 아무도 보지 못했고, 어떤 거주자도 그럴 생각 없이 독일 사람들과 타협했다. 그러나 종종 그들이 문 앞을 지나갈 때, 하얀 셔츠를 입고 일렬로 선 사람들이 조금씩 앞으로 나아갈 때면, 문이 열리고 가득 찬 병을 든 손이 하나—그들은 손만 볼 수 있었다—문지방 위로 나오고, 이어 아주 작은 소리와 함께 문이 다시 닫히고, 총알의 또르륵 소리가 나는 가운데 자물쇠 잠그는 소리가 들렸다. 그들은 병째 마시고 뒤로 넘기는데, 그것은 신선한 포도주 혹은 물로, 맨 마지막 사람이 조심스럽게 빈 병을 창가에 두었다. 그들은 주요 도로를 따라 계속 앞으로 나아갔다. 차라리 뛰었어야 했다. 도로 바닥의 돌은 하얀 열기로 환히 빛났고 손과 눈을 화끈거리게 했다. 독일군의 기관총은 미세한 움직임 때문에 결국 우연히 발사되었다. 다른 쪽에는 피난처로 이어진 어두운 골목길이 있었다. 두 번의 도약이면 충분했다.

브리우드는 손짓으로 거리를 가리켰다. 두 번의 도약을 나타내는 손목 돌리기를 두 번 했고, 다른 쪽에 있는 골목길을 가리켰다. 다른 사람들은 웅크린 채 아무 말 없이 동의했다. 브리우드가 뛰어서 안으로 들어가 피난처로 굴러갔다. 총알이 날아왔지만 너무 늦고 너무 높았다. 그는 거리의 다른 쪽에 있었고, 그들에게 신호를 보냈다. 로즈발과 살라뇽이 같이 출발해 갑자기 달렸는데, 살라뇽은 자기 뒤로 총알이 바람을 일으키며 빗발치는 것을 느꼈다. 총알이 바람을 일으키는지는 확실하지 않고, 어쩌면 그저 소리일 뿐일 수도 있고 자기가 뛰어서 일으킨 바람일 수도 있다. 그는 그늘 속 벽에 기대어 앉아 터질 듯한 가슴을 부여잡고 두 번의 도약으로 숨을 헐떡였다. 태양은 돌들을 내리쬐고 길은 보기가 힘들었으며, 맞은편에는 웅크린 사람들이 머뭇거리고 있었다. 후끈 달아오른 상태의 침묵 속에서 모든 것이 더 둔하고 느리게 변했고, 브리우드는 아무 소리도 내지 않고 같은 행동을 계속했는데, 마치 수영장 바닥에서 그러는 것처럼 느리게 보였다. 메르시에와 부르데가 뛰어들었고 메르시에를 향해 일제사격이 개시되어 마치 라켓으로 쳐낸 공처럼 그가 공중으로 날아가 배를 깔고 떨어졌다. 엎어져 있는 그의 몸에서 피가 흘러나왔다. 부르데는 계속 벌벌 떨었다. 브리우드는 중지하라는 손짓을 했고, 마주한 다른 사람들은 태양 아래 웅크린 채 있었고, 통과한 사람들은 뒤따라 골목길로 몸을 숨겼다.

메르시에의 몸이 축 늘어졌다. 기관총이 다시 더 낮은 쪽으로 발사되었고, 그의 주변에 있는 조약돌이 파열되었다. 망치질 소리를 내며 여러 발의 총알이 그의 몸 위로 쏟아졌고, 몸에서는 조금씩 피가 솟구치고 갈기갈기 찢긴 채 움직였다.

그들은 돌집들 사이에서, 어둠과 침묵 속에서 더 이상 조심도 하지 않고 달렸다. 그들이 우물 뒤에 쓰러진 독일 군인 두 명을 덮쳤는데, 그들의 총은 대로변을 향하고 있었다. 그들은 진행 방향이 잘못되었음을 알고 통행을 금지시켰다. 그리고 그들 뒤를 따르는 다급한 발걸음 소리를 들었지만 너무 늦었다. 브리우드는 반사적으로 팔을 뻗어 스텐 기관총을 내밀었는데, 마치 자기 자신을 지키려는 듯, 마치 어둠 속에서 무엇에 부딪힐까 두려워하면서 입술을 오므리고 실눈을 뜬 채 앞으로 걸어갔다. 그들은 철모를 비스듬히 쓴 채 피를 다 쏟아내고 쓰러져 있는 독일인 두 명의 몸 위를 건너뛰어 숨겨진 기관총 쪽으로 다가갔다.

그들이 아주 가까이 갔을 때 모래주머니 뒤에서 철모들이 보였고,

구멍 뚫린 대포가 움직이고 있었다. 로즈발이 날쌔게 수류탄을 던지고 땅에 몸을 던졌다. 너무 짧게 던진 탓인지 수류탄은 모래주머니 앞쪽에서 구르다 폭발해 그들의 머리 위쪽으로 땅의 잔해와 조약돌 파편이 날아가고, 금속 파편들이 부딪치는 소리를 내면서 다시 떨어졌다. 먼지가 가라앉자 네 명의 사내가 다시 보았다. 철모들과 무기가 사라졌다. 그들은 확인하며 천천히 앞으로 나아가면서 그곳에 아무도 없다는 것을 확신할 때까지 주위를 살폈다. 그들이 당당히 맞선 덕에 상시를 탈환했다.

성당 입구에서 그들은 산울타리 경계망이 펼쳐진 아래쪽으로 돌아갔다. 초원은 기차역을 보았던 포르키니까지 이어져 완만하게 경사를 이루고 있었고, 그 너머에는 강가에 나무들이 심어진 손 강이 있었다. 빛바랜 초원은 눈부신 대기 속에서 거의 지워진 듯했다. 포르키니로 가는 길 위에는 트럭 세 대가 덜거덕거리며 멀어져갔다. 우연히 커브를 돌때 태양이 차창에 반사되면 트럭은 짧은 섬광을 발산했다. 두 줄기 수직 연기가 철로 위로 올라갔는데, 그 길에는 기차들이 있었을 게 분명하다.

성당 입구는 마을의 끝이기도 한데, 거기에서 우리는 주변의 야전장을 보았다. 살라농은 근육이 떨리고 사지가 진정되지 않아 앉아야만 했다. 땀이 쏟아졌다. 그의 피부가 마치 얇은 면 천인 양 몸 밖으로 땀이 배어나왔는데, 그로 인해 악취가 나고 끈적거렸다. 그는 무기를 꽉 쥐고 앉아 있었는데 적어도 흔들리지 않게 하기 위한 것이었다. 그는 불운하게도 공습당해 죽은 채 길에 남겨진 메르시에를 생각했다. 그러나 그들 중 누군가는 죽어야 했고, 그것이 태고의 법칙이었다. 그는 살아 있다는 사실에 엄청난 기쁨을, 엄청난 부조리를 느꼈다.


포르키니 탈환은 쉬웠다. 거리로 내려가 산울타리 사이로 숨기만 하면 충분했다. 포르키니에서 그들은 철로, 넓은 도로, 손 강을 예상했다.

그런데 새로운 프랑스 부대가 왔고, 미군들이 북쪽을 향해 올라와 장비 일습을 그들에게 주었다.

그들은 초원을 빠져나가 처음 본 집들에 도착했다. 벽 모퉁이에 숨어서 들었다. 크고 느린 파리가 몰려와 그들을 성가시게 했고, 짧게 손을 휘둘러 파리를 쫓았다. 윙윙거리는 파리 소리 이외에는 아무 소리도 들리지 않았다. 그들 주변에서 파리가 윙윙거렸지만, 열기로 떨고 있는 대기 속에서는 소리가 나지 않았다. 단지 눈에 보였고, 열을 짓지 않아 잘 볼 수 없었는데, 우리는 그것들을 떼어내기 위해 눈을 깜박였고, 땀으로 젖은 손으로 눈을 닦았다. 포르키니 마을에는 무기력한 파리 떼들이 윙윙거리며 날아다니고 있었다. 그들은 크게 손을 뻗어 파리를 내쫓았지만 파리들은 거의 움직이지 않았고, 똑같은 장소에서 쉬기 위해 날아갔다. 파리들은 사람들의 위협을 겁내지 않았다. 아무리 해도 그 파리들을 피할 수 없었는데, 얼굴, 팔, 손, 조금이라도 땀이 흐르는 곳이면 어디든 달라붙었다. 마을의 공기는 불쾌한 열기와 파리 떼로 인해 떨렸다.

그들이 제일 먼저 본 시체는 등을 보인 채 누운 여인의 것이었다. 그녀의 고운 옷이 마치 그녀가 쓰러지기 전에 펼쳐놓기라도 했던 것처럼 그녀 주위에 펼쳐져 있었다. 그녀는 서른 살이었고, 도시 여자 같은 분위기를 지녔다. 그녀는 이곳에 휴가차 왔을 수도 있고 아니면 마을의 선생님이었을 수도 있다. 그녀는 눈을 뜬 채 죽었는데, 차분한 독립성, 확신, 교육의 흔적이 보였다. 배에 난 상처에서는 더 이상 피가 흐르지 않았지만 옷이 찢긴 자리의 붉은 피딱지에 파리들이 커다란 벨벳처럼 앉아 소름이 끼쳤다.

그들은 성당 광장에서 벽을 향해 일직선으로 늘어선 사람들을 발견했다. 그중 몇 명은 반쯤 열린 문 사이에 쓰러져 있었고, 작은 수레 위에는 시체가 여러 구 쌓여 있었는데 수레 끄는 말은 움직이지 않은 채 눈을 껌벅이고 귀를 움직이면서 그대로 거기에 있었다. 파리 떼들이 시체 사이를 날아다녔고 우연히 소용돌이를 이루기도 했는데, 그 윙윙거리는 소리가 모든 것을 뒤덮었다.

항독 지하운동가들은 조심스럽게 앞으로 걸어갔다. 마치 그들은 한 번도 그러지 않은 적이 없었던 것처럼 말이다. 거리를 유지하면서 완벽하게 줄을 지키고 있었다. 긴장된 공기로 인해 아무 소리도 나지 않았고, 그들은 말을 할 수 있다는 사실을 잊어버렸다. 그들은 냄새와 파리의 유입을 막으려고 무의식적으로 입과 코를 막았다. 주위 동료들에게도 숨을 참고 있어 아무 말도 할 수 없다는 것을 보여주었다. 그들은 포르키니 거리에서 28구의 시체를 발견했다. 유일한 청년은 하얀 셔츠 차림의 열여섯 살 소년이었는데, 금발의 타래가 이마를 덮고, 손은 등 뒤로 끈에 묶여 있었다. 그의 목덜미는 가까이서 쏜 총알 때문에 파열되었는데, 얼굴은 그대로였다. 파리들은 그의 머리 뒷부분만을 기어올랐을 뿐이다.

그들은 포르키니를 출발해 포플러 나무들 뒤에 군데군데 작은 숲들이 있는 초원 너머 아래쪽에 지어진 역 방향으로 갔다. 하늘에서 지지 직거리는 소리가 났고, 연달아 일어난 폭발로 인해 땅이 뒤집어졌다. 땅이 흔들렸고 그들을 비틀거리게 만들었다. 이어서 출발을 알리는 둔탁한 충격음을 들었다. 두번째 일제사격이 시작되었고, 그들을 에워싸고 땅과 축축한 가시로 덮는 폭발이 일어났다. 그들은 나무 뒤로 흩어져 뛰어서 마을까지 올라갔고, 몇 명은 땅에 쓰러져 있었다. "방탄 열차다." 브리우드가 말했지만, 벼락 치는 듯한 폭탄 때문에 목소리가 들리지 않아 아무도 듣지 못한 채 도망쳤다. 땅이 흔들렸고, 흙이 섞인 연기가 끝없이 떨어졌고, 작은 파편들이 그들 주변으로, 그들 위로 비처럼 쏟아져 내려 그들은 모두 말을 할 수도 없었고, 보이지도 않았고, 숨이 막혔다.

그들은 도망치는 일 외에는 다른 것에는 전혀 신경 쓰지 않고 최대한 빨리 마을로 달려갔다.

그들이 집들 사이로 왔을 때, 몇몇은 따라오지 못했다. 일제사격은 멈추었다. 그들은 부르릉거리는 모터 소리를 알아차렸다. 포플러 나무의 방풍림을 가로질러 호랑이 전차 석 대가 포르키니의 경사로를 올라왔다. 그 뒤에는 파헤쳐진 땅에 바퀴 자국이 남았고 회색 옷차림의 사람들이 뒤따르고 있었는데, 계속해서 들리는 긁히는 소리는 보호막으로 부착된 커다란 금속판 때문이었다.

첫번째 전차가 유리창을 깼고 집 안에서 폭발해 지붕이 무너졌다. 집의 들보가 우지끈하며 기왓장 부딪치는 소리를 내면서 기와들이 굴러 떨어졌으며, 잔해 위에서 붉은빛이 감도는 먼지가 일어나 길거리로 퍼졌다.

항독 지하운동가들은 집들 사이에서 피난처를 찾았다. 전차 뒤에서 회색 옷차림의 군인들은 표적이 되지 않기 위해서 몸을 숙이고 나아갔다. 그들은 사격도 하지 않고, 눈에 띄지 않게 주의하면서 함께 나아갔다. 싸우기를 원했던 하얀 셔츠 차림의 프랑스 청년들은 호두까기 기구의 철로 된 물림장치 사이에 낀 껍질들처럼 짓눌려서 갔다. 기계 탓도 아니고 조직 탓도 아니다.

그들이 사정거리에 들어오자 기관총수들의 총알이 흠집도 내지 못한 채 전차의 장갑 위로 튀어 올랐다. 호랑이 전차들이 풀을 짓이기며 나아갔다. 전차가 포를 쏘자 차체가 깊은 숨을 쉬듯 흔들렸고, 맞은편의 벽이 무너졌다.

로즈발과 살라뇽은 발로 차 문을 열고 집 안으로 들어갔다. 남편도 없고 아들도 없는 가족이 부엌 저 안쪽에 엎드려 있었다. 살라뇽이 검은 눈으로 사방을 조준하면서 천천히 나아가고 천천히 회전하는 멋진 사각

의 포탑을 감시하는 동안 로즈발은 가서 그 가족을 안심시켰다. 목표물
을 적중하자 부엌이 부서졌다. 살라농은 먼지를 뒤집어 썼지만, 경첩이
떨어져나간 문설주는 그대로였다. 그 앞에 커다란 돌이 있어 총알에 맞
지 않고 보호받은 것이다. 그는 뒤에 포탄의 뒤판이 있는 것을 보지 못
했다. 그는 숙련된 군인들이 뒤따르고 있는 전차가 앞으로 나아가는 것
을 지켜보았는데, 장비를 구별할 수 없었다. 얼굴도 여전히 알아볼 수
없었다. 그러나 그들은 그를 향해 나아갔다. 먼지로 뒤덮이고, 뒤에는
흔들거리는 돌들이 있었는데, 그는 마치 침착함이 자신을 구원할 수 있
는 듯 침착하게 그들을 지켜보았다.

몸체에 하얀 별이 그려진 비행기 석 대가 남쪽에서 왔다. 아주 높게
날지는 않았고, 지나가면서 하늘 가르는 소리를 냈다. 마치 하늘 갈라지
는 소리가 아닌가 예상하게 했다. 사실 한 치 앞도 안 보이는 가운데 하
늘이 갈라지는 것만이 그런 소리를 낼 수 있고, 더 이상 강한 것은 없으
리라고 생각하면서 어깨에 머리를 박게 만들었다. 비행기들이 두번째로
지나가면서 호랑이 전차 위로 커다란 포탄을 쏘아댔다. 포탄이 폭발하
면서 그들 주변의 땅과 돌들이 솟구치고, 큰 소리를 내면서 파편이 장갑
차 위에 튀어 올랐다. 엄청나게 큰 프로펠러가 윙윙거리는 소리를 내며
회전했고, 비행기는 남쪽을 향해 갔다. 전차는 반회전을 했고, 숙련된
군인들은 그 뒤에 여전히 몸을 숨기고 있었다. 항독 지하운동가들은 귀
를 쫑긋 세우고 모터 소리가 사라지기만을 기다리면서 그때까지 그대로
였던 기적적인 도피처에 있었다. 그때 그들이 잠시 잊고 있었던 파리 떼
의 윙윙거리는 소리가 다시 들렸다.

알제리 보병 부대들이 최초로 마을에 도착했을 때, 항독 지하운동가
들은 눈을 비비면서 나왔다. 땀으로 끈적거리는 그들은 미지근한 무기
를 꽉 쥐고 엄청난 노력을 한 뒤인 듯, 몹시 피로한 듯, 밤새 마시고 이

제 아침이 온 것처럼 비틀거리며 걸었다. 그들은 셔면 전차들 사이로 나아가고 있는 초록색 옷차림의 군인들을 향해 크게 손짓했다. 초록색 군복 차림의 그들은 장비 일습에 목이 파묻히고, 어깨에는 총을 걸치고, 무거운 철모가 눈을 가린 상태였다.

청년들이 아프리카 군대의 군인들을 껴안았는데, 아프리카의 군인들은 그들에게 참을성 있고 친절하게 마음을 표현했다. 그들은 몇 주 전부터 자신들이 통과할 때 기쁨의 물결이 일렁이는 것을 익숙하게 보아왔다. 그들은 프랑스어로 말했는데, 프랑스어의 리듬에는 익숙하지 않았고, 여전히 이해할 수 없는 억양이 있었다. 그들의 말을 이해하기 위해서는 귀를 쫑긋 세워야 했고, 살라농은 그런 식으로 말할 수 있다고 상상해본 일이 없어서 웃고 말았다. "우습네요, 그들이 말할 때면요." 그가 연대장에게 말했다. "보시오, 살라농, 아프리카의 프랑스어는 이따금 이해하기 어려운 것이라네. 우리는 항상은 아니지만 자주 놀라지." 그는 사하라식 숄의 매듭을 다시 조이면서 작게 말했다. 이어 푸른 색 군모를 정확한 각도를 따라 기울여 다시 썼는데, 그 정확성은 군모의 푸른색이 요구하는 것이기도 했다.


기진맥진해진 살라농이 초원에 누웠는데, 그 위로 뚜렷이 드러난 커다란 구름이 떠다녔다. 구름은 산 같은 위엄을 지니고, 산꼭대기에 쌓인 눈과 분리된 채 공중에 떠 있다. 어떻게 얼마만큼의 수증기를 지니면 공중에 머물 수 있을까? 궁금했다. 반듯이 누워 자신의 팔다리에서 피가 빠져나가는 느낌에 주의하면서, 그는 더 나은 질문을 떠올리지 못했다. 그는 자신이 겁을 먹었다는 것을 그제야 실감했다. 그러나 너무 무서운 나머지 다시는 더 이상 무섭지는 않을 것이다. 그가 공포를 느낄 수 있었던 기관이 갑자기 부러져 날아갔다.

알제리 보병들은 포르키니 주변에 자리를 잡았다. 그들은 트럭으로 믿을 수 없이 많은 물자를 싣고 와서 초원에 짐을 풀었다. 텐트를 치고 먹물로 선을 긋고, 엄청나게 많은 상자를 쌓아 올리고는 하얀색과 초록색의 영어로 표시했다. 전차들은 자동차들처럼 자연스럽게 줄을 지어 주차했다.

탈진한 살라뇽은 초원에 앉아 캠프 설치와 자동차 행렬, 수백 명의 사람이 거주를 위한 임무에 몰두하는 것을 보았다. 그 앞에 개구리 모양의 전차, 예각이 없는 사륜 구동차, 트럭들, 둥근 철모를 쓰고 끈으로 묶은 신발 위로 헐렁한 바지에 전체적으로 품이 큰 옷을 입은 군인들이 지나가는 것을 보았다. 모든 것이 진한 개구리 색이었고, 막 연못에서 나온 것처럼 조금 지저분했다. 미국의 군용품은 유기적인 선을 따라 만들어졌구나, 그는 생각했다. 그것을 근육 위의 피부처럼 그렸고, 인간의 신체에 적합한 형태를 부여했다. 반면에 독일인들은 회색 입체감으로 생각했다. 더 잘 그리고, 더 멋지게, 의도를 가지고 비인간적으로, 명백한 논증처럼 각을 세웠다.

공허한 정신, 살라뇽은 형태를 보았다. 해야 할 일이 없는 그의 머릿속에서 재능이 되살아났다. 그는 먼저 선들을 보았고, 손으로 따라가는 것처럼 말없이 예민하게 선들을 따라갔다. 군대 생활은 그런 방심을 허용하고, 아니면 그럴 생각이 없는 사람들을 방심하도록 만든다.

연대장은 그야말로 주도면밀한 사람이었다. 그는 부대원들을 집결시켰고, 포탄으로 파헤쳐진 초원과 무너진 집들 아래 버려진 시신들을 찾아오게 했다. 그들은 부상자들을 텐트-임시병원까지 데리고 왔다. 살로몬 칼로야니스가 모두를 돌봤다. 군의관인 그는 사람을 맞이하고 편성하고 수술했다. 이 작고 친절한 사내는 부드럽게 다독이는 손짓만 해도 환자를 돌보는 것처럼 보였다. 익살스런 말투—익살스럽다는 것은 살라농의 생각이다—로 지나치게 말을 많이 하면서 중상자들을 텐트 안으로 들였고, 다른 사람들은 야외에 설치한 천의자 위에 두었다. 그는 끊임없이 아흐메드라는 이름의 덩치 큰 사내에게 말을 걸었고, 콧수염을 기른 아흐메드는 아주 공손한 목소리로 계속 대답했다. "예, 선생님." 그다음에 그는 아랍어로 그처럼 건장한 흑갈색 피부의 다른 사내들에게 명령을 내렸다. 그들은 들것으로 부상병을 나르는 사람들, 간호병들로, 습관대로 효율적이고 단순한 동작으로 부상자들을 돌봤다. 아흐메드는 수염과 짙은 눈썹 때문에 무서워 보였지만 아주 친절하게 사람들을 보살폈다. 팔을 다친 젊은 항독 지하운동가는 몇 시간 전부터 아무 말도 하지 않고, 피가 흐르는 팔을 붙잡고 화를 참고 있었는데, 습포로 상처를 누르고 조심스럽게 상처를 두드리자 이내 눈물을 쏟았다. 아흐메드가 그를 씻기기 시작했다.

간호사복 차림의 간호사 한 명이 치료용품과 소독약 병을 가지고 왔다. 그녀는 부상자들에게는 노래하는 듯한 억양으로 걱정의 말을 건넸고, 안에서 일하고 있는 군의관의 지시를 간호사들에게 전할 때는 단호한 어조로 바뀌었다. 그들은 힘찬 목소리로 대답했고 그녀가 지나가는 것을 보고 미소를 지었다. 그녀는 아주 젊고 풍만했다. 형태를 생각하고 있던 살라농은 마치 꿈을 꾸듯이 무심코 재능을 드러내면서 그녀를 눈으로 따라갔다. 그녀는 중성적으로 보이려고 애썼지만 그럴 수 없었다. 묶은 머리 너머로 빠져나온 머리 타래며, 단추 달린 상의로 드러나는 몸매와 둥근 입술은 그녀가 애써 유지하려고 했던 심각한 태도와는 거리가 있었다. 상당히 여성스러운 그녀의 몸짓 하나하나에서 여성스러움이 넘쳐흘렀으며, 미세한 숨소리마저도 여성스러움이 묻어났다. 그러나 그녀는 간호사로서의 역할을 최대한 잘 수행하려고 노력했다.

알제리 보병부대의 모든 사람이 그녀의 이름을 알고 있었다. 그들처럼 그녀도 우리가 승리를 거둔 이 여름의 전쟁에서 최선을 다했고, 그녀도 그중 자신의 자리를 가질 만한 자격이 있었다. 그녀는 에우리디케, 의사 칼로야니스의 딸이었다. 그녀와 마주치는 사람들은 누구나 인사를 빠뜨리지 않았다. 빅토리앵 살라뇽은 그 순간 에우리디케를 향한 사랑에 빠진 것이 상황 탓인지 그녀 탓인지 결코 알 수 없었다. 그러나 인간이 상황 속에서 모습을 드러낼 때는 그 역시 상황일 뿐이다. 그가 아무것도 보지 않은 채 리옹 거리를 걷고 있었다면, 주변을 스치는 수많은 여인 가운데서 그녀를 보았을까? 그녀가 피로에 지친 수천 명의 남자 사이에서 유일한 여자였기 때문에 눈에 띈 것일까? 상관없는 일이다. 사람은 환경의 영향을 받는다. 그리하여 1944년 어느 날 살라뇽이 선(線)만을 꿈꾸고, 지친 빅토리앵 살라뇽이 사물의 형태만을 감지하고 있었을 때, 그의 뛰어난 재능이 마침내 자유로워진 그의 손으로 다시 돌아왔을 때, 그는 에우리디케 칼로야니스가 자기 앞으로 지나가는 것을 보았다. 그는 계속 눈으로 그녀를 쫓았다.

연대장은 다른 연대장 네줄렝에게 자신의 이름을 밝혔다. 알제리 보병부대의 연대장은 알제리 오랑 출신 프랑스인으로 안색이 대단히 창백했다. 그는 툴롱에서부터 그와 합류한 자유를 위한 전투원들 전부를 맞이하듯 아주 정중하게 그를 맞았다. 하지만 그의 계급, 그의 이름, 그의 군 경력 등에 관해서는 다소 불신을 보였다. 연대장은 자신의 부대원들을 정렬시키고 인사를 하게 하고는, 뻐기면서 자신을 소개했다. 그리고 그는 작위적인 목소리로 외쳤는데, 부대원들도 그의 목소리인 줄 전혀 알지 못했다. 하지만 그들은 짝이 맞지 않는 영국 무기들을 구비하고, 조금 낡고 더럽고 헐렁한 작업복을 입은 채 차렷 자세로 태양 아래 줄지어 있었다. 그러나 그런 자세 속에는 열정에 전율하며, 이를테면 군인들에게서는 발견하지 못한 열의를 가지고 턱을 쳐든 채 의기양양한 모습이 있었다. 긴 평화로 약해진 사람들도, 너무 긴 전쟁으로 실망한 사람들도 아니었다.

네줄랭은 그와 악수하며 인사했는데, 이미 다른 곳을 보면서 다른 임무에 몰두했다. 그들은 사령관의 익숙한 명령에 따라 보충부대로 합류했다. 저녁이면 연대장은 야영용 텐트 아래서 그들에게 상상의 계급을 부여했다. 둥글게 둘러앉은 사람들을 손가락으로 가리키며 네 명의 대위와 여덟 명의 중위라고 불렀다. "대위라고요? 좀 멀리 간 것 아닌가요?" 그중 하나가 당황해 막 받은 금빛 리본 조각을 뒤집어놓은 채 말했다. "바느질할 줄 모르는가? 소매에 이 계급장들을 빨리 달아줘! 계급장이 없으면 입 닥치고! 계급장을 소매에 붙이면 그때 입을 열 수 있다. 상황은 순식간에 전개된다. 늑장 부리는 인간들에겐 불행이지."

살라뇽은 그렇게 했다. 그는 거기에 있었고, 부대는 사람이 필요했기 때문이다. "살라뇽, 자넨 마음에 들어. 자네는 머리가 좋고 박학하고 분별력이 있네. 이제, 바느질을 하게."

그렇게 말하기까지 시간이 걸렸다. 1944년에는 결정에 시간을 끌지 않았다. 1940년 이래로 누구도 침묵을 하는 것 외에는 결정을 하지 않았는데, 1944년에는 회복이 되었다. 모든 것이 가능했다. 모든 것. 모든 의미로.

밤새도록 전차들은 도로를 따라 북쪽으로 올라갔다. 그들은 길의 밝은 부분을 따라가면서 불빛을 낮춘 전조등으로 앞에 가는 전차를 비췄다. 아침에는 비행기 넉 대가 질서정연하게 무리를 지어 낮고 아주 빠르게 지나갔다. 으르렁거리는 소리와 충돌의 방향을 따라 땅으로 오는 것 같은 제철소의 소리, 포탄 갈아 끼우는 굉음이 들렸다. 밤마다 불꽃 광채들이 지평선에서 흔들렸다.

사람들은 그들을 별개로 두었다. 연대장은 모든 임무를 받아들였지만 아무것도 결정하지 않았다. 그는 저녁마다 길로 산책을 나갔고, 갑자기 지팡이를 휘둘러 엉겅퀴, 쐐기풀 또는 덤불보다 조금 웃자란 온갖 종류의 꽃대 자루들의 꼭대기를 잘랐다.

상처 입고 붕대를 잘못 감은 채 피가 흐르는 부상자들이 트럭으로 도착했다. 그들을 칼로야니스의 텐트-임시병원에 머물게 했는데, 한결같은 온화함으로 생존을 돕고 그들이 죽음을 맞을 수 있게 도왔다. 연대장의 보충부대는 수송을 돕고, 들것을 나르고, 빨간색 십자가가 그려진 초록 텐트에서 시신을 하나씩 꺼내와 땅에 늘어놓았다. 군대 생활은 녹초가 될 정도로 활기찬 시기와 행군과 내부 정리로 시간을 채우는 한가한 시기가 교대로 찾아들기 때문에 오랜 시간 아무것도 하지 않고 지내는 일은 없다. 그러나 거기, 시골에서는 아무 일도 없었다. 많은 사람이 잠을 자고, 가장 작은 흠집까지 알 정도로 무기를 닦거나 더 나은 먹을거리를 찾았다.

살라뇽은 한가한 시간에 그림을 그렸다. 움직일 일이 없는 시간에는 눈이 따끔거렸고 손가락이 저렸다. 가지고 있던 미국산 포장지 위에 그는 상의를 벗은 채 전차의 모터를 점거하고 있는 정비공을 그렸다. 포플러 나무 그늘 아래서 트럭 바퀴를 수리하고 있는 사람들, 움직이는 나뭇잎 아래서 양팔로 커다란 호스를 붙잡고 주유하는 사람들을 그렸다. 하늘에 흘러가는 구름의 형상을 그리면서 목초에 씨를 뿌리는 항독 지하운동가들, 꽃들 사이에서 잠이 든 사람들을 그렸다. 지나가는 에우리디케를 그리기도 했다. 그는 그녀를 여러 번 그렸다. 그녀를 그릴 때는 그런 사실을 정확하게 생각하지 않으면서도 자신이 쥐고 있는 연필과 연필이 남긴 선에 온 영혼을 기울였고, 자기 어깨에 손 하나가 얹어져도 어찌나 부드러운지 그는 놀라지 않았다. 칼로야니스는 아무 말 없이 종이 위에 그려진 딸의 모습을 바라보며 감탄했다. 살라뇽은 그에게 그림을 보여주어야 할지, 아니면 감추고 사과를 해야 할지를 모른 채 부동자세로 있었다.

"당신은 정말 대단한 솜씨로 내 딸을 그렸군요." 마침내 그가 말했다. "더 자주 병원에 오지 않으실래요? 딸애의 초상화를 그려주세요."

살라뇽은 안도의 한숨을 내 쉬면서 제안을 받아들였다.

살라뇽은 로즈발을 자주 찾아왔다. 로즈발이 눈을 감으면 그를 그렸다. 흐르는 땀이 보이지 않을 때, 거친 숨소리가 들리지 않을 때, 입술에 경련이 일어나지 않을 때, 붕대를 감은 복부가 경련에 떨고 그를 완전히 장악하지 않을 때 그는 아주 순수한 표정이었다. 초록빛이 감돌 정도로 창백한 낯빛도 드러나지 않고, 눈을 감은 채 알아들을 수 없는 말을 중얼거리지도 않았다. 살라뇽은 반듯이 누워 휴식을 취하는 쇠약한 남자의 초상을 그렸다. 로즈발은 눈을 감기 전에 살라뇽의 손을 움켜잡고는, 아주 세게 그를 붙잡고 아주 낮게, 그러나 명료하게 말했다.

"있잖아, 살라뇽, 나는 딱 하나가 후회스러워. 죽는다는 사실이 아니야. 내가 후회하는 것은 죽는 일보다 더 나쁜 거야. 그럴 만하지. 내가 후회하는 것은 숫총각으로 죽는 것이야. 나는 사랑을 했어야 해. 너는 나를 위해서 그래줄래? 사랑이 네게 찾아오면, 너는 나를 생각해줄래?"

"그래 약속할게."

로즈발은 손을 놓고 눈을 감았다. 그리고 살라뇽은 미제 탄환을 쌌던 거친 갈색 종이 위에 연필로 그를 그렸다.

"그가 고통스러워하는데도 당신은 마치 그가 잠든 것처럼 그리네요." 에우리디케가 어깨너머로 말했다.

"그가 고통을 받지 않을 때가 실제 모습과 더욱 비슷합니다. 나는 그를 원래 모습대로 기억하고 싶어요."

"당신은 그와 무엇을 약속했죠? 여기 들어오면서 나는, 그가 당신 손을 놓기 전에 당신이 그에게 뭔가 약속하는 것을 들었어요."

살라뇽은 얼굴이 빨개졌고, 선을 약간 두드러지게 하기 위해 그림 몇 군데 음영을 넣었다. 마치 꿈을 꾸면서 잠든 사람처럼, 비록 더 이상 움직이지 않지만 그의 내면은 여전히 살아 있는 잠든 사람처럼 그렸다.

"그를 위해서 살기로 했어요. 죽은 사람들을 위해서 끝을 못 본 사람들을 위해서 살기로요."

"당신, 당신은 그것을 보았나요, 끝을?"

"어쩌면 그렇지요. 아닐 수도 있고요. 하지만 다른 누군가가 나를 위해 그것을 보겠지요."

그는 그림에 무엇인가를 덧붙일까 망설였지만 그림을 손상시킬까 봐 관두었다. 그는 에우리디케를 돌아보았고, 그녀를 향해 눈을 들었는데, 그녀는 그를 아주 가까이서 보고 있었다.

"내가 만약 끝을 보지 못한 채 죽는다면, 당신은 나를 위해서 살기를 원하시나요?"

그림에는 로즈발이 잠든 모습이 있었다. 평화롭고 아름다운 청년이 꽃밭에 누워, 기다리고, 기다려지며.

"네." 그녀는 마치 그가 껴안기라도 한 듯 얼굴을 붉히며 숨을 내쉬었다.

살라뇽은 그녀의 손이 떨고 있는 것을 느꼈다. 그들은 함께 텐트-임시병원을 나왔고 가벼운 고갯짓만 나눈 채 서로 다른 방향으로 멀어져갔다. 그들은 서로 돌아보지 않고 걸었는데, 그들 주위에 다른 사람의 관심이 하나의 막, 외투, 천처럼 그들을 완전히 덮고 그들의 움직임을 따라오는 것을 느꼈다.

오후에 그들은 트럭으로 시신을 찾으러 나갔다. 브리우드가 운전을 할 줄 알아 핸들을 잡았고, 다른 사람들은 트럭 뒤 긴 의자에 밀착해 앉아 있었다. 살라농, 로셰트, 모로, 그리고 벤 토발, 벤 토발은 아흐메드의 성이었다. 그들이 함께 트럭에 오르기 전에 브리우드가 아흐메드에게 성(姓)을 물었다. "나는 너를 이름으로 부르지 않을 거야, 그것은 아이한테 말을 거는 것 같으니까. 그런데 너는 수염도 있고……" 아흐메드는 수염에 가려진 채 미소를 지으면서 그에게 자신의 성이 벤 토발이라고 말했다. 브리우드는 이후 아흐메드를 '벤 토발'이라고만 불렀고, 그렇게 부른 유일한 사람이었다. 그것은 질서에 대한 브리우드의 취향, 조금 투박한 그의 평등주의가 드러난 결과일 뿐이었는데, 그러고선 더이상 거기에 대해 생각하지 않았다. 여름의 공기는 창을 통해 들어온 뜨거운 초원의 향기를 담고 있었다. 그들이 탄 트럭은 손 강을 따라 펼쳐진 초원 위를 굴러갔고, 자갈투성이 비포장도로 위에서 요동쳤다. 그들은 가능한 한 서로를 꼭 붙잡아 기어의 손잡이를 쥐고 있는 브리우드의 손에 부딪치지 않으려고 노력하면서, 의자 위에서 털썩거렸다. 뜨거운 공기가 소용돌이치는 트럭에서 그들은 전부 머리가 헝클어져 있었다.
브리우드는 콧노래를 부르면서 운전했다. 그들은 시신을 찾으러 가고 있었다. 시신을 수습하려고 하는 것이다. 그것은 네줄랭이 연대장의 비정규군에게 요구한 임무 가운데 하나이다. 네줄랭은 자신의 계급을 말할 때면 인용부호를 달았는데, 단어가 시작되기 전에 잠깐 쉬고, 끝난 후에 눈짓을 하는 식이었다.
그들은 트럭을 타고 마치 플랑드르 풍경화 같은 손 강 계곡을 가로

질렸다. 그곳은 생생한 초록 벌판이 좀더 짙은 색의 산울타리의 숲털들에 의해 두드러졌다. 푸른 하늘 위로 새하얗고 평평한 구름들이 흘러갔고, 그 아래로는 흘러간다기보다 펼쳐진 상태의 손 강이 유유히 흐르고 있었는데, 하늘 빛과 진흙이 뒤섞여 흐르는 갈색 거울과 같았다.

강가에는 여러 대의 초록 전차가 불타고 있었다. 광활한 초원은 조금도 아름다움을 잃지 않고, 방대한 규모도 그대로였다. 사람들은 훼손되지 않은 풍경에 잔혹한 무엇을 포개놓았다. 전차는 풀을 뜯던 곳에서 쓰러진 커다란 반추동물들처럼 목초지대에서 타오르고 있었다. 초원을 바라보고 있는 언덕에서 흔들리는 호랑이 전차는 울타리를 벗어났고 입구가 열린 채 검게 변해 있었다.

초원의 융기 위에서 튀어 오르며 그들은 초록 전차들 주위를 돌았는데, 화약량의 무게로 파인 셔면 전차들은 거의 철갑을 두르지 않아 단속음을 내다가 내부에서 폭발했다. 목초지대에 버려진 전차의 차체는 여전히 타오르고 있었다. 그것들은 주위에 목을 따끔거리게 하는 냄새를 풍기고 있었고, 고무, 기름, 가열된 금속, 폭약, 그리고 다른 무엇이 뒤섞인 연기가 피어올랐다. 이 냄새는 그을음처럼 콧속에서 사라지지 않았다. 그들은 잠든 것처럼 쓰러져 있는 사람들 가운데 시신을 찾으러 왔고, 칼자국이나 신체의 일부가 예리하게 절단된 흔적, 사지의 일부가 떨어져 나간 것 등에 주목했다. 그들이 모은 것은 불 속에 떨어진 짐승들과 비슷했다. 부피는 줄어들고, 사지가 경직된 상태라 옮기기가 쉬웠지만, 배열은 힘들었다. 몸의 연약한 부분들은 전부 사라졌고, 옷은 무엇과도 비슷하지 않았다. 그들은 그것들을 장작처럼 쌓았다. 이렇게 모은 것들 가운데 하나가 움직이고 들릴락 말락 하는 소리가 나오면 그들은 충격을 받아 들고 있던 것을 떨어뜨렸다. 누구의 입도 움직이지 않았기 때문에 그들은 그 소리가 어디에서 나는지를 알지 못했다. 그들은 하얇게 질린 얼굴로 손을 벌벌 떨면서 주변에 있었다. 벤 토발은 손에 주사기 바늘을 들고 시체 가까이로 다가가 무릎을 꿇었다. 그는 주삿바늘을 찔러 가슴에 약간의 주사액을 투여했는데, 계급장 조각의 불에 탄 천을 보고 위치를 파악했다. 움직임과 소리가 멈췄다. "이 시신을 트럭에 가져다주실래요." 벤 토발이 아주 온화하게 말했다.

그들은 호랑이 전차까지 가서 그 안을 들여다보려고 전차의 골격 위로 기어올라갔다. 입구 뚜껑 위에 약간의 그을음이 생긴 것을 제외하고는 별 이상이 없어 보였고, 단지 공기 중에서 애벌레처럼 흔들거렸다. 그들은 불패의 신화를 지닌 전차의 내부가 어떤 것인지 알고 싶은 호기심을 느꼈다. 안에는 불탄 전차의 연기보다 더 지독한 냄새가 배어 있었다. 냄새는 빠져나가지를 못해 내부에 가득했는데, 끈적거리고, 지독하고, 영혼을 손상시켰다. 더러운 젤리 상태의 물질이 전차의 내벽을 뒤덮고, 조종 장치에 달라붙었으며, 좌석도 뒤덮었다. 조종실 바닥에 엉켜 있는 어지러운 더미 속에서 뼈들이 튀어나왔다. 그들은 군복의 조각, 손상되지 않은 칼라, 팔을 감싼 소매, 진한 액체가 엉겨 붙은 절반가량 남은 철모 등을 알아보았다. 포탑의 측면에서 그들은 중앙 처리 장치와 연결된 네 개의 구멍을 보았는데, 그것은 하늘에서 발사된 로켓탄의 충격으로 인한 결과였다.

브리우드는 심하게 구토했다. 벤 토발은 브리우드가 속을 비우는 것을 돕기 위해 그의 등을 두드렸다. "알다시피 우리가 최초로 나선 거야. 다른 사람들은 네게 아무 짓도 못 해."

살라농은 귀대한 다음 초원 위의 전차들을 그렸다. 그는 초원 여기저기에 흩어져 있는 전차들을 지평선 위에 작게 그렸고, 나뭇잎 전체를 뒤덮고 있는 엄청난 연기를 그렸다.

사실 그들은 군의관의 권위 아래 놓인 텐트-임시병원에 배치받았다. 연대장은 발을 동동 굴렀지만 네줄랭은 그의 이름을 기억하지 못하는 듯, 그의 존재를 잊은 것처럼 굴었다. 그들은 텐트의 그늘에 있는 부상자들에 전념했는데, 부상자들은 캠프의 침대를 노렸다. 그들은 해방된 도시들의 병원으로 출발하기를 기다렸고, 회복되기를 기다렸고, 너무 더운 초원의 그늘에서 텐트-임시병원에 들어가기를 기다렸다. 그들은 천 주변을 맴도는 파리 떼를 쫓았고, 몇 시간 텐트의 천장을 바라보았다. 그리고 그 옆에 피로 얼룩진 붕대 감은 팔다리를 가만히 내려놓았다.

살라뇽이 곁에 와서 앉아 그들의 얼굴, 천을 두른 벗은 상반신, 부상당해 하얀 붕대를 감은 팔다리들을 그렸다. 그들을 대상으로 그림을 그리니 마음이 놓였고, 그들의 부동성이 목표가 되어 그림 그리는 일에 몰두했다. 그는 장비들과 같이 소중하게 보관하고 있던 그림을 그들에게 건네주었다. 칼로야니스는 그가 자주 오도록 격려했고, 자신의 감독 아래 우툴두툴한 좋은 종이들, 연필, 펜, 잉크, 심지어 기름을 바르는 데 사용했던 작고 부드러운 붓들을 그에게 주도록 했다. 보급 장교가 공무 집행과 소환장에 쓰이는 질 좋은 하얀 종이를 그에게 줘야 하는지를 망설이자 칼로야니스가 말했다. "부상병들은 사람들이 그들을 지켜볼 때 더 잘 치유됩니다." 그는 살라뇽이 그림 그리는 데 필요한 것을 구해주었고, 이것은 사실 분명한 목표가 없는 행위라서 모든 사람의 묘한 관심을 끌었다.

텐트-임시병원에서 칼로야니스는 수술과 치료를 병행하며 환자들을 보살폈다. 그는 이슬람 출신 간호사들을 신뢰했다. 그들은 처방이 내려지면 기민하게 주사를 놓았고, 죽은 자들을 위한 기도에서도 마찬가지였다. 그는 텐트 구석에 자리를 잡고, 더운 시간에는 거기에서 몇몇 장교, 특히 프랑스 출신 프랑스인들과 수다를 떨면서 휴식을 취했다. 아흐메드가 그를 위해 박하 향 차를 내왔다. 비품은 양탄자, 앉을 수 있는 쿠션들, 벽걸이 천, 탄약 상자 위에 놓인 구리 쟁반들이었다. 연대장이 벽걸이 천을 걷고 들어와 진심으로 기뻐하면서 감탄해 말했다. "아이고 구석 자리를 차지하셨네요." 그리고 자신의 하늘빛 군모를 벗어 뒤로 가져갔다. 그의 허세 부리는 태도가 칼로야니스를 미소 짓게 만들었다.

연대장은 한가한 항독 지하운동가들, 특히 살라농과 함께 북아프리카식으로 꾸민 칼로야니스의 거실을 자주 찾아왔다. 그들은 쿠션에 기대어 차를 마셨고, 엄청 수다스런 칼로야니스의 얘기를 들었다. 그는 알제에서 살고, 밥엘우에드를 거의 벗어난 적이 없으며, 사하라 사막에 대해서는 전혀 몰랐다. 그것이 자신의 예전 삶에 대해 간략한 일화만을 말했던 연대장을 안심시키는 눈치였다.

살라농은 에우리디케를 그렸고 그녀는 자신이 그렇게 관찰당하는 일에 무심하지 않았다. 사려 깊은 칼로야니스는 찬탄을 담아 딸을 그윽하게 바라보았고, 침묵에 잠긴 연대장은 예리한 시선으로 모든 것을 판단했다. 바깥은 한창 더운 시간이었고, 작열하는 태양 아래 짓눌린 풍경에서는 아무것도 보이지 않았다. 텐트의 가장자리가 들려 있어 땀을 식힐 바람이 드나들었다. "이것은 베두인들 텐트의 원칙이지요." 연대장이 말했다. 그리고 사막 한가운데서 이런 검정 텐트를 쳐야 하는 물리적이고 민속학적인 설명에 뛰어들었는데, 그가 직접 베두인의 텐트들을 드나들었던 것이 분명했다. 칼로야니스는 연대장이 그 사실을 말하지 않은 것을 놀렸고, 자신은 베두인들을 전혀 본 적이 없고, 심지어 알제리가 그들을 수용하고 있는 사실조차 모른다고 주장했다. 그는 아흐메드와 간호사들을 제외하고는 거리에서만 아랍인을 만날 뿐이었고, 이국 취미처럼 구두닦이 소년에 관한 이야기들을 했을 뿐이다. 그는 그런 이야기들을 했다. 그의 순박함과 재치 덕분에 사람들은 정신이 팔렸다.

살라뇽은 자신이 초원에서 봤던 것에 관해 말했다. 그는 내부의 통증처럼 냄새를 기억했고, 그로 인해 코와 목이 고통스러웠다.

"제가 독일 전차 안에서 본 것은 역겨웠어요. 어떻게 말해야 할지 모르겠네요."

"호랑이 전차 한 대만으로 우리 전차 여러 대를 파괴할 수 있습니다. 그것들을 격파해야 해요." 연대장이 말했다.

"그래도 파괴되지는 않았어요, 그렇지만 안은 남은 게 없었어요. 놀라웠죠."

"다행히 우리에게는 기계가 있어요." 칼로야니스가 말했다. "손에 무엇을 들고 일을 해야 한다고 생각하나? 한 대의 차에 탄 네 명의 승객이 자동차 문에 난 구멍을 통해 관을 꽂아서 처리한다고? 가까이 다가가야 하고, 창 뒤로 가서 그것들을 살펴야 하고, 관의 노즐을 자물쇠의 구멍에 꽂고 나서 스위치를 넣어야 해. 조종실을 불꽃으로 가득 채우려면 오래 걸릴 것이고, 우리는 관을 잘 잡고 모든 것을 창으로 지켜봐야 하고, 창 바로 위에서 그것들이 타오르는 것을 지켜보면서 그 안에서 모든 것이 녹아내릴 때까지 노즐을 꽉 잡고 있으면, 결국 외부의 도료가 부풀어 들뜨는 일이 없지. 자네는 그것까지도 가까이서 지켜볼 수 있다고 상상하나? 여러분은 전부 들었을 건데, 관을 잡고 있는 사람에게는 그 광경이 견딜 수 없는 것일 테지. 우리는 그렇게 하지 않을 거네."

"미국 조종사들은 대개 아주 예의 바르고 그들의 기이한 종교 때문에 생긴 아주 엄격한 도덕적 감각을 지녔는데, 기계 없이 사람을 죽이는 일은 조금도 못 견디지. 사람을 죽이는 조종사들은 아무것도 보지 못한다네. 그들은 엄밀한 조준으로 전차를 겨냥하고 조종간 손잡이의 붉은 버튼을 누르고는 그 결과를 보지도 않고 미리 빠져나간다고. 기계가 있어서 우리는 사람들이 가득 찬 차들에 관을 연결하고 지나가지. 산업이

대인이라는 문제이지요, 내 말이 틀렸나요?"

연대장은 목검으로 어른을 위협하려고 했던 아이처럼 어색해하면서 분명한 대답을 하지 않았다.

"은신한 유대인에 대한 불안은 단지 분류의 문제일 뿐입니다." 칼로 야니스가 계속 말했다.

"나에게는 밥엘우에드에 거주하는 유대인 랍비 친구가 있어요. 내가 종교 활동을 하지 않아도 그는 여전히 내 친구입니다. 우리는 인생 학교에서 함께 수학했기 때문이에요. 둘 다 학교에 가지 않았다는 사실은 학교에 다녔다는 사실보다 더 친밀한 관계를 만들지요. 우리는 서로에 대해 너무나 잘 알기 때문에 각자 소명의 내막을 잘 알아요. 조금도 영광스러울 게 없지만, 그래서 우리는 많은 논쟁을 피하게 되지요. 단식 중일 때, 그는 내게 아주 훌륭한 논리를 가지고 몇몇 짐승의 불순함이나 몇 가지 계율의 비열함을 설명해줍니다. 유대의 음식 법규에는 자연과학 서적의 정확함이 있어서 나는 그것을 이해합니다. 분류된 것은 순수하고 분류를 벗어난 것은 불순합니다. 왜냐하면 신은 세계를 질서 있게 만들었고 그것이 우리가 신에게 기대할 수 있는 최소한이기 때문입니다. 범주에 속하지 않은 것은 형상화할 가치가 없고, 그것은 괴물들입니다."

"물론 몇 잔 걸치고 나면 우리도 역시 더 이상 한계를 보지 못합니다. 한계는 녹아버린 것처럼 보이지요. 신이 만든 책장의 선반들은 더 이상 직선이 아닙니다. 칸막이 선반들은 잘 끼여지지 않고 몇 개는 테두리도 없어요. 아니스 술을 마시면 세상은 도서관보다는 조금씩 나눠 먹는 모듬 요리와 비슷해지지요. 단지 맛을 음미하기 위해서 지나치게 질서에 매이지 않고 모든 것을 조금씩 먹는 겁니다.

"몇 잔 더 마시고 나면 우리는 뜬소문, 모욕, 괴물을 앞에 둔 공포까지 그냥 내버려두지요. 우리가 세상의 무질서와 마주했을 때 유일하게 택할 수 있는 건강한 반응은 웃음입니다. 멈추지 않는 웃음은 이웃들이 우리를 호의를 가지고 대하게 만들지요. 그들은 랍비와 의사가 토론을 시작하면 토라*와 과학이 핵심을 차지하고, 그것은 언제나 이렇게 끝이 난다는 것을 잘 알아요."

"다음 날이면 나는 골이 아프고 친구는 좀 죄의식을 느끼겠지요. 우리는 며칠 동안 서로 만나는 것을 피하고, 대단히 주의 깊고 유능하게 우리 직업을 수행하는 겁니다."

"하지만 당신 질문에 답해드리지요, 연대장님. 내 성이 칼로야니스인 것은 우리 아버지께서 그리스인이기 때문입니다. 아버지 성이 칼로야니스였고, 그 성은 부계를 통해 전해졌지요. 아버지는 가테그노 드 살로니크와 결혼하셨고, 내 모계를 통해 유대인 혈통이 전해졌지요. 부모님은 내 이름을 살로몬이라고 지으셨습니다. 유대인 도시라는 살로니크가 사라졌을 때, 그분들은 배가 침몰할 때 바다에 빠진 사람들이 배를 바꿔 타듯이 콘스탄틴으로 오셨어요. 그래요, 배가 침몰할 때는 배를 떠나는 겁니다. 거기에는, 더 동물학적으로 약간 변형된 형태로, 당신도 이미 들었을 것이 분명한 은유가 있습니다. 그러나 배가 침몰하면 배를 떠나야 하고 아니면 익사당하는 것이지요. 콘스탄틴에서 나는 프랑스인이었습니다. 나는 뱅수상가(家)의 아가씨와 결혼했습니다. 그녀를 사랑했기 때문에요. 그리고 또 나는 수천 년 동안 이어온 혈통을 단절시켰다는 책임을 떠맡기 싫었어요. 의사가 되자 밥엘우에드에 정착했죠. 그곳은 유쾌한 혼합 도시였는데, 내가 공동체를 좋아한 것은 공동체 안에서 생활하는 것이 나를 자극했기 때문이에요. 보세요, 연대장님, 내 그리스

---

* Torah: 율법.

식 이름의 비밀에는 감춰진 유대인이 숨어 있어요."

"당신은 세계시민주의자이시군요."

"바로 그렇습니다. 나는 오스만 제국에서 태어났는데 그것은 더 이상 존재하지 않고, 내가 프랑스인인 것은 프랑스가 하찮은 존재들 모두를 맞아주는 땅이었기 때문이고, 우리가 프랑스어를 말하는 것은 프랑스어가 **이념의 제국** 언어이기 때문이지요. 제국이 좋은 것은, 제국은 사람들을 평화롭게 두고, 당신도 언제나 그렇게 존재할 수 있기 때문입니다. 당신은 별다른 조건 없이 제국의 신민이 될 수 있어요. 단지 신민으로 존재하는 것에 동의하면 됩니다. 그리고 아무리 모순처럼 보여도 제국이 당신을 박해하지 않는다면, 당신은 당신의 태생 전부를 간직할 수 있어요. 제국은 평화롭게 숨 쉬는 것, 어떤 문제랄 것 없이, 비슷하면서도 동시에 다르게 존재하는 것을 허용합니다. 반대로 특정 국가의 시민이 된다는 것은 출생, 존재의 성질, 태생에 대한 지나치게 까다로운 분석을 요구하지요. 그것은 국가의 나쁜 양상입니다. 우리는 국가에 속하기도 하고 아니기도 한데, 언제나 의심이 따르지요. 오스만 제국은 우리를 평화롭게 내버려두었어요. 그리스의 작은 국가가 살로니크를 향해 손을 내밀었을 때, 서류에 자신의 종교를 언급해야 했어요. 그래서 내가 프랑스 공화국을 사랑하는 겁니다. 그것은 중요한 문제이지요. 공화국은 프랑스인일 필요가 없고, 정말 멋진 점은 자신의 영혼을 잃지 않고 형용사를 바꿀 수 있다는 겁니다. 내가 당신에게 말을 하는 것처럼 말을 한다는 것, 프랑스어로 말하는 것, 그로 인해 나는 세계시민이 될 수 있는 겁니다.

그러나 나는 내가 진짜 프랑스와 직면했을 때 실망했다는 사실을 고백합니다. 나는 보편적인 프랑스의 시민이었지 일드프랑스의 시민과는 거리가 멀었는데, 국가주의적인 프랑스는 내게 싸움을 걸기 시작했어요. 우리의 총사령관은 전원 감시인 같은 태도로 대도시 혈통을 이어받고서는 그것으로 촌락을 형성하고자 했어요."

연대장은 자신의 동족에 대한 토론이 문제가 되는 것이 중요한 일인 것처럼 성난 몸짓을 했다.

"그런데 당신은 프랑스를 위해서 싸우러 참가했어요."

"그러니 생각해보세요. 정말 아무것도 아니지요. 나는 단지 그들이 내게서 강탈해간 무엇을 복원하기 위해서 왔어요."

"재산이요?"

"아닙니다, 연대장님. 나는 돈도 재산도 없는, 보잘것없는 가난뱅이 유대인이에요. 나는 밥엘우에드의 의사인데, 돈이 도는 부자 동네와는 거리가 아주 멀지요. 우리 동네 북쪽에서 아주 멀리 떨어진 곳에서 비극적인 사건이 일어났을 때 나는 평화로운 삶을 살고 있었어요. 그런데 사람들이 내게서 프랑스적인 특성을 박탈하는 일이 발생했어요. 나는 프랑스인이었고 유대인이었는데, 내 직업 수행, 배우는 것, 투표 행위 등을 금지시켰어요. 학교, 의료, 공화국, 내가 믿었던 모든 것을 박탈해갔지요. 그래서 나는 그것들을 되찾기 위해 몇몇 사람과 함께 배에 올라탔습니다. 귀환할 때 나는 되찾은 그것을 이웃인 아랍인들과 아낌없이 나눌 것입니다. 유연한 공화국, 우리의 언어는 무수히 많은 언어 사용자들을 맞아들일 수 있어요."

"당신은 아랍인들이 그럴 수 있다고 믿나요?"

"당신과 나처럼 그렇지요. 교육을 통해 나는 당신을 피그미족에서 원자 물리학자로 변신시킬 수 있다고 자부합니다. 보세요, 아흐메드를. 그는 두더지를 무색하게 만드는 북아프리카 움집에서 태어났어요. 우리는 그를 교육시켰고, 그는 나와 함께했는데, 간호사 일을 완벽하게 수행하고 있습니다. 그를 프랑스 병원에 보내면 그는 그곳에서 자연스럽게 지낼 겁니다. 물론 수염은 예외지만요. 대도시에서는 수염을 훨씬 짧게 기르니까, 그의 수염은 사람들을 놀라게 하겠지요. 그렇지 않겠어, 아흐메드?"

"예, 칼로야니스 선생님. 많이들 놀라겠지요."

그리고 그는 차를 따라 그에게 잔을 건넸고, 살로몬은 부드럽게 감사를 표시했다. 의사 칼로야니스는 아흐메드와 아주 잘 통했다.

# 주석 IV
# 이곳과 그곳

밤새 고통을 겪은 그다음 날, 상태는 더 나아졌다. 고마웠다.

목을 아프게 만드는 고통은 오로지 내 몫이었다. 그렇게 심각한 것은 아니었지만, 내가 겪는 고통이었다. 나는 그 고통에서 벗어날 수가 없었다. 고통은 마치 우주비행사인 내가 우주복을 입었는데, 그 안에 생쥐가 한 마리 있는 것처럼 내게 달라붙어 있었고, 우리는 우주선 안에 있는데 돌아오기 위해서는 지구를 몇 바퀴 돌아야만 했다. 우주비행사로서는 기다리는 수밖에 없었다. 그는 생쥐가 자신의 몸을 따라서 여기저기 다니는 것을 느꼈다. 생쥐 역시 그와 함께 갇혔고, 그가 공간을 횡단하면 생쥐도 그와 함께 횡단했다. 어쩔 수가 없었다. 생쥐는 약속한 시간에야 그와 함께 다시 내려올 것이고, 지금으로선 기다리는 수밖에 없다.

아침에는 더 이상 고통을 느끼지 않았다. 나는 진통제와 소염제, 신경안정제를 먹었고, 그 약들이 고통을 사라지게 했다. 생쥐가 녹아 내 우주복에서 사라졌다. 진통제는 의학의 대단한 공적이다. 그리고 소염 제들, 향정신성 의약품들, 진정제들. 과학은 삶의 고통을 치유하지는 못하지만, 아프지는 않게 하는 수단을 양산한다. 약국은 매일 고통에 반응하지 않게 하는 약들을 상자로 판매한다. 의사와 약사들은 환자에게 인내를, 언제나 더 많은 인내를 권유한다. 신체에 적용하는 과학의 우선순위는 치료가 아니라 완화에 있다. 우리는 고통을 억누르기 위해 신음하는 사람을 돕는다. 그에게 인내와 휴식을 권한다. 그리고 기다리는 동안 그에게 완화제를 투여한다. 우리가 고통을 없애는 것은 더 나중의 일이다. 기다리면서 그런 상태에 빠지지 않도록 고통을 진정시켜야 한다. 이런 재앙의 상태에서 계속 살기 위해 할 일은 다소 잠을 자는 일이다.

나는 약을 복용했고 그다음 날이 되니 더 나아졌다. 다행이다. 나는 진통제 덕분에 더 이상 아프지 않았다. 그러나 모든 것이 나빠진다.

모든 것이 나빠진다.


나는 일주일에 한 번 살라뇽을 방문했다. 보라시외레브르댕에 미술 수업을 들으러 갔다. 리옹 사람 앞에서 이 이름을 말하면 그는 가볍게 전율한다. 이 이름은 사람을 움츠러들게 만들거나 미소를 짓게 만드는데, 이 미소 속에서 사람들은 서로 이야기를 나눈다.

탑과 작은 빌라들의 이 도시는 교통 노선망의 끝에 위치한다. 후에 버스가 더 이상 다니지 않게 되면서 도시는 발전을 멈추었다. 나는 지하철을 타고 버스 정류장 앞에 내렸다. 햇빛과 비로 인해 색이 바랜 플라스틱 지붕 아래 플랫폼이 늘어서 있다. 검은 바탕 위에 주황색으로 쓴 커다란 숫자들이 종착역임을 말해준다. 보라시외레브르댕행 버스는 아주 드물게 출발할 뿐이다. 나는 충돌을 막기 위해 설치한 별 모양의 유리 칸막이에 등을 기대고 색이 벗겨진 의자 위에 가서 앉았는데, 엉덩이가 닿는 부분은 완전히 긁혀 있었다. 진통 효과가 있는 놀라운 흔들림 속에서 나는 땅에 완전히 발이 닿지 않았다. 의자는 불편해 내게 도움이 되지 않았다. 너무 깊고, 가장자리는 너무 높아 더러운 얼룩이 낀 아스팔트 타르를 간신히 스치는 내 팔과 다리를 들어 올렸다. 도시풍 가구류의 불편함은 실수가 아니다. 불편함은 멈추고 싶은 마음을 꺾고 유동성에 유리하게 작용한다. 유동성은 현대 삶의 조건이고, 그게 없으면 도시는 죽는다. 그러나 나는 내 내부에서 유동했고, 심신의 변화가 심해 내 몸에 거의 닿을 수가 없었고, 내 눈만이 의자 위쪽을 떠다녔다.

집에서 멀리 왔다. 보라시외레브르댕의 사람들은 나처럼 가지 않는다. 동쪽 구석, 지하철의 종착역은 도시 주거 밀집 지역의 뒷문이다. 바쁜 군중은 주거 밀집 지역에서 빠져나와 그곳으로 들어온다. 나와 닮지 않았다. 그들은 혼잡한 플랫폼에서 커다란 짐을 끌거나, 아이를 잡고 있거나, 유모차를 끄는 바쁜 흐름 속에서 나를 보지 않고 스치듯 지나갔다. 그들은 고개를 숙이거나 작은 무리를 지어 완전히 밀착해 걷기만 했다. 그들은 나와 닮지 않았다. 나는 내 눈으로 축소되었고, 내 몸은 부재했으며, 무게를 벗어나고 촉각과 단절된 상태라 내 피부 속에서 떠다니면서 구속을 느끼지 않았다. 우리는 서로 닮지 않았다. 우리는 서로 보지 않고 가볍게 스쳐갔다.

나는 주변의 모든 것을 들었지만, 그들이 말하는 것을 더 이상 이해하지 못했다. 그들은 너무 크게 너무 짧게 잘라서 말했고, 이상한 방식으로 억양을 붙여 짧게 감탄했다. 마침내 그것이 프랑스어라는 것을 깨달았을 때, 나는 그것을 완전히 변형시켜보았다. 주변의 소리를 들었는데, 메아리로 인해 왜곡된 내 고유한 언어 상태처럼 나는 앉아 있기 힘든 의자에 앉으려고 고생하고 있었다. 나는 그 음악을 따라가기가 힘들었지만, 내 목이 아픈 것을 낫게 해준 진통제 덕분에 무심했다. 플라스틱으로 된 어떤 이상한 동굴 속에서 내 자신을 되찾다니! 나는 어찌할 바를 몰랐다.

나는 아팠고, 분명히 전염성이었고, 여전히 열이 났는데, 모든 것이 이상하게 보였다. 그들은 오고 갔고, 나는 아무것도 이해하지 못했다. 그들은 나와 닮지 않았다. 내 주위를 지나가는 모든 사람은 그들끼리 서로 닮았는데, 나와는 닮지 않았다. 내가 사는 곳에서 나는 반대의 것을 느꼈다. 나와 엇갈려 지나가는 사람들은 나와 닮았는데 그들은 서로 닮지 않았다. 도심, 그곳은 도시가 제 이름에 어울리는 양상인데, 그곳에서 우리는 누구보다 확실하게 자기 자신이고, 개인이 집단에 우선한다. 나는 각자를 알고, 그 각자는 개별적 자아이다. 그러나 여기 변두리에서는 나를 명백히 드러나게 하는 것은 바로 집단이고, 나는 모든 구성원과 같이한다. 우리는 언제나 집단과 동일시되는데 왜냐하면 그것이 인류학적 필요이기 때문이다. 세습되는 사회계급은 멀리서도 보이고, 신체에 드러나고 얼굴에서 읽힌다. 유사성은 일종의 소속이고 여기서 나는 여기에 속하지 않는다. 버스를 기다리면서 나는 의자-외피에서 떠돌고 내 발은 땅에 닿지 않으며, 나는 더 이상 내 몸을 알아보지 못하고 떠다니는 눈을 통해서만 본다. 신체가 개입되지 않는 사유는 유사성에만 전념한다.

그들은 서로 알아보고 인사했는데, 나는 이 인사를 알지 못했다. 소년들은 자기들끼리 정해진 순서를 따라 손가락을 치거나 주먹을 쳤는데, 나는 그들이 어떻게 연속된 동작을 기억하는지 궁금했다. 더 나이가 든 사람들은 점잔 피우며 서로 손을 잡고 상대의 팔을 끌어당기면서 볼에 입을 맞추거나 하지는 않고 서로를 껴안았다. 조금 덜 마음을 터놓는 사이에서 인사를 할 때는 상대와 닿은 손을 자신의 가슴에 얹는데, 이런 가벼운 몸짓조차도 내게 자극적인 감정을 일으켰다. 가만히 있지 못하는 청년들이 버스를 기다렸고, 그들은 자신들이 형성한 둥근 원의 가장자리에서 흔들거리며 바깥을 쳐다보고, 다리를 바꿔가며 돌아오고, 어깨를 흔들면서 조급한 모습으로 무리를 지어 있었다. 소녀들은 아무에게도 인사하지 않고 자기들끼리 크게 무리를 지어 지나갔다. 그런데 한 소녀가 그렇게 했을 때, 열다섯 살쯤 되는 한 소녀가 불안정한 무리에서 빠져나와 있는 열다섯 살쯤 되는 소년에게 인사했을 때, 그녀의 태도는 빛바랜 의자에서 간신히 발이 땅에 닿은 채 앉아서 떠도는 나를 놀라게 했다. 그녀는 팔을 뻗어 손을 반듯하게 내미는 사업가 같은 태도로 소년의 손을 잡았고, 완전히 경직된 채 소년의 손을 잡는 동안 그녀의 몸은 거기에 있지 않았다. 그녀는 그가 자신의 사촌이라고 함께 있던 소녀들에게 아주 크게 말했다. 나도 들을 수 있을 정도로 아주 크게 말했고, 보라시외레브르댕행 버스를 기다리는 사람들 모두 들을 수 있었다.

나는 이 규칙을 알지 못했다. 지하철 종점에서 사람들은 다른 방식으로 인사하는데, 접촉을 허용하는 몸짓이 같지 않다면 어떻게 함께 살아가는가?

사람들을 실은 두 개의 검은 범선이 지나갔다. 그것들은 바람을 따라서 모든 것을 감춘 채 같은 방향으로 나아갔다. 부드러운 장갑은 손가락을 감추고 눈만 드러냈다. 그들은 함께 나아갔고, 내 앞을 지나갔는데, 나는 밤의 조각을 통해서만 그들을 볼 수 있었다. 눈만 드러낸 스카프를 두른 두 사람이 버스 정류장을 가로질러 갔다. 금지된 것은 바로 여인들을 보는 일이었다. 내 시선에는 욕망이 내포되어 있기에 그들을 수치스럽게 만들었을 것이다. 사실 여인들을 보는 일은 내 몸을 깨울 것이고, 내 고독, 낡은 플라스틱 의자에 앉아 있는 불편함을 느끼게 만들 것이어서, 나를 일어나게 만들고 타인을 내 자신처럼 원하면서 껴안도록 만들 것이다. 그녀들을 보지 않아야 내 몸은 그 자체로 머물고, 잠이 든 것처럼 무감각하며, 추상적인 시간 계산에 몰두할 것이다. 이성만이 군림하는 것은 나를 괴물로 만든다.

만약 누군가를 향한 욕망이 나로 하여금 그를 용서하도록 만들지 않는다면, 어떻게 타자라는 과잉을 견딜 수 있을 것인가? 만약 내가 그들에게 눈길을 줄 수 없다면, 눈으로 그들을 따라갈 수 없다면, 그들이 지나가는 것을 사랑하고 소망하지 않는다면, 어떻게 스쳐가는 사람들과 함께 살아갈 것인가? 단지 그들을 보는 것만으로 이미 내 몸이 깨어나는데. 어떻게? 만약 사랑이 우리 안에 머물 수 없다면, 무엇이 남겠는가?

검은 가방을 메고 베일을 쓴 다른 사람은 거리의 공간 일부를 자신의 것으로 만들었다. 그는 공적인 공간의 일부를 울타리로 막는다. 그는 내게서 광장을 빼앗아간다. 그는 내가 있을 수 있는 광장을 차지한다. 나는 실수로 그와 부딪칠 수 있고, 투덜거리면서 그를 피할 수 있는데, 그는 내 시간을 잃어버리게 하는 것이다. 내가 더 이상 바라볼 수 없는 타인은 나를 불편하게 만들 뿐이다. 그는 잉여이다. 조금도 모습을 드러내지 않는 사람과는 그저 합리적인 관계를 맺을 수 있을 뿐인데, 이성보다 더 불안정한 것은 없다. 만약 우리가 욕망할 수 없다면, 적어도 시선으로나마 무엇이 남겠는가? 폭력?

두 개의 검은 범선이 누구에게도 가닿지 않은 채 무심하게 플랫폼을 가로질렀다. 그들은 시간표를 보고 버스에 올라탔다. 베일이 들리면서 나는 그들의 발을 분명히 보았다. 하나는 금박 장식을 두른 여자 신발이었고, 다른 하나는 남자 신발이었다. 버스는 떠났고, 나는 그것을 타지 않은 것을 기뻐했다. 나는 짙은 스카프를 두른 두 사람과 한 버스에 갇히지 않은 것이 기뻤는데, 한 사람은 여자 신발을, 한 사람은 남자

신발을 신고 있었다. 버스는 입체 교차로 쪽으로 사라졌고, 나는 이후에 어떤 일이 일어날지 알지 못했다. 아무 일도 일어나지 않을 게 확실하다. 나는 심신완화제를 먹었는데 다시 머리가 아프기 시작했고, 목이 아파 침을 삼킬 수 없었기 때문이다. 점막과 골이 아팠다. 나는 사유 기관과 접촉 기관이 아팠다. 이웃은 고통스러운 것이 되고, 근접성은 공포증이 되고, 사람들은 더 이상 이웃이 없거나 자기가 아닌 것은 모두 제거하기를 꿈꾼다. 폭력은 접촉의 표면에서 작용하고, 거기에서 고통이 일어나고, 거기에서 파괴의 욕망이 퍼져나가고, 파괴당하는 것에 대한 두려움이 같은 속도로 퍼진다. 점막에 염증이 생긴다.

왜 그렇게 큰 베일 아래 몸을 숨기는 것인가? 만약 음험한 계획을 준비하는 것이 아니라면, 신체의 사라짐을 예고하기 위한 것이 아니라면, 유형에 의해서, 거부에 의해서, 공동 묘혈에 의해서.


살라농은 나를 보고 미소를 지었다. 그가 내 손을 잡았는데, 그의 손은 대단히 부드럽고 단단했다. 그리고 나를 보고 미소 지었다. 오, 미소여! 이 미소를 보면 우리는 그의 모든 것을 용서한다. 우리는 그의 엄격한 선, 군대식 머리 모양, 차가운 시선, 끔찍한 과거를 잊는다. 우리는 그의 손에 묻힌 피를 모두 잊는다. 그가 나를 맞으면서 그의 입술을 부드럽게 만드는 이 미소는 모든 것을 지운다. 그가 미소를 짓는 순간에 빅토리앵 살라농은 진솔하다. 그는 아무것도 말하지 않고, 단지 문을 열어 텅 빈 방으로 들어오게 하는데, 그가 이사 오기 전에는 햇빛만 가득하던 빈방들 중 하나였던 방이다. 얼굴의 두드러진 뼈 위로 드러난 딱딱한 얼굴 선, 열린 창에 드리운 비단 커튼, 태양이 커튼 뒤에서 너울거리고, 부드러운 바람이 커튼을 흔들고, 내가 있는 곳까지 다가와 거리의 듣기 좋은 소음들, 새들이 가득한 그늘진 나무들의 속삭임을 전한다.

그가 내 손을 잡으면 나는 그가 하는 말을 전부 들을 준비가 된다. 나는 아무 말도 하지 않을 것이다. 내 언어가 지닌 욕망은 모두 내 손 아래로 내려갔고, 나는 손가락 사이에 붓을 쥐고, 그것을 먹물에 적시고 종잇장 위에 두는 일 외에 더 이상 다른 욕망을 지니지 않는다. 내 유일한 바람은 손의 떨림, 붓을 쥐려는 신체의 욕망, 종이 위에 드러나게 될 최초의 검은 선, 내 존재 전체를 내려놓는 일, 안도의 한숨이다. 나는 그가 나를 붓의 독특한 흔적이 이끄는 길로 안내하기를, 내가 가슴을 펼수 있기를, 내 손으로 먹의 광채를 펼칠 수 있게 되기를 바란다.

그것은 물론 지속되지 않는다. 그런 일은 지속되지 않는 것이다. 그는 나를 초대하고, 내게 인사하고, 이어 우리의 손은 서로 떨어지고, 그의 미소는 사라지고 나는 돌아온다. 그는 내 앞에 서서 복도를 걷고, 나는 그가 벽에 걸어둔 싸구려 물건들을 곁눈질하면서 그의 뒤를 따라간다.

그는 자신의 집 벽들을 그림으로 장식했다. 또한 다른 물건들도 전시했다. 그림이 그려진 종이는 너무나 과장되고, 조명은 너무 어두웠다. 그가 앞서 걷는 복도는 터널과 비슷했고, 그림의 귀퉁이들은 둥그렇게 처리되고 배경의 소재는 반복돼서, 나중에는 걸려 있는 것과 배경을 구별할 수 없었다. 이 복도에서 나는 멈추지 않았고, 그의 뒤를 따라가는 것으로 족했다. 나는 지나가면서 멈춰버린 기압계의 바늘, 몇 달 뒤 시곗바늘이 더 이상 움직이지 않게 되자 비로소 이해했던 로마자가 쓰인 벽시계, 심지어 박제한 산양의 머리를 보았다. 도대체 그것이 어떻게 거기에 있는지, 그가 그것을 샀는지, 그렇다면 어디에서? 그가 그것을 물려받았는지, 그렇다면 누구에게? 그 자신이 죽인 짐승의 머리에서 직접 자른 것인지, 그렇다면 어떻게? 나는 세 가지 가능성 가운데 무엇이 내게 가장 구토감을 일으키는지 구별할 수 없었다. 그 외에도 액자들, 금박을 두른 끔찍한 나무 액자들 속에 담긴, 네덜란드 풍을 흉내 낸 풍경화들. 그림은 너무나 어두워 주제를 알아보기 위해서는 가까이 다가서야만 했을 것이다. 거짓 기쁨과 불쾌한 부조화들로 가득 찬 시골 풍경이 소란스럽게 펼쳐져 있다.

내가 상상했던 살라농은 이런 내부와는 다른 것이었다. 아시아의 서적들, 군주의 성채 같은 분위기, 아니면 아무것도 없는 것, 하얀 공백, 커튼도 없는 창들. 나는 그와 관련된 내부를 상상했는데, 그의 이야기와 관련된 어떤 것, 작은 흔적들을 상상했다. 이렇게 넋을 잃을 정도로, 숨이 막힐 정도로 속된 것이 아니었다. 흔히 주장하듯이 사람들 집의 내부가 그 사람의 영혼을 반영한다면, 에우리디케와 빅토리앵 살라농은 아무것도 그냥 내버려두지 않는 취향을 가졌다.

마침내 내가 그에게 밀랍 입힌 나무 액자 속의 빈약한 바다 그림을 가리키면서—그림은 암벽 해안의 태풍을 묘사했는데— 바위들이 경석 같아 파도에 송진 냄새가 실린 것 같다고 했을 때(나는 그 무엇과도 닮지 않은 하늘에 대해서는 아무 말도 하지 않았다), 그는 그저 상대를 무장해제시키는 미소만 지었다.

"그것은 내가 그린 것이 아니네."

"저것이 마음에 드세요?"

"아니, 그저 벽에 걸린 것이지. 장식이야."

장식품! 붓을 흔드는 이 사람, 먹물을 흠뻑 묻힌 붓을 존재의 숨결에 따라 움직이는 이 사람이 '장식품'에 둘러싸여 있다니. 그는 '장식품' 속에서 살았다. 그는 집의 실내를 꾸미면서 엄청 넓은 부분을 카탈로그에 나오는 상품들로 장식했는데, 그것들이 20년 전 것인지 30년 것인지, 나는 모른다. 시기는 중요하지 않았고, 부정되고, 드러나지 않았다.

"알다시피 이 그림들은 아시아에서 제작되었지. 중국인들은 오래전부터 실제로 적용하는 것에 능해. 그 사람들은 연마를 통해 자신들의 의지에 따라 몸을 움직여. 그들은 커다란 아틀리에에서 유화를 배우고, 서양에 팔기 위해 네덜란드식, 영국식 아니면 전원 풍경들을 그린다네. 동시에 여러 개를 그리지. 그들은 우리 아마추어 화가들보다 더 빨리 더 잘 그리고, 이 그림은 화물 수송용 컨테이너에서 흔들리며 배편으로 여기에 도착한 거야."

"이 그림들은 매혹적이야. 여기서 보이는 추함은 어느 누구에게도 속하지 않네. 그것을 만든 사람에게 속한 것도 아니고, 그것을 보는 사람에게 속한 것도 아니지. 그것이 모든 사람을 쉽게 하는 거야. 나는 평생을 현장에 있었고, 지나치게 그랬는데, 그게 피곤했어."

"중국인들의 사유는 내게 도움이 되었어. 그들의 무심함은 일종의 배려였지. 사는 내내 나는 그들 이상의 주위를 맴돌았는데, 그렇다고 내가 중국에 간 적은 결코 없다네. 나는 그저 멀리서 딱 한 번 중국을 보았을 뿐이야. 마주 보았던 언덕, 우리가 폭파한 다리가 있던 강의 맞은편이었지. 여러 대의 트럭 몰로토바*가 불타고 있었고, 화재로 인해 생긴 연기 뒤쪽에서 흘러가는 구름 사이로 소나무가 가득한 가파른 언덕들을 보았어. 그런데 그날은 타오르는 기름으로 인해 구름은 운치 없게도 아주 새까만색이었지. 나 혼자 생각했지. 그러니까 저것이 중국이라고? 두 걸음이면 되는 거리인데, 다리를 폭파했기 때문에 갈 수 없었지. 도망가야 하는 처지라 지체할 수가 없었지. 우리는 여러 날 동안 뛰어서 돌아왔어. 나와 같이 있던 사람은 지친 나머지 도착하자마자 죽어버렸어. 정말로 죽었다고. 사람들이 예우를 갖춰 매장했지.

"그림을 전시하지는 않으세요?"

---

* 소련제 트럭. 고리키에 위치한 몰로토프 공장에서 생산.

"나는 내가 그린 것을 벽에 걸어두지 않을 거야. 다 끝났어. 그 시절과 관련해 남은 것은 나를 불편하게 만들지."

"그림을 전시하고, 판매하고, 화가가 되실 생각은 안 해보셨어요?"

"나는 내가 본 것을 에우리디케가 볼 수 있도록 그린 것이네. 그녀가 그것을 보았으니, 그림은 제 역할을 다한 거지."

우리가 거실로 들어갔을 때 둘이 우리를 기다리고 있었다. 그들이 소파에 누워 뒹구는 모습을 보자, 나는 장식의 부조리함에 다시 혐오를 느꼈다. 그와 그녀, 그들은 어떻게 이런 부자연스런 실내장식 속에서 살 수 있는가? 그들은 어떻게 잘라내서 그린 폴리스티렌과 어울릴 장식품들 사이에서 살 수 있는가? 더 이상 아무것도 알고 싶지 않은 게 아니라면, 더 이상 아무 말도 하지 않기를 바라는 게 아니라면, 두 번 다시 말이다.

그러나 진부함이라는 술책은 두 녀석이 뿜어내는 물리적 폭력성에는 비할 바가 아니다. 그 녀석들은 그렇게 하고 싶은 대로 하는 두 명의 익숙한 방문객처럼, 거기가 자기 집인 양 소파에서 뒹굴고 있었다.

나이가 든 쪽은 살라뇽과 닮았고 몸짓에 힘이 느껴졌지만, 살이 쪄서 몸의 선이 무너지기 시작했다. 테두리는 금색이고 렌즈가 큰 색안경을 쓰고 있어서 나는 그의 눈을 잘 볼 수 없었다. 그의 눈은 푸르스름한 칸막이 뒤에서 수족관의 물고기처럼 오갔고, 표정은 반사광으로 가려져서 제대로 확인할 수 없었다. 그의 차림새 전부가 이상해 보였다. 바둑판무늬 조끼, 너무 넓은 셔츠 칼라, 목에 걸친 금줄, 아래로 가면서 퍼지는 바지, 너무 번쩍거리는 가죽신. 그는 이제 더 이상 있지도 않은 색깔들로 맞춤해 입고 30년 전에 유행하던 요란스런 멋을 내고 있었다. 그리고 그를 보는 사람들은 정말로 사진에서 튀어나온 것이라고 믿었다. 그의 엉덩이 무게에 눌려 변형된 소파 모양만이 그의 현존을 확인해주었다.

다른 쪽은 기껏해야 서른 살로 보였다. 가죽점퍼 차림에 배가 살짝 나왔고, 둥근 두상을 따라 머리를 짧게 깎았다. 머리 아래 목은 주름이 접힐 만큼 아주 굵었는데, 앞쪽의 주름은 그가 몸을 굽힐 때 턱 아래로 접히고, 뒤쪽의 주름은 가슴을 젖힐 때 목덜미에 잡혔다.

살라뇽은 애매한 태도로 우리를 서로에게 소개했다. 더 나이 든 쪽은 마리아니, 그의 친구 중 하나이다. 나, 나는 그의 학생, 그림을 배우는 학생이다. 그러자 1972라고 씌어진 조끼를 입은 녀석이 웃었다.

"그림이라니! 그것은 아직도 여자들 일이잖아, 살라뇽! 자수와 뜨개질처럼. 보라고, 우리에게 합류하지 않고 어떻게 은퇴 후의 긴 시간을 보내겠어?"

그는 그 일이 정말로 우습다고 생각하는 듯 크게 웃었고, 그를 따라온 사내는 메아리처럼 같은 말을 하면서 더 심한 경멸감을 드러내며 비웃었다. 살라뇽은 맥주 네 병과 잔을 가져왔고, 마리아니는 지나가면서 살라뇽의 엉덩이를 두드렸다.

"예쁜 하녀네! 사실 행군 중에도 다른 사람들보다 일찍 일어나 우리에게 커피를 타줬어. 하나도 안 변했지."

마리아니를 따라온 녀석은 여전히 비웃으면서 일부러 잔을 대충 쥐고서 병을 들었고, 그렇게 바로 병째 마셨다. 그는 나를 똑바로 쳐다보면서 트림을 하기 시작했지만, 나이 든 사내들이 그를 무섭게 쏘아보자 트림을 참고, 변명을 늘어놓으면서 트림을 삼켰다. 살라뇽은 집주인다운 정중한 무심함을 보이며 나를 불편하게 만드는 침묵 속에서 접대했다.

"안심해요." 드디어 마리아니가 내게 말했다. "나는 살라뇽을 반백 년 전부터 괴롭혔어요. 다른 사람이라면 참아주지 않을 테지만, 우리들 사이에서는 짓궂은 농담이지요. 그는 내 멋대로 어리석은 짓을 해도 한

결같이 호의를 보여줘요. 내게 관용을 베푸는 겁니다."

"지나친 면에서 보자면 내가 훨씬 더하지요." 살라뇽이 덧붙여 말했다. "그가 나를 들것에 실어 숲에 데려왔어요. 그가 나를 옮기면서 너무 아프게 했기 때문에 나는 기절하지 않고 깨어 있을 때는 계속 그에게 욕설을 퍼부어댔어요."

"살라뇽 대위는 정말로 재능이 있었어요. 나는 그 사실을 전혀 몰랐는데, 어느 날 그가 내 초상화를 그렸어요. 잠깐 사이에 수첩 위에 초상화를 그리고 그것을 찢어 내게 줬는데, 진정한 나의 유일한 이미지가 그려져 있었어요. 나는 그가 어떻게 그리는지 모르지만, 그랬어요. 어쩌면 그 자신도 그건 모를 것 같군요. 나는 그의 재주를 비웃지만, 그것은 단지 내 자신을 회복하려고 일부러 모욕을 주는 겁니다. 나는 내 친구 살라뇽의 성격이 지닌 힘을 완전히 신뢰하는데, 그는 그것을 충분히 입증했지요. 그의 그림 재주는 우리가 함께 어울려 지내던 시절과 환경에서는 특이한 것이었어요. 우리는 그때 미술을 많이 접하지 못했으니까요. 그것은 머리를 짧게 깎은 사람들 사이에서 곱슬머리 금발을 하고 있는 격이었어요. 아무 관계 없는 일이지만, 어쨌거나 그것은 그의 영혼이 지닌 활력을 조금도 바꿔놓지 못했어요."

살라뇽은 잔을 들고 앉아 마시며 아무 말도 하지 않았다. 그는 다시 가면을 썼는데 그것은 공포스럽기도 하고, 구겨진 종잇장 이외에는 아무것도 보여주지 않는 것이었다. 기호의 부재와 보존된 하얀색. 그러나 나는—그것을 볼 줄 아는 사람에게만 보이는 것인데—그의 얇은 입술이 움직이는 것을 보았다. 미소의 그림자가 드러나는 것을 보았는데, 그것은 마치 구름의 그림자가 아무것도 방해하지 않고 땅 위로 미끄러지듯 움직이는 것과 같았고, 나는 육체 위에 드리운 그림자처럼 아무렇게나 말하는 사람을 향해 관대한 미소가 지나가는 것을 보았다. 나는 그것

을 볼 수 있었고, 그의 아주 작은 몸짓까지 알고 있었다. 눈이 뿌옇게 흐
려지도록 그가 내게 보여주고자 했던 모든 그림을 관찰한 바 있었다. 나
는 그의 움직임 하나하나를 알고 있었던 것이다. 왜냐하면 동양화는 먹
으로 그린다기보다는 몸짓으로 드러나는 내적인 움직임을 따라 그리는
것이기 때문이다. 그래서 나는 그의 얼굴에서 모든 것을 알아봤다.

"우리들은 모두 살라농에 대해 엄청난 존경심을 가지고 있었어요.
그곳에서."

마리아니가 데려온 젊은 사내는 움직이면서 들고 있는 병도 움직였
다. 나이 든 사내들이 주름진 입술 위에 똑같은 미소를 지은 채 동시에
그를 돌아보았다. 그들은 감동한 표정을 지었는데, 그것은 마치 강아지
가 자다가 수렵 장면을 꿈꾸면서 몸을 뒤척이고 가벼운 발길질을 하고
등을 가볍게 떠는 것을 보는 사람들의 표정과 같았다.

"그렇지, 귀여운 녀석! 그곳!" 마리아니가 그의 엉덩이를 두드리면
서 감탄했다. "그곳에 네가 알지 못하는 세상이 있지. 그러나 너희들은
더 이상 아니야." 그는 나를 가리키면서 계속 말했는데, 나는 그의 초록
빛 안경 뒤에서 움직이는 눈의 감정을 알 수 없었다.

"잘됐어. 그곳에서 우리는 가장 어리석고 잔인한 방법으로 목숨을
해쳤어. 심지어 돌아온 사람들도 전부 돌아온 것이 아니야. 그곳에서 우
리는 팔다리를 잃고, 몸의 일부를 잃고, 온전한 정신을 잃었지. 당신이
온전한 것은 잘된 일이야." 살라농이 말했다.

"그렇지만 유감이야, 자네 인생에는 화덕 구실을 하는 것이 아무것
도 없어. 자네는 태어난 첫날처럼 순진하고, 우리는 여전히 원산지 표시
가 된 포장지를 보는 거야. 포장지는 보호를 해주지만, 포장된 인생은
삶이 아니야."

다른 쪽은 동요했고, 어색한 태도를 보였지만, 그의 자세에는 존경

심이 깃들었다. 두 명의 노인이 관대한 미소를 짓고 서로 눈짓을 해서, 그가 한마디 거들 수 있었다.

"거리의 삶은 당신들의 식민지나 마찬가지입니다." 그는 자신을 더 중요하게 보이려고 쿠션에 몸을 기댔다. "그것은 분명한 사실이라고 할 수 있어요. 우리는 포장용품을 만들어 빨리 빠져나옵니다. 학교에서 배우지 못한 속임수를 배우는 것이지요."

그것은 나를 배려한 말이었지만, 나는 그런 종류의 대화에 끼어들고 싶지 않았다.

"네 말도 틀리지 않아." 마리아니가 기분 좋게 이를 드러내면서 말했다. "거리는 그곳처럼 될 거야. 화덕이 가까워지고, 곧 모든 사람이 집에서처럼 재주를 보여줄 수 있을 거야. 우리는 강자들과 약자들을 보게 될 것인데, 사실 강해 보이는 사람들이 한 방에 부서지지. 그곳에서처럼 말이야."

젊은 사내가 격노해서 주먹을 쥐었다. 두 연장자의 부드러운 조롱이 그를 화나게 한 것이다. 그들은 그를 따돌렸지만, 누구를 비난하겠는가? 그들, 그를 위해 모든 것을 보여줬던 사람들? 나, 계급의 적까지는 아니라고 해도 아무것도 보여주지 않았던 나? 그 자신, 자신이 어떤 재능을 지녔는지 정확하게 알지 못해 분석의 오류를 범한 그?

"우리는 준비가 되었어요." 그가 불평했다. "나는 그런 말을 해서 당신에게 충격을 주려던 것은 아닙니다." 마리아니가 아무런 악의 없이 내게 말했다. 그러나 외곽 지역의 생활은 당신이 아는 것과는 전혀 다르게 진전되지요. 사실 그래서 우리가 그곳에 있는 겁니다. 외곽 지역에요. 법은 같지 않고, 사는 것도 달라요. 그러나 당신도 역시 변화하고, 사실 도심은 이제 계속해서 스며든 무장한 무리들이 누비고 다닙니다. 당신은 그들이 무장한 것을 보지 않았지만, 사람들은 전부 무장했어요.

우리가, 만약 물러터진 우리 공화국의 법이 수색을 허용해서 그 사람들을 수색하면, 우리는 사람들마다 칼, 커터를 가진 것을 발견하게 되고, 어떤 사람들에게선 총기류를 발견합니다. 우리가 그곳에서 그랬던 것처럼 경찰이 우리를 내버려두면, 경찰이 돌아가고 관할구역을 되는대로 내버려둔다면, 우리가 그곳에서 그랬던 것처럼 당신은 우리가 방어해주러 왔던 곳의 사람들처럼 고립되고 포위당한 채 혼자일 것입니다. 우리는 식민지가 되었어요, 젊은이."

그와 함께 온 녀석은 납작한 쿠션에 몸을 던진 채 아무 말도 덧붙이지 않고 고개를 끄덕였는데, 맥주를 한 모금 마시면서 트림을 참고 있었기 때문이다.

"우리는 식민지화되었어요. 그 단어를 말해야 합니다. 그 단어가 딱 맞으니까 말할 용기를 가져야 해요. 아무도 그 단어를 사용하지 않지만 그 단어는 우리 상황을 정확하게 묘사해주지요. 우리는 식민지 상황에 놓여 있어요. 우리는 식민지 지배를 받는 사람들입니다. 후퇴했으니 그렇게 될 수밖에 없었습니다. 살라뇽, 자네는 우리가 베트남 사람들과 함께 숲으로 달아났던 것을 기억하지? 죽지 않으려면 부대는 그냥 두고 숲으로 달아나야 했어요. 그 시기에는 큰 피해 없이 후퇴하는 것도 우리에겐 승리처럼 보였고 상을 받을 만한 일이었지요. 그렇지만 솔직하게 말해야 합니다. 그것은 도주였어요. 우리는 베트남 사람들을 따라서 도망쳤고, 여전히 도망치고 있지요. 지금 우리는 거의 중심에 있어요. 우리들 자신의 중심, 여전히 도망치고 있는 우리들. 도심은 요새화된 진지의 참호가 되었습니다. 하지만 내가 도심을 산책할 때, 내가 우리들 자신의 중심을 산책할 때 다른 모든 사람처럼 보지 않으려고 눈을 감고 도시를 산책할 때, 나는 듣습니다. 모든 것을 틀어막을 만큼 손이 많지는 않기 때문에 내 귀는 구애받지 않고 듣지요. 프랑스어냐고요? 내가 우리들의 중심을 걸으면서 들어야 하는 것이 프랑스어냐고요? 아닙니다. 나는 다른 것을 들어요. 나는 오만하게 폭발하는 그곳의 소리를 들어요. 나는 문법에 어긋나고, 타락한, 거의 이해가 되지 않는 버전으로 내 자신이기도 한 프랑스어를 듣습니다. 그렇기 때문에 좋은 말을 사용해야 하지요. 왜냐하면 우리는 귀로 듣고 판단하니까요. 귀로 듣기에는, 우리는 더 이상 프랑스에 있지 않은 게 분명해요. 들어보세요. 프랑스는 단절되고, 망가지고, 우리는 귀로 그곳에 대해서 판단해요. 단지 귀만 가지고 판단하는 까닭은 우리가 아무것도 보고 싶지 않기 때문이지요.

하지만 이제 그만 말할래. 시간이 지났고 너의 부르주아지 아내가 이제 곧 올 테니. 나는 골치 아픈 일은 싫고, 너를 더 이상 연루시키고 싶지 않아. 우리는 이제 당신들을 당신들 뜨개질 수업에 보내줄게요."

그는 조금 힘들게 일어나 상의의 주름을 폈는데 초록빛이 감도는 안경 뒤의 눈은 피로해 보였다. 그와 함께 온 녀석은 갑자기 일어나 그의 곁에 서 있었는데, 그를 향한 존경심을 가지고 기다렸다.

"자네는 모든 것을 기억하나, 살라뇽?"

"자네도 잘 알 거야. 내가 죽게 되면, 사람들은 내 기억도 함께 묻어버릴 거라네. 단 하나의 기억도 남기지 않을 거야."

"우리는 자네가 필요해. 여자들 취미인 그림을 포기하기로 마음먹고 자네에게 어울릴 만한 일을 하려거든 우리와 합류하게. 우리는 청년들을 지도하기 위해 모든 것을 기억하는 힘 있는 사람들이 필요하네. 아무것도 망각하지 않기 위해서 말이지."

살라뇽은 눈꺼풀을 움직여 동의했는데, 이것은 아주 부드럽고 아주 모호했다. 그는 오랫동안 악수했다. 그는 자신이 항상 그곳에 있을 것이라고 말했는데, 정확히 무엇을 위해서인지 명시하지는 않았다. 젊은 사내 쪽은 거의 쳐다보지도 않은 채 손을 내밀었다. 그들이 떠나자 나는 좀더 편하게 숨을 쉬었다. 벨벳 소파에 기대고 앉아 맥주를 마저 마셨다. 의식적인 혐오감을 지니고, 되는대로 가구들에 영혼 없는 눈길을 주었다. 벨벳 쿠션들은 거친 느낌이었고, 소파는 전혀 안락하지 않았다. 가구들은 안락함을 위해 존재하는 게 아니었다.

"편집광하고 그의 졸개네요." 나는 경멸하듯 말했다.

"그렇게 말하지 말게."

"하나는 헛소리를 늘어놓고 다른 사람은 짖어댔어요. 짖어대는 인간은 복종만 알던걸요. 선생님 친구들이에요?"

"마리아니만 그렇지."

"그런 말 따위를 늘어놓고, 이상한 친구네요."

"마리아니는 이상한 친구야. 그런데 그는 내 친구들 중 죽지 않은 단 한 사람이야. 시간이 흐르면서 친구들은 죽었지만 그만 죽지 않았지. 그에게 충실한 것이 다른 모든 친구에게 빚을 갚는 일이야. 그가 오면 나는 숙식을 제공하고, 그가 입을 다물도록 마실 것과 먹을 것을 준다네. 그가 요란하게 떠들어대는 것보다야 차라리 뭔가를 먹기를 원하는 거지. 그 두 일을 하는 기관이 하나뿐이라는 것은 행운이야. 하지만 자네가 있으니 지겹게 또 되풀이한 거야. 마리아니, 그는 정말 예민하지, 그는 자네 태생을 알아챈 거야."

"내 태생이요?"

"교육받은 중산층이고, 차이를 제대로 못 보는 사람."

"차이에 관한 마리아니의 말을 이해 못 하겠어요."

"내 말이 바로 그거야. 하지만 그도 자네 앞이어서 과장한 거라네. 비록 지적인 사람은 아니지만 통찰력은 있어."

"그런 인상을 주지는 않던데요."

"내가 알아. 그는 자신에게 먼저 총을 쏜 사람들도 결코 죽이지 않앉어. 그런데 팔꿈치까지 피를 묻히고 그의 시선을 살피는 못된 인간들에게 둘러싸인 거지. 마리아니 안에는 광기 같은 게 있어. 아시아에서 그는 사고를 겪었고, 내면이 찢겨 선이 하나 끊겼지. 계속 고국에 살았다면 아마 그는 온화한 사람이었을 거야. 하지만 그곳을 향해 떠났고, 그곳에서 그는 인종 분리를 견디지 못했다네. 그는 손에 무기들을 들고 그곳으로 떠났고 무엇인가 산산조각이 났는데, 그것이 그에게 각성제 복용 효과를 준 거야. 그는 다시 제자리로 오지 못했는데, 그것은 그의 영혼에 구멍을 만들었어, 그리고 구멍은 점점 더 커져만갔고. 그는 구멍을 통해서만 보았는데, 인종 차이도 구멍으로 본 것이지. 우리가 그곳에서 겪은 것은 가장 질긴 천도 찢어놓을 수 있었지."

"선생님은 아니고요?"

"나는 그림을 그렸지. 그것은 갈기갈기 찢긴 것들을 다시 꿰매는 것과 마찬가지였어. 그러니까 지금 내가 자문하는 것이기도 해. 내 안의 일부는 언제나 완전히 그곳에 있지 않았어. 내가 그곳에 두지 않았던 부분, 나는 그곳에 삶을 빚지고 있어. 그, 그는 온전하게 돌아오지 못했어. 나는 돌아오지 못한 사람들에게 충실한데, 그것은 내가 그들과 함께 있었기 때문이야."

"이해 못 하겠어요."

그는 말을 멈추고 일어나 형편없는 거실에서 걷기 시작했다. 웅얼거리듯 턱을 움직이면서 뒷짐을 지고 걸었는데 그로 인해 그의 노쇠한 뺨과 주름진 목이 떨렸다. 내 앞에서 갑자기 멈추고 나를 쳐다보았는데, 그의 눈빛이 어찌나 맑은지 마치 눈 색깔이 투명한 것 같았다.

"자네도 알지, 그것은 단 하나의 행동에서 연유하는 거야. 두 번은 없을, 아주 뚜렷한 한순간이 영원한 우정의 토대가 될 수 있어. 마리아니는 나를 숲으로 데려갔어. 부상당한 나는 걸을 수 없었는데, 그가 나를 통킹의 숲으로 데려갔지. 그곳의 숲들은 심하게 경사가 졌는데, 그는 나를 등에 업고 숲들을 가로질렀어, 베트남 사람들의 꽁무니를 따라서 말이야. 그는 나를 강이 있는 곳까지 데려갔고, 우리는 그곳에서 둘 다 구조되었지. 자네는 그게 무슨 의미인지 모를 거야. 일어나보게."

내가 일어나자 그가 다가왔다.

"나를 들어보게."

나는 바보처럼 보였을 게 분명하다. 그는 키가 크지만 아주 말라 그렇게 무게가 나가지는 않았다. 하지만 나는 결코 어른을 들어본 일이 없었다. 사람을 들어본 일이 없고, 내가 그렇게 잘 알지 못하는 누군가를 들어본 일은 전혀 없었다…… 나는 혼란스러웠다. 단지 그가 내게 요구하는 일을 해본 적이 없었기 때문이다.

"나를 들어보게."

그래서 나는 그를 내 팔에 안아 들었다. 나는 그를 내 상반신 쪽에서 옆으로 안았고 그가 한쪽 팔을 뻗어 내 어깨를 감쌌는데, 그의 다리는 늘어져 있었다. 그의 머리가 내 가슴에 기대졌다. 그는 그렇게 무겁지는 않았는데 나는 완전히 짓눌려 있었다.

"나를 정원으로 데려가줘."

나는 그가 말한 곳으로 갔다. 그의 다리는 흔들거렸다. 나는 거실, 복도를 가로질러 팔꿈치로 문을 열었는데, 그는 나를 돕지 않았다. 무게가 느껴졌다. 그가 나를 불편하게 했다.

"그곳에서 우리는 시체를 모았어." 그가 내 귀에 바짝 대고 말했다. "시체는 무겁고 쓸모없는 것이었지만 우리는 그것들을 모으려고 애썼지. 그리고 우리는 우리 쪽 부상자들을 결코 그냥 두지 않았어. 그들도 그랬지."

현관 문은 쉽게 열리지 않았다. 나는 현관 앞 계단에서 휘청거렸다. 나는 내 팔과 상반신에 기대고 있는, 그의 뼈들이 피부를 뚫고 나오는 것처럼 느꼈다. 나는 노인의 피부가 내 손 아래 미끈거리는 것을 느꼈고, 피로한 노인의 냄새를 맡았다. 그의 머리는 전혀 무게가 느껴지지 않았다.

"이것은 들고 가는 것이 아니라 들려 가는 것이네." 그가 아주 가까이서 내게 말했다.

정원 한가운데 길에서 나는 그를 옆으로 안고 그의 머리를 내 명치 근처에 대고 있었는데, 바보처럼 보였을 것이다. 그는 결국 무겁게 느껴졌다.

"자네가 걸어서 나를 자네 집까지 데려간다고 상상해보게. 이렇게 몇 시간 길도 없는 숲을 간다고 생각해봐. 만약 실패하면 뒤를 쫓는 녀석들이 자네를 죽이고, 나 역시 죽인다고 상상해보게나"

대문이 삐걱거렸고 에우리디케가 정원으로 들어왔다. 문은 기름칠한 적이 거의 없어 삐걱거렸다. 빵이 삐져나온 장바구니를 들고 있던 에우리디케가 성큼성큼 곧장 걸어와 우리 앞에 멈춰 섰다. 나는 살라농을 내려놓았다.

"뭣들 하는 거예요?"

나는 그녀에게 마리아니에 대해 말했다.

"그 바보요? 그가 아직도 오나요?"

"그도 조심하느라 당신 오기 전에 가려고 했어요."

"잘했네요. 그와 같은 작자들 때문에 나는 모든 것을 잃어버렸어요. 어린 시절, 아버지, 살던 거리, 우리 역사, 인종에 대한 강박 때문에 모든 게 그렇게 되었어요. 그런데 프랑스에서 그 사람들이 다시 나타나는 것을 보면 나는 열받지요."

"이 사람이 밥엘우에드 출신의 칼로야니스 여사야." 살라농이 말했다. "집집마다 열린 창들을 통해 거리의 욕설을 듣고 자랐어. 그녀는 자네가 상상도 못 할 온갖 상스러운 말들을 알고 있지. 그녀가 화날 때는, 자기가 그런 말들을 일부러 만들어내야 할 때지."

"마리아니가 나와 마주치지 않은 것은 잘한 거예요. 다른 데 가서나 전쟁을 끝내라고 해요."

그녀는 채소가 가득 담긴 장바구니를 손에 들고 다시 안으로 들어가, 탁 하고 닫히는 소리를 내면서 문을 힘껏 닫았다. 살라뇽은 내 어깨를 두드렸다.

"긴장 풀게. 잘했어. 나를 떨어뜨리지 않고 정원까지 들고 왔고, 밥 엘우에드의 호랑이 여사도 피했네. 자네가 살아서 빠져나오다니 활기찬 날이네."

"마리아니, 나는 그를 잘 이해하고 싶어요. 하지만 그는 왜 그런 부류 인간과 어울리는 것이죠?"

"트림하던 사람? 그는 이미 가프*야. 프랑스 토박이라는 사실을 자랑스러워하는 프랑스인들의 자위 모임이지. 마리아니는 지역 책임자이고. 그의 주변에는 그곳에서처럼 그를 따르는 졸개들이 있어."

"그들과 함께하는 마리아니인가요? 프랑스 토박이들이요?" 나는 우리가 그런 경우에 흔히 써먹는 빈정거림을 가지고 말했다.

"프랑스 토박이라는 생리학은 복잡하지."

"우리는 나무가 아니에요."

"그럴 테지, 하지만 토박이라는 말은 흔히 사용되니까. 그것은 그렇게 해석되고, 알려졌어. 토박이라는 말에 대한 평가는 그 말을 바로 느

---

* GAFFES(Groupe d'autodéfense des Français Fiers d'Être de souche): 프랑스 순수 혈통임을 자랑스러워하는 자기 방위 집단. 프랑스의 배타적이고 과격한 민족주의 집단을 지칭한다.

낄 수 없는 사람에게는 설명하는 것이 불가능할 정도로 아주 미묘한 판단에서 유래해."

"만약 우리가 그 말을 설명할 수 없다면, 그것은 아무것도 아니죠."

"정말 중요한 것은 설명이 안 되네. 우리는 그것을 느끼거나 비슷하게 느끼는 사람들과 함께 살아가는 것으로 족해. 토박이라는 말, 귀로 듣고 아는 신뢰의 문제지."

"그러면 저는 귀가 없단 말씀이세요?"

"아니, 삶의 방식에 관한 문제라는 거야. 자네는 비슷한 사람들 사이에서 살기 때문에 차이를 보지 못해. 떠나기 전의 마리아니처럼. 만약 자네가 여기서 살았다면 자네는 무엇을 했을까? 아니면 자네가 그곳으로 떠났다면? 자네는 미리 그것을 알았을까? 우리가 정말로 다른 곳에 있게 되면 우리가 무엇이 될지 알지 못하는 거야."

"뿌리, 그루터기, 그런 말들은 어리석어요. 계보도, 그것은 하나의 이미지이지요."

"물론. 하지만 마리아니는 그런 거야. 그의 일부는 미쳤고, 그의 다른 부분은 나를 옮겨주었지. 단 하나의 특성만으로 사람들을 판단하는 것은 그림 그릴 때나 그렇게 할 수 있어. 전쟁에서는 그럴 수 있었지. 간단하고 아무 수식도 없어, 즉 우리와 그들. 의심이 들면 잘라냈지. 그것은 손해를 가져오기도 했지만, 간단해. 우리가 돌아와서 누리는 평화로운 일상 속에서는 불공정하거나 평화를 깨는 것이 아니라면 그렇게 간단할 수 없지. 그래서 어떤 사람들은 전쟁으로 돌아가기를 원할 수 있지. 자네는 차라리 그림을 그리러 가기를 바라지 않나?"

그가 내 팔을 잡았고 우리는 들어갔다.

그날 그는 내게 붓 크기를 고르는 법을 가르쳐주었다. 그는 내가 종이 위에 그릴 선의 굵기를 선택하는 법을 가르쳤다. 그것은 생각을 필요로 하는 것이 아니라, 도구를 향해 손을 뻗는 몸짓과 혼동될 수 있는 것이다. 하지만 우리가 선택한 것은 우리가 따라가게 될 리듬이다. 그는 내게 내가 그릴 선의 굵기를 택하라고 가르쳤고, 그림의 규모 속에서 내가 취할 행동의 단계를 결정하라고 가르쳤다.

그는 좀더 간단하게 말했다. 그는 내 스스로 그렇게 하도록 했다. 나는 먹을 사용하는 일이 음악적 훈련, 손의 춤이자 온몸으로 추는 춤, 내 자신보다 더 깊은 리듬의 표현이라는 사실을 이해했다.

수묵화를 그리기 위해 우리는 먹을 사용한다. 먹은 검정일 뿐 아무것도 아니고 빛을 거침없이 생략하는데, 붓의 흔적을 따라서 빛을 사라지게 만든다. 붓으로 검은 선을 그려내면 같은 동작에서 하얀색이 드러난다. 하얀색은 정확히 검은색이 드러나는 것과 동시에 드러난다. 먹을 머금은 붓은 그 뒤에 어둠의 덩어리를 내버려둠으로써 어두운 덩어리를 그려내고, 하얀색을 드러나게 함으로써 하얀색을 그린다. 그 둘을 결합시키는 리듬은 붓의 크기에 달려 있다. 털의 양과 먹의 양은 터치의 두께감을 준다. 이와 같이 일정한 방식으로 종이를 채워가는데, 선을 그리는 검정과 남겨진 백색, 내가 그린 선과 내가 그린 것은 아니지만 역시 존재한다고 할 수 있는 메아리, 그 사이의 균형을 결정하는 것은 바로 붓의 크기이다.

그는 내게 아직 손대지 않은 종이라고 해도 하얀색이 아니라는 것을 가르쳐주었다. 그것은 하얀 만큼 검기도 하고, 아무것도 아니면서 전부이고, 자아가 없는 세계이기도 하다. 붓의 크기를 선택하는 것은 우리가 따라갈 템포의 선택이고, 우리가 허용할 면적의 선택이며, 우리 숨결이 따라가는 길의 폭의 선택이다. 이제 우리는 비인칭을 버리고, 막연한 '사람들'에서 '우리'로 이행하고, 곧 '나'라고 말하게 될 것이다.

그는 내게 중국인들은 단 하나의 원뿔 모양 붓을 사용하고, 매 순간 붓에 가하는 무게를 선택한다고 가르쳤다. 똑같은 논리가 적용되는데, 누르는 힘은 채우는 힘과 다르지 않기 때문이다. 손목의 들어간 부분에서 그들은 매 순간 현존의 밀도를 선택하고, 매 순간 행위의 단계를 선택한다.

"나는 전쟁 동안 하노이에서 조물주 같은 화가를 한 사람 보았네. 그는 붓 한 자루와 잿빛 돌로 만든 용기에 담긴 소량의 먹물만을 사용했어. 최소한의 도구로 그는 교향악단의 힘과 다양성을 끌어냈지. 그는 붓을 찬미하는 것처럼 보였는데, 붓은 사용한 뒤에 맑은 물에 한참 담겨 있었고, 그러고는 비단으로 속을 채운 상자에 들어가 잤어. 그는 혼잣말을 했고 좋은 친구가 없는 듯했어. 나는 얼마 동안 그의 말을 믿었는데 그는 나를 비웃었지. 마침내 나는 그의 유일한 도구는 그 자신이라는 것을 이해했고, 그가 매 순간 자기에게 적합한 공간을 선택한다는 것을 더 확실하게 이해했다네. 그는 자신의 자리를 정확하게 알았고 그 공간을 아주 확실하게 조절하는 것이 바로 그림이었어."

우리는 더 이상 그릴 수 없을 때까지 그렸다. 둘이 같이 그렸고 그가 내게 어떻게 그릴 것인지를 가르쳤다. 다시 말해 나는 먹과 붓을 따라 움직였고, 그는 눈과 목소리로 움직였다. 그는 내가 그린 결과물을 평가했고, 나는 다시 시작했다. 끝내야 할 이유가 없었다. 마침내 내가 피곤한 상태라는 것을 깨달았을 때는 한밤중이었다. 내 붓은 종이에 얼룩을 남겼을 뿐이고, 어떤 형태도 만들어내지 못했다. 그는 그렇다, 아니다만 말했을 뿐이고 끝에 가서는 그저 아니다만 말했다. 나는 집으로 돌아가기로 결심했다. 내 몸은 더 이상 내 욕망을 따르지 못했고, 여전히 계속 그림을 그리고자 하는 욕구에도 불구하고 집에 가서 누워 자고 싶었다.

내가 떠나려는 순간 그는 나를 보고 미소를 지었는데, 그의 미소는 내 전 생애를 바칠 만한 것이었다. 떠나려는 순간에 그는 나를 맞아줄 때처럼 다시 미소를 지었는데, 그것이 나를 감동시켰다. 그는 내게 아주 맑은 눈빛을 보냈는데 그것은 투명한 것과는 다른 색이었다. 그는 내가 그에게 오도록 허용했고 그의 내면을 보도록 허용했으며, 나는 언제 갈 것인지 망설이지도 않고 그에게 갔다가, 아무것도 보고하지 않고, 아무것도 보지도 않고 돌아왔는데, 그가 내게 허용한 이런 접근 방식이 나는 너무나 만족스러웠다. 내가 도착한 순간, 그리고 내가 떠나는 순간에 그는 미소를 보냈고, 내게 빈 방의 문을 활짝 열어주었다. 빛은 어떤 장애물도 없이 그 안으로 들어왔고 나는 거기에 내 자리를 가지고 있었는데, 이런 일은 내 안에서 세계를 확장시켰다. 내 앞에서 문이 활짝 열리는 것을 보는 일은 만족스러웠다. 그것이 나는 무척 좋았다.

나는 보라시외레브르댕의 거리로 나왔다. 내가 이해하지 못했던 혼란스런 생각들이 내 안에서 솟구쳤다. 나는 생각이 떠오르는 대로 내버려두었다. 길을 걸으면서 어리석은 기사 페르스발*을 생각했는데, 그는 사람들이 그에게 하라고 말하는 것을 했다. 왜냐하면 사람들이 말했던 모든 것을 굳게 믿었기 때문이다.

왜 나는 그 생각을 했을까? 빛으로 가득 찬 텅 빈 방 때문에, 빅토리앵 살라뇽이 미소로 내게 열어준 방 때문에 그랬다. 나는 문턱에 머물렀고 아무것도 이해하지 못한 채 행복했다.『그라알 이야기』**는 이 순

---

* 크레티앵 드 투르아Chrétien de Troye의 미완성 작품인『페르스발 또는 성배 이야기』의 주인공. 아서 왕의 원탁의 기사 중 한 사람.
** 프랑스의 12세기 작품으로『페르스발 또는 성배 이야기』라고도 한다. 아서 왕 전설에 포함된 이야기 중 하나이다. 페르스발은 '어부(漁夫) 왕Roi Pêcheur'의 성에서 상처 입은 왕과 피 묻은 검과 순금의 그릇, 즉 그라알Graal[성배(聖杯)]을 본다. 이 작품을 계기로 잃어버린 신성한 것, 행방불명이 된 성배의 탐구라는 주제를 중세 문학이 즐겨

간에 대해서 말할 뿐이다. 이런 순간을 준비하고 기다리고, 살면서는 이런 순간을 회피하고, 다시 후회하고 다시 추구한다. 무슨 일이 일어났는가? 전혀 뜻밖에도 아무것도 이해하지 못한 페르스발은 어부 왕에게 다가갔다. 어부 왕은 자신의 손으로 낚시를 했는데 그것만이 그를 기쁘게 해주었기 때문이다. 그는 피라미 새끼 정도로 작고 빛나는 물고기를 미끼로 한 줄 하나에 의지해서 사람들이 건널 수 없는 강에서 낚시를 했다. 그는 작은 배를 타고 사람들이 건너지 못하는 강가에서 낚시를 했는데 배의 바깥에서는 걸을 수가 없었다. 집으로 돌아가기 위해서는 민첩하고 건장한 네 명의 종복이 그가 앉아 있는 담요의 네 귀퉁이를 잡고 그를 옮겼다. 그가 직접 걷지 못한 까닭은 투창이 그의 엉덩이 사이를 관통해 상처를 입었기 때문이다. 그는 낚시만 할 수 있었고, 멀리서는 보이지 않는 그의 성으로 페르스발을 초대했다.

어리석은 페르스발은 아무것도 이해하지 못한 채 기사가 되었다. 그의 어머니는 그가 멀리 갈까 봐 두려워 그에게 모든 것을 감추었다. 그의 아버지와 형제들은 부상을 당해 죽었다. 그는 아무것도 알지 못해서 기사가 되었다. 그는 사람들 눈에는 보이지 않는 성에 도달했고, 그가 그것을 알지 못했기에 그라알은 그에게 모습을 드러냈다. 그가 어부 왕에게 말하는 동안, 그들이 함께 식사를 하는 동안, 그들 앞에는 가장 위대한 침묵 속에서 대단히 아름다운 물건을 지닌 젊은이들이 지나갔다. 하나는 창이었고, 그의 창의 날에서 결코 마르지 않을 피 한 방울이 솟아났다. 다른 하나는 그것을 이용하는 사람을 흐뭇하게 만드는 커다란 접시였는데, 너무나 크고 깊어 사람들은 맛있는 고기를 그 즙과 함께 먹을 수 있었다. 그들은 아무 말도 없이 천천히 가로질러 갔고 페르스발

_____

다루게 되었다.

은 아무것도 이해하지 못한 채 그들을 보았으며, 그는 그들이 누구를 시중들러 가는지 묻지 않았고, 그가 보지 못한 사람이 누구인지도 묻지 않았다. 사람들은 그에게 너무 많은 것을 말하지 말라고 가르쳤다. 결말의 순간에 그는 어느 때보다도 가까이 그라알을 보았을 것이지만, 아무것도 묻지 않았기 때문에 그것을 알지 못했다.

　나는 보라시외레브르댕의 거리에서 어리석은 페르스발, 아무것도 이해하지 못했기 때문에 결코 제자리에 있지 않았던 불합리한 기사를 생각했다. 다른 모든 사람에게는 세상이 가득 차 있는 것으로 여겨졌지만, 그는 아무것도 이해하지 못했기 때문에 세상은 열려 있는 것으로 여겼다. 그는 어머니가 말했던 것만 알았고, 그의 어머니는 그를 잃어버릴까 봐 두려워 아무 말도 하지 않았다. 그는 단지 기쁨으로 가득했다. 아무것도 그를 방해하지 않았고, 아무것도 장애가 되지 않았고, 아무것도 그가 가는 것을 막지 않았다. 빅토리앵 살라뇽이 내게 마음을 열었기 때문에 나는 페르스발에 대해 생각했고, 아무것도 보지 않은 채 보았는데, 아무것도 묻지 않아도 기쁨으로 가득했다. 그것으로 충분하다고, 걸으면서 생각했다.

　나는 늦는 법이 없는 아침 첫차를 타기 위해 대로변의 버스 정류장으로 갔다. 플라스틱 의자 위에 앉아, 유리처럼 투명한 가림막에 등을 기댄 채, 서서히 사라져가는 밤의 차가운 공기 속에서 반쯤 잠들었다.

　나는 아주 작은 종이 위에 엄청난 크기의 붓을 다루기를 열망했다. 나무줄기로 만든 자루와 여러 개의 말총이 견고하게 접합된 붓. 그것은 내 자신보다 훨씬 크고, 그것을 먹물에 담그면 족히 한 양동이는 빨아들일 것이고, 내가 감당할 수 없게 무게를 지닐 것이다. 그 붓을 다루자면 줄과 천장에 매단 도르래가 필요할 것이다. 이 거대한 붓으로 나는 단숨에 작은 종이 전체를 덮을 수 있고, 사람들은 검은색 내부에 잠긴 붓의 흔적을 거의 알아보지 못할 것이다. 그림이라는 게 알아보기 어려운 움직임이 되는 것이다. 힘이 모든 것을 채울 것이다.

마치 내가 추락이라도 한 것처럼 갑자기 눈을 다시 떴다. 내 앞에 아무 소리도 내지 않고 방탄 장치를 한 장갑차들이 지나갔다. 나는 일어나면서 손으로 가볍게 그 측면을 건드릴 수 있었고, 포탄을 견디는 커다란 바퀴는 내 키만큼이나 컸다.

방탄 장갑차들은 내 위로 솟아올랐고, 자갈 짓이기는 소리와 저속으로 움직이며 부르릉거리는 커다란 모터 소리를 제외하고는 아무런 소리도 내지 않고 지나갔다. 그 장갑차들은 줄 지어 보라시외레브르댕 대로를 나아갔는데, 저쪽의 대로들처럼 매우 넓었고, 새벽이라 텅 빈 거리에는 격자창이 있는 검푸른 장갑차들이 지나갔다. 그 뒤에는 경찰들을 태운 소형 트럭들이 짐수레를 끌고 갔는데, 아마 질서유지를 위한 무거운 물자들을 싣고 있을 것이다. 줄은 주거용 건물 앞을 지나면서 나뉘었는데, 일부는 멈추고 나머지는 계속 갔다. 몇 대의 자동차가 와서 내가 기다리고 있는 버스 정류장 맞은편에 줄을 지어 있었고, 밤이 물러갔다. 군 무장을 한 경찰들이 내렸는데, 철모를 쓰고, 튀어나온 무기를 휴대하고, 방패를 들고 있었다. 다리와 어깨에 착용한 보호 장비 때문에 그들의 윤곽이 변형되었는데, 새벽이 밝아오는 희미한 빛 속에서 무기를 지닌 사람들은 위압적이었다. 하나는 어깨 위에 커다란 검은색 경찰봉을 걸치고 손잡이를 잡고 문들을 부수었다. 건물 입구에서 그들은 기다렸다. 여러 대의 자동차가 도착했다. 급하게 주차하고, 사진기와 촬영 카메라를 지닌 민간인들이 나왔다. 그들은 경찰과 합류했고, 경찰과 함께 기다렸다. 플래시가 터지고 반사경의 주황색 빛이 광채를 뿜었다. 카메라 위쪽 램프에 불이 들어왔고, 그것을 끄라는 짧은 명령이 내려졌다. 그들은 기다렸다.

마침내 내가 탈 첫차가 왔을 때는 졸린 상태로 직장에 가려고 나온 보통 사람들로 가득 찼다. 나는 자리를 발견했고, 창에 머리를 기댄 채 잠들었다. 20분 뒤에 나는 지하철역 앞에서 내렸다. 나는 집으로 돌아왔다.

그 결과는 언론으로 접했다. 대단히 정확한 것으로 확인된 표준시에 문제가 많은 구역에서 대규모 경찰력에 의해 대량 검거가 이루어졌다. 경찰 부서의 알려진 인물들에 따르면, 젊은이들은 대부분 동네 주민인 그들의 부모 집에서 아침 일찍 붙잡혔다. 문을 박차고 들어간 다음 거실에, 이어 그들의 침실에 지원 그룹들이 갑자기 튀어나왔다. 아무도 도망칠 틈이 없었다. 소규모 충돌이 다소 있었지만 사건은 빠르게 매듭지어졌다. 격한 욕설, 진정시키기 위해 따귀 때리기, 식기류 파손, 몹시 날카로운 여인들의 비명 소리, 대부분 어머니와 할머니 들이었지만 아주 어린 소녀들도 포함되어 있었다. 저주의 말들이 층계참과 유리창에서 튀어나왔다. 수갑을 채운 피의자들은 재빨리 옮겨졌다. 대부분은 자발적이었지만, 필요할 때는 힘을 쓰기도 했다. 어디에서도 돌은 날아오지 않았다. 딱딱한 폴리카보네이트 소리를 내면서 경찰들은 모두 방패를 들어 올렸다. 폭탄이 튀어 올랐다. 사람들은 잠옷 바람으로, 아니면 보온용 겉옷을 입고 멀리서 모여들었다. 사람들이 밖으로 나온 뒤 아파트 내부에서 최루탄이 터졌다. 개입했던 경찰들은 질서 있게 철수했다. 그들은 가죽 신발을 신거나 실내화, 끈 풀린 운동화를 신고 있는 젊은이들을 데려갔다. 경찰들은 젊은이들에게 고개를 숙이게 한 다음 차에 올라타게 했다. 창에서 세탁기가 옮겨지다가 땅에 박히면서 둔탁한 충격과 함께 부서졌다. 금속판 소리 때문에 모든 사람이 놀랐지만 아무도 다치지 않았다. 뽑혀 나온 관이 땅바닥에 흩어져 있었는데 여전히 비눗물이 흘러나왔다. 그들은 저속으로 후진했고, 걸어서 온 사람들은 그들의 가지런히 세운 방패 뒤에서 여전히 줄을 맞춰 철수했고, 희미한 빛 속에 숨어 있는 사람들은 다가오지 않은 채 서행하는 장갑차의 측면을 두드렸다. 체포된 피의자들은 법정으로 보내졌다. 언론은 어떻게 미리 알았는지 몰라도 사진을 덧붙이고 사건을 묘사했다. 사람들은 언론의 존재에 집중할 것이다. 언론이 나타나지 않으면 사람들은 아무것도 말하지 않는다. 사람들은 구경거리를 만들어내는 일에 극성스럽다. 사람들은 거부하거나 수용했지만, 사실에 대해서는 누구도 문제 삼지 않았다. 다음 날 모든 사람이 풀려났고, 아무것도 발견하지 못했다.

누구도 군대화된 방식의 질서유지에 주목하지 않았다. 누구도 방탄 장갑차가 새벽에 순응하지 않는 구역에 들어간 것에 대해 주목하지 않는 것처럼 보였다. 누구도 프랑스에서 방탄 장갑차를 사용하는 것에 놀라지 않았다. 우리는 거기에 대해서 말할 수 있었을 것이다. 도덕적인 측면에서 토론할 수 있었을 것이다. 군대화된 경찰이 말썽 부린 사람들을 체포한답시고 문을 부수고 아파트 안으로 들어가는 것이 괜찮은 일인가? 모든 사람에게 폭력을 사용하는 일이, 많은 사람을 체포하는 일이, 체포한 그들에게 비난할 만한 일 외에 심각한 것이 아무것도 없어서 모두 풀어주는 일이 올바른 일인가? 내가 '괜찮다'거나 '올바른 일'이라고 말하는 것은, 토론이 가장 심오한 차원에서 이루어져야 하기 때문이다.

우리는 활용 범위에 대해 토론할 수 있었다. 우리는 방탄 장갑차를 아주 잘 알고 있다. 그것으로 아무도 거기에 주목하지 않았다는 사실이 설명된다. 그곳에서 전쟁이 수행될 때 우리는 지금처럼 전쟁을 몰고 갔고, 장갑차를 사용함으로써 전쟁에 패배했다. 방탄벽에 대해서 우리는 보호받는다고 느꼈다. 우리는 모든 사람에게 폭력을 행사했고, 많은 사람을 죽였다. 그리고 전쟁에 패배했다. 전부. 우리들.

경찰들은 젊고, 아주 젊었다. 우리는 젊은 사람들을 방탄 장갑차로 보내 금지된 구역을 통제하도록 한다. 그들은 피해를 입히고 다시 떠났다. 그곳에서처럼. 전쟁술은 바뀌지 않는다.

소설 IV

# 최초의 경험들,
# 그로 인한 결과

빅토리앵 살라농과 에우리디케는 정렬한 전차 사이로 갔다. 밤이었지만 여름밤이라 아주 어둡지는 않았다. 하늘은 별빛과 달빛으로 빛났고, 벌레 울음소리와 캠프에서 나는 소리로 가득했다. 형태에 민감한 빅토리앵은 전차의 위용에 놀랐다. 5톤급 철로 된 전차들은 완강하게 누워 있었다. 파도처럼 넘쳐흐르는 양감을 보이며 마치 잠든 황소와 같았는데, 단지 전차들을 보거나, 전차의 그림자 아래를 지나가거나, 손가락으로 가볍게 전차를 건드리기만 해도 지상의 가장 깊은 곳에 닻을 내린, 흔들림 없는 감각을 느꼈다. 그것들은 동굴들과 같았는데, 그 안에서는 아무것도 심각한 일이 일어날 수 없었다.

하지만 빅토리앵, 그는 이 힘이 아무도 구원하지 못한다는 것을 잘 알고 있었다. 죽은 전차 부대원들을 들어 올리는 데 여러 시간이 걸렸다. 한 장소에 모으고, 얼마나 많은 사람을 담을 수 있는지 알 수 없는 상자들 안에 보관하는 데 시간이 흘렀다. 방탄 장치, 요새화, 방어 장비, 사람들은 자신이 보호받는다고 느끼지만, 그렇게 믿는 건 어리석다. 죽기에 가장 좋은 방법은 자신이 안전하다고 생각하는 것이다. 빅토리앵은 얼마나 쉽게 방탄 장치가 뚫리는지를 보았는데, 현존하는 도구들은 관통할 수 있기 마련이다. 사람들은 철판 뒤에 숨을 수 있다는 어린애 같은 믿음이 있다. 철판은 아주 두껍고, 무겁고, 불투명해서, 그 뒤에 숨으면 우리가 보이지 않는 만큼 아무 일도 일어나지 않을 것이라고 생각한다. 이 두꺼운 판 뒤에서 우리는 과녁이 된다. 모든 것이 노출되면, 우리는 아무것도 아니다. 딱딱한 껍질에 보호받으면서 우리는 표적이 된다. 우리는 여러 차례 철제 상자 안에 슬며시 들어간다. 우리는 우체통의 틈과 같은 크기의 틈을 통해 바깥을 본다. 우리는 제대로 보지 못하고, 서서히 움직이고, 흔들리는 철제 상자 안에서 다른 녀석들과 바짝 붙어 있다. 우리는 아무것도 보지 못하는데, 그러면 우리가 보이지 않는다고 믿는다. 아이와 같은 짓이다. 수풀 위에 놓인 이 거대한 기계, 우리는 그것만 본다. 그것이 표적이다. 우리는 그 안에 있다. 다른 사람들은 전차를 파괴하는 데 열중하고, 대포, 폭약, 다이너마이트, 길에 뚫어놓은 구멍, 비행기로 발사하는 로켓. 모든 것. 전차를 파괴할 때까지. 우리는 상자 안에서 철 파편들과 섞이고, 충격으로 뚜껑이 열린 상자 안에서 기진맥진해져 바닥에 있었다.

빅토리앵은 표적으로 남는 것을 보았다. 충격을 막아주는 것은 돌도 아니고 철도 아니다. 만약 우리가 노출된다면 우리는 사람들 사이로 뛰어갈 수 있고, 그렇게 되면 우연히 날아든 포탄은 목표 설정을 주저하고 놓칠 수 있다. 방탄 장치의 두께보다 확률이 우리를 보호해주는 것이다. 노출되면 무시되는데, 전차에 의해 보호를 받으면 집요하게 표적이 될 수 있다. 보호받는 것은 깊은 인상을 주고, 힘을 믿게 만든다. 그것은 점점 두꺼워지고, 둔해지고, 느리고 눈에 띄는 것이 되면서 파괴를 불러들인다. 힘이 확실할수록 표적의 가능성도 커진다.

에우리디케와 빅토리앵은 열을 지어 있는 전차들 사이에 남겨진 작은 공간 속으로 슬며시 들어갔고, 산울타리가 쳐지고 바퀴 자국이 남은 길로 인해 캠프와 멀어졌다. 어둠 속에서 그들은 손을 맞잡았다. 그들은 마치 깨끗하게 닦아 윤을 낸 것처럼 선명하게 빛나는 별들이 있는 광활한 하늘을 보았다. 우리는 장면이 바뀌는 그림을 예상할 수 있는데, 선명하게 나타났다가 그것을 움직이면 다른 것으로 재배치되는 식이다. 대기는 목욕탕처럼 따뜻하고 축축했고, 옷을 벗어도 피부에 소름이 돋지 않았을 것이다. 빅토리앵의 손을 잡고 있는 에우리디케의 손이 마치 작은 심장인 양 떨고 있었다. 그는 그녀를 열기가 아니라, 부드러운 떨림, 손바닥 안에서 탐지되는 아주 가까운 숨결을 통해서 느꼈다. 그들은 모터 소리, 덜커덕거리는 금속 소리, 목소리 등 캠프의 소음들이 더 이상 들리지 않는 곳까지 걸어갔다. 그들은 초원으로 들어가 거기에 같이 누웠다. 풀들은 베어졌지만 6월에 다시 자라나 그들이 누운 것보다 조금 웃자랐고, 이것이 그들의 머리 주위에 길쭉한 나뭇잎들과 화본과 식물의 꽃으로 이뤄진 울타리, 완전히 어두워지지 않은 하늘에서 떨어져 나와 더 짙은 검은색의 가는 선으로 이루어진 화관을 형성했다. 그들은 별들이 가득 차면서 그림이 바뀌는 것을 보았다. 그들은 움직이지 않고 그대로 있었다. 그들 주변에서 귀뚜라미가 노래하기 시작했다. 빅토리앵은 에우리디케를 안았다.

그는 먼저 에우리디케를 안고 그녀의 입술에 자신의 입술을 얹었다. 이런 입맞춤은 내밀한 관계로 들어가는 입구를 가리키는 것이어서 당연히 그렇게 해야 한다고 알고 있었기 때문이다. 그들은 서로 입을 맞추었다. 이어서 그는 자신의 혀로 그녀의 입술을 음미하고자 하는 욕구를 느꼈다. 욕구는 생각할 틈 없이 찾아왔고, 그의 품에 안긴 에우리디케도 같은 욕구로 흥분되었다. 초원에 누워 있던 그들은 팔꿈치를 대고 다시 몸을 일으켰고, 그들의 입술은 서로를 향해 열리고, 입술과 입술이 맞물렸다. 숨어 있던 그들의 혀가 상대의 혀를 따라 오갔는데 놀랍도록 자극적이었다. 빅토리앵은 이처럼 달콤한 키스는 결코 상상해보지 못했다. 하늘 전체가—한쪽 끝에서 다른 쪽 끝까지—우리가 흔드는 부드러운 함석의 소리와 함께 떨고 있었다. 보이지 않는 비행기가 아주 높게 지나갔는데, 폭탄을 실은 수백 대의 비행기가 하늘이라는 강철 마루 위에서 진군하고 있었다. 빅토리앵의 심장의 두근거림은 목까지 전해졌는데, 목은 피로 가득 찬 경동맥이 있는 곳이었고, 에우리디케의 배는 전율로 떨렸다. 우리가 빵을 던져줄 때 물고기들이 그리는 것처럼 그들의 존재가 표면으로 드러났다. 그들은 호수 깊은 곳에 있었는데, 표면은 잔잔했다. 그들이 하나가 되어 갑자기 모습을 드러내고, 대기의 흐름에 역행하는 입맞춤을 나누자 표면이 흔들렸다. 에우리디케의 피부는 생기가 있었고, 빅토리앵은 그의 손가락 아래서 이 생기 전체가 다가오는 것을 느꼈다. 그리고 그가 그녀의 가슴을 쥐기 위해 가슴골에 손을 두자 에우리디케가 완전히 그곳에 살아 있음을, 충만하고 둥글게, 그의 손바닥 안에 있음을 느꼈다. 그녀는 가쁜 숨을 쉬고, 눈을 감고, 완전히 도취된 상태였다. 빅토리앵의 성기는 그의 모든 행동을 방해하면서 상당히 불편하게 했다. 그가 바지를 내리자 그는 커다란 해방감을 느꼈다. 그의 성기가 이런 식으로 꺼내진 일은 결코 없었는데, 에우리디케의 엉덩이를 가볍게 스쳤다. 그것은 고유한 생명력을 지니고 움직였다. 숨을 약간 헐떡이면서 살결의 냄새를 맡았고, 조금씩 그녀의 엉덩이를 따라 올라갔다. 그는 그녀의 안으로 들어가고자 했다. 에우리디케는 아주 크게 숨을 쉬고 중얼거렸다.

"빅토리앵, 그만 멈춰. 나는 이성을 잃고 싶지 않아."

"뭐라고, 안 된다고?"

"그래, 하지만 정말 엄청났어. 나는 두 발을 땅에 두고 싶어. 지금은 내 몸이 어디 있는지도 모르겠어. 나는 날아오르기 전에 내 몸을 되찾고 싶었어."

"나는 네 몸이 어디 있는지, 내 몸이 어디 있는지 알아."

"내가 그것을 나랑 아주 가깝게 잡을게."

그녀는 대단히 부드럽게 그의 성기를 쥐었는데, 그렇다, 겉모습과 달리 성기라는 말은 어떤 의미에서는 가장 오래된 단어이다. 그녀는 지고지순하게 그가 사정할 때까지 그의 성기를 애무했다. 빅토리앵은 누워서 별들이 움직이는 것을 보았는데, 갑자기 별들이 일제히 사라졌다가 다시 빛나는 것을 보았다. 에우리디케가 그의 안으로 들어왔다. 그의 목을 껴안고, 귀 뒤, 경동맥이 지나는 바로 그 자리에 입을 맞췄다. 조금씩 조금씩 북소리가 사라졌다. 위쪽에서는 메아리처럼 요란한 소리가 남았지만, 세부적인 것을 구별하는 건 불가능했다. 요란한 소리가 계속 이어지면서 결코 멈추지 않을 듯 넘쳐흘렀다. 붉은빛이 감도는 광선은 지평선에서 엇박자로 드러났고, 곧 노란 섬광이 사라졌다.

그것은 자신의 섹스에 몰입한 최초의 경험이었다. 그 일은 다른 어떤 것도 생각할 수 없을 정도로 그를 동요시켰다. 에우리디케가 그에게 몸을 바짝 붙여오자, 그는 시간이 갑자기 열리는 것을 보았다. 그는 이 아가씨가 언제나 그 자리에 있을 것이라는 사실을, 비록 그들이 더 이상 서로 보지 못하게 된다고 해도 그럴 것임을 알았다.

그는 자신이 로즈발과 한 약속을 지킨 것인지 생각했다. 에우리디케의 손을 잡고 캠프로 돌아오면서 그는 곧 그 생각을 했다. 훈훈한 밤에 그런 생각으로 인해 그의 얼굴이 붉어졌는데, 아무도 그 사실을 몰랐고 오직 그 자신만 의식했을 뿐이다. 질문, 그는 자신에게 질문을 던졌다. 에우리디케의 어깨를 잡고 아주 강하게 밀착하자 그는 약속을 지킨 것이라는 결론에 이르렀다. 물론 완전한 것은 아니었다. 그렇지만 그는 늘 그런 상태로 머물 것이다. 그렇게 그는 결합의 완성이 주는 환멸을 피하는 동시에 결핍의 쓰라림에서도 벗어났다. 전쟁을 수행해야 한다는 의무감 때문에 이런 이상한 상태에 머물 수 있었는데, 전쟁이 아니었다면 지속되지 않을 상태였다. 많은 수의 부상자가 매일 도착했고, 그들을 여전히 훨씬 먼 곳에 있는 땅에서 일으켜 세워 트럭으로 옮겨와야 했다. 그것은 긴급 업무여서 에우리디케와 그를 멀리 있게 했다. 긴급 임무로 떠나야 할 때마다 그는 몇 마디 말, 그림, 활력을 주는 사고 등을 그녀에게 전달했다. 출발이 급해지면 그는 뛰어서 트럭에 올라타야 했다. 그는 붓의 독특한 선으로 포장지 위에 심장, 나무 한 그루, 엉덩이, 벌린 입, 어깨의 굴곡, 그것들은 거의 윤곽이 드러나지 않고 빠르게 그린, 생략이 많은 그림이었다. 살라농은 달리면서 그것을 에우리디케에게 주었고, 그녀는 다른 무엇보다 그것들을 소중하게 여겼다.

기갑부대는 인상 깊었지만 철로 된 묘와 같았다. 장갑열차? 그것은 유리병처럼 약해 충격을 받으면 부서졌다. 즈크 신발을 신은 두 사람이 오솔길을 통과하면서 등에는 비누 하나 크기의 폭약물들을 담은 배낭을 메고 있었는데, 그것을 보지도 않고 고정시켰다. 몇 분 사이에 그들은 길을 폭파시켰다. 두 사람으로 조를 짠 건 일을 더 즐겁게 하고 수다를 떨기 위한 것인지, 그게 아니라면 하나로도 충분했다.

손 강 계곡의 장갑열차는 샬롱보다 더 멀리 가지는 않았다. 밤에 파괴된 길에서 기차는 멈추었고, 브레이크 밟는 소리, 멈추어 서려는 철의 견딜 수 없는 마찰음, 섬광이 수평으로 분출했다. 폭발에 휘어진 철도 레일은, 화석이 된 코끼리의 상아처럼 솟아올랐고, 부서진 철도의 침목이 웅덩이의 구멍 뚫린 자갈 위로 가시가 박히듯 흩어졌다. 미군 비행기 네 대—앞쪽의 비행기, 뒤쪽의 비행기—가 두 줄로 통과하면서 기관차와 납작해진 객차를 솟구치게 만들었는데, 모래주머니 뒤에 숨겨진 발사관이 많은 대포가 비행기를 조준했다. 갑작스럽게 솟구친 불덩어리 속에서 모든 것이 사라졌다. 모래주머니는 찢어지고, 대포는 휘고, 단 몇 초 사이에 포수들은 불에 탄 채 몸이 찢어져 모래와 뒤섞였다. 기차를 타고 있던 승객들은 철길 위로 흩어졌다. 허리를 숙이고 뛰면서 파편들을 피하기 위해 몸을 굽혔고, 철로 바닥의 자갈을 강타한 잇단 포탄을 피하기 위해 바닥으로 뛰어내렸다. 높은 곳에 있는 비행사들은 조종 기구들을 돌리면서 철로를 따라 오갔고, 자갈들은 피로 물들었다. 살아남은 자들은 초원으로 숨고, 전날부터 거기에 숨어 있던 프랑스 사람들의 품에 안겼다. 처음에 내린 사람들은 혼란 속에서 죽었고, 줄을 지어 엎드려 있던 다른 사람들은 목덜미에서 손을 교차시켰다. 기차는 불타고, 잿빛으로 그을린 시신들은 길의 경사지에 흩어져 있었다. 비행기는 날개를 흔들고 다시 떠났다. 사람들은 자발적으로 걷고 있는 한 무리의 포로를 다시 데려갔다. 그들은 상당히 긴장이 풀렸다. 윗옷을 어깨에 걸치고 주머니에 손을 찌른 채, 마침내 끝나고 자신들이 살아 있다는 사실에 만족했다.

연대장은 네줄랭을 보러 갔다.

"바로 포르키니에서 있었어요. 학살. 여자들, 아이들, 노인들. 거리에 28구의 시신이, 집에는 47구의 시신이 있었는데, 태연하게 쓰러졌고, 몇 명은 서로 손을 잡고 있었어요."

"뭐라고요?"

"우리가 그들을 사살했어요."

"설마요."

"먼저 판결을 내렸지요. 그리고 사살했어요."

"누가 판결을 내린 겁니까? 당신이요? 그것은 복수이고, 더구나 범죄입니다. 우리요? 우리는 군인인데, 판결은 우리 일이 아니지요. 민간인 판사들요? 두 달 전만 해도 그들은 독일인들의 이익을 위해서 레지스탕스 소속 사람들에게 판결을 내렸잖아요. 나는 법이 중립적이기를 원해요, 남용해서는 안 됩니다. 지금 프랑스에는 판결을 내릴 수 있는 사람이 아무도 없어요."

"당신은 아무것도 하지 않을 건가요?"

"나는 그들을 미국 사람들에게 보낼 겁니다. 민간인 학살에 대한 책임이 있다는 것을 그들에게 알리겠어요. 그들은 알게 될 겁니다. 이상입니다. '연대장.'"

네줄랭이 연대장을 강조해 발음하고는 확고한 손짓을 하면서 연대장을 내쫓았다.


사람들은 독일 포로들을 목초지에 두었다. 그리고 풀로 만든 화단에 둥근 철조망을 쳐서 범위를 제한했다. 무기를 내려놓고, 철모도 벗고, 방목장 여기저기에 흩어져 있었다. 그들을 다 함께 움직이게 하는 조직은 없었지만, 포로들은 예전의 모습 그대로인 것처럼 보였다. 피로한 사람들, 다양한 연령층, 그들의 얼굴에서는 모두 여러 해 동안 쌓인 긴장, 두려움, 죽음의 빈번한 목격 등과 관련된 흔적이 보였다. 이제는 불규칙하게 무리를 지어 초원에 누워, 팔베개를 하고 눕거나 다른 사람의 배 위에 눕고, 벨트도 하지 않은 채 상의의 단추도 풀고, 그을린 얼굴과 감은 눈 위로 태양이 비추도록 내버려두었다. 다른 사람들은 둥근 철조망 앞에 서서, 한 손을 주머니에 찔러 넣은 채 담배를 피우면서 아무 말도 하지 않고, 거의 움직이지도 않으면서 우두커니 허공을 바라보았다. 거기에서는 프랑스 감시 보초병이 어깨에 총을 두르고 강인한 엄격함을 보이려고 애쓰면서 있었다. 하지만 보초병들은 쏘는 듯한 눈초리로 모두를 노려본 뒤에는 더 이상 시선을 어디에 둘지 몰랐다. 독일 포로들은 막연히 홀가분한지 아무것도 보지 않은 채 바라보고, 그들의 닫힌 내부에서 천천히 지난 기억을 되새기고 있었다. 때문에 보초병들은 결국 땅을 보거나, 자신들이 감시하고 있는 포로들의 발 언저리를 보았는데, 이것이 그들에게는 부당하게 여겨졌다.

미군 군복을 입은 항독 지하운동가들이 와서 옷을 벗고 일광욕을 하고 있는 군인들을 보았다. 그들은 눈을 찌푸리고 기다렸다. 물러서 있던 장교의 오만한 우아함이 살라뇽에게 강한 인상을 주었다. 그에게는 단추를 여미지 않은 군복이 여름옷처럼 어울렸다. 그는 경기의 끝을 기다리면서 무심하게 담배를 피웠다. 게다가 그는 졌다. 살라뇽은 이 사람의 얼굴에 묘하게 끌렸다. 그는 끌리면서도 감히 그를 계속 쳐다보지는 않았다. 마침내 그는 그 이끌림이 친숙함과 관련이 있다는 사실을 알아냈다. 그가 장교 앞을 가로막았다. 상대는 두 손을 주머니에 넣은 채 계속 담배를 피웠다. 안 보는 척하면서 그를 보았는데, 햇볕과 입술 사이에 문 담배 연기로 인해 눈을 찌푸리고 있었다. 그들은 같은 초원에서 서로 얼굴을 마주 보며 있었는데, 그들 사이에 놓인 2미터 간격에는 뾰족한 가시 철조망이 쳐져 있어 다가설 수 없었다. 하지만 그들은 같은 테이블에 앉아 있는 듯 더 이상 거리를 느끼지 않았다.

"당신은 제 아버지의 가게를 감독했어요. 1943년 리옹에서요."

"나는 많은 가게를 감독했어요. 나는 가게 감독이라는 바보 같은 직

책을 맡았지요. 암시장을 없애기 위한 것이었습니다. 정말 골치 아픈 일이었지요. 나는 당신 아버지를 기억하지 못합니다."

"그러면 당신은 나를 알아보지 못한단 말씀인가요?"

"당신, 아닙니다, 당신은 첫눈에 알아봤지요. 한 시간 전부터 당신은 나를 보지 않는 것처럼 하면서 우리 주변을 맴돌았습니다. 당신은 변했지만, 그렇게 많이는 아니에요. 당신은 속임수를 썼던 것을 털어놓아야만 했어요. 내가 틀렸나요?"

"당신은 왜 제 아버지를 용서해주셨나요? 아버지는 암거래를 하고 있었고, 당신도 그것을 알고 있었습니다."

"모든 사람이 암거래를 했지요. 아무도 규칙을 지키지 않았습니다. 그래서 나는 때론 용서하고, 때론 벌을 주었어요. 경우에 따라 다르지요. 우리는 모든 사람을 죽이려고 한 게 아닙니다. 만약 전쟁이 계속되었다면 그랬을지도 모르지요. 폴란드에서처럼요. 하지만 지금은 끝났어요."

"바로 당신이 포르키니에 있었나요?"

"나, 내 부하들이 상부의 명령으로요. 우리는 모두 그 일에 관여했습니다. 특정한 개인으로서요. 당신들이 말하는 레지스탕스 활동은 지속적이었어요. 그래서 우리는 지지자들을 죽여서 공포를 조장했지요."

"당신들은 아무나 죽인 겁니까?"

"만약 우리가 전투원들만 죽였다면, 그것은 전쟁이었을 뿐일 겁니다. 공포는 아주 정교한 도구이고, 우리 주변에 거리의 장애물을 제거하는 불안을 만들어냅니다. 그래서 우리는 차분하게 나아가고 우리의 적들은 그들의 지지자를 잃지요. 비인간적인 공포 분위기를 만들어야 하고, 그것이 군대의 기술입니다."

"당신이 직접 그런 일을 했나요?"

"개인적으로는 피를 보는 것을 좋아하지 않습니다. 공포는 기술일 뿐이죠. 공포를 실현시키기 위해서는 정신병자들이 필요하고, 공포를 조직하기 위해서는 온전한 정신인 사람이 필요하지요. 러시아에서 만난 투르크메니스탄 사람들은 폭력을 일종의 놀이처럼 여기는 이주민들로 짐승을 먹기 전에 웃으면서 목을 베어 죽입니다. 그들은 물론 피에 대한 취향이 있고, 자신들의 짐승에 하던 것보다 좀더 폭넓은 범위에서 폭력을 적용하는 것으로 충분하지요. 그들은 살아 있는 사람의 목을 기계톱으로 잘랐는데, 그것을 직접 봤어요. 그들은 나와 함께 장갑열차 안에 있었는데, 마치 비밀 병기인 양 공포를 뿜어냈습니다. 그들은 내가 다뤄야 할 개나 마찬가지였어요. 나는 그들을 풀어줄 수도 잡아둘 수도 있었는데, 줄에만 관심을 가졌지요. 그러나 만약 당신이 내 자리에 있었다면 당신은 무엇을 할 수 있었을까요? 우리 자리에 있었다면요?"

"나는 그런 자리에 있지 않았습니다. 나는 그런 자리에 있지 않는 쪽을 택했지요."

"인생은 새옹지마입니다. 젊은이. 나는 질서를 유지해야 했고, 아마 그것은 내일이면 당신 일이 될 겁니다. 어제 나는 약간의 감상으로 당신이 했던 위조를 눈감고 당신을 용서했고, 오늘 나는 당신의 포로이지요. 우리는 전에 지배자였지만, 지금은 당신들이 나를 어떻게 다룰지 알지 못합니다."

"당신들은 미국인들에게 보내질 겁니다."

"인생은 새옹지마입니다. 누리세요, 완전히 새로운 당신들 승리를 누리세요, 아름다운 여름을 누리세요. 1940년은 내 인생에서 가장 아름다웠습니다. 그 후로는 나빠졌지요. 운이 변한 겁니다."

그것은 일어날 일이었다. 우리는 그를 죽이고 싶은 나머지 그가 있는 방향으로 폭탄을 투하했고, 거의 성공했다. 우리는 그에게 부상을 입했다. 우리가 시신 수습 임무를 수행하고 있는데 그들이 집중사격을 했다. 독일인들은 시골을 떠돌고 있었고, 하늘을 휘돌아 날아오는 포탄이 20킬로미터 떨어진 곳에서 떨어졌다. 단 한 대의 비행기가 일제사격을 하기 위해 구름 사이로 내려왔고, 이어서 사라졌다. 우리는 우연히 죽을 수 있었다.

브리우드와 함께 살라뇽은 급수탑 위에 숨어 있는 사격수를 피했다. 독일 군인들은 떠났는데, 아마 깜박 소홀히 한 바람에 그는 여전히 거기에, 30미터 높이의 콘크리트 판 위에 있었다. 그의 주변에 펼쳐진 목초는 시체로 덮였고, 그가 참여해야 했고 이제는 끝났다고 믿었던 전투의 잔해들과 살상 무기들이 있었다. 항독 지하운동가들이 두 명씩 들 것을 들고 시신을 수습하러 왔을 때 사격이 시작되었고, 모렐레의 엉덩이에 적중했다. 그들은 울타리 뒤에서 뛰어나왔고 반격했지만, 상대는 안전한 곳에 있었다. 브리우드와 살라뇽은 고립되었다. 그들은 누워 있는 시체와 타오르는 차들로 혼잡한, 급수탑 아래에 있는 거대한 초원에서 빠져나와야 했다. 그들을 표적으로 삼은 사격이 시작됐고, 여유를 가지고 그들이 숨기 전에 그들을 죽이려고 했다. 울타리 뒤의 소대가 스치지도 않은 채 콘크리트 바닥을 부수는 일제사격을 실시했다. 그것은 허공으로 발사되어 안전했다. 그는 한 걸음 물러섰다가 다시 와서 자신의 표적이 있다고 여겨지는 곳을 향해 총을 쐈다. 브리우드와 살라뇽은 높다란 풀이 있는 곳으로 숨어들어 갔는데 총알이 바닥을 쳤다. 그들은 시신들 뒤로 숨었고 작은 충격에도 몸이 흔들렸다. 그들이 불타고 있는 지프차 뒤로 뛰어들자 총알이 금속판을 두드리는 요란한 소리가 났지만, 여전히 그들을 맞히지 못했다. 그들은 심장이 뛰는 신호를 하면서 다시 일어섰다. 서로 위치를 바꾸고, 뛰고, 불규칙한 방식으로 자세를 바꾸었는데, 사격수는 계속 그들을 놓쳤다. 그들은 초원을 가로지르기 위해 성큼성큼 나아갔고, 그들이 살아서 몇 미터씩 나아갈 때마다 상대는 그들을 조준할 시간을 계속 잘못 계산했다. 마침내 그들은 움푹한 길에서 합류했는데, 거기에는 모든 소대원이 사격수의 사정거리를 벗어나 누워 있었다. 그들이 초원을 가로지를 때, 다른 것들 사이에서 전진할 때, 억눌린 갈채가 그들을 향해 환호를 보냈다. 그들은 숨을 헐떡이며 누워 고통스럽게 숨을 쉬었다. 이어 웃음이 터져 나왔고, 승리했다는 사실에, 살아 있다는 사실에 행복했다.

이어서 하늘이 마치 비단 커튼처럼 갈라졌고, 갈라진 끝에서 커다란 망치가 땅을 때렸다. 땅은 다시 파였고, 비명 소리를 뒤로하고 자갈과 나무 파편 들이 그들 주위로 빗발치듯 쏟아졌다. 살라뇽은 엉덩이를 관통하는 충격을 느꼈는데 무언가 뜨겁고 축축했다. 그것은 넘쳐나고 몸을 나른하게 만들었고, 그는 힘이 빠졌다. 땅 위에 연기가 나는 것이 분명했다. 사람들이 와서 그를 데려갔는데, 그는 자신의 걸음을 막는 소용돌이만 보았고, 사람들은 그를 눕혀 옮겼다. 일종의 축축한 연기로 인해 볼 수 없었는데, 그것은 눈물일지도 모른다. 그는 가까이서 비명 소리를 들었다. 그는 자신을 옮기는 사람에게 뭔가 말하려고 애썼다. 그는 그 사람의 옷깃을 잡고서 자기 쪽으로 당겨 귀에 대고 아주 천천히 말했다. "그게 말이지 아주 좋지는 않아." 그리고 그를 놓아주고 기절했다.

그가 깨어났을 때 살로몬 칼로야니스가 곁에 있었다. 사람들은 그를 작은 침실에 옮겨놓았는데, 벽에는 거울이 하나 걸려 있고 선반에 자잘한 장식품들이 놓여 있었다. 그는 이름의 이니셜을 새겨 넣은 커다란 베개를 베고 나무 침대 위에 누워 있었는데, 다리를 굽힐 수 없었다. 발목에서부터 넓적다리 주변까지 붕대가 감겨 있었다. 칼로야니스는 그에게 끝이 뾰족하고 휜, 엄지손가락만 한 금속조각을 보여주었는데, 금속 테두리는 유리 파편의 테두리처럼 날카로웠다.

"보게, 바로 이거였어. 폭발 때 우리는 빛만 보았고, 그것이 불꽃놀이라고 믿었어. 하지만 목표는 저것, 금속 파편을 보내는 것이었지. 사람들이 온통 벌거벗은 사람들에게 새총으로 면도날을 날려 보낸 거야. 자넨 어찌나 끔찍하게 찢겨졌던지 내가 꿰매야 했어. 나는 전쟁을 통해 인간이 어떻게 절단되는지와 봉합 기술에 대해 많은 것을 배웠다네. 자네는 깨어났고 괜찮은 것처럼 보이니, 이제 그냥 두겠어. 에우리디케가 자네를 보러 올걸세."

"제가 병원에 있는 건가요?"

"마콩의 병원이야. 우리는 지금 잘 정착했어. 사방이 가득 차서 나는 자네를 이 방에서야 발견했다네. 우리는 복도에서, 심지어 공원에서, 텐트 아래서 사람들을 재웠어. 난 자네를 가까이 두려고 경비실에 보냈지. 자네가 회복되기 전에 사람들이 자네를 보낼까 봐 걱정했거든. 그래서 자네를 회복시키려고 자네의 작은 방을 이용한 거야. 나는 심지어 진짜 노트도 찾아냈지. 쉬게나. 나는 정말로 자네가 잘 이겨내기를 바랐다네."

그는 살라뇽의 볼을 꼬집고 세게 비틀면서 침대 위에 천으로 제본한 커다란 노트를 놓아두었다. 그리고 그를 혼자 두었다. 그의 목 주변에서는 청진기가 흔들리고, 손은 그의 하얀 상의 주머니 속에 있었다.

오후의 햇빛은 나무 덧창의 비스듬한 틈을 통과해 침대와 벽에 무늬를 그렸다. 그는 병원에서 계속 웅성거리는 소리, 트럭들, 비명 소리, 복도의 사람들, 뜰의 움직임 등을 들었다. 에우리디케가 와서 그의 붕대를 갈았다. 금속판 위에 붕대, 소독제, 솜, 아주 새것인 안전핀을 가지고 왔는데, 상자들에는 전부 영어로만 표기가 되어 있었다. 그녀는 아주 단정하게 머리를 묶고 마지막 단추까지 채운 간호사복을 입고 있었는데, 빅토리앵 살라뇽은 그녀 눈의 깜박임, 가볍게 떨리는 입술만 보아도 그녀의 모든 것, 발가벗은 그녀의 몸과 굴곡들, 생생한 피부를 짐작하기에 충분했다. 그녀는 치료 기구를 내려놓고 침대에 앉아 그를 끌어안았다. 그는 그녀를 자기 쪽으로 끌어당겼는데, 부상을 입은 다리는 그녀를 안기 위해 굽힐 수가 없었다. 하지만 그의 품 안에서 그녀를 느낄 수 있었고, 그의 혀는 빨아들이기에 충분할 정도로 힘이 있었다. 그녀는 그에게 기대어 누웠고 간호사복은 엉덩이까지 올려져 있었다. "나는 미쳐버리고 싶어요." 그녀가 그의 귀에 대고 속삭였다. 그녀는 몸을 그의 다친 엉덩이에 아주 세게 밀착했고, 그들의 땀이 섞였다. 바깥에서 계속 들리던 소란스러운 소리들이 잠잠해졌는데 그때가 오후 중 가장 더운 시간이었기 때문이다. 빅토리앵의 성기가 그렇게 커졌던 적은 없었다. 그는 더 이상 그것을 느끼지도 못했고, 어디에서 시작하고 끝내는지도 몰랐다. 완전히 부풀고 예민해져 에우리디케의 민감한 몸속으로 완전히 들어갔다. 그가 에우리디케 안으로 뚫고 들어갔을 때 그녀는 긴장했다가 숨을 쉬었다. 그녀가 눈물을 흘렸고, 눈을 감았다가 떴는데 피가 흘렀다. 빅토리앵은 내부에서 그녀를 어루만졌다. 그들은 둘 다 균형을 잡고 침대에서 떨어지지 않으려고 노력하면서 서로를 지켜보려고 했다. 전에 느끼지 못했던 행복감이 밀려왔다. 움직임, 이런 시도, 빅토리앵의 상처는 다시 벌어졌다. 그는 피를 흘렸다. 그들의 피가 섞였다. 그들은 오랫동안 서로 기댄 채 누워 있었다. 햇빛이 아주 느리게 벽을 비추어나가다가 아무것도 반사하지 않고 빛나는 거울 위쪽을 스치는 것을 보았다.

"내가 붕대를 다시 감아줄게. 난 그것 때문에 온 거야."

그녀는 좀더 느슨하게 붕대를 감아주고, 다리를 닦아주고, 입맞춤을 한 뒤에 나갔다. 그는 상처 부위가 손상된 것을 느꼈지만, 상처는 다시 봉합되었다. 그는 가벼운 고통으로 인해 깨어 있었다. 주변에서는 단지 그의 것만이 아닌 사향 냄새가 났는데, 어쩌면 그때까지 그가 단 한 번도 그래본 적이 없었기 때문인지도 모른다. 그는 살로몬이 그에게 가져다준, 하얀 종이가 멋진 노트를 펼쳤다. 그는 가볍게 점을 찍고 부드러운 선을 그려봤다. 그는 잉크로 부드러운 침대 시트, 심하게 구겨진 시트의 주름들, 냄새, 벽의 거울에 비치는 햇빛, 사방에 가득한 열기, 바깥의 소란스러움과 태양, 삶 자체인 바깥의 소란스러움, 삶의 질료인 태양, 그리고 어둡고, 중앙에 위치한, 비밀스런 방 안의 그, 행복하고 큰 사내의 떨리는 가슴.

그는 회복되었지만 전쟁이 계속 이어지는 속도에는 못 미쳤다. 알제리 보병들은 부상자들을 뒤에 남겨둔 채 북쪽을 향해 진군했다. 살라뇽이 일어날 수 있었을 때, 그는 한 계급 승진하여 다른 연대로 들어갔다. 그들은 독일에 도착할 때까지 계속 나아갔다.

1944년 여름날은 화창했고 더웠는데, 우리는 우리끼리 지낼 수 없었다. 모든 사람이 바깥으로! 우리는 아주 헐렁한 반바지 차림으로 마른 몸에 가죽 허리띠를 매고, 가슴까지 셔츠를 풀어헤치고 산책했다. 우리는 크게 소리를 질렀다. 우리는 혼잡한 거리를 떼로 몰려다녔다. 열을 지어 행진하고, 박수를 보내고, 서두르지 않고 지나가는 개선 행진의 뒤를 따랐다. 군용 트럭에는 꼿꼿함을 가장하고 앉아 있는 군인들이 가득 타고 있었고, 군중을 피하면서 서행했다. 그들은 단정한 군복 차림에 미국제 철모를 쓰고, 똑바로 앞을 보면서 씩씩하게 무기를 들고 있으려고 노력했지만, 얼굴 전체를 환하게 빛내주는 떨리는 미소를 지었다. 보이스카우트복 차림의 청년들을 태운 도색한 자동차는 잡다한 무기들과 국기들을 흔들면서 뒤를 따랐다. 장교들을 태운 지프차는 그들을 만져보려고 몰려든 수백 명의 사람에게 손을 건넸고, 뒤에는 프랑스의 이름으로 하얀색 칠을 한 전차들이 따랐다. 이어 패배자들, 모자도 쓰지 않고 허리띠도 매지 않은 채, 거친 행동을 하거나 사람들과 시선을 마주치지 않으려고 주의하면서 손을 높이 쳐든 다른 군인들이 뒤따랐다. 맨 마지막에는 몇몇 여인이 있었다. 그녀들은 다시 무리를 이룬 사람들에게 둘러싸여 행렬의 끝을 따랐다. 모두가 서로 비슷비슷해 보였는데, 눈물로 주름진 얼굴을 숙이고 속마음을 짐작할 수 없게 무표정했다. 그녀들은 개선 행렬의 끝에 있었고, 그 뒤에는 보도에서 줄지어 있다가 행렬을 따르기 위해 거리의 곳곳에서 합류한 신이 난 사람들 무리가 있었다. 모두 함께 걷고, 참여하고, 군중은 두 줄로 나뉘어 지나갔다. 야유를 받으면서 침묵한 채 걷는 여자들 앞에는 행복한 군중이 있었고, 그들은 승리를 만끽하면서 영광을 찬양했다. 패잔병들과 함께 그 여자들만이 유일하게 침묵했는데, 사람들은 그 여자들을 떼밀고 비웃었다. 무기를 휴대한 사람들은 그녀들 주변에서 자신들의 무기를 장난하듯 쥐고 있었는데, 그들은 조롱하는 사람들을 그냥 내버려두었다. 군복에 완장을 단 그들은 모자를 비스듬히 쓰고 목단추를 풀고 있었는데, 모자 쓴 장교가 수치심이 사라지게 하기 위해 잠시 멈춰선 광장을 향해 그들을 이끌었다. 우리는 이어서 더 안전하고, 엄격하고, 강한 다른 기지를 향해 다시 출발했다. 축제의 흥분에 들뜬 군중은 1944년 여름의 공기를 천천히 들이마시며 모두가 온갖 일이 일어난 거리의 자유로운 공기를 호흡했다. 프랑스는 더 이상 독일이라는 악당에게 눌리지 않을 것이고, 술에 취해 옷을 벗으면서 테이블 위에서 비틀거리는 창녀 노릇을 하지도 않을 것이다. 프랑스는 이제 남자답고 건장하고, 프랑스는 혁신되었다.

그날 오후 승리의 소용돌이와 먼 거리에서는, 집 문이 열리고 방들은 비어 있었다. 모든 사람이 바깥에 있고, 창문 앞에는 대형 국기들이 펄럭이고 방마다 뜨거운 공기가 흐르는데, 메아리 없는 포격 소리가 울렸다. 회계의 결산, 자금의 이체, 포착과 수송. 신중한 사람들은 더 확실한 장소에 두기 위해서 가방을 들고 옆길로 떠났다.

그것은 아름다운 프랑스식 축제였다. 고기를 익힐 때는 국물의 핵심을 만들어내는 끓어오르는 순간이 와야 한다. 살이 흐물흐물해지고 섬유질이 풀어지는, 모든 것이 뒤섞이는 생생한 동요가 필요하다. 그때 향이 만들어진다. 1944년 여름은 냄비에서 센 불로 요리하는 순간, 이어서 천천히 약한 불로 여러 시간을 익히면서 향이 만들어지는 순간이었다. 물론 아주 금세 평화는 체로 다시 걸러져 만들어졌고, 이어지는 날들 속에서 끈기 있게 체를 흔들었다. 서민들은 그물코 사이로 미끄러져 들어가 다른 사람들보다 더 낮은 곳으로, 전과 같은 장소로 되돌아갔다. 모든 사람은 자신의 크기에 따라 놓인다. 그러나 중대한 일이 일어났고, 그것이 전체에 대한 취향을 부여했다. 프랑스에서는 대중적인 정서, 주기적으로 열리는 축제가 필요하다. 모두가 바깥으로! 모두 함께 바깥으로 나가고, 우리가 오랫동안 지녀온 함께 살아가는 일에 대한 취향이 생긴다. 그렇지 않으면 거리는 텅 비고, 우리는 서로 합류하지 않고, 누구와 함께 살아갈 것인지를 묻지 않는다.

리옹에서는 마로니에 잎들이 메마르기 시작했고, 가게들은 같은 장소에 있었지만 타격받지 않았다. 커다란 프랑스 국기가 문에서 펄럭였다. 우리는 세 개의 천 조각을 꿰맸는데, 원래 국기의 일부였던 하얀색을 제외하고는 적합하지 않았다. 파랑은 색이 너무나 밝고, 빨강은 색이 바래서, 우리는 너무 많이 사용했거나 너무 많이 빨은 천을 가지고 국기를 만든 것이다. 그러나 태양 아래서는, 1944년 여름의 위대한 태양 아래서는 극복이 되는 문제였고, 색깔은 최대한의 강렬함을 드러내며 빛났다.

그의 아버지는 그를 다시 보게 되어 기뻤다. 아버지는 어머니가 빅토리앵을 껴안도록 오랫동안 조용히 내버려두었고, 이어 그의 목을 끌어안았다. 아버지는 그의 손을 이끌고 가 먼지 쌓인 병을 열었다.

"네가 돌아올 것에 대비해 이것을 준비했다. 부르고뉴산 포도주야. 넌 그곳에서 잘 지냈니?"

"제가 아버지 말씀을 좀 안 들었죠."

"네게 좋은 길을 간 것이지. 그러면 나는 할 말이 없어. 이제 모든 것이 확실해. 봐라." 아버지가 우리가 보고 있는 국기를 가리켰는데, 국기의 파란색은 이상했고, 열린 문 사이로 펄럭이고 있었다.

"너는 저 길 쪽에 있었던 거야?"

"길은 갈라지고, 우리가 생각하는 쪽으로 가지 않았어요…… 지금은 길들이 다시 합쳐졌고요. 보세요."

그는 서랍을 열어, 종이 뭉치 아래를 뒤져 테이블 위에 무기를 장착한 허리띠와 FFI* 완장을 꺼내놓았다.

"걱정되지 않으셨어요?"

"누구? 독일 사람들?"

"아뇨, 다른 사람들…… 전에 했던 일들에 대해서요……"

"아, 나는 내가 적임자들을 구해주었다는 사실을 입증하는 데 필요한 온갖 서류들을 가지고 있어. 그것도 오래전부터 내가 좋은 편에 속한다는 것을 의심할 수 없도록 말이지."

"그러셨다고요?"

"거기 관련된 증거들을 다 가지고 있어."

"어떻게 그 증거들을 가지고 있으세요?"

"너만 증거를 만들어낼 줄 아는 게 아니야. 그런 재주를 가진 사람

* 프랑스 국내 항독군 대원.

들은 아주 많아."

그러고는 빅토리앵에게 눈짓했다. 같은 반응, 그에게 같은 결과를 낳았다.

"도청의 그 사람은요?"

"누군지 모르는 사람에게 고발당해 감옥에 갔지. 독일 사람들과 접촉이 잦았던 다른 사람들처럼."

아버지는 닳아빠진 가죽 권총 케이스에서 권총을 꺼내 아주 온화하게 살펴보았다.

"자, 이것은 장전되었다."

빅토리앵은 믿을 수 없다는 듯이 그를 쳐다보았다.

"넌 나를 못 믿는 거야?"

"아뇨, 나는 그것이 장전되었을 것이라고 짐작했어요. 하지만 난 어떻게 하는 것인지 몰라요."

"잘 관리한 권총은 너희 군부대의 모든 폭발물보다 훨씬 유용하지. 너는 무슨 계획이 있니?"

빅토리앵은 일어나 뒤돌아보지 않고 나갔다. 나오면서 그는 현관 문 위에서 펄럭이는 국기에 몸이 감겼다. 잡아당겼더니 바느질이 너무 헐거워서 뜯어졌는데, 그것은 각각의 색깔마다 제 언어가 있는 삼색기로, 그의 뒤에서 그의 출발에 인사를 하려는 듯 흔들렸다.

빅토리앵은 자유 프랑스 군복을 입고 여름을 보냈다. 그곳 사람들은 그를 껴안고, 악수를 나누고, 술을 한잔 사고, 내밀한 접촉을 제안했는데, 그는 때로는 거부했고 때로는 수락했다. 그는 간부 학교에 다녔고, 학교가 끝나면 새로운 프랑스 군대에 속한 중위처럼 행동했다.

가을에 그는 아시아에 있었다. 전나무 숲에서 그는 개척한 땅 위의 나무로 된 요새를 지켰다. 전나무는 경사가 진 곳임에도 밑동만 힘차게 뒤틀렸을 뿐 곧게 자랐다. 4시 무렵이면 벌써 밤이 짙어졌고 낮은 정말로 다시 오지 않았다. 언제나 추웠다. 독일 군인들은 더 이상 달아나지 않았고, 둔덕의 맞은편 경사진 곳에서 은둔한 채 높은 곳을 감시했다. 그들은 나뭇잎 색깔 망토를 두르고 정찰했는데, 무엇인가를 감지해도 주둥이만 내밀고 짖지 않는 법을 아는 개들을 데리고 다녔다. 그들은 수류탄을 던지고 참호를 폭파했고, 몇 주 전에 입대한 프랑스 청년들을 생포했다. 그들은 몇 년 전부터 상대해온 적이 있었는데 무기를 장전하지 않고 잠든다는 것이 무슨 의미인지조차 몰랐다.

비가 오면 빗물이 고드름으로 덮인 지하로 급류가 되어 흘렀고, 참호 바닥은 진흙으로 끈적거리고, 나무들 사이는 이제 막 녹기 시작한 흙으로 메워졌다. 프랑스 청년들의 열정은 별로 나이 차이도 나지 않는데 5년 동안의 생존을 통해 단련된 독일인들 앞에서 사라졌다. 자기들끼리 경쟁이 붙은 장교들에 의해 집단 공격의 명령이 떨어졌는데, 그들은 수행해야 할 임무도 회피할 일도 많았다. 그들은 참호 속에 숨어 있는 독일군을 찾으려고 간단한 부대를 파견했는데, 실패했다. 독일군은 후퇴하지 않았고, 많은 사람이 추위 속에서 죽어 땅에서 뒹굴었다. 계급이 다시 중요해졌다. 참을성 있고, 질서 있고, 조직적이어야 했다. 물자를 가장 효율적으로 썼고, 사람들은 차분하고 신중해졌다. 누구에게도 전쟁은 달갑지 않았다.

알제리 보병부대들은 아프리카를 향해 다시 출발했다. 빅토리앵은 독일의 중심까지 갔다. 그는 버려진 농가에 거주하는 청년 그룹의 부관이었는데, 그들은 어디로 가야 할지를 모르는 나치 패잔병들에 맞서 격렬하고 짧게 싸웠다. 그들은 경악할 정도로 비쩍 마르고 쇠약한 상태의 포로들을 풀어주고, 항복을 원하는 사람들은 전부 포로로 삼았다. 하지만 뼈가 드러난 그들의 몸보다 유리 같은 그들의 시선에 더 놀랐다. 유리와 같은 포로들의 시선은 두 가지 상태만 존재했다. 투명한 공허, 아니면 부서진 상태.

1945년의 봄은 안도의 숨처럼 지나갔다. 빅토리앵 살라뇽은 황폐해진 독일에서 손에 무기를 들고 행동에 주저함이 없는 건장한 청년들을 지휘했다. 그가 말한 모든 것은 즉각적으로 효과가 있었다. 사람들은 그들 앞에서 도망쳤고, 항복했고, 프랑스에 대한 정보를 알려주면서 두려움을 가지고 대답했다. 그리고 전쟁은 끝났고 프랑스로 돌아와야 했다.

몇 달 동안 군대에 머물렀고 다시 민간인 생활로 돌아왔다. '돌아온다'는 단어를 사용했지만, 결코 시민의 생활을 해보지 않았던 사람들에게 귀환은 무방비 노출이자, 길가에 유기된 것으로 여겨질 수 있다. 사람들이 그들의 귀향을 도왔지만 그들에게 고향은 존재하지 않는 것이었다. 무엇을 할 수 있었을까? 선량한 시민으로서 무엇을 할 수 있었을까?

그는 대학에 등록해 강의를 들었고, 자신의 사유를 단련시키려고 노력했다. 청년들은 언제나 대학의 계단식 강의실에서 고개를 숙인 채 앉아 있고, 나이 든 사람이 그들 앞에서 읽어주는 것을 메모했다. 건물은 얼음처럼 싸늘하고, 나이 든 선생의 목소리는 날카롭고 장황했으며, 기침 때문에 말을 멈추고는 했다. 어느 날 선생이 넘어져 노트가 땅에 흩어졌다. 그가 중얼거리면서 그것을 줍고 순서대로 정렬하는 데 제법 시간이 걸렸다. 학생들은 침묵 속에서 펜을 든 채 선생을 기다렸다. 빅토리앵은 읽으라고 한 책들을 샀지만 『일리아드』만 여러 번 읽었을 뿐이다. 날이 더워 상의를 입지 않고 양말도 신지 않은 채 바지만 입고 침대에 누워 책을 읽었는데, 겨울이 다가오면서부터는 담요 속에서도 외투를 입었다. 그는 병사들을 죽음이라는 어둠으로 끌고 가면서 묘사하는 잔인한 장면을 읽고 또 읽었다. 청동 검으로 사지를 절단하고 목을 찌르고, 두개골을 관통하고 눈을 찔러 뒷목으로 나오게 하는 것. 그는 입을 벌린 채 떨면서 파트로클로스의 죽음에 복수를 하는 아킬레우스의 분노를 읽었다. 모든 규칙을 깨고 세 명의 트로이 포로를 참수했고, 시체를 함부로 다뤘으며, 영웅으로서의 특질을 간직한 채 신들을 냉대했다. 인간들을 상대로, 신들을 상대로, 우주의 법칙을 상대로 가장 비열한 행동을 했지만 여전히 영웅으로 인정된다. 살라뇽은 『일리아드』—사람들이 청동시대부터 읽은 책—를 통해서, 영웅은 좋지 않을 수 있는 존재라는 것을 알았다. 아킬레우스는 생기로 빛났고—나무가 열매에 그러듯이— 죽음을 야기했는데, 위업, 용맹스러움, 만용이 넘쳤다. 그는 좋은 사람이 아니다. 그는 죽었지만 좋은 사람일 필요가 없다. 그는 이어서 무엇을 했는가? 아무것도. 우리는 무엇을 할 수 있는가? 빅토리앵 살라뇽은 책을 다시 덮고, 대학으로 돌아가지 않았다. 일자리를 구했다. 그는 여러 차례 일자리를 찾았고 전부 그만두었으며, 그런 일들이 지루했다. 스무 살 나이의 10월에 그는 모을 수 있는 돈을 전부 가지고 알제리를 향해 떠났다.

지나가는 곳마다 전부 비가 왔고, 먹구름이 갈색 강물 위로 흘러가고, 계속해서 부는 바람 때문에 다리 위에 서 있기가 괴로웠다. 가을 바다의 낮게 이는 파도는 짧게 철썩거리는 소리를 냈고, 배 전체와 마치 땅에 넘어진 사람을 향해 발길질을 하는 듯 잠들지 못한 승객들의 뼛속까지 퍼져 사람들을 두렵게 만드는 둔탁한 울림을 야기하며 배의 측면을 두드렸다. 만약 활짝 이를 드러내고 미소를 짓거나 목젖을 드러내며 웃을 때가 아니면, 지중해는 끔찍하게 심술맞다.

아침마다 그들은 아무것도 보이지 않는 우중충한 구석으로 모여들었다. 그는 갑판 난간에 기대어 알제는 사람들이 말하던 곳이 아니군, 하고 생각했다. 그것은 단지 경사가 진 무미건조한 도시가 되었고, 나무도 없는 보잘것없는 언덕에 세워진 작은 규모의 도시였는데, 더울 때는 땅이 갈라질 것이고, 요즘에는 진흙투성이일 게 분명하다. 살라뇽은 10월에 알제에 도착했는데, 마르세유에서 배를 타고 억수로 퍼붓는 비를 뚫고 도달한 것이다.

다행히 배가 부두에 닿았을 때 비가 그쳤다. 트랩을 건널 때는 하늘이 활짝 개었고 그는 항구에서 오르막 계단을 이용했는데, 알제에서는 항구가 낮은 곳에 있기 때문이다. 하늘은 다시 파래졌다. 아케이드 건물의 하얀 정면은 빨리 마르고, 소란스런 군중이 다시 거리를 가득 채우고, 아이들이 그가 알아듣지 못하는 서비스를 제의하면서 주변을 배회했다. 공인된 것으로 보이는, 낡은 모자를 쓴 늙은 아랍인이 빅토리앵 살라뇽의 짐을 들고 싶어 했다. 빅토리앵은 정중하게 거절했으며, 가방 손잡이를 더 세게 잡고 길을 물었다. 상대는 뭔가 좋지 않은 말로 투덜거리면서 도시의 한 구석을 막연히 가리켰다.

그는 경사진 길을 따라갔는데, 도랑에는 바다로 흘러가는 갈색 물이 있었다. 붉은색이 도는 진흙이 아랍 지역에서 내려와 유럽인들이 사는 도시를 관통했고, 단지 지나가기만 하고 바다로 흘러갔다. 그는 이 물결 속에 떠내려가는 잔해들 중 어떤 것들은 거의 검정에 가까운 자줏빛을 띠는, 응고된 핏덩어리인 것에 주목했다. 구름은 사라지고 하얀 벽에 빛이 반사되어 빛나고 있었다. 그는 길모퉁이의 파란색 함석판을 읽으면서 가고 있었는데, 거기에는 프랑스어가 적혀 있었고, 그게 너무나 자연스러운 것을 미처 깨닫지 못하고 있었다. 그가 읽을 수 있는 단어들은, 그가 읽을 수 없는 넘실거리는 아랍어로 강조되어 있었는데, 그저 장식일 뿐이었다. 그는 곧장 걸어갔고, 그가 그토록 자주 적었던 주소가 적힌 집을 발견했다. 살로몬이 그를 반갑게 맞았다.

"어서 오게, 빅토리앵, 어서 와! 자네를 보게 되어 기쁘군!"

살로몬이 그의 팔을 잡아끌고 조금 지저분한 작은 부엌으로 살라눙을 데려갔는데, 설거지할 그릇들이 개수대에 놓여 있었다. 그는 병 하나와 잔을 꺼내 밀랍을 입힌 천 위에 놓았다. 그러고는 더러운 행주를 가지고 재빨리 음식 부스러기와 커다란 얼룩들을 닦았다.

"앉게, 빅토리앵! 자네가 오다니 너무나 기쁘네! 마셔봐, 아니스 술이야, 우리는 여기서 이것을 마시지."

그는 잔을 채우고 살라눙을 앉게 하고는 자신도 앉아 손님을 똑바로 바라보았다. 하지만 이내 그의 눈가가 붉어져 똑바로 보지 못했다

"편히 머물게, 빅토리앵, 자네가 원하는 만큼 있으라고. 여기는 자네 집이야. 자네 집."

서로 껴안고 난 뒤에도 그는 같은 말을 되풀이했고, 한 번 되풀이할 때마다 말이 희미해지더니 결국은 침묵했다. 살로몬은 늙고, 웃지 않고, 그저 크게 말하고, 굼뜬 동작으로 아니스 술을 따랐다. 그의 손이 떨려 잔 옆에 몇 방울 흐르기도 했다. 손이 계속 떨렸는데, 그는 손을 감추면서 테이블 아래 두거나 주머니 속에 넣고 있어서 그 사실을 알아차릴 수가 없었다.

"아흐메드는요?"

"아흐메드? 떠났지."

살로몬은 숨을 내쉬고, 잔의 술을 마시고 더 따랐다. 그는 더 이상 웃지 않았는데, 그의 얼굴에 웃음으로 인해 생긴 주름은 의미를 잃은 것처럼 보였고, 그를 늙게 만든 새로 생긴 다른 주름들이 두드러졌다.

"자네도 지난해에 여기서 무슨 일이 있었는지 알지? 단 한 방에 모

든 것이 무너졌어. 우리가 견고하다고 믿었던 것들이 두꺼운 종이에 불과했고, 핏-, 사라지고, 잘려 나가고, 너덜너덜해졌어. 국기도 하나만 필요했고, 한 방의 사격이 필요했어. 아페리티프를 마시는 시간에 사격이 행해진 것은 알제리 프랑스어로 공연하는 비극처럼 느껴져."

"아랍인들은 북쪽에 있는 독일인들이 불필요한 소모전을 그만두려고 결정했을 때 승리의 날을 기념하고 싶어 했어. 아랍인들은, 우리가 승리를 거두어서 기쁘다고 모두 함께 말하고 싶어 했지. 하지만 여기서는 누구도 '우리'라는 말이 의미하는 것에 동의하지 않아. 그들은 승리를 축하하고 싶어 했고 승리를 했다는 기쁨을, 그러므로 이제 우리가 승리를 거두었다는 말은 더 이상 사실이 아니라는 것도 말하고 싶어 했어. 그래서 그들은 질서를 유지하며 행진하기를 원했고 알제리 국기를 꺼내 들었는데, 알제리 국기는 금지된 것이었지. 나는 그 점이 특히 부당하다고 생각하는데, 알제리 국기라는 것이 어떤 것인지 본 적이 없거든. 그런데 그들은 그것을 꺼내 들었어. 이슬람 스카우트 대원들이 그것을 가지고 있었던 거야. 한 대원이 카페에서 나왔을 때 경찰이 그것을 보았고, 아랍 군중이 국기를 들고 줄을 지어 있는 것을 보며 그것은 악몽이라고 생각하면서 겁을 먹었지. 카페 안에서 무기를 소지하고 있던 경찰이 그것을 꺼내 쏘았는데, 알제리 국기를 들고 있던 어린 무슬림 대원이 쓰러졌어. 이 멍청한 경찰이 무기를 들고 아페리티프를 마시러 가서 폭동을 야기한 거야. 다소 거친 반응으로 별 이유 없이 아랍인이 죽는 것이 처음은 아니었으니까 사태를 진정시킬 수 있었는데 말이지. 그런데 사람들이 모두 줄을 지어 금지된 알제리 국기를 들고 있었는데, 그날은 5월 8일, 승리의 날, 우리의 승리, 그러나 아무도 '우리'라는 말이 가리키는 것에 동의하지 않았지."

"그래서 엎친 데 덮친 격으로 폭동이 일어난 거야. 서로 생김새를 보고 판단해 죽였고, 수십 명의 유럽인의 배가 다양한 도구들로 사납게 갈라졌어. 난 부상자들 몇 명의 봉합 수술을 했는데, 그들의 상태는 실로 처참했지. 간신히 토막 나는 것만 면한 정도인데, 갈라진 부위가 감염되어 극심한 고통을 겪었어. 하지만 무엇보다 강렬한 공포, 질서정연한 독일 군인들이 우리를 공격했던 전쟁에서 보았던 어떤 것보다 훨씬 심한 공포 때문에 고통스러워했지. 그들은 악몽을 생생하게 겪었어. 바로 그들과 함께 살아가던 사람들, 제대로 보지 않고 스쳐가던 사람들, 매일 거리에서 스친 사람들이 날카로운 도구를 들고 그들에게 분풀이를 하고 그들을 공격해댄 거야. 상처보다 더 나쁜 것은 이해할 수 없는 고통이었어. 그들의 상처는 끔찍하게 깊었는데, 공격 도구가 정원 가꿀 때 쓰던 것이거나 정육점에서 쓰던 것들이었고 그걸로 내장 기관을 파냈기 때문이지. 그러나 몰이해라는 것은 더 심오한 상처였고, 그들이 존재했던 바로 그곳, 사람들의 핵심을 건드렸지. 몰이해로 인해 그들은 공포를 느끼며 죽어갔어. 함께 살아가던 자가 갑자기 등을 돌린 거야. 마치 충실했던 개가 예고도 없이 덤벼들어 자네를 문 것처럼. 자네는 그것을 믿을 수 있겠나? 충실했고 자네가 먹여 키운 개가 자네를 향해 달려들고, 자네를 문 거라고."

"아랍 사람들이 당신들의 개라고요?"

"왜 그런 식으로 말하지, 빅토리앵?"

"선생님께서 그렇게 말씀하셨잖아요."

"아니 전혀 달라. 나는 충격과 배신당한 믿음에 대한 공포를 이해시키기 위해 비유한 거야. 개가 아니라면 우리는 무엇에 더 신뢰를 가지지? 개는 입으로 사람을 물어 죽일 수 있지만 그러지 않아. 그래서 개가 그러면, 언제나 제멋대로 물 수 있지만 그럼에도 물지 않던 입으로 사람을 물면, 믿음은 갑자기 훼손되는 거지. 마치 악몽처럼 모든 것이 뒤집어지고, 너무나 오랫동안 길들여졌던 이후에 갑자기 모든 것이 본성으로 다시 돌아간다면. 뭐가 뭔지 전혀 모르게 되지. 그러면 우리는 생각지도 않게 그것을 알게 된다네. 개의 경우라면 광견병을 생각할 수 있지. 개한테 물려 균이 침범해 미치게 되는 것인데, 이것이 모든 것을 설명하는 거야. 우리는 아랍인들에 대해서 몰라."

"선생님께서는 사람들을 개에 비교해 말씀하셨어요."

"말실수를 가지고 물고 늘어지지 말게. 빅토리앵, 자네는 여기에 없으니까 아무것도 모르는군. 우리가 여기서 겪은 일들은 너무나 끔찍스러웠어. 우리는 프랑스인들처럼 세련되게 말하는 방법을 모른다네. 사태를 직시해야 하네, 빅토리앵, 진실을 말해야 해. 그리고 우리가 진실을 말하면, 그것은 우리에게 상처를 입히지."

"그래도 진실해야 합니다."

"나는 신뢰에 대해 말을 하고 싶었는데, 개에 대해서 말을 한 거야. 그것은 이따금 개들이 사로잡히는 광기를 설명하기 위한 것인데, 흔히 광견병이라고 하지. 그것은 모든 것을 설명해주고 우리는 그 개들을 쓰러뜨린다네. 아랍인들에 대해서 나는 몰라. 나는 결코 인종에 관한 이야기를 믿지 않았지만, 그것이 피의 문제라고 한다면, 지금은 달리 어떻게 말할지 모르겠어. 폭력이 피에 내재해 있는 거야. 배신 행위가 피에 담긴 것이지. 자네는 다르게 설명할 수 있나?"

그는 잠깐 침묵했다. 그러고는 잔 옆에 조금 흘리며 혼자 술을 따라 마시면서 살라농에게 따라주는 것을 잊었다.

"아흐메드, 그가 사라졌어. 처음에는 아흐메드가 나를 도왔지. 사람들이 내게 부상자를 보내 나는 그들을 돌봤고, 그는 언제나처럼 나와 함께 있었어. 그런데 부상자들이 그를 보자— 그의 매부리코, 수염, 속일 수 없는 피부 빛깔—아주 작은 소리로 불평하며 내가 남기를 원했어.

그들은 나더러 멀리 가지 말라고, 아흐메드만 자기들 곁에 남겨두지 말라고 간청했어. 밤마다 그들을 돌보는 사람이 나이기를 바라면서, 특히 아흐메드는 아니기를 바랐지."

"이제 와 생각하니 나는 아흐메드에게 그곳에 대해 어떻게 생각하는지 묻지 않았네. 그저 웃어넘겼거든. 나는 '자, 내가 하게 내버려둬, 그들은 상태가 안 좋아. 수염을 보면 불안한 거네'라고 마치 농담하듯 말하면서 그의 어깨를 툭툭 두드렸지. 그러나 그것은 농담이 아니었어. 정원 가꾸는 도구로 배를 반쯤 찢긴 사람들은 농담을 안 하지."

"깊은 밤이면 우리는 낮 동안 사용했던 기구들을 살균했어. 왜냐하면 너무나 많은 일과 어려움이 있었기에 우리가 모든 것을 해야 했거든. 하지만 그렇다고 그것이 우리가 함께 전쟁에서 지낸 시간들을 바꾸지는 않았어. 그래서 우리 둘 모두 기구 소독 살균기 앞에 있는 동안 그는 내게 내가 자신의 친구라고 말했어. 그 말을 들으니 기뻤지. 피로 때문에 그가 말이 많아진 것이고, 밤인 데다 함께 겪은 일들이 있어서도 그렇다고 믿었어. 나는 그가 여러 해 전부터 그때까지 우리가 함께 겪은 모든 것을 말하고 싶어 한다고 믿었지. 나는 그의 말에 동의했고 그 역시 그렇다고 대답했는데, 그가 계속 말했어. 그리고 그날, 내가 그의 친구이기 때문에 그는 자신이 직접, 내가 고통받지 않도록 빠르게 나를 죽일 것이라고 했어."

"그는 목소리를 높이지도 않고 나를 보지도 않았지. 피로 얼룩진 앞치마를 두르고 손에 거품을 잔뜩 묻힌 채, 묵묵히 자기 일을 하면서 말했어. 그날 밤에는 우리와 잠들지 못한 몇몇 부상자가 깨어 있었지. 우리만 서 있고, 우리만 건강하고 합리적이었지. 그는 어떻게든 그 일을 다른 누군가가 하도록 내버려두지 않겠다고 약속했어. 아주 예리한 칼날에 묻은 핏자국을 없애면서 도살자도 두렵게 만들 해부용 칼, 핀셋,

주삿바늘이 놓인 앞에서 그 말을 했지. 나는 차분하게 웃으면서 그에게 고맙다고 말했고 그도 내게 미소를 지었다네. 모든 것을 정리하고 잠을 자러 갔을 때, 나는 침실 열쇠를 찾았어. 아무것이든 자물쇠를 잠글 수 있는 작은 열쇠였어. 나는 그것밖에 없었고, 어쨌거나 악몽일 수밖에 없는 상황에서 침실 문을 잠갔지. 그것은 악몽을 쫓기에 충분한 제의적 행동이었어. 다음 날 나는 그렇게 작은 막대기를 가지고 문을 걸어 잠근 것에 놀랐어. 아흐메드는 떠났지. 권총으로 무장한 사내들, 나도 다 아는 이웃들이 반팔 셔츠 차림으로 우리 집에 와서 그가 어디 있는지를 물었다네. 하지만 나는 아무것도 몰랐지. 그들은 그를 데려가 앙갚음하려고 했어. 하지만 그는 떠났어. 나는 그가 떠났다는 사실에 안심했지. 무장한 사내들이 내게 악당들이 산으로 숨었다고 했어. 아흐메드는 아마 그들과 합류했을 것이라고 말했지. 하지만 너무나 많은 수색, 숙청, 집단적으로 행해진 재빠른 장례식이 있었기 때문에 그는 아마 사라졌을 거야. 정말로 흔적도 없이. 우리는 얼마나 많은 사람이 죽었는지 모르네. 사망자 수를 세지도 않았지. 내가 돌본 부상자들은 전부 유럽인들이었어. 사실 그 무렵 몇 주간 아랍인 부상자들은 없었다네. 아랍인들은 살해당했어.

자네는 수색이란 말의 의미를 아는가? 시골에서 일하듯 갈퀴질하고 법 바깥으로 내모는 것이네. 여러 주 동안 5월 8일의 공포를 만들어 낸 사람들을 추격했어. 무엇도 그것을 빠져나가서는 안 되었지. 모두가 그 일에 협조했어. 경찰은 물론이고. 하지만 경찰로는 충분치 않아, 군대가 거들었어. 군대로도 충분하지 않으니까 시골 사람들도 도왔어. 그 사람들은 그런 경향이 있고, 그리고 도시 사람들은 그들은 체포했고, 심지어 해군, 그들은 해변 마을에서 멀리 떨어진 곳에서 폭탄을 터뜨리고, 공군은 접근할 수 없는 마을들에 폭탄을 터뜨렸어. 모두가 무기를 들었고, 직간접적으로 그 공포에 관여되었다고 의심받던 아랍인들이 모두가 다시 잡혀 제거되었다네."

"모두라니요, 얼마나요?"

"천, 만, 십만, 알게 뭔가? 그래야 했다면 백만일 수도 있지. 전부 말이야. 배신 행위는 피에 흐르니까. 다른 설명은 없는데, 만약 아니라면 왜 그들은 함께 살아가던 우리를 공격했을까? 전부. 그래야 했으니까. 전부. 그로써 우리는 10년의 평화를 얻었지."

"어떻게 그 사람들을 알아봤나요?"

"누가 아랍인인지? 농담하나, 빅토리앵?"

"문제를 일으킨 사람들요."

"문제를 일으킨 사람들은 아랍인들이었지. 빠져나가게 해서는 안 되는 순간이었어. 더 나쁜 것은 입을 다무는 것이었지. 가능한 한 빨리 박멸해야 했고, 소각시키고, 더 이상 말하지 않는 거야. 아랍인들은 모두가 얼마쯤은 비난할 거리가 있어. 그들이 걷는 방식이나 우리를 보는 방식만 봐도 알 수 있지. 그 사람들은 전부 직간접적으로 공모자야. 자네도 알다시피 그들은 거대한 가족이야. 종족과 같은 것이지. 그들은 모두 서로를 알고 서로 지원해줘. 그래서 그들은 얼마쯤 다 장본인들이야. 그들을 알아보는 일은 어려운 게 아니야."

"선생님은 1944년 그때처럼 말하시지 않는군요. 그때는 평등을 말씀하셨어요."

"평등이라니. 그때는 젊었고, 프랑스에 있었고, 전쟁에서 이겼지. 이제는 조국에 있고 겁이 나네. 자네는 믿을 수 있겠나? 내 조국인데 겁이 나는 거야."

그의 손이 떨리고 눈가가 붉게 물들었다. 어깨는 마치 구부린 듯, 웅크리고 자는 듯 휘었다. 그는 다시 잔을 채우고 말없이 살라뇽을 바라보았다.

"빅토리앵, 가서 에우리디케를 보게. 난 이제 피곤하군. 그 애는 친구들과 해변에 있어. 자넬 보면 기뻐할 거야."

"10월인데 해변에요?"

"무슨 생각을 하는 거야, 프랑스 사람아? 너네 나라 사람들은 휴가에서 돌아오는 8월 말이면 해변에서 멀어지는 거야? 에우리디케는 항상 거기, 해변에 있어. 자, 가보게. 에우리디케가 자네를 보면 좋아할 거야."

알제의 해변에서는 수영할 필요가 없다. 해안선은 재빨리 바다에 잠기고, 모래사장은 좁고, 낮게 일던 파도는 낮게 갑자기 성급하게 물 위로 솟은 바위에 철썩거렸다. 강렬한 태양 아래서 모래는 금세 건조해졌고, 하늘은 흠 없이 부드러운 파란색이었다. 선명한 구름들이 북쪽 방향에서, 스페인이나 프랑스 위쪽, 수평선 너머에서 흐르고 있었다.

수영복 위에 셔츠를 걸친 청년들이 바위로 둘러싸인 해변에서 바다를 보며 앉아 있었다. 그들은 커다란 수건, 비치백을 가지고 와서 모래 위에 앉거나 간이식당에 있었다. 식당은 콘크리트 처마, 계산대, 의자 몇 개가 전부였다. 여기서 사람들은 바깥에서 생활하고 옷을 거의 입지 않고, 조금씩 술을 마시면서 자극적인 맛이 나는 것을 먹고, 이야기를 하는데, 모래 위에 다 함께 앉아서 끝없이 수다를 떤다.

에우리디케는 유연하고 구릿빛으로 그을린, 말이 많고 우스꽝스런 청년들 사이의 중심에 자리를 잡고 하얀 수건에 앉아 있었다. 빅토리앵을 보자 그녀는 일어나서 비틀거리듯 다가왔는데, 모래에 발이 빠져서 그렇다. 그녀가 그럭저럭 달려와 황금빛으로 빛나는 두 팔로 그의 목을 감싸 안았다. 이어서 그녀는 그를 다른 사람들 곁으로 데려가 소개시켰고, 사람들은 그에게 아주 반갑게 인사했다. 그들은 질문을 퍼부어대면서 그를 자신들 수다의 증인으로 세웠고, 그에게 말을 걸면서는 마치 오래전부터 알았던 것처럼 그의 팔이나 어깨를 툭툭 건드렸다. 그들은 아주 크게 웃었고 빠른 속도로 말했다. 별거 아닌 걸로 흥분하고 계속 웃었다. 살라뇽은 실격되었다. 그는 금세 실망시켰고, 생기가 부족했다. 그는 역부족이었다.

에우리디케는 그녀의 환심을 사려는 친구들과 어울려 웃었다. 태양이 더 강렬해지자 그녀는 선글라스를 썼고, 농담하는 입술만 보였다. 그녀가 이 사람 저 사람 돌아볼 때, 그녀의 아주 작은 동작에 약간의 낙차를 두면서 움직이는 머리카락이 어깨에서 일렁였다. 그녀가 웃을 때마다 그녀의 어리석은 추종자들은 굴복했다. 살라뇽은 눈살을 찌푸렸다. 그는 더 이상 거기에 어울리지 않았고, 먼 곳을 보면서 곧게 펼쳐진 수평선 위를 흐르고 있는 구름의 넘실거리는 선을 그리는 게 더 좋았을 거라고 생각했다. 그의 재능이 손에 저릿한 느낌을 주었고, 그는 잠자코 있었다. 그러다 갑자기 알제와 전에 그토록 사랑했던 살로몬 칼로야니스의 사람 좋은 수다스러움이 혐오스러워졌다. 알제를 혐오하고, 더 이상 프랑스의 언어가 아닌 것처럼 너무 빠르게 말하고 그가 제대로 이해할 수 없을 만큼 너무 짧아 함께 대화할 수 없는 프랑스어를 말하는 알제리의 프랑스인들을 혐오하는 것. 그들은 조롱하며 잔인하게 그의 주위를 뛰어다녔고, 에우리디케의 주변에 넘을 수 없는 도랑을 팠다.

그들은 마침내 바위 사이로 난 콘크리트 계단을 통해 도시로 다시 올라갔다. 청년들은 그와 에우리디케를 남겨두었다. 에우리디케를 껴안고 빅토리앵의 손을 열정적으로 잡았지만 더 이상 처음과 같은 느낌이 아니었고, 그에게는 오히려 비웃는 것처럼 느껴졌다. 빅토리앵과 에우리디케는 어깨를 나란히 하고 좁은 길로 함께 돌아갔는데 너무 늦은 시간이었다. 그들은 약간 주저하면서 서로를 바라보았고, 대개는 앞을 바라보았다. 그들은 아주 길어 보이고, 그들이 걷는 것을 방해하면서 서두르는 사람들로 혼잡한 길 위에서 느리게 이야기를 주고받았다. 살로몬과 함께한 저녁 식사는 격식에 눌렸다. 피곤한 에우리디케는 빨리 자러 갔다.

"빅토리앵, 자네는 이제 무엇을 할 건가?"

"돌아가야지요, 아마 계속 군에 있을 것 같고요."

"전쟁은 끝났네, 빅토리앵. 일상으로 돌아왔어. 우리에게 여전히 기병이 필요한가? 자신에게 충실하게, 무언가 중요한 일을 해. 에우리디케에게는 으스대는 군인은 필요하지 않아. 더 이상 그들의 시대가 아니지. 자네가 그럴 수 있을 때 다시 오게. 여기 녀석들은 죄다 수다쟁이들이야, 하지만 자네는 딱 좋네. 더 많은 체험을 해보게, 그리고 우리에게 돌아와."

다음 날 그는 마르세유행 배를 탔다. 갑판 뒤쪽에서 그는 에우리디케에게 편지를 쓰기 시작했다. 알제의 해변이 점점 멀어지고, 그는 그 풍경을 그렸다. 선명한 태양이 그림자를 드리웠고, 톱니 모양의 알제리 카스바 지역을 가득 채웠다. 그는 배의 상세한 묘사, 연통, 갑판의 난간, 난간에 기대어 바다를 보는 사람들을 그렸다. 그는 잉크로 하얀 마분지 위에 그림을 그렸다. 마르세유에서 그는 우편엽서처럼 그림 가운데 몇 개를 에우리디케에게 보냈다. 반대쪽에는 그의 소식을 아주 간결하게 몇 가지 적었다. 그녀는 전혀 답장을 보내지 않았다.

그는 인도차이나에서 돌아온 삼촌을 다시 만났다. 삼촌은 짐도 풀지 않고 몇 주 동안 방에서 시간을 보냈고, 다시 떠나기를 기다렸다. 삼촌은 프랑스에서는 할 일이 없었다. "나는 지금 상자에서 살아." 삼촌은 웃지도 않고 빅토리앵을 바라보면서 말했는데, 빅토리앵은 전나무로 만든 관을 생각했기 때문에 시선을 피했고 웃어야 할지 전율할지를 몰랐다. 삼촌은 철로 만든 트렁크에 대해 말했다. 초록색 칠을 한 그리 크지 않은 가방에는 소지품들이 들어 있었고, 어디든 가지고 다녔다. 그는 그 가방을 끌고 독일, 아프리카, 북유럽과 적도지대를 다녔고, 이제는 인도차이나에서 왔다. 가방 표면이 벗겨져 떨어졌고, 내부의 칸막이가 찌부러졌다. 삼촌이 애정을 담아 가방을 두드리면 가방은 텅 빈 울림 소리를 냈다.

"이것이 진짜 내 집이야. 여기에 내게 속한 것이 전부 있으니까. 상자는 우리의 마지막 거처이지만 난 이미 거기에 사는 거야. 나는 흐름에 앞섰지. 철학은 죽을 준비를 하는 데 있는 거 같아. 나는 사람들이 설명한 책들을 읽지는 않았지만, 그 사실을 실행하면서 이 철학을 이해해. 그것은 상당히 시간을 절약하는 것인데, 내겐 시간이 부족할 수 있거든. 내가 살아온 삶을 보면 나는 우리들 중 대부분의 사람보다 훨씬 빨리 사라질 위험이 있어."

삼촌은 웃지 않았다. 빅토리앵은 삼촌의 말에 농담이 섞이지 않았다는 것을 알았다. 삼촌은 단지 할 말만 제대로 했고, 사람들이 농담이라고 믿을 정도로 직설적으로 말한 것이다. 삼촌은 사물을 있는 그대로 말했다.

"왜 삼촌은 멈추지 않으세요? 왜 삼촌은 이제 돌아오지 않냐고요?" 결국 빅토리앵이 물었다.

"돌아오다니 어디로? 나는 더 이상 어린애가 아니고 전쟁을 치르는 것인데. 어린애라고 해도 나는 전쟁놀이를 하는 거야. 그리고 나는 군복무를 했고, 바로 이어서 일어난 전쟁에서 포로로 잡혔고, 전쟁터로 돌아가기 위해서 탈옥했지. 어른이 된 나는 인생 전부를 전쟁을 하는 데 보냈고, 거기에는 어떤 구체적인 계획도 없었어. 나는 언제나 상자에서 살았고, 그것은 딱 내 크기였기 때문에 더 이상 상상도 하지 않았어. 나는 내 삶을 품에 안을 수 있고, 너무 피곤해하지 않고 들고 다닐 수 있어. 너는 내가 어떻게 다르게 살기를 원하는데? 매일 일하면서? 나는 인내심이 없어. 내 집을 지으라고? 나한텐 너무 큰 거지. 그렇게 하면 떠나기 위해서 그 집을 들어 올릴 수 없을 거야. 우리가 혼자 움직일 때 가방 하나만 들고 다닐 수 있을 뿐이라고. 그리고 결국 우리 모두 상자로 돌아가게 될 거야. 왜 우회를 하지? 나는 내 집을 들고 다니고 세계를 돌아다니면서 항상 했던 일을 해."

삼촌은 작은 방에서 무위의 날들을 보냈는데, 그 방은 침대 하나와 의자 하나, 의자 위에 접어놓은 군복만이 있을 정도의 공간이었다. 빅토리앵은 옷을 구기지 않고 의자 가장자리에 앉기 위해 등을 기대지 않고 아주 조심스럽게 긴장해 움직였다. 침대에 누운 삼촌은 맨발인 채 발목을 교차하고, 손에 목덜미를 얹고, 천장을 바라보면서 그에게 말했다.

"무인도에 가면 어떤 책을 가져갈래?"

"그런 생각은 한 번도 안 해봤어요."

"바보 같은 질문이지. 아무도 무인도에 가지 않고, 그 섬에 있게 된 사람들은 예고 없이 그렇기 때문에 선택할 시간이 없어. 질문이 바보 같은 것은 그 질문에 어떤 책임도 따르지 않기 때문이야. 하지만 나는 무인도 놀이를 즐겼지. 왜냐하면 이 상자가 내 섬이었고, 어떤 책을 이 상자에 넣어 가야 할지 자문했으니까. 식민지의 군인들은 편지를 가지고 있을 수 있는데, 배로 여행하는 동안 편지를 읽을 시간이 있고, 너무 더운 지방에서 잠들지 못할 때 불면의 긴 밤을 보내기 때문이지. 나는 『오디세이아』를 가지고 다녔는데, 자기 나라로 돌아가려고 노력했지만 그 길을 찾을 수 없었던 한 사내의 아주 오랫동안의 방랑을 이야기한 책이야. 그가 세계 도처를 떠도는 동안 그의 조국에서는 모든 것이 비열한 야심, 탐욕스런 계산, 약탈에 노출되었어. 결국 되돌아왔을 때, 그는 전쟁놀이를 통해 통합을 시도했지. 그는 청산하고 청소하고 질서를 세웠어."

"나는 이 책을 호메로스는 알지 못하는 장소들에서 단편 단편 읽었어. 알자스의 땅굴에서는 눈 속에서 라이터 불을 켜가며 잠들지 않으려고 읽었는데, 잠들었다면 추위 때문에 얼어 죽었을 거야. 반대로 아프리카에서의 밤에는 짚을 엮어 짠 상자에서 잠들기 위해서 읽었는데, 너무 더워 피부를 벗겨내고 싶을 정도였으니까. 배의 3등 선실에서는 토하지 않기 위해 다른 것을 생각하려고 가방에 기대 그것을 읽었고, 박격포가 발사될 때마다 흔들리는 종려나무 줄기로 만든 벙커 안에서 책의 페이지들 위에 약간의 흙이 떨어지고 천장에 매달린 등이 흔들리고 책의 줄을 뒤섞이게 할 때도 읽었지. 책을 읽으려고 했던 노력은 내게 큰 도움이 되었고, 이런 노력으로 나는 주의를 집중하고 죽음에 대한 두려움을 잊을 수 있었지. 그리스 사람들은 이 책을 암기하고 있는 것 같았고, 교육을 통해 책을 배워나가. 그 사람들은 책의 몇 구절을 인용할 수 있었고 살면서 어떤 상황에 처해도 노래 전체를 부를 수 있었지. 나도 이 책을 배웠고 책을 전부 암기하려는 야심을 가졌는데, 그게 내 교양의 전부일 거야."

거의 빈 공간이 없는 작은 방에서 의자 앞에 놓인 가방은 침대의 아래쪽을 차지하고 있었고, 그들은 가방 뒤에서 가방에 대해 말했다. 빅토리앵은 다리를 뻗을 수가 없었다. 그들이 거기에 대해 이야기를 나눌수록 초록색 금속 가방은 중요성을 더했다. "열어봐." 가방은 반쯤 비어 있었다. 조심스럽게 접은 붉은 천 조각이 내용물을 가리고 있었다. "젖혀봐." 아래에는 가제본한 『오디세이아』가 있었는데 페이지가 떨어져나가기 시작했다. 더 단단하게 접은 다른 붉은색 천 조각은 쿠션 역할을 했다. "나는 최선을 다해 책을 보호했어. 통킹의 고지대에서 다른 것을 발견할 수 있을지 확실치 않았으니까." 아래에는 옷 몇 벌, 가죽 케이스에 든 권총과 세면도구가 있었다. "이 두 개의 천을 펼쳐봐." 빅토리앵은 상당한 크기의 깃발 두 개를 펼쳤는데, 두 개 모두 진한 붉은색이었다. 하나는 하얀 원 속에 나치 문장이 그려져 있었는데, 파란색으로 변한 연한 채색이었다. 다른 하나는 다섯 갈래로 이뤄진 황금빛 별이 그려져 있었다.

"나치 깃발은 전쟁이 끝나기 직전 내가 독일에서 가져온 거야. 그것은 장교가 타던 차의 라디오 수신 안테나에 매달려 있었지. 그는 마지막까지 우리가 멈추게 했던 기갑부대의 앞쪽에서 깃발을 흔들었어. 그는 자신을 보호할 줄 몰랐고, 간격을 유지하면서 줄을 지어가는 전차들의 앞쪽에 있는, 큐벨바겐 전차 안에 서서 깃발을 흔들었지. 전쟁은 끝났고 더 이상 기름이 없어 그들은 연료 탱크를 비워냈지. 모자를 보고 그가 누구인지 알았어. 그는 잘 다리고, 잘 수선하고, 아주 깨끗한 군복을 입고 있었어. 광을 낸 철제 십자가를 목에 걸었고. 손상되지 않은 오만함을 지닌 그가 제일 먼저 쓰러졌지. 우리는 장갑차를 하나씩 멈추게 했어. 마지막 전차는 갔어. 단지 마지막 전차만. 동료들은 장교 차에 있던 깃발을 태우자고 했지만 내가 그것을 간직한 거야."

"다른 깃발은요? 황금별이 그려진 것이요? 나는 이런 것을 본 적이 없어요."

"그것은 인도차이나에서 가져왔어. 베트남 독립 동맹 사람들은 빨간색 바탕에 노란색 상징을 표시해 공산당 방식으로 깃발을 만들었어. 나는 우리가 다시 하노이를 점령했을 때 그것을 가져왔지. 그들은 방어 시설을 갖추고 우리의 귀환을 기다렸어. 거리를 가로지르는 참호와 잔디에 맨홀을 팠고, 나무들을 베어내고 바리케이드를 구축했지. 그 사람들은 자신들이 누구인지 보여주기 위해 깃발을 만들었어. 어떤 것들은 면으로, 어떤 것들은 옷 만들 때 쓰는 비단으로 만들고, 소매 상인들 가게에서 물자를 동원했어. 그 사람들은 우리에게 보여주고자 했고, 우리가 일본군에게 밀려난 뒤에는 우리도 역시 그들에게 보여주기를 바랐어. 양측 모두 자랑스러워한 깃발들이지. 아주 대단했는데, 잃어버렸어. 나는 그 깃발을 우리 앞에서 휘두르는 젊은 녀석한테 되찾았어. 그 녀석은 지금 파편이 가득 찬 둑 위에 죽어 누워 있지. 나는 그를 죽인 게 나라고 생각하지 않아. 하지만 길거리의 싸움에서는 결코 모르지. 나는 내 책을 보호하려고 녀석을 잡았어. 이제 그는 안전하지."

"녀석들, 그들은 둘 다 나를 놀라게 했어. 오만에 가득 찬 나치 장교와 흥분 상태였던 통킹의 젊은이. 나는 그들을 모두 살아 있을 때 보았는데, 곧 죽었지. 그 둘에게서 나는 그들이 지녔던 깃발을 가져왔고, 내 오디세우스*를 보호하기 위해 그것들로 썼지. 나를 놀라게 했던 점은 그들이 목숨을 구하려고 숨지 않고 차라리 강렬한 붉은색을 드러내기를 원했다는 것이야. 깃발을 지탱하던 깃대만 있고 그들은 죽었어. 그것이 바로 체제의 공포, 파시즘, 공산주의야. 인간의 소멸. 그들은 그저 말만 할 뿐이지. 인간에 대해선 아랑곳하지 않아. 그들은 죽은 인간을 떠받들지. 나는 다른 것을 배울 기회가 없었기 때문에 전쟁을 했지만, 너무 나쁘게 여겨지지는 않는 대의명분에 봉사하고 노력했어. 인간이고자 하고 내 자신이고자 한 것. 내가 살아온 삶은 존재의 수단이고 그렇게 머물고자 해. 우리가 그곳에서 본 것을 고려하면, 그것은 완벽한 권리를 가진 계획이야. 그것은 전 생애가 걸릴 수 있고, 모든 힘을 필요로 할 수 있

---

\* 호메로스가 지은 고대 그리스의 장편 서사시 『오디세이아』의 주인공. 여기에서는 책 『오디세이아』를 가리킨다.

지. 그렇지만 성공을 확신하지는 못해."

"그곳에서는 어땠는데요?"

"인도차이나? 그것은 화성. 아니면 해왕성. 나는 모르지. 여기와 조금도 닮지 않은 다른 세계야. 더 이상 존재하지 않을 내륙의 땅을 상상해봐. 모든 것이 뒤섞이고, 모든 것이 지저분한 습한 세계이지. 삼각지의 흙은 내가 아는 가장 혐오스러운 물질이야. 바로 거기에서 벼가 자라는데, 공포스러운 속도로 자라나. 벽돌을 만들기 위해서 진흙을 구워도 놀랄 일이 아니야. 그것은 일종의 악마 추방, 견디기 위해서 불을 통과하는 것이지. 접촉을 통해서도 시각을 통해서도, 손으로도 발로도 언제나 숨어버리는 땅 앞에서 사람들을 사로잡는 절망을 견디고 살아남기 위해서는 철저한 의식, 1,000도의 오븐이 필요해. 그 진흙을 포착하는 것은 불가능해. 진흙은 끈적이고 물렁하고 달라붙고 악취를 풍기거든."

"논의 진흙은 다리에 달라붙고, 발가락 사이로 들어가고, 손에 묻고, 팔에도 묻고, 우리는 꼭 넘어진 것처럼 그것을 이마에서까지 발견해. 그 안을 걸으며 진흙은 사람들 위로 기어올라. 주위에서는 벌레들이 윙윙거리고, 태양이 내리쬐지. 모두를 자극해. 태양이 짓누르면, 사람들은 태양을 보지 않으려고 노력하지만 태양은 상처를 입히는 강렬한 사금처럼 빛이 나는데, 사금은 물웅덩이를 떠다니고 시선을 사로잡고 눈을 내리떠도 언제나 눈부시게 해. 그리고 악취가 나는데, 팔 아래, 다리 사이, 눈에서조차 땀이 흘러. 그래도 걸어야 해. 우리 어깨를 누르는 장비를 잃어버려서는 안 되고, 무기를 계속 작동시키기 위해서는 청결을 유지해야 하고 미끄러지거나 넘어지지 않고 계속 걸어야 하는데, 진흙이 무릎까지 차오르지. 게다가 당연히 유독하고, 우리가 쫓는 사람들은 진흙 속에 부비트랩을 설치하기도 해. 이따금 폭탄이 터지기도 해. 이따금 은신도 하고, 20센티미터 정도 박히기도 하고, 대나무의 뾰족한 끝이

발을 찌르기도 해. 가끔은 마을 외곽의 수풀에서 총격이 가해지고 아기
사슴 뒤에서 사람이 쓰러지기도 해. 총격이 시작된 곳을 향해 서둘러 가
면 우리에게 들러붙는 커다란 진흙더미도 그만큼 빨리 커지고, 지체되
어 도착해보면 아무것도 남아 있지 않아. 흔적도 없지. 우린 너무 큰 하
늘 아래 숨어버린 사람 앞에서 바보가 되는 거야. 이제 우리는 그를 옮
겨야 해. 그는 꼭 혼자 갑자기 쓰러진 것처럼 보이는데, 그가 떨어지기
전에 우리가 들은 둔탁한 소리는 그를 지탱하고 있는 끈이 떨어지는 소
리인 게 분명했지. 삼각주 안에서 우리가 역광을 받으면서 꼭두각시처
럼 걸으면 우리 움직임 하나하나는 굼뜨고 예측이 가능해. 우리는 나무
로 만든 사지만 남는 거야. 열, 땀, 우리를 무디고 어리석게 만드는 거대
한 피로. 농부들은 우리를 보면서 몸짓 하나 바꾸지 않고 지나가지. 그
들이 자신들의 마을 경사지에서 웅크리고 일을 하면 나는 무엇을 해야
할지 몰라. 그들은 아주 간단한 도구들을 가지고 일하면서 이 진흙 위에
서 몸을 구부리고 있는 거야. 그들은 거의 움직이지 않아. 아무 말도 하
지 않고 달아나지도 않고, 단지 지나가면서 우리를 봐. 그러고는 다시
허리를 구부려 일하고 계속 자신들의 가난한 임무를 수행하지. 마치 자
신들이 하는 일은 영원과 맞먹고 우리는 아무것도 아니라는 듯이, 마치
그들이 항상 거기에 있고 우리는 비록 느리지만 그저 지나갈 뿐이라는
듯이."

"아이들은 그보다는 더 움직이지. 작은 제방 위를 달리면서 우리를
따라와. 여기 애들보다 훨씬 날카로운 소리를 지르지. 하지만 그 애들
역시 많이 움직이지는 않아. 그 애들은 종종 검은 물소의 등에서 졸고
있고, 검은 소는 움직이면서 풀을 뜯어 먹고 잠든 아이를 태우고 있는지
조차 알아채지 못한 채 시냇물에서 물을 마셔."

"우리는 모든 사람이 베트남 독립동맹에 정보를 준다는 것을 알아.

사람들은 독립동맹에 우리의 이동, 물자, 우리 수를 알리지. 몇 명은 심지어 전투요원이고, 독립동맹의 지역 군복은 농부들의 검은 작업복이야. 그들은 총알을 몇 개 방수포에 넣고 총을 감싸 논에 그것을 묻어둬. 그들은 그것이 어디에 있는지 알지만 우리는 발견하지 못해. 우리가 지나치면 그들은 다시 그것을 꺼내지. 다른 사람들, 특히 아이들은 멀리서 덫을 작동시키고, 진흙에 박힌 말뚝과 제방 위의 나무들, 수풀 속에 묶어둔 줄과 연결된 수류탄을 작동시키는 거야. 우리가 지나가면 애들이 줄을 당기고 그게 폭발하지. 그래서 우리는 아이들과 멀리 있어야 한다는 것과 아이들이 우리에게 다가오지 못하도록 애들 주변에 총 쏘는 것을 배웠어. 아이들은 손에 가는 줄을 쥐고 있고 그 줄은 진흙 바닥에 잠겼는데, 그것은 소를 매는 끈이거나 덫의 시동 장치야. 우리는 아이들을 멀리 보내기 위해 총을 쏘고 이따금 총으로 소를 죽이기도 해. 총이 발사되면 우리는 사람들을 전부 체포하는데, 논에서 일하는 사람들이지. 손가락에서 나는 냄새를 맡고 어깨를 벗겨봐. 손끝에서 화약 냄새가 나거나 어깨에 총기 발사 후 생기는 혈종이 보이는 사람들은 아주 가혹하게 다루지. 마을을 앞에 두고 더 앞으로 가기 전에 수풀을 향해 난사를 하는 거야. 더 이상 아무것도 움직이지 않으면 우리가 들어가. 사람들은 떠나고 없지. 사람들은 우리를 두려워하거든. 게다가 베트남 독립 동맹 역시 그들에게 떠나라고 말했고 말이야."

"마을들은 섬과 같아. 경사지 위의 메마른 섬들 말이야. 나무를 장막 삼아 폐쇄된 도시들, 바깥에서는 아무것도 보이지 않지. 마을 안의 땅은 단단하고, 더 이상 발이 빠지지 않아. 집들이 있는 곳에 오면 우리의 몸도 거의 마르지. 우리는 가끔 사람들을 보는데 그 사람들은 우리에게 아무 말도 하지 않아. 그리고 그것은 거의 언제나 우리의 분노를 촉발하지. 그들의 침묵이 아니라 무뚝뚝함. 마침내 무언가를 봤다는 사실.

마침내 약간의 흙을 느낄 수 있고 그것이 손에 남아 있는 것. 마치 마을에서는 움직일 수 있는 것처럼 행동하는데, 우리 행동은 붕괴, 진흙, 무력감에 대한 반응이야. 움직일 수 있게 되면서는 호되게 굴지. 마을들을 파괴했어. 그럴 수 있는 힘을 가지고 있었고, 힘은 바로 우리 역량의 표지였으니까."

"다행스럽게도 우리에겐 기계들이 있었어. 무전은 우리를 서로 연결했지. 비행기가 우리들 위에서 윙윙거렸는데, 부서지기 쉬운 비행기였지만 땅에 붙어 있는 우리가 보는 것보다는 훨씬 높은 곳에서 보았어. 그리고 수륙 양용 전차들이 길을 가듯이 물 위를 가고, 진흙 속을 지나가면서 가끔은 몹시 뜨거운 장갑 철판 위에 우리를 싣고 가지. 기계들이 우리를 구원했어. 기계들이 없었다면 우리는 진흙에 달라붙고 벼의 뿌리가 우리를 삼켜버렸을 거야."

"인도차이나는 화성이나 해왕성과 같아. 우리가 알고 있는 것과 닮은 것이 전혀 없고 너무 쉽게 죽을 수 있는 곳이지. 하지만 이따금 그곳은 현기증을 일으켜. 마을에 확고한 기반을 세우면 우리는 다시는 총을 쏘지 않아. 마을 한가운데는 탑이 있는데 유일하게 단단한 건조물이지. 탑들은 종종 베트남 독립동맹에 맞선 전투에서 벙커 구실을 하기도 해. 우리에게나 그들에게나 마찬가지야. 하지만 가끔 평화롭게 선선한 어둠 속으로 들어가면 우리는 그 안에서 어둠에 익숙해진 눈으로 어두운 붉은색만을 보게 되는데, 바닥의 나무, 금도금한 장식물들, 수십 개의 촛불을 보는 거야. 금도금한 불상이 어둠 속에서 빛나고 초의 흔들리는 불빛이 맑은 물처럼 그 주변을 흐르면서 잔잔히 떨리는 빛나는 피부처럼 보여. 눈을 감고 손을 올린 동작을 취했는데 그것은 상식을 벗어난 동작이지. 사람들은 심호흡을 해. 수도자들은 커다란 주황색 천에 감싸여 앉아 있어. 그들은 웅얼거리면서 목탁을 두드리고, 향을 피워. 머리를 짧게 깎고 천을 감싸고 그 안에 있는 거야. 우리가 다시 태양 아래로 돌아가면, 다시 삼각주의 진흙에 빠지면, 첫걸음에 빠지고 나면, 우리는 울게 될 거야."

"거기 사람들은 우리에게 아무 말도 하지 않아. 그 사람들은 우리보다 작고, 대개 등이 굽었는데, 사람을 똑바로 쳐다보지 않는 것이 그들의 예절이야. 그래서 우리는 서로 눈을 마주치지 않지. 그 사람들이 말할 때는 꼭 소리를 지르듯이 말하는데, 우리는 이해하지 못해. 그런데 가끔 사람들이 우리에게 말을 걸어. 마을 농부들이나 우리처럼 학교에 다녔던 도시 사람들, 우리와 전쟁에 참가한 군인들이야. 그 사람들이 우리에게 프랑스어로 말하면, 우리는 살기 위해 하는 모든 일과 매일 저지르는 모든 일에서 부담을 덜게 되지. 몇 마디 말을 들으면서 공포를 잊을 수 있다고, 더 이상 공포는 되살아나지 않을 거라고 믿을 수 있는 거야. 우리는 거기 여자들을 보는데 그 여자들은 투명한 천처럼, 종려나무처럼, 바람에 흔들리는 부드러운 것처럼 아름다워. 우리는 거기에서 살수 있지 않을까 꿈을 꾸지. 어떤 사람들은 사실 그렇게 해. 그들은 공기가 더 신선하고, 전쟁의 여파가 덜 드러나는 산에 정착하는데, 이 산들은 아침 햇살 속에서 안개 낀 환한 바다에 투영되지. 그러면 우리는 영원을 꿈꿀 수 있어."

"인도차이나에서 우리는 가장 큰 공포와 가장 큰 아름다움을 겪었어. 산의 끔찍한 추위, 2천 미터 더 낮은 곳의 열기. 뾰족한 석회암 지대에서는 극도의 건조함을 경험하고, 삼각주의 늪지대에서는 극도의 습기를 겪어. 밤낮으로 이어지는 공격 속에서 지속적인 두려움을 느끼고 우리가 이 지상에 존재할 것이라고 생각하지 못했던 어떤 아름다움들을 마주하면 엄청난 평온함을 느끼지. 우리는 위축되었다 고양되었다 하고. 그것은 대단히 폭력적인 시련이야. 우리는 극단적인 모순에 굴종해.

나는 우리가 그런 시련을 겪으면서 쪼개지는 나무처럼 금이 가게 될까 봐 무서워. 우리의 다음 상태를 알 수가 없지. 거기선 사람들이 순식간에 죽어버리기 때문에 죽음을 맞이하는 게 아니야."

그는 목덜미 뒤로 손을 교차시키면서 천장을 보았다.

"거기에서 사람들은 굉장히 일찍 죽어. 사람들이 도착하는데, 언제나 프랑스에서 배로 도착하지, 내가 그 사람들을 알 사이도 없어. 그들은 죽고 나는 남았어. 거기에서 사람들은 굉장히 많이 죽어. 우리는 참치 떼를 잡듯이 사람들을 죽인다고."

"그 사람들은요?"

"누구? 베트남 사람들? 그 사람들은 화성인이야. 우리는 그 사람들 역시 죽이는데, 얼마나 죽는지 그 수를 몰라. 언제나 숨어 있고, 언제나 도망치고, 결코 그대로 안 있지. 우리가 그 사람들을 보아도 알아보지 못해. 너무나 비슷하게 생겼고, 비슷한 옷을 입고 있어 우리는 누구를 죽이는 것인지도 몰라. 하지만 우리가 함정에 빠지면, 그 사람들은 벼들이 자란 곳이나 나무들 사이에 있다가 우리를 조직적으로 죽이고, 참치 떼처럼 우리를 잡지. 나는 그렇게 많은 피를 본 적이 없어. 나뭇잎과 돌과 녹색 운하가 피로 가득 차고, 진흙조차 붉은색으로 변해.

봐, 그것은 『오디세이아』에 나오는 구절 같아. 이 구절 때문에 나는 참치 떼를 생각했어."


저기, 나는 도시를 약탈했고 전사들을 죽였네.


그래서 나는 걸음아 날 살려라 하고 도망치고자 했는데,
그 미치광이들이 거부했어.

엄청난 외침 소리에 키코네스인들이 달려가 그들의 이웃을 불렀어.

내륙에 사는 이웃들은 더 수가 많고 더 용맹스러웠는데

그들이 보낸 기병들은 말을 타며 싸웠지만 필요하면 땅 위에서도 싸웠지

봄에는 나뭇잎과 꽃 들이 더 강렬했고, 그들이 도착하자마자

제우스, 우리의 불행에 대해, 우리를 더욱 슬픈 운명의 타격 아래 두었으니,

불행에 얼마나 책임이 있는가!……

여명이 길게 이어지는 동안 성스런 빛은 더욱 강렬해지고

우리는 저항한다, 수에 제압당하지 않고. 하지만 날이 기울자

소*들의 고삐를 풀어주기 위해, 승리를 거둔 키코네스인들은

나의 아카이아 사람들을 꺾었네, 그리고 각반을 친 여섯 명의 사람은 죽고 말았네, 그들의 배를 되찾을 수 없게. 우리 다른 이들, 우리는 도망쳤네,

죽음과 운명에서

우리는 바다를 되찾고, 애통한 영혼을 되찾고, 죽음을 피한 것에 족하네

그러나 친구들을 위해 눈물 흘리면서. 건장한 사내들,

출범하기 전, 나는 세 번 소리쳐 불렀네

이 벌판에서 불행하게 죽은 자들 하나하나를, 키코네스의 희생자들을……"

---

* 오디세우스 일행이 약탈한 소.

"제길! 이 부분이 아니야. 단언컨대 참치 떼가 문제 되는 부분이 있어. 책을 내게 줘봐."

삼촌은 침대에서 일어나, 페이지가 떨어져나갈까 봐 조심스럽게 책을 들고 있는 빅토리앵의 손에서 낡은 책을 낚아채 조심성 없이 사납게 책의 페이지를 넘겼다.

"확실한데…… 아! 여기다! 라이스트리고네스*들이구나. 내가 라이스트리고네스들과 키코네스인들을 혼동했네. 들어봐! **낮의 길들은 밤의 길들과 가깝다**……들어봐……"

도시를 가로질러, 경보를 보내게 하네. 부르는 소리에,
도처에서, 그의 건장한 수천의 라이스트리고네스들이 달려오네,
거인보다 조금 작은 사람들, 그들이, 절벽의 높은 곳에서
인간의 무게를 실어 바윗덩어리들을 굴려 우리를 짓누르네,
죽어가는 선원들과 부서진 선박, 죽음이라는 소동이
우리의 선박으로 오르네. 이어서 내 부하들이 참치 떼처럼 작살에
맞았네, 그 무리가 부하들을 가혹한 운명으로 이끄네.

"봐! 들어봐 더……"

그리고 이틀 밤과 이틀 낮, 우리는 쓰러져 있었네
피로에 짓눌려 고뇌에 수척해져

---

\* 거대한 식인 종족이다.

"호메로스가 뉴스 영화보다 더 우리에 대해 잘 말한 거야. 짧고 과장된 영화들은 극장에서 우리를 웃게 만들지. 그것들은 아무것도 보여주지 않아. 늙은 그리스인이 말해주는 것이 내가 여러 달 동안 편력한 인도차이나에 훨씬 가까워. 하지만 나는 두 개의 노래를 혼동했구나. 너도 보았지만, 나는 아직도 이 책을 몰라. 내가 그리스 사람처럼 그것을 착각하지 않고 완전히 암기하면, 끝낼 거야. 그러면 나는 더 이상 아무것도 책임지지 않지."

책을 다시 덮어 무릎 위에 놓고, 손은 책 표지 위에 두고, 삼촌은 눈을 감고 낮은 목소리로 두 개의 노래를 인용했다. 아주 행복한 미소를 지었다. "오디세우스는 수많은 사람에게 쫓기며 패주했지. 그를 따르던 무리들은 모두 죽었고, 하지만 그는 살아남았어. 그리고 조국으로 돌아왔을 때 그는 질서를 잡았고, 자기 집 곳간을 약탈한 사람들을 죽였고, 협조한 모든 사람을 제거했어. 그리고 말년이 되었을 때 더 이상 사람은 없고 손해만 있었지. 그리고 위대한 평화가 찾아와. 끝이지. 삶은 다시 시작할 수 있어. 일상으로 돌아오기 위해 20년을 채웠어. 빅토리앵, 너는 우리가 이 전쟁을 끝내는 데 20년이 걸릴 것이라 생각했니?—너무 긴 것 같아요.—그래, 길었어, 너무 길었어······" 삼촌은 책을 가슴 위에 둔 채 다시 누웠고, 더 이상 아무 말도 하지 않았다.

11월은 무얼 하기에 좋은 때가 전혀 아니다. 하늘은 낮고 날씨는 움츠러들고, 나뭇잎은 죽어가는 사람의 손처럼 오그라들다 떨어진다. 리옹에서는 안개가 강 위로 올라오는데, 마치 우리가 태우는 나뭇잎 더미 위로 진한 연기가 올라오는 것과 비슷하고 방향만 반대이다. 모든 것이 반대인데, 문제가 되는 것은 연기가 아니라 습기이고, 불꽃이 아니라 액체이고, 열기가 아니라 냉기인 식으로 모든 것이 반대이다. 안개는 올라가지 않고, 퍼져가고 드러난다. 11월에는 자유롭다는 기쁨이 더 이상 남아 있지 않다. 빅토리앵 살라농은 추웠고, 그의 외투는 그를 전혀 보호하지 못했다. 그의 지붕밑 방에는 바깥의 찬 공기가 들어왔다. 벽의 습기 때문에 그는 바깥으로 나와 주머니에 손을 넣고 외투를 여미고, 옷깃을 세우고는 목적 없이 걸었다. 길게 띠를 두른 안개를 뚫고 걸었는데, 안개는 건물을 따라서 흐르다가 축축한 종이의 면에서 벗어나듯이 서서히 떨어졌다.

그림을 그리는 것은 어려운 일이 되었다. 멈추어야 한다. 종이에 적합한 형태들을 불러들여야 한다. 차가운 습기를 견딜 수 있는 피부의 예민한 감각이 필요하다. 오한과 떨림은 어떤 목표도 없이, 단지 흥분을 사라지게 하기 위해 오직 걷는 행위 속에서 서로 섞이고, 대조적으로 드러나고 고갈된다.

그는 제를랑 경기장 근처의 예수 수난상 발아래서 놀라 멈춰 섰다. 그는 느린 동작으로 죽이는 커다란 도살장을 따라 걸었고, 잡초가 무성하게 자란 커다란 운동장을 따라 걸었다. 11월의 어느 날 하루 종일 걸었는데, 그 거리는 어디로도 통하지 않았다. 그리고 그는 콘크리트로 만들어진 성당 앞에서 멈췄는데, 건물의 정면 높은 곳까지 예수의 거대한 부조가 새겨져 있었다. 전체를 다 보려면 눈을 들어야 했고, 그가 땅에 앉으니 부조의 발목이 그의 머리 높이에 이르고, 부조의 머리는 안개가 좀더 멀리 퍼지면서 푸른 안개에 가려 보이지 않았다. 부조에 너무 가까이 있었고 눈을 들어야만 했기 때문에 조상을 보는 시각이 왜곡되었는데, 그 시각은 경련처럼 신체를 변형시켰다. 조상은 마치 예수의 손목을 고정시킨 못들이 뽑힐 것처럼, 앞으로 기울어질 것처럼, 살라농을 짓누를 것처럼 위협했다.

성당 안으로 들어갔는데 바깥과 같은 온도가 기운을 차리게 해주는 것 같았다. 11월의 희미한 빛은 두꺼운 스테인드글라스 창을 뚫고 들어오지 못했다. 붉고, 푸르고, 검고, 금세 꺼질 것 같은 잉걸불처럼 반투명한 유리의 내부에서 길을 잃었다. 침묵 속에서 늙은 부인들이 종종걸음으로 걸어갔다. 고개도 들지 않고 미소를 지으면서, 다 외우고 있는 정확한 임무들을 수행하느라 바삐 움직였다.

11월은 무엇을 하기에도 적합하지 않다, 너무 얇아서 따뜻하지 않은 외투를 쥐면서 생각했다. 그러나 죽기에 나쁜 순간일 뿐이다. 젊고, 강인하고, 자유로운 청춘은 죽기에 좋지 않은 때라는 생각에 그의 가슴이 아팠다. 그의 인생은 좀더 빨리 시작되었어야 했고, 지금은 갑작스런 피로를 느꼈다. 사람들은 달리는 사람들에게, 오래 달리기를 원하는 사람들에게 시작부터 너무 빨리 달리지 말라고, 느리게 출발하라고, 숨 가쁨이나 도착을 방해하는 흥막통을 겪지 않으려면 여력을 갖고 있어야 한다고 충고한다. 그는 무엇을 할지 모른다. 11월은 무엇에도 이롭지 않고, 무한히 사라져가는 것처럼 보이는데, 그것이 그에게는 자신의 종말처럼 보였다.

신부가 어둠에서 나와 중앙 홀을 가로질렀다. 신부의 걸음 소리가 둥근 천장 아래서 힘차게 울려 빅토리앵 살라뇽은 무심결에 눈으로 그를 따라갔다.

"브리우드!"

이름이 성당에 울리자 늙은 부인들이 깜짝 놀랐다. 신부는 갑자기 뒤를 돌아 눈살을 찌푸리고 유심히 어둠 속을 보았다. 얼굴이 환하게 빛났다. 그는 빅토리앵 살라뇽을 향해 손을 펼치며 거추장스런 신부복과 대조적으로 성큼성큼 빠르게 왔다.

"마침 잘 왔네. 난 오늘 저녁 몽벨레를 만날 거야. 그는 48시간 예정으로 리옹에 있고 곧 내가 모르는 곳으로 다시 떠나. 놓치지 말아야 해. 8시에 오게. 사제관 아래쪽에 있는 벨을 울리게."

그는 여전히 손을 내밀고 있는 빅토리앵 살라뇽을 내버려두고 다시 갑자기 돌아갔다.

"브리우드?"

"응?"

"그 시간들이 다 지난 후인데…… 잘 지내는 거야?"

"그럼. 오늘 그런 이야기를 할 거야."

"자네는 이 우연이 놀랍지 않나 보네, 내가 여기 있고, 자네가 거기 있는데?"

"삶은 더 이상 놀랍지 않아, 빅토리앵 살라뇽, 나는 받아들이네. 삶이 다가오도록 내버려두고 그것을 변화시키는 거라네. 저녁에 만나."

그가 어둠 속으로 사라졌다. 그의 신발이 포석에 부딪치는 소리가 울리고, 이어 삐걱거리는 문소리가 나고, 그리고 아무것도 없었다. 늙은 부인 하나가 사납게 혀를 차면서 살라뇽을 밀었고, 성상 앞에 있는 철제 받침대까지 종종걸음 쳤다. 그 부인은 뾰족한 끝에 아주 작은 양초를 꽂고 불을 붙인 다음 살짝 성호를 그었다. 그리고 침묵 속에서 고양된 시선으로 성인을 바라보았는데, 그 시선은 우리가 많이 기다렸지만 나타나지 않은 존재들을 향한 것이었고, 적합한 반응을 보이지 않은 존재들을 향한 것이었다.

그 부인은 고개를 돌리고 떠나가는 빅토리앵 살라뇽을 향해 똑같은 시선을 던졌다. 길 위에서 옷깃을 세우려고 했지만 깃이 너무 짧았다. 그는 어깨를 으쓱하고, 고개를 파묻은 채 끔찍하게 왜곡된 예수상을 보지 않기 위해 돌아보지 않고 갔다. 저녁이고, 근처 어디로 가야 하는지 몰랐지만, 하늘은 이미 덜 침울해 보였다. 천천히 내려앉을 듯 더러운 고무처럼 보이던 하늘의 외관이 완화되었다. 곧 밤이 될 것이다.

브리우드가 기거하는 성당의 사제관은 임시 거처, 아무도 머물지 않는 사냥꾼들의 회합 장소, 언제나 떠날 준비를 하면서 야영만 하는 숙소와 비슷했다. 벽의 칠은 표면이 벗겨져 더 오래된 칠이 드러났고, 냉기가 도는 커다란 방은 물건을 쌓아두는 창고처럼 비품들, 쌓아 올린 널빤지, 경첩을 떼어내고 벽에 기대어 둔 문들로 가득 찼다. 그들은 빛이 잘 들어오지 않는 방에서 식사를 했는데, 벽지는 벗겨지고, 먼지가 쌓인 바닥은 밀랍을 발라야 했다.

그들은 무심한 태도로 국수를 먹었는데, 너무 삶아진 국수는 아주 뜨겁지도 않았다. 브리우드는 찌부러진 냄비를 꺼내 남은 고기로 소스를 만들었다. 그가 접시 위에 국자를 아무렇게나 놓으면서 접대했고, 방의 어두운 구석에 두었던 작은 술통을 꺼내 론 지방의 진한 포도주를 따라주었다.

"성당에서는 잘 못 먹네. 하지만 성당에는 언제나 좋은 포도주가 있잖아." 몽벨레가 탄식했다.

"우리가 이 유서 깊은 기관을 용서하는 이유가 바로 그거야. 성당은 언제나 죄를 많이 짓고 과오도 많이 범하지만, 도취를 시킬 줄 알지."

"그래서 네가 사제가 되었구나. 나는 네가 이런 식의 삶에 끌리는 줄 몰랐어."

"나도 역시 그런 줄 몰랐어. 피가 내게 그런 사실을 밝혀줬지."

"피라고?"

"우리가 잠겨 있던 피 말이야. 나는 너무나 많이 피를 보았지. 막 죽은 사람들의 피에 젖은 신발을 보았어. 너무나 많은 피를 보았는데 그것은 세례였지. 나는 피에 잠겼고 변화되었어. 피가 더 이상 흐르지 않자 우리가 망가뜨렸던 것을 재건해야 했고, 모든 사람이 그 일을 시작했어.

들이 말하는 것은 집단이야. 나, 나는 삶의 독자적인 원천으로서 개별적인 인간을 생각해. 개별적인 인간은 구원받고 용서받을 가치가 있어. 어떤 것도 교환될 수 없는 거야. 삶은 매 순간 개별적인 인간을 통해 솟아오르니까, 특히 억압받는 순간에. 그리고 한 인간으로부터 솟아오르는 삶이 총체적인 삶이지. 우리는 이 삶을 신이라고 부를 수 있어."

몽벨레는 미소를 짓고, 환영의 몸짓으로 손을 펼쳐 보이며 말했다.

"왜 아니겠어?"

"자네는 신을 믿나, 몽벨레?"

"나는 신이 필요 없어. 세상은 저 혼자서도 잘 굴러가. 아름다움이 더 삶에 충실하도록 나를 부추기지."

"아름다움 역시 우리는 신이라고 부를 수 있어."

몽벨레는 똑같이 손을 벌리며 환영의 몸짓을 하면서 말했다.

"왜 아니겠어?"

그가 왼쪽 약지에 낀 반지는 몸짓 하나하나를 두드러지게 했다. 장식이 아주 아름다웠고 오래된 은이었는데, 여성 반지는 아니었다. 살라 농은 그런 형태가 존재할 수 있다는 사실조차 몰랐다. 금속에 깊게 장식을 새겨 넣은 반지에는 심오한 파란색 커다란 돌이 끼워졌고, 반지를 관통하는 금빛의 가는 줄은 움직이는 것처럼 보였다.

"이 반지, 우리는 하늘을 장식품으로 만든 것이라고 믿어. 아주 작은 공간 속에 전체가 있지. 바위를 파서 만든 작은 성당 거기에서 하늘은 돌로 재현되는 거야."

"좀 과장 같은데. 그것은 단지 돌이야. 아프가니스탄이 원산지인 청금석이지. 나는 결코 소성당에 대해 생각해보지 않았지만, 결국 네 말도 틀리지는 않아. 나는 자주 성당을 보는데 그것을 볼 때마다 거기에서 명상의 기쁨을 발견하지. 내 영혼이 다가와 거기 깃들고 푸른색을 바라보면 그것은 마치 하늘처럼 크게 보여."

"신은 너무나 커서 아주 작은 것들 속에 거주하시지."

"자네들 정말 대단하네, 사제들 말이야. 자네들은 얼마나 말을 잘하는지 우리는 언제나 자네들 말을 듣지. 자네들 말은 어찌나 유창한지 어디든 뚫고 들어가. 그 멋진 말들로 자네들은 자네들 색을 다시 칠하지. 하늘의 푸른빛과 약간 노란빛이 도는 성스러운 미사 용구들의 약화된 색, 비잔틴의 황금빛을 혼합하는 거야. 자네가 신이라고 부르는 삶은 또한 아름다움이기도 해. 반지, 소성당. 가난, 실존. 자네가 그런 것을 말할 때 우리는 자네를 믿어. 믿음은 자네가 말하는 동안 지속되는 거지."

"그렇지만 이것은 하나의 반지일 뿐이야, 브리우드. 나는 인간 박물관을 위해서 중앙아시아를 돌아다녔어. 그들에게 장식품들을 보냈고, 그 용법에 대해 설명했고, 결코 프랑스를 떠난 일이 없는 대중에게 그것을 보여주기도 했지. 나, 나는 산책하지. 나는 언어들을 배우고, 외국 친구들을 사귀고, 천 년의 세계를 활보하는 인상을 받아. 살짝 영원과 접촉하지. 하지만 나는 자네가 말한 것을 이해해. 거기 아프가니스탄에서 인간은 그렇게 큰 존재가 아니야. 단지 사다리에 속한 것도 아니야. 인간은 너무나 큰 민둥산들 위에 있어서 너무 작은 존재인 거야. 그들이 어떻게 할까? 그들의 집은 주변에서 주워온 돌로 지었고, 우리 눈에는 그들이 보이지 않아. 그들은 먼지와 같은 색깔의 옷을 입어, 땅 위에서 잠을 잘 때, 그들의 외투 역할을 하는 모포를 감고 있을 때, 그들은 보이지 않아. 일부러 적대적인 것도 아니고, 단지 상대를 부정하는 세계에서 존재하기 위해 사람들은 어떻게 할까?"

"그 사람들, 그들은 걷고, 산을 관통해서 다니고, 모든 인간적 아름다움이 집중된 소품을 소유하고 있어. 그들이 말하면 단지 몇 마디 말로 심장에 벼락을 치듯 해. 이런 반지들은 가장 위대한 섬세함과 가장 심한 야만을 지니고 있는 사람들이 끼고 있지. 그들은 눈썹 그리는 연필로 눈을 신경 써서 강조하고 수염을 물들이고, 언제나 곁에 무기를 가지고 있어. 귀에 꽃을 꽂기도 하고 친구들과 손깍지를 끼고 산책을 하는데, 당나귀들보다 여자들을 훨씬 더 경멸해. 그들은 부당한 침입자들을 잔인하게 학살하고, 상대를 마침내 멀리서 돌아온 아주 친한 사촌처럼 환대하는 일에 전력을 기울이지. 그 사람들, 나는 그들을 이해 못 하고 그들은 나를 이해 못 하지만, 지금 나는 그들과 함께 살아가고 있어."

"내가 이 반지를 낀 첫날, 나는 한 사내를 만났어. 나는 그를 협로에서 만났는데 나무가 한 그루 있는 아주 높은 협로였지. 나무 앞에는 길가에 집이 한 채 있었어. 내가 '길'이라고 말할 때는, 자갈길이라고 이해해야 해. 내가 '집'이라고 말하면 평평한 지붕을 한, 돌로 만든 피난처를 상상하면 돼. 출구는 거의 없고 아주 좁은 문 하나와 창 하나가 있는데, 연기 냄새가 나는 어두운 실내로 통해. 협로 위의 그 장소에서 길은 다른 쪽으로 다시 내려가기 전에 잠시 머뭇하는 느낌을 주는데, 여행자의 휴식을 위해 지어진 찻집이 있어. 내가 말하려고 하는 남자는 그날 만난 사람이고, 거기까지 올라온 사람들을 맞아 차를 대접하는 일을 했어. 그 사람은 나무 아래 간이침대를 만들었지. 나는 그것을 프랑스어로 뭐라고 말하는지 몰라. 그것은 나무로 만들어 세워놓은 간이침대인데, 끈이 연결되어 있어. 사람들은 거기에서 잠을 잘 수 있지만, 그보다는 오히려 혼자서나 여럿이서 다리를 꼬고 앉아 침대 밖에서 펼쳐지는 세계를 바라본다네. 바다 위의 배에 있는 것처럼 흔들리지. 발코니에서 지붕 저쪽을 보는 것처럼 봐. 그 침대에서 놀라운 평정을 느껴. 협로의 집에서 일에 전념하는 사람은 우리에게 앉으라고 권했지, 나와 나를 안내하는 사람. 잔가지들로 지핀 불 위에 철주전자를 올려 물을 데우고 있었어. 나무는 그늘과 잔가지들을 제공해줬어. 그는 우리에게 산의 차를 대접했는데, 진하고 향신료를 많이 뿌리고 건조 과일도 많았어. 우리는 이런 고도에서 자라는 나무의 어둠을 이용했는데, 돌로 만든 은신처에서 혼자 지내는 그 사람이 나무를 돌보고 있었지. 우리는 산과 산 사이에 파인 골짜기를 응시했는데 그 나라에서는 그게 구렁 같았어. 그는 내게 어디에서 왔는지 이야기해달라고 요청했어. 단지 말을 하는 것이 아니라 이야기를 해달라는 거였지. 나는 여러 잔의 차를 마시면서 그에게 유럽, 여러 도시, 작은 규모의 풍경들, 습기, 우리가 끝낸 전쟁에 대해서 이야기했어. 그에 대한 답례로 그는 내게 가잘리*의 시를 낭송해주었지. 그는 그 시들에 운율을 붙여 멋지게 읽었고, 협로 위쪽으로 부는 바람이 각각의 말을 연처럼 날려 보냈어. 그는 떨리는 목소리로 실의 끈을 잡았다가 놓았어. 안내인은 내가 머뭇거리는 단어들을 번역하면서 나를 도왔지. 사실 시(詩)의 리듬은 단순해 나는 이미 이해했고 시는 내 온몸을 떨게 했는데, 나는 마치 골수를 현으로 가진 류트와 같았지. 끈 달린 침대 위에 앉은 노인은 나를 가지고 연주한 거야. 그는 내 안에 나도 몰랐던 내 고유한 음악을 울리게 했어."

"여행을 계속하려고 거기를 떠나면서는 격정을 느꼈어. 그가 내게 살짝 손을 흔들어 인사했고 다시 차를 마셨지. 산속을 떠돌고 있다고 생각했는데, 우리가 골짜기 아래에 펼쳐진 정원에 도착했을 때, 풀 향기를 맡았을 때, 나무의 습기를 느꼈을 때, 나는 완벽한 세계로 들어간다는 느낌, 시로 찬양하고 싶었던 에덴동산에 들어간다는 느낌을 받았어. 하지만 그럴 수 없었어. 거기에서 돌아와야 했지. 이 반지가 내게 열어준 것은 바로 그것이야. 난 거기에서 더는 분리되지 않아."

---

* 아부하미드 무하마드 알 가잘리Abu-Hāmid Muḥammad al-Ghazzālī (1058~1111): 이슬람 사상가. 정통파 이슬람 교학에 신비주의를 도입하여 신앙의 내면적 충실을 추구했다.

"나는 자네들이 부럽네." 살라농이 말했다. "나, 난 가난할 뿐이고, 어떤 영웅주의도 없고 어떤 욕망도 없어. 내가 마른 것은 추위, 권태, 불충분한 영양 상태의 결과야. 내가 마른 것은 내게 없었으면 하는 결핍 때문이지. 난 특히 그 결핍들에서 벗어나고 싶어."

"자네가 마른 것은 좋은 징표야, 빅토리앵."

"성당 화가!" 몽벨레가 외쳤다. "그가 한 양동이의 파란색과 금박 입힌 붓을 가져오네. 그가 자네를 다시 그릴 거야, 빅토리앵, 그가 자네를 다시 그려준다고!"

"표상은 완고하고, 종교가 없어! 그것들은 심지어 풍자에도 견디지!"

"자네가 그에게 그의 창백한 안색을 축복인 것처럼 팔려고 하네. 거기에 이 종교의 온갖 기적이 있는 거야. 그럼, 내가 말했지! 성당은 파란색 물감을 가지고 삶의 벽면을 바르는 일에 전념하지."

"표상은 역행할 수 있어, 몽벨레."

"종교가 강한 것이 바로 그 점이야."

"종교가 위대한 것이 바로 그 점이야. 표상을 올바른 방향으로 둬서, 세상이 비틀거린 후에 다시 출발하는 방식이지. 올바른 방향이란 그것이 바로 향상을 허용하지."

그가 잔을 채우고, 그들은 마셨다.

"좋아, 브리우드. 나는 정말로 그런 건지 똑바로 알고 싶어. 계속해 보게."

"네가 마른 것은 네가 처한 예속 상태의 표지가 아니야. 그것은 미리 준비한 짐 없이, 백지 상태에서 진정한 출발을 한다는 징표야. 자네는 준비가 되었어, 빅토리앵. 자네는 더 이상 어떤 것에도 집착하지 않지. 자네는 살아 있고, 자유롭고, 단지 그렇다는 것이 들릴 수 있는 약간의 공기가 부족한 거야. 자네는 현악기 같아, 몽벨레의 류트 같은데, 텅 빈 종 안에 갇혀 있어. 공기가 없으면 우리는 소리를 들을 수 없고, 현은 아무것도 흔들지 못하니까 헛되이 진동하는 셈이야. 종에는 균열이 필요해. 그 틈으로 신선한 공기가 들어와서 결국엔 사람들이 네 소리를 들을 수 있을 거야. 자네가 결국 숨을 쉬기 위해 자네 주변에서 부서질 무엇이 있어. 빅토리앵 살라뇽. 아마 달걀 껍질의 문제일 거야. 껍질에 난 균열은 네게 공기를 불어넣어줄 것이고, 그것은 아마 미술이겠지. 자네는 그림을 그렸지. 그러면 그리게."

몽벨레는 일어나 희미한 빛 속에서 피처럼 열렬한, 등불 아래서 어두운 붉은색으로 빛나는 잔을 흔들었다.

"그림, 모험, 영성은 자신들의 공통된 야윔을 위해 마신다."

그들은 마시고, 웃고, 다시 마셨다. 살라뇽은 차가운 국수가 소스 덩어리에 엉겨 있는 접시를 보며 한숨을 쉬고 밀어냈다.

"그래도 영성이 그렇게나 못 먹고 사는 것은 유감이야."

"하지만 영성에게는 훌륭한 술이 있지."

브리우드의 눈이 빛났다.

빅토리앵은 그림을 그리려고 노력했다. 다시 말해 그는 먹을 가지고 종이 앞에 앉았다. 아무것도 다가오지 않았다. 하얀색은 하얀색인 채 먹의 검은색은 그 자체로 머물렀고, 아무것도 형태를 취하지 않았다. 하지만 그, 단지 종이를 보고 몸을 기울인 그는 무엇을 그릴 수 있을 것인가? 그림은 하나의 흔적이고, 무엇인가가 그 안에 살다가 떠난다. 하지만 그 안에는 아무것도 없었다. 에우리디케를 제외하고는. 에우리디케는 멀리 있고, 분별없는 짓을 하는 반대편 세계, 그곳, 치명적인 지중해 너머, 작열하는 태양, 경솔한 말들, 서둘러 묻은 시체들이 있는 지옥 속에 있다. 그녀는 프랑스를 둘로 잘라놓을 정도로 넓은 강 건너, 아주 멀리 있다. 바깥에도 역시 더 이상 아무것도 없고, 아무것도 종이에 쌓이지 않았다. 특유의 습기 속에서 지워질 준비가 된 집들 사이에 고여 있는 초록 안개를 제외하고는 아무것도 없었다. 그는 울고 싶었을 테지만 그것 역시 더 이상 가능한 일이 아니었다. 종이는 어떤 흔적도 없이 하얀색이었다.

그는 몇 시간 동안 팔꿈치를 괸 채 앉아 움직이지 않고 앉았다. 어두운 방에서는 손대지 않은 종이에만 빛이 부여되었는데, 희미한 불이 꺼지지 않았다. 밤새도록 계속될 것이다. 아침이면 불쾌한 금속 느낌의 새벽이 도착을 알렸고, 새벽은 모든 형상이 깊이 없이 드러나고, 빛과 그림자가 단일한 발광체 안에서 똑같은 비율로 섞여 있었다. 그것은 어떤 부조와도 일치하지 않고, 어떤 것과도 분리되지 않았으며, 그는 주위를 에워싼 것 가운데 아무것도 포착할 수 없었다. 어떤 흔적도 남기지 않은 채 어떤 슬픔도 없이 후회도 없이, 침대에 누워 곧바로 잠이 들었다.

다시 깨었을 때, 그는 인도차이나로 파견되기 위해 필요한 절차를 밟았다.

# 주석 V
# 눈[雪]의
# 허약한 질서

"내 말 좀 들어봐, 이 바보들아!" 텔레비전 앞에서 마리아니가 소리 쳤다. "듣고 있어? 말해봐, 들려? 하지만 그들은 막 승리를 거둔 것이 아일랜드라고 말하는데!"

"승리라니 뭐?"

"하지만 넌 10분 전부터 5천 미터 경기 보고 있잖아. 무슨 꿈같은 소리야, 빅토리앵."

"그래서? 그는 아일랜드 사람 아니야?"

"하지만 그는 흑인이야!"

"너는 말을 항상 '하지만'으로 시작하네. 마리아니."

"하지만 '하지만'이라는 말이 있으니까, 중요한 '하지만.' '하지만' 은 유보와 역설, 대립을 나타내면서 두 개의 '절' 사이를 연결하는 접속 사지. 나는 반대해, 나는 반대한다고. 그는 아일랜드 사람이야, 하지만

주석 V 눈[雪]의 허약한 질서 385

흑인이라고. 나는 유보를 표명하는 거야. 나는 역설을 드러내고, 부조리를 고발하는 거라고. 게다가 어리석음이라는 것은 부조리함을 보지 못하니까."

"만약 그가 아일랜드를 위해 달린다면, 그것은 그가 합법적으로 아일랜드인이니까 그런 거야."

"합법성 좋아하시네! 상관없어, 난 합법성이란 것을 천 번은 어겼고, 필요에 따라서 우리 마음대로 다시 만들었지. 상관없고 언제나 신경 끊고 살았어. 나는 현실을 말하는 거야. 현실에 네모난 원이 없는 것처럼 흑인인 아일랜드인도 없어. 너는 흑인인 아일랜드 사람 봤어?"

"응 텔레비전에서. 그 사람이 5천 미터에서 우승했잖아, 같은 사람이야."

"빅토리앵, 너 정말 실망스럽다. 바보 같아. 너는 표면에 집착하고 있어. 넌 그저 화가일 뿐이야."

나는 내가 거기에서 무엇을 했는지 생각했다. 나는 보라시외레브르댕에 있는 마리아니가 살던 고층 건물의 18층 높이의 허공에 앉아 있었다. 창에 등을 돌리고 텔레비전을 보았다. 여기에서 어느 정도 떨어진 곳에서 유럽 챔피언 대회가 열리고 있었다. 화면에 나오는 선수들이 달리고, 뛰어오르고, 무언가를 던지고 있었고, 기자들의 목소리는 억제와 분출이 미묘하게 섞인 가운데 대회를 흥미롭게 표현하려고 노력하고 있었다. 우리가 창에 등을 돌리고 있었던 상황은 세부가 중요하다. 우리는 두려움 없이 등을 보이고 있었는데, 그 창들은 안전하고 모래주머니들로 막혀 있었기 때문이다. 푹신한 소파에 누워 뒹굴면서 불빛을 밝힌 채 우리는 맥주를 마셨다. 나는 빅토리앵 살라뇽과 마리아니 사이에 앉아 있었는데, 주위 사람들은 일부는 바닥에 앉고, 일부는 뒤에 서 있고, 다른 방들에도 청년들이 여럿 있었다. 그들은 모두 서로 닮았는데, 겁을 주는 육중한 체격에 대개 과묵했고, 떠들 일이 있을 때는 텅 빈 커다란 아파트 안을 자기들 집처럼 오가면서 고함쳤다. 마리아느는 살라눙과 마찬가지로 가구를 갖추는 데 무심했다. 하지만 살라눙의 집이 부서지기 쉬운 물건들이 있는 상자에 폴리스틸렌 칩을 넣듯이 불필요한 물건으로 가득 찼던 것과 반대로, 그는 자기 집에 쉬지 않고 움직이는 배불뚝이 거구들을 맞을 공간을 유지하고 싶어 했다.

창문을 막은 모래주머니들을 가로질러, 그들은 바깥을 볼 수 있도록 벽에 작은 구멍을 뚫어놓았다. 우리가 도착했을 때 그는 모래 가득한 커다란 황마 주머니를 두드리면서 내게 말했다.

"놀라운 발명이야. 어서 만져봐." 그가 말했다.

만져보았다. 우리가 그것을 만지면 거친 갈색 천 아래 모래가 단단하게 만져지지만, 우리가 살며시 기대면 유동적이고, 그 주머니는 마치 물처럼 움직였고, 더 느리게 움직였다.

"모래는 방어용으로 콘크리트보다 훨씬 좋아. 특히 모래가 좋지." 그는 텅 빈 소리를 내는 벽을 치면서 덧붙였다. "나는 이 벽들이 총알을 견뎌낼지 확신이 없어. 하지만 모래, 이것들은 그래. 총알과 파편들을 막아주지. 총알들은 모래를 조금 뚫지만 흡수되고, 더 이상 멀리 나아가지 못한다고. 모래 실은 트럭을 불렀었어. 여기 이 애들이 양동이에 담아 엘리베이터로 옮겼고. 다른 애들은 위에서 삽으로 주머니에 담았고 모래주머니들을 규칙적으로 정렬했지. 주차장에는 사람들이 있었지만 조금 떨어진 곳이었고, 아무도 감히 묻지 않았어. 그저 우리가 일하는 것을 보았는데, 그게 그 사람들을 의아하게 만들면서 무엇을 하는지 궁금해했어. 우리는 타일을 교체해 붙여야 하는 것처럼 말했어. 다들 수긍하더라고. 그들은 말했어. '정말 많이 들어가네요.' 우리는 웃었지. 그 사람들은 높은 곳에서 우리가 모래주머니 만드는 것을, 그것들을 거기에서처럼 발사각 주위에 배치하는 것을 상상도 하지 못했을 거야. 그것이 바로 방어 전술이야. 실용 기하학. 우리는 전선에서 적을 몰아내고, 사각지대를 피하고, 구역을 진압하지. 이제 우리는 보라시외의 고원을 다스려. 우리는 경비 교대를 조직해. 수복의 날에 포격을 지원할 거야. 그리고 나는 침대 아래에도 상당한 양의 모래를 쌓아두었는데, 아래에서 공격이 행해질 경우 파편을 방지하기 위해서이지. 나는 편안하게 잠을 자."

그러고 나서 그는 만족스러워하며 나에게 마실 것을 주었고, 우리는 푹신한 소파에 뒹굴면서 텔레비전 스포츠 중계를 시청했다. 마리아니 일행은 별 얘기를 나누지 않았고 나 역시 그랬다. 기자들이 해석을 덧붙였다.

"아일랜드 사람들은 흑인이 아니야." 마리아니가 다시 말했다. "아무것도 아니라고는 못해도 더 이상 의미가 없어. 우리가 낙타 젖으로 카망베르를 만들겠어? 그러면 그것을 계속 카망베르라고 부르겠어? 아니면 구즈베리 주스로 포도주를 만들까? 우리는 웃지도 않고 그것을 감히 포도주라고 할까? 우리는 대중에게 양조지 호칭 등록*의 범위를 확장시켜야 할 거야. 인간은 치즈보다 훨씬 중요하고, 그만큼 대지에 연결되어 있지. 사람들 등록을 한다면, 경주에서 이긴 아일랜드 흑인과 같은 부조리는 면할 거야."

"단언컨대 그 사람은 귀화했을 거야."

"내가 말하는 게 바로 그거야. 서류상으로 아일랜드 사람인 거지. 국적을 정하는 것은 서류가 아니라 바로 피라고."

"피는 붉지, 마리아니."

---

* AOC: 포도주 상표에 인쇄되는 약호.

"멍청한 화가 녀석! 나는 사소한 상처 때문에 흐르는, 그냥 빨간 뭐가 아니라 심오한 피에 대해 말하는 거라고. 피! 전달해야지! 가치가 있는 유일한 것!"

"단어들은 더 이상 아무것도 의미하지 않아." 그가 한숨을 쉬었다. "사전은 나무들을 너무 많이 잘라낸 숲처럼 잡초들로 무성해. 우리는 커다란 나무들을 잘라냈고 관목들은 자기 자리에서 늘어나고, 모두 서로 비슷비슷해. 가시가 있고, 어린 나무가 있고, 독이 있는 수액이 있어. 커다란 나무들로 무엇을 했을까? 우리를 보호해주던 거목들로 무엇을 했을까? 여러 세기 동안 자란 기적과 같은 것들로 우리는 무엇을 했을까? 우리는 그것들을 가지고 일회용 젓가락을 만들고 정원용 의자와 테이블을 만들었어. 미(美)는 이런 희극 속에서 무너져버렸지."

"그만 말해, 빅토리앵, 단어들이 파괴되면 우리는 말할 수 없으니까. 현실로 돌아와야 해. 현실로 회귀해야 해. 현실로 다가가야 해. 현실에서는 적어도 저마다 자신의 힘을 믿을 수 있지. 힘 말이야, 빅토리앵. 우리가 가진 힘, 우리 손가락 사이로 빠져나가지. 우리가 가졌던 힘이 죽은 친구들 모두에게서 빠져나가고 우리가 조국으로 돌아왔을 때는 우리 손에서 빠져나갔어. 힘을 위해서는 모래주머니와 무기들이 필요해. 빠져나가는 힘을 저지하기 위해서야."

"무기들이 여기 있어?" 살라뇽의 목소리는 불안을 드러냈다.

"물론이지! 순진하게 굴지 마! 진짜 무기들이야, 다람쥐 사냥용 소총을 세워둔 것이 아니라고. 진짜 무기들이라서 전쟁 시에 총알처럼 사람을 죽일 수 있지." 그가 나를 향해 돌아섰다. "자네는 이미 전쟁 무기에 가까이 가봤나? 만져보고, 다뤄보고, 시도해봤어? 사용해봤어?"

"그 청년은 그냥 둬, 마리아니."

"넌 그를 현실 바깥에 둘 수는 없어, 빅토리앵. 네가 원하는 대로 그에게 그림을 가르쳐, 나는 그에게 무기를 보여줄 거야."

마리아니는 일어났다가 돌아왔다. 그는 커다란 권총의 탄창을 가져왔다. "이건 아주 정확한 권총이야. 콜트 45인데, 난 이것을 누군가의 접근에 대비해 침대 아래에 뒀어. 11.43 미리 구경 권총탄을 사용해. 나는 사람들이 왜 그렇게 복잡한 수단을 택했는지 몰라. 하지만 그것은 커다란 총알이야. 나는 특히 잠든 동안에 커다란 총알이 훨씬 잘 보호해준다고 느껴. 방어책 없이 잠든다는 것은 무엇보다 나쁜 일이야. 잠을 깨고 무기력한 것보다 최악은 없어. 그런데 네 침대 아래에 해결책이 있다는 것을 안다면, 만약 한순간에 즉시 발사될 준비가 된 대(大)구경의 자동 무기를 손에 쥘 수 있다면 말이야, 그러면 넌 네 자신을 방어하고, 살아남고 돌아올 가능성이 있지. 그러면 너는 더 잘 자고."

"잠드는 일이 그렇게 위험한 일이야?"

"몇 초 사이에 목이 잘리거든. 그곳에서는 잠깐 눈을 붙일 수 있을 뿐이야. 우린 서로 교대해가며 감시하지. 눈을 감으면 언제나 위험이 덮치거든. 그리고 지금, 이곳은 바로 그곳과 같아. 그래서 나는 높은 곳에 있는 거야. 내 사람들과 기지를 요새화하고, 사방에서 그들이 오는 것을 봐."

그는 소파 아래서 커다란 무기를 꺼냈는데, 망원경이 장착된 정밀한 총이었다. "와서 봐." 그는 나를 창가로 데려가 모래주머니에 팔꿈치를 괴고, 총안으로 총신을 통과해 바깥을 겨냥했다. "잡아봐." 내가 총을 잡았다. 무기들은 무겁다. 비중이 큰 금속의 무게가 손에 느껴졌고, 만져보기만 해도 충격의 감정이 전해졌다. "아래를 봐. 빨간색 차." 빨간 스포츠카가 다른 차들 가운데서 튀었다. "저게 내 차야. 아무도 그것을 못 만져. 그들도 내가 밤낮으로 위에서 내려다보는 것을 알아. 나는 야간 조준경도 가지고 있어." 조준경은 잘 확대되었다. 우리는 아무런 의심 없이 오가는 18층 아래의 사람들을 보았다. 조준경의 범위는 그들의 머리와 상반신으로 제한되었고, 어디로 총구가 향해야 할지를 선별해주는 십자 표시도 있었다.

"아무도 내 차를 못 건드려. 내 차는 경보장치가 되어 있고, 나는 밤낮으로 머릿속에서 즉각적으로 총을 겨누고 있어. 그들은 나를 알아. 조심하고 있지."

"그렇지만 누구?"

"너는 그 사람들을 몰라? 나는 한 번에 그 사람들을 알아봐. 그 사람들의 행동 방식으로, 냄새로, 청각으로 말야. 그 사람들을 보자마자 알지. 그 사람들은 서로 프랑스어로 주고받으면서, 우리한테는 프랑스어로 말하지 못하는 것처럼 행동하지. 그 증거로 그 사람들은 일명 신분증, 나는 쓸모없는 종잇조각이라고 부르는 서류를 흔들지. 무기력하고 침투 공작에 당한 정부가 동의해준 허위의 종잇조각."

"침투 공작이요?"

"빅토리앵, 너는 그에게 그림보다 더 많은 것을 가르쳐줘야 해. 그는 세상에 대해 아무것도 모르는군. 현실이 책에 적힌 그대로인 줄 아네."

"마리아니, 그만해."

"하지만 보라고, 그들이 저기에 있어! 18층 아래에. 하지만 나는 조준경으로 그들을 추적할 수 있지. 다행스럽게도 원하는 순간에. 자 보라고, 그들의 수는 급증하고 있어. 복사기가 휘갈겨 쓴 서류를 복사하듯이 우리가 그들에게 빠르게 국적을 부여해주고 나면, 더 이상 아무런 통제를 할 수 없어진다고. 그들은 죽은 나무와 같은데도 우리 모두를 지배하는 '프랑스 국적'이라는 공허한 말의 비호 아래 수가 늘어나고 있어. 우리는 그 말이 무엇을 의미하는지를 더 이상 모르지만, 그 말은 확실해.

나는 그것을 잘 알고 있는데, 프랑스적이라는 것, 나는 그것을, 그곳에서 그랬던 것처럼 조준경의 접안렌즈 구멍으로 봐. 잘 보이고 조정도 쉬워. 그런데 왜 아무것도 아닌 것으로 수다를 떨지? 결단력 있는 몇 사람이면 충분해. 우리를 구속하는 모든 법률지상주의와 우리 판단을 흐리게 만드는 해로운 담론들을 가차 없이 없애버리고, 상식에 따라서 서로 익숙한 사람들끼리 통치를 하는 거야. 그것이 바로 내 계획이라고. 가령 상식, 힘, 효율성, 서로 신뢰를 가진 사람들에게 권력을 주는 것. 그것이 내 계획이지, 그것이 민낯의 진실이야."

나는 동의했는데 반사적인 동의였고, 이해하지 못한 채 동의했다. 그는 내 손에 무기를 쥐어주었다. 나는 그를 보지 않으려고 렌즈를 들여다보았다. 18층 아래의 사람들을 따라갔고, 검은색 십자 표시가 조준하는 그들의 머리를 쫓았다. 나는 동의했다. 그는 계속 말했다. 그는 내가 너무나 진지하게 무기를 쥐고 있는 것을 보고 웃었다. "자네도 흥미가 있군, 아닌가?" 나는 총을 내려놓아야 한다는 것을 알았지만 그럴 수가 없었다. 손이 금속에 달라붙어 있고 눈은 조준경에 고정되어 있었는데, 마치 그들이 내게 무기를 주기 전에 재빨리 장난으로 접착제를 발라놓은 것 같았다. 나는 눈으로 사람들을 쫓고, 내 눈은 아무것도 모르는 그들의 머리 위에 고정되듯 찍힌 십자가를 보았다. 금속은 내 팔의 온도로 뜨거워졌고, 무기는 내 행동에 복종하고, 대상은 내 시선으로 들어왔다. 총, 그것은 사람이다. "빅토리앵, 봐! 그는 막 나와 함께 총에 관한 첫번째 수업을 마쳤어! 그가 기지에서 자기 직분을 다할 수 있는지 과연 믿을 수 있을까? 그를 창가에 있게 할 거야. 그와 함께 보초를 서면 우리는 아무것도 두렵지 않아." 마리아니 일행이 배를 들썩거리며 모두 요란하게 웃었다. 그들은 나를 보고 웃었고, 나는 뺨이 화끈거리도록 얼굴을 붉혔다. 살라뇽이 아무 말도 하지 않고 일어나 나를 아이처럼 데려갔다.

"그 사람들은 미쳤어요, 아닌가요?" 나는 엘리베이터 문이 다시 닫히자마자 그에게 말했다. 엘리베이터 안은 넓지 않았지만, 문이 다시 닫히자 불안하지 않았다. 작은 공간에는 조명이 들어왔고, 거울이 있고, 양탄자가 깔려 있었다. 문이 다시 닫히자 우리는 밀실 공포증을 느낀 것이 아니라 차라리 안심이 되었다. 복도, 반대로 마리아니가 살고 있는 주변 복도는 어둠의 공포를 자극했다. 복도의 조명이 깨지고, 창문도 없이 구불구불 이어져서 우리는 금세 방향을 상실했고 문을 찾아 더듬으면서 헤맸다. 우리는 어디로 가고 있는지 몰랐다.

"제대로 미쳤지. 하지만 나는 마리아니에게 관대해."

"그래도, 아파트를 요새화하는 무장한 사람들이라니요……"

"그런 인간들이 너무 많아. 그 사람들은 줄어들지 않을 거야. 마리아니는 그 사람들을 휘어잡고, 그 사람들은 마리아니가 겪은 것들을 경험하고 싶어 하지. 그리고 마리아니는 자신이 겪었던 것처럼 그 사람들을 잡아두고 있어. 만약 그가 죽게 되면 그들은 더 이상 무엇을 꿈꾸어야 할지 모를 거야. 흩어지겠지. 제국주의 축제의 마지막 배우가 죽으면 가프\*는 해체될 거야. 사람들은 그것이 가능했는지조차도 기억하지 못하게 될 테고."

"선생님께서는 낙관론자시군요. 고층주택에 철저히 무장한 성난 미치광이들이 있는데 손등으로 그것을 쓸어버리시네요."

"그 사람들은 15년 전부터 거기 있었어. 그 사람들은 사격 클럽 바깥으로는 한 발도 쏘지 못했지. 사격 클럽은 그 사람들 진짜 이름과 사

---

\* 312쪽 주를 참조하라.

진이 있는 공용 신분증으로 가입했고. 일탈이 일어났다면 사고 차원이
야. 그 사람들이 아니어도 사고는 일어났을 테고, 심지어 더 많이 일어
났을 거야."

소리도 없이 표시도 없이, 엘리베이터는 우리를 지상에 다시 내려놓
았다. 빅토리앵의 침착함이 나를 자극했다.

"선생님께서 담담하신 것이 화가 나요."

"난 침착한 사람이야."

"저 인간들의 어리석음, 전쟁에 대한 취향, 죽음에 대한 취향을 앞
에 두고서도요?"

"어리석은 짓은 다들 하지, 나조차도 어리석은 짓을 많이 하고. 전
쟁은 내게 더 이상 특별한 인상을 주지 못해. 죽음이라, 게다가 난 죽음
에 진력이 났고. 마리아노도 그렇지. 그래서 내가 그에게 관대한 거야.
내가 말하는 것을 자넨 이해 못 하네. 자넨 죽음에 대해서 아무것도 모
르고, 그 문제에 개의치 않을 수 있다는 것을 상상도 못 해. 나는 자기
죽음에 대해 완전히 무심한 사람들을 보았고, 그 사람들과 생활했어. 나
도 그중 하나고."

"죽음을 두려워하지 않는 사람들은 미친 사람일 뿐이에요. 미친 사
람들만이 그런다고요."

"두렵지 않다고 말하지는 않았어. 그저 내 죽음에 대해 개의치 않는
다는 거야. 난 죽음을 목격했고, 어디에 존재하는지도 알고, 개의치 않
아."

"그건 말에 불과해요."

"절대 아니야. 그 무심함은 내가 직접 겪은 거라고. 그리고 다른 사
람들한테서도 그것을 보았어. 그것은 논란의 여지가 없고 끔찍한 일이
었지. 그곳에서 나는 병사들 돌격에 참여했었거든."

"돌격? 20세기에 돌격을 했다고요?"

"그 말은 그저 우리를 향해 총을 쏘는 사람들을 향해 나아간다는 뜻이야. 나는 그것을 보았고 거기에 있었지만, 그런 경우에 사람들 모두가 그러듯 머리를 숙인 채 바위 뒤에 숨어 있었어. 그렇지만 그 사람들은 돌격했지. 다시 말해서 장교가 내리는 명령에 일어나 돌진한 거야. 우리는 그 사람들을 향해 총을 쐈고, 매 순간 즉사할 수 있다는 것을 알았지만 앞으로 나아갔어. 서두르지 않고, 허리에 무기를 두른 채 진군하고, 연습인 양 총을 쐈어. 나도 총 쏘는 적을 공격했지. 그런 경우에 보통 사람들은 소리를 지르고 내달리지. 소리를 지르면 아무 생각도 안 하게 되고 달리면 총알을 피할 수 있다고 믿게 되니까. 우리는 그렇지 않았어. 일어나 서두르지 않고 나아갔어. 만약 죽는다고 해도 할 수 없었지. 다들 그 사실을 잘 알고 있었어. 어떤 사람들은 죽고, 어떤 사람들은 죽지 않고 계속 나아갔지. 그 광경은 무시무시했어, 자기 죽음에 관심이 없는 사람들. 전쟁은 공포와 보호에 바탕을 두고 이뤄지는데, 우리는 일어서서 나아가기만 하니 무서울 수밖에. 관례는 더 이상 존재하지 않고, 더 이상 전쟁을 하고 있는 게 아니었어. 대개 마주 보는 사람들, 보호를 받으며 총을 쏘는 사람들, 그들은 도망을 쳤어. 그들은 엄청나게 겁에 질려 달아났지. 가끔 남아 있을 때도 있었는데, 그러면 칼이나 소총 개머리판, 돌로 생을 마감했지. 병사들은 자신들의 죽음에 대해서 그렇듯이 다른 사람들의 죽음에 대해서도 개의치 않아. 누군가를 죽이는 것이 방을 청소하는 일과 같고, 그들은 그렇게 할 수 있어. 그들은 진지에서 적을 몰아내고, 마치 샤워를 한 것처럼 그 일에 대해 말하지. 나는 다른 사람들의 발걸음을 늦추지 않으려다 과로로 죽은 사람을 보았어. 뒤에 오는 사람들을 지체시키려고 뒤에 남아 있던 사람들도 보았고. 모두 자신이 무엇을 하고 있는지 알고 있었지. 그 사람들은 태양을 정면으로 바라

보고 망막이 타버렸어. 사정을 모두 안 그 사람들은 가방 같은 것을 땅
에 내려놓고 더 이상 움직이지 않았어. 나는 그것을 보았지. 그 후에 더
이상 그 무엇도 예전과 같은 의미가 아니었지. 두려움, 죽음, 인간, 모든
게 말이야."

나는 어떻게 말해야 할지 몰랐다. 엘리베이터가 가벼운 충격과 함께
멈추자 문이 열렸다. 우리는 길로 나왔는데 청년들이 모여 있었다.

그는 걷던 대로 그 무리를 가로질러 갔는데, 걸음을 늦추지도 서두
르지도 않았으며, 등을 구부리지도, 그렇다고 펴지도 않았다. 그는 마치
빈방에 들어가듯 청년들이 모여 있는 가운데를 지나갔고, 완벽하게 정
중한 한마디를 던지면서 문에 앉아 있는 한 청년의 다리를 뛰어넘었고,
청년 역시 같은 어조로 반사적으로 사과하며 무릎을 구부렸다.

그들은 자신들의 죽음을 개의치 않았다고 그가 내게 말했다. 나는
그 말이 정확하게 무슨 뜻인지 안다고 할 수는 없다. 아마 그가 내게 말
했듯이 그들은 뭔가를 내려놓았고, 마침내 더 이상 움직이지 않은 것이
다. 청년들은 우리에게 머리 숙여 인사했고 우리도 답을 했는데, 그들은
우리 때문에 자신들의 대화를 중단하지 않았다.

우리가 밖으로 나왔을 때 눈이 내리고 있었다. 우리는 외투 주머니
에 손을 찔러넣은 채 보라시외의 텅 빈 거리로 나아갔다. 아무것도 없
는 거리, 사람도 건물도 없고, 아름다움도 삶도 없는 거리, 단지 고층 건
물들 사이로 넓은 공간이 있을 뿐인 초라한 거리, 오래되고 대화의 부재
로 타락한 거리. 보라시외의 거리들은 동방의 도시처럼 어수선했다. 모
든 것이 우연히 존재했고, 아무것도 서로 어울리지 않았다. 심지어 인간
조차 이 거리들에서는 제자리에 있지 않았다. 자연스럽게 균형을 지향
하게 마련인 식물들조차 그랬다. 잡초들이 있어서 땅은 다른 풀들이 자
라나지 못했고, 맨땅의 길들은 잔디를 가로질렀다. 그날 밤에 내린 눈

은 다시 형상을 부여했다. 눈이 모든 것을 다시 덮고, 모든 것을 접근하게 했다. 주차한 자동차 한 대는 순수한 덩어리가 되고, 수풀, 소형 슈퍼마켓이 있는 창고, 간이 버스 정류장, 대로 끝까지 이어진 도로의 가장자리와 같은 성질을 지니게 되었다. 모든 것이 하얀 종이에 덮인 형상일 뿐이었다. 각을 완화시키고, 조직을 단일하게 만들고, 이행 과정을 지웠다. 사물은 유일한 현존 속에서, 똑같은 거대한 천 아래서 조화로운 재능을 드러내고 있었는데, 눈 아래서 모두 닮아 있었다. 기이하게도 가려진 것들이 연결을 시켰다. 우리는 처음으로 보라시외를 함께 걸었는데, 하얀 눈에 덮인 침묵의 보라시외, 눈의 평정 아래서 모든 사물이 똑같은 생명력을 지닌 보라시외. 우리는 아무 말 없이 걸었다. 눈송이들은 서둘러 우리 외투 위에 내렸고, 잠깐 동안 양모 같은 모습으로 머물다가 그 위에서 녹아내리고는 사라졌다.

"결국 가프, 그들은 무엇을 원하는 걸까요?"

"아 단순한 것이지, 상식 같은 것. 그 사람들은 사람들 사이의 모든 것을 조정하고 싶어 해. 법이 끼어들지 않는 작은 모임에서 사람들이 그러는 것처럼 말이야. 강자들은 강하게, 약자들은 약하게 있기를 바라고, 차이가 고려되기를 바라면서 확실성이 통치의 원리가 되기를 바라지. 확실성이라는 것은 논의의 여지가 없으니까, 그 사람들은 토론하고 싶어 하지 않아. 그 사람들에게는 힘의 사용이 가치가 있는 유일한 것, 유일한 진리인데, 힘이란 것은 말을 하지 않으니까."

그는 더 이상 거기에 대해서 말하지 않았는데, 그에게는 그것으로 충분한 것처럼 보였다. 우리는 눈이 모든 것을 덮고 있는 조용한 보라시외를 가로질렀다. 침묵 속에서, 만 가지 존재는 똑같이 하얀 형상을 지닌 물결일 뿐이었다. 대상들은 존재하지 않았고, 하얀 환영만이 있었고, 어두운 외투를 입은 우리는 단 하나의 움직임, 뒤에 밟힌 눈에 두 궤적을 남기는 우리는 공허를 가로지르는 두 자루의 붓과 같았다.

우리가 그의 집 정원에 도착했을 때 눈은 그쳤다. 눈송이들이 날렸지만 듬성듬성 내렸고, 땅에 떨어지는 것이라기보다는 바람에 흩날렸다. 우리가 주목하지 못하는 사이 마지막 내리는 눈은 보랏빛 감도는 대기 속으로 흡수되었다. 그렇게 끝났다.

그는 정면 현관문을 삐걱 열고, 덤불과 포석, 약간의 잔디가 모양새를 이룬 공간을 보았는데, 몇 가지는 알아볼 수 없었다. "지금 우리 집 정원 문턱에 있는 이 순간, 눈이 멈춘 것을 보게, 이 순간 눈은 모든 것을 완벽하게 덮었지. 그 어느 것도 이보다 더 충실하진 못해. 나와 잠깐 밖에 있을 텐가?"

우리는 침묵 속에서 아무것도 보지 않은 채 머물렀다. 리옹 외곽의 작은 집 정원은 눈이 약간 덮여 있었다. 가로등은 연보라색 불빛을 반사했다. "나는 이것이 오래 지속되었으면 좋겠어. 하지만 이것은 지속되지 않지. 자네는 이 완벽함을 보는가? 벌써 사라지고 있지. 눈이 그치자마자 완벽함은 무너지기 시작하고, 내려앉고, 용해되면서 사라지지. 현재의 기적은 출현하는 순간만 지속될 뿐이야. 소름 끼치는 일이지만, 현재를 즐겨야지, 아무것도 기대하지 말고."

우리는 오솔길을 걸었다. 발아래서 가볍게 눈가루가 묻어나고, 우리 걸음에는 사각거리는 모래 소리와 동시에 커다란 솜이불 속에서 깃털이 침하하며 생기는 부드러운 소리가 뒤따랐다. "모든 것이 완벽하고 단순해. 부드러운 곡선을 이룬 지붕을 봐. 오솔길로 녹아든 것처럼 보이는 화단을 보게나. 두드러져 보이는 빨랫줄을 보게. 지금 우린 그것을 보고 있는 거야."

두 개의 말뚝 사이에 묶은 줄 위, 유일한 인접지의 좁고도 높은 띠에 눈이 균형을 잘 이루고 쌓여 있었다. 그것은 단번에 곡선을 따라갔다. "눈은 무의식중에 내가 따라가고 싶었던 선들 가운데 하나를 따라가지. 눈은 아무것도 모른 채 완벽하게 선을 따라가고, 곡선의 도약을 드러내지 않고 강조하면서 원래 모습보다 더 좋은 선을 드러내지. 만약 내가 줄 위에 눈을 놓기를 원했다고 해도 이처럼 아름답게 만들기는 불가능했을 거야. 내가 그리 하고 싶어도 눈이 무심하게 실현시킨 것을 만들기는 불가능했을 거야. 눈은 줄이란 것을 신경 쓰지 않기 때문에 허공에 빨랫줄들을 그려. 눈은 중력의 아주 단순한 법칙들을 따라 내리고, 바람의 법칙, 온도의 법칙, 그리고 약간의 습도의 법칙을 따라 내리거든. 그러면서 눈은 내 그림 지식 전부를 동원해도 그릴 수 없는 곡선을 그려내지. 눈이 질투나는구면. 눈처럼 그리고 싶어."

둥근 테이블과 도색한 금속 의자 두 개로 구성된 정원용 가구들은 너무나 정확하게 만들어져 재단하고 박음질하기에 무척 어려웠으리라 싶은 쿠션들로 우아하게 장식했다. 페인트칠한 표면 아래 녹이 보이는 이 낡은 가구들은 눈 덮인 아래서는 조화로운 걸작이 되었다. "만약 내가 이 무심함, 이 무심함이 지닌 완벽함에 다다를 수 있었다면, 나는 그때 위대한 화가가 되었을 것이야. 내가 평화로웠다면, 나를 둘러싼 것을 그릴 수 있었다면, 나는 이와 같은 평화 속에서 죽었을 것이야."

그는 자연의 힘의 결합을 통해서만 만들어진, 완벽한 조화를 이루는 솜이불로 덮인 테이블로 다가갔다. "우리가 세상을 그냥 내버려두었을 때 얼마나 멋진지를 보게, 그리고 얼마나 부서지기 쉬운 것인지도 보게."

그는 눈을 한 주먹 긁어내면서 모아놓은 것을 뭉쳐 나를 향해 던졌다. 나는 날아오는 것을 피했다기보다는 그의 행동에 대한 반응으로 몸을 숙였고, 내가 놀라 몸을 들었을 때 두번째 눈뭉치가 내 이마 정면을 때렸다. 내 눈썹에 눈가루가 묻었고 금세 녹기 시작했다. 나는 눈을 닦았고, 그는 도망칠 틈을 벌려고 눈 조각을 뭉치며 뛰어 달아나기 시작했다. 그리고 급하게 눈을 뭉치면서 나를 향해 던졌다. 나는 눈 뭉치 공격을 당했고, 그를 뒤쫓았다. 우리는 정원에서 소리를 지르면서 뛰어다녔다. 서로에게 눈 뭉치를 던지면서 외투를 엉망으로 만들었다. 점점 더 눈 뭉치는 횟수가 줄어들고, 서로를 겨냥하고, 던지는 거리도 줄어들면서, 우리는 눈가루 덮인 구름 속에서 웃으면서 빠르게 움직였다.

그가 나를 뒤에서 붙잡고 나뭇가지에서 떼어낸 얼음 조각을 외투 깃 사이로 집어넣었을 때에야 놀이는 끝났다. 나는 날카로운 비명을 지르며 숨 막히도록 웃고, 차가운 땅 위에 넘어져 앉았다. 그는 내 앞에 서서 숨을 몰아쉬었다. "내가 자네를 잡았어…… 내가 잡았다고…… 하지만 그만하자고. 난 더 이상 못하겠어. 게다가 우리가 눈이란 눈은 전부 던져버렸다고."

우리는 모든 것을 어지럽혀놓았다. 사방에 발자국을 남기고, 발자국은 어지럽게 얽혀 있었는데, 흙과 뒤섞인 눈 뭉치들이 남아 있는 것과 닮아 있었다.

"이제 돌아갈 시간이야." 그가 말했다.

"눈이 유감스럽겠네요."

나는 일어나 발로 눈 뭉치를 옆으로 치웠는데, 그것은 더 이상 아무것도 닮지 않았다.

"우리는 그것을 되돌려놓을 수 없어요."

"새로 눈이 내리기를 기다려야 하네. 눈은 언제나 완벽하게 내리지만, 흉내 내기는 불가능하지."

"건드리지 말아야 해요."

"그래. 움직이지도 말고 걷지도 말고, 그저 눈을 바라봐야만 하네.

그 완벽함을 바라보는 것만으로도 충분히 만족스럽지. 하지만 눈 자체는, 일단 눈이 그치면 사라지기 시작하네. 시간이 지속되면 경이로운 복제품은 해체되지. 이런 종류의 아름다움은 우리가 사는 현실을 감당하지 못해. 들어가자고."

우리는 안으로 들어갔다. 신발에 묻은 눈을 털고 외투를 걸었다.

"눈 내린다고 알리기를 좋아하는 것은 바로 아이들이야. 아이들은 뛰어다니며 그 사실을 외치는데, 그것은 언제나 행복한 활기를 불러일으키지. 부모들은 미소 짓고 침묵하고, 학교는 문을 닫기도 하고, 주위의 풍경은 온통 놀이터가 되지. 세상은 부드럽고 유연하게 변해, 우리는 아무것도 생각하지 않고 모든 것을 할 수 있고, 그런 다음엔 몸을 말리지. 그것은 사람들이 경탄하는 시간을 지속시키고, 거기에 대해 말하는 순간을 지속시켜. 눈이 내린다는 사실을 알리는 시간이 지속되고 끝이 나지. 그래서 일상의 꿈은 사라지는 거라네, 청년. 이제 가서 그림을 그리세."

"그림에서 가장 중요한 선들은 우리가 그리지 않은 선들이야. 그 선들이 여백을 남기고, 여백만이 길을 내준다네. 여백은 시선과 사유의 순환을 가능하게 해주지. 그림은 능숙하게 배치된 여백으로 구성되고, 특히 시선의 순환에 의해서 그 자체로 존재하네. 먹은 결국 그림의 외부에 있는 것이고, 우리는 무(無)를 가지고 그리지."

"선생님의 중국식 역설은 짜증스러워요."

"하지만 흥미로운 모든 현실은 역설을 통해서만 말해질 수 있다네. 아니면 몸짓으로 드러나거나."

"하지만 그런 것이라면 차라리 선을 제거하는 편이 낫겠네요. 하얀 종이가 안성맞춤일 거고요."

"그렇지."

"어리석은 짓이에요."

창으로 불규칙한 검은 자국들이 무늬를 이룬 것 같은, 어지럽혀진 정원의 모습이 은은히 되비쳤다.

"그런 그림은 완벽하겠지만 너무 불안정해. 삶은 많은 흔적을 남기지." 그가 말했다.

나는 더 이상 주장하지 않았고, 다시 그림을 그리기 시작했다. 나는 내 습관이나 의도보다 선을 적게 그렸다. 그것은 그리 나쁘지 않았다. 남아 있는 선은 심오한 하얀색 주위에 그 자체로 흔적을 남겼다. 삶은 남아 있는 것이다. 흔적이라는 것은 덮이지 않는다.

그래도 나는 고집스럽게 굴었는데, 무기를 지닌 토박이 과격파들, 지붕 저 위쪽에 살고 있는 그들이 나를 불안하게 만들었기 때문이다.

"마리아니는 위험한 인물이죠, 아닌가요? 그 패거리는 전쟁 무기를 지니고 있고, 그것들을 모든 사람을 향해 겨누잖아요."

"그 사람들은 부산스러워. 자기들끼리 즐기고 사진을 찍어대지. 사람들이 자기들을 보면서 물리적인 공포를 느끼는 것을 좋아할 거야. 하지만 15년 전부터 모여서 부산스럽게 굴었어도 결코 희생자를 만들지는 않았지. 어차피 그들이 아니었다 해도 일어나게 마련이었을지도 모를 방탕을 제외하곤 말야. 그들이 소유한 다량의 무기를 가지고 일으키는 소란은 끝이 없지."

"선생님은 그들을 심각하게 여기지 않으세요?"

"오 그렇다네. 그들이 말하는 것을 들으면 정말 심각해지지, 그렇지만 그게 제일 심각한 일이야. 15년 전부터 가프들이 말하는 것은 그들의 다소 비대한 근육보다, 그들이 지닌 과시적인 무기보다, 그들의 차에 물건을 옮겨놓은 황소 같은 힘보다 더 강한 인상을 줬어."

"인종 문제요?"

"인종 문제는 헛된 것이야. 어둠의 연극을 위해 방을 가로질러 펼쳐
놓은 천이지. 불이 꺼지면 사람들은 자리에 앉고 어둠을 비추는 작은 등
만 남아. 공연이 시작되는 거지. 사람들은 경탄하고 손뼉치고 웃고, 못
된 인물들에게 야유를 보내고 착한 인물들을 격려하지. 사람들은 그저
그림자들에게 말을 걸 뿐이야. 우리는 천 뒤에서 무슨 일이 일어났는지
를 알지 못해, 우리는 그림자를 믿는 거야. 뒤에는 우리가 보지 못하는
진짜 배우들이 있어. 사회적인 것이기 마련인 진짜 문제들이 해결되는
것은 언제나 천 뒤에서이지. 자네 같은 청년이 단호하게 떨리는 목소리
로 인종 문제에 대해서 말하는 것을 들으면, 나는 가프들이 이겼다는 결
론을 내리게 되네."

"하지만 나는 그들의 생각에 반대인 걸요."

"반대하는 것은 함께한다는 뜻이기도 해. 자네의 단호함은 그 사람
들의 기운을 북돋는 거야. 인종은 자연적인 사실이 아니고, 사람들이 그
것에 대해 말할 때만 존재하는 것이지. 가프들을 자극한 나머지, 그 사
람들은 모든 사람이 인종을 가장 중요한 문제로 여긴다고 믿게 되는 거
야. 사람들은 다시 인류의 분열을 믿게 되고. 나는 내 아내 에우리디케
가 격분하고 밥엘우에드의 인종차별주의자들을 맹렬하게 증오하는 것을
이해해. 난 그녀를 자네가 상상도 못 하는 곳에서 꺼내왔어. 그들은 거
기에서처럼 여기에다 다시 밥엘우에드를 건설하고 싶어 하지."

"대체 그들이 원하는 게 뭐죠?"

"그들은 단지 원하는 것을 원해. 영향력을 갖게 되기를 바라지. 그
들은 강한 사람들이 구속에서 벗어나기를 원하고, 사람들이 각자 자신
의 자리를 지키고, 그 자리가 보이는 자연적인 질서를 원해. 저 위쪽, 마

리아니의 고층 아파트 18층에서, 그들은 거기에서의 삶의 방식이었던 것을 오늘의 프랑스에서 열망한 이미지를 따라 팔랑스테르*를 창조했지. 힘의 사용이 가능했고, 법을 비웃으면서 그 위에 앉는 것이지. 알던 사람들끼리 어울려 하는 일을 했지. 눈짓 한번이면 믿음이 주어지고, 사람들의 얼굴을 읽는 것으로 충분했어. 사회적 관계는 힘의 관계였고, 사람들은 직접 그것을 알아차렸지."

"그들은 사냥개처럼 무리를 지어 추격 특공대처럼 살아가기를 원해. 그들이 잃어버린 이상은 등에 무기를 지고 대장의 주변에 앉아 있던 산 소년들이 그리던 이상과 같아. 그것은 어떤 상황에서는 존재했지만, 나라 전체가 소년단의 야영장은 아니지. 결국 우리가 실패했었다는 사실을 잊는 것은 비극이야. 힘은 결코 잘못 주어지지 않지. 힘의 사용에 실패하면, 우리는 언제나 힘이 조금만 더 있었더라면 성공했을 거라고 믿지. 그래서 다시 시작하고, 더 강해지고, 다시 패배를 하고, 좀더 많은 손해를 입고. 힘은 결코 아무것도 이해하지 않고, 힘을 사용하는 사람들은 우울하게 실패를 관조하고, 되돌아가기를 꿈꾸지."

"거기에서는 모든 것이 단순했고, 우리 목숨은 우리 힘에 달렸었지. 우리와 닮지 않은 인간들이 우리를 죽이려고 들었어. 우리 역시 그랬고. 우리는 그들을 물리치거나 피해야 했어. 성공 아니면 실패. 우리 삶은 주사위 놀이처럼 단순했지. 전쟁은 단순해. 자네는 전쟁이 왜 영원한지 아나? 그것은 전쟁이 현실 가운데 가장 단순한 형태이기 때문이야. 모든 사람이 단순하게 하려고 전쟁을 원해. 우리가 만난 매듭, 우리는 결국 힘을 사용해서 그것을 잘라내기를 원하는 거야. 적이 있다는 것은 가장 값진 재산이고, 우리의 지지대가 되었어. 통킹 만의 숲에서 우리는

---

* phalanstère: 공동생활체.

결국 우리를 쓰러뜨릴 적을 찾았던 거야."

"모든 문제를 해결하는 기준은 우리가 개구쟁이로 돌아갈 때 쓰는 따귀 때리기, 아니면 개한테 그러듯이 발길질하기야. 거기에는 진정되는 것이 있어. 혼란스럽게 하는 사람에게, 사람들은 개나 아이에게 그러듯 힘을 사용해 알아듣게 설득하기를 꿈꾸지. 우리가 말한 것을 하지 않는 사람, 힘을 사용해서 그를 제자리로 돌려보내야 해. 그는 그것만을 이해하지. 거기에서는 가장 명백한 사회적 행위가 따귀 때리기이고 그것이 상식을 지배해. 거기는 우리가 사람들을 개처럼 다루면서 다스릴 수가 없어서 붕괴했어. 결국 우리가 졌다는 사실을 잊은 게 비극이야. 힘이 조금만 더 있었더라면 좋았을 거라고 생각하는 것은 끔찍하게 어리석은 일이야. 마리아니와 그 무리들은 힘에 관해서 위로받을 수 없는 고아와 같은 존재들이야. 그들을 진지하게 생각하면 그 진지함에 우리까지 전염되니까 비극적인 일이지. 그들은 우리가 그들의 환영에 대해 말을 하게 강요하고, 그렇게 해서 우리는 그것들을 다시 나타나게 만들어 지속시키는 거지."

"나는 에우리디케가 화 내는 것도 이해해. 에우리디케가 바라는 건 마리아니가 거기로 가서 말뚝을 박고 결코 돌아오지 않는 것, 그를 따르는 환영들을 전부 데리고 사라지는 것이지. 그가 여기에 오니까 그곳이 다시 사람들에게 들러붙어, 더 이상 그곳에 대해 생각하지 않는 일에 우리 인생을 허비하게 되고. 나는 에우리디케를 이해해. 하지만 마리아니는 나를 숲으로 옮겨주었어."

"단지 그렇다고 해서요? 그건 별거 아니잖아요."

"더 이상 어디에서 찾지? 우정은 단 한 번의 몸짓에서 시작되고 갑자기 주어지고 펼쳐지는 거야. 우정은 엄청난 충격이 빗나가게 만들지 않는 한 여정을 바꾸지 않아. 어떤 순간 어깨를 스친 사람을 자네는 영원히 사랑하게 될 수 있다네. 그것도 매일 아침 자네랑 말을 하던 사람보다 훨씬 더. 마리아니는 나를 숲으로 데려갔고, 나는 그 바보가 나무뿌리에 걸려 비틀거리면, 내 다리에 가해진 충격으로 고통을 느꼈어. 내가 그 녀석을 더 이상 보지 않으려면 나는 다리를 잘라야 해. 나는 다리를 부상당했고, 마리아니는 다른 곳에 부상을 입었어. 우리는 상처 입은 두 사내이고 그 이유를 알고 서로를 보는 거야."

"나는 그 무리들을 좋아하지는 않지만 그가 왜 그들을 훈련시키는지 알아. 가프의 정치적인 관점은 어리석어. 단순할 정도로 어리석지. 이런 종류의 어리석음을 잘 알고 있어. 그들은 그 어리석음을 결코 통치할 수 없었던 그곳에서 배웠어. 드골은 그들을 고함치는 인간들, 그곳 사람들처럼 길들였지. 그의 감언이설에는 종종 옳은 말도 있었지. 그곳에서 우리는 소리를 질렀어. 권력은 다른 곳에 있었고, 우리는 그곳에 권력이 있지도 않은데 신뢰를 가졌다네. 일이 잘못되면 무기가 필요했고. 우리는 지배하는 법을 몰랐고, 심지어 그게 뭔지조차 몰랐어. 명령을 내리고 사소한 모순 때문에 뺨을 때렸지, 마치 아이들 뺨을 때리듯이, 개 패듯이 말이야. 만약 그 개가 다시 덤비면, 물 것 같은 기세를 보이면 군대를 동원했지. 군대는 바로 나 자신이라는 게 마리아니 생각이야. 그와 같은 부류의 사람들인데 다수가 죽었어. 우리는 개를 죽이려고 애썼지. 자네는 그게 일이었다고 말하지만, 마리아니는 그것을 믿었고 거기서 벗어나지 못했어. 나는 그림이 나를 구원해줄 거라고 믿었어. 나는 좋은 군인은 못 되었지만, 내 영혼을 구제했지."

"개 사냥꾼들, 개가 죽을 때면 사람의 눈으로 나를 봤어. 결코 존재하기를 중단하지 않았던 것들. 자네는 삶에 대해 말하는군. 만약 내게 아이들이 있다면 애들에게 어떻게 그것을 말할 수 있을지 모르겠어. 그런데 자네에게 그것을 말하는군. 나는 자네가 이해하는지를 몰라. 다른 모든 사람과 마찬가지로 자네가 프랑스식으로 사고한다면 자네는 아무 것도 이해 못 해."

"다시 프랑스 이야기네. 역시 프랑스야." 나는 한숨을 쉬었다.

프랑스는 그 대문자 F를 가지고 나를 고양시켰다. 드골이 발음하는 것 같은 대문자 F, 이제는 감히 누구도 더 이상 그렇게 발음하려고 들지 않는다. 대문자 F, 그런 발음을 더 이상 누구도 이해하지 못한다. 나는 빅토리앵 살라눙을 만난 이후부터 내가 말하는 대문자 F에 질렸다. 나는 비스듬히, 잘못 쓰인 대문자에 질렸고, 사람들은 협박하는 숨소리를 내며 발음했는데 그로 인해 스스로 균형을 발견하기가 불가능했다. 대문자 F는 오른쪽으로 기울었고, 떨어졌으며, 불균형한 부분들이 그것을 끌고 갔다. 대문자 F는 우리가 힘으로 그것을 붙잡아야만 똑바로 섰다. 나는 빅토리앵 살라눙을 알게 된 이후부터 걸핏하면 대문자 F를 발음했고, 드골처럼 대문자 프랑스에 대해 말을 하게 되었다. 드골은 대단한 거짓 말쟁이에 뛰어난 소설가로, 우리는 그가 쓴 단 한 문장, 단 한 단어에 의해 더 이상 아무것도 아닌데도 우리가 승리자인 것처럼 믿었다. 문학적 힘을 지닌 표현으로 그는 우리의 굴욕을 영웅주의로 변형시켰다. 누가 감히 그를 믿지 않을 수 있었을까? 우리는 그를 믿었다. 그는 말을 너무나 잘했다. 그것은 너무나 적합한 말이었다. 우리는 승리했다고 아주 굳건히 믿었다. 그리고 승리자의 테이블에 앉으려고 왔을 때 우리의 부를 과시하기 위해 개를 데리고 왔고, 우리 힘을 보여주기 위해 개에게 발길질을 했다. 개는 끙끙거렸고, 우리가 계속 개를 때리자 개가 우리를 물었다.

프랑스는 콜롱베의 장군*의 훈장만큼이나 거추장스럽고, 잘못 쓰인

---

* 드골 장군을 말한다.

글자를 가지고 말했다. 우리는 단어를 발음하기가, 보잘것없는 사람들을 정확하게 조정할 수 없게 만드는 초기의 과장된 위대함을 말하기가 힘이 들었다. 위대한 F는 사라졌고, 단어의 잔재는 호흡 곤란 상태인데, 어떻게 여전히 말을 하는가? 어떻게 말하겠는가?

프랑스는 호흡의 한 방식이다.

모든 사람은 여기에서 숨을 쉬고, 우리는 이 호흡을 통해 서로 알아보고, 그런 호흡에 질려버린 사람들은 다른 곳으로 가버린다. 나는 떠난 사람들, 그들을 이해하지 못한다. 그들은 옳고, 나는 그 사람들을 알지만, 그들을 이해하지는 못한다. 나는 그렇게 많은 프랑스인이 왜 다른 곳으로 가는지, 나로서는 남기고 가는 것이 상상이 안 되는 이곳을 왜 떠나는지 알지 못한다. 그들 전부가 왜 떠나기를 원하는지 알지 못한다. 하지만 그들은 떼로 떠나가버리고, 확증을 지닌 채 옮겨가서 거의 150만 명에 달한다. 국내 거주 인구의 5퍼센트, 선거인단의 5퍼센트, 취업 인구의 5퍼센트, 우리 중 상당 부분이 달아나버렸다.

하지만 나는 결코 다른 곳으로 떠날 수 없었고, 나는 결코 내 숨결 같은 이 언어 없이는 호흡할 수 없을 것이다. 나는 숨 쉬지 않고는 살아갈 수 없다. 다른 사람들은 그럴 수 있을 것처럼 보이는데, 나는 그들을 이해하지 못한다. 그래서 나는 며칠간의 휴가를 보내러 돌아온 망명자들에게, 그들이 나로선 상상도 못 할 훨씬 많은 돈을 벌고 있는 그곳으로 다시 떠나기 직전에 물었다. "다시 돌아오고 싶지 않나?" 그는 알지 못했다. "이곳의 삶이 그립지 않나?" 사실 다른 곳에서는 이곳의 삶을 사랑한다고 알고 있고, 그들도 자주 그렇게 말했다. 그는 애매한 눈빛으로 이렇게 답했다. "난 모르겠어, 내가 다시 올지 안 올지 모르겠네. 내가 아는 것(이 대목에서 그의 목소리는 단호해지고 그는 정면으로 나를 바라보았다)은 내가 프랑스에 묻히게 될 것이라는 사실이야."

나는 너무나 놀라 적절한 답은 물론 대꾸조차 할 수 없었다. 어떻게 말을 이어갈지 몰랐다. 우리는 다른 것에 대해 말했지만 나는 계속 그 문제를 생각했다.

그는 다른 곳에서 사는데 프랑스에서 죽기를 원했다. 나는 시신은 무아의 경지, 귀먹음, 후각 상실, 시각 상실, 총체적인 무감각 상태에 빠져, 자기가 분해되는 땅에 무관심하리라는 것을 알았다. 나는 그렇게 믿었지만, 천만에, 시신은 여전히 그를 키워주고, 그가 걷는 것을 보고, 그가 호흡을 조절하는 특별한 방식에 따라 말하는 것을 들었던 첫 단어에 애착했다. 프랑스는 삶의 방식이라기보다 차라리 호흡 방식, 죽음의 방식, 거의 들리지 않는 작은 흐느낌들이 뒤섞인 휘파람 소리와 같았다.

프랑스는 죽음의 한 방식이다. 프랑스에서의 삶은 안 좋게 끝난 긴 일요일이다.

그것은 잠에서 깬 아이 때문에 일찍 시작된다. 창은 갑자기 열리고, 덧창은 밀쳐져 있고, 빛은 안으로 들어온다. 사람들은 눈살을 찌푸리며 일어나고, 밤사이 전부 구겨져서 이불과 따로 노는 침대 시트 아래로 깊이 파고들고 싶었을 텐데, 우리에게 일어나라고 말한다. 우리는 눈이 부은 채 일어나서 조금씩 움직인다. 커다란 빵 덩어리에서 빵 조각을 잘라 버터를 바르고 그것을 적셔 먹는데, 이것은 다소 혐오스런 장면이다. 우리는 오랫동안 코앞에 두었던 커다란 그릇을 두 손으로 들고 식사를 끝내야 한다.

새 옷들이 침대 위에 펼쳐져 있다. 촉감이 아주 부드러우나 그다지 좋아하지 않아 자주 입지 않지만, 구기거나 더럽히지 않도록 주의해서 입어야 하는 옷들이다. 결코 딱 맞는 옷이 없는데, 평소에는 그 옷을 입지 않고 지나치게 오래된 것이기 때문이다. 신발은 거의 신지 않아 꽉 조이고, 부드러워지지 않은 신발 가장자리 때문에 발목과 뒤꿈치가 아프고, 그로 인해 양말에 구멍이 뚫린다.

준비 완료. 불편함과 아픔은 눈에 띄지 않고, 밖으로 보이는 모습은 전체적으로 완벽해 어떤 불평도 할 수 없다. 신발에 구두약을 바르고 나면 이미 발은 아프지만 그다지 중요하지 않다. 우리는 거의 걷지 않을 테니까.

우리는 성당으로 간다. 국회로 간다. '우리', 그것은 개별적인 사람이다. 우리는 함께 가고, 그렇기 때문에 부재하는 것은 유감스런 일이 될 것이다. 우리는 일어나고, 앉고, 모든 사람처럼 노래를 아주 못 부르지만, 함께하지 않는다는 건 도망치는 것과 마찬가지여서 우리는 남고, 서툴게 노래한다. 성당 앞 광장에서는 서로 인사를 나누는데, 신발 때문에 발이 아프다.

우리는 빳빳하고, 하얗고, 아주 깨끗한 종이 상자에 가지런히 정렬해놓은 케이크를 산다. 우리는 가운데를 고리로 채운 색깔 리본을 가지고 세심하게 상자를 고정시킨다. 우리는 그것을 흔들지 않고 걸을 텐데 상자 안에는 크림과 캐러멜, 버터로 만든 작은 성들이 모여 있기 때문이다. 케이크는 이미 정성 들여 만든 성대한 식사를 완성해줄 것이다.

일요일이고, 신발 때문에 발이 아프다. 우리는 사람들이 지정해준 접시 앞에 자리를 잡고 앉는다. 모든 사람이 접시 앞에 앉고, 모든 사람이 자기 접시를 갖고 있다. 모든 사람이 안도의 숨을 내쉬는데, 이 숨은 약간의 무기력, 체념일지도 모르고, 우리는 숨을 쉬면서도 결코 알지 못한다. 아무도 빠지지 않았지만, 다른 곳에 있고 싶었을 수 있다. 아무도 오기를 원하지 않아도 만약 초대받지 못했다면 자존심이 상했을 것이다. 아무도 거기에 있고 싶지 않지만 배제될까 봐 두려웠을 것이다. 거기에 있는 것은 권태롭지만, 거기에 있지 않았다면 고통스러웠을 것이다. 그래서 우리는 숨을 내쉬고 먹는다. 식사는 좋지만 너무 길고 너무 부담스럽다. 우리는 많이 먹고, 우리가 원하는 것보다 훨씬 많이 먹는다. 그렇지만 우리는 즐거움을 느끼고, 조금씩 허리띠를 푼다. 음식은 즐거움만 주는 것은 아니고 하나의 물질이고 무게를 지닌다. 신발 때문에 발이 아프다. 허리띠는 배를 조이고, 숨 쉬는 것을 불편하게 만든다. 이미 테이블에서 우리는 불편함을 느끼고 바깥 공기를 쐬고 싶다. 우리는 언제나 저 사람들과 함께 앉아 있는데, 왠지 의아하게 생각한다. 그래서 우리는 먹는다. 그리고 그 이유를 묻는다. 대답하려는 순간 우리는 삼킨다. 우리는 결코 답하지 않는다. 우리는 먹는다.

우리는 무엇에 관해 말하는가? 우리가 먹는 것에 대해 말한다. 우리는 그것을 계획하고, 준비하고, 먹는다. 우리는 언제나 거기에 대해 말하고, 다양한 방식으로 먹기 위해 입을 사용한다. 입, 먹는 동안에는 아무 말도 할 수 없게 입을 사용하고, 더 이상 말할 수 없도록 입을 사용하는데, 바깥을 향해서도 안을 향해서도 바닥 없이 열려 있는 이 통로를 채워야 한다. 입은 막을 수가 없기에, 유감이다. 우리는 아무 말도 하지 않는 것을 정당화하기 위해 입을 가득 채우는 데 전념한다.

신발 때문에 발이 아프지만 테이블 아래는 보이지 않는다. 그것이 괜찮다고 느껴지기에 중요하지 않다. 우리는 허리띠를 약간 푸는데, 때론 조심스럽게, 때론 크게 웃으면서 그렇게 한다. 테이블 아래서는 신발 때문에 발이 아프다.

이어서 산책을 한다. 우리는 산책을 싫어하는데, 어디로 가야 할지 몰라 결국 너무나 익숙한 곳으로 가기 때문이다. 우리가 걷기를 바란 것은 여기에서는 더 이상 숨을 쉴 수 없기 때문이다. 산책은 느릿하게, 앞으로 나아가지 않고 머뭇거리면서, 마치 발걸음마다 비틀거리면서 흔들리며 걷는 것과 같으리라. 모두, 일요일의 산책만큼 재미없는 일은 없다. 우리는 앞으로 나아가지 않는다. 발걸음은 마치 느리게 움직이는 곡식의 낱알들처럼 이어진다. 우리는 그저 걷는 척한다.

우리는 결국 돌아오고, 등을 기대고 창을 열어둔 채 잠깐 낮잠을 잔다. 침대 위로 몸을 던지면서 신발을 벗어 던진다. 마침내 우리를 아프게 했던 신발을, 우리는 신발을 벗어 침대 발치에 되는대로 던져둔다. 옷깃을 내리고 허리띠를 풀고 등을 대고 자는데, 배가 너무 부르기 때문이다. 바깥에서는 아주 느리게 열기가 누그러진다.

배와 목의 팽창을 방해하던 것에서 아주 빠르게 벗어나 방까지 도달했다는 흥분에 심장이 조금 세게 뛴다. 숨을 크게 내쉬면서 침대 위로 세차게 뛰어든다. 침대 밑판 스프링의 삐걱대는 소리도 약해지고, 마침내 우리는 조용한 방과 차분해진 바깥을 볼 수 있었다. 목을 좀 너무 세게 부딪쳐 달콤한 피가 느리게 흘러나오고, 혈관을 지나가기 힘들게 너무 기름진 피, 그것은 흘러간다기보다는 미끄러져 간다. 심장은 힘겨운 상태이고, 이런 노력 속에서 소진한다. 우리가 서 있을 때 피는 자연스럽게 낮은 곳을 향해 흐르고, 느리게 걷는 일은 피의 순환을 도왔다. 그런데 우리는 테이블에 앉아 있었다. 수다를 떨고, 휘발성 알코올로 부담을 덜었다. 그렇지만 그렇게 앉아 있는 상태로는 피는 너무 농도가 진해져 정지하고, 엉기고, 심장 혈관을 막게 한다. 사람들은 특별한 증상 없이도 기름진 혈액의 응고와 유착으로 죽는데, 수평의 혈관 내부에서 아무것도 순환하지 않기 때문이다. 진행 과정은 길고, 고립된 개별 기관이 대처를 할 것이다. 그러다 순서대로 죽는다.

프랑스에서 죽는 일은 긴 일요일, 어디로도 더 이상 가지 않는 피의 점진적인 정지와 같다. 그가 있는 곳에 남는다. 어두운 기원은 더 이상 움직이지 않고, 과거는 고정되고, 아무것도 더 이상 움직이지 않는다. 사람은 죽는다. 좋다 뭐.

열린 창을 통해 해 질 무렵의 부드러운 빛이 들어온다. 꽃향기가 전해지고 뒤섞인다. 하늘은 커다란 구리 쟁반과 같고, 새들은 천으로 감싼 막대기를 이용해 조금씩 그 판을 울리게 만든다. 희미한 빛 속에서 새들이 노래하기 시작한다. 우리는 옷을 잘 입고, 셔츠에 어떤 자국도 남기지 않고, 각자 자리를 지키며 체면을 지켰고, 다른 모든 사람과 장례식에 참석했다. 우리는 피의 응고, 순환을 막는 혈관의 끈적임, 심장을 조이는 질식으로 죽을 지경이고, 그로 인해 소리를 지르지도 못한다. 도움을 청하는 소리를 지르는 것. 그러나 누가 올 것인가? 낮잠을 자는 시간인데 누가 올 것인가?

프랑스는 일요일 오후에 죽는 방식과 같다. 프랑스는 자연사하지 못한 하나의 방식이다. 문이 쾅 열리고, 둥근 얼굴의 청년들은 서둘러 방으로 달려간다. 머리 둘레에 약간의 그늘만 남을 정도로 머리를 아주 짧게 자른, 그들은 벌어진 어깨 때문에 옷이 뜯어지고 근육이 튀어나왔다. 그들은 무거운 물체들을 들고, 뛰어서 자리를 옮긴다. 그 청년들 뒤에 더 나이 들고 더 마른 사내가 왔는데, 그는 소리를 지르면서 명령을 내리지만 결코 당황하지 않는다. 그는 모든 것을 보기 때문에 안심하고, 손가락과 목소리로 지시를 내리고, 주변의 늑대 같은 인간들은 그들의 힘을 제어한다. 그들은 서둘러 방으로 들어가고 사람들은 더 편안함을 느낀다. 그들은 산소를 공급하고 사람들은 숨을 쉬고, 이동식 들것을 펼치고 거기에 죽기 직전의 굳어버린 신체를 눕혀 뛰어서 들것을 옮긴다. 그들은 복도로 바퀴 달린 침대를 밀고 가는데, 침대에 눕힌 몸은 꽉 졸라매 질식할 것 같은 상태이고, 계단으로 내려가 시동을 걸어놓았던 소형 화물차 안에 들것을 놓는다. 이동식 침대는 모든 교통수단에 적합하다. 그들은 아주 빠르게 도시를 가로질렀는데, 요란스런 소리를 내는 소형 화물차는 경사진 커브를 돌고 신호를 무시하고, 오만하게 손등을 보이며 특권을 요구하고, 더 이상 규칙을 따를 때가 아니기 때문에 규칙을 무시한다.

병원에서 그들은 뜰을 달리고, 숨을 헐떡이며 누워 있는 환자의 이동 침대를 민다. 그들은 달리고, 발로 이중문을 열고, 재빨리 피하지 못한 사람들과 부딪치고, 마침내 마스크를 쓴 사람이 기다리고 있는 무균실에 도착한다. 천 마스크로 얼굴을 가리고 있어 사람들은 그를 알아보지 못하지만, 그가 취하는 자세를 보고 누구인지 안다. 그는 너무나 침착하고 너무나 확신에 차 있어서 그 앞에 있는 우리는 무지를 깨닫는다. 입을 다문다. 그는 청년들의 지도자와 말을 놓는다. 그들은 서로를 안다. 그들은 모든 것을 장악하고 있다. 그의 주변에 있는 마스크 쓴 여인들이 빛나는 도구들을 그에게 건넨다. 그는 조명등 불빛 아래서 동맥을 가르고, 수술하고, 놀랄 만큼 뛰어난 바느질 솜씨로 찢어진 곳을 다시 촘촘히 꿰맨다.

우리는 깨끗한 방에서 잠을 깬다. 둥근 얼굴의 청년들은 위급한 다른 사람들을 향해 다시 떠난다. 칼과 봉합 바늘을 다룰 줄 아는 구세주 같은 인물이 마스크를 목 쪽으로 내린다. 그는 창가에 서서 담배를 피우면서 몽상에 잠긴다.

소리 없이 문이 열리고 하얀 블라우스 차림의 사랑스런 여인이 아주 간단한 식사를 쟁반 위에 가져온다. 두꺼운 그릇 위에는 기름기 없는 햄, 아주 가늘게 썬 빵, 소량의 퓌레, 그뤼예르산 치즈, 끓인 물이 놓여 있는데, 마치 장난감처럼 보인다. 매일 제공되는 음식이 그와 같을 것이다. 치료가 될 때까지는 분명 그렇다.

그들보다 더 마르고 나이가 많은 지도자와 함께 건강한 청년들은 다시 활동을 개시한다. 그들이 정체불명의 지도자에게 데려간 사람들은 거의 죽은 거나 다름없고 거의 목숨이 붙어 있지 않은데, 그는 단순한 동작으로 그들을 구한다.

프랑스식 삶은 그렇다. 언제나 회복 불능에 가까운 사람들이 칼을 대고 살아난다. 더 이상 움직이지 못할 정도로 농도가 진해진 피, 피로 인해 질식할 것 같고, 그러다 단번에 고통스런 상처에서 솟구친 맑은 피가 튀어 오르면서 구조를 받는다.

상실하고, 이어서 구조를 받는다. 프랑스는 아주 감미로운 죽음의 방식이고, 갑작스런 구조의 방식이다. 그것을 설명할 수는 없지만, 왜 그가 돌아오기를 망설였는지를 이해한다. 그에게 물었다. 여기로 돌아오기를 원치 않고 다른 곳에서 살고 싶어 하는 망명자인 그, 그가 왜 여기에 묻혀야 한다고 생각하는지.

나는 그 죽음에 대해 알지 못했다. 감미롭고 느린 죽음, 그리고 뛰면서 움직이는 사람들에 의한 갑작스런 구조. 방법을 아는 사람들이 단 한 번의 메스를 휘둘러 행한 구조. 우리는 그에게 무한한 감사를 드린다. 나는 그것을 예상하지 못했다. 하지만 프랑스에서 사람들이 내게 말한 모든 것이, 내게 스며든 언어로 동의한 모든 것이, 나의 것인 이 언어에 의해서 내가 아는 모든 것, 말해지고 기록되고 이야기되는 모든 것. 그것은 오래전부터 내게 힘을 사용해 구원받는 것을 믿도록 준비시킨다.

"자네는 프랑스식으로 이해하지 못하는군." 빅토리앵 살라뇽이 내게 말했다.

"아니 이해해요. 단지 그것을 어떻게 말할지 모를 뿐이에요."

나는 일어나 그를 껴안았다. 말라서 딱딱해진 그의 뺨에 입을 맞추고, 이젠 잘 깎지 않아 까끌까끌한 하얀 수염이 난 그, 나는 그를 부드럽게 안고 감사를 전했다. 집으로 돌아왔다. 텅 빈 거리를 걸어 자동차 바퀴자국과 발자국으로 망가진 눈길을 걸어서 왔다. 내가 아직 사람이 지나가지 않은 잔디밭이나 보도들을 우회한 것은 그것을 훼손시키고 싶지 않았기 때문이다. 어쨌거나 종일토록 아무도 지나가지 않고 남은, 이 하얀 눈의 질서가 부서지기 쉽다는 것을 너무 잘 알기에.

소설 V

# 핏빛 정원에서의
# 전쟁

살라뇽은 이 세상에서 사이공이라는 도시를 가장 혐오한다. 사이공
의 더위는 매일 끔찍했고, 그곳의 소음도 그렇다. 숨을 쉬는 일이 숨을
막히게 하는 것 같았고, 사람들은 공기에 더운 습기가 섞여 있다고 믿었
다. 자신을 보호할 수 있으리라고 믿고 창문을 열면, 더 이상 말이 들리
지도 않고, 생각할 수도 숨을 쉴 수도 없었다. 거리의 소음이 모든 것을
삼켰는데, 심지어 머릿속까지 그랬다. 만약 창문을 다시 닫으면 더 이
상 숨을 쉴 수도 없고, 축축한 천으로 얼굴을 덮으면 천이 바짝 달라붙
었다. 사이공에 있던 초반에는 호텔 방의 창문을 몇 번이나 열고 닫다
가 포기했고, 푹 젖은 침대 위에 팬티만 입고 누워 죽지 않기 위해 애썼
다. 더위는 그 나라의 질병이다. 거기에 익숙해지거나 반죽음 상태가 되
어야 한다. 더위에 익숙해지는 편이 더 낫고, 그러면 조금씩 더위가 물
러난다. 사람들이 더 이상 더위에 대해 생각하지 않으면, 더위는 군복

상의의 단추를 전부 잠가야 하거나 지나치게 열을 내서 움직일 때, 아주 작은 짐을 지거나 가방을 들어 올려야 할 때, 계단을 올라가야 할 때만 기습적으로 다시 찾아온다. 그럴 때 더위는 등, 팔, 이마를 적시면서 갑작스럽게 내리는 소나기 같고, 군복의 밝은색 천 위로 퍼져가는 어두운 얼룩 같다. 그는 가볍게 옷을 입고, 아무것도 닫지 않고, 행동을 줄이고, 피부끼리 서로 닿지 않도록 여유 있게 행동하는 법을 배웠다.

그는 더 이상 사람들로 넘치는 거리, 결코 평화롭게 내버려두지 않는 소음, 사이공의 밀집 지역을 사랑하지 않았다. 사이공은 그에게 서로 닮은 무수히 많은 사람이 온갖 방향에서 움직이고 있는 개미집처럼 보였고, 그는 그 사람들의 목표를 이해하지 못했기 때문이다. 군인들, 소박한 여인들, 화려한 여인들, 알 수 없는 표정과 모두 비슷비슷한 검은 머리에 똑같은 옷을 입은 남자들, 사방에 있는 사람들, 인력거, 길 위의 무분별한 행동들. 요리, 가게, 미용실, 발톱깎이, 신발 수선. 해진 옷을 입고 수십 명의 사람이 웅크리고 담배를 피우거나 혹은 피우지 않은 채 무슨 생각을 하는지를 알지 못하고 막연히 혼잡한 거리를 바라보고 있는 사람들. 멋진 흰색 군복 차림의 군인들이 인력거 안에 기댄 채 지나갔고, 다른 사람들은 큰 카페 테라스에 앉아 있었다. 그들끼리, 또는 긴 검은 머리의 여자들과 함께 금빛 장식 군복 차림의 몇 명은 자동차 뒤에 앉아 거리를 가로지르고 있었다. 차들은 경적을 울려대고, 위협적으로 들이닥치고, 요란한 모터 소리를 내면서 갑작스럽게 지나갔는데, 그 차들이 지나가고 나면 금세 다시 교통체증이 일어났다. 그는 소음, 더위, 사이공에 밀집한 사람들이 만들어내는 온갖 끔찍한 범람 때문에 첫날부터 사이공을 혐오했다. 하지만 그에게 더 조용하고, 더 안온한 도시 주변의 작은 마을을 보여주고 싶어 하는 우호적인 장교를 따라서 도시를 벗어나 몇 킬로미터 떨어진 시골로 가면, 그중 몇 군데는 수영장도 있고 깨끗한 식당도 있었다. 잔잔한 구름이 머무는 곳 아래 평평한 논에 가면, 그는 엄청난 침묵, 공허를 느끼고 자신이 죽은 것 같다고 생각했다. 그러면 그는 산책 시간을 줄여달라고 요구하고 사이공으로 돌아왔다.

그는 하노이를 더 좋아했다. 그곳에서 잠을 깬 첫날 처음 들은 것이 종소리였기 때문이다. 비가 오고, 날이 흐리고, 아침의 추위가 그를 둘러싸고 있었는데, 그는 자신이 마치 다른 곳에 있는 것 같은 기분을 느꼈다. 아마도 프랑스, 리옹은 아니다. 왜냐하면 그를 맞아주기를 바라는 곳은 리옹이 아니었기 때문이다. 그는 자신이 프랑스의 어떤 장소에 있다고 믿었는데, 녹색과 회색의 장소, 책에서 읽은 상상의 장소였다. 그는 잠에서 완전히 깼다. 옷을 입었는데도 땀을 흘리지 않았다. 그는 호텔 바에서 약속이 있었는데, "미사가 끝난 뒤"라고 그에게 말했었다. 성당에서 미사를 본 뒤 통킹의 그랜드 호텔 바라니, 프랑스의 지방과 먼 식민지의 기이한 혼합이었다. 사이공에서는 색점이 흩어져 있는 과다 노출된 노란빛의 햇빛 때문에 눈을 찌푸려야 했다. 하노이에서는 날이 흐렸다. 날에 따라 음울한 회색 또는 감상적인 멋진 회색이었고, 온통 검은색 옷을 입은 사람들로 가득했다. 상인들, 짐수레들, 사람들 무리, 트럭들로 혼잡한 거리에서는 모든 것이 제대로 순환하지 못했다. 그러나 하노이는 다른 곳이라면 다소 비웃었을 만한 진지함을 가지고 돌아갔다. 하노이는 결코 목표를 벗어나는 일 없이 움직였고, 여기에서는 심지어 전쟁조차 진지하게 전개되었다. 몸이 더 마르고, 진동하는 전선 줄처럼 치밀하고 긴장한 군인들은 피로 때문에 퀭한 눈에 강렬한 시선을 지녔다. 뒤처지는 일 없이 걸어가는 그들은 민첩하고, 검소한 행동에는 군더더기가 전혀 없었는데, 마치 그렇게 매 순간 그들의 삶과 죽음을 결정하듯이 행동했다. 희미한 색의 낡은 군복 차림의 그들은 전혀 동아시아적이거나 가식적인 태도를 보이지 않았고, 소년단, 탐험가, 등산가들처럼 자연스럽게 걸어갔다. 극도로 마른 상태인 그들은 최대한 몸짓을 배제한 채 암석과 얼음이 펼쳐진 곳만을 가로지르면서 알프스나 사하라 사막 한가운데, 극지방에서 마주칠 것만 같았다. 시선을 고정하고 똑같은 긴장감을 지니고. 왜냐하면 정확해야 살아남고, 실수를 하면 살아남을 길이 없기 때문이다. 그러나 그는 이것을 나중에 알았고, 그때는 이미 상관없는 사람이었다. 그가 인도차이나와 최초로 접촉한 것은 바로 뜨거운 습기가 스며든 끔찍한 옷이었는데, 습기는 사이공 전체를 채우고 짓눌렀다.

바다 저편의 괴로움인 열기는 이집트에서 시작되었었다. 인도차이나와 연합을 확신했던 파스퇴르 호*가 수에즈 운하에 개입했던 순간부터다. 사람들로 가득 찬 선박은 사막 지대에 난 물길을 따라 서서히 움직였다. 해풍이 불어오고 사람들은 더 이상 바다에 있지 않았는데, 날이 어찌나 덥던지 갑판 위에서 금속 물질을 만지면 위험할 지경이었다. 아프리카를 본 적이 없는 청년들로 가득한 3등 선실에서 사람들은 더 이상 숨을 쉬지 못했고, 몸이 마른 많은 군인들이 기절했다. 식민지 부대의 의사는 그들을 거칠게 깨우고, 질책하고, 그들에게 설명했다. "전쟁터로 떠나 일사병으로 급사하는 것은 너무 바보 같은 일이야. 자네들 가족에게 그 이야기가 전해진다고 상상해봐. 만약 전쟁터에서 죽는다면 합당하게 죽도록 노력해보라고." 수에즈 운하에서 출발해 배의 곳곳을 빼곡하게 메운 청년들을 가득 싣고 가는 우울한 배는 이제 단지 모두가 돌아올 수는 없는 것으로 보였다.

밤마다 배의 동체에 닿을 듯 스치는 엄청난 물소리가 들렸다. 외인

---

* 대형 여객선. 인도차이나 전쟁과 수에즈 운하 분쟁에 관여했다.

부대 병사들이 탈영했다는 소문이 퍼졌다. 그들은 잠수해 헤엄친 뒤 운하의 가장자리로 올라가 흠뻑 젖은 채 걸어 어두운 사막으로 떠났는데, 그것은 누구도 소유할 수 없을 새로운 운명을 향한 출발이었다. 하사관들은 배의 갑판을 순찰하면서 물속으로 뛰어드는 사람들을 막았다. 홍해에서는 이집트의 작열하는 태양으로 인해 죽은 사람들을 피한 산들바람이 불었다. 그러나 사이공에서는 그들이 머무는 내내, 열기가 한증막 같고 증기탕 같고 뚜껑이 꽉 닫힌 스튜 냄비 같은 형태들을 취하면서 그들을 기다리고 있었다.

케이프 세인트자크에서 그들은 파스퇴르 호를 떠났고 메콩 강으로 다시 올라갔다. 파스퇴르라는 명사, "메콩 강으로 다시 올라가다"라는 동사. 명사와 동사를 같이 발음하면 그는—금세 사라지고 말 감정이긴 해도—다른 곳에 있다는 행복감, 모험을 시작했다는 행복감을 느꼈다. 강은 잔물결도 없이 너무나 잔잔했다. 갈색 기름을 바른 함석처럼 반짝이는 강 위로는 거룻배들이 크고 더러운 거품을 남기면서 미끄러져 지나갔다. 직선을 이룬 수평선은 아주 낮고, 하늘도 아주 낮게 드리웠다. 해안선은 하얗게 빛나고 깨끗한 하얀 구름이 미동도 없이 공중에 걸려 있었다. 그가 보는 풍경이 어찌나 밋밋한지 그는 거기서 어떻게 안정된 기반을 얻을 수 있을지를 생각했다. 배의 짐칸에서는 횡단 여행과 열기로 인해 지친 젊은 군인들이 등에 가방을 멘 채 강바닥에서 올라온 들척지근한 냄새 속에서 반쯤 잠들어 있었다. 배 뒤쪽에서는 그을린 상반신의 군인들이 반바지를 입은 채 이동 축에 연결된 기관총을 들고 강기슭을 살피고 있었다. 그들은 한마디도 하지 않았다. 단호한 표정의 그들은 신참내기들, 밝고 깨끗한 청년의 무리에게 눈길도 주지 않았다. 그들은 이동이 있을 것이라는 사실과 곧 그들의 절반을 잃게 될 것이라는 사실을 확신했다. 그때까지 살라뇽은 자신도 곧 몇 개월 뒤면 똑같은 표정을 짓게 되리라는 것을 몰랐다. 배의 모터가 요란한 소리를 냈고, 사람들이 앉은 장갑 철판이 떨렸다. 드넓은 메콩 강에서 지속적이고 엄청난 소리만 퍼져나갔는데, 부딪칠 게 아무것도 없고 맞서 솟아오를 것도 전혀 없었기 때문이다. 따닥따닥 붙어 있는 사람들 사이에서, 침묵하는 사람들 사이에서, 배멀미를 하는 사람들 사이에서 사이공까지 가는 내내 그는 지독한 고독을 느꼈다.

그는 전쟁을 중지시킬 생각이던 코친차이나*의 늙은 군인에 의해서 소환되었다. 뒤로크 제독은 사무실의 중국식 소파에 누워 그를 맞았고, 얼음 조각들이 다 녹지 않아 신선한 샴페인을 건넸다. 그는 금박 장식이 많고 지나치게 꽉 낀 새하얀 군복 차림이었는데, 머리 위에서 돌아가는 선풍기가 그의 땀을 식혀주었지만, 그을리고 비만인 그의 몸과 향수 냄새가 방 안으로 퍼졌다. 닫힌 덧창의 틈새를 뚫고 바깥의 열대 날씨가 올라올수록 그 냄새는 진해졌다. 제독은 그에게 아주 작은 뭔가를 보여주었는데, 그것은 그의 손가락에 가려 보이지 않았다.

"여기에서 사람들이 어떻게 인사하는지 아시나요? 그들은 인사로 밥을 먹었냐고 묻습니다. 우리가 온 힘을 실어 승리를 거두게 될 지점이 바로 여기입니다."

주먹 쥔 그의 손가락에 주름이 생겼지만, 살라뇽은 그가 보여주려고 했던 것이 쌀알이라는 사실을 이해했다.

"젊은이, 여기에서는 쌀을 통제해야 해!" 그가 흥분해 말했다. "기아의 나라에서는 모든 것의 척도가 쌀이야. 인구수, 땅의 넓이, 유산의

---

* 베트남을 말한다.

가치, 여행의 지속. 모든 것의 척도가 메콩 강의 땅에서 나오지. 그러니까 만약 우리가 삼각지에서 나오는 쌀을 통제한다면, 우리는 화재로 산소를 부족하게 만드는 것처럼 저항을 억누를 수 있지. 그것은 현실적이고 체계적이고 논리적이야. 원하는 것은 바로 쌀을 통제하면서 승리하는 것이지."

지방이 많은 그의 얼굴은 윤곽이 흐릿했고, 그가 애쓰지 않아도 냉정하고 살짝 유쾌한 인상을 주었다. 왜 그런지는 몰라도, 눈을 찌푸리면 남북으로 나뉜 베트남처럼 두 개의 주름이 생겼는데 그것이 그를 사정에 정통한 사람처럼 보이게 했다. 나라는 광대하고 인구는 대단치 않고, 군인들 수는 적고 장비도 노후했지만, 그는 아시아에서 일어난 전쟁에서 이기는 방식에 대해 생각이 분명했다. 그는 기억이 가물가물할 정도로 오래전부터 거기에 살았다. "나는 이제 더 이상 완벽한 프랑스인이 아니야. 하지만 아직까진 충분히 정보부의 술책을 이용할 수 있지. 아시아의 미묘함, 유럽의 명확함. 각 세계의 재능을 섞으면 우리는 위대한 일을 해낼 수 있어." 그가 살짝 미소를 지으며 말했다. 연필의 뾰족한 끝으로 샴페인 통 옆에 있는 보고서를 톡톡 쳤고, 확신에 찬 몸짓으로 증거를 드러냈다. 쌀의 전체 유통을 보여주는 숫자들, 삼각주 평야에서 생산되는 양, 정크선과 작은 거룻배들의 적재량, 병사들의 일상적인 소비량, 짐꾼들의 운반 역량, 그들이 걷는 속도. 만약 우리가 그 모든 사실을 통합하면, 쌀에 관한 정보를 정확하게 포착하고 저항하는 베트남 세력을 압박하기 위해 삼각주에서 생산되는 양의 백분율을 파악하는 것으로 충분하다. "배고파 죽을 지경이 되면 그들은 산에서 내려와 평야로 올 것이고, 우리에게는 힘이 있으니까 바로 그때 그들을 무찌르는 거야."

이 대단한 노(老)군인은 자신의 계획을 말하면서 흥분했다. 그의 머리 위에서 돌아가는 선풍기가 그의 냄새를 퍼뜨렸는데, 이곳 강의 냄새,

훈훈하고 향기롭지만 살짝 역하기도 한 냄새였다. 그의 뒤 벽에는 빨간 선 표시가 가득한 코친차이나의 커다란 지도가 있었는데, 그 빨간 선들은 끝을 가리키는 화살표처럼 확실하게 승리를 보여주었다. 그는 끔찍한 결과를 수반한 공모의 미소를 지으면서 자신의 논증을 끝냈다. 턱에는 주름이 졌고 추가로 땀까지 흘렸다. 그러나 이 사내는 군대 물자를 배분할 수 있는 권력을 갖고 있었다. 그는 단번에 살라농에게 식량 전투에서 승리를 거두라고 군인 네 명과 정크선 한 대를 지원해주었다.

바깥에서 빅토리앵 살라농은 거리의 희미한 송진 냄새와 강렬하고 깊숙이 스며드는 냄새들로 가득한, 모든 것이 들러붙어 있는 뒤섞인 공기에 잠겼다. 그 가운데 어떤 냄새들은 아예 맡지도 못했는데, 그는 그런 냄새가 있는지조차 몰랐을 것이고, 이 냄새들은 너무나 강렬하고 퍼져나가는 것이어서 특유한 냄새, 촉각, 사물로 존재하고, 그 자체의 내부에서 급변하고 높낮이를 지닌 물질의 흐름으로 존재했다. 여기에 채소와 고기 냄새가 섞였다. 속살과 같은 화판들을 지닌 엄청나게 큰 꽃의 향기일 수도 있고, 우리가 씹으려고 생각하는 즙과 꿀이 흐르는 고기 냄새일 수도 있는데, 기절하거나 토할 수도 있고, 어떻게 대해야 할지 알 수 없는 것일 수 있다. 거리에는 초원의 강렬한 냄새, 설탕을 넣은 고기 냄새, 상한 과일 냄새, 만지면 배고픔과 비슷한 강한 욕망을 일으키는 생선의 사향 냄새가 떠다녔다. 사이공의 냄새는 약간의 본능적인 반발심이 섞인 욕망과 앎에 대한 욕구를 자극했다. 그것은 분명 음식 냄새일 텐데, 거리를 따라 있는 연기로 뒤덮인 싸구려 식당 안에서는 베트남 사람들이 귀퉁이가 깨지고 얼룩이 진 데다 너무 많이 사용해 낡은 테이블에 앉아 먹고 있었다. 대화는 거의 없었다. 주변에서 연기가 피어올라 침을 고이게 만들었다. 허기의 물리적인 표시, 전에는 결코 느끼지 못했는데 지금 그가 느끼는 모든 것은 바로 그들의 음식 냄새임이 분명하다. 그들은 그릇에 담긴 것을 빨리 먹어치웠고, 큰 소리를 내며 국물을 후루룩 들이마시고, 마치 붓을 다루듯이 젓가락을 사용해 잘게 썬 고기와 조각들을 뒤적거렸다. 그들은 몹시 서두르면서 입에 음식을 넣었고, 마시고, 숨 쉬고, 도자기로 된 숟가락으로 밥을 먹었다. 눈을 내리깐 채 자신들의 행동에만 주의를 기울이면서 한마디 말도 없이, 휴식도 없이, 서로 어깨를 닿은 채 앉은 두 명의 이웃과 한마디 말도 주고받지 않고 그저 배를 채우겠다는 듯이 먹었다. 그러나 살라농은 그들이 자신의 존재를 의식하고 있다는 것을 알았다. 그들은 고개를 숙이고 있으면서도 계속 그에게 주의를 기울이고 있었다. 우리가 감고 있다고 생각하는 그들의 눈으로, 냄새를 피우며 올라온 수증기 사이로 그의 모든 행동을 지켜보았다. 그들은 모두 그가 정확히 어디에 있는지를 알고 있었고, 그가 길을 잃고 헤매는 이 거리에서 유일한 유럽인이라는 사실도 알았다. 그는 네 명의 군인과 나무 정크선을 지휘할 수 있는 권한을 부여받고 해군 본부에서 나온 뒤에 우연히 여러 차례 뱅뱅 맴돌았다.

테이블에 앉아 있는 베트남 사람들, 그는 그들에게 어떻게 말을 걸어야 할지 몰랐고, 그들의 얼굴을 구별할 줄도 몰랐다. 서로 바짝 다가앉아 있는 그들, 밥그릇에만 눈길을 주는 그들, 그들은 그저 먹는 데 집중할 뿐이었다. 그들의 의식은 그릇에 입술을 댄 채 계속 벌리고 있는 입으로 이동하는 숟가락의 여정으로 축소되었고, 펌프에서 물 빠지는 소리를 내며 삼켰다. 그는 그중 누군가에게 한마디라도 말을 걸 방법을 몰랐고, 그들을 어떻게 구별할지도 몰랐고, 고립된 채 먹는 일에 몰두하는 사람들로 가득한 소란스럽고 성급한 무리 속에서 혼잣말을 할 뿐이었다.

아주 뻣뻣한 금발의 사내가, 그릇에 고개를 박고 있는 온통 검은 머리의 사람들 가운데 불쑥 튀어나와 다가섰다. 키 큰 유럽인이 상반신을 편 채 먹고 있었고, 반팔 셔츠 차림에 모자를 쓰지 않은 외인부대 군인 한 명이 베트남 사람들과 어깨를 나란히 한 채 있었다. 하지만 누구도 서로를 바라보지 않고, 그가 하얀 모자를 두고 온 광장은 텅 빈 상태였다. 그는 서두르지 않고 먹었고, 잠깐잠깐 멈추면서 하나씩 그릇을 비워나갔고, 유약 바른 작은 토기 항아리에 든 술을 마셨다. 살라농은 가볍게 인사하고 그 사람 앞에 앉았다.

"도움이 좀 필요합니다. 모든 것이 식욕을 불러일으켜 먹고 싶지만, 무엇을 주문해야 할지, 어떻게 할지를 모르겠네요."

맞은편 사람은 등을 곧게 편 채 계속 먹었고, 작은 항아리를 통째 들고 마셨다. 살라농은 정중하게 요구했지만 간청한 것은 아니었다. 그는 그저 호기심이 생겨 다시 그 외인부대 군인에게 어떻게 행동해야 할지를 가르쳐달라고 부탁했다. 그들 주위에 있는 베트남 사람들은 고개를 들지 않고 등을 구부린 채 어쩔 수 없다는 듯이 삼키는 소리를 내면서 계속 먹었다. 매사에 그렇게 깔끔하고 신중한 그들이었지만 먹으면서 내는 이 소리만은 예외였다. 관습은 헤아릴 길 없는 신비를 지닌다. 한 사람이 식사를 마치자 그는 눈길을 들지도 않은 채 일어섰고, 다른 사람이 그자리에 앉았다. 외인부대 군인은 테이블 위에 있는 모자를 가리켰다.

"벌써 두 명이 점심을 먹었군요." 그는 강한 어조로 말했다.

그는 항아리를 통째 들고 마셨고 항아리가 텅 비었다. 살라농은 조심스럽게 모자를 옮겼다.

"셋이서 같이 점심 식사를 합시다."

"돈은 있으세요?"

"봉급을 받고 배에서 외출 나온 군인이니까요."

맞은편의 사람은 끔찍한 소리를 냈다. 그렇다고 먹기에 바쁜 베트남 사람들을 움직이게 하지는 못했다. 그런데 다른 사람들처럼 검은 옷을 입은 나이 든 사내가 왔다. 허리춤에 걸린 더러운 행주를 보니 요리사임이 분명했다. 외인부대 군인은 그에게 리스트로 적어온 것을 전부 말했는데, 그의 강한 악센트는 심지어 베트남어처럼 들렸다. 잠깐 사이에 소스 때문에 래커 칠을 한 듯 윤기가 나는 물들인 조각들과 요리들을 가져왔다. 알지 못하는 냄새들이 마치 색색깔의 구름들처럼 그들 주변에 떠다녔다.

"빠르군요……"

"그들은 재빨리 요리해요. 베트남 요리는 빨리 되지요." 그는 새로 가져온 술 항아리를 개시하면서 크게 웃으며 트림을 했다. 살라농 역시 같은 것을 마셨는데, 독하고 맛없고 다소 역겨웠다. "헉, 쌀로 만든 술이네요. 고구마 술과 비슷한데 쌀로 만들었어요." 그들은 먹고 마시고 심하게 취했다. 그다지 깔끔하지 않은 노(老)요리사가 자신의 유일한 조리 기구인 커다란 검은 솥 아래 놓인 불을 껐다. 살라농은 더 이상 서 있지 못했다. 글로벌하고, 짜고, 자극적이고, 시큼하고, 단맛 나는 소스에 얼굴을 박아 콧구멍까지 소스가 들어갔고, 땀으로 범벅이 된 피부 위로 흘렀다. 외인부대 군인은 일어서니 키가 거의 2미터나 되었고, 엄청나게 나온 배는 잘 웅크리면 보통 사람 하나는 족히 들어갈 정도였다. 그는 독일인이었고, 유럽 전체를 경험했다. 그리고 인도차이나에 만족했다. 약간 덥고, 러시아보다 더 더운데, 러시아에서 만난 러시아인들은 고약스러웠다. 그는 서툰 프랑스어로 짧게 말했는데, 그가 말하는 모든 것에는 묘한 간결함이 있었다.

"이리 와서 즐겨봐."

"즐기라고?"

"중국인들은 언제나 즐기지."

"중국인들?"

"숄론은 중국인들의 도시야. 마약과 도박, 창녀가 많지. 그렇지만 주의해, 나랑 같이 있어. 만약 문제가 생기면 '내게 군대를 보내줘!'라고 외쳐. 계속 걸으라고, 정글 안이라도 말이야. 만약 걷지 않으면 언제나 소리를 질러."

그들은 오랫동안 걸었다. "만약 우리가 인력거를 탔다면 모터가 폭발할 거야." 그는 사람들로 넘쳐나고 작은 조명과 전등, 손전등 들이 찬란하게 빛나고, 베트남 사람들이 수다를 떨고 있는 도로 위에서 중얼거렸다. 그들의 언어는 알아들을 수가 없고 불안불안했는데, 마치 콘덴서를 바꿀 때 라디오에서 들리는 소리와 비슷했다.

그 외인부대 군인은 비틀거리지도 않고 걸었고, 너무나 육중해 술에 취한 흔들림조차 육체라는 외피 안에 머물렀다. 살라뇽은 그가 넘어져 자기가 깔릴까 봐 두려워하면서도, 벽에 기대 더듬거리며 가듯 그에게 기댔다.

그들은 소란스럽고 밝은 홀에 있었는데, 누구도 그들에게 관심을 갖지 않았다. 사람들은 콧대 높은 젊은 아가씨들이 극도로 말을 아끼면서 카드와 동전을 다루고 있는 커다란 테이블에 달라붙어 떨고 있었다. 주문을 걸고 번개처럼 참석자들을 훑고 지나면 몸을 기울인 채 있던 중국인들은 전부 침묵했는데, 그들의 눈은 가늘어져서 거의 작은 구멍처럼 되었고, 머리는 더욱 검게 변한 채 더욱 곤두선 모습이어서 마치 파란 섬광으로 장식을 한 것 같았다. 카드의 패를 읽고, 구르던 공이 멈추면 잠시 경련이 일고, 외침과 아주 큰 한숨이 뿜어져 나오고, 분노와 침묵이 동시에 흘렀다. 이어서 갑작스럽게 날카롭고 으르렁거리는 것 같은 말이 터져 나오고 사람들은 주머니에서 엄청난 지폐 뭉치를 꺼냈다.

그리고 도전할지 물러설지를 망설이며 동요했고, 냉정한 아가씨들은 긴 손잡이가 달린 막대기를 마치 부채처럼 다루면서 동전을 긁어모았다. 다시 게임이 시작되었다.

외인부대 군인은 살라뇽에게 남아 있던 돈을 가지고 도박을 해 잃었다. 그 때문에 그들은 함께 많이 웃었다. 그들은 다른 방으로 가고 싶었다. 붉은색 래커 칠을 한 이중문 뒤에서는 더 부유한 남자들과 예쁜 여자들이 들락날락했는데, 큰돈을 걸고 내기하는 것 같았기에 거기에 끌렸다. 검은 옷을 입은 두 사내가 간단히 손을 들어 통행을 막았고, 비쩍 마른 두 사내가 그들 각각의 근육과 허리띠에 찬 권총을 보았다. 살라뇽은 지나가게 해달라고 부탁했고, 앞으로 나아가다 제지당했다. 엉덩방아를 찧은 그는 화가 났다. "여기는 누가 명령하지?" 곡주를 마신 탓에 혀가 꼬인 상태로 소리를 질렀다. 사내들은 그를 쳐다보지도 않은 채 팔짱을 끼고 여전히 문 앞에 있었다. "누가 명령을 내리냐고?" 도박하는 사람들은 아무도 돌아보지 않았고, 요란한 소리를 내면서 테이블 주변에서 동요했다. 외인부대 군인은 살라뇽을 일으켜 세워 바깥으로 다시 데리고 나갔다.

"도대체 누가 명령을 내리지? 프랑스야, 그렇지 않아? 응? 누가 명령하지?"

그 말이 외인부대 군인을 웃게 만들었다.

"그게 뭐라고. 여기는 단지 레스토랑일 뿐이야. 그렇지. 그들은 자신들이 하고 싶은 대로 해. 베트남 사람들이 명령을 하지, 중국 사람들이 명령하고, 프랑스 사람은 그들이 주는 것을 먹는 거야."

그는 살라뇽을 인력거에 던져놓고 베트남 사람에게 호텔까지 데려다주라고 위협적인 투로 지시했다.

다음 날 아침 살라뇽은 두통을 느끼며 잠에서 깼는데, 옷은 더럽고 지갑은 텅 비어 있었다. 사람들이 나중에 그에게 그것은 아무것도 아니라고, 그런 저녁을 보내고 나면 결국엔 발가벗겨지고 목이 졸린 채, 심지어 거세 당하고 운하에서 둥둥 떠다니는 시체로 발견되기 일쑤라고 했다. 그것이 정말인지 아니면 그를 놀리려고 꾸며낸 이야기인지는 결코 알 수 없었다. 하지만 인도차이나에서는 어느 누구도 진실이 무엇인지 결코 알지 못한다. 마치 형태를 표현하기 위해서 겹겹이 래커 칠을 한 듯, 현실은 켜켜이 쌓인 거짓의 총체와 같았다. 충분하다고 할 정도로 쌓인 덕분에 진실의 외관을 지니는 거짓.

그에게 군인 네 명과 나무로 만든 거룻배 하나가 주어졌는데, 네 사람은 프랑스 군인들로 예상되었다. 배는 숫자를 세기 어려운 베트남 출신 선원들이 저었다. 다섯, 또는 여섯 또는 일곱, 그들은 똑같은 옷을 입고, 오랫동안 미동도 없이 있었고, 말도 없이 사라졌다가 다시 나타났는데, 누가 누구인지를 구별할 수 없었다. 그로서는 선원들이 서로 다르다는 사실을 알게 되기까지 시간이 좀 필요했다.

"베트남 사람들이 우리에게 훨씬 충실하지." 사람들이 그에게 말했다. 그들은 베트남 사람들을 통킹 만 사람들이라고 생각하며 좋아하지 않는다. "어쨌거나 믿지 마세요. 그들은 파벌에 가담한 상태일 수 있고, 아니면 범죄 조직, 아니면 그저 작은 조폭 집단 소속일 수 있어요. 그들은 직접적인 이해관계를 따를 수 있고, 아니면 당신이 이해할 수 없는 대의명분을 따를 수도 있는데, 그러면서도 그들은 당신에게 충실할 수 있어요. 아무것도 당신에게 그들이 충실한지를 말할 수 없지요. 당신이 목 졸린 채 죽는다면 그들이 배신한 사실이 입증되지만, 그것은 좀 때늦은 이야기이지요."

살라뇽은 배를 타고 남중국해에 진입했고, 밀짚모자를 쓰고 반바지를 입은 채 사는 법을 배웠다. 그는 다른 사람들처럼 그을었고, 몸이 단단해졌다. 부채꼴 모양의 큰 돛은 연속된 단면들로 부풀었고, 선박의 늑골 재료들은 삐걱거렸다. 그는 난간에 기대거나 돛의 그림자가 드리운 갑판에 누워 있을 때 들보가 흔들리는 것을 느꼈고, 이로 인해 약간의 구토 증세를 느꼈다.

그들은 결코 눈을 떼지 않고 삼각주 지역들 사이를 항해하는 쌀 실은 거룻배를 통제했다. 모래가 있을 때면 그들은 모래 위에 지은 마을들을 통제했다. 아니면 마을은 파도가 치는 해안가 진흙 위에 기둥을 박아 세웠다. 이따금 돌로 만든 낡은 장총을 발견했다. 그들은 마치 위험한 장난감을 빼앗듯 낡은 장총을 회수했다. 그러나 쌀을 실은 거룻배가 허가를 얻지 못한 것이면 배를 침몰시켰다. 인부들을 배에 오르게 하거나 해안가에 내려가게 하고, 만약 그들이 너무 멀리 있지 않다면 물속에 뛰어들었다가 헤엄을 쳐서 되돌아오게 했다. 그러는 동안 그들은 난간에 기댄 채 크게 웃으면서 인부들을 격려했다.

그들은 윗옷을 벗고 생활했고, 머리 둘레를 끈으로 묶었다. 그들은 잡목 사이로 길을 내기 위해 허리띠에 달고 있는 벌목도를 더 이상 쓰지 않았다. 돛의 마룻줄을 고정시킨 채 난간 위에 서서 그들은 물 위로 몸을 기울였다. 그들은 손으로 챙을 만들고 있었는데, 그런 자세는 멀리 볼 수 없게 만들지만 아주 흥미로운 자세였다.

띄엄띄엄 초가집들로 이루어진 해안가 마을들은 대나무로 집을 짓고 짚으로 덮은 상태였고, 하나도 곧은 게 없는 가느다란 기둥들 위에 세워졌다. 그들은 마을 사람들을 자주 보지는 못했는데, 고기 잡으러 바다로 나갔거나 나무를 구하러 숲속 깊은 곳에 가서 나중에 돌아올 것이라고 한다. 해안가에서는 저녁마다 예인을 한 아주 좁다란 배 위에 작은 물고기들을 실에 꿰어 말리고 있었다. 생선 말리는 냄새는 지독했지만 군침이 돌게 했고, 마을의 공기, 음식, 쌀, 심지어 한마디도 하지 않은 채 배를 젓고 있는 베트남의 선원들 무리에게도 스며들었다.

마을에서 그들을 향해 총격을 가했다. 그들은 바람을 거슬러 올라갔고 해안 표면을 지나갔는데, 총격이 시작되었다. 이에 기관총으로 반격했는데, 그로 인해 나룻배의 선실이 무너졌다. 그들은 항로를 바꾸고, 흥분된 채 경계심을 보이면서 그다지 깊지 않은 지점에서 물로 내렸다. 한자가 적혀 있는 반쯤 빈 총탄 상자 안에서 프랑스제 총을 한 자루 발견했다. 마을은 작아 전부 타버렸다. 마을이 빨리 탄 것은 짚으로 가득한 바구니 같았기 때문이다. 그들은 집을 태운다는 느낌을 받지 않았고, 단지 가축우리나 아주 빠르게 돌아가는 둥근 불꽃과 같은 회전 숫돌이 멍멍한 소리와 우지끈하는 소리를 내다가 가벼운 재가 되어 무너져 내리는 것처럼 착각했다. 게다가 마을 사람들은 울지 않았다. 마을 사람들은 해안가에 바짝 붙어 있었는데, 주로 여자들, 어린아이들, 나이 먹은 사람들이었고, 젊은 남자들은 전혀 보이지 않았다. 그들은 고개를 숙인 채 짧게 몇 마디를 중얼거렸고, 단지 여자들 몇 명이 아주 날카로운 목소리로 요란하게 울어댔다. 이 모든 것은 전쟁과 너무 달랐다. 그들의 행동은 불타는 도시의 역사적 장면이나 폭정과 전혀 달랐다. 그들은 단지 가축우리를 망가뜨린 것이다. 마을 전체가 가축우리였다. 그들은 불꽃, 모래에 빠진 발들, 짚이 타오르면서 무너져 내리는 것, 드넓고 짙푸른 하늘로 사라지는 연기를 보았다. 그들은 누구도 죽이지 않았다. 그들은 해안선 너머로 검게 타버린 말뚝들을 남겨놓은 채 다시 배에 올랐다.

그들은 중국제 연막탄을 이용해 운하에서 고기잡이를 했다. 이어서 물 위에 떠 있는 죽은 물고기들을 손으로 모았고, 선원들이 냄새만 맡아도 눈물이 나는 고추를 넣어 요리해 요란한 소리를 내면서 먹고, 아무것도 남겨놓지 않았다. 이어 미지근한 술 한두 모금을 마시면서 입을 씻어내고, 다함께 먹어치운 커다란 접시를 썼었다. 반바지 차림의 군인 네 명과 살라뇽 대위였다. 그들은 술에 취하고 몸이 쑤신 상태로 잠이 들었고, 베트남 출신 선원들은 아무런 말도 없이 배를 조종했다. 그들은 사람들이 구토를 하는 난바다로 나갔고, 해풍이 술을 깨게 해주는 바다 한가운데까지 나아갔다. 잠이 깨면서 처음 살라뇽에게 든 생각은 그 선원들이 충실하다는 사실이었다. 그는 다소 멍청한 표정으로 선원들을 보며 미소를 지었고, 하루의 나머지를 침묵 속에서 두통을 달래며 보냈다.

그들은 만의 모퉁이에서 베트남 독립연맹 사람들을 발견했다. 검은색 옷을 입은 한 무리의 사람이 가슴까지 물이 차오른 곳에서 각자 머리에 초록색 상자를 이고 거룻배에서 짐을 내리고 있었다. 밝은색 군복 차림의 장교가 해안가에서 명령을 내리고 있었고, 옆에는 연락병 하나가 기록을 하고 있었다. 검은색 옷차림의 사람들은 해안을 가로질러 모래 언덕 뒤로 사라졌는데, 마치 열기가 넘실거리는 대기 속의 신기루 같았다. 다섯 명의 프랑스인이 합류했다. 그들은 베트남 사람의 실내복으로 만든 검은색 깃발을 게양했고, 정크선을 공격했다. 장교가 지시를 내리며 소리를 질렀고, 종려나무로 만든 모자를 쓴 군인들은 언덕에서 솟아올라 모래 위로 몸을 던진 뒤 포격 태세를 취했다. 포탄 때문에 반듯했던 난간이 손상되었고, 충격이 전해진 이후에야 그들은 일제사격 소리를 들었다. 모르타르를 바른 포탄이 정크선까지 치솟았고 그들 바로 앞 물속에서 폭발했다. 다시 기관총의 일제사격이 가해지고 나무 보강재가 부서지면서 돛대의 앞부분이 찢어졌다. 베트남 출신 선원들은 돛을 올리는 데 쓰는 마룻줄을 풀어 손상된 난간을 막았다. 살라뇽은 자신을 불편하게 만들었던 벌목도를 내려놓고 천 상자에서 권총을 집어 들었다. 다시 일제사격이 가해지고 돛대를 겨누고, 그들의 배는 돛이 펄럭이는 대로 흔들렸다. 돛은 더 이상 지탱하지 못했는데 그들이 계속 진항 속도로 나아가자 결국은 해안가로 좌초하게 되었다. 베트남 사람들은 몇 마디 말을 주고받았다. 한 사람이 질문했고, 살라농은 그들의 억양으로 뜻을 짐작하기가 어려웠지만 질문을 이해했다고 생각했다. 그들은 망설였다. 살라농이 권총을 장전했다. 그들은 살라농을 보고 나서 마룻줄을 움켜잡고 키를 다시 잡아 방향을 바꿨다. 갑자기 돛이 부풀고 배가 솟아오르더니 출발했다. "아무것도 망가지지 않았는가?" 살라농이 물었다. "다 괜찮습니다, 대위님." 다른 사람들이 일어서면서 대답했다. 그들은 쌍안경으로 검은색 옷차림의 사람들이 배에서 계속 상자들을 내리는 것을 보았다. 그들은 더 이상 서두르지 않았고, 연락병은 한 무리의 사람이 마지막까지 상자를 이고 언덕 뒤로 사라진 것을 기록했다. "제 생각엔 우리가 그들을 두렵게 만든 것은 아닌 듯합니다." 그중 한 사람이 쌍안경을 보면서 말했다.

그들은 배를 먼 곳으로 가져가 서두르지 않고 준비했고, 해변의 굴곡 뒤로 사라졌다. 그들은 물속에 검은 깃발, 얼굴 가리는 천, 압수했던 오래된 총들을 버렸고, 짚으로 만든 그들의 장비 안에 벌목도를 가지런히 두었다. 베트남 선원들은 돛에 구멍이 났는데도 능숙하게 키를 다루었다. 그들은 사람들이 더 이상 쌀의 전투에 대해 말하지 않게 되었을 때 해군 기항지로 돌아왔다. 그리고 배를 돌려주었다.

"이것은 당신네 약탈 역사에서 아주 심각한 것은 아니지요."—"그것은 사이공에 있는 뒤로크의 생각이었어요."—"뒤로크요?" "이젠 거기에 없어요. 프랑스로 돌아갔어요. 말라리아 병원균에 감염되고, 아편을 피우고, 심한 알코올중독자였어요. 크레틴 병 환자였거든요. 사람들이 당신을 하노이로 보냈군요. 전쟁은 거기에서 일어났지요."

하노이의 조슬랭 드 트랑바사크 대장은 고상한 사람, 시토 수도회 수사 같은 취향의 신사, 사라센의 물결을 직면한 십자군 성의 예루살렘의 기사인 척했다. 그는 초라한 느낌을 주는 사무실에서 세 개의 다리 위에 놓인 판자에 커다란 통킹 만의 지도를 붙여놓은 채 일했다. 색깔이 있는 장식 핀으로 부대 위치를 표시했고, 고원 지역과 삼각주는 뾰족한 핀으로 덮여 있었다. 한 개 부대가 공격당하면 그 자리에 빨간 화살표를 그렸고, 한 개 부대가 무너지면 핀을 제거했다. 제거된 핀은 다시 사용하지 않고, 직사각형의 나무 필통에 담아 상자에 넣어 보관했다. 그는 이 필통 안에 핀을 두는 일은 프랑스에서 온 젊은 대위와 군인들을 무덤 같은 곳에 두는 것과 같다고 이해했다. 현지인 출신 보충병들 역시 마찬가지지만, 그들은 달아나거나 사라졌다가 예전 삶으로 돌아갈 수 있었다. 하지만 프랑스 대위와 군인들, 그들은 통킹 만 숲 어딘가, 연기 피어오르는 기지의 잔해 어딘가에서 잊힌 존재가 되면 돌아오지 못했다. 그들에게 보일 수 있는 최대의 관심은 나무 필통 속에 핀을 간직해두는 일이었다. 나무 필통은 금세 똑같은 핀들로 가득 찰 것이고, 때때로 그것을 세어볼 것이다.

트랑바사크는 결코 계급에 맞는 군복을 입지 않고 호피 무늬 전투복만 입고 나타났다. 아주 깨끗한 전투복에 해진 천으로 만든 띠로 허리를 조이고, 햇볕 때문에 얼룩진 팔뚝 위로 소매를 걷어 올렸다. 그의 계급은 군사 작전에서처럼 가슴에 단 배지들을 보아야만 알 수 있었다. 이 삐쩍 마른 남자는 땀을 흘리지 않아 겨드랑이가 땀으로 얼룩지는 일이 결코 없었다. 그의 등 뒤 창에서 햇빛이 빛나고 있어 그는 마치 그림자처럼 보였다. 말하는 그림자, 그 앞에 앉아 햇빛을 바라보고 있자면 우리는 아무것도 감출 수 없었다. 살라뇽은 상대의 명령에 따라 긴장을 풀고 기다렸다. 삼촌은 버들가지로 엮은 안락의자에 쑥 들어앉아 움직이지 않았다.

"당신들은 서로 알 것 같은데."

그들은 동의를 하는 둥 마는 둥 했고, 살라뇽은 기다렸다.

"사람들이 자네가 바다에서 했던 악당 짓에 대해 말해줬네, 살라뇽. 그것은 어리석은 짓이고 무엇보다 비능률적이야. 뒤로크는 사무실에 있는 늙은 군인일 뿐이고, 닫힌 사무실 안에서 지도 위에 화살표로 표시를 하고, 화살표들이 빽빽하게 차서 지도 위에 색이 잘 칠해지면, 그는 담배를 피우는 사이 아편과 술에 취해 그것들이 움직이는 것을 보는 것이지. 그렇지만 그런 바보 같은 짓 덕분에 자네는 곤경에서 벗어나고 살아남게 되지. 여기에서 우리가 가장 높이 평가하는 것이 두 가지 점이긴 해. 자네는 지금 통킹에 있고 진짜 전쟁 상태지. 우리는 살아남을 수 있는 약삭빠른 사람들이 필요해. 자네를 아는 대위가 자네를 강력하게 추천했어. 나는 언제나 내 부하들의 말에 귀를 기울이지. 왜냐하면 지금은 전쟁 중이고, 바로 그들이 전쟁 수행 중이니까."

노란빛을 띤 그의 눈이 어둠 속에서 반짝였다. 그는 버들가지로 만든 의자에 앉아 있는 삼촌을 돌아보았는데, 그는 어둠 속에서 움직이지 않고, 아무 말도 하지 않았다. 그는 계속 말했다.

"우리는 지뢰밭 위에 수천 대의 전차가 있는 쿠르스크나 토브루크 전투에 참여하고 있는 것이 아니네. 그런 전투에서는 사람들 수를 백만 단위로 헤아리지, 융단 폭격이 시작되면 우연히 집단으로 죽고. 여기에서 전쟁은 대위들의 전투이고, 사람들은 칼에 찔려 죽어, 마치 백년전쟁의 생트라유*와 데레에서처럼 통킹 만에서는 사람을 부대 단위로 세

---

* xaintrailles: 백년전쟁의 전투가 행해진 곳. 프랑스 남서부 아키텐 주의 로트에가론 지방의 코뮌.

네, 규모가 어떻든 작은 부대들이라고 할 수 있지. 중심은 부대의 혼이지. 각 부대에는 집단적인 혼이 있고, 병사들을 이끄는 것은 바로 대위인데, 병사들은 그들을 맹목적으로 추종하지. 바로 군대로 복귀하는 것이라네, 살라농 대위. 대위들과 그의 추종자들은 모험을 같이한 용사들, 시종들, 말단 병사들이다. 여기에서 무기들은 거의 고려되지 않고, 고장이 날 때나 헤아려지지. 그렇지 않나, 대위?"

"글쎄요. 대장님."

그는 비웃는 듯 행동하며 결코 동의를 구하지 않으면서도, 언제나 삼촌 의견을 물었다. 잠시 뜸을 들이고, 계속 말을 이어갔다.

"그러니 난 자네가 부대를 결성하고 전쟁에 참여할 것을 제안하는 바이네. 알롱 만의 섬들에 갈 유격대원들을 모집하게. 거기에서라면 베트남 독립동맹군을 두려워하지 않아도 되는 것이, 그들은 결코 거기에 나타나지 않거든. 그들은 '공산주의자'란 말의 의미를 알지 못해. 그래서 그들은 우리를 지지하지. 그들을 모집해 무장시키고 그들과 함께 정글에서 치러지는 전쟁에 참여하게."

"우리는 여기에 적합하지 않네, 살라농. 기후, 토양, 지형, 아무것도 우리와 맞지 않아. 그들이 우리에게 바가지를 씌우는 것도 바로 그런 이유지, 그들은 지형에 익숙하고, 고지대에서 생활하고 숨는 법을 알지. 유격대원들을 모집하는 일, 그것은 그들만큼이나 지형에 익숙한 사람들의 도움을 받아 그들의 안방에서 전쟁을 치르는 것이고, 익숙한 지형에서 적을 파괴하는 일이 되는 거야."

어둠 속에서 삐걱거리는 의자 소리가 났다. 대장은 역광 속에서 빛나는 자신의 이를 서서히 드러냈다.

"바보 같은 짓! 바보 같은 짓!" 삼촌이 중얼거렸다.

"단도직입적으로 말하는 것이 자연스럽고, 대위들은 그것을 기꺼이 수용합니다. 그런데 당신은 살라뇽 대위에게 정확히 무슨 말을 하고 싶은 거죠?"

"대장님, 장소의 정신, 인간의 뿌리가 토지에 있다는 믿음은 파시스트들이나 갖는 겁니다."

"나, 나는 그것을 믿습니다. 그렇다고…… 당신이 말하는 것처럼 파시스트는 아니지만요."

"물론 대장님은 그것을 믿으시겠죠. 내 짐작으로 당신의 이름은 중세에서 가져온 듯한데, 그런 이름을 가지고는 프랑스의 후미진 곳에 있어야 마땅합니다. 그러나 이 땅은 정신을 변형시키고 신체를 강화시킬 어떤 환상도 내보내지 않아요."

"글쎄요……"

"통킹 만 사람들은 우리와 비슷한 정도만 숲에 대해 압니다. 그들은 삼각주의 농부들이고, 그들이 아는 건 자신들의 집, 논과 같은 것이지 다른 게 아니에요. 그리고 무장 조직이 숨은 산들도 그들이 우리보다 더 알지 못합니다. 그들이 우리를 두렵게 만드는 것은 그들의 수, 그들의 분노, 가난에 익숙한 태도이죠. 또 무엇보다 그들의 절대적인 복종입니다. 만약 우리가 그들처럼 3일 내내 상부의 지시를 따라서 구덩이 속에 머물러야 한다면, 구덩이 안에서 침묵을 지키면서 기껏해야 차가운 밥 한 공기가 전부인 식사를 해야 한다면, 필요한 순간에 자살을 하기 위해 호루라기 소리를 듣고 이 구멍에서 나와야 한다면, 설령 당신이 말하는 것처럼 우리가 지형에 대해 알고 있거나 그들을 무너뜨린다고 해도, 과연 우리가 그들처럼 행동할 수 있을까요.

비록 숲의 사람들이었다고 해도 난 훈련받고, 의욕 있고, 각성한 한 사람, 밀도 있게 배운 한 사람을 말하는 것이고, 그런 사람은 아무런 주의를 기울이지 않은 채 어린 시절부터 정글을 드나든 사람보다 정글에서 더 잘 삽니다. 베트남 동맹군은 인디언들이나 사냥꾼이 아니에요. 그들은 숲에 숨은 농부들이고, 우리와 마찬가지로 길을 잃고 불편한 상태에 있고, 지치고 병든 사람들입니다. 나는 그 사람들보다 숲을 더 잘 아는데, 그것은 내가 굶주림과 침묵, 복종을 감수하면서 숲에 대해 배웠기 때문입니다."

대장의 고양이—어쩌면 뱀— 같은 눈이 섬광처럼 빛났다.

"그렇네, 대위, 자네가 해야 할 일이 무엇인지를 알게나. 모집하고, 교육하고, 복종과 배고픔, 숲에 대해 훈련을 받은 사람들을 이끌고 돌아오게. 만약 전사를 키워내기에 부족한 것이 있다면, 파견 부대의 재력을 고려해서 우리가 그것을 공급해줄 수 있다네."

그는 이를 드러내면서 미소를 지었고, 자신의 깨끗한 전투복 위에 앉은 먼지를 손끝으로 튕겨냈다. 이 몸짓은 작별의 뜻을 나타냈고, 이제 헤어져야 할 시간이라는 사실을 의미했다. 조슬랭 드 트랑바사크는 시간 감각이 있었고, 언제나 멈춰야 할 때 멈춰야 우아함이 생긴다는 사실을 느꼈는데, 필수적인 것은 다 말해졌기 때문이다. 나머지는 각자가 알아야 할 일이고, 모든 것을 말한다는 것은 취향의 결여와 같았다.

살랴농은 조용히 인사하고 문을 닫고 나오는 삼촌을 따라 나왔다. 뒷짐을 진 채 타일 바닥을 보면서 긴 복도를 따라 걸었다. 그들은 서류를 가득 안은 연락병들과 연락병들이 가볍게 인사를 하는 그을린 장교들, 그들이 지나가는 통로를 정돈하는 하얀색 옷을 입은 베트남 소년들, 하루 종일 타일 바닥을 닦는 검은색 옷차림의 포로들을 스쳐 지나갔다. 숫자들이 붙어 있는 똑같은 모양의 문들이 있는 복도에는 발자국 소리, 바닥에 가구 끌리는 소리, 계속 중얼거리는 소리, 타자기 소리와 종이 넘기는 소리, 화내는 소리, 간단한 명령, 시멘트 바닥에 신발 부딪치는 소리, 연락병들과 장교들이 언제나 넷씩 짝을 지어 오르내리는 소리가 울렸다. 바깥에서는 모터에 시동 거는 소리가 벽을 흔들리게 만들었고, 이어서 사람들이 멀어져갔다. 꿀벌통, 살라뇽은 모두가 현대적이고 신속하려고 노력하는 전쟁의 중심은 아무런 장식이 없는 꿀벌통과 같다고 생각했다. 효율성의 문제다.

삼촌은 손을 내밀어 살라뇽의 어깨를 다독였다. "네가 가는 거기는, 조금 힘들 수 있어도 위험하지는 않을 거다. 잘 지내라. 배워야 한다. 나는 지프차를 타고 왔어. 원한다면 너를 하이퐁의 기차역까지 바래다주겠다."

살라뇽은 그러자고 했고, 고개를 돌려 긴 복도를 보았다. 현대식 건물은 온갖 소리로 메아리쳤다. 문들은 끝없이 늘어서 있는데 문 위에 붙은 표찰을 제외하고는 전부 비슷했고, 서류를 안은 사람들이 드나들면 열렸다가 다시 닫혔다. 엄청난 분량의 서류들은 마치 전쟁을 먹여 살리는 종이 강물에 설치된 수문과 같았다. 전쟁은 폭탄보다 종이를 훨씬 더 많이 필요로 했고, 우리가 사용하는 종이의 엄청난 양으로 적을 질식시킬 수 있을 것이다. 삼촌이 살라뇽을 바래다준다고 제안한 것은 고마운 일이었다.

살라뇽은 기차를 타기 위해 하이퐁에 통행 허가증을 구하러 갔지만 문을 잘못 찾았다. 반쯤 열려 있는 문을 밀었다. 그는 입구에 그대로 서 있었다. 안은 어두웠고 덧창이 닫혀 있었던 데다 그 어둠에는 오줌 냄새가 스며 있었기 때문이다. 더러운 전투복 차림의 대위 하나가 배가 보이게 상의를 풀어놓은 채 살라뇽에게 달려들었다. "네가 상관할 게 아니야" 하면서 소리를 지르고, 지저분한 손을 내밀어 살라뇽의 가슴을 치고 밀쳤는데, 지나치게 크게 뜬 그의 눈은 광기로 번뜩이고 있었다. 그는 '쾅' 소리를 내면서 문을 다시 닫았다. 살라뇽은 문에 바짝 얼굴을 붙이고 있었다. 방에서는 마치 우리가 몽둥이를 가지고 물로 가득 찬 사방을 두드릴 때 나는 소리처럼 규칙적인 충격을 가하는 소리가 들렸다. "이쪽이야, 잘못 찾아갔어." 삼촌이 말했다. 살라뇽은 움직이지 않았다. 그는 계속 그대로 있었다. "거기 있지 말라니까!" 살라뇽이 돌아서 삼촌을 본 뒤, 아주 느리게 말했다. "벌거벗은 채 거꾸로 매달려 있는 사내를 본 것 같아요." "네 생각이겠지. 하지만 어두운 사무실 안에서는 제대로 볼 수가 없어. 특히나 닫힌 문을 통해서는 말이지. 어서 와."

삼촌은 살라뇽의 어깨에 손을 올리고 그를 데려갔다. 바깥의 커다란 공터에는 전차들, 커버 씌운 트럭들, 세워놓은 대포들이 있었다. 지프차를 탄 대위들은 물자를 정렬해놓은 사이를 누비고 다녔다. 그들은 언제나 차가 멈추기 전에 뛰어내렸고 또 언제나 껑충 뛰어 차에 올라탔다. 기지는 언제나 소용돌이쳤고, 요란한 소리가 났다. 걷는 사람은 아무도 없었는데 여기에서 전쟁이 나면 사람들은 뛰었다. 아시아에서는 전쟁이 나면 사람들이 뛰는 것이 원칙인데, 무기를 만드는 서양의 원칙은 속도를 힘의 형태로 만드는 것이다. 무기를 지고 등을 구부린 병사들이 종종걸음을 치면서 방수포를 씌운 트럭을 향해 간다. 그리고 금세 사람이 가득 차면 트럭은 출발한다. 배낭을 진 특수부대 대원들이 달려오는데 배낭이 그들의 다리를 쳤다. 앞이 둥근 다코타*를 향해 멀리 갔는데, 헬리콥터들은 이미 거기서 맴돌고 있었고 문이 열려 있었다. 기지에서는 사람들이 전부 뛰어다녔고, 살라뇽도 삼촌 뒤에서 빨리 달려갔다. 이 모든 힘이라니, 우리의 힘이라니, 우리는 더 이상 잃을 게 없다고 생각했다. 넓은 뜰의 한가운데 아주 높은 기둥에는 삼색 국기가 매달려 있었는데, 바람이 조금도 불지 않았다. 기둥 아래 철조망이 쳐진 네모난 공간에는 베트남 사람 열두 명이 웅크린 채 꼼짝하지 않고 기다리고 있었

---

* Dakota: 고전적인 군사 수송기.

다. 그들은 서로 말하지 않고 아무것도 보지 않은 채 그대로 있었다. 무장 군인들이 그들을 지키고 있었다. 기지의 바퀴가 굴러갔고, 웅크린 사람들이 있는 이 네모난 공간은 수레바퀴의 텅 빈 중심에 속했다. 흥분에 사로잡힌 살라뇽은 거기에서 눈을 뗄 수가 없었다. 그는 장교들이 갈대로 만든 채찍을 들고 여러 차례 돌아와서 베트남 사람들을 일으켜 세워 줄을 세우고 건물 안으로 데려가는 것을 보았다. 다른 사람들은 움직이지 않고, 병사들은 계속 순찰을 돌고, 주변에서는 모터 소리, 비명 소리, 삐걱대는 소리처럼 불협화음들이 계속 이어졌다. 검은색 포로복을 입은 작은 체구의 사람들이 병영에 갇혀 있었다. 그들은 미동도 하지 않은 채 걸었다. 살라뇽은 이 부동의 네모난 공간에 매료되어 천천히 갔고, 삼촌이 되돌아왔다.

"내버려둬. 이 사람들은 베트남 동맹군들이고, 용의자들, 체포된 사람들이다. 거기 있는 사람들이 바로 포로들이야."

"그들은 어디로 가죠?"

"신경 쓰지 마. 내버려둬. 이 기지는 그럴 가치가 없어. 군대를 흉내 냈을 뿐이지. 우리, 우리는 숲에 있고, 전투를 하는 거야. 그리고 사실 우리는 위험에 빠져들었어. 위험은 우리의 행복을 없애지. 이리 와라, 여기에서 일어나는 일은 내버려둬. 너는 우리와 함께 있는 거야."

삼촌은 찌부러진 지프차에 살라뇽을 태우고 거칠게 운전했다.

"닫힌 사무실 안에서 그들은 무엇을 하는 것이죠?"

"별로 답하고 싶지 않은데."

"그래도 대답해주세요."

"그들은 정보를 만들어내. 정보는, 버섯이나 꽃상추가 그런 것처럼 어둠 속에서 만들어지지."

"무엇에 관한 정보요?"

"정보, 그것은 우리가 그것을 말해야만 할 때 누군가가 말하는 사실이지. 인도차이나에서는 별 가치가 없어. 사실 그들이 그들식으로 말하는 언어 속에 '진실'에 해당하는 단어가 있는지조차 몰라. 그들은 어떤 상황에서도 언제나 말해야 하는 것을 말하지, 그들로서는 예의범절의 문제이니까. 여기에서 예의는 삶의 동기 자체야. 정보, 그것은 전쟁의 얼룩, 우리가 그것과 접촉하면 생기는 더러운 속임수지. 우리는 숲에 있으니 더러운 기름 따위는 필요가 없어, 그저 땀을 흘리지."

"트랑바사크, 그는 깨끗한 것처럼 보여요."

"트랑바사크, 그는 깨끗한 전투복을 갖고 있을 뿐이야. 깨끗하지만 동시에 낡았지. 너는 그가 어떻게 하는지 궁금하지 않니? 그는 부석(浮石)을 가지고 전투복을 기계로 빨아. 비행기로 이동하지 않을 때조차도 그는 구두 밑창을 더 이상 더럽히지 않지. 그가 우리에게 작전을 지시하는 것은 그의 사무실에서야. 이 나라에서는 우리 목숨이 정말 이상한 사람들에게 달려 있지. 프랑스에서 오는 명령도 우리에게는 호 아저씨*나 그의 장군 지아프의 명령만큼이나 위험해. 너 자신만을 믿어. 네 두 손에 네 목숨이 달려 있어. 주의해야 할 의무가 있지."

살라뇽은 하이퐁의 항구에서 배를 탔는데, 검은 연기로 가득한 그 도시는 아름답지도 우아하지도 않았다. 사람들은 유럽에서처럼 일했는데, 채탄, 반출, 나무와 고무의 선적, 무기 상자와 비행기, 자동차 부품의 하역 등이었다. 모든 것이 통킹의 철갑 두른 기차를 통해 옮겨졌는데, 기차는 자주 오지 않았다. 철로 파괴는 전쟁에서 하는 가장 간단한 행동이다. 자갈밭에서 엎드린 채 줄을 푼 다음 폭탄을 던지고 기차의 도

---

* 베트남의 정치가이자 혁명가인 호치민을 친근하게 부른 것.

착을 주시하는 장면은 익숙하게 상상이 된다. 그러나 이번에 살라뇽은 높은 곳에서, 기차의 지붕이나 플랫폼의 지붕에서, 모래주머니 뒤에서 세네갈 출신의 군인이 상반신을 벗은 채 커다란 기관총 다루는 것을 내려다보는 상상을 한다. 다소 어색한 미소를 짓고, 그들은 커다란 대포를 철로를 따라 숨어 있는 사람을 향해 조준한다. 그들은 기다란 탄약통들을 다루고 있었는데, 무게 때문에 그들의 근육이 부풀어 올랐다. 살라뇽은 안심이 되었다. 손가락처럼 생긴 커다란 탄환은 가슴, 머리, 사지를 터뜨리게 만들 수 있고, 그들은 당장에 수천 명의 사람을 그렇게 보낼 수 있을 것이다. 아무것도 폭발하지 않았고, 기차는 제대로 달렸고, 그는 하이퐁에 도착했다. 그는 배에 탔다. 섬으로 가는 중국식 거룻배였다. 여행 중인 가족들이 갑판에 있었는데, 살아 있는 닭들과 쌀자루, 채소 바구니들을 갖고 있었다. 그들은 그늘을 만들려고 돗자리를 걸었고, 바다로 나가자 요리를 하기 위해 화로에 불을 붙였다.

살라뇽은 신발을 벗어 가장자리를 따라 맨발로 걸었다. 거룻배는 마치 상자와 같았고 맑은 물 위를 미끄러져 갔다. 잔물결로 주름진 푸르스름한 너울을 뚫고 강바닥을 스쳐가고, 새하얀 구름이 아주 높은 곳에 떠다녔고, 푸른빛 금속판 위에 크림 빛 회오리가 치고 있었다. 나무 배는 흔들의자가 삐걱대는 소리를 내며 힘들이지 않고 흘러갔다. 주위에 바위섬들이 갑자기 솟아 나왔는데, 하늘을 가리키는 뾰족한 손가락들과 같은 그 섬들 사이를 커다란 배는 무사히 빠져나갔다. 항로는 평화롭고, 경이로운 날씨, 바닷바람이 열기를 사라지게 만들었는데, 그때가 인도차이나에서 보낸 시간 가운데 가장 감미로운 시간들이었다. 두려움 없는 시간들이어서 그저 맑은 물 아래 비치는 바닥을 바라보기만 할 뿐이었고, 온갖 나무가 매달리듯 서 있는 섬들이 스쳐가는 것을 보면 되었다. 갑판에 앉아 난간 틈새에 다리를 올린 살라뇽은 통나무 집의 베란다에 있는 것처럼 느꼈다. 위, 아래, 주변에서 풍경이 펼쳐지는 사이에 그의 내부는 따뜻한 기름이 지글지글 끓는 것 같은 경쾌한 소리에 휩싸였고, 사람들이 만든 기막힌 음식 냄새가 쓰다듬듯이 다가왔다. 여행 중인 가족들은 바다를 쳐다보지 않았고, 둥그렇게 웅크리고 앉아 먹거나 반쯤 잠을 자거나, 아무런 말도 주고받지 않은 채 서로를 바라보았다. 그리고 자신들이 가지고 온 동물을 보살폈다. 거룻배는 편안하고, 항해를 의식하게 만들지 않아 사람들은 바다에서 멀리 있는 것처럼 느꼈다. 베트남인들은 정말로 바다를 좋아한 것은 아니고, 거기에 적응했다. 거기에서 살아야 했기에 그렇게 했고 물 위에 집을 지었다. 그들은 자신들의 배에 들보, 칸막이, 마루, 창, 커튼을 만들어 지었다. 비록 물가에서 살기는 했지만, 강, 항구, 만, 그들의 배는 정박 상태로 길의 연장이었고, 그들은 거기에서 살았다. 물 위를 떠다니는 집이었고 그것이 전부였다. 그는 감미로운 몽상 속에서 알롱 만을 가로질렀다.

미로 같은 만의 외딴 곳에 있는 바퀴크는 프랑스 깃발이 펄럭이던 마지막 마을이었는데, 그곳의 장교 하나가 그다지 군인 같지 않은 힘찬 악수로 살라뇽을 맞았다. 살라뇽은 유격대원의 월급이 담긴 철갑을 두른 상자 하나를 내밀었는데, 다른 상자 두 개에는 총과 탄환이 담겨 있었다. 그가 재빠르게 다시 인사하고 거룻배에 타자 배는 다시 출발했다.

"이게 전부인가요?" 장교가 살라뇽의 배를 향해 소리를 질렀다.

"우리는 당신을 찾으러 올 겁니다." 그는 멀어지면서 대답했다.

"나는 어떻게 해야 됩니까?"

"당신이 잘 아실 텐데요……"

배의 마룻바닥이 삐걱대는 소리, 펼쳐진 돛이 펄럭이는 소리만을 남기고 모든 것이 멀어져 갔다. 살라뇽은 짐 위에 앉아 있었는데, 사람들이 그의 주변으로 쌀자루와 닭이 든 닭장을 가져다놓았다. 그는 가방 위에 앉은 채 홀로 있었고, 어디로 가야 할지 잘 몰랐다.

그는 구두 뒤축 소리를 내면서 껑충 뛰어올랐다. 강한 악센트의 목소리로 누군가가 인사했는데, 그는 "대위"라는 말 이외에는 아무것도 이해하지 못했다. 그 발음은 t자를 짧게 끊어 발음해서 모음자를 삼키는 식이었다. 장년의 군인이 규칙에 부합하는 완전무결한 자세로 서 있었다. 몹시 경직된 채 턱을 들어 올리고 흐릿한 시선으로 떨고 있었는데, 입술은 침을 발라 축축했다. 철저한 자기통제만이 균형을 지탱해주고 있었다.

"쉬게." 그가 말했지만 상대는 긴장을 풀지 않았고, 그쪽을 더 선호했다.

"고라니드제입니다. 저는 대위님의 당번병입니다. 제가 섬으로 안내해드려야 합니다."

"섬?"

"이제 대위님께서 지휘를 하실 곳이죠."

섬을 다스린다는 사실에 상당히 유쾌했다. 고라니드제는 그를 모터 달린 배로 데려갔는데, 배는 폭음에 가까운 소리를 내고 있어 대화를 나눌 수가 없었다. 배가 지나간 뒤에는 금세 사라지지 않는 검은 구름이 남아 있었다. 암석으로 이뤄진 봉우리 위에서 그는 절벽에 위치한 집을 손으로 가리켰다. 수평의 줄과 커다란 창이 있는 콘크리트 건물로서, 최근에 지은 것인데도 벌써 낡은 느낌이 났다. 아주 높은 곳의 석회암에 기반을 둔 집은 물 쪽으로 기울어 있었다.

"대위님 댁입니다." 그가 외치듯 말했다.

해안가를 통해서 거기로 갔는데, 어부들은 햇볕에 어망을 펼쳐놓고 수선하고 있었다. 그들은 배를 뭍으로 올리는 것을 도왔고, 살라농과 그의 당번병이 가지고 온 상자들을 배에서 내렸다. 그들은 절벽으로 난 작은 길을 통해 집으로 올라갔는데, 계단 가운데 몇 군데는 급경사를 이루게 잘라냈기 때문이다.

"사원 같습니다." 그의 뒤에 있는 고라니드제가 다소 얼굴이 붉어져 숨을 내쉬었다. "제가 어렸을 때는 정말 산 위에 사원이 있었는데, 벽 위에 고정된 연단과 같았어요."

"어릴 때 어디에 있었는데?"

"이젠 더 이상 존재하지 않는 나라입니다. 조지아요. 혁명이 일어난 후에 사원은 텅 비었고, 수도자들은 살해되거나 쫓겨났어요. 우리는 거기로 놀러 갔었어요. 모든 방의 벽들에 그림이 그려져 있었는데, 바로 예수의 일생을 말해주는 것이었습니다."

그곳에도 역시 커다란 프레스코화들이 벽을 덮고 있었는데, 거실에는 아무런 가구가 없었고, 방은 바다를 향하고 있었다.

"대위님, 제가 이미 말씀드렸습니다만, 사원에 있는 것 같습니다."

"그렇지만 여기의 그림들이 예수의 일생을 말한다고 생각하지는 않네."

"저도 모르겠습니다. 세세한 것을 기억해내기에는 너무 오래 군인으로 지냈습니다."

그들은 모든 방을 둘러봤는데, 방치되어 습기 찬 냄새가 났다. 방들 내부에는 유리가 깨진 창 앞에 얇은 망사로 만든 커튼들이 바람에 날리고 있었는데, 지저분하고 어떤 것들은 찢어져 그 사이로 불쑥 푸른 바다가 보였다. 벽의 프레스코화들 위에는 온갖 혈통을 지닌 여자들이 실제보다 훨씬 크게 그려져 있었고, 그 여자들은 따뜻한 색깔의 천을 배경으로 진초록 초원에서 벌거벗은 채 누워 있었는데, 종려나무와 꽃이 핀 덤불의 그늘 아래였다. 정면에서 보면 그 여자들의 얼굴을 전부 볼 수 있었는데, 눈을 내리깐 채 미소를 짓고 있었다.

"막달라 마리아입니다, 대위님, 말씀드렸듯이 예수의 일생을 그린 겁니다."

그들은 그 집에 정착했는데, 그곳은 더운 계절에 머물던 식민지 행정부가 전쟁이 시작되면서 떠난 상태였다.

살라뇽은 벽 전체가 먼 바다를 마주하고 있는 방을 썼다. 그는 가로 세로가 모두 자신의 체격보다 훨씬 큰 침대에서 잤는데, 그 침대에서는 자신이 원하는 방향으로 한껏 몸을 뻗을 수 있었다. 바람에 부푼 망사 커튼은 이제 거의 움직이지 않았다. 불을 끄고 잠이 들면, 절벽 저 아래쪽에서 밀려오는 파도 소리가 들렸다. 그는 약소국의 왕처럼 생활했다. 꿈을 많이 꾸고, 상상하고, 현실 감각을 잃은 채 지냈다.

그의 방 벽에 그려져 있던 여인들의 그림은 습기 때문에 부식하기 시작했다. 하지만 열대의 수액으로 인해 부풀어 오른 육감적인 입술의 미소는 각각의 여인마다 여전히 순결하게 구별되었다. 제국의 여인들은 입술의 광채로 구분되었다. 천장에는 단 한 사람이 벌거벗은 상태로 그려져 있었는데, 그의 양팔에는 여인을 하나씩 안고 있었다. 그림으로 드러난 그의 상태는 그의 욕망을 추측하게 했지만, 그만이 얼굴을 돌리고 있어서 알아볼 수 없었다. 살라뇽은 커다란 침대에 등을 댄 채 눈을 뜨고 누워 천장에 그려진 유일한 사내를 뚜렷이 보았다. 어쩌면 그는 에우리디케가 자기와 함께 있기를 바랐는지도 모른다. 이 천공의 성에서 그들은 왕과 왕비처럼 살았을 것이다. 그는 에우리디케에게 편지를 썼고, 텅 빈 벽을 통해 자신이 본 것을 그렸다. 빛나는 물결 사이로 솟아오른 만의 섬들이 이룬 중국의 풍경. 편지는 일주일에 한 번 거룻배가 정박하는 항구로 합류하는 모터보트를 통해서 전해졌다. 고라니드제는 모든 일에 관여했는데, 물자 공급, 우편 수송, 식사 세탁물 관리, 이 모든 일을 결코 회피하는 법 없이 더할 나위 없는 엄격함을 가지고 수행했고, 원주민들 중 저명인사들이 항구에 모습을 보이면 떨리는 목소리로 그들을 맞이했다. 그는 매주 살라뇽에게 공손하게 보고하러 왔는데, 그에게 열쇠를 전해주는 날은 바로 그의 날이기도 했다. 그는 혼자서 만취했다. 그런 다음 자기가 고른 방에서 잠이 들었는데, 작고 창이 없는 방이었다. 살라뇽에게 열쇠로 방문을 잠그고 자신의 술기운이 사라질 때까지 열쇠를 가지고 있어달라고 부탁했다. 그는 창을 통해 나가거나 계단으로 미끄러질까 봐 걱정했는데, 그것이 여기에서는 치명적인 결과를 야기했을지도 모르기 때문이다. 다음 날 살라뇽이 방문을 열어주러 오면 그는 다시 평소의 엄격함을 되찾고 전날의 사건에 대해서는 결코 상기시키는 법이 없었다. 그런 날이면 그는 그들이 사용하지 않았던 방들을 청소했다. 규칙적으로 가져오는 식량, 분배되는 무기와 월급, 배급 물자에는 취하기에 충분한 양의 술이 있었다. 그러나 우편물은 한쪽에서만 갔고, 에우리디케는 그것들이 실제로 존재하는 뭔가를 그린 것이라고 전혀 생각하지 못했기에 그가 그려 보낸 그림이나 솟아오른 섬들을 먹으로 그린 풍경화에도 전혀 답을 하지 않았다. 살라뇽은 그녀가 그림들을 보고 놀라기를 바랐을 것이다. 그러면 즉각 회답을 보내 자기가 그린 모든 것은 진짜로 본 것이라는 사실을 그녀에게 확인시킬 수 있었다. 그는 그녀에게 적어도 편지를 통해서는, 자신의 사유의 실체를 재확인시킬 수 없는 사실이 아쉬웠다. 그는 붕괴했다.

유격대원들을 모집하는 일은 쉬웠다. 이 섬들에는 어부들과 제비 사냥꾼들이 살고 있었다. 돈이 돌지 않았는데, 사람들은 결코 사용한 적이 없던 아주 오래된 중국식 총들 말고는 다른 무기들을 본 적이 없었다. 살라뇽 대위는 매일 아침 잠깐 훈련하러 와준다는 약속을 하기만 해도 넉넉하게 물자를 나눠주었다. 젊은 어부들은 무리를 지어 와서 망설이다가, 그중 한 사람이 다른 사람들의 웃음에 위축된 채 참가할 뜻을 비쳤다. 그는 습기 때문에 부풀고 군데군데 찢기기도 한 서류의 신청 용지 아래에 십자가를 그려 넣었다. 그러고는 자신에게 전달된 총과 아주 빽빽하게 지폐를 채운 지갑을 목 주변에 걸고 담배를 가지고 갔다. 신청 용지는 금세 바닥이 났고, 그는 신청 용지에 적힌 것을 저녁마다 지워 새 서류로 만들어 그 안의 작은 네모 안에 표시를 하게 했다. 중요한 것은 행동일 뿐이고, 이 섬에서는 아무도 글을 읽을 줄 몰랐다.

아침마다 그는 해변에서 훈련했다. 많은 사람이 결석했다. 그는 결코 정확한 수를 확인하지 못했다. 그들은 아무것도 배우지 못한 듯 보였고 무기를 제대로 다루지 못했는데, 성능이 나쁜 총의 폭발음은 언제나 그들을 껑충 뛰어오르게 하거나 웃게 만들었다. 그들의 얼굴과 그들 사이의 친척 관계에 익숙해지자, 그는 그들이 가족 중 한 명씩 돌아가며 교대로 참가한다는 사실을 깨달았다. 사람들은 제일 굼뜬 청년들을 보냈는데, 그들은 다른 무엇보다 고기잡이에 가장 도움이 안 되는 청년들이었다. 그 일은 별다른 위험이 따르지 않았고, 그들은 그렇게 벌어들인 월급을 가족 전체가 나눠 가졌다. 그는 마을로 갔고, 나무로 엮어 만든 장방형 집에 초대되었다. 희미한 빛 속에 연기와 생선 양념 냄새가 나는 그 집에서 한 노인이 잘 이해하지는 못해도 그의 말을 진지하게 듣고 있다가 문장이 끝날 때마다, 혹은 그가 알지 못하는 말의 리듬이 끊기는 순간마다 고개를 끄덕였다. 통역자는 프랑스어를 잘하지 못했다. 살라농이 전쟁, 베트남 동맹, 유격대원의 모집 등에 대해 말하면, 그는 여러 번 반복하면서 복잡하게 뒤섞인 긴 문장들로 옮겼는데, 마치 살라농이 말한 것을 옮길 만한 적당한 단어들이 존재하지 않는 듯이 길게 말했다. 노인은 언제나 동의했지만 이해하지 못하는 것처럼 보였고, 그래도 태도는 정중했다. 그러고는 그의 눈이 번득였고, 웃으면서 별 뜻 없이 환한 미소로 동의를 표시하고 있는 살라뇽에게 직접 말을 걸었다. 그가 어둠 속에서 누군가를 부르자 아주 긴 검은 머리의 아가씨가 다가왔다. 그녀는 그들 앞에 와서 눈을 내리깔고 있었다. 좁은 엉덩이를 헐렁하게 감싸는 간단한 옷만 입고 있던 그녀는 봉긋하게 솟아오른 작은 가슴이 수액을 머금고 솟아난 새싹들 같았다. 그녀의 말을 통해 결국 노인의 뜻을 이해할 수 있었는데, 그녀가 대위와 같이 살러 올 수 있다는 뜻이었다. 살라뇽은 눈을 감고 고개를 흔들었다. 상황이 순조롭지 않았다. 아무도 전혀 이해하지 못하는 것처럼 보였다.

절벽에 서 있는 집에서 그는 서서히 부식해들어가는 그림들을 보거나 아주 느리게 움직이는 망사 커튼 뒤의 바다를 바라보았다. 상황이 순조롭지 않았지만, 그를 제외하고는 누구도 그 사실을 알아채지 못했다. 그러나 무엇이 중요하겠는가? 어떻게 인도차이나를 사랑하지 않겠는가? 프랑스에서는 상상도 하지 못할 이 장소들을 어떻게 사랑하지 않을 수 있겠는가? 그리고 무장해제시키는 낯선 모습의 사람들을? 어떻게 그곳에서 살아가는 것을 사랑하지 않겠는가? 그는 파도 소리를 들으며 긴장을 풀고 잠이 들었고, 다음 날엔 다시 훈련했다. 고라니드제는 사람들을 줄 세우고 총을 바로 잡는 법과, 다리를 높이 들어 행군하는 법을 가르쳤다. 그는 오래 지속된 혼란스런 전쟁에 뛰어들기 직전, 차르의 장교학교에서 막내 생도였다. 그는 훈련과 규칙을 가장 존중했고, 그것은 최소한 변함이 없었다. 정오 무렵 어부들이 돌아왔다. 그들은 배에서 해변으로 내렸고, 유격대원들은 웃으면서 오전 시간을 어떻게 보냈는지 말하면서 긴장을 풀었다. 고라니드제는 마침 그늘에서 피망과 레몬을 함께 넣어 생선을 알맞게 구워냈다. 그리고 나서는 낮잠을 자러 가려고 다시 배에 올랐다. 오후의 남은 일정에 대해서는 생각해봤자 소용이 없었다. 그때 살라뇽은 방에서 만을 내려다보고 있었고 어떻게 바다에서 갑자기 수직으로 솟아오른 섬들을 그릴지 이해해보려고 애썼다. 그는 나무에 달라붙은 벌레처럼 낮 내내 움직이지 않고, 자신의 탈피를 기대하면서 절벽에 지은 집에서 살았다.

사람들이 그들을 통킹 만으로 보냈을 때, 그의 부대는 징집했던 사람들의 4분의 1만 남아 있었다. 그 나라는 금세 그들을 불쾌하게 만들었다. 붉은 강의 삼각주는 드넓게 펼쳐진 진흙과 같을 뿐이고, 시선은 마을을 에워싼 대나무 울타리까지만 머물렀다. 아무것도 보지 못했다. 그곳에서는 공허 속에서 길 잃은 기분을 느끼는 동시에 좁은 지평선에 갇힌 기분을 느꼈다.

통킹 만 어부들의 가족들은 청년들, 불안한 사람들, 산만한 사람들, 약간의 변화만으로도 도움이 되는 사람들을 떠나게 내버려두었다. 프랑스어를 아는 사람은 통역으로 일했고, 그는 마치 여행을 하듯 전쟁에 참여했다. 짚 모자를 눈까지 내려 쓰고, 너무 무거운 가방, 너무 큰 총을 든 그들은 변장한 것처럼 보였고, 기진맥진한 채 맨발이 길을 더 잘 느끼기 때문에 가방에 신발을 매달고 걸었다. 그들은 걸어서 다니는 베트남 동맹군을 쫓아내기 위해 걸어서 행군했다. 그리고 15분마다 간격을 지키고 침묵을 유지하라고 소리를 지르는 살라뇽의 뒤에서 촘촘히 붙어 진군했다. 그래서 그들은 간격을 두고 침묵을 유지하다가 점점 더 수다를 떨기 시작했고, 자기도 모르는 사이에 장교에게 다가섰다. 모래와 만의 석회암에 익숙한 사람들은 작은 진흙 구덩이에 미끄러졌고, 논바닥의 물에 엉덩방아를 찧었다. 그들은 가던 길을 멈춰 모여들었고, 짓궂은 농담을 하면서 넘어진 사람을 일으켜 세웠다. 다 함께 웃고, 넘어진 사람은 다른 사람들보다 진흙에 뒤덮여 있었다. 그들은 수선스럽고 무심한 태도로 자리를 옮겼는데, 결코 누구를 놀라게 하지는 않고, 평평한 지평선에서 완벽한 표적이 될 뿐이었다. 그들은 더위 때문에 고통을 받았는데, 진흙이 펼쳐진 공간 위를 내리쬐는 태양을 완화시켜줄 만한 바닷바람이 조금도 불어오지 않았기 때문이다.

그러나 그들은 산을 도는 일을 좋아하지 않았다. 충적토의 평야 사이에서 불쑥 솟아오른 세모꼴의 언덕들은 아주 높게 층을 이뤘고, 저 높은 곳에서는 구름과 뒤섞인 안개가 자욱했다. 베트남 독립동맹군은 마치 숲에 사는 동물인 양 거기에서 살았는데, 밤마다 마을에 출몰해 지나가는 사람들을 괴롭혔다.

삼각주를 폐쇄하기 위해 초소를 건설했다. 통행 감시를 위해 킬로미터마다 초소들을 세웠고, 조금 멀리 있는 곳을 보기 위해 장벽을 두른 가운데 아주 높은 네모난 탑들을 세웠다. 거기 안쪽에는 몇 명이 있었는가? 세 명의 프랑스인, 열 명의 보충병, 그들이 마을을 지키고, 다리를 감시하고, 운하와 덤불로 가득한 미로 속에서 프랑스의 현존을 확인했다. 참모 한 명은 저마다 지도 위에 세워진 작은 국기와 같은 가치를 지녔다. 밤사이에 초소가 파괴되면 그것을 제거했다.

사람들은 다루기 힘든 기지를 강화하기 위해 그들을 보냈다. 그들은 제방 위로 난 길을 통해 이번에는 정확하게 간격을 지키면서 일렬로 줄을 지어 그곳으로 접근했다. 저마다 자기 앞에서 걷고 있는 사람의 걸음에 맞춰서 발을 내디뎠다. 살라뇽은 그들에게 그렇게 발맞추는 것을 가르쳤는데, 길 여기저기에 함정이 있었기 때문이다. 여러 겹으로 에워싼 대나무 방책들이 기지를 보호했다. 그 사이에는 벽돌 탑에 접근할 수 있는 작은 통로만 있었는데, 벽돌 탑은 성벽의 총안을 마주하고, 기관총의 총알이 관통해서 구멍이 뚫린 발사관이 솟아올라 있었다. 대나무를 뾰족하게 만든 끝에서는 검은 즙 같은 것이 방울져 떨어졌다. 사람들은 거기에 물소 배설물을 칠했는데, 그로 인해 생긴 상처를 쉽게 감염시키기 위해서였다. 그들은 멈추었다. 총안 아래쪽 문이 닫혀 있었다. 사람들은 문을 높은 곳에 달았는데, 계단도 준비되지 않은 상태였다. 거기에 올라가려면 사다리가 필요했고, 사다리는 밤에 가지고 와서 안쪽에 놓아두었다. 아래쪽에는 장대 끝에 베트남 사람 머리가 두 개 걸려 있었는데, 장대가 관통한 목은 검은 피로 얼룩졌고, 감긴 눈 위에는 파리 떼가 윙윙거리고 있었다. 기지 앞의 트인 공간은 아주 더웠고, 주변을 에워싼 논들은 참기 힘든 습기를 피어올렸다. 살라농의 귀에는 윙윙대는 파리 소리만 들렸다. 사람들이 몇 명 그에게 왔다가 다시 떠났다. 그가 소리쳤다. 태양이 내리쬐는 수면의 평평한 공간에서 그는 아주 작은 목소리를 지닌 것처럼 느껴졌다. 그가 더욱 크게 불렀다. 그가 여러 차례 소리를 지르고 나자 기관총의 총신이 움직였다. 이어서 성벽의 총안에 수염이 덥수룩하고 퉁명스런 얼굴이 보였다.

"누구죠?" 쉰 목소리로 누군가가 외쳤다. 돌출된 눈 하나가 금빛 눈썹 아래서 반짝였다.

"살라농 대위님, 당신을 지원하기 위해서 온 보충병 부대입니다."

"무기를 내려놓게."

기관총은 탁탁 소리를 냈고, 진흙탕 속에서 총격이 터지면서 모두에게 흙탕물을 튀겼다. 사람들은 작게 소리를 지르면서 펄쩍 뛰어올랐고, 열이 흩어져서 살라농 주변으로 바짝 다가왔다.

"무기를 내려놓게."

모두 무기를 땅에 내려놓자 문이 열렸고, 수염이 나고 웃통을 벗은 짧은 바지 차림의 프랑스인 하나가 허리춤에 케이스 없는 권총을 한 자루 차고 사다리를 꺼내 깡충깡충 뛰면서 내려갔다. 검은색 군복 차림의 퉁킹 사람 두 명이 미제 기관총을 지니고 그 뒤를 따랐다. 그들은 살라농이 있는 자리에서 3미터가량 뒤에 서서 움직이지 않았다.

"대체 무얼 원하나요?" 살라농이 물었다.

"나? 나는 변변치 못한 대위로 살아남는 것이다. 자네들, 거기에 대해서는 장담을 못 하네."

"당신은 제가 누구인지 모른단 말입니까?"

"아, 이제 알지. 자네가 어떤 사람인지 알지. 그러나 원칙대로 나는 일단 경계를 해야 하네."

"저를 의심하는 겁니까?"

"자네에 대해서는 아니라네. 아무도 자네들을 불신하지 않을 거야. 그렇지만 백인의 뒤를 따르는 베트남 사람들 무리는 위험할 수 있어. 사람들은 더 이상 기지들이 외인부대에게 지배당했다는 것을 믿지 않아. 사람들은 한 명의 유럽인 낙오자와 보충병으로 변장한 베트남 독립동맹군으로 믿을 거야. 사람들이 친절하게 문을 열고 사다리를 내려오면 재빨리 목을 자르는 거지. 사람들은 자신들의 피가 흐르는 것을 보면서 비로소 자신들이 어리석었다고 이해할 거야. 나는 아니지만."

"그러면 안심한다고요?"

"내게는 그래. 자네들에겐 전혀 다르지. 자네들은 베트남 독립동맹군이 아닌 것이 확실하니까. 최초의 사격에 소리를 내면서 도망친다는 것은, 그들이 분명 아마추어라는 것을 말하지."

그는 그의 뒤에서 기관총을 사용할 준비를 하면서, 아무것도 드러내지 않는 완강한 통킹 만 사람 두 명을 엄지로 가리켰다.

"저 사람들이 바로 베트남 독립동맹에 가담한 자들이네, 전혀 다르지. 그들은 적의 포화에도 태연하고, 영혼이 없는 것처럼 손가락 신호에 복종하지."

"확신하시나요?"

"지금 우리는 같은 배에 있다. 큰 배는 아니고 작은 배라네. 만약 그들이 다른 쪽에서 다시 나타나면, 정치 요원이 그들 무리를 숙청한다, 만약 그들이 전쟁을 그만두면 시골 사람들이 그들에게 집단 폭행을 가한다, 그들은 그 사실을 알아. 그들은 선택의 여지가 없고, 나도 선택의 여지가 없지. 우리는 손에 달린 손가락들처럼 하나이고, 집행유예를 받은 사람들인 셈이야. 우리가 살아남는 매일이 일종의 승리야. 대위가 올라가겠나? 내가 마실 것을 사드리지. 당신 사람들 하나나 둘과 함께, 그이상은 안 된다네. 다른 사람들은 아래에 있도록 한다. 자리가 없어."

기지 안은 어두웠는데, 빛은 문과 총안을 통해서만 들어왔다. 저마다 기관총을 조준하고 있었기 때문이다. 그들은 사람들을 서서히 알아볼 수 있었을 뿐이다. 검은 옷을 입고, 검은 머리에, 눈을 거의 뜨지 않은 채 움직임도 없이 벽에 기대어 앉아 있었는데, 무기가 무릎 위에 놓여 있었다. 모두가 그를 보았고 손짓하면서 감시했다. 아니스 향기와 환기가 잘 되지 않은 공동 침실의 냄새가 어두운 가운데 섞여 떠돌았다. 대위는 방 한가운데 쌓아둔 상자들 위로 몸을 구부렸고, 물건을 주워 들어 살라뇽에게 던졌는데, 살라뇽이 반사적으로 그것을 잡았다. 그는 공이라고 생각했으나 머리였다. 구역질이 났고, 반사적으로 손에서 떨어뜨릴 뻔하다가 반사적으로 다시 잡았다. 눈은 뜬 채 높은 곳을 보고 있었지만 그를 보는 것은 아니었고, 그 사실이 살라뇽을 안심시켰다. 그는 몸을 떨다가 차분해졌다.

"나는 자네들이 오기 전에 그것을 바깥에 두고 싶었고, 아래서부터 악취를 풍기는 것들을 바꾸려고 했네."

"베트남 독립동맹군인가요?"

"거기에 대해 장담할 수는 없지만 아마 그럴 것이네."

그는 노란 별로 장식한 모자와 손으로 세공한 금속판을 씌운 포탄 파편을 주워 들었다.

"이것을 그에게 두게. 그것은 그 사람 것이 분명하네."

머리가 하나 있는데, 그것은 비중이 있었지만 그다지 무겁지는 않았다. 그것을 뒤집어놓을 수 있고 던질 수도 있었지만, 그것을 두려고 할 때는 어느 방향으로 해야 할지 몰랐다. 그걸 정하기 위해서는 창이 실용적이어서 사람들은 덕분에 그것을 어디에 둘지를 알았고, 비로소 얼굴을 볼 수 있게 두었다. 퉁명스런 대위는 뾰족한 대나무를 내밀었다. 살라뇽은 거기에 식도나 기관 중 하나를 찔러 넣었지만, 확실하게 알고 한 것은 아니었고, 그러느라 나무 위에 너무 단단히 끼인 고무의 마찰음이 났고, 목 안쪽의 작은 기관들이 휘어졌다. 그는 마침내 그에게 장교 모자를 씌어주었다. 벽을 따라 앉아 있던 사람들은 아무 말도 하지 않은 채 그를 쳐다보았다.

"기지는 벌써 세 번이나 점령당했어. 안쪽에 있는 사람들은 더 이상 대단한 게 아니라서 유탄 취급을 받지. 그래서 내가 그들에게 우리가 누구인지 보여주는 것이라네. 나는 공포를 불러일으키지. 기지 주변에 덫을 놓았어. 나는 갱도와 같은 존재야. 사람들이 다가왔다가, 깜짝! 사람들이 나를 만지면, 폭발! 자, 한잔 받지."

그는 창끝에 머리를 다시 끼웠고, 마치 진한 아니스 향을 풍기는 가득 찬 잔을 주고받듯이 그에게 내밀었다. 모든 사람이 유백색 액체가 가득 잠긴 잔들을 서로 건넸는데, 노란 유백색의 액체는 어둠 속에서 빛나기에 이르렀다.

"이것은 우리가 직접 만든 진짜 파스티스*야. 우리는 잃어버린 순간들 속에서 이 술을 마셨어. 이곳에서 우리의 모든 순간은 잃어버렸지.

---

* 아니스 향료를 넣은 술.

자네는 별 모양 열매가 열리는 붓순나무, 프랑스에서는 그 향기를 전형적인 것이라고 여기는데, 그것이 마르세유에서 유래했다고들 하지만, 사실은 여기에서 유래한 것 아닐까? 건배. 그리고 자네, 자네는 그렇게 하고 어디로 가는 거지, 자네의 무기력한 사람들을 데리고?"

"숲으로요."

"숲은, 방법이 없지 않나. 사람들이 원하지 않아."

"사람들이 무얼 원하지 않는다는 겁니까?"

"숲에서 진군하는 것."

"저는 그렇게 해보시라고 권합니다."

"아니야, 숲에서 진군을 권하지 않아, 별 도리가 없어. 무기를 지니라고, 월급을 받으라고 권하지."

그는 화가 난 게 분명했다. 바로 그날 밤 여럿이 출발했다. 어부들에게 숲은 불편한 곳이었다. 숲은 누구에게도 편치 않다. 그들이 최초로 발포했을 때, 그 일은 그럴 수 있다고 생각했던 것만큼 어렵지는 않았다. 사람들이 당신의 죽음을 원한다고, 거기에 열중해 있다고, 그럴 것을 고집한다고 생각하는 일은, 우리가 거기에 대해서 생각하는 한에서만 견딜 수 없을 뿐인데, 우리는 거기에 대해 생각하지 않는다. 어두운 분노는 기관총이 난사되는 내내 전투원을 눈멀게 만든다. 그것은 사유도 감정도 아니고, 질주, 엇갈리는 경로, 도주, 끔찍하지만 추상적인 유희일 뿐이다. 총을 쏘거나 총에 맞거나 할 뿐이다. 잠깐 쉬는 동안만 생각해봐도 서로를 향해 총 쏘는 일은 견딜 수 없었다. 그러나 생각을 피하는 일은 언제나 가능하다.

너무 심각한 생각들, 사람들은 그것을 시초에 망가뜨려버리지만, 그런 생각들은 곧 다시 돌아온다. 잠 속에서, 저녁의 침묵 속에서, 예상 못한 몸짓 속에서, 원인도 모르고 갑작스럽게 흘리는 진땀 속에서. 그러나 다행스럽게도 이것은 나중의 일이다. 당장에는 생각을 하지 않을 수 있고, 한 동작과 이어지는 동작을 나누는 한계를 따라 균형 있게 살 수 있다.

생각이 확장될 수 있다거나 사라질 수 있다고, 끝없이 수다를 떨 수 있다거나, 아무것도 아닌 것, 덜거덕거리는 기계장치, 언제나 비슷한 작은 흔들림을 따라 서로 맞물리는 톱니바퀴들로 축소될 수 있는 것처럼 여기는 일은 우습다. 생각이란 언제나 정확하게 답이 떨어지지는 않아도, 계속 이어가는 계산 작업과 같은 것이다. 땅바닥의 나뭇잎 더미에 누워 살라뇽은 이런 생각을 했다. 지금은 그럴 때가 아닌데 움직일 수가 없었다. 귀가 먹먹한 출정의 포격이 한꺼번에 발사되었다. 다섯 번, 그는 그 수를 셌다. 휘파람 소리들이 섞이고 박격포탄들이 거의 동시에 일렬로 떨어지면서, 그가 엎드린 땅이 흔들렸다. 흙더미와 나뭇조각들이 그의 등 위로 비처럼 쏟아졌다. 작은 돌들이 무기의 금속과 부딪치면서 소리가 났고, 폭탄의 파편이 다시 떨어질 때는 그렇게 아프지는 않았지만, 그것을 불태우거나 잘라버려야 했기 때문에 파편들을 손에 쥐면 안 되었다. 줄을 지어 있는 다섯 대의 박격포는 명령에 따라 발포했다. 나는 베트남 사람들이 그렇게 조직적이라고 생각하지 않았다. 그렇지만 이 사람들은 통킹 만 사람들이다. 이상한 걸음, 해야 하는 일들만 체계적으로 하는 진짜 기계들이다. 그들은 쌍안경을 들고 지시 사항을 내리는 장교 곁에서 줄을 지어 있고, 각 동작마다 삼각기를 들고 움직였다. 다시 일제사격이 가해지고, 더 가까이 파편들이 떨어졌다. 다음은 우리를 향한 것이다. 일직선으로 가해진 폭발이 땅에 홈을 파이게 했다. 두 개의 간격은 5미터 정도였다. 폭탄이 다시 땅으로 떨어지기까지 시간 간격은 20초였고, 쌍안경으로 결과를 본 장교는 조준기를 조정하고, 다시 삼각기를 내렸다. 폭탄은 5미터 멀리 떨어진다. 그들은 질서정연하게 나아갔다. 다시 일제사격을 가하기 전에 파편이 떨어지기를 기다리고, 납작 엎드려 줄지어 있는 과녁을 보고, 그것들을 단번에 체계적으로 맞추기를 원했다. 세 번의 시도 끝에 통과했다. 땅이 흔들리고 조약돌과 가시덤불이 비처럼 다시 뿌려져 뒤덮는다. "다음에는 폭발하는 순간에 돌진하고, 통과한다. 우리는 단번에 앞쪽의 참호로 돌진하고, 파편들이 떨어지기 전까지 피신한다." 휘파람 소리가 하늘을 가르고, 납 상자들이 떨어지는 것처럼 땅에 충격을 주었다. 그들은 쏟아지는 부식토 사이를 뚫고 뛰어가고, 먼지를 날리며 통과하고, 서늘한 땅에 판 참호로 웅크려 숨었다. 흥분한 심장은 터질 것 같고, 입술은 파편들로 서걱거린 채 개 머리판을 쥐고 모자를 붙잡았다. 다음이다. 일제사격이 그들 위로 행해졌고, 그들이 엎드려 있던 바로 그 자리에서 땅이 뒤집혔다. 마치 연속된 삽질로 파놓은 것 같은 땅에는 작은 벌레와 구더기들이 우글거렸다. 그들은 아무것도 알아차리지 못했다. 무슨 일이 일어났나.

사태가 중단되었다. 호각 소리에 따라 종려나무 모자를 쓴 군인들이 가슴팍을 가로질러 무기를 든 채 부주의한 모습으로 가장자리에서 나타났다. 그들은 우리가 갈기갈기 찢겼다고 믿었다. 우리는 사격을 가하고 돌진했다. 그들이 다시 시작했다. 일은 그렇게 극단의 잔혹성을 띤 채 벌어졌다. 그들은 한 줄로 늘어선 군인들을 향해 일제히 사격을 가했고, 군인들은 세워둔 볼링 핀처럼 쓰러졌다. 그들은 뛰어올랐고, 수류탄을 던지고 앞으로 나아갔다. 두개골과 가슴이 파열되었고, 엎드린 채 네 발 달린 짐승처럼 나뒹굴던 사람들이, 서 있는 군인들의 가슴을 가격하고 죽였다. 그들은 작은 초목들이 있는 대지 위에 석회로 표시한 줄을 따라 정렬된 박격포가 있는 곳에 도달했고, 나무들 사이로 달아나는 사람들을 향해 총을 쐈다. 장교는 쥐고 있던 삼각기를 놓지 않은 채 쓰러졌는데, 다리는 최대치로 벌어져 있었고, 쌍안경은 가슴 위로 떨어졌다.

그들은 헐떡거렸다. 그토록 빠르게 전개되는 순간에는 사람들이 보이지 않는 법이다. 칼을 꽂아 찌르는 것은 그저 덩어리이고, 칼날이 부러지지 않기를 희망하면서 칼을 꽂는 것은 자루들, 세워져 있는 자루들이고, 사람들은 자루를 향해 총을 쏘고, 몸을 굽히고, 넘어지고, 더 이상 주저하지 않고 계속한다. 그들은 상당한 수였다. 여러 개의 몸이 서 있던 바로 그 자리, 포탄을 맞은 그 자리에 그대로 나뒹굴었다. 그들은 움직이지 않았고, 쓰러진 사람들에게 내려진 명령을 이해하지 못했고, 어쩌면 너무 늦게 움직였던 것이다. 삶, 죽음이 불안정한 계산에 의존한다. 계산이 정확했던 사람, 그들이 살아남은 사람들이다. 숲의 더 위쪽에서는 호각 소리가 연이어 들렸다. 그들은 달아났다.

비슷한 상황이 여러 주 동안 지속되었다. 어부들은 그럭저럭 버텼다. 그들은 만에서 살 때는 알지 못했던 병에 걸렸다. 서서히 인원이 감소했다. 그러면서 단련이 되었다. 그들은 오후가 끝날 무렵에는 몇 초씩 사라졌다. 줄을 지어 높이 쌓은 둑 위를 걸었고, 태양이 기울면서 그들의 그림자가 논의 물 위로 길게 드리웠고, 끈적끈적한 열기가 논바닥에서 올라오고, 대기는 주황빛으로 물들었다. 그들은 조용한 마을을 따라 걸었다. 작은 숲에 숨었던 기관총 사수가 그들을 거의 전부 쓰러뜨렸다. 살라뇽은 아무 일도 없었다. 라디오, 무선 전신 기사와 두 명의 사내, 그의 곁에 있는 모든 사람은 살아남았다. 해 질 무렵 비행기가 와서 마을을 불태웠다. 새벽에는 육로로 도착한 다른 소대원들과 함께 어떤 시신이나 무기가 있는지 재를 뒤적거렸다. 파괴된 부대는 행정적으로 해체되었다. 살라뇽은 하노이로 돌아왔다. 밤이면 등을 기대고 누워 눈을 커다랗게 뜬 채 자신은 왜 그렇게 일제사격을 하지 않았는지, 왜 자신 바로 앞에서 일제사격이 멈추었는지, 왜 그들은 종렬로 늘어선 선두를 향해 방아쇠를 당기지 않았는지를 자문했다. 살아남는 일은 잠드는 일을 방해했다.

"프랑스에서 막 도착한 젊은 장교의 삶에 대한 희망은 한 달을 넘기지 못한다. 모든 사람이 죽지는 않았지만 많은 사람이 죽지. 그러나 우리가 이 무리에서 첫 달의 사망자 수를 제거하면, 우리 장교들의 삶에 대한 희망은 엄청난 방식으로 증가되네."

"말씀해주세요, 트랑바사크, 당신은 정말로 이런 침울한 계산을 할 시간이 있나요?"

"어떻게 숫자를 사용하지 않고 전쟁을 치르기를 희망하는가? 계산의 결과가 있어서 첫 달에 진급한 장교들을 믿을 수 있는 거야. 우리는 그들에게 명령할 수 있고, 그들은 명령을 따라왔기 때문에 명령을 따르지."

"바보 같은 짓이에요. 살아남은 사람들에게 명령을 부여한 사실을 증명하신 건가요? 우리는 누구에게 그것을 털어놓지요? 죽은 자들이요? 생존자들은 자유롭습니다. 그러니 당신의 가능성에 대한 계산을 멈추세요. 전쟁은 가능성이 아니에요, 그건 확실한 겁니다."

빅토리앵 살라뇽은 산악지방 출신인 타이족 분대를 맡았는데, 모두 마흔 명이었고, 베트남 독립동맹의 독선적인 평등주의를 전혀 이해하지 못하는 사람들이었다. 그리고 조상 대대로 평야지대의 통킹 만 사람들을 견딜 수 없어 했다. 그들의 하사관들은 엉터리 프랑스어로 말했다. 게다가 군사학교를 졸업하고 막 프랑스에서 도착한 마리아니 소위를 정확한 출생지를 모르는 모로 대위와 가스카르 소위에게 배치했다. "군 간부를 배치하는 것인데, 이상하지 않나요?" 살라뇽이 물었다. 그들은 검은 강을 거슬러 올라가기 전날 협죽도과의 관목 아래로 한잔하러 갔다. "아니오." 그 말이 모로를 웃게 만들었다. 일직선의 검은 수염 아래서 거의 보이지 않는 얇은 입술 사이로 드러난 모로의 미소는 마치 면도날에 벤 상처 같았고, 아주 가늘게, 심지어 그보다 더 가늘게, 화장한 것처럼 빛났다. 사람들은 그가 웃고 있는지를 정확하게 알 수 없었다. 가스카르는 낯빛이 붉은 거구로, 머리를 끄덕이면서 잔을 비우고 다시 주문했다. 해가 지고 있었고, 나뭇가지에 걸린 등이 다채로운 빛을 뿜었다. 모로의 달라붙은 머리카락들이 반듯한 가르마를 드러내면서 빛났다. "충분합니다. 무엇보다 이중의 용도이지요. 이해할 수 있습니다." 그의 목소리는 다행스럽게도, 너무 매끈거리고 너무 섬세한 얼굴을 통해 짐작할 수 있는 것보다 훨씬 따뜻했다. 그렇지 않았으면 그의 모습은 겁을 주었을 것이다. 아무 말도 하지 않을 때, 그는 불안해 보였다. "어떻게 이해가 되지요?" "명령하는 사람은 바로 당신이지요, 당신은 여러 단계 진급하는 축복을 누리네요. 사람들은 그를 가르치라고 당신에게 맡겼습니다." "여러분은요?" "우리요? 우리는 강등되었지요. 가스카르는 술취해서, 나는 적을 대할 때 너무 흥분하고 상사에게 무례하게 굴어서요. 반대로 우리는 지칠 줄 모르는 사람들이 되었죠. 우리는 더 이상 그들의 서류에서 중요하지 않아요. 하지만 사람들은 어떻게 해야 하는지 알고 그래서 우리를 거기에 둔 겁니다. 사람들은 '속 시원하군!' 하며 이렇게 말하겠지요. '그들은 패거리를 이룰 거야. 한 녀석은 살아남고, 두 녀석은 오지를 달리고, 신참내기는 제대로 배우고, 부정확한 수의 무장 군인들이 함께해. 우리는 정글에 그런 식으로 풀어놓지. 그러니 베트공들이여 뒤를 조심하라고!' 상황이 어려워지면, 특히나 미신이 성행하지요."

살라뇽은 차라리 웃으려고 했다. 살라뇽에게 그 두 사람과 태곳적부터 평야의 농부들과 맞섰던 마흔 명의 건장한 사내를 데리고 산에 가는 것은 안전해 보였다. 그들은 상당히 마셨는데, 작은 마리아니는 인도 차이나에 있을 때보다 훨씬 즐거워 보였다. 그들은 얼큰하게 취해 하얀 꽃들이 뿜어내는 우유 냄새가 나는 가운데 마을로 돌아왔다. 통킹의 그랜드 호텔의 빛나는 유리창 앞을 지나갔다. 거기에는 상급 행정관들, 베트남의 특권층들, 어깨를 드러낸 여인들, 의장용 군복 차림의 무장 군인 세 명, 온갖 장식을 다 갖춘 전투복 차림의 트랑바사크가 있었다. 빛이 났다. 사람들은 음악을 즐기면서 춤을 추고 있었다. 긴 검은 머리의 아름다운 여인들이 종종거리듯 왈츠를 추었는데, 고상한 자제력을 지닌 모습은 군인들에게 절망적인 사랑을 자극했다. 모로는 술에 취했지만 안정된 걸음으로 걷고 있었는데, 연락병과 부딪쳤다. 그리고 장군들, 대령들, 전부 빛나는 금빛 장식을 한 사람들이 있는 '바'로 곧장 가서 손에 샴페인 잔을 들고 나직한 목소리로 말했다. 살라농이 주저하며 걱정스럽게 뒤따랐고, 가스카르와 마리아니는 세 걸음쯤 뒤에 있었다.

"저는 새벽에 떠날 겁니다, 대령님, 제가 죽을 수도 있는 상당한 가능성을 안고요. 저는 평범한 것은 아무것도 접하지 못했지요, 그것은 몇 번을 다시 데운 냄새를 풍기는군요, 우리에게 제공되는 붉은 포도주는, 그것이 산성인 만큼 우리들 무기를 부식시킬 수 있겠네요."

상급 장교들이 이 불안한 모습의 사내를 향해 감히 끼어들 생각을 하지 못하고 돌아보았다. 호리호리하고 완벽하게 머리를 손질한 그는 취한 것처럼 보였지만 또박또박 말했다. 그의 가는 입술은 촘촘하게 난 수염 아래서 다소 불안해 보였다. 트랑바사크는 미소를 지었다.

"그런데 당신은 샴페인 잔을 들고 있군요. 토스트의 푸아그라도 이런 열기 속에서는 녹지 않을까요?"

놀란 장군들이 항의할 태세였고, 이어서 엄벌하려고 건장한 대령 몇 명이 잔을 내려놓고 모여들었다. 트랑바사크는 아버지 같은 태도를 보이면서 그들을 멈추게 했다.

"모로 대위, 당신도 우리 손님입니다, 그리고 살라뇽 당신도요, 당신들 뒤에 숨어 있는 다른 두 사람도 그렇습니다." 그는 쟁반에 놓인 가득한 플뤼트* 잔을 잡아 원주민 시동에게 건넸다. 깜짝 놀란 네 명의 젊은 군인은 잔을 하나씩 받았다. "여러분", 그가 모두를 향해 말했다. "여러분은 우리 무기 가운데 가장 좋은 것을 갖고 있습니다. 도시에서라면 그들은 예민한 신사들일 텐데, 시골에서 그들은 늑대이지요. 내일 그들은 떠납니다. 나는 지아프 장군과 그의 가난한 군대를 동정합니다. 여러분, 공수부대 만세, 제국 만세, 프랑스 만세를 외칩시다. 여러분은 제국의 검이고, 나는 당신들의 용기를 위해 잔을 드는 것이 자랑스럽습니다."

그는 잔을 들어 올렸다. 모두가 그를 따라 한 뒤 술을 마셨고, 박수를 치기도 했다. 모로는 어떻게 이야기를 이어갈지를 몰랐다. 그는 얼굴이 붉어졌고 잔을 들고 마셨다. 다시 음악이 이어지고, 중얼거리듯 대화가 이어졌다. 사람들은 아무런 훈장도 없는 네 명의 젊은 군인에게 더 이상 관심을 기울이지 않았다. 트랑바사크는 반쯤 남은 잔을 원주민 시동이 들고 있는 쟁반 위에 다시 놓고 모로의 어깨를 두드렸다.

"자네는 새벽에 떠나게. 그리고 잠깐 여기에 머물러 즐기게나, 너무 늦게 잠들지는 말고. 힘을 충전하게."

트랑바사크는 요란하게 꾸민 사람들 사이로 사라졌다. 그들은 머물지 않고, 살라뇽이 모로의 팔을 붙잡고 다시 나갔다. 바깥의 더운 공기는 그들을 술에서 깨게 하지 않았지만, 지천으로 피어난 꽃향기가 좋았다. 그들 주변에서 박쥐들이 소리 내지 않고 날아다녔다. "자네도 알지,

---

\* flûte: 거품 있는 포도주를 마시는 데 쓰이는 잔.

나는 언제나 속아 넘어가지. 내가 다시 화를 내려면 내일까지 기다려야 한다네." 모로가 힘없이 말했다.

어떤 일을 겪기 전에는 그 일을 알 수 없다. 어떻게 그런 것인지, 그것을 알자면 거기에 가야 한다. 그리고 여전히 말은 부담스럽다. 우리는 우리가 겪은 일들에 대해 결코 말하지 않는다는 것을 잘 알고 있다. 우리는 이미 알고 있는 사람들, 일치를 이룬 사람들 사이에서만 말할 뿐이다. 그들과 함께라면 사실 말할 필요도 거의 없고, 그저 환기시키는 것으로 충분하다. 우리가 알지 못하는 것은, 일단 그것을 보아야 하고, 그다음 서로 말해야 한다. 온갖 언어로 표현해보려고 노력해도 우리가 알지 못하는 것은 언제나 다소 멀리 머물러 있고, 언제나 도달할 수 없다. 언어는 특히 모든 사람이 이미 알고 있는 것을 환기시키기 위해서 만들어졌다. 살라놈은 세 명의 젊은 장교와 말하지 않는 마흔 명의 사내와 숲에 숨었다.

비행기에서 내려다보면 숲은 양철처럼 보였다. 그것은 불쾌한 풍경이 아니었다. 숲은 고원 지역의 기복을 완화시켰고, 초록빛 양탄자와 같은 숲은 날카로운 석회암들을 부드럽게 덮었고, 비행기 동체 아래서는 아주 밀집된 채, 단일한 모습으로 펼쳐진 것처럼 보였다. 위에서 내려다보면 숲은 길게 이어진 것처럼 보였다. 하지만 숲에 들어가 반듯하고 빽빽한 임관을 통과하려고 하면 우리는 공포를 체험하는데, 그때 숲은 잘못 기운 누더기일 뿐이었다.

우리는 그것이 그렇게까지 잘못 만들어진 것이라고 상상하지 못했다. 인도차이나의 숲. 우리는 그 숲이 위험하다고 알고 있었다. 그것은 용인된다. 하지만 숲은 죽기에 초라한 배경을 제공한다. 그것은 무엇보다 우리가 그런 상황에 처했을 때 그렇다. 죽는다는 일. 짐승들은 거기에 들어가서 갈기갈기 찢긴다. 식물들은 땅에 떨어질 시간을 갖지 못한다. 그것들은 죽자마자 그대로 먹힌다.

프랑스에서는 원시림에 대해서 잘못된 생각을 한다. 프랑스의 모험소설에 등장하는 원시림은 과열된 거실 창가에서 자라는 커다란 식물을 모방해서 그린 것이기 때문이다. 정글에 관한 영화들은 식물원에서 상영된다. 이와 같이 책에서 그려지는 숲은 아주 심원하고, 사람들은 넘치는 감탄을 쏟아낼 준비가 되어 있다. 사람들은 숲에 질서가 있다고 믿고, 그 질서 안에서 벌목도를 들고 나아가고, 가슴에는 기쁨을 품고, 배 속에는 정복의 긴장감을 품고, 모든 것이 강에서 목욕하면 사라지게 될 정직한 땀을 흘린다고 믿는다. 전혀 그렇지 않다. 숲의 내부에서 보면 인도차이나의 숲은 빈약하기보다는 불편한 곳이고, 심지어 초록빛인 것도 아니다. 비행기에서 보면 우아하고, 멀리서 보면 조밀하던 숲이다. 내부에서 보면, 나무 아래 발아래에서는 얼마나 무질서한가! 나무들은 아무렇게나 심어져서 비슷한 두 나무가 나란히 심어진 것도 아니고, 서로 답답하게 얽혀 있고 모든 것이 꼬여 있다. 나뭇가지들이 서로 뻗쳐서 달라붙어 있고, 너무 빈약하고 초라한 땅에 모든 것이 잘못 심어져 있었는데, 심지어 떨어진 나뭇잎들이 전체를 덮고 있는 것도 아니었다. 그것은 그렇게 온갖 방향으로 최대한 높게 솟아났고, 초록빛도 아니다. 회색빛을 띤 나무의 몸통은 쭉 뻗어 있었고, 시든 황토색 나뭇가지들은 그게 어느 나무에 속했는지 알 수가 없을 정도로 서로 얽혀 있었고, 구멍 뚫린 나뭇잎들은 회색빛 가루들과 같아 하늘에 닿을 듯했고, 밤색 칡은 그것을 넘어서려는 모든 것을 가로막을 기세였다. 성급하게 싹이 튼 결과, 식물은 조화로운 성장보다 병들고 달아나는 모습을 환기시켰다.

우리는 밀도 짙은 숲을 상상하는데, 그것은 잡동사니라고 해야 좋다. 사람들이 걸어가는 땅의 수준은 비옥함과는 거리가 멀고 떨어진 조각들로 혼잡했다. 나무의 몸통 절반쯤에서 뻗어 나온 뿌리에 걸려 넘어지기 일쑤였고, 나무의 몸통은 가시로 가득하고, 가시들은 나뭇잎들의 가장자리를 덮고 있었다. 나뭇잎들은 보통의 나뭇잎과 완전히 다른 것이 되어, 너무나 딱딱하고, 너무나 여리기도 하고, 너무 크기도 하고, 너무 부풀어 있기도 하고, 너무 뿔처럼 뾰족하기도 하고 제각각이었다. 그 지나침이란 것이 유일한 법칙이었다. 습도 높은 열기는 이해를 가로막았다. 벌레들은 영원히 찍찍거리는 소리를 냈고, 작은 곤충의 무리들은 어디든 뜨거운 피를 흘리고 있었고, 나뭇잎 위에서 짤랑거리거나 나뭇가지로 변장한 채 기어오르고 있었다. 놀랍도록 다양한 벌레들이 땅에 스며들었고, 우글거리고 기어 다녔다. 사람들은 거기에 갇힌 것이다. 인도차이나의 숲은 마치 닫힌 부엌과 같았다. 문도, 창도 닫힌 채 통풍이 되지 않는 곳에서 열을 가하기 위한 온갖 불을 다 켜서 뚜껑을 덮지도 않은 물그릇이 부글부글 끓고 있는 것과 같았다. 몇 걸음만 걸어도 땀이 흘렀고, 옷이 젖고, 불편함 때문에 동작이 사라졌다. 사람들은 미끈거리는 땅에서 넘어졌다. 모든 것을 녹여내고, 모든 신체를 솟구치게 하는 열과 습기가 만드는 에너지에도 불구하고 숲이 주는 지배적인 인상은 병든 빈약함이다.

"숲에서 걷기"라는 말은 유럽의 우르발트 같은 원시림에서만 건강하고 즐거운 의미를 지닌다. 그곳에서는 서로 비슷한 나무들이 질서정연하게 서 있고, 탄성을 지닌 땅을 걸으면 신선하고 건조한 대기 속에서 바스락 소리가 난다. 그곳에서 하늘은 나뭇잎 사이로 보이고, 사람들은 끔찍한 무질서 속에서 비틀거릴 두려움 없이 하늘을 보면서 걸을 수 있다. "숲에서 걷기"라는 말이 여기에서는 같은 의미를 지니지 않는다. 거기에서는 오래된 식물들의 커다란 더미 위로 솟아난 거대한 곰팡이 속을 걷는 일을 상기시킨다. 사람들은 거기에서 산책하지 않고, 임무를 수행한다. 어떤 사람들에게는 그것이 수액을 채취하는 일이고, 어떤 사람들에게는 야생의 꿀을 모으는 일이고, 또 다른 사람들에게는 광맥을 발견하는 일이거나 커다란 티크 나무들을 자르는 일이기도 하다. 그것을 옮기자면 강까지 옮겨가야 하지만 말이다. 그곳에서 사람들은 헤매거나 병으로 죽거나 서로 죽인다. 살라눙의 일은 바로 베트남 독립동맹원을 찾아내는 것이고, 가능하다면 거기에서 빠져나오는 것이다. 가능하다면 이 곰팡이 더미에서 빠져나가고, 가능하다면 고리 모양의 굽이에서 되풀이하는 것이다. 여기서는 모든 것이 삶을 허약하고 혐오스럽게 만드는 일에 협조한다. 그는 여정의 대부분이 배로 이동하는 것이었다는 사실을 후회하지 않았다.

배 이름은 사람들을 인도차이나 강변으로 옮기는 일에 쓰이기엔 적합하지 않게 상륙 전차함이다. 사람들은 차라리 그것을 거룻배라고 불렀는데, 철로 만든 엔진 상자들이 있었기 때문이다. 그들은 곧 숨이 차오를 듯 연속적인 폭음을 내면서 강을 거슬러 올라갔는데, 그 소리는 너무나 축축하고 더운 대기 속에서는 퍼지기 어렵다. 모터 소리는 아마 강기슭에도 이르지 못했을 것이고, 커다란 검은 물소를 제멋대로 부리는 어린아이들의 귀에도 들리지 않았을 것이다. 그들은 침묵 속에서, 눅눅한 땅의 분출 속에서 힘들이지 않고 강을 거슬러 올라가는 배를 보았다. 상륙 전차함은 그런 용도로 만들어진 것이 아니었다. 가장 단순하게 속도감 있게 만들어져 태평양의 섬들 위에 무거운 자재를 내려놓아야 했고, 사람들은 미련 없이 그것을 버릴 수 있어야 했다. 전쟁이 끝났을 때, 그런 물건들로 가득했다. 여기에서는 무거운 자재들이 제 구실을 못한다. 그것은 고장이 나고, 지뢰 위에서 폭발하고, 숨어 있는 사람들을 상대로는 아무런 소용이 없다. 그런데 상륙 전차함으로는 군인들을 강가로 옮길 수 있었고, 야외의 커다란 선창 안에 그들의 짐과 탄약 들을 넣을 수 있었다. 그 위로는 태양을 막아내기 위해서 가벼운 지붕을 만들어 놓았다. 강에서 던져지는 유탄에서 그들을 보호하거나 가깝게 지나가는 거룻배로부터 보호하기 위해 가늘고 긴 막대들을 위에 설치했다. 지붕과 대나무라는 그들의 방어막과 더불어 그들의 선창에는 비몽사몽인 사람들이 가득했다. 그들이 지닌 무기의 금속은 녹슬고, 그들이 머무는 방의 벽은 충격 때문에 꺼지고 구멍이 났다. 이 미국제 배는 모든 미국 제품이 그렇듯이 단순하고 효율적이었는데, 인도차이나에서 모든 것이 그렇듯이 열대성 공기와 빈민 지역의 풍경, 피로와 엉성한 솜씨를 드러내는 분위기, 디젤 기관의 망치 소리가 두드러지는 결과를 낳았다. 사람들은 매 순간 배가 정지하거나 모든 것이 멈추리라고 예상했다.

해군의 계급을 모르는 살라뇽은 상륙 전차함의 대열에 명령을 내리는 갑판원을 대위라고 불렀다. 그가 와서 난간에 기대었고, 그들은 물살을 헤치고 가는 것을 바라보았다. 물살은 뿌리가 뽑힌 허브 뭉치, 물히아신스 다발, 서서히 하류를 향해 흘러가는 죽은 나뭇가지들을 옮겨갔다.

"여기에서 다소라도 깨끗하고 유일한 길은 강이군요."

"깨끗하다고요? 그렇게 생각하세요?"

깨끗하다는 말이 살라뇽을 웃게 만들었다. 갈색 빛깔 물은 배의 측면을 따라 미끄러지듯 흘러가고 있었는데 진흙더미로 너무 무거워져서 뱃머리나 스크루 모두 거품을 만들어내지 못했다. 진흙으로 가득한 물은 통과하는 동안 다소 흔들렸다가 다시 미끈거리는 구역이 되었고, 그 위를 그들은 아무런 동요 없이 빠져나갔다.

"저는 갑판원입니다, 대위님. 하지만 저는 제 다리를 보존하려고 애씁니다. 그러자면 이 나라에서는 걸어서는 안 됩니다. 저는 땅이란 것을 믿지 않아요. 여기는 도로라고 할 게 거의 없습니다. 도로가 있다고 해도 사람들이 그것을 차단하지요. 밤사이에 톱으로 잘라낸 나무들로 장벽을 만들거나, 가로 참호를 파고, 사람들은 도로를 사라지게 만들려고 낙반 사고를 일으키기도 합니다. 풍경조차 우리에게 앙심을 품지요. 비가 내리면 거리는 진흙으로 덮입니다. 그 위를 지나려면 건너뛰어야 하고요. 아니면 포기하고, 가로지를 때 우리 발은 구멍에 빠지고, 구멍의 안쪽에는 가시 같은 것들이 있지요. 나, 나는 더 이상 그들이 단단하다고 하는 땅 위로 가지 않습니다. 땅은 사실 단단하지 않고, 저는 강물 위로, 배를 이용해서만 이동합니다. 그들이 폭약이나 어뢰를 갖고 있지 않기 때문에 강물은 깨끗합니다."

일렬로 있는 상륙 전차함 세 대는 강을 거슬러 올라가고, 사람들은 천으로 만든 피난처 아래 있는 선창 안에서 졸고, 배의 철판이 떨리고, 사람들은 배의 가느다란 측면 위로 짙은 색 물의 흔들림을 느꼈다. 그림자가 없는 이 길 위에서 태양이 그들을 짓눌렀고, 태양이 눈부시게 빛날 때면 열기가 그들 주위를 수증기가 되어 둘러쌌다. 흙으로 만든 방파제가 풍경을 가렸고, 작은 숲과 초가지붕들이 불쑥 솟아나 있었다. 묶여 있는 배들이 흔들렸고, 빨랫거리를 가지고 고개를 숙인 여인들과 허름한 옷을 입은 어부들, 그들이 지나가는 것을 바라보다가 웃으면서 물속으로 뛰어드는 발가벗은 아이들로 가득했다. 하늘에서 땅까지 모든 것이 약간의 초록빛이 섞인 누런 빛 속에 잠겨 있었다. 낡은 군복 천의 색깔이기도 했고, 갑자기 총을 쏜다고 하면 언제든 항복할 태세를 갖춘 식민지 주둔 보병대의 군복 색깔이기도 했다. 거기에다 언제나 모터의 축축한 망치질 소리가 함께 있었다.

"이 강들의 문제는 바로 강기슭들이지요. 유럽의 강기슭은 언제나 잔잔하고 조금 슬프지만 평온해요. 여기는 언제나 우리가 총격당할 수 있다고 믿게 만드는 그런 정적이 있어요. 아무것도 보이지 않는데 우리는 염탐당하지요. 그렇지만 누가 염탐하는지를 내게 묻지는 마세요, 나도 모르고 아무도 모르니까. 이 더러운 나라에서는 누구도 결코 알지 못합니다. 그들의 침묵을 견딜 수가 없어요. 더구나 그들의 소리도 더 이상은 견디지 못해요. 그들은 말을 시작하면서부터 소리를 지르는데, 그들이 침묵을 하면 그들의 침묵은 겁을 먹게 하지요. 당신도 알았나요? 그들의 도시가 그토록 소란스러운 것에 비해 시골은 악몽 같은 침묵에 잠겨 있어요. 이따금 사람들은 제대로 듣고 있는지를 알려고 귀를 때리기도 해요. 여기에서는 우리가 이해 못 하는 일들이 일어납니다. 나는 더 이상 잠들지 못해요. 나는 내 귀가 안 들린다고 생각하지요. 그러다 모터 소리에 깜짝 놀라서 일어납니다. 하지만 모터가 정지할까 봐 두려워요. 내가 확인하는 강기슭은 언제나 아무것도 없지요. 하지만 그들이 거기에 있다는 것을 알지요. 잠이 들 방법이 없어요. 정말로 강기슭에서 멀리 있어야만 평화롭게 잠이 들지요. 바다 한가운데요, 거기에서라면 마침내 잠이 들어요. 마침내요. 여러 해 동안 잠들고 싶은 욕구를 축적해왔어요. 어떻게 되찾을 수 있을지 모르겠어요. 바다 한가운데 있어야 잠이 들 수 있다는 것을 상상하지 못했겠지요."

나른한 충격이 가해졌다. 그들은 사람의 시체를 보았다. 물속에 보이는 얼굴, 늘어진 팔과 다리, 선박의 늑재에 와서 살짝 부딪치고, 머물지 않고 배의 측면을 따라서 미끄러져 내려가다가 소용돌이치면서 하류로 사라졌다. 뒤이어 다른 시체가 흘러왔고, 다시 다른 시체, 다시 다른 시체들. 시체들은 엎드려 떠다니거나 물에 잠긴 얼굴은 숨 막히는 공포를 야기했다. 등을 댄 채 부풀어 오른 얼굴은 하늘을 향하고 있었는데, 눈이 있던 자리는 그저 검은 틈으로만 남은 상태였다. 서서히 회전하면서 그것들은 강물을 따라 흘러갔다. "이게 뭐죠?" "사람들입니다." 시신 중 하나는 상륙 전차함의 평평한 앞부분에 걸려서 반쯤만 물에 잠긴 채 더 이상 움직이지 않았다. 그러다 다시 다른 시체들과 함께 강물을 따라갔다. 다른 시체는 뒤에서 미끄러져 들어왔고, 스크루의 역류에 부딪혔다. 물은 갈색, 진흙 섞인 붉은 피로 변했다. 그리고 몸의 절반은 경로를 따르면서 다른 상륙 전차함과 부딪치고 흘러갔다. "맙소사! 저것들을 비켜갑시다! 갈고리 장대들을 갖춘 선원들은 앞쪽으로 몸을 기울여 시신들을 선박에서 멀리 밀쳐냈다. 그들은 시체를 세게 치거나 밀쳐냈고, 배가 닿을 수 없는 곳으로 보내기 위해서 강의 흐름 속으로 되던져졌다.

"피하세요, 맙소사, 그것들을 피하세요!"

열두 구 정도의 시체가 강물을 따라 내려왔고, 마치 마르지 않는 시체 저장고가 지나가는 것 같았다. 검은 머리가 펼쳐진 채 떠 있는 여자들, 느리게 예외적으로 보이는 아이들, 그 나라에서는 누구나 입는 검은 옷을 입고 있어서 전부 닮아 보이는 남자들이었다. "피하라고요, 맙소사." 같은 명령을 되풀이해서 외치는 대위의 목소리가 날카로워졌다. "피하라고요, 맙소사." 꽉 쥔 그의 두 주먹이 창백해졌다. 살라뇽은 입술을 닦았다. 그는 알아차릴 틈도 없이 재빠르게 토한 게 틀림없다. 입안에는 쓰디쓴 거품이 남아 있었고, 갑작스레 탈수를 겪은 그는 위경련을 일으켰다. "이 사람들 누구죠?" "마을 사람들입니다. 약탈자들과 강도들, 숲속에서 출몰하는 반란자들에게 살해당했어요. 길을 지나가던 사람들이 폭행당하고, 빼앗기고, 강물에 던져진 거예요. 당신도 알잖아요, 이 나라의 길이란 것을! 사람들은 매일 끔찍한 일들을 겪으면서 길을 지나가지요."

짐을 적재하고 강을 거슬러 올라가는 석 대의 상륙 전차함을 따라서 시체들이 떠내려갔다. 몇몇은 갈색 군복을 입고 있었는데, 여기서는 옷들이 서로 다 비슷해 확신할 수 없었다. 모든 것이 눅눅하고, 부풀고,

노란 물이 들어 있었다. 그들은 멀리서 나타났지만 아무도 모습을 알아볼 수가 없었다. 디젤 엔진이 돌아가는 약한 소리, 경솔한 사람들의 거친 숨소리.

"저는 정말로 바다를 다시 보고 싶군요." 음산한 시신 떼가 지나가자 대위가 중얼거렸다. 그는 금속으로 된 가장자리에 메마른 뺨을 가져갔다. 살라뇽은 내면의 움직임을 보았다. 그의 턱 근육이 마치 심장처럼 팔딱거렸다. 혀로 이를 미친 듯이 문질렀다. 그는 발뒤꿈치로 돌아, 모터가 있는 옆쪽에 마련된 좁은 선실에 숨었다. 살라뇽은 여행이 끝날 때까지 더 이상 그 광경을 보지 않았다. 그는 잠들려고 애썼을 것이다. 아마 그랬을 것이다.

더 위쪽에서 그들은 불에 탄 마을을 돌아 항해했다. 모든 것이 불에 탔고 여전히 연기가 피어오르고 있었다. 지붕의 초가, 대나무 울타리, 나무를 엮어 만든 칸막이 벽. 남은 것은 검게 그을린 수직 대들보뿐이었고, 꼭대기가 잘린 종려나무들과 돼지 시체들로 가득했다. 물의 표면에 배들이 통과하고 있었다.

프랑스에서처럼 완전히 검은색인 전륜 구동이 둑에 나타났는데, 이런 장소에서는 전혀 예상치 못한 것이었다. 전륜 구동은 물소들만 지나다니는 물가의 길 위에서 배와 같은 방향으로 서서히 지나갔다. 그것들은 잠깐 같은 방향으로 갔고, 전륜 구동 뒤에는 먼지가 구름처럼 일었다. 차가 멈추었다. 꽃무늬 반팔 셔츠 차림의 두 사내가 등 뒤로 손이 묶인 채 검은 옷을 입고 있는 제3의 인물을 끌고 나왔다. 숱이 많고 덥수룩한 머리와 두꺼운 눈가리개를 하고 있는 베트남 독립동맹원이었다. 그들은 그의 손을 어깨 쪽으로 올리게 한 뒤 강가로 데려가, 거기에서 무릎을 꿇렸다. 꽃무늬 반팔 셔츠를 입고 있던 사내 중 하나가 권총을 들고 그를 쓰러뜨린 다음 머리 뒤쪽을 겨누었다. 베트남 독립동맹원은 앞쪽에서 쓰러져 강으로 떨어졌다. 배에 있던 그들은 이어서 둔탁한 총소리를 들었다. 시체는 엎드려 떠 있었고, 강가에 머물다가 이내 물의 흐름을 발견하고 떠다니기 시작해 둑에서 멀어진 뒤에 강 하류로 떠내려갔다. 꽃무늬 반팔 셔츠를 입은 사내가 무기를 바지 속에 넣고 손을 들어 상륙 전차함을 향해 인사했다. 군인들은 그에게 답했는데, 몇 명은 웃고 몇 명은 아마 그가 들을 수 있을 정도로 만세를 외쳤다. 그들은 다시 전륜 구동을 앞쪽으로 움직여 둑을 따라서 사라져갔다.

"경찰." 모로가 중얼거렸다.

살라농은 언제나 그가 오는 것을 느꼈는데, 왜냐하면 잠이 깬 모로는 정성스럽게 머리를 빗고, 아주 선명하게 가르마를 타고 열에 녹게 마련인 포마드 기름을 발랐기 때문이다. 모로가 가까이 오면 이발사 냄새가 났다.

"잤어?"

두 사람 사이에서 내 가방에 기대 잠이 들었다. 그들은 자고 있었다. 그들은 어디에서나 자는 법을 안다. 그런데 고양이처럼 그렇다. 내가 일어났을 때, 최소한만 움직이려고 해서 아무 소리도 나지 않았다. 나는 그런 방식에 상당한 자부심이 있었다. 나는 내 옆의 두 사람이 눈도 뜨지 않은 채 손에 단검을 쥐고 있는 것을 보았다. 잠을 잘 때조차 그들은 알고 있었다. 나는 개선의 여지가 있다.

"너는 어떻게 그 사람들을 알아봤어, 경찰청 사람들이란 거?"

"전륜 구동, 바지 속의 권총, 헐렁한 상의. 그들은 표가 나지. 유력한 범죄집단이나 마찬가지이고 군림을 해. 사람들을 체포하고, 심문하고, 총격을 가하거든. 그들은 숨지도 않고, 사람들이 자신들을 쏠 때까지는 아무것도 두려워하지 않아. 그러면 보복이 있고, 그렇게 계속되는 거지."

"무얼 하는데?"

"그들은 경찰이야. 정보를 수집하지, 그게 그 사람들 일이야. 왜냐하면 우리는 아무것도 보지 않은 채 이 나라를 통과할 수 있기 때문이야. 베트남 사람들이 우글거리지만, 언제나 정보는 부족해. 사람들은 정보를 얻기 위해 뭐든 하지. 억류하고 질문하고 기록하고 헐값에 처분하는데, 그야말로 산업이야. 나는 우연히 평야지대의 작은 도시에서 한 사람을 만났는데, 그도 같은 꽃무늬 반팔 셔츠를 입고, 바지에 같은 권총을 넣고 있었고, 절망과 고통에 빠진 영혼처럼 보였어. 그도 정보를 찾는 일 말고는 아무것도 안 해. 그는 용의자를 심문하고, 용의자의 친구들, 용의자 친구의 친척들을 심문해, 그것만 하지."

"우리는 아무것도 몰랐네, 그도 마찬가지고. 우리는 언제나 용의자들을 심문하고, 그들은 언제나 다른 용의자들을 연루시키는 무언가를 말하지. 일은 부족하지 않아, 그는 언제나 과일을 갖고 다니는데, 쓸모는 거의 없어. 그렇지만 정말로 그를 절망시키는 것은, 이 사내가 평야지대의 작은 도시의 경찰이라는 거야. 그것은 적어도 백 명의 무고한 사람, 소환장도 받지 않고 영장 제시도 없이 그들을 제거했다는 사실을 뜻하지. 하노이에서는 마치 그가 존재하지 않는 것처럼 해. 그는 씁쓸했고, 작은 도시의 거리를 성큼성큼 걷고, 이 카페에서 저 카페로 다니면서 더 이상 무얼 해야 할지를 모른 채 기가 꺾이는 거야. 그와 마주치는 모든 사람이 눈을 내리깔고, 길을 되돌아가고, 그에게 자리를 내주기 위해 인도에서 내려가거나 그를 향해 미소를 짓지. 사람들은 굽실거리면서 그의 안부를 묻겠지. 왜냐하면 그를 피하기 위해 그에게 말을 걸어야 할지 말아야 할지, 누구도 어떻게 해야 하는지 모르기 때문이야. 그는 아무것도 알아차리지 못한 채 바지에 총을 넣고 자신의 일을 조금도 알아차리지 못하는 느려터진 정부에 대해 불평하면서 거리를 걸었어. 그는 아무것도 발견하지 못했지만 효율적이었지. 그는 결코 베트남 독립동맹원을 찾아내지 못했지만 자신의 일을 했어. 은밀한 네트워크가 구성되기를 바랐지만 잠재적인 활동가가 부족해서 그럴 수 없다는 것을 알고 이런 식으로 대처한 거야. 사람들이 그의 본래 가치를 알아보지 못했어. 그는 그 사실에 자존심이 상했고."

모로는 짧게 웃음을 터뜨리면서 이야기를 끝냈다. 그의 웃음은 불쾌한 것은 아니지만 그렇다고 더 이상 익살스럽지도 않았다. 마치 그의 가느다란 코와 같은 웃음, 그의 얇은 입술을 두드러지게 하는 세련된 콧수염 같은 웃음, 왜 그런지 몰라서 빛나는 즐거움이 없는 순수한 웃음.

"결국 우리는 식민지의 기후를 견디지 못해요. 우리 내면에서부터 곰팡이가 슬었어. 살라뇽, 너를 빼고는. 사람들은 너에 대해서는 다 괜찮다고들 해."

"나도 봤어. 하지만 난 모든 것에 익숙해진 거야."

"나 역시 모든 것에 익숙해졌어. 하지만 바로 그것이 나를 불안하게 만들어. 나는 어떤 것에도 적응하지 못하고 이동을 해. 돌이킬 수 없는 무엇. 나는 더 이상 비슷한 사람일 수 없어."

"여기 오기 전에 나는 초등학교 선생이었어. 수선스런 어린 소년들의 무리에게 권위가 있었지. 나는 그 애들을 마음대로 대했어. 당나귀 모자를 씌우고, 필요하면 뺨을 때리고, 서 있는 벌을 세우고, 무릎을 꿇리고. 우리 교실에서는 소란을 피우지 않았어. 아이들은 암기하고, 아무런 잘못도 저지르지 않았지. 아이들은 말하기 전에 손가락을 들어 올리고, 모든 것이 차분할 때 내 지시에 따라서만 앉았지. 나는 이런 기술들을 사범학교에서 배웠어. 아니면 관찰을 통해서. 전쟁이 터졌을 때 나는 일시적으로 직업을 바꿨어. 하지만 어떻게 지금 내가 복귀할 수 있겠어? 어떻게 내가 다시 어린 소년들 앞에 설 수 있을까? 지금 알고 있는 것을 가지고 어떻게 내가 최소한의 무질서를 견뎌낼 수 있겠냐고? 여기에서 나는 사람들 전체에 대해 권위를 갖고 있고, 나는 관찰이라는, 사범학교에서 배운 것과 똑같은 기술을 활용하지. 하지만 어른들을 상대로는 그것을 끝까지 밀어붙여. 나는 더 큰 것을 봐. 아이들의 짓궂은 장난을 말해주면 저녁에 그 애들을 혼내줄 부모들이 여기에는 없어. 모든 것을 내가 직접 해. 어떻게 내가 어린 소년들의 앞으로 다시 갈 수 있을까? 질서 유지를 위해서 어떻게 해야 할까? 예를 들어 처음 소란을 피우자마자 반사적으로 하나를 벌 줘야 할까? 잉크가 묻은 작은 공을 던진 게 누구인지 알아내기 위해 압박하는 질문을 던져야 할까? 나는 거기에 남아 있는 게 나을 듯해. 여기에서 죽음은 아무 의미가 없어. 사람들은 죽음 때문에 고통받는 것 같지도 않아. 죽음들 사이에서, 다가오는 죽음들 사이에서 우리는 서로를 이해하지. 나는 어린 소년들이 있는 교실로 돌아갈 수 없어. 그것은 부적절한 일이지. 나는 더 이상 무엇을 할지 몰라. 아니 오히려 무엇을 할지는 너무 잘 아는데, 나는 대국적으로 행동하지. 나는 여기에서 궁지에 몰렸어. 프랑스의 어린 소년들의 이익을 위해서 결코 돌아가지 않기를 희망하면서 여기에 남아 있는 거야."

지평선이 종이 접기를 한 것처럼 솟아오르고, 뾰족한 언덕들이 마치 평평한 땅을 접어 올린 것처럼 솟아올랐다. 강이 굴곡을 이루고 있었다. 그들은 끝없이 펼쳐진 숲으로 들어갔다. 물살은 더 빨라지고, 상륙 전차함의 스크루는 더 세게 물살을 헤치고, 사람들은 그것이 멈춰 버릴까 봐 더욱 두려워했다. 두꺼운 초록빛 벨벳이 강기슭을 접어 감치고, 언덕들은 점점 더 높고 가팔라지고, 낮게 드리운 구름들과 섞였다.

"숲은 더 좋지 않아." 대위가 오두막에서 나오면서 불평했다. "사람들은 그곳이 비었다고, 깨끗하다고, 마침내 평정에 이르렀다고 생각해…… 그렇게 말하다니! 숲속을 보면, 우글거리는 곳이야. 안쪽에서는 돌풍이 일고, 열다섯 명은 그로 인해 죽어. 저 안쪽에서는! 강가로 가봐."

뒤쪽의 기관총 사수는 무기를 돌리더니 강가의 나무들을 향해서 긴 총격을 가했다. 군인들은 껑충 뛰었고 갈채를 보냈다. 커다란 포탄들이 나뭇가지 위에서 폭발했고, 원숭이들이 놀라서 비명을 질렀고, 새들이 날아올랐다. 나뭇잎 조각들과 산산조각이 되어 부러진 나무들이 물로 떨어졌다.

"저기 봐. 오늘은 별로 대단하지 않아. 하지만 장소는 깨끗해졌지. 어서 도착하길. 어서 중단되면 좋겠어."

그들은 고랑이 파인 둑 위의 파괴된 마을에 내렸다. 커다란 글씨로 등 위에 PIM이라고 쓴 옷을 입은 포로들이 탄약 상자들을 가지고 왔다. 포로들은 누구도 그들을 알아보지 못하도록 군대의 호위를 받았다. 벽돌만큼이나 철저하게 속을 채운 모래주머니들이 남아 있는 집들 주변을 에워쌌다. 거리를 참호로 만들어 가로막았고, 포병부대의 대포들이 포신을 똑바로 세우고 있었는데, 전부 안개가 스며든 진초록 언덕을 향해 있었다. 마을 사람들은 사라졌고, 남은 것은 오직 나날의 삶이 망가져버린 폐허, 바구니들, 샌들, 부서진 단지들뿐이었다. 모자 쓴 군인들은 모래주머니로 만든 난간 뒤에서 감시하고 다른 사람들은 전부 삽으로 땅을 파면서 마을을 기지로 만들고 있었다. 그들은 전부 더할 나위 없는 엄격함 속에서 침묵을 지키며 일했다. 그들은 지붕에 구멍이 뚫린 성당 안에서 계명이 적힌 판을 찾아냈다. 중앙 홀에서는 잔해물과 부서진 의자들을 한쪽으로 밀어두고, 장교들이 자리를 잡았던 제대를 끌어냈다.

하얀 천과 푸른색 가는 줄이 새겨진 도자기 접시들로 성스러운 식탁이 완벽하게 만들어졌고, 주변의 초를 다 밝혀 깨끗한 잔과 식탁보 위로 흔들리는 빛을 비추었다. 잿빛 군복에 깨끗한 하얀색 모자를 쓰고 나란히 선 장교들에게 재킷 입은 연락병이 시중을 들었다. 재킷을 입은 탓에 그들의 동작 전부가 대단히 유능해 보였다.

"트럭은요? 부하들이 타야 하잖아요? 농담하시나요?"

대령이 입에 가득 음식을 넣고 말했다. 살라뇽은 고집을 부렸다.

"트럭은 없네. 탄광 위를 가자면 심하게 덜컹거려. 수송차를 기다리면, 하루 안에 도착할 거야."

"저는 기지로 돌아가야 합니다."

"그러면 걸어서 가요. 그러면 됩니다." 그는 포크로 고딕식 창문을 가리키면서 말했다. "이제는 식사를 하게 해줘요. 어제는 공격이 있어서 저녁부터 식사를 못 했어요. 다행히도 식사가 그대로 있군. 우리 연락병은 소련제 속사포가 모래주머니를 터뜨리기 전까지는, 베를린의 커다란 건물에 있는 호텔 주인처럼 서비스를 했어요. 그는 완벽하게 접대했어요, 심지어 폐허 속에서도요. 우리는 당연히 그를 데려갈 겁니다. 수행원을 데려가세요."

연락병은 침착했고, 맛있는 냄새가 나는 고기를 가져왔는데, 인도차이나에서는 귀한 것이었다. 그때 모로가 다가왔다.

"대령님, 부탁이 있습니다."

대령은 피가 흐르는 고기 조각을 찌른 포크를 들었다가 접시와 벌린 입 사이의 중간쯤에서 동작을 멈췄다. 그는 사나운 표정으로 눈을 치켜떴다. 그러나 모로에게는 특별한 점이 있었다. 삐쩍 마르고 볼품없는 이 작은 사내가 결코 소리를 지르지 않고 그의 가는 입술 사이로 새어 나오는 목소리로 무언가를 요구하면, 우리는 그것이 마치 생사의 문제라도 되는 양 그에게 주의를 기울였다. 대령은 다른 사람들을 보았고, 아랑곳하지 않은 채 식사를 마저 끝내고 싶어 했다.

"좋네. 탄약 상자를 싣기 위한 트럭을 하나 준비하겠네. 하지만 더 이상은 안 돼. 사람들이라면, 걸어가면 되고. 길은 거의 확실하다고 할 수 있네. 하지만 식민지 군인은 우리를 믿지 않게 될 거네."

모로는 뒤돌아 살라농을 보았는데 살라농이 동의했다. 그는 타협적인 성품을 지녔지만, 그 점에 대해서 아주 자부심이 있진 않았다. 그들은 다시 식사를 하도록 내버려두고 나왔다.

"트랑바사크가 틀리지 않네. 여기서는 대위, 그의 시종들, 그의 군인들. 각자에게 자기 무리가 있어."

"자, 저기에 네 무리가 있어."

마리아니와 가스카르는 상자 위에 앉아 그들을 기다렸고 40명가량의 보충병은 마치 창처럼 다루는 자신들의 총에 기댄 채 고개를 숙이고 있었다. 그들이 다가오자 마리아니가 일어나 미소를 지으며 소식을 물었다. 그는 모로에게 말을 걸었다.

그 길로 가는 여정은 3일이었다. 그들은 줄을 지어 올라갔고, 무기를 어깨에 걸치고 있었다. 그들은 한낮에 심한 경사를 오르면서 땀을 비오듯 쏟았다. 가장자리 그늘로는 가까이 가지 않는데, 숲이야말로 무한히 숨을 곳이 많았고, 덫, 탄광과 이어진 나무들 사이에 있는 줄들, 나뭇가지 사이에 앉아 있는 사격수들이 있었다. 두 개의 초록색 벽이 그들을 압박했는데, 그들은 햇빛이 쏟아지는 한가운데로 걸어갔다. 이따금 타오르고 있는 숲 가장자리 쪽의 빈터는 긴 사정거리를 지닌 대포의 흔적이나 비행기가 눈에 띄었다. 인도 아래쪽에 총격을 당해 구멍이 난 채 균형을 잃고 쓰러져 있는 검은색 트럭 한 대가 미지의 전투가 있었음을 입증하고 있었는데, 모든 증거가 사라졌다. 다행히 사람들은 시체를 그냥 내버려두지 않았는데, 그러지 않았다면 길이 시체로 가득했을 것이다. 사람들은 시체를 늘어놓지 않고 한데 모아놓았는데, 강물에 빠진 경우는 예외이다. 강물만은 예외, 살라뇽은 자기 가방과 어깨를 가로질러 장착한 무기의 무게로 괴로워하면서 생각했다. 그러나 강물의 시체들은 무슨 의미일까? 사람들이 시체에 손대기를 싫어해, 이따금 시체를 그냥 내버려두지만 왜 강물에 던진 것일까? 가파르게 올라가야 하는 험한 길이라 걸음마다 힘이 들었고, 지친 근육이 만들어내는 낙담과 피로와 함께 불쾌한 생각이 밀려들었다. 저녁이면 그들은 나무들 사이에 새끼로 꼰 해먹을 매달아 잠을 잤고, 그들 중 절반은 잠든 다른 절반을 지키기 위해 깨어 있었다.

아침이면 그들은 계속해서 숲길을 따라 걸었다. 그는 다른 사람 앞에 가기 위해서 다리를 들어 올리는 일이 어려울 수도 있다는 것을 알지 못했었다. 금속 제품으로 가득 찬 가방 때문에 그는 뒤처졌고, 그가 휴대한 무기가 점점 더 무겁게 짓누르면서 다리의 근육들이 마치 다리의 닻줄처럼 팽팽하게 당겨졌다. 다리마다 각각 다르게 떨리면서 삐걱거리는 것을 느꼈다. 태양이 그를 건조시켰고, 그의 몸 안에 있던 물이 소금기를 머금은 채 밖으로 흘러나왔다. 그는 하얀 후광으로 덮여 있었다.

셋째날 저녁에 그들은 꼭대기에 도달했다. 언덕의 풍경은 부채가 펴질 때처럼 갑작스런 움직임 속에서 아래쪽으로 펼쳐졌다. 노란 허브들이 주변에서 그들을 에워쌌고 저무는 태양 빛 아래 금빛으로 물들어 빛이 났다. 그리고 평평한 땅으로 이뤄진 길은 어깨까지 닿은 허브들 한가운데 평평한 땅으로 이뤄진 길이 있었다. 이 꼭대기에서는 멀리 보였다. 언덕들이 지평선까지 이어졌는데, 처음 보이는 것들은 보석처럼 물기를 품은 초록색이었고, 뒤이어 보이는 것은 점점 부드러운 푸른빛을 지닌

청록색이었고, 아무것도 압박하는 것이 없는 곳까지 점점 약해진 빛깔로 이어지다가 하얀 하늘 속으로 녹아들어가는 것 같았다. 저마다 지고 있는 짐 때문에 등이 휜 사람들의 행렬은 숨을 돌리기 위해 멈췄다. 그리고 믿을 수 없도록 상쾌한 풍경 전체가 그들에게 숨을 불어넣어주었고, 연한 파란색과 부드러운 초록이 그들을 가득 채워주었다. 그들은 꼭대기에 지어진 기지를 향해 활기찬 걸음으로 다시 떠났다.

현지인 하사가 문을 열어주고 그들을 맞았는데, 그가 모든 일을 맡았다. 군인들이 뜰의 초가로 덮인 구석의 가장자리에 웅크리고 있었다. 살라농은 그중 유럽인의 얼굴을 하나 찾았다. "당신들 장교들은요?" 특무상사인 모르셸이 들어와서 대답했다. 뤼팽 소위는 작전 수행 중이고, 곧 들어올 것이라고 했다. "가스키에 대위는 더 이상 방에서 나오지 않는다. 그는 당신들을 기다리고 있다." "당신들은 더 이상 지휘를 받지 않나요?" "아닙니다, 대위님, 제가 합니다. 여기서는 프랑스-베트남 연합 부대가 사실상 베트남 부대가 되었습니다. 그렇지만 상황이란 것이 단어에 조응하게 되는 것을 보면 자연스럽지 않나요?" 그는 유쾌한 미소를 지으면서 말을 맺었다.

그는 고등학교에서 배운 섬세한 프랑스어로 말했는데, 거기에서 1만 킬로미터 떨어진 곳에 있는 학교로 살라농과 같은 학교였고, 음악적인 악센트가 거의 느껴지지 않았다.

이 기지의 책임자는 테이블에 앉아 그들을 기다리고 있었다. 상의를 열어둔 상태였고 배가 몹시 나왔는데, 오래된 신문을 읽고 있는 것처럼 보였다. 그는 붉어진 눈으로 시선을 고정시키지 않은 채 이리저리 눈을 돌려 신문을 읽고 있었다. 그는 신문의 페이지를 넘겨보려고 하지 않았다. 살라농이 자기소개를 할 때조차 그는 살라농을 보지 않았고, 마치 눈을 들어 올리는 일이 어렵다는 듯 그의 눈길은 계속 신문 위를 헤매고 있었다.

"당신도 보셨나요? 당신도 보셨나요? 공산주의자들! 그들이 또 본보기 삼아 도시 전체를 목 조르고 있어요. 그들이 도시에 쌀 공급을 거부했다니까요. 그들이 범죄를 꾸미고 있는데, 그들은 군대, 경찰, 안전국, 프랑스가 그랬다고 믿게 만들어요. 하지만 그들이 우리 판단을 흐리게 하는 겁니다. 그들이 우리를 기만해요. 그들은 훔친 군복을 입어요. 모든 사람은 안전국이 적에게 침투당했다는 사실을 알아요. 완전히 그렇지요. 모스크바의 명령을 따르는 프랑스 공산주의자들에 의해서요. 그들은 중국을 위해서 살해도 합니다. 당신, 당신은 여기가 아주 낯선 곳이겠군요. 그러면 속아서는 안 됩니다. 조심하세요!" 그가 마침내 살라뇽을 보았는데 그의 눈은 그들의 주변을 선회했다. "그렇지 않나요? 대위님? 당신은 속지 않으셨나요?"

그의 눈이 희미해졌고 동요했다. 그는 테이블에 이마를 부딪히고 더이상 움직이지 않았다.

"저를 도와주세요, 대위님." 현지인 하사가 중얼거렸다. 그들은 그의 발과 어깨를 잡아 올려 방구석에 있는 캠프의 침대 위에 눕혔다. 신문은 아편 그릇을 숨기고 있었는데, 그는 의자 아래에 단지를 하나 가지고 있었다. "이 시간에 그는 잠이 들어요." 마침내 잠이 든 아이의 방에서 말하는 어조로 하사관이 계속 말을 이어갔다. "보통은 아침까지 잡니다. 하지만 가끔 밤에 잠이 깨기도 하는데, 그러면 사람들이 장비와 무기를 들고 모이기를 원해요. 우리가 줄을 지어 숲으로 가서 밤사이에 베트콩들을 추적하기를 원합니다. 그가 아무것도 모르는 사이에요. 우리로선 그를 설득해서 다시 잠들게 하기가 가장 힘든 일이지요. 계속 그를 마시게 만들어야 합니다. 그가 하노이나 프랑스로 돌아가면 다행이겠어요. 그렇지 않으면 그가 우리를 죽게 만들 겁니다. 당신이 그를 대체하실 겁니다. 더 오래 머물러주세요."

다음 날 탄약 상자와 식량을 실은 트럭이 도착했다. 트럭은 여전히
잠든 상태인 가스키에를 싣고 그의 부대와 함께 지체하지 않고 다시 강
을 거슬러 내려갔다. 그들은 가스키에가 떨어지지 않도록 상자 사이에
잘 고정시켰고, 걸어서 뒤따라갔다. 길 위에 다시 먼지가 내려앉았고 살
라눙은 기지의 책임자가 되었다. 너무 지친 상태이지만 여전히 생존해
있는 전임자를 대체한 것인데, 전임자는 현지인 하사관의 분별 있는 견
해 덕분에 그의 뜻과는 다르게 목숨을 구했다.

뤼팽은 오후가 끝날 무렵 누더기를 걸친 모습으로 돌아왔다. 그들은
여러 날 동안 숲을 걸었었다. 시냇물을 건너고, 끈끈한 관목 더미에 숨
기도 하고, 진흙 속에서 잠이 들기도 했다. 그들은 부식토에 누워서 기
다렸다. 소금기 어린 땀을 흘리면서 그들은 걸었다. 그들은 모두 끔찍하
게 더러웠고, 그들의 옷에는 때, 땀, 피, 고름, 진흙이 묻어 있었다. 그들
의 정신도 피로, 두려움, 광기와 흡사한 용기—이 용기 때문에 여러 날
동안 숲에서 걷고, 달리고, 서로 죽일 수 있었지만—가 뒤섞인 채 누더
기 같은 상태였다.

"4일 낮 특히 4일 밤", 뤼팽이 살라눙에게 인사를 하면서 날짜를 정
확히 했다. 금발의 어린아이 같은 그의 멋진 얼굴은 움푹하게 파였지만,
그의 눈을 가린 머리카락이 강렬했고. 명랑한 미소가 입술에 맴돌았다.
"다행히도 스카우트 활동을 한 덕분에 오래 걸을 준비가 된 거야."

돌아온 사람들은 등이 굽었는데 길가에서 쓰러졌을 수도 있었다.
몇 시간 사이에 그들은 사라졌을 것이고, 사람들은 그들을 부식토와 구
별할 수 없었을 것이다. 그러나 거지처럼 더러운 사람들은 전부 빛나는

무기를 가지고 있었다. 그들은 자신들의 무기를 마치 처음 받았을 때처럼 지니고 있었다. 반듯하고, 번쩍거리고, 기름칠이 잘된 상태였다. 지친 몸과 작업장의 걸레 같은 상태의 옷, 그러나 그들의 무기는 지칠 줄 몰랐고, 통통하고 영양 상태가 좋은 셈이었는데, 시간이 얼마나 들어가든, 노력이 얼마나 들어가든 그런 상태를 유지했다. 그들이 지닌 금속 작품은 맹수의 눈처럼 빛났고, 피로 때문에 지치지도 않았다. 피로에 지친 그들의 정신 속에서도 무기의 물질성에 관한 생각은 홀로, 최종적으로 유지되었다. 살인, 폭력, 잔인함에 관한 생각. 남아 있는 살과 조직은 전부 부패했는데, 그들은 길가에 버려두어서 이제 해골만 남았다. 무기와 폭력, 염탐꾼에게 가해진 살해. 무기는 손이나 시선보다 훨씬 많이 연장된 것으로 뼈의 연장이고, 뼈는 아니었으면 물러졌을 신체에 형태를 부여해준다. 근육은 뼈 위에 자리를 잡고 이런 과정을 거쳐 힘을 발산한다. 엄청난 피로가 이런 효과를 낳는다. 피로는 신체를 연마하고 뼈를 드러나게 한다. 우리는 이마를 테이블에 박고 쓰러질 때까지 일을 하거나, 한낮의 태양 아래서 걷거나, 곡괭이로 구멍을 파면서 같은 상태에 이를 수 있다. 매번 우리는 남은 것으로 축소되고 남아 있는 것을 인간 안의 가장 멋진 부분으로 간주할 수 있다. 그것은 아마 끈질김이라고 할 수 있을 것이다. 전쟁도 역시 그런 일을 해낸다.

사람들은 누우러 가서 전부 잠이 들었다. 그들의 도착으로 인한 부산스러움이 지나가자 커다란 침묵이 기지에 형성되었고 해가 기울었다.

"베트남 사람들? 그들은 숲속 어디에나 있어. 주변 어디나. 그들은 그들이 원하는 때 지나가고, 우리가 더 이상 갈 수 없는 고원지대에서 내려와. 그렇지만 우리도 그들처럼 할 수 있고 관목에 숨을 수 있어. 그러면 그들은 우리를 못 볼 테니까"라고 뤼팽이 말했다.

그는 등을 기대고 고개를 살짝 숙인 채 잠이 들었는데, 아주 밝고,

매끈하고, 순수한 천사같이 멋진 얼굴은 아이의 얼굴이기도 했다.

인도차이나에서는 밤이 지체되지 않는다. 해가 지면, 몇 분 사이에 자기색을 지닌 산들로 이뤄진 흐릿한 풍경이 에워쌌다. 푸르스름한 능선들이 땅과 조금도 닿지 않고 떠다녔다. 능선들이 희미해지고, 사라지다가 용해가 되면 밤이 다가왔다. 밤은 보이는 것들의 감소, 먼 곳이 점진적으로 지워지는 것, 땅에서 솟아나온 검은 물의 범람이다. 능선에 있으면 발이 바닥에 닿지 않았다. 그들은 떠다니는 능선을 동반한 채 공중에 떠 있었다. 밤은 마치 계곡의 골짜기 길을 따라 올라오는 검은 개의 무리들처럼 몰려들었다. 가장자리의 냄새를 맡으면서, 경사진 언덕을 오르면서, 모든 것을 덮고 마침내 하늘마저 삼켰다. 밤은 사나운 헐떡임, 파고드는 욕망, 집을 지키는 사나운 개의 동요와 더불어 저 아래에서 왔다.

밤이 되면 그들은 문이 잠기지 않은 상태의 닫힌 방 안에서, 어둠 속에서 으르렁거리면서 그들을 쫓는 검은 개의 헐떡임에 에워싸인 채 날이 밝을 때까지 고립되어 있어야 한다는 사실을 알았다. 누구도 그들을 도우러 오지 않을 것이다. 그들은 자신들의 작은 성의 문을 닫았지만, 문은 대나무로 만들었을 뿐이다. 그들의 국기는 긴 장대 끝에 매달려 있었지만 움직이지 않았고, 깃발이 보이지 않게 되자 하늘이 흐려서 별들도 보이지 않았다. 밤에는 그들만 있었다. 그들은 발전 장치를 가동시켰고 휘발유 양철통을 조심스럽게 다루었다. 그들은 철조망을 만들어 참호 안의 대나무들과 엮어 고압 전류가 흐르게 했다. 그리고 귀퉁이 근처에 나무줄기와 흙으로 만든 조명기와 참호의 천장에 매달린 유일한 램프에 불을 켰다. 나머지 조명은 석유램프와 참호의 구석에 무리를 지어 웅크리고 있는 보충병들의 등유 램프였다.

저녁이 된 것이 밤을 의미하지는 않는다. 밤은 노란 허브로 덮인 가파른 경사의 아래쪽에서 기지를 둘러싸고 있는 사방의 계곡들을 따라 올라온다. 저녁이 되었다는 것은, 자기 자신에 대한 믿음, 용기, 어느 날 다른 곳으로 가서 살 거라는 희망이 찾아온 것을 뜻한다. 밤이 되면, 그들은 영원히 이곳에 남은 자신들을 보고, 마지막 날 저녁, 마지막 순간까지 어디로도 가지 못하는 자신을 보고, 인도차이나의 숲이라는 산성 토지에서 녹아들 것이라는 사실을 안다. 그들의 뼈는 비가 휩쓸어가고, 그들의 살은 나뭇잎으로 바뀌어서 원숭이들의 먹잇감이 될 것이다.

뤼팽은 잠이 들었다. 참호 안에 있는 마리아니는 라디오를 수선했는데, 그는 단편적으로 들려오는 프랑스어의 지지직대는 소리 속에서 라디오를 들으며, 라디오가 작동하고 있는지를 수없이 확인했다. 가스카르는 마리아니 곁에 앉아 날이 저물자마자 편안하게 별다른 주의를 기울이지 않은 채, 마치 어느 화창한 여름 저녁에 아페리티프를 마시는 것처럼 마셔대기 시작한다. 그가 지나치게 마시는 것은 결코 보지 못했는데, 그는 결코 넘어지지도 비틀거리지도 않았고, 램프의 흔들리는 불빛은 그의 손이 떨리는 것을 감춰주었다. 모로와 살라뇽은 바깥에 머문 채 난간에 팔꿈치를 대고 어둠을 바라보았는데, 아무것도 보이지 않는 가운데 아주 작게 말했다. 마치 세상을 덮고 있는 검둥개가 그들이 말하는 것을 들을 수 있는 것처럼, 그들의 냄새를 맡고 오기라도 할 것처럼 말이다.

"너도 알지, 우리는 궁지에 몰린 거야." 모로가 속삭였다. "우리는 하나의 대안밖에 없어. 아니면 우리는 어느 날 깔려 죽거나 침대에서 교대하는 중에 목이 졸려 죽게 될 거야. 아니면 우리도 그들처럼 하는 거야. 나무 덤불에 숨어 있다가 밤이면 그들을 괴롭혀줘야지."

그는 침묵했다. 밤이 마치 물처럼 무겁고 향기가 나고 바닥이 없는 것처럼 움직였다. 숲은 덜커덕거리는 소리, 비명 소리를 냈고, 어디에나 있는 웅성거림, 짐승들, 나뭇잎이 바스락대는 소리, 나무들 사이를 걷는 투사들의 그림자를 만들었다. 살라농은 반사적으로 근심 어린 침묵, 감시하는 침묵, 혼란스런 어둠 속에서는 소용없는 침묵을 택했다. 하지만 그들 전부, 자신이 누구인지를 상기하고, 자신을 추억하고, 아주 조금이나마 여전하게 실존하기 위해서는, 참호의 전기 램프 아래서 끝없이 프랑스어를 말해야만 했을 것이다. 이런 자아에 대한 감정은 너무나 위협적이어서 자칫 밤사이에 증발할 위험이 있다. 살라농은 몇 주가 지나면, 자신의 정신 건강이 그들이 소유하고 있는 석유통의 수에 달려 있게 될 것을 예감했다. 여기에서 밤이면 그는 갈피를 잡지 못했다.

"그런데 넌 무슨 생각해?"

"그냥 널 내버려둔 거야."

낮에 기지는 마치 장난감 병정들이 사는 성과 비슷했다. 무너진 성벽의 흙, 납작한 조약돌들, 솔잎으로 만든 군인들이다. 그들은 전부 그렇게 만들었다. 휴양을 위한 성들, 목요일 오후의 성들. 지금 그들은 안에 거주했다. 작은 보루는—사람들이 만들어 프랑스인들이 거주했던 참호들에서 트럭으로 가지고 온—나무, 흙, 대나무로 만들어졌다. 성의 큰 탑은 벽을 넘어서지 않았다. 그들은 높은 곳에 위치한 그들의 성에서 살았다. 네 명의 기사와 그들의 보병이 살았던 성은 멀리서 보면 진한 초록으로 보이고, 구불구불한 갈색 강이 선을 만들어내는 광대한 숲을 내려다보는 헐벗은 둔덕 위에 있었다. 우리는 요새가 지리학적으로 풍경을 굽어보고 있을 때 흔히 '내려다본다'라고 말하지만 여기에서 '내려다본다'라는 말은 미소를 짓게 만들 수 있다. 낮은 쪽의 나무 아래서 완전한 분할은 어떤 주목도 받지 않은 채 일어날 수 있다. 살라농은 언제나 숲으로 폭탄을 날릴 수 있었다. 그는 언제나 그럴 수 있었다.

하루하루가 흘러가고 되풀이되면서, 그 긴 날들은 전부 숲을 감시하는 일과 비슷해졌다. 군인의 삶은 아무것도 하지 않는 엄청난 공허로 이루어졌는데, 우리는 그것이 어떻게 끝나게 될지를 자문하기도 하지만, 질문은 금세 더 이상 제기되지 않는다. 기다림, 불침번, 수송, 모든 것이 지속되고, 우리는 결코 그 끝을 보지 못하는데, 그런 상황이 매일 다시 시작된다. 그리고 갑작스런 공격의 혼란 속에서 시간은 오랜 되풀이 끝에 마치 갑자기 돌진하듯 다시 흘러간다. 그리고 또한 그것은 지속된다, 잠들지 않고, 경계를 하고, 가장 빨리 반응을 하고, 죽지 않는 한에는 끝없이 되풀이된다. 민간인의 삶으로 복귀한 군인들은 다른 사람들보다 시간을 쉽게 보내는 법을 아는데, 아무것도 하지 않은 채 앉아 배영을 하듯 느리게 흘러가는 시간 속에서 부동의 자세로 기다리는 것을 잘한다. 그들은 다른 사람들보다 공허를 잘 견디는데, 그들에게 부족한 것은 공허 속에서 되풀이된 모든 것을 갑자기 되살리게 하고, 전쟁 이후에 더 이상 존재 이유를 갖지 못하게 하는 경련이다.

아침이면 그들은 밤사이 죽지 않았다는 안도감을 갖고 기쁨 속에서 잠이 깼다. 그들은 나무들 바깥으로 미끄러지듯 번지는 안개 사이로 태양이 나타나는 것을 보았다. 살라뇽은 자주 그림을 그렸다. 그에게는 시간이 있었다. 그는 앉아서 풍경 수묵화를 그렸다. 여기에서는 같은 것이 문제인데, 왜냐하면 땅과 공기에 스며든 물들이 나라 전체를 수묵화로 변형시켰기 때문이다. 초원이나 바위 위에 앉아 그는 먹으로 울퉁불퉁한 지평선, 연달아 이어지는 언덕의 투명함, 구름 바깥에서 검게 솟아오른 나무들을 그렸다. 아침에는 햇빛이 더 강해 그는 다소 먹을 흐리게 만들었다. 기지의 뜰에서 그는 현지인 보충병들을 그렸는데, 그들이 취하고 있는 동작 그대로, 다소 멀리서 그들을 그렸다. 눕고 앉고 웅크리고 구부리고 있거나 서 있는 그들은 유럽인들이 상상하는 것보다 훨씬 많은 포즈를 취할 수 있었다. 유럽인은 서 있거나 눕지 않으면 앉았다.

유럽인은 심한 경멸감이나 거부감을 가지고 땅을 대했다. 이 사람들은 우리가 걸어다니는 땅을 증오하는 것처럼 보이지 않았고, 두려워하지도 않았고, 어떻게든 자세를 취하거나 가능한 모든 위치를 택할 수 있었다. 그는 그들을 그리면서 신체의 모든 자세를 배웠다. 그는 또한 나무들을 그리려고 노력했고, 고립되어 있는 것은 뭐든 마음에 들지 않았다. 그들은 대부분이 허약했지만, 그들 전부는 무시무시한 집단을 형성했다. 사람들처럼, 여기 사람들처럼 그는 대단한 것을 알지 못했다. 그는 자기와 함께 살고 있는 네 남자의 초상을 그렸다. 그는 바위를 그렸다.

모로는 이런 식으로 숨 막히게 내버려두지는 않을 것이어서, 낮이면 낮, 밤이면 밤으로부터 자신을 보호했다. 반면에 저녁이면 그는 현지인 부하들과 숲으로 떠났다. 그는 **자기** 사람들에 대해 말할 수 있었는데, 여기에서 사용하는 소유 한정사는 달콤하고, 이것이 이 높은 고원 전체에 수많은 후대의 뒤게클랭*의 씨를 뿌린 트랑바사크를 황홀하게 만들었을 것이다. 그는 해가 언덕 뒤로 저물기 시작하면, 기지를 에워싸고 있는 초원이 구릿빛으로 흔들리고 숲이 병 바닥의 진한 초록빛을 거쳐 거의 검은빛이 되면서 역광으로 빛나면 장비를 갖추고 떠났다. 그들은 함께 걷는 열다섯 명의 사내가 낼 수 있는 온갖 방식으로 소리를 내면서 열을 지어 갔다. 비록 아무 말 하지 않아도 숨소리, 옷의 구김 소리, 금속 물체들이 부딪치는 소리, 고무 밑창을 댄 신발이 아주 부드럽게 땅을 스치는 소리가 났다. 그들은 멀어져 갔고, 바스락대는 소리도 희미해졌다. 그들은 숲으로 들어갔고, 몇 미터를 더 들어가면서 나뭇가지 사이로 사라졌다. 아주 잘 귀를 기울이면 여전히 그들의 소리를 들을 수 있었지

---

\* 백년전쟁 당시의 프랑스 장군.

만, 그 소리 역시 사라졌다. 태양은 아주 빠르게 남아 있는 형상들 뒤로 미끄러져 사라졌고, 숲은 어둠 속에서 그늘이 졌고, 모로와 그의 부하들의 흔적은 조금도 남아 있지 않았다. 그들은 사라졌고, 사람들은 그들의 해방에 대해 아무것도 모른 채 그들이 다시 돌아오기만을 소망해야 했다.

가스카르 역시 그와 같이 질식할 듯한 상태가 지속될 것을 잘 알았다. 사람들은 어리석게도 익사가 가장 감미로운 죽음이라고 말한다. 마치 그러려고 했던 것처럼 소문들이 퍼져간다. 그러면 파스티스 술에 빠져 죽는 일은 왜 가능하지 않겠는가. 그는 그 일에 전념했고, 그것은 감미로운 일이었다. 저녁부터 아침까지 그에게서는 별 모양의 아니스* 냄새가 났고, 낮이라고 해서 그 냄새들이 다 날아가기에는 낮이 그다지 길지 않았다. 살라뇽은 그를 질책했고, 그에게 음주량을 줄이라고 명령했다. 하지만 단번에 끊으란 것도 아니고, 완전히 끊으라고 한 것도 아니었는데, 가스카르는 지금 아니스 주를 먹고 사는 한 마리 물고기였고, 그에게서 술을 빼앗는 것은 분명히 그를 질식시킬 것이었기 때문이다.


드디어 지상의 수송부대가 저녁에 도착했다. 그들을 전날부터 기다리고 있었지만 늦게 왔다. 여정에 문제가 있었기에 언제나 늦었다. 식민지의 도로는 결코 비어 있는 법이 없으므로, 수송 책임자들은 언제나 운전 이외에 다른 일을 한다. 먼저 그들은 주위를 가득 채운, 아주 희미한 으르렁대는 소리를 들었다. 그러고 나서 그들은 나무 위로 보이는 구름, 갈색 먼지, 커다란 디젤유 구름을 감지했다. 그것은 식민지의 도로, 구불구불한 자갈길 위로 나아갔고, 마침내 기지의 언덕길로 들어서기 전

---

* 아니스 술을 만드는 붓순나무 열매.

에 커브를 틀었고, 요동을 치면서 굴러가는 국방색 트럭들이 도착했다.

"너무나 소란스럽네. 베트남 사람들, 그들은 멀리서 우리 소리를 듣는 거야. 그들은 우리가 어디 있는지 알고 있어, 하지만 우리는, 아니야."

트럭들은 헐떡거리면서 올라갔다. 만약 트럭이 헐떡거린다고 말할 수 있다면 말이다. 하지만 트럭들, 즉 GMC* 트럭들은 표면이 벗겨지고, 찌그러지고 때로는 충격을 받아 차 문에 구멍이 난 상태였다. 트럭들이 아주 느리게 험한 길을 올라가면, 우리는 트럭의 커다란 모터 소리가 나는 가운데 트럭들이 좌우로 흔들리면서 힘겹게, 마른기침을 하면서, 쉰 목소리로, 천식 환자의 헐떡임을 뱉고 있다고 느꼈다. 트럭들이 기지 앞에서 멈추자 모두에게 안도감이 찾아들었다. 밖으로 나온 사람들은 상반신을 벗은 채 비틀거리고 있었고, 이마의 땀을 닦았다. 그들은 모두 눈이 빨간 상태로 여기저기 훑어보았고, 우리는 그들이 들어가서 잠을 잘 거라고 믿었다.

"이틀이 걸렸어요. 돌아가야 합니다."

트럭들은 모로코인들이 가득 타고 있는 반궤도 장갑차와 교대했다. 모로코인들도 역시 내렸지만 아무런 말도 하지 않았다. 그들은 길 가장자리에 웅크리고 앉아서 기다렸다. 그들의 메마른 갈색 얼굴은 같은 것을 드러내고 있었다. 엄청난 피로, 긴장, 그리고 표현되지 않은 엄청난 분노. 50킬로미터를 이동하는 데 이틀이 걸리는 일은 식민지의 도로에서는 흔한 일이다. 하이퐁의 기차는 더 빨리 달리지 않는다. 기차는 레일 위를 기어가듯 하고, 수리하기 위해서 멈췄다가 계속 간다.

여기는 전쟁 기계들로 혼잡하다. 짐을 지고 있는 수많은 사람이 20대

---

* 제너럴모터스가 1912년부터 생산한 트럭의 상표.

의 트럭 수송부대보다 훨씬 빨리 간다. 그편이 비용도 더 적게 들고, 대개 더 빨리 도착하고, 부상당할 위험도 적다. 전쟁의 진짜 기계는 사람이다. 공산주의자들은 그 사실을 알고, 아시아의 공산주의자들은 그 사실을 더 잘 알고 있다.

"짐을 내리시오!" 모로코 군인의 호위를 받으면서 대위가 명령을 내렸다. 메마른 모로코 출신 군인은 이제는 인도차이나의 숲으로 인해 말랑해지고 눅눅해졌다. 그가 살라뇽과 합류하면서 격식 없는 인사를 하고, 파손된 수송차를 보완하느라고 허리에 손을 얹고 살라뇽 곁에 서 있었다.

"당신이 내가 숲에 세 개의 수송 상자를 전해주기 위해 병사들과 교전지역으로 가는 것에 질렸다는 것을 아셨다면요, 대위님, 기지들은 최초의 대규모 공격에 버티지 못할 건데요." 그는 한숨을 내쉬었다. "저는 그렇게 말씀드리지 않습니다, 어쨌든요. 자 빨리 짐을 내리세요, 저희가 다시 떠날 수 있게요."

"아페리티프를 드릴까요, 대위님?"

대위는 눈을 찌푸린 채 살라뇽을 바라보았다. 그로 인해 축 늘어진 주름이 만들어졌는데, 그의 피부는 단 한 번의 시도로도 찢어져버릴 것 같은 축축한 종이 같았다.

"좋습니다."

짐을 내리기 위한 줄이 만들어졌다. 살라뇽은 대위를 참호 안으로 안내했다. 바깥의 날씨보다 조금 더 신선한 상태의 파스티스 술을 대접했는데 이것이 그가 할 수 있는 전부였다.

"제가 질렸다고 말씀드린 건, 운전하고 호위하는 일이 아닌 다른 일에 우리 시간을 전부 쓰는 것을 말하는 겁니다. 우리는 삽, 곡괭이, 압착기를 다루죠. 사람들이 지나가고 도로가 파손됨에 따라 도로 보수 일은 끝이 없지요. 그들은 우리의 통행을 방해하려고 땅을 파놓습니다. 밤에 길을 가로지르는 참호를 기습적으로 파놓기 때문에 예측불가이고요. 길은 숲으로 나고, 가로질러가다 보면, 앗 이런, 참호가 있어요, 길 한가운데에 있는 참호는 쭉 곧은 가장자리를 따라 아주 잘 만들어져 있죠. 바닥이 평평한데, 이것은 짐승이 아니라 주의력 있는 사람을 대상으로 하기 때문이지요. 그러면 우리가 구멍을 메웁니다. 구멍이 메워지면, 다시 출발하지요. 몇 킬로미터를 가다 보면, 아주 반듯하게 잘라진 나무들이 있죠. 그러면 그것을 권양기로 들어 올려요. 그것을 밀어내고 나서 다시 길을 떠납니다. 그리고 가다 보면 다시 참호가 나타나요. 트럭 안에는 도구들이 준비되어 있고, 구멍을 메울 포로들이 있습니다. 포로로 잡힌 베트남 사람들, 지저분한 군인들, 마을에서 발견한 수상쩍은 농민들이죠. 그들은 똑같이 검은색 옷을 입고, 고개 숙인 채 결코 아무 말도 하지 않지요. 가져가야 할 물건이 있거나 옮겨야 할 흙이 있는 곳이라면 어디든지 그들을 데려갑니다. 우리가 지시하면, 그것이 아주 복잡하지 않는 한 따릅니다. 자신들이 여전히 놓친 것을 찾는 낙하산 부대에 의해서 파괴된 베트남 기념물은 골칫거리죠. 사람들이 우리에게 그것을 평야지대로 가져가도록 부탁했어요. 하지만 귀찮은 일이고, 그러자면 그들 중 약삭빠른 사람들, 속을 알 수 없는 정치 경찰들을 감시해야 하는데, 우리로서는 위험천만한 일이지요. 그런데 첫번째 발견한 참호를 메우는 일이 다 끝날 무렵, 세번째 발견한 참호에서 나는 뭔가 잘못되었다는 걸 느꼈습니다. 참호들이 너무 가까이 있어 공격이 있으리라 예감했는데, 은밀하게 감시해야 할 사람들과 함께 공격에 맞선다면 일은 어렵게 되겠죠. 그래서 나는 그들을 참호로 내려가게 한 뒤 사살하고 묻어버렸어요. 수송차가 그 위를 지나가면서 문제는 해결되었어요." 그는 잔을 비웠고 테이블 위에 탁 소리 나게 내려놓았다. "트럭들은 더 가벼워졌고,

골치 아픈 일은 피했어요. 보고에는 문제가 없었죠. 그 사람들은 심지어 우리에게 무엇을 얼마나 줬는지도 몰라요. 도착해보면 그들은 우리가 무엇을 가져갔는지도 모릅니다. 용의자들은 많고 우리는 그들을 어디로 데려가야 하는지도 모르죠. 인도차이나 전체가 수상쩍은 사람들로 가득해요."

살라뇽은 그에게 다시 술을 따라주었다. 그는 절반쯤 마셨고, 꿈을 꾸는 듯 애매한 눈길이었다.

"자, 수송부대에 관한 말이 나왔으니 하는 말인데, 베트남 독립동맹이 BMC를 공격한 것을 아시나요?"

"프랑스군 매음굴이요?"

"아 네, 순회하는 매음단입니다. 당신은 그게 정상이라고 말하겠지요. 그들은 숲에서 여러 달을 보냅니다. 색을 많이 밝히지는 않는 통킹만 장교들과 함께요. 그러다가 필연적으로 그들은 무너지죠. 그중 한 명이 불현듯 생각해내면서 '이봐요, 여러분!(그는 베트남 사람들 억양을 흉내 냅니다) 매음단이 저기를 지나가네요. 가서 매복하다가 총격을 가합시다."

"우스울지 몰라도 그런 일은 일어나지 않았어요. BMC는 트럭 다섯 대에 매춘부들을 태우고 주둔지를 따라 이동하는데, 베트남 출신 어린 여자들과 제독 같은 여자 포주 한 명, 몇 명의 프랑스 여자가 포함됩니다. 트럭에는 작은 침대들이 갖춰져 있어요. 구멍 장식이 난 작은 커튼들, 한쪽으로 들어가고 한쪽으로 나오는 식으로 되어 있는데, 불편하지 않게 지체 없이 성관계를 갖기 위한 것이었죠. 그런 과정을 호위하기 위해 세네갈 출신 군인들이 타고 있는 트럭 네 대가 있었습니다. BMC를 호위하는 사람을 고르기란 쉬운 일이 아니에요. 모로코 사람들은 그런 일에 충격을 받아요. 성행위는 그들 나라에서는, 비적이라면 모를까, 감춰야 할 일이거든요. 거기에서는 성관계를 하고 나면 나중에 참수당하거나 탈취하거나 결혼합니다. 베트남 사람들도 충격을 받아요. 그 사람들은 침묵 속에서 가만히 손을 잡고 있는 것을 좋아하는, 전통적이고 낭만적인 사람들이에요. 이런 상황에서 관계를 갖는 동향인을 보는 일은 너무나 낯설어 민감한 일이고, 민족적 명예를 훼손하는 일이지요. 외인부대는 그런 일에 관심이 없습니다. 그들은 군대를 따라 이동하는데, 어린 청년들에게는 충격이지요. 식민지 주둔 군대가 있지만, 그들은 관심을 끌려고 하고, 창녀들을 괴롭히고, 돌려보냅니다. 그러니 그들과 함께는 안전이 보장되지 않아요. 그러면 세네갈 출신 군인들이 남지요. 그들은 창녀들과 서로 잘 통해요. 그들을 보고 활짝 웃지만, 베트남 출신 여자들은 그들과 체격이 맞지 않죠. 그래서 그렇게 트럭에 물건들을 전부두고, 정글의 주둔지들을 순회합니다. 그런데 이번에는 사태가 악화되었어요. 베트남 사람들이 그들을 덮쳤거든요. 마치 하노이 점령이라도 할 듯 장비를 갖추고, 연대 전체를 이끌고요"

"매음단을 기습하기 위해서요?"

"네, 그것이 바로 그들이 목표하는 바였습니다. 먼저 트럭 화물칸에 장전된 로켓탄을 싣고, 운전자들만 남아 있는 상태에서 화물칸의 가로장 사이로 박격포 집중포화가 있고, 펄쩍 뛰면서 달아나려는 사람들을 향해 일제사격을 가했어요. 잠깐 사이에 모두가 거기를 빠져나갔지요."

"창녀들까지요?"

"창녀들이 특히 그렇지요. 구조 부대가 도착했을 때, 그들은 도로 한가운데서 불에 탄 트럭들과 아래쪽 비탈길에서 쓰러진 시신들을 되찾았습니다. 세네갈 군인들, 장교들, 창녀들, 포주 모두 나란히 눕혀두었죠. 그들은 모두 같은 방향으로 팔을 펴고 10미터 간격마다 시신들을 눕혀놓았습니다. 신원을 파악해야 했고, 엄밀하게 진행된 이 일은 완벽하게 규칙이 있었어요. 백 명가량의 시신을 늘어놓으니 1킬로미터나 되었습니다. 상상이 가나요? 마치 한 침대에 눕히듯이 늘어놓은 시신들이 1킬로미터나 되고, 끝이 없었어요. 연기가 올라오는 트럭의 골조 주변에는 장미꽃잎들, 싸구려 장식품들, 베개들, 내의류들이 있었고, 그 아래로는 특별한 공간의 커튼들이 있었지요."

"그들은 떠나기 전에…… 이용했나요?"

"성적으로는, 그들은 아무것도 접촉하지 않았어요. 의사가 그들을 검사했으니 분명합니다. 그렇지만 그들은 베트남 출신 매춘부들의 목을 잘라서 배 위에 올려놓았어요. 얼어붙게 만드는 광경이었지요. 여자 스무 명의 목이 잘려 배 위에 머리가 놓여 있었습니다. 지워지지 않은 화장, 붉은 입술, 눈을 뜬 상태였습니다. 그 여자들 곁에는 정말 새것인 베트남 국기가 꽂혀 있었어요. 그것은 하나의 신호였지요. 원정군과는 관계를 맺지 않는다. 그들과 투쟁한다. 부대 전체가 그렇게 말하는 겁니다. 소식이 퍼져가자 인도차이나 사창가 전체, 사이공까지 어떤 냉기가 감돌았어요. 베트남 출신 여자들은 남아 있으라는 요구를 받지 않고 마을로 돌아갔습니다. 원정군은 성가신 일에 연루되었지요."

그들은 침묵 속에서 잔을 비우고, 세상의 부조리함에 대한 정확한 이해 속에서 공감을 나눴다.

"혁명적인 전쟁은 일종의 기호 전쟁이지요." 마침내 살라뇽이 말했다.

"자, 대위님, 그 문제는 제겐 너무 복잡해요. 저는 단지 사람들이 미쳐버린 나라에 있다는 것을 봅니다. 여기에서 살아남기란 풀타임으로 집중해야 하는 일이지요. 생각할 시간이 없어요. 자신들의 기지에 매복하고 있는 모든 사람처럼요. 저는 트럭에 있다가 참호 메우는 일을 하죠. 자, 술에 고마움을 전합시다. 여러분의 물자들은 다 내려졌을 겁니다. 저는 다시 떠납니다."

살라뇽은 그들이 식민지의 도로로 다시 내려가는 것을 보았다. 그는 결코 끝나지 않을 '덜컹거림'에도 더 잘 적응하겠지, 하고 생각했다. 그들은 자갈길 위를 흔들리면서 갔는데, 그로 인해 기계 소리, 모터의 단속음이 났다. 그들은 피로에 지친 코끼리들처럼 길을 따라 내려갔다. 한니발의 코끼리나 전시의 코끼리가 아니라, 등짐을 운반하기 위해서 고용한 은퇴한 서커스의 코끼리들 같았다. 그러다가 어느 날 길가에서 잠이 들어 그 자리에 남게 될 것이다.

기지의 뜰에서는 태국 사람들이 탄환 상자들, 교체용 무기들, 원통형 가시철조망, 조명등, 살아남기 위해서 필요한 모든 것을 가지런히 정리하고 있었다. 기지는 물자 보급 수송 차량을 통해서만 생존이 가능했고, 수송 차량들은 그들이 나아갈 수 있는 길이 있어야만 생존했다. 원정군은 참호 안에 있지 않고 수백 킬로미터 길 위로 모습을 드러냈고, 마치 아주 가늘고 약한 모세혈관 속으로 흐르는 피처럼 널리 퍼졌다가 아주 작은 충격에도 흐름이 끊겼다. 피는 흐르다가 소멸한다.

수송부대는 숲속으로 사라졌다. 아마 그들은 제대로 도착하지 못했을 수도 도착했을 수도 있고, 또 어쩌면 중간에 멈춰 있을 수 있다. 빗발치는 박격포 포탄에 죽을 수 있고, 아니면 화물칸에 접은 종이처럼 구멍을 낼 수 있는 기관총의 일제사격으로 죽을 수도 있다. 트럭은 흔들리다가 불타고, 죽은 운전사들은 핸들 위로 쓰러지고, 길에 엎드린 기관총 사수들은 아무것도 보지 않은 채 반격을 시도하는데, 그러다가 모든 것이 멈춘다. 수송 차량들이 도착하면, 그것들을 운전해온 사람들은 간신히 서 있고, 그들은 곧바로 잠자고 싶지만, 그래도 다시 떠나야 한다.

수송 차량마다 분실과 손해가 따른다. 원정군은 서서히 소진해가고, 방울방울 자신의 피를 잃어간다. 길이 통행 불가능해지면, 사람들은 기지를 포기한다. 그들은 항복을 선언하고 지휘를 하는 지도에서 삭제

된다. 그것을 점령한 사람들이 다시 돌아와야 한다. 만약 그럴 수 있다면 말이다. 프랑스군이 점령한 지역은 점점 줄어든다. 통킹 만에서 그들은 평야지대로 내몰리는데, 완전히 그렇지는 않다. 주위에는 몇 킬로미터 간격으로 기지들이 있고, 도로 감시를 위한 탑들이 규칙적으로 서 있다. 기지들은 수없이 많지만, 각각은 빠져나오기를 망설이고 있는 몇 사람만이 점령하고 있을 뿐이다. 사람들은 여과기에 물을 담아두려고 노력한다. 물의 손실을 조금이라도 막기 위해서 구멍들을 줄이려고 노력한다. 물론 헛된 일이다.

그들은 장기간 체류했다. 그들은 수송 차량을 통해서 벽을 조립할 수 있는 재료를 받았다. 그들은 모든 기지 안에서 발견할 수 있는 콘크리트 믹서들을 복원시켰다. 기계는 하찮아 보였다. 그것이 인도차이나에서는 프랑스군의 현존을 위한 중요한 수단이다. 그들은 콘크리트 믹서기를 돌렸다. 상반신을 벗은 가스카르는 기계 앞에 서서 이 가는 소리를 내는 먼지구름 속에 물, 모래, 시멘트를 급히 집어넣는 괴로운 일을 맡았다. 작열하는 햇볕 아래 그는 가슴을 드러낸 채 하얀 가루가 될 때까지 콘크리트 재료들을 휘저어 섞었다. 하얀 가루에 땀이 비오듯 쏟아졌지만, 그는 아무 말도 하지 않고 이를 꽉 문 채, 애쓰느라 끙끙거리는 신음 소리만 나왔다. 사람들은 그 일이 그에게 도움이 된다고 생각했다. 그들은 콘크리트 양동이를 판자로 만든 거푸집까지 옮겼다. 나무와 흙으로 만든 탑 위에 총안을 갖춘 정육면체를 만들었다. 그리고 매복 장소에 커다란 미제 권총을 설치했다. 그 위에 트럭들이 싣고 왔던 골이 팬 함석으로 경사 지붕을 만들었다.

"모양이 제법 그럴듯하네, 그렇지 않아?" 마리아니가 소리쳤다. "이것 가지고 우린 진땀을 흘리지 않고도 일제사격을 할 수 있을 거야.

탁탁탁탁! 도랑을 파면 아무도 접근하지 못하겠지. 위험을 무릅쓰진 못할 테니까.

"콘크리트의 질을 보면, 표적에 가하는 충격에 버티지 못할 것 같은데." 모로가 말했다. 그는 멀리서 보기만 하면서 삽에 손도 대지 않았다.

"어떻게 표적에 충격을 가하지? 베트남 사람들은 대포가 없는데. 만약 그들에게 중국식 대포가 있었다면, 넌 그들이 그것을 숲으로 가져갈 수 있을 거라고 생각하는 거야? 바퀴 달린 트럭으로는 불가능해. 무슨 말을 하는 거야, 살라눙?"

"나도 모르겠어. 하지만 우리는 잘하고 있어. 힘을 써서 일하는 것은 가스카르를 술에서 깨어나게 하지. 그러고 나서 안에 들어가면 우리는 땅속 참호에 있는 것보다 훨씬 덜 땀을 흘리게 되지."

"나, 난 한 발도 넣지 않을래." 모로가 말했다.

모든 사람이 그를 바라보았다. 손에 기관총을 들고, 가르마를 아주 단정하게 탄 그는 오후의 열기 속에서 침착한 이발사 분위기를 풍겼다.

"좋을 대로." 살라눙이 말했다.


긴 징조가 보이고 나서 비가 왔다. 중국해 위로 모여든 전쟁용 거룻배들처럼 불룩 튀어나온 큰 구름이 있었다. 구름의 측면에 서서히 번들번들한 검은 점들이 메워졌고, 커다란 선박처럼 흘러갔으며, 그 아래로 짙은 그림자를 드리웠다. 지나가는 구름 아래의 언덕들은 짙은 에메랄드 색을 띠었고, 점점 더 끈적이는 느낌을 더해가는 두껍고 투명한 유리 같았다. 구름은 서로 부딪치면서 연달아 천둥소리를 냈고, 지나가면서 공포 분위기를 확산시켰다. 둥둥거리는 커다란 북 소리가 골짜기마다 되울렸다. 점점 강하게, 점점 가까이서, 한꺼번에 장막처럼 쏟아지는 비, 거대하고 미지근한 물 덩어리가 나무로 엮은 벽을 치고, 나뭇잎으로 만든 지붕 사이로 미끄러져 들어가, 점토로 이루어진 땅에 홈을 파이게 하면서 수많은 붉은 시냇물이 만들어져 아래로 흘렀다. 살라농과 모로는 천둥소리를 들었고, 물이 장막처럼 쏟아지며 나무 위로 퍼붓는 소리를 들었다. 그들은 진창길을 따라 달려갔고, 그들보다 더 빨리 가는 소리를 따라갔다. 나뭇가지들을 향한 일제사격, 하늘의 천둥소리, 그들은 경사지에 세운 마을까지 달려갔다. '세운다'는 말은 마른 나뭇잎으로 지붕을 이고 대나무로 만든 오두막 가옥에는 너무 거창한 단어이다. 차라리 '두었다'는 말이나 '심어놓았다'라고 말을 해야 할 것이다. 덤불처럼, 우리가 거주하게 될 채소밭의 채소들처럼. 숲의 입구에서, 낙엽이 덮여 있는 메마른 땅 위에 무질서하게 솟아난 커다란 식물형 가옥들. 그와 대조적으로 계단식 논들은 커다란 돌들 사이에 있는 시냇물까지 이어졌다. 식민지의 길은 마을을 따라 났고, 갈색 강은 3일을 걸으며 따라가야 한다.

이 산골 마을에서는 모든 것이 덧없고 일시적이었다. 사람은 그곳을 지나갈 뿐이고, 숲은 기다리고 있고, 하늘은 그것을 비웃고. 마을 사람들은 저녁마다 거주할 곳을 찾아 순회하는 극단의 배우들이었다. 그들은 똑바로 걷고, 아주 단정하고, 거의 말이 없는데 옷은 이런 숲속의 빈터에 어울리지 않게 이상할 정도로 화려했다.

살라농과 모로는 길 위를 내달렸다. 비는 이미 산꼭대기를 잠기게 했고, 구름은 하늘을 가득 채웠고, 물은 둥근 조약돌을 드러내고, 붉은빛 도는 진흙을 파내면서 그들이 달릴 수 있는 것보다 훨씬 빨리 경사를 따라 내려가고 있었다. 길은 그들과 더불어 사라졌다. 그들을 앞지르고, 그들의 다리 사이에서, 발아래서 붉은 급류가 되었다. 그들은 미끄러질 뻔하고, 폭우 때문에 발목이 잡혔다. 그들이 쓴 밀짚모자의 가장자리가 금세 눅눅해졌고, 뺨 위로 늘어졌다. 그들은 큰 집의 베란다 아래로 뛰어갔는데, 장식이 있는 커다란 전통 가옥이었다. 사람들이 그들을 기다리고 있었는데, 반원형의 형태로 둘러앉아 비 내리는 것을 보고 있었다. 그들은 웃으면서 몸을 흔들었고, 모자와 셔츠를 벗어 쥐어짜고, 웃통을 벗은 그들은 꾸밈없는 얼굴이었다. 지역의 유지들은 아무 말도 하지 않고 그들이 하는 것을 바라보고 있었다. 마을의 촌장이—그들은 그가 실제로 하는 일을 옮길 단어를 찾지 못해 그를 이렇게만 불렀다—일어나서 다가와 격식을 차리지 않고 그들과 악수했다. 그는 도시를 본 적이 있고, 프랑스어를 말했으며, 프랑스에서는 그에게 엄청 무례해 보이는 일이 현대성의 표지이자 궁극의 예의라는 것을 알고 있었다. 그래서 그는 적응했고, 각자에게 듣고 싶어 하는 언어로 말했다. 그는 다소 힘을 빼고 손을 잡았는데, 마치 도시에서 그렇게 하는 것을 본 듯 그랬다. 그는 자연스럽게 여겨지지 않은 이 행동을 흉내 내려고 노력했다. 그는 마을의 우두머리로서 마을을 이끌었다. 그것은 급류를 뚫고 배를 저어가는 일만큼이나 힘든 일이었다. 매 순간 침몰할 수 있고, 구조를 받지 못할 수 있었다. 두 명의 프랑스인은 처마 아래서 마음의 동요 없는 노인들과 앉아 있었다. 그들은 비의 장막과 그들 곁에 와서 내뿜는 얼어붙은 수증기를 바라보았다. 등이 굽은 노파가 와서 그들의 잔에 탁한 술을 따라주었는데, 그다지 좋은 맛은 아니었지만 덕분에 몸에 열기가 돌았다. 경사진 길로 내린 비는 같은 방향으로 쉼 없이 흘렀다. 강물을 이루고, 운하를 이루고 마을로 난 길과 같은 흔적을 남겼다. 다른 쪽에는 벽이 없는 전통 가옥이 지어져 있었다. 나무 기둥 위에 초가지붕을 얹고, 판자를 올려 지은 집이었다. 재료가 새것처럼 보인 집은 정밀하게 지었고, 모든 것이 직각을 이루고 있었다. 아이들이 앉아서 수업을 듣고 있었고, 정장 바지와 하얀 셔츠 차림의 교사가 대나무 지휘봉으로 아시아 지도를 가리키고 있었다. 그가 지점들을 가리키면 아이들은 그가 짚은 곳의 이름을 말하고, 작은 목소리로 햇병아리가 삐악거리는 것처럼 일제히 수업 내용을 암송했다.

"우리의 아이들은 읽기와 셈, 세계의 지명을 배우고 있습니다." 촌장이 웃으면서 말했다. "저는 하노이에 가서 세상이 달라진 것을 보았지요. 우리는 평화롭게 살아요. 평야지대에서 일어난 일은 우리 문제가 아닙니다. 우리에겐 먼 곳이죠. 몇날 며칠을 걸어가야 하고, 우리가 있는 곳과 멀지요. 하지만 세상이 변한 걸 보았습니다. 저는 마을에 학교를 짓고 선생님을 모셔오기 위해서 노력했습니다. 당신들이 숲에 평정을 유지해줄 것이라고 믿습니다."

모로와 살라뇽은 그 말에 동의했고, 잔을 가득 채워 마시고 취했다.

"우리는 당신들을 믿습니다." 그가 되풀이해 말했다. "우리가 계속 평화롭게 살아갈 수 있다는 것을요. 그리고 세상이 바뀐 것처럼 변해야 하지요. 하지만 아주 빠르게는 말고 그저 적당히요. 우리는 당신들을 믿습니다."

그들은 술기운에 몽롱해진 채 초가지붕 위로 내리는 빗소리와 콸콸거리는 폭포 소리에 둘러싸여, 땅을 파이게 만드는 비를 보면서 입가에 부처 같은 미소를 짓고, 아이들의 낭송 소리를 따라 고개를 끄덕이면서 거듭 동의했다.

비가 그치자 그들은 기지로 돌아갔다.

"여기는 베트남 사람들이 있네." 모로가 말했다.

"네가 그것을 어떻게 알아?"

"학교, 교사, 아이들, 아시아 지도, 입을 다문 지역 유지들, 우리에게 말을 건 촌장. 베트남 사람들의 표현 방식이지."

"학교, 차라리 좋은 거잖아, 안 그래?"

"프랑스에서라면 그렇지. 하지만 여기에서 그들이 독립할 권리에 대한 것 말고 무엇을 배울 거라고 생각해? 그들은 완전히 무지한 편이 낫다고."

"무지가 공산주의에서 구해줄까?"

"물론이지. 우리는 경계하고, 질문하고, 해결해야만 해."

"우리가 그렇게 하지 않는다면 어떻게 되는데?"

"그러면 죽은 자들을 다스리게 되겠지. 그는 그 사실을 알고 있는 거라고. 표리부동하지. 그는 위험에 몸을 맡기고 있는 거야. 베트남 사람과 우리들 사이에서 그 두 가지 죽음의 방식이 놓여 있고, 그의 배는 두 가지 암초에 부딪히지. 그는 생존의 길을 택할 것이 분명하지만, 우리가 지나가기에는 너무 좁은 길이지. 아마 우리가 그를 돕고 있는 것일 거야. 우린 그러자고 있는 것은 아니지만, 가끔은 우리 임무가 지긋지긋해. 나는 언제나 경계를 하기보다는 차라리 이 사람들과 함께 평화롭게 살았으면 좋겠어. 이건 분명 술기운 때문이야. 난 그 사람들이 거기에 무엇을 넣었는지 몰라. 난 그들처럼 하고 싶어. 앉아서 비를 바라보는 것."

세상 어디든, 저녁이면 슬픔을 안겨주는 한 시간이 있다. 고원지대의 기지에서 그들은 저녁이면 숨 쉬기가 힘들었고, 심장이 조여드는 가운데 밤이 되었다는 것을 느꼈다. 하지만 그것이 정상이다. 빛이 점진적으로 줄어드는 것은 산소가 점진적으로 결핍되는 것처럼 작용한다. 모든 것에 조금씩 공기가 부족하다. 그들의 폐, 그들의 몸짓, 그들의 생각. 빛이 약해지고, 겨우 명맥을 유지하고, 가슴이 고통스럽게 일렁이고, 심장이 불안에 사로잡힌다.

세상은 라디오로만 드러났다. 수뇌부는 막연한 경향만을 전달했다. 진지를 정비해야 한다. 베트남 사람은 자신의 고향에 들른다. 놓치지 않아야 한다. 그가 평야지대에 도달하면 안 된다. 그에게 자신을 불편하게 만드는 산악지대를 돌려줘야 한다. 교전을 해야 한다. 유격대를 진격시켜야 한다. 각 기지를 급습 개시의 토대로 활용해야 한다. 직직거리는 라디오는 저녁마다 참호의 유일한 램프 아래서 그들에게 조언한다.

모로는 저녁마다 현지인 출신 군인들과 떠났다. 살라뇽은 기지를 지켰다. 그는 잠들기가 힘들었다. 램프가 하나뿐인 참호에서 그림을 그렸다. 전기 발전 장치가 약하게 돌아가는 소리를 내고 참호의 전깃줄로 전류를 보냈다. 그는 잉크로 그림을 그렸다. 에우리디케를 생각했고, 자신이 통킹 만의 고원지대에서 보았다고 생각한 것을 묵묵히 표현해냈다. 그는 언덕들과 이상한 안개, 해가 질 때의 강렬한 빛을 그렸다. 초가집과 대나무 들, 너무나 꼿꼿한 자세의 사람들과 기지 주변에 피어난 노란 허브들 사이로 부는 바람을 그렸다. 온갖 풍경에 스며든 에우리디케의 아름다움을 그렸다. 아주 작은 빛줄기 속에, 온갖 그늘 속에, 나뭇잎을 통해 비친 아주 옅은 초록빛 안에 있는 것. 그는 거의 아무것도 보이지 않는 밤을 그렸다. 온갖 것 위에 겹쳐진 에우리디케의 영상을 그렸다. 모로는 습기로 뒤틀린 종이 더미를 쌓아둔 곳 옆에서 잠이 든 그를 아침에 발견했다. 그는 절반은 찢고 불태우고, 나머지는 조심스럽게 포장했다. 그는 식량과 무기들을 실어다 주는 수송 차량에 그것을 맡기고, 알제에 부쳐달라고 했지만, 그게 정말로 도착할지는 미지수였다. 모로는 그의 행동을 지켜보았다. 그가 고르고, 일부는 찢고, 다른 것은 포장하는 것을 바라보았다. "넌 향상되었어." 그가 말했다. "넌 그 일에 열심이구나. 우리가 아무 일도 하지 않을 때 거기에 전념하는 일은 중요해. 나에겐 칼 한 자루만 있을 뿐인데." 살라뇽이 그림을 고르는 동안 모로는 자기 소유의 칼을 날카롭게 만들었고, 기름칠한 칼집 안에 집어넣었다.

상황이 순조롭게 진행되지 않자 기지의 상황은 유보적이었다. 하루

하루가 질질 끌듯 흘러갔고, 그들은 자신들의 나약함을 잘 알고 있었다. 그들의 성채는 숲 지대를 내려다보며 둔덕 위에 홀로 서 있었는데, 그곳으로는 아무도 그들을 도우러 올 수 없었다. 태국인들은 발뒤꿈치를 웅크린 채 시간이 흘러가는 것을 지켜보았다. 시끄러운 목소리로 수다를 떨고, 천천히 담배를 피우고, 운을 걸고 도박을 했다. 도박을 하다가 벌떡 일어나서 알 수 없는 말다툼을 길게 하고, 화를 내고, 뜻밖에 화해를 하고, 다시 내기를 하고, 다시 해가 지는 것을 기다리면서 긴 침묵에 빠져들었다. 모로는 뜰에 직접 만들어놓은 해먹에서 잠이 들었지만, 그는 결코 감기는 법 없는 눈썹 사이로 모든 움직임을 감지했다. 하루에도 수십 번 그는 무기들, 참호들, 문을 감시했다. 아무것도 그의 감시를 벗어나지 못했다. 살라뇽은 엄청난 침묵 속에서 그림을 그렸다. 심지어 마음속에서조차 단 한 마디도 하지 않았다. 마리아니는 자신이 가져온 책들을 읽었는데, 읽고 또 읽어 자기 자신의 생각보다 훨씬 더 인물들을 잘 알았을 게 분명하다. 가스카르는 태국인들과 함께 물리적인 작업을 책임졌다. 그는 대나무들을 자르고, 벌목도로 힘껏 내리치고, 기지 주변 여기저기에 덫을 만들어놓았다. 일을 멈추면 앉고, 술을 마시면 저녁이 될 때까지 다시 일어나지 않았다. 뤼팽은 간직하고 있던 좋은 종이 위에 편지들을 썼다. 그는 선생님의 지시를 따르는 초등학생의 자세로 앉아 참호의 테이블에서 편지들을 썼다. 그는 프랑스에 계시는 어머니에게 어린애 같은 문체로 편지를 썼다. 어머니에게 사이공의 물품 사무실에 있다고 말했다. 그는 그 일을 아주 열심히 했다. 하지만 그는 밤마다 사무실 문을 쾅 닫고 숲으로 도망쳤다. 그는 어머니가 모르는 일을 하고 싶었다.

시간이 아주 빠르게 흘러가지는 않았다. 그는 베트남의 군대 전체가 그들을 노린다는 사실을 잘 알고 있었다. 그들은 제발 발각되지 않고 통과하기를 희망했다. 그들은 콘크리트로 다른 탑도 잘 지었을 텐데, 수송 차량은 더 이상 그들에게 시멘트를 가져다주지 않았다.

어느 날 저녁 마침내 살라뇽이 모로와 함께 출발했다. 그들은 나무들 사이로 미끄러져 들어가고, 밤이면 앞에 가는 사람을 등 뒤에 멘 짐으로 간신히 구별했다. 뤼팽이 앞서서 걸었다. 그가 어둠 속에서도 잘 보고, 낮에도 길을 잃기 쉬운, 짐승들이 다니는 아주 작은 길을 알고 있었기 때문이다. 모로는 누구도 헤매지 않도록 살피느라 뒤에서 걸었다. 바로 그들 둘 사이에 살라뇽이 있었고, 태국인들은 폭탄을 지니고 다녔다. 그들은 앞으로 나아가는지도 모르는 채 피로가 그들을 마비시켜 서서히 간격이 벌어지는 것을 느끼면서 오랫동안 줄지어 걸었다. 그들은 경계가 확실치는 않지만 조금 덜 어두운 구역으로 빠져나갔다. 그들은 다소 편안해지고 압박이 덜한 것을 느끼고는, 나무 그늘에서 나왔다. "아침을 기다린다." 뤼팽이 귀에 대고 속삭였다. 그들은 모두 잠이 들었다. 살라뇽은 얕은 잠이 들었다. 그는 밤이 흩어지는 것을 보았고, 세부적인 것들이 드러나고, 금속 빛 섬광이 무성한 풀밭 사이로 스며드는 것을 보았다. 풀밭 가운데 길이 나 있었다. 그는 엎드린 상태에서 자신의 코 아래 풀잎들 사이로 바라보았다. 태국인들은 평소 습관대로 움직이지 않았다. 모로도 움직이지 않았다. 뤼팽은 잠이 들었다. 살라뇽은 그 장면이 익숙해지지 않았다. 풀이 그를 찔렀고, 다리 사이로, 팔 아래로, 배 위로 벌레들이 떼지어 오는 것을 느꼈는데, 금세 사라졌다. 분명 땀이 흘러 가려운 것이었지만, 동시에 움직이지 말아야 한다는 두려움, 나무를 파먹는 벌레들 때문에 그루터기에 걸릴 것이라는 두려움, 풀숲을 움직이게 해서 눈에 띌 수도 있다는 두려움이 들었다. 피부 위로 식물이 움직이며 닿는 것은 불쾌했다. 작은 나뭇잎들이 뚜렷이 구분되고, 꽃송이들이 간질이고, 뿌리는 발에 걸리고, 부식토가 움직여 끈적거리게 달라붙었다. 전쟁을 치르고 난 뒤에 사람들은 자연을 증오할 수 있다. 날이 밝고, 열기가 짓누르기 시작했다. 온몸이 땀에 젖어 근질근질해졌다.

"저기 하나 있네. 자 봐. 여기는 괜찮아, 우리는 적의 얼굴을 알아볼 수 있어."

어린 청년 하나가 경계를 뛰어넘어 길로 들어섰다. 그가 멈춰 서고는 좌우를 살펴보고 경계를 했다. 길가의 무성한 풀들이 움직이지 않고 있는 길의 조망은 그를 불쾌하게 만들었을 것이 분명하다. 베트남 사람이었는데, 그것은 멀리서도 알 수 있었다. 아주 단정하게 가르마를 타서 손질한 검은 머리, 예리한 눈은 흔들림 없이 단번에 주위를 살폈고, 그에게 매의 눈과 같은 분위기를 부여했다. 열일곱 살가량으로 보였다. 그는 양손 사이에 뭔가를 감추고 가슴팍에 꽉 붙잡고 있었다. 그는 숲에서 길을 잃은 고등학생처럼 보였다.

"저 애가 갖고 있는 것은 수류탄이야. 핀이 뽑힌 상태지. 만약 던지면 폭발할 것이고, 뒤에 오는 군대가 우리를 덮칠 거야."

어린 청년이 결심했다. 그는 길을 떠나 수풀 사이로 들어갔다. 어렵게 앞으로 나갔다. 움직이지 않고 있던 태국인들은 땅에 더욱 바짝 몸을 붙였다. 그들은 모로를 알고 있었다. 어린 청년이 나아가면서 한 손으로는 길을 트고, 다른 손으로는 가슴팍에 수류탄을 쥔 상태였다. 이따금 멈추고, 풀 위쪽을 보기도 하고, 소리를 듣기도 하며 계속 나아갔다. 그는 그들을 향해 똑바로 나아갔다. 그가 몇 미터 떨어진 곳에 있었다. 그들은 엎드린 상태로 그가 도착한 것을 보았다. 그들은 가느다란 줄기 덕분에 겨우 숨었다. 그들은 풀잎 뒤에 숨었다. 갈색과 초록색 얼룩 무늬가 있는 지저분하게 구겨진 하얀 셔츠를 입고 있던 그는 셔츠가 바지 밖으로 반쯤 빠져나와 있었다. 검은 머리는 잘 손질된 상태였고 가르마는 여전히 보였다. 그는 아주 오래전부터 숲에서 살지 않았던 것이 분명하다. 모로가 칼을 뽑았는데, 단검은 기름칠한 케이스에서 소리도 없이 미끄러져 나왔고, 마치 뱀이 혀를 내미는 것 같았다. 어린 청년은 움직이지 않았고, 입을 벌렸다. 물론 그는 짐작했지만, 미끄러져 움직이는 작은 동물의 현전을 믿고 싶었다. 그는 손을 내리고 아주 서서히 움직였다. 모로가 수풀에서 뛰어나왔다. 살라뇽이 그의 뒤에서 반사적으로 나왔는데, 마치 각각의 구성원 사이에 연결된 줄이 있는 것 같았다. 모로는 달려들어 때려눕혔다. 살라뇽은 재빨리 수류탄을 잡아 꽉 쥐고는 안전장치를 고정시켰다. 단검을 꺼내 칼날에 저항할 틈도 없이 목을 찌르자 피가 분출하는 소리와 함께 절단된 동맥이 요동쳤다. 모로가 이미 죽은 청년의 입을 막아 아주 작은 신음 소리조차 새어나오지 못하게 했다. 살라뇽은 떨면서 수류탄을 잡고는, 무엇을 해야 할지 모르는 상태로, 어떤 일이 벌어지고 있는지 정확하게 이해하지 못했다. 그는 토하거나, 웃거나, 눈물을 흘릴 수 있었지만, 아무것도 하지 않았다. 모로는 조심스럽게 칼날을 닦았다. 그러지 않으면 칼날이 녹슬고, 그 칼은 면도날보다 더 잘 사람 몸을 벨 수 있기 때문에 조심스럽게 다뤘다. 그는 살라뇽에게 작은 금속 고리를 내밀었다.

"다시 고정시켜. 여생 동안 네가 그것을 손에 쥘 일은 없을거야. 그에겐 그것뿐이었어. 안전핀이 뽑힌 수류탄. 그에게는 그것이 승부수였다고. 진군하고 있는 군대는 공중 비행사들로 둘러싸였어. 우리를 덮칠 때는 언제나, 그들은 희생하거나 자폭하거나 우리를 향해 수류탄을 던지거나 도망을 치지. 그것이 잡목숲에 도착한 사람들에게 주어진 시련이야, 노선을 따르지 않는 사람들에게 정치 위원이 적용하는 형벌이기도 해. 살아남은 사람들은 합류를 하지. 다른 사람들이 도착하기 전에 잠깐 시간을 가져야 해."

수류탄은 살라뇽의 기억 속에 영원히 달라붙었다. 그는 떨리는 손으로 수류탄을 다시 고정시켰다. 두꺼운 금속의 무게, 밀도, 선명한 초록색 페인트, 굵은 글씨로 쓴 한자, 그는 모든 것을 기억할 것이다. 태국인들은 시선 밖으로 사라졌다. 무엇을 해야 할지 알고 있는 뤼팽의 지도 아래 길 위로 짐을 옮겼고, 두 줄로 교차하며 줄을 풀었다.

"원위치로 간다." 모로가 말했다.

그는 겨우 움직이고 있는 살라뇽의 어깨를 두드렸다. 그들은 여러 그룹을 형성했고, 덫의 갈고리처럼 길을 에워쌌다. 그들은 다시 길게 누웠고, 그들 앞에 수류탄을 배치했다. 대포는 풀밭 위로 솟아올라 있었다.

베트남 군대가 숲에서 나왔다. 무기를 가슴팍에 걸친 채 두 줄로 진군하는 군인들은 나뭇잎으로 덮은 모자를 쓰고 있었다. 그들은 소리 내지 않고 일정한 간격을 유지하면서 규칙적인 걸음을 옮겼다. 길 한가운데 군인들 사이로 거대한 짐을 지고 있는 짐꾼들이 있었다. 그들은 지뢰 사이로 통과했다. 뤼팽은 자신의 기관총 쪽으로 몸을 기울였다. 모로는 손잡이를 내렸고, 현지인 출신 하사가 대열에 합류했다.

통킹 만의 숲 위로 하늘은 자주 뜨거워졌다. 식물의 영원한 분출은 하늘을 안개로, 구름으로, 수증기로 가득 채워, 낮에는 푸른 하늘을 볼 수 없었고, 밤에는 별을 볼 수 없었다. 그러나 어느 날 밤에는 온 하늘이 밝게 드러나고 별들이 보였다. 살라뇽은 방어벽에 기대어 모래 자루 위에 머리를 받치고 별들을 보았다. 그는 에우리디케에 대해 생각했다. 그녀는 별들을 자주 보지 않을 게 분명했다. 왜냐하면 알제에서 사람들은 결코 하늘을 바라보지 않기 때문이다. 알제에서는 사람들이 움직이면서 말했고, 이런 밤에 완전한 혼자가 되어 몇 시간 동안 하늘을 볼 일이 없었기 때문이다. 알제에서는 언제나 뭔가 해야 할 일이 있었고, 언제나 뭔가 말해야 할 것이 있었고, 언제나 만나야 할 누군가가 있었다. 모든 것이 여기와 반대였다. 모로가 곁에 왔다.

"별들을 보았니?"

"차라리 숲을 보라고."

모로는 나무들 사이로 꾸불꾸불 이어진 것을 가리켰다. 우리는 임관의 덮개를 통해서 그 빛을 짐작했다. 하지만 임관이 달빛 아래 빛나면 그것은 잘 보이지 않았다. 하지만 만약 우리가 오래, 충분히 오래 본다면, 우리는 줄이 하나 이어진 것을 구별할 수 있었다.

"뭐지?"

"베트남 부대가 평야지대로 가고 있어. 그들은 침묵 속에서 빛도 없이 걸어가지. 길을 잃어버리지 않으려고 오솔길에 조명을 설치했어. 숨겨져 빛을 내는 것이어서 위쪽에서는 빛나지 않고 아래쪽에서 길을 비추는 정도이고, 군인들이 발을 헛디디지 않게 해주지. 그들은 우리 전선을 가로질러 지나가고 사단 전체가 움직이는데, 사람들은 아무것도 알아차리지 못해."

"그냥 내버려두는 거야?"

"너는 우리가 얼마나 되는지 알아? 포병대는 너무 멀리 있어. 밤마다 정찰 비행기들은 아무 짝에도 소용없다고. 그들이 우리 기미를 포착하면 박살 내버릴 거야. 우리는 아주 강한 상태가 아닌데 그러면 자는 척하는 게 더 나을 수 있어. 그들은 마을을 통과해 갈 거야. 마을의 유지들은 어려운 형편이지. 촌장은 목숨이 위태로워."

"그래서 아무것도 안 하는 거야?"

"아무것도."

"그들은 서로 죽일 거야." 빛을 발하는 줄이 풍경을 가로지르고 있었고, 그들만이 눈에 보였다.

"우리가 그곳을 통과할 거야, 이봐, 우리가 그곳을 지나갈 거라고.

언젠가는 말이야."

아침에는 연기 한 줄기가 마을에서 올라왔다. 해가 떠오르면서 비행기들이 하나의 줄을 지어 나타났는데 평야지대에서 온 것이었다. 비행기는 아주 약하게 부르릉거리는 소리를 내며 낙하산 부대원을 방출하면서 나아갔다. 붉은 하늘색에서 화관이 펼쳐지며 떨어졌다. 마치 위축된 데이지 꽃들과 같이 하나씩 하나씩 계곡으로 사라졌는데, 갑작스럽게 어둠에 의해 삼켜지는 것 같았다. 대포의 굉음이 숲의 모퉁이를 울렸다. 숲이 불타올랐다. 불길은 점점 약해졌고 오후가 되자 무전기에서 크고 분명하게 그들을 호출했다.

"당신들은 여전히 거기에 있나요? 유격대가 마을을 탈환했습니다. 그들과 접촉하시지요."

"마을을 탈환했다고? 우리는 무엇을 놓친 것일까?" 모로가 중얼거렸다.

그들은 내려갔다. 부대 전체가 식민지의 도로로 퍼졌다. 사람들을 태운 트럭들은 걸음걸이 속도로 언덕을 올라갔다. 강가에 세워둔 전차들은 언덕을 겨냥한 포탑으로 포를 쐈다. 낙하산 특공대원들은 다른 쪽에서, 풀숲에 누운 채로 담배를 나눠 가지며 오폭으로 인한 물자 남용을 지켜봤다. 커다란 집이 불탔고, 학교의 지붕에는 구멍이 나 있었는데, 가장자리에 가시를 두른 것처럼 삐죽삐죽한 구멍이었다.

마을 한가운데 텐트가 있고, 카드를 치고 라디오를 듣기 위해 마련된 테이블들과 위쪽에는 잘 휘는 안테나들이 세워져 있었다. 장교들이 방공호 아래서 무전기로 말하며 분주하게 돌아다녔는데, 짧은 문장들만을 가지고 규칙에 호소했다. 격한 말들을 뱉어내면 곧바로 행동이 따랐다. 살라뇽은 대령에게 자기소개를 했는데, 머리에 헤드폰을 쓰고 있는 대령은 잘 알아듣지 못했다. "기지 소속 군인들인가? 부대는 포화에 완전히 박살이 났고, 마을은 폐허가 되었다네. 자네들은 무엇을 했지? 술래잡기 놀이를 했나? 이런 말을 해서 유감이지만, 그 놀이에서 베트남 사람들이 이겼다네." 그는 마이크로 발포 명령을 내렸고, 지도에 쓰인 연속된 숫자를 말했다. 살라놓은 어깨를 으쓱하고는 텐트에서 나왔다. 그는 모로 곁에 와서 앉았다. 그들은 초가집에 등을 기대고 앉았다. 그들 곁에는 태국인들이 줄지어 웅크리고 앉아 있었다. 그들은 트럭들이 지나가는 것과 포신을 올리는 받침틀에 대포를 얹는 것, 지축을 울리며 지나가는 전차를 쳐다보았다.

독일 군인이 그들 앞을 가로막았다. 우아하고, 상당히 마른 편인 그는 하사 계급장을 단 군복 차림이었다.

"살라놓? 자네는 기지 소속인가? 용케도 피했군그래. 오늘 밤에 사단 전체가 지나갔는데. 그들은 자네를 잊어버린 게 분명하군."

외인부대 군인 두 명이 그를 따라갔다. 허리에 무기를 지니고, 어깨에 띠를 두르고 손가락은 방아쇠에 대고 있는 그들은 만화 속 인물들처럼 금발이었다. 그는 그들에게 독일어로 말했고, 두 명의 군인은 결코 방심하지 않는 주의력을 가지고 주위를 감시하면서 보초처럼 두 다리를 벌린 채 살라놓 뒤에 굳건히 자리 잡고 있었다. 살라놓이 일어섰다. 만약 그가 이런 상황이 결코 있을 수 없다고 생각했다면, 아마 불편했을 것이다. 그러나 정말 놀랍게도 이것은 대단히 간단한 문제였고 그는 아무 망설임도 없이 악수를 청했다.

"유럽은 성장하고 있습니다. 그렇지 않나요? 유럽의 국경들은 사라지고 있습니다. 어제는 볼가 강, 오늘은 흑해. 우리는 점점 더 고국에서 멀어지고 있지요."

"유럽은 하나의 관념이지 대륙이 아닙니다. 저는 그 보호자입니다.

비록 거기 사람들은 그 사실을 모르지만요."

"어쨌거나 당신들은 지나가는 곳마다 상당한 피해를 주었습니다."

살라농은 아직도 타오르고 있는 읍사무소와 부서진 학교를 가리키면서 말했다.

"아, 저것은 우리 탓이 아닙니다. 그것은 베트남 군대가 오늘 밤 한 짓이에요. 그들은 도착하자마자 사람들을 전부 불러 모았어요. 그들은 자기들이 지나온 마을들마다 사람들을 소집했지요. 횃불을 든 거대한 의식, 테이블 뒤에는 정치 경찰들이 있었고, 용의자들이 하나씩 불려 나왔지요. 그들은 사람들과 당 앞에서 자아비판을 해야 했고, 아주 작은 의심에도 대답해야 했고, 자신들의 정치의식을 입증해야 했습니다. 그들은 혁명 법정을 열어 프랑스와 협력했다는 이유로 사람들을 사형에 처했습니다. 그들은 총살당했고 집들은 불태워졌지요. 당신은 아무것도 몰랐나요? 당신은 저 높은 기지에 있었으니까요. 당신은 기지를 보호하는 법을 몰랐던 겁니다. 학교에 관해 말하자면, 만약 그것을 학교라고 부를 수 있다면요, 그것은 유감스런 포탄 투하였습니다. 우리 대포는 20킬로미터 떨어진 곳에 있었는데, 이 정도 거리에서는 포탄이 언제나 정확하게 떨어지지는 않습니다. 우리는 텐트에 개설된 법정을 보았습니다. 공중에서 찍은 사진으로 장소를 알았습니다. 우리가 도착했을 때는 전부 불탔고, 모두가 도망친 뒤였습니다. 우리는 그들을 붙잡기 위해 아침나절을 보냈지요."

"학교 일은 유감입니다."

"저도 그렇습니다. 학교는 좋은 것이지요. 하지만 여기에서는 그 무엇도 무구하지 않습니다. 교사도 베트남 독립동맹원이었습니다."

"당신은 공중에서 찍은 사진으로 그것을 아셨나요?"

"배웠습니다. 당신이 당신의 작은 성에서 당신 일행들과 술래잡기

놀이를 한 것보다는 훨씬 효율적인 일이지요. 와서 보십시오.”

살라농과 모로는 그의 뒤를 따라갔고, 태국인들도 역시 뒤쪽에 있었
다. 그들은 초가집 사이로 갔다. 거기에는 외인부대 군인들이 웅크리고
있는 마을 사람들을 지키고 있었다.

“내 소대입니다. 우리는 수색과 파괴 전문이죠. 우리는 알아야 하는
것을 배우고, 적을 발견하고, 제거합니다. 오늘 아침에 우리는 모든 사
람을 소집시켰습니다. 우리는 재빨리 용의자를 찾아냈지요. 어딘가 지
적으로 보이는 외관, 뭔가 감추고 있는 사람들, 두려워하는 사람들이 그
런 예죠. 그것은 일종의 기술이고, 깨우치는 것이지요. 약간의 실전 경
험이 있으면 그것이 느껴지고, 우리는 재빨리 결과를 얻습니다. 우리는
여전히 교사를 발견하지 못했지만, 곧 찾게 될 겁니다.”

베트남 독립동맹원 하나가 부어오른 얼굴로 무릎을 꿇고 있었다. 독
일 군인이 그 앞에 있었다. 금발의 악덕 하수인들은 허리에 무기를 차고
손가락으로 언제든 방아쇠를 당길 듯한 자세를 취하며 그들을 감시하고
있었다. 그들은 차가운 눈빛으로 주위를 둘러보면서 텅 빈 공간을 지키
고 있었다. 마치 연출된 장면 같았는데 모든 사람이 무슨 일이 일어났는
지를 볼 수 있었다. 독일인이 다시 심문했다. 베트남 독립동맹원들은 벌
벌 떨면서 하나가 되어 웅크린 채 고개를 떨어뜨리고 서로 기대고 있었
다. 외인부대 군인들은 전혀 신경 쓰지 않았다. 독일인은 결코 자제력을
잃지 않고 소리치듯 질문을 던졌는데, 그의 프랑스어는 억양 때문에 세
련되게 변형된 느낌이었다. 무릎을 꿇고 있는 베트남 독립동맹원은, 피
투성이 얼굴로 단음절의 애처로운 프랑스어로 대답했는데, 이해하기가
어려웠다. 그는 어떤 문장도 완전하게 말하지 못했고 붉은색 침을 뱉었
다. 악덕 하수인 가운데 한 명이 그를 때리자 쓰러졌는데 하수인은 표정
하나 변하지 않고 발길질을 해댔다. 엄청나게 두꺼운 군화의 밑창이 쓰

러진 사내의 얼굴을 짓이겼고, 다른 하수인은 무기를 휴대하고 주위를 보았다. 한번 때릴 때마다 베트남 사람의 입과 코에서 피가 솟구쳤다. 독일인은 결코 화내는 법 없이 소리치듯 질문을 이어갔고, 그는 일하는 것이었다. 모로는 모멸감을 느끼며 그 장면을 지켜보았지만 아무 말도 하지 못했다. 태국인들은 웅크린 채 무관심하게 기다렸고, 베트남 독립동맹원들에게 일어난 일은 그들과 무관했다. 여자들은 아이들을 붙잡고, 얼굴을 가린 채 뭐라고 말하는 것인지 우는 것인지 알 수 없는 날카로운 어조로 시끄럽게 항변했다. 많지 않은 수의 남자들은 움직이지 않았고, 자신들의 차례가 오리라는 사실을 알았다. 살랴눙은 듣고 있었다. 독일 군인은 프랑스어로 질문했고, 베트남 독립동맹원은 프랑스어로 대답했다. 그중 어느 누구도 프랑스어가 모국어는 아니었지만, 통킹 만에서 프랑스어는 심문을 던질 때 통용되는 언어였다. 이것은 살랴눙에게 물리적 폭력보다 훨씬 더 큰 혼란을 주었다. 피와 죽음은 현재로선 그와 무관했지만, 그러한 폭력에 자신의 모국어가 쓰이는 일은 무관할 수 없었다. 그것은 일어난 일이었고 이러한 폭력을 말하기 위한 단어들은 사라져버릴 수 있었다. 그는 그날 사람들이 그런 단어들을 더 이상 사용하지 않기를, 침묵이 형성되기를 희망했다.

독일 군인은 한 여인을 가리키면서 짧게 명령을 내렸다. 군인 두 명이 웅크리고 있는 베트남 독립동맹원들 사이로 왔고 그녀를 일으켜 세웠다. 그녀는 흐트러진 머리카락 뒤에 얼굴을 가린 채 울부짖었다. 그는 프랑스인에게 넘겼다. "이 여자가 네 부인이냐? 이 여자에게 무슨 일이 일어날지 아는가?" 하수인 중 하나가 그녀를 잡고, 다른 한 명이 그녀의 윗옷을 벗기자 하얀 피부 사이로 봉긋 솟은 작은 가슴이 드러났다. "너는 우리가 그녀에게 무슨 일을 할지 아느냐? 아, 죽이지는 않지, 나쁜 짓도 안 할 거야, 단지 좀 소란스럽게 할 뿐이지. 그래서? 학교로 가."

다른 하나가 웅얼거리듯 말했다.

독일 군인이 손짓을 했고 군인 두 명이 뒤이어서 출발했다가 교사를 끌고 돌아왔다. "학교에 한 명이 있었어요. 자, 보세요."

독일 군인이 밀어내는 몸짓을 하고 하수인들이 베트남 독립동맹원을 일으켜 세워 질문했다. 그들은 서두르지 않고 서 있게 했다. 그들은 동맹원을 교사와 함께 논 가장자리로 보냈다. 독일인이 담배에 불을 붙이고 살라농이 있는 곳으로 돌아왔다.

"어떻게 하실 생각인데요?"

"숙청합니다."

"교사에게 심문도 안 하고요?"

"뭐하러요? 그는 이미 정체가 드러났고 발각되었습니다. 문세는 바로 그 사람이었지요. 마을의 촌장도 이중 첩자 노릇을 했지만 그것은 우리보다 먼저 베트남 사람들이 한 짓입니다. 보세요, 청소를 한 마을, **비에프라이**vietfrei\*입니다."

"당신은 교사가 베트남 독립동맹의 책임자였다고 확신하십니까?"

"다른 사람이 그를 고발하지 않았나요? 그런 상황에서는 거짓말을 못 합니다, 절 믿으세요."

"당신은 마음대로 두 사람을 제거하는군요. 결국 그렇군요."

"그것은 전혀 중요한 일이 아닙니다, 젊은 살라농 씨. 개인적인 죄의식은 조금도 중요하지 않아요. 공포가 만연한 상태입니다. 공포가 생겨나면 억제할 수 없고, 약해지지도 않고 계속 느끼게 되지요. 그러면 저항이 붕괴됩니다. 어떤 일이든 누구에게든 일어날 수 있는 일이 있다는 것을 알게 해야 합니다, 그렇게 되면 그 누구도 더 이상 아무것도 하

---

\* 베트남사람(viet)과 '~이 없는'이라는 뜻의 독일어 'frei'로 만든 조어.

지 않습니다. 그 점에 대해서는 제 경험을 믿으세요."

트럭들이 계속 식민지의 도로를 지나가고 군인들을 잔뜩 실은 채 숲속으로 들어갔다. 다른 트럭들은 하노이로 향하는 특공대원을 데리고 다른 모험을 감행하기 위해 내려갔다. 전투기 두 대가 다급한 소리를 내며 저공비행하면서 도착했다. 그것들은 나무 꼭대기를 스치고 회전했으며 빙빙 돌면서 내려왔다. 그리고 반원을 그리더니 사라졌다. 그 뒤를 숲이 둘러싸고 있었는데, 재빠르게 검은 얼룩이 진 커다란 둥근 불이 되어 타버렸다.

"그들은 남아 있는 것들을 태워버리려고 숲에 네이팜 탄을 가지고 왔어요. 당신보다 먼저 가버린 사단 가운데 틀림없이 남은 사람들이 있을 겁니다. 사태는 끝나지 않았어요." 독일 군인이 미소를 지으며 말했다.

"이리 와봐." 모로가 말했다.

그가 살라뇽을 끌고 함께 기지를 향해 올라갔고, 그 뒤에는 태국인들이 묵묵히 따라갔다.

"자네는 그들이 완전히 무관심하다고 믿나?" 살라뇽이 물었다.

"그들은 태국 사람들이고 마을 사람들은 베트남 사람들이야. 서로 아랑곳하지 않지. 그리고 베트남 사람들은 폭력에 대해 우리와 다른 감각을 가지고 있어, 폭력의 문턱이 우리보다 훨씬 높다고."

"그렇게 생각해?"

"그 사람들이 모든 것을 참아내는 것을 보았지?"

"그 사람들로선 선택의 여지가 없잖아."

"문제는 우리 영혼의 상태야. 네가 아는 사람, 이 독일 군인은 무심히 자기 일을 해내. 우리에겐 영혼이 조금 덜 필요하달까, 그들처럼 하기에는 무심한 영혼이 필요해. 그러나 인내, 그것은 그들이 조금 앞서지, 몇 년 정도는 말이야. 어쩌면 몇 달가량일 수도 있고. 우리가 요즘

하는 것을 보면 우리도 곧 그처럼 될 수 있어. 그들처럼 말이야. 물론 그
것은 우리가 알게 될 거야."

"하지만 우리는 아무것도 하지 않았잖아. 우리는 말이야."

"너는 모든 것을 보았잖아, 빅토리앵. 이런 일에서는 보는 것과 하
는 일에 거의 차이가 없어. 단지 약간의 시간 차이가 있을 뿐이지. 나는
거기에 대해서 아는 게 있어. 가령 나는 현장에서 지켜보면서 모든 것을
배웠거든. 이제 난 프랑스로 돌아가는 것은 생각할 수도 없어."

밤의 장막 속에서는 대단한 것을 볼 수가 없었다. 기지가 공격당한
것은 갑작스러웠다. 그림자들이 높은 수풀 속으로 미끄러져 들어갔고,
타이어로 밑창을 댄 구두는 아무런 소리도 내지 않았다. 갑작스런 나팔
소리에 모든 사람이 깼다. 그들은 소리를 지르며 뛰어다녔고, 앞선 사람
들은 끝이 뾰족한 대나무들이 얽힌 줄 위에서 어쩔 줄 몰라 했다. 전기
가 파란색 섬광을 띠면서 지지직거렸고, 소리 치고, 벌어진 입, 하얀 이,
휘둥그레진 눈들이 보였다. 짧은 바지를 입고 자던 살라뇽은 급히 신발
을 신고 침대에서 내려와, 널브러져 있던 무기를 들고 나와 참호를 향해
뛰었다. 구덩이 안에는 베트남 독립동맹원들 그림자가 말막이 방책 위
로 겹쳐졌다. 가스카르의 덫이 작동했고, 그림자로 축소된 몸들이 균형
을 잃고 쓰러지면서 갑자기 무너져 내려, 끝이 뾰족한 것들로 가득 찬
구멍으로 발이 빠지면서 비명을 질렀다. 보루의 기관총 사수들이 벽의
아래쪽을 쏘고 수류탄의 빛이 번쩍하면서 죽는 순간 쓰러지는 그들 얼
굴을 비췄다. 살라뇽은 아무 할 말이 없었고, 어떤 명령도 내리지 못했
고, 무슨 말을 해도 들을 수가 없는 상황이었다. 저마다 완전한 혼자가
되어, 각자가 할 일을 알았고, 할 수 있는 모든 일을 했다. 이어서 상황
이 파악되었다. 태국인 두 명이 벽의 높은 곳에 매달려 있었다. 난간에

등을 기댄 채 열린 상자 옆에 있었다. 그들은 수류탄을 들고 안전핀을 뽑아 쳐다보지도 않고 마치 해바라기 씨앗을 담은 봉투처럼 자신들의 어깨너머로 던졌다. 수류탄이 벽 아래쪽에서 엄청난 섬광을 뿜으며 폭발했고 땅을 치듯 요동쳤다. 그들은 재빨리 살라뇽을 보았다. 뾰족한 대나무들이 가득 채워져 있는 구덩이에는 시체 더미가 넘쳐났고, 전기는 최초 공격에 선이 끊어져서 차단되었다. 새로운 부대가 앞의 예를 척도로 삼아 공격을 재개했다. 휙휙 날아오는 총알 소리가 들려왔다. 태국인들은 열린 상자 앞에 앉아 수류탄 껍질을 벗겨 쳐다보지도 않고 어깨너머로 던졌다. 한 줄기 불꽃이 밤을 가로지르고 대전차 고성능 유탄을 장전한 로켓포가 그들이 만들었던 콘크리트 상자에 타격을 가해 내부에서 폭발했다. 새카맣게 타버린 콘크리트 블록은 균열이 생겨 기울어졌고, 흙으로 된 보루는 반쯤 무너졌다. 등을 구부린 태국인 두 명은 자동소총을 들고 폐허로 달리면서 올라가다가 쓰러졌다. 하나가 정확하게 표적을 쏘았고, 다른 하나가 어깨를 붙잡고 그에게 표적을 가리키고, 커다란 마대자루에 갖고 있던 탄창을 건넸다. 아주 분명하게 나팔 소리가 울리고 그림자들이 땅에 어두운 자국을 남긴 채 뒤로 물러섰다. "사격 정지." 모로가 소리 쳤다. 침묵 속에서 살라뇽은 귓속이 아팠다. 그는 일어나 모로를 보았는데, 맨발에 반바지 차림으로, 폭탄 가루로 인해 얼굴이 까맣게 되었다. 태국인들은 여기저기에 퍼져 있다가 다시 일어나지 못했다. 살라뇽은 그들의 이름을 알지 못했다. 그는 아주 오랫동안 그들 곁에서 지내왔으면서도 그들을 알지 못했다는 사실을 깨달았다. 그들을 고려할 기회가 없었다면 알 수도 없는 일이었다.

"그들은 죽었어."

"다시 회복될 거야."

"그들은 거의 준비되었었지."

"완전히는 아니야. 어쨌거나 이제 그들은 토론할 거야. 공산주의자들 전공이지. 최초의 공격을 분석하고, 토론하고, 그런 다음에 가장 좋은 각도에서 공격해오고 일이 그렇게 전개될 거야. 그것은 느리지만 효율적이지. 우리는 머물러 있지 않을 것이지만 시간이 조금 있어. 우리는 가야 해."

"우리가 간다고?"

"우리는 밤에 숲으로 가야 해. 강을 따라가면서 유격대를 집결시켜야지."

"우리는 그렇게 못 할 거야."

"그들이 토론을 해. 다음 공격에서 우리는 죽을 거야. 아무도 우리를 찾으러 오지 않을 것이고."

"라디오를 들어보자."

그들은 참호로 뛰어내려 호출했다. 지지직거리는 소리 끝에 마침내 라디오에서 소리가 났다. "유격대가 붙잡혔다. 우리는 강에서 저지당했다. 기지에서 철수하라. 우리는 이 지역에서 철수한다."

그들은 집결했다. 마리아니는 가스카르를 깨웠다. 그는 술에서 깨기는 했지만 이 소란스러운 사태의 원인을 이해하지 못하고 있었다. 뺨을 두 번 때리고, 얼굴을 물에 박고, 이어질 일들을 설명하면서 술을 깨게 했다. 떠난다, 그 말이 그의 관심을 끌었다. 그는 똑바로 서서 수류탄이 가득한 마대자루를 들기를 원했다. 뤼팽은 떠나기 전에 모자를 썼다. 태국인들은 자신들의 무기만을 챙긴 채 침묵 속에서 웅크리고 있었다.

"가자."

그들은 2미터 간격을 유지하면서 말없이 숲으로 갔다. 그들은 가방과 무기 탄약을 든 채 뛰었다. 베트남 사람들은 무너진 보루 옆에 모여 있었지만, 상황을 알지 못했다. 그들은 다행히 베트남 사람들이 없는 곳으로 지나갔다. 약체 부대가 이 길목을 지키고 있었다. 그들은 잡목들 사이로 길을 내는 벌목도를 가지고 소리 없이 찢긴 채 피가 흐르는 시체들을 길가에 내버려두고 갔다. 그들은 비탈길을 따라 내려가 조용히 숲으로 갔다. 그들은 자기 앞에 있는 사람만을 보고, 뒤에 따라오는 자의 소리만을 들었다. 무기들을 진 채 뛰었다.

그들 뒤에서 나팔 소리, 이어 대포 소리, 침묵, 이어 엄청난 폭발과 섬광이 멀리서 보였다. 모로가 참호에 덫을 놓았던 기지의 탄약들이 폭발했다.

그들은 길을 가로질러 몇 킬로미터 간격으로 줄과 연결된 수류탄을 설치했고, 사람들이 줄에 걸리면 수류탄이 폭발했다. 처음 수류탄 소리를 들었을 때, 그들은 추격당하고 있다는 것을 알았다. 그들은 마을과 길을 피해 갔고, 강에 이르기 위해서 숲을 가로질렀다. 그들 뒤에서 들리는 둔탁한 폭발음은 그들이 규칙적으로 추격당하고 있다는 증거였다. 정치 경찰들은 수류탄이 터지고 나면 매번 소대를 정렬했고, 무리의 지휘자를 지정하고 다시 출발했다.

그들은 뛰면서 달아났고, 나무들 사이를 달리면서 나뭇가지를 자르고, 흔적을 남기고, 나뭇잎과 진흙을 밟으면서 달렸다. 갑작스런 언덕길에서 굴러떨어지고 이따금 미끄러지기도 하면서 나뭇가지에 매달리거나 뛰어넘거나 함께 넘어졌다. 날이 밝으면 그들은 기진맥진해졌다. 짙은 안개가 나뭇잎들에 걸리고, 진흙이 묻고 얼음물이 스며들어 옷이 뻣뻣해져도 그들의 얼굴에는 눅눅한 땀이 흘렀다. 그들은 계속 달렸다. 어떤 것은 물렁물렁하고 어떤 것은 잘리고 어떤 것은 가는 끈처럼 단단하고 질긴 상태로, 무질서하게 펼쳐진 식물들 때문에 불편함을 느꼈다. 발아래서 파인 척박한 땅 때문에 불편하기도 하고, 그들의 어깨를 짓누르고 가슴을 조이고 목을 아프게 때리는 가방의 쇠 테두리 때문에 불편했다. 그들은 멈췄다. 연대장이 손발을 뻗어 집결시켰다. 그들은 나무에 기대어 앉고, 땅 위에 솟은 바위에 기댔다. 그리고 별 생각 없이 차가운 쌀 주먹밥을 먹었다. 비가 다시 내리기 시작했다. 비를 피하자고 할 수 있는 게 아무것도 없었기 때문에, 그들은 가만히 있었다. 태국 사람들의 숱 많은 머리카락이 타르가 흘러내리듯 얼굴에 착 들러붙었다.

소리 없이 터지는 수류탄의 폭발이 아주 멀리서 느껴졌다. 언덕들 사이로 메아리가 울려 퍼졌다. 언덕들은 여러 갈래여서 거리를 가늠할 수 없었다.

"정지 지점이 필요해. 그들을 지연시키기 위한 후위 부대도 필요하고. 우리 중 하나와 군인 넷이 있어야 해." 모로가 말했다.

"내가 남을게." 뤼팽이 말했다.

"좋아."

짐을 지고 있던 뤼팽은 완전히 지쳐버렸다. 그는 눈을 감았다. 피곤했다. 거기에 남는다는 것은, 더 이상 달리지 않아도 된다는 의미였다. 피로는 시간의 지평을 거의 아무것도 아닌 것으로 만들었다. 거기에 남는다는 것은, 더 이상 뛰지 않는다는 의미였다. 후에 우리는 만나게 될 것이다. 우리는 그들에게 수류탄과 폭발물, 무전기를 모두 주었다. 그들은 바위 뒤에 자동소총 한 자루를 두고, 다른 하나는 앞에 두었는데, 누군가가 다가올 때 안전하게 발사하기 위해서였다.

"우린 간다."

그들은 언덕을 따라 뛰었고 식민지 도로와 강을 향해 계속 달렸다. 비가 멈추었지만 그들이 지나가는 길목에서는 나무들이 방울방울 물기를 떨어뜨려 놀라게 했다. 베트남 사람들은 계속 뒤따라왔다. 그중 하나가 이를 악물었는데 그의 발아래서 길에 설치한 폭약이 폭발했다. 맨 앞에 가던 이가 희생되었다. 벽에 새겨진 슬로건들 가운데 살라눙이 읽을 줄 알았던 유일한 단어, 독립을 위해 희생했다. 희생은 전쟁의 무기였고 정치위원회가 희생자를 다루었다. 희생자들은 기관총의 사격 아래서 가시철조망을 자르고, 벽을 향해 달려들고, 문을 열기 위해 폭발시키고, 총알이 날아다니는 가운데 자신들의 육체를 투척했다. 살라뇽은 극단을 향한 이러한 순종의 의미를 정확하게 이해하지 못했다. 머리로는 이해 불가였다. 하지만 거추장스런 무기를 들고 숲을 달리면서, 팔과 다리가 할퀸 상처와 혈종으로 화끈거리고, 지치고, 피로 때문에 마비가 와도 그는 자신에게 내려지는 명령은 무엇이든지 하게 되리라는 것을 잘 알고 있었다. 다른 사람들을 공격하는 것이든, 그 자신을 공격하는 것이든 그는 그 사실을 잘 알고 있었다.

어느 날 밤 고지대의 작은 기지들이 소탕되었다. 지도에는 구멍이 생기고, 지아프 장군의 사단이 평야지대로 쏟아졌다. 그들이 식민지 도로 위에 도착했을 때, 승강구가 열린 채 쓰러진 전차에서는 연기가 났다. 검게 타버린 트럭의 골조들이 버려져 있었고, 다양한 파편들이 땅에 널려 있었지만 사람은 없었다. 그들은 인도의 커다란 풀숲에 숨어 경계를 했고, 숨어서 움직이지 않은 채 잠이 들까 봐 걱정했다.

"우리 가는 거야? 그들이 곧 따라올 거야." 살라뇽이 숨을 내쉬었다.

"기다려."

모로는 망설였다. 호루라기 소리가 물기가 배어든 대기를 갈랐다. 숲은 침묵에 싸여 있었고, 동물들조차 숨을 죽였다. 더 이상 비명 소리도, 나뭇가지의 바스락거리는 소리도 나지 않았다. 나뭇잎 스치는 소리도, 새들의 지저귐도, 벌레 울음소리도, 어떤 소리도 더 이상 들을 수가 없었다. 하지만 언제나 거기에 존재하고 있다. 가령 그 소리들은 멈추고, 최악의 사태를 예상하게 한다. 한 사내가 길 위에 자전거를 끌고 나타났다. 그 뒤에는 저마다 자전거를 끌고 걸어가는 사람이 몇 명 있었다. 아시아의 작은 말처럼 서로 비슷한 자전거들은 불룩하고 다리가 짧은 형태였다. 테를 두른 큰 짐 보따리들은 바퀴를 가렸다. 그와 균형을 이룬 위쪽에는 한자가 써 있고 초록색 페인트칠을 한 상자들이 있었다. 박격포 포탄들이 연달아 투하되었다. 자전거가 기울어지자 검은 옷을 입고 자전거를 끌던 남자가 자전거 핸들에 동여맨 대나무 지팡이로 조정을 했다. 그들은 줄을 지어 소리를 내지 않고 천천히 나아갔다. 갈색 군복에 나뭇잎으로 만든 모자를 쓰고, 가슴팍을 가로질러 총을 메고 있는 군인들이 호위하면서 하늘을 살폈다. "자전거들이라." 모로가 중얼거렸다. 사람들은 그에게 베트남 독립동맹의 교통량을 예측한 정보기관의 보고에 대해 말했다. 트럭은 포함하지 않고, 도로 교통, 짐수레를 끄는 짐승도 거의 고려하지 않았다. 코끼리들은 캄보디아의 숲에서만 볼 수 있다. 그러니 모든 것이 사람의 등에 짐을 지는 방식으로 이루어진다. 인부 하나가 약 18킬로그램을 숲에 가져간다. 그는 자신의 식량을 가져가야 하고, 더 이상은 가져갈 수 없다. 정보기관은 논의의 여지가 없는 숫자를 근거로 적군 부대의 자율성을 예측한다. 트럭도 없고, 길도 없고, 18킬로그램 이상은 안 된다. 자신의 식량을 가져가야 한다. 숲에서는 아무것도 발견할 수 없고, 그들이 가져가는 것 이상은 아무것도 없다. 그러므로 베트남 독립동맹원 부대는 며칠 이상은 버틸 수 없다. 그들은 먹을 것이 없기 때문이다. 트럭도 없고 길도 없고 작은 체구의 사람들이 대단치 않게 가져간 것 말고는 나눠줄 것도 없다. 우리는 정어리를 담은 상자를 많이 싣고 도로를 통행하는 트럭 덕분에 그들보다 훨씬 오래 버틸 수 있었다. 그런데 그들 앞에 있는, 마뉘프랑스 자전거의 가격을 고려할 때 하노이에서 샀다고 보기에는 무리가 있고, 하이퐁의 창고에서 훔쳤을 것이다. 저마다 혼자서 힘들지 않게 자전거를 끌고 숲속의 3백 킬로미터 길을 왔다. 정찰대의 군인들은 하늘, 도로, 낮은 쪽 측면을 감시했다. "그들이 우리를 보러 올 거야." 모로가 망설였다. 피로 때문에 무감각했다. 살아남는 일은 현명한 결정을 내리는 일이지만, 다소는 운에 따른 것이고, 팽팽하게 당겨진 줄과 같은 상태를 요구한다. 이런 긴장 없이는 운도 기대에 못 미친다. 비행기의 붕붕거리는 소리가 하늘을 가득 채우고, 정확한 방향도 잡지 못한 상태여서 방 안의 파리 한 마리보다 강할 게 없었다. 호위부대의 군인은 목에 걸려 있던 호루라기를 입술로 가져갔다. 아주 날카로운 신호가 공기를 갈랐다. 자전거들은 다 같이 돌아서더니 나무들 사이로 사라졌다. 비행기 소리가 점점 커졌다. 길 위에는 아무것도 남지 않았다. 동물들의 침묵은 위쪽에서는 감지되지 않았다. 두 대의 비행기는 낮은 고도로 날았고, 날개 아래에는 특별한 양철통이 달려 있었다. 비행기는 멀어져갔다. "가자." 여전히 등을 구부린 채 그들은 숲으로 갔다. 그들은 나무 사이로 달렸고, 식민지 도로에서 멀어지면서 아마도 사람들이 아직 그들을 기다리고 있을지도 모를 강을 향해 갔다. 그들 뒤에서 다시 호루라기 소리가 들렸지만 거리와 나뭇잎들로 인해 소리가 약해졌다. 그들은 숲 사이를 달리고, 경사로를 따라가다가 강을 향해 똑바로 날아갔다. 숨을 헐떡이기 시작하면서도 그들은 빠른 걸음을 이어갔다. 땅 위로 망치질 소리가 이어졌고, 숨 가쁜 헐떡임, 땅을 밟는 두꺼운 구두창 소리, 눅눅한 나뭇잎을 밟는 소리, 철로 만든 총이 부딪치는 소리가 이어졌다. 그들은 땀을 흘렸다. 얼굴의 살들은 피로 속에서 녹아내렸다. 뼈만이 도드라졌고, 애쓰느라 생긴 주름들이 마치 유선 시스템처럼 드러났다. 그들은 더 이상 입을 다물 수 없었다. 숨을 헐떡거리는 유럽인들의 커다랗게 뜬 두 눈, 그리고 가는 금처럼 축소된 눈의 태국인들은 종종걸음 치듯 달렸다. 그들은 거리에 따라, 식물들에 의해서, 뒤엉킨 나무들에 의해서 확산되는 으르렁거림을 지속적으로 듣는다. 폭탄과 탄환이 여기저기서 폭발했다. 멀리서, 그리고 그들이 가는 바로 곁에서 폭발했다.

그들은 우연히 베트남 사람들과 부딪쳤는데, 그렇게 될 수밖에 없었다. 버려진 숲을 은밀하게 뛰어다니는 사람들이 많았다. 베트남 군인들은 나무에 기댄 채 땅에 앉아 있었다. 그들은 중국식 총을 맞대어 세워둔 채 웃으면서 말했다. 어떤 사람들은 담배를 피우고, 어떤 사람들은 짚을 두른 술단지를 들고 술을 마시고, 어떤 사람들은 웃통을 벗은 채 기지개를 켰다. 전부 새파랗게 젊은 그들은 휴식을 취하며 다 함께 수다를 떨었다. 빙 둘러앉은 가운데에는 커다란 마뉘프랑스 자전거가 그들의 짐 위에 있었는데 마치 병든 노새 같았다.

그들이 서로를 본 순간은 잠깐이었고, 이내 생각이 스쳤다. 그들의 젊음은 잠깐 사이에 살라뇽에게 강렬한 인상을 줬다. 그들의 경쾌함과 우아함, 별다른 의식 없이 다 함께 둘러앉은 그 명랑한 분위기. 이 젊은 청년들은 여기로 와서 모든 억압을 피했다. 촌락, 봉건제, 식민지, 베트남 사람들을 짓누르는 것들. 일단 숲에 들어와 무기를 들면, 그들은 스스로 자유롭다고 느낄 수 있고 편안하게 웃을 수 있었다. 살라뇽은 이런 생각을 하고 있는데, 그들이 손에 무기를 든 채 급히 언덕을 달려갔다. 그들은 몸을 웅크린 채 드러나지 않게 왔지만, 확실히 힘이 있었다. 젊은 베트남 군인들은 극동에 파견된 프랑스의 군인들보다 더 젊고 여유롭고 조화롭게 어울렸다. 프랑스 군인들은 피로와 불안에 찌들어 파산 직전의 상태에서 서로 도우며 엄폐하고 있었다. 그러나 이런 생각은 서로 얼굴이 달라서일 수도 있고, 다른 사람들의 얼굴을 잘못 해석한 것일 수 있다.

짐꾼 하나가 쓰러져 있는 자전거 뒤에서 바퀴를 살펴보고 있었다. 손에 펌프를 들고 바퀴에 바람을 넣고 있었는데, 다른 사람들은 그저 쉬면서 전혀 돕지 않고 웃으면서 그를 격려했다. 마지막 순간까지 그들은 서로 보지 못했다. 무기를 지닌 프랑스 군대는 자신들의 발만 내려다보면서 경사진 언덕을 급히 달려갔다. 베트남 사람들은 손으로 펌프를 작동시키고 있는 인부의 손길을 지켜보고 있었다. 그들은 마지막 순간에 서로를 보았지만 누구도 그가 하는 일이 뭔지 몰랐고, 모두 반사적으로 움직였다. 모로는 어깨에 기관총을 비스듬히 대고, 총이 흔들리지 않도록 손잡이를 꽉 쥐었다. 다른 사람들은 일어서려고 하다가 살해당했고, 어떤 사람들은 총을 쥐려다가 죽었고, 서로 묶어두었던 총들이 무너졌다. 자전거 앞에서 무릎을 꿇고 있던 인부가 다시 일어섰다. 손에는 여전히 타이어와 연결된 펌프를 들고 있었는데, 가슴을 관통한 단 한 발의 총알에 쓰러졌다. 베트남 사람 하나가 수풀 뒤에 자신의 벨트를 풀어둔 채 떠났는데, 거기에 수류탄이 달려 있었다. 태국 사람이 벨트를 제거해 수류탄을 풀어 언덕으로 던졌다. 살라눙은 넓적다리에 엄청난 충격을 느꼈고, 엉덩이에 타격이 가해지면서 다리가 꺾이고 넘어졌다. 침묵이 흘렀다. 그렇게 몇 초의 시간이 흘렀고, 달리면서 언덕으로 내려갔다. 살라눙은 다시 일어서보려고 했지만, 다리는 마치 엉덩이에 매달린 대들보 같았다. 바지가 눅눅하고 모든 것이 뜨거웠다. 위쪽에서는 나뭇잎만이 보였는데 나뭇잎이 하늘을 가리고 있었다. 마리아니가 몸을 기울이고 속삭였다. "넌 부상당했어. 걸을 수 있겠어?" "아니." 그는 다리를 살피고 칼로 바지를 잘랐는데, 다리가 엄청 조여 도움을 받아 간신히 앉았다. 모로가 엎드린 채로 있었고, 태국 사람들은 그의 주변에서 움직이지 않고 있었다. "즉사했어." 마리아니가 한숨을 쉬었다. "모로?" "파편이 칼날처럼 박혔어. 너, 너는 엉덩이에 박혔고. 운이 따른 거야. 그는 목이었어. 켁!" 마리아니는 엄지로 턱 아래를 가리켰다. 모로의 피가 온통 퍼져나갔고, 그의 목 주변의 어두운 땅에 커다란 얼룩이 생겼다. 그들은 잘 휘는 장대를 자르고 죽은 사람들의 옷을 벗겨 들것을 만들었다.
"자전거." 살라농이 말했다. "뭐라고 자전거?" "그것을 가져가자." "너
미쳤구나, 짐스럽게 자전거를 가져가진 않을래." "가져가자. 정글에서
자전거를 보았다고 말하면 사람들은 결코 우리 말을 믿지 않을 거야."
"그건 확실해. 하지만 사람들은 개의치 않을 거야, 안 그래?" "한 사람
이 혼자서 자전거를 가지고 가면 정글에서 3백 킬로미터를 가. 우리도
그것을 가져가자. 우리가 가지고 가서 보여주자." "알았어. 알았다고."
  마리아니와 가스카르가 살라농을 들것으로 날랐다. 태국 사람들은
모로의 시신을 운반했다. 베트남 사람들은 쓰러진 채 그대로 두었다. 태
국 사람들은 손을 이마에 대면서 시신을 향해 인사를 하고 가버렸다. 그
들은 계속해서 언덕을 내려갔는데, 조금 속도가 줄었다. 두 사람이 자신
들의 짐을 내려놓고 분해된 자전거를 들고 갔는데, 한 사람은 바퀴 두
개를, 다른 사람은 틀을 가지고 갔다. 모로의 시신을 들고 가는 태국 사
람들은 민첩하게 갔고, 시신은 거의 움직이지 않아서 저항력도 없었다.
하지만 가스카르와 마리아니는 외바퀴 손수레를 끌고 가듯이 들것의 막
대를 붙잡고 갔는데, 들것이 흔들거렸다. 그 흔들림 때문에 살라농의 다
리에서 계속 피가 흘렀고, 들것을 덮어서 바닥이 끈적거렸다. 들것이 움
직일 때마다 뼈가 부풀어 오르는 것 같았고, 찢어진 피부를 통해 대기
속으로 빠져나오고 싶어 하는 듯했다. 그는 소리가 나오려는 걸 입술을
꽉 깨물고 이를 악물고 떨었는데, 내쉬는 숨결마다 애처로운 신음 소리
가 새어나왔다.
  그들은 들것을 꽉 쥐었지만 운반에 서툴러 땅에 흩어져 있는 파편
들에 걸려 미끄러졌다. 서로 어깨를 부딪치기도 하고, 불규칙적으로 나
아갔다. 다리에 충격이 가해지면 견딜 수가 없었다. 그는 앞쪽에서 들것
을 나르고 있는 마리아니를 향해 욕설을 퍼부었는데, 고통이 느껴질 때

고개를 들어보면 유일하게 보이는 사람이 마리아녀였다. 들것이 휘청거릴 때마다, 충격이 가해질 때마다 악에 받친 욕설들을 퍼부었다. 그가 너무 큰 소리로 비명을 지르지 않으려고 입을 다물면, 반복되던 극단의 말들은 꾸르륵하며 숨 막히는 신음 소리로 바뀌었다. 그리고 코로, 목으로, 가슴에서 전달되는 떨림으로 탄식 같은 한숨 소리가 나왔다. 마리아녀는 헐떡거리며 거친 숨을 몰아쉬면서도 앞으로 나아갔고, 그는 극도로 이 상황을 증오했다. 살라농은 눈을 뜬 채 공기가 답답하고 너무 뜨거워서 숨이 막히게 땀이 흐르고, 아무 것도 움직이지 않고 있었는데도 나무 꼭대기 부분이 폭풍우를 품은 듯 움직이는 것을 보았다. 다리를 통해 들것을 나르는 사람들 발걸음이 느껴졌다. 그들이 부딪치는 돌부리 하나하나, 비틀거리는 나무뿌리 하나하나, 땅을 뒤덮어서 미끄러지게 만드는 눅눅한 나뭇잎 하나하나를 느꼈다. 모든 것이 다친 뼈 속에서, 척추 속에서 두개골 속에서 울렸다. 그는 통킹 만의 숲에 난 고통의 길을 영원히 새길 것이다. 그는 한 걸음 한 걸음을 기억하고, 고원지대에서 돌출한 곳의 세세한 부분을 기억할 것이다. 그들은 도망쳤고, 밀물처럼 밀고 와서 그들을 따라잡은 냉혹한 베트남 군대에 의해 추격당했다. 그들은 계속 갔다. 살라농은 결국 기절했다.

마을은 다소 파괴되었지만, 더 요새화되었다. 콘크리트 건물의 토대는 구멍 뚫린 벽면들로 축소되었다. 견고하게 지어진 성당만이 제대 위로 지붕의 절반가량이 남은 채 여전히 유지되었다. 쌓여 있는 모래주머니들이 출입구, 참호, 병기 부지 들을 가렸다. 대포의 포신은 살짝 기울어져 더 가까이서 강타했다.

살라농은 성당 안에 누워 의식을 되찾았다. 벽에 난 구멍들을 통해 빛이 내리쬐었고 그로 인해 그가 누워 있는 곳이 더 어렴풋해졌다. 사

람들은 그를 피 떡칠한 들것 위에 그냥 두었다. 칼로 잘려져나간 생나
뭇가지들에서는 아직도 수액이 흘렀다. 사람들이 조심스럽게 그의 바지
를 칼로 잘랐고 그의 넓적다리를 닦아내고 붕대로 감았다. 그는 아무것
도 느끼지 못했다. 고통이 사라졌고, 그의 넓적다리는 그저 맥박이 뛰는
것처럼 움찔거렸다. 그에게 모르핀을 투여해야 했다. 다른 부상자들은
그의 곁에 나란히 누워, 규칙적으로 숨을 쉬면서 그늘에 잠들어 있었다.
파손되지 않은 성당의 제대 뒤에서 그는 다른 시신들을 뚫어져라 보았
다. 좁은 공간에 수많은 시신이 있었다. 그는 제대로 보지 못했다. 그것
이 어떻게 배치되었는지를 이해하지 못했다. 그의 눈이 어둠에 익숙해
지자 그는 시신을 어떻게 두었는지를 이해하게 되었다. 사람들은 그것
을 장작더미처럼 쌓아 올렸다. 마지막 층 위에 누워 있는 모로를 알아보
았다. 그의 목은 검은색으로 변했고, 입술은 풀려 거의 미소를 짓고 있
는 듯했다. 시신을 반환하기 전에 태국 사람들이 그의 머리를 다시 빗겨
준 게 분명했다. 아주 단정하게 가르마를 타주었고, 모로의 짧은 콧수염
이 완벽하게 빛났다.

"놀라운 장면이 아닌가요?"

독일 군인이 곁에서 쭈그리고 있었지만 살라뇽은 그가 오는 소리를
듣지 못했다. 그는 아마 살라뇽이 잠드는 것을 보기 위해 조금 전부터
거기에 있었던 것 같다. 그가 제단의 뒷부분을 가리켰다.

"우리는 스탈린그라드에서 같은 일을 했어요. 죽은 사람들이 너무
많아 시신을 매장할 수가 없었지요. 그럴 힘도 없고 얼어붙은 땅을 팔
시간도 없었어요. 땅이 돌처럼 단단했거든요. 하지만 우리는 사람이 쓰
러진 자리에 그대로 두고 가지는 않았어요, 적어도 처음에는요. 우리는
시신을 모아 정렬했습니다. 여기에서처럼요. 하지만 얼어붙은 시신은
좀더 유지가 되었지요. 전투를 끝낼 때까지 시신들은 움직이지 않고 기

다렸습니다. 몸을 약간 굽힌 상태에서요."

살라뇽은 자신 곁에 쌓아 올린 시신들을 헤아리지 못했다. 그들은 서로 의지한 상태였다. 이따금 한숨 소리가 나기도 하다가 다소 약해지기도 했다. 썩 좋은 느낌은 아니었다. 바닥도 더 이상 좋은 느낌이 아니었다. 들것도 아니었고, 심지어 공기 전체에서 화약 냄새, 불에 탄 냄새, 고무 냄새, 휘발유 냄새가 진동했다.

"우리는 모아둔 시신을 매장하지 못했어요. 봄은 오지 않았고 러시아 사람들이 그것을 어떻게 했는지는 저도 모릅니다. 하지만 거기에서 우리는 시신들을 모으려고 노력은 했을 겁니다. 당신도 그렇습니다. 안심하세요. 만약 우리가 그렇게 할 수 있다면, 당신도 살아 있을 겁니다."

"언제요?"

"그럴 수 있을 때요. 출발하는 일은 언제나 어렵습니다. 그들은 우리가 가버리는 것을 원하지 않습니다. 그들은 매일매일 우리를 공격하고, 우리는 그들과 마주합니다. 만약 우리가 떠나면 그 사람들은 우리를 등 뒤에서 쏠 것이고 대량학살이 일어날 겁니다. 그래서 우리가 머무는 것이지요. 그들은 오늘도 여전히 우리를 공격합니다. 그리고 오늘 밤도 내일도, 어떤 손해도 개의치 않을 겁니다. 그들은 우리를 이길 수 있다는 것을 보여주고 싶어 하지요. 우리는 성공적으로 철수할 수 있다는 것을 보여주고 싶습니다. 됭케르크 철수* 작전처럼요, 하지만 됭케르크처럼 성공할지는 두고 봐야 합니다. 당신이 상기해야 하는 게 바로 그 점이지요."

---

* 제2차 세계대전 초기인 1940년, 영국군과 프랑스·벨기에 연합군이 영국군의 주도 아래 희생을 최소화하며 됭케르크 해안에서 빠져나갔던 작전.

"저는 그러기엔 좀 젊습니다."

"당신은 이걸 아셔야 합니다. 여기, 우리가 처한 상황에서는 잘 철수하는 것은 승리와 같은 가치가 있다고요. 살아남은 자들은 정복자들처럼 훈장을 수여받아도 됩니다."

"하지만 당신, 당신은 무엇을 하시는 거죠?"

"당신들 곁에서? 나는 당신들 소식을 들었습니다. 나는 당신들을 아주 좋아해요. 살라농."

"제 말은 인도차이나에서 무얼 하시냐는 거예요."

"나도 당신들처럼 싸웁니다."

"당신은 독일인이잖아요."

"그래서요? 내가 아는 한 내가 인도차이나 사람이 아니듯이 당신도 여기 사람이 아닙니다. 당신은 전쟁을 하고, 나도 전쟁을 합니다. 일단 그것을 배우고 나면 다른 것을 할 수 있나요? 지금 내가 어떻게 누구와 함께 평화롭게 살 수 있을까요? 독일에서는 내가 아는 모든 사람이 하룻밤 사이에 죽었습니다. 똑같은 날 밤에 내가 살았던 마을이 사라졌어요. 독일에 내가 알던 무엇이 남아 있을까요? 무엇을 위해서 돌아가야 하지요? 재건하고 산업을 일구고 장사를 하기 위해서요? 서류 가방과 작은 모자를 쓰고 사무실의 직원이 되기 위해서요? 정복자가 되어 셔츠 차림으로 유럽을 누비고 다니다가 아침마다 사무실에 간다고요? 그러면 내 인생은 너무나 끔찍하게 끝이 날 겁니다. 나는 내가 겪은 일을 말할 사람도 하나 없습니다. 하지만 나는 내가 살아왔던 것처럼 정복자로서 죽고 싶어요."

"만약 당신이 그렇게 죽는다면 당신은 정글에 매장될 테고 더구나 땅에 남겨질지도 모릅니다. 누구도 알아보지 못하는 외딴 구석에요."

"그래서요? 나와 함께 전쟁을 치른 사람들을 제외하고 아직도 나를 아는 사람이 누구죠? 내 이름을 기억할 수 있는 사람들은 하룻밤 사이에 죽었다고, 말했잖아요. 그들은 인광처럼 번뜩이는 불빛 속으로 사라졌습니다. 그들의 몸도, 인간적인 것도 아무것도 남지 않았고, 단지 재, 말라버린 막에 싸인 뼈, 그리고 아침에 사람들이 뜨거운 물을 가지고 씻어내야 했던 지방 덩어리들만 남았습니다. 당신은 사람마다 15킬로그램의 지방 덩어리를 가지고 있다는 사실을 아셨나요? 사람은 살아 있을 때는 그 사실을 모르지만 그것이 녹아 흐르면 납득하게 됩니다. 사람의 몸에서 남는 것은 기름 덩어리 위에 남겨진 메마른 자루이고, 실제의 신체보다 훨씬 작고 훨씬 가볍지요. 우리는 그것을 몰라요. 그것이 인간이라는 것조차 모르죠. 그래서 내가 여기에 남으려는 겁니다."

"당신은 희생자인 것처럼 나를 속이진 않겠지요. 가장 비열한 짓을 한 사람은 바로 당신 아닌가요?"

"나는 희생자가 아닙니다, 살라뇽. 내가 인도차이나에 있는 것은 바로 그 때문입니다. 프랑크푸르트의 사무실에서 회계원이 되지 않는 것. 나는 정복자로서 삶을 마치고자 합니다. 그만 주무세요."

살라뇽은 추위에 떨면서 끔찍한 하룻밤을 보냈다. 그의 넓적다리는 숨 막힐 정도로 부었다가 갑자기 붓기가 빠져서 균형을 잃었다. 시신 더미가 어둠 속에서 빛났다. 여러 차례 모로가 움직였고, 그에게 말을 걸려고 했다. 그는 예우를 갖추어 시신 더미를 바라보았다. 시간이 흐르면서 시신 더미는 분명한 질문을 던진다면 대답이라도 할 것 같은 태세로 좀더 무너져 내렸다.

아침이면 황금색 별이 그려진 커다란 붉은 깃발의 베트남 국기를 게양했다. 숲의 빈터에서 동요가 일어나고 나팔 소리가 들렸다. 모자를 쓰고 운집한 군인들은 둥근 철조망을, 참호를 은폐한 모래주머니를, 폭약을 설치한 구덩이를, 창을, 트랩을, 대포가 붉어질 때까지 쏘아대는 무기를 공격했다. 그들의 수가 어찌나 많은지 사람들이 던진 철제 무기들을 빨아들일 기세였다. 그들은 언제나 걸었고, 전투를 견뎌냈다. 누워 있는 살라눙 아래서 땅이 흔들렸다. 이 흔들림은 고통스러웠고, 그의 다리를 뚫고 들어가 뇌까지 올라갔다. 모르핀의 효과는 사라졌다. 누구도 그에게 모르핀을 줘야겠다는 생각을 하지 못했다.

많은 사람이 이 마을의 주변에서 죽었다. 방어 시설은 훼손되고, 잘리고, 타버린 시신들로 가득했다. 베트남 군대는 떼죽음을 당하면서도 언제나 진군했다. 외인부대는 하나씩 죽어가면서도 퇴각하지 않았다. 그들은 너무 근접해 있는 나머지 포탄이 소용없었다. 사람들은 손에 수류탄을 들고 던졌다. 사람들은 서로 정면에서 만났고, 군복을 붙잡고 치고받고, 칼로 배를 갈랐다.

수륙양용전차가 강에서 나왔는데, 마치 검게 빛나는 황소개구리와 같았다. 앞에서는 불꽃이, 뒤로는 연기가 뿜어 나오면서 폭음을 냈다. 물을 뚝뚝 떨어뜨리면서 진흙 가장자리로 기어올라 역습을 가했다. 소형 비행기들이 붕붕거리는 소리를 내면서 나무들 위로 지나갔고, 뒤에서는 숲에 있던 모든 사람과 더불어 숲이 불탔다. 무장한 어선이 강을 거슬러 올라갔는데, 선창은 비어 있었다. 사람들은 요새화된 은둔처에서 철수했다. 설비를 파괴하고, 부비트랩을 설치하면서 포탄과 수류탄은 그대로 두었다. "아, 내 자전거는요?" 사람들이 살라눙을 나를 때 물었다. "당신 자전거라니, 뭐죠?" "내가 슬쩍 가지고 온 자전거요. 내가 베트남 사람들 것을 슬쩍 했지요." "그 사람들은 숲에서 자전거를 타나요, 베트남 사람들이요?" "그들은 쌀을 가지고 옵니다. 자전거로 하노이까지 가지요." "당신은 사람들이 짐스럽게 자전거를 가지고 있을 거라고 생각하세요? 자전거로 돌아가기를 원하나요, 살라눙?" 사람들은 서둘지 않고 배에 올라탔고, 부상자들과 사망자들을 실었다. 포탄은 때로는 물속에, 때로는 진흙더미를 들어 올리는 둑에 우연히 떨어졌다. 포탄은 어선을 명중시키고, 부두와 그곳 거주자들에게 극심한 피해를 주었다. 어선은 강물의 느린 흐름 위에서 불타면서 떠돌았다. 가스카르는 피로 물든 갈색 소용돌이 속으로 사라졌다. 진동하는 철제 바닥에 누워 있는 살라뇽에게는 고통만이 남았다.

군인병원의 커다란 방에서 깨어났는데, 그곳에는 부상자들이 나란히 늘어놓은 침대에 누워 있었다. 비쩍 마른 사람들이 깨끗한 천 위에 누워 있었다. 그들은 천장의 선풍기를 보면서 공상에 잠기거나 한숨을 쉬고 링거가 뽑히거나 붕대를 누르지 않게 조심하면서 이따금 자세를 바꾸었다. 열어놓은 커다란 창문을 통해 온화한 빛이 들어왔고, 창을 가린 하얀 커튼들은 거의 움직이지 않았다. 벽 위, 식민지의 습기 때문에 좀먹고 퇴색한 그림들 위에 가벼운 그림자가 어렸다. 이 차분한 쇠락의 분위기가 어떤 약들보다 그들의 신체에 도움을 줬다. 어떤 사람들은 불이 꺼지듯 죽었다.

침대가 늘어선 끝은 창문에서 아주 멀었고, 다리 하나를 절단한 사람은 잠들지 못했다. 그는 독일어로 낮게 신음했고, 언제나 어린아이 같은 목소리로 똑같은 말을 되풀이했다. 늘어선 침대의 다른 쪽 끝에 있던 덩치 큰 사내가 침대 시트를 밀쳐놓고 갑자기 일어서더니, 철제 지지물에 의지한 채 다리를 절면서 침대마다 돌아다녔다. 징징대는 사람의 침대 앞에 가서 그는 자세를 똑바로 하고 독일어로 질책했다. 상대는 고개를 숙이고 그를 중위라고 부르면서 복종하며 침묵했다. 장교는 여전히 찡그린 얼굴로 자신의 침대로 돌아가 다시 누웠다. 넓은 방에는 오직 고요한 숨소리만 들렸고, 파리 떼 날아다니는 소리, 천장에 부착된 커다란 선풍기가 느리게 돌아가는 소리만이 났다. 살라뇽은 다시 잠이 들었다.

그러고 나서? 빅토리앵 살라뇽은 상처가 회복되었고, 밖에서는 전쟁이 계속되었다. 언제나 차량을 보급받은 기계화된 부대가 하노이를 가로질렀고, 삼각지 평야지대의 온갖 구석을 갔다가 고원지대로 돌아왔다. 트럭을 타고 온 부상자들이 병원의 뜰에 내렸다. 군인들이 들것으로 날라 온 부상자들은 붕대를 잘못 감은 상태였고, 가벼운 부상자들은 간호사들이 빈 침대까지 부축해 데려왔다. 그들은 한숨을 쉬면서 침대에 털썩 주저앉아 깨끗한 침대보의 냄새를 맡았다. 딱지가 뒤덮인 상처가 너무 아픈 사람들을 제외하고는 대개 금세 잠에 빠져들었다. 그러면 의사가 와서 모르핀을 나눠 주었고, 고통을 완화시켜줬다. 지붕 위로 날아온 헬리콥터가 어렵게 가지고 온 알아보기 힘든 군복, 시커메진 몸, 엄청나게 부어오른 몸은 공중으로 날라 와야 했다. 비행기는 하노이 상공으로 지나갔다. 특별한 양철통을 부착한 항공기들, 열을 짓고 붕붕거리는 헬리콥터에는 특수부대 요원들이 가득했다. 어떤 것들은 불확실한 균형을 잡아주는 짙고 검은 연기를 남기면서 왔다.
마리아니가 와서 그를 보았다. 그는 철수 과정에서 무사히 빠져나왔다. 그가 살라뇽에게 신문을 가져다 주고는 뉴스를 언급했다.
"고지대에서 프랑스-베트남 부대의 격렬한 대반격으로 적의 진군을 멈추게 했다. 우리는 평야지대의 방어를 강화하기 위해서 기지의 방어선을 후퇴해야 했다. 본질적인 것은 잘 유지되었다. 우리는 안심했다. 너는 그들이 누군지 알아?"
"누구?"
"프랑스-베트남 부대들."

"아마 우리를 말하는 거겠지. 말해봐, 마리아니. 우리는 좀 겉도는 것 아닐까? 우리는 프랑스 군대인데, 우리를 향해 게릴라전을 펼치는 정규 군대에 맞서서 유격전을 치르고 있어. 우리는 베트남 국민을 보호하기 위해 투쟁하고, 베트남 국민들은 자신들의 독립을 위해 싸우지."

"전투를 하려면, 할 바를 알아야 해. 이유를 묻는다면, 파리에 있는 그들이 알고 있기를 희망해."

이런 말은 그들을 웃게 만들었다. 그들은 함께 웃는 것이 즐거웠다.

"뤼팽을 찾았나?"

"우리는 그의 마지막 메시지를 포착했어. 통신병을 귀찮게 해서 결국 정확하게 옮겨 적은 기록을 넘겨받았지. 뤼팽이 대단한 걸 말한 것은 아니야. 베트남 사람들은 몇 미터 떨어진 곳에 있다. 모두 안녕. 그러고 나서는 아무 말도 없고, 침묵, 통신병이 내게 말해줬지. 사실 아무 소식도 전하지 않을 때 무전기에서 나는 소리는 마치 철제 상자에서 모래가 부딪치는 소리와 같아."

"너는 그가 도망칠 수 있었다고 생각해?"

"그는 뭐든 할 수 있어. 하지만 도망을 쳤다면, 그때부터 숲에 남아 있을 거야."

"그는 그런 식이지. 숲의 여기저기서 유격전을 혼자 주도하면서 전쟁의 수호천사 노릇을 했어."

"기대해볼 수 있지."

그들은 자신에게 어울리는 죽음을 맞지 못한 모로에 대해 생각했다. 한편으로 보면, 사람은 언제나 한순간에 죽는다. 전쟁에서 사람들은 부랴부랴 죽는다. 사람은 서정적으로 죽음을 말하지만 그것은 선의의 거짓말이고, 다른 무언가를 말하기 위한 것이다. 우리는 이야기를 꾸며대고, 과장하고, 연출한다. 사실 사람들은 숲에서 한순간에, 말없이 죽는다. 그런 다음에는 역시 침묵이다.

살라농의 삼촌이 그를 보러 왔다. 그의 상처를 살피고, 의사의 소견을 물었다.

"너는 다시 건강을 회복해야 해. 널 위한 계획이 있어." 떠나기 전에 삼촌이 말했다.

그는 휴식을 취했다. 그는 열대의 병원을, 나무들이 있는 커다란 정원을, 인도차이나라는 대지의 사우나 속에서 산책하면서 시간을 보냈다. "부드러워지기 시작했어." 그는 이따금 그를 보러 오는 사람들에게 웃으면서 말했다. "마치 사람들이 대양을 건너는 배 안에서 다시 그것들을 먹을 수 있도록 건빵을 부드럽게 만드는 것처럼 말이야."

그는 중상을 입은 군인들이 그러는 것처럼 치유를 더 잘하기 위해서 부드러워지기 시작했다. 하지만 아편에는 관심이 가지 않았다. 잠들기 위해서는 그것을 조금 피워야 했다. 하지만 그는 자지 않고 앉아 있는 쪽을 선호했는데, 그러면 주위를 보고 그림을 그릴 수 있었기 때문이다. 부담을 줄이고, 고통에서 벗어나고, 가벼워지기 위해서 붓질을 하는 것으로 충분했다. 그는 바깥으로 나가 하노이의 거리들을 돌아다녔고, 노점상에서 떠다니는 건더기가 가득한 수프를 먹었다. 그는 거리의 사람들이 있는 한가운데 앉아 있었고 오래 머물며 그들을 바라보았다. 나무 아래 테이블 두 개와 의자 몇 개가 있는 찻집에 앉아 있었다. 반바지 차림의 삐쩍 마른 사내가 찌그러진 주전자를 들고 지나갔다. 언제나 똑같은 그릇에 뜨거운 물이 가득 들어 있었고, 아무런 향기도 나지 않고 조금씩 젖어드는 똑같은 찻잎들이 담겨 있었다.

그는 유유자적하면서 거리를 바라보았고, 거리의 사람들과 떼를 지어 뛰어다니는 아이들을 그렸다. 그리고 여자들을 그리는 것에 만족했다. 그는 그 여자들에게서 대단한 아름다움을 발견했는데, 그림에 적합한 아름다움이었다. 그는 여자들의 선만 보았기 때문에 곁으로 바짝 다가가지 않았다. 그녀들은 유연한 조직으로 이루어진 순수한 선이었고, 빨랫줄에 널린 빨래 같고, 검고 긴 머리는 붓으로 먹을 적셔 흐르게 한 것 같았다. 인도차이나의 여자들은 우아하게 걷고, 우아하게 앉고, 짚을 엮어 만든 커다란 원추형 모자를 우아하게 들고 있었다. 그는 여자들을 많이 그렸고 누구에게도 다가가지 않았다. 사람들은 그의 소심함을 놀렸다. 그는 결국 자세한 말은 하지 않고 알제에 프랑스인 약혼자가 있다는 암시를 하게 되었다. 사람들은 더 이상 그를 놀리지 않았고, 너그러운 미소로 그의 용기를 칭찬했다. 지중해 연안 사람들의 불같은 기질, 그들의 비극적인 질투, 비교할 수 없는 성적인 대담함을 환기했다. 아시아의 여인들은 멀리서 계속 지나갔다. 마치 다가설 수 없는 것처럼 꾸미고, 그녀 주변에 만들어진 결과를 은밀하게 확인하면서, 천의 사각거리는 소리 속에서 오만하고 우아하게 지나갔다. '이 여자들은 그처럼 차가워 보이지. 하지만 이 장벽을 넘으면, 시동 장치를 찾아내면, 그러면……' 그것은 모든 것을 의미했다. 더 이상은 말하지 않는 것이 좋다.

한가한 모든 순간에는 에우리디케의 환영이 그를 찾아왔다. 여전히 그는 그녀에게 편지를 썼다. 지루했다. 그의 곁에는 가까이 지내고 싶지 않은 사람들만 있었다. 군대가 교대되었다. 프랑스에서 청년들을 모집해서 데려왔기 때문에 그는 늙었다고 느꼈다. 봉급, 모험, 망각을 원하는 바보 같은 부대가 배로 왔다. 그들은 프랑스에서 직장을 구할 수 없었기 때문에 직업을 구하려고 참전했다. 몸을 회복하는 여러 주 동안 그는 하노이를 걷고, 중국의 수묵화를 배웠다. 하지만 이 분야에서 그가 배울 것은 전혀 없었다. 그저 실습만 할 뿐이었다. 그가 하노이에서 배운 것은 수묵화의 실존이었다. 그것은 배울 만한 가치가 있는 일이었다.

그는 스승을 만나기 전에 손가락을 움직이기 위해 그림을 많이 그렸다. 그것은 산책의 목표였고, 눈앞에 펼쳐진 것을 더 잘 보기 위해서였다. 그는 에우리디케에게 숲, 아주 넓은 강물, 안개가 덮인 뾰족한 언덕들을 그려 보냈다. "나는 너에게 광활한 벨벳 같은 숲을, 깊은 소파 같은 숲을 그려 보내. 하지만 착각하지는 마. 내 그림은 가짜야. 그것은 야외에서 그려진 것, 정글에는 결코 발을 들여놓은 적 없는 편안한 사람들에게 해당되는 것이야. 그렇게 일관되고 그렇게 심오하고 밀도 짙은 숲은 없어. 심지어 조망은 빈약해, 구성은 아주 무질서하지. 내가 그려 보내는 숲은 아무도 그것이 여기의 정글이라고 생각하지 않아. 사람들은 내가 감상적이라고 여기겠지. 사람들은 내 그림이 가짜라는 것을 알게 될 거야. 내가 가짜 그림을 그리는 것은 사람들이 그것을 진짜라고 믿게 만들기 위해서야."

그는 대로변에 심어진 협죽도과 관목의 나무에 기대고 앉아 붓으로 나무 사이로 보이는 멋진 주거지들을 그렸다. 그의 시선은 나뭇잎에서 식민지 건물의 외관으로 옮겨갔고, 세부 묘사를 하면서 그의 붓은 곁에 놓인 벼루 위에서 잠시 멈췄다. 그가 너무나 집중한 나머지 주변에 있던 아이들은 감히 그에게 말을 걸지 못했다. 그는 그림을 통해 아시아의 어린애들을 자제시키고 침묵하게 만드는 기적을 완성했다. 그들은 낮은 목소리로, 새의 지저귐과 같은 단음절어로 서로 그림의 세부를 보여주면서 소리를 지르고, 손가락으로 거리를 가리킨 다음에 이와 같이 변형된 현실을 보면서 웃었다.

머리부터 발끝까지 하얀색 옷을 차려입은 한 사내가 지팡이를 흔들면서 거리로 내려와 살라농 뒤에 멈춰 서서는 그가 그린 스케치를 바라보았다. 밀짚모자를 쓴 그는 우아하게 보일 만큼 니스 칠한 대나무 지팡이에 살짝 기댔다.

"너무나 자주 멈추는군요, 젊은이. 당신은 자신이 그린 것들이 진짜라는 것을 입증해 보이고 싶어 하는군요. 하지만 당신이 그리고 싶어 하는 나무들만큼이나 생생한 그림을 위해서는 숨을 멈추지 말아야 합니다. 당신은 붓의 독특한 선을 따라서 움직여야 합니다."

살라뇽은 붓을 허공에 들고 말없이 멈추고는 이 낯선 베트남 사람을 보았다. 옷을 아주 잘 갖춰 입은 그는 정중한 말투에 얽매이지도 눈을 내리깔지도 않고, 미묘한 어조로 살라뇽이 구사하는 프랑스어보다 훨씬 세련된 프랑스어로 말했다. 어린아이들은 다소 어색해하면서 일어났지만, 너무나 귀족적이고 아무런 아첨도 없이 프랑스인에게 말을 거는 이 사람 앞에서 감히 움직이려고 하지 않았다.

"붓의 독특한 선이요?"

"그렇죠, 젊은이."

"그것이 중국식 기교인가요?"

"그것은 가장 단순한 방식으로 표현된 붓의 기술입니다."

"그림을 그리시나요, 선생님?"

"가끔요."

"선생님께서는 제가 보고 있는 산과 구름, 모든 조그만 인물들을 그리는 중국식 붓 사용법을 알고 계시나요?"

지나치게 우아한 그 사람이 호의를 가지고 미소 지었는데, 그로 인해 얼굴 전체에 잔주름이 가느다란 망처럼 생겨났다. 그는 아주 나이가 많은 것이 분명했다. 하지만 그렇게 보이지는 않았다.

"내일 이 주소로 오세요. 오후에. 당신께 보여드리지요."

그는 한자, 베트남어, 프랑스어로 적힌 명함을 살라뇽에게 건네주었다. 붉은색 도장이 찍혀 있고, 아래쪽에는 그의 작품이라는 서명이 있는 그림들이 있었다.

살라뇽은 그에게 자신의 이야기를 해주었다. 그리고 그를 자주 보러 갔다. 검은 머리카락을 모두 뒤로 빗어 넘긴 노인의 머리는 아르헨티나식 스타일이었다. 늘 밝은색 옷을 입었는데 언제나 신선한 꽃 장식이 달려 있었다. 상의는 열어둔 채 왼손은 주머니에 넣고 친숙하게 살라뇽을 맞아주었다. 멋쟁이다운 경쾌함을 지니고 살라뇽과 악수하고, 모든 예법에 기분 좋게 무심한 태도를 보였다. "어서 와요, 젊은이, 어서요!" 그리고 그를 향해 팔을 벌리고, 집의 커다란 방들을 열어 보여주었다. 방들은 전부 비어 있고, 끔찍한 기후 때문에 상한 그림들은 눈물이 쏟아질 것 같은 파스텔 색조를 띠었다. 그는 완벽한 프랑스어를 구사했는데, 뭐라고 정의할 수 없지만 본래의 분절법이라고 할 수 있는 억양을 지녔다. 마치 재미삼아 유지하고 있는 경쾌한 멋 부림 같았다. 그는 파리의 일정한 구역에서만 들을 수 있는 관례적인 표현들을 썼고, 그가 선별한 단어들은 정확한 정의 속에서 사용되었다. 살라뇽은 모국어를 그렇게 사용하는 기술에 놀랐는데, 그것은 그 자신조차 소유하지 못한 것이었다. 살라뇽이 그런 사실을 노인에게 말하자 그는 미소를 지었다.

"젊은이, 당신도 알겠지만 프랑스적인 가치를 가장 잘 구현하는 것은 바로 유색인들입니다. 우리가 말하는 프랑스는 그 위대함과 오만한 휴머니즘, 사고의 명료함과 언어에 대한 찬양과 더불어 그렇지요. 당신이 카리브 해에서, 아프리카에서, 아랍에서 그리고 인도차이나에서 순수한 상태로 발견하게 되는 것이 바로 그런 프랑스입니다. 저쪽에서 태어난 백인인 프랑스인들은 좁은 프랑스라고 우리가 부르는 범위 내에 있는데, 그들은 언제나 자신들이 학교에서 들었던 가치들을 우리가 이정도까지 구현하고 있는 것을 보고 경악합니다. 이 가치는 그들에게는 다가설 수 없는 유토피아이고, 우리들의 삶이지요. 우리는 유보 없이,

제한 없이 완벽한 프랑스를 구현합니다. 교양을 갖춘 다른 현지인들은 제국의 영광이자 정당화이고, 제국의 성공을 보여주는데, 이것이 몰락을 야기할 겁니다."

"왜 몰락이지요?"

"당신은 우리가 토속적이라고 부르는 것이 어떻게 존재하기를 원하십니까, 모든 것이 이 정도로 프랑스적인 것이 되어버렸는데요? 선택을 해야 합니다. 서로 같은 항아리에 담긴 물과 불입니다. 하나가 우위를 차지해야 합니다, 빨리요. 그러니 와서 내 그림을 보세요."

그 오래된 집에서 가장 큰 방은 천장의 구석이 검게 변하고, 석고가루가 조금씩 벗겨져 사방에서 떨어졌는데, 등나무로 만든 큰 의자와 고리 모양의 철로 잠가놓고, 붉은색 래커 칠을 한 장롱 하나만 있었다. 그는 거기에서 끈으로 묶어둔, 비단 덮개에 싸인 두루마리를 꺼냈다. 그는 살라뇽을 의자에 앉게 했고, 작은 비로 바닥을 쓴 뒤에 발아래 두루마리를 놓았다. 그는 두루마리의 끈을 풀었다. 우아하게 몸을 구부려 덮개를 벗겨내고 천천히 땅에 펼쳤다.

"우리가 지금 보고 있는 것은 중국의 전통화입니다. 이 그림들은 벽에 걸어두기에 적합하지 않고, 길이 펼쳐지듯이 펼쳐두어야 합니다. 그러면 시간이 드러나는 것을 보게 됩니다. 그림을 보는 데 걸리는 시간이 그림을 구상하는 시간이 되고 그림을 제작하는 시간이 됩니다. 아무도 그림을 보지 않을 때는 시선을 피하고, 그림 자체를 보호하기 위해서는 그림을 접어 두어야 합니다. 우리는 그림이 드러내는 것을 감상할 줄 아는 사람 앞에서만 그림을 펼쳐야 합니다. 그림은 마치 길이 만들어지는 것처럼 받아들여지는 것이지요."

그는 살라뇽의 얼굴에 드러나는 돌발적인 감정 변화를 살피면서 그의 발아래 커다란 풍경화를 신중하게 펼쳤다. 살라뇽은 서서히 고개를 드는 것 같았다. 무척이나 길게 이어진 산들이 구름 사이로 솟아올랐고, 대나무 줄기가 곧게 뻗어 있고, 아무렇게나 가지를 뻗은 나무들과 나무에 걸린 난초의 기근이 보였다. 후경에서 전경으로 물이 떨어지고 있었으며, 뾰족한 바위들 사이로 좁다란 길이 나서 산을 따라 가파른 오르막길을 이루었다. 휘어진 소나무들이 안개와 바위들 사이에 최대한 얽혀 있었다.

"선생님은 먹만 사용하시네요." 살라뇽이 감탄하면서 숨을 내쉬었다.

"다른 것이 필요할까요? 그림을 그리기 위해서, 글씨를 쓰기 위해서, 살아가기 위해서요? 모든 것이 먹으로 충분합니다, 젊은이. 오직 붓 하나, 우리가 갈아놓은 먹, 먹을 담아놓기 위한 벼루 하나만 필요해요. 약간의 물도요. 민생물자는 주머니 하나에 담을 수 있고, 만약 우리가 그것을 많이 소유하고 있지 않다면, 어깨에 멘 가방 하나에 다 들어가지요. 우리는 중국화를 그리는 데 필요한 자료들을 가지고 어려움 없이 걸을 수 있습니다. 이것이 바로 길에서 그림을 그리는 사람의 모습이지요. 걸음걸이마다 자신의 발, 다리, 어깨, 숨결, 자신의 삶 전체가 함께합니다. 사람이 붓이고, 그의 삶이 먹이지요. 사람의 발자국이 그림을 남깁니다."

그는 여러 장의 그림을 펼쳤다.

"이쪽 그림들은 아주 오래된 중국화입니다. 저쪽 그림들은 내가 그린 것이고요. 하지만 나는 더 이상 그림을 그리지 않습니다."

살라뇽은 고개를 숙이고 바짝 다가가 그림을 보았다. 기어서 그림이 펼쳐진 것을 따라갔는데, 아무것도 이해하지 못하는 인상을 받았다. 정확하게 말하면 문제는 그림이 아니고, 본다는 행위도 아니고, 더 이상 이해도 아니었다. 수없이 많은 작은 기호가 의례적이면서도 조형적인 방식으로 드러나 있었고, 무한히 움직이면서 영혼을 고양시키고, 세상을 향한 욕망의 분출, 삶 전체를 향한 도약을 자극했다. 마치 음악을 보고 있는 것 같았다.

"선생님은 그림 그리는 사람에 대해 말씀하셨지만 제게는 아무도 보이지 않습니다. 그림자도 없고 사람 하나 없는데요. 당신이 초상을 그린 것인가요?"

"사람이 없다고요? 젊은이, 오해했군요. 그럴 리가요, 전부, 여기에 있어요, 사람입니다."

"전부요? 제게는 하나만 보이는데요."

살라뇽은 주름진 옷을 입고 있는 작은 인물 하나를 가리켰는데, 알아보기 힘든 인물로, 오솔길의 3분의 1 지점에서 올라가고 있는 새끼손톱만 한 크기의 어른으로, 언제든 언덕들 뒤로 사라질 태세였다. 노인이 참을성 있는 태도로 미소를 지었다.

"당신은 확실히 순진하시군요, 젊은 친구분. 그게 즐겁지만, 놀랍지는 않네요. 당신은 세 가지 순진함을 겸비하고 있습니다. 청춘의 순진함, 군인의 순진함, 유럽인의 순진함. 당신을 상대로 웃는 것을 이해해 줘요, 하지만 호의를 담고 웃는 겁니다. 당신은 그만큼 신선한 느낌이 있으니까요. 이것은 내 나이에 누릴 수 있는 특권이지요. 이 그림 전체가 사람을 보여주지 않는다고 하는 것은, 당신이 어떤 인간의 모습을 찾아내지 못해서가 아닙니다. 당신은 인간의 현존을 판단하기 위해서 구체적인 사람을 보아야 합니까? 그것은 아주 사소한 일이에요, 안 그래요?"

"이 나라에서는 모든 것이 인간과 관련이 있습니다. 민중이 전부이지요, 살라뇽 대위. 당신 주변을 바라보세요. 모든 것이 인간입니다, 심지어 풍경조차도, 특히 풍경이 그렇습니다. 민중은 현실의 총체이지요, 그렇지 않다면, 나라는 견고함도 실존도 없는 진흙더미에 지나지 않을 겁니다. 붉은 강물에 휩쓸려가고, 파도에 무너지고, 계절풍에 약해져버 릴 진흙더미요. 견고한 모든 땅은 여기에서 인간의 노동 덕분에 존재합 니다. 순간의 부주의, 지속적인 노동이 중단되면, 모든 것이 진흙으로 돌아가고, 강물로 떨어지지요. 인간 말고는 다른 무엇으로도 존재하지 않습니다. 대지, 풍요로움, 아름다움. 민중이 전부입니다. 이곳의 공산 주의가 너무나 복합적인 것도 놀랄 일이 아닙니다. 마르크시즘에 대해 서 조금이라도 말을 한다면, 사회적 구조만이 현실적인 것이라고 말을 한다면, 여기에서는 진부한 일이 되고 말아요. 그러니 전쟁은 인간에게 영향을 끼치지요. 전쟁터가 바로 인간이고, 탄환이 인간이고, 거리와 양 이 인간의 걸음으로 표현되고 인간의 책임으로 돌아가지요. 학살, 테러, 고문 전부가 인간에게 가해지는 전쟁의 양식일 뿐입니다."

그는 그림을 다시 감고, 덮개로 덮은 다음에 비단 끈으로 조심스럽 게 다시 묶었다.

"원한다면 날 보러 다시 오세요. 붓 다루는 법을 가르쳐드리리다, 당신은 그것을 전혀 모르는 것처럼 보이니까요. 당신에겐 분명 재능이 있어요, 당신 그림에서 그것을 보았지요, 하지만 예술은 재능보다 훨씬 미묘한 상태라고 할 수 있습니다. 예술은 그 너머에 존재합니다. 재능 이 예술로 변형되려면, 재능은 그 자체와 재능의 한계에 대한 의식을 가 져야 하고, 명백한 지향성을 가진 목표를 향해 집중해야 하지요. 그러지 않으면 재능은 흔들립니다. 다시 오세요. 그러면 기쁠 겁니다. 내가 당 신에게 길을 가리켜줄 수 있을 테니까."

회복기 동안 줄곧 살라뇽은 다시 노인의 집으로 갔고, 노인은 살랴 뇽을 맞아 똑같은 우아함과 유연한 몸짓, 거침없는 쾌활함을 보이며 말 했다. 그는 살라뇽에게 자신의 두루마리 그림들을 보여주면서 그림의 상황에 대해 설명하고, 단순하고도 신비로운 형태에 대해 조언을 주었다. 살라뇽은 우정을 믿었다. 삼촌에게 열정적으로 그 노인과의 우정에 대해 털어놓았다.

"그분이 집에서 나를 맞아주고, 난 언제나 환대받아요. 마치 내 집 드나들 듯이 들어가고 그분은 내게 장롱에 감추어두었던 그림들을 보여주고, 우리는 몇 시간 동안 그림들에 대해서 이야기를 해요."

"조심해라, 빅토리앵."

"내가 왜 자기 문화의 가장 좋은 점을 보여주면서 만족하는 노인을 경계해야 하지요?"

빅토리앵 살라뇽의 강한 어조가 삼촌을 웃게 만들었다.

"너 완전히 착각하는구나."

"무엇에 대해서요?"

"모든 것. 우정, 문화, 즐거움."

"그분이 나를 환대해준다고요."

"그는 아랫사람과 어울리는 거야. 그 일이 그에게 즐거우니까. 그는 베트남의 귀족이지. 베트남의 귀족은 프랑스의 귀족보다 훨씬 더 거만하단다. 우리나라에서 귀족은 축소되었고, 다소 신중하게 행동하지만, 여기는 아니야. 여기 사람들에게 '평등'이란 단어는 번역이 안 되는 말이지. 생각 자체가 유럽 사람들의 천박함처럼 그들을 웃게 만들지. 여기에서는 귀족은 신이고, 그들의 농부들은 개와 같아. 프랑스 사람들이 그것을 보지 못하는 척하는 게 그들에게는 재미있는 거야. 그들은 그 사실을 알고 있어. 만약 그가 한가한 시간에 이야기를 하자고 친절하게도 너를 초대해준다면, 그것은 단지 그 일이 재미있기 때문이고, 품위 있는 관계에서 느끼는 기분전환을 뜻하지. 그는 아마 너를 거리에서 따라다니는 귀여운 어린 개처럼 여길 거야. 격식 없이 프랑스 장교와 교제하는 것은 그에게 필요한 세련됨을 갖추게 해주니까. 나는 그 노인을 좀 알아. 그는 바보 같은 바오 다이와 인척관계인데, 사람들은 바오 다이가 인도차이나의 황제가 되기를 바랐고, 인도차이나는 우리가 떠나게 될 곳이지만 완전히는 떠날 수 없지. 그 사람과 그의 친척들은 베트남의 귀족이고, 프랑스와의 관계 따위에는 전혀 관심이 없지. 그들은 네가 시간을 생각하듯이 여러 세기를 헤아려. 프랑스의 현존은 **역사**의 감기에 불과해. 우리는 통과하고, 그들은 개의치 않고 남아. 그들은 다른 언어들을 배우기 위해서, 다른 책을 읽기 위해서, 다른 방식으로 부유해지기 위해서 그 경험을 활용하지. 가봐, 그림을 배워, 하지만 우정을 너무 믿지는 마. 대화도 믿지 말고. 그는 너를 경멸하지만, 네가 그를 즐겁게 하는 것이겠지. 너는 전혀 모르는 방에서 그가 역할을 하나 맡긴 거야. 잘 이용해서 배워, 하지만 조심하라고. 그 사람처럼 언제나 경계해."

살라뇽이 도착했을 때 주인보다 훨씬 나이가 들고, 깡마르고 허리가 굽은 늙은 하인 하나가 문을 열어주었고, 텅 빈 방들 안으로 앞서 갔다. 노인은 서서 옅은 미소를 띠고 살라뇽을 기다리고 있었고, 눈을 둥그렇게 뜬 채 오른손을 굳건히 흔들며 프랑스식으로 인사했다. 살라뇽은 그가 인사하거나, 그림을 그리거나, 두루마리를 펴거나 입에 작은 찻잔을 가져갈 때 오른손만 사용한다는 사실을 깨달았다. 왼손은 결코 사용하지 않았다. 밝고 우아한 옷 주머니 안에 왼손을 넣고, 앉아 있을 때는 테이블 아래에 숨기고, 무릎 사이에서 손을 조이고 있었다. 손이 떨렸다.

"아, 당신이 왔군요. 당신 생각을 했어요." 그가 변함없는 태도로 말했다. 그는 새로운 두루마리를 가리켰다. 그것은 새로 가져다 놓은 기다란 테이블 위에 놓여 있었다. 가장 큰 방에는 등나무로 된 두번째 소파가 첫번째 소파 곁에 놓였고, 두 개의 소파 사이에 있는 낮은 테이블 위에 그림 도구들을 두었다. 그들이 그림을 그리기 위해서 자리를 잡았을 때, 다른 하인 하나가 몹시 뜨거운 다기(茶器)를 가져왔다 그는 소리 없이 움직이는 아주 젊고 마른 남자였는데, 결코 사나운 시선을 드는 법이 없고, 내리뜬 눈은 이리저리로 불안정하고 맹렬하게 오갔다. 주인은 너그러운 미소를 지으면서 그가 오는 것을 보았고, 그는 다소 뜨거운 물을 그릇 옆에 흘리면서 아무 말도 하지 않고 서툴게 차를 대접했다. 주인은 부드러운 목소리로 고맙다고 말했고, 아주 앳된 청년은 심술궂은 시선으로 짧게 주변을 쏘아보면서 서둘러 돌아갔다.

주인이 한숨을 내쉰 뒤에 붓의 기술에 관해 가르치기 시작했다. 그는 오래된 두루마리를 펼쳤고, 풍경이 나타나는 것을 보고 함께 감탄했다. 노인은 규칙적인 리듬을 따라 오른손으로 비단 화폭을 펼쳤고, 다소 떨리는 왼손으로 특별한 말 없이 몇 개의 선을 가리켰는데, 서툰 그의 손은 점점 커지는 그림 위쪽에서 춤을 추듯 흔들렸다. 부드러운 숨결의 리듬을 강조하면서, 숨결의 흔들림으로 인해 먹의 호흡이 달라지는 것을 말해줬는데, 호흡이 능숙하게 조정될수록 두루마리의 그림은 생생하고 신선하게 펼쳐졌다. 이따금 그림의 길이가 너무 길어 테이블로 충분하지 않으면, 그들은 여러 번 다시 펼치고 그림 위쪽이 드러나는 동안 아래쪽을 되접었다. 그들은 먹의 길을 함께 걸었다. 노인은 낮은 목소리와 작은 몸짓으로 살라농에게 세부를 가리켰고, 살라농은 작은 감탄의 소리와 머리를 끄덕이는 방식으로 평가했다. 살라농은 지금 마치 선이라는 침묵의 음악을 이해하는 것처럼 보였다. 그는 가르침을 받았다.

주인은 물이 담긴 벼루에 오랫동안 먹을 갈았고 반복되는 이 작은 몸짓 속에서 그림 그릴 준비를 했다. 그는 선 하나만을 그릴 수 있을 정도로 아주 흡수력이 좋은 종이 위에 그림을 그렸는데, 반복할 수 없게 단 한 번의 통과, 결정적인 단 하나의 선을 그릴 수 있을 뿐이었다. "각각의 선이 정확해야 해요, 젊은이. 그렇지만 만약 그 선이 정확하지 않아도 별 문제는 아닙니다. 그러면 다음 선들이 정확하게 만들어주니까요."

살라뇽은 손 사이에 돌이킬 수 없는 표현 도구를 쥐었다. 처음에는 그것이 그를 경직되게 만들었으나 이내 자유롭게 했다. 선들이 그려지면 어쩔 수 없었고, 이미 그어진 선들 위로 돌아갈 필요는 없었다. 그러나 다음 선들은 정확함을 개선시킬 수 있었다. 시간이 흘렀다. 불안해하는 것보다 선이 확고하게 나타나게 하는 것으로 충분했다. 살라뇽은 배워가는 동안 이해한 것을 노인에게 말했고, 노인은 계속 참을성 있는 미소를 지은 채 살라뇽의 말을 들었다. "이해를 하세요, 젊은이, 이해하세요. 이해하는 일은 언제나 좋습니다. 그러나 그리세요. 붓의 유일한 선은 삶의 유일한 길입니다. 당신 자신으로 살아가기 위해서는 그것을 당신 자신에게 빌려와야 합니다."

어느 날 그 일도 끝이 났다. 살라뇽은 늘 가던 시간에 갔는데 문이 반쯤 열려 있었다. 하인을 부르는 데 사용되던 종을 잡아당겼지만 아무도 나오지 않았다. 안으로 들어갔다. 텅 빈 방들을 혼자 가로질러 그림을 그리는 데 사용되던 방으로 갔다. 붉은색 래커를 칠한 장롱, 소파, 테이블 들이 숲속의 버려진 사원들처럼 오후의 먼지가 섞인 빛 속에서 모습을 드러냈다. 늙은 하인이 문을 가로지른 채 쓰러져 있었다. 그의 머리와 눈 사이에 구멍이 났지만, 피는 거의 흐르지 않았다. 그의 마르고 늙은 몸은 더 이상 피를 담고 있지 않았던 것이 분명하다. 그의 주인은 완전히 망가진 그림에 이마를 댄 채 그림 그리는 테이블에 있었다. 목덜미는 피범벅이 된 채 그림 도구들은 뒤엎어지고, 먹물이 피와 엉켜 테이블 위로 흘렀고, 검붉은색의 번쩍이는 웅덩이를 이루고 있었다. 그의 몸은 경직된 것처럼 보였다. 살라뇽은 감히 그의 몸에 손을 댈 수 없었다.

젊은 하인을 찾을 수 없었다.

"바로 그예요." 살라농이 삼촌 앞에서 확신을 가지고 말했다.

"아닐 수도 있고."

"아니면 도망가지 않았을 거예요."

"여기서는 무엇을 했든 간에 사람들은 도망을 쳐. 특히 지지자들이 사라져버린 젊은이라면 그래. 경찰이 심문을 한다면 유죄가 될 테니까. 그들은 무엇을 해야 할지를 아주 잘 알아. 경찰과 마주하면 사람들은 전부 고백을 하지. 우리 식민지 경찰은 세상에서 가장 우수해. 체계적으로 죄인들을 색출하지. 붙잡힌 사람 전부가 죄인이고, 결국 자백하고 말아. 그러니 아주 사소한 증인도 도망을 치지. 그렇게 해서 죄인이 되는 거야. 그건 어쩔 수 없어. 인도차이나에서 우리가 죄인을 만들어낼 방법은 얼마든지 있어. 사람들이 가득한 거리에서 체포하는 것으로 충분하지. 너조차도 죄인이 될 수 있단다."

"저 때문에 그는 죽은 건가요?"

"그럴 수도 있어. 하지만 비약하지는 말아. 베트남의 귀족은 죽을 이유가 무척 많아. 모든 사람이 거기에 공감할 수 있어. 다른 귀족들에게, 지나치게 화려한 서구화를 좌절시키기 위한 본보기를 만들기 위한 것일 수 있지. 베트남 독립동맹은 식민지를 단절시키려고, 돌이킬 수 없다고 믿게 만들기 위해서 그럴 수도 있고. 바오 다이와 우리의 이익을 위해서, 아편을 암거래하고 노름판을 유지하는 중국 상인들을 위해서도 그래. 모든 사람이 값을 치르니까. 우리 군대는 흔적을 감추고 다른 사람들 짓이라고 믿게 만들기 위해 그럴 수도 있어. 그러고는 서로 죽이는 것이지. 어쩌면 어린 청년이 그런 것일 수도 있어, 사적인 이유로 말이야. 하지만 그는 내가 네게 만들어준 명단에 적힌 모든 사람에게 조종당한 것일 수 있어. 그 사람들은 다른 사람들에게 조종을 당한 것이고, 이렇게 무한히 반복되는 것이야. 인도차이나에서는 사람들이 정확한 이유를 모르는 채 갑작스럽게 죽는다는 걸 넌 알았을 거야. 하지만 죽는 이유는 모호해도 죽는다는 사실만은 언제나 확실하지. 이 고약한 나라에서 심지어 유일하게 확실한 것이라고 말할 수 있지. 사람들은 그것을 좋아하게 된 거야."

"인도차이나요?"

"죽음."

살라뇽은 밖에서 그림을 그렸다. 그의 주변에는 믿을 수 없을 정도로 아이들이 많이 있었다. 고함을 치고, 시끄럽게 울어대면서 강가를 거슬러 뛰어다녔고, 땅위의 길들을 맨발로 달렸다. 오페라 저음부의 울림소리를 내는 두 개의 모터 소리에 앞서 먼지를 일으키고, 검은 매연을 뿜으면서 트럭들이 연달아 지나갔는데, 반듯한 자세의 운전자는 커다란 안경과 철모를 썼다. 장난꾸러기들이 트럭 뒤를 쫓으며 달렸다. 언제나 몰려다니며 이동했는데, 아이들의 맨발은 뛰어다니면서 땅에 부딪히는 소리가 났다. 아이들은 트럭 뒤에 앉아 있는 군인들을 놀려대고, 피로에 지친 군인들은 손으로 신호를 보냈다. 그런 뒤 수송차가 금속 부딪히는 소리를 내면서 액셀을 밟으면, 쿠르릉쿠르릉 모터 소리가 울려 퍼졌는데, 황토색 땅에는 먼지구름이 일었고, 장난꾸러기 아이들은 찌르레기들처럼 흩어졌다 새로운 방향으로 달리면서 다시 모여들어 전부 강물로 뛰어들었다. 여기 아이들은 프랑스의 아이들보다 훨씬 더 수가 많았고, 사람들은 아이들이 너무 비옥한 토양에서 솟아오르는 것이라고, 움직이지 않는 호수 위를 솟아나는 물히야신스처럼 솟구치고 증식하는 것이라고 믿었다. 다행히도 여기에서는 사람들이 일찍 죽었고, 호수는 다시 덮이게 될 것이다. 다행히도 사람들은 빠르게 수를 늘려갔고, 사람들은 모

든 것이 사라지는 것처럼 죽어갔다. 정글에서처럼 모든 것이, 삶과 죽음
이 동시에, 한 몸짓 속에서 명멸했다. 살라뇽은 물가에서 노니는 아이들
을 그렸다. 그는 깨끗한 붓으로 음영이 생기지 않게 떨리는 선으로 아이
들을 그렸다. 아이들은 물의 표면에 드리우는 수평선 너머에서 계속 움
직였다. 이 나라에서 죽음과 피에 점점 더 빠져들어감에 따라, 그는 에
우리디케에게 점점 더 섬세한 그림들을 그려서 보냈다.

붉은 태양이 서쪽으로 사라지면, 하노이는 동요했다. 살라뇽은 식사
를 하러 갔고, 그날 저녁에도 여전히 수프를 먹었다. 결코 먹어보지 못
했던 분량의 수프를 먹었다. 커다란 그릇에 담긴 풍미가 나는 수프에는,
마치 강물 속에 살과 꽃의 향내 속에서 떠다니는 인도차이나처럼 온갖
것이 떠 있었다. 살라뇽 앞에 있는 그릇에는 육각형 모양으로 자른 야채
들과 투명한 국수, 얇게 썬 고기들 가운데 발톱을 모두 제거한 닭발이
있었다. 그는 이런 배려에 고마움을 느꼈다. 사람들이 그를 알고 있었
기 때문이다. 그의 주변에서는 통킹 만 사람들이 재빨리 음식을 삼키는
소리가 났고, 프랑스 군인들이 와서 새로 맥주를 시켰고, 공군 장교들
이 금빛 날개 장식의 멋진 모자를 내려놓고 수다를 떨고 저마다 돌아가
며 이야기를 하면서 웃고 있었다. 그들은 살라뇽에게 장교들 사이로 합
류하라고 권했지만, 그는 붓과 펼쳐진 노트의 하얀 페이지들을 보여주
면서 거절했다. 그들은 알겠다는 태도로 인사하고, 자기들끼리 하던 이
야기를 계속했다. 살라뇽은 혼자 먹는 게 더 좋았다. 바깥의 소란은 약
해지지 않았고, 안에서는 통킹 사람들이 먹기 위해서 언제나 재빨리 교
대하며 움직였다. 테이블에 앉은 프랑스 사람들은 먹고 수다를 떨기 위
해서 죽치고 있었다. 파마 머리의 원숙한 중년 부인이 요리를 내왔는데,
눈 화장은 파란색으로, 입술은 새빨간색으로 칠했다. 그녀는 트임이 있

는 원피스를 입고 말없이 바에서 시중들고 있는 젊은 아가씨를 끊임없이 야단쳤다. 젊은 아가씨는 군인들을 피하기 위해서 뱀처럼 몸을 배배 꼬았고, 군인들은 웃으면서 그녀를 잡으려고 애썼다. 그녀는 재빠르게 테이블에 맥주들을 날랐고, 살라뇽은 주인 여자가 그녀에게 군인들에게 손목을 잡혀주라고 하는 건지, 피하라고 하는 건지, 어떤 명령을 내리는지 몰랐다.

조명이 꺼졌다. 소리를 내면서 돌아가던 선풍기가 멈추었다. 그것은 연달은 박수와 웃음들, 가짜로 놀란 척하면서 내지르는 소리들을 촉발시켰고, 다들 프랑스어 억양으로 말했다. 바깥에서는 여전히 하늘이 빛났고, 노점에 걸린 석유램프에서 불빛이 흔들리며 비췄다. 총격 소리가 났다. 한마디 말도 없이 통킹 만 사람들은 전부 나갔다. 두 명의 여인도 사라졌다. 사람들은 더 이상 그들의 소리를 듣지 못했는데, 프랑스 사람들만이 싸구려 식당 안에 그대로 남아 있었다. 그들은 서로 죽이고 남은 자들은 자리를 뜨기 시작했는데, 우리는 그들의 그림자를 보았다. 바깥 램프에서 나오는 오렌지색 불꽃에 그들의 얼굴이 되비쳤다. 살라뇽은 양손으로 그릇을 잡고 마시던 중이었는데, 불이 나갔다. 그는 어렴풋한 빛 속에서 발톱과 같이 닭발을 삼키게 될까 봐 두려워 감히 계속 먹을 수가 없었다. 눈이 어둠에 익숙해졌다. 집단의 움직임은 거리에서 불어났다. 달리는 소리, 비명 소리, 총격 소리가 들렸다. 헝클어진 머리의 젊은 베트남 사람이 홀 안으로 들어왔다. 깜박이는 불꽃이 붉은색으로 빛났고, 그는 권총을 흔들면서 시선으로 어둠을 살폈다. 금빛 장식의 하얀 셔츠를 찾아냈고, 소리를 지르면서 공군 장교들을 향해 총을 쐈다. "범죄자들! 범죄자들!" 강한 악센트로 소리를 질렀다. 그들은 총에 맞아 쓰러졌고, 바닥에 몸을 던졌다. 그는 여전히 문턱에서 총을 휘둘렀다. 그는 양손으로 국그릇을 든 채 앉아 있는 살라뇽을 향해 돌아섰다. 그는 조준한 총을 들고 베트남어로 뭔가 소리를 지르면서 앞으로 나아갔다. 운이 좋았던 게, 그가 총을 쏘는 대신 말을 했다. 그가 살라농 앞에서 2미터 정도 떨어져 멈추었다. 눈을 고정한 채 손을 꽉 쥐고, 총을 들어 딱 살라농의 눈 사이를 겨냥했다. 살라농이 그릇과 떠다니는 닭발 가운데 어디를 봐야 할지 제대로 알지 못한 채 수프 그릇을 들고 있는 지점을 보았다. 그를 위협하는 손, 검은색 총, 베트남 사람은 기관총이 연발되는 혼란 속에서 쓰러졌다. 그는 테이블에 얼굴을 대고 넘어져 그대로 쓰러졌다. 살라농은 반사적으로 일어났고, 계속해서 양손으로 들고 있던 수프 그릇을 지켰는데, 먹이 든 작은 병은 깨져서 잃어버렸다. 불이 다시 들어왔고, 선풍기가 다시 규칙적인 소음을 내며 돌아가기 시작했다.

입구에서 무장 유격대원 두 명이 천천히 순회했다. 기관총을 두른 그들의 몸은 활처럼 휘고 마른 상태였다. 그들은 추격자들의 시선으로 홀을 둘러봤다. 그중 하나가 쓰러져 있는 베트남 사람의 발 쪽으로 돌았다.

"운이 좋으셨습니다, 대위님. 조금만 더 시간이 있었다면 그가 가까운 거리에서 하나씩 총으로 쏘았을 겁니다."

"네, 저도 그렇게 생각합니다. 감사합니다."

"어쨌든 우리 조종사들보다는 운이 좋으신 거죠. 그 사람들은 비행기가 없으면 많은 곤란을 겪습니다."

공군 장교 중 하나가 피 묻은 셔츠를 걷어 올리고, 여전히 땅에 쓰러져 있는 다른 사람들을 향해 몸을 구부렸다. 유격대원들은 익숙한 손놀림으로 베트남 사람의 몸을 뒤졌다. 그의 목걸이에는 늘어뜨린 장식이 달려 있었는데, 가죽 끈에 매달린 손톱만 한 크기의 은으로 만든 부처였다. 그는 살라농을 향해 돌아서서 그에게 목걸이 장식을 던졌다.

"받으세요, 대위님. 그것을 가지고 있으면 불멸의 존재가 될 겁니다. 그것이 당신에게 운을 전한 것이네요. 간직하고 계세요."

끈에는 피가 묻어 있었지만, 이미 말라 있었다. 살라뇽은 그것을 어디에 둘지 몰라 목에 걸었다. 그리고 수프를 먹었다. 그는 닭발과 그릇의 바닥에 깔린 발톱을 남겼다. 두 명의 여인은 다시 나타나지 않았다. 유격대원들은 사망자와 부상자 들을 데리고 다 함께 떠났다.

# 오래전부터 그녀를 보았네, 하지만 결코 감히 그녀에게 말할 수 없을 거라네

"그러고 나서요?"

"아무것도. 상황은 음침한 여정을 따라 흘러갔지. 나는 모든 것을 겪고 살아남았고. 그것이 말할 가치가 있는 주된 사건이었어. 무엇인가가 나를 보호해주었어. 주변 사람들이 죽었고, 나는 살아남았지. 내가 늘 간직한 작은 부처가 주변의 모든 운을 흡수해 내게 운을 전해준 것이 분명해. 주변에 가까이 온 사람들은 죽었고, 나만 아니었어.

보라고, 나는 여전히 운이 있어."

그는 옷의 단추들을 여러 개 풀고 내게 그것을 보여주었다. 나는 몸을 숙였고, 예전에는 강물이 흘렀지만 이제 메말라 썩어가는 평야와 비슷한 그의 가슴을 보았다. 회색빛 털이 듬성듬성 가슴을 덮고, 살이 쭈그러져 있었고, 뼈가 튀어나온 피부에 작은 주름들이 있었다. 그것은 화석화된 조직이었고, 어떤 물도 흐르지 않는 3월의 강과 같았는데, 그러나 그 강 아래 깊은 곳에서는 아마 여전히 약간의 피가 흐르고 있을 것이다.

가죽 끈 끝에는 내가 한 번도 본 적 없던 은으로 만든 작은 부처가 매달려 있었다. 부처는 연꽃에 앉아 있었고, 무릎은 주름진 옷 아래서 두드러졌다. 그는 벌린 손을 들고, 깊게 주의를 기울여야 알아 볼 수 있는 미소를 짓고 있었다. 그는 눈을 감고 있었다.

"그것을 항상 달고 있었나요?"

"한 번도 푼 적이 없었어. 마치 원래 그랬던 것처럼 목걸이를 하고 있었지. 보게."

그는 나에게 잔뜩 녹이 슬어 있는 소형 입상을 보여주었다. 목, 양반다리를 하고 있는 입상.

"나는 이것을 결코 닦은 적이 없었어. 은은 녹슬지 않아, 그것은 다른 사람의 피야. 내가 죽을 수도 있었던 날의 기념물로 그것을 간직하고 있는 거야. 나는 살아남지 않았어야 하는지도 몰라, 남은 삶은 전부 덤으로 주어진 것이야. 나는 그것을 매달아 간직했고, 그것은 내가 가져온 일종의 위령비이기도 해. 운이 없었던 사람들을 추억하기 위해, 그리고 운이 좋아 살아남은 사람들의 건강을 위해. 전리품이었다면 그것을 손질했을 거야. 하지만 이것은 봉헌물이어서 원래대로 내버려뒀지."

가죽 끈은 수십 년 동안 지녀오면서 흘린 땀 때문에 반들거렸다. 그것도 역시 바꾸지 않았던 게 분명하다. 앞선 수 세기를 지나오면서 인도차이나에서 풀을 뜯어 먹고 사는 검은 물소 가죽으로 만든 것이 분명했다. 아마도 그래서 냄새가 났겠지만, 그것을 알아차릴 만큼 아주 가까이 다가갔던 적은 없었다. 살라뇽은 그것을 다시 가슴에 간직하고 단추를 다시 채웠다.

"눈을 감고 있는 이 작은 부처는 내 심장과 같아. 나는 한번도 떠나

보낸 적이 없어. 너무 오랫동안 걸고 있었던 탓인지 뭔가 끊어진다는 것이, 정말로 끝이 나는 것이 두려워. 그것은 총알을 주조할 수 있을 만큼 충분한 양의 금속으로 만들었어. 은으로 된 총알은 늑대인간, 뱀파이어, 우리가 익숙한 방식으로는 죽이지 못하는 저주받은 존재들을 죽이는 데 사용하는 거야. 내가 그것을 주워 들었을 때 이 총알은 내 것이 아니었고, 내 이름이 적힌 통지서가 붙어 있었어. 내가 그것을 가지고 있는 한 총알은 나를 못 맞혀. 내 벗은 몸을 보았던 에우리디케 말고는, 샤워를 하거나 팬티 바람으로 있는 나를 보았던 단짝들 아니고는 아무도 이 부처를 못 봤어. 하지만 그들은 지금 다 죽었고, 이제 너야. 이 모든 이야기에서 나는 내가 겪을 뻔했던 죽음을 간직할 뿐이야."

"선생님은 아무것도 가져오지 않으셨나요, 아무것도 간직하지 않으셨나요? 당신에게 추억이 될 만한 이국적인 물건들이요?"

"아무것도. 마스코트 하나와 상처들을 제외하고는. 내 인생의 20년 중 남은 것은 아무것도 없어. 그림을 제외하고는. 나는 그 정도로 그림을 많이 그렸으니까. 나는 떨쳐버리려고 노력해. 그곳의 열기는 나를 이국주의에서 벗어나게 해. 하지만 인도차이나라는 신성한 시장, 모든 사람은 그곳의 창고를 비웠고, 모든 것을 발견했어. 가령 미제 무기들, 일본군의 검, 미슐랭 타이어로 만든 베트남의 샌들, 오래된 중국식 물건들, 부서진 프랑스 가구들. 우리가 가지고 간 모든 것은 열대 지방에 맞게 처리되었어. 나는 아무것도 간직하지 않았어. 모든 것을 내버려두었고, 시간이 흐르면서 잃어버렸지. 사람들이 내게서 빼앗아갔고, 파괴하거나 압수했는데, 남아날 수 있었던 것은 늙은 군인의 창고에 있던 것, 베레모나 배지, 훈장, 간혹 무기 같은 것들이야. 내게는 아무 추억도 남지 않았어. 여기에서는 그것과 상관있는 것은 더 이상 아무것도 없지."

우리를 둘러싸고 있는 바보 같은 물건들은 전부 방을 장식하고 있다. 하지만 그것들은 그저 어리석음을 드러낼 뿐이고, 그 자체가 아무것과도 상관이 없다는 것을 너무나 명백하게 보여준다. 나는 그렇게 쉽게 생각했다.

"내게 남은 것은 그것뿐이야. 자네에게 방금 보여줬던 은으로 만든 부처. 그리고 내가 여전히 사용하고 있는 붓. 나는 그것을 내 스승이었던 분의 조언에 따라 하노이에서 샀어. 그리고 사진 한 장. 오직 한 장."

"왜 그렇지요?"

"나도 모르겠어. 내가 늘 간직하는 작은 부처, 그것은 50년 전부터 내 손에서 벗어나본 적이 없어. 붓은 여전히 내가 사용하고 있고. 하지만 사진은 왜 항상 그것을 가지고 있는지 이유를 모르겠어. 아마도 사진은 우연히 남게 된 것 같아. 왜냐하면 무엇인가 남아 있어야 하니까. 내가 20년 동안 취급했던 물건들 더미에는 사라져버린 것도 있고, 우리는 어느 날 그것들을 다시 찾고, 이유를 묻지."

"나는 그것을 찢어버리거나 버릴 결심을 할 수도 있었을 텐데, 결코 그럴 엄두를 못 냈지. 이 사진은 소멸의 온갖 형태를 극복하고 여전히 여기에 있지. 마치 주변에 있는 모든 것이 사라졌는데, 어떻게 그것들이 오랜 세월 동안 남게 되었는지를 묻게 되는 흔한 유물처럼 말이야. 모래에 새겨진 흔적, 훼손된 신발, 도자기로 구운 어린아이 장난감. 어떤 유물들이 남게 되는 것에는 무슨 이유가 있는 게 아니라 고고학적인 우연의 형태가 있어."

그는 내게 작은 크기의 사진을 하나 보여주었는데, 우편엽서의 절반이 좀 못 되는 크기로 톱니바퀴 모양의 하얀 테두리가 둘러져 있었다. 작은 사진의 표면에는 바짝 붙어 서 있는 사람들이 있었는데, 무한궤도가 장착된 커다란 기계 주변에서 사진기를 정면으로 바라보고 있었다. 우리는 사진에서 별다른 것을 보지 못했는데, 사진이 윤곽과 배경의 회색이 거의 부각되지 않을 정도의 크기였기 때문이다. 사람들은 인화지와 화약 약품을 아꼈고, 인도차이나의 작은 도시 출신인 아마추어 조수들은 너무 빠르게 작업을 했기 때문이다.

"내가 갖고 있는 것에서는 아무것도 제대로 볼 수가 없어. 나는 언제나 거기에 있는 사람들을 알아보고 남아 있는 사람들을 헤아리게 되기를 기대해. 기다림의 세월 때문에 그것은 0으로 가고 있지. 나밖에는 남아 있는 사람이 없을 거라고 생각해. 그리고 아마 커다란 고철 덩어리가 남아 숲에서 녹슬고 있겠지. 자네는 나를 알아보겠는가?"

사람들 얼굴을 구별하는 일은 힘들었다. 회색 자국만이 있는 미세한 금이 눈이었고, 하얀 점은 미소일 것이다. 나는 어렵게 포탄을 알아보았다. 우리가 전차에서 보던 포탄이 아니었기 때문이고, 짧은 관이 솟아올라 있는 것처럼 보였을 뿐이다. 뒤에는 여러 가지 새잎이 돋아나고 있는 것을 짐작할 수 있었다.

"통킹의 숲. 사람들은 가끔 그곳을 정글이라고 하지만, 그 말도 사라졌어. 나를 찾았나?"

나는 마침내 커다란 키, 날렵한 자태, 당당히 고개를 드는 방식, 땅에 깃발을 꽂은 기수의 태도에서 그를 알아보았다.

"이 사람인가요?"

"그래. 20년 동안 나는 하나의 이미지였고 사람들은 나를 거의 못 알아봐."

"어디에 계셨던 겁니까?"

"그 무렵에? 어디든 있었지. 우리는 총괄 예비역이었어. 우리는 상황이 좋지 않은 곳으로 갔어. 사람들은 내가 회복한 뒤에 나를 거기에 배치했지. 건강하고, 운이 좋고, 죽지 않을 사람들이 필요했어. 우리는 이동할 때는 언제나 뛰었고, 적을 향해 돌진했어. 사람들이 우리를 부르면, 우리는 갔어."

"나는 비행기에서 뛰어내리는 법을 배웠어. 많이 뛰어내리지는 않고 대개 걸어서 갔지만, 뛰어내리는 것은 강렬한 동작이지. 우리는 창백하고, 말이 없고, 진동하는 다코타의 기체 내부에서 줄지어 있었어. 모터 소리 말고는 아무 소리도 듣지 못했지. 아무것도 없는 곳의 열린 문 앞에서 기다리고 있었는데, 그 문을 통해 무시무시한 기류가 들이닥치고, 프로펠러의 소음, 아래쪽에는 다양한 종류의 초록이 연속적으로 전개되고 있었어. 그리고 하나씩 하나씩 신호에 따라 아래에 있는 적을 향해 뛰어내려서 적의 등 위로 올라탔지. 입술은 젖혀진 채 이에는 침이 흥건하고, 붉어진 눈에 발톱을 곤두세우고 있는 형세었어. 우리는 잔인한 접전에 뛰어들었고, 빠르게 비행한 뒤에 적들을 향해 돌진했는데, 공중에서 추락할 때는 오직 우리의 몸뿐이었고, 뺨이 떨리고, 싸우려는 욕망과 공포로 배가 조였어."

"낙하산 부대원이 되는 일은 특별했어. 우리는 격투기 선수이고, 완전 무장한 보병이고, 광폭한 전사였어. 잠자지 말아야 하고, 밤에는 뛰어내리고, 낮에는 계속 행군하고, 결코 속도를 늦추지 않고 질주하고, 전투에 참여했어. 끔찍하게 무거운 무기들을 지니고 그것을 깨끗하게 유지하고, 단도로 배를 찌르려면 언제나 단단한 팔을 지녀야 했고, 부상자를 옮겨야만 했어."

"우리는 등에 접힌 비단 짐을 지고 낡고 커다란 비행기에 올라탔어. 한마디도 하지 않은 채 비행했고, 숲의 위쪽, 늪지대, 초원, 논 위로 날아갔지. 위에서 볼 때는 초록의 미묘한 차이들로 보였는데, 그만큼의 다양한 세상들이 존재했고, 특별한 고통이, 특별한 위험이, 다른 종류의 죽음이 있었어. 우리는 뛰어내렸지. 수풀에, 나무 아래, 진흙 속에 숨어 있는 적진을 향해 뛰어내렸지. 포위당한 부대에서 공격당한 채 덫에 걸려 죽기 일보 직전인데, 우리에게 도움을 요청한 벗을 구하기 위해서 말이야. 우리는 구조에 전념했어. 번개처럼 가서 싸우고 구조하는 것. 우리는 정당했고, 양심에 거리낌이 없었지. 전쟁이 더러워 보인 것은 바로 진흙 때문이었어. 습기 많은 나라에서 전쟁을 치른 거니까. 우리가 감행한 위험이 모든 것을 정화했어. 어떻게 보면 우리는 목숨을 구했으니까. 우리는 단지 그 일에만 전념했어. 구조. 달아나고 그 사이에는 뛰었지. 우리는 유연하고 능숙하고 놀라운 기계들이었고, 비록 몸은 말랐지만 건장한 공정대였고, 곧잘 죽었어. 그래서 우리는 결백했고, 프랑스 군대에서 가장 멋진 기계들로, 전쟁의 가장 멋진 사내들로 남았지."

그가 침묵했다.

"알다시피 파시스트들에게는 모든 사람에게 잠재된, 단순한 난폭함 이상의 것이 있는데, 삶 전체에 작별을 고하게 만드는 병든 낭만주의, 그것이 최고조에 달할 때는 한껏 고양되어 삶을 경시하게 만드는 어두운 기쁨이 있어, 다른 사람들의 목숨을 마치 자신들의 것처럼 여기지. 파시스트들에게는 아주 사소한 몸짓, 사소한 말 한마디에서 표현되는 감상적인 기계 같은 움직임이 있는데, 그들의 눈에서 금속성을 지닌 섬광을 보게 되는 거야. 그런 점에서 우리는 파시스트들이었어. 적어도 그런 척한 거지. 그래서 우리는 뛰어내리는 법을 배웠어. 선별하고, 우리 가운데 가장 좋은 사람들을 알아보고, 충돌의 순간에 변절하는 자들을 내치기 위해, 자신의 죽음을 개의치 않는 사람들을 지켜내기 위해서. 눈에서 똑바로 그것을 드러내고 전진하는 사람들만을 지키는 것이지."

"우리는 적과 싸우는 일에 전념하고, 패잔병이었지, 우리를 떨어뜨리려는 악에서 우리 자신을 보호했던 거야. 나, 나는 그림이 있어서 좀더 많은 것을 보았지. 그림이 나를 감춰주었고, 그림이 있어서 나는 나 자신과 다소 거리를 두고, 좀더 잘 볼 수 있었거든. 그림을 그리는 일은,

앉아 있는 일이고, 침묵하고, 침묵 속에서 보는 것이야. 우리의 편협한 관점이 우리를 완전히 하나가 되게 만들고, 그 와중에 우리는 고아가 되었지. 우리는 소년들의 유토피아를 이룬 채 어깨를 나란히 하고 살았지. 혼전 속에 마치 노동자 공동체처럼 오직 동료의 어깨만이 있었어. 우리는 언제나 그렇게 살고 싶었고 모두가 그렇게 살았어. 피 흘리는 동지애는 우리에게 모든 것을 해결해주는 열쇠였지."

그는 다시 침묵했다.

"무한궤도가 장착된 포탄, 당신에게 그것을 가지고 투하하라고 했나요?" 내가 다시 질문을 던졌다.

"그랬지. 사람들은 조각조각으로 분리된 무거운 무기들을 장착하고 낙하하라고 했어. 그것으로 숲에 참호로 둘러싸인 진지를 건설하고, 베트남 사람들을 유인해 그 무기에 부상을 입히려고 했어. 우리는 미끼로 이용되었지. 그들은 낙하산 부대를 파괴하는 일에 몰두했어. 우리는 정규 부대를 파괴하고 싶었을 뿐이고, 그들만이 우리에게 알맞은 상대였어. 그들은 우리의 다섯 배 규모였지만, 우리는 대등하다고 생각했지. 우리는 숨바꼭질을 했다네. 사람들은 이따금 우리에게 비행기로 엄청나게 큰 무기들을 실어 보냈어. 사람들이 무기들을 옮기고, 재조립했지만, 그것은 고장이 나버렸어. 이 고약한 나라에서는 우리 말고는 제대로 작동하는 게 없어. 손에 무기 하나만을 지닌 헐벗은 인간."

"포탑의 형태가 이상해요."

"그것은 화염 방사기 전차였어. 태평양 전쟁에서 회수된 미제 전차로 해변에서 기습할 때 사용되었지. 그것을 가지고 일본 사람들이 모든 섬에 야자수 줄기로 만들었던 벙커를 불태워버렸어. 식은 죽 먹기였지. 섬유소 줄기, 모래, 아주 단단한 산호 블록, 그것은 총알과 폭탄을 막아줬어. 그것들을 파괴하려면 전차 벽의 총안을 통해 액체성 불을 던져야 했고, 내부에서 모든 것을 불태워야 했어. 그런 다음 전차는 앞으로 나아갔지."

"선생님도 그런 일을 하셨나요?"

"베트남 독립동맹에겐 벙커가 없었어. 하지만 어찌나 잘 숨던지 우리는 그 사람들을 찾지 못했지. 아니면 전차가 갈 수 없는 장소에 있었거나."

"그러면 당신들 전차는 무엇에 필요했지요? 당신들은 총애하는 코끼리라도 되는 양 전차 주변에 있던데요."

"그것은 우리를 실어 나르거나 마을을 불태우는 데 사용되었어. 그게 전부야."

이번에는 내가 입을 다물었다.

"우리는 궁지에서 벗어나는 것이 유일한 임무인 이상한 군대로 인도차이나에 투입되었어. 옛 귀족들, 방황하는 게릴라들의 명령을 받는 잡다한 군대, 유럽의 여러 나라 출신 패잔병들로 구성된 군대, 낭만적이고 잘 교육받은 젊은이들과 쓸모없는 인간들, 멍청이들, 비열한 인간들로 구성된 군대, 수많은 사람이 갑자기 너무나 비정상적인 상황에 처해 그렇게 되지 않았을지도 모를 존재가 되어버린 거야. 그리고 사진에 나온 전부가 기계 주변에서 사진 기사를 향해 미소를 짓고 있었지. 그들은 이질적인 존재들로 구성된 군대, 다리우스 군대,* 제국의 군대였고, 사람들은 그들을 수많은 용도로 사용할 수 있었어. 그런데 기계는 분명한 용법이 있었는데, 바로 방화였지. 여기에서는 마을을 방화하고 짚과 나무로 된 집과 그 안의 세간 전부를 같이 방화할 뿐이었어. 도구 자체가

---

\* 페르시아 제국 다리우스 황제의 군대. 페르시아군은 막강한 군사력을 유지했으나, 정복 지역의 사람들로 군대를 충원시켜 인종적·지역적으로 서로 다른 병력이 통합 군대를 이루지 못한 것이 큰 약점이었다.

상황을 변화시키는 것을 가로막았지."

"집은 타올랐고 집 안에 있던 모든 사람도 불탔어. 마치 문제는 짚 때문인 것처럼 모든 것이 훨훨 타올랐지. 메마른 나뭇잎은 지붕을 황폐화시키고, 불은 광주리의 벽을 따라 타오르고, 마침내 나무 기둥과 마룻바닥이 불타버렸어. 이것이 모든 비명 소리를 종결짓는 엄청나게 먹먹한 소리를 유발했지. 이 사람들은 언제나 비명을 질렀는데 사실 그들의 언어 자체가 비명 같았어. 그것은 마치 숲의 소리를 모방한 것처럼 여겨졌지. 화재로 인해 생겨난 소리가 그들의 비명 소리를 덮었고, 불이 잔잔해졌을 때는 오직 검게 탄 기둥과 연기가 나는 마룻바닥만이 남았어. 엄청난 침묵, 우지끈 소리, 숯불, 기름이 타는 혐오스런 냄새, 새카맣게 탄 고기 냄새만이 남았고, 그것이 여러 날 동안 숲 주위를 맴돌았어."

"선생님도 그렇게 하셨어요?"
"그렇지. 우리가 거기에서 질리도록 본 게 시체들이고, 무리로 얽힌 시체 더미들이었어. 사건이 종결되면 우리는 불도저로 시체들을 밀어 묻었고, 마을을 탈환하거나 베트남 부대와 격전을 치렀지. 더 이상 시체들을 보지 못했지만, 그것들은 냄새로 우리를 괴롭혔어. 우리는 모든 것을 묻어버림으로써 우리 자신을 보호하려고 애썼지. 시체는 문제 중 한 요소였을 뿐이고, 죽인다는 것은 전쟁을 치르는 한 방식이었을 뿐이야. 우리는 힘을 지녔지만, 그 힘을 가지고 피해를 주었어. 무너지는 나라에서 살아남으려고 노력한 거지. 서로에 대해서가 아니라면 아무것도 의지할 게 없었어. 식물들은 따끔따끔 찌르고, 땅은 경작하기 쉬웠고, 사람들은 도망을 쳤어. 그들과 우리는 닮지 않았고, 우리는 아무것도 몰랐어. 우리는 살아남기 위해 정글에서 통하는 윤리를 활용한 거지. 함께 있기, 우리가 가는 방향에 조심하기, 벌목도를 이용해 가는 길을 열기, 잠들지 않기, 야생동물의 기척을 듣자마자 발포하기. 이런 값을 치러야 정글에서 빠져나올 수 있어. 그렇지만 더 필요했던 건, 거기에 가지 않는 거였어."

"모든 피." 내가 중얼거렸다.

"그래. 바로 그게 문제였어, 피. 정글에서 여러 날을 지내는 동안 나는 손톱 밑에 피를 묻혔어. 하나는 내 피가 아니었어. 마침내 내가 샤워를 했을 때, 물은 밤색이었다가 붉은색으로 변했어. 더럽고 피가 섞인 물이 내게서 흘렀어. 그러고 나서 맑은 물이 흘렀어. 난 결백해졌지."

"샤워로, 그랬다고요?"

"적어도 샤워는 계속 살기 위해 필요했어. 나는 모든 것을 겪었어. 그것은 쉽지 않았지. 자네는 살아남은 사람들이 전쟁에 대해 말하는 것을 눈여겨본 적 있나? 그들의 말을 들으면, 곤경에서 벗어날 수 있다고, 섭리가 당신을 보호해준다고, 그리고 죽음은 다른 사람들에게나 들이닥치는 것이라고 생각해. 사람들은 죽음이 아주 드문 사고라고 믿기에 이르지. 내가 겪은 인도차이나는 끝을 내는 방법들의 박물관이었어. 사람들은 머리에 총을 맞거나 몸을 관통하는 기관총에 죽고, 빠져나가면서 얼굴을 찢는 포탄 파편 때문에 죽고, 지뢰에 다리를 잃어 죽고, 목표에 명중한 박격포의 일격으로 갈기갈기 찢겨 죽기도 해. 뒤집힌 전차의 고철에 눌려 죽고, 철갑탄 공격에 타버린 은신처에서 죽고, 독이 든 덫에 찔려 죽고, 심지어 더 단순하게—어쩌면 신비롭게도—피로와 열 때문에 죽었어. 나는 모든 것을 겪고 살아남았지. 하지만 쉬운 일은 아니었어. 결국 나는 그다지 책임이 없었던 거야. 나는 마침 모든 것을 피했던 거야. 나는 거기에 있었고. 나는 그림이 내가 그럴 수 있게 도왔다고 생각해. 그림이 나를 숨겨주었어."

"하지만 이젠 끝이야. 비록 내가 그것을 정말로 믿지는 않는다고 해도 난 곧 사라질 거야. 난 자네에게 한 말을 아무에게도 말하지 않았어. 그 일을 겪은 사람들에겐 말할 필요가 없고, 그 일을 겪지 않은 사람들은 듣고 싶어 하지 않거든. 에우리디케에게는 그림으로 말했지. 나는 그녀를 위해 그림을 그렸어. 아무것도 보태지 않고, 얼마나 대단했는지를 보여주었어. 그녀가 알아차리지 못하도록 그녀 주변에 검은 먹물을 펼쳐두었어."

"그런데 왜 제게요?"

"왜냐하면 끝이니까. 자네, 자네는 그림을 통해 보니까."

그가 내게 말한 것을 난 이해했다고 확신하지 못했다. 감히 그에게 물을 수가 없었다. 서서 바깥을 바라보는 그는 내게 등을 보이고 있었는데, 창을 통해 끝나지 않는 겨울의 회색빛 속에서 탑에 둘러싸인 보라시외레브르댕의 정자들만을 보았을 것이 분명하다.

"죽음." 그가 말했다.

그리고 그는 프랑스식 억양으로, 성당과 궁궐에서 들리는 목소리로 말했다. 나는 이런 목소리가 보쉬에의 목소리였을 것이라고 상상한다. 콧속이 바순의 리드처럼 떨리고, 힘주어 말할 때면 주파수를 정상으로 줄였지만 가차 없는 말투, 우리가 확신하는 상황에 대한 말투, 어쩔 도리가 없으나 진정하고자 하는 말투이다. 계속 살아가야 하니까.

"죽음! 결국엔 죽음이 찾아올 거야. 나는 이런 식의 불멸에 넌더리가 나. 나는 불가항력의 고독을 발견하게 되었어. 하지만 에우리디케에게 말하지는 말게. 에우리디케는 내게 의지하고 있거든."

나는 리옹까지 걸어서 돌아갔는데, 그 길은 보행자가 사용하리라고 예상치 못하고 만든 길이었다. 외투 주머니에서 주먹을 쥔 채 이를 악물고 구부정하게 걸었다.

　보라시외레브르댕을 걸어갈 수 있을 것이라고는 예상하지 못했고, 아무도 그렇게 하지 않는다. 도시계획은 사람들이 걸려 넘어지게 되는 모호함 때문에 제한이 되고, 그 너머는 우리로서는 생각하지 못한다. 나는 잔뜩 움츠린 채 걸었고, 이것이 리듬을 만들었다. 심장의 여린 북소리, 발걸음이 내는 북소리, 저쪽에 있는 거대한 건물들의 커다란 북소리, 내가 걷는 거리를 따라서 하나씩 하나씩 리듬이 생성되었다. 나는 순환도로를 가로질렀고, 기울어진 낮은 벽을 뛰어넘어 신발이 움푹 빠지는 지대로 내려갔는데, 털이 많은 양귀비과 식물들 때문에 바지가 축축해져 틈새가 다 메워지지 않은 공간 사이로 쓰레기 더미가 가득한 허물어진 작은 길을 따라가야 했다. 지도상에서 보듯 차로 돌아가는 것은 쉽지만, 사람들이 걸어서 지나가려면 도시의 공간들은 그들이 걸으며 흘린 땀으로 인해서 끈적끈적해진다. 사람들은 그럼에도 도시 계획에서 예측하지 못했던 그 길을 지나간다. 사람들은 결코 그곳의 어떤 장소들을 걸어서 갈 수 있을 것이라고 생각하지 못했다. 보라시외레브르댕에서는 아무것도 조화를 이루지 못하고, 사람들은 그곳을 그렇게 받아들였다.

　좁고 험한 길을 통해 이 도시를 가로지르면서, 나는 벽마다 열 장씩 달라붙어 있는 포스터들을 보았다. 너무 서둘러 해치운 도시계획 때문에 벽은 창이 뚫리지 않았고, 커다란 회색 판에는 글씨밖에 쓸 수 없었다. 벽은 눈길을 끌었다. 그래피티로 장식했고, 포스터들은 비 때문에 조금씩 떨어지고 있었다. 드골의 얼굴이 그려져 있는 가프의 포스터는 파란색이었다. 드골의 코, 그의 모자, 런던 체류 시절에 있던 작은 콧수염, 거만하게 경직된 목덜미는 너무나 두드러졌다. 하얀 글씨로 쓴 긴 인용문이 있었고, 읽을 필요가 있었다.

황인종인 프랑스인이 있고, 흑인인 프랑스인, 아랍인인 프랑스인이 있는 것은 아주 좋은 일입니다. 그것은 프랑스가 모든 인종에게 열려 있고 보편적인 소명이 있다는 것을 보여줍니다. 그러나 그들이 소수자로 남아 있는 한에서 그렇습니다. 그렇지 않으면 프랑스는 더 이상 프랑스일 수가 없습니다. 우리는 여전히 무엇보다 먼저 백인종이고, 그리스·라틴 문화와 기독교를 믿는 유럽인들입니다.

이것이 전부였고, 대문자로 가프의 약호가 적혀 있었다. 가프가 소설가의 말을 옮겨 적은 대로 사람들이 믿도록 벽보를 게시한 것이다. 거기에 아무것도 덧붙이지는 않았고, 보라시외레브르댕의 창 없는 벽들마다 벽보를 게시했다. 그것으로 충분해 보였다. 사람들은 서로 이해했다. 보라시외는 위험한 사상들이 들끓는 곳이었다. 사람들은 글을 게시하고, 영웅적인 시기의 모습 그대로를 한 인간에게 겹쳐놓았고, 그것으로 충분할 것이다. 누구도 정확한 출전을 밝히지 않았다. 나는 이 문구를 알고 있었는데, 결코 소설가가 쓴 것이 아니었다. 그는 단지 그것을 말했을 뿐이고, 사람들이 그 말을 받아 적어서 출판한 것이다. 그것은 다음과 같이 시작한다. "헛된 말들로 만족해서는 안 된다." 하지만 말이 주는 이득을 그는 알았다. 사람들은 메모를 하는 상대를 보고 그가 흥분하고, 돌진하리라고 상상한다. "환상을 품지 말아야 합니다! 무슬림들, 여러분은 그들을 보러 갔나요? 두건을 쓰고 긴소매 외투를 입은 그들을 보았나요? 여러분은 그들이 프랑스인이 아니라는 사실을 잘 압니다. 통합을 찬미하는 사람들은, 그들이 비록 아주 많이 배웠다고 해도 새대가리들입니다. 식초와 기름을 섞으려고 해보십시오. 그리고 병을 흔듭니다. 금세 다시 분리가 됩니다. 아랍인은 아랍인이고, 프랑스인은 프랑스인입니다. 여러분은 프랑스 사회가 1천만 무슬림들을 흡수할 수 있다고 믿나요? 그들은 곧 2천만이 되고 4천만이 될 텐데요? 만약 우리가 통합을 한다면, 모든 아랍인과 알제리의 베르베르인들을 프랑스인으로 간주한다면, 어떻게 그들이 훨씬 생활수준이 높은 대도시로 와서 정착하는 것을 막을까요? 우리 고향은 더 이상 콜롱베레되제글리즈*가 아니라 콜롱베레되모스케**가 될 겁니다."

그가 연설할 때 그의 말, 그의 목소리는 뚜렷하게 들린다. 사람들은 그의 목소리를 알고 있었기 때문에 잘 듣는다. 그의 콧소리, 풍자가로서의 열정, 사람들을 놀라게 하고, 유혹하고, 미소 짓게 만들고, 관점을 휘젓고, 요구를 관철하기 위해서 온갖 단계의 말을 사용하는 능변. 그의 목소리는 언제나 만족스럽게 들린다. 하지만 미소가 사라지면, 사람들이 주의를 기울여 받아 적으려고 하면, 너무 많은 짐작이나 기만, 경멸적인 무분별과 문학적 기교에 어안이 벙벙해진다. 명료한 관점처럼 보이는 것은, 상식의 견고한 바탕을 다시 찾아낸 것이고, 듣는 사람의 동의를 끌어내고, 사유를 혼란시키고, 약속을 확보하기 위해 던져진 술집의 말에 불과하다. 그가 말할 때 소설가는 가장 진부한 동기에 의해 부푼 사내일 뿐이다. 어떤 상황에서나 언제나 위대한 인물이란 없다.

그러니 읽어라! 뷔르누스,*** 터번! 무엇과 짝을 이루는가? 알제, 오랑****에 사는 사람들을 보라, 무엇이 그토록 달라 보이는가? 벌새? 기발하다! 사람들은 참새를 예상하는데, 그는 노래하는 것 같은 이국적인 분

---

* 프랑스 동북쪽 오트라른 주에 있는 코뮌으로, 이 지명은 '두 개의 성당이 있는 콜롱베'라는 뜻이다.
** 두 개의 이슬람교 사원이 있는 콜롱베.
*** 아라비아인이 입는 두건 달린 망토.
**** 지중해 연안의 알제리 항구도시. 유럽인 주민이 많았기 때문에 독립에 반대하는 세력의 중심지였다.

위기를 연출하고, 사람들은 그 말에 미소를 짓고, 그 미소 때문에 벌써 속수무책이 된다. 기름과 식초? 사람은 당연히 끝없이 섞이는 존재인데, 도대체 무엇이 기름이고, 무엇이 식초이며, 왜 섞일 수 없는 두 가지 액체인가? 아랍인들과 프랑스인들이라니? 조금도 동등한 가치를 지니지 않는 정의를 가지고 두 개의 범주를 비교할 수 있는 것처럼 하다니. 마치 그 범주들이 서로 확정적으로 본질에 기초해 만들어진 것처럼 하다니. 그는 미소를 짓게 만들고, 재치가 넘친다. 프랑스적인 재능이란 기지가 특징이니까. 기지는 무엇인가? 그것은 맹신이라는 위험이 없다면 믿음의 우월한 형태이다. 그것은 속지 않는 척하면서 어리석은 짓을 하는 엄밀한 법칙에 따라 행동하는 것이다. 그것은 매력적이고, 종종 우습지만, 어리석음보다 더 초라한 것을 발견할 수 있다. 왜냐하면 우리가 피한다고 믿고 웃지만, 사실 우리는 피하지 못한다. 재치, 그것은 바로 무지를 감추는 방식이다. 4천만, 그가 말했다, 우리와 같은 수의 4천만의 타인, 우리가 우리 자신을 받아들이는 것보다 훨씬 빨리 받아들이는 것인데, 인구 폭발에 대한 영구적인 습격과 같은 것이다. 거기에는 영원한 두려움이 있지 않은가, 늘 있던 두려움, 타인, 다른 것이 진정한 힘을 가졌다는, 유일한 것이라는. 성적인 두려움?

소설가 선생은 실컷 말로 때운 것이다. 그는 뛰어난 사람들을 이용하고, 그들을 진격시키고, 마치 보물처럼 그들을 받아들이는데 위조화폐나 마찬가지이다. 유사성에 대해 말한다면, 언제나 들어온 말이고, 유사성이 우리의 첫번째 사유 방식이다. 인종은 근거 없는 생각이고, 유사성이라는 맹목적인 갈망에 토대를 둔 것이다. 그것은 발견할 수 없는 이론적인 정당화를 갈망하는데, 정당화가 존재하지 않기 때문에 오히려 그렇다. 하지만 그것은 상관이 없다, 중요한 것은 암시하는 일이다. 인종이란 것은 사회적 몸체가 뀌는 방귀이고, 소화불량으로 병든 몸체의 말없는 표현이다. 인종, 그것은 구경꾼의 재미를 위한 것이고, 사람들을 자신의 정체성 문제에 집착하게 만들기 위한 것인데, 사람들이 정의하려고 애쓰는 미묘한 속임수이다. 사람들은 거기에 성공하지 못하지만, 정신을 팔기는 한다. 가프의 목표는 사람들의 색소 형성에 따라 그들을 분류하는 것은 아니다. 가프의 목표는 비합법적이다. 그들이 꿈꾸는 것은 힘의 어리석고 구속이 없는 사용이고, 결국 제어가 없는 것이 가장 어울리는 방식이다. 그리고 뒤에서, 아래서, 흑막이 덮인 어둠 속에서 관객들이 인종에 관한 짧은 인형극을 보고 손뼉을 치는 동안 언제나 사회적인 것이기도 한, 진정한 질문들은 무시된다. 아무것도 의심하지 않은 채 피부색이라는 인종 코드를 마지막까지 언제나 쇠처럼 단단하다고 믿는 사람들이 속아 넘어가는 것이 이와 같다. 피에누아르는 오늘의 프랑스, 프랑스 전체, 얼빠진 프랑스, 식민지의 부패에 의해서 언어 자체가 오염된 프랑스의 축소판이다. 우리는 우리에게 무엇인가가 결여되어 있다는 것을 잘 느낀다. 프랑스인들은 그것을 찾고, 가프는 그것을 찾은 척하고, 우리는 그것을 찾고 있다. 잃어버린 우리의 힘. 우리는 그토록 그 힘을 행사하고자 했다.

나는 웅크린 채 걸었다. 내가 어디에 있는지도 몰랐다. 그저 막연하게 서쪽을 향해 걸었고, 멀리서 리옹의 산들과 르 필라*가 보였는데, 우리가 어디로 향하는지를 알기 위해서 산들이 있는 것이 다행스러웠다. 넓은 교외에서 내가 어디 있는지를 알지 못하고, 무슨 요일인지도 모른다. 이것은 혼자 사는 일, 거의 일을 하지 않고 지내는 일, 언제나 자아

---

* le Pilat: 필라지방국립공원. 리옹 교외의 론알프스에 위치한 자연공원으로 론 강 계곡이 내려다보인다.

로 돌아가는 일의 편리이자 불편이다. 우리는 자아로 돌아가지만, 자아는 아무것도 아니다.

나는 담장이 쳐진 한 장소에 도착했는데, 한 무리의 아이들이 그네를 타고 기어오르면서 활발하게 움직이며 놀고 있었다. 그러니까 분명히 5시쯤이었을 텐데, 커다란 문이 있는 단조로운 건물은 학교인 게 분명했다. 아이들은 규칙적으로 옮겨 다녔다. 나는 아이들 곁으로 가서 엄마들이 자리를 비워둔 의자 위에 앉았다. 옷깃을 세우고 주머니에 주먹을 쥐고 앉아 있었는데, 나는 명백히 아이들을 데려온 사람은 아니었다. 사람들이 나를 경계했다. 털외투 차림의 아이들은 미끄럼틀 앞 계단을 올라가고, 서로 쫓고, 용수철이 부착된 그네 위로 뛰어오르고, 계속 소리를 지르고 있었는데, 조금도 다치진 않았다. 아이들의 활력은 모든 것에서 아이들을 보호한다. 아이들이 넘어질 때도 충격이 크지 않고, 금세 일어난다. 반면에 나, 나는 넘어졌다면 부상당할지도 모른다.

아이들은 나를 자극했다. 내 주변에서 상당한 소음을 일으킨다. 나는 아이들과 비슷하지 않다. 아이들은 셀 수 없이 많고, 언제나 움직이고 있다. 흑인과 아랍인 들인 보라시외레브르맹의 아이들은 모자 아래 목도리 너머로 보이는 검정과 갈색의 얼굴 빛깔은 다양한 차이가 있었는데, 누구도 나처럼 새하얗지는 않다. 아이들은 위험천만하게 뛰어놀지만, 아무 일도 일어나지 않는다. 아이들의 생기가 그들을 보호해주고, 떨어지고 나면 바로 원래 모습을 되찾는다. 아이들은 완전히 금이 간 사무소를 수리하는 팽창한 시멘트와 같다. 칠이 잘되지는 않는다. 아, 집을 다시 칠해야 한다고 말하다니. 우리는 특히 우리를 보호해주고 수용해줄 지붕이 필요하고, 지붕은 무너져 내리지 않아야 한다. 벽 칠은 지붕의 견고함을 전혀 바꾸지 못한다. 지붕은 유지되어야 한다.

나와 아이들, 용수철 그네 위에서 소리를 지르며 노는 흑인 아이들과 아랍 아이들은 어떤 점에서 비슷한가? 겨울 외투를 입고 벤치에 앉아 있는 나와 나의 미래인 저 아이들은 어떤 점에서 닮았는가? **외관상으로**는 전혀 없다. 하지만 언어라는 같은 우유를 마신 우리들이다. 우리는 언어를 공유한 형제들이고, 이 사실은 우리가 함께 들었던 언어 속에서 나타난다. 우리의 언어에서 속삭여지는 것, 우리는 그것을 듣기도 전에 그것을 이해했다. 심지어 욕을 해도 우리는 서로를 이해한다. 언어는 경이롭고, 표현은 다음과 같은 말을 뜻한다. 우리는 서로를 이해한다. 언어는 저마다 다른 것의 일부라는 것, 재현이 불가능한 형상이지만 언어라는 관점에서는 명확하다는 내적인 뒤얽힘을 드러낸다. 우리는 언어라는 내적인 이해에 의해서 뒤얽힌다. 대립한다고 해도 이 관계는 파괴하지 않는다. 외국인과 싸우려고 해봐라. 이것은 벽에 부딪히는 것과 결코 다를 게 없다. 우리가 서로 싸울 수 있고, 서로 죽일 수 있는 것은 동류를 상대로만 그렇다. 비슷한 사람들을 상대로 말이다.

나는 아이들에 대해서는 아무것도 몰랐다. 몇 달 동안 내게 여러 일에 대해 상세한 이야기를 하는 사람과 그림을 그리면서 보냈다. 그가 해준 이야기들을 날려 보내기 위해서는 걸어서 돌아와야만 했다. 이야기를 들은 다음에는 씻고 말려야만 했고, 차라리 아무것도 듣지 않았던 편이 좋을 뻔했다. 그러나 아무것도 듣지 않는다는 것은 사라지게 만들 수 없는 일이기도 하다. 거기에서 있는 일은 마치 중력처럼 침묵 속에서 움직이는 것이었다.

비록 지금은 그것을 기억하기 어려워도 나 역시 어린아이였다. 아무런 이유도 없이 넘치는 기운 때문에 나 역시 소리 지르고, 목적도 없이 흥분하고 놀았는데, 그것은 대명사적인 야릇한 형태와 더불어 어린 시절의 본질적인 행동이다. 그런데 지금 나는 아이처럼 앉아 주먹을 쥐고, 어깨를 구부리고, 겨울 외투 깃에 턱을 박고 있는데, 어린 시절을 기억하는 일은 어렵다. 나는 방향을 모르는 교외의 벤치에 앉아 어린 시절과 차단되었다. 그것이 실패이고, 불행이다. 그 순간의 단절. 행해진 일들에 대한 두려움, 준비하는 일에 대한 두려움, 동요하는 것으로 인해 짜증스러운 것, 거기에 머무는 것. 그곳이 도처에 있다는 생각.

어린아이 하나가 뛰어다니다가—아이들은 모두 뛰어서만 움직인다—내 앞에서 멈추었다. 그 아이가 나를 보았는데, 검은색 버클이 풀린 모자를 쓰고 작은 코가 머플러 밖으로 나온 아이는 아주 부드럽게 검은 눈동자를 빛내고 있었다. 벙어리장갑을 낀 손으로 머플러를 내리고 작은 입술을 내밀었는데, 입에서 하얀 입김, 차가운 공기 속에서 뿜어내는 아이의 숨결이 새어 나왔다.

"왜 슬픈 거예요?"

"나는 죽음에 대해서 생각하고 있거든. 우리 뒤에 남겨질 모든 죽음에 대해서."

아이가 나를 보고 고개를 끄덕였는데, 입을 벌리고 있어 숨결을 따라 나오는 입김이 아이를 둘러쌌다.

"죽음에 대해 생각하지 않으면 살 수 없는 거군요."

그러고는 아이는 다시 뛰어갔고, 다른 아이들과 함께 용수철 그네 위에서 소리를 지르며 놀았다. 아이들이 넘어져 다치는 것을 방지하기 위해 깔아놓은 고무바닥 위에서 다 함께 둥글게 뛰어다녔다.

어이없다. 네 살을 넘지 않은 게 분명한 아이가 내게 와서 그렇게 말한 것이다. 그 아이가 정말 그런 말을 하고 싶었는지는 확신이 없다. 또 아이가 자기가 한 말을 이해한 것인지도 확신이 없다. 하지만, 아이는 그렇게 말했고, 바로 내 앞에서 말했다. 아이는 어쩌면 말을 잘 못 하는지도 모르는데, 그런 말을 한 것이다. 아이도 모르는 사이에 아이를 통해서 그런 말이 흘러나왔다. 언어의 효력에 의해 우리는 서로를 이해한다. 서로 뒤얽힌 채.

그래서 나는 일어나 다시 출발했다. 더 이상 주먹을 쥐지 않았다. 시간도 다시 흐르기 시작했다. 나는 집까지 걸어서 돌아왔다. 돌아오는 길에 가로등이 켜졌는데, 이쪽 길은 더 잘 구획되고, 건물의 외관도 더 잘 정돈되어 있었다. 나는 리옹, 결국에는 정돈이 되는 내 생각들과 같은 도시에 있다. 나는 차분하게 도심을 향해 갔다.

나 역시 아이였다. 그 시기의 많은 사람처럼 나는 책장 같은 곳에 거주했다. 사람들은 밝은색 콘크리트로 만든 커다란 책장, 아주 길고 높은 좁다란 건물에 세워진 저장소에 정렬했다. 수직 구조로 세워진 아파트들은 책들처럼 정렬되었다. 건물 양쪽 구석에 난간이, 앞쪽에는 창문들이, 뒤쪽에는 발코니가 있었는데, 마치 벌집의 구멍들 같았다. 뒤쪽으로 열린 발코니를 통해서 저마다 자신이 가고자 하는 곳으로 올라갔다. 한가운데는 잔디밭과 주차장이 있어 건물의 전체 층과 무언가를 짐작하게 만드는 발코니들을 볼 수 있었다. 발코니는 마치 책장에 책들을 꽂아두었을 때 우리가 보게 되는 책의 제목과 같았다. 사람들은 팔꿈치를 괴고 지나가는 것을 볼 수 있었다. 필요한 시간보다 훨씬 오래 빨래를 널어둔다. 서로 욕하고 아이들을 나무라고, 앉아서 책을 읽는다. 의자와 아주 작은 테이블을 꺼내서 몇 가지 일을 한다. 집안일, 채소 다듬기, 양말 깁기, 소규모 생산을 위한 가내수공업. 여기에서는 모든 계층이 서로를 감시하면서 섞여 지냈다. 저마다 흥미롭게 발코니의 삶을 바라봤지만 도피의 욕구도 키워갔다. 저마다 여유롭게 자기 집을 살 정도로 부유해지기를 열망하고, 집을 짓고 혼자서 살기를 열망했다. 많은 사람이 그랬다. 하지만 우리가 아이였던 시절에는, 도시가 건설된 이후의 황금시대를 누리면서 여러 계층이 섞인 가운데 여전히 함께 살았다. 도시는 새로 건설되었고, 우리에게는 충분한 공간이 있었다. 우리가 노는, 삼나무 들이 심어져 있는 가운데뜰에서 내 키에 맞게, 내 주위의 인간적 체험의 단이 높아지는 것을 보았다. 그것은 세대에 따라서, 부의 조건—하류에 서 중류로—에 따라서, 가족의 외형에 따라서 정렬되었다. 나는 아이의 키를 한 채 다 함께 사회적 승강기 내부에 있는 그들을 보았다. 하지만 이미 모두가 측백나무가 줄지어 있는 외딴 풍경 속에서 집을 사거나 신 축하고, 혼자 사는 일을 생각하고 있었다.

우리는 놀았다. 아스팔트 포장 구역의 자동차들 사이에서 롤러스케 이트를 탔다. 우리는 두 개의 판자에 못을 박아 스틱을 만들어 하키를 했다. 오토바이 소리를 내려고 마분지로 얇고 긴 리드를 만들어댔다. 우 리는 결코 끝이 나지 않는 오솔길에 쌓인 파편들 사이에서 놀았다. 늘 공사 중인 길은 침식된 흙더미를 그대로 두었고, 물탱크 위에는 모래더 미가 있었고, 시멘트 가루가 덮인 커다란 판자더미, 물통을 끌어올리는 데 쓰이는 대마로 만든 끈을 따라 우리가 올라가는 발판들과 탄성을 지 닌 긴 판자를 이용해 우리는 공중으로 몸을 던졌다. 오, 그 시절에는 얼 마나 많은 것을 건설했는가! 우리는 우리 자신을 형성하는 중이었다. 오 직 그것만을 했다. 건설하기, 없애기, 다시 건설하기, 파고 뒤엎기, 변형 시키기. 건설과 공공사업 분야의 거물들은 세상의 주인이었고, 풍경, 주 거, 사유의 전능한 주인이었다. 과거에 있던 것과 현재 우리가 보는 것 을 비교한다면 우리는 아무것도 알아보지 못할 것이다. 거기로 살러 오 는 사람들의 거주를 위해 사방에서 건물들이 지어졌다. 사람들은 재빨 리 건물을 짓고, 일을 마무리하고, 가능한 한 빨리 지붕을 얹었다. 이렇 게 지어진 건물들에서는 작은 동굴 같은 지붕밑 방은 예상할 수 없다. 명료한 사유는 없고, 간직하게 될 추억도 없고, 오직 묻어버린 두려움들 이 있었다. 우리는 서로 연결된 지하 저장고, 가공하지 않은 돌로 만든 복도, 죽은 자들의 피부처럼 부드럽고 차가운 흙으로 만든 대지 위에서 놀았다. 복도에는 철제 덮개를 씌운 알전구가 빛나고 있었는데 알전구의 빛은 그다지 멀리 가지 못하고 금세 사라졌고, 그림자 때문에 두려움을 주면서, 구석은 비추지도 못한 채 어둡게 내버려두었다. 우리는 지하 저장고에서 전쟁놀이를 했는데, 그다지 폭력적이지도 아주 성적이지도 않았다. 우리는 아이들이었다. 우리는 어둠 속으로 숨어들어가 덜컥거리는 소리를 내는 플라스틱 기관총들과 우리의 뺨을 부풀려 저마다 각자의 방식대로 총소리를 흉내 내면서 말랑말랑한 폴리에틸렌 권총들을 쏘았다. 나는 지하 저장고에서 포로로 붙잡힌 채 손이 묶인 척했던 기억이 난다. 사람들이 내게 심문하는 척했고, 내게 말을 하라고 명령하면서 고문을 하는 척했다. 장난이었지만, 정말로 내 뺨을 때려 소리가 났다.

갑자기 얼굴을 붉히면서 놀이를 중단했다. 우리는 모두 대단히 흥분하고, 열에 들뜨고, 숨이 가빠지고, 이마가 완전 뜨거웠다. 너무 멀리 나갔다. 얼얼해진 내 뺨은 놀이가 너무 멀리 나갔다는 것을 보여주었다. 우리는 놀이가 끝났다고, 돌아가야 한다고 중얼거렸다. 우리는 모두 집으로 다시 돌아가고, 야외로 나가서 아파트로 다시 올라갔다.

우리는 아이들이었고, 말하는 법을 전혀 몰랐고, 폭력도 사랑도 몰랐고, 모르는 채 그렇게 했다. 우리는 말하지 않았다. 행동했다.

어느 여름 날 저녁에 우리는 화살촉이 달린 하트형 초크를 가지고 아스팔트 바닥 위에 그림을 그렸다. 레이스에 싸여 서로 얽혀 있는 장미를 그렸고, 그 한가운데에는 머리에 떠오르는 온갖 대명사를 써 넣었다. 우리는 열렬하게, 초크를 부러뜨릴 만큼 열의를 가지고 즐겁게 욕이지만 그렇게 심하지는 않은 욕을 끄적이는 쾌감을 느끼며 휘갈겨 썼다. 만약 우리들 부모님 중 한 분이 도착하시면, 우리는 왜 우리가 즐겁고 어색한지를 설명하지 못한 채 손에는 초크 가루를 잔뜩 묻히고 시시

덕거리면서 흩어질 것이다. 우리는 단지 여름 저녁에만 1층 발코니 아래에서 그림을 그렸다. 땅에서 1미터쯤 위였고, 아주 젊은 커플 하나가 이주해서 살고 있었다. 한 무리의 소년은 그들이 사는 발코니 앞에서 서로 껴안고 있는 모습을 그렸다. 하늘은 아주 서서히 분홍색에서 보라색으로 바뀌었고, 대기는 온화하고, 적당한 온도였다. 여자가 머리를 남자의 어깨에 기대고 서로 안긴 채 그들은 우리를 쳐다보았고, 아무 말도 하지 않고 미소를 지었다. 저녁의 푸르스름한 빛이 서서히 흩어졌다.

우리는 열심히 했다. 우리의 윗세대와 공공사업에 대한 열정을 공유했고, 매일 건설 현장의 모형을 만들었다. 우리는 공기놀이하기에 좋은 땅을 만들려고 부드러운 땅을 파고, 우리들 작은 모형 자동차들을 잘 순환시키기 위해서 납으로 된 자전거 경기장을 만들었다. 우리는 금속 날이 달린 작은 불도저들을 가지고 놀기 시작했지만 이내 시시해졌다. 부러진 막대기, 모래사장에서 쓰는 부삽, 바닷가에 갈 때 가지고 가는 플라스틱 쇠스랑과 양동이 들을 가지고 땅을 팠다. 도처에 파내야 하는 모래들이 있었다. 여기에서 우리는 집을 짓기 위해 땅을 파냈다. 냄새가 아주 빨리 퍼져나가기 시작했다.

기울어진 경사지 위에 삼단으로 된 모래더미 둑이 만들어졌다. 사람들이 아파트를 줄지어 세워놓으려고 커다란 땅을 일궈 세 곳을 매립했었다. 주차장은 스케이트 놀이에 적합하게 아주 매끈한 경사면에 만들어졌다. 거기에서 도시로 이어지는 길이 시작되었고 작은 경사면이 형성되었다. 평평한 위층에는 시멘트 벽이 세워져 있었고, 벽은 양 끝의 거리가 족히 2미터는 되었다. 다른 쪽 끝은 닿지 않는 곳이었고, 지평선이 되어 사라졌다. 바로 우리가 사는 곳이 거기였다. 완전히 반듯한 시멘트 벽은 우리의 놀이에서 커다란 역할을 수행했다. 그것은 도시 전체에서 마조레트와 같은 모형 차들이 적응하기에 가장 적합한 장소였고,

기가 막힌 고속도로였다. 매일 수많은 남자 아이가 장난감 자동차들을 굴렸다. 입으로 차 소리를 흉내 내고, 왕복하고, 유턴을 했는데, 그 지점에서 벽은 아스팔트로 사라져버리고, 우리가 계속 자동차를 굴리기에는 너무 높았다. 키가 아주 큰 아이들은 약간 더 멀리 유턴을 했다.

언덕 비탈에 세워진 이 벽은 아직 조경이 되지 않은 흙 경사지에 서 있었다. 그곳은 아직 길이 만들어지지 않은 땅이었다. 아이들의 모형 자동차들이 계속 이어지는 고속도로와 같은 벽을 따라 끊임없이 땅을 파고, 길을 만들고, 주차장을 만들고, 착륙용 활주로를 만들어놓아 풀이 자라지 않았다. 모형 자동차들의 고속도로는 식사를 하고 간식을 먹는 시간에만 멈추었다. 열기 가득한 어느 날, 밤이 아직 깃들지 않은 여름날 저녁에 우리는 더 많이 땅을 팠다. 수많은 아이가 삽, 양동이, 막대기 들을 가지고 나와 구멍을 만들고 싶어 그곳에 있었다. 냄새가 우리를 자극했다. 땅을 파면 팔수록 악취가 더 심하게 풍겼다. 지금은 움직이지 않는 작은 모형 자동차들이 주차된 벽 위쪽에서 아이들이 흙 덮인 경사지에서 흥분했다. 가장 큰 아이들, 가장 영악한 아이들이 땅을 팠다. 나무뿌리들이 섞인 흙을 파헤치고, 마치 중요한 일을 하듯이 파낸 흙을 털어냈다. 몇 명의 아이는 작업감독처럼 전문가 행세를 하며 양동이의 회전을 지시했다. 대부분의 아이는 아무것도 하지 않고, 극도로 흥분해 왔다 갔다 하면서 콧등을 찡그리고, 혐오감을 드러내는 비명을 지르며, 온 사지를 떨면서 되풀이해 소리를 질렀다. 우리가 뚫어놓은 구멍에서 악취를 풍기는 냅킨처럼 냄새가 퍼져나왔고, 땅을 파면 팔수록 무겁고 점착성을 지니면서 더 강렬해졌다. 우리는 이를 발견했다. 우리들 입안에 가지고 있는 이들과 정확하게 똑같은 것으로 분명히 사람의 이였다. 그러고 나서 뼛조각들을 발견했다. 어른 한 명이 우리가 하는 일을 흥미롭게 바라보았다. 다른 사람은 부엌 창으로 쳐다보고 있었다. 정체를 알 수 없는 냄새는 그들한테까지는 가지 않고 땅의 표면에 머물렀다. 어른들은 우리가 하는 일을 진지하게 생각하지 않았고, 우리의 모습이 더 이상 노는 것이 아니었는데도 놀이라고 여겼다. 정체불명의 냄새는 우리가 현실을 접하고 있다는 증거였다. 악취는 우리가 무언가 진실된 것을 하고 있다는 확신을 심어주었다. 뼛조각들과 이는 점점 더 늘어났다. 덩치 큰 아이가 그것을 쥐고 자기 집으로 가져갔다가 되돌아왔다. "우리 아빠가 그러는데, 이것은 무덤이래. 전에는 묘지였다고. 사람들이 그 위에 도시를 건설한 거야. 아빠 말이 그것은 역겨우니까 다시 구멍을 메워야 한대. 더 이상 손대지 말자."

결국 저녁이 되었고, 아이들의 무리는 서서히 흩어졌다. 악취는 우리의 무릎까지 올라왔고, 우리는 웅크린 채 그 냄새를 맡았다. 우리는 몇 명밖에 남지 않았다. 서늘한 저녁 공기 속에서도 악취는 사라지지 않았다. 발에서부터 우리는 구멍을 다시 메웠다. "와서 손을 씻어라, 얘들아. 전부 더럽구나." 미소를 지으면서 우리를 지켜보고 있던 그 어른은 마지막까지 남아 있었다. 그가 가까이 와서 계속 미소를 지은 채 아무 말도 하지 않고, 우리를 따라 하듯 웅크리고 있었다. 그는 우리가 자리를 뜨려고 할 때에서야 말했다. "가자, 난 저기 살아, 1층에. 너희는 손을 씻어야 해. 더러워." 그는 계속 미소를 지었다. 목소리는 약간 날카롭고 아이 목소리 같았는데, 그로 인해 우리와 연결된 끈이 만들어졌고, 그것이 우리를 다소 불안하게 만들었다. 그가 계속 고집했다. 우리는 셋이서 그의 뒤를 따라갔다. 그는 1층에 살았고, 우리는 첫번째 문으로 들어갔다. 집의 모든 덧창은 닫혀 있었다. 그래서 집 안에서 좋은 냄새가 나지 않았다. 그가 우리 뒤에서 문을 걸었는데, 금속 물체가 굴러가는 소리와 함께 문이 쾅 닫혔고, 그는 계속 말했다. "이 냄새, 끔찍해. 나는 그 냄새를 알아, 그건 한번 맡으면 영원히 기억한단다, 그것은 묘혈에서 나는 냄새야, 사람들이 그것을 파고 나면 나는 냄새지. 너희는 손을 씻어야 해. 철저하게. 곧바로. 얼굴까지도. 그건 정말 역겨우니까, 땅은 악취를 풍겨, 그 안에 있는 조각들은 뼈야. 그것은 병에 걸리게 만들지."

우리는 해가 잘 비치지 않는 거실을 가로질러 갔는데, 거실에는 알아볼 수 없는 물건들로 넘쳐났다. 유리 끼운 책장에서 빛이 났고, 벽에는 총이 걸려 있었는데, 가죽 칼집에 든 칼이 못에 걸려 있었다. 그림을 그린 종이 위에는 아무렇게나 핀을 꽂아두었다.

욕실은 아주 작았다. 세면대 앞에서 우리 셋은 불편했고, 거울 위쪽의 강렬한 조명에 겁이 덜컥 났다. 우리의 얼굴 위에서 그가 미소 짓고 그의 입술이 일그러지는 것을 보았는데, 그의 이가 더러워 불쾌했다. 욕실 안이 어찌나 좁던지 그가 비누를 건네려고 하거나 수도꼭지를 틀려고 하면 우리 몸에 살짝 닿았다. 우리는 숨이 막혔다. 재빨리 손을 씻고, 서둘러 떠나려고 했다. "우린 돌아가야 해요, 밤이 되었거든요." 마침내 한 아이가 감히 그의 말을 가로막고 말했다. "벌써? 좋아, 정 그렇다면." 우리는 어두운 거실을 다시 지나왔는데, 마치 전쟁에서 퇴각하는 것처럼 서로 꽉 달라붙은 채로 그랬다. 그는 벽에 걸려 있던 총을 떼어내 내게 내밀었다. "너, 이것 갖고 싶니? 진짜야, 쏠 수 있어. 전쟁에서 쓰는 총이거든." 우리 중 아무도 손을 내밀지 않았고, 손을 몸에 딱 붙이고는 아무것도 튀어나오게 하지 않으려고 애썼다. "우리 아빠는 총만지는 것을 싫어해요." 우리 중 하나가 말했다. "유감이네. 아빠가 틀린 거야." 그가 미소를 지으면서 총을 다시 벽에 걸었다. 그는 벽에 걸려 있던 가죽 조각을 쓰다듬었다. 벽에서 칼을 떼어내 칼집에서 칼을 꺼내고, 무뎌진 칼날을 보고 다시 걸어두었다. 우리는 문 쪽으로 갔다. 그가 유리 끼워진 책장 문을 열고, 거기서 검은색 물건을 꺼내 우리에게 건넸다. "받아." 그가 다가왔다. "받아. 얘들아, 그것을 손에 쥐어봐. 그게 뭔지 말해보렴." 만져보지 않아도 뼈라는 것을 알 수 있었다. 부서진 커다란 대퇴골이었고, 한눈에 알아볼 수 있게 극도로 둥근 형태로, 숯처럼 까맣게 탄 살덩이가 바짝 마른 채 달라붙어 있었다. "만져봐. 이게 뭘까? 구운 돼지고기 조각? 너희들 개가 그걸 원하지 않을까?" 그는 망설이는 몸짓으로 침묵했고, 가만히 그것을 바라보았다. "너희는 개가 없니? 한 마리도? 오, 그래, 내겐 개가 한 마리 있었어. 그런데 그 사람들이 죽였어. 그들이 목 졸라 죽였어, 내 개를." 그의 목소리가 변했고, 그것이 어두운 거실에서 우리를 두렵게 만들었다. 아무렇게나 벽에 걸어두었던 가죽 조각은 혐오스러운 장밋빛 광채를 반사시켰다. 우리는 발뒤꿈치로 돌아서서 급히 문 쪽으로 향했다. 닫힌 문은 빗장만 걸어두었을 뿐이다. "안녕히 계세요, 감사합니다. 아저씨!" 빗장만 걸려 있었을 뿐이니까 돌리기만 하면 되었다. 대기는 옅은 보랏빛이었고, 불 켜진 가로등, 비어 있는 주차장. 나는 결코 그 순간만큼 광활한 공간과 자유로운 영역, 바깥 공기에 대한 인상을 느껴본 적이 없었다. 우리는 서로 보지도 않은 채 헤어졌고, 각자 자기 집을 향해 뛰어갔다. 나는 흙 덮인 경사지를 급히 달려갔고, 우리가 파헤쳤던 흙이 발아래 밟히면서 발이 파묻혔다. 우리는 땅을 파 엎었었고, 거기에는 뼈와 이가 가득했었다. 나는 시멘트 벽을 뛰어넘어 아스팔트 도로로 다시 갔고, 달렸다. 한 번에 세 계단씩 올라갔는데, 그것은 내 작은 다리를 최대한 크게 벌린 것이었다. 집으로 돌아왔다.

우리는 더 이상 그렇게 깊이 땅을 파지 않고 표면에 머물렀으며, 벽 위의 작은 도로를 따라서 표면적인 작업을 계속했다. 제일 큰 아이들은 동굴을 팠고, 그것을 멀리, 다른 장소로 옮겼다. 나는 감춰진 무덤 위에서 성장했다. 우리가 땅을 파면 악취를 풍겼다. 사람들은 내게 나중에 그 사실을 확인시켜주었다. 우리는 버려진 묘지터 위에서 살았다. 어른들 세대는 그 사실을 기억했다. 사람들은 매립했고, 그 위에 건설했다. 남은 것은 중정(中庭)의 커다란 삼나무들뿐이었고, 그 나무들 주변에서 우리는 아무것도 모른 채 놀았다.

나는 이제 우리가 살았던 매립지에서 집단 학살이 있었는지를 생각해본다. 확신할 수는 없지만, 통계가 답을 준다. 그 시기 행복한 그 도시에서, 스물다섯에서 서른다섯 살 사이의 모든 사람은 그럴 기회를 가졌었다. 전부. 기회. 늙은 군인 250만 명, 추방된 알제리 사람들 2백만 명, 쫓겨난 피에누아르들 백만 명, 현재 프랑스에서 열번째 인구 비중을 차지하는 그들은 바로 제국주의의 몰락을 말해준다. 그것은 접촉과 말에 의해서 전염성을 지닌다. 우리 친구들의 아버지들, 우리 부모님의 친구들, 중 언어라는 은밀한 미덕에 의해서 더럽혀졌을 것이 분명했고, 모두가 오염되었다. "알제리 사람들"이란 단어를 발음할 때 우리는 약간 주저하게 된다. 귀가 예민하게 반응하는데, 귀는 아주 작은 변화조차 감지했기 때문이다. 우리는 그들을 어떻게 부를지 몰랐기 때문에 짐짓 꾸민 태도를 보이거나 아무런 말도 하지 않는 편이 더 나았다. 우리는 그들을 보지 못했다. 아니 우리는 그들만을 보았다. 그것은 그들에게 적합한 단어가 아니었다. 그래서 그들은 이름이 없는 채로 통하고, 우리의 강박이 되었고, 혀끝에서 맴도는 말이 되었고, 그것을 되찾으려는 수많은 시도 끝에 나오는 단어였다. 알제리 사람이란 말은 알제리 공화국의 시민들을 가리켜 중립적으로 보인다고 해도, 그것이 사실은 다른 사람들을 가리키기 때문에 적합하지 않았다. 프랑스어는 전쟁의 노획물이라고, 프랑스어로 글을 쓰는 작가는 말했다. 그가 옳았다. 알제리 사람들이라는 이름 역시 노획물이다. 여전히 피를 보게 되는 빼앗긴 시신이고, 여전히 가죽에 달라붙어 있는 메마른 핏덩이들이다. 그들은 거주자들이 사라져버린 아파트에서 사는 알제 도심의 거주자들과 같은 이름을 간직한다.

우리는 말하는 것만 알 수 있다. "아랍"이란 단어는 그것을 말하는 사람들로 인해서 더럽혀진다. "현지인"은 민속학적인 의미만을 지니고, "무슬림"이란 단어는 존재하지 않아야 한다는 것을 강조한다. 우리는 거기에 관한 말을 할 때 거친 말들을 한없이 연속시켰고, 우리가 규정짓지 못하는 사람들을 가리키기 위해 "회색"이라는 단어를 찾아냈고, 라틴어의 꽃이라는 단어처럼 그것을 믿지 않아도 우리는 "마그레브인들"이라는 단어를 다시 요구했다. 식민주의로 인한 타락이 우리의 언어를 좀먹었다. 우리가 언어를 파려고 하면 할수록 언어는 냄새를 풍겼다.

내가 기억하는 한 1층의 창문들은 닫혀 있었고, 어린애 같은 목소리를 지닌 그를 결코 다시 보지 못했다. 우리는 그가 어떻게 바뀔 수 있을지를 결코 알지 못하는데, 우리가 도망을 쳤기 때문이다. 그러고 나서 나는 부모님과 함께 시골로 가서 살았고, 울타리로 인해 단절된 풍경의 구석에서 외따로 살았다. 언덕에 살았고, 나뭇잎으로 만든 벽 뒤에서 우리는 누가 오는 것을 볼 수 있었다.

끔찍한 소란이 20년 동안 지속되었는데, 같은 문제에 대한 중단 없는 20년의 세월, 각 전쟁의 기능은 앞선 예를 흡수하는 것이었다. 피의 향연을 끝내기 위해서는, 수세미를 사용해 테이블을 깨끗하게 만들어, 다시 사용할 수 있고 함께 먹을 수 있도록 해야 한다. 20년의 지속, 연속된 전쟁들, 각각의 전쟁은 앞선 전쟁을 흡수하고, 전쟁의 살인자들은 각각 다음 전쟁에서 사라졌다. 사실 살인자들은 그렇게 만들어졌다. 각각의 전쟁은 결코 자기 개를 때리지 않던 사람들, 혹은 심지어 때릴 생각조차도 하지 못한 사람들을 살인자로 만들었다. 사람들은 벌거벗은 채 매달린 다수의 사람을 그들에게 인도했고, 식민주의의 현실로 인해 그들이 팔다리가 절단된 사람들을 지배하도록 만들었다. 우리는 그 집단에 속한 사람들의 수를 알지도 못했지만, 가축들의 전염병을 예방하려고 할 때처럼 나머지를 보존하기 위해서 일부를 제거할 수 있다고 여겼다. 피를 좋아하는 인간들이 다음 전쟁에서 사라졌다. 전쟁은 살육을 즐기는 인간들과 미친 사람들을 써먹었다. 특히 전쟁이 만들어낸 사람들, 누군가에게 상처를 입히는 일을 결코 생각지도 못했던 모든 사람, 하지만 그들은 피에 잠겨 지냈고, 전쟁은 재고처럼 쌓인 사람들을, 과잉생산된 무기들의 잉여품처럼 유통시켰고, 그것은 깡패들 나라에서 행해지는 낮은 강도의 더러운 전쟁들과 천박한 테러리즘의 시도에서 다시 발견된다. 그런데 나머지는? 도대체 마지막 전쟁의 잉여 인간들은 어디로 갔을까?

내 나이를 고려해봤을 때 아마 나는 어린 시절 학교에서, 거리에서, 집의 계단에서 그들과 나란히 살았을 것이다. 내 친구들의 부모님들과 같은 어른들, 우리 부모님의 친구들, 나를 껴안아주고 나를 땅에서 일으켜주고, 나를 무릎에 앉히고, 내게 식탁을 차려준 멋진 어른들, 어쩌면 그들이 똑같은 손으로 총을 쏘고, 목을 조르고, 물에 빠뜨리고, 비명을 지르게 만드는 전기침을 찔렀을지도 모른다. 어쩌면 어린 우리들의 목소리를 듣는 귀로 비열한 비명을 들었을지도 모른다. 모든 진보를 전락시키는 인간의 비명, 아이의 비명, 개의 비명, 원숭이, 파충류의 비명, 숨 막힌 물고기의 헐떡임, 우리가 짓밟은 벌레의 끈적거리는 파열. 어쩌면 나는 홀로 잠든 악몽에서 겪었던 것인지 모른다. 나는 유령들 사이에서 지냈고, 저마다 자신의 고통을 돌아보고 있었는데, 그들의 소리를 듣지는 못했다. 그들은 어디에 있었으며, 누구에게 그렇게 하는 것을 가르쳐주었을까? 마침내 싸움을 멈췄을 때, 우리가 치른 전쟁들 중 가장 최근에 수행된 전쟁의 살인자들을 흡수하기 위해서 우리는 어떻게 했는가? 우리는 살짝 닦아냈고, 그들은 각자 집으로 돌아갔다. 폭력은 자연스런 기능이고 누구에게나 있다. 폭력은 내부에 갇혀 있다. 그러나 만약 우리가 고삐를 놓는다면, 폭력은 퍼져가고, 우리가 상자를 열면 그것을 다시 닫기 위해 상자 밖으로 튀어나온 용수철을 다시 접을 수는 없다. 손에 피를 묻힌 모든 사람은 무엇이 되는가? 내가 어린 시절을 보냈던 콘크리트 공간 위에서 침묵 속에 정렬한 채 내 주변에 있는 것이 분명하다. 폭력에 상처를 입은 사람들은 불편했다. 그들의 수가 너무 많았던 데에 비해 국가적인 분노 표출 운동 말고는 그들을 흡수할 만한 게 아무것도 없었기 때문이다.

"나? 나는 그림을 그렸어, 에우리디케를 위해서. 그 일이 내 안의 분노를 덜어주었지." 빅토리앵 살라뇽이 내게 말했다.

그는 내게 그림 그리는 법을 가르쳐주었다. 나는 그를 보러 정기적으로 찾아갔다. 그는 내게 붓 다루는 기술을 가르쳐주었는데, 그가 무의식적으로 소유하고 있던 그 기술은, 스승 곁에서 얼핏 보았던 무한함이기도 했다. 너무나 이상한 장식으로 꾸며진 집에서 그는 내게 아주 세밀한 기술을 가르쳐주었는데, 어찌나 섬세한지 받침대가 거의 필요 없었다. 숨결로 충분했다.

나는 지하철과 버스를 타고 보라시외로 갔다. 노선의 끝까지 갔으니 멀었다. 시간은 충분히 있었다. 연속적으로 펼쳐지는 도시의 풍경을 바라보았다. 탑과 모래더미로 된 둑들, 오래된 집들, 우연히 거기에 있던 커다란 나무들, 줄 맞춰 심어놓은 어린 나무들, 공장의 현대적 형태라고 할 수 있는 닫혀 있는 창고들과 엄청나게 커서 다른 쪽 끝에서 걸어가는 사람들을 거의 알아볼 수 없는 주차장으로 둘러싸인 상업 중심지. 나는 말없이 버스의 뒤 창가 쪽 자리에 앉아서 갔다. 풍경이 바뀌었고, 변두리 지역은 끊임없이 재건축 중이었고, 깜박 잊어버리지 않고서는 아무것도 거기에서 보존되는 것이 없었다. 나는 몽상에 잠겨 그림 그리는 기술에 대해 생각했고, 버스의 유리창 위에 떠다니는 형태들을 바라보았다.

그러다가 진압용 무기를 허리에 두른 채 순찰 중인 도시의 경찰들을 발견했다. 그들은 대로를 따라 단체로 함께 움직였다. 회전 경보등을 달고, 파란색 줄무늬가 있는 차 주변에 정차하고 있었다. 그들은 무기를 휴대하고, 상업 중심지의 구석에서 보초를 서고 있었다. 그것은 내게 충격이었다. 말하자면 나는 단 하나의 이미지를 보고 다음과 같은 사실을 이해했기 때문이다. 폭력은 번지고 있지만 언제나 같은 형태를 지닌다는 것. 소규모든 대규모든 언제나 전쟁이라는 같은 기술이 문제가 된다.

전에 우리는 폭력을 전체적으로 국가에 위임했고, 지역 경찰은 미소를 짓게 만들었다. 그들은 전원 감시인의 후손이고, 카이저수염을 짧게 줄이는 것과 더불어 소식을 알리는 북을 가지고 다니지 않았다. 지역 경찰, 그들은 오랫동안 경오토바이를 타고 다녔고, 화가 나서 멈춘 뒤에 안 된다고 말했다. 거기에 주차하면 안 됩니다. 그들은 모자를 머리 위쪽에 걸치고, 발동기용 연료의 고약한 냄새가 섞인 자욱한 매연을 풍기며 다시 떠났다. 또한 중년의 여자들은 꼴사나운 제복을 입고 거리를 순회하면서 불법 주차를 단속했다. 그 여자들은 구하러 가지도 않을 거면서 손 강에서 놀고 있는 청소년들에게 훈계를 했다. 그리고 인도의 청결 문제를 두고 상인들과 격렬한 다툼을 벌였다. 빗자루를 인도에 두는 문제, 물이 너무 멀리 튀게 물 양동이를 비우는 것 등등. 그러고 나서 다른 모든 일처럼 개선이 되었다. 사람들은 다른 유형의 사람을 투입했다. 그들은 수가 더 많았다. 그들은 총포류를 휴대하지 않았지만 사용법을 배운 구속 도구들을 지녔다. 더할 나위 없이 건장한 그들은 직업군인들과 비슷했다.

선거 이후 그들이 등장했고, 그들은 무리를 지어 보라시외를 돌아다녔다. 그들은 국가 경찰들과 같은 체격에 같은 머리형을 하고 허리에 경찰봉을 차고 있었다. 그들에게는 압도하는 면이 있었다. 나는 버스의 뒤 유리창으로 전에는 결코 보지 못했던 그들을 보았고, 프랑스에 국가 소속 경찰 이외에도 얼마나 많은 지역 경찰, 간수, 경비원들이 있는지 헤아렸다. 그들은 전부 파란색 상의에 발목이 좁아지는 바지를 입고, 발목을 덮는 신발을 신고 있었다. 거리는 마치 그곳의 거리처럼 군대화되었다.

경찰의 새로운 형태가 보라시외에서 나타났는데, 그것이 우리의 미래이다. 도시의 중심은 보존이 목적이고, 도시의 외곽은 전에 일어났던 일을 응용한다. 나는 그림을 그리러 가기 위해 탄 버스의 창을 통해 도시의 건장한 경찰들을 보았다. 동네를 가로질러가면서 나는 그들이 벽위에 판을 나사로 고정시키는 것을 보았다. 하얀색 바탕 위에 검은색 글씨를 쓴 잘 보이는 판이었고, 점 하나와 더 작은 숫자들이 이어서 적혀 있었다. 그들은 입구 가까이에 있는 견고한 콘크리트 벽에 커다란 드릴을 가지고 요란한 소음을 내며 판을 끼워 넣고 있었다. 버스에는 창이 있고 거리가 상당히 떨어져 있는 데다, 이유는 모르지만 언제나 라디오를 틀어놓는 만원버스의 소란스러움에도 불구하고 드릴의 소음이 들렸다. 나는 동네의 모든 고층 건물 위에서 다른 판들을 보았는데, 판마다 서로 다른 글자들이 적혀 있었고, 멀리서도 보이는 검은색 글자였다. 다른 판들은 교차로의 도로 표지판에 고정되어 있었다. 나는 왜 경찰들이 설치 작업을 떠맡았는지를 생각했다. 하지만 더 이상 생각하지 않았다.

살라눙의 집에 도착했을 때 마리아니가 거기에 있었다. 그는 초록색 체크무늬가 있는 끔찍한 상의에, 시선을 뚜렷하게 볼 수 없게 안경을 쓰고 있었다. 그는 어찌나 기분이 좋던지 동작을 크게 하며 말했고, 두 문장마다 웃음을 터뜨렸다.

"이리 와보게, 청년, 자네는 감히 끼어들지는 못해도 이런 일들에 흥미가 있을 거야. 우리는 우리 문제들을 해결하는 데 한 걸음 나아갔어. 결국 사람들이 우리 말을 들었지. 새 시장이 우리 애들 몇 명과 함께 초대했어, 그 애들은 좀 배운 애들이야. 그래도 말하는 것은 언제나 나고, 사람들은 내게 대답해. 시장이 선거 전에 약속대로 우리를 초대했어. 하지만 밖으로는 그 사실을 내비치지 않았지. 사람들이 우리를 좋아하지 않으니까. 사람들은 우리가 진실을 말하고, 모든 사람이 숨기고 싶어 하는 것, 다시 말해 국가적 수치를 말한다고 원망하지. 사람들은 순응하고 싶어 하고, 재산을 모으고 싶어 하고, 일이 지나가기를 원하면서, 일단 재산이 모이면 멀리 달아나고 싶어해. 우리가 그들의 고개를 들게 하려고 애쓰는 것이 그 사람들에게 고통을 주고, 궁지에 몰리는 느낌이니까 우리를 원망하지. 하지만 시장은 우리의 생각을 알아. 사람들이 우리를 좋아하지 않으니까 신중한 거야. 그는 신중하지만 우리를 이해해."

"그가 당신들을 이해한다고요?"

"바로 그가 우리에게 말한 사실이야. 그는 우리를 자기 집무실에 초대했어, 나와 내 아이들. 그는 우리 모두와 악수하고, 우리를 앉게 했고, 우리는 마치 업무상 모임을 갖듯이 그와 마주했지. 그가 우리에게 이렇게 말했어. '여러분을 이해합니다. 여기에서 어떤 일이 일어났는지를 알아요.'"

"정말이에요?"

"정말. 말한 그대로야. 그는 같은 어조로 계속 말했어. '나는 당신들이 하고 싶어 하는 일을 알아요. 나도 여기서 많은 일을 변화시키고 싶습니다.'"

"나는 그가 그 모든 것을 어디에서 찾을지 알고 싶은데." 살라뇽이 껄껄 웃었다.

"알아보라고. 그는 대단히 교양 있는 게 분명해. 아니면 우리와 만나 영감을 받은 것인지도 모르지. 그는 역사에서 자신이 수행해야 할 역할에 대한 비전을 갖고 있었고, 고대인들이 그를 통해서 말을 하는 것 같았지."

"아니면 농담이거나."

"아니. 너무 야심이 있던걸. 단번에 알 수 있을 정도야. 그는 보라시외를 유지하기 위한 우리의 견해를 물었어. 사람들을 통제하기 위해서 경찰력을 아주 잘 이용하는 일. 그는 내게 안전 문제를 위한 조언자 역할에 임명했어."

"자네를?"

"어쨌거나 난 이력이 있으니까. 하지만 실권은 없는 자리야. 사람들은 우리를 좋아하지 않고, 경멸해. 우리가 많은 사람의 꿈을 깨닫게 해주는데 말이지. 나는 시 경찰에게 조언할 것이고, 내 조언은 헛된 게 되지는 않을 거야. 우리는 우리 생각을 실행에 옮길 것이니까."

"당신들, 새로 나타난 떡 벌어진 어깨들, 순찰대, 건물마다 붙여둔 게시판들?"

"바로 나야. 목표 측정, 관리, 정보 수집 그리고 행동. 경찰이 더 이상 가지 않는 곳들을 되찾고 회복할 거야. 거기에서 그랬던 것처럼. 우리는 힘이 있어."

그의 목소리가 다소 떨렸다. 나이 때문이기도 하고 기쁨 때문이기도 했지만, 나는 사람들이 그의 말을 듣게 될 거라는 사실을 잘 알고 있었다. 멈춰 있던 **역사**가 사람들이 방치해두었던 장소에서 다시 움직이고 있었다. 유령들이 우리에게 계시를 주었다. 현재의 문제들을 이전의 문제들과 합치려고 노력했고, 앞의 문제들을 해결하는 데 실패했던 것처럼 문제들을 해결하려고 노력했다. 우리는 그토록 힘을 사랑했다. 우리가 그것을 상실한 이후로 그토록. 약간의 힘이 더 생기면 우리를 구할 것이라고, 언제나 그렇게 믿었고, 언제나 우리 마음대로 사용하게 될 약간의 힘이 더 생기기를. 우리는 다시 실패하게 될 것이다.

우리가 더 이상 자신이 누구인지를 모르는 것처럼 우리는 우리와 닮지 않은 사람들을 추방하려고 한다. 그러면 우리는 자신이 누구인지를 알게 될 것이다. 우리는 비슷한 사람들 사이에서 존재하게 될 것이기 때문이다. 그게 우리 자신들일 것이다. '우리'만이 남게 될 것인데, 이것은 우리와 닮지 않은 사람들을 쫓아내버린 사람들을 뜻한다. 피가 우리를 하나로 만들어줄 것이다. 피는 언제나 연결하고, 접착력이 있다. 흐르는 피가 하나로 맺어주고, 다 함께 흘러간다. 우리가 쓰러뜨린 다른 사람들의 피도. 피는 우리를 부동의 커다란 핏덩이 속에 엉기게 한다.

힘과 유사성이라는 것은 엄청난 잔상을 지닌 어리석은 두 개의 관념이다. 우리는 그 생각을 없애지 못한다. 그 관념들은 우리 세상에서 물리적 위력에 대한 신뢰로 자리 잡고, 그런 단순함에 대한 두 가지 관념은 어린아이라도 이해할 수 있다. 힘을 가진 어떤 사람이 어린애 같은 유치한 생각에 자극을 받으면, 그는 끔찍한 유린을 한다. 힘과 유사성은 우리가 품을 수 있는 가장 직접적인 관념의 형태이고, 너무나 명백해서 사람들이 그것을 가르쳐주지 않아도 각자가 그것을 찾아낼 정도이다. 사람들은 이런 토대 위에 지적인 가치가 있는 기념비들, 관념의 움직임들, 그럴듯해 보이고 **분명하게 이해되는**(표현이 이미 전조가 된다) 정부의 계획을 건설할 수 있다. 하지만 너무나 부조리하고 너무나 거짓되어서 조금만 적용해보면 그것은 무수히 많은 희생자의 추락에 짓눌린 채 무너져내릴 것이다. 하지만 우리는 거기에서 어떤 교훈도 이끌어내지 않을 것이고, 힘과 유사성은 결코 변화되지 않는다. 우리는 패배를 겪은 다음에 죽은 자들의 수를 헤아리면서 조금만 더 힘이 있었으면 충분했을 것이라고 생각한다. 어리석은 관념은 그토록 불멸이어서 우리 심장 가장 가까이에 산다. 그것은 아이의 생각이다. 아이들은 언제나 더 많은 힘을 갖기를 꿈꾸고, 자신들과 닮았다고 생각하는 사람들을 찾는다.

"그것은 아이 같은 생각입니다." 내가 결국 큰 소리로 말했다.

마리아니가 말을 멈추고, 살라눙의 초라한 거실을 성큼성큼 걷다가 나를 뚫어지게 바라보았다. 손에 맥주를 들고 있던 그는 수염에 약간의 거품이 방울져 맺혀 있었는데, 그렇다, 그의 수염, 그는 회색 수염을 기르고 있었다. 아무도 기르지 않는 장식물, 모든 사람이 면도를 하는데 말이다. 이유는 몰라도 나는 그를 잘 이해하고 있다. 피로해 보이는 그의 눈은 쇠락의 느낌을 주는 색안경 뒤에서 나를 응시하고 있었다. 벌린 입 사이로 이가 보였는데, 그 이가 진짜인지는 알지 못했다. 그의 요란한 상의는 집 내부를 장식하고 있는 직물과 엄청 안 어울렸다.

"그들에게 보여줘야 해."

"하지만 당신이 그들에게 보여주는 데는 얼마나 걸리고 그것이 실패한다면요?"

"우리는 착취하지 못하게 할 거야. 음…… 그곳에서처럼."

"그런데 누구에게요?"

"자네도 잘 알아, 자네는 차이를 보기를 거부해. 차이를 인정하는 걸 거부한다면 결국 털이 깎이게 된다고. 하지만 자넨 바보도 아니고, 장님도 아니지. 자넨 살라눙의 색채 강의를 들으면서 눈을 단련시켜. 그것을 잘 보게 될 테니, 차이."

"닮은 것을 미덕이라고 여기는 일은 어린아이 같은 생각이에요. 닮은 것은 아무것도 입증하지 못해요, 그것을 발견하기 전부터 이미 우리가 믿고 있던 것 말고는 아무것도요. 우리가 찾아내는 것에 따라서 누구라도 모든 사람과 닮을 수 있고, 어떤 사람과 닮기도 해요."

"차이는 존재한다고, 눈을 떠봐. 보라고."

"저는 다양한 사람들 말고는 아무것도 보이지 않아요. 그 사람들은 한 목소리로 말할 수 있고 '우리'라고 말해요."

"살라뇽, 자네 학생은 제대로 못 보고 있네. 그럼 수업을 중단하고 그에게 음악이나 가르치라고."

살라뇽은 우리 대화를 재미있어 했지만 개입하지 않았다.

"자네가 음악에 대해 말을 하니까 그런데, 내 이름을 발음해봐, 우리 셋 중, 아니 곧 오게 될 에우리디케까지 더해서 넷이라고 해도, 고전 프랑스에 속한 음절을 가진 이름이 나뿐이라는 것을 모르겠나. 어리석은 바보만 있는 게 아니라고." 살라뇽이 짓궂게 말했다.

"자넨 끼어들지 마! 만약 내가 버티고 남은 단 한사람이라면, 우리는 전부 머리를 아주 짧게 깎아버릴 거야. 내가 깎으라고 말하면 그들은 이발기나 아무거든 예리한 도구를 가지고 훨씬 보기 싫게 깎는 법을 알아. 사람들은 난자당하지 않고는 더 이상 빠져 나올 수 없지."

"하지만 아무도 칼을 갖고 있지 않아요!" 내가 소리를 질렀다.

아무도 칼을 가지고 있지 않다. 커터, 총포류, 염소 폭탄, 하지만 칼을 갖고 있지 않다. 식사할 때가 아니고서는 누구도 그것의 사용법을 모르고, 거리에서 그것을 드러내는 법도 모른다. 그런데도 사람들은 언제나 단칼에 공격한다는 말을 한다. 그들은, 옛날의 못된 사내들, 해외로 떠도는 청년들, 남성성의 표지인 것처럼 칼을 갖고 있었다. 사람들이 말하는 게 바로 그것이다. 고대의 성폭행. 지는 사람은 거세당한다. 다른 사람의 영토에서 헤매는 자는 그것을 달게 한다. 그 놀이에서 우리는 충분히 강했다. 우리 군인들은 잘 보여주었다.

"문제될 것 없어, 그것은 하나의 이미지야. 이미지들이 강렬한 인상을 주고, 남아 있고, 우리에게 쓸모가 있지."

"당신은 거기에서 했던 일을 다시 하려고 하시나요?"

"자네, 자넨 거기에서 무엇을 했을 것 같은데?"

"나는 거기에 없었다고요."

"그럴싸한 변명이네. 만약 거기에 있었다면? 자넨 그들이 자네에게 할 수 있었던 것을 보았나? 우린 자네처럼 사람들을 방어했어. 우리가 공포를 억제시켰다고."

"공포를 퍼뜨리면서요."

"자네는 그들이 우리에게 한 짓을 아는가? 자네와 같은 사람들에게. 그런 얼굴을 하고 그런 옷을 입은 사람들에게. 갈라진 배에는 돌이 가득했어. 창자로 목을 졸랐지. 우리들만 그런 폭력을 목격했어. 어떤 사람들은, 잘 숨어서 피의 분출을 용케도 피해 식민지 상황이 이런 폭력을 발생시켰다고 감히 말하지. 그러나 상황이 어찌 되었든 사람이라면 그 정도로 폭력을 행할 수 없어, 사람이 아니라면 모를까. 우리는 야만적인 것들과 마주했지, 우리들만."

"식민지에서 그들은 인간적이지 않았어. 그다지 인간적이지 않았다고. 공식적이지도 않았고."

"내가 속했던 부대에는 베트남 사람들, 아랍 사람들, 길 잃은 마다가스카르 사람 하나가 있었어. 우리는 동지들이었지."

"전쟁은 인생의 가장 단순한 부분이야. 우리는 거기에서 쉽게 형제가 되지. 그러나 뒤이어 전쟁의 바깥에서는 모든 것이 복잡해. 어떤 사람들은 전쟁터를 떠나고 싶어 하지 않는 것을 이해해."

"자네는 무엇을 할 텐가, 자네, 희생자들과 돌무더기, 신음하는 사람들, 한쪽 다리를 잃은 사람들이 가득한 카페의 테라스 앞에서. 그들의 피와 눈물, 부서진 유리 파편으로 뒤덮인 곳에서. 그것이 다시 시작될 것이라는 사실을 아는 자네는 무엇을 할 텐가? 도끼를 들고, 폭탄을 들고, 작은 낫을 들고, 몽둥이를 들고. 단지 그들과 닮았다는 이유 하나로 우리가 산 채로 자른 사람들을 마주했을 때 자네는 무엇을 할 텐가? 우리는 우리가 해야 하는 일을 했어. 유일한 일."

"당신들은 공포를 확산시켰잖아요."

"그래, 사람들이 우리에게 그것을 요구했지. 우리가 그것을 했고. 우리는 공포를 종식시키기 위해서 공포를 확산시킨 거야. 그 순간에 자네는 무엇을 할 텐가? 그런 순간, 피에 젖은 발들, 더럽혀진 신발들, 유리 파편들 때문에 서걱거리는 신발 바닥, 여전히 피 흘리는 살 조각 위를 걷는 것 같고, 산 채로 죽은 사람들의 신음 소리가 들릴 때. 자네는 무엇을 할 텐가?"

"당신들은 실패했어요."

"그것은 일부야."

"그게 본질이에요."

"우리는 거의 준비가 되었어. 사람들은 끝까지 우리를 지지하지 않았어. 부조리한 이유들로 인해 내려진 결정이 여러 해 동안 준비한 일을 망쳤지."

나는 살라눙을 쳐다보았고, 이런 상황이 그에게 불편하다는 것을 잘 알았다. 아무것도 그에게 맞지 않았다. 마리아니도, 나도. 그가 일어나 맥주잔들을 정리했다. 창가로 갔다가 다시 오고 다리를 끌 듯 걸었는데, 부상당한 다리 때문에 잘 돌지 못했고, 이런 불편함은 그에게 마뜩찮은 때 다시 찾아왔다. 얼굴 표정으로 보아 그의 마음이 편안하지 않다는 것을 알았다. 그의 고통을 보았다. 이유를 물어보고 싶었지만, 논쟁에서 이기고 싶어 하는 우리가 내뿜는 독설에 사로잡혀 있었다. 마리아니는 침묵했다. 이어지는 침묵했던 자의 말 하나하나는 비열했다. 상대를 입 다물게 만들고 싶은 마음에 나는 그의 말을 듣지 않았고, 아무것도 묻지 않았다.

"전쟁은 그것에 대해 말을 할 때는 단순해. 우리가 치렀던 전쟁을 제외하고는 말이야. 전쟁은 너무나 혼란스러워서, 저마다 다른 방식으로 말을 하는, 애처로운 작은 소설을 하나씩 제공하면서 거기에서 빠져나오려고 노력하지. 만약 전쟁이 정체성의 형성에 도움이 되는 것이라면, 우리는 정말로 실패했어. 우리가 치렀던 전쟁들은 함께 존재하는 기쁨을 파괴시켜버렸어. 우리가 지금 전쟁을 이야기하면, 언제나 우리의 붕괴를 재촉하지. 우리는 거기에 대해 아무것도 이해하지 못해. 전쟁에는 우리가 자랑스러워할 게 아무것도 없어. 그 사실이 우리의 기대를 벗어난 거야. 아무것도 말하지 않으면 살아가지 못하니까."

"자넨 무엇을 할 텐가?" 마리아니가 다시 내게 무례하게 말을 걸었다. "자네는 가담하지 않으려고 숨을 텐가? 도망칠 텐가? 행동하지 않기 위해서 아프다고 변명할 텐가? 자네는 숨을 텐가? 어디로? 자네 침대 아래로? 숨는 사람을 어떻게 옳다고 하지? 거기에 있지 않은 사람은 어떻게 존재할 수 있지?"

자극적인 그의 말투에도 불구하고 마리아니, 그의 말도 틀린 것은 아니었다. 우리의 유일한 영광은 야외학교였다. 이런저런 방식으로 참여하는 것은 지원하는 결과가 되었다. 함께 살아가는 것, 그것은 지원하는 것과 같았다. 반면에 우리는 변명의 이유라도 있는 것처럼 덜 살려고, 거기에 있지 않으려고 노력한다.

나는 우리가 이런 순간에 어디에 있어야 하고 어디에 있지 말아야 하는지를 알지 못한다. 영화로나 그것을 이해하고 시도했던 우리가 어떻게 하겠는가. 소파에 몸을 파묻은 채 영화를 보는 어른들에게 영화는 하나의 창이다. 우리는 거기에서 추격할 때 어떻게 차를 운전하는지를, 무기를 어떻게 휘두르는지를, 어떻게 숭고한 여인을 능숙하게 껴안는지를 배운다. 전부 우리가 하지 않을 일들이지만 우리에게 중요하다. 우리가 허구를 사랑하는 것도 그런 이유이다. 허구는 착잡하게 뒤얽힌 삶에 해결책을 제시한다. 하지만 좋은 해결책과 나쁜 것을 구별해야 삶을 살아가게 된다. 영화는 다양한 삶의 기회를 제공한다. 우리는 현실적인 영향이 미치지 않는 창을 통해서 우리가 거부해야 하는 것과 우리에게 모범이 되는 사람을 알 수 있다. 허구는 어떻게 해야 할지를 제안하고, 모든 사람이 본 영화들은 가장 공통된 해결책을 보여준다. 우리가 침묵하면서 영화관에 앉아 있을 때 우리는 함께 무엇이 있었는지를, 있을 수 있는지를 본다. 우리는 프랑스의 위대한 영화들 속에서 거기에 있지 않았을 때 어떻게 살아남는지를 본다. 물론 어떤 해결책도 적합하지 않은데, 부재에 대한 해결책이 없기 때문이다. 각각의 해결책은 말이 안 되지만, 모든 해결책이 이용되었고, 모든 것이 우리가 믿을 수 있는 알리바이를 제공한다. 그것은 우리의 변명의 말들이다.

그를 보기 훨씬 전에 나는 「밤의 방문객들」에 대해서 말하는 것을 들었다. 영화는 구태의연한 사고를 보여주는데, 사람들이 즉각 거기에 미학적 특질, 도덕적 가치, 역사적 의미를 부여한다. 영화는 1942년에 상영되었다. 시나리오는 중세의 이야기이다. 나는 영화관에 머물면서 영화 애호가의 사유를 통해서 1942년과 중세의 이야기 사이에서 어떤 관계를 발견할 수 있는지를 자문했다. 사람들은 관례적인 사유를 하고, 영화와 영화를 찍은 시기의 관계를 상상한다. 하지만 아무런 위험이 없다! 나는 의자에 편하게 앉아 혼잣말을 했다. 이 영화는 1942년의 우리 사회의 밑바닥에 대해서 말을 했다. 악마가 갑자기 나타나서 사랑하는 연인들의 영혼은 물론 목숨을 원했고, 그것을 파괴하고 싶어 했다. 그리고 연인들은 분노에 찬 악마 앞에서 돌로 변했다. 악마는 연인들에게서 그들의 영혼을 탈취할 수 없었다. 그들의 몸은 움직이지 않았고, 그들의 심장은 여전히 뛰었고, 일이 지나가기를 기다렸다. 그렇다, 나는 「밤의 방문객」을 보면서 무의식적으로 생각했다. 저것이야말로 악에 대한 프랑스의 해결책이구나. 아무것도 하지 말고 생각조차 하지 말라, 그대로 멈춰라. 그러면 악은 더 이상 아무것도 할 수 없다. 우리도 역시 그렇다. 우리 역사의 미묘한 순간들에 대해서는 아무 말도 하지 않는 것이 좋다. 우리는 거기에 없었다. 저마다 이유들이 있다. 우리는 어디에 있었는가? 드골은 자신의 『수상록』에서 말한다. "우리는 런던에 있었고, 이어 사방에 있었다." 그는 완전히 혼자서 우리의 영웅주의에 대한 취향에 만족했다.

우리는 또한 행동했다고 주장할 수도 있지만, 혼자 생각이다. 우리에게는 저마다 이유들이 있다. 우리 영화계에서 가장 해를 끼치는 영화도 바로 그 점에서 그렇고, 그가 압도적 다수로 선출된 것도 그렇다. 그는 힘의 사적인 사용에 대해 세세히 말했고 거기에 대한 정당화를 시도했다. 「오래된 총」의 주인공은 자신의 아름다운 아내에 대한 완벽한 사랑을 보여주고 다른 것은 아무것도 요구하지 않는다. 그는 **역사**에 관심이 없고, 쓰러져가는 성을 소유한 프랑스인이다. 독일인들이 지나가고, 그는 그들과 거리를 두지만 예의를 지키는 관계를 유지한다. 독일인들이 그의 아내를 끔찍한 방식으로 죽일 때 카메라는 오래도록 그 장면을 보여준다. 그리고 그가 잔인한 방식으로 독일인들을 죽이기로 결심한다. 카메라는 냉혹한 살인의 사드적인 능란함을 보여주는 데 전혀 망설임이 없다. 영화는 강요한다. 아름다운 부인이 그토록 잔인하게 죽었기 때문에, 그녀는 정말 아름다웠고 그렇게 죽어야 할 이유가 전혀 없었기 때문에, 그녀가 시골의 성에서 평온한 삶을 누리고 있었기 때문에, 그녀가 산 채로 불태워지는 모습을 세세하게 지켜봤기 때문에, 관객은 언제나 이어지는 살인을 세세하게 지켜보고, 살인을 즐기는 것이 허용되고, 즐기기를 강요받는다. 최초 살인의 공모자가 되고 싶지 않다면, 이어지는 살인을 즐기지 않을 수가 없다. 관객들은 영화관의 어둠 속에서 눈을 크게 뜬 채 폭력을 강요당한다. 그들은 영화가 세세하게 설명하고 있는, 부인에게 가해진 폭력의 죄인들을 향한 폭력의 공모자들이 된다. 공모자가 된 관객들이 출구로 나오는 순간 폭력은 결속이 된다. 이 영화는 상영 당시 프랑스인들이 아주 좋아하는 영화로 간주되었다. 토할 것만 같다. 결국 지목된 모든 심술꾼이 죽고, 주인공은 청소를 한 성에서 혼자 남는다. 그때 레지스탕스가 로렌의 십자가를 가지고 전륜 구동차를 끌고 베레모를 쓴 채 온다. 그들은 그에게 무슨 일이 있었는지를 묻고, 도움이 필요한지를 묻는다. 그는 아무것도 필요 없다고 답한다. 아무 일도 일어나지 않았다고. 레지스탕스들이 다시 떠난다. 관객은 레지스탕스들이 부조리하게도 **관리들**의 면모를 지녔다고 생각하고 웃는데, 이 레지스탕스들은 집단적인 움직임에 관여한다. 사람들은 정당한 이유가 있었던 그 남자를 지지한다. 그들은 피로 덮인다.

나는 어떻게 해야 할지 몰랐다. 영화에 나온 피를 씻어낼 물은 없고, 거기에 없는 척하지 않는 한 청소가 가능하지도 않다. 나는 아무 일도 없었던 것처럼 할 수가 없다. 굴욕, 실종, 그리고 집단 학살에 따른 회복, 이어지는 불편한 침묵, 나는 그런 침묵 속에서 자랐는데, 그것은 힘에 대한 금지와 피에 관한 모든 사유의 금지가 짓누르는 침묵이었다. 거기에 대해서는 말하지 않는 편이 좋았다. 침묵 속에서 경멸해야 했다. 군사적 색채를 지지하지 않는 게 좋았다. 우리 군대의 영원한 파산을 기뻐하는 것이 좋았다. 머리를 빡빡 깎는 것은 거친 어리석음을 명백하게 구현하는 것이다. 폭력은 저기에 있는 것, 바로 저기에, 우리 바깥에 있었다. 그것은 우리 문제가 아니었다. 우리는 페스트를 두려워하듯이 힘을 두려워했다. 우리는 혐오스러운 꿈들 속에서 힘을 꿈꿨다.

20년간의 전쟁이 끝난 후에 땅을 뒤덮고 있던 정신적 파편 속에는,

자신들의 고통 말고는 아무것도 알고 싶어 하지 않는 희생자들만이 있었다. 희생자들은 파편들 속에서 자신들의 사형집행인의 흔적을 찾았는데, 왜냐하면 그런 고통은 사형집행인이 있어야 생기는 일이기 때문이다. 이런 폭력들, 어떤 사람들은 그러한 폭력을 실행했고, 어떤 사람은 근본적인 악인이었고, 여전히 그래야만 하는 것인데, 왜냐하면 그러한 비열함은 회복되지 않았기 때문이다. 비열함은 핏속에 흐른다. 하나의 몸을 이루는 사회가 수많은 희생자 단체로 조각났고, 시련을 감내했던 희생자들은 저마다 자신의 사형집행인을 지목했다. 각자 아무런 악의 없이 참고, 어떤 사람들은 그 사실을 비난했다.

너무나 폭력이 만연하고, 희생자가 넘치고, 사형집행인도 넘쳐나 모든 것이 혼란스럽다. **역사**는 불안정하다. 국가는 파괴되고 있다. 만약 국가가 의지와 자부심이라면, 우리의 국가는 굴욕으로 망가졌다. 만약 국가가 공통된 추억이라면, 우리의 국가는 부분적인 추억들로 분해되었다. 만약 국가가 공유하는 삶에 대한 의지라면, 우리의 국가는 구역과 분양지들이 만들어지고 서로 섞이지 않는 소그룹들이 만들어지면서 점차 분해되었다. 우리는 더 이상 함께 살고 싶어 하지 않는다는 사실에 서서히 괴로워하면서 죽어간다.

"포르키니의 사람들이 그랬던 것처럼 우리가 치른 전쟁들 이후에 모든 죄 없는 사람, 모든 희생자가 그렇다." 살라농이 이야기했다. "나는 통킹 만의 포르키니에 다시 들렀어, 딱 한 번. 사람들은 학살을 기억했고, 심지어 그것만을 기억했지. 우리는 버스를 타고 갔는데, 표지판에는 우리가 방문할 장소들이 나와 있었어. 우리는 조성된 작은 박물관을 방문했고, 거기에서 독일제 무기들과 청년 자원봉사 작업장의 반바지들, 포탄의 파편들, 심지어 지옥의 열차라고 명명된 방탄 장치를 갖춘 기차 모형을 보았어. 죽은 젊은 여자의 피 묻은 여름옷을 만지지는 못하고 볼 수 있었는데, 나는 그녀가 죽은 것을 보았어. 우리가 지키고 있던 마을의 벽면은 온통 총탄 자국이었는데, 벽의 파손을 방지하기 위해서 유리로 위를 덮었지. 만약 우리가 피와 파리 떼들을 보존할 수 있었다면 우리는 그랬을 거야. 마을의 도로들은 순교자들의 거리, 무고한 피살자들의 도로라고 불렀지. 시청 앞 석회암 판에는 20센티미터의 글자 크기로 모든 사망자의 이름이 새겨져 있었어. 금박 장식이 된 마지막 줄에는 이렇게 적혔어. 지나가는 자여, 기억하라. 그 마을에 있으면서 마치 우리가 잊기라도 할 것처럼 말이야. 마치 우리가 기억의 의무라는 일을 잊으려고 했던 것처럼 말이야. 프랑스에서 우리는 의무를 다할 수 있을 만큼 여전히 강해."

"판의 한 귀퉁이에는 각진 얼굴의 죄 없는 사람들, 희생자들을 새긴 조상을 세워두었는데, 어떤 사형집행자도 재현되지 않은 모습이었어. 그들은 얼이 빠진 모습이었고, 자신들에게 일어난 일을 이해하지 못했지. 잊지 않기 위해 시청 앞 광장을 1944년 8월 20일 광장이라고 불렀지. 학살의 날 광장이라거나, 우리들 죽음의 날 광장이라고도 했어. 포르키니의 일이 일어나지 않았던 것이라니! 왜 다르게 부르지 않는지, 영원히 기억하기 위해서 왜 불행과 죽음을 선택했던 것인지? 왜 그 광장을 자유의 광장, 되찾은 위엄의 광장, 알제리 보병들의 적시 도착 광장, 우리가 죽인 120명 독일 군인의 광장, 결국 파괴된 방탄 열차 광장이라고는 부르지 않지?"

"반면에 상시에는 아무런 흔적이 없어. 그 도시에는 시청 광장, 공화국 거리, 1914년 전사자들 기념비가 있어. 사람들은 1944년의 일곱 명의 사망자를 새긴 판을 바닥에 고정시켜놓았는데, 그것이 광장 바닥에 남아 있지. 그런데 일곱 명의 사망자는 손에 무기를 들고 있었지만, 포르키니의 사람들은 손이 묶인 채 희생당했고, 벽을 따라 서서 집단으로 학살당했어. 사람들은 죄 없이 죽은 희생자들을 기억하고 싶어 했고, 그래서 전쟁을 악천후처럼 생각했지. 가령 프랑스는 침해당했다, 아무런 책임이 없다. 프랑스는 이해하지 못했고, 여전히 이해 못 하고 있어. 폭력은 우리에게 허용되었지. 프랑스는 앓는 소리를 하고 불평을 하는데, 프랑스가 회복된다면 그것은 자신의 개를 때리기 위한 경우이지. 기억의 의무를 실행해, 그들은 당신에게 합법적인 폭력에 대한 권리를 부여할 거야."

"살라뇽, 자네 말이 너무한데, 너무 파고들어갔어, 어디로 가는 건데? 자네도 우리와 함께 있어야 해." 마리아니가 탄식하듯 말했다.

"에우리디케가 곧 올 거야."

"당신은 에우리디케가 무섭나요?" 내가 재미있어 하며 물었다.

"아! 그분은 아름답지요. 공수경보병부대!"

"만약 문제가 전격적으로 풀릴 수 있었다면, 나는 1초도 지체하지 않았을 거지만, 에우리디케는 받아들이지 않아. 에우리디케는 나를 보면, 얼굴을 돌려버려. 내가 그녀 집에 있으면 그녀는 이를 악물고 집으로 들어오지. 그러고는 싫은 표정을 지으면서 문을 쾅 닫아. 잠시 후에 모습을 드러내지."

"그분이 당신을 질책하나요?"

"나는 그것이 개인적인 것이라고 생각하지는 않아, 하지만 알아차린 것은 나니까. 그녀는 모든 사람을 원망하지."

"사건과 관련된 사람들은 전부, 에우리디케는 그 사람들을 공개적으로 욕해. 그녀는 강렬한 목소리를 지녔지! 수세기에 걸쳐 지중해의 비극을 겪은 멋진 목소리! 고통, 그리스적인 것, 유대적인 것, 아랍적인 것의 표현을 통한 목소리. 그녀는 목소리 내는 법을 알고, 소리는 멀리 가지." 살라뇽이 덧붙였다.

"나, 난 남고 싶지 않아. 그녀가 내게 하는 말은 상처를 주는데, 결국 나는 그녀를 비난하지 못해."

"그분이 당신의 무엇을 비난하는데요?"

"우리가 그녀를 보호했어야 하는데, 지켜주지 못했어."

마리아니가 말을 중단했다. 그는 시선에 그늘을 드리우는 흐릿한 안경 뒤에서 피곤하고 나이가 들어 보였다. 그는 뒤따라오는 살라눙을 돌아보았다.

"우리는 공포를 퍼뜨렸고, 가장 나쁜 것을 수확했어. 그녀는 모든 것을 알고 있었고, 그녀가 사랑했던 것이 화염과 참수 속에서 무너져 내린 것을 알았어. 모든 것이 사라졌어. 그녀는 마치 자식도 없이 남의 궁궐로 뿔뿔이 흩어져야 했던 트로이의 공주들처럼 고통을 받아. 이전에 살았던 전 생애가 살육과 화염 속에서 무가 되었지. 사람들은 그녀에게 기억을 금지시켜. 한탄하는 것도 금지하고, 이해하는 것도 금지하지. 그래서 에우리디케는 암살당한 사람들을 매장할 때 우는 여자들처럼 울부짖고, 복수를 다짐하지."

"그녀가 나를 보면, 그것을 떠올리는 거야. 그녀의 삶에서 소실된 상당한 부분과 사람들이 침묵 속에서 은폐시킨 것. 그녀와 친척들. 그들은 신경 쓰이게 해. 그들의 모든 원한, 모든 고통은 보온병 속에 잠겼는데, 내 존재는 손을 대지 않아도 펑 소리를 내며 뚜껑을 열리게 하고, 모든 것이 밖으로 나오게 만들지. 자네는 그것이 뿜는 악취를 상상할 수 없을 거야, 그렇게 남겨진 혼란. 나는 그녀를 이해한다고, 문제를 공유한다고 말하고 싶지만, 그녀는 원하지 않아. 그녀는 내게 결심을 하게 만들고, 날 거기에 전념하게 만들고 싶어 해. 나는 그 문제에 전념하지. 피에누아르, 그들은 우리에게 양심의 가책을 불러 일으키고, 여전히 지속되는 우리의 실패이기도 해. 우리는 그들이 사라지기를 정말로 바랐지만, 그들은 남아 있어. 우리는 여전히 그들의 울부짖음과 극도로 과장된 언어를 들어. 사라져가는 가운데 들리는 그들의 억양, 우리는 유령들의 냉소인 것처럼 항상 그 소리를 듣지."

"하지만 그것은 끝난 일이잖아요, 아닌가요? 그들은 송환되었잖아요."

"우습군. 송환된 사람들, 우리는 전부 그렇지. 본국 송환은 우리의 기대를 넘어선 것이었어. 우리가 그곳에 보냈던 것을 전부 다시 가져왔으니까. 송환이란 말을 사람에게 적용시키면 부조리했는데, 우리는 그렇게 거듭 말했지. 어떻게 프랑스를 전혀 본 적이 없었던 사람들을 송환하지? 프랑스인인 것처럼 한다고 본질이 달라질 수 있을까? 그것은 더구나 본질이 아니라는 것을 잘 보여주지. 우리가 송환했던 것은 사람들이 아니야. 우리가 저기로 보냈었던 국경에 대한 정신, 정복의 폭력적인 정신, 선구자의 불법성, 동류의 인간들에게 행해진 힘의 행사야. 그 모든 것이 돌아왔지."

이제 나는 그것을 짐작한다. 62유형의 배들, 나는 그 배들이 타오르는 푸른색 철판과 같은 정오의 바다 위에 나타난 것을 짐작한다. 구름 없는 하늘까지 닿을 듯 들떠서 일어난 하얀 대기. 아주 서서히 나아가는 배들의 형상을 왜곡시키면서 찌푸린 눈으로 바다를 보면 거의 보이지 않는데, 바다는 뜨겁고 잔인하다. 나는 그 배들이 햇빛 사라진 밤에 나타나는 것을 짐작해. 회전을 다한 62유형의 배들, 분노와 눈물로 떨면서 갑판, 중갑판과 선실을 가득 채우고 빽빽하게 서 있는 사람들, 군인들, 난민들, 암살자들과 죄 없는 자들, 돌아오는 소집병들과 떠나는 이민자들, 62유형의 배들 가장자리에 가득 찬 사람들 사이에, 그들 사이에, 언어의 어떤 사용에 의해서 송환한 환영들이 가득했다. 앉아 있는 사람들 사이에, 누워 있는 사람들 사이에, 동그랗게 웅크리고 있는 사람들, 난간에 팔꿈치를 괸 사람들, 갑판을 성큼성큼 걷는 사람들, 가방을 내려놓지 않은 사람들, 분노와 눈물에 잠겨 그저 걸어가는 사람들, 62유형의 배로 실려가는 사람들 사이에서 유령들은 잠들지 않았다. 그들은 항해하는 내내 잠들지 않았고, 응집력이 있고 소박했다. 오늘의 모습 그대로, 좁다란 프랑스의 해변가에 닿자마자 길 잃은 사람들로 붐비는 마르세유의 둑에 하선하자마자 번창했다.

유령들은 언어로, 단지 언어로 만들어졌고, 우리는 그들의 형상을 천에 덮인 것으로 여기지만 그것은 이야기를 만들어내기 위한 것이거나 스크린에 비추기 위한 것이다. 유령들은 우리가 근원을 잊은 말하기 방식을 통해 만들어졌다. 유령들은 어떤 단어들, 어떤 암시들, 어떤 대명사를 은밀히 함축하는 것, 법을 바라보는 어떤 방식, 힘을 사용하고자 하는 어떤 방식들로 만들어졌다. 송환은 온갖 예측을 넘어서 성공했다. 62유형의 배들로 송환된 유령들은 아주 안락하게 존재했고, 프랑스 전체로 용해되어 섞였고, 우리는 유령들을 믿었다. 우리와 유령을 분리하는 것은 더 이상 가능하지 않았다. 유령들은 우리 양심의 가책이다. 우리를 사로잡는 유령들은, 이곳도 그곳에서와 마찬가지이다.

"난 가야겠어." 마리아니가 말했다.

"자네는 저 꼬마와 우리가 말하는 것을 지켜봐."

"그래. 하지만 그것은 피곤한 일이야."

"당신도 역시, 에우리디케가 당신을 질책하나요?" 나는 살라뇽에게 물었다.

"나? 아니야. 하지만 나는 결코 돌아가지 않아. 나는 에우리디케를 위해 그림을 그리지, 단지 그녀를 위해서 말이야, 나는 먹을 뿜어내고, 그것이 나를 감추는 구름을 만들어줘. 우리는 거기에 살아. 아무것도 드러나지 않게 하지. 만약 마리아니가 다시 오지 않는다면 우리는 그 모든 것에서 멀리 있을 거야. 하지만 나는 그가 오는 것을 막지는 않을 것이고, 그를 보고 지낼 거야. 나는 현존하는 자들, 부재하는 자들을 상대로 재주를 부리고, 그들이 서로 얽히지 않도록 노력해."

"난 가겠네." 마리아니가 말했다.

살라농과 나, 우리 둘이 남았다. 침묵이 흘렀다. 그녀가 겪은 고통이 무엇이었는지를 그에게 물을 순간이 올 수 있었지만, 나는 그렇게 하지 않았다.

"그림을 그리고 싶나?" 마침내 그가 내게 물었다.

나는 곧바로 동의했다. 우리는 아주 커다란 호두나무 테이블 주변에 앉았고, 거기다 그가 그림 도구들을 배열했다. 이제 해볼 도리 없이 흡수해버리는 하얀 종이, 작은 나무 고리에 걸어놓은 붓들, 물을 조금 담고 있는 속이 파인 작은 돌들, 서서히 용해시켜야 하는 압축된 형태의 먹. 나는 성대한 연회에 온 것처럼 주저앉았고, 약간의 땀이 흘러 손이 젖어 손가락들이 마치 그만큼의 수로 존재하는 언어들인 것처럼 미끄러워졌다. 배가 고팠다.

"무엇을 그릴까요?" 내가 주위를 둘러보면서 먹으로 그릴 만한 것이 전혀 없고, 묘사를 위한 붓놀림에 상응할 만한 게 전혀 없는 것을 알고 그에게 물었다. 이 질문에 그가 웃었고, 질문을 던지는 내 눈, 내 기다림, 학생의 시선이 그를 유쾌하게 만들었다.

"아무거나. 그려봐." 그가 대답했다.

끔찍한 장식으로 꾸며진 그의 작은 집에서, 그는 내게 주제가 필요하지 않다는 것을 가르쳤다. 그림을 그리는 일로 충분했다. 나는 그가 내게 무엇이든 전체와 관련이 있다는 것을 가르쳐준 것에 대단히 감사했다. 그가 내게 그것을 가르쳐주기 전에 나는 언제나 무엇을 그릴지를 자문했다. 대답이 없어도 나는 내게 흡족한 주제를 찾았다. 성공하지 못하면, 나는 질릴 때까지 주제를 탐구했다. 나는 그림을 그리지 않았다. 내가 그에게 그것을 말하면 그는 미소를 지었다. 그것은 중요하지 않았다. "나무들을 그려봐, 바위들을 그려봐, 실재하는 것이든 상상한 것이든. 그릴 것은 엄청나게 많아. 모든 것이 비슷하고, 모든 것이 달라. 그 가운데 선택하고 그림을 그리는 것으로 충분해. 선택조차 하지 않고, 단지 그리기로 마음을 먹으면, 그림이라는 무한한 세계에 마음을 열면 충분해. 모든 것이 주제를 만들 수 있어. 중국인들은 수 세기 전부터 그림을 그려왔는데, 똑같은 바위들은 존재하지 않고, 물이 없는 폭포, 매, 난, 국, 죽의 네 가지 식물은 그저 기호일 뿐이고, 같은 구름이라고 해도 먹의 농담에 따라 존재해. 그림의 생명은 주제가 아니라 붓이 보는 것의 흔적이야."

나는 그런 사실을 가르쳐준 그에게 감사했고, 그는 지나가면서 그런 말을 했다. 그림을 그리고 난 직후, 우리는 나무를 그린, 절대적인 검은 색의 아름다운 흔적들을 남겨두었다. 그 가르침이 나를 진정시켰다. 그것은 먹일 뿐이고, 숨결이다. 손이 통과하면서 생명이 지나가는 것일 뿐이고, 흔적을 남기는 것이다. 살라농이 내게 그 사실을 가르쳐주었고, 그것은 우리가 그것을 말할 때도 지속되지 않는다. 그 사실을 이해하려면 오래 걸린다. 그는 내게 아틀리에의 모든 비밀보다 훨씬 중요한 것, 기술적인 지식들에는 결여되어 있는, 훨씬 근본적인 것을 가르쳐주었다. 주제를 선택하는 것은 소용없는 일이다. 단지 그려라. 오! 그토록 나를 달래주었다니! 주제는 중요하지 않다.

"그려라, 단지. 아무것이든. 그저 그려라. 나무 앞에 너를 두어라, 그 모습을 상상해라, 그의 삶을 그려라, 돌을 들어라, 그의 존재를 그려라. 한 사람이 있다고 여겨라, 그의 현존을 그려라. 바로 그것. 유일한 현존. 돌로 가득 찬 평평한 사막조차도 그리는 것이 허용된다. 자신의 주변을 보는 것으로 시작하기에 충분하다."

무수히 많은 원천의 존재가 나를 진정시켰다. 그저 존재하는 것으로 충분하고, 완성하는 것으로 충분했다. 그는 내게 더 이상 떨지 않고 피의 강물을 보는 법을 가르쳐주었고, 그것을 그리는 법을, 내 안에서 떨지 않고 먹의 강물을 느끼는 법을 가르쳐주었고, 내 자신을 통해서 그에게로 흘러가는 것을 허락했다. 나는 볼 수 있었고, 이해할 수 있었고, 그릴 수 있었다. 그저 그린다.

나는 많은 사람이 지나가는 곳으로 갔다. 나는 누구든 그리기 위해서 역으로 갔다. 가서 대합실의 의자로 사용되는 플라스틱 의자에 앉아 행동들 속에서 흐르는 소용돌이를 관조했다. 리옹의 커다란 역은 다양한 형태의 중심이었고, 사람들이 지나가는 커다란 관의 접합체였다. 사람들은 언제나 역에서 나온다. 나는 지나가는 사람들을 그리기 위해, 누구든 그리기 위해서 역에 머물렀다. 사람들을 선택하지 않았고, 결코 그들을 다시 보지는 않을 것이다. 커다란 역은 일어난 것을 묘사하기에 완벽한 장소이다.

나는 내 곁에 앉아 있는 사람이 한 일을 이해하는 데 오래 걸렸다. 나처럼 그도 지나가는 사람들을 보았고, 그의 무릎에 둔 작은 판자에 고정시킨 인쇄된 종이 위의 빈칸에 표시를 했다. 나는 그가 표시한 것을 알지 못했고, 항목의 표제들을 읽을 수 없었고, 그가 생각하는 것을 이해하지 못했다. 눈으로 그의 뒤를 따라가보니, 경찰들이 역을 성큼성큼 걷고 있었다. 건장한 청년들이 군중 사이로 오고 갔다. 그들은 여러 그룹을 이루고 있었고, 걸어가면 곤봉이 다리를 툭툭 쳤고, 손을 벨트에 둔 채, 경찰 모자로 인해 구겨진 작은 캡 아래서, 자신들의 시선으로 방향을 알렸다. 이따금 그들은 검문을 했다. 짐을 내려놓으라고 하거나 표를 보여달라고 했고, 팔을 올리라거나 주머니를 뒤집어 보이라고 했다. 신분증을 요구했고, 가끔은 무전기로 말하면서 아무도 멈춰 세우지 않았다. 내 곁에 있던 사람이 그때 표시를 했다.

"당신은 무엇을 세지요?"

"검사하는 것이요. 그들이 누구를 검사하는지를 알기 위한 것이죠."

"그래서요?"

"그들은 모든 사람을 검사하지 않습니다. 구별은 인종적 소속을 따릅니다."

"당신은 어떻게 거기에 대해 판단을 하시죠?"

"그들이 그러는 것처럼 눈으로요."

"그다지 정확하진 않겠네요."

"하지만 실질적이지요. 인종적 소속은 설명할 수 없어도 효과적입니다. 그것은 규정될 수 없지만 측정할 수 있는 행동을 작동시킵니다. 아랍인들은 여덟 배는 더 많이 검사를 받고, 흑인들은 네 배 더 검사를 받습니다. 게다가 아무도 체포되지는 않습니다. 단지 검사의 문제이죠."

사람들을 대하는 것이 공평하지 않다. 만약 평등한 척한다면 그들이 8배는 더 수가 많다는 말이 된다. 그곳에서처럼. 그곳은 여전히 돌아온다. 그들은 이름도 없지만, 우리는 즉시 그들을 알아본다. 그들은 거기에 있다, 주변에, 어둠 속에, 너무나 많은 수가. 그곳에 대한 억눌린 추억이 숫자에조차 달라붙는다.

이어서 나는 그녀를 보았는데, 그녀는 뒤로 바퀴 달린 트렁크를 끌고 역을 가로질렀다. 그녀는 내가 사랑했고, 내 몸을 통해 느꼈던, 내 손으로 느꼈던 유연한 엉덩이를 흔들면서 걷고 있었다. 나는 계속해서 빈 칸에 표시를 하는 사회학자를 향해 인사하고 일어서서 그녀의 뒤를 따라갔다. 나는 멀리 가지 않았다. 그녀는 택시를 타고 사라졌다. 나는 결국엔 그녀를 만나야 할 거라고 혼자 생각했다. 나는 그녀에게 다가가 말을 해야 할 것이다.

나처럼 사회적으로 몰락한 상태에서 어떻게 여전히 사랑에 빠진 행동을 할 수 있다고 상상하는가? 여자들이 여전히 내 품에 그녀들을 안는 것을 허용하리라고 어떻게 이해하겠는가? 나는 모른다. 우리는 여전히 스키티아 기병들이다. 우리는 여자들에게 우리 말이 지닌 힘, 활이 지닌 역량, 달리는 속도를 헌납한다. 격렬하게 항의하는 여자들은 통계에 관심을 가져야 한다. 통계는 아무것도 말하지 않는 것처럼 보인다. 그러나 통계는 우리가 그런 사실을 모를 때조차도 어떻게 행동하는지를 보여준다. 사회적인 몰락은 고독을 가져온다. 사회에 소속되는 것은 관계 맺기에 유리하다. 나처럼 몰락한 사회적 상태에 비춰보건대, 어떤 여자들이 여전히 나를 안아주는 것이 어떻게 가능할까? 나는 모른다. 그 여자들은 산소이다. 나는 불꽃이다. 나는 여자들을 바라보고, 내 삶이 그녀들에게 달려 있기라도 한 듯 다른 것은 아무것도 생각하지 않는다. 그녀들이 없다면 나는 질식할 것이다. 나는 그녀들에게 서둘러 이야기를 한다. 그녀들은 내가 그녀들에게 말해주는 이야기 자체이다. 그것이 그녀들을 고양하고, 내게 신선한 공기를 불어넣는다. 그녀들이 내게 말하는 것을 그녀들에게 들려주면, 바로 그것, 정확하게 바로 그것이라고 그녀들이 내게 말한다. 불꽃이 타오른다. 그리고 그녀들은 헐떡인다. 그녀들에게는 공기가 부족하다. 나는 그녀들을 헐떡이게 만들면서 나 자신은 거의 가라앉는다.

그러나 그녀, 나도 왜인지는 모르지만, 그녀는 나를 탁탁 타오르게 한다. 나는 더 이상 초의 불꽃이 아니라, 모든 것을 녹일 수 있는 커다란 화덕의 불꽃이 되어, 그녀 앞에서 화염 덩어리로 타오르기 위해서 더 많은 산소만을 기다리고 있을 뿐이다.

　나는 그녀를 자주 보았는데, 단지 거리에서만 보았다. 멀리서 나는 언제나 그녀를 알아보았다. 내 존재의 민감한 부분, 눈, 망막, 뇌의 시각 담당 부분, 내 안의 모든 민감한 부분이 직감적으로 그녀가 있다는 것, 그녀의 현존을 알아차리는 것처럼 여겨졌다. 차량의 흐름 가운데서, 자욱한 매연 사이에서, 스쿠터들 사이에서, 자전거들 사이에서, 시야를 가리는 커다란 버스들 사이에서, 온갖 방향으로 가는 보행자들 사이에서, 그 모든 것 가운데서 나는 금세 그녀를 알아봤다. 내 갈망하는 망막에서 그녀의 흔적은 늘 아른거렸고, 내게는 아주 작은 징후로 충분했다. 움직이고 있는 수많은 보행자 중에서, 반대 방향의 궤도를 가고 있는 수백 대의 자동차 중에서 나는 그녀를 보았다. 나는 그녀만을 보았다. 빛을 발하는 트랩의 민감함을 가지고 나는 그녀의 현존을 알아낼 수 있었다. 나는 자주 그녀를 보았다. 그녀는 우리 집 가까운 곳에 사는 것이 분명했다. 그녀의 움직임이나 외양 말고는 나는 그녀에 대해서 전혀 몰랐다.

　그녀는 활력을 지닌 걸음걸이로 거리를 걸었는데, 걸음걸이의 특징은 톡톡 뛰는 듯하다. 나는 그녀를 자주 보았다. 그녀는 내가 느리게 걷는 거리를 가로질러 갔는데, 튀어 오르는 공과 같은 탄력을 가지고 아주 우아한 곡선을 유지하면서도 어떤 힘도 잃어버리지 않았다. 그녀의 외관에 담긴 힘, 그녀의 몸을 바탕으로 이뤄진 힘은 땅과 접촉하면서 튀어오르고 그녀를 더욱 추진시킨다. 윙윙 소리가 나는 번화한 거리에서, 거의 아무것도 아닌 것에서 나는 그녀의 현존을 알아차렸다. 나는 군중 사이를 가로지르는 춤추는 듯한 그녀의 걸음걸이를 포착했고, 모든 사람 중에서 그녀의 움직임만 보았다. 나는 아주 멀리서 그녀의 머리를 보았다. 그녀의 머리카락은 몇 가닥 은발을 제외하고는 온통 하얀색이었다. 그것은 갑작스런 그녀의 출현에 이상한 광채를 부여했다. 그녀의 목덜미 주변에서 넘실거리는 머리카락은 그녀의 걸음걸이와 똑같은 활력을 지녔다. 거기에는 조금도 푸석한 느낌이 없었고, 생기 넘치고 부풀어 오르고, 빛이 났지만, 회색이 섞인 백발이었다. 그녀의 얼굴 주변에서 그녀의 머리카락은 깃털의 외양, 하얀 솜털과 같았는데, 나뭇가지 위의 눈과 같이 정확하게 놓인 생생한 구름, 완벽하게 균형을 지닌 분명함이 있었다. 잘 그려진 그녀의 아름다운 입술, 도톰한 선을 지닌 입, 그녀는 붉은색으로 입술을 칠했다. 나는 그녀의 나이를 몰랐다. 모순적인 표지들이 나를 혼란스럽게 만들었다. 무한히. 그녀는 조금도 나이가 들지 않았고, 나와 같은 나이였다. 이따금 나는 나이를 헤아리지 않는다는 것도 모른다. 그렇지만 나이에 대한 무지, 내 나이, 그녀의 나이는 무가 아니라 지속이고, 자아의 시간이 조용히 흐르는 것을 뜻한다. 그녀는 진정한 사람들이 그러는 것처럼 모든 나이가 함께 있다. 그녀는 과거를 간직하고, 현재가 춤추듯 있고, 걱정하지 않는 미래가 있다.

나는 결코 그녀에게 말하지 않았지만 내 영혼처럼 그녀를 알았다. 도시의 삶은 우리를 1년에 몇 번 마주치게 만들지만, 내가 겪는 감정은 매일인 것처럼 믿게 만들었다. 내가 그녀를 처음 보았을 때, 그것은 짧은 순간일 뿐이었다. 자동차가 보통 속도로 가게의 진열장을 따라갔다. 나는 그때 여전히 자동차를 가지고 있었고, 따라가고, 신호등을 따라 배회하고, 다른 차들 뒤를 따라가는 데 많은 시간을 보냈다. 나는 거리에서도 다른 보행자들 정도의 속도로 걸었다. 몇 초 동안 그녀를 보았지만, 그녀를 처음 본 이미지는 갓 구워낸 점토 위를 걷는 발처럼 내 눈에 새겨졌다. 그것의 지속은 한 걸음에 불과한 시간이었을 뿐이지만, 걷는 발의 가장 미세한 것조차 새겨졌다. 건조가 되면 오랫동안 지속될 것이다. 구워진다면, 영원히 지속될 것이다.

나는 여전히 내 짝이 있고, 우리는 이미 어두워진 거리들을 차로 돌아왔다. 그리고 나는 아는 빵가게의 불이 켜진 유리창을 통해서 갑작스럽게 그녀를 보았다. 그녀는 하얀 불빛 아래 서 있었다. 나는 그녀의 색깔들을 기억한다. 검은 아이라인을 두른 보랏빛 눈, 붉은빛 입술, 작은 주근깨가 있는 피부 빛깔, 낡은 가죽점퍼의 빛나는 갈색, 얼굴 주위로 보이는 회색과 하얀색 머리칼, 그녀의 몸짓, 아름다움, 흠 없는 윤곽에 완벽하게 어울리는 빛나는 하얀색. 접히고 다시 접힌 상태로, 한마디 말처럼 몇 초 사이에 삶 전체가 내게 주어졌다. 네온 조명이 비치는 진열장 앞의 몇 초는 경이로운 밀도를 지녔고, 그 무게가 저녁 내내, 이어지는 밤 동안, 그리고 다음 날 내 영혼을 바뀌게 했다.

나는 거리 한가운데서 차를 세우고, 차를 그대로 버려두고 차 문들을 열어둔 채 빵가게 안으로 들어가 그녀의 발밑에 엎드려야 한다고, 그녀는 그런 나를 보고 웃을 게 분명하다고 상상했다. 나는 그녀에게 아주 하얗고 담백한 크림이 가득 든 슈크림을 하나 건넬 것이다. 내가 할 말을 찾으면서 말없이 그녀를 보고 있는 동안, 그녀가 혀끝으로 부드러운 크림을 맛보는 동안 좁은 거리 한가운데서 문이 열린 채 방치된 내 차는 차량 통행을 방해할 것이다. 막힌 거리의 뒤쪽에는 다른 차들이 가득 차게 되고, 이어서 인접한 거리들, 이어서 동네 전체와 리옹의 절반가량이 그렇게 될 것이다. 앞으로 나갈 어떤 희망도 없이 다리와 둑에 줄을 지어 있는 차들은, 전부 거칠게 쉼 없이 경적을 울려댈 것이다. 내가 그녀에게 할 말을 찾는 동안 사람들은 대규모로 경적을 울리면서 불평하는 것 말고는 할 수 있는 게 없을 것이다.

나는 그렇게 하지 않았고, 생각하는 것도 이내 관두었다. 나를 꼼짝 못하게 했던 정신의 동요였다. 몸이 혼자 운전을 계속했고, 주차를 한 다음에 집으로 돌아왔다. 몸이 혼자 옷을 벗고 누워서 습관대로 눈을 감고 잠이 들었다. 하지만 감은 눈꺼풀 아래서 내 영혼은 더 이상 잠들지 않았고, 자신의 언어를 찾았다.

　나는 그녀가 모르게, 내가 그녀와 함께 살고 있다고 믿게 만드는 리듬에 따라 그녀를 보았다. 나는 그녀가 입은 옷을 알았다. 멀리서 그녀의 우산을 알아보고, 그녀가 새 가방을 들면 주목했다. 나는 그녀를 향해 나아가는 일 말고는 아무것도 하지 않았다. 나는 아무것도 하지 않았고, 그녀에게 말을 걸지도 않았다. 나는 결코 그녀를 따라가지 않았다. 나는 검열관 자격으로 내 기억에서 이따금 그녀 곁에 있던 남자들의 얼굴을 지웠다. 나는 결코 그들의 관계를 알지 못한 채 그들이 바뀌었다고 생각한다. 내가 내 삶을 바꾼 이후에 리옹으로 다시 왔을 때, 그녀와 다시 부딪쳤고, 그녀는 내가 그토록 그녀와 자주 부딪쳤던 같은 거리를, 거리의 요정인 것처럼 지나갔다.

　일어날 일은 일어난다고 생각하는 사람들이 있는데, 나, 나는 거기에 대해 전혀 모른다. 그렇지만 그토록 집요하고, 끈질기게 많은 기회가 찾아왔고, 나는 결코 거기에 답하지 못했고, 결코 문을 열지 못했는데, 마침내 그녀에게 말을 걸고 싶어졌다. 사람들이 없는 커다란 카페에서 몇 테이블 건너에 그녀가 있었고, 나는 그 사실에 놀라지도 않았다. 한 남자가 그녀에게 말을 걸었고, 그녀는 상냥한 거리를 유지하면서 그의 말을 들었다. 그는 갑자기 기분이 상하고 분노해서 떠났고, 그녀는 자신을 그토록 빛나게 하는 가벼운 미소를 잃지 않은 채, 그 빛을 의식했고 그 빛이 자신에게서 나오는 것을 유쾌하게 여겼다. 나는 안도하면서 그것을 보았다. 텅 빈 카페에 우리들만 있었고, 거울에 등을 돌리고 서로 떨어져 쿠션이 있는 긴 의자에 앉아 있었는데, 결국 정적이 감도는 것을 알아차렸다. 우리는 둘이서 함께, 신경질적인 몸짓을 하면서 멀어져가는 그 사내를 보았고, 그가 문을 뛰어넘어가는 것을 거울로 보고 미소를 지었다. 카페의 홀은 50명을 수용할 수 있었는데, 우리 둘뿐이었고, 바

같은 어두워서 오렌지 불빛 가로등과 압축된 그림자들만 보였다. 내가 일어나 그녀 앞에 가서 앉았다. 그녀는 완벽한 입술 위에 아주 아름다운 미소를 띠고, 내가 말하기를 기다렸다.

"당신은 왜인지는 몰라도 알고 있습니다. 당신은 몇 년 전부터 내가 당신과 인연이 있다는 것을 압니다"라고 내가 말을 시작했다.

"나는 아무것도 모르는데요?"

"하지만 나, 나는 모든 것을 기억합니다. 당신은 우리가 함께 이어 온 삶을 듣고 싶으신가요?"

"어쨌거나 말씀하세요. 그 이야기가 마음에 들면 이어서 말을 할게요, 내가 없는 그 삶."

"당신은 관계가 있어요."

"나도 모르게요."

"우리가 하는 일을 우리는 언제나 알까요? 우리가 아는 것은 어두운 숲속 빈터 주변에 있는 나무 몇 그루뿐입니다. 우리가 진정으로 사는 일은 언제나 훨씬 광범위해요."

"어쨌든지 말씀해보세요."

"어떻게 이야기를 시작해야 할지 모르겠네요. 나는 결코 이런 식으로 사람에게 다가선 일이 없었어요. 또 결코 이렇게 오랫동안 그 사실을 모르는 어떤 사람을 경험한 적이 없었어요. 언제나 나를 벗어난 어떤 일이 내가 욕망하는 사람과 나를 연결해주기를 기다렸어요. 이미 거기에 있는 무엇, 나를 벗어난 것이 내가 동반하기를 원하는 여인의 손을 잡도록 해주기를 기다렸지요. 하지만 나는 당신을 조금도 몰라요, 우리는 우연히 서로 스쳐갔고, 그 사실이 나를 끝없이 달래줬지요. 반복되는 우연이 이야기를 만들었어요. 얼마나 많은 만남에서 이야기가 시작되는 것일까요? 나는 그것을 당신에게 이야기해야 해요."

나는 그녀에게 우리의 우연한 만남을 이야기했고, 그녀의 색에 눈부셨던 처음을 말하면서 이야기가 시작되었다. 그녀는 내 이야기를 듣고 있었다. 그녀는 내게 자신의 이름을 말했고, 다시 만나는 것을 허락했다. 나를 무장해제시켰던 미소를 지니고 뺨에 입맞춤을 했다. 나는 집으로 돌아왔다. 그녀에게 글을 쓰기를 열망했다.

나는 거의 뛰다시피 하면서 집으로 돌아왔다. 너무나 길어 보였던 계단을 힘들게 올라왔다. 잘 열리지 않는 자물쇠를 가지고 씨름했다. 열쇠가 떨어졌다. 나는 흥분해서 떨었다. 결국 문을 열었고, 쾅 소리가 나게 문을 닫고, 상의와 신발을 벗고 만능 테이블 역할을 하는 나무 테이블에 앉았다. 나는 거기에 앉아 어느 날 편지를 쓰게 될 것이라는 사실을 잘 알고 있었다. 마침내 나는 그녀에게 편지를 썼다. 빽빽하게 글씨를 채운 편지들만이 다소나마 그녀의 관심을 끌 수 있을 것이다. 나는 편지를 썼다. 그녀에게 편지를 썼다. 나는 편지 봉투 안에 무게가 나가는 여러 장의 편지를 썼다. 열정적인 내용의 편지들이 아니었다. 나는 그녀에게 하나의 이야기를, 내 이야기, 그녀의 이야기를 묘사했다. 그녀에게 리옹에서 내 걸음걸이를 이야기했고, 내가 걷는 거리에서 만나는 사물들 위에 발광체처럼 빛나는 그녀의 현존에 대해 말했다. 나는 일종의 열기 속에서, 비이성적인 고양 속에서 글을 썼고, 내가 쓴 것에는 초상화의 묘사와 같은 부드러움이 있었는데, 뒷배경으로 커다란 풍경이 보이는 웃고 있는 초상이었다. 초상화는 내가 그녀에 대해 보는 것과 비슷했고, 그녀는 나를 보고 있었는데, 뒤의 풍경은 우리가 함께 살아가는 도시로 전적으로 그녀의 색이라고 할 수 있는 것으로 그려진 풍경이었다. 그녀는 나를 다시 보기를 원했다. 그녀는 내 편지들을 읽었고, 내 편지를 읽는 것을 좋아했고, 그것이 나를 안심시켰다. "이 전부가 나를 위한 것이에요?" 그녀가 아주 부드럽게 미소를 지었다. "시작에 불과해요. 최소한의 것이지요." 내가 그녀에게 말했다. 그녀가 가볍게 숨을 내쉬었는데, 그녀의 숨결은 내게 산소를 공급해주고, 내 불꽃을 타오르게 만들었다.

나는 무엇보다 그녀를 그리고 싶었는데, 왜냐하면 그녀의 몸짓을 보여주기에 그것이 훨씬 간단한 일이었기 때문이다. 나는 그녀의 외관, 그녀에게서 영원히 뿜어져 나오는 유연한 움직임에 감탄했고, 두 손을 수평으로 둔 채 손가락 끝을 맞닿게 한, 편도 모양으로 가늘고 긴 선에서 드러나는 그녀의 몸매에 감탄했다.

나는 단 한 번의 붓질로 그녀의 몸을 그릴 수 있을 것이라고 생각한다. 그녀를 보는 일은 내 영혼을 가득 채웠다. 형태보다 존재를 더 좋아하는 쪽이 예의에 적합한 일이었지만, 육체가 아니면 존재는 보이지가 않는다. 그녀의 육체는 신비로운 방식으로 내 영혼을 기쁘게 만들었다. 나는 열렬히 그녀를 그리고 싶었는데, 왜냐하면 그것이 그녀를 드러내는 일이고, 그녀를 가리키는 일이고, 그녀의 현존을 확인하는 일이고 동시에 그녀와 결합하는 일이기 때문이다.

나는 그녀를 전체적으로, 그녀의 가벼운 발걸음에서부터 그녀의 얼굴을 은빛 후광으로 둘러싸는 솜털 구름까지 파악하기 위해서 묘사해야 하는 곡선을 사랑했다. 나는 내 팔을 둥글게 벌리게 만드는 그녀 어깨의 굴곡을 사랑했고, 그녀의 얼굴에서는 무엇보다 코의 생생한 선, 윤곽의 아름다움을 구성하는 군더더기 없는 선을 좋아했다. 코는 사람 얼굴의 정점이고, 눈, 눈썹, 입술, 민감한 귀까지, 분산되어 있는 모든 세부를 단번에 조직하는 사유이다. 코는 부드러운 사유이자 거친 사유이고, 재미있는 사유이자 재미 없는 사유이고, 유쾌한 사유, 너무 소진된 사유, 필수불가결하고 영원히 지속되는 여타의 사유이기도 하다. 여인들의 보편적인 아름다움에 기여하는 지중해적 특성은 거침없는 선을 이루는 그들 코의 당당함, 투우사의 몸짓과 같은 당당함에 있다. 이것은 지중해를 둘러싼 온갖 나라의 언어로 표현되어야 한다.

나는 코의 선에 감탄했고, 그녀의 외모에 감탄했고, 무엇보다도 손가락 끝을 닿게 한 채로 두 손을 평평하게 펼친 상태의 아몬드 모양 속에 그녀의 몸을 그리고 싶었다. 나는 그렸다.

소설 VI

# 세 개로 분열된, 육각형의,
# 십이면체의 전쟁—자기를 먹는 괴물

우리는 그렇게 알제를 떠나지 못한다. 우리는 아주 쉽게 바다를 건너지 못한다. 우리 스스로 그렇게 할 수 없다. 자리를 하나 찾아야 한다. 우리는 자력으로 시골길을 걷거나 수풀 사이로 파고들어, 걸어서 알제를 떠날 수 없다. 아니다. 우리는 그럴 수 없다. 수풀도 없고, 시골도 없고, 단지 물, 건널 수 없는 바다가 있다. 배나 비행기에 자리를 마련하지 않는 한 우리는 알제를 떠날 수 없다. 문 위의 난간에서 우리는 바다와 수평선을 볼 수 있다. 하지만 저 너머로 가기 위해서는, 배가 필요하고, 스탬프가 필요하다.

빅토리앵 살라뇽은 여러 날 동안 배가 출발하기를 기다렸다. 그는 바다를 보면서 등 뒤에서 나라 전체가 자신을 짓누르는 것을 느꼈다. 알제의 소란스럽고 피에 물든 덩어리가 자신의 뒤에서 으르렁거리고, 빙하처럼 물속까지 미끄러져 들어갔다. 그는 건너가고 싶은 바다와 잔잔한 수평선에 집중했다. 그는 떠나고 싶었다.

그들이 머문 마지막 여름 회색빛 새벽에, 몇 명의 식민지 주둔 낙하산 부대 대원들이 지프차를 타고 항구 쪽으로 불쑥 길이 이어진 레퓌블리크 거리로 왔다. 이 거리는 한쪽 면만 있었고, 다른 쪽은 바다였다. 그들은 지프차에서 기지개를 펴면서 내려 차분한 걸음으로 난간까지 가서 팔꿈치를 괴었다. 그들은 붉은빛을 띠는 회색 바다를 바라보았다.

위장 군복 차림의 사람들로 가득한 지프차가 도로 위 아무 데서나 멈추고, 사람들이 떠난다. 그들은 뛰어내리고, 달리고, 건물로 몰려 들어가 네 계단씩 올라가고, 발로 차서 문을 열고 비틀거리지 않고 그들을 따라오려고 애쓰는 사내들을 데리고 다시 내려온다. 그날 회색빛 새벽에, 그들이 마지막으로 거기 머문 여름, 그들은 기지개를 펴면서 내려왔고 길게 줄을 이었다. 다섯 명의 낙하산 부대원은 느린 동작으로 소매를 걷어 올린 낡은 전투복을 입은 채 손을 주머니에 넣고, 저마다 혼자인 것처럼 갔다. 그들은 문 위쪽의 난간까지 와서 서로 몇 미터 간격으로 난간에 기댔다. 거리에는 안개가 자욱했다. 이따금 폭발음이 대기를 흔들었고, 선명한 파열음을 내면서 거리로 유리가 쏟아졌다. 건물의 깨진 창문들 사이로 불꽃이 윙윙거리는 소리를 냈다. 그들은 붉어지는 바다를 바라보았다.

그들은 팔꿈치를 기댄 채 아침에만 존재하는 신선함을 즐기고자 머물러 있었다. 막연히 먼 곳을 바라보면서, 가장 빨리 수평선 너머로 가기를 꿈꾸면서, 말없이, 내면 가장 깊숙한 곳에서 피로를 느끼면서 있었다. 마치 잠들지 못하고 긴 밤을 보낸 것처럼, 잠들지 못한 여러 날을 보낸 것처럼, 잠들지 못한 여러 해를 보낸 것처럼 황폐해진 알제를 보면서 끔찍한 숙취로 고통을 느끼듯 있었다.

그 모든 것이 아무것에도 소용이 없었다. 피는 아무짝에도 쓸모가 없었다. 피는 헛되이 널리 퍼져갔지만 이제는 더 이상 흘러가지 않았고, 알제의 기울어진 거리로 폭포처럼 흘러내려갔고, 분출하는 피들은 바다로 쏟아져 들어가 부패한 수면을 만들었다. 아침에 해가 뜨면 바다는 붉은색이 되었다. 난간에 팔꿈치를 기댄 낙하산 부대원들은 문 너머에서 바다가 붉어지고 짙어지다가 피바다로 변하는 것을 보았다. 그들 뒤에서는 사람들이 밤사이에 파괴한 모든 건물의 깨진 유리창에서 불꽃들이 윙윙거리고, 검은 연기들이 거리로 퍼져가고, 사방에서 비명 소리가 들리고, 거친 열정의 소리들, 증오, 분노, 공포, 고통과 도시를 가로지르는 사이렌 소리들, 왜인지는 몰라도 여전히 마지막 구호 업무를 하는 기적의 사이렌 소리들이 울렸다. 이어서 해가 정확하게 떠오르고, 바다가 푸른빛이 되고, 열기가 피어오르기 시작하자 낙하산 부대원들은 거리에 주차한 지프차로 돌아왔다. 거리를 지나는 사람들은 두려워하면서 그들을 피했다. 그들은 아무것도 후회하지 않았지만 누구에게 그 사실을 말해야 할지를 알지 못했다. 그 모든 것이 아무짝에도 소용이 없었다.

마침내 그들이 거대한 배를 타고 떠났다. 그들은 장비를 정비하고, 별로 실용적이지 않지만 담기 쉬운, 원통형 가방에 짐을 전부 꾸려 넣었다. 커버를 씌운 트럭을 타고 도시를 가로질렀지만 거기에서 대단한 것을 보지는 못했다. 그들은 대단한 것을 보지 못하는 게 더 좋았다. 알제가 불탔다. 알제의 벽들은 포탄의 충격으로 부서지고, 거리에는 엉긴 피 웅덩이가 있었다. 차들은 문이 열린 채 거리 한가운데서 움직이지 않고, 부서진 물건들이 문 앞에서 타버리고, 유리창은 유리 파편들이 무더기를 이루는 가운데 활짝 열려 있었다. 하지만 누구도 개의치 않았다. 그들은 마치 그렇게 하는 법을 안다는 듯 줄을 맞춰서 배의 트랩을 통해서 올라갔다. 그들은 마지막으로 그렇게 하는 것 같은 인상을 주었다. 그 모든 일이 아무 소용이 없다는 것과 그들도 아무 소용없다는 인상을 주었다. 그들은 더 이상 소용이 없었다.

　배가 부두에서 멀어지고 출발했을 때 많은 사람이 아무것도 보지 않으려고 3등 선실에 틀어박혀 있었다. 기계 소리는 점차 약해졌고, 마침내 아무 소리도 들리지 않게 되었다. 다른 사람들은 갑판에 머물면서 멀어져가는 알제, 항구, 선창, 아랍인들이 거주하는 카스바를 바라보았다. 알제는 마치 얼어붙은 정수리 같았는데, 거기에서 피가 흘러나왔고 항구는 동요했고, 해변 도로에는 군중이 있었다. 알제가 멀어졌고 그들이 있는 곳까지 북아프리카에 주둔하는 프랑스군의 원주민 보충병들의 외침 소리가 들렸다. 그들은 원주민 보충병들을 희생자라고 생각했지만, 그런 생각은 스스로 예의와 임기응변을 간직하기 위한 것이었다. 하지만 그들은 잘 알고 있었다. 그들이 이 피의 나라에서 겪은 것들, 해변 도로의 흥분한 군중이 내지른 비명 소리들, 그것은 우리가 사지를 절단하고, 거세하고 산 채로 불태워 죽인 원주민 보충병들의 것이라는 사실과 피눈물이 흐르는 안개 속에서 그들의 눈물과 그들의 피, 떠나가는 배를 본다는 사실을 잘 알았다. 그들은, 떠나는 그들, 자신들이 듣는 절규가 자신들이 죽인 원주민 보충병들의 것이라고 생각했다. 그들은 그저 마음을 놓기 위해서, 그들을 영원히 잠들지 못하게 만들, 더 잔혹한 다른 이미지들을 떠올리지 않기 위해서 그렇게 생각했다. 하지만 그들은 잘 알고 있었다. 단연코 아무것도 변하지 않는다. 인간은 비명을 내지르는 역량을 지닐 뿐이고, 일단 공격을 받으면 그들을 죽이거나 목수의 연장을 가지고 하나씩 하나씩 그의 육체를 조각내는 일 말고는 아무것도 달라질 게 없다. 배의 갑판에서 알제가 멀어져가는 것을 보는 낙하산 부대원들은 예의상, 우리가 그들을 죽였고, 그 사람들이 비명을 지르고 있다고 생각하는 쪽이 편했다. 그들에게 재빨리 행해진 일이었고, 그것은 자신들에게도 마찬가지였다.

둔중하고 규칙적인 기계 소리의 리듬에 따라 프랑스로 향하고 있는 배가 지중해의 한가운데 왔을 때, 한밤중에 갑판에 있던 살라뇽은, 자신의 인생에서 오직 단 한 번 눈물을 흘렸다. 그는 갑자기 너무나 오랫동안 참아왔던 눈물을 전부 쏟아냈다. 그는 자신에게 없어진 인간미와 그가 완전히 쟁취하는 법을 모르고 간직하는 법도 몰랐던 자신의 남성성 때문에 울었다. 날이 밝자 그는 햇빛이 비치는 마르세유를 보았다. 그는 기진맥진했고 눈물이 메말랐다.

그렇지만 그것은 좋은 시작이었었다. 그들은 한겨울에, 우중충하고 칼날과 같이 예리한 바람 뒤에 숨어버린 태양으로 인해 가혹한 지중해의 겨울에 알제에 도착했었다. 그들은 유럽 도시들의 거리에서 퍼레이드를 했었고, 조슬랭 드 트랑바사크가 선두에 섰는데 동작 하나하나마다 놀라울 정도로 경직되고 정확했고, 놀라울 정도로 힘이 있었다. 그는 사람들의 선두에 서서 퍼레이드를 했고, 살라뇽 대위는 리옹과 비슷한 유럽 도시의 거리에서, 마르세유에서, 그들에게 박수를 보내는 프랑스 사람들로 가득한 곳에서 퍼레이드를 했었다. 그들은 사단 전체가 소매를 걷어 올린 전투복을 입고, 조각 같은 미소를 짓고 턱을 당긴 채 잘 단련되고 비쩍 마른 몸으로 모두가 발을 맞추면서 걸어갔었다. 그들은 이기게 될 것이었다. 그들은 도시에 들어왔고, 승리를 위해서 그들이 원했던 것을 할 수 있었다. 결국 그들이 이긴다면 그들이 원하는 것을 할 수 있었다.

겨울 해가 비추는 1월 어느 날 그들은 알제에 들어갔었고, 유연하고 민첩하고 거리낌이 없는, 우리가 체험할 수 있는 가장 잔인한 전쟁으로 단련된 그들은 유럽의 시민들이 박수를 보내는 가운데 함께 거리로 갔었다. 그들은 살아남았고, 모든 일을 겪고 살아남았고, 그들은 승리할 것이었다. 그들은 전부 영혼이 없는 전쟁 기계였고, 살라뇽은 이 기계를 조종하는 자, 무리의 우두머리, 1백 명의 군인을 이끄는 자, 그에게 맡겨진 청년들의 안내자였고, 알제에 거주하는 프랑스 사람들이 거리를 따라서 늘어선 채 그들을 향해 박수를 보냈었다. 프랑스 거주자들, 다른 거주자들이 있었는가? 우리는 그것을 보지 못했다.

알제에서 폭탄이 터졌다. 자주 그랬다. 모든 것이 폭발할 수 있었다. 바에 있는 의자, 땅에 떨어진 가방, 버스 정류장. 멀리서 폭탄 소리가 들리면 사람들은 처음에는 놀라서 뛰었지만 몇 분이 지나면 가라앉았다. 사람들은 한숨을 쉬었다. 그러고 나면 심장은 다시 조여들기 시작하고, 여기에서 다른 폭탄이 터질 수 있었다. 사람들은 마치 심연이 열릴 수 있기라도 한 것처럼, 마치 매 순간 땅이 꺼질 수 있다는 것처럼 거리를 계속 걸었다. 사람들은 가방을 멘 아랍인이 있으면 거리를 두었다. 얼굴을 가릴 수 있는 하얀 베일을 두른 여자들과 부딪치면 비켜갔다. 우리는 그들이 더 이상 움직이지 않기를 바랐고, 그들, 어쩌면 더 이상 아무 일도 일어나지 않도록 그들을 죽이고 싶어 했다. 사람들은 힐끗 보아서는 그들의 특성이나 외양을 판단할 수 없는 사람들 앞에서 불쾌한 혼란을 느꼈다. 행인들의 외양에 따라서 거리를 바꿨다. 유사성이 목숨을 구해줄 수 있는 것처럼 여겨지는 듯했다. 사람들은 무엇을 해야 할지 몰랐고, 그들을 그것이라고 불렀다. 그들, 인도차이나에서 돌아온 헐벗은 늑대들인 그들은 알았을 것이다. 그들은 살아남았었고, 사람들은 그들의 힘을 믿고 의지했었다.

그들은 알제 위쪽에 있는 무어풍의 커다란 별장에서 거주했다. 그 집에는 커다란 지하실, 창살 달린 창문이 있는 작은 방들, 굳게 닫아 건 침실들로 분할한 다락방들, 예전에 댄스홀로 썼던 호화롭고 큰 방이 하나 있었는데, 거기에서 조슬랭 드 트랑바사크는 장교들을 소집했다. 장교들은 서서 그의 말을 들었고, 손을 등 뒤로 한 채 어떤 경우에도 포기하지 못할 규정에 따른 부동자세를 취했다. 멀리서 폭탄 하나가 터졌다.

"여러분은 낙하산 대원들이다, 직업군인들이다. 나는 여러분의 능력을 알고 있다. 하지만 전쟁의 양상이 바뀌었다. 더 이상 비행기에서 뛰어내리거나 숲을 달리는 것이 문제가 되지 않고, 아는 것이 중요하다. 아쟁쿠르의 전투*가 있던 시기에는, 활을 쏘는 것과 멀리서 아무런 위험 없이 사람을 죽이는 일은 기사의 명예와 양립이 불가능했다. 프랑스 기사단은 나무 화살로 무장한 보잘것없는 무리들에게 희생당했다. 여러분은 프랑스에서 온 새로운 기사단이고, 현대전에서 사용되는 무기들을 거부할 수 있지만, 그러면 여러분은 죽게 될 것이다."

"우리에겐 힘이 있다. 사람들은 우리에게 정복의 임무를 부여했다. 우리는 미국의 비행기 조종사들처럼 우리의 적들을 보호하는 알제의 일부를 없애버릴 수가 있다. 하지만 그것은 아무런 소용이 없다. 그들은 폐허가 된 잔해 아래서 살아남을 것이고, 소강상태를 기다리면서 그 수가 배가 되어 다시 돌아와 공격할 것이다. 우리와 싸우는 사람들은 숨지 않지만 우리는 그들이 누구인지 알지 못한다. 우리는 그들과 마주칠 수도 있고, 그들은 우리에게 인사하고, 그들이 우리를 괴롭히지 않는 한 그들에게 말을 걸 수 있지만 그들은 기다린다. 그들은 몸속에, 얼굴 뒤에 숨는다. 얼굴들 아래로 숨은 적들을 격퇴해야 한다. 여러분은 그들을 찾아내게 될 것이다. 여러분은 우리가 혐오스러워하는 수단들을 이용해 끈질기게 진정한 죄인이 누구인지를 심문할 것이다. 여러분은 자신이 누구인지를 의식하는가? 그렇다면 우리는 질 수 없다."

---

* 아쟁쿠르는 북프랑스의 마을로, 백년전쟁 중인 1415년 이곳에서 헨리 5세의 영국군(활을 쏘는 보병)과 프랑스군(기병대)이 전투를 벌였다. 결과는 프랑스군이 대패했다.

그는 빙그레 웃으면서 연설을 끝냈다. 민첩하고 단호한 그의 부하들의 얼굴 위로 어두운 미소가 스쳐갔다. 전부 구두 뒤축을 치면서 인사했고 임시 사무실로 되돌아왔다. 무어풍의 커다란 별장의 각 귀퉁이마다 존재하는 사무실에는 학교 책상들이 있었다. 조슬랭 드 트랑바사크의 커다란 방에는 조직도가 설치되어 있었고, 거기에는 화살표 표시로 피라미드 모양으로 서로 연결된 빈칸들이 있었다.

"이것은 적진이고, 전투 대형이다. 여러분은 각 칸에 이름을 적어둬야 하고 모두 그것을 막아야 한다. 그것이 전부다. 모든 임무가 완성되면, 모든 것이 드러난 군대는 사라지게 될 것이다."

마리아니는 그런 사실에 만족했다. 그는 더 이상 읽지 않았고, 책을 통해 습득한 그의 놀라운 지성은 커다란 조직도를 채우려고 전념했다. 그는 단어들인 양 사람들을 이용했다. 이름을 적었다가 지웠고, 연필과 지우개를 가지고 작업했다. 현실 속에서는, 하얀 조직도 위에 노출된 총괄적인 사유라는 참혹한 메아리처럼 우리는 사람을 포착했고, 다루었고, 이름을 알아냈고 내몰았다.

어떻게 사람들을 발견하는가? 사람은 **정치적 동물**이다, 사람은 결코 혼자서 살지 못하고 언제나 사람은 다른 사람들을 통해 알려진다. 그것은 작살로 낚시를 해야 하고, 진흙탕 물에 무턱대고 무기를 쑤셔 박은 다음 올라오는 것을 봐야 한다. 각각의 탈취는 다른 것을 야기한다. 살라뇽 대위는 무장 군인 두 명을 데리고 도시 경찰의 진지로 갔다. 그는 아랍인들의 감시 파일을 요구했다. 셔츠 바람의 경찰 공무원은 살라뇽에게 그것을 주고 싶어 하지 않았다. "이것들은 기밀 서류이고 경찰 소유입니다." "그것을 제게 주시지 않으면 제가 그것을 가져갑니다." 그는 천 상자 속에 권총을 가지고 있었고, 등 뒤로 손을 교차해 잡고 있었다. 그와 함께 온 군인 두 명은 기관총을 들고 있었다. 셔츠 차림의 사내는 선반을 가리켰고, 그들은 파일이 가득 담긴 갈색 나무 상자를 가지고 다시 떠났다.

우리는 거기에서 경찰이 주목하고 있었던 사람들의 이름과 주소를 발견했다. 그들은 부랑자, 선동가, 조합 운동가 들이었고, 민족주의, 행동의 의지, 반항 정신을 드러냈다. 모든 파일은 조건법으로 작성되었는데, 밀고자들이나 스파이들이 부족해서 소문을 활용했기 때문이다. 알제에서 일어나는 소요의 모든 소문은 이 상자들 안에 담겨 있었다.

그들은 왜 폭탄이 터지는지 그들에게 묻기 위해서 파일에 언급된 사람들을 별장으로 데리고 왔다. 누가 폭탄을 설치했는가, 만약 그들이 모른다면 누가 아는지 이름을 물었다. 그리고 그를 찾으러 갔고 다시 시작했다. 낙하산 부대원들은 정보를 알아내려고 거기 있었고, 그 일에 전념했다. 그들은 쉬지 않고 질문을 던졌다. 약육강식의 세계에서 추격하고, 함정을 파고, 적을 찾았다. 그가 저항하면, 그를 파괴시켰다. 우리가 그들 중 일부를 통해 무언가를 알아내면 더 이상 그들을 다시 보지 않았다.

지프차가 밤낮으로 별장 주위로 자주 드나들었다. 우리는 외출복 차림이거나 잠옷 차림인 사람들, 어리둥절하고, 겁먹고, 수갑을 차고, 간혹 상처를 입거나 부어오른 상태의 사람들을 데려왔다. 그 사람들은 언제나 뛰면서 이동하는 낙하산 부대원들에게 떠밀렸다. 그들은 빨리 해야 했다. 무어풍 별장 지하실에서 하나의 이름이 주어지면, 전투복 차림의 낙하산 부대원 네 명을 여러 대의 지프차에 태우고 출발했다. 그들은 전속력으로 구불구불한 비탈길을 내려갔고, 집 입구에서 멈추었다. 그들은 지프차가 멈추기도 전에 차에서 뛰어내렸고, 뛰어서 안으로 들어가, 계단을 뛰어올라, 남자 하나나 둘을 데리고 돌아와 차에 실었다. 그들은 차의 시동을 켜놓았다. 그들은 갈 때 그랬듯이 차에 앉아 다시 무어풍 별장으로 돌아가는데, 그들에게 끌려온 한두 명의 사내는 그들의 발아래 웅크리고 있어서 우리는 등만 볼 수 있었다. 거기, 그들은 포탄이 왜 폭발하는지를 알려고 애썼고, 다른 지프차가 바퀴를 삐걱거리면서 나갈 때까지 계속 그랬다. 지프차에는 한 시간가량 걸려 다시 돌아온 전투복 차림의 낙하산 부대원 네 명이 타고 있었다. 그들은 다른 사람들을 데리고 왔는데, 어떤 값을 치르더라도 여전히 알고자 하는 것이 있는 사람들이었다. 그렇게 상황이 이어졌다. 어떤 이름이 주어지면, 시간 안에 지프차로 그를 데리고 온다. 전투복 차림의 군인 네 명이 함께 지프차로 가서 그를 데리고 왔다. 그의 이름이 말해졌던 바로 그 지하실에서 그에게 질문을 던졌다. 말은 원료대로 작동하고, 우리는 프랑스어만 사용했다. 아침이면 장교들이 별장의 지하실에서 올라왔다. 연필 한 자루와 다소 구겨지고, 이따금 더럽혀지기도 한 수첩을 들고서. 그들은 커다란 방으로 갔는데, 그 방은 유리창 틈을 통해 떠오르는 태양이 커다란 총괄 조직도를 비추고 있었다. 그들은 커다란 방 입구에서 햇빛 때문에 눈이 부셔서 멈췄고, 방은 벽들 사이에 텅 빈 공간으로 이뤄졌고, 아침의 침묵이 흐르고 있었다. 그들은 기지개를 켜고, 장밋빛으로 변해가는 하늘을 바라보았고, 이어서 조직도 쪽으로 다가가 수첩 각 페이지에 적혀 있는 것을 옮겨 적었다. 살라뇽은 매일 조직도의 칸들이 채워지는 것을 보았고, 인쇄 방식과 같이 정확하게 빈칸에 채워가는 것을 보았다. 조직도가 다 채워지면 그 일은 끝날 것이었다.

조슬랭 드 트랑바사크는 핀을 꽂아놓은 지도 앞에서 제국의 원수와 같은 주의력을 가지고 조직도의 변동 추세를 따라갔다. 그는 사람들이 조직도를 채울 때면 아침마다 거기에 있었고, 지하실에서 올라온 사람들에게 무엇보다 먼저 손을 내밀도록 요구했다. 밤새 일한 그들의 손은 더러웠고, 그는 성난 몸짓으로 그들을 사무실의 세면대로 보냈다. 그들은 손을 씻고 조심스럽게 닦아야 했다. 손이 깨끗해야만 조직도의 편성표로 다가가 그것을 채우는 작업을 할 수 있었다. 조슬랭 드 트랑바사크는 조직도에 얼룩이 생기는 것을 못 견뎌 했다. 그 상태를 유지해야 했고, 그렇지 않으면 전체를 다시 복사하게 했을 것이다.

건물은 종려나무가 자라나는 칙칙한 정원으로 둘러싸여 있었다. 나무들의 그림자는 들쑥날쑥하고 계속 움직여, 아무도 그곳에서 산보하지 않았고, 아무도 길 위를 덮고 있는 떨어진 종려나무의 잎사귀들을 치우려고 하지 않았다. 빛이 새어드는 차양의 덧문은 고양이의 눈꺼풀처럼 반쯤만 닫혀 있었다. 그들은 바깥의 눈부심, 어둠 속의 빛줄기와 종려나무의 움직임을 통해서만 알제의 낮을 보았다. 건물의 덧문들은 결코 열리지 않았다. 안에서는 여러 종류의 냄새가 났는데, 땀 냄새, 담배 냄새, 망친 요리 냄새, 화장실 냄새, 기타 다른 냄새들. 이따금 바다 쪽에서 바람이 약간 불어왔지만 아주 약하고, 아주 드물게 불어왔다. 매미가 울었지만 소나무숲 향기가 나지는 않았다. 그들은 도시에 있었고, 일을 했다.
 그들이 지하실에서 작업하는 동안 커다란 전축 위에 음반들을 올려 음악을 듣자는 생각을 맨 처음 한 것은 마리아니였다. 건물의 정원 너머는 길가로 향했는데, 사람들이 지나다녔고, 건물의 위층들에서는 지하실의 작업 소리가 들렸다. 그것은 영원히 혼란스럽게 만들었다. 사람들은 댄스파티에서 나오는 정도의 볼륨으로 전축을 틀어놓고 몇 시간이고 음악을 들었다. 건물 앞을 지나가는 사람들은 샹송들과 유행하는 여가수의 디스크에 실린 노래 전부를 들었다. 볼륨을 최대한 높였다. 작업하는 소리들은 음악과 뒤섞여 거의 들리지 않았는데, 음악 소리는 미묘한 부조화 속에서 제대로 들리지 않았고 단지 설명할 길 없는 불쾌감만 느껴졌다. 그 순간 건물 앞을 지나면서 음악을 듣고 있었던 사람들에게 그것은 프랑스풍과 지중해풍이 뒤섞인 변형으로 낯선 불편함을 불러일으켰다.

마리아니가 금테 두른 검은 안경을 쓰고 자신의 사무실로 들어왔을 때, 의자에 앉은 용의자가 무의식적으로 다리를 오므렸다.

마리아니는 웃으면서 온갖 서류와 연필 들이 치워진 작업 테이블 위에 엉덩이를 걸쳤다. 여기에서 사람들은 일대일로 작업한다. 주변에는 그의 아주 작은 몸짓에도 복종을 다하는 맹견들이 있다. 찢어진 옷을 입고 그의 앞 의자에 앉아 있는 젊은 아랍인은 손이 묶인 상태였다. 얼굴에 드러나는 혈통 때문에 다소 조롱 섞인 냉대를 하게 만들었다.

"넌 뭐야?"

"아무것도 하지 않았습니다, 장교님."

"거짓말하지 마. 뭘 하지?"

"의대생입니다. 전 아무것도 하지 않습니다."

"의학 전공이라고? 너는 프랑스를 이용해먹고, 정작 프랑스를 돕지 않네."

"전 아무것도 하지 않았습니다, 장교님."

"네 형제가 사라졌어."

"저도 잘 압니다."

"넌 그가 어디 있는지 알고 있어."

"전 모릅니다."

"너희들은 모두 형제야, 그렇지 않아?"

"아닙니다, 제 혈육하고만 그렇습니다."

"그래서, 네 형제는 어디 있지?"

"전 모릅니다."

"네 형제는 은신처에 있어."

"전 모릅니다. 어느 날 사라졌습니다. 전 아무것도 모릅니다, 사람들이 그를 찾으러 왔습니다."

"형제가 은신처에 있는 인간의 말을 어떻게 믿지?"

"저와 제 형제는 다릅니다."

"하지만 넌 형제야. 넌 그와 닮았어. 네 안에 그가 있고 그는 은신처에 있어. 어떻게 널 믿게 만들지? 네 형제가 있는 곳을 우리에게 말해주길 바란다. 누가 그와 접촉했지? 우리는 사람들이 어떻게 은신처로 가는지를 알고 싶다."

"전 진짜 아무것도 모릅니다. 전 의학을 공부하는 학생입니다."

"넌 우리에게 네 형제가 있는 곳을 말해야 해. 너희들은 서로 닮았지. 너는 알아. 네 얼굴에 그렇게 씌어 있다고. 우린 네 얼굴과 네 형제의 얼굴을 겹쳐놓을 수 있지. 어떻게 모를 수가 있지?"

그는 고개를 흔들었다. 고통이나 두려움보다는 절망으로 울었다.

"전 전혀 모릅니다. 전 의대생입니다. 전 공부에 전념합니다."

"그래, 하지만 너흰 서로 형제야. 그리고 그는 은신처에 있고. 너는 조금은 알아, 네 안에는 네 형제와 닮은 구석이 있고, 그러니 그가 어디에 있는지를 알지. 네가 우리에게 감추고 있는 게 바로 그거야. 넌 우리에게 그걸 말해야 해."

마리아니는 손을 벌린 채 앉아 그에게 개들을 가리켰다. 개들은 그의 팔 아래서 그를 잡고 매달렸다. 마리아니는 금테 두른 검은 안경을 쓰고 미동도 없이 작업 테이블에 앉아 있었다. 차양 덧문을 통해 스며든 햇빛 줄기가 빈 테이블 위를 비췄다. 그는 그들이 다시 오기를 기다리고, 그다음 그의 사무실로 연달아 오는 다른 사람들을 기다렸다. 그들은 알고 있는 것을 말할 것이고, 모든 것을 말할 것이다. 그게 일이다.

살라눙은 언제나 숨을 참으면서 내려왔고, 구역질을 느끼면서 숨을 쉬고, 비로소 익숙해졌다. 몇 번이고 숨을 쉬고 나면 고약한 냄새들은 더 이상 지속되지 않고, 지속되는 것은 냄새를 맡지 못한다. 닫힌 문들 사이로 혼잡한 소리들이 나오고, 지붕 아래서 울리고, 지하실 크기로 축소된 역의 홀에서 나는 소음과 섞였다. 사람들은 여기에 포도주를 보관했지만, 그들은 남아 있는 것을 다 비웠고, 전기를 설치하고, 천장에 알전구를 달고, 좁은 계단을 통해 힘들여 철제 테이블들과 욕조들을 가지고 내려왔다. 거기에 남아 있던 낙하산 부대원들은 더러운 작업복을 입은 채 상의는 가슴까지 풀어 헤치고, 바지와 소매는 젖어 있었다. 언제나 조심스럽게 문을 다시 닫고 복도를 지나가는 그들은 초췌하고, 열린 동공은 우물의 입구처럼 두려움을 주고, 마치 얼굴에서 튀어나올 것만 같았다. 트랑바사크는 그들이 그렇게 보이는 것을 원치 않았다. 그는 부하들이 단정하고, 잘 다려진 옷을 입고 기력이 왕성해 보이기를 요구했다. 세탁 세제를 한 통 부어 옷을 빨아 입고, 자기 앞에서는 분명하게 말하고, 효율적으로 움직이기를 바란 것이다. 부하들은 매 순간 자신들이 해야 할 일을 알았다. 그는 언론에 부하들이 당당하고, 민첩하고 기세 있어 보이게 했다. 모든 것을 꿰뚫어보고, 알제를 엑스선 촬영하듯이 검토하고, 얼굴 뒤에 숨은 적을 가려내고, 신체의 미로를 지나서 그것을 추격하는 밝은 눈을 지닌 모습으로 보이도록 말이다. 그러나 어떤 사람들은 낮 동안에도 무어풍의 건물 지하의 은둔처에 처박혀 헤맸다. 심지어 지상에 남아 지프차로 수송을 담당하고, 용의자를 체포하고, 커다란 일람표를 채워가는 낙하산 부대 장교들조차 두렵게 만들었다. 그들, 그 사람들을 트랑바사크에게 보여주지 않았고, 그도 그 사람들을 보려고 하지 않았다.

무장한 낙하산 부대원들에게 잡혀 수갑을 차고, 억지로 끌려와 떼밀린 어떤 사람들은 생기를 잃었다. 그들은 지하실의 축축한 냄새를 맡았을 뿐이고, 복도에서 마주친 사람들의 귀신 들린 시선에 모습을 되비쳤는데, 지하실의 사람들은 땀으로 범벅이 된 채 옷을 풀어 헤치고 있었는데, 앞섶은 젖어 있었다. 다른 사람들은 고개를 들어 조심스럽게 그들 뒤에서 문을 닫았다. 그들은 좁은 지하실로 다시 돌아왔다. 그곳엔 알전구 아래 수첩을 들고 질문을 던지는 장교가 한 명 있었는데, 질문하는 일은 거의 없고, 다른 두세 명의 장교는 더럽고 더 말이 없고, 겉모습은 마치 피로에 찌든 자동차 정비공들 같았다. 지하실 벽을 따라 흐르는 웅성거림이 들렸고, 좁은 지하실 한가운데는 연장들, 냄비 하나, 통신 비품들, 거기에 있다는 것이 놀라운 가득 찬 욕조가 한 개 있었다. 욕조를 가득 채운 물은 더 이상 물이 아니고, 천장에 달린 알전구 아래서 더럽게 빛나는 혼합된 액체였다. 일은 그렇게 시작되었다. 그들은 심문했고, 프랑스어로 행해졌다. 그들은 잡혀온 사람들을 올려 보냈고, 이따금 옮겨야 하기도 했다. 그 사람들은 다시 돌아오지 않았다.

그들이 이름 적힌 수첩을 들고 다시 올라갔을 때 살라뇽은, 과연 그 사람들이 폭탄 제조자들을 잡을 수 있을 만큼 빨리 움직였던가, 폭탄 설치자들을 잡을 수 있을 정도였던가, 폭탄은 아마 버스 안에서 터지지 않을 것이라고 아주 막연하게 생각했다. 그들은 전부 거의 같은 생각을 했지만, 그 사실을 모르는 지하실의 귀신들만은 예외였다. 그들은 물고문을 당해 물을 뱉어내느라 대답할 수 없는 사람들에게, 감전으로 턱이 마비되어 어떤 소리도 내뱉지 못하는 사람들에게 끝없이 같은 질문들을 반복했다. 트랑바사크는 언론을 향해 아주 명료하게 설명했다. "우리는 영혼이 없는 상태로 즉각 행동해야 합니다. 언제 터질지도 모를 폭탄을 스무 개가량 설치한 어떤 사람을 데리고 왔는데 그가 침묵한다면, 그리고 폭탄 설치 장소를 말하지 않으려고 한다면, 그래서 폭탄이 곧 터지게 된다면, 말을 하게 만들기 위해서는 예외적인 수단들을 사용해야 합니다. 만약 우리가 폭탄을 숨긴 테러리스트를 잡는다면, 우리는 즉각 그에게 질문을 던져 새로운 희생을 막아야 할 것입니다. 우리는 모든 수단을 동원해 재빨리 그에 관한 정보를 수집해야 합니다. 대답을 거부하는 사람이 바로 범죄자인데, 그의 손에는 피할 수도 있었을 수많은 희생자의 피가 묻어 있기 때문입니다."

그렇게 본다면, 그것은 완전무결했다. 이유는 완전무결했고, 사람들은 그것을 반복할 수 있었다. 흠 없는 정당화는 언제나 이와 같이 구축되었는데, 서툰 사람들만이 예외였다. 이유가 정당한 까닭은 그것이 원칙이기 때문에 그렇다. 사실 폭탄 설치 사실을 알고 있는 테러리스트를 잡으면 당연히 서둘러 질문하게 된다. 서둘러 질문하는 것, 압축하는 것, 고통을 가하는 것, 착취하는 것, 그런 것은 중요하지 않다. 중요한 것은 즉각적으로 행해진다는 사실이다. 그런 관점에서 본다면, 불가피한 일이다. 그들이 폭탄 스무 개를 설치한 사실을 아는 사람을 아무도 잡지 못하는 경우를 제외한다면 말이다. 그들은 2만 4천 명의 사람들을 체포했고, 그들이 무슨 일을 했는지에 대해서는 아무것도 몰랐다. 그들은 사람들을 무어풍의 건물로 끌고 가 질문을 던졌다. 그리고 그들의 일은 누가 폭탄을 설치했는지를 심문하는 것이었다.

트랑바사크는 사람들에게 범죄자를 체포하고 심문하는 일은 그들의 죄를 밝히기 위한 것이 아니라 악행을 제지하기 위한 것이라고 주장했다. 그런데 그들은 체포와 심문을 통해 범인들을 만들어냈다. 어떤 사람들은 우연히도 전에 죄를 지은 사람들이었고, 다른 사람들은 아니었다. 많은 사람이 죄를 지었거나 그렇지 않거나 사라졌다. 그들은 그물을 던져놓고 온갖 종류의 물고기들을 잡았다. 범인이 무슨 일을 했는지를 알 필요가 전혀 없었다. 이름 하나로 충분했고 그들은 모든 일에 몰두했다.

그 무렵 트랑바사크는 재주가 있었다. 그가 언론을 상대로 말한 것은 무어풍 건물에서 일어난 일에 대한 이유였고, 사람들은 같은 방식으로 반백 년의 세월 동안 그 말을 반복했다. 그것은 바로 사람의 정신에 영향을 미치고, 누가 맨 처음 그런 말을 썼는지 알지도 못한 상태에서 살짝 변형해 정기적으로 인용하는 위대한 문학적 창조의 특징이다. 조슬랭 드 트랑바사크가 바로 이런 경우에 해당한다.

알제의 경찰 테트젠이 전직 경찰 서장이었던 다른 민간인과 함께 지하실로 내려오는 게 보였다. 그들은 거주지가 지정된 소환장 서류 더미, 행정 서류들, 이름이 기재된 설문지들을 가지고 왔다. 그들은 또한 사진 앨범을 한 권 가지고 왔다. 만나는 사람들 전부와 트랑바사크에게도 앨범을 보여주었는데, 거기에는 독일 캠프에서 절단된 신체가 쌓인 끔찍한 사진들이 있었다.

"보세요, 우리는 직접 이것을 체험했고, 그것을 여기서 다시 발견하고 있습니다."

"저도 그렇습니다, 저도 겪은 일입니다, 테트젠. 하지만 여기서 일어나는 일을 당신에게 설명하게 해주세요."

그는 전면을 볼 수 있게 흑백으로 된 『알제의 메아리』를 한 부 들고 흔들었는데, 거기에는 카페 로토마틱 폭발사고의 황폐한 장면, 깨진 진열장 파편 속에 쓰러진 채 몸이 갈기갈기 찢긴 사람들의 모습이 있었다.

"보세요, 우리가 찾는 사람들입니다. 그들이 바로 이런 짓을 했어요. 우리는 그들을 찾기 위해서 뭐든 할 것이고 그들은 체포될 겁니다. 전부."

"우리가 모든 것을 할 수는 없습니다."

"우리는 승리해야 합니다. 만약 우리가 승리하지 못한다면, 당신 말대로 그것은 무익한 학살일 뿐이겠지요. 만약 우리가 다시 평화를 가지고 온다면, 이것은 바로 우리가 치러야 할 정당한 대가일 겁니다."

"우리는 이미 무언가를 잃었습니다."

"당신은 무슨 생각을 하시죠? 법입니까? 당신은 우리 시대의 법이 다소 우습다고 생각하시지 않나요? 법은 전쟁의 시대를 위해 만들어진 것이 아니고, 평범한 일상에 대처하기 위해서 만들어진 겁니다. 그러나 당신의 서류들, 저는 당신이 서류에 연속적으로 서명하기를 바랍니다."

"우리가 위법 행위를 저지를 수 있다는 것은 중요한 문제가 아닙니다. 트랑바사크, 저는 당신과 똑같은 의견입니다. 하지만 우리는 거기서 멈추지 않습니다. 우리는 익명과 무책임 속에서 가담하고 있고, 그로 인해 전쟁 범죄에 연루됩니다. 제 서류 위에, 당신이 말씀하셨듯이 제각각의 서류에, 한 사람의 이름과 알아볼 수 있는 서명을 원합니다."

"제 일을 그냥 내버려두세요, 테트젠. 내 부하들이어도 그 일을 하고 싶지 않은 사람들은 일하지 않습니다. 하지만 그들은 다른 사람들에게 자기 짐을 맡기지 않고, 제 몫을 안고 갑니다."

"그 일을 하지 않는 사람들조차도 더럽혀질 것입니다. 그것은 우리들 전부에게 번질 것입니다. 프랑스까지요."

"내버려두세요, 테트젠, 나는 일해야 합니다."


그들은 계단에서, 통로에서, 침실에서 작업했다. 그들은 문을 포위 공략하고, 자물쇠를 파괴하고, 복도를 가로지르면서 매복하고, 출구, 창문들, 지붕, 뒤뜰을 차단했다. 그들은 밤낮으로 일했다. 무어풍 건물의 지하실은 더 이상 빈자리가 없었다. 낮에는 사람들이 보이지 않았다. 기온은 결코 변하지 않았고, 알전구의 빛 아래서 뜨겁고 축축했다. 살라농은 잠에 빠져들었다. 그는 틈나는 대로 잠을 잤다. 위에 다시 올라가면 그는 커다란 방에서 날이 변해가는 모습에 깜짝 놀랐다. 빨리 가야 했고, 이름과 장소들을 발견해야 했고, 용의자들이 달아나기 전에 체포해야 했다. 그들은 벽 위에 써두었던 체포자의 이름을 붉은색 줄을 그어 지우고, 은닉한 지도자들의 증명사진을 벽에 걸고, 매일 그들을 보고, 그들과 함께 살고, 그들의 얼굴을 인지하고, 만약 길에서 그들과 마주치면 알아볼 수 있게 했다. 그들이 숨어 있는 군중 사이에서도 그들을 알아볼 수 있었을 것이다. 그들은 숨었다. 적은 가짜 천장들 뒤에, 가짜 벽 뒤에 숨었다. 적은 아파트 안에, 군중 사이에 숨었고, 비슷한 얼굴들 뒤에 숨었다. 색출해내야 했다. 칸막이벽을 부수고 몸을 더듬어서 찾아내야 하고 얼굴이라는 은폐막을 부숴야 했다. 그들은 밤낮으로 일했다. 밖에서는 폭탄들이 터졌다. 그들에게 말했던 사람들은 목 졸려 죽었다. 더욱 빨리 진행해야 했다. 지프차가 오가면서 연속적으로 겁에 질린 사람들을 무어풍 건물의 지하로 데리고 왔다. 테트젠은 사람들의 수를 세고, 입구에서 이름 적기를 원했다. 그는 그렇게 주장하고, 고집을 부렸다. 커다란 안경 뒤에 가려진, 약간 통통하고 숱이 거의 없는 머리에다 작은 체구에 두꺼비처럼 못생긴 이 사람은 열대풍 옷을 입고도 땀을 삐질삐질 흘렸다. 그는 여기 있는 유일한 민간인으로 계단을 단번에 뛰어올라가 사람들을 체포하고, 이름을 받아내는 건장한 젊은 군인들과는 너무나 달랐다. 그에게는 강철 같은 고집이 있었다, 테트젠. 그의 서류에 서명해야 했고, 매일 다시 왔고, 2만 4천 개의 서명을 받았다. 그들이 한 사람을 풀어주면 그가 확인했다. 그는 명단을 비교했다. 누락된 사람들이 있었다. 그가 물었다. 사람들은 그에게 그들은 사라졌다고 대답했다.

"우리는 그것들을 이대로 둘 수는 없습니다." 마리아니가 너무나 부패한 시신들을 두고 말했다. "그것들은 어쨌거나 못쓰게 되었습니다."

살라뇽은 덮개를 씌운 트럭을 운전했는데, 트럭에는 돌려보내지 못한 시신들로 가득 차 있었다. 그는 밤에 제랄다 너머까지 운전했다. 탐조등이 비추는 구덩이 근처에서 트럭을 멈추었다. 마리아니의 개들이 거기에 있었다. 그들은 적재물을 내렸다. 그들은 팔을 흔들었고, 몇몇은 총을, 다른 몇 명은 검을 들고 있었다. 살라뇽은 총격 소리를 들었고, 그러고 나서 푹신한 것 위로 뭔가 물컹한 것이 떨어지는 소리를 들었는데, 마치 쌓여 있는 자루들 위로 자루 하나가 떨어진 것 같았다. 이따금 아무 전조도 없이, 불꽃도 전혀 없이, 심지어 놀라지도 않게 만드는 꾸르륵 소리만 들리면서 추락 소리가 들렸다. 그것이 더욱 끔찍했는데, 최소한의 동요도 느끼지 못했다.

그는 트랑바사크에게 더 이상 그런 일을 하지 말아야 한다고, 제랄다를 향해서든, 항구를 향해서든, 한밤중에 바다 위쪽을 선회하는 헬리콥터를 향해서든 더 이상 운전하지 않겠다고 말했다.

"알겠네, 살라뇽. 만약 그 일을 하고 싶지 않다면, 하지 말게. 다른 누군가가 그 일을 할 거야." 그는 잠시 말이 없었다. "하지만 자네가 해줬으면 싶은 게 있어."

"네?"

"내 부하들을 그리게."

"그림을 그릴 때인가요?"

"적절한 때지. 이따금 잠깐씩 그려주게. 내 부하들과 자네 동료들의 초상을 말일세. 내 생각에 자네는 빨리 그리고, 포즈를 필요로 하지 않지. 그들은 서로를 볼 필요가 있어. 이 순간의 모습보다 더 멋지게 서로를 보는 거야. 그렇게 하지 않으면 우리가 거기에서 한 일을 잊게 될 거야. 그들에게 약간의 인간성을 표현해주게. 자네는 그렇게 하는 법을 알고 있어, 그렇지 않나?"

그는 명령을 따랐다. 지쳐 쓰러질 때까지 밤낮으로 일하는 제국의 낙하산 부대원들의 초상을 그리는 기이한 일을 했다. 그들은 가능한 한 생각을 하지 않았고, 거울을 멀리했다. 그는 다음 용의자를 잡는 일 이외에는 생각을 하지 않는 영웅적인 사내들의 초상을 그렸다.

엄청난 긴장감 뒤에 오는 슬픈 침묵 속에서 피, 침, 토사물에 뒤덮인 사람 주변에서 느꼈던 흥분이 가라앉을 때, 그들은 자신들의 앞에 있는 것을 잘 보았다. 그것은 똥이 묻은 시신이었다. "주위에 말을 해서는 안 됩니다." 마리아니가 말했다. 그리고 그는 모든 것을 비웠다. 그들은 서로 같이 있었다. 그들에게는 누가 이런 일을 하고 저런 일을 했는지, 누가 얼마나 했는지, 누가 만졌고, 누가 보았는지를 아는 일은 중요하지 않았다. 전부가 비슷했고, 서로 같은 것을 보고 들었다. 그들은 아무것도 모른 척하는 사람들과 개입하지 않는 척하는 사람들을 경멸하며 거부했다. 그들은 다른 사람들도 핏속에 얼굴을 담그기를 원했고, 아니면 그들을 프랑스로 돌려보내고 싶어 했다. 살라뇽은 그들을 그렸고, 그들은 거기에 개의치 않았다. 그들은 모두 함께 있는 것을 더 좋아했는데 어쩌면 사실은 혼자이기를 더 좋아했을 수 있다. 그들이 잠자리에 누웠을 때, 이불 속에서 누워 있을 때 벽 쪽으로 몸을 돌릴 때 말이다. 이불 아래 누워 잠이 들었건 안 들었건 그들은 더 이상 움직이지 않았다. 그들은 함께 있을 때 아주 크게 웃고, 고함치고, 꾸밈없이 말하고, 쓰러지고, 토할 때까지 모든 것을 마시기를 원했다. 살라뇽이 그들에게 자신 앞에서 아무 말도 하지 않고 가만히 있어달라고 요구하는 것도 바로 그런 순간이었다. 그들은 개의치 않았지만 살라뇽이 그들 편이었으므로 한 명씩 차례로 그의 요구에 따랐다. 살라뇽은 그들을 무뚝뚝하고 억세고 고집스러워 보이게 그렸다. 그들은 자신들의 내부에 남성다운 삶에 대한 의지와 주변의 죽음에 대한 의식을 지니고 있었는데, 눈을 뜬 상태를 유지했다. 그에게 그런 사실을 말하지는 않았어도 그들은 밤의 낭만주의를 높이 평가했다. 그들은 자신들에게 말을 걸지 않고, 그림을 그리고 있는 살라뇽 앞에 앉아 말없이 포즈를 취했다. 트랑바사크는 자기 사무실에서 여러 차례 초상화들을 전시했다. 그는 그림에 그려진 낙하산 부대원들의 어두운 눈길 아래 연대장과 장군, 고위 관료, 공동정부의 대표자 들을 맞았다. 그는 언제나 그림에 대해 언급했다. 그리고 낙하산 부대원들을 손가락으로 가리키면서 지시했다. "우리가 말하고 있는 사람들이 바로 저 사람들입니다. 그들이 여러분을 방어하고 있습니다. 그들을 잘 보세요." 초상화들에서는 어둡고 광기 어린 분위기가 풍겼고, 거의 매일 그의 사무실에서 일어나는 영웅주의는 협박의 성격을 띠고 있었다. 1957년 알제에서 위대한 농기계는 기계화된 수확기였다. 살라뇽이 그린 초상화들도 그림으로 그린 금속 물체로서, 한 대의 기계와 같았고, 모든 것을 단결시키고 유지시키는 데 기여했다. "그들은 전부 죄를 저질렀지만, 그것은 여러분을 위해서 한 일입니다. 그래서 그들은 서로 협력하고, 함께 살아갑니다. 그들이 한 일은 별 의미가 없어요. 그들은 함께 그 일을 합니다. 그 사실만이 중요합니다. 누가 단절합니까? 누가 떠나갑니까? 우리는 그를 원망하지 않지만, 그는 사라집니다."

민간인들은 마지못해 결과를 알아보기 위해 왔던 사무실에 들어왔다. 트랑바사크는 전투복을 완벽하게 차려입고 그들을 기다리고 있었고, 그 뒤에는 냉정한 영웅들이 새로 온 신참자들을 보고 있었다. 그는 결과물을 제시했다. 강렬하고 놀라운 결과들, 제거된 테러리스트들의 숫자, 압수된 폭탄의 명단. 트랑바사크는 놀랍도록 분명한 조직도를 보여주었다. 테트젠은 그에게 숫자를 물었고, 그는 할당된 소환자 명단을 건넸다. 커다란 안경 뒤에서 테트젠은 떨지 않았고, 숫자를 더한 뒤에 트랑바사크에게 결과를 보여줬다. "만약 제가 제대로 계산한 것이라면, 연대장님, 당신 계산에는 220명의 시민이 빠져 있어요. 그들은 어떻게 되었지요?"

"글쎄요, 그들은 사라졌습니다."

"어디로요?"

"사람들이 당신에게 그에 대해 물으면, 그것은 트랑바사크의 서명을 받아 이뤄졌다고 말씀하셔야 합니다."

테트젠은 떨지 않았다. 두려움도 혐오감도 보이지 않았고, 결코 기가 꺾이지 않았다. 커다란 안경 뒤에서 그는 모든 것을 정면으로 보았다. 그 앞에 있는 연대장, 벽을 따라 배치된 지하 묘지, 사망자들이 남긴 흔적인 숫자들. 그는 사람들의 수를 파악한 유일한 사람이었다. 그는 결국 사직했고, 공식적으로 자신의 생각을 밝혔다. 사람들은 그의 겉모습과 잔뜩 쌓인 서류들을 보고 그를 우습다고 생각할 수도 있다. 그는 늑대 집단에게 숫자를 물은 개구리와 비슷했지만, 초자연적인 에너지를 부여받은 개구리로, 그의 말은 그 자신의 말이 아니라 존재해야만 하는 무엇의 표현이었다. 알제의 전투 기간 내내 그는 지옥의 입구에 있는 신(神)-개구리 자리를 차지했다. 그는 영혼의 무게를 헤아렸고, **사자의 서** 위에 모든 것을 기록했다. 다른 사람들은 팔꿈치까지 피를 묻히고 있는데, 더위를 견뎌내고, 커다란 안경을 낀 채 면밀히 살펴보고, 서류 작성에 몰두했던, 키 작은 그를 비웃을 수 있다. 그러나 한편으로는 이집트에서 동물 신을 숭배했던 것처럼 그를 숭배하고 은밀한 찬사를 보낼 수도 있다.

"마리아니는 아주 잘 지내지 못하고 있어. 그에게 말하게. 내 직권으로 3일 동안 휴가를 보내줘야겠어. 자네도 마찬가지야. 나도 모르는 곳으로 그가 미끄러져 들어가지 않게 그를 지탱해주게. 우리가 한계를 넘어서면 어떤 일이 벌어질지 아무도 몰라."

알제의 거리들은 사이공의 거리보다 훨씬 쾌적하다. 열기는 건조하며, 사람들은 햇빛을 피할 수 있다. 거리마다 서늘한 동굴 같은 카페들이 문을 열고, 혼잡과 수다로 가득하고, 인도의 테이블에 앉아서 지나가는 사람을 보는 게 허용된다. 마리아니와 살라뇽은 테이블에 자리를 잡고 앉았다. 군복을 입고 있는 그들은 침울해 보일 수 있었지만, 모습을 그대로 드러냈다. 마리아니는 언제나 쓰고 있던 검은 안경을 벗었다. 그의 눈은 붉고 탁했으며, 잠을 못 자 눈자위가 거무스레했다.

"안색이 안 좋네."

"기진맥진이야."

그들은 저녁의 군중이 리르 거리를 지나가는 것을 보았다.

"북아프리카 아랍인들은 정말 견딜 수 없어. 그들은 우리를 증오하지. 사람들은 우리를 보면 어떤 표현도 하지 않고, 그저 비굴하게 굴어. 하지만 그 얼굴 뒤에는 살인자들이 숨어 있어. 그리고 살라뇽, 너는 우리를 버렸어. 너는 학생이나 아가씨의 특기를 발휘했지. 인도차이나에서도 너는 역시 그림을 그렸지, 하지만 너는 다른 것을 할 줄 알았어."

"난 그런 일을 좋아하지 않아, 마리아니."

"그러면 우린? 나 역시 산을 달리는 것을 더 좋아해, 하지만 적은 거기에 있지. 우리는 거의 다 왔고, 그들을 점령했어. 너는 우리와 함께야, 아니야?"

"나는 사람들의 뒤를 따라가고 싶어. 하지만 그들은 속옷 차림이라 나는 그게 불편해. 그리고 저 너머, 사람들이 그들을 데려갈 때 하는 일, 나는 더 이상 그 일을 할 수 없어."

"난 널 더 이상 모르겠어, 살라뇽."

"나 역시 널 모르겠어, 마리아니."

그들은 침묵했다. 사람들이 지나가는 것을 보았고, 아니스 술을 홀짝거리면서 원기를 회복했다. 살라뇽은 바람에 나부끼는 빨래처럼 흔들리는 마리아니의 얼굴에 나타난 생각을 알아차리지 못했다.

"사람들이 내게 아랍인들을 없애달라고 요구하면 나는 실행에 옮기지. 아니면 더 틀림없는 존재가 되기 위해서 다른 사람들을 제압하지." 그는 조롱하듯 말했다. 그의 얼굴은 단호했고 굳어졌다. 그는 더 이상 사람을 보지 않고, 살라뇽조차 보지 않았다. "나는 여기에서 잘 있어. 떠나고 싶지 않다고. 여기가 내 집이야." 마리아니가 계속 말했다.

"어쨌거나 우린 돌아가야 해. 우린 변했어. 우리가 프랑스에서 무엇이 될까?"

"뭐 프랑스가 변하겠지."

그가 알제로 온 것은 파리에 있는 사람들이 그와 그의 동료들이 여기에 있는 게 좋을 것이라고 결정했기 때문이다. 사람들은 군대를 보내기로 결정했고, 누구도 더 이상 정글에서 훈련받은 해쓱한 늑대들을 필요로 하지 않았다. 그들은 배를 타고 느리게, 아주 창백한 파란색인 1월의 바다를 가로질러 왔고, 수평선 위로 점점 커져가는 알제를 보았다. 살라뇽은 에우리디케를 생각하지 않으려고 주의하면서 부두 위에 서 있었다. 밤낮으로 해야 하는 일이 있어서 더 이상 에우리디케에게 편지를 쓸 수 없었다. 하지만 피로와 공포로 녹초가 되고, 그가 아닌 다른 사람들의 피에 젖으면, 침묵 속에서 자신도 모르게 언제나 에우리디케에 대해 생각했다.

그는 살로몬을 찾지 않았다. 오히려 살라몬 그를 찾아왔다. 그들은 무어풍의 건물 입구에서 정면으로 만났다. 태양이 막 솟아오를 무렵 검정색 펠트 모자를 쓴 살로몬 칼로야니스가 진료 가방을 들고, 아무도 비질할 생각을 하지 않아 낙엽과 모래로 뒤덮인 계단을 올라갔다. 살라뇽은 어깨에 기관총을 걸치고 다소 서두르며 나왔는데, 계단 아래에서는 지프차가 모터 소리를 내며 그를 기다리고 있었다. 두 사람 모두, 각자 자기만 안다고 생각하는 이런 장소에서, 각자 절대적으로 혼자라고 생각하는 이런 장소에서, 목표가 무엇이든 간에 목표까지 혼자서 달려야 한다고 믿는 이런 장소에서 상대를 발견한 것에 놀라 그대로 멈춰 섰다.

모터 소리가 나는 지프차, 낙하산 부대원 세 명이 이미 거기에 있었다. 계기판에 발을 올려놓고, 차 문 너머 짐칸의 가로장에 다리를 걸친 채 어깨에는 기관총을 메고 있었다. 살라뇽은 가슴팍의 주머니에 휘갈겨 쓴 주소와 이름들이 적힌 메모지를 갖고 있었다.

"나를 보러 오게, 빅토리앵. 와서 에우리디케를 보게, 에우리디케도 기뻐할 거야."

"에우리디케는 결혼했나요?" 살라뇽이 물었다. 그것이 그의 머리를 스치고 지나갔다. 무어풍 건물의 계단에서 그가 하려고 했던 유일한 말이었지만, 그 전에는 결코 생각지도 못한 것이었다.

"그래, 그녀를 웃게 만든 녀석과, 그러고는 권태에 빠졌지. 내 생각에 에우리디케는 너를 그리워해."

"저를요?"

"그래. 으스대는 군인들의 시간이 돌아왔어. 우리가 결코 벗어나지 못한다면 모를까. 언젠가는 나를 보러 올 수 있을 거야."

그는 진료 가방을 들고 무어풍 건물 안으로 들어갔고, 살라뇽은 금세 출발하는 지프차 안으로 뛰어들었다. 그들은 지프차가 심하게 흔들릴 때마다 튕겨 나갈 것 같은 위험을 무릅쓰고 알제를 향해 비탈길을 내려갔다. "더 빨리, 더 빨리." 살라뇽 대위는 앞 유리창에 매달려 중얼거렸고, 환한 태양이 솟아올라 알제의 정박지—하얀 집들과 둑의 배들—를 낮게 비추는 것을 보고 행복감이 밀려왔다.

12년의 세월이 살로몬 칼로야니스에게 흔적을 남겼는데, 특히 그곳에서의 12년의 세월이었다.

"내 짐 안의 커다란 돌처럼 한 해 한 해가 지나갔어. 매 해가 더 커지는 돌이었어. 세월이 나를 짓눌렀고, 내가 모은 돌들이 나를 낮은 곳으로 이끌었어. 등이 굽고, 심지어 반듯하게 설 수도 없게 되었지. 내 입을 봐, 주름이 가득하고 내가 입 끝을 올려봐도, 그것은 점점 더 미소 같지 않아. 나는 더 이상 웃지 않아, 빅토리앵. 나는 더 이상 내 주변에서 재미있는 것을 발견하지 못하네. 나는 녹이 슬고, 꺼진 등과 같아. 나는 그 사실을 의식하고, 나를 다시 밝혀보려고 노력하지만, 전혀 그럴 수가 없다네."

"저 건물에서 내가 무엇을 하냐고? 나는 고통의 정도를 따지지. 지하실 사람들에게 멈춰야만 하는 순간인지 계속해도 되는지를 말해줘. 단순히 기절한 것인지 일종의 죽음인지를 말이야. 그것은 전쟁이야, 빅토리앵. 나는 군의관이었고, 독일까지 갔어. 나는 곧 죽게 될 사람의 징조를 읽을 줄 알아. 왜 나일까? 왜, 밥엘우에드의 보잘것없는 의사인 내가 진료 가방을 들고 이 건물까지 오는 걸까? 왜 나는 이다음에 자식들에게 결코 감히 말할 수 없는 일을 하는 것을 도우러 갈까? 나는 그들의 폭력이 무섭네, 빅토리앵. 나는 그들이 코, 귀, 혀 들을 잘라내는 것을 보았어. 나는 그들이 목을 조르고, 배를 가르고, 내장을 들어내는 것을 보았어. 말하는 방식이 아니야, 아니지, 행동하는 방식이야. 내가 알던 젊은이들이 살인자가 되고 그것을 스스로 정당화하는 것을 보았어. 이런 분노가 무서웠어, 빅토리앵. 나는 우리를 전부 휩쓸어가는 것이 무서웠어. 학살의 원천이 마르지 않으리라는 것을 잘 알기에 더욱 무서웠는데, 왜냐하면 식민지에서 부정의는 명백한 것이기 때문이야. 우리를 살인자로 만드는 것은 바로 두려움이야. 그들은 서로 죽여. 하지만 지금 그들은 더 이상 두려워하지 않아, 우리 편에 서는 것을 두려워해. 나는 무서웠어, 빅토리앵. 지금 그들은 사방에 폭탄을 설치하고, 폭탄은 아무 데서나 터지고, 내가 가장 귀하게 여기는 것까지 날려 보낼 수 있지. 정의가 더 많이 필요하다는 것을 잘 알아. 하지만 폭탄은 아무것도 변하게 해주지 않지. 폭탄은 우리를 공포에 얼어붙게 만들어. 어떤 정의보다도 내 딸의 목숨이 단연코 더 소중해, 빅토리앵. 나는 너희 부대 뒤에 숨으려고 왔어. 자네들은 세상에서 가장 우수한 군인들이야. 자네들은 멈추게 할 수 있어. 그렇지 않으면 아무도 멈추게 할 수 없을 거야."

그는 침묵했다. 잔을 들었고, 살라농이 그를 따라 잔을 들고 같이 아니스 술을 마셨다. 그들은 식초에 절인 당근 몇 개와 부채 꽃 씨앗을 몇 개 깨지락거렸다. 사람들이 두 방향으로 갔는데, 한쪽은 트루아조를 로주로 올라갔고 하나는 부자레아로 갔다.

"하지만 선생님이 과장하는 것처럼 여겨지는데요." 그가 부드럽게 말했다.

그는 거리를 보았다. 밥엘우에드의 거리들은 사람들로 가득 차고, 꽃무늬 원피스를 입은 갈색의 아름다운 여자들이 가득했는데, 옷은 너무 가벼워 엉덩이 주변에서 나풀거렸고, 걸을 때마다 치마가 들렸다. 여자들은 마치 숲에 부는 바람처럼 주변에 향기와 시선의 자취를 남겼다. 그는 거리를 보았다. 앉아 있는 그들을 향해서 오는 작은 그림자가 그의 눈 속에서 아주 부드럽게 커지고, 그의 정신에 가까이 가장 내밀하게 다가오는 것을 보았다. 그는 바로 그녀라는 것을 알았다. 아무것도 그 사실을 입증하지 못했지만, 그는 그녀가 멀리서 군중 사이에서 나타나는 것을 보는 순간 바로 알았다. 거의 아무런 실루엣이 보이지 않아도 그녀, 바로 그녀였고, 그는 눈으로 그녀를 따라갔다. 추억은 경이로웠다.

그녀가 도착했고, 그는 번개처럼 빠르게, 혼란스런 말들과 복잡한 사유를 거쳐 생각했다. 나는 나를 사로잡았던 극단의 아름다움을 기억하고, 내가 그녀와 타오르는 눈, 타오르는 얼굴, 타오르는 육체를 거의 구별하지 못했기 때문에 더욱 사로잡혔던 것을 기억한다. 그녀가 도착하고, 그녀가 내 앞에 있을 것이고 나는 그녀가 12년 이상의 세월 동안 각인된 얼굴, 한 번도 보지 않은 12년의 세월, 단 하나의 여인이라는 사실을 이해한다. 평범한 여인, 살이 붙은 육체의 여인, 나는 그녀의 얼굴이 조화롭지만 늙은 것을 발견할 것이고, 그녀의 얼굴에 보이는 모든 주름이 다소 역겨운 실제의 육체의 무게를 드러내는 것을 발견할 것이다. 그는 그녀의 엉덩이를, 강렬한 시선을, 입술에 그에게 건네는 눈부신 미소가 떠오르는 것을 보았다. 그녀는 그를 껴안았다. 그는 꼼짝하지 못했고, 후광이 어린 가운데 그를 향한 그녀의 미소만을 보았다. 기적이 완성되었고, 그는 남김 없고 결함 없이 완벽한 아름다움을 발견했다.

"거의 변하지 않았네, 빅토리앵. 조금 더 강해진 것 같고 조금 더 멋져지기만 했어. 내가 바라던 모습 그대로야."

그가 정중하게 일어나 의자를 빼서 그녀를 자기 곁에 앉게 했다. 그들의 다리가 마치 서로 멀어진 적이 없었다는 것처럼 가볍게 닿았다. 그녀는 오래 입은 옷처럼 자신에게 어울린다고, 여전히 어렴풋이 빅토리앵은 생각했다. 그녀의 얼굴은 나를 사로잡고, 아름답게 빛난다. 나는 진정으로 그녀의 몸을 보지는 못한다. 그녀는 내게 감동을 줄 뿐이다. 그녀는 정확히 내 영혼 속에 그대로 있다. 그녀가 미소를 지으면서 나를 보자, 나는 안도의 숨을 내쉬고 집으로 돌아온다. 그녀는 정확하게 내 영혼의 자리를 차지하고 있다. 아니면 내 영혼이 그녀의 옷이고, 내가 딱 맞게 그녀를 입고 있다. 내가 멀리서 알아본 그녀의 아름다움은 예감처럼 작동했다. 에우리디케, 내 영혼이여, 네가 다시 내 앞에 왔구나.

에우리디케는 빅토리앵의 심장 크기에 맞게 자리를 차지하고 있었다. 그녀 안의 모든 것이, 그녀의 눈, 그녀의 목소리와 그녀의 얼굴, 그녀의 육체 전부가, 12년 전과 12년을 지속하는 동안 빛났던 것과 똑같은 빛으로 빛났다. "그녀가 나를 사로잡았구나." 살로몬만이 알아들을 정도로 나직하게 중얼거렸다. 모든 것이 갑작스러웠고, 모든 것, 그는 목이 메어 말이 나오지 않았다. 그는 아무것도 분명하게 말할 수 없었다. 다행히 살로몬은 달변을 되찾아 대화의 주역이 되어 혼자 떠들었다.

그는 모든 것을 말했다. 감탄하고, 외치고, 지나가는 지인들에게 인사하고, 그의 딸을 놀렸는데, 그녀는 아무 대답도 하지 않고, 멋진 빅토리앵을 갈망에 차서 보았다. 시간의 흐름 속에서 성숙한 그의 얼굴을 유심히 살폈다. 살로몬은 그것을 잘 알았다. 그녀가 응시하도록 내버려두었고, 살라농 대위에게 그의 여행, 그의 모험, 그의 위업에 대해 질문했는데, 빅토리앵은 대답을 잘하지 못했고, 혼란스럽게 정글에 대해, 운하와 흠뻑 젖은 채 숲을 달리던 밤의 도주에 대해 말했다. 그는 추억을 길게 늘어놓았고, 사람들이 연달아 보냈던 우편엽서들처럼 추억을 말했다. 소장품들을 보여주는 게 최선일 수 있었는데, 그의 영혼의 원천들은 에우리디케의 얼굴을 읽는 데 전념하고 있었고, 테이블 아래서 스치는 다리들, 이 다리들에서 그는 자신의 것보다도 훨씬 더 잘, 그녀 다리의 피부, 굴곡, 무게를 기억해냈다.

에우리디케의 남편이 도착했다. 모두에게 열정적으로 인사하고 자리를 잡았다. 그는 금세 대화에 섞여들었다. 명석한 구석이 있었으며, 살로몬의 대화 상대로 완벽했다. 그는 잘생기고, 극적이고, 갈색 곱슬머리였다. 빛나는 하얀 셔츠는 그을린 상반신을 드러내며 열려 있었다. 그의 달변은 살로몬에 필적했고, 별 의도 없이 지적이고 재미있는 말들을 쏟아냈는데, 그 말들은 설득력이 있다거나 매료시키기보다는 어리둥절하게 만들었다. 그의 말을 들으면, 과장되게 반응하고 자주 웃는 것이 어울렸다. 살로몬이 이 경기에서 우세했다. 살라뇽은 재빨리 거리를 두고, 재빨리 멈춰서 보는 것으로 만족했다.

　그는 아주 잘생겼다. 태양 아래서 자란 이 갈색 사나이는 춤추기에 적합한 악기 같은 언어를 사용했다. 하지만 빅토리앵이 그를 본 순간, 그가 테이블 앞에서 멈췄던 순간, 그가 손을 내밀고 환한 미소를 지으면서 몸을 내민 순간, 빅토리앵은 에우리디케가 이 사람과 관계를 맺었는지 궁금했다. 이 남자가 에우리디케와 관계를 가진 것이야 잘 알고 있었다. 에우리디케는 살로몬 칼로야니스의 소중한 보물이었고, 사람들이 탐할 수밖에 없는 빛이었다. 그러나 그녀의 남편은 그녀에게 어울리지 않았다. 빅토리앵은 낙하산 부대의 장교답게 당당하고 멋진 미소를 지으면서 손을 내밀어 악수하려는 순간, 확신을 가지고 그렇다고 생각했다. 빅토리앵은 마음속에서는 그를 밀어냈다. 그는 제자리에 있지 않다, 그가 있는 자리는 내 자리이고, 그의 자리가 아니야, 빅토리앵은 혼자 생각했다. 이어지는 긴 대화는 농담과 감탄으로 가득했고, 계속해서 지나가는 사람들과 인사를 하고 웃음을 나눴는데, 마치 트루아조를로주와 가까운 곳에서 행해지는 알제리식 프랑스어 야외 연극공연 같았다. 살라뇽은 별로 말을 하지 않았다. 그에게는 그럴 여지가 없었다. 그는 말의 속도가 느렸고, 다른 사람들이 잠깐 숨을 돌릴 때까지 넘치는 말을 밀어 넣는 법을 몰랐고, 아무것도 아닌 것들로 소란을 피우면서 장면 연출하는 법을 몰랐다. 아버지와 남편이 연극을 하는 동안 그는 에우리디케를 보았고, 에우리디케는 서서히 자신의 얼굴이 붉게 달아오르는 것을 느꼈다.

　그녀는 편지들, 그림들, 그가 12년 동안 이끌어온, 모든 대답 없는 대화들을 기억했고, 먹을 가득 품은 아주 부드러운 털이 달린 붓이 그의 영혼을 어루만졌고, 그의 피부를 떨게 만들었다. 말〔言〕이 거리의 예술이었고, 그림은 조금도 눈에 들어오지 않는 이상한 알제에서 그녀는 말이 없었고, 느리게 움직였고, 촉각으로 느꼈다.

헤어질 때 에우리디케의 남편은 빅토리앵에게 남자답게 인사하며 자기 집에 놀러 오라고 초대했다. 에우리디케도 다소 어색하게 동의했다. 그들, 멋진 커플 두 사람이 멀어져갔다. 빅토리앵은 남편이 말하는 소리를 들었는데, 그의 목소리는 잘 들렸다. 그의 귀는 정글에서 단련되어 예민했거나 어쩌면 에우리디케의 남편이 자기 목소리가 들리기를 원했던 것일 수 있다. "그들은 허세를 부리지, 그 사람들은 무기와 이상한 옷차림으로 허세를 부려. 그 사람들은 이상한 모자를 쓰고 꽉 조이는 바지를 입고 행진하지만, 당신과 둘이 마주 보게 되면, 당신에게서 한마디도 얻어내지 못해."

그는 한마디도 하지 않는 에우리디케의 어깨에 팔을 둘렀고, 함께 밥엘우에드의 군중 사이로 사라졌다. 빅토리앵은 더 이상 그들이 보이지 않고, 아무 소리도 들리지 않을 때까지 눈으로 그들의 뒤를 따라갔다. 움직이지 않고 그 자세로 있으면서 그들이 알제의 사람들 숲으로 휩쓸려 들어간 지점에 눈을 고정시키고 있었다.

"아름답지, 내 딸!" 살로몬이 그의 엉덩이를 치며 감탄해 마지않는 말을 던졌는데, 그게 너무나 매력적이어서 미소 짓게 만들었다.


살라뇽의 삼촌이 건물 앞에서 기다리고 있었다. 그는 길에 세워둔 지프차 안에서 파도를 보며 반쯤 의자에 누워, 팔은 차 문에 걸친 채 담배를 피우고 있었다. 마침내 살라뇽이 차에서 나와 말없이 그를 안았고 그의 곁으로 올라갔다. 삼촌은 손가락을 튕겨 그의 어깨 위로 담배를 던졌고, 한마디 말없이 시동을 걸었다. 그는 살라뇽을 고원의 작은 카페로 데려갔는데, 카페 앞에는 알제의 만이 열려 있었다. 테라스 주위에 그늘을 만드는 소나무들과 딱딱한 석회암들이 나무들 사이로 드러났는데, 사람들은 겨울에조차 지중해 해변의 가장자리에 있었다. 입심 좋고 뚱뚱한 피에누아르인 주인은 너무 전형적이어서 조금 과하다는 느낌을 주었는데, 자기 가게에 자주 드나드는 낙하산 부대원들에게 아니스 술을 한턱냈다. 배를 졸라맨 앞치마를 두른 그는 바를 한 바퀴 돌고, 직접 서비스를 했고, 소리가 잘 들리도록 테이블을 손등으로 두드리면서 큰 목소리로 격려했다. "그들에게 보여줘야 합니다, 아랍인들에게 말입니다. 힘, 그들은 그것이 무엇인지를 압니다. 방어 자세를 취하지 않으면 그들이 뺨을 때릴 겁니다. 다른 뺨을 내밀면 그들은 목을 자르지요. 등을 돌리면 그가 오는 것을 보지 못하는데, 그들은 등에 칼을 꽂습니다. 그들은 움직이지 않습니다. 눈으로 똑바로 보아도 그들은 움직이지 않아요. 나무처럼 부동자세입니다. 움직이지 않으면서 종일 꼼짝도 하지 않을 수 있습니다. 그들의 피에 무엇이 흐르는지 궁금합니다. 분명히 차갑고 역겨운 것이 있어요. 도마뱀처럼요."

그는 테이블 위에 아니스 술을 놓고, 시간이 지나면 약간의 케미아*를 두었다. "여러분, 건강을 위하여, 나를 위하여." 그는 바로 돌아가서, 낮은 목소리로 끝나지 않는 저질의 샹송들을 계속 부르는 라디오를 들으면서 잔을 닦았다.

살라뇽과 그의 삼촌은 발아래까지 펼쳐진 만 앞에서 침묵하고 있었다. 겨울의 물은 단조로운 연푸른색이었고, 서로 바짝 붙어 있는 바닷가의 하얀 집들은 너무나 조용했다.

"그들은 언제나 저렇게 말해." 마침내 삼촌이 말했다. 그들은 서로

---

* 아페리티프와 함께 먹는 비스킷, 샌드위치 등.

아는데, 함께 학교에 다녔기 때문이야. 그것이 너무나 잔인한 것은 바로 그래서야. 정확히 바로 그것 때문이야."

"왜 그것 때문이지요?"

"피에누아르들은 폭력이 자신들에게 행해지는 것을 이해하지 못해. 그들은 서로 너무나 잘 안다고 생각하는 거야. 하지만 이상하게도 모든 아랍인은 폭력이 행해지는 것을 이해해. 그들이 서로 다른 부류이거나, 서로 분리된 두 개의 세상에서 살아서 그렇겠지. 같은 학교에 다녔어도, 그 뒤에 분리된 세상에서 살면서 분출되는 것이야. 우리는 무탈하게 자유, 평등, 박애를 사람들에게 가르치지 못해."

그들은 완벽하게 분명한 수평선을 보면서 술을 마셨고, 겨울의 태양은 그들의 얼굴과 언제나 접어 올린 상의 소매를 따뜻하게 해줬다.

"삼촌은 무얼 하세요?" 마침내 살라농이 물었다.

"너랑 같은 일, 내 생각에 그래, 하지만 다른 곳에서."

그는 더 이상 말하지 않았다. 삼촌의 얼굴에 드러난 윤곽은 피로해 보였다. 그의 안색은 다소 병들어 보였고, 너무 창백했고, 입매는 늘어져 조금씩 입술과 이어지는 뺨에 묻혔다.

"만약 우리가 아무것에도 성공하지 못한다면, 만약 우리가 어느 날인가 떠나야 한다면, 그때 이 일들은 거의 들어보지도 못한 범죄가 될 뿐이야. 사람들은 우리를 미워할 거야." 그가 숨을 내쉬었다.

다시 침묵이 찾아왔다. 침묵이 살라농을 짓눌렀다. 그는 자신의 주변에서 화제를 바꿀 수 있는 소소한 이야기들을 찾아 대화에 다시 활력을 불어넣고자 했다. 소나무들이 부드럽게 움직였고, 눅눅한 지중해는 수평선으로 이어졌고, 마치 석고로 만든 블록같이 아래쪽에 있는 커다란 집들은, 어두운 골목길을 만들어내듯이 서로 다닥다닥 붙어 있었다.

"여전히 『오디세이아』를 읽어요?" 그가 물었다.

삼촌의 얼굴이 부드럽게 풀어지면서 심지어 미소를 지었다.

"나는 계속 읽어가지. 너도 알겠지만, 나는 아주 낯선 것을 읽었어. 오디세우스는 테이레시아스에게 신성이 어떻게 끝날지를 묻기 위해서 죽은 자들의 나라로 갔어. 그는 죽은 자들에게 희생 제물을 제공하고 테이레시아스가 와서 마실 것을 갈망해."

가자! 구덩이를 피하라! 네 검의 끝을 피하라. 나는 피를 마시고 너에게 진실을 말한다.

"이어서 테이레시아스는 어떻게 그것이 끝날지를 오디세우스에게 설명해. 돌아가기 위한 10년의 전쟁, 10년의 폭력적인 모험들, 그들의 동료들은 영광도 없이 하나씩 하나씩 죽었고 전쟁을 끝내기 위한 살육이 행해져. 20년 동안의 살육을 겪으면서 살아남은 것은 오디세우스 한 명뿐이야. 테이레시아스는 죽은 자들의 목소리를 대변했고, 진실을 말하기 위해서 희생자의 피를 마셨었는데, 그에게도 역시 거기에서 어떻게 빠져나올지를, 전쟁이 끝난 후에 어떻게 살 수 있을지를 가르쳐줘."

어깨에 걸친 노를 가지고 다시 출발해야 하고, 걸어야 해, 결국 너는 바다를 모르는 사람을 만나게 될 것이다. 〔……〕 너를 만나는 날, 다른 여행자는 네 빛나는 어깨 위에 왜 곡식용 삽이 있는지를 물을 것이다. 바로 그래서 너는 네 좋은 노를 똑바로 들어야 하고 포세이돈에게 완전한 희생물을 바쳐야 할 것이다

숫양, 황소, 암퇘지와 교미를 할 수 있는 크기의 수퇘지. 너는 돌아와서 모든 **불멸의 존재**에게, 너희 집에서 완벽하게 성스러운 희생자들을 연속적으로 제공할 수 있고, 그러면 바다는 가장 부드럽게 죽은 자들을

보낼 것이다. 너는 주변에 부자들을 두고, 오직 행복하게 늙는 가운데 죽을 수 있을 뿐이다.

"누구도 더 이상 전쟁의 수단을 알지 못하게 될 때 끝나겠지."

아주 낮은 곳에 하늘이 거울 같은 바다에 비치는 곳에서 하얀 배가 알제를 향해 왔다. 배는 아주 완만하게 점점 크게 다가왔고, 겨울 햇빛에 빛났다. 배 뒤에는 흔적이 남았는데, 차분한 파란색 유화와 같은 바다를 거의 흔들어놓지 못하고, 금세 다시 바다에 삼켜졌다. 배에는 여행객들, 돌아가는 사람들, 프랑스의 관료들과 소환된 사람들, 이곳에서 무엇을 하게 될지를 상상하지 못한 채 여기로 오는 많은 수의 소집병이 타고 있었다. 어떤 사람들은 돌아오지 못할 것이고, 또 어떤 사람들은 피로 덮여서 다시 돌아올 것이고, 모두가 더럽혀질 것이다.

"삼촌은 언젠가 이것이 끝날 것이라고 생각해요?"

"오디세우스는 집으로 돌아오는 데 20년의 세월이 걸렸어. 20년, 그것은 빚의 상환에 걸리는 통상적인 시간이야. 우리는 완전히 끝내지 못했어."

그들은 계속했다. 그들은 반역의 가장 작은 물방울조차 짜낼 때까지 알제를 괴롭혔다. 그들은 자신들의 손에 있는 피부가 건조해지면 던졌다. 집들 위에 커다란 숫자를 타르로 썼다. 그들은 각각의 집을 알고 있었는데, 집들은 일종의 카드였고 사람들은 거기에 이름을 기입한 것이다. 그들은 벽돌공에게 질문을 던졌는데 그들이 은닉 장소를 만들 수 있었기 때문이고, 잡화 상인들에게 질문을 던진 것은 그들이 갑자기 늘어난 상품을 제공할 수 있었기 때문이며, 시계 수리공에게 질문을 던진 것은 그들이 폭탄의 기계장치를 제작할 수 있었기 때문이다. 그들은 적절치 않은 시간에 외출하는 사람들에게 질문했고, 평범하게 집에 있어야 할 시간에 자기 집에 있지 않는 사람들에게 질문을 던졌으며, 또한 특별한 가정 사정이 없는데 다른 사람들 집에 있는 사람들에게도 질문했다. 카드에 나타난 것과 어긋나는 아주 작은 일탈도 설명을 요구했다. 지프차에 탄 네 명의 낙하산 부대원은 자신들에게 설명해줄 수 있는 사람을 찾으러 갔다. 무어풍 건물의 지하실에서는 사람들이 그에게 질문을 던졌다.

그들은 사람들이 지켜보는 가운데 집을 뒤졌고, 육체의 정글들 사이에서 추격했고, 그들 앞에 묶여 있는 타인을 상대로 적을 추격했다. 도구를 사용해 중세에 했을 법한 질문이 이 내전의 유일한 발명 수단이었고, 배신의 전쟁, 이 전쟁은 저마다 내부에 위치했기 때문에 아무것도 보이지 않았다. 그들은 손 닿는 범위에 있는 상황 증거들을 이용했고, 얼굴들을 분류했으며, 고통 속에 진실이 있다고 믿었다. 그들은 서둘러 질문했다. 너무 서두른 나머지 남아나는 것이 없었다. 그들은 떨어져 나온 각질들을 던졌다. 성과를 거두지 못하면 일대를 폐허로 만들었다. 내부의 전쟁에서 사람들은 전투를 거의 할 수 없었다. 그들이 뛰어든 전투는 일종의 사건이었고, 동시에 인지적이었고, 윤리적이었고, 군사적이었고, 사람들은 거기에서 기적적인 새로움, 온갖 정책적인 신기술, 인간과 권리에 대한 전대미문의 조롱, 결코 도달해보지 못한 차원에서 상식을 활용하는 것, 이런 것이 빛나는 성공이었고, 모든 것의 실패를 준비하는 일이었다.

알제에서 어떤 폭탄도 터지지 않으면 일이 끝났다. 무어풍 건물에서 어떤 소리도 나지 않고 단지 빠져나갈 수 없는 무거운 가스처럼 역겨운 냄새가 배어 있었던 것이다. 선동가들은 전부 제거되거나 달아났다. 이의를 제기할 수 있던 사람들은 전부 침묵 속으로 숨었다. 조용해진 골목길에는 둔감한 심장처럼 분열되고 말없는 증오만이 남았다. 아랍의 도시를 걸으면 사람들은 그런 소리를 들을 수 있었지만 누구도 거기에 가지 않았다. 그래서 다시 벽촌으로 낙하산 부대원들을 보내 거기에서 무리 지어 살고 있는 무법자들을 추격했다. 낙하산 부대원들의 임무는 잡목숲을 파괴하는 일이었다. 알제에서 우리는 물을 비워버렸고, 더 이상 그곳에는 물고기가 살지 않았다.

사람들은 그에게 프랑스에서 온 청년들을 위탁했다. 이제 막 학교를 졸업한 미성년인 청년들은 가족을 떠나왔고, 커다란 녹색 가방을 들고 배에서 내렸다. 그들은 몸에 딱 붙는 군복을 입고 소매를 걷은 채 아주 과묵한 낙하산 부대원들이 운전하는 트럭에 올라탔다. 그들은 트럭 뒤칸에 열을 지어 앉아 알제를 가로질렀는데, 커다란 녹색 가방은 그들의 다리 사이에서 거추장스럽게 붙어 있었다. 그들은 대부분 이런 종류의 도시는 전혀 보지 못했다. 혼란스럽고, 해수욕을 하고, 아주 가난한 사람들이 넘쳐나는 도시였다. 거리에는 서로 쳐다보지도 않고 가볍게 스쳐가는 낯선 거주자들로 가득했다. 도처에 가득한 군인들이 다양한 군복을 입고, 무장한 채 순찰하거나 보초를 서고, 통과하거나 걷고, 지프차나 장갑차, 먼지 덮인 트럭을 타고 있었다. 그들은 햇빛이 하얀 건물의 정면을 비추는 화창한 날에 왔고, 그럴듯해 보였다. 색칠한 철판같이 푸르게 타오르는 하늘에서 떨어진 병적인 긴장감이 그들을 흥분시켰다. 트럭들은 말막이 방책들과 모래주머니들로 막아놓은 병영의 요새화된 입구를 통과했고, 부대 집결지에 멈췄다. 길쭉하고 곧은 깃대 끝에서는 깃발이 흔들리고 있었고, 표범 무늬 옷을 입은 살라뇽 대위가 다리를 벌리고, 손을 등 뒤로 하고, 붉은 베레모를 살짝 기울여 쓴 채 기다리고 있었다. 트럭에 있는 그들 모두는 아직 모자 색이 의미하는 바를 알지 못했다. 그들은 다른 많은 것과 함께 그 의미를 배울 것이었다. 그러나 이상하게도 베레모 색과 군복 색은 여기에서 배워야 하는 여러 가지 중에서 가장 중요한 것처럼 여겨졌다. 그들은 파란색, 초록색, 붉은색, 검은색을 혼동하지 말아야 했고, 이런저런 색깔을 걸치고 있는 사람들을 향해서 같은 감정을 느끼지 말아야 했다. 사람들이 청년들을 내리게 하고는 소리를 지르기 시작했다. 차렷 자세로 줄을 서게 만들고 발아래에 짐을 내려놓게 했다. 그들은 턱을 치켜세우고 깃발 앞에서 꼼짝하지 않고 서 있는 살라뇽 대위를 마주 보면서 기다렸다. 청년들은 프랑스에서 왔고 결코 아주 멀리 있었던 것은 아니고, 전부 지원병이었다. 그들의 축축한 얼굴을 보고 우리는 그들이 어떤 사람들인지를 겨우 짐작했다. 그들은 프랑스에서 수업했고 사격과 강하, 명중시키는 법을 배웠다. 강하는 단지 할 수 있는지를 보기 위한 것이었고, 결코 실제로 하지는 않았다. 그들은 막 착륙한 헬리콥터 회전 날개의 가장자리보다 높은 곳에서 뛰어내릴 일이 전혀 없었다. 그들의 단호한 시선에는 어린 시절의 두 개의 출구인 순진함과 고집이 서로 싸우고 있었는데, 그들은 작은 불꽃을 지피면서 그러기를 원하는 것처럼 꾸미고 있을 뿐이었다. 마침내 부동성이 유지될 때, 침묵이 짓누를 때, 살라뇽은 그들에게 크고 분명한 목소리로 말했다. 언제나 이와 같이 말했다. 그들이 알아들을 수 있도록 크게, 이해할 수 있도록 분명하게. "여러분, 나는 여러분을 낙하산 부대원으로 만들 것이다. 그것은 가치 있는 일이다. 그리고 힘든 일일 것이다. 여러분은 전사들이 될 것이고, 합당한 존경을 받을 것이다. 여러분은 결코 겪어보지 못했던, 훨씬 큰 고통을 겪을 것이다. 사람들은 여러분에게 찬탄할 수도 있고, 증오할 수도 있다. 그러나 내 뒤를 따르는 사람들, 나는 결코 그들을 뒤에 남겨두지 않을 것이다. 그것이 내가 여러분에게 약속할 수 있는 전부이다."

그것을 위해서 그는 약속을 지켰다. 그들은 더 이상 기다리지 않았다. 그들은 그것을 위해 온 것이다.

그들이 처음 다시 만난 곳은 라리르 거리의 작은 호텔이었다. 살라 놓은 미리 와 있었다. 그는 침대에 누워 그녀를 기다렸다. 하지만 그것은 편치 않은 일이었다. 무늬가 흐릿해진 벽지, 유행에 뒤지고 색이 너무 칙칙한 가구들, 그의 모습을 왜곡시키면서 절반쯤 비추는 거울, 빛바랜 커튼들, 영원히 지속될 거리의 소음들. 그곳은 그에게나 그녀에게도 더 이상 편치가 않을 것이다. 그는 일어나 다른 방을 요구해야겠다고 생각했는데, 그녀가 문을 두드렸고, 들어왔고, 다시 일어날 시간조차 없이 서로 하나가 되었다. 그것은 일종의 일치였다. 그녀가 그에게 바짝 다가와 그의 목에, 그의 귀에 자신의 얼굴을 묻고 그의 이름을 속삭였고, 그는 다른 것은 듣지 못했다. 그녀는 다시 일어나 아주 강렬하게 그를 바라보았다.

"나는 이 순간을 기다렸어, 빅토리앵. 상황이 악화될수록 더욱, 너를 여기로 보내주기를 꿈꾸었지. 내게 익숙한 다정한 빅토리앵, 우리를 구하러 올 사람, 특히 나를, 빅토리앵은 우리를 이 모든 것에서, 잔인한 폭력에서, 어리석음에서, 배신에서, 끝없는 권태에서 우리를 구해주러 올 것이라고."

"너는 내게 아무 말도 하지 않았어."

"나는 상황을 정확하게 몰랐어. 네게 말하면서 비로소 발견했지만, 언제나 느끼고 있었지. 내가 신문에서 너희들을 여기로 보낸 것을 읽었을 때 내 가슴은 기쁨으로 뛰었어. 말한 적이 없던 내 소원이 이루어진 셈이야. 모든 것, 이 전쟁 전체, 이 폭력 전부, 공포스런 이 모든 순간은 우리를 그 순간으로, 우리가 함께였던 그 순간으로 우리를 데려갔어. 우리는 너무나 멀리 있었고, 우리는 서로 너무 멀리서 태어났기 때문에 우리가 다시 만나려면 두 번의 전쟁이 필요했던 거야. 나는 상황이 나빠지기를, 네가 빨리 오기를 은근히 희망했어. 그들은 다른 사람들이 왜 서로 싸우는지를 몰라, 나는 왜 싸우는지를 아는 단 한 사람이야. 그들은 우리를 위해서 싸워, 우리가 우리 자신을 되찾을 수 있도록."

그녀는 살라뇽을 껴안았다. 그는 더 이상 방의 상태에 대해 생각하지 않았다. 방은 더 이상 진정으로 존재하는 것이 아니었다. 그들은 낮 내내 머물렀고, 밤이면 다음 날을 위해서 서로 헤어졌다. 6시에 살라뇽 대위는 앞쪽에 있는 차에 올라탔고, 그 뒤에는 사람을 가득 실은 트럭들이 따라왔다. 그들은 군사 작전을 개시했다.

그는 그녀에게 짧은 편지를 썼고, 거기에 자신이 기억하는 대로 그녀 몸의 굴곡을 붓으로 그려 보냈다. 그는 그녀가 답장을 할 수 있도록 숙영지의 주소를 적어 보냈다. 에우리디케는 자기 아버지의 2마력짜리 차를 빌려 그를 보러 왔다. 그녀는 몸에 착 달라붙는 하얀색 아이크*를 입고 있었다. 그녀 뒤에는 경악과 즐거움이 따라다녔다. 하얀색 아이크를 입은 여인이 맹렬한 속도로 시골길을 운전하는 것은 흔한 일이 아니다. 변장하거나 은신해도 사람들은 그녀가 지나간 것을 알고, 남들 모르게 지나가지 못한다. 사람들은 그녀가 누구인지 모른다. 하지만 그녀가 변장한 것은 아는데, 그녀는 전혀 다른 척하지 못하기 때문이다. 유령 같은 모습으로 극도로 흥분한 그녀는 낙하산 부대의 숙영지에 내렸다. 그녀는 어리둥절한 연락병에게 살라뇽 대위를 만나게 해달라고 요구했다. 그녀는 말하면서 아이크를 벗고 돌파하듯이 문을 열고 들어가 놀란 빅토리앵의 품에 뛰어들었다. 빅토리앵은 무슨 일이 일어날지도 모르는 도로를 달려온 그녀에게 미쳤냐고, 경솔하다고 말했다.

---

* 아랍 여인이 옷 위에 걸치는 네모난 천.

"나는 변장했고, 아무도 보지 못했어." 그녀가 웃으면서 말했다.

"지금은 전시야, 에우리디케, 우리는 놀이를 하는 게 아니라고."

"나는 여기에 있어."

"남편은?"

"그는 존재하지 않아."

대답이 그의 맘에 들었다.

잠깐 비가 내려 대기의 무거운 입자들을 씻어주었다. 대기는 금세 건조해졌고, 먼 곳, 하늘, 수평선, 이곳을 떠다니며 덮고 있던 온갖 황토색 먼지들을 청소했다. 깨끗한 파란 하늘 아래서 사방의 풍경은 마치 깨끗하게 빤 빨래처럼 눈부시게 펼쳐졌다. 그들은 살로몬의 차를 타고 옴사다의 작은 고개를 향해 자갈길을 달렸다. 그는 그쪽에서 나무들, 그늘들, 그들이 누울 수 있는 초원의 마른 땅을 찾아낼 줄 알았다. 에우리디케에게 자신이 가지고 간 화첩을 보여주었고, 말없이 조수석 밑에 권총 케이스를 넣었다. 그들은 무얼 보든 웃어대고 수다를 떨면서 천천히 차를 몰았다. 뚜껑 달린 창을 열어 뜨거워진 돌들, 초원의 향기, 송진을 바른 소나무 줄기의 냄새가 뒤섞인 공기를 들어오게 했다. 고르지 못한 길 때문에 작은 차의 약하디약한 스프링 장치가 급격히 움직였고, 마치 스프링이 달린 가벼운 의자처럼 덜커덩거렸다. 그들은 서로의 허리나 팔에 매달려 부딪쳤고, 이따금 서로를 껴안으려다 머리를 부딪칠 위험이 있었는데, 이런 짓이 너무 바보 같아서 웃고 말았다. 에우리디케가 운전했고, 그는 그녀가 운전하도록 내버려둔 채 모든 것을 만족스럽게 보았다. 풍경, 밝게 빛나는 대기, 애정 어린 눈길로 에우리디케가 운전하는 것을 보았고, 의자 아래에 총을 넣어두었다는 사실도 잊었다. 옴사다 언덕에서 뒤틀린 소나무들이 있는 숲 가장자리에서 잠깐 낮잠을 잤다. 아무것도 없는 탁 트인 초원이 그들을 맞았다. 봄에는 식물들이 자갈을 뚫을 수 있다고 생각했고, 아름답고 생기 있는 초록색 쿠션, 줄기가 짧은 꽃들, 펼쳐진 잔디들이 세상을 정복하기 시작했다. 사람들은 여름에 그것에 대해 말했지만, 그날, 계절의 생명력은 의심할 바가 없었다. 그들은 차를 내버려둔 채 사람이 앉을 만한 크기로, 소나무 가지가 가장 낮게 드리운 대지 그늘에 앉았다. 에우리디케가 아이크를 가져왔다. 마치 하얀 침대보인 양 풀 위에 펼쳤고 그들은 그 위에 누웠다. 주변의 아래쪽 대지는 그들의 침실이었고, 한결같이 푸른 하늘 아래 초록과 금빛의 융단 모양 언덕이 수평선까지 이어졌다. 길도 마을도 보이지 않았는데, 그것은 그들이 너무 드물고, 너무 작고, 너무 은밀하게 인간적으로 지어져서 눈에 보이지 않는 돌들이 쌓인 곳에 있었기 때문이다. 푸근한 대기가 일렁였고, 사람들이 돛을 올린 것처럼 그들의 폐가 떨리면서 풍경을 가득 담았다. 그들 앞에 행복한 알제리가 펼쳐졌다.

그날 그들은 거기에서 그렇게 시간을 보냈다. 즐겁게 수다 떨고, 혀가 아플 때까지 입을 맞추고, 태양 아래서 발가벗고 사랑을 나누고, 그들만이 있는 거대한 풍경 속에서 가져온 음식 바구니를 비우고, 그림도 약간 그리고, 상대의 팔에서 잠이 들고, 갑작스럽게 팔을 흔들어 성가시고 유일하게 그들 주변을 맴도는 파리를 쫓았다. 12년이라는 세월이 그들을 분리시킬 수 없었다. 12년은 길고, 하나의 터널과 같고, 그 끝에 자리한 추억들은 안개 낀 원경 속에서 희미해졌음이 분명했고, 그들도 분명히 변했을 것이다. 하지만 아니었다. 12년은 그저 한 페이지였고, 한 페이지를 읽는 시간만큼 걸렸고, 이어지는 줄을 따라가면 다른 페이지를 읽게 되었다. 그러나 앞선 페이지는 단지 얇은 종잇장의 뒤에 있었다. 다른 곳에서는 모든 것이 반대였다.

저녁은 생기가 넘쳤다. 커다란 태양이 모든 것을 구릿빛으로 다시 물들였다. 서로 기댄 그들의 피부는 상대의 살결에 용해되었다. 빅토리앵의 성기는 피로를 몰랐고, 단지 약간 지칠 뿐이었다. 그것은 아주 곧은 상태로 영원히 지속될 수 있었고 감미로운 물과 같은 에우리디케의 안으로 드나들면서 잠길 수 있었는데, 그것이 그를 웃게 만들었다. 그것은 마치 풀장에서 나른하게 젖은 피부로 제한 없는 자유에 행복감을 느끼면서 신선한 물을 튕기며 웃는 것과 같았다.

"이제 그만 멈추고 돌아가야 해." 빅토리앵이 에우리디케의 귀에 대고 속삭였다.

"장교님, 귀가 종이 울린 건가요?"

"장교는 자신이 하는 일을 알지, 이 나라에서 말이야. 가자."

자동차가 움직이지 않았다. 살라뇽이 시동을 걸자 완전히 먼지에 덮여 도로 가장자리에 기울어져 있던 차는 점막이 부어오른 염증 때문에 헐떡이는 것 같았다. 그는 모터를 점검하고, 전선을 살폈는데, 아무 소용이 없었다. 태양이 기울어갔고, 대기가 푸르게 변했다.

"우린 꼼짝 못하게 되었어."

"걸어서 돌아가자. 그렇게 멀지 않아."

그가 고개를 저었다.

"우리가 밤길을 걷는 것은 너무 위험해."

"우리?"

"장교가 한 명 낀 두 명의 유럽인. 이 지역은 평화롭지 않아, 에우리디케."

"넌 오기 전에 그 사실을 알았어?"

그는 대답하지 않았다. 차의 좌석 아래에서 권총을 꺼내 허리에 권총 케이스를 걸쳤다. 그가 아이크를 집어 들었는데 음식물이 남아 있었다.

"어떻게 해야 하지?"

"숨어서 기다리고, 잠을 좀 자자. 새벽이 되면 우리를 찾으러 올 사람들을 만나러 가고."

"우리를 찾아낼까?"

"그래." 그가 미소를 지었다. "우리에게 약간이 운이 있다면 살아서 구조될 거야. 아님 죽겠지. 만약 이 숲에서 가장 크고 사나운 늑대를 만난다면 가혹하게 다뤄지겠지."

그들은 짙은 그림자를 만드는 두 개의 바위 사이에 있는 풀 위에 머물렀다. 그들은 누워, 자신들이 프랑스에서 함께 있었던 어느 저녁을 제외하고는, 아마 전에는 결코 보지 못했던 수많은 별과 아주 까만 하늘을 보았다. 커다란 별들, 중간 크기의 별들을 보았고, 먼지처럼 아주 작은 별들이 어둠을 빛냈다. 대기에서 소나무 향기가 났다.

"출발했던 곳으로 귀환." 에우리디케가 그의 손을 꼭 쥐면서 말했다.

"새로운 출발." 빅토리앵이 그녀를 끌어안으면서 말했다.

그는 잠들지 않는 법을 알았다. 마치 겨울잠을 자듯 설핏 졸거나 정신과 육체의 활동을 최소한으로 줄이는 법을 알았다. 하지만 갑작스러운 소리들, 목소리, 조약돌 구르는 소리, 나뭇가지 부러지는 소리들에 민감하게 반응했다. 에우리디케는 그의 어깨에 기대어 잠들었다. 그는 왼쪽 팔로 그녀를 감쌌고, 오른손은 케이스를 열어둔 채 권총 위에 두어서 총의 금속이 미지근해졌다.

선잠을 자면서 그는 사람들의 속삭임 소리를 들었다. 밤의 가벼운 숨결을 따라서 속삭임이 오고 갔고, 멀어졌다가 다가왔다. 그는 여러 목소리들 가운데 아랍의 목소리를 알아냈다. 그것이 아랍 신화에 나오는 공기의 정령과 관련이 있는 것인지 모른 채, 권총 위에 두었던 손을 빼내 두번째 손가락을 부드럽게 방아쇠로 가져갔다. 에우리디케는 잠들었고, 완전히 그에게 기대어 머리카락이 눈가를 덮었다. 그는 그녀를 지켜보았다. 그녀는 부드럽게 숨을 쉬었다. 그녀는 그의 목에 기대어 숨을 쉬었고, 미소를 지었다. 그는 자신의 성기가 부푸는 것을 느꼈다. 이럴 때가 아닌데, 하지만 이것은 소리가 나지는 않으니까, 그는 생각했다. 속삭임들은 사라졌다.

아주 느리게 밤의 어둠이 조금씩 옅어졌다. 그는 알루에트 소리에 깼는데, 그것은 사정거리에 들지 않도록 아주 높게 나는 유리로 된 헬리콥터였다. 멀리서 들리는 희미한 소리가 아침의 순수한 대기를 휘저었고, 장밋빛 태양이 투명한 조개껍질을 비췄고, 그들은 여전히 대지의 어둠 속에 있었다. 살라뇽은 커다란 바위 위로 올라가 몸을 일으켜 세워 크게 몸짓을 했다. 알루에트는 작게 원을 그리면서 답했고, 다시 떠났다. 빅토리앵은 에우리디케 앞에 앉았는데, 그녀는 흙과 초록 얼룩이 진 채 구겨진 아이크를 입고 웅크리고 있었다. 그녀가 그를 강렬한 눈빛으로 바라보자 그는 금세 격렬하게 뛰는 단 하나의 심장으로 변했다.

"좋은 소식이야. 그들이 우리가 살아 있는지 찾으러 올 거야."

그녀가 덮고 있던 천을 젖혔다. 그녀는 부드럽고 살짝 구김이 간 채 잠들었던 그대로인 듯 보였다. 그에게 미소를 지었는데, 오직 그에게만 전해진 그 미소가 대기를 감돌고 그를 향해 일련의 현기증처럼 다가왔고, 그는 그것을 보기만 할 수 있었다. 떠도는 미소는 그를 위한 것.

"내 곁으로 와. 그들이 도착할 시간이야."

그들은 아주 멀리서 모터 소리가 다가오는 것을 들었다. 길 위에서 지프차 한 대, 기관총 설비를 갖춘 반궤도 장갑차 한 대와 트럭 두 대가 요동쳤다. 그들은 자신들이 타고 온 차 가까이에서 머리를 매만지고, 옷의 주름을 펴고, 최선의 모습으로 그들을 기다렸다. 살라뇽은 권총을 다시 허리에 찼다.

"저것들이 다 우리를 위한 것인가?" 그가 자신에게 인사하면서 지프차에서 내리는 차분한 중위에게 물었다.

"이 지역은 안전하지 않습니다, 대위님."

"나도 안다. 지도 위에 작은 깃발들을 둔 게 바로 나니까."

"같은 말을 반복하는 것을 이해해주십시오. 혼자서 떠나는 일은 신중하지 않습니다. 대위님."

"하지만 나는 혼자가 아니다."

중위는 아무 말 없이 에우리디케를 보았다. 그녀는 아이크를 숄처럼 두르고 중위를 보았다.

"당신은 모든 것을 뚫고 온 살라뇽 대위이십니다." 그가 숨을 내쉬며 말했다. "당신은 당신을 괴롭게 할 이 불멸을 잠깐처럼 여기게 될 겁니다."

그는 에우리디케가 타고 온 차를 견인하러 갔다.

이 녀석은 나보다 10년은 아래인데, 자신이 하는 것을 알고 있다, 살라뇽은 생각했다. 우리는 전쟁 기술자 세대를 교육시킨다. 그들은 나중에는 무엇을 할 것인가?


"기지를 향해 올라가면서…… 대위님, 보르주,* 보르주가 샹볼을 고립시켰습니다. 저는 이 용어에 애착이 있습니다. 아랍어로 그것은 탑을 가리키는데, 그들의 언어로는 아주 강한 뜻을 지닌 단어입니다. 사막에서 신호를 확인해주는 고상한 단어입니다."

"그러니 당신의…… 보르주를 향해 올라가면서, 우리는 길을 따라 즐비한 나귀의 시체들을 보았어. 여러 마리였고 부패한 정도는 다양했

---

* 바리케이드.

지."

"그곳은 금지 구역입니다. 대위님."

"당나귀들에게 금지된 것인가?"

"그 구역에서는 사람들을 나가게 하고, 통행을 금지시켰습니다. 우리는 사람들이 그곳에 오지 못하도록 감시하고, 무법자들에게 식량을 공급하는 어떤 수송도 없게 감시합니다. 그들은 배가 고파야 숲에서 나와 싸우러 옵니다. 규칙은 간단합니다, 대위님, 우리가 나라를 유지하는 것은 바로 규칙 덕분입니다. 금지 구역이고, 그렇다면 여기에서 보이는 사람은 전부 무법자입니다."

"그러나 당나귀들은?"

"알제리에서 당나귀들은 수송 수단입니다. 따라서 이 구역에서 당나귀들은 적의 무리가 됩니다."

몽상가인 살라뇽은 상볼의 연대장이 자신에게 진지하게 말하는 것을 바라보았다.

"매복하는 중간에 우리는 많은 당나귀를 죽였고, 그것들은 올리브나 밀을 싣고 있었습니다. 그 일을 실수로 여길 수 있지만, 하지만 실수가 아니었습니다. 우리는 반역자들을 굶주리게 했습니다."

"당신들은 그들을 보았습니까, 전투원들?"

"무법자들이요? 결코 보지 못했습니다. 그들은 숲에서 나올 정도로 배가 고프지 않았던 게 분명합니다. 하지만 우리는 그들을 기다렸습니다. 승리는 기다리는 인내심을 지닌 사람에게 돌아갈 겁니다."

"아니면 그들이 거기에 없었겠지요."

"바로 이 점에서 당신 말씀을 끊어야겠습니다. 우리는 무기를 나르는 당나귀들을 가로막은 겁니다. 당나귀를 데려가는 여자들이 남자 신발을 신고 있었고, 그것이 우리의 의심을 깨웠습니다. 우리는 그들을 바로 죽였습니다. 몸을 조사해보니 과연 그들은 남자였고, 밀가루 자루 아래에 놓인 광주리 안에는 총 두 개가 들어 있었습니다. 죽은 당나귀는 다른 모두를 정당화시킵니다, 대위님. 우리는 궤도에 진입했습니다."

"나는 당신들이 계속 당나귀를 추격할 것이라고 상상합니다."

"우리는 계속할 겁니다. 우리는 굴복하지 않습니다. 꿋꿋한 성격은 인간의 가장 위대한 특징입니다. 그것은 지성보다 월등하게 받아들여지는 겁니다."

"나도 그것을 똑똑히 봅니다. 진실은 죽은 당나귀들이 널려 있는 긴 길과 같습니다."

"무슨 말씀을 하고 싶으신 거죠, 대위님?"

"아무것도요, 연대장님. 저는 단지 그 모든 것의 의미를 발견하려고 노력한 겁니다."

"당신은 정확하게 무엇을 위해서 거기에 간 겁니까, 살라농 대위?" 결국 그가 물었다.

"정말로 무기를 가지고 오는 이슬람 병사를 막기 위해서입니다."

"당신은 우리가 그의 길을 막을 수 없다고 생각합니까?"

"잘 훈련받은 120명의 사람, 제독, 그들은 우리와 같이 무장했고 감시 초소에 있어요. 최소한 우리는 불필요한 존재는 안 될 겁니다."

"좋으실 대로요. 하지만 당신은 강제 이주는 피할 수 있겠지요."

살라농은 애써 답하지 않았다. 낙하산 부대원들은 샹볼의 사무실에 거주했다. 효율적으로 공간을 확보하고, 사령부 무선전신기를 설치하고, 칠판을 들어 올리고, 지도를 펼쳤다. 그들은 서 있는 살라농을 중심으로 다시 모였는데, 살라농은 소동의 한가운데서도 어떤 지침도 주지 않고 모든 것이 정리될 때까지 기다렸다. 샹볼은 몹시 흥분해 사무실 구석에서 팔짱을 낀 채 있었다. 명백히, 아주 명백히, 그는 유감을 표시했다.

"비니에, 에르보토?"

"네, 대위님."

"자네들이라면, 어디로 지나갔을것 같나?"

두 명의 젊은 중위는 지도 위로 몸을 기울였다. 그들이 아주 진지하게 궁리했다. 몸짓으로 집중한 정도가 드러났는데, 하나는 콧등을 비비고, 다른 하나는 엄지와 검지로 입술을 문지르다가 지도에 정교하게 그려진 돌출 부분에 손가락을 가져갔다. 여기저기, 주저하듯 중얼거리면서 그들은 자신들이 생각하는 바를 드러냈고, 주어진 질문에 오래 검토한 답변을 하고자 했다. 단지 그렇게 했던 것이 아니라 살라뇽이 지켜보는 가운데 생각했다.

입고 있는 군복을 제외하고는 그들은 서로 닮지 않았다. 비니에와 에르보토는 서로 너무 달랐다. 하나는 육중했고, 다른 하나는 호리호리했다. 하나는 수다스럽고 쾌활했고, 다른 하나는 무뚝뚝하고 무미건조했다. 하나는 드넹의 노동자 아들이고, 다른 하나는 보르도의 부르주아 아들이고, 하나는 재주가 있고 다른 하나는 유산 상속자인데, 기적적으로, 경이로울 정도로 서로 이해하고, 암시만으로도 서로 이해하고, 한쪽이 없이는 결코 따로 다니지 않았다. 그들은 낙하산 부대 중위들이라는 것 말고는 어떤 공통점도 없었다. 그 둘 사이에 놓인 장터의 거울이 있었다. 다른 사람들은 그들을 보고 웃었는데, 하나는 작고 뚱뚱했고, 다른 하나는 크고 말랐는데, 둘이서 동시에 똑같은 동작을 했다.

살라뇽은 이 두 사람을 무척이나 좋아했다. 그가 그들에게 질문을 던지자마자 그들은 엄청나게 진지한 모습으로 대답하려고 애썼다. 그는 그들을 교육시켰다. 생각하는 것을 즐겼으며, 그들에게 전쟁의 틈바구니에서 숨는 법을 가르쳐주었다.

"이겁니다, 대위님." 비니에가 손가락으로 좁은 계곡을 따라가면서 말했다.

"아니면 여기요." 에르보토가 다른 계곡을 짚어가면서 말했다.

"두 곳은 너무 많지. 선택하게."

"그들이 생각하는 것을 밝혀내기를 원하십니까, 이 사람들 말이에
요?" 샹볼이 투덜거렸다.

샹볼은 그들에게 자기 사무실을 빌려주었지만, 낙하산 부대원들이
자신이 거기에 없는 것처럼 그곳을 사용하는 것을 견딜 수가 없었다. 그
의 커다란 책상 위에 지도들이 펼쳐져 있었다. 그들은 책상을 대충 치우
고, 입체 안경을 가지고 그 지역을 찍은 항공사진들을 보았다. 마치 그
위로 올라가지 않고도 지형을 알 수 있는 것처럼 그랬다. 하지만 그에게
물어보면 충분한 것인데 말이다. 바로 그 사람, 샹볼, 지역을 망라한 기
지망의 중심점과 같은 사람인데, 그들은 그를 모르는 것처럼 굴었고, 우
스꽝스런 전투복 차림의 이 사람들은 허세를 부리면서 무거운 모자 쓰
는 것을 거부했고, 그저 보여주기 위해 유골의 머리 위에 아주 작은 우
스꽝스런 모자를 씌워두었다.

"그들은 그들이 원하는 대로 사라졌습니다, 우리는 결코 그들을 다
시 찾지 못합니다."

"당신 기지들이 있는데요?"

"바로 그것이 그들이 사라졌다는 증거이죠."

"하지만 당신의 부대원들은 아무것도 보지 못합니다. 아무 소용이
없지요."

"우리가 지역을 통제합니다."

"실례합니다만, 연대장님, 당신들은 아무것도 통제하지 못합니다.
바로 그것 때문에 우리가 여기에 있습니다."

"그들은 지형을 압니다. 그들은 뜨거운 빵조각 위의 버터처럼 녹아

들어갑니다. 당신들은 아무것도 발견하지 못하실 겁니다."

진부한 비유였다. 살라뇽은 말없이 그를 바라보았다. 중위 두 사람은 고개를 다시 들고, 기다리고 있었다. 무선전신에 집중하고 있던 통신병들이 행동을 늦추었고, 칠판 옆에 있는 그들은 차렷 자세로 꼼짝 않고 있으면서 강경한 태도를 취했다.

"지형을 아는 일은 별 의미 없습니다. 연대장님. 사람들은 여전히 그렇게 말하지만, 아무런 의미가 없습니다."

"그들은 자신의 조국에 있고, 지형을 알고, 우리가 보기에는 그들이 원했던 것처럼 사라져버렸습니다."

"무기 상자와 탄환을 운반하는 120명의 사람이 중요합니다. 당나귀 행렬 말입니다, 연대장님. 조약돌 뒤에는 아무것도 감춰지지 않습니다. 그들이 통과하는 그곳, 우리는 그것을 봅니다."

"그들은 지형을 압니다. 나는 당신에게 그 점을 말씀드리는 바입니다."

"이 사람들 중 어느 누구도 여기에 익숙하지 않습니다. 절반은 당신과 나처럼 도시에서 자랐습니다. 다른 사람들은 다른 곳에서 왔고요. 우리는 고향 주변만을 알 뿐입니다. 만약 이동을 한다면 어떨지요. 하지만 우리가 구하는 것은 목동이 아니고, 규칙에 따라 훈련받은, 신중하고 능력 있는 사람들로 구성된 부대이고, 어떻게 하면 은밀하게 이동하는지를 아는 사람들입니다. 기지에 있는 당신 부대원들은, 결코 이동하지 않을 것이고, 밤이면 잠이 듭니다. 그들은 자신들이 어디에서 지내게 될지에 대해 전혀 모르는 채 다시 떠나기를 기다립니다."

"이 사람들은 아랍인들이고 우리는 알제리에 있습니다."

"아랍인이 알제리를 알도록 만들어주는 것은 아무것도 없습니다, 연대장님. 알제리에 사는 아랍인은 그것을 알도록 배우는 것이지요. 다른 모든 사람처럼 말입니다."

샹볼은 짜증스럽게 하늘을 향해 눈을 들었다.

"당신은 그 점에 대해 전혀 모릅니다, 살라뇽. 당신은 이 나라도 이 나라 사람들도 모릅니다."

"하지만 무장한 무리들이 이 지역을 가로지르는 것의 의미는 압니다. 저 역시 무장한 무리의 일원입니다. 세상은 모두에게 똑같습니다, 연대장님." 그는 자신의 중위들을 돌아보았다.

"어떻지?"

"여기입니다." 그들이 손가락 하나로 계곡 중 하나를 가리키면서 입을 맞춰 대답했다.

"바보짓이야." 샹볼이 말했다. "그곳을 통해서 지나가면 사람들은 도로를 가로지르게 되고, 기지 중 하나의 사정 범위에 들게 됩니다."

"네, 하지만 그게 지름길이고, 상당 부분이 숲 아래에 놓여 있습니다."

"도로는요, 기지는요?"

"그들은 중무장한 군인 120명입니다. 대규모로 통과할 수 있고, 기지가 그들을 가로막지 못할 거라고 확신합니다."

"왜죠?"

"당신이 말한 그대로입니다. 기지에서는 그들을 보지 못하니까요. 그들은 눈을 감고 있거나 다른 곳을 봅니다. 그들은 지역을 지키지 못하고, 그들 자신을 지킵니다. 기지들은 단지 우리들을 머무르게 하는 일에만 소용이 있습니다. 표적의 수만큼 그들을 나라 전체에 뿌려두는 겁니다. 그들의 중요한 관심사는 살아남는 겁니다."

"우습군요."

"저로서는 달리 말할 수가 없습니다. 어떻게 우리가 우리의 위치를 정할 것인가?"

그는 조롱하는 상볼의 시선 아래서 흑판 위에 대기 위치, 회수 장
소, 낙하 지점 등 배치를 그렸다.

"그럴싸한 덫입니다, 여러분. 당신들이 기다리는 일에 신물이 날
때, 우리는 저녁을 먹기 위해서 당신들을 기다리겠습니다."

낙하산 부대원들은 커다란 돌에 기대어 줄을 지어 섰다. 그들은 화
강암 지대의 바위에 기대어 능선을 따라 숨었다. 화강암의 바위들은 태
양열을 받아 표면이 뜨거워 만지면 데일 수 있었다. 그들은 메마른 계곡
을 내려다보고 있었고, 겨울이면—그러나 이곳에 겨울이 있는가? 우리
는 매 여름마다 겨울을 망각한다—흐르던 커다란 시내가 이제는 가느
다란 물줄기로 남았을 뿐이고, 협죽도가 솟아나온 갈색 땅의 구멍들, 메
마른 꽃송이들이 태양 아래서 빛나고 있는 잔디, 나무들, 시내를 따라
작은 숲을 이루는 나무들, 숲은 단단한 나무, 뒤틀린 가지들, 니스 칠을
한 듯 반짝이는 나뭇잎들로 이루어졌고, 온 계곡을 따라 올라가는 숲은
숨기에 딱 좋은 긴 나무 그늘을 드리웠다. 그 아래 돌투성이 도로가 있
고, 다리를 통해 냇물을 건너고, 하지만 물의 범람이 폭풍우가 될 수 있
다는 것을 예상해야 한다. 길은 다른 경사를 향해 다시 오르고, 다른 능
선을 건너야 한다. 두번째 소대는 거기에 있었는데, 커다란 돌들이 너저
분하게 있는 가운데 마찬가지로 숨어 있었고, 잿빛 덤불은 땅 위에서 변
질된 그림자 망을 형성하고 있었다. 사람들은 쌍안경이 있어도 그들을
보지 못한다. 잿빛으로 변장한 차림새의 그들은 계곡의 경사, 험준한 반
대 사면, 끝없이 펼쳐지는 메마른 다른 언덕들 너머까지 전부를 덮고 있
는 자갈들과 구별되지 않았다. 그들의 얼룩덜룩한 옷차림은 그들을 보
이지 않게 해주었다. 색이 바래고, 주름은 닳고, 조직은 느슨해지고, 때

를 짚었고, 손가락이 놓인 바로 그곳으로 사람들은 이주했다.

두 대의 시코 아쉬 34*는 소대원들을 어디로든 데려다 놓았다. 서른 명의 사내라면 많은 수는 아니지만, 활력과 엄밀성, 잘 장전된 자동 무기들이 있었다. 그들은 치명타를 가했다. 각각의 헬리콥터에 나눠 탄 열다섯 명의 사내는 서로를 헤아릴 수 있었다. 서로를 알고 존중하는 청년들로 구성된 전투는 불굴의 것인데, 친구들이 지켜보기에 감히 누구도 도망치려고 하지 않았고, 함께 싸운 사람들, 함께 생활한 사람들 누구도 저버리지 않았는데, 그렇게 한다면 그것은 스스로를 저버리는 일과 같았기 때문이다.

모자를 쓰고 반쯤 눈을 감은 살라뇽은 무엇인가 움직일 것을 예상했다. 그의 주머니에 있는 작은 수첩의 하얀 종이들 위에 메마른 계곡들을 휙휙 그렸고, 날렵한 데생으로 계곡을 묘사한 다음에 세부를 파고들면서 음영을 부여했다. 이어서 페이지를 넘겨 여전히 같은 것을 그렸다. 그들이 매복하고 있는 계곡, 그는 그 계곡에 있는 모든 동굴과 각각의 나무에 정통해질 때까지 데생을 했다. 여러 세기 전부터 거기 있던 메마른 풀숲의 어떤 것도 그의 시선을 빠져나가지 못했다. 그는 민첩하게 이런저런 데생을 하면서 무엇이 움직이는지를 포착하고, 그들이 오는 것을 볼 수 있다고 생각했다. 나무에 등을 기대고 있는 그의 곁에는 무선통신기가 있었고, 모자의 챙을 내리고 반쯤 졸기도 했다. 비니에는 단 한 개의 돌도 이동시키지 않고 돌들 사이로 슬며시 들어왔고, 갑자기 그 앞에 나타났다. 청년이 그의 팔을 가볍게 스치면서 그의 심장을 진정시키려고 하자 살라뇽이 펄쩍 뛰어 일어나고 손가락에 입을 댔다.

"보세요, 대위님, 다리 가까운 쪽이 하천의 중심축입니다." 그가 말

---

* 알제리 전쟁에서 사용된 전투기.

소설 VI 세 개로 분열된, 육각형의, 십이면체의 전쟁─자기를 먹는 괴물  679

했다.

살라뇽은 기계적으로 쌍안경을 들었다.

"안 됩니다. 자칫하면 반사광이 전해질 위험이 있어요. 그들이 저기 있습니다." 비니에가 나직이 말했다.

그는 쌍안경을 내려놓고 눈을 찌푸리면서 바라보았다. 용의주도한 그림자들이 짙은 나무 그늘에서 빠져나왔다. 뒤틀린 나무 아래의 그늘은 마지막 순간까지 그들을 감춰주었다. 그들은 일렬로 행군하고 있었다. 상자들을 지고 있는 나귀들이 그들과 함께했다. 모터 소리가 도로 위에서 울렸다. 소용돌이 같은 무엇이 트럭의 요란한 소리와 함께 먼지를 일으키며 그들을 향해 서서히 다가왔다. 살라뇽은 이번에는 주의력을 상실하고 쌍안경을 들고 일어섰다. 지프차 한 대가 사람들이 타고 있는 트럭들 앞에 있었다. 그들은 계속 거슬러 올라갔고, 다리 위에 있는 반듯한 길로 왔다.

"제기랄. 머저리 같은 샹볼!"

개울 바닥에서 솟아나온 첫번째 박격포가 지프차 앞에 있는 도로를 강타했다. 지프차는 탈선하며 다른 쪽 경사면 아래로 굴렀다. 또 다른 박격포가 타오르는 트럭의 모터를 강타했다. 사람들이 뛰어오르고, 흩어지고, 엎드리고, 그들 주변에서 조약돌들이 산산조각 났다.

"멍청한 것들, 멍청한 것들!" 살라뇽이 외쳤다. "가자!"

여러 시간 동안 공들여 설치한 함정이 운 나쁜 때 개시되었다. 박격포는 개울 바닥에서 터졌고, 바위 사이에서 감춰져 있던 총들이 사격을 개시했고, 대기는 탁탁 소리와 파편으로 가득 찼다. 숨어 있던 소대들은 기어서 앞으로 나갔고, 카티바*에 있던 사람들은 물러났으며, 서 있거나

---

* katiba: 북아프리카의 군사기지·야영지를 뜻한다.

뛰면서 공격했다. 나귀 여러 마리가 사이렌 소리와 함께 쓰러졌다. 나귀 몰던 사람들은 상자 아래 나귀들이 깔려 쓰러져 있는 것을 내버려두고 는 전부 나무 아래로 도망쳤다. 일제사격이 시작되었다. 총소리가 반복 적으로 들리고, 낙하산 부대원들은 땅에 엎드렸다. 부상당한 결과인지, 반사적인 반응인지를 구별할 수 없었다.

"정말 한심하네. 뭐지!" 살라뇽이 투덜거렸다.

그는 트랑바사크를 불러 계곡 끝을 봉쇄하고, 함정을 막아달라고, 헬리콥터로 소대원들을 예정된 장소에 데려다 달라고 요구했다. 낙하산 부대원들은 돌과 돌 사이로 전진했고, 냇물의 바닥까지 도달했다. 도로 에 있는 사람들에게 그것은 더 나은 일이었다. 그들은 신중하게 다시 몸 을 일으켰다. 멀리서 총격이 시작되었고, 사격 연습인 것처럼 아주 규칙 적이었다. 부대원들은 계곡을 따라 올라갔고, 능선 위에 흩어져 있는 방 어 거점 위에 떨어졌다. 두 대의 헬리콥터는 엄청난 소리를 내며 하늘을 가로질렀다.

"어쨌거나 다소 진전은 있었어, 하지만 엉망진창이네."

메마른 개울 바닥에 사람들이 낡은 군복을 입고 쓰러져 죽어 있었 다. 정규군으로 편성되고자 했지만 결코 그럴 수 없었던 사람들이었다. 누워 있는 부상자들은 갑작스럽게 움직이지 않으려고 애쓰면서 무장한 채 시체들 사이를 오가는 낙하산 부대원들을 말없이 보고 있었다. 쓰러 져 누워 있는 사람들 사이로 무거운 무기 상자에 짓눌린 나귀들이 고개 를 들고 커다랗게 입을 벌리고 나귀 특유의 울음소리를 내지르며 울부 짖었다. 전부 커다란 총알과 폭탄의 파편으로 인해 생긴 끔찍한 부상으 로 고통을 받았다. 창자가 튀어나오고 털은 흘러나온 피로 엉겨 붙어 있 었다. 상사 한 명이 권총을 들고 부상당한 나귀 사이를 오가며 살며시 다가가 이마를 향해 침착하게 조준하고 단 한 발의 총격을 가하고는, 나귀들이 울음을 그치고 다리의 경련을 멈추면, 그는 다시 일어나 다른 곳으로 갔다. 총격이 가해질 때마다 부상당해 누워 있던 것들은 소스라치게 놀랐다. 무법자들은 군복을 입고 전쟁의 무기를 가지고 있었다. 그들은 서로 닮았다. 그들은 지나칠 정도로 군인 같은 행색이었지만 별도로 연행되었다. 그들을 돌려보내지 않았다. 프랑스 군대에서 명백히 수용되었던 사람들은 탈영병으로 간주되었다. 사람들은 그들을 감시했고, 그들의 손을 잡고, 허리에 무기를 차고 있는 낙하산 부대원들 곁에 앉으라고 명령했다. 사람들은 장교들을 통해 지도, 문서, 서류 양식 들을 발견했다.

비니에는 언덕에 쓰러져 있었다. 총알이 이마를 관통했는데, 눈썹을 찌푸리면 주름이 생기는 바로 그 자리였다. 그는 허공을 뚫고 온 총알에 맞아 쓰러져 죽었고, 즉사한 것이 분명했다. 에르보토는 한순간 아무 말 없이 그를 보았다. 이어서 그는 주머니에서 손수건을 꺼내 비니에의 혀를 닦아냈고, 총알로 인해 머리에 아주 둥글게 파인 구멍 주위의 피를 닦아냈다.

"이러니 더 낫네. 적어도 그는 깨끗한 상태로 죽었어."

그는 다시 일어나 조심스럽게 손수건을 정돈했다. 그는 무기를 다시 들고, 전투부대원들을 따라가게 해달라고 요청했고, 그 부대원들을 따라 멀어져갔다. 사람들은 여전히 개울의 상류, 침투하기 어려운 숲속에서 전투 중이었다.


샹볼이 지프차에서 내리다가 발목을 삐었다. 그는 한 발로 껑충거리며 다가왔다. 트럭에 타고 있던 군인들이 모여들었다. 후들거리는 다리로 트럭 주위로 두서없이 모여들었다. 그들은 젊고, 장난꾸러기 같은 얼굴인 데다 너무 커 아이들 같은 느낌이 더한 그들의 차림새는 제 사이즈

가 아닌 가장복을 벽장에서 훔쳐온 것 같은 분위기를 줬다. 그들은 소집
병들이고, 모두 신참이었다. 그들은 매우 두려워하고 있었다. 살라뇽은
그들을 야단칠지 위로할지 망설였다. 그들은 어설프게 무기를 들고 있
었다. 머리 위에 쓴 무거운 모자가 기울어진 것처럼 보였고, 너무나 커
잘못 쓴 것 같았다. 낙하산 부대원들은 싸우러 가기에 알맞은 복장이다.
이것은 슬며시 모든 것을 바꾼다. 그들이 전부 모였을 때, 그는 그들이
무엇을 할지를 말해줄 사람이 고작 하사 둘뿐이라는 것을 알았다. 하나
는 술 냄새가 났고 다른 하나는 피곤해 보였는데, 그는 전쟁 시작 전부
터 수십 년 동안 쇠잔한 나라에서 살았음이 분명하다. 그들은 어리석게
나서거나 놀란 채 총에 맞기보다는 자신들의 부대에 안전하게 머물러
있는 편이 더 나았을 것이다. 비스듬히 선 채 고통으로 얼굴을 찡그리고
있는 샹볼을 알아보았다.

"도대체 무슨 일을 한 겁니까?"

"우리는 우리 기지 하나를 보강하러 가고 있었습니다."

"그러니까, 당신의 망 가운데 형편없는 기지 하나 때문이라고요?"

"통신병이 우리에게 기지가 공격당할 것이라고 알려줬습니다. 우리
는 거기에서 그들을 기다리려고 했습니다. 그들은 미리 통지를 받고 대
기하고 있는 사람들을 보게 되는 겁니다. 우리는 그들이 속도를 낼 것이
라고 생각했습니다."

"통신병을 믿었나요?"

"그는 완전히 믿을 수 있는 오랜 전투 요원입니다."

"주변 좀 보세요, 땅 위에 죽은 사람들, 우리 때문에 죽은 사람들.
저기에 오랜 전투 요원들이 있습니다. 여기에서는 사람을 믿을 수 없는
겁니다. 부하들을 제외하고요. 정말 한심하군요, 샹볼."

"당신을 강등시킬 것이오, 살라뇽."

"만약 내가 당신을 구해주지 않았다면, 당신은 어떻게 되었을까요? 당신은 그 형편없는 기지에 숨어 있었을까요? 당신을 찾아내기까지 그들에게 시간이 얼마나 필요했을까요? 그들을 파괴시켜보세요, 오만불손한 낙하산 부대원들과 사나운 인간들이 침대에 누워 있는 당신 불알을 자르러 올 것입니다. 당신 보초들은 알아차리지도 못한 사이에요. 그들은 당신 하사관 노릇에나 적합한 낙오자들에 에워싸인 채, 당신들 트럭에 가지고 다니던 잘린 팔을 보고도 칼날의 서늘함을 이해하지 못한 채 그곳을 지나칠 겁니다.

"그만두지."

"당신은 내게 아무것도 금지시키지 못합니다, 연대장님. 지금, 돌아가세요. 나는 해야 할 일이 있습니다."


저녁이 되자 사람들은 그에게 아흐메드 벤 토발을 보냈다. 숱 많고 짙은 검은색 수염의 그는 아주 강한 인상을 풍겼다. 그는 언제나 숱 많고 억센 수염을 길렀는데, 얼굴살이 빠져 더욱 강해 보였다. 저녁이 되자 전쟁을 연상시키는 어떤 소리도 들리지 않았고, 하늘에서 약간의 신선함이 내려앉았다. 송진 냄새와 풍미 좋은 식물들이 진한 향기를 뿜어내면서 가벼워졌고, 덥혀진 자갈들은 부싯돌 냄새를 풍겼다. 낙하산 부대원들은 포박된 포로들과 양 옆구리에 상자들을 진 나귀들을 이끌고, 다리를 조금씩 끌면서 돌아왔다. 그들이 그 포로를 몸에 딱 붙는 표범무늬 전투복 차림의 살라뇽에게 데리고 왔을 때, 살라뇽은 죽은 사람들 가운데 땅에 심은 상추를 가리키고 있었는데, 서른여섯 시간 동안 잠을 자지 않은 흔적이 얼굴에 역력했고, 그것이 그를 미소 짓게 만들었다.

"만약 네가 내 수중에 떨어지면, 이봐 빅토리앵, 난 너 좋은 일은 안할 거야." 벤 토발이 말했다.

"우린 결코 네 수중에 떨어지지 않지, 아흐메드, 우리는 아니야."

"설마 하는 일이 일어나지, 대위."

"하지만 그런 일은 일어나지 않았어."

"아니야. 이것은 나로선 마지막이야. 너무 빠르다고 생각했어." 그가 말을 덧붙이면서 미소를 지었는데, 그 미소로 표정이 좀 누그러졌다. 마치 안도의 숨을 내쉬듯이, 긴 행군 뒤에 기지개를 펴고 잠이 들 것처럼 그 누구를 향한 것도 아닌 미소, 그로 인해 우리는 우정을 느낄 수 있었다.

"나는 그렇게 하도록 내버려두지 않지."

그가 어깨를 으쓱했다.

"이건 네 권한 밖이야, 대위. 네 부하들이 내 머리에 총을 쏘지 않은 것은 내가 분대장이었기 때문이야. 그들은 나를 다시 데려왔어. 난 너희들이 나를 누구에게 넘길지 잘 알아. 만약 나를 석방해준다면 다른 쪽에서 나를 제거하겠지. 전투 요원을 잃어버리고 붙잡힌 것은 내 평판을 해치는 일이야. 우리나라에서 청소는 단순해. 피로 하지. 자네는 이 나라에서 청소가 언제나 피로 이루어지는 것을 목격했겠지? 유혈 참사로, 흔히 말하듯이 엄청난 물로 청소하듯이. 여기에서 물은 부족하지만 피는 그렇지 않아." 그는 그렇게 말을 하고 웃었다. 그는 웅크리고 앉았다. 긴장이 풀리고, 마치 약간 취한 것도 같았다. "그러니 난 잘 알아, 내 미래, 얼마 남지 않았고, 네가 친절하게 내 말을 들어준다고 해도 마찬가지야, 빅토리앵. 칼로야니스 의사가 너를 많이 좋아했고, 네가 당신 딸과 결혼하기를 바랐지. 하지만 사태가 변했고, 난 이유를 몰라. 좋았던 의사는 겁에 질린 인간이 되었고, 아름답던 에우리디케는 어울리지 않는 녀석과 결혼했어. 나는 목을 자르는 재단사가 되었고, 너, 젊은 빅토리앵은 그토록 아름다운 그림을 그렸던 너는 오만함으로 가득한 전사가 되었어. 몇 시간이면, 아니면 며칠이면 처형이 이뤄지겠지. 모든 게 잘못되었어, 모든 게 점점 더 나빠질 거야, 전부가 전부를 죽일 때까지. 그 일이 멈춘다면 만족스럽겠지. 여러 해 동안 일대를 수색하고, 몰래 달아나고, 우연히 사람들과 마주쳤을 때만 그들을 죽였는데, 너는 그것이 얼마나 피곤한 일인지 상상도 못 해. 나는 이 상황이 끝나는 것이 만족스러워."

"벤 토발, 넌 일개 포로야."

그 말이 그를 여전히 미소 짓게 만들었다. 그는 낮은 곳에서 웅크리고 앉아 애정을 담은 시선으로 자신을 내려다보고 있는 낙하산 부대의 대위를 바라보았다.

"너는 프랑스에 있는 네 단짝을 기억하니? 그는 내 이름을 묻지 않았던 유일한 프랑스인이었어. 다른 사람들에게는 내 이름만으로도 아랍인을 가리키기에 충분했지. 그런데 내가 말을 놓았기 때문에 그들은 나에게 말을 놓았고, 말하는 어느 누구도 나와 같은 언어를 말하지는 않았지. 그들은 우리에 대해서 정통했어, 프랑스인들 말이야. 그들은 아랍어를 말하지 않았지만 언제나 아랍을 알고 있었지."

내성적인 에르보토는 벤 토발을 유심히 살폈고, 그의 손가락들은 자제를 하는 듯 신경질적인 움직임 속에서 경련을 일으켰다.

"무엇을 할까요, 대위님?" 그가 눈을 떼지 않고 물었다.

"철수한다. 심문하고, 그는 포로야."

에르보토는 숨을 내쉬었다.

"이런 거야, 중위." 살라뇽이 설명했다. "전투를 개시한 이상 구석에서 목을 조르기보다는 전쟁의 법칙을 따라갈 거야."

"어떤 법칙들이요?" 에르보토가 투덜거렸다.

"법칙들."

그는 수통을 열었고 그것을 웅크리고 있는 포로에게 건넸다. 아흐메드가 숨을 내쉬며 물을 마시고선 수염을 닦았다.

"고마워."

"사람들이 널 데리러 올 거야."

몇 분 뒤에 헬리콥터가 도착했고, 부상자들과 시신, 포로 들을 태웠다. 마리아니는 저녁인데도 선글라스를 벗지 않았고, 회전판 날개 아래서 웅크린 채 닳아빠진 가죽 가방을 들고 있었다. 회계원들이 가지고 다니는 작은 가방인데 그 안에는 모든 서류, 서식, 명단, 지도 들이 들어 있었다.

"그것으로 충분할 거야." 헬리콥터를 향해 가는 벤 토발을 보면서 그가 말했다.

벤 토발이 묶인 손을 힘들게 들어 올렸다. 윙크하듯이 무력한 몸짓으로 살라뇽에게 짧게 인사했고 헬리콥터 안으로 사라졌다.

"몸 조심하게." 살라뇽이 말했다.

"문제없어." 마리아니가 가방을 툭툭 치면서 대답했고, 엄청난 소리를 내며 이륙하는 헬리콥터 안으로 올랐다.

산꼭대기에서 신선한 바람이 내려왔다. 보랏빛 하늘이 어두워졌다. 헬리콥터는 그 고도에서 여전히 남아 있던 마지막 태양 광선이 장밋빛 반사광으로 집결될 때까지 올라갔다. 헬리콥터는 알제를 향해 갔다. 태양은 연보라색 하늘 위로 올라가 저물었고, 그들은 그림자 하나가 헬리콥터에서 떨어져 나오고, 공중을 맴돌다가 어두운 언덕들 사이로 사라지는 것을 보았다. 헬리콥터는 궤도를 벗어나지 않고 어두운 대기로 사라졌다. 더 이상 소리가 들리지 않았다.

"대위님은 이런 식으로 일이 벌어질 거라는 사실을 아셨나요?" 에르보토가 물었다.

"마리아니와 함께라면 예상할 수 있지. 우리는 이제 돌아가."

트럭들이 그들을 데리러 왔다. 트럭들은 헤드라이트를 다 켜고, 인적이 끊긴 자갈길을 비추고 있었다. 에르보토의 손가락들이 경련을 멈추었다. 흔들리는 트럭 칸에서 의자 받침대 위에 앉아 자고 있는 지친 다른 사람들과 달리 그는 잠들 수가 없었다. 그는 잠깐 졸았는데, 구역질이 나서 눈을 감을 수가 없었다. 땅이 마구 흔들려 그는 결국 창을 열고 토했다. 운전사에게 욕을 먹었지만, 그렇다고 멈출 수는 없었다.

"아픈가, 에르보토?" 그들이 도착했을 때 살라뇽이 물었다.

"네, 대위님. 하지만 참을 수 있습니다."

"괜찮아?"

"네."

"그래 다행이야, 자."


그들은 잠자러 갔다. 철야와 행군, 기다림, 느닷없이 일깨우는 갑작스런 전투의 개시에 지쳐 있었다. 그들을 숨 가쁘게 만들었던 엄청난 업적이 있었지만, 그들은 해변, 신선한 맥주, 침대를 꿈꾸었다. 그들은 지쳤다. 전압 낮은 작은 전등들만 있어 어둑한 복도가 길어 보였고, 복도의 바닥이 잘 보이지 않았다. 그들은 낡은 리놀륨 위에 먼지가 덮이고 닳은 고무 깔창이 붙은 신발을 신고 발을 끌면서 복도를 지나갔고, 기계적인 걸음으로 복도를 지나 잠자러 갔다. 돌아오는 부대원들의 모습은 활기가 없었다. 충혈된 눈과 때 묻은 전투복, 피부는 지독한 땀으로 얼룩져 있었다. 그들은 머뭇머뭇 무리를 지어 내무반으로 갔고, 철제 침대 위의 침대보 속으로 들어가 더 이상 움직이지 않았다. 이번에는 거의 모두가 돌아왔고, 그들이 지고 가야 할 죽은 자들의 무게가 없었다. 단지 세 명만 죽었고, 그들은 피로에 지친 육체와 밤 속에서 빛나는, 피에 젖은 영혼을 지녔다. 사실 모든 일이 잘되었다. 그들은 기습을 할 수 있었지만 기습당하지는 않고, 거의 전부가 돌아왔다. 결국 그렇다. 숙영지의 희미한 불빛 때문에 그들은 서로 구별이 되지 않았고, 두개골의 튀어나온 부분과 짙은 그늘이 드리운 윤곽들이 두드러졌다. 비죽거리는 웃음을 상징하는 주름진 입가, 어떤 것도 반사하지 않고 더 이상 아무것도 보지 않는, 깊은 구멍 같은 그들의 눈. 그들은 피곤했다. 그들은 더 이상 서로를 사랑하지 않았고, 서로의 어깨에 기댄 채 서로를 도우면서 함께 있었다. 그들은 잠자기를 원한다, 단지 잠자는 것, 이라고 살라놓은 생각했다. 나는 그들이 벌레들이 빙빙 도는 노란빛의 조명 속에서 돌아오는 것을 본다. 다리를 질질 끌고 오는 모습과 숙영지의 음침한 복도에서 자겠다고 생각하는 것을 본다. 스스로 강하다고 여기는 이 무리는, 살아 있지만 죽은 사람들의 분위기를 지녔고, 나는 그들의 우두머리다. 밤이 되고, 아침이 오면, 우리는 작은 묘지로 돌아갈 것이고, 나는 그들 뒤에서 무덤의 돌을 다시 닫고, 낮을 그렇게 보낼 수 있을 것이다. 그래서는 안 될 테지만 그래도 나는 계속 살아가고, 무덤의 안개처럼 나를 둘러싸고 있는 것은 바로 강한 땅의 기원이다. 바로 곁에서 놀랍게도 닭발을 먹는 곳, 인도차이나에서 나는 죽었고, 거기에 있지 말았어야 한다. 그럼에도 나는 살아간다. 우리는 모두 계속 살아가고, 거기에 있지 말았어야 한다. 우리가 살아가는 것, 우리가 하는 일, 누구도 거기에 저항하지 않고, 누구도 그 책임을 벗어날 수 없지만, 그래도 우리는 계속 살아가고, 지상에 퍼져가는 좀비 부대이고 파괴의 씨를 뿌린다. 실컷 포식한 우리는 무덤으로 돌아가 낮 시간을 보낸다. 다가오는 밤이면 다시 피 냄새를 맡으면서 나갈 것이다. 얼마나 많은 시간이 이렇게 지속될까? 우리가 먼지가 될 때까지, 사막에서 발견하는 메마른 시신들처럼, 만약 우리가 그들을 너무 움직이게 한다면, 그들은 한 줌 모래가 될 뿐이다. 물을 비워내야 했고, 모든 물을 비워내야 했는데, 일은 그렇게 결정되었다. 어떤 물고기도 살아남지 못하도록 대지는 건조해져야 했다. 먼지만이 남는다. 우리가 그렇게 했고, 우리는 결국 작은 묘로 돌아가 낮 시간을 보낸다.

"방탄용이었어. 내가 테스트했지. 10미터쯤일까, 하지만 어쨌든 더 지켜보기로 했어. 내가 검증했던 것은 바로 50미터쯤 거리에서 기관총 사격을 멈추게 할 것인가였어. 총알이 관통할 수 있었는데 나는 운이 좋았어." 운전사는 차 문에 나사로 고정시킨 함석판을 두드렸다. "방탄유리를 더 좋아했을 거야. 하지만 나는 정부의 수반이 아니었으니까. 방탄유리, 그것은 일반 작업장에서는 발견할 수 없지."

그가 살라뇽을 찾으러 왔을 때 그의 부하들은 이틀 동안 매복을 한 끝이었다. 살랴뇽이 있던 작은 공간은 열어둔 창으로 들어온 저녁 바람 덕분에 열이 식었다. 모래와 그의 얼굴과 빛바랜 군복 위에 하얀 수정이 있는 것처럼 메마른 땀이 달라붙어 있었다.

"저는 주물 제조업자이고, 조리 있게 생각합니다." 운전사가 도로에서 눈을 떼지 않은 채 그에게 말했다. 그는 구멍에 주의해야 했고, 트럭은 요동쳤고, 우리가 여기에서 도로라고 부르는 것은 얼마간 부서지고 으스러진 자갈길로, 여름의 폭풍우에 한꺼번에 떠내려가고 예고 없이 무너지고, 가을에 긴 비가 오면 협곡으로 굴러갔다.

"그러면 그 일이 당신을 도왔나요?" 살라뇽은 무심히 풍경을 보면서 물었다.

"제 위치는 대위님 위치보다 훨씬 더 위험하니까요."

"그렇다고 생각하세요?"

"통계상 그렇지요, 대위님. 운전병들은 낙하산 부대 장교들보다 훨씬 많이 죽습니다. 우리는 우리 자리에서 핸들에 기댄 채 타오르는 트럭에서 죽지만, 반면에 당신들은 팔짱을 낀 채 바깥에서 이마에 탄환을 맞거나 하늘을 보고 죽습니다."

"그럴 법한 신념이군요." 살라뇽이 미소를 지었다.

"일종의 이미지입니다. 매복할 때는 사람들은 운전병을 겨냥합니다. 트럭을 멈추게 하고, 뒤에 있는 모든 부대원을 정지시키고 사람들은 정지 상태의 모든 것을 향해 기관총을 퍼붓습니다. 운전하면서 여러 번 그런 위험에 노출된 적이 있습니다."

"가림막은요?"

"잘 설치해야 했겠지만 저는 도로를 보아야 하니까요. 하지만 저를 잡으려면 그들은 관리가 잘된 군대가 필요하고 잘 겨냥해야 합니다. 저는 이제 조금 겨누기 어렵고, 그들의 사정거리를 조금 벗어난 표적이 되었습니다. 그들은 이제 다른 트럭들을 타고 있는 다른 운전병을 표적으로 하려고 노력합니다. 이론적으로 저는 궁지를 벗어났습니다."

"논리적이네요." 실라뇽이 웃으며 말했다.

"주물 제조업자이니깐요. 수제품을 보시면 아실 겁니다. 완벽해요. 철판을 가지고 잘라낸 종이처럼 열 번을 조절하는 일입니다. 거기에서 멋진 작품이 나옵니다, 대위님."

그들은 길가의 정류장에서 자기 지프차에 서 있는 샹볼을 지나쳤다. 그는 앞창 쪽에 있었는데, 반대쪽의 마을을 보고 있었다. 저녁 햇살이 그의 얼굴을 두드러지게 했는데, 호전적인 느낌의 가면을 쓴 것 같았다. 그는 움직이지 않았다.

"저기에서 무엇을 하는 것이지, 저 머저리?"

살라뇽이 손가락을 움직여 그에게 인사했고, 상대는 턱을 움직여 미묘하게 답했다. 반궤도 장갑차 두 대가 마을의 입구를 막고 있었다. 방심한 젊은 군인들은 무거운 모자를 비스듬히 쓰고 여기저기 서 있었는데, 총을 빗자루처럼 든 채 너무 큰 바지를 입고 있는 아이들의 모습이었다. 해는 지고 있었고, 공기 중에 떠 있는 먼지들은 구릿빛 반사광을 발사하며, 젊은 군인들의 얼굴은 몽롱한 분위기를 반영하고 있었다. 그들은 자신들이 놓인 곳에 머물러 있었고, 무엇을 하는지도 알지 못했다. 살라뇽이 차에서 내렸다. 저녁의 눅눅한 대기 속에 낮게 드리워진 해가 눈을 깜박거리게 했고, 그는 파리 떼의 소리를 들었다. 파리 떼는 그들이 부동자세로 서 있는 곳에 짙은 황갈색을 퍼지게 했고, 군인들은 총을 제대로 들지도 않고 부동자세로 입 다문 채 있었다. 반궤도 장갑차의 사수들은 기관총 손잡이에 손을 얹고, 앞쪽을 똑바로 응시하면서 더 이상 움직이지 않았다. 그들은 외침 소리를 들었다. 누군가가 프랑스어로 소리를 지르고 있었는데, 인간의 성대라고 하기에는 너무나 큰 소리여서 그가 말하는 것을 알아듣지 못했다. 여러 구의 시체가 집들 사이의 자갈 위에 눕혀 있었다. 윙윙거리는 파리 떼 소리는 거기에서 들려왔다. 그들 위쪽의 흙벽에는 일렬로 늘어선 구멍들이 불규칙적으로 뚫려 있었다. 기관총의 총알들이 메마른 흙의 파편을 떼어내면서 어렵지 않게 벽을 관통했다. 아랍인 한 명이 쓰러진 뒤에 하사 하나가 소리를 질렀고, 아랍인은 이 빠진 잇몸으로 웅얼거리는 마비 증세 있는 노인이었다. 여러 명의 병사가 이 광경을 지켜보고 있었고, 몇 명은 주머니에 손을 넣은 채 아무 말도 하지 않고, 감히 어떤 행동도 하려고 들지 않았다. 하사는 노인을 향해 인간의 성대를 넘어설 정도의 고함을 지르면서 발길질을 했다. 살라뇽은 결국 그가 하는 말을 알아들었다.

"그는 어디에 있어? 그가 어디 있지?"

"하사, 무엇을 찾고 있지?"

하사는 자세를 바로 했는데, 눈이 번득였고, 숨 돌릴 틈 없이 소리를 지른 탓에 입가에는 거품이 약간 묻어 있었다.

"우리에게 거짓 정보를 준 비열한 자식을 찾고 있습니다. 그 싸움에서 네 명의 부하를 잃어버렸습니다. 저는 되찾고 싶습니다, 비열한 자식."

"그가 뭔가를 알고 있는가?"

"그들은 모두 압니다. 하지만 그들은 아무것도 말하지 않습니다. 그들은 서로를 지켜주지요. 하지만 제가 찾아낼 겁니다. 그것을 말하게 될 겁니다. 이 더러운 자식은 값을 치르게 될 겁니다. 대가를 치르기 위해 만약 마을을 파괴해야 한다면 저는 파괴하겠습니다. 그들에게 보여줘야 합니다. 우리는 아무것도 놓치지 않을 겁니다."

"이 사람은 내버려두지. 그는 아무것도 몰라. 심지어 자네 질문도 이해 못 한다고."

"그가 아무것도 모른다고요? 그러면 당장 멈추지요. 대위님 말이 맞습니다."

그는 권총 케이스에서 규격형 권총을 들고 단번에 노인을 겨누고 총을 쐈다. 노인의 머리에서 흘러나온 피가 가장 가까이에 있던 군인의 신발에 튀기자 그 군인은 놀라 펄쩍 뛰었고, 눈이 휘둥그레져 떨리는 손가락으로 자신의 총을 잡았고, 갑자기 튀어나간 총알이 땅에 박히고 먼지를 일으켰다. 그는 잘못을 저지른 죄인처럼 얼굴이 붉어졌고, 변명을 늘어놓았다. 살라뇽이 한 발 다가서자 상대는 흐린 눈으로 그가 다가오는 것을 보았는데, 정말로 술 냄새가 났다. 살라뇽이 주먹으로 그의 턱 아래를 쳤다. 하사는 땅에 쓰러져 더 이상 움직이지 않았다.

"길을 치우게. 한쪽으로 자네 총을 내놓게."

반궤도 장갑차는 검은 매연을 뿜으면서 움직였고, 군인들은 비켜났다. 살라뇽은 다시 트럭에 올라탔다. 그들은 도로의 움푹 팬 부분들과 커다란 돌을 피하면서 서서히 마을을 가로질렀다. 파리 떼가 지속적으로 내는 소리는 커다란 모터 소리와 일치했다. 하사는 여전히 땅에 쓰러져 있었다. 어안이 벙벙해진 군인들은 움직이지 않았고, 총은 땅을 향하게 한 채 지는 저녁 해 속에서 눈을 깜박거렸다. 누워 있는 시신들은 어둠 속에 잠겼다.

"정리를 좀 했을 뿐이야." 살라농이 중얼거렸다, "그들은 우리가 없어도 곤경에서 벗어났을 것이다."

"그들은 날렵해 보이지는 않는데요." 운전병이 말했다.

"변변치 못한 연대장의 방침 아래 있는, 어리석은 것들에게 둘러싸인 그들에게 끔찍한 일을 하라고 명령을 내리네. 이래서는 아무것도 분명한 게 없어. 사람들은 그것 때문에 오랫동안 우리를 저주할 거야."


1958년에 소설가*는 다시 정부의 수반이 되어 돌아왔다. 그는 군인 작가였고, 제국의 인물 또는 위대한 세기의 인물을 뜻하는 의미에서 그랬다. 그는 지도 위에 붉은 연필로 엄청난 공격을 표시하고, 숙영지 각각에서 여주인을 재촉하고, 사냥개 무리를 알아보듯이 길 위에서 자신의 군대를 알아보는 것에 관한 종류의 글을 썼다. 그것은 드러내놓고 군주의 의지에 복종하는 것이지만 시골에서는 그의 견해가 아닌 다른 어떤 것도 통용되지 않는 종류의 글이었다. 그것은 전투의 전날에 쓴 빛나는 편지들과 같았고, 그의 인생 말년에 쓴 『수상록』과 같은 글이었다. 그는 정부의 수반이 되어 다시 돌아왔지만 결코 어떤 전쟁도 이끌지 않고, 안주인도 드러내지 않고, 복종해야 하는 군주도 결코 찾지 못했다.

1958년에 군인들은 정부의 정점에 있는 위대한 소설가를 열망했고,

---

* 드골을 말한다.

그의 위치는 독보적인 것이었다. 군주를 위해 만들어진 이 자리에 군인을 두려고 하는 일은 이상하다. 유일하게 빛나는 재능은 말일 뿐이고, 비상한 문학적 재능으로 자신을 열렬하게 구축했지만, 전투에 참여하지 않은 군인에게 우리가 헌신하는 것도 이상한 일이다. 그의 작품은, 거대하지만, 전부가 책에 포함된 것은 아니다. 그의 작품은 연극 작품처럼 담화에 담겨 있고, 신탁 같은 연설에 있고, 사람들이 가져다준 무수히 많은 비상한 일화 속에 담겨 있는데, 그 대부분은 외전이라고 할 수 있다. 그는 결코 그 모든 것을 말할 시간이 없었고, 일화들은 역시 작품의 일부를 이루고 있었기 때문이다. 그는 대담했고, 군인이 없는 가운데 자신의 말들을 만드는 위대한 장군이고, 소설적인 재능을 갖고 있었다. 그는 자신의 책에서 그리고 사람들이 그것을 읽는 정신 자체에 소설적 재능을 활용했다. 프랑스인들의 정신은 소설가의 작품을 구성했다. 그는 그것을 다시 썼고, 프랑스인들은 그의 위대한 소설이었다. 사람들은 여전히 그를 읽는다. 그는 재능이 있고, 그 재능은 그와 함께 그에 대해 말을 사용하는 프랑스적 방식이었다.

펜의 사용에 당황한 군인들은, 그를 정부의 수반에 두었다. 사람들은 그에게 역사를 쓸 임무를 주었다. 그는 이미 역사책의 첫번째 권을 썼다. 사람들은 그에게 다음 권을 쓰도록 맡겼다. 그는 이 소설 속에서 5천만 명의 인물에게 전지적 작가의 위상을 부여했다. 현실은 전적으로 그가 말하는 것을 토대로 구성될 것이고, 그가 말하지 않은 건 존재하지 않을 것인데, 그가 낮은 목소리로 암시하는 건 존재하게 될 것이다. 이 인물의 서술 역량은 놀라웠다. 사람들은 그에게 말을 창조하는 전지적 능력을 주었고, 그와 함께 소설의 인물들과 작가가 가져본 일이 없는 관계를 유지했다. 그들은 습관대로 침묵했고, 다른 사람의 말들로만 존재했고, 아무런 자율성을 갖지 못했다. 화자만이 말했고, 진실을 말하고,

진실의 기준을 말하고, 진실을 암시하게 하고, 남은 것은, 그가 말하는 범주의 바깥에 머무르는 것은 소음, 한탄, 트림, 꾸르륵 소리 같은 것들로 사라질 운명이었다. 인물들은 너무나 사소한 존재라는 고통에 익숙하고, 그 고통이 그들이 커다란 소리를 내면서 찢긴 채 죽게 만들었다.

헬리콥터에서 그는 추격 특공대가 시골을 수색하는 것을 보았다. 그들이 인적 없는 지역의 고독 속에서 하나씩 이어지는 긴 줄을 이루며 걸어가는 것이 보였다. 그는 높은 곳에서 밝은 바위 위에 어둡고 집단적인 그림자들이 점점이 이어지는 선을 이룬 것과 너무 무거운 가방들, 물이 든 수통, 어깨를 가로질러 멘 무기들을 보았다. 그들은 아무것도 놓치는 법 없이 지역을 관통했고, 파괴된 참호에 남아 있는 것을 추격했다. 밤이면 행군하고 낮이면 동굴에서 지내는, 체코식 권총을 지닌 채 굶주려 있는 작은 무리의 사람들을 죽이기 위해 추격했다. 추격 특공대원들은 많이 걸었지만, 대부분 아무것도 발견하지 못했다. 그들의 근육은 점점 단단한 밧줄처럼 되었고, 그들의 피부는 갈색으로 그을렸고, 그들의 영혼은 피를 봐도 무감각했고, 그들의 정신은 얼굴만 보아도, 이름만 들어도, 얼핏 목소리만 들어도 적을 알아보게 되었다. 살라뇽은 헬리콥터로 상공을 비행했고, 장애물을 넘기 위해 총격을 가해야 할 때, 적당한 장소에 멈추었다. 관록 있어 보이는 부하들과 함께 그들은 집단을 이루어 동굴을 급습했고, 동유럽에서 교육을 받은 장교들로 에워싸인 것보다 훨씬 강한 무리들을 저지했다. "우리는 돌격대원입니다." 트랑바사크는 늙은 군인들 취급을 하는 다른 장교들에게 말했다. "우리는 교전을 벌일 것이고, 가서 강점합니다." 그들은 헬리콥터로 운행했고, 언제나 정복자였다. 그들은 트럭으로 다시 출발했다. 이런 일은 아무것도 변하게 하지 않았다. 그들은 시골을 퇴거시켰고, 많은 수의 인구는 닫힌 캠프 안으로 집결되었다. 매번 작전 수행 뒤에는 쓰러진 무법자들의 시신을 전시하고, 그 수를 셌다. 이것은 전혀 달라지지 않았다. 알제에 만연한 적의는 프랑스의 알제리를 갉아먹고 있었다. 기술적으로 자행되는 테러가 공포를 확산시켰는데, 공포는 모든 것을 하얗게 덮는 미세 먼지였고, 우리가 없앨 수 없는 끈질긴 냄새였고, 더 이상 씻어낼 수 없게 도처로 퍼지는 달라붙은 진흙이었다. 합리적으로 자행되는 테러는 산업 폐기물처럼, 매연처럼, 공장에서 뿜어내는 기름 묻은 연기처럼 공포를 생산했고, 하늘, 땅, 인간의 몸으로 전염되었다. 살라뇽과 그의 부하들은 여기저기를 계속 강타했지만, 아무것도 변화시키지 못했다. 공포는 사람들이 걸어가는 돌, 숨 쉬는 공기까지 전염시키고, 피부와 영혼에 뿌려지고, 피의 농도를 짙어지게 하고, 심장을 조여들게 만들었다. 사람들은 공포 때문에 꼼짝 못하고 죽었다. 고착되고, 총체적인 순환 장애로 죽었다.

"이건 끝날 수 있을 것 같지 않아. 나는 더 이상 말을 걸 아랍인들을 몰라." 살라뇽이 말했다. "그들은 죽거나 도망쳤고, 침묵하거나 비난하고, 불안한 모습으로 나를 바라보지. 사람들은 더 이상 내가 말하는 것에 대답조차 하지 않아. 그들은 나를 피해. 거리를 걸을 때 나는 개울 한가운데 있는 돌이 된 기분이야. 물이 나를 피해가고 돌아가기에 나는 거의 젖지도 않고, 물은 계속 내 바깥으로 흘러가. 나는 조약돌인데 젖어들 수 없어서 죽을 지경이야. 견고함 때문에, 내게 주의를 기울이지 않고 흘러가는 물 주변의 모든 것을 보려는 것 때문에 죽을 지경이지. 나는 그저 한 개의 돌일 뿐이야, 나 빅토리앵은 돌들이 그렇듯이 불행해."

"그는 너를 아는 것처럼 굴어." 마리아니가 말했다.

비록 눈이 붓고, 얼굴은 부풀어 오르고, 구겨진 옷 앞쪽에 얼룩들이 있고, 금방 떨어질 듯한 단추 하나가 붙어 있는 깃은 떨어졌어도 그는 브리우드를 알고 있었다. 그는 브리우드를 알아봤고, 비스듬히 벽에 기대 땅에 앉아 있는 브리우드는 등 뒤로 손이 묶여 있었다. 곁에는 젊은 아랍인 하나가 그와 똑같은 상태로 있었는데, 낡은 윗옷 안쪽에 작은 은 십자가 하나를 기이하게 달고 있었다.

"브리우드 신부." 마리아니가 말을 계속했다. 가톨릭 신부, 그것은 분명했고, 오래된 전투원이었다고 그가 주장한다. 다른 쪽 인물은 이름이 세바스티앙 부알리이고 신학생이라고 답한다.

"레바논 사람인가?"

"알제리의 이슬람교도입니다. 개종했습니다. 손을 묶은 끈이 다소 두껍군요."

마리아니가 그를 불러오게 했을 때 살라농은 무어풍 건물의 지하로 내려왔다. 그곳은 아무 장식이 없는 빈 공간으로 사람들이 대기했다. 때로는 지하실에서 몇 시간이면 충분했다. 그들은 벽을 통해 들려오는 비명 소리를 들었고, 퀴퀴한 곰팡이 냄새를 맡았다. 군복 상의를 풀어 헤친 억센 사나이들이 지나가는 것을 보았고, 희미한 조명 아래의 수직 갱도처럼 자기 궤도 깊숙한 곳에 숨은 그들의 시선을 포착할 방법이 없었다. 그들을 공포로 와해시키고자 한다면, 그들을 지하실에 두는 것으로 충분할 때가 있다. 때로는 아니다. 사람들은 그러면 그들을 무어풍 건물의 다른 지하 동굴 안으로 데려가고, 거기에서 그들이 답하거나 죽을 지경이 될 때까지 심문한다.

브리우드는 그다지 변하지 않았다. 한쪽 눈을 뜨지 못하는 상태인데도 세상이 그의 주변에 집요하게 세워두는 장애물들에 더 오만하고, 더 못견뎌하고 과격해졌다. 살라농은 그에게 다가가 주저앉은 채 아주 부드럽게 말했다.

"도대체 뭐 하는 거야?"

"나는 돕는 거야, 오랜 벗이여, 나는 도움을 준다고."

"당신은 최소한 당신이 누구를 돕는지 아시죠? 신부님." 마리아니가 냉정하게 물었다.

"그럼요." 그는 얇은 입술을 일그러뜨리고 빈정거리는 듯한 미소를 지으며 말했다.

"당신은 사람을 마구 없애려고 거리에서 폭탄을 터지게 만드는 학살자들을 돕는 겁니다. 당신은 그들, 민족해방전선이 누구인지 아시나요?"

"압니다."

"그렇다면 어떻게 당신과 같은 프랑스인이 그들을 지원할 수 있죠? 심지어 그들을 이해하나요? 그렇다면 당신은 공산주의자일 겁니다. 하지만 신부이시잖아요!"

"나는 그들이 누구인지 알아요. 우리는 우리 자신을 가지고 끔찍한 혼합물을 만들었어요. 하지만 그들이 누구든 간에 알제리 사람들이 우리를 그들 바깥에 두고 싶어 하는 것은 옳습니다."

"알제리 사람들, 그 사람들은 이곳의 프랑스인들입니다. 여기에서 그들은 프랑스입니다."

살라뇽이 다시 일어났다.

"그는 뭘 한 거야?"

"나는 아직 몰라. 사람들은 그가 민족해방전선의 연락 장교였다고 의심해."

"그만두지."

"농담해? 그를 잡아두고 풀어주지 않을 거야. 그는 우리에게 상당한 정보를 줘야 한다고."

"내버려둬. 그가 알고 있는 것은 분명히 별거 아닌 거니 프랑스로 돌려보내. 그는 이미 충분히 충격받았어. 그는 나와 함께 전쟁 동안 항전 운동을 했어. 우리는 이 점에서 결코 분열되지 않을 거야."

그들은 그를 다시 일으켜 세워, 수갑을 풀어주었고 브리우드는 붉어진 주먹을 침착하게 문질렀다.

"그는?"

서 있는 세 사람 모두 벽에 기댄 채 있는 젊은 아랍인을 보았는데, 그는 말 한마디 없이 눈으로 그들을 지켜보고 있었다.

"그의 이름과 작은 십자가, 그것은 위장인가?"

"그는 정말로 가톨릭교도이고 영세를 받았어. 그는 영세받을 때 자신의 이름을 선택했는데, 옛날 이름이 예언자의 이름과 같아 거기에서 벗어나고 싶어 했기 때문이야. 그는 신부가 되기 위해 개종했어. 그는 신을 알고자 했고 이슬람교의 교리가 어리석다는 것을 발견했지. 아주 사소한 실수에도 몽둥이를 휘두르는 좀스런 인간 앞에서 40명의 개구쟁이가 앉아서 그것을 이해하지도 못하고 코란을 반복하는 것, 그것은 결국 순종하게 만들지만, 신이 아니라 몽둥이에 순종하는 결과를 낳지. 사랑과 인간의 모습을 한 신이라는 개념이 그의 생각에 더 가깝게 여겨졌지. 그는 더 이상 이슬람교도가 아니고 가톨릭교도야. 당신이 그를 풀어줄 수 있다고, 나와 함께 프랑스로 돌려보낼 수 있다면, 내가 그에 대해 책임을 지지."

"그는 우리와 함께 남게 될 거야."

"그는 아무것도 몰라."

"우리가 확인할 일은 우리가 해."

"그는 이슬람교도가 아니라고, 내가 말했잖아. 당신과 나처럼 그가 프랑스에 있는 것에 반대할 게 더 이상 없다고."

"알제리가 어떤 나라인지 제대로 모르네. 그는 이슬람교도로 남을 거야. 다시 말해 프랑스의 국민으로. 공화국의 시민은 아니지. 아랍인, 현지인이야."

"그는 개종했어."

"개종해도 여기 사람들은 이슬람교도의 위상을 버리지 않아. 그는 원하는 대로 가톨릭교도가 될 수 있고, 그것은 그의 문제이지만, 여전히 이슬람교도로 남지. 그것은 수식의 문제가 아니야. 본성을 바꾸지는 못해."

"종교는 본성의 문제가 아니야."

"알제리에서는 그래. 본성이 권리를 부여하고 권리를 박탈하지."

벽에 기대 웅크리고 있는 청년은 움직이지도 저항하지도 않았다. 그는 서글프고 낙담한 태도로 대화를 들었다. 공포는 좀더 후에 올 것이다.

"가시죠, 신부님. 그들은 자신들이 하는 일을 알고 있습니다. 그들이 말하는 것은 부조리해 보이지만, 여기에서는 그들이 옳은 거예요."

"이 전쟁은 대위들의 전쟁이야." 그의 삼촌이 그에게 말했다. 메마른 덤불을 불에 던지자 갑자기 불길이 타올랐고, 그들 모두를 환히 비췄다. 그는 더 이상 군복을 보지 않았고, 군복 입은 사람들하고만 삶을 공유하고 있었을 뿐이다. 그는 단지 동료들의 얼굴과 손을 볼 뿐이었는데, 머리카락을 넘긴 가운데 드러난 얼굴들, 모두가 접어 입은 소매에서 빠져나온 손과 팔뚝들. 덤불에서 솟아오른 커다란 불꽃들이 그 주변에 있는 청년들의 얼굴에 진한 어둠이 춤추듯 너울거리게 했다. 그들은 다시 별들을 보았다. 멀리서 불어오는 미풍의 혀들이 향기가 나는 덤불과 다시 차가워진 돌들의 냄새를 가져왔다. 공기에서는 광활한 공간들의 냄새가 났다. 그들은 밤에 산을 지나온 것이었다.

"우리 사람들이야. 그들이 우리를 따라왔고, 우리는 우리에게 적합한 곳으로 가는 거야. 우리는 대위들이지. 우리 편의 생사가 우리에게 달려 있어. 네가 원하는 것은 거기에 있지 않아?"

"맞아요."

둥글게 타오르는 잉걸불이 그들의 얼굴을 따뜻하게 해주었다. 검은색 나무토막들 위에서 작고 푸른 불꽃들이 춤추었다. 빽빽이 쌓인 나무들은 밤에 열기를 전해주면서 고요하게 타올랐다.

"빅토리앵, 너는 우리와 함께 있을 거니?"

"정확히 무엇을 위한 건데요?"

"권력을 장악하고 필요하면 드골을 암살하는 것이지. 프랑스를 그의 모든 영향력에서 지키고, 우리가 이룬 것을 지키기 위해서. 승리하는 것."

"조금 늦은 감이 있네요. 너무나 많은 사람이 죽었어요. 우리가 같이 이야기해볼 수 있는 사람들은 전부 죽었습니다."

"민족해방전선이 민중은 아니지. 민족해방전선은 공포로 유지되는 것이야. 아무것도 용인하지 않고 서서히 구해내야 해."

"나는 모든 죽은 사람 때문에, 다가올 사람들 때문에 피곤해요."

"너는 지금은 멈출 수가 없어. 지금은 아니야."

"그들이 우리를 내쫓고 싶어 하는 것도 틀린 건 아니에요."

"왜 우리가 떠나야 하지? 알제, 그것을 만든 것은 바로 우리들인데."

"그래요, 하지만 그러느라 치른 희생은 우리 안의 상처예요. 식민지는 공화국을 갉아먹는 벌레지요. 그 벌레가 바다의 이편에서 우리를 갉아먹는 것이고요. 우리가 되돌아가면, 여기에서 일어난 것을 보았던 모든 사람이 되돌아가면, 식민지의 부패는 그들과 함께 바다를 건너게 됨니다. 잘라내야 해요. 드골은 잘라내기를 원합니다."

"떠난다는 것은 비겁해, 빅토리앵, 모든 사람을 타협하도록 내버려 두는 일은 비겁해. 드골은 말장난의 화신일 뿐이야. 그가 내보이는 프랑스는 말장난에 불과하고, 프랑스 정신을 과시하는 것일 뿐이야. 우리가 막 우리 자신을 되찾으려고 하던 참인데 그는 우리를 무력화시켰어. 우리랑 가자, 빅토리앵, 네가 되고자 원하는 것을 고려해서 말이야."

"나는 그게 내가 원하는 것이라고 생각하지 않아요."

"에우리디케를 위해서 그 일을 하렴. 만약 우리가 떠나면, 그녀는 더 이상 쓸모가 없어질 거야."

"제가 에우리디케를 보호할 겁니다. 제가요."

삼촌은 숨을 내쉬고 오랫동안 침묵했다. "마음대로 하렴, 빅토리앵." 그들은 잉걸불이 둥글게 타오르는 주위에 있는 군용 침낭 안에서 하나씩 잠이 들었다. 보초가 바위에 기대 잠이 든 그들을 지켜보았다.

여러 주 동안 군사작전이 지속되었고, 그들은 알제로 돌아갔다. 그들은 갈피를 잡기 위해 주의 깊게 지나온 날들을 헤아렸고, 태양이 타오르는 술 같았던 것, 화덕 냄새가 나는 자갈길, 먼지 속의 총격전, 수풀 뒤에서 매복하던 것, 어두운 밤하늘에 뚜렷이 빛나던 차가운 별들 아래서 보낸 가혹했던 밤, 금속 냄새가 나는 미지근한 물을 몇 모금 마셨던 것, 상자째 입을 갖다 대고 먹었던 기름진 정어리들, 그 수가 정확히 얼마였는지를 헤아렸다. 그들은 트럭을 타고 알제로 돌아왔다. 그들은 트럭 뒤칸 의자에 빽빽하게 들어앉아 졸았고, 살라농은 운전석에서 유리창에 머리를 기대고 있었다. 그들이 전부 돌아온 것은 아니고, 그들은 자신들 중 몇 명이 없는지를 정확하게 알고 있었다. 자신들이 걸어서 지나온 거리가 몇 킬로미터인지, 몇 대의 헬리콥터가 있는지를 알고 있었다. 자신들이 쏜 총알의 수도 알고 있었는데, 경리국에서 수를 헤아리고 있었다. 그들은 자신들이 죽인 무법자들의 수는 정확하게 몰랐다. 그들은 사람들을 죽였고, 정확하게 누구인지는 몰랐다. 전투 요원, 전투 요원들의 지지자들, 감히 완력을 쓰지는 않으려고 하는 불평분자들, 무고한 사람들이었는데, 모두 서로 닮았다. 모두 죽었다. 하지만 그들이 전부 닮기는 했어도 무고하거나 무고하다고 믿는 사람들일 수 있지 않을까? 만약 식민지가 폭력을 양산하는 것이라면, 그들은 전부, 피로써 식민지에 속한다. 그들은 자신들이 누구를 죽인 것인지 몰랐다. 전투 요원들은 물론 가끔은 마을 주민들, 길을 지나가는 목동들이었을 것이다. 그들은 자갈길에, 관목에, 마을에 버려진 시신들의 수를 헤아렸고, 그들이 쓰러지는 것을 본 시신들의 수는 점점 증가했고, 실종되거나 실어간 수도 마찬가지였다. 그들은 총계를 냈고, 기입했다. 쓰러진 시신은 전부 무법자의 시신이었다. 죽은 자들, 그들은 전부 비난할 만한 뭔가가 있었다. 벌은 죄의 표시였다.

그들은 서두르지 않고 트럭으로 알제에 돌아갔다. 트럭 운전병들은 이번만큼은 제한 속도를 유지하고, 우선권을 지켰다. 요동치지 않으려고 노력하고, 길의 구멍들을 피했는데, 파견했던 많은 사람이 휴식을 취하고 있었기 때문이다. 그들은 길을 양보하고 신호를 준수하면서 알제의 거리를 느린 속도로 갔다. 알제의 아가씨들은 그들에게 짧게 손짓했고, 아주 검고 강렬한 눈길을 지닌 갈색 피부의 아가씨들은 많이 웃고 수다를 잘 떠는, 아주 붉은 입술을 지녔다. 몸매를 드러내는 꽃무늬 원피스 차림의 아가씨들은 걸을 때마다 다리가 드러났다. 다른 사람들은 중요하지 않았다. 알제의 인구는 1백만 명이었고, 그 절반은 달변이다. 다른 사람들은 태어날 때부터 침묵한다. 그들은 이 언어 속에서 사유가, 권력이, 힘이 어떻게 말해지는지를 통제하지 못하기 때문에 달변이 아니다. 그들이 언어를 제어할 때는 온 힘을 다해 권력의 언어를 공유하기를 원하기 때문이고, 사람들은 그들을 축하한다. 사람들은 가장 작은 어조의 변화, 가장 사소한 관용어법, 가장 사소한 오용조차 추격한다. 결함을 찾고자 한다면 사람들은 그것을 발견할 것이고 발견하는데, 그것은 살짝 이상한 억양인 것이 분명하다. 사람들은 미소를 짓는다. 사람들은 그들이 통제하는 것을 축하하지만, 공유는 없다. 그들의 개의치 않는 태도는 너무나 명백하다. 사람들은 관리를 증가시키게 될 것이고 흔적을 발견할 것이다. 그들의 육체에서, 그들의 영혼에서, 그들의 얼굴에서, 그들의 희미한 목소리에서. 사람들은 언어를 통제하게 된 것에 대해 그들에게 감사할 것이지만, 그들은 여전히 말에 대한 완전한 권리를 가지게 되는 것은 아닐 것이다. 이것은 끝이 없다. 우리에게는 우리가 함께했던 일들에 대해 자부심을 가질 어떤 것이 필요하다, 살라농은 생각했다. 무언가 좋은 것. 그것은 어린아이의 말일 수 있는데, 사람들은 아이의 말에만 감동할 뿐이다.

우리는 굴종을 거부한 것에 자부심을 가질 수 있다. 우리는 그렇게 말할 수 있고, 분발심은 명예를 구해주었다. 나머지에 대해서 사람들은 신중하게 천을 씌울 것이다. 그리고 이 천은, 시신을 덮은 천, 흉하게 변한 시신이라고 짐작하는 것 위에 덮은 천, 우리를 숨 막히게 할 것이다. 하지만 지금은 머리를 묶지 않은 채 갈색 다리, 대담한 시선을 드러낸 알제의 아가씨들이 우리에게 손짓한다. 우리에게, 산에서 내려온 트럭을 탄 전사들, 목동들처럼 마르고 그을린 우리들, 이제는 말라버린 땀에 젖고, 검게 변해버린 핏자국이 묻고, 면도도 제대로 하지 못하고, 지친 짐승의 냄새를 풍기면서, 극복했지만 겪어야 했던 두려움을 알고, 무기에 칠하는 기름과 디젤 기름을 묻히고 있는 우리들을 향해. 아가씨들이 우리를 향해 짧게 인사하고 우리는 겨우 답을 보낸다. 다른 사람들은 중요하지 않다. 낙하산 부대원들은 곁에 있는 동료의 어깨에 머리를 부딪치면서 트럭 뒷자리에 앉아 졸고 있었는데, 다리는 벌리고, 기름칠이 잘 된 그들의 무기는 발아래 놓여 있다. 그들은 모두 돌아온 것이 아니다. 그들은 현재 모습 그대로 보인다. 서로 바짝 붙어 앉아 있는 열아홉 명의 사내. 그들 중 한 명이 그들을 이끌고 있다. 살라뇽은 그 나이를 지나왔고 운전석에 있고 손짓으로 방향을 지시한다. 그가 그들에게 어디로 갈지를 말한다. 그들은 눈을 감은 채 그를 따른다.

커다란 트럭인 GMC는 계단들 때문에 길이 끊기는 카스바 주위의 골목길에서 움직일 수가 없었다. 그들은 거기를 통과했어야 했다. 그렇지 않으면 사람들을 가득 실은 커다란 트럭을 몰고 엄청난 모터 소리를 내면서, 역겨운 경유 냄새를 풍기면서 아랍인 동네를 통과해야 했을 것이다. 무법자들 구역이 아닌 곳이 없었기 때문이다. 그들은 이 전쟁에서 여실히 드러나야 했고, 자신들을 보여주어야 했다. 그러나 험한 지형의 골목길을 커다란 바퀴가 달린 트럭들이 지나갈 수는 없었다. 그리하여 그들은 개미들이 우글거리듯이 사람들로 가득한 하얀 집들이 운집한 동네를 따라가야 했고, 여전히 모습을 드러내기 위해서, 밥엘우에드를 통과하기 전에 아래쪽 길에 있는 랑동 공원을 지나가야 했다.

트럭들은 서행했고, 사람들은 도로 위를 걸었고, 셀 수 없이 많았다. 바로 그들! 갑자기 살라뇽은 혼잣말을 했다. 갑작스런 깨달음에 그는 몸을 일으켜 세웠다. 그들! 이 사소한 감탄사가 그를 매료시켰다. 단순한 거였어! 뒤에 있는 사람들 역시 탐색의 기회를 노리는 사냥개들처럼 따라서 일어났고, 더 이상 잠들지 않았다. **그들.** 트럭들은 사람들로 넘쳐나는 거리를 서행했고, 그들을 쳐다보지 않는 보행자들 곁을 스치듯 지나갔다. 보행자들은 큰 타이어의 높이와 같은 위치에 시선을 둔 채 단지 발을 밟히지 않도록 주의했다. 그들. 그들은 너무나 수가 많아 강물과 같고, 우리는 뚫고 들어갈 수 없는 조약돌들이고, 너무나 수가 많은 그들은 우리를 삼켜버릴 것이다, 살라뇽은 생각했다.

산에서 여러 주 동안 수행된 군사작전들로 기진맥진하고, 여러 시간 줄지어 온 군용트럭들이 낮게 부르릉거리는 소리를 들으며 졸았으나, 인구 과잉 지역인 알제로 들어오자 그는 괴로웠다. 어쩌면 군중 때문에, 어쩌면 비좁은 거리 때문에, 어쩌면 인접한 거리의 커다란 엔진들로부터 나오는 매연에 의한 중독 때문에 그랬을 것이다. 그는 인구의 과잉, 인구에 대한 두려움을 드러내는 풍요로움을 입증하는 숫자들을 보고 갑작스런 역겨움을 느꼈다. 숫자를 보고 역겨움을 느끼며 괴로워하는 것은 일종의 광기이겠으나, 인종을 다루는 영역에서는 모든 것이 광기이다. 척도들조차 광기이다.

아랍인들은 눈을 들어 올리지도 않고, 시선을 돌리지도, 아무것도 보지도 않았다. 그들은 우리를 배척한다, 살라뇽은 생각했다. 그들은 단지 우리가 떠나기를 기다리고 있다. 우리가 떠나는 것, 그들 모두를 제거하지 않으면 우리는 떠날 수 없을 것이다. 아이들의 수는 8:1의 비율이다. 거대한 강과 몇 개의 큰 돌일 뿐인 우리. 물은 언제나 자신의 목표점에 도달한다. 우리는 어느 날인가 묵묵히 견디는 그들의 인내심 때문에 떠나게 될 것이다.

그들, 그리고 우리들, 그들은 우리를 주의 깊게 보지 않으면서 본다. 아래쪽의 그들, 커다란 트럭을 타고 있는 우리, 우리의 시선은 정면을 향하지 않고 저마다 다른 것을 보는데, 끊임없이 접촉이 이루어진다. 그들이 그들인 그만큼 더, 우리는 더 확고하게 우리다. 그들은 우리를 배척하는 그만큼 더 그들 자신이다. 나는 거기에서 지낸 이후로 그들 중 단 한 명도 알지 못했다, 살라뇽은 생각했다. 내가 듣기를 원했던 답을 기다리지 않고 말을 걸었던 사람이 단 하나도 없다. 내 일을 방해하지 않고 내게 말을 건 사람도 단 하나도 없었다. 나는 결코 그들 중 아무에게도 말을 걸지 않았는데, 그것은 결코 언어의 문제가 아니다. 프랑스어, 나는 침묵하게 만들려고 그 말을 사용했다. 내가 질문을 던지면 그들의 답은 제한되었다. 우리들 사이의 단어들은 12년의 세월 동안에도 여전히 철사와 같았고, 우리가 사용했던 그 단어들을 사용하고자 한다면, 우리는 접촉만으로 감전사를 당할 것이다. 이 단어들을 발음하면 갈바니 전기*의 경련 속에서 턱이 굳어질 것이고, 우리들은 더 이상 말을 할 수가 없을 것이다.

하지만 그는 그들이 서행하는 트럭 곁을 스치듯 지나갈 때 그들의 얼굴을 보았다. 그는 아주 많은 사람의 얼굴을 그렸었기 때문에 사람의 표정을 읽을 줄 알았다. 그들은 우리를 배척한다, 나는 그것을 알아, 그들은 우리가 떠나기를 기다리고 있어, 그는 생각했다. 그들은 다 함께, 확고하게, 우리를 배척하는 것에 자부심을 갖고 있어. 그들이 함께 견디고, 견디는 것에 자부심을 느끼고 있기 때문에 우리는 언젠가 떠날 것이다. 우리는 어떤 일이 일어나고 있는지 모르는 척한다. 만약 우리가 우리들이 서로 닮았다는 것을 인정한다면, 우리는 곧 그들을 이해하게 될 것이다. 우리는 비슷한 욕망, 프랑스적이면서 프랑스어로 표현되는 민족해방전선의 가치 자체를 공유한다. 임무를 지시하고 평가, 보고, 죽은 장교들에게서 압수된 모든 피에 젖은 서류들은 프랑스어로 작성되어 있었다. 태양으로 빛나는 지중해는 하나의 거울이다. 우리는 양쪽에서 서로 흔들리는 그림자들이고 분리는 끔찍하게 고통스럽고 피를 부르는 일

---

* 이탈리아 사람 갈바니의 이론에서 유래되어 갈바니 전기라고 한다. 갈바니는 동물의 근육은 동물전기라고 부르는 생명의 기를 가지고 있다고 주장하고, 동물전기는 금속으로 근육이나 신경을 건드리면 작용한다고 주장했다.

이다. 가까운 친척들이 아주 작은 불협화음으로 서로를 죽이는 일과 같다. 가장 극단적인 폭력은 살짝 부정확한 거울들 앞에서 반사적으로 행동하는 일이다.

선두의 트럭은 움직이지 않고, 아랍인 동네인 아래쪽 거리의 군중은 집결했는데, 더 이상 앞으로 나아가지 않았다. 트럭은 요란스럽게 모터 소리를 내고, 낮고 강렬한 경보기의 소리를 억제하게 만들었다. 사람들은 서로 어깨를 맞대고 있었기 때문에 천천히 비켜섰다. 그들은 수가 너무 많아 우리를 삼키게 될 거야, 살라뇽이 생각했다. 8:1이라니, 아이들이 그렇게 많다니. 프랑스 정부는 투표권을 원하지 않는데, 그러면 여기에서 1백 명의 대표를 의회에 보낼 것이기 때문이다. 여기의 유럽인들은 평등을 원하지 않는데, 그러면 그들이 삼켜질 것이기 때문이다. 여덟 배, 그토록 많은 아이.

우리는 힘을 가졌다. 만약 그들이 우리에게 받침대를 준다면 우리는 세상을 들어 올릴 수가 있다. 받침대는 단지 아주 사소한 단어 "그들." "그들"과 함께 우리는 힘을 사용할 수 있다. 각자, 거울처럼 보이는 이 전쟁에서는, 이런 대량학살 속에서는, 거울로 된 복도에서는 각자 상대를 의지한다. "우리"는 "그들"로 정의된다. 그들이 없다면 우리도 없다. 그들은 우리 덕분에 구성된다. 우리가 없다면 그들은 존재하지 않을 것이다. 모든 사람이 우리가 전혀 공통점이 없는 것에 가장 큰 흥미를 가진다. 그들은 다르다. 어떻게 다르지? 언어와 종교. 언어? 인간의 자연적인 상태는 최소한 거기에 대해서 두 개의 언어로 말하는 것이다. 종교? 종교가 그토록 중요하다. 그들에게는, 그렇다. 우리에 대해 말해보자. 상대는 언제나 비합리적이다. 만약 그가 광신자라면. 바로 그가 그렇다.

이슬람교는 우리를 갈라놓는다. 하지만 누가 그것을 믿는가? 누가 종교를 믿는가? 종교는 언젠가 지도 위에 흔적을 남겼던 정글 속에 있는 경계들과 비슷하고, 건드리지 않기로 의견의 일치를 본 것인데, 우리는 결국 그것을 자연스러운 것으로 믿게 된다. 프랑스는 이슬람교를 종의 차단기로 간주하고, 그 차단기가 공화국의 시민들과 국민들 사이에 자연스럽게 놓인 것으로 여긴다. 종교는 어떤 사람들의 본성과 결합되어 그것이 타고난 것으로 유전적이라는 특성을 부여해줄 것이고, 이것은 이슬람교도들을 영원히 모든 민주적 시민권에 부적합한 사람들로 만들 것이다.

민족해방전선은 거의 물리적이고 상속받은 특성인 것처럼 이슬람교에 집착하는데, 그로 인해 제국의 국민이 되는 것과 프랑스의 시민이 되는 일은 양립 불가능한 것이 된다. 그들의 미래를 이슬람교를 믿는 새로운 나라의 완전하고 전적인 독립으로 놓고, 아랍어만을 말하는 것으로 여기면서 말이다.

우리는 무엇에 대해 두려워하는가? 타인의 권력, 통제력의 상실, 다산성을 직면하는 것. 우리는 다른 모든 것 위에 "그들"이라는 사소한 단어를 놓고 지렛대로 사용한다. 이슬람교는 만장일치로 모든 풍경을 차지한다. 이슬람교와 상관이 없는 사람들은 그것만을 생각하도록 강요받는다. 거기에 대해서 생각하고 싶어 하지 않는 사람들은 제거된다. 각자 경계의 한 끝에 자신의 자리를 선택하기를 요구받고 종이 위의 경계인데, 사람들이 지금은 자연스럽게 생각한다. 지레를 올려놓은 작은 돌을 제거하는 것으로 충분하고, **그들**이란 말을 제거하고, 훨씬 큰 범주의 **우리**라는 말만 사용하는 것으로 충분하다. **그들**과 **우리**가 문제가 되는 것이라면, 그들이 우리가 떠나기를 원하는 것은 옳다. 우리는 우리가 만들어내고 우리에게 근거를 제공했던 원칙들을 짓밟으면서만 남아 있다. 가장 강력한 긴장은 바로 우리 안에 있고, 모순이 파괴하는 것은 바로 우리들이며, 모순은 우리를 내부에서 분열시키고, 우리는 우리가 그들에게 가한 고통이 그들을 단념시키게 만들기 전에 떠날 것이다. 우리는 떠날 것이다. 우리는 **그들**이라는 단어를 계속 사용하기 때문이다.

얼마나 오랫동안 그것은 지속될 것인가?

행복한 에우리디케는 아주 작은 아파트, 발코니가 거리로 향해 있는 7층의 방 한 칸짜리 아파트에 거주했다. 그녀는 검은 쇠로 만든 난간에 기대어 높은 곳에서, 아주 높은 곳에서 입가에 행복한 미소를 지으면서 거리의 혼잡함을 내려다보았다. 빅토리앵은 그녀를 만나러 왔고, 7층까지 단숨에 뛰어올라와 그녀를 껴안았다. 그들의 심장은 똑같이 두근거렸고, 숨을 헐떡였고, 그것 때문에 웃었고, 웃음은 심오한 영감 때문에 이따금 중단되었다. 하지만 그는 달렸고, 산을 행군했고, 모든 시련을 견뎌낸 다리를 갖고 있었다. 그의 입술이 숨 쉬는 의무를 다하기에 충분해져 한숨을 돌리면, 그들은 오랫동안 껴안았다. 그녀는 위생데에서 간호사로 일했다. 가끔은 낮에, 가끔은 밤에 근무했고, 아침에 집으로 돌아와 잠이 들었는데, 거리의 활력은 건물의 정면을 따라 올라와 발코니를 통과하고, 반쯤 열려 있는 덧창을 통과해 그녀 침대에 와 그녀를 흔들었다. 살라뇽은 그녀를 깨우지 않고 살며시 그녀의 곁으로 들어갔다. 그녀는 그의 품에서 눈을 떴다.

그녀는 날씨가 안 좋을 때면 여러 시간 동안 바깥을 내다보거나 침대에 누워 천장을 바라보거나 그런 날씨에는 거대한 행복의 재료가 전혀 없는 것을 발견했다. 그녀는 빅토리앵의 편지들을 읽고, 그가 보내준 그림들을 유심히 살피면서, 그림의 선, 붓의 터치, 먹의 모든 효과 속에서 그의 몸짓이 담긴 가장 작은 흔적이라도 찾으려고 했다. 이제 그녀는 그에게 답을 보냈다. 그는 부대가 휴식을 취하거나 부상병 치료와 손실을 보충하러 돌아올 때 불규칙적으로 왔고, 다시 떠나기 전에 선박을 수리하는 건선처럼 도시에서 며칠을 보냈다. 그들은 결코 함께 돌아오지 않았다. 그가 7층까지 뛰어올라왔고, 가끔은 깨끗하게 면도하고 다림질한 외출 군복을 입고, 가끔은 여전히 땀과 먼지 범벅인 채 왔다. 그의 지프차는 인도 위에 아무렇게나 주차되어 모든 사람을 불편하게 만들었지만, 그의 겉모습과 닳아빠진 군복은 알제에서 그가 원하는 대로 행동하게 허락해주었다. 사람들은 그의 지프차를 피해가기 위해 인도에서 내려오면서 그에게 인사까지 했다. 그는 샤워를 하고 그녀 곁으로 들어갔고, 그의 성기는 영원히 발기 상태였다.

"남편은?"

"그는 상관없어. 그 사람은 자기 친구들과 시간을 보내고, 그들은 서로 자주 만나지. 그 사람은 아버지와 싸웠는데, 아버지가 힘이 없다고 여겨서야. 나는 그 사람이 내가 이사해도 전혀 불편해 하지 않을 거라고 생각해. 그 사람은 친구들과 무기를 다루는데, 그들은 아주 큰 소리로 말해. 그들이 우리 아파트를 요새로 만들었어. 이제 거기에 내 자리는 더 이상 없어. 그들은 밥엘우에드를 요새로 만들려고 하고, 난공불락의 부다페스트로 만들고 싶어 해. 그들은 아랍인들을 죽이고 싶어 해. 내가 당신과 나다니지 않는 한 내게는 관심 없어. 만약 누군가가 그 사람을 놀리면, 그 사람은 그를 죽일 거야. 만약 당신이 나랑 같이 있는 것을 본다면, 그 사람은 당신을 죽일 거야."

그녀는 야릇한 미소를 지으면서 이렇게 말하고는 살라뇽을 껴안았다.

"돌아가는 길은 없어." 그가 미소를 지었다.

"알제리는 죽어가고 있어, 빅토리앵. 너무나 많은 무기가 있고, 저마다 원망을 품고 있지. 사람들이 마음으로 생각하는 것을, 말하는 것으로 족하다고 여기는 것을 지금 행하고 있어. 당신은 내가 다른 병원들에서 다루는 모든 문제, 급성맹장염이나 분만, 자전거를 타다가 팔이 골절된 것을 보면 얼마나 행복한지를 상상하지 못할 거야. 왜냐하면 내가 일하는 병원에서는 밤낮으로 총격당한 사람들, 칼에 찔린 사람들, 폭발로 인해 화상 입은 사람들이 오니까. 복도에는 무장 경찰들이 항시 대기하고, 병실 앞에는 기관총을 쏘고, 목을 자르고, 부상병들을 죽이고, 일을 끝내려고 오는 것을 감시하기 위해서 군인들이 보초를 서고 있어. 나는 단순한 전염병, 계절성 독감을 꿈꾸고, 작은 상처들을 치료하고 살짝 정신이 나간 노인들의 원기를 되찾게 해주는 평화로운 시기의 간호사를 꿈꿔. 안아줘, 키스해줘, 내게로 와, 빅토리앵."

그들은 거친 숨을 내쉬며, 땀으로 젖고, 눈을 감은 채 아주 오랫동안 서로를 안고 있었다. 이따금 바다 쪽에서 약간의 바람이 불어왔다. 창을 통해 들어와 그들의 피부를 어루만졌다. 거기에서 꽃향기와 구운 고기 냄새가 묻어왔다. 반쯤 열린 창으로 혼잡한 거리의 소음과 이따금 뜨거운 공기를 뒤흔드는 폭발음이 들렸다. 그들은 그런 소리에 놀라지 않았다.

삼촌이 그를 찾으러 왔다.

"빅토리앵, 지금이 바로 우리가 원하는 것이 무엇인지를 알게 되는 순간이야. 내가 원하는 것은 나, 바로 우리가 얻은 것을 지키는 일이지. 우리는 명예를 얻었어. 그것을 지켜내야 해."

그들은 트랑바사크를 보러 갔다. 서로 다른 색의 모자를 쓰고 무장한 군인들이 무리를 지어 복도를 다녔고, 서로 엇갈려 지나갈 때면 정확하게 무엇을 할지 모른 채 서로를 뚫어지게 쳐다보았다. 그들은 모자를 보고 짐작했고, 계급장을 보고 판단했고, 어깨너머로 불신의 시선을 던지면서 지나갔다. 오른쪽 검지는 무기의 방아쇠에 갖다 대고 있었다. 쿠

데타가 일반적이었고, 각자 자기 나름으로는 쿠데타 가담자였다. 트랑
바사크는 책상 뒤에 앉아 있었다. 그는 업무에서 벗어나 모든 서류를 정
리했고, 벽에 그림들만을 남겨두고 있었다. 그것을 제외하고는 이사 준
비가 다 되어 있었다. 그는 기다렸다.

"무엇을 하실 건가요, 연대장님?"

"정부에 복종해야지."

"어느 정부요?"

"어느 쪽이든. 정부의 자리를 차지하면, 난 복종할 거야. 하지만 내
가 변화를 바란다고 생각하지는 말게. 나, 난 복종하는 사람이야. 사람
들은 어떤 이유들을 위해서 내가 다시 자리를 되찾기를 요구해. 난 되
찾았어. 사람들은 다른 이유들을 위해서 내가 포기하기를 원해, 어떨 땐
같은 이유들을 위해서. 나는 포기했어. 명령하고 명령을 취소하고, 행군
하고 퇴각하고, 그것이 군인의 길이지."

"사람들은 우리에게 포기하기를 요구합니다, 연대장님. 우리가 얻
었던 것을 포기하라는 것이지요."

"군인 정신은 세부적인 것에 신경을 쓰지 않아. 우리는 행동하는 사
람들이거든. 우리는 행동하지. 해체하는 것, 그것은 여전히 행동이야.
앞으로, 진군! 뒤로, 퇴각! 나는 명령을 따르지. 내 역할은 모든 것을 그
렇게 유지하는 일이야." 그는 단 한 번의 몸짓으로 자신의 군복, 책상,
액자를 비롯해 벽 위에 걸어놓은 살라뇽의 그림들을 결합시켰다. "내가
한 일은 아무 의미 없어. 나는 질서를 유지해야 해."

검은 먹으로 그린 낙하산 부대원들은 조금도 흔들리지 않는 의장대
처럼 시선을 고정시켜 그들을 보고 있었다. 각자 이름이 있었고, 여럿이
죽었다. 트랑바사크는 그들을 귀하게 간직했다. "나는 이들을 지키는 거
야. 이 사람들이 자랑스러워. 나는 복종하겠네. 여러분이 해야 하는 일

을 하게."

삼촌은 갑자기 일어나 화가 나서 나갔다.

"넌? 빅토리앵?"

"난 권력을 원하지 않아요."

"나 역시 원하지 않아. 단지 우리가 했던 것에 대한 존중을 바라는 거야. 우리는 해낼 거야. 우리는 해내야 해. 나는 해낼 거야. 그렇지 않으면 20년 동안 지속되어온 이 굴욕에서 회복되지 못할 거야. 내 주위에서 죽은 모든 사람이 아무것도 아닌 것으로 죽은 게 될 거야."

"나 역시 죽은 사람들에게 둘러싸여 있어요. 교류가 사라진 느낌이 들어요. 너무 멀리 온 겁니다. 멈춰야 해요. 진작에 멈춰야 했어요."

"지금 멈추면 모든 것을 잃는 거야. 전에 일어났던 일 전부를 잃는 것이지."

"이미 잃었어요."

"넌 우리와 함께할래?"

"난 빼고 하세요."

그림 그리는 일이 그의 삶과 영혼을 구제했다. 그는 다른 일은 아무것도 하지 않고 몇날 며칠 그림만 그렸다. 그림 그리는 일은 언어가 사라지는 기적적인 상태에 도달하게 해준다. 침묵 속의 몸짓에서 이전에 존재했던 그는 없었다. 그는 에우리디케를 그렸다. 그는 사람들이 자신이 어디 있는지를 알 수 있도록 자신의 동네에서 잠을 잤다. 실력 행사에 이어지는 혼란 속에서 사람들이 그를 체포하러 왔다. 네 명의 민간인이 그의 방으로 갑자기 들이닥쳐, 그의 주위에 아치 모양으로 섰다. 불편을 겪지 않으면서 총의 중심축을 내밀기 위해서이고, 사각지대를 남겨놓지 않기 위한 것이었다. 단호하지만 약간 불안한 목소리로 그들은 그에게 자신들을 따라오라고 요구했다. 그는 어떤 거친 행동도 하지 않고, 손을 보이게 한 채 일어섰다. 그는 사용한 붓들을 닦고 그들의 뒤를 따랐다. 삼촌이 사라졌고, 스페인으로 도망친 것을 알았다. 사복 차림의 사내들은 그를 오랫동안 심문했지만 손을 대지는 않았다. 그는 고립 상태로 있었다. 사람들이 그에게 수첩과 연필을 갖고 있도록 허락했다. 그는 오랫동안 그렇게 머물 수 있었고, 그 앞에는 손바닥 크기의 하얀 종이가 있었다. 그는 풀려났다. 모든 사람을 체포했던 것은 아니다. 그러면 누가 감옥을 지킬 것인가? 그는 재편성된 전투부대에 합류했고, 사람들은 부대 이름을 바꿨다.

대치 병력은 수가 늘었다. 그와 같은 군인들만이 무기를 소지했던 것은 아니다. 이제 막 가족을 벗어나 소집된 청년들도 무기를 소지했다. 군복 입은 경관들도 무기를 소지했다. 프랑스에서 온 민간인들도 무기를 소지했다. 말썽쟁이 난폭한 사람들인 알제의 유럽인들도 무기를 소지했다. 자족하고 규율을 지키는 아랍인들도 무기를 소지했다. 이따금 산발적인 총격이 가해졌다. 은밀하게 행해지는 폭발들은 유리창을 뒤흔들었다. 그들은 사방을 누비고 다녔다. 알제는 위생대로 부상자들을 데려왔다. 사람들은 침실에서도 서로 죽였다. 수술을 중단시켰고, 더 이상 가택을 수색하지 않았으며, 산 채로 남아 있었다. 다른 사람들은 함정을 파고, 카페에도 덫을 놓고, 집들을 폭파시키고, 절단된 신체들을 바다에 던졌다. 트랑바사크는 사무실에서 자신의 멋진 도구가 소용없게 도구를 목 빠지게 기다렸다.

사람들은 본국으로 송환되었다. 그들은 배를 타고 바다를 가로질렀다. 살라뇽은 독일에 배치받았다. 여전히 독일에 있다니, 얼마나 우여곡절인가! 그는 미소를 지었다. 사람들은 그를 기갑부대와 함께 기지에 숙영시켰다. 콘크리트 바닥 위로 줄을 맞춰 있는 헬리콥터들은 날지 않았다. 독일의 완전히 새로 지어진 커다란 집들은 거주에만 사용되었다. 거기에서는 모든 것이 실용적이었고, 거리는 생기가 없었다. 하늘은 언제나 회색 천으로 덮은 뚜껑과 비슷했고, 떨어질 준비가 된, 엄청난 분량의 수분으로 가득 차 있었고, 항상 습기가 스며 나왔다.

그곳에서 전쟁이 끝났을 때 그는 사임했다. 더 이상 오래전의 것은 없었고, 그는 다른 전차들에 맞서 맹목적으로 전차들을 다루는 것을 보지 않았다. 그는 마리아니와 연락이 닿았다. 협정이 타결되었을 때 그는 무엇을 할지 몰랐다. 7월에 그들은 알제행 비행기를 탔다.

그 두 사람은 서로 닮았다. 넓은 어깨, 짧게 깎은 머리, 분명한 몸짓과 감시하는 듯한 눈, 바지 위에 입은 염색한 상의, 그들은 비밀 요원과 같은 분위기를 풍겼고, 은밀한 임무를 수행하는 비밀 요원으로 변장한 것 같았다.

비행기 내부에 줄지어 있는 좌석에는 그들만 있었다. 스튜어디스가 와서 잠깐 말을 했고, 이어서 신발을 벗고 텅 빈 의자 위에서 졸았다. 아무도 더 이상 알제에 가지 않았지만, 알제를 떠나는 비행기는 초만원이었다. 사람들은 비행기에 타기 위해서 서로 싸웠다. 아주 먼 바다 위로 검은 연기가 솟아오르는 것을 보았다. 비행기는 항로로 들어서기 위해서 선회했고, 그들은 비행기의 둥근 창을 통해 그토록 잘 알았던 하얀 거리들 위로 화재가 나서 연기가 피어오르는 것을 보았다. 그들은 각자 작은 여행 가방을 들고, 헐렁한 상의 아래에 입은 바지의 허리춤에 권총을 차고 있었다. 그들은 검사를 받지 않았다. 더 이상 아무도 아무것도 검사하지 않는데, 쌍둥이 같은 그 두 사람, 그들의 어깨와 군인 머리, 수상쩍은 작은 가방, 전부가 정상으로 보였다. 사람들은 그들을 지나가게 했고, 그들이 통과하도록 비켜주었으며, 군인들, 철저하게 무장한 경관들, 사복 경찰은 그들에게 인사했다. 공항 건물은 쌓아놓은 트렁크들 위에 주저앉은 가족들로 북적였다. 아이들, 노인들, 전부가 너무 많은 짐을 가지고 거기에 있었고, 남자들은 겨드랑이에 둥근 얼룩이 있는 하얀 셔츠를 입고 땀을 흘리면서 오갔고, 많은 여자가 낮게 흐느끼면서 눈물을 흘리고 있었다. 전부 유럽인들이었다. 아랍인 직원들이 청소, 서비스, 짐들을 처리하기 위해서 이따금 군중 사이를 가로질렀다. 그들은 서로 부딪치지 않으려고 애썼고, 발아래를 바라보았고, 증오의 시선이 뒤따랐다. 알제의 유럽인들은 비행기를 기다렸다. 비행기들은 텅 빈 상태로 도착해 즉시 떠났는데, 수백 명씩 프랑스로 실어갔다. 심지어 표를 팔지도 않았다. 배짱 좋게 매수를 하거나 협박을 하면서 비행기에 올라탔다.

벽의 도처에서 총탄의 흔적이 보였고, 고립되거나 연속되는 구멍들이 있었다. 화재가 난 카페들은 문을 닫았다. 대부분의 가게는 방화 철제 셔터가 내려져 있었지만, 어떤 것들은 찢기고, 뒤틀리고, 지렛대로 열려 있었다. 여러 가지 물건이 거리를 덮었다. 가구들이 쌓여 있었고, 침대, 테이블, 서랍장 들이 불에 탔다. 그들은 한 사내가 차 문을 열고, 차에 불을 지르기에 앞서 좌석에 휘발유 통을 두는 것을 보았다. 그는 차가 불타는 것을 보았다. 사람들은 놀라며 주변을 지나갔고, 집의 파편들이 인도로 튀는 것을 피하면서 멍한 눈으로 바라볼 뿐이었다. 창가의 침대가 흔들렸고, 땅으로 무너져 내렸다. 다소 균열이 생긴 모든 벽 위로 하얀 대문자로 쓴, 선명하지 않은 글씨들이 보였다. 비밀 군사 조직(OAS)이 도처에 있었다. 온몸을 아이크로 단단히 감싼 여인 하나가 서둘러 거리를 지나갔다. 두 명의 청년이 타고 있는 스쿠터 한 대가 유리 파편들과 총탄이 뚫고 지나간 자동차들을 피해서 차도를 지그재그로 지나갔다. 그들은 주위를 전혀 살피지 않고 서둘러 지나갔던 여인의 뒤로 왔는데, 지나가던 사람이 총을 꺼내 그녀의 머리를 향해 두 번 총을 쐈다. 그녀는 쓰러졌고, 아이크는 피에 젖었다. 그들은 계속해 지그재그로 스쿠터를 타고 거리를 따라 내려갔다. 사람들이 마치 파편을 피하듯이 죽은 여인의 몸을 뛰어넘었다. 그들은 같은 거리에서 피를 흘리고 쓰러진 사람을 두 명 더 보았다. 가족 전체가 너무 많은 짐을 꾸려 집에서 나왔는데, 뚱뚱한 남자는 가방을 두 개 끌고, 부인은 어깨에서 허리로 비스듬히 커다란 가방을 메고, 아이 네 명과 할머니는 들을 수 있는 만큼의 짐을 들고 있었다. 남자는 땀을 삐질삐질 흘리면서 식구들을 재촉했고, 그들은 수십 미터 뒤에 있었다. 하얀 셔츠를 입고 돌아가라고 지시를 내리는 청년들이 가족을 저지했다. 이어 말다툼이 벌어졌다. 톤이 올라가고, 사내가 격한 몸짓을 했고, 한 손에 하나씩 가방을 끌고 한 걸음 앞으로 나아갔다. 청년들 중 한 명이 총을 꺼내 단 한 발로 작고 뚱뚱한 남자를 쐈다. "우리는 떠나지 않는다." 그들은 무슨 일인지 보기 위해 발코니에 나와 있는 사람들과 열린 창들을 향해 멀어져가면서 소리를 질렀다. "우리는 남는다!" 거리에 있는 모든 사람이 막연하게 동의했다. 고개를 끄덕였고, 죽은 자의 곁을 떠났다. 마리아니와 살라농은 아무것도 신경 쓰지 않았다. 그들은 에우리디케를 데려오기 위해서 밥 엘우에드를 가로질렀다. 그녀의 작은 아파트는 텅 비어 있었다. 그들은 에우리디케를 그녀의 아버지 집에서 발견했다.

살로몬은 얼이 빠져 집에 있었다. 그는 덧창을 닫고, 희미한 빛 속에서 살았다. 창마다 함석판을 나사로 접합시켜 절반 높이까지 자신들을 막아주게 만들었다. 빅토리앵은 검지로 창을 두드렸고, 창은 부드럽게 울렸다.
"이걸 대체 어디에서 구했어요, 살로몬?"
"그것들은 가스레인지 덮개야."

"이것이 선생님을 보호해줄 거라고 생각하세요?"

"빅토리앵, 사람들은 거리에서 총을 쏴. 사람들을 향해 총을 쏴대고 사람들은 자기 집 창 앞에서 지나가다 죽어. 누가 총을 쏘는지도 몰라. 그들은 심지어 누구를 향해 총을 쏘는지도 몰라. 그들은 얼굴을 보고 총을 쏴, 여기에서는 사람들이 그래도 서로 많이 닮았는데 말이야. 나는 스스로 보호해. 나는 비명횡사를 당하고 싶지는 않거든."

"살로몬, 이런 함석판이라면, 총알은 그게 무엇을 관통했는지 알아차리지도 못해요. 이것으로는 어림도 없어요, 아무것도 모르시는군요. 이건 관 안에 들어가서 못질을 하는 것과 같아요. 떠나야 합니다. 우리가 모셔갈게요."

넓은 어깨와 정확한 몸짓, 경계심 가득한 눈을 지닌 두 사내가 동굴 느낌이 나는 어두운 아파트로 들어왔을 때, 에우리디케는 살라뇽의 품에 안겨 한없이 안심을 했다.

"당신을 구하러 왔어." 살라뇽은 에우리디케 머리카락의 매력적인 향기가 밀려드는 가운데 그녀의 귀에 대고 속삭였다.

그녀는 아무 말도 하지 않고 그의 어깨에 턱을 기댔는데, 말하려고 입을 열면 흐느낄 것 같았기 때문이다. 아주 가까이에서 폭탄이 터지면서 창을 뒤흔들었다. 에우리디케는 눈을 감은 채 소스라쳐 놀랐고, 살로몬은 조금 뒤에 어깨를 구부렸다. 그는 자기 집 한가운데 서서 눈을 감고 움직이지 않았다.

"됐어요, 칼로야니스, 가시죠." 마리아니가 말했다.

"어디로?"

"프랑스로요."

"내가 프랑스에서 무엇을 할 수 있다고 생각해?"

"당신은 프랑스 여권을 가지고 있으니까요. 여기 창에 함석판을 설치한 이 집은 더 이상 당신 집이 아닙니다."

"우리 떠나요, 아빠." 에우리디케가 말했다.

그녀는 벌써 준비해둔 가방 두 개를 찾으러 갔다. 누군가가 연달아 문을 두드렸다. 마리아니가 가서 문을 열었다. 극도로 흥분한 사내가 방으로 들어왔고, 활짝 풀어 헤친 그의 하얀 셔츠는 희미한 빛 속에서 빛이 났다. 그는 에우리디케 앞에서 갑자기 멈추었다.

"이 가방들은 뭐야?"

"난 떠나."

"누구지?" 마리아니가 물었다.

"남편."

"그녀를 데려가는 게 바로 자네군, 살라뇽." 남편이 소리를 질렀다. 그는 허리춤에서 무기를 꺼냈다. 손가락을 방아쇠에 걸고 몸짓을 하면서 말했다.

"떠나는 것은 말도 안되지. 당신들, 그래 당신들은 프랑스로 돌아가. 당신들은 아랍인들을 진압할 수 없었으니까, 그러니 잘 가라고. 우리가 책임을 떠맡았지. 에우리디케는 내 부인이고, 집에 남을 거야. 칼로야니스 의사 선생은 유대인이고, 그리스인이지만, 여기 사람이기도 해. 그는 움직이지 않을 거야, 아니면 내가 그에게 총을 쏠 거야." 아주 잘생긴 그는 에우리디케의 남편이었다. 그는 격분해서 말했다. 숱 많은 검은 머리는 이마로 흘러내려와 있고, 아름다운 입가에는 침이 살짝 고였다. 그는 말하면서 무기를 치켜들었다. "칼로야니스, 만약 가방에 손을 대면 난 당신을 쏠 겁니다. 그리고 자네, 살라뇽, 두 명의 낙하산 부대원, 배신자이자 낙오자, 자네는 내가 진짜 열받기 전에 꽃무늬 셔츠를 입은 자네 친구 놈과 함께 꺼지지 그래. 우리끼리 결판을 짓게 내버려두라고."

그는 총으로 살라뇽의 이마를 쿡쿡 찔렀고, 방아쇠 위에서 검지가 떨고 있었다. 마리아니가 연습인 양 팔을 들었고, 그의 머리 아래쪽을 겨눠 총을 한 발 쐈다. 유리창에 댄 함석판 위로 피가 튀었고, 그가 쓰러져 축 늘어졌다.

"바보야, 마리아니, 그가 발작했던 것은 나를 겁주려고 그런 거야."

"우리가 언제나 모든 것을 통제하지는 못해. 하지만 일은 일어나고 말았어."

에우리디케는 입술을 깨물었고 그들의 뒤를 따라갔다. 그들은 살로몬의 어깨를 잡았고 그는 순순히 따라왔다. 폭탄이 터졌고, 거리 끝에서 하얀 먼지구름이 일었다. 파편들이 도로를 덮었다. 가게가 불탔고, 사람들이 소각하게 될 부서진 물건들이 있었다. 앞쪽 유리창에 온통 금이 간 여러 대의 자동차는 문이 열린 채 거리 가운데 놓여 있었다. 차 안에는 핸들 위에 기대 피를 흘리고 있는 운전자가 있었다. 한 품위 있는 아랍인이 길을 따라서 주차시킨 칼로야니스의 차를 검사했다. "칼로야니스 선생님, 뵙게 되어 기쁩니다."

그는 자세를 바로 했다. 허리띠에서 권총 손잡이가 나와 있었다. 그는 아주 편안하게 미소를 지었다.

"마침 선생님을 뵙네요. 저는 막 라미레즈 가게에서 물건을 샀습니다. 대단하지는 않아도 전에 그 가게에서 샀던 것보다 훨씬 크지요. 저는 또 선생님 차도 살 계획이 있습니다."

그들은 자동차 트렁크로 가방들을 가져갔다.

"저는 이 차에 애착이 있어요." 칼로야니스가 말했다.

"그는 팔지 않을 겁니다." 마리아니가 투덜거렸다.

"저는 차를 살 수 있고 값을 지불하겠습니다." 그가 미소지었다.

총격이 아주 빠르게 이어졌지만 거리의 혼란 속에서는 그것을 알아차리지 못했다. 마리아니가 그의 가슴에 총을 쐈고, 그는 비틀거리다가 쓰러졌는데, 주머니에 반쯤 집어넣은 손은 구겨진 지폐 몇 장을 쥐고 있었다.

"마리아니, 세상 사람들 전부를 죽이지는 않겠지."

"죽은 사람들에게는 신경 안 써. 나는 너무 많이 보았으니까. 나를 방해하는 사람들, 그 사람들을 제거하는 거지. 이제 가자."

그들은 무너져가는 알제를 가로질렀다. 살라뇽이 운전했고, 마리아니는 창에 팔꿈치를 대고 권총 손잡이를 톡톡 쳤다. 에우리디케는 아버지의 손을 잡고 자동차 뒷좌석에 있었다. 공항의 도로 위에서 기동 헌병대의 바리케이드에 의해 제지당했다. 검은 모자를 쓰고 땀을 흘리고 있는 군인들은 비스듬히 메고 있던 기관총 손잡이에서 손을 놓지 않았다. 약간 뒤쪽에는 새 군복 차림의 아랍인들이 지프차의 보닛에 앉아서 기다리고 있었다.

"뭐지?"

"민족해방전선 군대야. 오늘 저녁에 갈 거야. 그들이 우리 자리를 차지했고, 사람은 더 이상 지나다니지 않아. 사실 우리는 아무것도 모르지. 사람들은 관심도 없어. 그들 문제는 그들끼리 해결하겠지."

살로몬은 차 문을 열고 나갔다.

"아빠 어디 가세요?" 에우리디케가 목멘 소리로 물었다.

"프랑스는 너무 멀어." 그가 불평했다. "난 여기에 있을래. 고향에 있고 싶어. 난 그들과 생사고락을 같이할 거야."

그는 민족해방전선 사람들을 향해 갔고, 그들에게 말을 걸었다. 대화가 시작되었다. 살로몬은 활기가 생겼다. 아랍인들은 크게 미소를 지었고, 살로몬의 어깨에 손을 얹었다. 그들은 그를 지프차의 뒷자리에 타게 했고, 그의 곁에는 그들 중 한 명이 앉았다. 그들은 차에 대해서 말했지만 그들이 하는 말을 알 수는 없었다. 살로몬은 걱정스런 표정이었고, 아랍인들은 여전히 한 손을 살로몬의 어깨에 올린 채 미소를 지었다.

"가실 건가요?" 화가 난 운전사가 물었다.

"에우리디케?" 살라뇽은 운전석 쪽에서 돌아보지도 않고 핸들 위에 손을 올려둔 채, 모든 준비가 된 상태에서 그녀를 보지 않고 단순하게 물었다.

"마음대로 해, 빅토리앵."

백미러로 에우리디케의 얼굴을 살피지도 않았지만, 그녀의 단호한 목소리에 만족했다. 그는 다시 출발했고, 바리케이드를 통과했다. 온갖 종류의 차들이 갓길에 무질서하게 밀집해 있었다. 공항에는 사람들이 가득했다. 끊임없이 사람들이 도착했다. 군인들은 경계선을 만들어 활주로로 접근하는 것을 막았다. 에우리디케를 호위하는 두 명의 사내는 무리를 헤치며 갔다. 사람들은 서둘렀고, 소리를 지르고, 표를 흔들었지만 어깨를 맞대고 선 군인들은 통행을 막았다. 비행기들이 이륙하면, 뒤이어 다른 비행기들이 이륙했다. 장교를 알아본 빅토리앵은 그에게 다가가 귀에 대고 몇 마디 말을 했다. 몇 분 뒤에 지프차 한 대가 왔고, 트랑바사크가 내렸다. 그들은 경계선을 넘어왔다.

"별로네요, 당신의 마지막 임무는요, 연대장님."

"나는 복종하는 거지. 자네가 이런 광경을 그릴 거라고는 생각하지 않아."

"안 그립니다."

그는 그들에게 작은 공무용 비행기에 자리를 하나 마련해주었는데, 그 비행기는 공동 정부의 고위 공무원들을 태웠고, 그들은 서류가 가득한 가방을 들고 사무실을 떠나왔다. 그들은 돌아갔고, 여기 사람들에게 전혀 신경 쓰지 않았다.

비행기가 이륙했고, 알제의 상공을 선회하다가 북쪽으로 향했다. 별 다른 동요 없이 에우리디케의 눈에서 눈물이 조용히 흘렀다. 마치 그녀가 작은 구멍들을 통해서 빠져나가는 것 같았다. 빅토리앵이 그녀의 팔을 잡았고, 둘 다 눈을 감았다. 비행 내내 그랬다.

마리아니는 비행기의 둥근 창에서 떨어질 수 없었다. 기름 연기가 솟아나는 가운데 모든 것이 무너져 내리는 것을 보았고, 엉망진창이 된 광경에 욕을 퍼부었다. 더 이상 아무것도 보이지 않았을 때, 바다의 상공에 있게 되었을 때, 그는 화가 나서 눈을 감을 수가 없었다. 그는 영원히 자기 앞을 볼 것이고, 그의 화는 동족 살해에 대해 자신을 비난하는 것으로 귀결되었다. 그는 뭐라고 답할지를 몰랐다.

# 우리는 이해하지 못한 채 죽은 자들의 파세오*를 보았네

글을 쓰는 일은 내가 잘하는 일이 아니다. 나는 할 수만 있다면 그림으로 보여주고 싶었고, 그것으로 충분했을 것이다. 그러나 가진 재주가 미천해 나는 다시 화자가 되기에 이르렀다. 이야기는 누구의 관심도 끌지 못하는데, 사소한 사건을 서술하는 것, 나는 집요하게 프랑스어를 말하는 사람들의 일부 생활상을 프랑스어로 되새겨 이야기한다. 나는 고집스럽게 서로 말을 할 수 있는 사람들의 공동체 역사를 이야기한다. 왜냐하면 그들은 같은 언어를 공유하는데도, 사어(死語)에 걸려 서로 소통 하는 데 실패했기 때문이다. 우리가 더 이상 말하지 않는 단어들이 있지만 그 단어들은 여전히 존재하고, 우리는 입속에 응고된 혈액을 머금고 말을 하는 것인데, 그로 인해 우리 혀의 움직임은 곤란해지고, 숨

---

* paseo: '산책(길)'을 의미하는 스페인어.

이 막힐 위험을 무릅쓰다가 결국 침묵하기에 이른다.

그것은 역사의 폭력적인 시기에 있는 흔한 이야기들이다. 사용하는 어떤 단어들은 내부에서 폭발하고, 응고된 피에 목이 막히고, 의미의 순환이라는 혈전증의 희생물이다. 그 단어들은 사용되었다는 사실로 죽은 것이고, 사람들은 손을 더럽히지 않고서는 더 이상 그 단어들을 사용할 수 없다. 그러나 언제나 그것들이 거기에 있기 때문에 우리는 그것을 회피하고, 은밀하게 선회하지만, 선회하는 것은 눈에 보인다. 우리는 완곡 어법을 쓰지만 언젠가는 비틀거리는데, 우리가 그것을 말할 수 없다는 사실을 잊었기 때문이다. 우리는 피로 목이 막힌 단어들을 사용하고, 단어들은 피를 튀기고, 단어들이 포함하고 있는 핏덩어리 때문에 누를 끼치고, 우리 말을 듣는 사람들의 옷에 얼룩을 묻혀서, 그 사람들은 소리를 지르고, 뒤로 물러서고, 항의하고, 우리는 사과를 한다. 우리는 서로 이해하지 못한다. 우리는 부주의로 잔존해 있던 사어를 사용했다. 우리는 그 단어를 사용하지 않을 수도 있었지만 사어를 말했다. 우리는 단어를 사용하기를 원했지만 더는 그럴 수가 없다. 사어에는 **역사**가 담겨 있고, 피가 담겨 있다. 그것은 그렇게 잔존하지만, 사어는 응고라는 병에 걸렸고, 그 단어 안에서 움직이는 것이 정지되어 병이 들었다. 사어는 그렇게 잔존하지만, 대화가 경색되는 위협처럼 위험하다.

글을 쓰는 일은 내 강점이 아니지만, 나는 빅토리앵을 위해, 누구에게도 말할 수 없었던 그를 위해, 내게 그림을 가르쳐준 그를 위해 글을 쓴다. 그리고 나는 또한 그녀를 위해서 쓴다, 그녀가 누구였는지를 그에게 말하기 위해서, 내가 말하는 이것을 그녀가 무척 원했다는 것, 그녀 자신이 내게 팔을 벌렸다는 것을 그에게 말하기 위해서 글을 쓴다.

글 쓰는 일은 내 강점이 아니지만, 절실한 필요와 수단의 결여로 인해 나는 글을 쓰려고 노력한다. 나는 그림 그리는 것, 침묵한 채 손가락으로 가리키는 것만을 원했을 것이고, 그것으로 충분했을 텐데 말이다. 글 쓰는 일은 충분하지 않다. 나는 계속 말하는 것을 듣고 싶고, 나는 우리 언어가 사라질까 봐 두렵고, 그 언어를 듣고 싶고, 망가진 언어가 복원되기를 바라고, 그 언어를 말하며 살아가고 그 언어를 살게 만드는 모든 사람과 함께 완전히 언어를 복원하기를 바라는데, 언어야말로 유일한 나라이기 때문이다.

우리는 제국의 해체와 더불어 단어들을 상실하고, 그것은 우리가 살았던 땅의 일부를 상실하는 결과로 되돌아오고, "우리"라는 범위를 축소시키는 결과로 돌아온다. 우리의 언어에는 썩은 조각들이 있고, 움직이지 않는 단어들과 응고된 의미의 건강하지 못한 부분이 있다. 언어는 충격을 받으면 멍이 드는 사과처럼 부패한다. 그것은 프랑스어가 제국의 언어, 지중해의 언어, 인파로 붐비는 도시의 언어, 사막과 정글의 언어였을 때 시작되고, 프랑스어가 세상의 한쪽 끝에서 다른 쪽 끝까지 심문에 사용되는 국제적인 언어였을 때 시작된다.

나는 그가 결코 말하지 않았던 것을 가지고 그에 대해 말하려고 노력한다. 나는 그녀가 감히 상상하지 못했던 것으로 그녀에 대해서 말하려고 노력한다. 나는 그저 제시하는 일을 더 좋아했을 것이다. 그림 그리는 일을 더 좋아했을 것이다. 그러나 우리 안에서 그리고 우리 사이에서 순환하다 정지될 위험이 있는 언어의 문제이고, 언어는 눈에 보이지 않는다. 그래서 나는 우리를 응고시키고, 마비시키고, 아주 빨리 불쾌하게 만들고, 우리 모두, 우리 둘, 나 자신을, 그렇게 만들 수 있는 사고를 피하려고 서술한다.


나는 너를 위해 글을 쓴다, 내 심장이여. 나는 네가 내게 대항하여 계속 모든 것에 부딪치게 하기 위해서 글을 쓴다. 나는 네 살결 아래로,

내 살결 아래로, 비단으로 싸인 부드러운 관 속으로 계속 피가 흘러가게 하기 위해서 글을 쓴다. 나는 네게 글을 쓴다, 내 심장이여, 아무것도 끝나지 않게 하려고, 호흡을 중단시키지 않으려고. 네게 글을 쓰려고, 네 생명을 유지시키려고, 너를 유연하고, 따뜻하고, 순환하게 하려고, 언어의 모든 원천을, 흔들리고 유약한 것 같은 모든 동사를 사용해야 한다. 보석처럼 소중하고, 거대한 상자 같은 이 명사들의 총체성, 오래 사용해서 반질반질한 면에 빛을 반사하는 각각이 명사를 사용해야 한다. 네게 글을 쓰기 위해서 모든 것이 필요하다. 내 심장이여, 네가 네 자신을 비추는 곳에서 언어의 거울을 만들기 위해서. 나는 꽉 쥔 손 사이에 움직이는 거울을 들고 있고, 너는 거기에서 너를 보고, 너는 떠나지 않는다.

나는 반사하고, 거울을 만들고, 나는 단지 반사할 뿐이다. 나는 네 외양에서 각각의 세부를, 공공연히 드러나는 네 몸의 각 세부를 검토한다. 네 몸에 피의 두근거림이라는 현실 속에서 메아리로 울린다. 내 심장이여, 피가 리듬을 지니고 비단으로 된 네 혈관으로 미끄러져 들어가고, 내가 들어가는 붉은 동굴의 공명, 오! 벨벳으로 된 동굴이여! 나는 거기에 머물고 기력이 떨어진다.

나는 네 안의 모든 것을, 시제의 혼합을 사랑한다. 네가 나를 위해 간직한 현재라는 상태, 내게 영원한 선물인 그것을 사랑한다. 네게 새겨진 흔적들, 완성된 네 삶의 부분들, 진행 중인 다른 부분들, 다가올 다른 부분들. 나는 흐르는 피와 같은 이 활력을 사랑하는데, 그것은 아무것도 멈추지 않으리라는 분명한 약속이고, 지금처럼, 나를 형성해갈 영원한 현재처럼 다음이 올 것이다.

무엇보다도 나는 거친 네 외관을 사랑한다. 그것은 내게 삶이 오래전부터 흘러왔고, 이후에도 계속 흘러가리라는 사실을 보여주고, 이런 흐름 속에서, 이런 움직임 자체에서 삶이 가능하다는 것을 보여준다. 오나의 심장이여! 너는 시간의 리듬 자체인 것처럼 내게 저항해 뛴다. 나는 내가 네게 말할 때 미소를 짓는 네 입술의 피부를 사랑한다. 네 입술은 손이 할 수 없는 애무를 받아들이고 해준다. 나는 네 머리의 잔털, 회색, 흰색, 네 얼굴 주변을 구름처럼 감싼 머리의 잔털을 사랑한다. 나는 서서히 거기에 맞는 형태를 취한 점토처럼 네 가슴이 피어나는 무거워짐을 사랑한다. 나는 아몬드같이 아주 순수한 굴곡을 이루는 네 엉덩이의 커져감을, 엄지와 엄지, 검지와 검지가 맞닿은, 태곳적부터 있던 여성성의 정확한 형태, 풍요로움의 형태를 사랑한다. 너는 풍요롭고, 언어는 네 주변의 모든 것을 부추긴다. 나는 시간이 네 안으로 미끄러져 들어가는 소리를 듣는다. 내 심장이여, 시작도 없고 끝도 없는, 피와 같은, 강과 같은, 우리를 뚫고 지나가는 언어와 같은 시간.

너는 내 나이이고, 내 심장이여, 정확히 너는 내 나이이고, 널 향한 사랑의 일부를 이룬다. 내 나이의 사람들은 실존하지 않는 무엇을 꿈꾸려고 노력한다. 그들은 시간의 흐름 속에 움직이지 않는 지점을 꿈꾸고, 강물 속의 조약돌, 비죽이 튀어나오고 언제나 메마르게 될 돌, 움직이지 않을, 결코 움직이지 않을 돌. 내 나이의 사람들은 굳어짐과 죽음을 꿈꾼다. 모든 것이 결국 멈추는 것을, 그들은 어떤 시간의 흔적도 없는 아주 젊은 여인들, 그 앞에 순전한 영원성을 지닐 젊은 여인들을 꿈꾼다. 그러나 영원성은 움직이지 않는다.

너는 너와 함께 내가 소유하는 것을 상상하지 않는다. 이따금 네가 아쉬워하고 감추려고 하는, 내가 즉시 알아보는 눈가의 잔주름들, 그것은 내게 완전한 지속을 준다. 나는 살라농에게 그것을 빚졌다. 그가 내게 시간 전체를 돌려준 것을, 어떻게 그것을 붙잡아야 할지, 어떻게 그것을 손상시키지 않고 나를 그 안에 끼워 넣을지를, 돌이킬 수 없는 표면 위에서 평화롭게 떠돌지를 가르쳐준 것에 대해 그에게 감사한다. 그는 아마 그 사실을 모를 텐데, 그가 내게 그것을 제시했다. 같은 리듬으로, 정확하게 같은 리듬으로. 신비야, 내가 네 귀에 대고 말하고, 신비야, 나는 아주 부드럽게 말을 하고, 네게 기대어 잠든 나, 신비는 너에게 가기 위해서 싸우지 않아도 된다는 것이다. 보물은 간직되었지만, 너, 나는 다툼 없이 너를 발견했다. "왜냐하면 난 너를 기다리고 있었기 때문이야." 너는 숨을 내쉬었다. 그리고 이 대답은 내게 전부를 설명했다. 그녀는 내게 숨결을 불어넣었다.

나는 그녀를 영화관에 데려갔다. 나는 영화를 무척 좋아한다. 모든 서술 양식 가운데 영화가 가장 잘 제시해주고, 그저 보기만 하면 되니까 가장 쉽게 접근할 수 있다. 사람들 사이에 가장 널리 보급된 것이다. 우리는 같은 영화를 보고, 모두가 영화의 줄거리를 공유한다.

나는 그녀의 손을 잡고 영화관에 데려갔다. 우리는 커다란 붉은 의자에 앉아, 우리를 향해 말하는 크고 빛나는 얼굴을 향해 함께 눈을 들었다. 우리는 영화관의 홀에서 침묵한다. 영화는 거의 움직이지 않고 앉아 있는 우리 앞에서, 환한 화면의 빛 속에서 꾸며낸 이야기들을 하고, 우리는 우리 앞에서 말하는 빛나는 커다란 얼굴들, 실제보다 훨씬 큰 얼굴들 앞에서 멍하니 입을 벌리고 줄지어 앉은 어두운 그림자들이다.

이야기는 마음을 사로잡지만, 지나치게, 그래서 우리는 점점 더 이야기를 망각한다. 이야기가 축적되어가는 것도 소용없다. 우리는 왜 서둘러, 왜 여전히 꾸며낸 이야기들을 보러 오는지 물을 수 있다. 게다가 영화는 일종의 기록 방식이다.

우리가 사용하는 카메라라는 작은 방이고, 그 내부에 카메라 앞에서 전개되는 것의 이미지를 포착하고 간직한다. 20세기의 영화관에서 사람들은 장소를 정해야 하고, 작은 방에서 사람들을 즐기게 만들어야 한다.

사람들이 허구로 변장시켜 영화로 만드는 것은 존재했었다. 그런데 영화관에 있는 우리, 커다랗게 눈을 뜨고 화면을 보는 우리, 침묵하는 입, 우리는 우리 앞에 있는 사람들이 커다랗고 빛으로 가득 찬 모습으로 영원한 청춘 속에서 죽은 자들을 이야기하는 것을, 사라진 장소들이 흠 없이 다시 나타나는 것을, 이제는 파괴된 도시들을 다시 복원하는 것을, 어떤 사람들이 이제는 먼지로 남았을 뿐인 다른 사람을 향해 그들의 사랑을 속삭이는 것을 본다.

영화관은 변할 것이다. 움직이는 그림들의 작은 구역이 되거나 실질적인 장소가 필요없거나 살아 있는 어떤 얼굴도 없는 곳이 될 것이다. 사람들은 스크린에 직접 그림을 그리거나, 이야기 자체를 전개시키거나 하겠지만, 그러면 영화는 더 이상 우리와 관련된 게 아닐 것이다. 나는 영화 기술의 초보 단계, 현대의 증기기관차, 내연기관, 유선 전화기라고 할 수 있는 이야기 기계, 사람들이 장소를 즐기게 만들도록 강요하는 물리적 기계를 열렬히 사랑했다. 그리고 우리가 빛나는 스크린에서 본 것은, 줄지어 앉아 빛나는 우리의 눈을 제외하고, 비상구를 가리키는 녹색 상자를 제외하고, 어두운 홀에서 유일하게 빛나는 것, 우리가 본 것은 실제로 일어났었다. 우리가 말없이 본 스크린은 사라진 과거를 향한 창, 홀에 불이 들어오면 곧 다시 닫히게 될, 시간의 벽을 뚫고 열린 창이었다. 빠져나가는 것이 금지된, 어둠 속에서 지시대로 줄지어 앉아 있는 창, 우리는 이해하지 못한 채 죽은 자들의 파세오를 보았다.

나는 그녀를 데려갔고, 그녀는 무엇을 선택할지의 문제에서 나를 믿었다. 나는 마술적인 환등기 앞에서 너무 많은 것을 체험했기 때문에 무엇이 우리에게 행복을 가장 많이 가져다줄 것인지를 너무나 잘 알았다. 그래서 나는 그녀와 함께 질로 폰테코르보* 감독의 「알제리 전투」를 보러 갔다.

이 영화는 아무도 그 영화를 보지 않았기 때문에 하나의 전설이었다. 영화는 상영이 금지되었고, 사람들은 그 영화에 대해 은밀하게 말했다. 좌파의 전설이었다. "대단한 영화야. 사람들이 대단하고, 실제 주인공들 같은 배우들이 대단해…… 거의 재구성한 것이 없어…… 사람들이 정말로 거기에 있는 것 같은 인상을 받아…… 대단한 영화인데, 오랫동안 상영이 금지되었지…… 프랑스에서, 당연해." 사람들이 말했다.

마침내 영화가 상영될 때 나는 그녀를 데려가고 싶었고, 그녀에게 그에 대해 설명했다. "내가 아는 어른이 계셔, 내게 그림을 가르쳐주셨지. 그리고 전쟁에 대해 말해줬고. —어떤 전쟁?—20년 동안 지속된 전쟁. 그분은 철저하게 전쟁을 겪었고, 그래서 나는 사람들이 말하는 그 영화를 보고 싶어. 나는 그분이 내게 말한 것을 이해하기 위해서 영화로 찍은 것을 보고 싶은 거야."

마침내 우리는 좌파의 전설, 오랫동안 금지된 영화, 알제리 자치 지역의 지도자가 시나리오를 만들고 자신의 역할을 맡은 영화를 보았다. 나는 영화를 보았고, 사람들이 그 영화를 금지시켜야 한다고 믿었다는 것에 놀랐다. 우리는 영화에서 제기된 폭력을 잘 알고 있다. 폴크와 그리지아니가 한두 번 뺨을 때려서 정보를 얻었다고 말하는 상황을 잘 알고, 그것은 거짓이었다. 우리는 "한두 번 뺨을 때린다"는 말이 일종의 환유이고, 우리가 결코 말하지 않을 악행의 어두운 덩어리에서 보이도록 허용된 부분이란 것을 잘 안다. 우리는 그 사실을 알고 있다. 영화는 그것을 환기시키지만 진전이 없지는 않다. 고문은 견딜 수 없는 형태로 길게 묘사되고, 이것은 영화에 부적합하다. 낙하산 부대원들은 용의자를 심문한다. 그것이 그들의 일이다. 어떤 가학 성향이나 인종주의를

---

* Gillo Pontecorvo(1919~2006): 이탈리아 영화 제작자.

드러내지 않고 사람들의 몸을 뒤져 감춰진 정보를 수집한다. 그들은 민족해방전선에 소속된 사람들을 추격하고, 찾아내고 체포하고 살해한다. 이런 군사적 기술은 증오를 모르고, 그들의 직업 정신은 두려움을 줄 수 있지만, 그들은 전쟁을 수행하는 것이고, 전쟁에서 이기는 것이 그들의 임무이다. 그런데 결국 그들은 전쟁에서 패배한다.

알제리 사람들, 그들은 소비에트 민중의 고귀함을 지녔다. 이 영화에 나오는 개별적인 인물은 마르크스주의의 **전형**이고, 감독은 조각가의 방식으로 영화를 찍었다. 그는 거리 장면들 중 클로즈업으로 민중의 형상을 찍었다. 즐거워할 때는 즐거워하고, 분노할 때는 분노하는, 언제나 그럴 법한 모습의, 비슷한 사람들 무리에서 이름 없는 개인을 찍는다. 저마다의 초상은 그들의 출연에 감정을 느끼게 되기에 적합한 사실을 가리킨다.

영화는 놀랍도록 분명하다. 알제리의 영웅들은 죽었지만 이름 없는 민중이 그들을 대체한다. 거리의 동요는 억제할 수 없고, 전쟁의 기술들은 **역사**의 의미를 막을 수가 없다. 사람들은 그 영화를 모든 어린 알제리인들에게 보여줄 것이고, 영웅적인 몸짓을 가르쳐주고, 자신들이 끈질긴 민중에 속한다는 것을 자랑스러워할 것이고, 군중의 모습에서 추출한 부동의 멋진 초상화들과 비슷해지기를 소망할 것이다. 이 영화는 다큐멘터리로 여겨지기를 바라는 좌파적 허구 속에서 거친 흑백영화로 만들어졌다. 마티외 대령은 놀라운 지략의 소유자이고, 우리는 문제의 인물을 잘 알고 있다. 아무런 증오심 없이 그는 완벽한 계획을 수용하고 실행한다. 알리 라 푸앵트, 살인자, 그는 룸펜프롤레타리아*라는 낭만을

---

* 극빈층의 일부로, 생산수단을 전혀 소유하고 있지 않고 노동력을 팔아야만 생활할 수 있는 사회적 위치에 있으면서도, 자기의 실업 상황 속에서 고립되고 무기력해져 노동의 의욕을 상실하여 하루하루 전전하는 부랑자, 범죄인, 마약상습자, 매춘부 등의 실업자

지녔고, 결국 죽음을 맞는데, 사람들이 가집행 중인 그를 어떻게 다뤄야 할지 몰랐기 때문이다. 모든 것이 잘 처리되었고, 모든 것이 명료하고, 아무것도 어둠 속에 있지 않다. 나는 이 영화를 잘 이해했다. 아무도 나쁘지 않고, **역사**에도 우리가 반대하지 않는 적합한 의미를 부여한다. 나는 사람들이 이 영화를 금지시켜야 한다고 생각했다는 사실을 이해하지 못했다. 그것은 너무나 비열했다.

그것은 이 영화가 감추려고 하는 것보다 훨씬 비열했다. 민족해방전선이 코, 입술을 자르고 가위로 불알을 잘라냈고, 낙하산 부대원들이 똥에 빠진 사람들, 오줌에 발이 젖은 사람들을 전기 사형에 처했다는 것. 모든 사람이 그런 일을 당했다. 범죄자들, 용의자들, 죄 없는 자들. 하지만 죄 없는 자들은 없었고, 그저 기록만이 있었다. 분쇄기들은 사람들의 이름을 묻지 않고 분쇄했다. 사람들은 기계적으로 살인했고, 횡사했다. 그저 얼굴을 보고 한 그룹에 대충 편입시킨, 인종이라는 기준이 죽게 만들었다. 사람들은 배신했고, 숙청했고, 누가 어디에 속하는지 제대로 알지 못했다. 유사성을 기준 삼아 확립된 신념을 가지고 암살했고, 전쟁의 동력이자 기만성이야말로 우리가 묘사하지 않으려고 애쓰게 될 폭력과 결부된, 멈추지 않는 기관, 폭발하는 기관, 전기 기관이었다.

하지만 잊어버리자. 지금은 선량한 사람들의 평화로운 시대이고, 망상가인 트랭키에와 어릿광대 사디는 텔레비전에서 떠들어댈 수 있다. 단결한 사람들은 결코 정복당하지 않을 것이다. 질로 폰테코르보의 「알제리 전투」에서 모든 것은 분명하다. 하지만 이 단순한 영화가 내게는 낯설어 보였다. 영화가 보여주는 장소들 가운데 보이지 않는 무엇이 내게 이해하지 못할 불안을 남겼다. 나는 영화가 거기에서 살고 있고, 예

---

군을 말한다.

전에는 다른 사람들을 가리키는 명칭이었지만, 지금 우리가 알제리인들이라고 부르는 사람들과 함께 알제 현지에서 촬영된 것을 잘 알고 있었다. 영화가 내게 보여주는 장소들은 텅 빈 것처럼 보였다. 유럽인들은 인형극 무대의 꼭두각시들처럼 자신들의 발코니에 있었다. 우리는 사람들이 전깃줄이나 비행기의 통과를 피하는 역사영화에서처럼 바짝 다가서서 촬영한 스크린을 무대로 보았다. 군인들을 가득 태운 지프차 한 대가 텅 빈 거리를 달렸다. 집 문과 가게 문 들이 닫혀 있었는데, 발코니의 몇 명 안 되는 유럽인은 마치 제라늄 화분들처럼 아주 경직된 모습이었다. 아주 명료한 이 이야기의 배경은 내가 거의 의식하지 못하고 있던 혼란을 야기했다. 나는 거기에 대해 정말로 생각하지 못했다. 결국 나는 전차들을 보았다.

전차들이라면, 클리마드프랑스의 아래에 있는 커브 길에서 헌병들에 둘러싸인 전차가 한 대 나왔을 뿐이다. 딱 한 대의 전차가 전차들을 형상화했다. 전차들은 좌파들의 전설집에서 질서 유지의 형상, 민중을 진압하는 것의 형상이었다. 질로 콘테포르보의 「알제리 전투」의 마지막 장면들에서 우리는 파시즘의 직전 단계인 프랑스 정부라는 억압 장치가 알제리 민중을 복종시키려고 노력하는 것을 본다. 내가 "민중"이라는 말에 "진보적"이라는 말을 붙이면 중복적인 말이 될 것이다. 프랑스 정부라는 억압 장치가 모든 기술적 수단을 동원했지만, 성공을 거두지 못했다. 민중의 생명력이 억압적인 장치를 이긴 것은 당연했다. 클리마드프랑스의 벽 아래에 검은 군복 차림의 헌병들 사이에서 보인 단 한 대의 전차. 나는 웃음을 터뜨렸다.

나는 유일하게 웃은 사람이었다. 전부 나와 반대였다. 그녀는 몹시 놀랐지만, 나는 나를 향해 미소 짓고 더 바짝 다가앉는 그녀의 손을 너무나 큰 사랑을 담아 붙잡았다.

나는 전차가 클리마드프랑스 아래 커브 길에서 막 나타나는 것을 알아차렸다. 나는 어린 시절 그림이 있는 총천연색 도판으로 이루어진 『라루스 백과사전』을 읽었고, **군복들**이라는 페이지 전체, **비행기, 장갑차**의 페이지를 가장 사랑했다. 스크린에 나타난 이 전차는 프랑스제가 아니라 소련의 구축 전차였다. ISU-122라고 부르는 전차를 추격하는 육중한 전차였다. 그 전차는 포신이 낮고, 포수는 고정된 포탑 안에 얼굴을 찡그리면서 양어깨를 끼워 넣어야 했고, 뒤에 있는 양철통에는 알지 못할 무엇을 담고 있거나, 어쩌면 아무것도 없을 수도 있었다. 나는 장갑차에 대해 정통해 있었다. 학교 다닐 때 노트의 여백을 장갑차 그림으로 채웠고, 낮은 포신과 뒤쪽에 있는 양철통들을 특징으로 이 장갑차를 그리기도 했었다. 폰테코르보는 직접 그 전쟁을 체험한 사람들과 함께 알제 현지에서 촬영했다. 좌파의 전설에서 그것은 바로 진정성의 증거였다. 그러나 1956년에 있었던 일을 1965년 알제에서 촬영하는 것은 일종의 허구였다. 1965년이면 1956년의 도시들은 존재하지 않았다. 1965년의 알제에서 어떻게 유럽인들을 발견할 것인가? 어디에 있는지 모를 유럽인들을 다시 오게 만들어야 했고, 그들을 화분의 식물들처럼 발코니에 둬야 했을 것이다. 1962년에 남겨졌던 가게들을 다시 문 닫게 하고, 그들이 눈에 띄지 않기를 기대하고, 새로운 거주자들이 나타나지 않도록 도로를 통제하면서, 새로운 거주자들을 소개하지 않고서 어떻게 1965년 알제에서 유럽의 도시를 찍을 수 있을까? 알제리 군인들과 경찰들을 변장시키지 않고서 어떻게 1965년에 낙하산 부대원들과 헌병들을 발견할 수 있을까? 아무도 그 사실을 모르기를 희망하면서 소련의 지원을 받는 알제리 게릴라의 전차를 사용하는 것이 아니고서 어떻게 1965년에 알제에서 프랑스 전차를 발견할 수 있을까? 1965년의 알제 거리에 전차들이 많았던 것은 알제리 게릴라 전선이 권력을 장악했기 때문이다. 군대는 정규 부대와 전차를 동반하고 알제에 있었고, 촬영을 위해 분장만 하면 되었다. 폰테코르보는 1965년의 알제에 있었고 쿠데타 세력의 공식적인 감독이었다. 그는 야비한 사람이었고, 영화 애호가들도 그 사실을 알고 있었다. 그는 몇 년 전 다른 영화 속에서 이동 촬영을 개시했고, 그것은 도덕적인 문제가 있었다. 그는 집단 수용소에서 한 여인이 자살하는 시점에 이동을 시작하기로 결정했는데, 그녀가 가시철 조망에 몸을 던졌을 때, 충격의 순간에, 가상으로 전기가 흐르는 철조망 위에 그녀의 가상의 죽음이 행해지게 했다. 그는 그녀의 시신을 재배치하고, 고통의 장면을 촬영하기 위해서 이동 촬영을 시도했다. 영화 장면이 수용소 사람들의 관점에 따라 만들어지지 않을 수 있다는 것은 인정하자. 그러나 영화에도 도덕적 법칙은 적용된다. 시체를 투사하기 위해 아래에서 위로 잡는 촬영을 결정하는 인간은 가장 심오한 형태의 경멸을 받을 만하다.

쿠데타의 순간에 폰테코르보는 역사를 조롱했고, 알제리 군사 공화국에 신화의 토대를 제공했다. 알제리 전투는 정확하게 에비앙 협정의 공식적인 영화이다. 정치인과 군인, 떠나는 자와 대체하는 자, 두 장치 사이의 협정. 그렇기에 이 영화의 낙하산 부대원들은 좋은 동반자들이다. 행인들의 분쇄기인 사디와 전기 사형집행인인 트랭키에가 선량한 사람들의 평화 협정에 조인한다. 너무나 많은 반대자가 싸우고 있는 혼란스런 뒤얽힘 속에서 셋, 여섯, 열둘, 이 두 사람만이 결국 약속을 지킨다. 그들은 전리품을 나누고 다른 사람들을 사라지게 만든다. 내 대단한 혼란은 거기에서 연유했고, 결국 나는 그것을 이해했다. 알제라는 유럽형 도시는 텅 비었고, 너무나 텅 빈 상태여서 지중해의 도시 같지 않았다. 도시는 소개되었다. 도시에 살았던 사람들은 막 지워졌다.

트랭키에와 사디는 오랜 동료로서 수다를 떨 수 있었고, 마침내 합의에 도달했는데, 유일한 알제리 민중, 단결된 민중, 존재하지 않는, 되찾은 정체성으로 인해 빛나는 민중을 환기시켰을 뿐이다. 그들은 합의에 이르렀고, 불과 몇 주 사이에 퇴거당한 피에누아르 민중에 대해서는 한마디도 하지 않았다. 그들은 거북스러웠고, 그들의 실존 자체가 불편했다. 사람들은 그들이 **역사** 속에서 지닐 권리를 부인했다. 제국이 국가들로 변할 때, 소속을 찾지 못한 사람들은 지워야 한다.

여기에 영화의 유일한 악인들이 있다. 어떤 초상권도 갖지 못한 사람들, 멀리서 볼 뿐인 사람들, 고함을 치는 사람들일 뿐인, 인종주의자이고 속 좁은 사람들, 아이들을 향해 집단 폭행을 가하고, 노인들을 향해 집단 폭행을 일삼는 사람들, 짖어대는 개들, 실존에 어떤 권리도 부여하지 않을 비열한들. 그들은 존재 자체가 잘못이라고 영화는 주장하고, 이미 부패한 유기된 시신들처럼 그들을 제방 위에 버려둔다. 클리마드프랑스로 올라오는 전차는 **역사**를 종결짓고, 그 변장한 모습은 무슨 일이 일어났는지를 보여준다. 프랑스제 전차로 위장한 소비에트 전차는, 프랑스인으로 분장했지만 실제 알제리 군인들인 사람들에게 둘러싸여 있다. 그러나 그들이 진정한 진압자들이었다. 주변 거리에는 알제리 게릴라군 전차들이 주차되어 있었고, 그들이 수도를 통제했고, 권력을 장악했다. 이런 이미지, 클리마드프랑스 아래의 커브 길에 있는 전차, 그것을 확대 화면을 통해서 과시할 수 있고, 그것은 일종의 그림과 같을 것이다. **모든 알제리 민중을 위한 추모 작품**. 알제리 민중이 같은 이미지에서 두 번 등장한다. 일부는 사라지고, 다른 일부는 진압당한다. 국경 담당 부대가 권력을 탈취했고, 질로 폰테코르보 감독은 사람들을 내보낸 알제에서 「알제리 전투」를 촬영했고, **역사**를 썼다. 무한한 배신을 동력으로 개인의 내면까지 분할한 이 전쟁에서 모두를 향해서 분명하게 말하는 두 부분이 있는데, 하나는 프랑스를 위한 것이고, 다른 하나는 알

서 그녀를 꺼내와야만 했고 그녀와 함께하는 거야. 예전에 대해서는 결코 더 이상 말하지 않는 거야."

"그때부터 무엇을 하셨지요? 언제부터 그렇게 계셨어요?"

"아무것도. 자네는 액션 영화에서 만난 남자와 여자가 무엇을 하는지 궁금해한 적이 있는가? 영화가 끝난 뒤에 그들이 무엇을 하는지 말이야. 아무것도. 영화가 끝나면 조명도 꺼지고, 사람들은 집으로 돌아오지. 나는 자네도 보았던 대단할 것 없는 작은 정원을 만들었다네."

"자식도 없었나요?"

"한 명도 없었어. 사람들은 이렇게들 살았지. 아이가 많으면 아이들 생각만 하고, 아이가 없으면 자신들 생각만 하고. 내 생각에는, 우리는 서로 충분히 사랑해서 우리 자신만을 생각하고 사는 거야."

그들은 둘 다 침묵했다. 그들이 함께 침묵하는 것은, 그들이 함께 말을 하는 것보다 훨씬 내밀했다. 나는 그들을 가로막지 않았다.

열린 문으로 복도가 보였고, 복도 끝 벽에는 못에 걸린 칼이 흔들리고 있었다. 어떤 바람 때문에 흔들리는 것인지 알 수 없었는데, 나는 아무것도 느끼지 못했고, 창들은 닫혀 있었기 때문이다. 낡은 가죽 칼집은 검붉은색을 발하고 있었는데, 거의 물들이지 않는 날것 그대로의 색, 지금 우리 주변에 내려앉은 저녁의 색, 녹이 눌어붙은 얇은 금속판의 색이었다. 칼날을 둘러싸고 완전히 감춰버린 피의 껍질 색이었다. 칼날은 가죽, 녹, 메마른 피에 삼켜져서 보이지 않았다. 못에 매달린 끈 한쪽 끝에서 흔들리고 있는 불그스름한 빛의 발산물을 보았다. 피는 끝없이 움직이고, 어두운 빛을, 우리 삶을 유지하는 부드러운 열기를 방출한다.

"그림이 나를 도왔지." 마침내 그가 말했다. "그림이 있어서 뒤돌아보지 않았던 거야. 그림을 그리기 위해서 나는 존재해야 하고, 다른 건 아무것도 없어. 그림 덕분에 내 삶은 화폭에 만족하지. 자네가 계속 나를 보러 온다면 나는 붓 다루는 기술을 가르쳐줄 수 있어. 그것은 온화한 기술이고, 손이 다룰 수 있는 것에 따를 뿐이어서, 촘촘한 말총 붓에 물방울을 적시지. 자네가 그 자체를 위해 붓 다루는 기술을 익힌다면, 그 기술이 자네를 오만하지 않게 살아가도록 해줄 거야. 그 기술을 익히면 모든 것이 거기 있다는 것, 네 앞에, 네가 똑바로 보는 것이라는 사실을 확신하게 되네. 세상은 존재하고, 비록 우리가 상상도 못 할 정도로 잔인해도 커다란 무심함 속에 그대로 존재하는 것이야."

그는 다시 침묵했다. 나는 질문하지 않았다. 나는 내 숨소리만을, 나의 것, 그녀의 것, 우리 앞에 앉아 있는 나이 든 두 사람의 숨소리만을 들었다. 크고 마른 이 남자와 가느다란 주름이 잡힌 이 여자, 그들의 숨소리는 긴 세월 동안 숨을 쉬며 닳아지고 다소 약해진 기관지로 인해 휘파람 소리와도 같고, 오르락내리락 불규칙적이었다. 내 곁에 앉아 있는 내 심장이여, 그녀는 한마디도 하지 않았다. 그녀는 말하는 것을 하나도 놓치지 않고 살라뇽을 보았고, 내가 몰랐던 모든 것을 내게 가르쳐준 그에게 눈을 떼지 않았다. 살라뇽은 내가 그녀를 위해 활용하고 싶어하는 기술을 가르쳐주었다. 저녁 빛이 커튼이 쳐진 창으로 들어왔다. 하얗게 머리가 센 그녀의 숱 많은 머리카락은 백조의 털 같은 후광으로 둘러싸인 느낌이었다. 선이 분명한 그녀의 입술은 짙은 붉은색으로 빛났고, 눈은 내가 보라색이라고 생각했던 빛을 발산했다. 깃털 구름의 한가운데 있는 세 개의 핏빛 점. 나는 그때 네가 무슨 생각을 하는지 몰랐다, 내 심장이여. 그러나 내가 그 순간 무엇을 생각했는지를 네가 알았다면, 우리 둘은 움직이지 않고, 내가 너에 대해서 쉬지 않고 생각하는 것을 네가 알았다면, 너는 다가와 내 품 안에서 바짝 몸을 붙이고 영원히 거기에 머물렀을 것이다. 나는 복도 끝의 열린 문을 통해 못에 매달려 칼집 안에 들어 있는 칼이 움직인다고 확신했다.

살라뇽은 찡그리며 자세를 바꾸었다. 다리의 고통이 사라지기를 기다렸다.

"엉덩이." 그가 중얼거렸다. "나는 가끔 엉덩이 때문에 괴로워. 여러 해 동안 아무것도 못 느꼈는데, 재발했어."

나는 정확히 무엇이 그를 괴롭히는지 묻고 싶었다. 아마 내가 그에게 그의 고통이 뭐냐고 물었다면, 나는 그의 상처를 치료했을 것이다. 나는 두근거리는 가슴으로 색이 바래고 불편한, 거친 촉감의 벨벳 소파에서 일어나 나아갔다. 그녀는 나를 바라보았다, 내 심장이여. 그녀는 내가 그에게 말하러 가는 것이라고 느꼈고, 눈으로, 입술로, 백조 깃털이 후광처럼 있는 붉고 강렬한 세 개의 빛으로 나를 지지했다. 나는 앞으로 나아갔지만 눈은 내리깔고, 낮은 테이블 위에 놓여 있는 작고 무거운 물건을 기계적으로 잡았다. 나는 그것이 언제나 같은 자리, 작은 잔에 있는 것을 보았다. 살라뇽 집에서는 모든 것이 카탈로그에서나 볼 법한 장식 기술들과 더불어 그대로 고정된 채 있었기 때문에 놀랍지 않았다. 이 묵직한 물건, 나는 그것을 언제나 봐왔지만, 그것이 무엇인지 결코 궁금해하지 않았었다. 항상 그 자리에 있는 것은 제대로 보지 않기 때문이다. 나는 망설이면서 의자의 가장자리까지 갔는데, 그것은 바로 내 앞에, 손을 뻗으면 닿는 거리에 있었다. 나는 그것을 잡았다. 그것은 응축된 형태로 금속이었는데, 베이클라이트*로 만든 손잡이 속에 날개 부품을 다시 움켜잡고 있었다. 나는 그것이 무엇인지 전혀 몰랐다. 그날 저녁 나는 감히 살라뇽에게 물었다.

"이게 뭐죠, 여기 항상 있는 이 물건? 스위스 칼인가요? 기념품? 아무것도 간직하지 않으시잖아요?"

---

* 최초의 인공 플라스틱.

"열어봐."

나는 살짝 힘을 주어 금속 부품을 펼쳤다. 그것들은 녹아 붙은 중심 축 위로 돌았는데, 짧고 예리하고 흔한 칼로 끝은 뾰족하고, 손가락처럼 길고 아주 견고했다.

"스위스 칼이네요. 그런데 깡통 따개도 없고, 잼 바르는 날도 없고, 드라이버도 없군요. 이걸 어디에 사용하시죠? 버섯을 채취할 때요?"

그는 기분 좋은 미소를 지었다.

"자네는 이게 뭔지 모르겠나?"

"몰라요."

"이 비슷한 것을 한 번도 못 봤나?"

"한 번도요."

"이건 사람 목을 자르는 칼이야. 사람 목의 움푹 팬 곳—딱 머리 아래—에 뾰족한 끝을 찔러 소리 없이 죽일 때 쓰지. 거침없이 꽂으면, 고통 없이 들어가. 다른 손으로는 입을 틀어막지. 그는 즉사하고, 아무도 그것을 알아차리지 못해. 이 칼은 그런 목적으로 제작되었고, 단지 그걸로만 쓸 수 있어. 보초들이 비명을 지르지 않게 죽이는 것. 나는 이 칼의 사용법을 배웠고, 다른 사람들에게 가르쳐주었어. 정글에 있을 때 주머니에 넣고 다녔지. 이건 내 칼이야."

나는 그 물건을 감히 다시 접지는 못하고, 테이블에 부딪치지 않게 놓았다.

"자네가 그 칼을 모른다는 게 기분이 좋군."

"그런 게 있는 줄도 몰랐어요."

"우리는 전쟁용 도구들을 갖고 있었어. 나는 사람들이 상상도 못 할 세상에서 왔지. 사람들은 칼로 서로 죽이고, 다른 사람의 피를 묻히고, 기계적으로 닦아냈지. 지금은 피를 흘리면 자기 피야. 다른 사람의 피에는 더 이상 손을 대지 않지. 이제는 더 이상 다가서지 않고, 멀리서 망가뜨리고, 기계를 이용하지. 끝났어. 다른 사람의 냄새, 다른 사람의 열기, 다른 사람의 공포가 그를 죽이는 순간의 우리 공포와 섞이는 것을 느끼는 직업 말이야. 나는 이제 군대를 위한 광고를 본다네. 사람들은 지원을 해서 성공할 수 있어. 그것은 사람들을 보호하고, 생명을 구하고, 자기 극복을 목표로 하는 직업이지. 우리, 우리는 그저 우리가 아닌 다른 사람들을 구했을 뿐이야. 우리는 그럴 수 있을 때 보호를 했어. 우리는 그저 죽음보다 빨리 뛰기 위해 노력했지. 자네가 전쟁의 도구들을 모른다면 나는 결국 사라질 수 있지. 자네가 그걸 모른다는 게 얼마나 나를 기분 좋게 하는지 상상도 못 할 거야."

나는 테이블 위에 펼쳐둔 물건을 보았다. 이제는 그 형태로 환기되는, 단순한 용도를 안다.

"내가 모르는 게 당신을 기분 좋게 한다고요?"

"그래. 내 삼촌의 예언이 실현된 것처럼 그게 나를 안심시켜. 우리가 결국 끝낼 수 있을 거라는 사실. 내가 삼촌을 마지막으로 본 것은 바로 감옥이었어. 몇 분간이었는데, 사람들이 나를 삼촌의 감방으로 들여보냈지. 삼촌과 나만 있게 해줬지. 열쇠를 돌리고 문을 밀어 여는 순간에 사람들은 내 얼굴을 보지 않았어. 삼촌은 사형에 처해졌지. 격리 수용되었지만, 법이 있고, 엄수되었지. 사람들은 내가 삼촌을 마지막으로 볼 수 있도록 나를 안으로 들여보내주었고, 빨리 보라고 하고는 아무것도 말하지 말라고 했어. 삼촌은 더 이상 자신의 『오디세이아』 사본을 가질 수 없다는 사실을 알고 아쉬워하셨지. 삼촌은 시를 암기했고, 결국 그것을 배운다는 임무를 끝냈지만, 막 완성되었던 20년 세월처럼 손 닿는 거리에서 책을 느끼고 싶어 하셨을 거야. 거기, 감방에서, 우리는 사건에 대해 말할 대단한 게 없었어. 어깨를 으쓱하는 것으로 모든 게 무너져 내리는 것을 표현하기에 충분했고, 아니면 항의하는 일에 온 생애가 필요했겠지. 그때 삼촌이 내게 『오디세이아』와 그 마지막에 대해서 말씀하셨어. 마침내 오디세우스와 페넬로페는 '잠자리를 되찾은 행복과 예전의 권리를' 가졌다. 그들이 사랑의 쾌락을 즐길 때, 그들은 말의 쾌락을 실컷 누린다. 하지만 그렇게 끝이 나지 않는다. 오디세우스는 자기 어깨에 아주 잘 닦은 배의 노를 얹고 다시 떠나야 한다. 그가 어떤 장소에 도달했을 때 사람들은 그에게 왜 어깨에 곡식용 삽을 갖고 있는지를 물을 것이다. 아마도 그가 충분히 멀리 와서 사람들은 배의 노가 무엇인지 알지 못한 것이고, 그는 비로소 멈출 수 있었고, 노를 나무인 것처럼 땅에 심을 수 있었고, 집으로 돌아가서 평안하게 노환으로 죽을 수 있었다."

"삼촌은 살상 도구를 더 이상 알지 못하게 될 때, 평정과 망각이라는 끝을 알지 못하는 것을 슬퍼하셨어. 그때는 모두가 모두를 죽였지. 모든 사람이 죽이는 법을 배웠고, 존재하기를 소망했어. 무기들은 알제에서 유통되었고, 모든 사람이 그것을 갖고 있었고, 모든 사람이 사용했지. 알제는 혼돈 그 자체였고, 피의 미로였어. 사람들은 거리에서, 아파트에서 서로가 서로를 죽였고, 지하 저장고에서 고문했고, 시체들을 강물에 던졌고, 정원에 매장했어. 프랑스로 도망친 사람은 모두 자신들의 초라한 짐 속에 무기를 가져왔고, 자신들이 보았던 온갖 무기에 대해 공포에 질린 추억을 가지고 왔지. 그들은 그것을 보고 자신들의 지속되는 삶을 알았어. 아무것도 잊지 못했어. 그것이 그들의 심장 주위에 너무나 좁은 새장을 만든 셈이어서 심장이 뛰는 것을 가로막았지. 우리는 모든 사람이 덫, 살해, 속죄로 가해진 고통을 식물학의 기술처럼 가르쳤던 20년 동안의 전쟁을 잊을 때에야 비로소 평화를 되찾을 수 있어. 삼촌은 자신이 이런 평화를 몰랐다는 사실을 아셨고, 그럴 수 있는 시간이 없었어. 삼촌은 책에서 배우는 것을 끝냈고, 그것이 끝이라는 사실을 아셨던 거야. 우리는 서로 작별 인사를 나누었고, 나는 삼촌의 감방에서 나왔어. 감방 문이 닫혔고, 아무도 나를 바라보지 않고 다시 나를 데려다줬어."

"삼촌은 다음 날 공화국에 대한 대역죄, 국가 원수의 암살을 기도했다는 이유로 총살당했지. 기도, 정확하게 그랬어, 그들은 실패했으니까, 그들은 모든 것에 실패했어. 나는 아직도 다른 상황에서 유능한 사람들이 그런 아마추어리즘을 가지고 행동할 수 있었던 사실에 놀라. 이런 종말에 대한 반발 속에서 그들이 할 줄 알았던 유일한 일이 무작위로 사람들을 죽이는 것이었어. 그 사람들은 막연한 공포를 증대시키고, 많든 적든 닥치는 대로 죄인을 지목하고, 그들을 향해 총 쏠 줄만 알았지. 그들은 정치에 개입했고, 가장 초보적이고 가장 어리석은 정치 행위를 수행하고, 가장 어리석게 힘을 사용할 줄만 알았던 거야. 개에게 발길질하고, 처음 온 사람의 머리를 쏘는 것. 마지막이라는 절망 속에서 지나가는 사람들을 죽였어. 그들은 치욕을, 혼란을, 자신들의 죽음과 타인들의 죽음을 받아들였지. 사람들은 거기에 돌을 던지면서도 시간의 강물에 등을 돌리지 않고, 시간의 강물은 속도를 늦추지 않아. 그들은 더 이상 아무것도 이해하지 못했어."

그는 약간 찡그리면서 다시 일어섰고, 자기 엉덩이를 잡았다. 에우리디케는 걱정 가득한 모습으로 그의 넓적다리 위로 자신의 섬세하고 반점이 생긴 손을 가져갔다. 이제는 그에게 물어야 했다. 그는 내게 그림을 가르쳐주고 자신의 이야기를 해주었다. 나는 그의 숨소리 변화와 목소리의 결을 통해 알 수 있었다. 어디든 그를 따라다니는 이 고통이 무엇인지, 그가 가는 곳이 어디든, 그토록 여러 해 전부터 그의 엉덩이로 번졌던 이 고통, 그로서는 거의 다 살았다고 할 이 세상, 나로서는 여전히 살아가야 할 이 세상에서 누구도 더 이상은 알고 싶지 않을 만큼 지속적인 고통.

"살라뇽 선생님, 고문당하셨나요?" 마침내 내가 그에게 물었다.

그녀—내 심장이여—가 곁에서 숨을 죽이고 나를 바라보았다. 복도 끝 벽, 못에 매달린 칼이 흔들렸다. 칼은 가죽색, 저녁 빛, 메마른 피의 색일 수 있는 붉은색으로 빛났다. 살라뇽이 나를 보고 미소를 지었다. 그 순간에 그가 미소를 지은 것은 최악의 대답이었다. 내 심장이여, 너는 내 곁에서 가볍게 몸을 떨었다, 네 눈, 네 입술, 백조의 털이 후광처럼 비추는 곳에 있는 세 개의 점.

"그것은 우리가 했던 최악의 행동은 아니야."

"하지만 뭐가 더 나쁜 것이죠?" 나는 날카로운 목소리로 격렬하게 항의했다. 그는 어깨를 으쓱했고, 내게 부드럽게 말했다. 그는 참을성이 있었다.

"이제 이 전쟁은 끝났어. 20년 동안 지속되었고, 내 삶을 지배했던 전쟁, 사람들은 고문에 대해서만 말을 하지. 사람들은 고문이 존재하는지를 알고 싶어 하고, 아니면 그것을 부인해. 사람들은 그들이 과장했는지 아닌지를 알고 싶어 하고, 누가 고문을 수행했는지 아닌지를 가리켜. 사람들은 오직 그것만 생각해. 그게 문제가 아니야. 그것은 그렇지 않았거든."

"저는 고문에 대해서 말하고 있어요. 선생님께서 그 자세한 내용을 말해주시겠어요?"

"나는 자세한 내용은 말하지 않아. 그것이 우리가 했던 일 가운데 최악은 아니라는 것을 말하는 거야."

"그렇다면 뭐요? 뭐가 최악이죠?"

"우리는 인간성을 저버렸어. 인간성을 분리시킬 어떤 정당한 이유가 없는데도 우리는 그것을 떼어내 버린 거야. 우리는 얼굴 모습에 따라, 이름을 부르는 방식에 따라, 우리에게 공통된 언어에 억양을 붙이는 방식에 따라 세계를 만들었지. 우리는 국민이거나 시민이었어. 저마다 자기 자리를 부여받고, 이 자리는 물려받은 것인데, 얼굴을 보고 알아냈어. 이 세상, 우리가 지키기로 동의했던 것인데, 그것을 지키기 위해서 했던 것에 비열한 짓은 없어. 우리가 정복이라는 거대한 폭력을 허용했던 만큼 이걸 행하든 저걸 행하든 더 이상 거리낄 건 없었지. 와서는 안 되는 거였어. 나는 왔어. 우리는 모두 정육점 주인들처럼 행동했지. 우리 모두 이 잔혹한 얽힘 속에서 열두 명의 적이었어. 저마다 다른 모든 사람을 위해서 냉혹하게 다뤄지는 고기였다고. 우리는 다른 사람들이 시체로 변할 때까지 아무 무기를 가지고 자르고, 해쳤어. 우리는 가끔 기사처럼 관대하게 굴려고 노력했지만 그것은 머릿속에서나 가능했던 거야. 타자는 역겨운 것이라는 사실이 우리의 근거를 강화시켰지. 우리의 생존은 우리를 분리시키고 그들의 가치를 하락하는 일에 달렸었지. 그래서 우리는 억양을 탐색하고, 이름을 비웃고, 단순한 행동으로 할당했던 범주에 따라 얼굴의 위치를 결정한 거야. 체포, 의심, 숙청. 대체로 단순화시켰지. 그들과 우리들."

살라농이 흥분했다. 그는 정말로 멈출 수가 없었다. 그가 말한 것이 긴 세월 동안 자신에게 그렇게 보였던 것이고, 그것을 말한 사람이 아무도 없었기 때문이다. 사람들이 아무것도 말하지 않아서가 아니라, 반대로 이 전쟁은 모든 사람이 거기에 대해 말하지만, 그것이 조금도 이해가 안 되는 한탄과 증오의 소란을 양산했기 때문이다. 희생자와 사형집행인의 위치는 잔혹하게 얽힌 열두 명의 주인공 사이에서 내가 자라났던 사회적 그룹에서 영원히 서로 바뀐다. 사람들은 가까이서 보지도 않고, 살라농과 그의 일행들이 가장 최악이었다고 인정했다. 흔히 말하는 20년의 전쟁에 대한 침묵이란 것은 일종의 소란이었고, 문제의 핵심은 여전히 피하면서 모든 사람이 가담하고 빙빙 도는 끝없는 원무였다. 만약 그곳이 우리 조국이었다면, 그곳에서 살았던 사람은 누구였나? 그리고 그들이 이곳에서 살았다면, 그들은 지금 누구인가? 우리는?

빅토리앵과 에우리디케는 둘 다 백 살도 더 먹은 사람처럼 서로 마르고 허약한 모습으로 딱 달라붙어 있는 상태였다. 그녀와 나, 내 곁에 있는 그녀, 우리가 들었던 20세기의 추억 두 개, 다소 숨 가쁜 호흡, 흩어지는 서류 속에 있는 틈새 바람.

"식민지의 타락이 우리를 갉아먹었어. 우리는 전부 비인간적인 방식으로 행동했는데, 어쩔 수 없는 상황이었기 때문이야. 인간이 인간으로 남기 위해서는 다른 인간에게 빚을 지게 된다는 사실, 우리가 그 사실에 대해 조금이나마 존중하며 행동했던 것은 무장한 부대에서 그랬어. 우리는 서로 돕고, 더 이상 보편적인 인간성은 없었고, 단순히 동료이거나 적대적인 고깃덩어리였어. 권력을 장악하면서 우리가 원한 것은, 대장을 따라서 야전장을 옮겨 다니는 피로 물든 동료들을 모범으로 삼아 보이스카우트 캠프처럼 프랑스를 구성하는 일이었어. 우리는 단짝들끼리 공화국을 상상했는데, 그것은 봉건적이고 형제애적이며, 가장 그럴 만한 의견을 따라다니는 거야. 그것이 우리가 산의 모닥불 주변에 앉아 무기를 청소하면서 다 함께 있는 것처럼 평등하고, 바람직하고, 자극적으로 보였지. 우리는 순진하고 혈기 왕성했어. 전국적으로 시골을 휘젓고 다니는 소년들 무리로 간주했지. 명예가 살상 능력으로 간주되던 그 시대에 프랑스의 명예이기도 했고, 나는 어디로 모든 것이 사라지는지를 정확히 이해하지 못했던 거야."

"우리는 독수리였어. 하지만 아무도 그 사실을 몰랐지. 왜냐하면 우리는 위장 군복을 입고 네 발로 덤불을 기어가거나 바위 뒤에서 잠이 들곤 했기 때문이야. 그리고 적들은 우리 수준에 못 미쳤어. 그들의 용기가 그랬다는 것이 아니라 그들의 외양이 그랬지. 그들이 우리를 정복하면, 사람들은 작고 가난한 사람들이 우리를 정복할 수 있었던 것에 경탄했지. 우리가 그들을 정복하면, 사람들은 옷도 제대로 못 입고 무기도 없이 우리 앞에 군복을 입고 나란히 늘어선 작고 가난한 사람들을 상대로 하는, 우리의 추격 장면을 너무 쉽다고 비웃었어. 우리는 독수리들이었지만 독일 독수리처럼 급사당할 행운이 없었고, 폭탄 아래서 망가져 흔들리고 땅에 박살이 난 사무국의 독수리 상 같았어. 우리는 깃털이 기름에 약한 바닷새들처럼, 끈끈이에 잡힌 독수리들이었어. 검은 기름이 바다로 퍼지면, 독수리들은 위축되고, 질식해서 호흡곤란을 일으켜 치욕스럽게 죽었어. 흘린 피가 응고되어 우리 안으로 들어오면 그로 인해 우리는 잔혹한 모습이 되었지."

"그렇지만 우리는 명예를 살렸어. 우리는 다시 일어섰고, 놓쳤던 힘을 되찾은 거야. 하지만 우리는 여러 가지 역겨운 원인들로 인해 명예에 타격을 입혔지. 힘은 있었지만 힘을 잃었고, 정확하게 어디에 있는지를 알지 못했어. 나라는 우리에 대해 원한을 품었고, 20년의 전쟁은 가시 돋친 어조로 나지막이 서로 욕하는 패배자들을 만들었을 뿐이야. 우리가 누구인지를 우리는 더 이상 모르겠어."

"지나친 과장이야, 빅토리앵." 에우리디케가 아주 작은 목소리로 말했다. "거기에서의 삶이 그렇게 나쁘지는 않았어. 대단한 식민지 거주자들은 거의 없었고, 우리들은 대부분 평범한 서민들이었어. 우리는 서로 거의 만나지는 않았지만 서로를 잘 이해하고 있었지, 우리끼리 살았고, 그리고 그들도 우리들 사이에서 살았지."

"에우리디케, 당신은 자신이 무슨 말을 하는지 아시나요?" 내가 말을 막았다.

"내가 하고 싶은 말은 그런 게 아니에요." 그녀가 얼굴을 붉혔다.

"하지만 그래요! 사람들은 언제나 자신이 하고 싶은 말을 합니다."

"우리는 이따금 실수하지요. 말들이 저 혼자 튀어나와요."

"그래서 말들이 그렇게 있는 것이에요. 모래에 박힌 돌처럼 길을 탈선시키지요. 그래서 우리는 길에서 이탈하고요. 당신은 누구였는지를 말씀하셨어요, 에우리디케. 당신들 사이의 당신, 당신들 사이의 그들, 언제나, 밤낮으로 그들은 당신들의 강박이고 당신들을 파괴해요. 그들의 현존이 당신들의 삶을 파괴하지요. 왜냐하면 당신들이, 당신들의 현존이 그들의 삶을 파괴했으니까요. 그들은 더 이상 갈 곳이 없거든요."

"지나친 과장이에요. 우리는 서로 잘 이해했다고요."

"저도 알아요. 피에누아르들은 전부 그렇게 말하죠. 그들은 가사 도우미와 잘 통했어요. 나는 빅토리앵이 말씀하신 것을 이제는 이해해요. 알제리의 드라마는 고문이 아니라, 가사 도우미와 서로 이해했는지의 여부입니다."

"나는 그런 뜻으로 한 말이 아니었어. 하지만 그것이 바로 내 생각이야." 그가 즐거워하며 말했다.

"우리는 언제나 식민지 문제에 대해 토론할 수 있어요. 오랫동안 그랬지요. 사람들은 이런저런 주둔지를 선택했고, 실현과 부정의를 불쑥 들이밀었어요. 사람들은 폭력의 세세한 계산서를 가지고 공적인 일들과 균형을 취했어요. 각자 이끌어낸 결론은 최초의 생각에 대한 확신이었을 거예요. 대의명분의 비극적인 실패 또는 원죄라는 지속적인 불명예. 자신들의 실존적 권리를 거부하는 사람들에게 식민지 거주자들은 언제나 그들이 서로 잘 이해한다고 답했어요. 그들은 더 이상 그럴 수 없었지요. 식민지는 기껏해야 가사 도우미와 소통했을 뿐이에요, 우리가 친근함을 더해 이름을 부르는 사람이요, '마담'이라는 말을 앞에 붙이려고 하지 않는 한 감히 다르게 부르지 않지요. 그녀가 잘 지내면, 식민지는 아주 인간적이고, 아주 정중한, 세상에 대해 아주 좋은 감정을 지닌 사람들에게 그들과 섞이지는 않으면서 유색의 식민지 하층민을 관대하게 보게 만들지요. 식민지는 물려받은 외모의 유사성이라는 가장 단순한 기준에 안심하면서 애정 어린 가족주의를 허용하는 겁니다. 그렇게 해서 모든 사람이 노력할 때 성공을 거두지요. 자신의 가사 도우미와 잘 소통하고, 아이들은 그녀를 몹시 좋아하고, 사람들은 언제나 이름으로 그녀를 부르지요."

"당신은 어떻게 도청 소재지, 우체국, 학교라는 세 개의 프랑스 관할을 유지하기를 원하세요? 여기처럼 위령비가 있는 세 개의 관할, 아페리티프를 마실 시간이면 사람들로 가득 차는 카페들, 공놀이를 하러 나오는 플라타너스 나무 그늘이 있는 거리, 당신은 어떻게 이 세 개의 관할을 유지하기를 원하세요? 보이지 않는 8백만 명의 사람은 혼란을 일으키지 않으려고, 너무 큰 소리를 내지 않으려고 노력합니다. 8백만 명의 목동, 구두 닦는 사람들, 가사 도우미들, 그들은 성(姓)이 없고 집이 없고, 8백만 명의 약사, 변호사 들과 학생들 역시 그래요. 하지만 더 많이 갖지 못한 사람들은 어디로 가야 할지, 우리가 누구인지와 그들이 누구인지를 잘 분리하는 것이 문제가 될 때, 폭력을 겪어야 했던 최초의 사람들은 누구인지요. 카뮈는 그 문제에 정통했고, 아랍인에 대한 완벽한 이미지를 만들었어요. 그는 언제나 아무 말도 하지 않은 채 배경 속에 있었습니다. 사람들이 무엇을 하든지 그 위로 쓰러지고, 그는 거기에 있어서 결국 불안하게 만들지요. 그는 우리가 벗어나지 못하는 일련의 섬광 광시증에 사로잡혀 있었고, 관점에 혼란을 일으켰어요. 결국 총을 쓰는 것으로 끝이 나죠. 그는 개과천선하지 못해 결국 사형에 처해지고, 손짓을 함으로써 섬광 광시증을 쫓아냈지만, 막연한 타락이 위로였어요. 저마다 욕망하는 것을 그가 했고, 이제는 대가를 치러야 하지요. 하지만 이미 벌어진 일이었어요. 폭력적인 상황은 긴장을 완화시키기 위해서 주기적으로 인간 제물을 필요로 했고, 그렇지 않으면 긴장이 우리 모두를 파괴할 것이에요."

"내 이야기들을 자네에게 말한 것은 정말 잘한 일이었어." 살라뇽이 말했다.

에우리디케는 입술을 바들바들 떨면서 나를 바라보았다. 그녀는 내게 답을 하고 싶었지만 정확하게 무엇을 말할지를 몰랐다. 이것은 존재에 대한 그녀의 권리를 침해하는 것일 수도 있었다.

"오해하지 말아요, 에우리디케. 나는 당신을 거의 모르지만, 당신의 실존을 소중히 여겨요. 당신은 거기에 있고, 우리는 언제나 존재할 이유가 있지요. 나는 프랑스령 알제리가 사라진 것을 비극이라고 생각해요. '부당'하다거나 '유감'이라는 말이 아니라 '비극'이라는 말을 한 거예요. 프랑스령 알제리는 존재했었고, 만들어진 것이었어요. 사람들이 살았던 시기에 무엇인가가 만들어졌지만 이제는 아무것도 남아 있지 않아요. 프랑스령 알제리는 폭력, 인종 분리라는 부정의, 매일 값을 치러야 하는 역겨운 인간적 희생을 바탕으로 만들어졌어도 조금도 기세가 꺾이지 않지요. 왜냐하면 존재는 도덕적인 범주가 아니니까요. 프랑스령 알제리는 존재했었고, 더 이상은 없어요. 자신들의 슬픔에 대해 말할 권리도 갖지 못한 채 **역사**에서 지워진 1백 만 명의 사람에게는 비극입니다. 이것은 74명의 의회 대표에게도 비극인데, 그들은 국회를 떠나나왔지만 더 이상 아무것도 대표하지 않기 때문에 의회로 돌아가지 못했지요. 이것은 프랑스에서 살던 1백만 명의 알제리인에게도 비극인데, 사람들은 그들을 알제리에서 사는 프랑스인들과 구별하기 위해서 무슬림musulmans이라고 부릅니다. 그리고 프랑스 국적을 박탈하지요. 왜냐하면 멀리서 다른 나라가 만들어졌으니까요. 이름의 혼동은 총체적이었어요. 사람들은 이름을 사용했어요. 모든 것이 분명해졌지요. 우리는 더 이상 어떻게 말할지를 몰랐죠. 이곳의 청년들은 그곳의 청년들과 닮았고요. 그리고 뒤섞인 혈통이라는 이유로 여기에서 완전무결하게 실존을 인정해주지 않는 사람과도 닮았어요. 그들은 예전에 그곳에서 그랬던 것처럼 사람들이 자신들을 무슬림이라고 부르기를 바랍니다. 대문자로 표기하는 것은 말고요. 혼란은 총체적이에요. 전쟁이 다가오고 그것이 우리를 안심시켜요. 전쟁은 단순하기 때문에 안심시켜주지요."

"난 단순함을 더 이상 원하지 않아." 살라농이 중얼거렸다.

"그래서 **역사**를 다시 써야 해요. 역사가 스스로 아무렇게나 쓰기 전에 자발적으로 써야 해요. 우리는 드골에 대해 비판할 수 있고, 그의 작가적 재능에 대해 토론할 수 있고, 그가 어색한 것을 극복하고 귀찮은 것을 침묵 속에서 통과하면서 보여주는, 허구 속에서 진실을 말하는 그의 역량에 놀랄 수도 있어요. 우리는 그가 더 높은 가치의 이름으로, 허구적인 가치의 이름으로, 아마 그 첫번째는 그 자신일 텐데, 창조한 인물들의 이름으로, 역사를 가지고 작문할 때 미소를 지을 수 있어요. 그런데 그는 글을 썼어요. 그의 창작품이 살아가게 되었지요. 우리는 그의 인물들에 대해 자부심을 느낄 수 있고, 그는 이런 목표로 우리에게 작문을 제시했지요. 비록 그가 제시한 것 너머로 다른 세계가 있는지를 의심해도 그가 말한 것을 체험한 것에 자부심을 느끼도록 하는 것 말입니다. 지금 다시 써야 해요, 과거를 위대하게 해야 해요. 지난 40년의 세월에서 몇 개의 계절을 되새기는 것이 무슨 소용 있을까요? 가톨릭이라는 민족적 정체성, 일요일마다 미사를 드리는 작은 도시들의 정체성은 도대체 무슨 의미가 있을까요? 아무짝에도 소용없고, 그 이상 아무것도 없고, 모든 것이 사라졌으니 위대하게 만들어야 해요."

"우리는 인류가 우리와 같은 사람들로만 구성되지 않았다는 사실에

좌절했어요. 우리는 사람들이 감히 '전쟁'이라고 부르지 못하고 그것을 '사건들'이라고 환기시키는 것을 비웃지요. 우리는 '전쟁'이라고 말하는 것이 위선의 끝이라고 믿었어요. 하지만 '전쟁'이라고 말하는 것은 우리들 사이에서 일어났던 폭력들을 두고 저쪽 외국을 가리키는 것이지요. 우리는 너무나 잘 이해했어요. 우리는 동족상잔을 행했을 뿐이죠."

"제국의 중심에서 행해진 폭력은 우리를 무력화시켰어요. 국경에서 행해지는 극심한 감시들은 여전히 우리를 무력화시킵니다. 우리는 부조리함 그 자체를 통해서 다소 부조리하지만 경이로운 개념, 보편적인 국가라는 개념을 만들어냈는데, 그것이 부조리한 것은 세상의 다른 끝에서 태어난 사람들을 그 일부로 받아들일 수 있기 때문이지요. 프랑스인이란 무엇인가? 프랑스인으로 존재하려는 욕망, 프랑스어로 말하는 것, 공포도 아니고, 일어났던 삶도 아니고, 어쨌든 존재했던 것에 대해 아무것도 감추지 않는 온전한 이야기입니다."

"욕망? 그것으로 충분할까?" 살라뇽이 말했다.

"당신은 그것으로 충분했습니다. 그것만으로 다가섰지요. 욕망을 가린 모든 검은 베일은 혐오스러워요."

그녀가 나를 바라보았다. 내 심장이여, 내가 말하면서 나는 그녀가, 내가 모든 것을 말하는 동안 나를 바라보고 있는 것을 알고 있었지만, 내가 말을 끝냈을 때에야 그녀를 향해 서서히 얼굴을 돌렸고, 백조의 깃털 같은 구름 사이로 빛나는 강렬한 세 개의 빛을 보았다. 저녁 빛 속에서 빛나는 그녀의 눈, 나를 보고 미소 짓는 그녀의 도톰한 입술을 보았다. 나는 그녀의 손을 잡았고, 너무나 딱 맞는 우리 둘의 손은 서로 꽉 쥔 채 있었다.

마침내 우리는 일어났다. 우리를 초대한 빅토리앵과 에우리디케에게 애정을 담아 인사하고는 떠났다. 그들은 문까지 배웅했고, 세 걸음

떨어진 곳에 저녁 빛으로 아주 붉게 변한 차양 아래 서 있었다. 메마른 정원을 가로질러 오는 동안 그 두 사람은 미소를 지은 채 우리를 지켜 봤다. 빅토리앵은 에우리디케의 어깨에 팔을 두르고, 그녀와 바짝 붙어 있었다. 밖으로 나가려고 현관문을 열려는 순간 나는 그들에게 손을 흔들어 인사하려고 돌아보았는데, 그의 어깨에 기댄 에우리디케가 미소를 지은 채 울고 있었다.

우리는 돌아왔다. 서쪽행 버스를 타고, 또다시 보라시외레브르댕을 가로질러 도심을 향해 갔다. 마지막 빛을 발하던 해는 대로 끝으로, 차와 트럭, 버스로 가득 찬 긴 시멘트 도로를 따라 잠겼는데, 모든 것이 느리고, 역겹고, 으르렁거리며, 매연을 뿜었고, 더럽고 뜨거운 검붉은 커다란 구름으로 증발했다. 리옹은 그렇게 크진 않았지만 서서히 끓어오르는 도시라는 냄비 안에서 밀집된 채 살아가는 인구가 많다. 사람들은 유기체처럼 움직이고, 거리로 넓게 흩어져 다니고, 끝없이 형성되는 느린 소용돌이 형태로 그들을 흡인하는 지하철역 입구를 휘감는다. 우리는 모든 것이 뒤섞이는 커다란 도시의 냄비를 소유하는 행운을 지녔다. 사람들은 버스를 타고 내렸고, 우리의 운송 수단을 이용했다. 나는 감히 독점적으로 이용하고자 했는데, 우리가 몇 정거장 전에 이미 자리를 발견했었기 때문이다. 리옹이 그다지 크지 않은 도시임에도 사람들 수가 너무나 많았다. 검붉은 대로의 흔들리는 버스는 너무나 붐볐고, 어깨를 부딪치면서 똑같은 공기를 호흡했다. 우리들 각자는, 우리를 나르고, 해 지는 방향으로 대로를 달리고, 빛나는 검붉은 구름을 서서히 통과하는 버스에서, 우리들 각자의 내면에서는 프랑스 고유한 음조를 따르는 침묵 속의 언어가 떨렸다. 각자, 우리는 아무런 노력 없이도 그것을 이해할 수 있었는데, 나는 단어들을 식별하기도 전에 그 의미를 간파했다.

우리는 서로 붙어 있고, 나는 그들 전부를 이해한다.

지는 해가 마지막 붉은 구릿빛을 내뿜는 가스에 휩싸인 채 서쪽을 향해 가는 버스의 내부는 더웠다. 우리는 앉아 있었다. 내 심장. 우리는 다른 사람들보다 먼저 탔고, 우리와 같이 운송 수단을 타고 내리고 이용하는 다른 모든 사람과 함께 구리 그릇에 앉아 서서히 익혀지고 있었다. 우리는 전부, 거기 있던 도시라는 냄비 안에서, 론 강과 손 강가에 있었다. 우리가 거기 있었던 것은 행운이라고 할 수 있는데, 그 안에서 부(富), 놀라운 냄비, 우리가 거기에 둔 것보다 더 많은 것이 나오고 결코 빈 적이 없는 냄비에서 무한한 부가 나오기 때문이다. 그 안에서 모든 것이 섞이고, 모든 것이 다시 만들어지고, 우리도 섞이고, 소중한 수프가 익고 변해가는데, 언제나 다양하고, 언제나 부유하고, 수프를 휘젓는 나무 숟가락은 음경이다. 성(性)은 우리를 가깝게 하고 우리를 결합시킨다. 이 진실을 가리기 위해서 펼치는 장막은 가증스럽다.

그것으로 충분하리라.

나는 귀가 하는 내내 네게서 눈을 떼지 않았다. 나는 네 얼굴의 아름다움, 네 몸의 곡선이 이루는 조화에 질리지 않는다. 너는 내가 너를 바라보는 것을 아주 잘 알고 있었고, 언제나 내게 말을 걸려고 하는 붉고 떨리는 입술에 가벼운 미소를 짓고, 창가로 펼쳐지는 장면을 보는 척하며 나를 내버려두었다. 너를 바라보는 동안 너의 그 미소는 영원히 나를 껴안는 것과 같은 가치를 지닌 몸짓이었다.

지하철 터널에 있을 때 아무것도 되비치지 않는 창은 마치 거울과 같았고, 나는 너를 보았다. 나는 검은 거울 위에 뚜렷이 드러나는 너를 보는 나를 보았다. 백조의 깃털 같은 머리에 둘러싸인 완벽한 너의 얼굴과 보랏빛 눈, 행복의 원천인 붉은 입술, 여인들의 보편적인 아름다움을 지닌 지중해의 선물이라고 할 수 있는 오만한 아름다움을 지닌 네 코.

우리는 그녀의 집에 있었고 그녀는 내게 차를 만들어주었다. 박하 향이 나는 녹차인데, 아주 진하고, 달고, 엑기스처럼 농도가 짙었다. 내 혈관에서 화끈하게 타올랐다. 나는 그녀 곁에 더욱 가까이 있고 싶었다. 그녀의 옷을 벗기고 싶고, 그녀를 그리고 싶고, 그녀와 사랑을 나누고, 그림을 보여주고 이야기하고 싶었다. 함께. 우리는 그녀의 집, 낮은 소 파 위에 둔 쿠션 위에 나란히 누워 나를 타오르게 한 차를 마셨다. 오랫 동안 이야기를 나누었지만 우리가 나누는 이야기를 잘 듣기에는 우리의 심장이 쿵쿵 너무 세게 뛰었다. 그녀는 내게 다른 곳에서 와 여기에 정 착한 가족들 사이에서, 다른 곳의 흔적들이 서서히, 단계적으로 사라진 다는 것을 이야기했다. 먼저 돌아가려는 욕망이 사라지고, 이어서 다른 곳에서 의미를 지녔던 몸짓과 태도 들이 사라지고, 이어서 언어, 단어는 그 정도는 아니지만—단어들은 여전히 땅의 자갈돌처럼, 우리가 잃어 버렸던 설계도에 나온 부서진 커다란 건물의 대지에 남은 파편처럼— 남아 있었다. 하지만 단어들은 언어의 내밀한 이해를 위한 정도는 아니 다. 결국 여기에 정착한 자식들의 집과 손자들의 집에서는 언뜻 느껴지 는 사라진 향기, 어떤 음악들에 대한 취향만이 남을 텐데, 왜냐하면 사 람들은 말하는 법을 배우기에 앞서 음악을 들을 것이기 때문이다. 발음 방식에 따라 여기에서나 저기에서나 같은 의미를 지니는 어떤 이름들, 요리에 대한 기호, 특별한 순간에 마시는 어떤 음료들이나 드물게 준비 하지만 거기에 대해서 말을 많이 하지는 않는 잔치의 진수성찬. 나는 그 녀의 말을 들으면서 그녀가 내게 만들어준, 박하 향이 나는 아주 단 차 를 마셨다. 내가 마신 차는 타오르는 휘발유처럼 내 혀에 닿은 진한 석 유처럼 타올랐다. 내 혀의 표면에서 불꽃이 춤추고, 불꽃으로 만들어진 언어들이 심장까지 흘러가 내 영혼을 태우고, 내 정신을 불태웠다. 내 피부 위에서 빛이 났고, 그리고 흥분한 그녀 역시 빛났다. 우리는 둘 다 빛이 났는데, 약간의 땀이 흘렀기 때문이다. 체취가 나는 땀은 우리를 매료시켰고, 우리의 움직임을 도와 어떤 충격도 없이, 피로도 없이 영원히 서로의 품으로 파고들 수 있었다.

나는 그녀의 엉덩이에 손을 두고 그녀는 열기를 느끼도록, 그녀의 피부로 흐르는 끈끈한 열기를 느끼도록 그렇게 내버려두었다. 이것이 내 손끝의 촉감을 통해 그녀를 향한 욕망의 우글거림과 그리고 싶은 욕망을 자극했다. 그녀의 피부가 문제인지 나는 모른다. 내 손가락이 문제인지 나는 모른다. 우글거림이 문제인지 더구나 모른다. 심지어 그림이 문제인지도 모른다. 그러나 물리적인 휘저음이 나를 자극했다. 그리고 내 안에서 그녀를 내 품에 안고 있다는 환각이 일어났고, 손가락 사이에 붓을 쥐고 있다는 환각이 일어났고, 혼돈은 가라앉았다. 그녀를 보면 나는 동요되었다. 그녀를 품에 안는 생각, 아니면 그녀를 그린다는 생각이 나를 진정시켰다. 그녀를 내 품에 꼭 안고 있는 생각을 하면, 그녀를 그리려고 생각하면, 마치 그녀가 앞에 있는 듯 지나친 강렬함으로 질식할 것 같았고, 너무 많은 생명력으로 질식할 것 같았고, 내 불꽃은 공기가 부족해서 숨이 막힐 것 같았다. 내겐 공기가 필요했다. 심호흡을 했다. 나는 더욱 타올랐다. 사람들은 그림이 욕망에 섞인다는 것을 낯설게 생각할 수 있다. 하지만 그림은 그런 것 아닌가, 단지 그것 아닌가? 욕망, 재료, 그림을 그린 사람의 신체와 그것을 보는 사람의 신체에 뒤섞인 관점 아닌가?

먹을 가지고 그리는 일은 특별한 감정을 선사한다. 먹은 너무나 잘 번져, 아주 작은 몸짓도 거기에 영향을 끼치고, 한 번의 숨결도 그것을 혼란스럽게 한다. 마치 음료를 마시는 사람의 숨이 잔의 표면을 흔들어놓는 것처럼 말이다. 나는 배웠다. 말할 수 없는 것에 대한 분노들, 내 삶을 일련의 사건으로 만든 분노들을 이용한다. 나는 서툴지만 힘 있게 그린다. 내가 그린 것은 닮지 않았다. 내 보잘것없는 재능과 붓에 스며든 검은 액체로는 내가 보는 것과 비슷하게 그리기가 힘들다. 하지만 먹으로 그리는 그림은 아무것도 재현하지 않고, 존재한다. 각각의 선에서 우리는 그려진 사물의 그림자와 그린 사람의 분노가 담긴 붓질을 본다. 말 속에서는 말해진 사물과 우리가 발음하는 공기의 떨림이 섞인다. 우리가 듣는 것은 보는 것과 전혀 무관하지만, 말하고 싶어 하는 것과 보는 것은 정말로 무관하지만, 금세 말해진 사물은 드러난다. 사람들은 내게 그것이 엄청난 기적이라고 설명하지 않고, 생애의 초반부 몇 해는 그것을 제어하는 데 시간을 보내지만, 기적은 언제나 되돌아온다. 말처럼 먹으로 그리는 그림은 구현된 언어이고, 그림은 말하는 시간 속에서 드러남이라는 정신적 이미지들이 지니는 떨리는 리듬을 따라 드러난다. 먹으로 그리는 그림은 일련의 의식에서 드러나고, 영원한 심장의 박동을 따라서 드러난다.

　모든 것을 정당화하는 중국인들은 확실히 그림의 발명이라는 신화를 가지고 있다. 확실히 그렇다. 하지만 나는 그것을 찾으려고 하지는 않는다. 그것은 어느 날 아침 산으로 갈 서예의 대가에 대한 문제일 것이다. 그에게는 모든 것을 들고 뒤따르는 하인이 하나 있을 것인데, 하인은 어리석은 질문들을 하고, 답을 듣는다. 그는 고상한 생각을 하기에 적합한 쾌적한 장소에 자리를 잡을 것이다. 그의 뒤에는 산이 솟아 올라와 있고, 발아래에는 거센 물결의 내〔川〕가 흐르고 있을 것이다. 소나무들이 바위에 매달린 듯 서 있고, 벚꽃은 봄을 예고하고, 활짝 핀 꽃들은 가지에서 떨어지고, 대나무의 나뭇잎들이 바스락거리는 소리를 내며 움직일 것이다. 하인은 주인의 주위에 비단 병풍을 설치할 것이고, 여전히 흐릿한 빛과 차가운 공기에 싸인 아침이면, 주인이 말하고 그의 입김이 안개처럼 감돌 것이다. 그는 붓끝으로 바람에 관해, 공기의 흐름에 대해, 풀들의 일렁임에 대해, 물의 다양한 형상들에 대해 즉흥시를 지을 것이다. 그는 그것들을 그림 속에서 주목했던 순간을 큰 소리로 말할 것이고, 그의 말을 따라 나오던 입김은 그를 보호하기 위해서 쳐둔 비단 병풍에 흡수되어 뒤로 사라져갈 것이다. 저녁이면 붓을 내려놓고 일어설 것이다. 하인이 모든 것을 정리할 것이다. 다기류, 명상용 방석, 시가 가득 적힌 종이, 송진을 연소시켜 만든 먹으로 가는 벼루 같은 것들이다. 하인은 낮은 신분의 사람이 지닌 민첩함으로 서두르다 여전히 가득 차 있는 벼루를 기울이고 병풍의 판에 먹물을 끼얹을 것이다. 값비싼 천은 맹렬하게 먹을 빨아들일 것이다. 말을 하며 뿜었던 입김은 비단으로 스며들겠지만, 먹은 배지 않을 것이다. 아무 말도 하지 못하고 망가진 병풍을 보면서, 질책을 예상한 하인은 당황했지만 어떻게 해야 할지를 모를 것이다. 그러나 주인은 알아차릴 것이다. 그가 침묵했던 커다란 검은 덩어리 사이에서 그가 말하게 될 것을 위해 준비한 미묘한 공백이 있는 비단 화폭 위에 점점이 뿌려진 먹의 흔적. 그는 너무나 격렬한 감정을 느끼고 비틀거리게 될 것이다. 서예로 표현할 수 있었던 것보다 훨씬 더 잘 보존된 엄밀성 속에서 온전하게, 종일 이어졌던 고양된 사고들이 거기에 있었다. 그는 자신이 썼던 모든 시를 찢어서 그 종잇조각들을 개울의 흐름에 던져버렸을 것이다. 왜 글을 쓰는가? 그것을 읽을 필요가 없어도, 그 엄밀함 속에서 모든 사람에게 제시되는 아주 작은 사유가 거기 있었기 때문이다. 저녁이 되자 그는 가지고 갔던 모든 것을 챙겨 들고, 마음을 놓지 못한 채 종종걸음을 치면서 뒤따라오는 하인과 함께 돌아갈 것이다.

먹으로 그린 그림은 사라지기 직전의 흔적이고자 하고, 중얼거리는 순간, 사라지기 직전의 공기의 가벼운 진동이다. 내가 원하는 것은 이렇다. 말이 사라지기 전에 말의 움직임을 보존하는 것, 말이 사라지려는 순간의 숨결의 흔적을 포착하는 것. 먹이 내게 적합하다.

나는 네가 떨고 있는 것을 느꼈다. 내 심장이여. 무엇보다도 나는 너를 그리고 싶었다. 무엇보다도 나는 네게 가까이 다가가고 싶었다. 그리고 현존의 지속적인 박동을 네 안에서 듣기를, 내 안에서 울리기를 바랐다.

아침에 너는 나를 그대로 두었다. 내 심장이여. 너는 나를 껴안으면서 네가 곧바로, 아주 곧바로 올 것이라고 속삭였고, 그래서 나는 너를 기다리면서 네 집에 있었다. 나는 혼자서 네 집에서 옷조차 입지 않고 이 방 저 방으로 갔다. 크지 않은 방, 우리가 잠들었던 방과 손 강을 향해 열린 창이 있는 방이 있었다. 나는 이 방에서 저 방으로 갔고, 네가 거기에 있지 않은데도 네게 젖어들었다. 네가 올 것이라는 사실을 아는 사람의 무한한 인내심을 가지고 너를 기다렸다. 나는 창가에서 시간을 보냈다. 강물을 가로지르며 놓인 아치가 셋인 다리를 바라보았다. 너무나 잔잔한 손 강의 물결이 돌 쌓인 곳에 도달하면, 누군가가 자고 일어났을 때 구겨진 침대보처럼 강 표면에 완만한 주름이 잡히는 것을 바라보았다. 나는 강 위를 떠다니는 갈매기들이 강 위에서 잠이 들려고 노력하는 것을 바라보았다. 그리하려면 갈매기들은 멀리로 사라지지 않기 위해 기교를 보여주어야 하는데, 이것은 시간이 계속 흐를 때 휴식이 불가능하다는 것을 잘 드러낸다. 갈매기들은 물 위에 머무르고, 날개를 다시 접었는데, 물결이 갈매기들을 휩쓸어간다. 갈매기들은 플라스틱으로 만든 오리들처럼 빙빙 돌면서 너무나 느린 손 강의 흐름을 따라 수백 미터를 내려가고, 몸을 부르르 떨고, 날아오르고, 다시 내려왔던 그대로 수백 미터를 거슬러 올라가고, 다시 물 위에 머물고, 다시 물을 따라 흐른다. 아마 갈매기들은 시간을 되찾기 위한 두 번의 비상 사이에 잠이 들 수 있을 것이다. 갈매기들은 결코 같은 강물 위에서 두 번 떠 있지 못하지만, 언제나 같은 장소에서 잠이 든다. 나는 창가에 기대 아침 햇볕을 쪼이면서 갈매기들과 거리에 사람들이 지나가는 것을 바라보았다. 너는 내가 너와 더불어 소유하게 된 것을 상상하지 못한다. 복원된 시간, 다시 흐르기 시작한 물결.

검은 베일을 두른 여자가 건물로 들어서는 것을 보았다. 앞서가는 어두운 그림자 하나를 제외하고는 그녀를 알아볼 수 있는 것은 아무것도 없었다. 몇 분 뒤에 그녀가 나왔고, 길모퉁이로 사라졌다. 그녀는 무언가 가득 담긴 바구니를 들고 다시 왔는데, 나는 그녀가 빈 바구니를 가져가는 것을 보지는 못했었다. 그녀가 금세 다시 나왔는데, 바구니는 없었다. 그녀는 자루를 들고 있었다. 나는 무심코 그녀의 신발을 보았다. 그녀는 길모퉁이로 사라졌고, 거의 곧바로 다시 나타났는데 자루는 갖고 있지 않았다. 그녀가 건물로 들어왔다. 나는 그녀가 들어오는 것을 보려고 몸을 좀더 구부렸다.

"도대체 무슨 수작이지?"

오른쪽 건물의 앞쪽으로는 속옷 차림의 중년 남성이 열린 창문의 철 난간에 기대 아침 햇볕을 쪼이고 있었다. 그도 나처럼 손 강의 갈매기들과 거리를 지나가는 사람들을 보고 있었다.

"뭐죠, 그녀는 멈추지 않네요."

"그녀들은 멈추지 않아요. 여러 명이거든요. 그 여자들은 여럿입니다. 짐을 꾸린 여자는 좀 전부터 움직이고 있었고, 이 여자들은 여러 명이에요. 2층의 커다란 아파트에 살지요."

"함께요?"

그는 딱하다는 듯이 나를 보았다. 그는 내게 작은 목소리로 말하기 위해 철 난간 위로 몸을 내밀었다.

"수염 난 2층의 남자는 그 여자들 전부랑 살아요. 부인이 여러 명이거든요."

"공식적으로요? 뭔가 잘못된 것이라면 모를까, 여러 번 결혼할 수는 없잖아요."

"하지만 그렇다니까요. 저 여자들 전부랑 같이 사는데, 정확한 수는 몰라요. 일부다처입니다."

"어쩌면 누이나, 어머니, 사촌들일지도……"

"당신은 정말 바보같이 순진하군요! 장담하건대 그녀들은 그의 부인이고, 그들은 자기들 방식에 따라 결혼했고, 여기 법을 따르지 않는다고요. 여자들은 각각 혼자라고 주장할 테고, 그 덕분에 정부 보조를 받을 것인데, 부당한 지원이지요. 우리는 그 사람들을 추방해달라고 청원하고 담당자에게 편지를 썼어요."

"추방이요?"

"이 건물에서, 기왕이면 프랑스에서요. 그런 관습은 아주 불쾌하기 짝이 없다고요."

여러 명의 부인을 거느린 남자가 거리에 나타났다. 과연 수염이 나 있었다. 미소를 짓고 있는 그는 수 놓인 작은 모자를 쓰고, 길고 소매 없는 하얀옷을 입었는데, 한 걸음 뒤에는 흔들리는 그림자 하나가 걷고 있었다.

"저 사람이에요." 이웃 남자가 목멘 소리로 말했다.

집에 들어가기 전에 그가 위를 바라보았고 우리를 보았다. 그는 낯선 모습으로 미소를 지었다. 비웃는 것. 그는 자신을 따라온 윤곽이 불분명한 그림자에게 문을 열어주고, 먼저 들어가게 했다. 다시 우리를 보면서 비웃는 듯한 미소를 지었다. 건물 앞쪽에서 나처럼 창가에 기대고 곁에 있던 이웃은 목멘 소리로 빠르고 불분명하게 "전부 밖으로 내보내"라고 말했는데, 화가 나서 좀 멍해졌기 때문에 소리가 불분명하게 들렸다.

"그 인간이 우리를 비웃는 것을 봤죠? 극우 민족주의자들이 집권했으면 다른 곳에 가서 비웃었을 텐데. 비웃음 따위, 끝이지. 모두를 위해서 내보내야 해요."

"극우주의자들이 권력을 쥘 것이라고 보세요?"

"네. 가능한 한 빨리요. 그들 가운데는 사태를 직시하고 발언하려고 하는 사람들이 있어요."

"마리아니처럼요? 마리아니가 사태를 명료하게 본다고 생각하십니까?"

"마리아니를 아시나요?"

"네, 조금요. 그들의 관점과 말하는 방식에 신뢰가 가지 않아 상당히 두렵던데요."

"상관없어요. 나는 그가 주먹으로 테이블을 내리친 것을 알 뿐입니다. 그런 것이 필요해요. 테이블을 주먹으로 내리치는 사람들. 장난이 아니란 것을 보여주기 위해서 말이죠."

"장난 아니라고요, 그는 웃지 않아요, 그것도 유감이지요."

"그들에게 보여줘야 해요. 그것을 알게 말이지요. 그래도 우리는 그것을 참지 말아야 한다고요."

"그것이요?"

"그것."

아래쪽에 사는 이웃이 비슷한 키의 그림자 두 개와 다시 나왔다. 그는 머리부터 발끝까지 하얀 옷을 입고서 아주 똑바로 걸었고, 뒤에는 여자들이 있었다. 몇 걸음을 가다가 그는 고개를 들었고, 다시 경멸 가득한 눈으로 나와 창가의 이웃을 보았다. 그의 미소가 번졌고, 멈춰 서서 우리를 향해 천천히 혀를 내밀었다. 두 개의 그림자를 양쪽에 거느리고 길모퉁이로 사라졌다.

"거봐요! 내가 말한 것을요. 한지붕 아래 사는데, 그는 일부다처라 니까요. 그가 우리를 경멸하잖아요."

"부럽지는 않아요?"

그가 사나운 눈초리로 나를 쳐다보더니, 목멘 소리로 말하고는 창을 휙 닫아버렸다. 나는 옷을 벗은 채 아침 햇살을 맞고, 손 강을 바라다보면서 혼자 있었다. 나는 네 집에서 너를 기다리고 있었다, 내 심장이여.

살라눙이 내게 말했었다. "그들"과 함께, 그것은 언제나 경쟁심으로, 폭로로, 감전사로, 관계를 갖는 것으로 변해버린다고. 우리는 너무나 서로를 원해 서로 헤어질 수 없고, 너무 닮아서 멀어질 수 없다. 만약 극우주의자들이 권력을 쥔다면, 우리는 누구를 밖에 둘 것인가? 다른 외모를 가진 사람들? 서로 피로 맺어졌다고 느끼는 사람들? 어떤 피? 흘린 피? 하지만 누구의 피?

저쪽에서, 우리는 끔찍한 한계를 유지하려고 노력했었다고 살라눙은 내게 말했다. 우리는 완고하게 버텼고, 모든 사람과 관계를 갖기 위해서 모두와 섞였다. 저쪽에서 우리는 스스로 제어하는 고삐를 놓아버렸는데, 우리가 전권을 가지고 있었고, 모든 사람을 연루시켰기 때문이다. 우리는 각자 희생자라는 표식을 떼어내는 것에 주목했다. 우리. 얼마 전부터 내가 살라눙처럼 말한다는 것이다. 내가 살라눙 이야기가 갖는 문법적 형식에 들어갔다는 것이다. 그러나 달리 어떻게 하겠는가? 우리는 모든 사람을 연루시켰다. 우리. "처음"에는 우리가 누구인지를 말할 수 없었는데, 모든 사람이 되어버렸다. 모두가 팔꿈치까지 피를 묻히고, 모두가 피의 욕조에 얼굴을 담갔다. 더 이상 목마르지 않게, 더 이상 숨을 쉬지 않게, 토할 때까지. 우리는 서로 교대로 피의 욕조에 얼굴을 담갔다. 호각 소리가 들리면 우리는 과오를 저지른 중학생들처럼 다른 곳을 보면서 뒷짐을 지고 휘파람을 불면서 오고 갔다. 마치 아무 일도 없었던 것처럼 그랬고, 바로 그들이 시작했던 일처럼 그랬다. 저마다 자기 집으로 돌아온 것처럼 굴었는데, 우리는 우리가 누구인지를 정말로 알지 못했고, 자기 집이 무엇을 의미하는지를 정말로 몰랐기 때문이다. 서로 밀착한 채 살아가는 프랑스는 비좁았고, 우리는 저기에 누가 있었는지를 못 본 척하면서 우리에게 아무 말도 하지 않았다. 프랑스는 **역사**에서 빠져나왔고, 우리는 더 이상 아무것에도 관심을 두지 않기로 결정했다.

극우주의자들이 나타나서 관심을 끌기 시작했고, 중간 계급의 순진한 바보들인 우리들은 그들을 파시스트 파벌로 간주했다. 우리는 핵심적인 장면들을 재연하거나, 긴 페이지에 걸쳐서 그것을 이야기하는 소설가처럼 "저항에 돌입"할 수도 있었다. 우리는 시위했다. 우리는 그들을 적으로 간주했는데, 그들은 관심을 돌리려고 폭발 장면을 연출했다. 그들은 인종 문제를 가지고 놀았는데, 인종 문제는 그저 방귀, 가스, 소화가 잘못된 결과 나타나는 고약한 방식, 우리가 보고 싶어 하지 않는 것을 감추는 일관성 없는 수다로 너무나 혐오스럽다. 그것이 우리 모두와 관련 있기 때문이다. 중간 계급의 순진한 바보들. 우리는 극우주의자들을 인종주의자의 파벌로 간주했지만, 그들은 그보다 훨씬 나빴다. 불법적인 파벌, 유유상종의 무력을 행사하는 파벌들로 식민지는 그들의 유토피아가 현실로 나타난 것이었다. 왜곡된 친절과 진정한 모욕, 사람들 사이를 조정하는 것, 예외없이 적용되는 불법주의는 가프의 진정한 프로그램이었다. 62유형의 배에서 귀환한 유령들의 파벌인 그들.

결국 그렇다면 우리는 도대체 누구인가? 자문하지는 않는다. 정체성은 자만심이 강하고, 스스로 생겨나고, 게다가 후회하게 되지만, 스스로 말하지는 않는다. 우리가 그것을 말하기 위해서 입을 여는 순간부터 우리는 바보 같은 말을 늘어놓게 된다. 합당하고 의도에 부합하는 말은 한마디도 없다. 만약 계속 말을 하자고 들면 망상을 끌어들이게 된다. 완벽하게 비합리적인, 완벽하게 불법적인 인종차별은 그렇게 말할 아무런 기준도 없다. 그런데 모두가 인종차별을 한다. 그것이 비극이다. 우리는 정체성을 느끼지만, 그것을 말할 수는 없다. 의미가 없는 스캔들이다. 정체성을 말하기 위한 소설이 있을 뿐이고, 그것은 거짓을 말한다. 사람들은 정체성에 대해 생각하지만 헛된 생각이다. 왜냐하면 정체성을 너무 의식하면 바보 같은 말을 늘어놓게 되기 때문이다. 정체성이란 문제는 어리석다. 그것은 그 자체, 그 자신으로 존재하기를 바라기 때문이다. 정체성은 자기 자신이 되기를 원한다. 바보 같은 짓. 그것은 아무런 도움을 주지 않는 일이다.

만약 우리가 루머를 듣게 된다면, 우리는 이곳의 정체성이 프랑스 중부의 베리 지방에 속한 것이라고 믿을 수 있다. 기름진 토지와 습기 많은 숲이라는 정체성, 가을과 비, 빛바랜 싹들과 펠트 모자, 농장 뒤에 쌓아둔 퇴비 더미들과 하늘을 뚫을 듯이 위협적인 슬레이트 종탑들의 정체성. 우리는 이곳의 정체성에서 지중해가 어디에도 속하지 않은 것이라고 생각할 수도 있을 것이다. 부르주 왕국으로 축소되는 것은 참을 수 없는 거짓과 어리석음이 아닌가? 그것은 바로 거기에 있을 뿐인데, 지중해! 온갖 형태로 드러나는 지중해, 먼 곳에서 보이는 지중해, 바로 발아래의 지중해, 북쪽에서 보이는 지중해, 남쪽에서 보이는 지중해, 그리고 양 측면에서 보이는 지중해, 도처에서 보이는, 그리고 프랑스어로 말하는 지중해. 우리의 바다. 루머는 우리를 부르주 왕국으로 축소시키지만, 나는 프랑스어를 말하는 목소리를 듣는다. 다양한 문장과 낯선 억양이지만, 프랑스어로 말하는 목소리, 나는 아주 자연스럽게 이해한다. 정체성은 완전히 상상적인 것이다. 정체성은 동화의 선택일 뿐인데, 그것은 각자가 실현하는 것이다. 정체성이 외관이나 지역에서 구현된다고 믿는 것은 착란 속으로 들어가는 것인데, 그런 착란은 자신도 모르는 사이에 영혼을 동요시키는 실존을 믿게 만든다.

우리는 다시 혼돈을 느낀다. 정확하게 누구인지 모르지만, 누군가가 그것을 자극한다. 비좁은 프랑스에서 정확하게 누구인지 모르고, 감히 보려고도 하지 않고, 어떤 말도 하지 않으면서 아주 딱 붙어 지낸다. 우리는 소위 소설가의 현명한 가르침에 따라 스스로 **역사**를 벗어난다. 아무 일도 일어나서는 안 된다. 그런데도 그렇다. 우리는 비좁은 프랑스에 갇힌 채 우리 중 누가 이렇게 혼란을 야기하는지를 찾는다. 그것은 닫힌 방의 수수께끼, 범인은 거기에 있는 게 분명하다. 우리는 감히 그것을 말하지 않은 채 인종이라는 문제의 주위를 맴돈다. 결국 지역의 차이를 본성의 차이로 말하기에 이른다. 인종은 방귀, 비좁은 프랑스의 공기는 견딜 수 없게 된다. 혼란은 계속된다. 폭력의 근원은 너무나 간단하고, 너무나 프랑스적인데, 사람들은 그런 진실을 그대로 보기를 혐오한다. 사람들은 방귀쟁이들의 공연에 참석해, 홀 안에서 적들과 요란한 방귀쟁이들이 서로 죽이는 것을 보는 걸 더 좋아한다.

혼란의 근원은, 여기에서나 거기에서나 배려의 결여일 뿐이다. 그리고 부의 불평등한 재분배가 추문이 되지 않는 것일 뿐이다. 이러한 이유는 완벽하게 프랑스적이고, 저쪽에서 있었던 전쟁은 철저하게 프랑스적이었다. 그들과 우리는 서로 너무 닮아 우리가 그들에게 내어준 자리에서 계속 살아갈 수가 없다. 다가온 폭동 역시 공화국의 가치를 명분으로 내세우며 행해질 것인데, 조금은 파괴되고, 계통을 중시하고, 불법 차별로 인해 부패되었지만, 사람들이, 여기에서 살기를 원하는 사람들이 언제나 소망하는 가치들이다. 거기나 여기나 전쟁은 너무나 비슷한 우리들 사이에서 일어나고, 우리는 우리와 분리될 수 있는 모든 것을 사납게 찾아낸다. 얼굴을 분류하는 것이 일종의 군사 행동이 되고, 몸을 숨기는 것은 전시 행동이 되고, 전적인 평화에 대한 명백한 거부가 되는데, 평화가 타자를 제거하는 일일 수는 없을 텐데도 그렇다. 내전이 행해지는 싸움터는 신체라는 외관이고 모든 병법은 신체에 가해지는 학대로 구성된다.

나는 마리아니가 『르 프로그레Le Pregrès』의 한 면에 나온 것을 보았는데, 아마도 내가 그를 알아본 유일한 사람이었을 것이다. 사진에는 그가 누구인지를 보여주려는 의도가 없었기 때문이다. 『르 프로그레』는 리옹의 신문으로 그것을 읽고자 하는 사람에게 분명하게 내보인다. 벽보에서, 헤드라인에 축소해서, 버스에 큰 글씨로 "만약 그것이 진실이라면, 그것은 르 프로그레에 있다." 마리아니는 『르 프로그레』의 1면에 보라시외레브르댕의 경찰들을 크게 찍은 사진의 구석에 나와 있었다. 자부심 가득하고 건장한 군복 차림의 그들은 허리에 무기를 장착한 벨트를 매고, 끈을 묶는 군화를 신기 위해 발목이 좁아지는 바지를 입고 있었다. 손을 허리에 댄 채 그들의 힘을 보여주고 있었다. 신문 기사는 인용이 많았는데, 되찾은 힘에 대한 격찬이 많았다. "몰상식한 행동들에 맞서는 새로운 경찰. 주먹에는 주먹으로 맞선다. 경찰이 더 이상 가지 않는 곳에 있는, 저녁이면 더 이상 치안이 유지되지 않는 곳에 있는 건물들에 대해 안전을 되찾아준다. 골목길로, 차고로, 경사진 계단으로, 문들과 출구로, 작은 공원들과 공공용 의자로 다시 돌아온다. 이제는 저녁이 와도 낮과 마찬가지다. 하시시 연기가 계속 떠도는 우범 지대로 돌아온다. 암거래, 폭력, 불안전함. 주변의 어둠 속에서 카이드* 조상 대대로 내려오는 법칙. 강타해야 한다. 공권력을 앞세워 겁을 줘야 한다. 진정한 시민들을 안심시켜야 한다."

사진은 마리아니를 보여주려는 것이 아니었다. 『르 프로그레』의 페이지 전면에 새로운 보라시외레브르댕의 경찰, 의지로 단련된 지방 경찰, 습격에 대비한 지방 경찰을 보여주었다. 그런데 마리아니는 거기에 작게 나와 있었고, 파란 옷을 입은 사람들 주위로, 힘을 보여주기 위해서 나온 질서유지자들 주위로 몰려든 사람들 안에 있었고, 나는 그를 알아보았다. 그는 창설된 경찰을 소개하는 자리에 참석했다. 프랑스 최초로 창설된 지방 경찰. 사람들은 그의 얼굴을 보지 못했다. 그의 이름을 인용하지 않고, 아무도 그가 누구인지를 알지 못했다. 하지만 나는 그를 잘 알았고, 그의 역할을 알았다. 나는 수많은 시민 집단 속에서 그의 흐릿한 안경, 시대에 뒤떨어진 수염, 끔찍한 격자무늬 상의를 알아보았고, 그는 웃고 있었다. 사진 속 군중 사이에 있는 그의 웃음은 거의 보이지 않았지만, 나는 그의 역할을 알았다. 그는 자신의 역할을 잘 알고 있었고, 경찰을 둘러싼 사람들 사이에서 조용히 웃고 있었다.

나는 신문을 샀다. 그것을 가져가 살라뇽에게 보여주었더니, 그는 단번에 경찰들, 프랑스가 풍부하게 산출하는 것처럼 보이는 사람들, 고민 없이 혼란 속에 던져버리는 사람들의 주변에 밀집한 군중 사이에서 마리아니를 찾아냈다. 여기에는 군사적인, 사립 탐정 같은, 지방 행정의, 국가의 경찰 업무가 얼마나 많이 있는가, 충돌에 대비해 점점 더 잘 훈련받는 정복 입은 사람들이 얼마나 많이 있는가? 프랑스에, 잘못된

---

* 북아프리카에서 재판권·행정권·경찰권을 행사하는 이슬람교 관리.

방향으로, 무력을 행사할 준비가 된, 힘센 사람들이 얼마나 많이 있는가?

하얀 경찰봉을 든 평화의 수호자는, 약간 살찐 모습, 주먹을 막아내기 위해 팔 주위를 말아 올린 짧은 외투, 우리가 더 이상 이해하지 못하는 과거의 일부를 이룬다. 진압용 무기와 공격용 무기 없이 달리는 법도 서로 싸우는 법도 모르는 약간 통통한 사람들이 어떻게 질서를 유지한다는 말인가? 우리는 생각조차 하지 않는다. 질서유지를 위한 집단은 너무나 장비를 잘 갖추고 훈련을 잘 받고 효율적이어서, 모든 일에, 다양한 의무에, 폭동과 모욕에 관여하고, 발화 장소와 같은 혼란의 근원지를 없애기 위해 사방에 개입하고, 그들이 끈 불만큼이나 많은 혼란을 야기하면서 소형 버스를 타고 프랑스를 누비고 다닌다. 사람들은 그들을 나중에, 너무 늦게 부르고, 그들은 일반적인 유보 조항이 그런 것처럼 사람들이 이미 혼란에 한 발을 넣고 있을 때에야 구조하러 온다. 오! 결국 그들은 얼마나 일할 줄 아는가! 폴리카보네이트로 만든 그들의 방패 뒤에서 세 명씩 짝을 지어 다닌다. 하나는 충돌을 막고, 하나는 충돌을 견디고, 하나는 손잡이 달린 곤봉을 들고 역습이 돌아올 것에 대비한다. 범법자를 체포해 뒤쪽으로 끌고 간다. 그들은 개인보다 더 잘 싸우는 법을 안다. 사람 다루는 법을 알고, 사람들이 그들을 부른다. 그들이 온다. 그들은 본다. 그들은 이기는 법을 안다. 그들은 외인부대처럼 프랑스 전체를 옮겨 다닌다. 그들은 불 끄는 법을 알고 그들이 떠난 장소에서 불은 다시 살아난다. 그들은 엘리트이고, 전투 경찰이고, 아주 수가 작다. 만약 그들이 집결하면 영지를 잃고, 흩어지면 힘을 상실한다. 그래서 그들은 더 많이 훈련해야 하고, 더 빨라져야 하고, 더 세게 쳐야 한다.

"그들은 우리가 그랬던 것처럼 당당하군." 살라농이 숨을 내쉬었다. "그들은 우리가 갖고 있던 것과 같은 힘을 지니고 있어. 그것은 어쩔 도리가 없는 일이겠지. 그들 역시 우리가 그랬던 것처럼 수적으로는 미미하고, 계단과 지하실의 정글에서 그들이 추격하는 사람들은 언제나 그들을 따돌리겠지. 왜냐하면 거기에는 끝이 없는 예비자들이 있고, 그들이 체포하는 것에 맞먹는 수가 산출되고, 그들을 체포하면 그만큼 더 만들어지지. 그들은 우리가 그랬던 것처럼 실패를 겪을 것이고, 똑같이 절망적이고 쓰라린 패배를 맛볼 거야. 우리도 그런 힘을 가지고 있었으니까."

폭력 행위들이 있었다. 처음에는 그렇게 대단한 것이 아니었다. 습격, 카지노, 예상되는 건물 습격, 상황의 악조건에 맞서 조치를 취하는 것 등. 어떤 사람이 강도짓을 했다. 빵가게는 아니었다. 그는 사람들이 벌어놓은 돈을 빼앗으려고 했고, 일을 해서 돈을 조금씩 모으려고도 하지 않았다. 이것은 쉽게, 분개할 것 없이, 도덕도 필요 없이 자유주의의 논리에 따라 어느 정도 납득이 간다. 손익 대차대조표를 따르는 합리적인 경제 행위 당사자의 의견이 문제될 뿐이다. 사태가 악화되었다. 추격이 있은 다음에 총격이 있었고, 강도가 죽었다. 멈출 수 있었을 테지만, 사람들이 그의 혈통을 알렸다. 도처에서 사람들이 하나같이 그의 혈통을 말했다. 그의 이름을 말하는 것으로 충분했다. 한 발의 총을 맞고 포석에 쓰러져 있는 강도로 인해 사람들이 일행 중 하나를 살해했다. 아주 사소한 미시 경제 영역에서 발생한 문제를 가지고 **역사**의 도약을 이루어냈다. 그 점에 대해서 모두 의견이 일치했다. 사람들의 생각은 바로 이랬다. 그들, 그들이 온다. 그들이 손에 무기를 들고 도심에 축적된 부를 회수하러 온다.
우리가 사는 세상에서는 부의 분배가 그렇게 명료한 것은 아니기 때문이다. 아무것도 우리가 하는 노력과 연결되지 않는다. 우리가 얻었던 것은 누가 훔쳐가지 않을지 물을 수 있는 것이었고, 우리가 갖지 못한 것은 우리가 되찾을 수 있지 않을까 상상할 수 있었다. 사람들의 얼굴에서, 그들의 이름에서 가난을 알아차리면 두려워한다. 다른 친척이 그에게서 빼앗아간 것을 되찾아가고 싶어 할까 봐 두려워한다. 우리는 친척 관계가 적용되는 특정한 얼굴 모습이 있고, 그들이 배상을 요구하고 싶어 한다고 믿을 수 있다. 그것은 무기로 해결하려고 하는 경향이 있지만, 성으로 결판이 날 수도 있다. 성, 3대에 걸치는 동안 얼굴은 흐릿해지고 친척 관계는 섞이고, 모국어만이 그대로 남겠지만, 사람들은 무기를 더 좋아한다. 여인들은 검은 덮개로 가리고, 내부에서 정렬하고, 숨기지만, 무기는 전시한다. 무기는 힘이라는 즉각적인 즐거움을 준다. 성의 결과를 보려면 너무 오래 기다려야 한다.

폭력 행위들이 있었다. 처음에는 대단하지 않은 것으로 시작했다. 어떤 세계에서는 한 남자가 1천 명의 재산에 맞먹는, 1백 명의 재산에 맞먹는 재산을 과시할 수 있다. 어떤 세계에서는 돈이 조롱거리로 여겨진다. 거기에서는 이동 거리가 그렇게 멀지도 않고, 무기가 아주 비싸게 팔리지 않는다. 강도는 단순한 해결책, 이유가 있고 실현 가능한 행위인데, 사람들이 거기에 대해 환상을 품는다. 그러나 우리 세계에는 다른 요인이 있다. 우리는 얼굴을 보고 혈통을 안다. 모든 사회적인 문제는 이중적으로 인종 문제를 겸하고, 역사적인 불편함이 겹친다. 폭력들이 타오르는 데는 파편 하나로 충분하다. 폭동이 넘쳐난다. 폭동이 성공하면, 다른 폭동이 다가올 것이다.

처음에는 대단하지 않은 것으로 시작되었다. 강도. 한 남자가 강도 짓을 했다. 자기 필요를 충당하길 원했는데, 목숨을 잃었다. 만약 단지 돈만이 문제였다면, 사람들은 거기에 대해서 더 이상 말하지 않을 것이다. 그러나 사람들은 그의 혈통에 주의를 집중했다. 추격당한 강도 행위가 계엄령을 촉발했다. 폭력 행위들이 있었다. 며칠 밤 동안 소요와 불면, 고층 건물의 망루 위로 솟은 화재의 섬광이 있었고, 쓰레기통이 타오르고, 열기가 덮쳐 연료 저장고를 핥으면 차가 타오르고 폭발한다. 며칠 밤 동안 불 끄러 온 소방관들 위로 자갈돌들이 날아다니고, 소방관들을 보호하고 상황을 회복하여 도시를 질식시키는 혈전을 녹이기 위해서 온 경찰관들 위로 볼트가 쏟아진다. 휘황찬란한 조명이 밝혀진 밤에 투척한 물건들 때문에 타다닥 소리가 나고, 치켜든 방패와 방어용 헬멧 위로 쏟아진 강철 나사들이 위협적인 망치질 소리로 변한다. 며칠 밤 동안 터무니없이 서툴게 발포된 총격이 있었는데, 누구도 죽이지 못하고, 상처도 거의 입히지 못했다. 머리를 부수기도 하고, 손을 부러뜨리기도 한, 반란의 무리를 향해 던져진 나사만도 못한 총격이었지만, 총격은 다른 문제였다. 그들은 그것 때문에 거기에 있었던 것이 아니다. 방탄 장치를 갖추고 온 청년들, 그들은 그것 때문에 거기에 있었던 것이 아니고, 표적이 되려고 거기에 있었던 것이 아니다. 그들은 건장했고, 유능했고, 훈련을 받았지만 민간인이었다. 그들은 체포했고, 가택 수색을 벌였고, 마구 뒤졌고, 땅에 던졌고, 플라스틱 수갑을 채웠고, 겨드랑이를 잡고 일으켜 세웠고, 격자창에 부지깽이를 쑤셔 넣었다. 그들은 그처럼 완벽하게 했고, 훈련에서 벗어났다. 청년들. 외부에서 도시로 출동하는 대부분의 사람은 아주 젊다. 막 사회로 진출한 그들은 도구, 조작 방법들, 기술을 알았지만, 인간은 알지 못한다. 화재가 일어나고 돌들이 날아다니는 대소동 속에 방탄 장치를 갖추고 온 그들은 사람들을 체포하고, 피해를 입히고, 다시 떠난다. 그들은 평화를 회복시킨다. 우리는 힘을 가졌다. 우리의 국가적 반응은 늑대를 잡을 올가미를 친 것과 같았다.

뒤이은 며칠 동안 여섯 명의 청년이 밀고로 체포되었다. 전부 다음 날 석방되었는데, 증거가 없었고, 전과도 없었고, 익명에 따른 밀고였다. 폭동의 전조가 부풀었고, 폭동이 성공했다. 군사화된 경찰들이 방탄 장치를 한 소형 버스에서 나왔고, 진압을 위해 준비한 잠수복을 입고 볼트와 나사들로부터 자신들을 보호했고, 빨리 달아나지 못하는 사람들을 체포했다. 폭동은 계속되었다. 그토록 강한 존재가 되는 것도 소용없었다. 무력 행사가 부조리했던 것은 사람들의 본성이 유동적이어서 그렇다. 사람들은 충돌하면 할수록 더 강해졌고, 더 강하게 때릴수록 더 저항했다. 만약 더 강하게 때린다면 박살이 난다. 우리의 힘 자체가 저항을 양산한다. 물론 우리는 모든 것을 파괴할 꿈을 꿀 수 있다. 그것은 힘의 허무한 결말이다.

돈을 축적하는 일은 강도를 만들고, 강도를 쓰러뜨리면 폭동을 촉발하고, 폭동을 진압하면 사람들이 둘이라고 믿는 나라를 너무나 깊게 강타한다. 같은 공간에 있는 두 개의 나라는 서로 분리되기 위해서 미친 듯이 싸운다. 우리는 너무나 복잡하게 뒤얽혀 우리를 분리하는 것은 무엇이든지 찾는다. 야간 통행 금지령이 선포되었다. 저쪽에서 썼던 처방을 다시 써먹었는데, 그것은 혼란의 불길에 기름을 붓는 격이었다. 사람들은 외국의 강도들이 폭동을 부추긴다고 비난했지만, 이어지는 밤에 우리가 체포한 사람들은 외국인도 아니고, 강도도 아닌, 단지 환멸을 느낀 사람들이었다. 우리가 동포라고 약속했던 저쪽 사람들에게 법은 동포라는 사실을 보증했지만, 그들은 동포가 아니다. 그들을 보면, 우리는 서로 다른 것을 잘 알게 된다. 우리는 온 힘을 다해 프랑스에 참여하고자 하는, 평범한 청년들의 얼굴을 보고 체포했다. 그들은 우리가 제거하지 못한 잘못 제기된 이유들로 인해 주변부에서 살아갔다. 우리는 그들에게 어떤 이름이 주어질지 알지 못한다. 우리는 우리가 누구인지를 알지 못한다. 앞서 말한 것, 누군가 그것을 써야 할 것이다.

그들이 내게 낚시를 권했을 때 나는 깜짝 놀랐다. 그것이 그들을 웃게 만들었다.

"낚시라는 말에 놀랐어? 우리는 어쨌든 노인네들이야. 그래서 노인네들에게 어울리는 활동을 하지. 강의 한가운데 가만히 있으면서 물고기가 오기를 기다려. 그러면 시간의 흐름에 대한 부담이 덜어지고, 지나간 시간에 대한 괴로움이 달래진다네. 그리고 다가올 시간, 우리는 그것에 개의치 않아. 그것은 너무나 느리게 와서 우리가 배 안에 있을 때 도착하지 않을 수 있어. 우리랑 가자."

마리아니는 자기 쪽 사람 둘과 함께 자신의 고무보트를 론 강 위에 두었고, 자갈 해안 위에서 4륜 구동차와 트레일러는 초록빛 강물과 강의 작은 파도 가까이 다가갈 수 있었다. 우리는 고무 배에 올랐다. 플라스틱 바구니들과 줄, 낮 동안 마실 것과 먹을 것, 그리고 조금 더 필요한 것들을 챙겨 배에 실었다. 우리는 바람을 불어넣은 배의 충격 방지 쿠션에 앉아 있었고, 모든 장비는 국방색이었다. 신선하고 선명한 해가 떠올랐고, 우리는 방수 파카를 벗었다. 부드러운 빛은 그것이 닿는 모든 것을 다시 덮혀주었다. 마리아니는 모터를 작동시켰다. 우리를 따라온 두 사람은 4륜 구동차와 트레일러와 함께 남았다. 그들은 둥근 조약돌을 발로 툭툭 치면서 주머니에 손을 찔러 넣은 채 우리가 멀어져가는 것을 지켜보았다.

"그들은 거기에 있나요?"

"그들은 우리를 기다릴 거야. 그들은 전쟁에서는 특히 기다려야 한다는 것을 알고 있지. 우리가 정글의 참호나 뜨거운 바위 뒤에 자면서 그랬던 것처럼. 그들은 훈련하는 거야."

우리는 긴 복도처럼 펼쳐진 숲가를 따라 론 강을 내려갔다. 선명한 선을 지닌 하얀 집들이 나무들 위 허공으로 솟아올라 있었다. 물 위로 기울어진 나뭇잎 아래 조약돌 해안이 펼쳐져 있었다. 강 끝까지 간 사람들이 서 있었다. 그들은 외투를 벗고, 셔츠를 풀고, 몇 명은 상반신을 드러내고 있었다. 그들은 반쯤 눈을 감고, 부드러운 햇살에 장밋빛과 황금빛으로 물들게 내버려두었다. 반쯤 옷을 벗은 채 침묵하고 있는 그들은 유료 해수욕장 경영자라는 이상한 모임을 만들었다. 마리아니가 갑자기 속도를 높였다. 사람들은 보트의 쿠션에 꽉 달라붙어 있었다. 활처럼 휜 조디악*은 달리면서 그 뒤 물길에 긴 구덩이 같은 흔적을 남겼다. 배는 해안가를 스치듯 지나갔다. 재빨리 회전하고, 거기에 머물고 있던 사람들에게 커다란 파도처럼 물을 뿌렸고, 그들이 흩어졌다.

"겁쟁이들!" 그가 그들을 돌아보면서 소리쳤다. 그리고 웃었다.

"그만, 마리아니" 살라뇽이 말했다.

"나는 저런 사람들을 못 참겠어." 그가 투덜거렸다.

"그것은 불법이야." 살라뇽이 미소 지었다.

"합법성 따윈 꺼지라고."

그는 강 한가운데로 다시 돌아갔고, 요란한 모터 소리를 내며 질주하면서 직선으로 운전했고, 조디악은 거친 물결 위로 튀어 올랐다.

"정확히 어떤 사람들을 말씀하시는 겁니까?"

"자네가 그것을 모른다면, 다른 많은 일이 그랬듯이 알 필요가 없어서 그래."

그들은 둘 다 웃었다. 우리는 물결에 닿을 듯 말 듯 스치면서 리옹을 가로질렀다. 마리아니는 엔진을 단단히 잡고, 바닥에 다리를 고정시켰다. 살라뇽과 나는 밧줄에 매달려 있었다. 고무 배는 바닥까지 밀려 으르렁거렸다. 우리는 충돌 없이 질주했고, 주저하지 않고 공간을 통과

---

* 고무보트.

했고, 강하고 자유로웠다. 우리는 먹이를 덮치러 가는 중이었고, 물고기들 역시 물총새들만큼이나 활력이 넘쳤다. 우리는 강의 합류 지점을 통과했다. 손 강에서 유속이 가장 잔잔한 곳까지 수 킬로미터를 거슬러 올라갔다. 이어 나무들이 두 줄로 서 있는 사이에서 강물의 흐름이 없는 곳에 멈췄다. 황금빛 돌로 지은 대저택들이 너무나 조용하게, 고색창연한 자태를 뽐내며 우리를 바라보고 있었다. 부르주아 저택답게 엄청난 토지는 잔디밭 끝에서 희미해졌다. 우리는 낚시를 했다. 아주 오랫동안 침묵 속에서 각자의 낚싯줄을 드리우고 있었다. 미끼로 유인했고, 살라놓이 미끼를 달았다. 그걸 뭐라고 하는지 모르지만, 살라놓이 빈 파이프를 가지고 쿵 소리를 내며 물속을 울리게 쳤다. 그것은 물고기들을 유인했고, 마비된 물고기들은 전부 항아리 위로 올라왔다. 물고기들이 깨어나서 다시 올라갈 생각을 하지 않고 낚싯줄을 물었다. 각자 낚시했고, 사소한 일을 가지고 이따금 수다를 떨었다. 만족감을 표시하는 숨 한번이면 모든 것을 말할 수 있었다. 그들은 서로 잘 이해했다. 언제나 서로 이해하는 태도를 지녔고, 어떤 의미로든 한마디 말을 하면 웃었다. 그들이 주고받는 말은 수수께끼 같고 암시적이어서 나는 이해하지 못했는데, 내 혀의 뿌리는 그토록 깊은 시간 속에 잠겨 있지 않았기 때문이다. 그래서 그들에게 무엇에 관한 말인지 명확한 의미를 물었다. 그들은 내게 답을 하고, 계속 낚시를 했다. 이어 먹고 마셨다. 햇빛이 부드러워 그을리지는 않았고, 사방이 아늑했다. 우리가 잡은 물고기 총량은 우스웠다. 그러나 우리는 가지고 왔던 술을 전부 마셨다.

"근데, 그 독일 사람, 그는 어떻게 되었나요?"

"그는 남은 잔해들과 함께 거기에서 죽었어. 물자, 사람들, 모든 것이 중고였고, 지속되지 않았어. 금세 사라졌지. 우리는 다른 사건들의 잉여품을 가지고, 미제 무기들을 가지고, 재가공한 영국 군복을 입고,

다른 군대 출신의 패주병들과 함께, 할 일 없는 저항가들과 용맹함을 꿈꾸는 미미한 존재의 장교들과 함께 고물 장수의 전쟁을 수행했지. 전부 다른 곳에서는 더 이상 사용하지 않는 중고물품이었어. 그는 운명이 이끈 대로 곤궁에 빠져서 죽었지. 그는 디엔비엔푸에 있었어. 독일 병사들과 함께 참호에 있다가 박격포 공격과 습격에 저항했는데, 참호가 무너져 내렸을 때 다른 사람들과 함께 체포되었어. 정글로 이동하던 중 캠프에서 이질로 죽었지. 사람들은 임시 캠프들에서 간호를 받지 못한 채 죽었어. 허약함과 영양불량, 유기로 인해 죽은 거야. 열대병에 걸리고, 쌀과 나뭇잎을 먹고, 가끔 말린 생선을 먹었어."

"당신들은 포로였나요?"

"마리아니는 포로였지만, 나는 아니었지. 마리아니는 디엔비엔푸에서 잡혔지만 살아남았어. 처음엔 작은 청년이었지. 그런데 점점 완고해지고, 점차 미치광이처럼 되어가갔어. 그래서 파멸하지 않았을 거야. 그들이 우리에게 많지 않은 포로들과 유골들을 돌려보낼 때, 마리아니가 하는 걸 보았어. 비제아르와 랑글레 뒤에서 걷고 있었는데, 비쩍 마르고 광기 어린 눈을 한 그는 퍼레이드를 할 때처럼 베레모를 비스듬하게 쓰고 있었지. 그들은 다 함께 보통 걷듯이 걸었는데 금방이라도 쓰러질 듯했고, 아무것도 안 보이게 하려던 베트남 장교들 앞에서 맨발로 걸었어. 그는 그들에게 보여주길 바란 거지."

"잡혔을 때 나는 혈기 왕성했어. 독일인 역시 그랬고, 하지만 그는 오래전부터 아무 곳에도 속하지 않았지. 그는 아마 신물이 났을 것이고, 멈춰버린 것 같았어. 그를 지탱해주는 게 아무것도 없고 단지 기다려야만 했던 사람들은 빨리 죽었어. 난 말이야, 분노를 먹고 살아남았지."

"살라농 선생님은요?"

"나? 나도 거의 그럴 뻔했지. 나는 그들과 합류하기 위해서 자원했어. 우리는 상당수가 전쟁이 끝나기 직전, 전투에 합류하라는 명령을 받았어. 장엄한 모순 속에서 사람들이 우리에게 그 임무를 부여했지. 비행기가 마지막 선회를 하는 동안 나는 우리가 활주로 위에 있다는 것을 예상했고, 등에 낙하산을 지고 모자를 썼지만 우리 중 절반은 결코 낙하산으로 하강하지 못했어. 엔진 고장으로 멈추었을 때 우리는 비행기 동체로 기어오르고 있었지. 우리는 다시 내려가야 했어. 그 덕분에 시간을 번셈이야. 디엔비엔푸는 무너졌고, 나는 오랫동안 후회했지."

"후회라니요? 포로가 되지 않은 거요, 아니면 죽지 않은 거요?"

"자네도 알다시피 우리가 자멸을 초래한 온갖 바보짓 가운데 그게 가장 터무니없는 짓이었어. 그렇지만 그게 바로 우리가 수치스러워하지 않아도 되는 유일한 것이야. 방어 진지가 무너질 것이라는 사실, 비행기는 거기에 갈 수 없고, 구조 부대는 도착하지 않을 것이라는 사실을 알아버린 거야. 하지만 우리는 저 아래로 가기 위해서, 그들을 그대로 죽게 내버려두지 않기 위해서 열 명씩 자발적으로 나섰지. 그건 아무 의미도 없었지만 말이야. 디엔비엔푸는 아무런 대책 없이 빼앗겼고, 사람들은 일어나 공군기지에 합류해 거기로 가게 해달라고 요구했어. 낙하산으로 하강하지 않았던 사람들이 어떻게 할지 말해달라고 요구했던 거야. 사령부는 그들의 용맹스러운 태도에 도취되어 최종적인 바보짓을 허용해. 낙하산과 비행기를 제공했고, 잔뜩 긴장한 채 떠나는 우리를 보러 왔지. 여러 해 동안의 전쟁이 끝난 후에 우리에게 남은 것은 그뿐, 더이상 대단한 게 아니었어. 그 나라에서 우리는 모두 인간성을 상실했고, 우리에게 남은 것은 오직 지성과 연민, 극한에 달한 **격렬한 분노**였어. 금빛 모자에 온갖 훈장을 단 고위 장교들은 활주로의 가장자리로 와서 침묵 속에 정렬하고, 이륙하는 비행기들을 향해 인사했지. 비행기 안에는 정글의 캠프들로 향하는 편도표를 지닌 사람들로 가득했어. 우리는 같이 죽기를 원했는데, 그것으로 모든 게 지워질 것이기 때문이었어. 그러나 유감스럽게도 우리는 살아남았어. 우리는 변해서 돌아왔고, 다시 회복하기 힘들게, 끔찍한 주름으로 상처 입은 영혼으로 변했지. 베트남 사람들은 우리를 그저 숲에 데려다 놓았고, 우리는 거의 먹지 못했어. 거의 자신을 돌보지도 못했고, 여위고 죽어가는 우리 자신을 바라보았어. 우리는 아무리 강한 영혼도 불안에 빠지면 스스로를 파괴할 수 있다는 것을 배운 거야."

낚싯줄 끝이 파닥거려 그가 잠시 침묵했다. 그는 조금 빠르게 다시 낚싯줄을 들어 올렸지만, 바늘에는 아무것도 없었다. 미끼를 물었던 물고기는 우리가 보지 못하는 사이에 다시 진흙 바닥에서 잠자러 돌아갔다. 살라눙은 숨을 쉬고, 다시 미끼를 달고, 조용히 말을 계속했다.

"물론 우리는 늑대의 아가리로 뛰어든 것이었지만, 그것은 환영할 만한 일이었어. 그것은 끝나야 하는 일이었지. 우리는 충격을 원했고, 그것을 유발했지. 충격이 일어났고, 우리는 전투에서 졌어. 모든 것이 기만을 토대로 세워졌고, 단 한 번의 충격이 모든 것을 결정하게 될 것이었지. 우리는 함정을 이용하기 위해 하노이에서 멀리 떨어진 산으로 갔어. 그들이 우리를 잡으러 올 만큼 우리는 약해 보여야 하고, 일단 그들이 오면 그들을 파괴할 수 있도록 충분히 강해야 했어. 그러나 우리는 생각보다 그렇게 강하지는 않았고, 그들은 우리가 평가하는 것보다 훨씬 강했지. 나는 그들이 자전거를 가지고 정글을 지나가는 것을 본 적이 있는데, 아무도 내 말을 믿지 않았어. 내가 자전거를 본 이야기를 하면 많이들 웃었지. 우리 쪽 비행기들이 안개 때문에 앞이 보이지 않고 구름 때문에 불편해 우리를 지원하는 데 어려움이 있었던 것과 달리, 그들의 자전거들은 그들에게 쌀과 무한한 양의 탄약을 보급해주기 위해 오솔길을 지나갔어. 우리에겐 그다지 힘이 없었어. 우리는 고물장수 같은 군대였을 뿐이고, 이렇다 할 수단도 없고, 전쟁 기계도 충분하지 않았지. 그런데도 거기에 우리가 가진 가장 좋은 것을 투하했으니, 우리들, 가장 멋진 인간 기계, 공수부대였어. 베르됭*에서 그랬던 것처럼 우리는 하늘에서 진흙으로 만든 참호들로 내려갔고, 마지막 순간까지 그곳에서 매몰되기 위해서 그랬지. 우리는 체포되었고, 쓰러졌고, 떠났어. 그래도 정정당당했어. 하지만 나는 거기에 없었지. 나는 살아남았어. 모든 것을 잃어버린 것보다 더 가치가 있었을 거야. 다음은 일어나지 않을 것이고, 우리는 우리 죽음으로 올바르고, 깨끗하게 남아 있었을 거야. 그것이 내가 후회하는 일이야. 그것은 부조리해."

빛은 반투명의 꿀로 새긴 것 같은 금빛 돌집을 관통하면서 밀도가 더 진해지고, 저녁을 예고했다.

"선생님 아버지는요?"

"우리 아버지, 나는 마흔넷이 된 뒤에야 아버지를 다시 보았어. 프랑스 오트노르망디에 있었을 때 여러 달 걸려 도착한 어머니 편지를 받고서 나는 아버지의 사망 소식을 알았지. 편지는 완전히 들떠 일어나 있었고, 마찰로 인해 가장자리가 닳고, 잉크색이 바랬는데, 마치 어머니가 편지를 쓰면서 우셨던 것처럼 그랬어. 하지만 나는 그것이 내가 있던 정글의 기후 탓이라는 것을 잘 알았어. 내 생각엔 심장에 갑작스런 문제가 생겼던 것 같아. 아버지 사망 소식이 내게 그렇게 큰일은 아니었지. 알제리를 떠나온 이후로 어머니를 다시 보았지. 완전히 작고 마른 데다 아무것도 기억하지 못하셨어. 어머니는 몇 달째 양로원에 계셨는데, 눈은 조금 튀어나오고 멍한 채 아무 말도 하지 않고 무표정한 얼굴로 거기 앉아 계셨지. 손상된 두뇌는 아무것도 간직하지 못했고, 어머니는 그것도

---

* 베르됭 전투: 제1차 세계대전 중 독일과 프랑스가 치른 가장 격렬한 전투.

모르는 채 돌아가신 거야. 나는 결코 부모를 다시 보려고 하지 않았었지. 두려웠던 거야."

"두려움? 선생님이요?"

"결코 돌아보고 싶지도, 회고하고 싶지도 않았지. 무엇을 위해서? 나 때문에 수명이 단축된 분들을 다시 만나기 위해서? 나는 갔었어. 그런데 아버지, 맙소사 아버지는 예정된 존재였어. 우리가 흘러갈 곳에서 이미 바퀴의 흔적을 남긴 피를 옮겨준 분이시지. 사람들은 자기도 모르는 사이에 바퀴 자국을 따라가. 우리는 단지 피를 물려받은 것이라고 생각하면서 거기에서 벗어나지 못하지. 큰 희생을 치르고 토목공사를 감행하지 않는 한 그래. 나는 아버지를 닮았어, 우리 얼굴은 서로 겹쳐질 정도지. 나는 아버지를 보면서 내 마지막을 알아차리는 게 두려웠어. 아버지가 살아온 곡예 같은 인생이 혐오스러웠거든. 규칙에 따라 게임하고, 말장난을 하는 것, 정당화되는 것. 그 모든 것 때문에 아버지를 알고 싶지 않았어. 앞선 바퀴 자국에서 멀어지기 위해 내게는 세 개의 전쟁이 필요했고, 나는 내가 그렇게 멀리 있는지를 몰랐어. 그림이 나를 구해줬다고나 할까. 그림이 없었다면, 마리아니처럼 나도 무력을 꿈꾸면서 창이 닫힌 아주 작은 세계에서 세상에 명령을 내리고 있었을 거야."

"그렇다고 네 세계가 그렇게 큰 것은 아니야." 마리아니가 중얼거렸다. "종이 한 장의 세계! 나는 그런 세상을 원하지 않아."

"나는 단지 사람들이 나를 데려갔던 곳에 있고 싶지 않았어."

"그것 때문에 모험의 삶을 사셨나요? 자부심을 가질 수 있는 삶이요?"

"나는 살아 있는 존재라는 사실을 제외하고는 아무것도 자랑스럽지 않아. 나는 내가 한 일을 해온 셈이고, 그 무엇도 그 일들이 없었던 것처럼 할 수는 없어. 나는 내가 겪은 일을 정말로 몰랐어. 자기 자신에 대해서 말할 수 없는 것들이 있지."

"살라뇽은 모험가가 아니야." 마리아니가 끼어들었다. "그저 엉덩이가 아픈 사람이지."

"뭐라고요?"

"너무 오래 앉아 있어서 다리 저린 것을 풀고 싶은 거야. 다른 시대였다면 스포츠나 여행으로 충분했겠지. 등산가나 민족학자가 될 수도 있었을 테고. 악에 대해 생각할 틈도 없이 잠깐 사이에 어른이 된 거야. 우리는 무기를 다룰 수 있었어. 전에는 한심한 일이었지, 나중에는 수치스러운 일이었고, 적어도 프랑스에서는 말이야. 더 일찍 태어났거나 늦게 태어났다면, 전혀 다른 삶을 살았을 텐데. 그는 아마 화가가 될 수 있었을 거야, 진짜 화가, 그리고 나는 그것을 비웃지 않고 그의 우아한 취향에 감탄했겠지."

"당신이요?"

"그래, 나…… 어느 순간에 나는 싸우려는 욕구를 느꼈어. 아마 우리가 베트남 사람들의 뒤를 쫓아 숲을 달리고 있었을 때일 거야. 그때부터 나는 화가 난 상태라고."

살라뇽이 부드럽게 그의 팔을 다독였다.

"너는 화가 나서 얼이 빠졌던 거야. 하지만 그 덕분에 살고 있잖아, 네 화 덕분에."

"그래서 나는 화를 돌보지 않아."

우리는 낚시했다. 저녁이 되자 아주 느리게 손 강을 따라 내려왔다. 폭동이 일어났다. 사이렌 소리가 났고, 화재로 인한 불빛이 움직이지 않는 물 위로 반사되고 있었다. 마리아니는 우리를 표류하게 내버려두었다. 우리는 아주 느린 물의 흐름을 따라갔고, 나는 두 낚시꾼과 함께 불그스름한 강을 내려왔다. 수류탄 터지는 둔탁한 소리와 우지끈 소리가 더 분명하게 들렸다.

"이 소리는, 마라아니, 기억해? 쾅! 시작을 알리는 일격, 사람들은 고개를 숙이고 있다가 모자를 들고 그 소리를 기다렸지."

"봐, 올 것이 왔어. 나는 옳은 일에는 불만이 없어. 그것은 나를 진정시켜주지. 폭동이 일어났어."

"그건 아무 도움이 안 될 거야. 차가 몇 대 불탔고, 다른 게 전혀 없어, 보험업자들의 문제지."

"그게 좋을 수 있다는 사실을 알아? 배가 뒤집히고, 우린 오늘 밤 익사할 수 있다고. 그것처럼 우열을 가릴 것 없이 우리도 사라질 수 있단 말이야. 우리 중 하나가 옳고 다른 하나가 틀린 것이 아니라고. 그게 더 나을 수 있어. 우리를 영원히 화해시키기에 좋은 밤이지."

"농담하지 마, 마리아니. 우리만 있는 게 아니라 꼬마도 같이 있잖아."

"그는 분명 헤엄칠 줄 알 거야."

"우리랑 같이 사라지자고 그 이야기를 다 해줬던 게 아니야."

"내려놓고 가자."

사실 나는 그녀와 약속이 있었다. 살라뇽과 마리아니는 나를 강둑 위에 두고, 조디악은 조금 빠른 속도로 다시 출발해 붉은 강물 위로 멀어졌고, 다리 뒤로 사라졌다. 그녀는 손 강가에 살고 있었고, 그녀의 침실 창들은 강물을 향해 있었다. 수평선이 붉게 물들었다.

나는 너와 다시 만났다. 내 심장이여, 너는 나를 기다리고 있었다. 밤이었다. 손 강의 빛나는 물결이 살랑거리고 있었고, 강물은 다리 아래를 지나가기 위해서 굽이치고 있었고, 이어서 다시 검은 거울과 같은 모습으로 펼쳐졌다. 아주 강하고 아주 느린 강물의 흐름은 남쪽으로 향하고 있었다. 너를 알게 된 이후로, 내 심장이여, 나는 너의 검고 끈적이는 피부, 뚫고 들어갈 수 없는 피부 위에서 이 물의 흐름과 같다. 화재로 인한 붉은빛이 흘러갔고, 사이렌 소리들이 흘러갔고, 폭동의 빛이 흘러갔고, 모든 것이 흘러갔지만 뚫고 들어갈 수는 없었다.

　나는 옷을 벗고 네 곁으로 다가갔지만, 난 너를 그리고 싶었다. 너는 낮은 침대 위에 누워 있었다. 목덜미 뒤에서 교차시킨 팔, 백조 깃털 같은 머리가 감싸고 있는 가운데 빛나는 눈은 네 곁으로 가는 나를 보고 있었다. 너는 빛나는 알몸이었다. 아무런 조명을 켜지 않아도 바깥의 불빛만으로 충분했다. 나는 그릇에 먹을 부었는데, 이 용도로 만들어진 그릇은 마른 상태의 먹으로 덮여 있었다. 래커 칠을 한 층처럼, 살갗처럼, 벗겨진 허물처럼. 손에 먹을 쥐고 있었는데, 그림 그리는 일은 마시는 일과 같고, 나는 붓이 빨아들이는 것을 이와 같이 확인한다. 붓이 빨아들이는 먹의 양을 그릇에서 확인하고, 붓이 먹을 빨아들이면, 나는 붓이 빨아들이는 양을 조절하고 그림을 그린다. 그릇 속에서 먹이 사라지면, 먹의 색은 점점 진해지고, 지체하지 않고 그려야 한다. 최초의 붓질은 눅눅한 숨결, 다가오는 입맞춤, 그러나 먹의 무게가 늘수록 먹은 더 달라붙고, 붓털을 끈적이게 만들고, 무거워지게 하고, 우리는 손가락에서, 팔에서, 어깨에서 그것을 느낀다. 선들은 더욱 무거워지고, 결국 먹은 광유처럼 끈적거리고, 그릇 바닥을 덮은 타르처럼 진해져, 붓이 그리는 마지막 선에는 우물의 물처럼 굉장한 무게를 부여한다. 그것을 아는 나는, 먼저 너를 가벼운 우아함으로 그렸고, 이어서 엄숙함을 획득하고자 했다. 충만한 너의 형상을 그렸고, 분명한 선으로 네 얼굴을 그렸다. 네 코의 오만한 선, 균형 잡힌 두 개의 모래언덕처럼 솟아난, 네 가슴의 동그스름한 양감. 나는 차분히 놓인 네 손을, 누워 있는 네 다리를, 네 배의 굴곡 위에 수원처럼 있는 네 배꼽을 그렸다. 손 강의 반사광이 천장에서, 벽에서 살랑거렸고, 너를 그리는 나를 보고 있는 네 눈 속에서 빛났다. 바깥에서 요란한 소리를 내고 있는 폭동의 붉은빛은 내가 그리는 그림의 빛나는 표면에서 떨고 있었는데, 아무것도 그 속으로 뚫고 들어가지는 못하고, 단지 표면에서 그랬다. 내 먹은 농도가 진해졌다. 나는 너를 그렸다. 나를 보고 있는 너를, 천천히 더욱 무거워지는 먹을 가지고. 내 붓은 그릇에 잠기고 먹의 표면에 흘러들어간 붉은빛 이외에는 아무것도 흡수하지 않았다. 붓은 아무것도 내버려두지 않았다. 단지 네 놀라운 형상의 특징만 남았다. 나는 완성했다. 나는 그것을 조금도 건드리지 않고 네 놀라운 머리카락을 그렸고, 종이를 손상시키지 않은 채 두었다. 붓을 씻었지만, 그것은 마르지 않고, 몇 번이고 되풀이해 계속 사용할 수 있는데, 나도 너를 언제나 그릴 수 있었다.

나는 너와 하나가 되었다. 나는 옷을 벗었고, 그렇게 그림을 그렸고, 내 성기는 나를 불편하게 만들지 않았다. 성기는 다리 사이에 있었고, 나는 그것이 요동치는 것을 느꼈다. 내가 네 곁에 가까이 누웠을 때 발기하고, 부풀어 오르고, 단단해졌다. 백조 깃털처럼 회색과 하얀색이 섞인 네 머리카락들과 생기 넘치는 네 입술, 풍만한 네 신체 사이에 놓인 대조가 엄청나게 나를 흥분시켰다. 나는 너를 향해 갔다. 너를 품 안에 안았고, 너는 나를 맞이했고, 나는 네 안으로 들어갔다.

바깥에서는 폭동이 계속되었다. 비명 소리, 광란의 질주, 충격, 사이렌 소리들, 폭발음. 손 강의 붉은빛 반사광이 천장에서 흔들렸다. 깊은 강은 결코 멈추지 않고 계속 흘러간다. 피의 물결이 흘러간다. 회계 감사를 한다. 화재로 인해 붉고 어두운 강물은 아주 부드럽게 도시를 가로질렀다. 무심하고 중단 없는 이 물결이 나를 구원했다. 나는 손 강이 피와 닮은 것을 사랑했다. 나는 그것을 직시하고 두려워하지 않도록 가르쳐준 빅토리앵 살라농에게 감사드린다. 나는 완전히 부풀어 올랐고,

내 성기 역시 그랬다. 나는 충만했고, 네 안으로 갔다. 그러니, 좋았다.

『프랑스식 전쟁술』은 알렉시 제니의 첫 작품으로 2011년 공쿠르상을 수상작이다. 공쿠르상이라면, 우리나라에서도 작년 한강 작가가 수상한 맨부커상과 더불어 세계 3대 문학상의 하나로 널리 알려진 상이다. 무엇을 기준으로 '3대'라고 말하는지도 의문이고, '상'이라는 제도가 갖는 영광과 그늘을 생각할 때 수상 사실을 마구 자랑하는 일은 좀 민망하다. 다만 공쿠르상이 1903년 제정되어 여태 시상이 이뤄지고 있고, 마르셀 프루스트와 앙드레 말로, 마르그리트 뒤라스 등이 수상 작가로서 이름을 올린 것을 보면 상의 권위를 인정하기엔 충분하고, 프랑스인들의 애착과 관심의 크기로는 노벨상을 능가하는 것 같다. 더구나 첫 작품으로 공쿠르상을 받았다는 것은, 공쿠르상의 취지가 '독창적 재능을 지닌 작가의 반순응주의 문학'을 격려하기 위한 것을 고려할 때도 무척 이례적이다. 그래서 이 작품에 대해서 공쿠르상이 요구하는 공식주의를 따랐다는 비난도 있었지만, 너무나 치밀하고 잘 만들어진 작품이라 첫 번째 소설이라고 믿기 어렵다는 평이 주를 이뤘고, 작품의 완성도 높은 구조와 글을 다루는 작가의 원숙한 기량을 볼 때 그냥 주는 상이 아니었다고 여겨진다.

알렉시 제니는 1963년 생으로 리옹에 있는 고등학교에서 생물을 가르치고 있다. 이 작품은 프랑스가 현대사에서 수행했던 전쟁의 부당함을 묘사하고, 식민주의 성격을 지닌 전쟁에서 행해진 야만적 행위에 대한 신랄한 고발을 담고 있다. 작품에서 중요하게 언급된 전쟁은 인도차이나 전쟁과 알제리 전쟁이다. 하지만 작품의 서두는 화자인 주인공이 걸프전에 참전하는 프랑스 군대를 TV로 지켜보는 것으로 시작하고, 마지막 부분은 2005년 리옹 교외에서 일어났던 폭동에 대한 이야기로 끝난다. 그리고 작품의 다른 주인공인 빅토리앵 살라뇽의 성장기의 배경은 제2차 세계대전이다. 이 소설이 1940년대부터 오늘의 프랑스까지를 그려낸 '거대한 벽화'라는 평가를 받는 것은 이런 연유에서다. 작가는 정복의 성격을 지닌 식민주의 전쟁의 실체와 피해를 고발하고 전쟁이 없다는 의미의 평화의 시기를 보내며 프랑스 사회에 만연한 집단적인 마비 증세를 깨우고 싶었던 것이다. 그러나『프랑스식 전쟁술』(또는 '병법'이라고도 할 수 있는데)이라는, 명백히 '손자병법'을 연상시키는 책의 제목은 풍자와 아이러니를 산출한다. 프랑스식 병법이 거대한 환멸과 패배로 귀착한 것을 냉소적으로 제시한 제목이기 때문이다.

작품에 대한 이해를 돕기 위해 작품의 구조를 살펴보면 다음과 같다. '소설roman'이라고 지칭된 부분들에서는 전쟁과 모험으로 가득한 살라뇽의 과거의 삶이 그려진다. '주석commentaires'이라고 지칭된 부분에서는 '잉여'적 존재로 오늘의 프랑스를 살아가는 젊은 화자의 견해를 표명한다. 처음에는 좀 혼란스러울 수 있지만 이런 구조적 특성을 이해하고 책을 읽으면 이 구조가 거리를 두고 질문을 던져볼 수 있고, 더 깊은 성찰을 모색할 수 있는 역동적 구조라는 사실을 느끼게 된다. 30대 초반의 화자는 직장, 여자 친구와 집, 자동차 등, 흔히 말하는 안정된 삶의 지표들을 버리고 '주변인-잉여적인 존재un marginal'로 살아간다. 다만 화자의 이름이 구체적으로 언급되는 법이 없는데, 이런 익명성은 역설적으로 그에게 프랑스 사회의 고뇌하는, 방황하는 청춘을 대표하는 자격을 부여하는 듯하다. 리옹의 교외에서 광고지를 돌리는 일을 하며 살아가던 화자가 자주 가던 술집에서 은퇴한 군인인 살라뇽을 만나게 되면서 이야기의 큰 구도가 나온다.

두 세대의 남자, 서로 다른 역사를 체험한 두 사내의 이야기를 통해서 오늘의 프랑스에 대한 다양하고 심오한 성찰이 이뤄진다. 살라뇽은 열일곱 살 어린 나이에 삼촌을 따라서 항독 무장단체에 들어가 레지스탕스 활동을 했고 이후에는 인도차이나와 알제리 전쟁에 참전한다. 영광과 치욕이 한데 얽힌 살라뇽의 과거는 그대로 프랑스의 역사와 연결되는데, 이제는 은퇴해 그림 그리는 일에 전념하며 살고 있다. 화자는 규칙적으로 살라뇽을 방문해 그림을 배우고, 살라뇽의 추억이 담긴 노트를 전달받아 그것을 토대로 살라뇽의 일생을 글로 정리한다. 살라뇽은 정신적인 후견인 노릇을 해준 삼촌을 따라 비루한 상인의 삶을 살던 아버지의 곁을 떠난다. 모험을 택해 집을 떠난다는 사실부터 긴 전쟁의 체험 끝에 집으로 돌아온다는 테마는 이 소설이 성장과 모험을 다룬 귀향의 이야기라는 특징을 지닌다는 사실에 주목하게 만든다. 살라뇽의 삼촌의 애독서가 『오디세이아』였고 오디세우스가 10년의 해상 모험을 거친 뒤의 귀향의 이야기라면, 살라뇽의 삶 역시 20년가량의 전쟁의 모험을 거친 귀향의 이야기라는 사실을 겹쳐놓아 이 작품을 '20세기 프랑스의 오디세이아'라고 평한 사람도 있다. 그런데 알제리 전쟁이 끝난 후 프랑스 사회에서 군대는 묘하게 불편하고 언급이 꺼려지는 조직으로 여겨진 것 같다. (2012년에 와서야 알제리 식민지 지배가 부당했다는 사실을 언급하고, 1961년 알제리 전쟁에서 행해진 유혈진압에 공식적으로 애도를 표명한 것을 보면, 역설적으로 전쟁의 실체에 대한 은폐와 부정이 이뤄져 왔으리라는 사실을 짐작할 수 있다. 국가적 죄의식이라는 무거운 반성력인지, 수치스런 기억을 부정하려는 집단적 회피인지는 정확히 몰라도, 말하고 싶어 하지 않는 분위기는 분명히 존재했다.) 그러다가 1991년 프랑스가 걸프전에 참전하는데, 이 소설의 서두에서 화자인 주인공이 걸프전 파병 군인들을 TV에서 보면서 그야말로 뜨악한 눈초리를 던지는 것도, '군대의 귀환'이라는 사실에 대한 거부감을 표출하는 것으로 보인다. 이렇게 전혀 전쟁을 모르고 살았던 화자는 「늙은 군인의 노래」의 모델 같은 살라뇽을 만나면서 식민주의 성격을 지닌 전쟁의 비참과 그늘을 알게 된다.

기억의 전달

작가의 인터뷰 등을 보면 제니는 '전달하다transmettre'라는 말을 많이 사용한다. 세대와 세대 사이의 다른 경험을, 세대 간의 단절과 공백을 '기억'의 전달로 극복하고자 하는 의도와 의지가 엿보인다. 현실의 교육자답게 작가는 공동체를 가능하게 하고 그 삶의 기초를 형성하는데 필요한 가치의 토대를 만들어야 한다는 생각을 확고하게 하고 있는 듯하다. 그런데 이 기억의 전달이 자서전적인 성격을 띠지 않는 것이 이 작품의 특성이자 매력으로 작용하는 것 같다. 자서전적인 고백은 내밀하고 감춰진 진실을 드러내는 힘을 지니기도 했지만, 자칫 자기합리화의 함정에 빠질 위험이 있다. 자기합리화는 본능이라고 생각될 정도로 흔하고 손쉬운 변명이다. 나빴지만 그럴 이유가 있었다는 식으로 포장을 해버리면, 반성할 이유가 없고 괴로움조차 증발하게 된다. 그러나 살라 뇽의 삶을 화자가 정리해 글을 쓰는 것은, 더 냉정하고 깊은 성찰을 가능하게 해준다. 화자의 입장에서 살라뇽에 대해 말을 하는 것은 거리를 취한 역사적 평가라는 의미를 지니면서 진정성을 배가시키는 것이다.

그 의미는, 첫째 **세대의 연결**이다. 자신의 삶을 정리해 글로 옮기는 일을 맡긴다는 것은 '신뢰'가 필요한 일이다. 그것을 젊은 잉여인 화자에게 맡기는 것은 세대의 단절을 넘어서 소통을 시도하는 일이다. 믿지 않는 상대에게 나를, 내 삶의 기록을 맡기기는 불가능한 것이고, 잘 알지 못하는 젊은 세대의 잉여를 믿는다는 말은 그를 향한 지지이자 응원이기도 하다. 결국 기억의 공유를 위해 손을 내미는 것이고, 미래세대에게 희망을 제시하는 방법의 하나이기도 한 것이다.

둘째 **공감의 확장**이다. 살라뇽이 겪었던 역사적 체험을 그의 입으로 직접 말하는 것은 자칫 훈계나 계몽이 될 수 있을 텐데, 화자가 살라뇽의 삶을 다시 기록하는 일은 살라뇽의 삶에 대한 자발적인 해석을 필요로 하고, 그 가운데 살라뇽의 삶이 지닌 진실한 가치를 이해하고 공유하게 될 것이다. 살라뇽 역시 치욕과 영광이 한데 얽힌 과거의 기억을 나눔으로써 상처를 벗어날 힘을 얻을 수 있을 것이다. 공감은 결국 공감의 주체와 대상을 모두 지지하고 회복시켜주는 힘을 지닐 테고, 개별적인 관계에서 이렇게 확장된 공감은 한 사회를 건강하게 유지해주는 힘의 원천이다.

셋째 **객관화**가 가능하다. 삶을 뒤흔든 체험일수록 온당한 이해를 위한 '거리'가 필요하다. 그 거리는 시공간적인 거리이기도 하지만, 무엇보다 '미화'나 '왜곡'에 빠져들지 않는 사유의 거리이다. 너무나 절실했고 강렬했던 체험은 쉽게 빠져나오기 어렵고, 빠져나온들 언제나 왜곡의 위험이 도사린다. 따라서 전쟁의 체험이 전혀 없는 화자가 살라뇽의 끔찍했던 체험을 기록한다는 것은, 정서적인 독립과 사유의 독립이라는 측면에서 흥미롭고 유익한 방식이다. 전쟁의 수행과 같은 압도적인 비극의 체험은 언제나 말할 수 없는 것을 말해야 하는 '재현 불가능성'의 문제를 제기하는데, 이 작품과 같이 '소설'과 '주석'을 교차시키는 구조는 재현 불가능성을 뚫고 낸 하나의 통로처럼 보인다.

## 폭력과 인간성의 상실—식민주의적 전쟁과 인종주의

현실의 복잡한 문제를 단번에 휘발시키는 힘을 발휘하는 전쟁은 통치 집단에게는 언제나 하나의 유혹으로 존재했을 것이다. 전쟁이 수행되는 동안 명령은 그것이 설령 아무 의미가 없는 것이어도 지켜져야 하고, 전쟁은 전쟁 자체의 논리로 세상을 장악한다. 전쟁이 생명의 가치와 개인의 고통을 헤아린다면, 더는 싸울 이유를 찾지 못할 것이다. 전쟁의 야만성을 환상 없이 그려낸다는 점에서 이 소설은 사실주의적인 성격을 지닌다. 인도차이나에 관한 생생한 묘사와 해석은 특히 흥미롭고, 알제리의 산악지대에 대한 묘사도 신선하다. 베트남의 밀림에 대한 묘사는 주로 미국 영화에서 보았던 과장된 느낌과 다르게, '그랬구나, 그랬을 법하다'는 생각이 들도록 실감이 났다. 마치 베트남 사람들이 제국주의 전쟁을 견뎌낸 방법에 대한 단서를 찾은 것 같은 느낌조차 준다. 인물과 상황에 대한 뛰어난 묘사와 표현력은 이 소설의 가장 큰 미덕이다. 긴 기다림, 고독, 공포, 평범해 보이는 사람의 내면에 감춰진 적의 등의 묘사가 특히 심오하게 그려졌고, 사랑에 대한 묘사는 에로틱하지만 싱그러운 느낌을 주기도 했다. 신랄하고 예리하지만 묘하게 가슴을 찌르는 순정과 열의를 지닌 작가의 목소리는 작품 전체에 활력과 생기를 준다.

그러나 작가가 전하고자 하는 핵심은 단순한 전쟁 반대가 아니다. 인도차이나, 알제리, 프랑스가 아닌 먼 곳에서 행해진 전쟁에서 끔찍한 만행이 저질러졌고, 그로 인해서 프랑스는 영혼을 상실했다는 사실이다. 그런 성찰과 반성은 바로 "우리는 인간성을 상실했어"라는 살라뇽의 말을 통해 전해진다. 그것은 본질적인 가치의 훼손에 대한 뼈아픈 고백이다. 이어 프랑스가 식민주의에 기반해 수행한 전쟁은 만행이었고, 전쟁이 국가의 '정체성'의 형성에 기여를 한다면 그것은 정말로 나쁜 일이라는 통찰이 제공된다.

그렇다면 지키고 싶었던 인간성의 실체는 어떻게 드러날까? 평화의 실현, 폭력에 대한 거부이다. 폭력이 구조화한 사회에서 폭력을 거부하고 줄여가는 노력은 가장 인간다운 모습으로 제시된다. 동시에 이 작품은 개인적 폭력을 사회의 폭력, 역사의 폭력과 결부시켜 냉정하게 해부한다. 전쟁의 형태로 체험하는 거대한 야만과 폭력뿐만이 아니라 일상에서 평범한 우리가 행하는 폭력의 다양한 예들을 제시하고, 집단적 동질성을 강조하고 차이를 격화시키는 것에 식민주의를 만든 야만의 원천이 있다는 것을 발견한다. 질서유지나 정치적 정체성을 강조할 때 닮지 않은 사람들을 절멸시키는 사유는 바로 나치즘의 사유이고 폭력 자체이다. 그것은 혈통에 대한 강조와 유사성에 대한 집착으로 드러나고, 바로 거기에서 차별과 배제가 생겨난다. 이 작품에서는 전쟁의 시기가 아닌 평화의 시대에조차 폭력이 도처에서 행해지고 있는 현실을 그리고, '야간약국'의 일화처럼, 아주 작은 이득을 위해서 가차 없이 인간 모독을 행하는 충격적인 모습을 보여주기도 한다.

그 가운데 가장 조악하고 위험한 폭력의 예로 '인종주의'를 들고 다양한 예들을 보여준다. 특히 살라뇽의 전우였던 마리아니는 모래주머니로 참호를 만들고 바리케이드를 쌓아 올려 자신의 아파트를 요새화하는데, 식민주의의 부패한 정신에 감염된 사람이다. 마리아니는 전쟁과 질서의 가치를 왜곡된 형태로 내면화해버렸다. 빼앗고 파괴하는 것으로 자신의 존재감을 확인하고 누구도 요구하지 않은 역할을 억척스레 수행하는 그의 모습은 단순한 희화화를 넘어서 그로테스크한 느낌조차 준다. 그런데 마리아니는 이토록 편협한 반미치광이 인종주의자이지만, 전쟁터에서 살라뇽의 목숨을 구해준 벗이기도 하다. 극한의 체험을 겪고 그림의 세계로 빠져들어 차갑고 깊은 명상의 힘과 평정심을 지니게 된 살라뇽이 마리아니를 향해 끝내 손을 내미는 모습은 묘하게 착잡하고 감동적인 면이 있다. 착잡함은 그런 살라뇽의 태도를 쉽게 이해하거나 동의할 수 없다는 의미이고, 감동은 마리아니를 '악인'으로 보지 않고, '병든 존재'로 여기는 연민의 힘에 대한 공감이다. 불안이 영혼을 잠식하듯, 추억이, 함께 나눴던 기억이 영혼을 구제해준다는 '정서적 연대'에 대한 공감이기도 하다.

그런데 이 소설이 프랑스 소설이고, 작가가 언어를 다루는 사람이라는 실감을 재미있게 할 수 있었던 것은 '언어적 차원의 폭력'에 대한 성찰을 접하면서다. 역사를 통틀어 '가장 위대한 거짓말쟁이'라고 지칭된 드골에 관한 묘사가 특히 그렇다. 작가는 드골을 아예 '소설가'라고 부르면서 엄청난 거짓말쟁이, 소설가들이 거짓말을 지어내듯이 거짓말을 했다고 비판한다. 사실 드골은 언어의 힘을 이해했고, 언어를 권력으로 치환시킬 줄 알았다. (이 점, 프랑스인들이 살짝 부럽기도 하다. 우리말인가 싶은, 뻔뻔하고 어이없는 정치인들의 말들을 듣다 지친 우리로서는 말이다.) 드골의 언어는 프랑스가 20세기를 살아내기 위해 필요한 영웅적 거짓말이었지만, 정치인의 언어답게 집단적 정체성의 확보와 권력의 관철을 위해 당대의 모순을 은폐하고 무책임한 환상을 만들어낸다. 결국 '소설가-정치인'이 만들어낸 역사라는 것은, 그 자체로 하나의 허구에 불과할 수 있고, 프랑스인들이 그가 만들어낸 허구의 세상에 등장하는 인물에 지나지 않는다는 자각에 이르게 되는 것이다. 작가는 드골을 비판하면서 물리적 외관과 차별에 기초한 집단 정체성의 개념을 동시에 비판한다. 한편, 열광과 감염을 일으키는 권력의 언어에 맞서, 이질적인 존재들과 가치를 포용하면서 여백과 틈을 만들어내는 문학의 언어를 보여주고, '언어'로 연결되고 확장된 유연하게 열린 정체성을 새로운 대안으로 제시한다.

살라뇽이 미래를 살아갈 청년에게 과거의 체험과 삶의 이야기를 들려주는 것은 그 과거의 기억들이 되살아나는 인간적 가치와 연결되기 때문이다. 살라뇽의 삶을 통해 우리는 폭력과 차별은 '**함께 존재하는** être ensemble' 기쁨을 망가뜨린다는 것을 깨닫고, 외모와 혈통 등 세월이 흐르고 세대가 이어지면서 희미해질 차이를 본질적인 차이로 만들어 싸우고 차별하는 일이 얼마나 부조리하고 무의미한지 반성하게 된다. 결국 인간이 인간인 것은, 인간으로서 대접받고 존중받아야 함은, '인간으로 태어남' 그 자체에 있지 다른 이유가 없기 때문일 것이다.


## 그림과 사랑

작가는 그림과 사랑을 전쟁에 맞선 대안의 세계로 제시하고, 전쟁의 야만과 맹목적인 증오를 변형시킬 수 있는 힘을 지닌 것으로 그린다. 그 안에서 죽음의 세계를 극복하고 생명의 세계를 노래할 수 있는 힘을 발견하기 때문일 것이다. 사랑과 예술을 통해서 우리는 본성을 회복하고 우리의 인간다움을 설득력 있게 말하게 된다. 사실 오늘의 우리의 삶의 척박함은 무엇을 진정한 가치로 여길 수 있을지조차 회의하게 만든다. 그런데 예술과 사랑에 대한 작가의 믿음은 너무 확고해서 좀 놀랍기도 했다. 작가의 믿음은 '예술, 미술, 기법, 기술'이라는 의미를 내포한 art의 활용에서 분명히 드러난다. 제목에 등장하는 전쟁술의 'art'는 책략이고 방편에 불과하지만 그림을 통해 만난 예술art의 세계는 살라뇽을 구원했다. 알제리 전쟁을 통해 극한의 고독과 공포를 겪으며 죽음 곁을 서성이던 살라뇽은 그림을 그리며 견디고 살아남았다. 그림은 살라뇽을 회복시켜준 구원의 가치이며, 사물의 진실한 가치를 보여주는 세계, 예술을 의미한다.

산전수전 다 겪었다는 비유가 무색할 만큼 여러 형태의 전투에 참여했던 살라뇽의 마지막 선택은 '그림을 그리며 사랑하는 사람'과 함께 사는 일이었다. 거기에서 평화와 안식을 구했기 때문이다. 여기에서 살라뇽이 빠져든 그림이 '수묵화'라는 것 역시 관심을 끈다. 채색을 가하지 않고 '먹'의 농담을 이용해 그림을 그리는 수묵화의 세계는 정신과 붓을 쥔 손이 하나가 되어 작품을 탄생시킨다. 전쟁이 소유와 욕망, 그로 인한 충돌과 폭력, 힘의 논리가 야만으로 치달은 결과라고 한다면, 수묵화는 그 정반대의 세계에서 관조와 여백을 추구하는 그림이다. 서양의 야만을 치유하는 동양적 정신의 표현이라고 도식적으로 말해볼 수도 있겠다. 살라뇽은 수묵화를 그림으로써 비로소 '비어 있음이 가득 찬 것보다 더 좋다'는 역설을 이해하고, 전쟁의 체험으로 인한 상처를 극복하고 깊은 사유의 힘을 지닌 평정에 도달할 수 있었던 것이다. 그렇기에 살라뇽이 젊은 화자에게 그림을 가르쳐주는 것은 큰 의미를 지닌다. 예술의 세계로 젊은 그를 이끌어주는 것이고, 정서적이고 사회적인 차원에서 교육을 행하는 것이기 때문이다. 그런 과정 속에서 잉여적 존재였던 화자는 단지 그림을 배우는 것을 넘어서 '함께 존재한다'는 말의 의미를 이해하고 나아갈 방향을 발견한다.

작가가 강조하는 사랑의 가치는 굳이 설명을 더할 필요가 없게 부각된다. 살라농은 전쟁터에서 군의관 노릇을 하던 아버지를 도와 간호사로 일하던 에우리디케(프랑스 발음은 '외리디스'이나 이름의 상징적 의미를 살리기 위해서 그리스식 발음을 그대로 사용했다)를 만난다. 젊고 아름답고 강렬한 모습의 에우리디케는 이 작품에서 '오르페우스 신화'에 등장한 에우리디케의 존재감을 그대로 지닌다. 살라농은 전쟁(지옥)으로의 하강을 무릅쓰고 에우리디케를 알제리에서 구출한다. 그리고 더 이상 과거의 치욕과 고통을 돌아보지 않고 그녀 곁에서 충만하고 평온한 삶을 살아감으로써 에우리디케를 잃지 않는다. 죽음을 두려워하지 않고 하계에 내려간 오르페우스처럼, 살라농은 강렬한 사랑을 나누고 기어이 지켜낸다. 사실 '에로스의 종말'을 논하는 시대에 사랑에 이토록 큰 의미를 부여한다는 것이 조금 낯설기도 했다. 그러나 에로티시즘이 '죽음에 이르기까지 삶을 긍정하는' 것이라면, 작가는 죽음의 그늘이 드린 전쟁에서 나눌 수 있는 가장 인간적인 몸짓이 사랑이라고 말하고 싶었던 것 같다. 살아 있음의 확인이자 타자에게 다가서는 가장 밀도 짙은 체험이 '사랑'인 것은 분명하니까.

무엇보다 분량의 압박으로 힘든 번역이었지만 만만치 않은 사유의 깊이와 폭을 보여주는 작가의 글이어서 즐겁기도 했다. 엄청난 분량이었지만 그렇다고 어느 한 부분 늘어지거나 어색한 부분이 없이 마음을 파고드는 힘을 보여준 것은 때로 놀랍기도 했다. 부족함이 많은 번역이겠으나 오래 매달렸던 일을 무사히 끝내게 된 것은 고맙고 홀가분하다. 나이 들어 때늦게 학위를 마치고 지금의 삶을 살아갈 발판을 마련할 수 있었던 것은 전적으로 오생근 지도교수님의 가르침 덕분이다. 그리고 불문과 선배이신 이규현 선생님의 추천으로 이 책의 번역을 맡게 되었다. 친분이 두텁지도 않은 나를 믿고 추천해주신 이유가 궁금하기도 했지만, 그저 고맙다는 말씀만 드렸다. 막막한 시기에 손을 내밀어준 인연에 대한 고마움은 쉽게 잊히지 않는다는 것을 다시 배웠다. 여러 차례의 교정 작업을 통해서 누락된 부분을 짚고 번역의 오류를 걸러낼 수 있게 도와주신 편집부에도 각별한 인사를 드리고 싶다. 그리고 언제나 어떤 모습으로든, '곁'에 있어주는 가족과 가까운 벗들에게 깊은 사랑의 인사를 전한다. 덕분에 부끄럽지 않은, 좋은 모습으로 살아야 한다는 다짐을 매일매일 하고, 성실하게 번역을 하자는 다짐도 그 하나였기 때문이다.